U0886689

逐鹿图

上

江湖卷

傅清欢 著

中国华侨出版社

CONTENTS

目录

CONTENTS 目录

第一章

山犹在兮江河去

无形中摧毁人性命的，不是刀锋，而是幻觉。
人到底需要多强的力量，才能抵挡住生之幻觉，不为所动？

一／怀宝迷邦

自盘古破鸿蒙，混沌初分，始有河海山川，继育草木，后生人畜。又经三皇五帝，治世定伦。天日有晨昏，地木有荣枯，朝代有盛衰分合。

初经祈、夏二朝。广元乃圣皇明帝之后，宗姓易，天下推广元至德，能救护生民，拥为天子，遂祈朝开国，都禹中。时传混沌初开际，遗一天石玄璧，璧上浮图，显祈朝终九九之数。祈享国八百一十年，止于旸。

旸王虐政，民不聊生。乌黎伐旸，六十四诸侯从之，苍苍民众归之。旸灭祈亡，黎退就诸侯位。诸侯会，言黎宽仁大德，复邀推黎为天子。黎即位，建夏，都朝安，四夷拱手，八方宾服。百国诸侯朝夏，万民归心，享六百四十年。

夏末年，朝政日非。高门贵族，贱奴如牲畜。四方奴民奋起，聚而反者五六十万，声势浩大，夏军望风而靡，称“蒲奴之乱”。天子邳诏四方诸侯，引精兵讨之。民乱初平，天子邳病重，未几，宫车晏驾。南伯侯蹇子夙，推帝幼子献即位。献帝年幼，蹇子夙揽政擅权，政刑酷滥，内外崩离。

蹇子夙有揽政之机，始因奴乱，后乱虽定，贵族贱奴愈甚，常以虐奴为乐，时有狩猎游戏，唤“奴场猎射”。纵猛兽与奴隶同场，奴见兽惊，满场纷逃，以此练射。

时瞿国古蔺有一君，姓尚，名无骥。原瞿国贵族之后，先辈获罪于天子，举族为奴。无骥幼长瞿侯府，为奴，尝救主有功，脱奴籍。四海鼎沸，豪杰并起，无骥大才榱桀，执不拔之志，聚众心。后势渐大，弑瞿侯起义，驰报各道，然后召集义兵，声势大于“蒲奴之乱”。

蹇子夙乱政，诸侯争权，不能一心，未能讨尚。不过三年，尚军占夏山河居三，兵拥百万之众，雄心更壮，渐有称帝问鼎暗意。应募之士，不拘于贵贱，如雨骈集……

——载古弘《世遗录》

西秦康帝二十九年。[1]

时已入秋，北地草木衰枯。一驾四辕马车，于沉沉暮霭中，越山地，驰平原，月暗星疏时，朝商丘城官道奔驰而去。

商丘城地处皇域边境，与宁国封地范围的永熙城毗邻而立。西北有泗水，东南有遥江，两河滋养而成商丘。

早在前朝大夏时期，北有昭运河，南有遥江，中有泗水、凉水。此独立入海的昭、遥、泗、凉，乃天下有名的四大名水。这北河南江之间，正是彼时大夏江山的中心地带。

四百年前，秦、尚二军临江对峙，尚军经南阳一战，功败垂成，此后两相抗衡的局势颠覆，尚军兵败如山倒，形势危急。尚无骥拖着八万残兵败将，在镐京做困兽之斗。秦武帝围而不攻，以攻心之策，瓦解尚军。此后，便以此片区域为皇域，定都镐京，依雁荡山而筑建皇城，收揽天下河山万里于眼。

此时，地旷人稀之处，隐隐传来烈马长嘶，叫这孤旷暮夜横生出几分诡衔窃辔的滋味来。

---

[1] 因是架空年代，为免时间混淆，是故纪年不起年号，直接以在位帝王纪年。

黑云退藏于密，皎月渐润道野。遥遥见得一骑高头大马，奋蹄扬足，行驰在前头。那马通体上下色若净雪，纯一不杂，在如此黑乌淆杂的夜色下，通身发出银白光泽，姿威赫赫，竟是当世少见的“照夜玉狮子”。

马上男子名唤萧子岩，二十岁出头，剑眉星目，高鼻白面，冠带束发，足蹬鹿皮紧靴，身着黛蓝颜色武士服，腰束鞶带，身后黑色披风，招摇有致。

虽是面冷仪素，土木形骸，周身却有飒飒英气，毫无鞍马疲意。看他策马而行，银纹鞘长剑背负身后，无疑是名剑士。

白马剑士身后，紧跟着的却是一辆黑漆马车，大轮高盖，四马并驰。马车既大又黑，有寻常马车四倍大，漆黑色的马、漆黑色的车身，连车身周围的垂饰丝幔也是暗沉沉的黑。

都说黑与白是最为简约、纯粹的颜色。这辆马车乍看之下，确实简约，蒲叶包轮，行时静稳，除了它的大，无一丝一毫夺目之处，甚至，在这样的黑夜里几无存在感。

马车沿着官道一路疾行，朝商丘城东门而去。车后扬起飞沙落叶，纷乱追随，但行一阵，又觉无望，便嫁风娶尘，各自去了。一布夜色，苍苍侵袭，若里头潜伏着洪荒巨兽，从后方压至，前方一处日色清光淡淡掩来。

黑白交替，已是晨起时分。

路上车所过处，天际鱼肚白渐起，前方城门恰开。

古老的青壁城墙上，零落地站着几名守军，上方大纛有一搭没一搭地起伏舒卷，懒散地展着“西秦”二字。

马车进入商丘城时，已是残月退隐，碧空如洗。

虽说时下西秦皇室式微，可皇域到底位处天下的中心，是以这商丘城并不算荒芜之城，通衢广陌，四衢八街，平日里时见各国商旅往来，颇是熙攘。

此际天色尚余晦意，早市未开，街道两旁店铺多未开张。路上人影往来寥落，只是些起早贪黑、步履匆匆的贩夫走卒。

马车不见停滞，有目的地顺着通衢大道辘辘前行。转过精致食肆，路过典雅酒楼，驾入一条衰颓偏僻的小道中，停在一间客栈前。

客栈门户皆由青石所砌，正门檐下左右有风灯两盏。夜色去得太快，叫人措手不及。檐下灯火未灭，在白日下，光色隐然。

两灯正中央，有一块残旧褪色牌匾。这块充满岁月痕迹的牌匾上，书着篆体“无名居”三字。

字迹起收呈圆，不落棱角，有垂露之异。结体宽博，大巧若拙，点线古朴，有一种铅华洗尽的风骨内蕴。

马车方停不久，门边侍者迎身上前。萧子岩尚未松缰下马，马车上驾车的白衣少年身一动，瞬目间足稳身定，站立在地。

白衣少年宽袖轻袍，容止飘逸，腰间、衣襟、袖口为茶白水蓝线缠草纹绫束；墨发以水云色缎带绑系，两侧鬓发飞散垂延，又兼了满面笑容，神采极是张扬。

少年双目游移，打量客栈，开眉笑眼对侍者打趣道：“二十多年前我来过此地，今日旧地重行，竟是未见分毫析厘之变，依旧人迹寥落、门可罗雀……我可真好奇，在这样偏僻的小巷里开客栈，这么些年，你们究竟靠啥子吃饭？”

侍者方脸粗眉，唇上蓄着髭须，脖子虽粗，却不显短，依相貌上看，年纪有四十好几，脸颊上横亘的一道刀疤，触目惊心，泄露了他曾刀头舔血、滚爬江湖的痕迹。这白衣少年言语恣肆无忌，叫旁人听来委实无礼，可侍者倒是对这狂朋怪友毫不责诘，反奇怪地一笑：“客官此问倒奇，人自然是靠嘴吃饭，难不成客官还能独辟蹊径？”他不笑还好，这一笑起来，伤疤在皱纹里头扭曲，哪里有半分慈眉善目的影子？任谁看了，心头都难免战战兢兢。

白衣少年仰首大笑，几步近其身，拍了拍侍者肩膀，道：“你呀你呀……我与你二十多年未见，你竟是一点儿也未变。”

侍者抬眸看他，道：“客官此言便更是谬妄无稽了，眼看如今小人已鬓染霜白，面似靴皮，怎的能是一点儿未变？倒是客官姿容飞扬，依旧桃红当年春。”

白衣少年扬了扬眉毛，一缕头发被风拂到脸上，他用指钩起来，往身后撩去，旋即睃他一眼，哼了哼道：“靖老哥舌头安了弹簧，小弟说不过你啦。”

侍者摇摇头，认真道：“这里几时有什么老哥、小弟？只有客官、小二。不知客官此番所为何来？”

听他开门见山，白衣少年侧眸，对他话里真意置若罔闻，反将一军，道：“这客人来客栈，还能干什么？除了吃饭，便是睡觉罢了……”

侍者舌挢不下，稀奇道：“果真如此？”

白衣少年煞有介事地点头道：“果真如此。”

侍者道：“好。”随即请身而入，“客官里边请。”

“哎，慢着……”白衣少年一手拉住中年侍者，总不能为了逞一时口舌之快，便忘了来此的初衷，扯着侍者衣袖一本正经道，“我只说我是来吃饭睡觉，并未说他们也是来吃饭睡觉的。”

萧子岩利索跃下马，抱拳揖手，恭敬地朝中年侍者道明来意：“后生此行特求先生指路。”

中年侍者连退两步，亦抬手作揖，道：“不敢。”

萧子岩不扯赘言，直接问道：“昔闻商丘城中有山‘无名’，先生可知欲寻此山，应往何处走？”

中年侍者皱了眉，额心川峦起伏，道：“小人偏居一隅，有名者，尚是寡闻，无名者，又岂能晓知所在何处？”

萧子岩为人肃正，哪能及这侍者舌灿如莲？明知对方在挑自己言语错漏，也无可奈何，毕竟有求于人，又不得弄强。他面有难色，正踌躇着如何接口，便已有人接话道：“无名有名，皆是虚名，后生不独寻山，重在寻贤。先生伴无名前辈居无名居多年，岂会不知无名前辈山居所在？后生此番前来，求见无名前辈，望祈先生指点迷津。”

声音从马车内传出，朗然若空山清泉流水，清脆如瓷盘落珠溅玉，清冽之中，又有一种如隔天外的错感，是一种徐徐有致的端雅。言辞之间既直截了当，又稳妥有礼，很是令人舒坦。

中年侍者心下思忖，眼角余光瞥了身侧人一眼。白衣少年两手环胸，靠在门上，眼神四处游移，一脸事不关己模样：“你别偷看我啊，偷看也没有用，这可和我没关系。”随即手指又摩挲着下巴，琢磨起来，“不过话又说回来了，罗靖老哥长目飞耳，明知千里之外、隐微之中，有什么是你不晓得的？更何况，我这师侄索垢寻疵的性子，我最是了解，与其让他费番力气，扰了彼此清静，倒不如老哥你利利索索指一条明路，你我方便，大家方便。”

罗靖眉头微微一蹙，颇有些不悦道：“你师侄？”

白衣少年点点头：“不错。”

罗靖踌躇片刻，侧身对马车一揖，继而抬手往东面指道：“东行三十五里，三峰取中，诸位自能寻，届时有没有能力见、先生见与不见，便与小人无干了。”

车厢中人声音舒然，道：“如此……谢过先生了。”

“不必，客官慢行。”说罢，已是自行转身入内。

马车过街穿野，东行不到一个时辰，遥遥可见前方三峰奇峻并立，峰如夹屏，虽不高耸，但诸峰胜在秀雅。岚烟缈缈缭绕，日照之下烂银碎金，接天连地。

山下野林不大，林木却甚是茂盛。今秋来得早，少许枯卷叶已在枝上各自发黄，但有风过，便如蝴蝶似的，在半空旋舞起来，纷纷扬扬，不甘不愿，无可奈何地择了一方土地，化泥去了。

马车沿着林间小石道前行，车轮自泥上碾过，辘辘作响，沾了一轮子的碎叶末儿。

此刻除了车轮声，四下俱寂。

巳时左右，车轮声止，马车至山趺即停。白衣少年轻盈一跃，跳下马车。紧接着，车厢中，一只光洁如白玉的修颀玉手撩开遮帘，男子自车厢内屈身下车——一身斜纹罗乌色右衽宽袖长衣，腰束玄色绫带，外罩素纱罩衣，广袖长摆，闲闲而立；领襟袖裾衣角，皆有幽兰银线纹样，细细微风一来，摆袂轻扬，飘飘然超尘拔俗。因为逆光，面容倒瞧不清晰，只见得他头戴莲花玉冠，高高束发，有缠莲犀角簪横插，单瞧身影，已显唐棣之姿。

其时日色本正亮，放眼遥望，山间云蒸霞蔚，流光溢彩，竟远不及此人姿仪灼灼耀目。

乌衣男子转身，以手做檐触额，似是在打量这相连一处的三座山峰，眉目皆被手影遮掩，只看得到下半张脸，下颌微扬，唇际弯出一抹清华笑弧。

萧子岩跃马落下，举步上前，请示道："公子可是从中峰上？"

乌衣男子偏过首看他，温然道："应走左峰。"

萧子岩眉宇一收，显有疑虑，道："那位先生说三峰取中，不就是指中峰？"

"此三峰，中峰最高，左峰次之，继而右峰。那位先生精于言辞，用词必不偏颇，三峰取中，而非三峰于中，理应行左。"乌衣男子耐心释义，以手遥指山峰，修长手指在日光下仿佛化作了玉，宽袖在风中一扬，袖襟上的银纹便闪出痕迹。

言罢，轻身一动，人已孤身入了山中。

山势极是陡峭，可那乌色身形轻盈，攀山越岭如履平地。萧子岩欲随他入山，眼角余光白影一闪，一只手已挡在他身前。

"等等——"白衣少年下巴朝乌衣男子所往的山峰一扬，努了努嘴，道，"你可见左峰半山处苍松之形？"

萧子岩面色静冷，唇角缓缓抿起，沉吟道："阵法？"

白衣少年扬眉道："规矩之中，一顺一逆，互相融合，却又互相对峙，这阵法借隐天数地形，你有把握全身而退吗？如若有，我便许你上去。"

萧子岩仰头，凝着眉，探看半山腰处的苍松，风吹松啸，形势迷蒙难测。那孤冷的眉宇间，略沾了几许悒怏之色，他缓缓垂首：“子岩不谙阵法。”

“你不懂阵法，我也不懂阵法，那还逞什么强？好生待着。”

“可公子他……”

“他什么他，他用得着你忧心？谁能轻易伤他分毫？”白衣男子一把将他提上马车，兀自摸着腰骨伸了个懒腰，倚靠着凭几睡了。

山峰山势陡峭，极为险峻，乌衣男子逆风势而上，仍旧身轻体健，仪态从容。

御气起伏，行至半山腰处，男子兀然停下。周围生着一棵棵奇形怪状的苍松，密密层层，一有风来，便发出万顷狂涛般的声浪。

山地根本无路径可言，潦潦草草地生着尺余高的蓬乱杂草。明明日照正锐，可那依山而生的万千苍松周围如有无形气罩，很是玄诡，置身其中，叫人浑觉寒气透骨，冷贯周身。

这山中有阵法。

乾始于西北，坤尽于东南。其阳在北，其阴在南。此阵，乃依大定神数，而布六十四卦阵。推其动静，得两仪之本；淌其始交，得四象之原；循其变化，识卦位之分。

乌衣男子环视周围，以物辨方位，逆行数步，继而西北方位行，接着倏转东南方位行。他便是如此忽左忽右、忽前忽后，看似不过随意行走，周围却骤生游光如幻，仿佛云雾飞旋缭绕。

最后，乌衣男子在一块岩石前立定。

一阵风过，尽拂苍松作啸。日色穿越枝丫，好像满树都长了眼睛，既诡秘又亮目，正注视着来人。飞叶盘旋自落，折入光芒，带起流光与金辉，骤染于男子深眸中。他看定西北角处，跃身而去。

及至后，见身前松篁交翠间，有茅屋院落一座。

柴扉间伸出几枝红杏，清香漫息，屋侧有修竹盎然，翠意难言。乌衣男子轻叩门扉三下，无人回应，然柴扉自开。庭中几处圆石桌椅，与桃李相依，意境自来。乌衣男子并不进入，依旧站立原位。

有顷，里间悠悠传出一缕笛音，笛音悠扬空灵，仿佛来自另一个空间。

几许金沙日色穿过云霭，铺泻茅屋之间，清朗阒然中无端生出几许幽诡，方才萦绕苍松间的迷雾又是渐起。

周际山风激荡。乌衣男子负手身后，合目而立，心如静潭，清如沉碧，一身衣袖兀自随风飘动。

不知过了多久，笛音渐然消弭。

乌衣男子睁目，之前的茅屋院落遽然消失，变幻成一面平滑如镜的弈枰石壁。壁上黑白百余子，密密交错而布，攻守所在，互为胶着，乃残局一盘。

对于此番变数，乌衣男子面上一派静定，无丝毫讶异。因为他早已知道，方才的茅屋院落，只是笛声控魂产生的幻境——此一类阵法乃以音控阵，以音变幻，蕴布假象，扰人心神。

方才他三叩柴扉而不入，正是破除幻境的中心点。若是入了门，便是进了吹笛者的幻境中，届时被其笛音所控，走火入魔，也只是一息间的事。

若无三分眼力，怎能知道这平静里头，潜伏着生死玄机？

有声音在乌衣男子耳侧响起："汝若能破此'无名棋局'，前方便有路，否则，还是好生下山去，莫要自取羞辱。"

这声音并不响亮，反而低沉，缥缥缈缈，似自四方来，又散四方去，但字字清晰平和，如有人正立于乌衣男子身侧言语。

男子身侧分明无人。

这正是武技秘术中"隔空传音"一门，内劲修为非达武圣阶之上，皆难以修炼，更莫说施展此技。

"晚辈不才，愿以八子破前辈此局。"乌衣男子亦是隔空传音，声如水波，在空间无形递散，往去处去。

他的语气与神情，皆平淡无波，亦无丝毫傲然，但是，有些话说出来，本身就已是一种傲然。

主人家闻言一哂，道："这么多年，有多少人想破此残局？他们不是武林泰斗，便是江湖高手，在破局之前，他们也都如此自信，只是，结果有谁不是徒劳而返？纵是棋艺成风尽垩，一如秦睿，亦功失于此。八子想破这棋局，莫非汝棋艺能在汝师之上？"语气至末，无轻视无嘲讽，反而更像规劝。

乌衣男子满面浅笑如春，飞袂宽袖朗然风流，恭而有礼道："成与不成，尚请前辈观晚辈一试，八子内若破不了此局，晚辈心甘情愿下山，绝不敢叨扰前辈半分。"

主人家道："汝既敢放言于此，且让汝一试亦无妨。"

乌衣男子面色静淡，只余一丝清锐笑意存留唇际，宽袖拂往白子大盒中，食、中二指合并，一扬，气劲暗运白石子入盘。

第一手白子恰恰落入盘中黑子密布围绕之处，自引死劫。这等下法大违棋理，主人家观子诧异，道："自寻死路！岂有这等下法？"

乌衣男子一手背在身后，一手抚子，道："局中无活路，并非无路，死路岂非亦是路？拨冗为简，死可转生，路自显矣。"话音方落，石盘上之前一大片无气白子均自行离盘，回落棋盒中。少了这白茫茫一大片，满局竟是大改原先纠缠掣肘的死局，呈现一派阔朗之势。只以一子送死，便颠覆全局形势，虽说依旧是黑强白弱，却已是活局。他的师尊当年困于此局，引为平生大憾，后来与他提及。此局他已揣摩多年，若无解开的方法，他岂会来此自取其辱？

主人家自然不知这其中来去，观局叹息道："死地转生，大妙！"

乌衣男子白子利落入盘，七枚白子连连落后，盘中已是乾坤颠倒，天翻地覆。

白子势围黑子，黑子败局已现。

依主人家所言位置代落黑子后，乌衣男子宽袖无风自起，并合两指引白子落平二五位，终。黑子势颓，无路可走。

恰恰八子，自绝门路，死地后生，行于不可行之处，走于不可走之路，势力渗透，诱敌深入，呈合围之势，有道是：围师必阙，观其不治而冲之者，不但欲出，更乱其势，一举歼灭。他每落一子，都引动万千，主人家一阵大笑，言语间赞色大显，道：“小子打法，真叫人匪夷所思，妙哉，妙哉！这棋艺可比汝师强多了……”

“前辈谬赞。若真论棋艺，晚辈自知不如家师，然一盘棋局决定输赢的，未必皆在技法。”乌衣男子舒眉笑目，“局方而静，棋圆而动，以法天地。天地方圆，山河纵横自成，其后生杀攻占，围势夺子，皆在人。人主在心，所谓围棋，围形围势，形势亦皆因人心而变。人成形，心成势，此局形已成，是故破势已不在技法，而在心，心有所绝，自会有所生。”

主人家听罢，笑道：“好！”声音方罢，便见棋盘之上黑白棋子间气流涌动，灵光幻生。

黑白子瞬间飞速旋转，如世间万物的起伏变动，沧海桑田，直叫人眼花缭乱。

原本绵绵风势陡起，狂烈惊人，扯动男子乌衣纷乱如涛。劲风呼呼地吹刮，山间苍松枝叶摩擦，林啸之声甚是狂野，如一头重伤的巨兽，吃力地哀啸、嘶鸣。这样原始的野蛮、末路的劲霸，林啸声息中，无端携着一种山残水尽的悲凉。

苍穹间浓云蔽日，那石壁上，正诡异地长出一树木兰花。

枝干粗野，散叶展枝，以势不可当之姿生长、绽放。木兰霸占整个枝头，静定、刺目、茁壮、盛放。那绽放姿态，如白云倾坠满树，芳香浸息，自成馨逸。

端庄中自有邪狎，净洁中又有妖气，无端端带着不祥意。

是杀气!

石壁里长出一束“杀气”，冷冷地、迅疾地逼近乌衣男子。身侧枝叶，竟仿佛为刀剑所击一般，断折落地。

乌衣男子脸上笑容渐渐淡了下去，额心少有地锁起。

无相剑阵!

一朵朵长出来的木兰，果然瞬间皆化为剑。千剑万剑，倏然冲出。剑光盈动，白芒流转，犹如箭射弩喷，朝乌衣男子迅猛射去。

乌衣男子疾退数步，阖目，以耳辨声，扣手仅余食指、中指紧并。两指动处，荧光丝缕。一缕惨淡日色反射其上，折出金锐，竟若手中有一把无形长剑。

所处山峰一时变幻如虚空之境。

苍龙连蜷于左，白虎猛踞于右，朱雀奋翼于前，灵龟圈首于后。

周围朵朵木兰剑气肆溢，纵横捭阖，极是猛锐，一如那火光电掣，暗蕴二十八星宿五行运转，带出劲风，震荡着乌衣男子袍袖。

风中锋锐显现。

木兰剑刃由虚化实，聚花成刃，如水银泻地，无孔不入。此象等同万千利刃，于周身飞速来回，确实凶险万端。若置身其中之人掉以轻心，哪怕不过瞬息，照样有粉身碎骨之危。

周围所见的皆是假象，只有那利刃破空的声音掩饰不了。以耳觉辨识击来的凌厉，乌衣男子身形飘忽逆转，移青龙、改离位、变癸水，天禽位镇中宫，周身剑气纵横护体——木兰剑在他身侧粉碎。

寒劲凛冽，叫四方一时如坠冰山，零碎的木兰剑气顿化雪风透骨，旋转扑至。男子指尖动处反控雪而行，点点精芒飞落石壁。淡风轻过，石屑齑粉纷飞。他指节紧扣，仰首朗然一声清啸，啸声遍传山间，似在涤荡体内所有淤滞。

拨云见日，天清地阔，石壁上的一树木兰花渐渐淡化。好像一场梦，一场惊天动地的梦，令人自觉渺小。

就是一场梦。一切目眩神迷，只是绮丽幻梦。

无形中摧毁人性命的，不是刀锋，而是幻觉。人到底需要多强的力量，才能抵挡住生之幻觉，不为所动？

风静，影静。

日头光斑耀眼，晃上乌衣男子清俊而又稍显苍白的脸。一点血色，在他左肩头，隐隐扩散。

那面幻象丛生的石壁上，赫然多了一个“静”字，在光芒里，圆润如斯，无锋芒，无煞气，字是字，人是人，没有任何关系。然十几处笔画之间，皆是破阵之法门——这是“书”阵。

这阵中一剑，险些便要穿透他的肩骨，所幸在危急时刻，阵中法门已被他所破。

“此局虽打了平局，但二十八星宿无相剑阵能弹指破去，罢了。”空中声音又响起来，叹息道，“汝乃有缘人，上来吧。”

乌衣男子睁眼，目光自始至终未曾落在那石壁上。

一眼也无。

未时三刻，日色偏西。

乌衣男子踏上山峰之巅。巅峰之上，云雾恣意缭绕，似飞似动，忽起忽沉，飘忽未定。

天地苍茫。

峰中云雾缭绕正浓处，有石屋一座。石屋乃借山石岩洞，缀以人工斧凿而成，形状好似一个翻扣的盆。石屋左侧一棵苍劲老松高耸兀立，枝叶罩日，童童如盖。

天像盖笠，地法覆盆。一片寂静中，此情此景，竟叫人横生地老天荒的错觉。

石屋之门乃普通木制，紧紧关闭。门前垂着一大片藤萝，缠绕蔓延，及地直拖了丈余。

乌衣男子行近树下，无推门，只是在门前拱手作揖：“晚辈求见无名前辈。”

“既已无名，何以堪称前辈？”屋中有声音传来。

声音苍老，沉滞如闷鼓，毕竟离得近，与方才半山腰处空荡荡的声音有所不同，但乌衣男子知道是同一人。

声音虽苍老，却沉而有力，常者难及。

乌衣男子两手对掖在袖，衣袂随风："前辈乃名无名，非真无名，更何况，无名有名不重要，闻道先者，皆为前辈。"

"恭而有礼，雅人清致。"无名笑语，回忆道，"三四十年前……老朽岁数已大，已记不大清了。老朽曾上蓬莱山，与石翁老头较弈手谈，同那小子，哦，就是你师父，有半面之旧。彼时他未入江湖，容止翩翩，不失礼数。如今回思，这神态举止，你们师徒二人，倒有三分神似，不同清波、白衣俩丫头……那俩丫头，一个性情乖张，一个狷介不羁，这两个女娃的性情，才像石翁老头教出来的弟子啊！可惜后来……"笑声中似有低低叹息，未待乌衣男子察应，无名已转开话题，"这无名峰，秦睿都不曾走到此地。上山途中，音、棋、书，依次三阵，棋局吾与他相持二十四子，便又陷死局，他只能下山……"

乌衣男子道："晚辈侥幸。"

无名道："非汝侥幸……"

乌衣男子面色端然，缄默静听。

无名道："棋局中，陷自己于死地；剑阵中，陷自己于中心险境。老朽在世间也算苟活百年，像你这样的人，倒也算少见。"

乌衣男子笑意自然，在这样一代宗师之前，他毋庸讳言，道："棋局中，死地方能得后生；阵法中，险地方可取破绽。如不为之，现时晚辈就是站在山下，而非站在这巅峰之上与前辈交谈……环境所逼，晚辈亦无法，只能明知不可为而为之。若道路安逸，谁会愿意舍生求险？"

他这一番话，说得别有深意，无名心中一顿，转而问道："你此番欲见我，所为何事？"

乌衣男子款款道："师祖已仙去，叔云子前辈游戏人间，神龙见首不见尾。天下知晓玄天策隐秘，并且晚辈有机会见到的，大抵剩前辈一人矣。"

无名问："你想知道玄天策之秘？"

乌衣男子道："久闻前辈高贤，晚辈语涉浅陋，以莛叩钟，自知唐突，然心有迷惑，望前辈为晚辈析疑匡谬。"

无名道："若能入得了这屋中，破了最后一局，老朽知无不言。"

"上山一路上，音阵、棋局、书阵，若晚辈所料不差，这最后一局，应该是画局吧？"乌衣男子眼底有了然，脸上笑容有如流水湛湛、桃夭春绽。

无名道："韵中入音摄魂，乃察汝神；棋中死局颠覆，乃探汝心；书中幻觉如剑，乃观汝意；这最后一局，乃审汝志。不过，要破最后一局，你须先入这屋中来。有门无路，有路无门，这淡雾之中，乃老朽布下的天元九星阵……"

天元九星阵乃昔日天下三大奇阵之一，堪称奇阵中之奇阵，莫说能破此阵之人，便是能设此阵法之人，当世绝难过三。

其中"天元"之意，乃言世间先天之象阴阳相对，对峙之中，化机所出，造物之间，源起于此，故曰天元。九星意即五行，论其正则直者为木、圆者为金、曲者为水、锐者为火、方者为土，为河图五行矣。因有贪狼木、巨门土、禄存土、文曲水、廉贞火、武曲金、破军金、左辅土、右弼金，洛书九气之变，是以名九星。

此阵之精妙所在，正于先天入后天，不单以奇门之术而建，且是三大秘术太乙、奇门、六壬三式互为结合，极其奇诡难测。

乌衣男子微微伸手。一片落叶飞落掌心，卷缩苍枯，带着它一生的疲倦。他弹指轻挥，稽首道："晚辈愿请一试。"

语罢，乌衣男子行近树下，盘膝而坐，双目微阖。瞧他面容间一派端然自在，实则心中却是大为警惕：此阵中，危机八九七十二处，有九十三万七千一百六十八种变化，每行一步，有如履危崖之险，半分行差踏错，便会命丧阵中。

然而，变化虽多，核心规律却始终如一。

他调息静神，推算其中变化。

日渐西斜，金乌将沉。

山峰之巅因是最高处，漫天云霞仿佛被烈火焚烧，覆盖延绵至山巅。绛紫彤云交错铺陈，一缕淡雾萦绕山巅周际，两相交映，极显幽诡缥缈。

酉时六刻。

乌衣男子长身立起，睁开眼，步踏东南巽位，侧身对着石屋所在。屋前有藤。凡植物之荣枯华实，莫不是西南之卦。西南巽，先天入后天，则为东南巽。他复闭目，直行三步，斜三步，退三步，一生三，三生始复，绕树而转。

九宫为地，八门为人，九星为天。而天像盖笠，地法覆盆，人在正中。绕树而行，脚下方位如盘已出，九宫变转。

九宫入八门，八门分二遁，休、生、伤、开，杜、景、死、惊。

周而复始。

男子举步时，那一身纹路式样简素的乌色长袍，偏偏将他颀长身段衬得秀逸非常，一举一动如兰花兀绽，透着一种由内而外的贵气清雅。

待乌衣男子睁眼之时，周围雾痕尽退，夕照如火，映红他的容颜。

此际那株原立在石屋左侧的苍松，竟已变在右侧，而石屋木门一侧的石壁上，兀然开了一个拱形半圆口子。藤蔓皆收，正是入口所在。

此时，入口处正悠悠传来琴声如缕。入耳澹无味，惬心潜有情，此音澄透悠然，浩渺萦绕，叫人如置身于天外仙山。仙山之处，有海依伴，海心有神女彩晖临照，自得其乐，尘嚣皆忘，红尘尽褪。

乌衣男子闭目细听，似享受此澹净妙音，唇角笑弧轻绽，徐徐道："海上之人有好鸥鸟者，每旦之海上，从鸥鸟游，鸥鸟之至者百住而不止。其父曰，'吾闻鸥鸟皆从汝游，汝取来，吾玩之'，明日之海上，鸥鸟舞而不下也。"[1]

---

[1] 引用《列子·黄帝篇》之《好鸥鸟者》。《五知斋琴谱》亦有载：有海翁者，常游海上，群鸥习而狎焉。其妻知之。抵暮还家，谓翁曰："鸥鸟可娱，盍携一二归玩之。"至旦往，则群鸥高飞而不下矣。乃知前此之忘机也。

少时，琴音渐低，一曲已终了。

无名道："请进。"

乌衣男子正对入口所在，敛襟振袖，仍旧有礼一揖，继而方缓步入内。

迎面一线沉香扑鼻而来，其味不甚浓，妙在清。只见屋中极为素朴，有几，有榻，有屏。墙上一轴芦雁，屏前横放漆木叠床，床上置栅足书案，案上披着一张细麻席布，其上有未燃油灯一盏、未展画轴一卷、雕纹竹筒杯一对、银熏球一枚。

银熏球悬吊在一小架中心，熏球间丝缕轻烟缈缈絮绕，淡而不散。案后一名老者盘膝而坐，膝上置一张七弦古琴。

老者身着灰白轻袍，青色腰带间束着一柄七孔竹笛，头戴云冠，以木簪束发，唇下蓄着三绺四寸来长的胡须。其须发皆白，然面目清癯，庞眉鹤骨，样貌清奇。从样子上看，应是年在古稀。不过乌衣男子知道，无名实际年岁已过百有七。修武者生命比寻常人长，活到百余岁者，皆不足为奇。

无名将琴置于案旁，牵袖往对面一请。

乌衣男子拱手长揖道谢，旋即行至无名对面，于席垫上，掠袍跽坐。他眉目间的笑意从未退去，手整了整衣袖，叠放在膝上，款款道："一曲《鸥鹭忘机》，涤尽胸腔污浊，极是畅怀！早知如此，晚辈此行应带上忘机茶，方不失前辈此妙音所顾。"

无名面色淡淡，问道："竟有茶名忘机？不知如何而成，其味又如何？"

乌衣男子闲闲一笑，道："忘机茶，乃取熟茶料拼配，取荷叶包裹，置于老瓮，深埋于地，凝其荷香陈韵。四年后，开瓮取之。以昆仑雪山之巅冰雪所化之水冲瀹，其色醇红，其味厚滑，既有荷之冷香清贵，又有古松之高峻疏狂，每辄饮之，直叫人畅意满怀。"

无名白眉轻扬，捋须辗然而笑，道："有道是'君子与其练达，不若朴鲁；与其曲谨，不若疏狂'，此番听汝所言，此茶倒尽得此中精妙，其主人理应亦是如此，方不为哀梨蒸食之辈。如有机缘，老朽亦想尝尝此茶滋味，是否真配得吾曲。”

闻弦歌而知雅意，无名意在言外，乌衣男子端然正首，淡淡道：“前辈一番苦心谨劝，晚辈必当牢记于心。待晚辈志成之日，必携忘机茶至此，再聆听前辈一曲。”

无名摇头，言简意深：“日后忘机，不如此刻忘机。”

无名惜这晚辈后生才德双具，又悟性极高，他言外之味，弦外之响，无非在乌衣男子开始第四局前，先规劝他放手，素心若兰，此身只合云天外，莫要纵身搅入这天下的诡谋机算之中。

无名之曲，无名之语，皆有此规劝。

乌衣男子并非藐藐之辈，岂有不明之理？可偏偏他面色不改，眉眼间依然是那水波不兴的清湛笑意，端然反问道：“怀其宝而迷其邦，可谓仁乎？当前霸国争，狼烟起，天下百姓皆饱受战火荼毒，试问人人忘机，置百姓于何地？常言道‘小修修于山，大修修于世’，晚辈此际意志未成，实难背弃所有，静心一曲忘机，小修于山。”

黄昏夕照越发倾斜，残光浸入这石屋中来，洒在栅足案间，只见那橙红缤纷，溢了案边人满襟碎影。

无名审视了他一番，道：“听你之意，倒是责怪老朽罔顾天下百姓死活，背弃所有，小修于山了？”

乌衣男子欠身以礼道：“晚辈不敢。”

无名掀袖冷笑：“哼，吾乃山野懒惰之流，不省安国宁家之术，自然只能小修于山。”

乌衣男子唇角依旧衔着浅淡笑痕，眼底更是一番坦荡赤诚，仿佛对无名言语中的机锋丝毫不萦于心，抬手一礼，道：“前辈谆谆告诫，沃我心灵，开我蒙聩，晚辈却瞽言妄举，不敢求祈前辈见谅。晚辈亦知，前辈若真不顾他人死活，那么此番，凭前辈之能，晚辈即便过了三关，破了奇阵，也未必能踏入这石屋中来，与前辈促膝而谈……”

对方言语恭敬有度，即便是他有意挑什么错漏，也寻不出来。

无名长眉低垂，抬手将案旁七弦琴收入琴盒中，口中微有叹息，道："天下万物，均有法则，合久必分，分久必合，想以人力定天下，不可也……"

"万物浮沉，人生浮沉，皆依赖天数，确难料定，然晚辈唯愿倾尽所能，还心头志愿。幸与不幸，可与不可，但看自身造化。"乌衣男子眸中映着光影，非但不显得迷离，反而更觉清傲峻远。

无名手下动作一顿，目光落在乌衣男子身上，似是凝视，若有所思。有顷，他面容舒展，笑展案上画轴，指着画卷道："你在画中，看到什么？"

乌衣男子垂眸而视，画帛上一片净白，分明无丝毫痕迹，只有夕照倾在其上，带动一种谜一般的光影。

乌衣男子细看画卷，无名看着乌衣男子。

两人便如此过了片刻，乌衣男子道："天高海阔，自凭翱翔。"

第四局画局，就是这幅无画之画。

无名捋须，点头不语。

乌衣男子反问道："请恕晚辈冒昧，不知此画在前辈眼中，又是如何？"

无名微微一愣，继而拊掌大笑，扶案立起，大步走出石屋，声音自外方传来："化外之境，红尘皆退。"

化外之境，红尘皆退？乌衣男子斜目一笑，亦是起身，随之走出。

二 / 桑落瓦解

两人立在山峰的最高处，将一派连绵山河尽收眼底。

无名抬手指向一处，乌衣男子纵目，随他所指看去。

远处一片连绵山脉之间，有大山高高耸起，直插云霄。一座恢宏巍峨的皇城坐落其间，依山而建，气象威赫。此时落霞倾照，彤云如火，一片夕色中的皇城，仍是耀目灼然。

无名安步当车，双手负于身后，道：“那便是西秦皇城所在。昔年始帝伯桑伐夏，推翻大夏皇朝，后大败尚无骧尚军，席卷六合八方。这东南西北、大大小小数百诸侯国，四百多年前，哪一个不向皇域俯首称臣？”

乌衣男子道：“的确，始帝圣神文武，昭帝承始帝志，安内攘外，宽政缓民，后继景帝、明帝皆为一代圣君。只可惜，传至九代喜帝，帝国已露衰微之象。”

后来，成帝中兴，益、怀、兆三帝亦算守成，却已无力控制各国诸侯的强大之势。到了十七代幽帝，宠爱风武华，沉迷美色，自引祸患，在行猎时，竟丧命于一头黑熊口中。幽帝无子，众老臣拥戴其二兄瑞王之子公子旻登位，为秦康帝。只是桑落瓦解，其势可见，皇室大权早已旁落，康帝哪怕有宏图志向，但帝国崩颓之势已是狂澜难挽的定局。且闻康帝为幽帝叛逆余部所害，常年缠绵病榻，帝皇之位早已形同虚设，虽有太子翌协领国政，也改变不了中央皇权名存实亡的事实。这，早已是群雄逐鹿的时代。

无名看这满目河山如旧，却已是夕阳渐老，心中自生恍恍之意。

西秦天下满目疮痍，但凡有才之士，心里何尝没有匡扶之心？

只是“数之所在，理不得而夺之；命之所在，人不得而强之”，西秦气数将尽，皇城内皇位上的天子，还有世称天纵奇才的太子翌，都无力斡旋天地，补缀乾坤，凭他一人之力，又已近枯朽之年，眼见东海逝波，怎奈之何哉？

如今天下，百国之中，有六国最强。东北雍国临海，资源丰富；东南靖、襄富饶人众；南部穆国，领土为至广；西部卫国，铁骑无双；而宁国位处中土，与皇域相邻，原本为皇域屏障之护，后来却一步步吞食皇域城池土地。

其他各个分封小国或为大国所吞并，或依附于各国而存在。各大战国互相掣肘，各方都在蓄养国力，攻小交强，以待时机，是以六国城域内的百姓生活则相对安宁，可那些小国百姓早已是苦不堪言。在几大强国繁荣昌盛、平静如水的表面下，实则风波暗蓄，波涛潜涌。

江山易主，怕是不远矣。

“六大霸国呈犬牙交错之势，在数百诸侯国中佼佼而出，它们哪一个不是朝向皇域，想要夺取山河，问鼎天下？呵呵，那一颗颗狼子野心，早已忘了他们的祖祖辈辈曾经立下誓言，要永固西秦河山……”无名的语气里满是喟叹，目光沧桑，衣袂随风飘摇，似乎眨眼间便会羽化而去。

乌衣男子凝眸看向一处，也不知在思索什么，少时才淡淡开口：“强则称霸，弱则顺势。万千年前，海曾是山，山曾是海，山河都可颠覆，这世间没有什么东西是永恒的，更何况誓言？当初的誓言是真心，今日的争霸也是真心。”

无名一时感慨，发顿腹之言：“老朽虽生于这西秦动乱时期，却也是听着始帝的传奇长大。他曾经是如何叱咤风云，夺万世之潇洒；他所建之西秦帝国，昔日又是如何鼎盛，令人朝拜敬仰。可眼看着西秦根基纲纪点点崩摧，皇权国域步步被蚕食，朝廷陵替，天下混乱，六国争霸，根本不是曾所期待、想象的样貌，老朽这心中，怎会无厌弃寒索之意？只能寄身这荒崖邃谷、萧瑟无人之境。”

乌衣男子面色不见情绪，道：“世间有太多东西容不下‘期待’二字。晚辈亦曾期待过某些东西，而后，心寒彻骨……”

无名侧首，凝视于他。

乌衣男子道：“这么多年来，晚辈踏遍西秦天下大小之地，见过了太多百姓疾苦，彼时晚辈下定决心，此生心愿未达，决不苟活。”

无名言语深深，问道：“汝有何心愿？”

乌衣男子道：“造太平盛世，归海晏河清，还天下百姓丰衣足食！”

无名心下冷笑，须知高树靡阴，独木不林，独他孤身之力，何以也敢作蚍蜉撼树之语？却见山风中，男子乌衣迎风飘扬，身姿颀长而俊挺，仍旧是丝丝缕缕的清贵优雅，偏偏那举止言语间，蕴着一股常人不可堪及的慑人霸气。

——造太平盛世，归海晏河清，还天下百姓丰衣足食。

霸气与清贵，这两者本互为矛盾，在他身上，却恰如其分地融于一体。无名一收心底轻哂之意。

良久，无名直言道："恐不易为。"

乌衣男子不过含笑，一丝傲气便凝于眉眼，道："难为而为之，不可为而为之。世上大多东西，皆是从山穷水尽处开始的。"

无名目中已微露赞色，捋须问道："不怕死吗？"

满山云雾自橙红转绛红，天际一团紫黑影将要压来。

"人命消亡，不过顷刻，死过一回的人，还有什么害怕失去的？"乌衣男子眉眼带笑，笑容里依稀有些苦意，"晚辈自幼命途多舛，一路走来，心之忧危，若蹈虎尾，涉于春冰，后历经人事，备觉人之一身蜩寄世间，便如沧海一粟，恒河一沙。生有何患，死有何惧呢？更何况，有些事情必须有人不计生死去做。"

"怪不得过局破阵之中，竟不把自己性命当回事。"无名摇头一叹，心里暗道：也的确只有这样的人，才能一路披荆斩棘，破他苦心孤诣设下的四阵。

无名兀自拂地而坐，抬手请乌衣男子亦坐下，道："汝欲知何事，但问无妨。"

乌衣男子屈膝坐下，面色静淡，道："晚辈有一惑，尚祈前辈解之。"

无名目光与他相对，表示在听。

乌衣男子双手交叠覆膝，道："四百多年前，白天素与秋意玄两位前辈著有书两部，一者为武学奇书，名《玄天九式》；一者为行兵布阵奇书，名《玄天策》。《玄天策》一直被收入西秦皇宫藏书阁，奉为国之瑰宝，由重兵把守。不知晚辈所言可是有误？"

无名道："无误，确实如此。"

乌衣男子道："可晚辈还听过一句话，'四图、四符、兰心坠、阴阳谱，一十二物指引路，策开玄天，浮图逐鹿’。闻意乃讲，诸物集合可得《玄天策》。可这《玄天策》既已收入皇宫，为何还要集此数物而得之？”

无名摇摇头笑道：“此玄天策非彼《玄天策》也。”

乌衣男子面露惊讶，问道：“前辈所言何意？晚辈愚钝，望请明言。”

无名道：“汝读过古弘的《世遗录》否？”

乌衣男子颔首。

无名道：“中有一段道，‘时瞿国古蔺有一君，姓尚，名无骥，原瞿国贵族之后，先辈获罪于天子，举族为奴’，其所言，便是尚无骥起兵之始。当年尚军气势浩大，起事不过一年，便横扫大夏三分之一河山在手。大夏朝廷无力镇压，照尚军大好形势，一路走下去，江山易尚，指日可待。但你我皆知，结局并非如此。

“当时尚军聚的多是奴隶兵，起义之初，为是废除奴制。那是当时时事所趋，尚无骥因身为奴隶，兼有大才，得奴隶忠心，乃天时人和，因势而起。只可惜，尚无骥本身是贵族出身，他的反抗，是为了洗除自身一族为奴屈辱，并非真正为了众多奴隶。乃至于后来势力扩大，投奔者众多，但这些投靠者中，有贵贱，有高低，奴隶不服贵族，贵族瞧不起奴隶，军中矛盾日益严重，冲突愈演愈烈，之后爆发中军事变，甚多大将脱离尚军。始帝原亦是尚无骥帐下一名大将，便是此事变中离去的大将之一。

“始帝白丁出身，虽无奴籍，却知奴隶之苦，独立之后，聚揽人才的同时，真正做到了不分贵贱，为奴隶做主，渐渐成势，成为与尚军旗鼓相当的另一支起义大军。当时，夏朝虽无力镇压这些起义军，但单凭任何一军，都不足以推翻大夏帝国，才有起初的两军合力，共同抵御朝廷。但大夏倾覆之后，这江山究竟该由谁做主？始帝秦军与尚无骥尚军两相对峙，旗鼓相当，形成二虎相争的局面。究竟是什么打破这个局面，汝可知？”

乌衣男子道："闻说，与尚无骥相比，始帝仁义，更得人心，且得白、秋二贤襄助。"

无名道："为何白、秋二人助的偏偏是始帝，而不是尚无骥？"

乌衣男子问："难道这其中，另有缘故？"

无名道："究其根源，便是玄天策。这玄天策并非一部书，而是一块玉璧，其上有浮图，名曰逐鹿。传说此玄天玉璧凝有仙气，不仅记载前八百年天下之事，预知后八百年之势，并且，得此玄天玉璧者，可洞悉天地万象之变，能得开天辟地之能，能有斡旋乾坤之功。"

"哦？"乌衣男子眼一眯，忆道，"史家有载，'白秋二圣，得璧上令，择明主，辅圣君'，这璧所指，莫非便是这玄天策？"

无名点头："此段史载，所言便是指当时白、秋二人受到玉璧指令，才选择始帝。是以当时还有'玉璧一出，缘显浮图，逐鹿四方，天下大统'之说。上古祈开国之帝广元，正是得此璧助，建祈国。"

"古弘的《世遗录》中，也曾有一笔带过，'时传混沌初开际，遗一天石玄璧，璧上浮图，显祈朝终九九之数。祈享国八百一十年，止于旸'。"乌衣男子輾然笑道，"晚辈原先以为，不过是些秕言谬说，世人风言影语，莫识来因，乱相诳误，不想竟真有如此神区鬼奥之事。"

"枳句来巢，空穴来风，必有因也。"无名亦是随意而笑，道，"上古甲骨文书亦有一载，'后乌黎伐旸，启逐鹿，得六十四诸侯助，建夏'，书中亦载夏朝开国黎帝，乃天纵奇才，竟能借玉璧窥破后世天机，知晓夏朝兴亡命数后，不展愁眉。后思得一技，得当时巫族祭司、长主相助，将玉璧封印，以控制它的强大力量，妄图以此消除数百年后夏朝命数的虚衰。"

乌衣男子道："尽管如此，夏朝最后还是亡了，怕是这封印未有起作用。"

无名摇首道："并不是这封印未起作用，而是妄想以人力颠倒天命，不可也。封印之后的玉璧，的确只成了普通玉璧。当时始帝时期白、秋二人，是解除了一半的封印，才得见玉璧上的内容。至于这半解的玉璧还是否有预知未来、颠倒乾坤之能，或许只有白、秋二人知道了……后来，玉璧的封印，虽只开启一半，力量已是强大，始帝亦想效仿乌黎，但因上古巫族尽灭，不能将它再度封印，是以西秦天下定后，白秋二人明说退隐，实是去寻一处灵气之地，存此玉璧，避免天下为此又起动荡。”

“原来如此。”乌衣男子微微颔首，又问，“那所谓的四图、四符、兰心坠、阴阳谱，又是何解？”

无名道：“白、秋二人费得数年，寻得一处所在，设置四道机关阵法，之后绘制此地的索引地图，将地图分成四份，雕制解锁玉牌符四块，交给身边四位极为信任的同行者。”

乌衣男子面色平静，双眸澄澈了然：“这便是十一年前‘夏侯明、欧阳华’四大家族之始了？”

十一年前的“夏侯明、欧阳华”，正是西秦天下妇孺皆知的六字，其中涵括了自西秦建朝以来，江湖之中最为显赫的四大家族——雍国巨鹿夏侯家[1]、宁国昭华明家、穆国颍城欧阳家、靖国建阳华家。而华家与夏侯家在十一年前与九年前先后被灭。而今江湖四大家族，便仅剩明家与欧阳家了。

“正是。”无名抽出袖中长半尺、直径约莫一寸的竹筒，竹筒口处泥封未开启，他将此物递与乌衣男子，道，“你过老朽四关，此物便赠予你。你想知道的玄天策之秘、一十二物启动方法，皆在其中。你须谨记，质怀初心，不弃大仁，方能勘透乱世中之大势所在。期汝大愿可成，老朽所能做的，只能至此了。”

乌衣男子接过竹筒，伏地行大礼：“谢过前辈。”

---

[1] 文中夏侯先祖本是雍国人，后子孙夏侯文游历宁国为宁惠公招揽，成了宁国第八代国君的左丞相，从此，夏侯家便根落宁国昭华。后文亦有提及，此略注。

无名摆手，扶他起身："谢便不必了。不过老朽倒还心存一惑。"

乌衣男子道："前辈直言无妨。"

无名道："方才瞧得你这阵法易数之修，似乎并非皆为蓬莱石翁一脉，莫非是墨凡还另有师承？"

他说着又兀自皱了皱眉，摇着头喃喃道："不可能。老朽记得当年石翁那老家伙孤傲得很，秦睿是他得意弟子之一，若是拜他人为师，只怕早给那老头废去武功，逐出师门了。你派门规森严，想必你也不敢一人从二师吧？"

"前辈果然眼力敏锐。"乌衣男子毫无避忌，坦然道，"诚然，晚辈易学所得，非尽数源于家师。"

"哦？"无名延着声腔，面上微露奇色，"那又是何人？"

乌衣男子道："数年前，晚辈行经亓渊大漠，归途中偶遇一老仙人，立竿测日，算天远地阔。彼时晚辈好奇，停途观有少时，心中只觉奇妙不可言。那老仙人埋头精算，晚辈侧坐而观，不知不觉中，二人竟不吃不喝相对两天两夜。直到第三日，那位老仙人直喊肚饿，晚辈随即奉出食物佳酿……"

无名掩口道："既是仙人，又岂会肚饿？小子说得好笑。"

乌衣男子摇摇头，也无解释，只继续道："老仙人吃饱喝足后，便教晚辈医卜星相、丹经子书、天文堪舆、道学秘术……所言所讲更有其精算，融汇古来诸家，穷究精深，极尽幽奥。晚辈聆听二月余，皆是精妙所在，受益匪浅。两个月后，一日间晨起醒来，发现那老仙人已不见踪迹。地上留下言语，'六十余日所教，皆为酒食报酬，你我互不欠矣'。归去后，晚辈告知家师此番奇遇，家师方告诉晚辈，此乃当年与师祖齐名的三奇人之一，叔云子前辈。晚辈虽得叔云子前辈授传奇技，却并未拜之为师，是以也不算违反门规。"

"叔云子？"无名听罢，白眉飞扬，拍膝纵声大笑，道，"原来是叔云子，那小老儿什么都能像，唯独不能像仙人，哪有仙人跟他一样市侩的？小子眼看聪慧，这倒是看走眼了。"

乌衣男子但笑不语。

无名笑着笑着，忽然想到什么，一时间目光凝在乌衣男子身上，满目皆是审视。少顷，他突兀问道："你是何年出生？"

乌衣男子疑惑，但仍坦然道："晚辈生于康帝五年。"

"康帝五年，今康帝二十九年，已二十有四。"无名面上有惊色，继续问道，"你与卫国王室有何关系？"

乌衣男子面上水波不兴，抬眸与无名对视，反问道："前辈为何忽作此问？"

"问什么为何！"无名摆手道，"我问你答就是。"

乌衣男子道："晚辈同卫国王室无一丝一毫相干。"

无名眯眼道："果真？"

乌衣男子冷目坚然，言却款款："晚辈指天为誓。"

"发誓倒不必了。"无名惊色已退去，面色回转，讲述方才所问之因，道，"二十四年前，即康帝五年，冬初，我与叔云子偶遇，那夜啸歌饮酒，意外见得异星之象。有星作作有芒，泽如皓月，亮于卫国王都境内。叔云子精通天文，推算太乙数，测言有奇才降世，因在此前三年间，群星聚处，便有向西北部偏转之象。西北部大小诸侯国有十来个，算上大国的，却只有卫、宁二国。那时遭五国分卫大劫刚过的卫国，正由衰惫开始有所变转，算来亦是应天象而变动。其时如有子诞，必是天纵奇才。"

乌衣男子垂着眼睫，淡淡道："二十四年前，卫国的确有位王子出世，怀着那位小王子的，正是卫君最为宠爱的清夫人。"

无名抖了抖眉毛："哦？"

乌衣男子抬眸道："这清夫人素来体弱，勉强生出孩子，却是个死胎。清夫人因伤心过度，一个月后便薨逝了。此事在卫国，倒也不算得什么隐秘之事。当年卫君哀痛，举国上下为此子哀泣三日，几如国丧。"

"原来如此。先前想秦睿在卫国被称为国父，你又是他的弟子，方有适才之问。不过——”

无名忽地一顿，看着乌衣男子，颇是意味深长，道：“你与秦睿虽有师徒之缘，却未必是同道中人。”

乌衣男子沉吟道：“师尊教晚辈武艺，却向来不过问晚辈之事。”

无名拖着腔调，若有所思地“哦”了一声，也不再多言。

此际金乌已坠，玉兔东升。

山巅一侧余霞淤紫，一侧暗蓝森然，亮暗交替，足是美艳难当。乌衣男子答谢无名，起身告辞，长揖而去。

风中乌衣飞袂，残光斜照，衣上襟口宽袖处兰草银光暗折，飘逸脱尘。

无名默默立了少顷，摇摇头笑了笑，不知是叹是喜。转身处，须发飘摇……

乌衣男子下山，行至马车边。白马闲闲，在马车边嗒嗒地来去，四下无人。乌衣男子打开马车厢门，一道目光惊讶看来。

车厢中，萧子岩僵硬坐在一侧，除了一双眼睛，全身上下动也不动，显然是被封了大穴，下了禁制。反观那白衣少年，身子懒懒歪斜在一边，嘴巴一张一合，微微打着鼾，好梦正香。

乌衣男子弹指往萧子岩身上一拂，解开禁制，尚未开口，萧子岩冷峻的面目上尽浮着紧张之色，道：“公子，您可安好？”目光扫至乌衣男子肩上，见有血渍斑斑，看细了，那衣裳破的口子，竟有寸来长，脸色忽变，“这……”

“皮肉之伤，无碍。”乌衣男子身子轻侧，眼角余光往白衣少年身上一掠，笑道，“怎的被师叔点了穴？”

“我……”

萧子岩尚未答话，有人齉着鼻子截了话头：“我若不点这小子穴位，怕是他早冲上山去一万次了。”

白衣少年已半支起身子，叠着两条长腿，两手舒展伸了个懒腰，打着哈欠，对乌衣男子道："可你这一去到底也够久的，我都在怀疑你能否有本事回得来。"

乌衣男子嘴角浮出温润笑意，上了马车，从案角檀木盒中抽了一方帕子，径直捂住了伤口，道："无名前辈通情达理，纵是我不能闯关过阵，也未必会真的为难于我，影师叔不必操心。"

"我操心？"白衣少年瞥了瞥他肩上伤口，知晓无碍，便不多问，指着已跳下马车活动筋骨的萧子岩道，"我是看着他烦心。你这小子一向命硬得很，能出什么事？可他阵法不识，还偏生要上去，送死吗？脑子长脚指头上了吗？这萧面瘫，萧寡言，平时老见他一张冰块脸，闷葫芦似的，却不知竟婆妈成这样。"他挥着手，皱着眉，"真让我腻味。"

萧子岩抿了抿唇，道："这……"毕竟是长辈，他不好辩驳，况且他也不擅辩驳，索性便止住话头。

"哈哈哈……"乌衣男子扬声一笑，探出首，对正在松动筋骨的萧子岩道，"你可真是有福气，连我都羡慕，我这上下跋涉，师叔都不眷顾担忧，你安安稳稳端坐车中，却还叫师叔念叨劳心，我都求不来呢，应该好好谢过师叔。"

萧子岩一脸尴尬，躬身对白衣少年作了一揖，僵着语气道："劳烦师叔费心了，子岩知错。"

白衣少年跷起二郎腿，抖着脚，长长地"嗯"了一声，道："受用，受用。"

乌衣男子无奈笑笑，揭过话题："让清风、清池加快行程的信发出了吗？"

萧子岩点头，恭敬道："公子入狼山前，他们必能赶到。"

"那便好。"乌衣男子将手上的血渍也拭了拭，随手将帕子置于一旁，道，"离开商丘后，你吩咐下去，随行马车周围的洁者留下四五人即可，余者遣回。"

萧子岩皱眉，不解道："离昭华城越近，便越会有人想打探公子的踪迹，这人数减少，岂非自行暴露了接下来行程所在？”

“既已决定要去明光府，还怕什么暴露行程？”乌衣男子眼梢往一旁老神在在的白衣少年一瞥，欣然笑道，“不知赤铜刀皇独孤一刀的刀法绝学，影师叔可还挂念？”

白衣少年倚靠凭几上，托着下巴漫不经心地“嗯”了一声，但过了片刻，才反应过来他说的内容，惊讶道：“你说什么？独孤一刀？”他一下子来了精神，忙趋附上前，兴高采烈地问道，“他不是死了好多年吗？怎么，你有办法让他死而复生？”

乌衣男子整襟拂袖道：“师叔说笑了，我又不是神仙，怎有办法令他死而复生？不过，他死了，他徒弟可还没死。”说着，侧过眼，目光上下打量白衣少年，拖着长腔道，“就不知……”

白衣少年追问：“就不知什么？”

“师叔这么多年筋骨未动了，又有了点岁数，会不会……”乌衣男子看着他，眼底笑意深长，调侃道，“打不动了？”

白衣少年扬起下巴，怒眉瞪眼，中气十足地吼道：“什么，你敢说我老？你小子讨打！看你有伤在身，暂且先饶过你，待你伤好了，我跟你战个三百回合，看还敢不敢说我老！”

十日后，那辆黑马车正驰在去往宁国昭华东城的一条大道上。大道渐行渐窄，变成一条小径。小径虽不如何宽，但好在地面平坦，行起来也不算艰难。

小径的东南一带地势作缓，是一面伸展平原，登高远望而去，兴许还能看到昭运河的汹涌激流。北侧是一片嶙峋崎岖的大山丘陵，随着人马行程，丘陵地势渐渐走高，山脉连绵。北侧偏向东的那远远一处黑漆漆的山脉间，长满黑荆棘、绕树长藤等，正是狼山所在。每当暗夜临近，便会时不时响起狼嚎，声音如同来自另一个鬼魅空间，幽森诡异。是以连这狼山附近山道，也是人迹罕至，极其荒凉。

时下又兼秋风萧瑟，近道两侧灌木稀疏，但夜风袭过，仍发出一种骇人的瑟瑟声，配上漆黑背景，便似灌木丛中潜伏着许多无形鬼怪，有种莫可名状的可怖。

明明方入秋不久，在这荒郊小径，早已带着一股令人从心里一直凉到脚跟的阴风。

如此夜色，如此风，不知覆盖、吹拂了人世间多少诡谲云烟。

忽地，夜幕下风声微异，萧子岩按辔束缰，马止前行。

马车亦停。

萧子岩一抖缰绳，掉头转向身后，对着马车出声探问道："公子？"

车上驾车的白衣少年并不抬头，只专心玩弄着手中马鞭，面色平静，可唇角的笑弧隐有讥诮。

此时，月色稀薄，四下更显空荡，只听得似有若无的风声低啸。啸声里，带着车厢里零星几点屈指叩案之声，总共十三下，一句低问随着叩声响起："师叔，您听清楚了吗？"声音淡淡的，有一种落花逐流水的清长悦耳，言语之间却无一丝一毫流水的起伏与波澜。

其时秋风再动，风吹动灌木，沙沙声越发烈了起来，似夹刀带刃，给人草木皆兵的错觉。

另一丝语声轻快，伴着风声传出："十三人，为首那个，咦，竟还真如你所料。"

说话的是驾车的白衣少年。他的话音才落，两边的灌木丛中转眼闪出十三个精壮汉子，挡在萧子岩马前。众人成围，将黑色马车包围起来。

车厢中男子身倚凭案，观阅掌中书卷，全无动容。

看拦截马车的诸人模样，倒不似凶恶之辈，每人手执带锋短刀，粗衣短袄，像是一伙儿事农平民。正中的汉子一脸虬髯，两目精光四射，手中持刀锋锐，看来是这帮人的头领。

虬髯汉子朝萧子岩喝道："要想从此借道，人走，马和马车留下！"

萧子岩眉峰紧压两眼之间，目光凛锐，冷冷道："素闻昭华城是宁国的第一城，商市发展繁华，农不易亩，市不回肆，是难得的生活乐土，不想如今离这昭华城咫尺之地，竟也出现拦路山贼？”

昭华城位于宁国北部，人口繁盛，商业昌达，且地势优越，高官府邸多在此处，其繁华昌盛更甚宁国都城宁梁，被称为“宁国第一城”。

贼党中一名粗眉大眼的汉子站出，神色愤然道：“哼，宁人自私，只顾自己安居享乐。平国虽是寡民小国，但平人也是人，平国的财富、土地、粮食怎么能由得宁人恃强豪取？我——”

农汉子未说完，虬髯汉子打断道：“老四，莫要赘言！”随即转向马上人，“平国贫穷，国人沦落于此也是迫不得已。尔等把马与马车留下，我便不为难，否则……”

他将手中厚背赤铜刀一扬，喝道：“休怪某手中刀刃无情！”

赤铜刀不轻，此人能随手一挥，可见手劲不小，并非寻常为寇平民。

马车上白衣少年缓缓抬头，手往坐板上一撑，人便就势跳下马车。

少年身手轻盈，落地几近无声，一身做工精致的丝织素白大袖衫，行动起来如燕飞舞，极是潇洒。他手指绕玩着马鞭，唇角缓缓笑起，语音绵长：“在下闻说，昔年赤铜刀皇独孤一刀，独辟蹊径，自创一套精妙刀法，技法高妙。虽说修为在江湖上非绝顶高手，然则，他一身侠肝义胆，满腔赤诚热血，在这战乱之世鲜有人及。有俗言道，‘沽山破贼窝，手刃民间祸，蕲州忘生死，侠义美名播’。在蕲州，就是黄口小儿，亦是朗朗上口，却不想刀皇唯一传人，竟拦路为盗，啧啧……”他迈出了几步，眼风扫了扫虬髯汉子手上的刀，一长串啧啧声，落入虬髯汉子耳中，倒比尖针还刺耳，“童天刀，你师尊若泉下有知，想来会高兴得从棺材里跳出来吧？”

仔细看少年手中那柄卷着的软鞭，执手处是金色柄，与寻常软鞭不同，鞭身质地独特，在淡淡月辉下光泽耀目，隐约透着几分凛然杀意，颇像件武器。

童天刀闻言变色，惊疑这人倒有本事，一眼便瞧出自己的师承来路。可他没办法，人人都有苦衷，若不是逼不得已，谁会放弃武者的尊严，落草为寇？亦因这惊讶，他一时倒没去注意少年手中的金鞭。他本来就不是什么机智聪敏、口齿伶俐之人，这一下更被堵得无话可说，想来想去终究也不过是咬咬牙，没底气地吐出一句：“这……这又与你何干？”

白衣少年手指托了托下巴，似乎正在思考到底是不是与他有干，旋即才长长地“嗯”了一声，道：“的确与我无干，只是为刀皇扼腕而已。不过有一个问题，我却想问问你。”

童天刀道：“什么问题？”

白衣少年道：“你既敢拦我马车，怕是……”说着，拿眼梢余光瞥他一眼，“已然打听清楚，我是谁了？”言语虽是轻缓，然慵懒的眸光一展，空气里便弥漫开凌厉之气。

童天刀是受命于人，有人给他五枚金笏，雇他候此地拦截，哪有什么机会去打听他的身份，只道：“我不管你是谁，只要留下马车物品，我即刻放你们过路，且不伤你们分毫……”

白衣少年哈哈大笑，如同听见世上最可笑的笑话：“看来我是太久没出手，江湖中的人都将我手中的这根鞭子给忘了。”

他的笑容侧映浅薄夜色，一重光影一重天，昏暗夜色衬着他半边的脸，如画师妙手的几笔简约勾勒，更兼白袂轻飞，一派阳春白雪、飘逸姿仪，如此气质风度，天底下又有多少？他还提到鞭子！难道——童天刀心头陡地一突，一丝不祥的感觉油然而生。他心微战兢，目光落在白衣少年手中的金鞭上，惊疑道：“你是——”

一抹金光在夜色中一晃，截断了童天刀的话。白衣少年侧甩长鞭，轻笑道：“你不妨自己看看！”语音甫落，他身子一转，手劲稍施，鞭梢随即抖得笔直，人未到，长鞭已朝童天刀打去。

童天刀不敢多想，当即应变，手缩入袖管，肩甩，袖飞。袖子裹住长鞭，欲夺。

白衣少年皱了皱眉，颇是恼怒：“怎么不出刀啊？我的金鞭难道还不配你使刀吗？”

童天刀心里将他的身份猜了一半，却不敢肯定。这不敢肯定是因为他根本不敢相信自己有生之年，竟能亲眼见到这样的人物；心里头猜疑着，若真的是那个人，那可就惹大祸了，哪里还敢以利刃出手？那不是找死吗？

白衣少年可不知对方这心里的千回百转，稍微用劲，抖直的长鞭反转连环，旋即“哧”的一声，童天刀衣袖断裂，半条衣袖零碎成片。少年收势未满，以迅雷不及掩耳之势劲甩长鞭，直袭童天刀前胸。

鞭影所过之处，金芒暴涨。

这轻轻松松一式，眼看分明飘盈，却有碎石拔树之能，童天刀若再不抵挡，这一鞭就能要他半条命了。他匆忙举起赤铜刀，莹白刀影侧映光色，与金芒相抵，奈何对方力道委实强大，赤铜刀反被金鞭上的力道反击，童天刀瞬时被逼滑开两丈外。

白衣少年的金色软鞭如影随形，追击而去，声带讽刺，故意刺激他道：“阁下的刀法，就这点火候？看来不是赤铜刀皇一门好刀法名不副实，就是他瞎了眼，选了你这么个窝囊徒弟，后继无人。”

“你——”童天刀怫然大怒。

对于一些武者而言，生死有时可以不惧，本来就是刀头讨生活，有今天没来日。可最在意，也最忌惮的是恩师被辱，被道师门无承。江湖中人拼命练武，除了要活命，不就是挣个名声争口气吗？这人这样的话，一辱就是一整门，谁听了都恼。

童天刀被白衣少年言语一激，立即愤恼，再顾不得猜测他是何人，步法循八卦之形展开，周身气场已变。

昔年赤铜刀皇自创“八纲刀法”，闻名江湖。传闻步法变幻莫测，招散神集。眼前童天刀施展刀式，与先前有风云之变，时而稳似沉雷，气势如涛，时而疾如骇电，变幻无常，又配合步形，走八门，刀影变转，纷纷藉藉，果然独树一帜。

白衣少年不觉压力，面上反而带着跃跃欲试的欣喜。

其实，这白衣少年与童天刀出手，并非因为对方断路拦截，而是先前听得这一套刀法极是精妙，早年便想找机会与赤铜刀皇过上几招。只是去年他找到刀皇居所之时，才得知赤铜刀皇因疾已故。原以为自己与这刀法无缘，不想那日听得赤铜刀皇弟子童天刀刀法尽得其师传，是以将目标转放在了童天刀身上。

方才见拦路人是童天刀，他兴味弥增，仅用了两分力道与童天刀过招。这套刀法势与形相合，当真精妙得无以复加，只可惜，童天刀刀法虽已练到炉火纯青之地步，内劲修为却不堪一提。区区通元初期的武者，换作平时，在他手下一招都接不了。

白衣少年惋惜，心想，这套刀法若是换了车厢中人施展开来，那必定是另一番威力。他打斗中还不忘回过头，对着车厢扬声道："好好看着，给我记牢了，日后我寻你喂招。"

童天刀打得筋疲力尽，喘息不已，忽听对手作此语，一时莫名。哪知车厢里传出一笑，像是回应。他心下愣愣，这时才明白过来，这人是在偷自己刀法招数！回思方才被对方言语与金鞭所逼，竟已把招法路数过了个全。

"你这贼子！"童天刀又丢脸又气恼，当下猛刀怒挥。

"咦，你半夜劫我马车，反倒叫我贼子，这可真是天大的冤枉。"白衣少年嬉嬉笑笑，身形倏变，鞭影转瞬间封住了童天刀全部的退路，"要知道，江湖上能让我想出手的可不多，与我这金鞭过招，是你的福气。童天刀，你到现在还瞧不出我是谁吗？"

白衣少年语音甫落，童天刀胸口正受软鞭一击，飞跌出丈余外远。

体内劲力涌动，童天刀一手捂胸，口吐鲜血，倒地难起。十来个同伴一见此状，心焦如焚，一拥而上，急呼："童大哥！"

"看来我是太久没出手，江湖中的人，都将我手中的这根鞭子给忘了。"

"江湖上能让我想出手的可不多，与我这金鞭过招，是你的福气。"

白衣少年的话语犹响耳侧，一个名字飞入脑海，把童天刀的气恼全堵住了，震得他险些魂不附体。童天刀顾不得旁人，惊愕失色：

“您是……不老金鞭风白影！”

白衣少年手一振，收了鞭子，两手环胸，骄傲地一扬下巴：“才看出来？你不仅内修不好，这眼力也忒差了。”说话时，掉转视线将童天刀一睨，鲜眉亮眼逆了夜色。

如此傲慢睥睨的态度，童天刀却半分不气恼，也不敢气恼。“风白影”三个字，够他消化好一阵子了。他又敬畏，又羞愧。风白影是何人？传奇老人石翁最疼爱的小弟子，昔年白衣墨凡中风白衣的亲弟弟。白衣墨凡又是谁？江湖中谁人不知？那可是传奇中的传奇。

风白影白净衣袂随风翩动，如此无尽黑幕背景下，月色错落有致地洒照在他脸上，面容之精细俊秀，线条之清朗分明，非常人所能匹及。

“山庄白影风，心上自在云，风郎不老颜，姣容云中君！”

童天刀看着风白影的身影，错神又思及这句江湖上极为广传的话，脑子里嗡地一响，目光越过风白影，看向那漆黑色马车，恍悟间更是震撼，伸手颤指道：“难道车中便是——公子云息？！”

云息公子仁义善举，江湖皆知。各国之中，无论穷苦百姓，还是落魄游侠，多少人直接、间接受到他的帮助，自己竟半夜拦截了人家的车马，妄图劫他钱财，童天刀耻愧交加，颤声难言。

三／溪山若耶

昭华城南部有一条远近闻名的溪流，名为若耶溪。过溪之后，有一座少有人进的大山，因邻若耶溪，故称之为若耶山。

此山位于若耶溪后，清檀湖旁。古来深山幽谷，多乃凶禽猛兽栖身地，闻入此山之人，无一得返。一传十，十传百，久而久之越传越耸人听闻。大家妄自揣测，凭空想象，聚讼纷纭，莫衷一是，使得后人纷纷禁足不敢妄入，之后当地人便把此山称为鬼山。

鬼山其实不可怕，可怕的是山后之谷。谷山相连，这小山谷，名为幽冥谷。

江湖传闻，幽冥谷中所聚，皆是昔年为祸江湖的魔头，后不知缘何，避居于谷中。此谷有迷阵，可进难出。江湖上的正派人士便是想铲除这些魔头，也万万不敢靠近鬼山若耶、绝谷幽冥的范围之内，因为一旦误闯，结局皆是竖着进，横着出，并且出来的不是全尸，而是残骸。

一脉本是景色秀逸的连绵山峰，却成了可怖鬼山。一座原本不闻于世的山谷，成为众人谈之色变的幽冥地狱。起初除当地人外，鲜有人知，直到连白衣墨凡中的秦墨凡也消失在幽冥谷后，“幽冥谷”三字，在江湖中已是妇孺皆知。

传闻谷中的魔头虽然可怕，可他们一旦进入幽冥谷，除非死，否则绝不踏出幽冥谷半步。所以幽冥谷虽说危险，但只要别靠近，就绝无性命之忧。

斗转星移，夜色已深。昭华城人迹往来，本应该相对白日疏落些，此刻却仍旧车马喧哗，络绎不绝。武林盟主段之宏发江湖令通告十大门派，广邀天下诸国英雄，于十月初一，在昭华西城明光府召开武林大会。自月余前，消息不胫而走，江湖一时沸沸扬扬，使原先已繁花似锦的昭华城越发热闹起来。

城中街市灯火装点，浑如火龙，行人往来，举袂如云。本应中夜收市的昭华夜市，成了彻夜大市。金吾不禁夜，玉漏无催。通衢大道上，不绝于耳的人声、笑声、喧哗声，往来马蹄声、车碾声，胜过决堤潮水，涌动着整个昭华城。

昌盛繁华，已趋极致。尽管如此，位处昭华的名山若耶却是阒无人声，万籁俱静。山中眠兽宿雀，四下静谧被山下喧嚣一衬，邈如外世。

皓月高悬于空，云团退隐，独遗如水月色，洒在山间憧憧黑影上、枯石朽木上、潺流水涧上，独立于山顶云雾烂漫处的伊人上。

世遗佳人，在山之巅。

随风飞扬的水纹凌波裙，是深海里一抹孤寂的幽蓝。长而乌黑的缎发，在淡淡秋风里，飘曳摇动，飞绕腰畔，于月色浸润下，流动着泪珠一样的微光。一抹为月色拖延的孤影，融入这夜色，如空廓夜幕上，那一轮茕茕孤盘。

光影缠绵上她顾盼多姿的脸——似蹙双眉，凤眸秀亮，精致五官。微微仰面，左眼下似有红蝴蝶停驻，双翼翩翩颤颤。细看才知，哪里是什么蝴蝶，却是一点蝶形的疤痕。这疤痕若是出现在另一张面容上，定显突兀碍眼，可在这少女脸上，非但不叫人觉得突兀丑陋，反而衬出她另一种冶丽。

在少女身后四丈处，长有一棵样态奇异的擎天老树。月辉透过繁茂的枝叶，掷下斑驳银光，零零落落的枝影里，站着一个人。在繁密树影的笼罩下，月光不展，这人的容貌半显半隐，不甚清晰。看身形，是名女子，着一身白衣。

白衣女子看着前面的身影，低低一声叹息。

眼前是无际的黑夜，是独悬的月盘，是孤立的身影。身影旁边，零落几棵花叶凋零的残树，有黝黑枯瘦的枝影，在地面抚摸伸展，有意无意，缠绵至蓝衣少女脚下。

这凝望，不知持续了多久，白衣女子才走出树荫，一时沐浴在皓洁的月辉里，整个人显露无遗。冰丝广袖长衣，衬她婀娜身娇；暗花团纹边罗带，束她楚楚纤腰；抹额上玉石相应，显她仙姿佚貌。一般如这样的女子，眉目顾盼神飞，总会让人想到鲜花。鲜花的娇艳，鲜花的芬芳，鲜花的诱人，可若是有人看到此时此刻的她，想到的绝对不是鲜花，而是一种动物——鹰。她的腰肢分明是纤细的，她的身形分明是婀娜的，她的肌肤分明是娇嫩的，为什么会让人联想到鹰？

因为她的眼睛。

那双杏眸里，有着鹰的坚韧、鹰的锐利，还有鹰的暴戾。甚至连她的叹息里，也隐隐沾染上了几分杀气。

那杀气蓄积到了极致，白衣女子身形一动，广袖中白绸似灵蛇吐出，轻翻，便朝蓝衣少女背后猛然袭去。去势之迅捷，击势之凶猛，一时间杀气凛冽肆溢。江湖上能躲得过这样一击的，只怕还不多。

若此时有别人在，必定为那柔弱的蓝衣少女捏一把汗。可那蓝衣少女早有所觉，好似身后长了眼睛，双手飞展，腰身后折，一个铁板桥身势，那来势汹汹的白绸便堪堪自她脸面上飞过。她毫不迟疑，趁着对手尚未变招，轻足一翻，腾身绕着白绸飞旋而起，足尖轻点，反借着白绸，半空倒纵，飞跃至白衣女子后方。

夭矫灵敏，速度之快，皆化残影，眼力难及。

蓝衣少女稳身立地，回过首来，面目不见杀气，反是一笑，笑颜嫱嫿，对那白衣女子轻轻唤道："阿宓[1]！"

白衣女子名唤慕容馥，"阿宓"为其幼时小名。她与蓝衣少女欢颜多年前机缘巧合进入这若耶山中，迄今已住七年有余。

慕容馥反手，白绸收入袖中，转身之际，周身哪里还有杀气？她步履轻盈，朝欢颜走去，一边笑意渲颊，拊掌道："这婆娑步法你已练成，总算为你欢喜。"

这一套婆娑步法，分为五层，逐层而上，最后一步"飞身渡云"，需内息与步法互相结合，至为难练。欢颜比慕容馥多用了两倍时间，心中只觉惭愧，说话时，便不自觉地攒眉蹙额："我记得四年前你练这整套步法，不过用了短短数月，我却足足练了一年余，进展缓慢，喜从何来？"

慕容馥倒不这么认为，欢颜把太多时间花在药毒上，练武速度自然慢，但好在细心，根基扎得牢固，一旦下山经了历练，谁也不知她会突飞猛进到何种境地，其实慕容馥自己也何尝不是这样走过来的？只是在幽冥谷的事，不能够告诉欢颜。慕容馥忖了忖，宽慰道："你我体质不同，练法不同，自然各有长短。我方才试你那招飞身渡云，

[1] 宓：文中读作fú，同"伏"音。

你使来甚为轻灵，显然比我更得精髓，这难道不值得欢喜？”

欢颜面容一展，笑意入眸：“真的？”

“烤的。”慕容馥咂舌，“昨日烤兔肉可比前日蒸鸡好吃！”说话时，动作自然地挽住欢颜的手。

慕容馥是康帝十一年三月春出生，而欢颜是康帝十二年十二月冬出生，算起来，慕容馥年长欢颜一岁有余。二人虽非血出同源，但相依为命多年，不是亲人，却更胜至亲。慕容馥性情不拘，全然无半分做姐姐的气势，吧唧着嘴，顽童似的嬉皮涎脸道：“明儿你再烤一只吧。”

欢颜有意找碴儿道：“那么想吃，平日又不学。”

慕容馥将脑袋靠在她肩头，笑嘻嘻道：“因为我有你呀。”扯着她的袖口，无赖地道，“烤嘛，烤嘛……”

欢颜笑睨她，眼波流转，伸手点了她的额，面含无奈道：“成日便只知吃，吃下的肉不晓得长哪儿去了，这衣衫下，简直是皮包骨。”她正了正色，“玄天心法我都记下了，这一套婆娑步法我也已练成，你究竟打算何时下山呢？”

慕容馥闻言，扬起脑袋，噘着嘴嘟囔道：“你这般着急下山，是成日陪我待腻了？”

“不是指我，是我们。”欢颜眼底笑意明光渐次凝滞，换作无尽担忧。

其实欢颜并不多想下山，在这山中住了七年，也算衣食自足。此地令她熟悉、安心，除练武之外，生活没什么起伏与跌宕。与世隔绝这么多年，要下山，心里委实惶惶。下山便意味着变数，而她心里早安于现状了。来此之前的颠沛，她经得太多，劫后余生的心有余悸，一直困扰着她。什么仇啊怨啊，在坎坷里头消磨掉棱角，一旦有了安稳，哪还会向荆棘丛里走去？可是，她也知道，阿宓不会一直留在这里，她有她必须去做的事。

欢颜紧紧攥住她的手，语气里有不安：“我晓得，你是因放心不下我，才一延便这些年。其实，凭你的修为，早在三年前下山也不成问题。”她的睫毛老长，稍稍一垂，便将一切盖住，眉头不伸，“我想我不是练武的料子，在练武方面，总归是不及你的，可我一直努力，阿宓，我不想成为你的拖累。”

慕容馥笑容已收，目光将她端详，叹息道：“并非你不是练武的料，很多武技，比如剑术一类，你学得比我更快……”她们这些年，同修同练，武学同源，彼此之间所差的，就是幽冥谷里的训练。但这些，慕容馥不能明言，有些事阿颜若知道，幽冥谷里的人定不会留阿颜活口。她太清楚他们了，瞒着她，自己心里也不好受。

慕容馥口气凝了凝，抬手为她理了理微乱的鬓，只劝慰道：“你莫要想太多，下山的事，我有安排。先前是我尚未准备好，与你不相干。”说着中指微微一屈，敲了下她的额头，修眉一皱，转了口气，“你这脑袋里面究竟装着什么？时而说什么对不起我，时而又说什么拖累我，成天胡思乱想！傻欢颜，你要记得，若非你，我决计活不到今日，若非你，我也撑不到今日。你就别再烦心这忧心那了，要不然……”

欢颜抬头看她，等她下文。

慕容馥挤眉弄眼：“我就罚你每天烤十只山鸡、十只兔子给我吃。”

欢颜“扑哧”一笑，一时什么烦恼也散了，故意将她讥讽：“听这食量，即便我能天天烤，也得思量这整座山里的山鸡、野兔够不够你吃。你是猪吗？”

“敢说我是猪？”慕容馥语气故作嗔怒，脸上却露狡黠笑意，身形极快，猱身已至欢颜身后，袭她腋底，道，“猪有我聪明？猪有我灵活？猪会我这招千挠百抓手？”

欢颜素性触痒不禁，笑得喘不过气来，忙连声讨饶：“不会，不会，你自然是比猪聪明，比猪灵活，比猪会好多好多东西……”

“这还差不……”话到一半，慕容馥当即醒悟过来，“好个偷奸耍滑的，竟拿我跟猪比！”欢颜避得快，她动得更快。

“明明只是顺着你的话说而已。”

“敢贫嘴？”

欢颜一边避着她，一边喘着气道：“是是是，我错了，我错了，好阿姐，你饶了我这回吧，下回再也不说了。”

“还有下回？”

“没……没有……”

姐妹两人打牙拌嘴，胡乱嬉闹了好一阵，稍生倦意，齐齐躺倒在草地上，看着夜空朗月。天空黑幕铺陈，云层在风里飘忽不定。

冷月高悬，星子寥落，总有些光芒太亮，以至于遮掩了太多本就存在的痕迹。满目的虚幻，仿佛近在咫尺，伸手却是远在天涯，谁也够不着。

欢颜平顺了心口起伏，转过头，目光落在慕容馥侧脸上，似有嗔恼：“怎的我每次避都避不开？看来得好好练手技，有朝一日，也换我治你个哭天喊地的。”

慕容馥拊掌道“好”，蜷曲着手指，又做出一副要触挠她的势头：“不用等有朝一日，要避开我，再让我训练几次，兴许就避开了。”

欢颜忙护住周身，紧张摆手道：“别……别……”

慕容馥得意地大笑一阵，才躺正了身子，两手交叉，背枕脑后，仰视天空，心中不由得有些叹息：也只有在与她一处的时候，才能这样无须伪装，无须戒备。

欢颜亦是看着夜空，问道：“你说下山之事已有安排，那究竟是何时？”

“后日。”慕容馥静了静，轻轻呼了口气，说得稍有犹豫，“我前两日……便想寻机同你讲，却又怕你舍不得这里。”

她到底还是顾虑着我，欢颜敛眸自思。相比那两年流离的日子，这七年，是自己度过的最安宁的日子，可是自己安宁了，阿宓呢？思及此，欢颜突兀问道：“这么多年，你……好不好？”心里可还难过，愤怒，怨恨？

慕容馥不期她忽问此言，张嘴结舌，喉咙间似有物堵，静了良久，方道："好与不好，不都这样一日日过来了？"她淡淡一笑，声音很轻，轻如鸿毛。

欢颜偏过首看她，见她眉目虽带笑意，那笑意却不曾落到眼底，眼中敛了天际起伏夜色，融了清寒几许。

慕容馥静了斯须，才又出声道："七年来，我合目闭眼，都能勾勒出这山中草木来，偏生心里像有个错觉，错觉这些年来的草木荣枯、日起月落，都是假的。只有那些火，那些血，那些不堪目睹之事，那些灰飞烟灭，一直在脑海里存留。明明它已过去了许久，却仍然真实地在我记忆里头，盘桓不去。我总期盼着，自己所遭遇的这一切，不过是一场类于真实的、惊心动魄的、不忍回首的噩梦，待一觉醒来，我仍是九年前的我，张狂、肆无忌惮、不知天高地厚，在父亲的娇宠下为所欲为。可是，待真的一觉醒来，才更明白，不过是痴心妄想罢了……"

欢颜也记得当年的阿宓，一身红裙如火，满目恣肆无忌。那是个骄傲跋扈的女孩，父亲疼爱，呼风唤雨，谁也不能想象，什么愁苦会出现在她身上。但终究不是当年了。初来到这里，阿宓每晚都会做噩梦，在惨叫里惊醒，颤抖着身子抱成一团。这样的情况，整整持续了两年。

欢颜随她言语，陷入思绪里，满眼皆是落索："你每一回从梦魇中惊醒，就如同被一瓢冷水浇头，全身打战。我每每看着这样的你，心中便……便很难过。我明白那种感觉，像是不擅泳之人跌了湖，只能向下沉。无能为力的痛苦、孤独、无助、害怕，还有无法名状的恐惧感……都不期而遇地刺入身体里的每一寸位置，不能遏制……"

哪怕到了后来，噩梦渐渐少了，可再也忘不掉那些记忆。像是生命从那一刻起，就被放入了噩梦里头。从此这些记忆落地生根，不止不休，如同烙印，深深地刻在生命中。慕容馥眉心微锁，看着欢颜的面容，仿佛看到了自己。

阿颜说得对，像是不擅泳之人跌了湖，只能向下沉，无人救，要么挣扎，要么等死，根本无逃出生天的可能。这一番话，道尽了她这几年心中所有的苦痛。

“我知道，一直以来，没有谁比你更加懂我、明白我……”慕容馥深深吸了一口气，眼角带起笑意，语里都是真情实意，“但是阿颜，即便如此，我亦不曾真的藏怒宿怨。我到底是幸运的，在至为难过、脆弱的时候，能有一双手，帮我驱赶寒冷，给我力量。倘若没有你，流浪街头的那些日子，我便已经被饿死、被打死，更莫说你在这孤诡山中伴我七年，让我不至于孤落落地活在这人世间，独自忍受着所有不堪。阿颜，当年若是没有你，我不知该如何孤单一人，在这人世继续苟活，也不知该如何独自一人，面对绝望的余生。”

欢颜合上眼。没有谁比她更明白，一个人面对一无所有，是多么可怕的一件事，她已承受过，便不能叫她也承受。可是——

“你要知道，有你陪伴，这些年，我不觉得多苦。”慕容馥侧头看着她，眼底波澜涌动，语气认真，“你还记得我们逃出芙蕖楼时，说过的话吗？”

欢颜侧眸，心中意会，颔首道：“彼此看顾，不离不弃，你的命就是我的命，从今往后，我们相依为命。”那年，枯树之下，她们扣着双手，指天为誓。

“彼此看顾，不离不弃。”慕容馥恭肃神容，郑重其事道，“我不会深陷往事泥淖里挣扎难起，不管来日我做什么，下山也好，寻仇也罢，最首要的，是你的周全。倘若——”说到此，她突然静了下来。

欢颜迷茫望她：“倘若什么？”

倘若有一日我死了，那么，你也要好好活下去。慕容馥迟疑片刻，担心欢颜听后不安，终究是凝语于喉，转而道：“倘若下山之后，你不喜欢山下的世界，便回到这山中来吧。”

“我？”欢颜道，“我若回来，你会和我一起回来吗？”

慕容馥轻轻一笑，颔首道：“嗯，我会。”风很单薄，像她脸上的表情。其实说出这句话，她心里一点儿把握也没有。

周围有袭人寒气，山中的秋意已开始了，但只要有阿颜陪伴，她并不觉得人世单薄。可惜这一次她们下山，那一起练武的日子怕再也不轻易有了。往后的道路荆棘重重，谁也不知道命盘的变数。

生命有太多的措手不及。

欢颜笑了笑，道："那就好。"其实她知道，那是阿宓的宽慰。这么多年了，如果她还不懂她，那谁能懂呢？

有时，阿宓一入幽冥谷便是十天半月。出来的时候，常常一身的伤。最久一次，竟是三个月未归。她不知阿宓究竟在经历什么，又遭遇了什么，既然阿宓不愿说，她也不会追问。她们彼此明白，也彼此信任。只是看着阿宓那一身的伤，她很难受，才下定决心辨药习医，只求能为阿宓减少苦痛。她知道，阿宓那么拼命地修武，为的怎会是在这山中住一辈子？她若要查明真相，她若要筹谋报仇，自己怎能阻挡她的脚步？

单薄风里传来欢颜的叹息："倘若你要查明真相，报仇雪恨，我也会……也会一直陪着你，成全你……"她双目沉沉，转过复杂之色，却及时垂下眼帘。密密的睫毛，掩盖住了眼底一抹不易察觉的悔恨。

慕容馥摇头道"不"，袖底的手却攥得紧，指甲刺进掌心肉里，疼痛让她清醒："这些年你我所承受的一切，岂是'报仇'二字可以平复的？"浅浅月光下，眼眸异常黑亮、幽森，一如这深山暗处藏匿的狼。

"什么一报还一报，什么血债血偿，其实那都是笑话。"慕容馥嗤笑一声，咬牙切齿不宣于面，只藏匿心底，"我可不愿背负着仇恨让自己活得不痛快，我得先让自己痛快了，才能去找别人的不痛快。我想查清楚当年的境况，未必只为报仇而去做。有些事情，总要弄清的，至少，我不想让那么多血流得不清不楚，那么多人死得不明不白。阿颜，我不想瞒你，报不报仇且另谈，这一次下山，我只想知道真相，我只想求一个明白。"

她语气说得无关痛痒，但欢颜从她眼中看到一抹痛恨与杀意，即便稍纵即逝，但整个人已带出一抹叫人心惊的冷邃。

空气中，有一刻的寒凝。

她口中虽说不在意，事实上，痛失至亲，多年流离，若不是心中那一口怨气，这一路修武，动筋触骨，多少艰苦，如何撑得下去？可天下这么大，江湖这么大，“真相”二字说得简单，又该去哪儿求？如何求？

“那……”欢颜眸光微凝，迟疑着道，“他们……对于那些人，你知从何入手吗？”

慕容馥语气懒散，讲出的话却早经过深思熟虑：“明家与欧阳家作为当年‘夏侯明’‘欧阳华’之下仅存的两大家族，必定齐聚江湖上各类消息，可借机混入其中一个。明家主地在昭华西城，欧阳家主地远在穆国颖城，明家是最好的选择。”

欢颜听着有理，却也没有细想。她们一起住在这若耶山中，从未下山一步，这么久以来的与世隔绝，慕容馥怎会知道明家与欧阳家还存不存在？七年了，一个国家的灭亡都只在顷刻，更遑论一个家族？

慕容馥看着欢颜，笑容里都是郑重：“不过，阿颜，此事我一人去做就好了。下山之后，你不能待在我身边。”

欢颜如闻噩耗，拼命摇头：“不，不，我可以为你做任何事。”

“我知道。”慕容馥眉眼含笑，神情平静，“但是我发过誓的，那年我们逃出来时，我就暗暗发誓，这一辈子，我要保护你。阿颜，我不想让你为我受屈辱与历尽辛苦，我更不想再让你的手因我而沾上鲜血。你是无辜的，不必如此。”

欢颜霍地坐起来，眼里牵动着红丝，罕见地激动，低嘶道：“可我不在乎！若非我……”她的声音突然顿住，她不能说！她必须藏着那个秘密！千言万语化为一句，“总之，我不会让你独自去面对……面对那么多未知的危险！”

慕容馥也撑手坐起，摇摇头，又伸手替她整了整微皱的衣衫，神容慎重："你的安全才是我最大的心安。阿颜，若你一直在我身边，那你就是我的死穴。为何我在幽冥谷里发生的一切，我从不与你坦言？只因我不会予人机会，以伤害你来要挟我。你要记得，如若有朝一日，杀死仇人与保护你之间须做出抉择，那我只会选择你。"什么皆是空的，什么皆是假，只有活生生的阿颜，才让她觉得自己并未麻木，"阿颜，对我来说，没有什么能比你更重要，包括血债家仇。"

"我……知道。"你对我而言，又何尝不是呢？你是……是我唯一的亲人了。可……欢颜一时愣住，心想：可如果有朝一日，你知晓我曾经所为，你亦这般抉择吗？

她很害怕，但她什么也不敢说，心间像有虫儿在咬，白蚁在蛀，搔抓啃噬，细碎地疼。

半点也不由自主。欢颜眼睑微低，浓密的睫毛牵动着眼下阴影，阴影里头，不知储蓄着几多碍难言表的心事，终究只道："可我们也说过的，要彼此看顾，不离不弃。"

慕容馥敲了下她的额头，道："傻啊，你的安全就是对我最好的照顾。我记得，爹爹生前有一好兄弟，名张旭，乃平国一商人。我已思虑周全，下山后，你我分道而行，你先赶往桐乡居，我去打听下那伯父住处的位置，再赶往桐乡居，与你一同前往。此后你便暂居他处。他乃阿爹最信任之人，必会好生照顾你。到时不管在江湖上听到什么关于我的传言，你都不要理睬，相信我，我已有本事保护好自己。等我把一切了结了，我就去找你，我们一起回这若耶山来，好不好？"

慕容馥早已深思熟虑过。她要下山，不知何时归来，便不能留阿颜一个人，在这空寂山中，无人陪伴。阿颜的性子，长久不与生人接触，本已孤僻，长此下去自然不好，下山多看看人世繁闹，也许能令阿颜开心起来。江湖之路凶险万端，她在玩一局未揭盅的赌，左右都是荆棘，进退都是杀机，她只能孤注一掷。所以首先，她得保证好欢颜的安全，她没有退路，但欢颜一直有。

半晌的凝静，彼此都是沉思。

欢颜心里百感交集，是自欺，是悔恨，抑或是无奈？她无法分清，只知道，她的确不应该成为她的后顾之忧。

片刻之后，欢颜牵唇展笑，笑里有落寞：“好，我……都听你的。”

慕容馥听她许诺，满心安定，掸了掸衣衫，起身道：“那我们回去收拾吧。”

慕容馥正拍掸周身泥埃土草，不期起身之际，一白团冲她扑来。半是站起的身子，一个趔趄，便被不明大白团推倒在地，连翻两圈。她目光一定，笑嗔道：“大白，三更半夜，竟来吓我？我招呼小九以后不同你玩耍。”

眼见慕容馥双手抓撑住的白团，赫然是一只通体雪白的大猴子。白猴正单手挠头，对着慕容馥歪头咧嘴，倍趣可爱。

昭华城百余里的若耶山，实是一处世间少有的胜地。时人惊于诡谲怪诞之辞，骇于荒唐缪悠之说，是以车马不往，人迹罕至，才显得如此偏僻幽诡。

慕容馥和欢颜常于山顶练功，紧要关头，时常忘返。而此山之中，多是蚕丛鸟道，极为难行，上下来回，十分不便。之后，欢颜便索性携些山肴野蔌，在山上择地建了石灶，烹煮吃食，食香四溢。有几次，蒸煮烂熟的食物搁置一旁，正想待它凉了便宜入口，自径先忙其他事，不料一转身的工夫，回首食物已然少了大半。

如是数次，二人便起了疑心：明明这外山之中不见他人，这食物是被什么偷去的？或是这山中，入了外人不成？存心探究这个中古怪，于是烹煮多些食物，搁置一处，二人匿身躲藏窥视，候了老半晌，食物却仍不增不减。

慕容馥满腹疑团莫释，心想：莫不是这偷食贼子料知了她们心思，是故不复出现？遂次日同欢颜合演了一出好戏。欢颜烹煮之际，慕容馥伪作焦急之色，匆匆离开，实则匿身暗处，窥探动静。果见欢颜错身之际，一只白色毛茸茸的古怪大手一把抓向食物。

慕容馥聚神凝视，见那大手的主人竟是一只毛茸茸的大白猴，手长脚长，身子不小，却轻捷便利，正倒钩悬挂，以水中捞月之势，鹰瞵虎视般对着欢颜烹煮的美食。

这只贪嘴白猴，慕容馥心中暗笑，眼明手快，呼应欢颜，以迅雷不及掩耳之势，奔往白猴所在。那白猴反应更是巧捷万端，一个倒转，辗转腾挪，发足便跑，须臾之间，不见踪迹。

慕容馥、欢颜二人相视而笑，也不追赶，心知这馋嘴猴儿日后必还会再来。此后，每每备食，总预留它一份，慕容馥还时常在山间寻摘些它喜欢的蔬果，用以佐餐。便是如此，白猴察觉她们并无恶意，日复一日彼此越发谙熟，不觉便时时厮闹一处，时间一长，也都有了感情。

这白猴属灵猴一类，是这山中土生土长，吸取若耶灵气而长，方得这一身无瑕的雪白皮毛；不知年岁，甚通灵性，晓闻人语，是这山中众猴之王；行止精灵古怪，表情憨态可掬，别于寻常走兽。在这幽山密处，给这两个女孩许多陪伴与欢笑。

慕容馥话音方落，听得耳际铃铛声叮叮作响，一道火影自她眼角轻闪而过，便往欢颜怀中跃去，神态撒娇地蹭着欢颜的手臂。

“小九！”被它突扑而至，欢颜一呼，声里带着无奈，眼神里却尽是宠溺滋味。火影轻盈一蹿，即立在欢颜左肩头，两耳顿然直竖，九条尾巴神气地甩动着，睨视慕容馥，好像是在表示：我跟不跟大白玩，不用你来指示。

“好呀，合着你们俩今夜是合伙来欺负我的？”慕容馥放开大白，立起身来，扮起凶神恶煞的嘴脸，作势要去拿它。

小九身子一蹿，倏忽溜到欢颜右肩，也不怕慕容馥那一脸的凶煞，继续朝着她龇牙咧嘴。

欢颜弯了弯眉，眉眼中皆是温柔，伸手揉了揉小九的头。

与这些小兽相处、交流，欢颜反而比慕容馥多出几分灵性与天赋。欢颜将它抱在怀中，火红的皮毛与九条松卷的尾巴，一起陷在她细长嫩白的手臂里，红白交掩，煞是好看。

九尾灵狐这时已是说不出的温驯姿态，半分野性也无，仿佛方才龇牙咧嘴、耍狠淘气的并不是它。

四 / 靡不有初

说到这只九尾灵狐，慕容馥与它的结识，倒是有另一番因缘。

慕容馥清楚记得，第一次看见小九，那是七年前。

康帝二十二年冬，是慕容馥与欢颜在若耶山度过的第一个冬季。犹记得那年冬天非常冷。寒风凛冽，整座若耶山都被冻住了，树枝上凝了一层薄薄的冰碴儿，溪面步履可行。

一日晨起无雪，慕容馥外出帮欢颜寻一些草药，忽见草丛中一簇亮色焰火似的，不时闪闪作动，在薄日光下，很是刺目。

慕容馥心生好奇，举步靠近，欲探清楚，却在三步之距时，那火红竟骤然蹿出，如一团烈火，烈烈的，直欲烧人面门。慕容馥登时被吓得跌坐在地，定睛一看，才发现竟是一只小狐狸。

这狐狸通体金红，毛质柔顺光滑，极其华艳，叫人不能移目。且它的眼睛，是深邃的金棕色，幽幽的、有神的、亮的。

慕容馥从前只在画中见过狐狸，现实中从未见过，更莫说是这样漂亮的小狐狸。晨曦里，它的眼睛一闪一闪，似泛着金色的光芒，被它一看，人简直像被日光沐浴着。

慕容馥与小火狐对视，满眼皆是惊奇。

小火狐抖了抖高竖的耳朵，似也讶异。

慕容馥靠近它，试探着伸出手，想摸摸它一身漂亮的红毛。

小火狐反而一惊，迅捷溜走。

开溜时，小火狐尾巴晃过慕容馥的眼——九条毛茸茸的、红团般的大尾，这叫她诧异非常，心念道：居然有九条尾巴？九条尾巴的狐狸，莫不是书上所载的九尾灵狐？

它如小猫儿般大小，一会儿蹿上树，一会儿穿梭于草丛间，动如闪电，疾如风驰。那金红的毛，跑起来似一道飞腾的火焰。慕容馥本就是少女心性，尾追而去，想抓回去玩耍。有几次她险些便要抓住九尾火狐，奈何狐狸何等狡猾，每番它只消拽身摆尾，便有本事从她手中溜走。

不知追了多久，九尾灵狐乐在其中，似许久不曾这般与人玩耍过。反观慕容馥，筋疲力尽，趴在大树边粗喘着气。

累了半天，连它一根毛都摸不到，慕容馥恼得原地直跺脚。偏巧那只九尾灵狐也端是调皮，哧溜爬上距慕容馥不远的大树，高高立在枝丫间，伸着脖子，两耳齐竖，朝着她的方向使劲地摆动着九条尾巴，颇像是在示威：抓不到我，抓不到我。

慕容馥咬牙切齿，四下环视，俯身拾起脚跟侧的石子，丢向九尾灵狐。她用力抛出，却一个重心不稳，往一旁趔趄，地面凝着冰霜，更是打滑，连翻带滚地跌下了小坡，撞上大石，整个人昏厥过去，不省人事……

醒来的时候，一大片光亮刺着她的眼。

慕容馥不知时辰，只见头顶的光不停地晃动、旋转，似存心逼人目眩头昏。她不得不伸出手，欲掩住这恼人的浑光，但手很重，怎么也动不了，稍有动作，便觉得周身酸痛，后脑更是疼得宛若要炸裂开来。

她很是吃力地撑起眼皮。

原来那恼人的光亮是一盏绫灯，灯后有几个身影。身影高高低低，模模糊糊，灯火刺着她的眼，不辨容仪。

其中有一人见她醒转，率先笑开来，一连串的哈哈声道：“丫头，你是如何进这谷中来的？”

听声音觉得陌生，慕容馥蹙额皱眉，警惕地问：“这是哪儿？”

一个身形纤瘦修长的女子，迈着细细步子，近了慕容馥身侧。只闻那人娇声媚语，似盈盈在笑：“小丫头可听说过幽冥谷？”

慕容馥恍然大悟般地“哦”了一声，道：“我早该猜到的。”她脑海中转了七八个念头，不敢表露出丝毫害怕神色。

如这般被世人传得天震地骇、杀人不眨眼的大魔头，你越是害怕，他们越是视你如尘垢秕糠，反而越危险，但凡有几分殊异之处，倒会让他们少一些杀心。

女人诧异，问道：“猜到什么？”

慕容馥一脸天真，道：“我生于昭华，自小听惯鬼山绝谷传说长大，若耶山百里无人，怎么会有房屋呢？那必定是在幽冥谷中了。”

女人问：“既听过幽冥谷，难道你不害怕？”

慕容馥嘟嘴道：“我眼一睁开，只觉周身如金芒坠照，似入仙境一般，为何要怕？其实，传闻说得多可怕，无非是大人恐吓小孩的把戏，我才不信呢！”说话时扬了扬脑袋，佯作一副不屑模样。

似有另一个女人扬声一笑，声音爽朗清亮，道：“这小丫头倒天真有趣得很，李巧巧，把灯移开。”

那光一直刺着她的眼，反而什么都看不清，光稍移开，视线便分明起来。

慕容馥抬目便见说话的女人。女人身形瘦长，体态纤纤，穿着一身紫色广袖罗襦，下配同色百褶留仙曳地长裙，腰系红绶，紫红色相间，宽袖袂角皆有金银丝织就的曼陀罗花纹理，外罩牙色透明绡纱宽袖长衣，衬得那桃夭柳媚，冶骨销神。

慕容馥脑筋一转，忍住全身酸痛，惊赞地“哇”了一声，又整出一副巧黠嬉媚的神情道：“大姐姐，你真漂亮，我长这么大，从未见过比你还漂亮的美人！”

千穿万穿，马屁不穿，这个道理慕容馥一直认为在任何时候、任何地方都是极其适用的，然而此时似乎适得其反。她话音才落，适才拿灯、名叫李巧巧的女人倏地便近了身。这女人身形太快了，慕容馥根本没看清她是如何近前的，不过一眨眼，她就在眼前，气势汹汹，一把推开那容颜妖媚的女子，扯起慕容馥的衣襟，赫然怒视："臭丫头，你这话说得利索，可这眼难道是瞎了？她漂亮？她怎么有我漂亮？！"

灯光映上来者眉宇。面容入眼，慕容馥也愣在当即。

眼前人两道修眉因怒意而蹙起，然眉尾扬起的角度，仍如那雾阁云窗外的一抹峻峭峰峦；那对剪剪秋水，融进了绰约韶光，斜挑的眼角，似山峰纵入凌霄，明丽俊爽。

这眉眼俊秀也便罢了，鼻梁秀挺，丹唇含媚，丰肌秀骨，娟娟娇妍。五官之中，寻不出半分瑕疵来。复兼白衣高鬟，望仙盘髻，水碧抹额间垂着一枚泪水般透彻的晶玉，精巧如重叠山峰上碧云一抹。若非亲眼所见，怎敢相信，这世上竟会有如此美人？一如造化鬼刻神劖的天外尤物。

慕容馥一时目瞪口呆，只是待看得细了，又觉得，这容貌美则美矣，顾盼之间却有几分落了刻意，可要细说是哪里，她又道不明。

心下思绪芜杂，慕容馥惶惶不知何以，只得竭尽全力，聚拢神思，面上独做惊艳状，磕磕巴巴道："好美的，仙……仙女姐姐！"

被李巧巧推开的紫红衣女人横眉挑唇，一脸讥讽："天下第一美人嘛，自然是横翔捷出，美冠天下，这是世人皆知之事。可你——"她嗤笑道，"哪怕凭借易容术模仿了三分皮相，又待如何？再怎么伪装，也不过婢作夫人，想成为天下第一美人，重新投胎也未必有这机会。"

"你……"这人一番话说得尖酸刻薄，戳心灌髓，李巧巧无言以对，愤然作色，反手一个耳光，便朝慕容馥掴了出去，厉声呼喝道，"美与不美，何用你来置喙！"

慕容馥头受力猛甩一侧，耳边嗡嗡作响，面上顿时红肿大片。

李巧巧性情喜怒无常，被人一激，甩出的耳光更是足劲。慕容馥心底嘟囔，明明是你问我的。她以手捂脸，触手际更觉痛不可抑，心下惶恐难当，当即噤口卷舌，不敢再语，但已察这二人之间似有宿怨，既龃龉不合，却又投鼠忌器，不敢妄为。

李巧巧一掌泄怒，怫然稍压，横眉而视，亦作尖言冷语：“我的易容术是婢作夫人，却也不害人命，不似有些人，佛口蛇心，一手阴贱毒辣功夫……”说时一连串叠舌啧啧声，把视线掉转别处，手抚了抚耳后发髻，满脸嫌恶道，“真厉害！谁敢跟她离得近啊，冷不防就被毒死了呢！”

“你……”紫红衣女人脸做风云之变，勃然怒斥，“你说谁的功夫阴贱毒辣？有胆色便指名道姓，摆上堂面，说个清楚明白！眩视惑听，扯什么口舌本事！”

李巧巧扬着眉道：“要论阴毒花招，我是没本事，否则当年也不必亲身领教了。若要说是谁，哼，何用我来指名道姓，某人心知肚明！”

“当年之事，也不全是我的差错，若非你自作聪明，又怎会连累三妹致死？”

“哦？如今看来，你是要指鹿为马了？好，萧桃娘，咱也别藏着掖着了，既然彼此都看对方不顺眼，索性今日就把旧账给算清了，就是你死我亡，那也与他人无尤！”李巧巧手绕腰间，长鞭如虹，转瞬挥出。

“好，今日便来算个清楚，分个高低。我萧桃娘要是怕你李巧巧，便是狗娘养的！”萧桃娘也毫不示弱，手势一动，长发轻扬，气势立变。

“你本来就是狗娘养的！”

“你……”

两人越说越激烈，彼此蓄势待发，直欲让慕容馥观赏一场天崩地裂的大战之际，一个声音嘻嘻哈哈地穿插进来：“喂喂喂，你们二人争便争，何以悖言乱辞，又引旧事？这些年来，有多少时日消停过？本来这烦心事跟我没什么相干，偏偏你们也忒叫人烦，互相不顺眼就算了，可待酒过三巡时又捐忿弃瑕，泪眼迷蒙，那勾肩搭背的亲密模样，把早先的那番盎盂相击化作无痕水乳，打眼望去，直叫旁人以为一个娘生的……”

“你才和她一个娘生的！”两个人竟是异口同声，冲那人厉声喝道；似乎发现了彼此的一致反应，又立马相撇过头，冷哼一声。

“如此看来，你们是不打还不舒服？行，要分个高低，打个痛快，外面一较高下去，反正这几年你们也没少打，少在我这里斗得跟乌眼鸡似的，白白惹这小姑娘笑话幽冥谷八魔煞，毁了我等名声。”笑嘻嘻的声音传开，伴随着一个人影越来越清晰。

光头，圆脸，慈眉善目，挺着圆滑的肚子，中等身高，看起来好似一个慈祥的和尚。因为脸圆，笑起来脸上肉鼓鼓的，更是莫名地叫人感到亲切。那人挡开萧桃娘与李巧巧，也不再理她们，正面对着慕容馥。

慕容馥眼珠子左右转了转，有些雀跃的样子：“原来，你们便是传说中的幽冥八魔煞？”

光头大叔闻言，也稍见诧异，但神情依旧温柔，笑问道：“丫头，你听过我们？”

慕容馥一扬眉毛，表情太剧烈了，肿脸受了牵扯，嘶地痛出了声，忙伸手捂住，却也不改那一副兴高采烈的模样，扬着下巴道：“我这么见多识广，怎么会连幽冥八魔煞也不知道？”

光头大叔更好奇了：“哦？你倒说说，他们分别是谁？”

慕容馥食指挠了挠脑袋，想了想，道：“这个，那个……我知道幽冥八魔煞，可是，我又一时想不起来是谁了。”语气泄劲，说话时，嘴便鼓起来，却牵扯到脸上，又痛得嘶嘶直叫。

一个轻飘飘的声音忽地传来，问道：“你既听过鬼山绝谷之名，怎敢孤身一人进入若耶山？”

声音很轻，很轻，仿佛来自冥昭瞢暗的玄异之境，叫慕容馥硬生生打了个冷战。她稍稍斜眼，觑了觑声音源头，见这人生得骇状殊形，霎时后背冷汗涔涔。

这人长得极高，人又极瘦，一副鹄形鸟面模样；瘦便瘦了，偏偏还不适宜地穿着衣袂飘荡的宽袍大衣，打眼看去，衣服笼笼的，像罩在一把骷髅架上，稍有风吹，更显空荡荡的诡异滋味；加上面色苍白，周身又带着满满煞气，夜半三更要是走出去，鬼都给他吓回阴曹地府去了，哪里还敢在人间游荡？

慕容馥乍见到他这副“尊荣”，胆战心惊，骨子里老早就害怕得要命，可她竭尽全力，抑制着心里慌措无依的恐惧。她努力地撑起身子，挣扎着坐起来，半捂红肿脸孔，又嘟着嘴，眼里泪珠似凝未落，浑然一副雨打梨花、东风助恶的可怜模样，哽咽道：“我阿爹阿娘都死了，一群坏人追着我，我慌不择路，便跑入这若耶山来。我无家可归，又怕坏人再来，只能风餐露宿地在山中过了一个多月，后来在山里找吃食，一不小心摔下了坡，醒来，便到了这里了。”

高瘦那人盯着慕容馥瞧，似欲辨别她话中真假。却见这小女孩正眨着眼睛，一脸崇拜模样直勾勾地瞧着自己，半肿的脸将她的表情衬托得古怪又好笑，他在她目光里尴尬起来，冷冷别过头，道：“你看什么？”

“我觉得大叔叔异形殊貌，委实俊俏。”其实慕容馥也佩服自己，到底是得多昧着良心，才能说出这句话来。

“俊俏？”高瘦那人初次听人这番形容自己，尚未有什么反应。反倒是光头大叔捂着大肚子狂笑起来，道：“沈老弟，居然……居然有人说你俊，居然有人说天下男人闻风丧胆、女人望风而逃的轻风夺命沈追魂——俊？哈哈，太有趣了，这个女娃实在太有趣了！”

“啊——”慕容馥一惊一乍，旋即又恍然大悟道，“我想起来了，我听大人们说，幽冥八魔煞中，有一个叫沈追魂，人道‘瘦骨嶙峋，轻风夺命’，果然，大人老是骗小孩，沈叔叔这么俊俏，应该叫‘风骨峭峻，飘逸夺群’才是。”

众人听得她小小年纪，巧言偏辞，大感诧异。

秃顶大叔问道：“你不怕吗？”

“我为什么要怕呀？”她晃手一指周围，奶声奶气道，“但凡是姐姐的都是大美人；这沈大叔姿仪俊俏，衣服穿着独树一帜；还有稍远那位大哥哥，虽然板着脸，握着剑，一身冷气逼人，却是龙章凤姿，天质自然，似那九霄天宫上的神仙人物。还有左边这位灰袍大哥，更是高大威猛，雄姿英发。你们说说，是得几世修来的福分，才能见到这样出世绝尘的人物？我为什么要怕呀？应该说是敬畏更妥帖些……”

从前在江湖行走时，他们皆被江湖中人称为魔头煞星，人人唯恐躲避不及，却从未听人这般形容自己。哪怕知晓她是胡说八道，心中却不免为这小女娃的胆识称奇。

慕容馥兴致盎然，继续道：“倒是这个一半脸黑一半脸白、头很大的叔叔有些吓人，像……像话本中地狱里的黑白无常。而最可爱的，当然是一直笑嘻嘻的大叔你啦，你知道吗？我一看到你的笑，就什么都不担心了。”

光头大叔一听这言语，亦笑得越发灿烂，一脸无害，他给慕容馥改了称呼道：“小机灵鬼儿，你倒有一颗聪明的脑袋，我的确就叫笑嘻嘻，笑里藏刀笑嘻嘻。你可知道，江湖上折在我这笑中的人有多少吗？”

她听说过“摄魄夺命，笑里藏刀”，原来便是眼前人。听说此人一手迷魂术，出神入化，江湖上死在他手中者，不计其数。先前听说时，她以为必是话本里神妖鬼怪模样，却不想竟是如此慈眉善目。

慕容馥睁圆了眼。

笑嘻嘻满意地道：“害怕了？”

慕容馥忙摆摆手，面上尽是向往之色：“不不，是太——厉害了，我要是也能跟笑嘻嘻叔叔一样厉害就好了，笑一笑就可以让敌人败于无形。我要能学到这等功夫，日后就不怕被人欺凌了。”

看着眼前小女孩一副天真、满脸崇拜的模样，笑嘻嘻突然笑不出来了，小小年纪，竟有这般心机？他略微一愣，继而才又笑道：“你口中的这个看起来高大威猛、雄姿英发的灰袍大哥，你看到他的手没有？”

慕容馥顺着他所指一看，便见那人袖中银光闪动，一只手自手腕处齐节断了，诡异地安着一把锋锐的银钩，一时失声惊呼道：“这位大叔的手——"

笑嘻嘻道："你可听过三十多年前声震江湖的勾魂银手？"

"这倒没听过。"慕容馥摇摇头，"三十多年前，好久呀，那时候我还没出生呢。"

笑嘻嘻道："当年少林寺前被江湖各大门派围杀，此人大战数百人，毫发无损成功脱身，此后一战成名。哈哈，你可知当时的原啸天，才不过是个十八九岁的少年郎。勾魂银手原啸天的手，勾过江湖上无数高手的魂。"

慕容馥眼睛微微眯起，觑了觑原啸天，叹道："听笑叔叔如此生动地描绘，还有如今亲眼见到原叔叔的英姿，即便不身临其境，也能想象得到原叔叔当时多么厉害。"嘴上虽这般讲，心中却未必以为然，思量道：若真的是高手，如何这般容易便被你杀死？你们若真这般厉害，又何苦在这儿匿而不出呢？

笑嘻嘻有意无意打量着眼前女娃的神色，像是洞穿她的心思，笑道："这江湖上不一定要修为非常强的才算是高手。如果你逃命的功夫比别人强，你也是高手。"

慕容馥骇然变色。

笑嘻嘻道："很惊讶我是如何知你所想？小机灵鬼儿，你那点鬼心思，从你醒过来的那一刻，就没能瞒得过我。"江湖人只知笑嘻嘻"摄魄夺命，笑里藏刀"，却不知，他修炼的并非摄魂术，而是他曾拜一玄夷人为师，修学的是正宗玄夷秘术——窥心术。

伪装面孔被一语揭破，慕容馥战战兢兢，道："我……"

笑嘻嘻不以为意，也不在众人跟前将她揭发，伸手一指，正是角落一名身着鹤绫袍、双手抱剑的男子，道："那是飞花见血花剑雪。他曾经从事这江湖上第二古老的行业。"

慕容馥不解道："第二古老的行业？那是什么？"

笑嘻嘻神秘道："杀人的行业。"

慕容馥迟疑地重复了一遍："杀人的行业？"

笑嘻嘻道："既是从事杀人，那当然就是杀手。他的剑术有多高，你永远也难以想象。"

"为什么？"

"因为江湖上从没有人见过他拔剑，见过他拔剑的人，都死了，死人已然算不得是人，所以也就没有人见过。世上岂非只有无人见过的东西，才难以想象？"

慕容馥的目光在花剑雪与笑嘻嘻身上转来转去，疑惑道："难道连你们也都没见过他拔剑？"

"当然呀。因为我们还不想死，不过这儿却站着个'死人'。"

慕容馥瞠目结舌，结巴道："死人……死人也能站着？"

"准确来说，应该是半个死人。你所说的脸一半黑一半白、头特别大的，像黑白无常的家伙，便是双脸无常阴半鬼，幽冥谷的人都管他叫大头鬼。他只在夜里杀人，因为一到晚上，他的修为便会比白天增加数倍，杀人时，悄无声息，便像勾魂的无常。而这两位刚刚要打架的，穿紫红长裙的，是香飘魂亡萧桃娘，擅毒药；穿白衣的，是千面神女李巧巧，听着名字也知道是擅易容。"

慕容馥好奇道："易容？这世上真的有易容这样的武技吗？我以为，那都是讲故事的人捏造出来骗人的。"

李巧巧对她轻轻地笑了一笑，眉目顾盼辗转，满室风华照人。慕容馥目眩神迷之际，只觉得眼前这张举世无双的脸，宛如飞燕掠清波，带出水纹，斯须之间，李巧巧已经变了个新模样。这模样，竟是跟慕容馥一模一样。

慕容馥目瞪心骇。

笑嘻嘻道："在这江湖上，有些人的名字会叫得不对，名叫英雄也许人是狗熊，名叫无敌也许人很普通。但一个人的外号不会错。李巧巧能被叫千面神女，自是有被这么叫的本事，这位精变一道的传奇，可绝非浪得虚名的。"

"哦。"慕容馥掰着手指头数了一下，看着笑嘻嘻，问道，"你们就是这幽冥谷的八魔煞吗？可是怎么只有七个？”

“那自然是还有一个我没说。”

“为什么没说？”

“因为那个人的名号叫‘不能说’。”

慕容馥奇怪，歪头道：“不能说？居然有人叫这样奇怪的名号。为什么不能说呢？难道他是哑巴？”

笑嘻嘻笑着摇摇头，道：“既然叫‘不能说’，自然有叫‘不能说’的缘故。”

慕容馥脱口问道：“什么缘故？”

“当年江湖上有些人看不起瞎子，而‘不能说’乌漫天刚好就是个瞎子，他不喜欢有人看不起他，但是太多第一眼看到他的人都看不起他，所以那些人就再也看不到他第二眼了。死在‘不能说’乌漫天手上的瞎子，连我也无法跟你数了，渐渐地，他便得了个‘不能说’的名号。”

慕容馥又奇怪了，问道：“既然他是瞎子，为什么还要杀瞎子呢？瞎子已经看不见了，又怎么能看不起他呢？”

笑嘻嘻道：“他杀死的那些瞎子，原本不是瞎子，可是他们不能体谅瞎子，所以乌漫天让他们死前都尝尝瞎子的滋味。”

“啊……”慕容馥惊得嘴巴都张开了。

笑嘻嘻略略一叹息，道：“其实瞎子有什么不好？这世间，瞎子看到的东西，总是比睁眼的看得更多、更真实。”

慕容馥心头一凛，暗想道：江湖上的传说不假，幽冥谷中果真聚集着很多奇怪的人，而且这些人都身怀绝技，可到底是什么缘故让他们聚在这里？又或者是困在这里？她灵机一动，对笑嘻嘻道：“既然那人不喜欢有人说他，那笑嘻嘻叔叔为何跟我说了他？”

笑嘻嘻笑道：“因为——”

他已经失踪很多年了。

但笑嘻嘻并没有说完，便被一人打断：“因为对活人不能说，对死人却能。”

那人言语阴森，慕容馥只听他继续道：“笑嘻嘻，你忒啰唆了，幽冥谷百来号人物，你是要一一介绍毕了才了事吗？她知道了这么多事，又有什么用处？凡是进来这幽冥谷的，没有一个可以活着走出去，她也不例外。要怪就怪她自己，入了不该入的地方来。不过，也没什么好遗憾的，早早去了阴曹地府，倒也算是解脱，省得留在人世受苦。”

话音方罢，慕容馥只觉得身后一阵阴风寒凛，仿佛有一只鬼爪自九幽地狱深处伸来，无情地攀上她的脖颈。

阴半鬼话里的意思，慕容馥很明白，他不想留她一命，他要她死，可是她若那么轻易就死了，这两年来受的苦岂非白受了？

心念电转瞬间，慕容馥猛地扑上前面的笑嘻嘻，抱着他，一把鼻涕一把泪，一副惨兮兮的模样，可怜巴巴地道：“笑嘻嘻大叔，我不要去地府，听说那里暗无天日，还有许多可怕的牛鬼蛇神，我不要去。是不是我说错了什么，还是我做错了什么，为什么人人都讨厌我、离开我？爹爹娘亲都离我而去，坏人追着我打，现下好不容易躲到这里，李姐姐打我，阴叔叔要杀我，大家都嫌弃我。笑嘻嘻大叔，你那么聪明，能不能告诉我这是为什么呢？难道我就这么让人讨厌吗？”

众人一愣。

笑嘻嘻问道：“听起来倒是可怜。那你老老实实告诉大叔，是谁追杀你，把你逼到这若耶山的？还是谁有意把你引入这山中？”

“没有谁逼我。”慕容馥嘟着嘴，哭丧着脸，真假参半惨兮兮道，“旧年里，我爹爹娘亲被奸人害死，我偷偷在仇人家放了一把火，本想着把仇人烧死，可惜不成功。之后被人抓到，卖到风尘院楼，好不容易逃跑，却被他们发现。小时候，大人都说若耶山很可怕，没有谁敢来，我当时就想，被他们抓到是死，跑进来也是死，与其死在他们手里，不如跑进来听天由命。哪想若耶山中非但不可怕，反而风景秀丽，我也侥幸残留了一条命，便在山中苟延残喘至今，为了找到些吃的，不知攀爬了多少地方……”她一边说，一边摊开掌心。笑嘻嘻见上面的确有许多为树藤所剐之伤，新旧交叠，有的伤口可看出已然颇有时日。

“本以为是天怜我未报家仇，故不绝我，岂料……呜呜……”

言语间，慕容馥的哭声更猛，泪骤然如雨滂沱。她起先本是假哭，可是内心之中一想起自己的亲身遭遇，满心凄凉，倒是真的悲恸欲绝地哭了起来，抽泣道：“不想到头来也是难逃一死，我都没替我阿爹阿娘报仇，便要死了。既然给我生的希望，又来让我遗憾而死，岂非太残忍了？哇呜呜……”

看上去仿佛是悲伤过度，慕容馥哭咽骤止，两眼一翻，晕了过去。

笑嘻嘻看着身前小女孩，笑容微沉，目光竟略带深意，一扫众人，道：“这如何是好？”

萧桃娘手肘支在落地隔断上，另一手叉着腰，声音柔软，眉眼稍有怜悯，道：“身世坎坷，倒是可怜。”说着莲步轻移，上前轻轻抚了抚慕容馥的眉目，缓缓道，“听她方才说话，这丫头倒很机灵，若是杀了，不免可惜，我也舍不得。”

花剑雪靠近，目光在慕容馥眉目间稍做停留，斯须才道：“不杀。”他似素来如此，语言简洁，冷若冰霜，无波无澜。

李巧巧纤纤素手在脸上轻轻一拂，眨眸之间又变了一张妩媚动人的脸，看着花剑雪笑意盈盈地道：“花大哥，你突然这般心慈手软，可不像你！”

灯光映照下的李巧巧眉似罥烟，水眸颦笑间，千般风情。如此美人，花剑雪却不搭腔，甚至连看也不看她一眼。

李巧巧似早已习惯，只略一沉吟，将眼底黯然潜藏入深处，唇间无声带出笑痕，慵然抬眸，道：“不过，既然花大哥你说不杀，我也不反对，那便不杀吧。”

“也许是天意。”沈追魂轻飘飘的声音倏然响起，“我们下了誓言，看守幽冥谷，绝不轻易离开谷中一步，除非……”他莫名地顿了一顿，没有把话说完整，接着思索一番，又道，“这只是一个小丫头，倘若利用得当，有些我们不可以做的事，她可以。要知道，我们不能出去，她能；我们不能进去，她也能。”

笑嘻嘻拍手赞道：“对，好主意，闷了这么多年，总算又有点事可以期待了。”

五／锋镝余生

三日后，风烟俱净，日色昳媚，花剑雪领慕容馥至一间竹屋前。

竹屋封闭，简陋却坚固。竹屋前有棵老树，根劲虬结，干枝斜生，浑如伞盖，将竹屋半掩其中。许是季节缘故，枝叶秃零，些许未化霜雪，堆簇在树丫之间，苍白相应，若是远远看去，倒像是一场盛开的花事。

花剑雪立在屋前。慕容馥看着身侧这个男人——容颜俊丽，高鼻凹眼，五官线条犹若刀刻，冷峻的脸上只有一个表情，就是面无表情。他整个人的气场，就像一尊被风霜雕琢的冰像，任狂风暴雪，兀立不倒。

以至于后来每每见到暴雪天，慕容馥总会想起花剑雪。

他总是两手环胸抱剑，面容寡漠冷寂，白雪般颜色的鹤绫袍扬风自舞，如雪域里一场狂风掀覆，震慑而疏离。这番形象也许就是此一时此一刻，落入她脑海的。

在幽冥谷的那么多年里，但凡是他清醒着的时候，慕容馥从未见过他脸上有多余表情，唯独在醉酒时，眉眼间会隐隐起伏一些细碎的、微不可察的痛感，那眉心的折蹙分明藏匿着几多求而不得。

这么寡淡、冷漠的人，也会有他的求而不得吗？慕容馥想。也许他心里，也有着温柔的一角。就如李巧巧所言，有些人看似冷漠无情，但心中蕴藏着滔天波澜般的情愫。你觉得他冷漠，不过是他的情愫不是为你而生，波澜并非因你而起，如是而已。

慕容馥后来问过他：你手中的剑，是不是真的从未失过手？回应慕容馥的，是花剑雪的沉默。离开幽冥谷很久后，慕容馥才知道，这个幽冥谷，除了另一个不得见天日的人，武学修为最高的，就是花剑雪。

七绝于己，七断于人。花剑雪的剑一旦出鞘，便得见血而收。

慕容馥一生，只见过一次他的剑出鞘，也是他最后一次出鞘。如果没有亲眼看过，无人可以想象，或者描绘出那剑究竟是如何惊天动地。

那一剑锋芒和速度已经脱离知觉之外，慕容馥不知道，天底下，有谁能招架闪避这样的一剑，也不知道有谁能在这一剑下存活，至少她绝对不能。

剑光一闪，鲜血溅出！没有人能闪避他的剑，包括他自己。若花剑雪的剑对向的是他自己，他同样必死无疑。

很多年后，慕容馥成为江湖中看到花剑雪拔剑而能活下去的第一人，也是最后一人。

而此时，阳光明媚，照在花剑雪的脸上，稍许缓解了他的冷峻，但缓解不了他语气中的清寒。

花剑雪冷冷道：“但凡进了这个山谷的人，都很难活着走出去。”

很难，却未必不能，但慕容馥不敢言语。

眼前山脉如盘龙，起伏延绵，将幽冥谷环抱于中。她的目光所及，均是白雪间夹苍翠，无垠无际。

冬季清晨的日头发出柔丽的光，肆无忌惮地洒照在白雪与翠浓的山岭上，折在铺泻而下的瀑布间。原是飞瀑如云，却染上树的翠、雪的银、光的金，急窜的水像是染了色、绣了花的缎子，亮人眼目。慕容馥知道，这个幽冥谷就如同那瀑布的颜色，眼睛所看到的并不一定真实。

花剑雪问：“你想不想死？”

慕容馥仰着头看他，眼睛迎着光，微微眯起，道：“心愿未了，不想。”

“你有何心愿？”

慕容馥静了静，似乎在考虑应该怎么说。

花剑雪已经道：“不要用应付他们的那套言辞。”

慕容馥思忖了片刻，坦白道：“报仇。找到仇人，杀掉他们，血债血偿。”

“真好听。”

慕容馥不解，看着他。

花剑雪冷哼了一声，道：“报仇是个好听的字眼，它把杀人变得冠冕堂皇。”

慕容馥攥着手，道：“杀人偿命，不是理所应当、天经地义吗？”

“杀人偿命不是天经地义，适者生存才是天经地义。”

慕容馥皱眉：“我不懂。”

“如果不能适应杀戮，就只能被杀。”

慕容馥摇头：“我还是不懂。”

她静静看着他，这一刻，慕容馥发现花剑雪的目光仿佛有穿透一切的能力——她有种被洞悉的慌乱。

“其实，你懂的。”花剑雪说着，忽地静下来。

时间不知过了多久，花剑雪才接着道：“即便不懂，终有一日，也会懂。”他在她眼里看到一些东西，很久之前，他也曾有过的东西。

“他们说你以前是杀手。”

“是。”

“你杀过很多人吗？”

“是。”

“你为什么杀人？”

“不是每件事都有为什么。杀手是职业，我以此谋生。”

“你杀掉的人里，有他们的家人找你报仇吗？”

“有。”

慕容馥心口紧了紧：“可你还活着。”

花剑雪道：“第一，我有能力杀别人，就有不被别人杀的能力。刀口舔血不容易，想要生存——变强，无他路；第二，杀了我，死了的人依旧死了，这个道理不用我来明说。相信我，报仇的人永远比他的仇人更痛苦。”

慕容馥指甲抠入手心，溢出淡淡血痕。她眯起眼，看着他，用质疑的口气反问：“难道别人杀了我的家人，我什么都不做吗？”

花剑雪道：“可以忘了，当然是忘了最好。”

慕容馥凄楚地笑了笑：“我没办法忘，同时，敌人对漏网之鱼也不会忘。我没有后路可退。”

花剑雪不语，因为她说得很对。

一个人若处心积虑要杀另一个人，那么，他就必定会斩草除根，以绝后患。

慕容馥手渐渐松了些，一副无所谓的神容，道：“更何况，你已经说了，但凡进了这个山谷的人，都很难活着走出去。我现在还能活着，势必要为这份活着做些什么，否则，你会放过我，他们也不会。”

花剑雪突然叹了口气，道：“你很聪明。”

慕容馥笑：“以前人们也常常这样说我，所以我也一直以为自己很聪明。亲人死后，我才知道，我所谓的聪明，根本不足以承担我的愚笨。”说话时，她的脸上有落寞。

花剑雪半晌不说话。

过了很久，慕容馥坦然问道：“他们要我干什么呢？”

花剑雪将一把小匕首递给她。

慕容馥疑惑地看着他道：“这……这是做什么用的？”

“他们说，给你三次试炼。三次。只要你三次都能活着出来，就通过了他们的试炼，他们便不杀你，还会教你他们所会的一切。这是第一场。”

慕容馥问："竹屋里面是什么？"

花剑雪面无表情："人。只要你杀了他，你就可以活着出来。"

慕容馥皱眉道："要是出不来呢？"

花剑雪依旧面无表情："那就只能死在里面。"

慕容馥眉头皱得更厉害了："为什么？"

"因为他杀了你，他就能走出来。屋里两人只能活一个。"

男人双目如寒芒，冷冷落在她拿着刀颤抖着的手上。

慕容馥慌了，没有了之前的镇定："可是，杀人……我不敢。"她连鸡都没杀过。

花剑雪面部如冰一样僵硬，容色更是无波，语气中却带着明显的讥诮，冷然道："不敢杀人？你不敢，不是因为你不敢，而是因为你不想敢。我说过，如果不能适应杀戮，那只能被杀。"见过生死，不代表能够面对生死。这是他们要教会她的第一件事。

慕容馥身子顿觉颓然乏力，道："可我跟他无冤无仇，我为什么要杀他？"

"那你想不想活？"

慕容馥点点头："我想。"

"那你只能杀他，不管怨仇，因为要活。"

慕容馥摇着头道："如果我为了活，而去杀与我无冤无仇的人，那么，那些和我无冤无仇的人的家人，便会来杀我，我为了活，又要杀他们，这样下去，我岂非得永远陷入这永无止境的杀戮里？"

"是。这就是江湖，一旦踏上，就是不归路。"花剑雪淡漠道，"何况，你说过，你要报仇，在这个报仇的过程中，你注定会杀一些无冤无仇的人。"

慕容馥抖着手问："非如此不可吗？"

"非如此不可。你与他，没有仇恨，只有胜败，胜者生，败者死。人在江湖，必定如此。所以，这个江湖上，没有谁会对谁手下留情，任何厮杀与决斗都是一场你死我活的角逐。他死你才能活，如果你连他都杀不了，那还凭什么说报仇的话？更何况，这是你目前活下来的唯一机会，除非——”

“除非什么？”

“除非你想死。”

“我不想。”慕容馥咬了咬牙，“那你之前说的那些话，是什么意思？”

花剑雪缄默了一阵，面无表情道：“你现在可以把它们都当成是废话。”

很久以后，慕容馥才晓得，花剑雪是个从不说废话的人，但此刻，他什么也没有明说，只是一把将她推进了屋子，“咔嗒”一声，将门反扣起来。

慕容馥回过神时，一个男人站在她面前。这人竟是数月前将她和欢颜追到这里的打手，他们怎么可能进得来？她一时惊慌无措，拍着门，大声叫嚷道：“花叔叔，你放我出去，我……打不过他！”

外面没有声音回应她，而身后男人恶狠狠地道：“臭丫头，原来是你——”言语未落，那男人已凶猛扑打而至。

慕容馥手握紧了藏匿在袖中的刀，惊恐避开，大声叫喊道：“你不要过来！我……我不……不想杀你，你……你为什么不肯放过我……”

男人咬牙切齿：“我只要杀了你，他们就会让我离开，你死我就能活，我为什么不杀你？”

慕容馥皓齿咬住下唇，小小的拳头紧紧地握着，问道：“所以你为了要活，就一定要杀我吗？”

男人眼睛里闪着狠辣之色，道：“废话！”

突然间，慕容馥好像懂了一个道理——对方既然可以为了要活着而杀了她，那她为何不能为了活着而杀掉对方呢？

彼时彼刻，没有人告诉慕容馥，这个道理究竟是对还是错，而在那一刻，是对是错对她而言也不重要了，重要的是，她必须活着，即便手染鲜血地活着。

是的，女孩握紧了刀，反而突兀地笑了起来。

前一刻一脸恐惧，这一刻笑靥如花。男人被她的神情惊了片刻。只听女孩低声道："其实，你在他们眼里只是一个用来试炼的靶子，即便你杀了我，也未必真能活着走出去。我倒有个两全的办法……"

男人不听她废话，飞身扑了过去。在他这个御气武者的眼里，杀死一个十来岁的小丫头，就跟捏死一只蚂蚁般轻而易举，他何必与她废话。

可惜，慕容馥毕竟不是一只蚂蚁，同样也不是刚流落街头时，那个不晓世事得近乎愚蠢的女孩。男人刚到慕容馥跟前，只见眼前一晃，慕容馥突然消失不见……

半晌，花剑雪才听得屋内几声弱弱的拍门声。他解锁，打开门。竹屋里的女孩手里拿着刀，浑身是血，原本净澈、通透的眼眸，此刻布满血丝。她一手撑在地上，一手抚着胸口干呕，却什么也呕不出来。

那双满是血丝的眼，盯着他瞧。这一双眼，很多年后，花剑雪都忘不掉。

这是慕容馥的人生里，亲手杀掉的第一个人，为了活。她明白，从双手染上这鲜血开始，她就已经走上了一条无法回头的道路。

人生之路，无处不存在选择，干净死去或血腥活着，她选择了后者。她知道，从这一刻起，她将满手血腥，洗不掉的血腥。

花剑雪向里面探了探身，那个男人已死，满身是血，血肉模糊。

他问她："你刺了他几刀？"

慕容馥没有哭，粗喘着气，声音带着微不可察的颤抖："二……二十七刀。"

她想起自己刚才一刀一刀往那男人身上刺的模样，又忍不住干呕。

若两个人只能活一个，那么活的只能是自己。你不死就是我死，而我大仇未报，不能死，不可死，所以只有你死了。慕容馥当时想。

对敌人，下手必须狠，所谓"置之死地而后生"，置别人于死地，自己才能生。若有人想要你死，你就得要他死，这其间绝无别路可走。

这幽冥谷的第一个试炼，让慕容馥懂得了第一个道理，活着的道理。

花剑雪看着她，冷漠的面容上带着少有的惊异。在她昏过去之前，花剑雪问了她一个问题："如果有机会活着，不会成为仇人的漏网之鱼，用另一个身份，放弃仇恨，好好活着，你愿意吗？"

慕容馥听到了，但她没有回答，闭上了眼睛。

花剑雪眼神复杂。

如果这个问题早问两年，或许会有不同的答案。而现在，已不可能。

生命，从来就没有如果。

慕容馥醒过来时，已是在一间房间里。

罗帐软被，抬眼只见珠帘垂落，幕纱重重。满室旖旎幽香，呼吸都是滋味。

外头似有莹灯照室，零零散散，穿越重纱珠帘，投递着晦明变幻的碎光。她撑坐起身，随即觉得浑身酸痛难忍，手欲抬珠帘，却听得外头有人道："醒了？"

听声辨人，慕容馥手立即缩回，颤抖着道："萧姐姐？我全身都痛。"

骤有浓香袭人，便见帘拢动摇，一只修长纤手拨开幕纱，挑起珠帘，现出一张倚姣作媚的雪貌花容来。

萧桃娘步履幽微，行至慕容馥床前。她似濯洒方毕，青丝不绾，长垂及踝；身穿樱子红叠襟罗衣，下配兰草水纹凌波裙，颦笑润眸，顾盼摄人。

慕容馥抬首欲视，只觉那光芒艳如日照春花，煌煌刺目，不禁垂下头。便见萧桃娘手一抬，掌心多了一枚药丸，晶莹色润，像足她从前爱吃的糖果。

慕容馥迟疑接过，方入嘴，几丝甜腻在口中缠绵，一咬开，苦涩迅速溢了满腔。甜在外皮，苦在内里，这番甜后苦涩，直刺味蕾，迫得她几乎坠泪。

慕容馥凝额蹙眉，平抚着胸口问道："这是什么？又是甜，又是苦。"

萧桃娘轻掠云鬓，娇笑了一声，道："小丫头，可觉得身上疼痛略减？"

慕容馥晃了晃手，动了动身，已觉动作比之先前轻快不少，眼睛一亮，欣然道："果然没有那么痛了，好厉害，你是医师吗？"

"医师？"萧桃娘嗤笑，"这么高尚的称呼，我可担当不起。我擅毒，自然略懂些医药之理。懂得它，也不过是用来杀人，不是用来救人。方才你所服用的剔透丸子，乃我特制的百虫琼露丹，既是药，也是毒。"

慕容馥闻言色变，心底百般惊恐，忙俯下身子，抠喉吐酸，但那毒药已化幽微，直入五脏六腑。她一番思及，越发后怕，百骸冰寒，四肢颤抖，周身无依无力。

"要命的药大多很甜，救命的药才是苦的。良药苦口，这句话正是亘古不易的道理。这药既是有苦有甜，自然是有毒有药。"萧桃娘扶起她的身子，媚眼如丝，轻声道，"你这样怕死，倒是叫我意外。反正你要死了，有什么要跟我讲吗？"

慕容馥一思已身中剧毒，又惧又恼，早已无了原先阿意取容的形貌，怒道："你们既然想我死，先前又何必叫我杀人？难道就是为了满足你们那等叫人作呕的嗜痂之癖吗？"

到底不过是孩子。萧桃娘盈盈一笑，道："口齿这般伶俐，想来这张牙舞爪的模样，才是你真实样态吧？果然，人临死前的面貌才是最真实的。"见慕容馥面色即泛苍白，萧桃娘本已看得透彻，倒也不纠缠于此，复又道，"放心吧，你不会死，我还舍不得让你死。你要明白，我不是在害你，而是在教你不被人害的道理。"

不会死，只会生不如死吗？慕容馥冷哂道："我信你，你却下毒害我，还说是教我道理？”

“欸——”萧桃娘纤纤素手轻拍掌心，道，“这就对了，前车覆，后车鉴，我是在教你对任何人都不能放下戒心，否则，就是在给别人机会送你致命一击。什么事情能比亲身经历更记得清晰？”

慕容馥缄默，垂眸思忖她话里的对错。

萧桃娘道：“至于毒药，它每个月都会发作一次，你不用害怕，是我制出来的毒，自然便有解药。我们既答应了给你机会，自非空口说白话。不过，你要记牢了，不会再有其他人似我这般好，浪费一枚珍贵毒药，来教你道理，他们只会想要你——死。唉，江湖中人，可残忍得很。”

幽冥谷的山风，冷得透骨渗心，当夜，慕容馥蜷缩在锦被中，哪怕被褥温暖，她也仍觉不安。

谷中一旦入夜，阒无人声，时有走兽飞禽嘶鸣噪嚣，还有一堆时隐时现的魑魅魍魉，叽叽喳喳，弄鬼妆幺。

错目时，见窗角贴着的玉魄芒亮，透过半卷的垂帘，照在榻前地板上，空气里散发着一股叫人寒毛皆竖的冷邃。慕容馥犹记旧时在书阁中曾读得一句：憯凄增欷兮，薄寒之中人。月光浸她一床锦绣棉被，带着一袭微薄寒意，确似有意中伤她而来。

此情此景，应了书中言语，错觉这漫漫长夜似将永无尽头。她措手不及，计无付之，顿时埋首软枕，身子颤抖，嘤嘤哭泣起来。

许是哭久，备觉身疲力乏，目眩头晕，茫茫睡去。月影斜转，不知多少时辰，昏昏默默之际，忽觉一道目光，像暗室明芒，照拢她身。她缓缓睁开眼睛，入目只见一火亮身影，身娇体小，竟立在她床头。

慕容馥惊讶地“咦”了一声，伸手将小火狐抱入怀中。寒天冰地里发现的一丝温暖，便是抱火厝薪也心甘情愿。

她一时潸然，无声泪落。

毕竟还是小孩子，哪怕心志再坚定，心中再有主意，终究也是脆弱的。

不知又默默哭了多久，她才发现小火狐竟也不逃，这方聚神拢思，心想道：那日我因追逐它方落入如今险境，后来它一溜大吉，现下怎的又忽然寻到这儿来？不想思量际，小火狐竟在她手间蹭了蹭，姿态亲昵，见她目定神茫，复又扯着她的袖子“咿唔咿唔”胡乱几声叫。

慕容馥怎晓得狐狸在咿唔什么，想起那日因它“挑衅”缘故，自己才多遭这份罪。到底小孩心性，不由得埋怨道：“若不是你，我如何会到这儿来，还弄得浑身是伤？我突然失踪，阿颜一定担心极了。你看，这都是你害的。你是只坏狐狸！”说话际，两手夹起小火狐，将它举至眼前。嘴上虽这样言语，可是看着它一双狡黠有芒、剔透莹亮的眼瞳，哪里是真心埋怨，早已是喜欢得不得了，又把它抱入怀里。

小火狐一点儿也不怕生，抖动着身子，一直在她身上胡乱蹭着。脖子上一个小金铃“丁零零”地随着身子的抖动响起。

慕容馥眉眼略略一弯，心中总算有了些许宽慰，道：“好了，好了，撒什么娇嘛，我不怪你便是了。”她抚摸着它身上火一般颜色的柔亮皮毛，无奈一笑，旋即又轻轻地叹息了一声。

叹息戛然而止——不对！

慕容馥的手本抚摸着小火狐身子，却倏然一顿，敏锐地察觉出一丝不对劲。

是铃铛声！

慕容馥细细打量了下，才发现小火狐的脖子上挂着一枚金铃铛，陷入密密丛丛的火红皮毛里，若不是声音惹出来动静，看也看不清。而她明明记得，那日追逐它时，哪里有什么铃铛声，分明什么都没有的。这代表，在她之后，有人接触过这小火狐。

慕容馥左看右思，拨掀小火狐的皮毛，发现这铃铛竟有几分眼熟，似乎在她和欢颜住的石室中看到过。这一番摸索里，才发觉金铃铛与脖子相系接处，竟黏合着一个半食指大小的细竹筒。

慕容馥奇怪地打开竹筒，发现其中有一小块卷起的缣帛，上面只写着一个“颜”字。一时间，万般意外化作一个“喜”字，慕容馥心里头思量道：这幽冥谷中的人不可能知道阿颜的名字，是以阿颜定见过这只小火狐。想来她是费了大番功夫来寻我，这也许只是无意间的一个举动，并没有想到这狐狸真的会寻到这里来，所以才仅仅只留下了个“颜”字。

慕容馥想了想，心里塞了满腔言语，单这小小缣帛哪里倾吐得干净，思来想去，只成了“尚安，勿寻，暂不归”数字，然后将缣帛卷起，插回小竹筒里。她摸不准这小火狐还会不会回到欢颜身边，也不敢多写，免得被幽冥谷的人发现了古怪。

不料数日后，小火狐又回来，慕容馥发现竹筒中缣帛上已变成“等”字，才明白这小火狐许是已被欢颜收养。欢颜一向与动物亲，甚至与它们沟通也有一套办法，能利用这小火狐来交流，并不奇怪。慕容馥这才安心起来。

便这般，在幽冥谷的时日里，小火狐便成了慕容馥与欢颜之间的信使。

前前后后休养了十来日，慕容馥的伤已然好了七八分。这回领她的是沈追魂，但去的不是竹屋，而是一个铁皮密封的大笼子前，笼子非常大。

铁笼前，沈追魂同花剑雪一样，亦给了她一把小刀，道：“你有轻功的底子，而且还练得不错。”

不意被一语道破，慕容馥肉跳神惊，面色不安。

沈追魂睨她神色，当即冷笑道：“若连你小小的伎俩都看不明白，我们何以称幽冥八魔煞？好好利用你的优势，把铁笼里的两头野狼杀了，这是第二场。”

“什么？”慕容馥目瞪心骇，“野狼？我……我怎么可能杀得了？”

“没有不可能，而是必须能。”沈追魂看着她，目光如尖刺，“力量存在人心里，信则有，不信则无。”

慕容馥失色难言。

沈追魂转了口气，冷冷道："里边的野狼已被饿了好些日子，杀不了，你只能当它们的食物。"

慕容馥手足无措："可我……"

沈追魂静定地看着她，问："可曾有人跟你讲过，何为弱肉强食？"

慕容馥摇摇头，里头不时传出的狼嚎叫她心慌。

"其实野兽和人在本质上都一样，你对它们心慈手软，它们未必会对你口下留情。有朝一日，你踏入江湖，也是如此。弱者可无法生存，你若除不掉你的威胁，在江湖上，迟早是刀下亡魂，在这铁笼里，那便只能成为一顿饱腹大餐了。记着，不要指望有谁会进去救你，因为不会有……"沈追魂一边说着，一边将她推了进去。

关上门的时候，沈追魂补了一句："你倘若连走出这铁笼的本事与自信都没有，那我们也没必要让你走出幽冥谷了——反正也活不长！"

开始时没有声响，接着有几声"砰砰"，之后，是狼的哼叫声、嘶呜声……好几个时辰后，铁笼内没有了声音，因为铁皮密封，谁也看不见里面发生了什么。

沈追魂打开门，慕容馥坐在一头狼身上，狼已经死了。

慕容馥的刀正正地插在另一头狼的脖子上，狼和她的身上都是鲜血。沈追魂不知道是她的血流到了狼的身上，还是狼的血溅到了她的身上，唯一知道的是，狼死了，而她，还活着。

慕容馥甫一入铁笼，两头狼当即扑食而至。她腾挪难躲，应付难及，不过斯须，身上已是多处抓伤。忍住体肤剧痛，她想到入笼前沈追魂的第一句话——你有轻功的底子。

铁笼周边有许多条条杆杆，上面还有架成的铁梁。慕容馥这时才理解过来，这铁笼里面都是机关。她未进来之前，两头狼是被分隔开的，她一进来，机关一动，便把铁栏收起，那他们为什么要把两头狼分开呢？她突然间仿佛明白了什么，吃力地借着并不娴熟的轻功，在两头饿狼间游走，进退狼狈，最后到底还是攀爬上了铁梁。她双手紧抱着高处的铁杆，生怕一丝差池，便从这活命处跌下，届时身疲力乏，再也无气力躲避下头的狼牙了。

饿狼眼见肉食在前，偏生距得远，口齿垂涎，暴躁嘶吼，叫慕容馥毛发悚然。她明白饥饿的感觉，那是一种自内而生的折磨，叫人一刻也难得安生。

不管是人还是动物，当饥饿到无法忍受的时候，就会想方设法谋取食物。世上很多偷鸡摸狗、杀人放火的人，起源也不过是一个“饿”字而已。

过了片刻，当饥饿感再次侵袭，狼就会把目光转移到对方，这大抵便是为何他们要设置机关，将两头狼分开的缘由。

慕容馥在铁梁上看两头狼撕咬争斗。这血肉淋漓的同类相残，看得她触目惊心。一开始时，她怨恨沈追魂的残忍，为何要把她推到如此境地。两头狼因饥饿而自相残杀，叫她不免心生怜悯。可当她因分神，险些跌下铁梁时，两头狼立即掉转目光，猛地冲她扑来。那磨牙吮血的情形，让她忽然意识到，同情敌人，就是在给敌人机会杀死自己。

那一瞬间，慕容馥忽然明白，沈追魂把她关进这里，不是为了要她杀狼，而是让她看同类之间互相残杀的情形，他要她学会麻木，学会冷酷，学会冷眼旁观、洞悉全局。他要她明白，所谓弱肉强食，讲的不是武力，而是智力。

对慕容馥来说，这两头狼确实很强大，但强者互相争夺，弱者就可把握时机。时局瞬息万变。不管两头狼最后谁被谁吃掉，反正两败俱伤是一定的。它们能把对方咬死，那么最好，即便剩下一方，也已经是筋疲力尽。待到此时，慕容馥再与这筋疲力尽的一方厮杀，即便她很弱小，也已然有赢的机会。

她没有力量，但她可以等，可以耗，时机总会到。

什么鹬蚌相争，渔翁得利，什么坐山观虎斗，当时慕容馥一概不懂。在那种处境里，她只知道，她很弱，面对强劲的敌人，就要想办法去削弱它们，而不是蚍蜉撼树、螳臂当车，做无用之争。

“我还活着。”慕容馥抬起头，眼泪汪汪地看着打开门的沈追魂，语气却是坚定的。

她还活着，她亦必须活着，即便是浑身带伤地活着。常人兴许无法想象，一个未到十一岁的小女孩，究竟是如何活着走出一个狼笼的。因为许多人可能一辈子也不用遇上类似这样挑战自己极限的境地。

一个封闭的铁笼，两头饿狼，一个小姑娘，而活着的，却是这个分明还不到十一岁的小姑娘。

要说沈追魂心里没有震撼，不可能。这段时间与她相处，他们发现她身上有种非常明显的特质——求生意识非常强。无论面前的敌人比她强大多少倍，她都能有办法解决掉，并活下来。这个看起来娇小的小女孩，细弱的身躯中仿佛潜伏着无限可能。

沈追魂看着她，冷冷道：“我想你已经明白了，要活命，就要懂得怎么快，抢在敌人前面。越快把握先机，掌控全局，才可以伺机取对方的命。假若你的敌人十分强大，而你又不能够一时之间变得强大，那么，就要学会如何迅速削弱他们。”

慕容馥点了点头，便晕了过去。

第一次试炼，他们要让她知道，这世上有些人能活着，能呼吸每一口空气，都要靠自己不惜代价去挣回来，没有任何人能帮得了你。直面生死，谁都不容易。

第二次试炼，他们要让她知道什么是灵活应对，以弱胜强，更要她明白，为了生存，为了利益，同类之间，也会争个头破血流，不留余地，不遗余力。

那么，第三次呢？

他们只是把慕容馥送入一个地方。事实上，他们并没有多期待，慕容馥可以从那个地方走出来，也不知道她究竟是怎么通过第三次试炼的。

当然，她不说，他们也不问。

但当他们看到慕容馥从那个地方走出来时，心里都松了一口气。

他们信守承诺，放慕容馥离开幽冥谷。但此后，慕容馥仍常往幽冥谷去。萧桃娘给她下毒，本是为了控制她，怕她一去不回。只是萧桃娘不知，那毒对慕容馥而言，并无作用，她仍去往幽冥谷，也有她自己的目的。

欢颜曾疑惑地问过她为什么，慕容馥没有说。

有些事必须做，就有必须做的理由；有些事不能说，自然也有不能说的缘故。幽冥谷是一个泥潭，慕容馥深陷其中，是无可奈何，但她绝不会把欢颜牵扯进去。她要保护她，她要给欢颜留一条后路。

想到此际，慕容馥看着在自己眼前竖耳甩尾的小九，竟不知道该怨还是该喜。或许真的是冥冥之中早有注定，即便不是它，也会有其他所谓机缘与际遇。

慕容馥心底一叹，亦不再多想。

暗夜之中，越发衬得月色霜白，隐约跟当年一般清寒。

两个女孩和一猴一狐嬉闹在一处，时不时传出清朗的笑声。而天空中，有些光芒在以难以察觉的轨迹变幻，不动声色之间，新的帷幕在渐渐拉开……

清晨初起，朝霞彩照。欢颜收拾好行李，看了她们居住七年的石洞一眼。

慕容馥看到欢颜神情黯然，扯起嘴角笑了一笑，趋身挨在她身侧，细声问："是不是舍不得走了？你若舍不得走，那……我们便不走了。"

欢颜摇头，目光里却有留恋："到底住了七年，这个地方，带给了我们太多东西，也承载了我们太多回忆，此番离去，不知何日回来，心中一想，无非有些惆怅。"

慕容馥在她肩膀上拍了拍，道："放心，我们会回来的，相信我。"

她相信，她当然相信，她只怕到时来了，却物是人非。欢颜沉默不语。

两人一同走出石洞，各怀心事。

慕容馥取出颈上戴着的一条黑色项绳。绳上系着一枚白玉，玉质剔透，触手温润，雕琢成兰形的线条简约却生动。这是一枚不知雕琢年代却已历沧桑的古玉。她将玉往一边石墙上的花瓣形状小孔内一放。

倏然一阵冷光耀目，顶壁与地面呼隆隆地忽移出两道墙，竟是两块晶莹剔透的碧玉所造。玉石本不奇，但这样大的两块玉石，却是稀罕之物。

白兰古玉与花瓣小孔合为一体，上下玉门自行移动，相合一处，将石室与外面甬道分隔开来。四周忽然陷入了与世隔绝般的寂静，一切声息被吸纳收起，变作无底的幽诡。她取回自动凸出的白兰古玉，与欢颜沿着九曲八弯的甬道一直走出去。

甬道墙壁上的石块散发出幽淡荧光，前路漫漫，好像永远也走不到尽头。

然而，她们一步也没有再回头。

所谓人生，其实就是在走一段不得回头的道路。

第二章

不期薄夜咫尺聚

谁不是呢？眼前新欢辗转，也有看厌时日，其时，旧爱便如蚕丝蛛网，千回百转，撩动心头，难止难休，谁也难敌记忆里的容颜。而旧爱重上台面，揭开了记忆的幕帘，便是另一种人间。未必如记忆中留恋。

一 / 雪魄神隐

若耶山山脚，清檀湖上。

此时夜色已深，一轮亮月高悬于空，清辉漫洒湖上，素净如绸，铺展于青碧湖面。天地清幽静谧，尽是水月波光。

天水一色。

一叶轻舟游于湖面，从流飘荡，任意东西，辗转深入。如此夜半行舟，仅有一人单身孤影，立于轻舟之上，漫荡于水波之间。

夜风轻掠，拂起那人银亮长发，掠过那人盈舞广袖，天地荧光更衬得那人一身雪衫长裙素洁无尘。

如此动静相应，当属天地一美矣。

此时舟已行过檀口，峰谷叠石，陆离崔嵬，隐现湖中。如此静幽阒然的天地间，竟突变出一股鬼魅迷离。接着，平静湖面骤然一掀漩涡，巨浪滔滔向四周汹涌起伏，惊涛浪滚，波涛狂翻。

银月恰在此际没入叠山重云，天地倏然一番晦暗翻涌，仿佛陷入另一个虚无缥缈的异度空间。奇诡的是，一叶扁舟在如此波翻涛涌中，竟是稳当如山，不晃不摇。

舟上雪衣人抬首，雪衫水袖甩手轻振，掌风一引，若扫云荡雾，天地间虽未恢复初时的明亮，却已是稍见光芒。

可是好景不长，似有神鬼为此人行为所激，天地异变瞬息再起，光芒激荡，电光闪现，星移斗转。舟上雪衣人分毫不惊，落足间看似随意，却是御力化劲，荧光围护。刹那间，扁舟周际如同罩着一层保护障，丝毫不惧眼前铺天浪涛，雷鸣光闪，轻舟穿越波涛，深行直入。

轻舟两侧的漩涡巨浪，更加激烈地自四面八方狂涌而至，两根水柱夹着惊涛夺然而起，其高几欲通天。

天与地互相接触，风与云互为鼓荡，声响震耳欲聋。两根水柱之上竟是金光乍现，凭空出现两行古体篆字——若耶幽冥绝人迹，飞宫魅影夺生天。

两根冲天水柱一时间齐齐朝扁舟倾轧而来，随时有覆舟之厄，雪衣人仍不见慌乱，水袖之下指法暗扣，气劲沛然盈于两袖之间。

“破！”雪衣人轻喝一声，手印飞出，两袖登时分击水柱。

势如虹，震如雷。人舟安稳，破涛夺出，如骅嘶鸣，奋鬣奔驰，骤然有翻滚波涛、征服九州之势。

人舟在如此漩涡相抵之间夹涛起伏，若隐若现，端的是凶险万千。也不知这雪衣人究竟是何方神圣，能在如此急流漩涡之间踏舟险行，只见从容。若换作常人，早已舟翻人沉，淹入湖水之中，成为湖中一缕幽魂。

此时，水柱被雪衣人所破，滔天水波已是渐渐稳定。若耶山七大峰碧水夹流，犹如翠屏端丽，次第入目。孤叶扁舟，飘摇航行，不减其速。周围蒙蒙烟波浩渺，左右烟岚横黛，穿行之际，如至画中。

便是此时，行舟之下，碧水之上，竟是一个大型星盘隐约暗潜。

飞布天干，环布八门，地支相结，布十二原神、十二天星。此阵取天门地户为基，后天卦配河图之象，洛书之数，成飞宫布局。

在如此暗夜之中，舟下水上，金光泛动，呈现出异常诡异的幻象之美，更兼星斗折映，光影相合流转。

时上起青龙，依龙布天星。甲龙飞九宫，龙头休门生。

刚刚一切凶险只是前奏，此刻才是正主。八门以“休生伤杜，景死惊开”顺序环布，阴阳二遁，灵活旋动，迎合天、地、人之机。阵法一开，左旋右转，生阴阳、五行、四象，变化万千。福中隐祸，生中现劫，盘转轮动之间尽是玄机，于无形之中陷人于绝境，断人之性命，端的是诡谲莫测。

入若耶山中幽冥谷，有两道可行，一者山道，一者水道。

山道凶险，水道奇诡，“若耶幽冥绝人迹，飞宫魅影夺生天”之言非虚，若耶幽冥有鬼山、绝谷之称，亦绝非凭空而生。可那雪衣人依旧从容自在，驾一叶扁舟，在如此连波碧色之上或斜或侧，欲棹还停，任由变幻无常，兀自岿然不动，仿佛天外仙人驾舟临红尘，一难一险，皆在掌控之中。

瞬息之间，舟已破飞宫阵而过，水上转盘消匿。顺水而去，熟门熟路，宛如自行家门。

舟行未久，越过幽冥谷后，若耶主峰神隐在望。此时两边奇岩怪石，犹如魔兽，罗列前叠，看守门户。仰头而视，只见一线月光如绸如带，云影聚散未定，予人崔嵬莫测、万古如斯之感。

雪衣人弃舟及陆，凌波轻步，意态闲闲。帷帽上雪纱及膝，随风自扬，纱下容颜却莫测难辨。

此时皓月倾照，神隐峰中，只有怪石横生，丑树相交。山风轻拂间，尽是一派沉寂幽诡之色。雪衣人往深处行去，步履之间婀娜多姿，形迹婆娑，一身迎风飘拂的雪衣长裙成了这山间一抹亮色。

倏然间，风力转急。

雪衣人头略略一侧，风带起帷帽一角轻纱，隐约只见雪衣人丹唇微一挑，宛如惊鸿一瞥，倾了一地月光。

“寻常人即便能越得过幽冥谷，也寻不得神隐峰。这峰被飞宫阵匿于无形，不破阵则不见峰。飞宫奇门有五十三万一千四百四十一种变化，能够破开此阵，安全穿越幽冥谷，阁下本事不小，可惜了。”声音幽幽，仿佛自四面八方而来。

很快，二十五名面蒙黑纱的红衣人鬼魅般凭空而现，团围住雪衣人。这些如血般鲜艳的身影，在这样沉寂的山峰中，分外诡怖，仿佛他们根本就不是人，而是这世间最可怕的杀气、最浓烈的煞气所组合成。

雪衣人仅仅柔声一笑道："为何可惜？"声音不高不低，不平不锐，既不动人，也不刺耳，很是平凡。这样平凡的声音，很容易让人一听就忘。

很明显，雪衣人用了控声之术。

"这么有本事的人，却要死了，难道不可惜吗？"声音依旧如从四面八方而至，遥遥入耳。

雪衣人道："听这语气，尔等倒是有底气得很。"

"并非我等有底气，而是在这神隐峰中，连神都惧上三分，更何况是人？"

雪衣人笑应道："哦——"

"非我圣宫人，入峰必死！"

尾音甫落，只见红影闪晃，周围二十五名红衣人迅疾移动方位，各立金、木、水、火、土五行方位，骤闻"丁零"一响，每个人手中张开一张大网，手法奇诡，二十五人两两相接，迅捷合展成一张金丝大网。

南夷金丝质地坚韧且柔软，即便是对方身上有宝刀利刃，也难以损其分毫，且网中方寸之间缀有锋利的玄铁倒钩。不仅如此，组网每五人便是一个小五行阵，五组又成一大阵，即便是一流的高手，也很难逃脱得出这张大网。

众红衣人步法一致，轻功高绝，准备合围，生擒雪衣人。可这雪衣人身法之快，更是出神入化。金丝网未及合拢，阵法未全然展开，雪衣人早已移形换影，飞夺而出，直逼东北角一棵枝干双抱合生的高树之上。

一声闷哼传出，雪衣人三指如爪，扣在树上红衣人脖颈间，并且，在扣住脖子的同时，已在红衣人身上连下四道禁制。

这个红衣人便是适才说话之人。

"这天罗地网阵的确厉害，能对付得了别人，却对付不了我。'夫与人斗，不扼其吭、拊其背，未能全其胜也'，方才你若在布下这天罗地网阵的同时，启动我立身所在的机关，我两面不能兼顾，也许会失败，可惜……你太自信。是太久无人闯入这里，连警惕性都降低了吗？”雪衣人居高临下，哂笑道，“听说圣宫之中，九人成组，二九合队，四九成阵，六九成连，九九成营，组、队、阵、连、营中之首领，以能力推选，而非资历，连圣宫之主亦是如此，我所言可有错？”

在场众人，一听不禁大惊。

圣宫一派行事极为隐秘，几乎无踪迹遗留江湖之上，而今这雪衣人到底是谁，竟对圣宫如此熟悉？

雪衣人松开扣住红衣人咽喉的手，反袖连击，解开她的禁制，并将她推落树下，熟悉地将众多树枝上的其中一根拨开，大树自动中分为二。

红衣人旋身落地，长眸利挑，余光瞥见白影一闪，雪衣人已经不见踪迹。

“糟了！”红衣人急怒一喝，话音刚落，眼前的几棵长得怪异丑陋的大树自行横移，将二十五人围困于其中。

原来红衣人方才所站之大树上，正是神隐峰中机关入口。机关入口一开，外围便会自动重新叠结成另一个新阵，是以反而会将红衣人围困于阵中。

这神隐峰看似杂树乱生，天然自成，其实是有顶尖神机高手，借此自然之象，构造阵法于其中。

每一棵杂树之后，都有重叠的机关法门，即便是精通阵法机关的高手，稍有不慎便再难出生天。可偏偏这雪衣人对所有的机关路法尽数了然，只见她水袖轻掠，杂树相叠间便自开小道；玉指轻弹，灰岩巨石便无声移转。待雪衣人身影一过，一切又会自动闭合，新启阵法。

月光淡洒，树影婆娑。随着阵门的开合起落，使得原本已幽玄诡谲的神隐峰上，更加迷幻难测，森然压抑。

雪衣人加快脚步，在这错综复杂、曲折延绵的山峰中觅路穿行，连过九九八十一道阵法。待她穿越最后一道阵法后，豁然进入一处广阔开朗的天地。

月倾天地，丛林森静。

神隐之巅，一座巍峨宫殿触云抵天。此处月色很亮，亮得极不寻常，琼光玉色倾盖天地，好似有一双仙人大手，遥遥伸来，抚慰人间。若沿长阶上巅顶宫阁，步踏闳宇崇楼，仿佛可随手摘星揽月。但雪衣人知道，如此美丽之处，实则杀机潜伏，一步不慎，随时可能粉身碎骨，万劫不复。

宫殿台基建得高，显得很壮阔，月色里多了几分神秘、迷离，宛如神迹。立身于这气象森严、殿宇巍峨的宫殿之前，叫人顿生一种万古如斯的苍寥之感。小小一处行宫，便已如此，雪山深处那一座正宫，又该是怎样的景象呢？雪衣人忽然轻轻地叹了一口气，不知有多少生命，被绑缚在这神隐宫中。

此时周际有风，迎拂着雪衣人的如雪白衣。雪衣人足尖轻点，身轻如云烟，轻而易举地穿越丹墀长阶，直入正殿之中。

殿中宽荡空寂，阒无一人，声息难闻。两侧长明宫灯迤逦，亮照雕柱玄砖，煌煌入目。

玉阶之上，冰莲座兀立，在孤孑之中等待着它的主人。

雪衣人步履轻抬，正要步上玉阶，却有三人凭空出现，陡地挡于雪衣人身前。

气劲排山倒海般，朝雪衣人胸口迫去，衣袂飘飞，雪衫劲鼓。整个大殿，充盈着压人气场。雪衣人并不硬接，仅是巧借腰力翻身后跃。

雪衫轻舞，立定之际便见三名老者皆是满头鹤发，颌下三绺长须，额宽鼻大，不仅眉目，连皱纹都生得一模一样。他们身上穿着剪裁一致的玄衣乌袍，周身上下全无劲气感应，如同三个最普通不过的老人，但没有人比雪衣人更清楚，这三个最普通不过的老人，却是这天下最不普通的人。

若是雪衣人单独对付其中一个，还算稍有把握，但若三人联手，这江湖上即便是当年的“白衣墨凡”，也未必有五成胜算。因这三人是一母同胎的兄弟，心意相通，而且在这神隐宫中守殿已五十多年，从未踏出殿门一步，数十年来静心养性，武学同修，已达三人一体的化境。

“数十年来，神隐峰已久无外人踏入，足下今日一路顺当，入此殿中，可见并非常人。我兄弟三人虽说鄙陋无能，但奉命守护此冰莲座，足下若想亵渎这宝座，便只能自护位三子尸身上踏过。”中间老者颤巍巍开口，声音苍老低弱，奇怪的是别有一种清越之意。

“有些事能用脑袋解决，还是用脑袋解决的好，用武力实在是下下之策。”雪衣人清然一笑，声音脆然悦耳，却是反问道，“三位老人家既然在此殿守了多年，那我且问问，这冰莲座已经空悬多久了？”

正中间老人道：“二十八年。”

雪衣人道：“二十八年，你们不期待一个新主人，难道这莲座也不期待吗？”

三人面上乍露惊异。

雪衣人继续道：“如尔等所言，数十年来，神隐峰已久无外人踏入，我今夜能稳渡飞宫奇门阵，一路顺当，不伤一人破开外围八十一处阵法，不费半劲飞跃这宫中一百零八道机关，到此冰莲座前，若非对这圣宫了然于胸，江湖上纵是白衣墨凡重现江湖，也未必有此能耐吧？”

灯光之下，雪衣人略微侧首，轻拂盈盈广袖，话语闲闲却是威严自生。

“这……”三人面面相觑，皆为雪衣人所言震惊。转瞬不知又想到什么，面露紧张之色，中间老者声音孱弱，断断续续道：“莫非……莫非……”

雪衣人徐徐抬手，素指纤纤，掌中劲气凝聚，霎时间一朵雪魄冰莲似虚似实，如冰剔透，显于掌心寸余之上。雪莲周际皆有荧光丝缕飞绕缠萦，更显虚无缥缈。

三名老者震撼难言，面上竟是同时露出了天差地别的两种表情。

一种是恐惧至极的表情，一种是惊喜至极的表情。他们恐惧的模样，便似小孩忽见噩梦中的妖魔；他们惊喜的模样，便似少年乍探九天仙女。

到底是什么，让三位岁数合起来总共两百多岁的老人，又恐惧又惊喜？

雪衣人反手负于背，轻描淡写，雪魄冰莲瞬息化入荧光之中，趋散于玉掌之间。但闻她声音轻缓，悠闲道："尔等不分尊卑，本君却不想落个不敬元老的名声。"

"遵而不失，心奉先志，护位三子拜见新天君，属下一时失察，恳请君上恕罪。"三名老者顿然屈身，举手加额，朝雪衣人行古礼拜下，言语之间已是绝对的遵从。

他们不用知道雪衣人是谁，他们也不用知道雪衣人来自哪里，更不用知道雪衣人帷帽之下究竟是何等样貌，因为他们知道，天底下只有圣宫天君，才能掌控雪魄冰莲与雪魄冰具。

雪衣人的帷帽之下，定然有雪魄冰具。虽然他们并没有看见，但已经知道。

世界上有很多事情，即便不用亲眼看见，也照样可以知道的。

雪衣人步履缓缓，三位老者依旧伏地，却已是自动让开阶道。

雪衣人步上玉阶，坦然坐于冰莲座之上，俯视三人，声音已现威严："你们也是遵令而行，不算罪过，各归其位吧。"

"是。"雪衣人水袖挥去，三人弹指间便已消失在视线之内。

只要这冰莲座上不出现任何意外，护位三子绝不会出现，更不会见圣宫之中除天君之外任何一人。

没有人知道他们出于何处，没有人知道他们又隐于何处。

除了天君。

正在此时，雪衣人突然侧首殿外。

少顷，殿外渐渐传来橐橐靴声，已是有人包围住这座神隐宫正殿。

接着，风声劲急，两队红衣人以目不可及的速度进来。

静如影，轻如羽，灵动且迅速，数十人，就像两道红色的绸缎，被劲风刮了进来。

与此同时，两把长剑，就像是红绸中的一抹折闪的月色。“月色”有着莹亮的锐利，朝雪衣人正面飞驰而来。

快！

非常快！

剑及履及！

利剑弹指抵达雪衣人下垂的轻纱前，霎时便滞住。利剑伴随的劲气竟未能激破雪衣人的帷帽，相反，只听到“叮叮”的连续两声响。

没有人看见雪衣人的动作，只感觉到“月色”里有一抹雪色轻闪，接着，“月色”消失，两把长剑直插玄砖之上，地面裂开细细的缝，两名红衣人飞跌玉阶下。

这两名圣宫营首，轻功已臻化境，内劲已达通元末段，剑术已可在江湖上独当一面，却如此被雪衣人轻手一翻，连人带剑飞跌阶下。在场众人，无不骇然。

血红覆盖了剑光。

众人不禁后退数步，步伐齐整。

跌下的两人不可置信，撑剑起身，挥剑再刺。

“不——”惊呼声自两名红衣人身后传出，在这样只余留风声的大殿之上，本应尤为刺耳，但呼声到底慢了一瞬，撕心裂肺的嘶喊已赫然在大殿上响起，掩盖了所有声音。

在这嘶喊之前，倒地的两个红衣人刚拔出玄砖上的长剑，尚未跃身而起，已经被一股强劲的吸力前引。

在场的所有人已闻到一股味，那是浓厚的血腥味。血腥味笼罩整个大殿。两颗尚余温度的心器，落在两具尸体身侧。

两名红衣人直到死时，眼睛里还充满着困惑，他们甚至不知道自己是怎么死的。

腾空取心，血不沾手。雪衣人出手之迅猛，手段之毒辣，简直令人胆寒。

霎时间，宫殿之上，气氛森诡。明灯闪晃而动，光芒交织着洒入宫殿中的月色，映衬得座上人纤指如玉。

风止，静无声。

雪衣人在等。

时间，就像是吐着芯子的毒蛇，缓缓滑过。

大殿之上，没有人再出手。他们不敢出手，是因为他们无法出手，亦不知如何出手。此时此刻，殿中所有人，不管谁出手，都是在送死。即便是全部一起出手，也未必能把这诡异的雪衣人拉下莲座。但凡有脑袋的人都会知道，能面对这神隐峰中那么多险境而抵达神隐宫殿上的人，不管是谁，或者说在这之前是谁，日后必定与圣宫有所联系。

可是不管日后有什么联系，当前守护神隐是他们的责任。

他们也在等。

他们在等可以与她匹敌的人到来。

很快，风又起。

风，很柔，很轻，无半分凌乱，无半丝急躁。

月色更加亮了，月光仿佛凝入了刚挤出的浓浓香乳，和着酿了数百年的琼浆，从高高的天宫中，一不小心，被仙子错了手，滴落人间，砸出涟漪。

远处有两个浅色身影。

自高高的宫殿上遥遥望去，那两个身影仿佛凌波踏浪，身上胶着月色，自宽广的宫道上朝宫阶步步而来。

他们的动作很慢，很慢，慢到几乎可以一清二楚地看到他们抬脚、迈出、落脚的细节；慢到，几乎感觉不出他们是在走路。可偏偏就是这样的慢，他们却在瞬息之间，便到达了雪衣人莲座玉阶之下。

世上有种慢是快到极致。人的眼睛跟不上运动的速度，也就成了慢。

在江湖上，任何一位以轻功成名的高手，到了这圣宫之中，也许连一个宫奴都不如，哪怕是内劲修为极为低等的宫奴。

圣宫中人的轻功之高超，行动之迅捷，已经达到令人匪夷所思的境界，包括雪衣人。虽然早已有所了解，但在见到之时，心底还是很惊叹的。

圣宫里的这些宫奴，有一些在江湖上还有另一番身份。

隐藏一棵树最好的方法，就是将它放在森林里；隐藏一个人的真实身份最好的办法，就是让人对你的另一个身份毫不质疑。

就是这样匪夷所思的轻功，就是这样匪夷所思的组织，在江湖上，几乎没有人听过它的名字，没有人知道它的踪迹，就像是它从来没有出现过，就像是它根本没有存在。

雪衣人很满意。能够成为这样一个组织的主人，任何人都会很满意。

两个浅色身影来到雪衣人莲座之下，随后，二人突然屈膝跪下，像先前护位三子一样，举手加额，行跪拜大礼。接着，所有的红衣人，包括殿外的，亦是整齐跪下。一时间，就像一大匹红色的绸缎，在月色下漾了漾。

“恭迎新天君！”整齐的声音响彻整座神隐殿。

轻纱帷帽之下，一双眼睛打量着下方两个浅色身影。二人低着头。雪衣人道：“你们两个看得出来，为什么他们两个便看不出来呢？”

二人声音恭敬，齐声答道：“因为他们愚蠢。”

“哦？”雪衣人笑问道，“他们如何愚蠢？”

左边一人道：“能者得之，能坐上神隐宫冰莲座的，江湖之中唯有圣宫天君，所以，能坐在冰莲座上的，就一定是天君。”

“能者得之，这个解释，我很喜欢。”雪衣人清淡一笑，头微侧，一手轻抚扶手，雪白指尖摩挲着扶手上的雕纹，懒懒道，“可是这个座位已经空了太久，他们忘了。”

右边一人道：“在圣宫里，忘记不该忘记的事情，就得付出代价，生命的代价。”

天君盈盈轻笑，荧光散射之间，帷帽已被她拂落。

长长的银发飘旋若舞，倾泻身际，冰晶荧光将女子玉容敛入朦胧。可见的是——脸上一点丹唇如朱，丹唇之上的所有容色就像被冰雪所封，凝结成一张莲瓣缠边的冰晶半面具，仅余留盈盈剪水秋瞳，鬼魅灵动，引人无限遐思。

天君掠袖起身，凌波微步，缓下玉阶。灯光月华，衬得她冰晶面具亮如明珠，夭矫流溢。她一步步行至两个浅色身影前，并且轻手扶起她们。

二人分明未如何作力，便被一股寒气引了起身，略有惊色，只稍稍抬起头。

两个女子容貌并不如何出众，眼角都有了一些浅浅的皱纹，但多年身处组织高位，让她们眉目之间都有着一股昂扬刚劲之气。从容貌看起来，岁数在三十左右，其实这二人已经五十有余了。

别想从高等修武者脸上准确判断年岁，有时候你觉得他只有十八岁，但很有可能已经五十岁了，有时候你觉得他有五十岁，也许他才十八岁也不一定。

天君道："白萼华、赫连舒娆两位主使，护卫圣宫，辛劳多年，本君心中甚为感佩。"

语气柔和，并且平稳，不见一丝起伏，不动一丝波澜，却仿佛自幽潭之底传来，令人莫名地觉得寒气缠身。

白萼华、赫连舒娆垂首，恭而有礼，道："属下本分所在，不敢有丝毫懈怠。"

"日宫主隐居避世，这么多年，均是由月宫主暂代圣宫事宜，四大主使辅助，八大护使、十六掌事更是把圣宫在西秦各国间的势力分布隐藏得极好。本君今夜坐上身后位子，并不意味着圣宫要有什么改变，各处宫人依旧各司其职，各应其事，唯一的一点，本君要每个人记牢了……"灯光之下，女子丹唇含笑，轻扫众人，那目光，仿佛一道寒芒自冰雪中射出，"圣宫之中，自建立迄今，以能力论地位——"

“的确，”天君略略一顿，继续道，“有才乃傲，恃能而骄，对于武者而言，只有比强者更强，才有资本骄傲。本君对圣宫的熟悉，未必比得上宫中长老，修为上也未必比得上月宫主，但是，诸位可莫要想着本君初来乍到，便可各行其是，阳奉阴违。旧主愿亲传本君雪魄神功，自然是本君有打动旧主的能耐。无论谁，觉得能比本君更适合阶上冰莲座的，那么只管光明正大走上来，本君必将雪魄神功亲授。谁若是要与本君论资排辈，旁摇阴煽，那么，”女子广袖轻漾，纤纤素手指向宫柱边已渐渐凉去的两具尸体。那斜扫之间，明明秋水含媚，姿仪姣丽，却有一种无法名状的阴寒气在：“此二人下场，便是前车之鉴……”余音在殿中回荡不休。

没有人能看清楚，这雪魄冰具下的真正样貌究竟如何，是老迈？是年少？因他们不敢知道，他们也不需要知道。他们只需要知道，雪魄神功是每一位圣宫天君的象征。每一代的圣宫旧主将以废除毕生武功为代价，以全身内力建架搭桥，将雪魄神功导入适宜者体内，即是新天君体脉之中。因而每一代的天君，雪魄功力的内基，皆比上一代更为坚固、深厚。

当年开创圣宫的首位天君，在雪山之巅待了整整三十年，以冰为床，以雪为被，自创修炼出雪魄神功。因此，雪魄神功是属于至阴至寒的内功。若真要比较，可以说，雪魄神功之强大，最高境界丝毫不逊色于修炼到天武阶的玄天武者。

更加独特的一点是，雪魄神功并不要求接受者的内劲修为层次达到什么阶段，哪怕是毫无内力的幼童，只要体质适应，能接受一脉强劲的寒气而不受反噬，就能承担雪魄神功这一股强肆的内力。

也就是说，除了首位天君，之后的每一位天君，在体质适合的前提下，他们已可不必修炼雪魄神功便能够拥有它。但接受一脉强劲的寒气而不受反噬，具备这样体质的人，这世上毕竟不多。

对于一般人而言，体脉之内若是长期处于冰冷的状态，即便是内功修为达到固原期以上的江湖高手，也未必能活得下去。是以体质不适应而贸然承受雪魄神功的人，全身气脉血液将会被寒气封冻，除死无他。

圣宫密室的进出、密印的用法、密令的发出，都在雪魄冰莲的控制下，雪魄冰莲又出于雪魄神功。换言之，雪魄冰莲是一把钥匙，而只有修炼雪魄神功的人，才能以内息化出雪魄冰莲，造出这把钥匙。这就是为何雪魄神功是圣宫天君的象征。

因而，但凡圣宫天君登上主位之后，他就必须培养下一届传人，以防备不测。若天君发生意外，圣宫的总领权将落入宫主手中，由宫主将圣宫控制在“雪藏”状态下，维护圣宫之密，并寻找体质适应者，传授雪魄神功秘籍，并指导修炼。

因为宫主无权，亦无能力行天君的雪魄密令，只有停止的权力，没有行动的权力，故而在之前的二十八年里，圣宫在西秦各国各域的所有力量，几乎全部处于凝滞状态。

“心怀质疑者，不妨一试，本君随时奉陪。”天君收袖负手，步回座前。

回身之际侧眸淡扫众人，便是如此一瞬，殿中所有人都感觉到一股寒气迫人，好似只要阶上人轻手一翻，整座大殿将被冰封三尺。

月已倾斜，天地皆静。

众人高呼：“雪魄一出，圣宫归心，天君尊令，违者必戮！雪魄一出，圣宫归心，天君尊令，违者必戮！”

声如浪涛，势引狂澜，在本是寂静的天地间，袭盖整座神隐大殿，神隐峰上鸟雀惊飞。

风动，林啸。

所有琼光月润，仿佛都被凝入冰莲座上那人唇角的一勾笑痕之中。

星暗，月沉，天将破晓，江湖之上，风浪再起……

二 / 箭下夺人

昭华东城，若耶山脚五百里外密林小道。

一场秋雨潇然而过，雨后的密林带着几分泥土气。

“驾，驾——”萧萧风起，一辆小型平头马车穿越密林，在小道上疾驶。简陋的车厢里不时响起婴儿的哭声。

马车迅疾如风，左右枝叶招摇。一股蓄势待发的气势，在空气中酝酿。

忽地，一支利箭从暗处兀然飞出，直插驾车人胸口。驾车人翻身倒地，挣扎几番，气绝身亡。又一支箭，直飞马腹部。

马因刺痛，一声惨嘶，发狂前冲。车内人从马车厢顶破出，速如惊电，旋身立地后惊险万分地看着马车翻倒。

车厢四分五裂，车内飞出之人犹有余悸。然而事状接连，顷刻，有身影从密林之中迅捷跃出，手持锋锐利刀，刀刃寒芒从四方而至，锐冷逼人。

一行统共有二十四名武者，均穿着青衣黑底紧身武士服，剪裁样式完全一致。众人分以两圈式，内圈八人，外圈十六人，团团包围住从车厢破出、立在小道中间的老妇人。

秋风拂来，落叶纷飞。

老妇人五十有余，身着深草绿的粗制麻料衣衫，面上皱纹横纵。一眼看去，只是个很平常的老妇人。可是她眼神冷静，行动迅敏，周身之间精气内蕴，乃普通妇人所不及；背上长剑墨鞘冷透寒芒，是个修武者。

老妇人左手紧抱婴儿，右手利落拔剑出鞘，长剑斜指，目光沉冷。

“啧啧啧，何必拔剑相对呢？”一男人自二十四人圈外踱步走出。

男人年约三十出头，唇上蓄黑髭，两角微翘，穿着一身青色束袖轻袍，身量瘦高，一副尖嘴猴腮的相貌。他盯着老妇人手中的婴儿，志在必得道：“如果连某人要你的性命，方才的箭，只怕就不只射在马和车夫身上了。”

老妇人冷哼一声，面露不屑。

男人道：“我们随宫，向来先礼后兵。顾思娘，你若是干干脆脆把孩子交出来，连某便让你安全离去。如此一来，大家都图个轻松方便，是也不是？”

顾思娘嗤笑一声，冷视道：“好个先礼后兵，连況，光明正大，你们没本事，下毒暗杀，这样卑鄙无耻的事，倒是占了全，居然还敢说先礼后兵？我倒替你丢脸，哼，难道就不怕传出江湖，给各路英雄笑话？”

“笑话？”连況双手负背，仰首大笑，声如尖刺，“卑鄙也好，光明正大也罢，目的已经达到，又何必计较方法？顾思娘，自古有道，‘枳棘丛中，非栖鸾凤之所’，月宫那样对待端木茜茜，想来也好不到哪儿去，不如投靠我随宫，我必向宫主进言，保你性命，只要你把孩子……”

“做梦！”顾思娘不容他说完，怒斥打断，“主上早已脱离月宫，你们得到她的孩子，也无济于事，月宫本就未必容得下这孩子，隋云天以为能以此威胁月宫？当真愚昧得很。”

听得顾思娘所言，连況狞笑：“哦？既然如此，把孩子交给我，由随宫来保护，岂非对孩子来说更为安全？”

顾思娘怒目而视：“你要从我手中得到这个孩子，只有一个可能……”

连況道：“什么可能？”

“让我手上这把剑答应了。”顾思娘语音甫落，长剑一挥，直取连況咽喉。

连況疾身而退，阴恻恻地道：“不管你交不交，今日，这孩子，我要定了，给你活路你不走，那我便成全你。”说时，挥手示意左右，“杀了她，留下孩子。”

话音甫落，风声呼呼，左右数名凝气武者手中刀光肆溢，呼啸着冷风，向顾思娘劈至。

顾思娘咬牙切齿，就地一滚，利剑直插入近身武者的腹部，借其身做盾一挡，所有劈来的刀锋纷纷落在那人身上，鲜血飞溅。

武者未曾惨叫，已血溅当场。顾思娘跃身飞起，将武者尸体踢飞，尸体撞上其他武者，同时她利剑猛舞，欲借此杀开一条道来。忽地左背辣痛，顾思娘旋身飞踢，头也不回，剑芒逼出，利剑陡转身后，一声惨叫凄厉响起，剑直中偷袭者心窝，其人当下毙命。

半个呼吸的空当，身侧武者举刀，猛劈而来。顾思娘急急腾身跃起，飞脚踢其肩侧，手肘顺势亦去。武者刀位一错开，竟直劈中同伴脸颊直到肩侧。同伴面骨碎裂，鲜血喷涌，溅红衣衫。

顾思娘人虽上年纪，然身手依旧敏捷，未有停歇，借那人身体未倒之势，翻身踢开一旁攻上来的人，利剑挥舞间，正中两人咽喉，随后长剑向后一送，顷刻又斩杀二人。

惨叫声不绝于耳。连况皱眉，眼神狠辣，扬手指挥所有人齐上。

刀光剑影，双方血影飞溅，厮杀一团，不过几个来回，地上血红一片，横七竖八地躺着那些武者的尸体。

余下众人惊骇，一时不敢冲上前送死。

道间枯叶起落飞旋。顾思娘单手持剑，如此杀机四伏、腹背受敌的情况下，仍不见丝毫慌乱，足见临战经验、剑法修为均是不弱。

顾思娘讥讽道："怎么，随宫养的就是这些废物吗？"

连况嗤笑一声，持剑飞入内圈。

顾思娘见其气势汹汹，猛地滑开六七步。旁边武者趁机偷袭，刺她左臂。顾思娘反应灵敏，迅速旋身避开，反手撩剑，直抹偷袭者脖颈。

剑光猛涨，血溅当空！

接着当空一翻，就那名武者倒下之势，长剑回转。回首时，长剑恰好击中连况刺来的剑。

顾思娘出手间，已是拼命劲头，这一剑相击，连况竟被她一股猛烈剑气逼退数步。顾思娘原想借此缺口纵身逃离，连况早已料及，变招卸劲，剑锋逼人，直攻顾思娘面门。

连况乃众人之首，修为自比手下高出甚多。

顾思娘难以撄其锋芒，飞身后退，越退越急，已退至树林内。她内息猛提，借轻功后跃，堪堪避开其剑气至锐之机，右手举剑格挡其攻势。起初倒能与之相抗一二，奈何年岁已足，背有刀伤，兼之连日逃亡，已是气力大耗，时间一长，自然越挡越吃力。

连况毫不手软，越欺越近。

本来顾思娘想借树飞跃，取他后方，连况却倏然长剑一斜，方向变转，反刺向婴儿。

顾思娘瞬息色变，怒然急喝："无耻！"

不容思量，恐婴儿被刺伤，顾思娘反手将婴儿上抛。连况嘴角露出奸诈一笑，飞脚猛踢顾思娘，接着纵身一跃，欲夺婴儿。

顾思娘被脚力一击，难以控制，凌空飞撞上大树，猛喷一口鲜血。她全身剧痛，撕心裂肺，眼睁睁看着半空的婴儿就要落入狗贼之手。

便在如此危急当口，劲风忽过，连况眼看着婴儿分明已到手，收臂时却是兀然一空。

这斯须间，连个人影也没有，婴儿却不见踪迹，连况、顾思娘皆是一惊。

连况环视周围，纵声呼喊道："来者何人，请出来吧！"

语落良久，不听声息。连况心里楸然：速度快捷，连残影也无，便是幽冥鬼魅，也不如此啊。这般出神入化的轻功，莫非是那月宫宫主？一念至此，脊背渗汗，不禁打了个激灵。但他转而一想，又觉得不对劲，心底暗念：江湖上传那月宫宫主爱洁成癖，人也神秘。每次出现时会有八大侍女撒花满地，再有八名随侍抬轿飞至，绝不可能孤身一人。只要不是那月宫宫主，也无甚可怕，此人迟迟不敢露面，看来也是装神弄鬼、虚张声势而已。江湖上多是这种把戏。

连况左右忖度，胆子壮了些，遂厉喝道："缩首畏尾，算什么英雄好汉！”

“咦，我是女子，本就不算得好汉。”声音肆然，回荡众人耳侧，只觉清冽爽朗。

众人循声而望。两棵高树间，不知何时，横连一束白绸。白绸上，女子双手枕于脑后，双腿交叠横躺，身稳形定，模样姿态极为舒适，仿佛她躺身所在并非半空，更非一道纤细白绸，而是一张舒坦大床。

似察众人目光，女子摸腰骨，打哈欠，伸懒腰，旋即身体一翻，单腿屈膝，架于绸上，手肘靠膝弯，在白绸上坐起身来，样貌在日光间袒露无遗——长发乌黑秀丽，并未梳簪，如绸缎倾落，闲闲随风扬舞；前额头发则由一条玄色云绣抹额束拢向后；肤色如凝瑞雪，比寻常人更显得苍白，即便灼灼日光洒在脸上，也未见红润。

女子的着装也素简，倒与肤色相称，上穿盘莲纹月白长襦，下搭同色罗裙，外罩梨花白对襟广袖绉纱衣，腰束同色暗花绫带，衣衫虽有旧意，但质地不赖；外衫襟口衣角，几簇银线乘云对称绣纹，莹然亮目。微风淡拂间，广袂宽袖随风盈盈而动，更衬她纤腰一束。可当视线下移，脚上不着袜，赤足靸着双蒲草屩，与一身针脚精致的衣裳十分不搭。

非但衣履不搭，就是这满身气质，也同她的行为有着云泥之殊。

眼见她侧坐在白绸上，手搭在架起的膝头，另一只脚便悬空垂下，这种女山贼一般的坐姿也就罢了，偏偏垂下的脚上草鞋半趿拉着，裸着一截雪白的足踝。说话时，耸荡着脚，懒散无忌。

顾思娘目光一扫，眉心略有蹙皱。虽说江湖女子多不拘小节，但如此在人前裸露双脚，也实在轻薄。

连况持剑遥指她，问道：“小姑娘是谁？快快交还婴儿，否则，莫怪在下利剑无情。”

“还给你？这是你的孩子吗？”女子眼眸悠悠侧转，斜睨着连况，曼声如波，“如果是你的孩子，这么可爱，姑且借本姑娘玩几天，待我玩腻了，自是归还；如果不是，那与你有什么干系？还是早早滚蛋为好，莫要碍了本姑娘兴致。”

说话间，女子盈然带笑，一手抱着婴儿，身子轻然如烟，从五六丈高的白绸上一跃而下，步影婆娑，声息皆无。她的背上背着一件黑布包裹着的物什，长估六尺，宽有尺余，[1]也不知是何物。

两树间的白绸如同自有生命，随着她的动作，自行收系腰间。

女子如步踏凌波，缓缓朝众人行近。

连况眉宇皱起，心中只觉不妙：这女子步履无声，高树起落如履平地，如此轻功便是当今江湖高手之中也极是罕见，而且她敢开这样的口，定然有所恃，莫非真有什么来头？还是先试探试探为妙。

一番轻重思量，连况语气稍做宽和，道：“敢问姑娘是哪条道上的朋友？倘若非月宫的人，便归还婴儿，别蹚这浑水。”

女子一脸诧异地“哦”了一声，眄睐适意，笑盈盈道：“那你又是谁？”

“在下乃随宫青衣堂下连况。得罪了随宫，姑娘日后要在江湖上行走，怕是不太容易。这身轻功修炼不易，在下奉劝一句，还是莫管闲事，速速离去为妙。”

女子略略侧首，面做惊讶状，道：“随宫青衣堂下连况？啧啧，这么大的名号，那可是久仰久仰了。”

连况走惯江湖，倒也礼数周全地拱手回应道：“失敬了。”

女子颜色一展，哈哈大笑，口无遮拦：“失禁了？哪里失禁？是大便失禁，还是小便失禁？”

连况身后一武者抽刀怒指：“臭丫头，你……找死！”

女子意态天真地“咦”了一声，一脸懵懂道：“我怎么找死？是他自己说的，我问得不对吗？”

武者正想辩驳，可口一张，却分毫发不出声息来，竟不知是何时

[1] 古一尺相当于今之七八寸。文中尺度计量均采用汉制，十分为寸、十寸为尺、十尺为丈、十丈为引。

叫人暗点了哑穴。

“怎么不说话呀？”女子笑盯着那武者，“正好，我有个朋友，颇晓医术，兴许能治治他的失禁之症，若我心情好呢，帮他引见引见，亦无不可。至于孩子，反正呢，孩子在我手里，如有本事，就只管从我手中抱走；没本事，那就少叽叽喳喳，扰我双耳清净。”

众人听得她一个乳臭未干的小丫头竟这般狂妄口气，纷纷呵斥道：

“小小年纪，别敬酒不吃吃罚酒。”

“放下这孩子，否则……”

女子俏眸一扬，好奇追问道：“否则如何？”

另一大汉接口，笑意狎亵，道：“否则，刀剑无眼，这小脸倒是俊俏，若是被我等失手划伤，可就不太好看了。”

众人哄然大笑。

忽地，林中猛刮怪风。

说话武者只觉面门一凉，风劲朝他集中扑去，一如寒冰冷水泼面而至，尚未反应过来，便觉口齿剧痛，两颗门牙遽然掉落，满嘴鲜血直流。

四下里，无端透着一股寒凛与森然，所有人心头大惊。

他们并没看到是谁出手。

大汉疼得捂嘴跺脚，又恼又急，言语漏风，咬字不清地叫骂：“哪个王嘎（八）蛋暗中害人？有敢（胆）便出来，跟大爷一较高下！”

女子抬袖掩唇，一脸好奇道：“咦？竟把门牙都笑掉了！独乐乐不如众乐乐，何事如此高兴，不妨也说出来与大伙儿听听！”

连况目光带过四周，心下警惕：转瞬间打掉凝气武者的牙齿，这并不是件容易的事情，这个少女眼看也不过十七八岁，断然不会有此等修为，莫非，这少女身后还有什么高手相助？

连况眼神一锐，已带警惕，问道：“阁下究竟有何目的？”

“目的？我没有什么目的，我喜欢小孩儿，就想同他玩耍玩耍。”女子说话时，依旧笑着，但那笑容极是冷淡，杏眸转侧，扫过众人，“怎么，你们一群大男人，莫不是想跟我抢？”

连况道：“我本不想跟姑娘动手，但是……”

“但是？”女子打断他，“看来你是真想动手咯？”

连况冷哼道：“姑娘轻功虽好，到底寡难挡众，难不成要为了区区一个小孩，拼个你死我活不成？”

“你死我活，听起来还挺可怕的。”女子眉间微蹙，似在思忖，“只不过……”满面忐忑不安，语带踟蹰犹豫。

连况道：“只不过什么？”

女子修眉向上微掠，语气一转，傲气自生，道：“面对一群龟孙子而已，不至于说得上死呀活的。”

连况咬牙：“你……”

女子打断他道：“我什么我，能给我练练手，你们要觉福气才是！”唇边起伏浅笑，眉梢的肃冷却是如影随形。

众人被她比作王八，不堪听此等辱骂，连况尚未答话，皆已是愤怒斥骂，言语间非得将这不知天高地厚的小丫头除之而后快不可。

连况听得烦恼，挥手约束了手下，阴恻恻道：“这么说，姑娘是打算自己来，不让别人相助了？”

“自然是我来。打王八这么稀罕的机会，我怎么舍得让给别人？”

连况冷笑道：“既然如此，别怪在下不客气。”

女子一手抱着孩子，一手甩了甩袖，笑语嫣然：“你放心，我不会怪你的。”

连况冷笑，十七八岁的小女娃，能有多大修为？无非是仗着身法灵便，便不知天高地厚。初入江湖的稚儿，多是如此，只要他抢手占得先机，她身法再快，也奈何不得。

当下二话不说，银光乍亮，连况手腕一翻，“唰”的一声响，掣出长剑，踮步近身，剑气迫人，抢招进攻。

女子面作惊色，剑刺她面门，她便一副站立不稳的模样，倒向身后。剑转她腰腹，她步伐凌乱地旋转身子，才堪堪擦剑而过；剑攻她下盘，她手舞足蹈弹跳翻身，剑式便落了空。

乍看去，的确像是手忙脚乱，出手所在，更是杂乱无章。但事实上，却是招招恰到好处，任凭剑光纵横，利芒霍霍，她单手对敌，依旧毫发无损，嬉声笑闹，形如儿戏。

女子一边对敌，一边不忘乱嚷乱叫："一只王八一张嘴，一个龟壳四条腿，两只王八两张嘴，两个龟壳八条腿……"

连况双眉大皱，若是连这臭丫头都拿不下，传出去，他在江湖上还有什么立足之地？旋即剑招一转，剑势刁钻凶诡，剑气夹劲自下而上，左右两招假势惑人，中途变转，朝的却是女子面门。

一般境况，剑势一来，人必定朝相对所在避退，旋即再出手反挡，这样一左一右，中间空门则易露。果然，那剑突地变转，直攻击面门时，女子双眼微瞪，被剑气逼得趔趄后滑。然而就在连况以为胜券在握时，长剑却再不能前进半步。

原来，女子步子趔趄，不过是做做模样，其实暗下轻身侧踏，身子防守已固。她指法轻扣，广袖顺势挥扬，白色绸带便自袖间吐出，如灵蛇般缠住连况的利剑。

一段白布，一柄利剑，孰优孰劣早已晰辨，可白衣女子偏偏还迎刃而上。只要连况剑势一转，白绸必定被削得碎断，这等奇怪打法，顾思娘几时见过？眼见凶险，不禁为女子捏了一把汗，只担心这女子只有一番嘴上功夫，无真刀实枪的手段。但是，结果全然出乎顾思娘意料，被削得碎断的，不是白绸，竟是连况那柄锋利的精钢长剑。

连况手下武者一见，也是目瞪口呆，心中忙想：这女子难道使了什么妖法？正踌躇着是否上前，却见顾思娘长剑斜指，立在中间，满身沾血的模样，犹如罗刹一般，一时汗涔涔皆不敢前进一步。

连况震惊未缓，心中已是惊急，警觉是碰上了高手。起先她的左趋右避，实则已自有攻守，恰到好处，他的每一招出手方位，其实都是被她牵制而出。

待那道莫测白绸卷住他的长剑时，他尚茫然不觉，以为她已是势弱，浑只猛攻刺去。这一剑，便犹如以浪潮之力猛击稳地巨山，非但不能损其分毫，反使所有劲道回送。连況被震得虎口生疼，长剑碎时，整个人也被击飞丈远，丹田一股血气上涌，喉口一腥，一口鲜血当即喷出。他手抚胸口，勉力可站，但胸中闷气难舒，所有凌厉凶煞之气早已一击作散。

女子转目睨他，轻手一拨，断剑碎片竟被她控制，悬空在距掌底三寸处。她唇瓣翕合，扬声道："怎么，还敢跟我抢吗？"听那声音，分明是少女的脆亮，她的神情，却有着唯我独尊的睥睨与傲然。

江湖上，内劲修为以凝气期为始，而后御气、通元、固原层层叠晋。且不论外家功夫，内劲修为能达固原期者，已是江湖数得上名号的好手。连況修为虽不高，只在御气阶段，但武技精修，且在江湖上混迹已久，见闻颇多，临战经验自然亦不低。他知道修为内练至登峰极境，可挥绳成棍，摘花成刃，弹水成针，但要有如此境界的，修为至少须达固原之上。这女人修为高深莫测，这些断剑在她手中，就是十来柄利刃，若是同时击来，他怕是死无葬身之地了。

连況当即面色一转，早没了原先嚣张模样，卑身屈体，直喊饶命。

女子气劲忽收，断刃锵锵落地，她眼梢一瞥，甩袖转身，冷道："那还不滚？"

连況也顾不得再多想，咽下喉口腥血，余悸未平，趁着女子未出手，慌忙招呼了仅剩的几个人狼狈离开。

眼看众人逃离，女子斜目扫视，并无意追下去，抱着孩子走向顾思娘，道："前辈，孩子还你。"语罢也不客套多话，眉间先前的故作嬉笑皆已淡去，转身即走。

顾思娘急道："姑娘慢步。"快步走上，挡在女子身前。

少女泼墨长发不上簪饰，沿着净白广袖悄然流泻至膝下，衣扬发动之际，好似一匹素绢上，墨迹挥洒，风光自成。

这女子容色上倒不显得多出众，反倒是一身英气恣然，洒脱不拘，单是这份气势姿仪，便叫人过目难忘。顾思娘心中一番惊赞，脱口便问道："请问姑娘姓名？"

"我是我，你是你，我不想知道你是谁，你也用不着知道我是谁。"女子眸光清亮，神色坦然，本没什么傲气或者轻视的意思，但说出这样一语，确实叫顾思娘尴尬。

见顾思娘愣在原地，女子不知缘由，展颐笑了笑，不愿过多纠缠，绕过她，摆摆手便走。

才迈出几步，女子脚步忽地一顿，眉头轻蹙，耳郭微动，脸一侧，深眸中碎光逆闪，如刀刃锋芒。风拂卷着她素白的衣角，神容间有戾气。

"嗖——"一支短箭如风驰电掣，擦破空气，直飙顾思娘手中婴儿。

便在这千钧一发的当口，女子身子逆转，襟带飙飘，袖中手速变幻，竟一把扣住短箭。一头乌亮长发倏然翩飞，风姿狂肆，衣袂翻舞，女子毫不犹豫，反手掷出。

抢步，动身，接箭，掷箭！

一切举措，不过斯须，如疾纵向猎物的猛豹，残影未及，甫然已进，迅若雷霆。那箭竟如同由弓弦所发，飞速射去。

远处传来"刺啦"一声，是箭破血肉的声音，继而是"嘭"的一声，有人被箭所击，扑身坠地。

声音甫落，一股劲风掠起。风翻卷着地上落叶，引出漫天枯叶飞尘席卷。一群彪悍蒙面黑衣劲士不知从何处翻出，动作矫健、敏捷，行动齐整，周身散发的气劲，一如万千寒刃逼人而至，足见来人修为皆非等闲。

身形即显，所有黑衣劲士均手执弩箭，以圈状将女子与顾思娘包围中央。

"杀！"声音低沉，如自九幽鬼蜮而来，杀伐命令，无一丝迟疑。

周遭落叶沙尘，起伏飞涌，杀气狂溢。

女子挡身护在顾思娘身前，心中讽刺：一个小小婴儿，再重要的身份，也成不得什么气候，却惹得这些人不遗余力。有些东西本没那么要紧，人人趋之若鹜，如蚁附膻，它倒成了宝。

正想着，冷风拂面，一轮弩箭如雨，夹着冷锐寒芒，遽然疾至。白衣女子折腰后避，反手一晃，指法运劲轻动，犹如鹤翅初张，双腕间的白绸由气劲牵动，如影似魅，有凌风鼓舞之势。

区区白绸，竟是飘忽莫测，动如雾烟，将她周身防守得无一丝破绽可觅。一招风惊鹤舞，周身八方位白绸破出，更将一拨疾速射来的箭雨尽数反扫。

“来而不往非礼也，莫说小女子不知礼数。”女子一声清笑，娇柔如媚，声调悠悠。

一整圈黑衣劲士眼见箭雨夹白光反袭，纷纷折身闪避。

这些黑衣劲士身形灵活自如，不仅修为不浅，行动之快捷，应变之灵敏，更是训练有素。女子心中大奇：这倒不像江湖上不受约束的草莽之士，如此训练有素，怕是不简单。

她眸光侧扫，看到枯叶老树旁，立着一黑衣人——

背负箭箙，手执银弓，黑布裹着头面，只露出眉眼来，穿着一身墨黑色紧身武士服，脚束紧靴，身形颀长，肩宽腰窄。

黑衣人漠然审视局势。

两道入鬓剑眉高挑，宛如利剑出鞘。一双深眸不冷不热，没有丝毫情绪，只有平静，蕴蓄着深渊底万丈波澜，无形之间自有一番睥睨气势。

这个人身上好强大的气场，即便是战场上统领千军万马的将军，也未必有这样的震慑力。女子眼睛微微眯起，眼底精芒，锋锐无比。

黑衣首领手执长弓，手臂上青筋凸显，慢慢地拉满了强弓。箭在弦上，对的正是女子所在。

女子眼睁睁看着那箭朝自己正面而来——来势如电，划破空气，几乎要擦出火花。这一次，女子并没有像首次那样接住箭，反而一手拉护顾思娘，夺身跃起，却见那箭竟如长了眼睛，倏地转了个诡异的弧度，如影随形，朝她疾至。

看来判断没有错，这箭中带着武者的气劲。女子眸光微斜，神容淡漠，随手拔下顾思娘头上的素朴银簪子，甩手便去。

“啪”一声脆响，箭簪半空相撞，擦开火花，银簪子竟是从中破开劲箭。

劲箭一分为二，寒芒猝闪，遽然将两边黑衣劲士穿喉而过，血脉喷涌出鲜血，溅红了一地。银簪子仍旧不改方向，直逼那手执长弓的黑衣首领。

疾风掀动。

黑衣首领拧紧手中长弓，并不搭箭，仅扣动长弦，残影迸射，无形隐波荡开空气。

弦波？女子眉色漾动，心下微奇。

银簪子在空气的无形震动下，稍稍偏离了位置，紧贴着黑衣首领的脖颈而过，擦出一道口子，不深，像一根红绳子粘在脖子上。

固原武者？黑衣首领伸手轻轻擦过，几点红色跳跃指尖，问：“你是谁？”声音低沉冷漠，如同他的目光，毫无波澜。

“今天，你是第三个问我是谁的人了。”女子带着顾思娘轻身及地，斜眸轻瞥过黑衣首领一眼。

“哦？”黑衣首领眼中染上一簇清淡笑意，扫去了因被女子所伤带来的几许阴霾。

“第一个，我没说，第二个，我是觉得不必说，而你……”她巧笑倩兮，语音绵延，扬着尖俏的下巴，“一个人的名字，很多时候，无非只是用来称呼，你想知道，我不会介意告诉。我叫慕容馥。”

黑衣首领冷笑道：“你应该明白我问的是‘你是谁’，而不是你的名字。”

慕容馥故意道：“一个人在问‘你是谁’的时候，岂非就是在问对方的名字？”

黑衣首领不再说话，因为跟一些喜欢打哈哈的人说话，简直就是在废话。

微风簌簌，枯木婆娑。黄昏霞光透穿了空气中的杀机，越过半是稀疏、半是翠绿的树枝，照在所有人身上。

一地日影斑驳，满目光怪陆离。

一人白衣，墨发飞舞。一人黑衣，眸光锐利。

二人在夕阳西下的霞光中，对视着。

少顷，慕容馥开口，声音清柔好似徐徐惠风，欣然入耳："倘若阁下在思考着用什么方法取我的性命，那奉劝阁下一句，还是莫要白费心思了。阁下修为虽不低，但要想杀我，只怕还未必……"

黑衣首领道："是吗？"声音充满质疑。

慕容馥施施然一笑："不是吗？"

黑衣首领道："你似乎没有看清楚目前形势。"语气中寒气凛凛。

慕容馥唇角笑意深深，故作好奇道："哦？什么形势？"

"现在被包围的似乎不是我。"

慕容馥神色悠闲，一脸肆无忌惮，道："可是阁下一直不出手，不过就是拿捏不准我的底细，心中无十全把握，不是吗？"

黑衣首领盯着她，两道目光好似两支锐利的箭。

慕容馥道："像你这种人，没有五分把握，不会出手，损兵折将。"语气很是优哉，神容上亦胸有成竹。

"看来，你很了解我？"

慕容馥笑，笑中诸多意味："我并不了解你，是你告诉我的。"

"哦？"

"你的出箭，非常自信；你的眼神，非常强势。单单这两点，就能看到你的一点性情。"

"那么，你应该知道，我还是一个不达目的不罢休的人。"

"也许。但我还是相信，那必须是在有五分把握的前提下。两败俱伤，绝非你要的结果。"

“聪明的女人。”黑衣首领眼尾微弯，眸底一抹冷淡笑意，如影随形。

“不敢，我只是在想，像你这样的人，对区区一个婴儿出手，想必很不屑。”

黑衣首领笑了笑，没有说话。他攥紧的拳头松开，打了一个手势，那些黑衣劲士抬起同伴尸体，井然有序地退回到他身后。

如同来时，数十人以诡异的身形倏忽出现，现下倏忽之间，已然消失在她面前。

从出现到消失，除了放箭时刻划破空气的嗖嗖声，所有活着的黑衣劲士没有说过一句话，也没有发出其他声响。

慕容馥暗暗松了口气，这些人极有组织性与服从性，与连况那等人不可同日而语，如果真动起手来，只怕她也落不到丝毫好处。

三／静谷幽宫

为了婴孩安全，慕容馥随顾思娘行了一程。途中不自主回想着，那持弓的黑衣首领，武功怪异，竟能以劲道控制无形弦波，不知是何方高人，遂朝顾思娘问道：“前辈可猜得出他们是哪一路人？”

顾思娘满面忧虑，摇摇头道：“我目前只知想要陷害小少主的是随宫，至于其他人……江湖门派众多，一时之间倒也想不出来。”

黑衣人之所以放过这个孩子，不是因为贪生怕死，而是他权衡了利弊，不想弄个两败俱伤。慕容馥眉心轻蹙，困惑道：“这群人跟前面那一队，必定不是同一批人，而且他们不仅个个覆面，离开时，且连尸体也带走，必是想隐匿身份，所以，他们在江湖上的名气，必定比随宫更响。不过这随宫，也是一个江湖门派吗？”

顾思娘微讶，行走江湖，怎会不曾听过随宫声名？

慕容馥知晓她疑惑，便解释道："我镇日只埋首家中练武，对江湖上许多事不甚清楚。月宫便听过，只是这随宫就……"

"原来如此。"顾思娘点点头，向慕容馥讲了这两宫之间的关系。

二十八年前，白衣墨凡于鹤唳渊与魔教教主柳清波一战，天下皆知。最后，江湖上第一名宗武者——柳清波，败于白衣墨凡二人联手。柳清波一败，魔教土崩瓦解，后为正道清剿，虽得小部分残存，元气已然凋丧。

魔教一除，武林各派各自休养生息，扩大发展。然则表面一派祥和，实则为争强弱，内里争斗不休。月宫是当年魔教被清剿之后，江湖中兴起的新教派，在江湖上走动频繁。于几场大型比武中，月宫几大首领未尝败绩，数战成名。因实力强盛，渐渐也在大门派中占据一席之地。虽不能与少林这类老名望门派相比，但因发展迅速，在各大门派之中亦是举足轻重。

至于这随宫宫主，名唤隋云天，原是月宫的三大护首之一，后来窃得月宫的秘籍，脱离月宫，自立门户。大约也因这番渊源，随宫弟子与月宫弟子长期以来势同水火，各不相容。月、随二宫不和，早就是江湖上众所周知之事。

端木茜茜曾任月宫春、夏、秋、冬四宫辅之秋位，原也是月宫元老，江湖传她因违门规被逐出月宫。之后，端木茜茜淡出江湖，隐居在昭华东城一带的翠竹林里。

端木茜茜身边亲信被收买，在她药中下毒。端木茜茜毒发，临死前将不满五月的孩子托付给近侍顾思娘。顾思娘带着孩子匆匆逃离，连况早已查知她所行路线，在途中埋伏。

慕容馥道："我看随宫不足为惧，倒是后一拨人，整体度如此协调，绝非平常武林门派。"看着婴儿苹果一般红彤彤的脸蛋，她不由得叹息，"尚在襁褓之中，便引来这么多人的追杀，倒也可怜。"

顾思娘听罢，一阵悲戚自心下浮起，神色愀然道："慕容女侠……"

慕容馥听了这称呼，忙打断道："初入江湖，不敢称侠。您年长于我，管我叫阿馥便是。”

顾思娘略有迟疑，继而才道：“阿馥，你仗义而为，救了小主人两次，来日顾思娘必报恩德。”

慕容馥摇头道：“他不是你的孩子，你以性命护之，若论恩德，应是他日后长大报答你才是。”

顾思娘叹息道：“阿馥不知，女郎自幼是我照看长大，我无儿无女，也没有亲人，一直以来，女郎便如我亲生女儿一般，她的孩子自也是我的亲人，为小少主而死，我心甘情愿。江湖险恶，别的我不担心，最怕的是拼了这条老命，也无力护得小主人周全。”

慕容馥面带敬色，又问道：“那……他的爹爹呢？”

顾思娘闻言，不禁哽咽道：“女郎未婚有子，生前又缄口不言，许多隐情，我不甚清楚。她也是因此触犯宫规，才被逐出月宫。”

慕容馥思忖着分析道：“从前她有月宫护佑，被逐出月宫之后，便没了屏障，那些与她有仇，或与月宫有仇的，都必来寻命。她怀着孩子离开月宫后，生活本该不易，但仍能寻到一处安稳之地避居，随宫人也只敢暗地下毒，说明月宫对她仍有顾念。随宫怕是算到了这一点，才会对孩子出手。大娘，你若要保住这孩子，以性命护之还远远不够，势必要给他寻个庇佑之地。月宫险虽险矣，但未必不是好去处。”

顾思娘听她一番分析甚有道理，点头道：“这我明白，我已收到消息，宫主最近也来了昭华城，我此次带小少主逃出，就是想去与宫中使者接应，这也是女郎生前嘱咐。”

月宫宫主也来了昭华城？慕容馥面色略有异，但这异样如风掠波，稍刻即了无痕迹。她忖了忖，又问道：“接应的地方可远否？”

顾思娘道：“不远，穿过这深林子，过一小镇便到。”

两人留心前行，已至林子深处，周围被繁密枝叶所挡，光线稍暗。四下阒无人息，一阵淡风拂面，夹着枝叶相擦之音，沙沙作响。但行一阵，慕容馥遽然顿住脚步。

林中草泥气中，暗含一股腥气，但凡行走江湖的人，都辨别得出，这是血的腥气。顾思娘方才经两次生死之劫，现下宛如惊弓之鸟。

在这样的密林里，足以潜伏上百暗人，若遇埋伏，退守难为，确然危险。慕容馥神情微凝，走于前首，小心翼翼。

越是深入林间，血腥味便越发浓烈，慕容馥心下惕然。再行几步，却是一震。举目可及，竟是十几具尸体横竖在地，身穿青衣黑底武士服，是刚才连况那一拨人。绕过几具尸体打量，除了连况不见踪影，他手下武者尽数毙命。皆是一剑封喉，下手者手段可谓干脆利落。

观察被杀手法，顾思娘已将下手者猜中八分。

林中光影沉浮，本就甚为幽暗，再添满地尸体，更显得诡谲阴森，使人寒意凛冽，毛骨悚然。忽然，一声微不可闻的“咔嚓”声起，慕容馥杏眸稍斜，修眉飞挑。

周围刮起冷劲强风，倏然间沙石飞卷，惊芒一亮，后方左右两道长剑飞出，寒光凛冽，杀气夺人！

剑锋所向，正是慕容馥。

慕容馥半空折腰一让，身若纤绳软柳，行如魅影轻烟。顾思娘尚未反应，眼风扫过，慕容馥已同两个红影缠斗在一起。

两把长剑抢先进招，占尽先手之利，但慕容馥反应迅捷，避开攻势同时，素腕轻翻，指法暗运，袖中白绸飞飙而出，防守已成。

二人一击未中，手腕轻抖，再成攻势。一左一右，两剑互相呼应，剑势连环。双剑一者刺慕容馥下盘阳陵泉、风市等数处大穴；一者上刺慕容馥风府、期门数处要穴。

慕容馥步伐诡异，身动如灵蛇，夭矫避开。

两人眼见她身法灵矫诡异，剑势越发锐猛。招招递行间，互为连贯，一气呵成，剑影一变二，二成四，四幻八，霎时间，慕容馥全身上下尽被滔滔剑影所盖。

慕容馥挥动白绸，震开剑影，一连挡了二人十六招进手剑式。白绸间有劲气掌控，在抵挡的同时，已暗下牵引两剑。慕容馥将腰一折，凭借腰力凌空倒转身躯。白绸势如圈转，“叮当”两声，两把长剑被白绸劲道所引控，竟是对向彼此。

二人大惊失色，匆忙收转剑势。因下手尽是凶狠杀招，虽眼明手快收改了势头，也仍被利剑擦伤。一个中手臂，一个中大腿，衣衫破裂，溢出血痕。

顾思娘看清两人样貌，面色焦急，口唇微张，话还没说出来，已有寒气自身后飙出、掠过。

又一把长剑破空，径刺慕容馥后背！

情况危急，顾思娘生怕慕容馥受伤，惊呼“小心”，又急道：“误会，是场误会！”但刺向慕容馥后背的长剑去势已定，骤然难改。

来剑如此凌厉，慕容馥岂会不觉？那白绸早已挥出，指法扣动，二指屈曲相应，三指舒张如翔，乃一招宾雁衔芦。白绸为指法所动，劲气牵引，自生眼睛般，将后方击来的长剑缠引，衔剑而去，所对的，乃前方一红影人心口。

耳边却忽听顾思娘紧张大呼，慕容馥诧异，当下巧劲急收，白绸一拨一缓间，长剑方向变动，险险擦过红影人，刺向其身畔大树。

倘若她变招稍慢一毫，那红影人必死无疑。

顾思娘悬心稍放，但仍心有余悸，看向慕容馥，关切问道：“没事吧？”

慕容馥摇头：“无碍。”继而才看向面前三人。

红影人是三名少女，清秀的眉目，如笔描画，额上绘着一轮细月牙儿，像是标识；身上均穿着玫红罗缎簇蝶襦裙，外罩樱色褙子，腰系月牙色束带，一身光洁如新。经过与慕容馥一番缠斗，发鬓略显凌乱。

两个少女捂着伤口，走向后来的女子，扭着眉毛埋怨：“敏敏姐，她……”女子挥手打断，那两少女暗自含恨，眼神如刀般剜了慕容馥一眼。

慕容馥摊摊手，一脸无辜道：“刺伤你们的又不是我的剑，瞪我做甚？你们下手狠辣，剑剑封喉致命，对着这一地死尸，这样嚣张，不怕他们半夜回魂，找你们算账？”

月宫在江湖上势大，人人谦让三分，行走江湖时，宫中弟子分外傲气。两名红衣少女在慕容馥手上吃了亏，一口气本就咽不下，见她还敢这样牙尖嘴利，二人满脸怒容，便想持剑动手。

慕容馥往后一避，双手环胸，倚在大树旁，漫不经心道：“你们还想打吗？也不掂量掂量，自己打得过我吗？你们有这闲情我倒没有这个逸致呢！”

后来的女子冷视她，目光里带着审度，道：“阁下是谁，敢与月宫作对？”

慕容馥嗤笑道：“什么作不作对？你们先莽撞出手，不道歉便罢了，我这人宽宏大量，不想计较。本来嘛，江湖上，莽撞出手，是死是残，都与人无尤，如今还忒不要脸，把什么作对的罪名安我身上。”

“你……”

顾思娘快步上前，赔笑打断道：“澄心姑娘，双燕姑娘，这是场误会，我遭连况那狗贼追杀，是这慕容姑娘所救。”她晓得慕容馥言语不饶人，而这三位也不是好惹的主儿。澄心、双燕是宫中新晋，且这为首的钟敏敏，已是夏宫辅座下一阁副主位置，若再因三言两语的不和，又打起来，惹出什么祸患，那便不可收拾了，遂转身看着钟敏敏，赶紧绕开话道：“对了，三位姑娘怎会来此？”她目光转向一地状况，困惑道，“还与他们动了手？”

钟敏敏冷瞥一眼慕容馥，别说有什么答谢之意，一脸轻视，简直不将她放在眼里，旋目看向顾思娘，道：“我们打探公子下落，一路发现随宫人踪迹，便追到此处来，恰恰撞上他们。他们不肯说出公子下落，言语又不干不净，我自然不叫他们好受，留了连况狗命，是好让那厮与隋老贼报信。”

说话时，她的目光停留在婴儿身上，问道：“这是端木……”口气一顿，想了想，许多人都以为端木茜茜是被逐出月宫，其实当时是她自辞宫辅之位。后来秋宫辅的位置，宫主一直没派人替上，也不知是做什么打算。钟敏敏一时不敢像私下一样，直呼端木茜茜名讳，换了敬称道，“大人的孩儿吧？”

顾思娘点头道：“是。”

慕容馥所站的角度，刚好看到顾思娘抱着孩子的手微紧，但看顾思娘面上旧色不改，依然一副笑颜。

钟敏敏微做思量，扬眉转身，道：“那便一同回行宫吧。”

三人不看慕容馥一眼，各自转身便行。与她们同行，一路已是安全，顾思娘迟疑看向慕容馥，面色微露歉然，又向她施了个谢礼。

慕容馥笑颜灿灿，摆手表示不必在意。

顾思娘心下才安，尾随三人同去。

星月无光，夜幕沉沉，一道黑烟在一处荒山野岭中突兀出现，却是一个黑衣夜行者。

黑衣夜行者绕着山林身法诡魅地转圈，最后原地坐下。静息打坐片刻后，竟倏然消失。不知情者若瞧见了，定以为碰见什么鬼神，施了什么术法。

其实，这荒山野岭里头，暗藏奇门遁甲之术，黑衣夜行者看上去仅仅转了数圈，却是熟门熟路地避开阵法，沿暗径而行，进入一条甬道，深入无人之地。

黑衣夜行者在黑黪黪的甬道中行得数里，又重见乌沉夜色。陡峭高山豁然开朗，现一占地颇广的低谷。

低谷间，竟立着一座气势恢宏的宫殿，依着山岩谷势而建。桂殿兰宫，雾阁云窗，画栋雕梁，其精妙之处，更是鬼工雷斧，如玉户仙府一般，比之一些小国宫殿，亦不相上下。

黑衣夜行者不过起落几个身形，黑烟似的，没入宫殿之中。

宫殿深处，银灯悬挂，筑起一座三层高台。台上簇一绛云楼阁，丹楹刻桷，珠帘坠坠，四周玉栏碧槛。值此黑夜，下方回廊角落依旧灯芒氤氲。一名名身纤体娜的女子，叉手凝立重帘楹柱之间。

黑衣夜行者立在楼阁至高处，俯视下方。黑幕掩映之中，券门幽深，四下静谧无声。

夜色深沉。

宫中长长甬道处，两壁宫灯，顺着长道蜿蜒而去。

长道的尽头，是百转回廊。回廊中，有一女子在素砖上缓步前行，身着素丝冰蚕锦抹胸，外披红艳蝴蝶缠莲刺纹曳地对襟长袍，分外雍容华贵。女子缓缓步上楼阁，长长裙裾随其慵然脚步起伏如波，明光过处，曳出千姿百态的痕迹，裙上蝴蝶翩翩，纹样似活。

女子身前两名碧衣少女，手执翠纱宫灯，各于两侧引路先行。身后另跟四名少女，有二者着罗衫荡荡，红裙飘飘，亦手持宫灯；另二者两手掖袖而行，玄裳如墨，融入暗处。四人垂首跟随前方女子，渐渐没入高台深楼之中。

银纱罩灯散出淡淡光影，带着珠帘金帷的痕纹，尽照室中景致。先头执灯引路两名碧衣少女守在殿外，四名少女为中间人挑帷开路，那人缓步进里，转过牡丹纹饰四曲玉屏。

玉屏之内，两侧皆有成对飞凤烛台，尽管灯照依旧，视线却已不如外室明朗，红色布幕低垂，水雾氤氲，兰池之间香味浮沉。

四名少女为女子解开红艳长袍，褪去素丝蚕锦。女子乌缎长发随意一荡，整个身子被虚掩，凹曲有致的身段似显却隐，真是道不尽的春光香艳、旖旎动人。

入水片刻，女人只手微抬，皓腕纤长，向后一拂，开口道：“都退下。”声音清淡，轻柔媚人。

这女人，正是月宫宫主姜姒。

梁柱上束着层层细纱落地帷幔，四名少女放下帷幔，转身即离。她们刚离不久，黑衣夜行者便如墨烟一缕，悄然飘入楼阁中，却在外间停住脚步，朝那纱帷层层，单膝跪地。

窗外黑夜沉沉，猛风乍起。长廊悬挂的银纱罩灯，禁不住这骤然刮起的猛风，倏忽灭了几盏。这世间又少了几许光。

夜色越发死沉，室内更显得静谧阒然。

半盏茶工夫，纱帷后的姜姒才缓缓传出声：“怎么突然回来了？”身影在帷幔之后，如团雾罩身，模糊不清。

黑衣夜行者恭敬道：“神隐峰有事务，来与宫主禀报。”

听声音，黑衣夜行者是名女子。

“哦！”姜姒轻柔一笑，笑声仿佛四周氤氲的水雾，在室内缈缈回荡，辗转流连，“那……公子呢？”

黑衣夜行者道：“公子私下入宁的消息，我已压下，不过……”她稍稍一顿，像是思考该怎样说好接下来的话。

“嗯？”姜姒轻哼，等她下文。

黑衣夜行者斟酌道：“请恕属下无礼，从圣宫里的身份上言，公子私查天君，是以下犯上。”

“他若以穆国公子身份暗查，自然算不得什么以下犯上。”姜姒对“以下犯上”似无丝毫动容，略略叹息，不知道是在对黑衣夜行者说，还是在对自己说，“不过呀，他的确是从来不让我这个做母亲的安心。”

黑衣夜行者垂首，眼底死寂，无任何情绪。

姜姒又问：“那夜，天君入神隐宫，无双也在宫中？”

“是。”

姜姒语气微讶：“他去做什么？”

“查一个人。”

“谁？”

“鬼面客。”

姜姒迟疑片刻：“他同天君，见面了？”

“没有。公子看到护位三子收手让行，索性避开天君。”

姜姒沉吟不语。

圣宫“冰封”二十八年，这么多年里，月宫虽是圣宫的一个掩护，但圣宫也是月宫的后盾。在圣宫里，姜姒只有约束行动的权力，却无决策、命令行动的资格，姜姒遂借圣宫情报网为凭依，建立月宫。

一来月宫可掩护圣宫，二来月宫能在姜姒完全掌控之中，还可借助圣宫的情报网扩张月宫实力。而月宫公子，乃除姜姒外，月宫的另一个主人。在一定意义上，只要圣宫天君永远不出现，那么，他就是除月宫宫主外，可以间接掌控圣宫情报的第二个人。

且说月宫公子方至及冠之年，却盛名江湖已久。在月宫中，也包括圣宫，除了天君，一个人的地位，皆由炼狱阁决定。炼狱阁十八层，通过层数越多，地位便越高。

月宫公子十四岁便通过十五层炼狱阁，成为月宫中的第二把手，间接掌控圣宫情报网。这一时之间突然出现一个人，分毫底细不知，样貌未见，且不必进入炼狱阁，却能成为圣宫之主，凌驾月宫之上。一直想要成为圣宫之主的公子，自然不会甘心。毕竟，圣宫存于世已有千余年，哪怕是西秦最鼎盛时的帝皇，也不知它的势力究竟有多强大，甚至，根本不清楚它的存在。即便是圣宫内部的人，也无法估量圣宫真正的力量。谁不想把这样的势力掌控在手?

黑衣夜行者缓声道：“雪魄神功秘籍在您手中，而天君不必以秘籍修炼，便得雪魄神功在身，必然是旧主亲手栽培出来的人。眼下旧主身在何处，这世上，只有天君一人知道。若天君有意不想我等知道她是谁，即便查出来了，也没有好处。”

姜姒听得出对方的弦外之音，道：“无双那边，本宫会提醒。本宫已派人寻他，你放心……”

“是。”黑衣夜行者道。

姜姒语气里隐隐有叹息之意：“说实话，在江湖上，名号太响是没有用的，无非就是多收几支别人射来的箭。真正玩得出手段的，都是匿在暗处的人。当初隋云天偷了本宫的秘籍，立了随宫，还真以为能跟本宫抗衡。殊不知，本宫这月宫，别说仅仅只是圣宫一个堂皇的幌子，事实上，也不过是圣宫的冰山一角而已。”

出水声簌簌传来，帷幔中伸出一只白玉般的手，挑开纱帷。仿佛突然有淡风微拂，带着暖意。夜行者周身如蕴水汽中，暖且熏然。

屋外不知何时已下起了雨。急雨如瀑，在天地间悬铺了一道道珠帘，晃荡着宫殿间残余的灯辉。

骤然一道闪电劈过，好似天中有人执灯倏然照过，在凡尘中搜寻什么。雨帘煞白而显，映着苍白贯洒人间。万物经不住一照，在那一闪里，天地有种末日颓败的疮痍。

闪电一过，一片昏暗伴随那如同怒吼的雷声，震摇着人的心，窒迫万物。

有人走出，脚步轻缓。

黑衣夜行者不敢抬头，只看到赤裸的双足。

薄衫淡掩中，欲现还休。

谁也无法想象，跟前是一个年将五十岁的女人，就如同她的声音，根本让人听不出它的主人已经年将半百。体态身姿，犹如仍在双十年华的少妇。黑衣夜行者心底轻轻一叹，高等修武者确实有让人艳羡之处，虽不能长驻容颜，但到底与常人不同。

黑衣夜行者不再继续方才话题，问道："宫主打算继续留着隋云天？天君上位，我宫势必会在江湖上有所行动，而隋云天，当年他入密室窃取秘籍，未必什么都没发现，到时……"

"隋云天还不必我们出手。他当年在月宫地位虽高，本宫却不曾让他接触到与圣宫存在有关之事。即便他当年察觉了什么，那也不过是表面上的东西。再说，他若真知道宫中隐秘，了解圣宫的力量，那便不会得了一点蝇头小利便敢脱离月宫自立门户，还与暗梅门勾搭起来。此人不足为惧，且让他多快活些日子。"这声音轻柔媚然，一如既往，然无形之中，尾音已沾染了冰霜的清寒。

黑衣夜行者略一迟疑，继续道："那日君上发出雪魄密令，调阅各国间资料，三日后又连发了两道雪魄密令。"

"哦？"姜姒语气里似乎有意外，"三日便能理清这么多年来成千上万的资料？密令内容呢？”

“属下今日便是为此而来。两道密令上统共只有五个字，一道是‘暗梅门’，另一道就是‘云息’。”

姜姒一笑，言语里有赞色：“一下手就一针见血，当今江湖势力范围最大的组织，还有最神秘的人物。不过，这云息，要查到关于他的真正有用的资料，并不容易。”

“君上对于暗梅门，只追查他们突起江湖的时间；而云息，不直接查他底细，而是查他这几年做过的所有善事。”

姜姒一时间静下来，心下已入思量：做事不限于常规，顺藤摸瓜，即便摸不到瓜，也能顺着蛛丝马迹摸到另一根藤。行事风格与旧主当年如出一辙，此际昭华风云将起，天君下了命令后，必定不会在神隐峰久留。

重重帷幕，同她心绪一般起伏。姜姒转念问道：“天君何去？”

“君上将圣宫事项交予属下和赫连主使，便不露痕迹离开神隐峰。现在，没有一个宫奴知道君上究竟在何处，就像……就像是突然间消失。”

“本宫若所料不错，也许接下来，你们还会接到雪魄密令。闲了这么多年，可算有的忙了……”姜姒语气略顿，又吩咐道，“全面封锁天君离峰的消息，圣宫里若有人问起，只说她闭关了。她既将宫里的事项交予你们负责，好生打理便是。”说话时，袅然迈步，步履缓缓，行至黑衣夜行者跟前，双手将之扶起。

姜姒皓腕翻弹，拂开黑衣夜行者面纱，端详片刻才道：“萼华，你随本宫多年，该怎么做心里是清楚的，要做什么，能做什么，也知道该如何掂拿主意。”

“对于君上方面，”姜姒想了一想，眼波一转轻光，道，“那夜君上取的那二人性命，其实早就在去年本宫给你的那份清查名单里了，足见天君未入神隐殿之前，已对这些年来圣宫诸事有所了解。她既是旧主亲自培养出来的，论心狠，必不比旧主逊色，你们都要谨慎为是。至于在我这里，一些礼数上的琐事，不必计较。这么多年，你也是知道的，江湖上传闻足不踏地的月宫宫主，无非是用来迷惑江湖人、保护圣宫的矫作之举。追本溯源，我本只是个低贱宫奴，当年若不是旧主所救，我焉能活到今日？”

姜姒是骄傲的女人，从不在人前示弱，白萼华不知她怎会忽然作此感慨，闻言愣然，抬起了头。

岁月流转，姜姒眼角含笑，仿佛依旧是初见时的容颜，眉梢眼角，找不到美人迟暮的痕迹。

白萼华还记得初见她的那一年。

那年，白萼华二十四岁，和端木茜茜一样，乃穆王宫中的宫婢。事实上，她们二人，皆是圣宫影奴，被圣宫安排入穆王宫，为接近穆王的细作。

那时白萼华接到消息，说穆国王子戚惟风身边有一名妾，先前是旧主身边的婢女，潜伏穆王宫有些日子，实力不可小觑，可相互接应。

穆国王子惟风，生性风流，谁不晓得？他的妾侍那么多，白萼华并不知哪一位是自己人。细作都有着隐蔽自己的手段，在这之前她未曾见过对方的样貌，也不知对方的姓名，只知道，接应的代号，叫杜若。

那夜有宴，穆国王子戚惟风的一名新妾在宴上舞。

白萼华端酒入园，眼角余光看到台上女子，舞姿起伏，身软如绸，时而静柔如止水，时而沸然如翻浪。柔线条，细骨骼，鬓边别着一朵杜若，眉眼传情，身上红裙艳艳，似夜中璀璨绽放的一团火。

便是身为女子的白萼华，也不禁为之啧啧称叹，年轻的少年王子为这女子痴迷，那也不足为奇了。

不知因何，白萼华当时一眼即知，她是“杜若”。

那一夜，穆国王子宴中遭刺客行刺，宴上舞的女子奋不顾身，为王子以身挡剑，从此，一枝独秀，成了王子专宠。白萼华知道了她的名字，她叫姜姒，不叫杜若。

在宫廷之中，女人一枝独秀，未必是好事，得到的宠爱多，陷害自然也多。不过，那时的姜姒尚年轻，在圣宫里地位虽低，却已是固原武者。少怀修为，一身傲气，宫墙之内的小伎俩，她又岂会放在眼里？不过几招将计就计，便叫陷害者自食恶果。越多的陷害，反而越发巩固了戚惟风对她的信任。她在戚惟风身边的地位越来越高，从一名小小的侍妾，成了他名正言顺的妻。

十年后，穆国国君晏驾，数位公子夺位。何其惨烈的内乱，戚惟风当时势弱，无半分胜算，却拼尽全力，也要护住姜姒，好让她离宫躲避。

危难之际的一心相护，就是那一刻，戚惟风打动了姜姒的心，也打乱了她所有的计划。穆国的内乱，是圣宫为了掌控回穆国情报线所引发，为的就是废掉世子戚惟风，扶植一个可掌控的傀儡王君。

临盘收手，姜姒成了圣宫的叛逆。当时旧主已失踪，圣宫由日位、月位两位宫主掌控。宫主没有决策的资格，但下令铲除叛逆的权力还是有的。姜姒为月位宫主急命追杀，同时，后庭中，也有人泄露姜姒离宫踪迹。寻探到消息的敌人自不会放过。当时姜姒已怀身孕四个月，为了护住孩子，她东躲西藏，颠沛流离，幸被风白衣所救。

此后为躲敌家，姜姒隐姓埋名，匿身于夏侯府达九年之久。

九年后，夏侯府满门被灭，一场大火烧毁所有。姜姒恰巧因事离府，与其子侥幸得生。已继承王位的穆王戚惟风辗转几番，寻到姜姒的下落，遣使者接回。

姜姒回宫，成为穆国王后。

但这个穆国王后，表面尊贵，实际上，姜姒当得并不如意。与穆王之间近十年的空白，彼此间有隔阂、有猜忌。两人之间的隔膜，需时间来一点点抹去，非三言两语可破除。至于为何能令彼此重新走至一起，不过是因着心中眷恋不舍的旧日情。

谁不是呢？眼前新欢辗转，也有看厌时日，其时，旧爱便如蚕丝蛛网，千回百转，撩动心头，难止难休，谁也难敌记忆里的容颜。而旧爱重上台面，揭开了记忆的幕帘，便是另一种人间。

未必如记忆中留恋。

姜姒回宫次年，宫里有人以其子戚无双疑非穆王正统血脉为由头，设计姜姒，将她囚禁了三年零八个月。无人护佑的戚无双，被灌了整整三年零八个月的毒药，那时候的戚无双，才不过是十岁出头的孩子。成百上千种毒药与戚无双的血脉混合，长年累月，根入骨髓，以至于世间无药可解。逢毒发之际，宛如万蚁噬骨，烈火焚身，只能置身冰室之中，用内力抵制，用雪山冰蟾以毒攻毒。戚无双是姜姒千辛万苦才保住的孩子，见他如此遭罪，心头宛如刀割。

隐姓埋名居于夏侯家时，姜姒已重回圣宫。当时圣宫天君失踪，日宫主隐退，月宫主练功岔气，走火入魔。姜姒重返圣宫，突破炼狱阁第十六层，成为圣宫日月宫主之一，并依靠圣宫之力，成立月宫，以做圣宫掩护。其实，以她的身份、她的能力，穆国王后这个名号，对她而言根本无足轻重。姜姒隐忍承受，留在穆国后宫，与三千女子共侍一夫，所因所缘，无非一个情字。

这么些年，旁观者如白萼华，眼看姜姒步步走来，所经受的艰难，怕是言语也不足以道尽。事实上，若是穆王全然信她，旁人怎会有陷害她的机会？白萼华自思绪里回转，抬眸看她。那眉目依然是旧时眉目，武者的本事与岁月的厚待，让她容颜十年如一日，但那眼底的苍老，是经历使然，千锤万凿落在心底的痕迹，却是怎样也洗涤不去了。她兀然问道："你怨他吗？"

姜姒一愣，片刻才明了她语中所指。怨吗？她也问自己，当年他对她的保护，多少真心，多少算计，她心里怎么不清楚？只是……她不愿多想。权力旋涡里，没有谁对谁错，只有谁胜谁负。胜者生，败者死，她清楚。而她这个败者还能活至今日，已是大幸。

其实，这些年来，她这心中最大的动容，却并非当年他护她一命，而是他明知她欺骗他、算计他，却仍旧愿意花十年时间，远兜远转寻回她来。这已经是足够了。

身处一国高位者，若是有太多感情的羁绊，那是一国之祸，百姓之祸。所以君王多是理智薄情之人，但不代表他们心中没有半分柔情温软。只要这一点眷顾是为着她，她还有什么好怨恨的呢？

室中金色细纱帷幔错落，招摇里绣图起伏，仿佛一场往事。外头冷夜黑黢，此间淡雾飘飞，烛光满室，暖兮融融。两重天地，隔开的是前事与来日。女子素面轻衣，反映光芒，细致眉目里，那起伏的波澜早已趋于平静。姜姒转息反问："你是否也曾对一个人触动情肠，舍生忘死，却仍旧一生不悔？"

这一句正入心坎，白萼华神情恍惚，垂首，微别过脸道："我——"言语终究难以为继，心口酸楚似火焰，一簇簇地燃，牵动肝肠，闷痛难当。

姜姒丹唇轻挑，笑意苦涩："其实这一点，你比我更明白。有什么怨不怨的呢？更何况，那都是我欠他的。若不是我，他不必面对五子争位的祸乱。他可以稳稳当当地，从他的世子之位，坐上国君王位。不必多那两年的筹谋与坎坷，更不必背负杀兄害弟的声名，不必在后世评官口中，留下那浓墨重彩的一笔。我有我的得失，他又何尝没有？我们还能走到今日，是因为彼此都退了一步，所以二人才能得了善终。"说着，她探出手来搭白萼华的手腕，将她引至一旁软榻上坐下，"顾思娘将茜茜的孩子带回来了，那孩子我见过，很是惹人怜爱，与我也甚有眼缘，萼华，我想把孩子带回王宫，好好养大他。"

白萼华讶异："可那个孩子是……"

说起孩子的母亲端木茜茜，这中间，也是有一段剪不断，理还乱的往事。

白萼华与端木茜茜同年入穆王宫，当时的端木茜茜年仅十二岁，讷言敏行，被宫中管事指派到姜姒身边服侍。之后近十年朝夕相对，姜姒待她情如姐妹，在宫乱时，二人走散。后来姜姒回宫，亦将端木茜茜带回，接入宫中。不意端木茜茜暗地引诱穆王，怀上穆王的孩子。事发后，穆王因对姜姒心怀愧疚，将端木茜茜赶离王宫。端木茜茜大约亦是自觉愧对姜姒，自辞月宫职位，离开穆国，隐居在昭华东城一翠竹林里，诞下男婴。各国斥候、江湖暗探收到消息，端木茜茜的孩子是穆国国君之子，纷纷派出人手捉拿。

姜姒长睫微垂，整了整衣摆上的褶皱，道："宫里有人为了嫁祸我，放出茜茜怀有穆王孩子的消息，令她惨遭不测。我这一次入昭华，除了为了无双，也是为了茜茜，可终究晚了一步。其实茜茜没有错，爱一个人怎么会有错？"

白萼华却为姜姒抱不平："端木茜茜死了，是她自食恶果。那年你被囚禁，公子受毒，她就是主使。若非她心狠，公子怎会至今都要遭那毒发之苦？你放过她第一次，放过她第二次，早已对她仁至义尽。宫廷争斗的厉害，你又并非不晓得。留下那个孩子，日后他成人，若经人挑唆，你这番好心好意，未必会得善果。况且，你能保证他长大之后，不会与无双争夺世子的地位？兄弟阋墙，同室操戈，那孩子是祸根，穆国昔年的诸子之争何其惨烈，你莫非已经忘了？！"

"我没忘。可你知道，那孩子毕竟是穆王……"姜姒声音顿了一顿，有些隐秘，只能带到坟墓里去，一辈子都不能提及。她黯然道："他是穆王的骨血，我不能让他流落在外，不能让他遭无双一样的罪。他尚在襁褓，人事不谙，日后我悉心教他、育他，有些事未必会如想象中那般不堪。而无双，他有他的责任与本事，在今时这大争之世，他的眼界不会只在穆国，将来有个兄弟与他相帮，又何尝不是件好事？"

白萼华道："可是——"权力中心哪来那么多兄友弟恭的情谊？然而话到嘴边，还是把话咽下去，她知姜姒对端木茜茜的死满心愧疚，又怎么会对这个孩子狠得下心？

"你只说我，那你呢？"姜姒自己引袖倒了茶，端起茶盏抿了一口，眼底笑意轻柔，折转灯芒潋滟，"萼华，若是可以，你该待长君好一些，不管你心里对她父亲有多大的结，长君毕竟是你亲生女儿，一切与她无关。母女见面，老是跟仇人一样分外眼红，也不是办法，而我……萼华，我老了。"

她轻轻一声笑，轻柔慵然的话语里，夹着淡淡的疲倦之意：“这江湖上的杀戮，现今我不想再沾手。天君回来了，很好……圣宫里的事务，今后我不再多管；而月宫里的，待将那些‘不干净’扫清后，我准备让无双承接宫主的位置。无双性情古怪，唉，这些年，你也算是看着他长大，圣宫里他若有不知轻重的，希望你能多担待些……”她将茶盏置回一侧几案上，携了白萼华的手，在她手背上轻轻拍了拍，有一种嘱托的意味在。

姜姒在这旋涡里起起伏伏这么多年，很多事她心如明镜。天君上位神隐宫，却越过她这月位宫主，直接将宫中诸事授命于四主使。这绝非无意之举。她掌控圣宫太多年，又是天武修为，纵然宫主地位有所限制，天君也必定心存忌惮。因为雪魄秘籍历来在日月宫主手中，只要宫主雪魄秘籍在手，就有可能寻得另一位适合修炼的武者。哪怕机会很渺茫，但未必全然无可能，这才是天君真正的忌惮。那夜天君的杀伐决断，说开了，就是敲山震虎。她若不及时请退，待天君腾出手来权衡，无双必定受到牵连。月宫一旦没了圣宫为凭依，怎能与江湖上那么多暗势力抗衡？如今她最大的忧虑，就是无双了。

白萼华开始有些讶然，随即也反应过来。她明白姜姒的顾虑，及时避退，就是给公子上位的机会。她叫她担待，其实是希望她对一些事情，睁一只眼，闭一只眼，比如公子暗查天君身份之事。但圣宫内有四主使，她所能做的也很有限。更何况，公子的性情，用古怪来形容，那简直是太过轻描淡写了，换另一种说辞，那就是莫测。从他脸上看不到七情六欲；对事对物有着近乎极致的苛刻；生得一副好样貌，可至现如今及冠了也不近女色，而这些也不过是冰山里的一角而已。

但白萼华终究还是在姜姒的目光里点了头，毕竟，姜姒曾有恩于她。

四 / 陌路妙手

慕容馥离开时，天色已见昏暗，乌云厚沉。道上行人寥落，眼瞧这天色，风里夹着闷湿气，深夜必有雨。正愁不知何处落脚，恰见得远处有屋舍连绵，旗帜招摇。她探首望去，窗牖简陋，有火光摇曳，竟是一家客店，心中呼幸。

店门洞开，店前木檐下，一名侍者倚门偷懒，见得有人近前，手掸了掸衣衫匆忙迎上。

“小哥，还有空房吗？”

慕容馥样貌不如欢颜精致，一眼粗看并不出众，不过芸芸众生里的寻常。但脸小，肤质偏白，眉英气，眸有神，身形又高挑，便胜在气质夺人。那侍者见眼前少女一身风朗俊秀，一时眯起眼欢快道：“有有有，客请随小的这边走。”

客栈简陋，慕容馥跨入，眸光扫一扫四周。兴许此地荒僻，客栈生意煞是清冷，一层楼面上空荡荡的，只有寥寥数人。

正随着侍者上客房，忽地听到身后有人道：“小哥，先来四壶酒。”

嗓音明明是低沉的，却没有半分抑郁的调子。听入耳，丝丝缕缕绵延，仿佛传世名器奏出的乐曲，直入人心坎里去。慕容馥本已经走在楼梯中间，闻声时，也不禁止步，回首顾望。

男子步履闲闲，正从店门口进来，随意取下罩面乌纱斗笠。因他侧背对慕容馥所在，只能见到他背影。

他身穿的是一件竹青粗布长衣，浆洗得泛白。深绿衣带绑系腰间，腰带上挂着一支玉箫。头顶无任何冠带，仅由一条普通青布束着发，随意搭在背后，脚上所着的，也不过是一双寻常的乌色麻鞋。

此人通身除了那根玉箫，没有一件佩玉，全身上下无一处华丽堆积，明明是满身的素净简朴，可偏偏举手投足间，轩轩如朝霞举，有种直入人心的气度。

总归有些好奇，慕容馥探了探首，颇为期待他的脸。那人也很适时地转过身来，可待整张脸显现眼前时，慕容馥陡地愣住，面上一惊，身侧引领的侍者也倒吸了口冷气。

此人面目可怖，三分像人，七分似鬼。通身逸尘气质，却是配着这样一副面貌，如此荒郊野外，又兼夜色苍茫，猛地一看，委实令人惶骇。

那人似发觉有人注视，头微侧，目光朝慕容馥所在看去。慕容馥匆匆收回视线，由侍者引至二楼房间。

及至中夜，瓦楞上忽地乒乓作响，有一种鼓吹喧阗的热闹，一场倾盆暴雨急来亦急去，也不过一盏茶的工夫，便偃旗息鼓了，天地间万籁俱寂。

不知多久，外廊传来步履声，很轻。慕容馥神意清明，察觉声音在自己窗外顿住。她往窗口方向望去，窗纸被一尖细中空竹管捅破，一缕白烟自竹管中吹出。

迷烟？慕容馥轻轻嗅了嗅，心下不禁思量：这些烟是怎么被吹出来的？难道是含在嘴里？可是吹的时候，不会先把自己给迷倒了吗？一想只觉煞是好笑，少女心性一起，也配合窗外人演了全套，假晕了过去。

未几，门被推开，两个黑影一前一后，蹑手蹑脚进来。

其中一人压着声音道："绑仔细了。"

另外一人诺诺应："是。"

应"是"的那人走近床，俯身就要抱起慕容馥，只是他的手尚未碰上，慕容馥便倏然睁眼，朝他咧嘴一笑，做了个鬼脸。

那人兀然被吓，手一僵，未及出声，慕容馥已弹指点中他的穴道。

指挥的那人正在解着床侧的黑色包袱，感觉身边无丝毫动静，迟疑侧头，床上被下了迷药的女人竟形如鬼魅，倏忽间已至跟前。眼见女子袖底下那纤纤如葱的素手在自己身上轻然一拂，接着便觉眼前一黑，晕了过去。

这两人是客栈里的侍者，慕容馥这才明白，此地表面是客栈，实则是贼窝，守在这荒芜之处，专对外来客下手。她掐了掐二人筋骨，也觉好笑，一点修为也没有，竟也敢做这种勾当，若是碰上好手，还要命不要？一时玩心大起，也不伤他们性命，直接剥了他们衣服，用他们带来的现成绳子，将两人双脚绑紧，绳子两端刚好一方一个，倒悬吊在房梁上。

慕容馥大功告成地拍拍手，志得意满地看着二人荡秋千似的，在房梁上晃个不休。忽现两个身影自窗外飞掠而过，她匆匆往外探看，遥遥见得一青一黑的人影前后追赶。

是那个青衫怪人？

慕容馥本欲随上去瞧瞧，转念想到自己还有要事，当下便作罢。

离开客栈，慕容馥翻过了一座小山，入得城中时，已是艳阳照地，万物披上了一层淡金纱。

城内的街道大多很热闹，也许是恰巧碰到了集日，越向前走，越是人如潮涌。街道两边都是各式买卖摊儿，一个接一个，卖艺的、变戏法的、吹糖人的、卖珠花胭脂的，更前方还有些她也瞧不出名堂的……每个人都在以自己的方式讨生活。人间烟火，熙熙攘攘，无一例外，偏偏她，前途未卜，不可言说。

一缕怅然徘徊心口，慕容馥长长呼了一口气，但觉日光炫美，空气清爽，一舒心中郁气，豁然开朗，想道：不管前路如何，只要还活着，路就在脚下。

她走了几步，觉得腹中饥饿，举目四望，寻找茶楼饭馆。

刚转得一拐角处，闻得一阵香味直扑鼻端，慕容馥顺着香味寻到一饼摊前，随手买了几个大饼，携身以做干粮。转身际，忽觉四下风声有异，旋即便觉一团影往身上撞来。慕容馥旋身后避，尚未反应，耳边已是闹哄哄吵嚷声响。

“把东西交出来！”

话音未落，慕容馥猛察周身气场蓦地一变，两柄长剑左右闪现，剑风即将及体的一瞬，慕容馥旋身跃起。

便是此际，身后有人高呼：“小心！”

慕容馥倏然侧首，便见一对判官笔正朝自己背心陶道、身柱两处大穴打至。

风声厉疾，乘着空隙，笔走龙蛇，正对穴道。慕容馥瞳孔猛地一缩，身形陡转，凌空一旋。对方变招迅疾，运劲夹力，两笔骤变方向，往上头猛刺。

慕容馥单手挥动，白绸飞射而出，身法轻灵，连击三招。光华交织，劲气迸射，同时双脚分飞，猛踢两侧击来长剑。

执剑二人惨叫落地，慕容馥借力倒纵，翻出丈外，缓缓立地。宽袖当风，白绸如飞，迎风飘逸，冷视来人。

当首手执判官笔那人，身着紫衣武者劲装，身形魁梧，面目沉稳，不似冒进之辈。慕容馥不知自己何处得罪他们，竟莫名惹来这祸端，喝问道：“你们想干什么？”

当首那人叱声道：“你必是那小贼同伙，交出手中符牌，乖乖跟我们回去！”

什么小贼？慕容馥神情微愕，不解道：“我不明白你在说什么，我手上明明是大——饼。”说话之际，将手一抬，视线微落，发现手中的大饼早已不知去处，竟变成了一块乌金令牌。

紫衣黑袍武者冷哼一声，只当慕容馥是不肯交出，不由分说，抢步逼近，一对判官笔以泰山压顶之势，猛击慕容馥而至。

慕容馥脚步后踏，身子横移，将手中乌金令牌往那武者后背掷去，道：“东西还你。”

在乌金令牌将及背之际，武者耳闻风声有变，身法矫捷，当即一旋，手腕就势翻转，稳稳当当接住令牌，再复抬首时，却已不见贼人去向。

慕容馥在掷出乌金令牌时，眼角余光已瞥见角落里一个白色身影，手中所拿，正是她方才买的几块大饼。那人咬了几口大饼，转身混入人群密集处，大摇大摆离开。她当下明了，嘴里低骂一声，展开身形，往白衣人所在而去。

白衣人未曾回首，却似察觉，身子骤起飞掠，早已远离数丈。慕容馥几个起落，朝白衣人方向追去。

白衣人轻功端是卓绝精妙，凌空飞跃，足不沾地，若非慕容馥在山中长年累月地奔跑，在轻功的修炼上极下苦功，只怕早已被这白衣人甩开。

一时间，白衣人在前，慕容馥在后，两道白影飘忽迅疾，如影随形。

慕容馥追了十来条街道，不知不觉进了一林子中。

这白衣人轻功委实高妙，脚步起动处分明不借力，竟也能横空跨越。本来慕容馥一身轻身功夫别有特色，已属上乘，面对这白衣人，仍旧吃不到好处，每每将近其身，旋即便又被脱离，总是差一点点。

慕容馥心下一恼，手下气劲巧运，白绸如飞龙纵出，一把束住白衣人腰身，用力一拉，踢树弹身而上，旋即反手一个擒拿，扣住白衣人。可白衣人身子溜滑如狐，慕容馥未曾警惕，便被白衣人一个反擒拿身法又溜了开去。

白衣人趁机撒腿又跑，起落横纵，如灵猿矫健利落。慕容馥闷声冷哼，面上微微带恼，手腕转动，白绸如游龙飞绕，欲卷白衣人腰腹。

白衣人避闪有度，身子操控自如，竟如飞鸟般，能在半空回翔腾转，游刃有余。

慕容馥这时反而起了兴致，精神陡长，面带微笑，袖底指法运扣，气劲所动，一缕荧光顺白绸萦绕。

白衣人身子蓦然一顿，只觉一股奇寒之气浑如昆山积雪，隔着衣衫也直迫肌肤。

就在白衣人身形稍停滞的一瞬，慕容馥已倏地飘至白衣人上方，一招飞龙拿云，袖转如长龙，飞旋罩下。白绸飞旋迅疾，仿佛化成了一个白色罩圈，罩住白衣人全身。

白衣人大吃一惊，前后左右皆是白绸所在，封死四方退路。白衣人身形变转，时而蹿高，时而伏低，却无论如何也摆脱不了白绸，徒劳地跟着慕容馥的白绸疾转。

慕容馥在半空轻翻，身形倒转，左手轻拍白衣人肩，右手五指纤纤，正要拿扣白衣人脉门，岂料白衣人手腕一翻，慕容馥只觉眼前有光圈一闪，一把精芒四射的小刀正往自己掌心劳宫穴刺来。

慕容馥猛然收势，腕劲一动，将白绸倒旋，意欲卷走白衣人小刀。不料白衣人刀法诡谲，不应常理，明明小刀刀柄向东，刀锋刺西，却不知怎的，待到落处，却是刀锋在东，刀柄朝西。

小刀在白衣人手上，仿佛是被赋予了生命的活物，荧光四射，时耀时敛，灵转自如。慕容馥稍稍轻视，便险些叫白衣人刺中胸侧曲垣穴。

慕容馥心下惊讶，惊的当然不是这白衣人区区御气初段的修为，而是此人轻功之凌翔，手法之诡妙。

轻功的快，便如同赛马的能手，不要求驭马者有多大的力量，而是要求马术技巧。同样，轻功施展得好，内息高低倒在其次，更重要的是武者的应变。行动时，如何准确地把握地形、风向、空间等。任何一点微末的变化，掌控得好，便能与对手拉开大幅度的距离。因而，若单较量轻功，有时一名普通凝气武者未必不能胜过一名固原武者。

与此同时，白衣人亦是惊骇，只见对方身腰轻摆，小刀明明已触对方的穴道，却忽觉刺入水中一般，劲道手势瞬间被化于无形。

慕容馥身法，更如狡兔之脱，迅捷利落，就在白衣人迟疑的瞬息，白绸回旋，凝入气劲，一改先前行云流水般灵矫之势，浑如雪山暴崩，倾轧直下。

白衣人区区御气修为，怎挡得住这番气势？“噌噌噌”被逼得连退守势，小刀的任何奇诡攻策，全然无从施处。

白衣人知晓自己必败无疑，逃路又无门，忽地鼓气作恼，收起小刀，嘶嘴怒道："你这样打，老子都没有回攻机会，打毛啊打！一点儿囊劲也没，老子不打了，不打了！"言语间仿佛她们只是寻常切磋比武，并非敌我间攻击缠斗。

慕容馥一愣，猛地收势，本来她只想擒住这白衣人，也无伤害之意。

两人这时才齐齐立定。

阳光照拂着白衣人的脸——柳眉淡淡如罥烟，笑眸弯弯如月牙，长睫密密如乌羽，额头浑圆，两颊尚有婴儿肥。样貌上看，不过是二八年华少女。

她穿着交襟月白色织罗短襦，外套珍珠白湖绉纱半臂褙子，下配玉色烟萝银丝百褶裙，腰系银色襟带，更显身形匀称瘦削，手长脚长。

少女抢占先机，扬眉耸肩，粗声大气道："老子跟你无冤无仇，你怎么老追着老子跑？当然啦，老子知道自己风华绝代，备受敬仰，但你这样热情也实在受不了。"

这般睁眼说瞎话，反咬一口，慕容馥也为她的厚颜无耻所折服，眉心一蹙，分辩道："是你偷了我的饼……"

"哎哎哎，等等……"少女两手急摆，"老子乃名震江湖、盛名天下、举世无双的偷中之圣、盗王之王，人称妙手无声白长君，怎会偷你区区几块饼？老子是用东西跟你换的。"

慕容馥闻言失笑，觉这少女言语、举止简直是稀奇古怪，打趣道："哦？你是想说，你用一对判官笔和两把长剑同我换的是吗？"

白长君鼻中一哼，两手叉腰，道："当然……不是啦。"

慕容馥心下好笑，饶有兴趣地问道："哦，那你是用什么同我换的？"

白长君手指摩挲着下巴，一副顽皮贼骨样貌，眯着眼道："你不晓得吗？巡捕房那块乌金令牌可稀罕呢！是由金子、纯银、黄铜熔成，"说"金子、纯银、黄铜"三词时，右手食指在摊开的左手掌心点了三下，旋即两手往外一扬半圈，“买下整个饼摊都绰绰有余。”

鼻圆小巧，唇角微翘，含笑月牙眸灵活多变，清爽素净的圆圆脸蛋满是活泼机灵。说话时，还像孩子似的手舞足蹈，一点儿也令人感觉不到杀气，也很难让人生出敌意，慕容馥很自觉便放松了警惕。不过这巡捕房却又是何处？慕容馥微有疑惑。不料白长君蓦地扑跃而起，一柄小刀发若雷霆，疾如电闪，直冲她面门所在。

慕容馥大吃一惊，无暇他虑，提气翻身后跃，两指顺势夹住小刀。待稳身立定，耳听有人扬声道：“谢谢你的钱币与大饼！”

笑声犹在，慕容馥左右四顾，却已不见白长君身影，手下意识地往腰间一摸，身上的钱币早已不见踪迹。她看着手中这柄普通小刀，不过三寸来长，样式普通，更非上等铜铁，在白长君手中，却仿佛被赋予了魔力。她心下明白，这少女修为普通，但单凭那身轻功与手法，便非寻常。

特别是，那双手，那小指头，竟和无名指一样长。

日已渐斜，夜色却未临。满天夕阳残照，半边天云霞红得可滴出血来，正是黄昏。

倦鸟归巢，四下趋静。慕容馥左右环视，周遭林木森密，枫叶与树藤互为纠缠。余晖倾照，衬密藤浑黑，枫叶红诡，一派晦暗。稍稍风动，并无甚声响。偶尔几声突兀的狼啸，打破了这幽晦里的静谧。

大饼没吃上一口，钱财也被偷，兼之一番追赶，更添倦怠，慕容馥没精打采，靠在树边歇息片刻。不知过了多久，身边传来“噼啪”声，像是有什么踩在枯枝上，发出细弱动静。

慕容馥双眼抬也未抬，随意捡起手边石子一掷，“吱”一声，便止了声息。

被石子打死的是一只灰色小兔，慕容馥生火，三下五除二将兔子横穿在细木棍上，直接架到火堆之上去烤。火势太小，慕容馥在邻近捡些柴枝，渐闻一股焦味入鼻，回首一看，架上整只兔子竟烧了起来。

慕容馥一阵手忙脚乱，才勉强将火给灭了，举起细木棍一看，兔肉已成了一团黑炭。这时，一阵香味丝缕入鼻，不知是自何处传来，她素来对气味有敏锐的洞察，眯起眼，深吸口气，当即辨明了方向。

夕阳剩下了余晕一抹，正照枫树上。微风轻拂枝叶，那些火红仿佛被施了术，鬼魅地摆弄着四肢。

慕容馥忖了忖，将脸涂个脏污，拂开枫树枝叶，往深处走去。走着走着，已没了枫树，四周黑树密藤，乌压压一片，在黄昏如血的余晖之下，有种莫可言状的幽怖。

拨开密藤，深探而入，隐隐有马蹄零碎的嗒嗒声响。放眼看去，林子深处停着一驾四辕马车。黑色的骏马，车厢四面是沉黑如墨的垂帘。整辆马车精致却不显奢华，仿佛才从水墨中拉出，带着沉甸甸的黑，因为颜色单一，远看反而简约。

马车旁站着两名总角少年，岁数十三四岁。肤白眼亮，长得眉清目秀、俊俏可人。二人皆身着鸦青云丝锦衫袄裤，背负暗紫剑鞘蛟纹长剑，正整理东西。

少年近前的树边，拴着一匹俊逸白马。那白马通体上下没有半根杂色，浑身雪白如泛云光。头身至尾，长约一丈，由项及蹄，八尺有余，极尽矫健。慕容馥认出白马不凡，乃书上曾记载过的照夜玉狮子。

白马前方不远处，燃着一堆篝火。火堆前地上铺浅色底织锦簇云绣纹地毯，有一男子盘膝闲坐其上，身着乌色斜纹绮暗花宽袖长衣，里面有皂白色绢内衬，外罩素纱罩衣；手中执着细木棍，正聚精会神地烤着食物，手腕摆动，宽袖下，露出净白的一点指尖。

自慕容馥的角度看去，男子因低着头，看不清模样。她轻挪步子前行，嗅了嗅，分辨出那男子手中的食物，正是香味的源头。她一阵兴奋，心里正琢磨着，怎么把对方的食物抢来，陡觉脖颈一凉，一把长剑锋锐泛寒，正架在她的脖子上。

长剑上剑纹如幽云潜埋起伏，剑身沉凝锋利，是一把罕见宝剑。

执剑主人是名男子，二十岁出头，身着暗线纹理的黛蓝色窄袖袍，腰束黑鞶带，脚蹬黑色缠草纹长革靴，身后背着银色潜纹剑鞘，鞘中无剑——剑在她的脖子上。

慕容馥侧目，这男子浑身的气质同他的剑一般冷凛，两道入鬓的剑眉飒飒生姿，下撇的唇角展现他清傲内敛的性情，唯独那一双眼睛，很清澈，是淡淡的橘红，仿佛一泡刚入味的陈年普洱，氤氲着别样滋味。相由心生，看来此人性情虽清傲孤僻，却心怀坦荡，绝非穿窬探耳小人之辈。

最特别的是他的手。他的手很稳定，骨节清晰却并非瘦弱，手指长而有力，指甲修得很整齐。这让慕容馥想起幽冥谷中一名用剑前辈——花剑雪的手。

眼前也绝对是一双很会使剑的手。

慕容馥灵机一动，歪着嘴傻笑一下，结结巴巴道："这……这位大姑（哥），别……别动……动手……这东……东西要是……刺……刺在傻姑脖子上会……很疼的……"

剑士看着眼前女人，一头及膝长发不盘不束，垂委直下，整个脸脏灰脏灰的，瞧不清本来样貌。衣服也是同样，一灰一白，简直邋遢得不行。虽见邋遢污脏，却也掩盖不了那衣料极好的质地。

剑士拿剑指着她，目光如利剑般尖锐，冷冷道："你是何人？到此何为？"

邋遢女人笑了笑，沾了灰的脸变得扭曲，也更带了几分傻气，道："没……没干什么！阿娘……叫……傻姑来采……采蘑菇……"

剑士如剑双眉冷冷下压，剑气又烈了几分，道："说，何人派你来此？"

傻姑娘似被他所吓，陡地跌坐在地上，哇哇几声，便号啕大哭起来，反复吵闹道："要蘑菇……傻姑要蘑菇……"

剑士双眉又压紧了几分，什么人他都碰到过，唯独没招惹过傻子，当下一阵烦躁，警惕性不知不觉就松懈下来。

烤制食物的男子一直规律翻动烤肉的手，微不可察地顿了顿，但头仍是抬也未抬。

慕容馥一边装疯卖傻，一边翻舞双手，趁剑士不备，手指悄无声息地触上剑身。及见剑士面露无奈之色，她灵敏地一转身子，不待他反应，两指捻紧剑尖两寸之处，整个身子迅捷一翻。

剑离开了脖子，反架在对方脖子上。慕容馥下巴微抬，唇畔带着笑意，有意无意地睨视眼前人。

剑士这下方知身前人是高手，虽反被制，当下并不迟疑，左脚发力，身法机敏而动，旋身一翻，避开了反架在自己脖子上的剑。他避开的同时，单手以诡异的角度一旋，剑法一展，锋刃雪亮，剑锋对向的是慕容馥。他的剑沉厚，凝了气劲一动，便已带芒，凛凛生风，出手间大有杀气。

“装疯卖傻，尊驾来此，有何目的？”剑士喝道。

剑气中的杀意，锐利寒凛，方才慕容馥一捻剑身，剑的重量出乎她的意料。这样重一柄剑，被他使来竟轻盈如执毛羽一般。这人不仅剑术精湛，看来力气也不凡。慕容馥心中暗赞，脸上却一副嬉皮笑脸神色，道：“我无非想在此地寻些吃食，怎么，这座山是你家开的？你来得，我便来不得了？”说话同时，一手举起“黑炭”，挡开男子疾攻而来的剑。

慕容馥身子前趋后避，脚步凌乱，毫无章法可言，偏偏几个起落间，便用“黑炭”架住长剑。她的另一只手指法牵动，气劲凝入，往剑尖翻指一弹。

剑士被剑上力道所迫，连退了两步。

二人对峙而立。

“子岩，收剑吧，莫要扰了这姑娘……采蘑菇的兴致……”声音穿透他们二人的对峙之气，悠悠入耳，音调并不高，沉缓，淡淡道来，嗓音犹如春水涟漪，滉荡人心。

是篝火堆前的男子。

慕容馥转首斜目，朝他看去，目光一凝，委实为这人气度而惊赞。他的手翻动着木枝时，如同一个绝代无双的剑客拭着剑，一个心灵手巧的制瓷家旋着坯，一个笔走龙蛇的书法家执着笔。而事实上，他拿的仅仅只是一根粗糙木枝而已。他的姿势，他的动作，不仅悠然闲雅，且非常专注。慕容馥与剑士缠斗许久，分毫不见他抬起过头，仿佛任何人，在他完成事情之前，都动摇不了他半分。

直到此时，他烤完手中的肉，抬起头，慕容馥才算见到他的脸。

五／故人疑似

霞团移走，青白光褪，仿佛只在顷刻之间，暮色沉郁，橙红、暗紫、墨青，色泽层层幕布般无缝隙递转，最后七光杂色，全然收入水墨之中。

周围静谧无声，半分月色，半分黑暗，仿若突如其来，重重压下。

半倾清光，鉴人眉目。

那人缓缓抬起头，唇际一抹笑意浅浅，恰似粼粼春波；黑发半扣于银环半垂肩，稠黑如墨砚，轻柔如丝缎。

美吗？太俗。

俊俏吗？太单薄。

事实上，慕容馥不知该用怎样一词来形容此人，仿佛怎么比拟，都是不及。纵然妙笔生花的文士，怕也无法以一词概括出此人的姿仪吧？

月色下，篝火前，他有着一张白璧无瑕的脸，唇角有微微上扬的弧度，轻轻一抿，不笑也像笑。但最为让人惊艳的，怕是他的一双眼——眼角飞挑，轻笑时，恰似一束桃花静幽而绽，染尽温雅，又兼眼瞳黑亮有泽，如星珠坠于镜湖。

火映在这双眸子上，一闪一闪的。他的目光，便如此无声息地穿越篝火，朝慕容馥所在投递，仿佛是透过千山万水，穿越红尘云荒，不经意间望来。当他凝视着你时，竟令人想到那九天之上、云端之中的神人，眼里带着些睥睨众生的怜悯、高高在上的遥远，还有淡漠无情的疏离。偏偏这种遥隔千里的距离感，在他抿唇一笑之际，如随云烟消散，无踪无迹。

这双眼，似曾在哪里见过。慕容馥愣愣看他，将他眉目打量个仔细，想自记忆深处，寻掘出痕迹来，可惜却是徒劳。这么多年，发生了太多事，太多记忆，都被那场烈火烧焚无踪。

萧子岩铮然收剑回鞘，便见那邋遢女人已凑到公子跟前。只见她咽了咽口水，手指公子刚刚烤好的兔肉，缩着脖子觍着脸笑道："嘿嘿，你……你这个好香……"话音还未罢，便一手抢过公子手中的烤兔肉，张口大咬，口齿不清，"天啊，好让（烫）好让（烫）……"

萧子岩眉心猛压，显是怫然，手已抚上剑柄。

乌衣男子眼梢余光往他方向一斜，有所示意，萧子岩紧握剑柄的手才渐渐松开。

慕容馥似毫无发觉这一来一去，只专注着手中食物，但那瞬息间的杀气，怎能瞒得住她？她心下纵然警惕，脸上照样眉不抬、眼不动，双手并用，大快朵颐，行径之粗俗，姿态之粗鲁，委实不堪言状。

很快，兔子被大卸八块，吃干吮尽。萧子岩眉头越压越深，眼底的嫌恶掩也掩不住。乌衣男子倒毫无反应，一双桃花眸，笑意浅浅，看着突兀出现又蛮横抢食的女人。

跟前二人静静瞧她，慕容馥始觉尴尬，扭了扭眉毛，有点废话道："刚刚，我好像吃下了一整只兔子。"

乌衣男子点点头。

慕容馥歪着脑袋，问道："那怎么办？"

"那就权当送给姑娘吧。"乌衣男子拿过萧子岩递过的绢布，慢腾腾地擦了擦手，准备起身。

“哎，你别走。”慕容馥忙拉住他。

男子顿住脚步，目光微斜，看着她拉着自己衣角的脏手，眉心稍稍一收。

被他目光盯得头皮发麻，慕容馥垂眸看了自己的脏手，又见他衣上几个脏兮兮的油污印，觑了觑他神色，忙松开手。

转瞬间，男子已收了目光，掸了掸衣袖，反倒盘膝坐下，行为举止，自下到上皆写满了优雅。他顺手递了条帕子给她，又侧首对萧子岩道：“你去明光府，先给明宗主呈上谒帖。这番行程下来，与原先所定时间会有出入，初次拜会，不可落了不守时的名声。”

“是，可她……”萧子岩冷视慕容馥，目光刀锋一样利，如果真的有实形，估计慕容馥身上早多出两个窟窿来了。

男子转眸看她，是微带笑意的一瞥，道：“这位姑娘不让我走，我总得坐下来听听她不让我走的理由。”

萧子岩领命应是，随即驾马离去。

萧子岩白马渐离，男子含笑望她，眼映篝火，光色变幻。

“那个，我其实……我没有不让你走。”慕容馥说得期期艾艾。她被他盯得心虚，自己却看不出他真实的情绪。他一直浅笑款款，叫人揣摩不透，像戴着面具，没有真正的喜怒阴晴。

男子道：“噢，是吗？”他的目光在她眉目间徘徊，神容似笑非笑。

在他的目光里，人会有一种无端生出的窘迫感。慕容馥稳了稳心神，道：“我确实是叫你别走，可我不是不让你走，我只是……唉，怎么越说越乱？干脆说吧，吃了东西，总得付账是吧？你若那样便走了，我心里会觉得过意不去的，我可不是吃白食的人，也不是想占人便宜的人。”

男子一副所言甚是的表情，“嗯”了一声，以手支颐，靠在身侧一块突起的大石上。石上铺着白毯，宽荡长袖覆盖毯上。因衣衫外穿素纱罩衣，纱衣亦是宽大袖口，乌衣上的暗纹被素纱隔了一层，透出一种似是而非的况味来，像他的笑容一样。加之长发垂委，犹如黑缎铺盖。衣发两者交叠在毯上，相间之处，如同一匹素白画帛上绘着的墨色山水画，层次清晰，浑然天成。他换了一副若有所思的样态，认真问她："所以呢？姑娘是准备付我多少银钱？"

慕容馥被问得瞠目结舌。她方才说得一本正经，不过是在他目光下不好意思，临时寻来的借口，没想到他竟认真起来。这下倒尴尬了。她翕动嘴唇"我"了许久，才忐忑道出："我没钱。"

男子悠悠一笑，故意较真问道："那姑娘拿什么来付账？"

"我有……"慕容馥无奈，想起身上还有一块玉佩，雕工细致，忙往袖口摸去，怎料满袖空空，这才醒悟：那丫头好厉害的手，玉佩给顺走了自己竟还浑然不察。

男子目光往她袖子觑了觑，笑问道："姑娘有什么？"

慕容馥转眉溜眼忖了忖，岔开话题，无赖地反问道："我既不姓'姑'，也不叫'娘'，你为何总是姑娘姑娘地叫我？"

男子瞳孔微缩。这句话听来耳熟，多年前，他也听过一次，那人胡搅蛮缠的神容，犹在眼前。他看向慕容馥，幽深眸底似有所思量，有所探疑。

慕容馥见他目光有异，仿佛完美无缺的面具上，裂了一个微不可察的缝隙。就因她这一句话吗？她好奇，追问道："怎么，我说得不对？"

男子便道："那……敢问姑娘姓什么？叫什么？在下定以姓名相称。"他端然看着她，"缝隙"已被修复，叫人以为原先的痕迹不过是错觉。

慕容馥展颜笑道："不过吃你一只兔子，就要告诉你我的名字，那我岂非吃亏？"

明明一身污脏邋遢，却不显得可憎，口气有种小奸诈式的咄咄逼人。男子闻言一笑，目光里有审视，反问："即如此，何以责问在下以‘姑娘’相称？”

慕容馥歪头想了想，道了声“也对”，旋即正色道：“我复姓慕容，单名馥。”

乌衣男子脸上微带思虑，柔声问：“哪个fù？”

“芬芳馥郁的馥。一只兔子换一个名字，我们两清了，是吧？”她扬了扬眉，说得一脸坦荡。

男子声音绵长地嗯了声，对她的下半句置若罔闻，嘴里念念有词：“玉润金声，兰薰桂馥，羽仪百代，掩梁窦以霞骞。果然是个好名字，只不过……”他口气一转，勾了勾唇角，那一缕笑意仿佛随手拈来，转瞬便落在眼角。

她诧异，追问道：“不过什么？”

男子漫不经心一挑眉梢：“慕容馥这个名字能值我亲手烤的兔子吗？”

慕容馥也笑了，眉飞色舞，笑得一脸天真：“当然啦！我可告诉你，半年后，整个江湖，人人都会知道我慕容馥的大名，到时候，我这个名字怕值千金万金呢。现下，就算是提前便宜你了。”

男子一愣，旋即又笑了起来，看她那副灰头土脸的模样，委实不敢恭维，可眼底并没有一点儿小觑的神色，道：“如此说来，倒确然是在下占了慕容姑娘的便宜！”

慕容馥下颌一扬，露出“那当然”的神情，并且很豪爽地扬了扬手，故意道：“不过咱们行走江湖，也算得江湖儿女，无谓计较这点得失，你说是不？”

明明是她吃了他的东西，被这样一番胡搅蛮缠，倒仿佛真成了是他占她的便宜。

男子语塞一息，继而微牵唇角，笑眸绰约，应道：“慕容姑娘所言甚是。”

“这就是了。”慕容馥拊掌，继续道，“所以啊，你就别放在心上了，我也不会放在心上的。”她拍了拍胸口，说得顺理成章，不要脸得落落大方。当然，灰脸上也没瞧出有什么好意思或者不好意思的神情来，反而眼底的得意很是分明。

话音才落，又不知想到了什么：“哦，对了，”她茫然地眨了眨眼睛，手抚着下颌，趋身打量他，“说了这么久，我还不晓得你唤什么姓名呢！”

男人目光在她脸上转了一圈，缓缓道：“在下云息。”

慕容馥双眸轻瞪，眼底忽地一亮，欣然道：“云溪？真奇怪的名字，是天上白云的云，地上清溪的溪吗？”

他噎了下，摇头道：“不是。”

慕容馥一脸茫然：“那是哪个？”

云息忖了忖，转眸朝她一笑，轻轻拉过她的手。

慕容馥颇有意外，嘴巴微启，诧异地看着他。

云息不说话，垂眸，摊开她的掌心。她的手也沾上了污垢，但那手腕在脏黑的反衬下，反显得更加莹白。手指甲很整齐，虽说有脏污，但指甲盖儿生得圆润，又经了修剪，一枚一枚，倒像嵌上去似的。指节也修长清晰，筋骨里头可见力道在，手速练得不赖；掌间拇指和无名指下有细茧，会使剑；茧形不粗厚，使的是轻型的软武器，大约是软剑、软鞭一类；指尖皆有深浅伤痕，会丝弦乐器。

这么多的思虑，不过是弹指，他面上连半点痕迹也不露，手指在她手心上，一笔一画地写出一个字来。

慕容馥愣愣，一段蛰伏已久的记忆，不知自何处，忽地递到脑海里来。

很多年前，似也有一个少年，月白衣裳似蔚然的天。

她笑颜灿灿地问他的名字。

少年闭口不言，却轻轻地拉过她的手，在她掌心写出一个字。

彼时，他一笔一画，轻缓而认真。字在她手心写着，却如同写在她的心上。后来，她想不起那个字，亦模糊了他的样貌、忘却了他的容颜，唯独牢牢地记住了飞云阁的那夜——他立在月色阑珊的光影里，解开悬梁上一个个萤囊的束口。萤囊里的萤火虫，一只一只从他手间飞出。周身光影旋绕，犹如神仙中人。

那一瞬的惊艳，这么多年来，她一刻也不曾忘怀。

慕容馥看着自己掌心，没有痕迹的痕迹，触感清晰。她一失神，问道："你向来都习惯在别人掌心写出你的名字吗？"

云息别过头去，手捋了捋袖椽，淡淡道："我自出江湖这么多年，你是第一个问我名字的人。"

"哦？"慕容馥表情错愕，问道，"为什么？"

"因为，通常子岩他们不会让陌生人有出现在我面前的机会。"

慕容馥挑了挑眉毛，自我陶醉道："那我岂非很厉害？不仅能出现在你面前，而且还能吃掉你要吃的烤兔肉……"

说时，她笑眯了一双眼，脸上一团一团的炭灰，看起来很丑，但眼睛很亮。云息笑笑道："可不是我要吃。"

"咦？"慕容馥惊讶道，"那是谁要吃？"

"它。"

慕容馥随着云息目光看去。大石后的不远处，一个黑团蜷缩在地上，皮毛柔顺，在微光下闪着浅浅荧光。若不是因他所指，慕容馥几无发觉那是活物，以为是一张闲置在一旁的毛皮而已。

似乎察觉到目光，那一团黑亮隐约动了动。慕容馥眼角一闪，它已"嗖"地钻入云息怀里。

轻矫迅捷如电闪，慕容馥心下惊讶，这东西速度之快，不亚于小九。

篝火亮光，慕容馥此时才看清楚这黑团。

身如猫儿般大小，但模样偏偏很像豹子——短耳，头小且圆，嘴侧上几排斜生小须，一双血红瞳仁在篝火光前收缩成圆形，红中带金，灼灼如炬，带着灵气，莹锐逼人。

云息轻手抚了抚它黑得发亮的毛，它便咧嘴吐舌，在他手间舔了舔，一脸被宠溺的神容，舒适地躺在他环臂间。慕容馥看不出究竟是何兽，问他道："这是什么兽？"

云息垂首逗弄着小兽，闻声也不抬眸，淡淡道："豹子。不过……我喜欢唤它墨生。"

他的话却令慕容馥一惊，杏眸微微眯起，思忖着道："这么小的豹子？"忽地灵光一闪，顿悟般惊愕道，"全身黑色，莫非……是永冬之地冰树林里独有的那种墨灵豹？"

云息点头。

慕容馥脸上显是震惊："书上所载，此豹类是世上极其罕见的四种灵兽之一，只在冰树林和雪山上见过踪迹。这种毫无杂色的墨灵豹更是兽中之王。其动如疾风迅雷，灵活轻捷，百兽难及，不仅耳聪目明，而且攫戾执猛，即便是与大型的狮虎相斗，也未必落下风，你……你竟能把它豢养得这般俯首帖耳？！"

云息眼眸略抬，言语平淡，只道："野兽看似凶猛，其实有时比人更具人情味。你敬它一尺，它便回敬你一丈。只要你待它好，它便自然也待你好，有什么稀奇的？"

多年前，云息前往永冬之地雪山之巅，寻找传说中的万年冰海棠。不想寻迹无果，反遭雪崩，意外跌入一个冰洞中，侥幸得生。他便是在冰洞里看到这只墨灵豹。

彼时它身疲力乏，奄奄一息，趴在雪堆上，周围血迹斑驳。云息行近细看，墨灵豹腿上伤口嶙峋见骨，像是被冰锥直插而入，怕也是雪崩时逃避未及所受。冰锥化成水，伤口成了一个洞。因温度太低，血已不再流。

墨灵豹反应素来灵敏，遇事警惕，虽因伤绵软无力，但见有敌至，仍撑起头，颇具威胁地盯着他瞧。

哪怕身负重伤，依旧有着咄咄逼人的气势，一对眼瞳艳红如血，很静很静，但其中炯然足以叫人毛骨悚然。云息看着它，非但不惊，一时心似有所感，自己养伤之余，也费心为它疗伤。

一人一兽便在冰洞同待了月余，同居同食。灵兽伤口复原得比人快，又凭着对地形的熟悉，帮云息寻得出口，然而它不离开，守着云息，直到他伤势痊愈。后云息离开雪山时，灵兽一直跟在他身后，亦步亦趋。云息心知，此兽有灵，此番追随，怕是欲报这救伤恩情，只是，他深知此兽本性凶残，便道："我知晓你意，你是为报救命之恩？"

灵兽在他脚边蹭了蹭，竟点着脑袋。

云息摇头对它道："我救你一命，不过是顺手而为，你也为我寻得出口，你我之间算是无亏无欠了。况且，你们灵豹一类，生性烈猛，难受约束。我所居处，不比这雪山之巅，浑无人烟，而是人多物杂，束缚严多。若我带你回去，你难抑本性，伤了旁人性命，那也是我的过错。实不必因我而离开这自由之地。"说罢，云息转身即走。

灵兽却咬住他的衣角，旋即跑到一边，用爪掀飞从前遗留的一地尸骨残骸，接着又指着墙角杂草，收拢双爪，一副怪模怪样。它双瞳莹莹看着他，目光里有一种被人遗弃一般惨兮兮的况味，竟是一改凶相，十分娇憨。云息不禁被它逗笑，道："你是说，我带你走，你从今后不伤动物，只吃素？"

灵兽见他明白自己意思，十分开心，黏在他脚边，贴着他身子转圈。云息摇摇头，道："叫一只豹子吃素，我可不敢，若是饿极了，那指不定发生什么事儿来。"

灵兽一听他言，垂着脑袋，很是丧气。云息却笑了一笑，抱起它，一同离开。此后，它一直陪伴他，转眼便是十来年。

墨生在云息怀中抖了抖，感觉主人没再陪自己玩耍，一时往他肩头蹿去，一时又回到他怀中，没有一刻安分，想必是在等待什么。

慕容馥少女心性，侧着头，好奇地打量它。墨生感觉到她的注视，警惕地蹲在云息肩头，朝她龇牙咧嘴，模样威风凛凛。那红色眼瞳中带着鸷狠狼戾之色，似是晓得眼前人就是抢夺了它食物的人。

它咧嘴时，牙齿极其尖锐。慕容馥心想，不愧是兽中之王，若是被它一咬，怕是一大块肉就没了。但看着它冲自己显威风的样子，明明是鸱视狼顾姿态，偏叫她想起小九，心里便生了亲切滋味，丝毫不害怕它的凶猛，径自伸过手，想去摸一摸它。

墨灵兽动作何等迅疾，扭开头去叫慕容馥落了空，还张牙舞爪、气势汹汹地冲慕容馥嚎了一声。

若非云息之前对墨生有过训练，不可伤及他人，否则以这墨灵兽素来性情，便不是吼嚎一声，而是猛咬一口了。

慕容馥偏偏心性不减，一次不中，不肯罢休，内息暗运，伸手又朝它摸过去。即便墨灵兽躲得快，但在慕容馥的手速之下，到底也被她揩了一把。

墨生被她“轻薄”动作激怒，后背一弓，红金红金的眼中光芒一闪，像是要与慕容馥奋起一番厮杀。云息在它脖子间轻轻一抚摸，墨生瞬间就软下身来。

云息看着它，像对着人，声音中不无宠溺，道：“她是跟你闹着玩的，不用当真呀！”

墨生似听得懂他的话，冲慕容馥不甘心地磨了磨牙齿，像是说“你再调戏我，我就把你吃了”，接着又往云息怀中靠去，如小猫般温驯。

慕容馥眸光轻漾，眼底盈盈笑意全出内心，道：“它可真好玩！你唤它‘陌生’，只怕它最不陌生的人就是你了。”

云息只笑笑，两手捧起它，声音轻柔道：“是饿了吧？兔肉没有了，我叫清风给你吃些干牛肉好不好？”

墨生当然没有回答他，却明白他所言，吐出舌头，在他手间舔了舔。它在他怀中，撒娇赖皮，浑如孩童一般。马车边一个少年走过来，欲将它抱走，墨生不情不愿地往云息怀中钻深了几分。

云息无奈，轻声哄着：“乖，听话，让清风带你去。”说罢，伸手递与清风。

墨生身子轻灵一蹿，转眼便入了清风怀中。

篝火“噼啪”声响，爆起几丝火花。光影里，一抹绿光从云息身后闪过，慕容馥袖底白绸倏然飞出，束住一物猛地用力一甩。

云息眼底一震，尚未来得及阻止，身后便已传来一阵惨嚎。

马车边一少年脸色大变，挥剑疾上。

少年剑法精准，惨嚎声发出一半，便被遏止。狼首滚落慕容馥身侧，慕容馥白绸一收，不禁皱眉。

浓重的血腥气迅速入鼻，清风急忙安抚着怀中躁动不休的墨生。云息立起身，神情严肃，对斩杀狼头的少年道：“清池，收拾一下，马上离开。”

“是，公子。”清池应声而动。

慕容馥一脸意外，狐疑道：“不过是一匹狼，何必如此忌惮？”

惹出无穷祸端，还懵然不知，你是真天真，还是假天真？云息神情深邃，扫过一眼狼尸，眉眼间的笑意少见地淡去，问道：“慕容馥，你可知这是什么地方？”

慕容馥不明所以，接口道：“什么地方？不就是一座荒山？”

云息哂笑道：“此片连绵山林，乃平国与宁国的边界，进入这片山林，便等于半踏入宁国境内。而狼山一脉千里，独有近昭华城这处山势才较为平缓。宁国若要进攻平国，大军直接越过此处山，便可一路直取，攻下平国都城，否则，就要转绕大半个圈，借道雍国，才能到平国后方。你可知道，借道他国，延长路线，这需要多消耗十倍的粮草与兵力。以十倍之力，用来攻击区区小国，谁会愿意得不偿失？平国乃小国，夹于卫、宁之间，百年不灭，这山便是其独特处之一。这一片人烟稀少的山林之中，有一种狼，名为山狼。二十多年前，宁、卫势如水火，连年征战，平国能在卫、宁间夹缝求生，便是因为任何军队，都忌惮这山中成千上万的狼。这些山狼，几乎等同平国守卫军，守卫着平国门户。”

慕容馥面色骤显惊凛，她当然知道这种狼。

传说中，山狼体态比普通的狼大上两倍，身灰眼绿，狡猾如狐，凶狠残暴如豹虎。遇上落单的路人，它绝不会给一个干脆，而是极尽所能，吓到这人筋疲力尽，胆裂而死，才悠悠然享受这丰盛的一餐。

明知“食物”已然躲不过，却还故意不给个干脆利落，足见它们的残忍狡猾。

慕容馥抬首，望向漆黑夜幕里那张俊美非凡的脸，迟疑道：“这真的是山狼？它们不是书上的传说吗？”

云息垂着眼看她，因立着身，目光带着些居高临下的睥睨，反问道：“你觉得呢？”

慕容馥瞠目结舌，想了想，自我安慰道：“可……刚刚的狼，也有可能只是普通的狼呀！”

“你没听过，非我族类，其心必异？在这狼山里，另种的狼是无法生存的。你若不信，尸体还在那里，你不妨去查看一番。还有，山狼别于其他狼种的一个特点是，平日里很少见到一群山狼，可当孤狼身处险境之时，伏地长嗥，顷刻间便会群狼齐聚。所以——”云息没有继续说下去。

山林中已有隐约绿光陆续浮现。紧接着，驾车的四匹骏马惊慌失措，嘶声叠叠。清风怀中的墨灵兽起伏躁动，扭转着身子，蹿出清风怀中，往云息肩头跃去。

周围的狼群越集越密，清冷月光下，尽是绿幽幽森然的眼。由远及近，自不知何处的黑暗角落里蔓延出来。静幽山林，顿时浑如幽冥鬼蜮。

慕容馥不知所措，看着云息，绞着手指，紧张道：“现在怎么办？我才刚刚填饱自己的肚子，我可不要去填它们的肚子。”

云息抱着墨生，一脸事不关己地耸耸肩，道：“我也不知道呢！这可是慕容姑娘你惹出来的祸端，我现在是随着你遭殃了。”

仪态静定，这个关口，仍旧如此不紧不慢，还有兴致取笑？再看马车边的两个少年，只顾着安抚马匹，分毫没有置身险境的模样。

慕容馥眼底有审视意味，但转瞬就掩盖了过去。她趋身向前，犹豫着问道："你一定有办法的，对不对？不然你怎敢选择走这山林？"

云息煞有介事地点头，道："我原先是有办法。在过山前，我细细了解过这些狼的习性。最好的办法呢，是尽量不要遇上这些狼，再倒霉些呢，一旦遇上，立马咔嚓——"他挑了挑眉，朝慕容馥做了个割喉的动作，旋即又耸了耸肩，换作无可奈何的腔调，"可惜了，也不知怎么就冒出一个你了，真是倒霉透顶。"摸着墨生的皮毛，面色一脸颓败之意。

起伏不休的狼啸传来，生生迫得人毛骨悚然。慕容馥听得神魂晃荡，失色道："那现在怎么办？你倒是出个主意呀！"

云息面色一转，唇侧含笑，迈着步子近身慕容馥，略略弯下身，俯靠在她耳际道："你倘若把脸洗干净让我瞧瞧，我便好好想想办法，带你走出这狼圈，救你一命，你说好不好？"一副有商有量的口气，"我被你害到陷入这样的麻烦里，总要看清楚阁下的尊容吧？"

"这个时候，你还计较这些？"耳边一阵温软，慕容馥霍地抬起头，冷扫云息，却见周遭密密麻麻有山狼近百匹，全包围在以云息为中心点的五丈开外。近圈的狼不敢作势，外圈远些的才敢稍稍嗥叫出声，发出森然诡怖的悚然狼嚎。

慕容馥攒起了眉头，面上诧异，道："这是——"她目光一转，看到云息怀中红眼金瞳的墨生，冷漠侧扫，低声作啸。被它盯着的狼，都低嚎着，畏畏缩缩地朝后趋退。

一物降一物，灵兽有震慑万兽的能力，故被称为万兽之王。慕容馥转瞬明白，心下怒气冒涌，一脸怫然地伸手指着他，一连"你"了好几声，大抵是气急了，也没"你"出个所以然来，一副咬牙切齿的神容。

素月分辉，火光炎炎，云息衣履浮于光影之中，投了一层晃动的光。他的眼角稍稍弯起，没了先前故作姿态的颓败，一双桃花眼中笑意温润，气定神闲道："你既然知道墨生是什么兽，怎么会不知道它有震慑百兽的能力呢？"

慕容馥被他一岔，头一回笨嘴拙舌，嗫嚅着道："我……我只是一时没想到。”

云息展颐道：“那你又怎能怪我呢？”

一脸无辜，言无纰漏，展颜笑语却将他人玩弄于股掌之间。慕容馥心底气恼，苦无泄处，两手扣在一起，攥得指节发红。

云息不再拿她打趣，唇角噙笑，下巴往马车一扬示意，又扶起她道：“上车吧。惹了这么大祸，我若独留你孤身在此，指不定真成它们腹中餐了，也非君子所为。”

明明是好心好意的话，被他说出来，听入耳里，她却委实别扭。慕容馥一鼓嘴，正要拒绝，但错目朝马车睃了一眼，满脸又变转灿烂笑容，道：“公子既然如此盛情，小女子只好从命了。”话音还没落，从他身侧擦身而过，步伐轻快地往马车走去。

进入车厢内前，她眼梢余光扫在他身上。可惜四下光线幽暗，云息的神情隐匿在晦明不定的月色里，看不见圭角，探不清底细。

第三章

江涛浪起云不语

她便如此在他软弱之际，乘虚而入。人最软弱的时刻，就是心有动容。她的毒不是毒，她的人，才是毒。

一 / 竹林对剑

昭华城地处平原，地势优越。其北临昭河，南又有重岩叠嶂的山峰、通达四方的大湖。水路、陆路皆四通八达，乃江河陆路的交汇中枢，与宁国王城宁梁，中间不过隔着滚滚昭河而已。

昔年秦始帝分封的宁国，宁梁位处昭河、泯水之间，因其地势优越，城池坚固，遂为王城。尔后宁国主君更迭，宁姓国君怀南图之心，在昭河西南部大力发展。昭华城恰好地利人和两相全，渐渐繁华。故其虽非王城，宁国却甚为重视，渐成西秦国域中至为重要的城池之一。

宁国分前宁、后宁，昔年秦始帝直接分封的宁国，为前宁。前宁国的君主是文姓，文氏宁国执政掌握宁国两百多年。后来，宁国的姬姓大臣姬骜势力坐大，杀君夺政，自立为国君，并改姓为宁，世人称之为后宁，迄今传有六代，历时一百多年。

昭华城原就商贾云集、繁荣昌盛，此番武林大会举办之要地——明家的明光府，恰处昭华西城。现下满城凭轼结辙，不绝于道。

明家为西秦现存江湖两大世家之一。明光府乃明家总府，方圆两千多亩的土地上，楼阁堂廊富丽堂皇，假山亭榭精致出奇，奇花异草秀美少见。明光府之富贵恢宏，在昭华城乃至宁国之内首屈一指。

这夜，月色清明弥漫，如水悠悠淡洒。远处更鼓声响，正是初更时分，明光府内灯火通明。下侍皆着武士服，色杏白夹棕黑，刀剑守卫；家婢云鬟蝉鬓，秀衣罗衫，手端珍肴佳酿，来来往往。迎宾阁前，热闹不已。

迎宾阁中明珠光照，琉璃灯莹，布置庄重古朴。

正首处，画障悬屏。画中清阁幽月，焚香烹茶，宾主尽欢。画上题字“清阁会客图”，笔酣墨饱，书法劲拔。此画出自数十年前，名闻天下的第一才子唐嵇手笔，私市上估价已逾万金。今下多少贪鄙穿窬之盗，垂涎于此，奈何明光府守卫严密，又兼是武林大世家，谁敢放肆？

画之两侧置着两扇紫檀花鸟雕屏、长颈飞鹤灯，簇着中首正席。左右两边，雕柱皆有层层黑纱幔帐、细绣垂帘，地上平铺暗红布毯。前方依次置布席，席前四对深红花梨木翘头食案，雕琢繁美。案上置杯盘，摆蔬果美酒。

正席左右，五案统共四人在座。

侍婢陆续设摆美酒馔馐，上首正席男子挥手遣退。

正席男子眼见有五十岁余，霜鬓长须，身着灰青锦衣，外罩暗紫外袍，身形偏瘦，两腮下陷。正是明家宗主明仲道。

明仲道左首席坐有一人，身着团云回纹样紫金宽袖长袍，年过耳顺，两撇胡须顺着腾蛇纹垂至下颌，乌发渐疏已染斑白，但周身气势昂然，眉目傲睨，可见其性格刚烈，非易与之辈。此人正是宁派掌门人萧严光。

主席右首齐坐有二人。一名岁数稍大，慈眉善目，几绺银白胡须修剪齐整，一丝不苟，正是靖派掌门人济师齐。另者年岁与明仲道相若，灰衣宽袖，正举杯自饮，虽说双目神敛，但鼻挺如钩，全身上下掩盖不了那一股剑走偏锋的利锐之气，略带阴鸷，乃随宫宫主隋云天。

此时虽说天下各域诸侯割据而立，但西秦秦氏仍然占据皇权统治地位。西秦尚在一日，不管是各国庙堂之上，抑或草莽江湖之中，依旧以西秦为共主。

江湖上闻名的大门派主要是一寺、一帮、一门、一阁、二宫、六派。

一寺为少林寺，一帮为丐帮，一门为苏门，一阁为逍遥阁，二宫为月宫、随宫，六派则以西秦目前六大强国国名定派：卫国卫派、宁国宁派、靖国靖派、襄国襄派、雍国雍派和穆国穆派。自然还有一些地方武学世家，如青城墨家、珍珠城赫连家、万木山庄许家等，在江湖上都算颇有名气。

只要有足够的本领，在这乱世江湖，占据一席之地并不难。

几大门派的掌门齐聚一室，所谈论的无非是近来武林大会相关的江湖事宜。而这几日与武林大会一起传得沸沸扬扬的，莫过于近几年声名大噪的公子云息。

明仲道放下手中杯盏，缓缓道："听说，不日前，公子云息已进入宁国地界狼山。在下昔时相邀，云息公子与某定于今日至庄，而其近侍萧子岩今日来庄，言其主途中耽搁，延迟时日到访，且对约定时日的更变，表示歉意。"

萧严光置杯冷笑，道："哼，区区晚生后辈，好大的架子，千呼万唤不出面，既然都应了这武林大会，何必还故作姿态！"

济师齐摇头笑应："以某看，云影山庄位处襄国宛城，昭华与宛城中间隔山隔水，有千百里之遥，行程至此已见疲惫，慢个三两日，本也无甚大碍。可他为守期诺，先遣近人快马加鞭递帖告歉，由此可见此人礼数周全，名不虚传。再者，云息是江湖四君子之首，又是西秦五公子之一，他若能来，武林大会必然声势更茂。"

明仲道对济师齐所言颇有同感，语中不乏赞赏："这云息年纪轻轻，已驰声走誉。但凡在江湖闻名，所靠的要么高超武功，要么非凡地位，可他偏偏都不是。实不相瞒，明某自云息出道至今，曾多次派人探查其身份，但至今仅知，他久居襄国宛城沧云巅云影山庄，其他一概不晓。明明各国间都曾有过他的足迹，却偏偏连一张画像也寻觅不得，诸位说奇也不奇？"

昔日，西秦始帝赐“夏侯明，欧阳华”为西秦四大江湖世家声名，数百年下来，其情报、眼线、人脉几乎布满天下。夏侯家与华家虽被灭门，但对明家与欧阳家影响不大，少了两家分庭抗礼，明家实力反而是与日俱增。倘若以明家的实力都查无所得，那还有谁能查得云息身份呢？

武林各派中，也曾暗地派出探子，秘密混入云影山庄，但多数暴露遣回，而那些别有用心之辈派去刺杀的杀手、刺客，全都有去无回。

众人只知，公子云息向来以仁善著称，自他出道以来，所行的善举就是道上一年半载也道不完。纵是偏僻小国的妇人孺子，也晓得他的名字，讲得出他一两件善事，确实休声美誉，口碑载道。明明为江湖所闻，偏又出入低调，明明名震江湖，却连一张画像也无流出，想见的人见不到，见过的人却都三缄其口。

且他手下，有琴、棋、书、画、剑五大高手，名顾琴、俞棋、怀书、吴画、萧剑。这些人个个身怀绝技，随随便便一个，在江湖上都是高手中的高手，更遑论他的身边还有无数个身怀绝学的不知名高手。

可以说，近几年江湖中，公子云息已成为最神秘、最有名，且最有口碑的人。

当然，他的出名，也并非无缘无由。

事情的开始是这样的——

六年前，江湖上有一伙人，名唤“七绝杀”，收钱杀人，武功绝伦，且不入黑白两道。七把圆月弯刀手起刀落，沾肤去肉，徒剩白骨，又有“白骨七煞”之名，令人闻风丧胆。奇怪的是，相传，他们收到了云影山庄的请帖，进了云影山庄后，公子云息不出一兵一刃，仅仅与他们谈了一番话，七人便再也没有现身江湖作恶。

翌年，江湖上渐起一个神秘的帮派，名唤东隅楼。传说东隅楼有七大楼主，亦是手执弯刀，武功修为与那七绝杀等人相若，可是，这东隅楼偏偏是以救人行善为宗旨。

有人说，这东隅楼七大楼主，就是杀人不眨眼的七绝杀，他们改恶从善，正是云息公子的功劳。

没有人能确定这件事的真假，大伙揣度纷纷，却皆又莫衷一是。但各方说法被传开后，公子云息始扬名江湖。

近些时日，客栈、酒馆、棋楼、茶肆等各种侠客文士聚集的地方，又传出一则新消息——云息公子将公开参加武林大会。

没有人知道他要出现的原因，也没有人知道他是否真的会出现。总而言之，在江湖中，人人皆期待一见揭开神秘面纱的云息公子。至于他将现身武林大会的消息，等于给昭华城武林大会打下影响极大的布告。

“身入江湖便应坦坦荡荡，这样遮遮掩掩的，哪里还算得君子行径？”萧严光一向好为人师，如今天下传扬的江湖四君子、西秦五公子，在他看来不过都是后生小辈，徒有浮名虚誉，一直颇为不屑。

明仲道素知萧严光性情，不好多加置喙，只道：“关于云息，江湖上传得沸沸扬扬，各执一词，其人究竟如何，须待过些时日，亲眼一见，方可下论。倒是风白影……”

“山庄白影风，心上自在云，风郎不老颜，姣容云中君。”这几句话，但凡行走江湖的人都知道，里面讲的是云影山庄的两个人，一个是神秘的公子云息，另一个便是风白影。

所谓“风郎不老颜”，乃讲年已四十有余的风白影，却生了一副少年郎样貌。拥有不老容颜的人，本身就是江湖的一则奇闻，然而风白影不仅容颜不老，武功不凡，在商道上，亦是声名远扬。

云影山庄在风白影的经营下，各行各业均有涉足，作坊店铺遍及西秦各国，执事雇员不可胜数。论财力根基，虽不能与雍国祁连氏、舒氏，穆国云氏，襄国沈氏，卫国纳兰氏这五大巨商相比，但其实事求是，素性不事张扬，在商道上，声名口碑对比各大巨商也毫不逊色。

但风白影最盛名处，并非商道之佳，亦非容颜之异，而是另外一个原因——风白影是江湖传奇白衣墨凡中，风白衣的亲弟弟。

明仲道顿了顿，才道：“凭云影山庄财力之雄厚，还有他风白影声名，为何会心甘情愿去揽护、提携云息这样的后辈晚生？这正是最令人百思不得其解之处。”

当然，江湖中也曾有人猜测，云息乃风白影之子。彼时听闻消息的风白影在山庄里气得直跺脚，嘴里叫骂着他奶奶个娘，说他连媳妇儿都还找不着，哪来的儿子。后来流言被云影山庄遏制住，风白影亦放言声明，“云息是故人之子”。至于是哪个故人，江湖上又是一阵揣测，一度成为许多人茶余饭后的谈资。

济师齐笑笑道：“有些人身上之所以有传奇性，是因为他们总是做些人们想不通的事情。像当年柳清波自甘堕魔，风白衣跳崖自尽，这些事情很多人都是想不明白的，因为以他们的能力、声名、地位，江湖上多少人羡慕不已，望尘靡及。他们本不应该，也不必去做这样的事情。”

明仲道道：“但他们还是做了。”

济师齐笑道：“所以，一个活人成为传奇，也未必是件好事，搞不好呢，就丢了性命。”

隋云天附和道：“如今因为风白影，公子云息也算成一个传奇了。”

萧严光捋须冷哼道：“莫管什么云息不云息，此番段盟主举办武林大会，目的是为推选新盟主，以引领江湖各派人士，铲除邪教暗梅门。不知届时有谁能够担得起这个重任，这方是眼下至关紧要的问题。”

济师齐点头道：“萧兄此言极是，近十年来，江湖中人对暗梅门谈之色变，此事日后如何进展，推选出的新盟主是否有此领导能力，的确尚是一个未知。”

话说这人人谈之色变的暗梅门，并非一个门派，而是江湖上的暗组织。当今天下，南有生死境，北有暗梅门，这两大组织，在所有暗组织中最具实力，网罗了江湖中许多甚为凶残的杀手、刺客。

江湖上虽广传“南有生死境，北有暗梅门”，生死境势力范围的确偏于南地，但暗梅门势力范围广布南北地。话虽如此，却无人能说清楚暗梅门的力量究竟有多大，它就像潜伏在地底下的汹涌暗流，如同一个大网一般，涌贯整个西秦国域，不知源头在哪里，又被掌控在谁的手中。

暗梅门中，亦有细分，为人所周知的，是梅营。梅营中人个个面戴面具，行动诡秘。近四年来，梅营犯案五百六十二起，江湖中四百多名绝顶高手死于梅营之手。比如少林寺的上空大师、靖派前掌门铁雀掌门都遭不测。只要出得起价钱，不分善恶，梅营皆可为之取命，致使江湖中，人人闻声丧胆。

但是，暗梅门中最恐怖的，不是杀人如麻的梅营，而是另一个分营——暗营。梅营为明，暗营为暗，一明一暗，控制当今武林中各方有形无形的势力，祸害深远。是以，近十年来，暗梅门成了武林中最为人忌惮的名字。

隋云天兀自斟酒，自饮了一杯，心底盘算了一会儿，看着萧严光道："老萧，你别小看这些武林新秀，我听日前手下探听回禀说，这几日江湖上出现一名少女，年纪十七八岁，却可挥绸成棍，内劲直逼天地武圣境界。此番武林大会，是为了推选下一任武林盟主，这些脱颖而出的新秀人物，自然皆是上上之选。"为了引起众人探查兴趣，这话中不乏带着夸大成分。

"十七八岁少女？竟有武圣境地？"济师齐惊疑问道，"可知是何来历？"

暗杀端木茜茜、追杀其遗孤等这种为江湖人所不齿之事，隋云天怎会道出？他只含糊笑道："某也只是偶然耳闻，具体情况并不甚清楚。听说她一段白绸轻挥，便将一把精钢长剑断成碎片。"

"什么？！"众人闻言，纷纷一震。

隋云天此间提及，是为了引起众人怀疑，好借各方势力追查少女来历，目的已达到，便不想对此事深谈下去，旋即转向明仲道，移开话道："明宗主几位公子，在江湖上皆早有声名，听说明家二郎更是文武双全的人才，此番武林大会，必能鳌头独占。"

明仲道向来喜爱这第二子，此刻听得隋云天提及，亦是眉飞色喜，捋须笑道："犬子不才，一些虚誉声名，不足谬采。江湖之大，人才辈出，他尚需历练。此番武林大会，不敢与江湖英雄相争。"

此话已明言明莲枫并不参加武林大会之争，大约是明仲道怕与段之宏落了嫌隙。隋云天笑道："虎父无犬子，明宗主何必谦逊。不知明二郎修行可归？"

在江湖中，每一位武者修武有成后，都需较长一段时间的行走历练，寻求武境的突破。

明仲道道："数十日前收到他的家书，想必归来也在这几日……"

话未说完，阁外靴声橐橐，管事奔至阁前，与候在阁外的随侍讲有事禀告。随侍敲门，听明仲道应了声，才推门进阁，行近明仲道身侧附耳低语，旋即一旁肃立。

明仲道起身谢罪，歉然道："诸位略坐，恕某诳驾之罪，少刻来陪。"旋即步出阁中。

管事并未入内，俯身揖道："宗主，二郎主提前回来了。"

明仲道欣喜："当真？"

"二郎主已把行囊交给徐理事，说换身衣服，洗净风尘，随后便来迎宾阁，见过宗主与诸位前辈。"

少顷，一名男子转廊入院，朝迎宾阁走来，只见他头戴银簪冠，身穿雪青窄袖长衣，腰束素色绫带。面目温朗，丰神俊秀，行走间洒然自在，姿仪俱佳，端的是个令人过目难忘的翩翩少年郎。此人正是明家二郎明莲枫。

至迎宾阁前时，明莲枫竟未先见过父亲与诸位前辈，反轻身一跃上了房顶。众人忽见屋顶黑影一闪，这时才知山庄里潜入了"夜客"。阁内皆是各派高手，此人匿身屋顶，阁内却无人察觉。众人心中皆惊讶此人匿形术之精妙。

明莲枫提气前逐，冲"夜客"追去。

风劲月朦中，见那人身形极其瘦小，一身夜行衣被穿得宽拢。面罩黑纱，提息奔跑时，衣衫边角鼓风，脚跟掩入衣袍中，无法看清其举步动作，更莫说究查其修为端倪。

那人轻功绝佳，便如一团黑影，在朦胧夜色里掠了过去，悄然无声。明莲枫警觉大起，一路追将下去，连过了五条街，心头念起：这人轻功绝妙，我轻功不如他，这样追逐下去，恐是吃亏。

凭着谙熟地形，明莲枫暗换小道，早在一片竹林中，静等黑衣人。

疾风骤紧，黑影迎面正来。明莲枫半空截路，声震于空，道："阁下轻功不凡，却不知深夜隐首避面梁上问候，有何指教？"

此际万千青竹轩然林立，碧色如海，千叶萧萧。一根竹竿被压弯，展出流畅弧度。二人高立于竹竿上，一高一低，一起一伏。月色弥环，显出另一番空谧寂静。

黑衣人一语不发，腰身后折轻翻，宽拢黑衣迎风鼓舞。

明莲枫只当他又要逃，早已动调内劲，展开气场，封锁黑衣人退路。却见黑衣人凌空飞跃，手在腰间一抚，径直抽出一条银白色衣带，运内劲于上，衣带发出锵然脆响，竟是一把细薄软剑。

软剑剑身修颀，光泽银亮闪晃，不可逼视，如出涧雪瀑，疾速倾罩他来。

夜风吹过，风乍冷。被气场灌入的风，冷如刀锋，寒如冰魄。软剑无丝毫迟疑，直纵入明莲枫气场中，破开他的防御。贯穿内劲的软剑，一如毒蛇般起伏，嗞嗞作响，欲置敌于死地。

这人步形轻快，身子仿佛飘叶般，浑无重量。软剑灵动巧便，剑法应当走的是轻灵诡变一脉，可偏偏每一剑皆来得简洁朴素、直截了当，无迂回腾挪，更无多余的炫技和修饰，这样的剑法……明莲枫正值思索，软剑已荡开他所包围的无形气场，发出激荡的震动声。

黑衣人毫不迟疑，剑气一凝，剑势一化，剑招一改，径直刺向明莲枫胸口。

这一番直刺看似简单，却留有后手。剑的角度、速度、力度均灵动犀利，变化万端，时而若高山飞瀑，延绵不绝急湍而下；时而如静溪流水，碰触石块轻溅水花。全力刺出后尚能防备对方挡防，简单招式变幻出繁复剑气。

化繁为简，看似普通却是凌厉无比，直接了然却又变幻莫测。就像人，只有一颗心，却变幻出无数的阴谋算计。

明莲枫很惊讶。

他在江湖上历练多年，对这剑术之奇岂会不觉？心下暗赞此人剑技堪绝，能有与这般用剑高手过招的机会，倒也极是难得。

明莲枫步法倏变，毫无迟疑，一招蜻蜓点水运劲足尖，轻点竹叶，借竹梢反力，朝后跃退，避开一剑。

竹林风劲起，萧萧竹叶被气劲震荡飘落，卷入气场，漫空疾舞。

黑衣人轻功造诣胜于明莲枫，轻点竹竿，往前追击，向他左前方逼进。手腕轻翻，剑应灵犀，直刺而去。

衣衫为剑气震得鼓舞，明莲枫挑眉展颜，他要的就是黑衣人追击。只见他身子一侧一掠，避开黑衣人剑刺劲头，紧接着，一个擒拿之势顿然击出，猛地擒架住对方手臂。明莲枫就势一拖，另一只手变形为爪，已迅速朝对方脖颈袭去。

速度之快，瞬息之间！

黑衣人虽落入他的陷阱中，但脑袋反应极快，敏捷朝后仰身，明莲枫袭去的手堪堪从黑衣人面门擦过。

黑衣人利索避开，同时毫不迟滞，反脚一踏，使出飞身渡云后，接连后翻迅捷利落。翻身之际仍不忘攻势，软剑如灵蛇吞吐，朝前直击明莲枫。

对方变招之快，步伐之夭矫，叫人防不胜防。然明莲枫毕竟是明莲枫，手猛然一缩，劲袖一翻，内劲夹势对向软剑。

明莲枫一劲袖击出，黑衣人剑势推进慢了须臾，剑锋堪堪划破明莲枫胸前衣襟。倘若他出袖稍慢，这一剑兴许就正中心口，此间之惊险，不言而喻。

在黑衣人身上吃了亏，明莲枫不敢小觑，内心暗叫妙绝：如此疾驰，高立竹梢上，却如闲庭信步，身形盈稳，步伐无一丝慌乱，这身法着实了得。

此番过招，他深知这黑衣人轻功极佳，且软剑之用、剑术之精、身法动处，三者浑然一致。唯独一点，内劲修为尚稍逊一筹，不过御气阶段，是以气场不够强大，这是黑衣人的弱点。明莲枫心下清明，改变战术，内劲运转全身，将周身遮拦得毫无破绽。

竹叶被气场逼动，赫然急舞。明莲枫周身包围气场，迅猛靠前，单手一翻，两指恰恰夹住对方攻来的软剑。

黑衣人仅露的双眸中冷光乍现，手猛抖，剑锋斜，想摆脱明莲枫的两指之力，动作狠辣，迅疾凌厉。不过明莲枫已有预料，他的力道根本不在两指上，松开剑尖，一脚避退，一个跨步钩竹稳身，另一只脚踢向黑衣人的小腿。

黑衣人闷声踉跄，又加之方才那剑用力过猛，身子难以收势，便要跌落竹梢。明莲枫侧身，运劲在腿脚，急忙稳住下盘，趋身向前，将对方执剑的手腕握住。

黑衣人身法委实敏捷，明莲枫才拉住他手腕，他当即已得借力，迅疾弹身一翻，至明莲枫后方之上，半空飞踢其后背，欲将他踢下竹竿。

明莲枫耳辨风声，足尖钩附竹竿，整个人并未转身，而是倾斜身子朝后，仰首，双手运劲，过脸往后上方一推，正正推在黑衣人踢来的脚上。

黑衣人被力道反送，险险便要跌落下去。明莲枫脚点竹竿，回身提气前趋。这次他得了教训，不再拉他，而是单手一转，不仅从腰上“扶住”了黑衣人，拿住其手腕脉门，还夺过黑衣人手中的软剑。他以软剑尾柄顺势拂开黑衣人的黑面纱，不曾料想，竟是一位女子。

其时，月色皎如凝霜，夜风拂漾，黑纱飞扬半空。

明莲枫手揽黑衣人腰身，飘落地面。

黑衣人的发丝飘起，掠过明莲枫的唇间。百花香味，幽幽入鼻，十分好闻。他不自主地抿了抿唇，一缕香甜，顺着喉咙口，直涌心胸。

无法抗拒。

明莲枫心神一荡，垂首而视，目光恰恰撞入那一双凤眸之中。

瞬间的惊动——眼是水波横，眉是山峰聚。素颜净冰雪，香肌晕玉白，三分绝色，七分倾城，好看得叫人不忍移目。

前人书中所谓的惊艳，大抵便是如此了！

明莲枫失神，黑衣人却没失神，五指变爪如利刃，劲气直逼他咽喉。

作为一名在江湖上历练多年的武者，即便失神，也不可能完全失去防御。明莲枫将夺来的软剑横举，银芒乍现，堪堪挡开少女杀招。接着，他一个错步擦身，已从少女身后拦腰，径直将她制于怀中。

微风中，少女长发如泼墨，几欲委地，眼下嫩色伤疤像只颤动着的蝶，雪白脸上一点红，满眼皆是艳。

竹林中，有风卷过，竹竿如鬼手，无形搔抓。心中有物，密丛丛，如水草般纠缠、冒涌。明莲枫深吸一口气，拾掇好心情，稳住心神，剑眉疏朗一挑，随即道："你这女子委实毒辣！方才若非我先松手，两指岂非让你削了去？此刻我若缓了一步，咽喉岂非得被你掐断？"

少女凤眸微垂，眼睛瞟过明莲枫落于腰间的手，唇间无声泛起弧度，意态清冷，未有笑意，反带杀气："手若不放，毒血攻心，少的就不是两根手指，而是命！"

明莲枫稍稍运气，心口一窒，觉得腹中空荡荡，体内真气似有所阻，不能运行。因诧异，手无意一松，少女趁机逃离。

"你若不再纠缠——"少女声音一顿，冷视明莲枫，语气里毫无情绪，"我可给你解药。"

明莲枫在江湖中多年历练，心如明镜：她既有机会下毒，大可下致命毒药，趁机离去就是，何苦还这般与他赘言？显然并未真心动杀机，遂也不惧身上中的是何毒，淡然道："姑娘技艺精湛，要是能使姑娘行于正道上，莲枫区区小命一条，又何足挂齿？揣而锐之，不可长保。若是心狠手辣，对姑娘修行无几多好处。"

少女眉头一蹙，戾然喝道："啰唆，把剑还我！"

明莲枫笑容复起，垂眸打量着从少女手上夺来的软剑。

剑纹样式素净古朴，剑身修颀，轻薄且软。远远看去，好似一湾银泓，一束衣带，然细细而视，剑纹上隐隐透着枣红色迹，是曾经杀伐饮血的见证。剑身朝剑尖回拢，尖锋冷锐，锋利雪亮，在盈盈的月光下，有折芒晶莹，光华闪动，一如凝霜冰玉。

剑柄执处亦与寻常剑柄不同，似钩如环，以银丝环绕，若收在腰间，形如腰饰，恰到好处，不是近身细查，几不可见。靠近剑柄处，刻着两个古字——凝霜。

"好一把凝霜！"明莲枫抬眸看她，笑语惊叹，屈指一弹，软剑在他手中倏忽而动，犹如灵蛇。

少女姿态不疾不缓，移步行至他跟前，言语十分简洁："还剑，或再打，任阁下抉择。"秀眉轻微上挑，双目无波，冷然之色如影随形。

"这是把好剑。"明莲枫目光在她脸上转了一转，"在下无非借来一看，又怎会夺姑娘所好？"说完，他持剑手一伸。

少女走近取回剑，明莲枫另一只手借机擒她的手腕，近身贴上。修为被禁，身法却还在。他目光逼视，气息吞吐，淡淡道："一直觉得姑娘眼熟，我们可曾见过？"

"没有。"反身一避，少女已退出明莲枫的气息范围。

少女并不想与明莲枫多加纠缠，明莲枫武艺精湛，方才跟他交了手，自是清楚不过。相斗间也是他处处相让，才不至于惨败。她知道他心地不赖，所以并没有真正下毒，下的只是凝功散。

所谓凝功散，跟匿气丸有异曲同工之妙，没有什么毒性，不过是暂时收敛、凝制住体内真气，两个时辰之内无法运劲，如同武功尽失，有隐藏修为之效。

少女将软剑收于腰间，顺带从袖中掏出一冰纹小瓶。

素白薄玉，玉上一枝玉兰素绽。少女轻扫一眼，递与明莲枫，道："解药，喝下后打坐半个时辰，其间不可妄动内力。"

细声入耳，利落干脆。少女言语方罢，兀然旋身，足踏竹竿，借力轻翻，几个起落，身子融入无垠的竹林之中。

人影杳然，明莲枫垂眸打开小瓶，一股曼妙香味端然入鼻，像那少女衣间暗香，直缠入心间。瓶中一泓玉色晶液，在月光照漫中莹然显隐，腻若松脂，不像是什么解药，倒像是佳酿。

明莲枫仰首饮尽，端详着手中的白色薄玉小瓶，眼底深处竟都是她的影。

她的模样柔弱，看起来美好与无害，却是冷煞内蓄，出手狠辣。她凤眸秀长，秋水般灵动潋滟，却蕴了无情冰冷，一如深冬寒潭。

她便如此在他软弱之际，乘虚而入。人最软弱的时刻，就是心有动容。她的毒不是毒，她的人，才是毒。

明莲枫心下苦笑。自入江湖多年，他倒是第一次栽在一个女人手上。

竹叶晃动，簌簌作响，地上斑驳。

又起风了。

此夜色，恍如一梦。

二 / 密云不雨

明光府楼阁建筑，皆精雅别致，穷尽雕丽，自是筑匠大师手笔，处处庭院盖得亦比寻常府邸大了一倍不止。

月色轻薄，穿云镀银。丝缕荧光淡照，照上雕楹碧槛，照上假山飞瀑，照上九曲长廊。迷离光色之下，有花木扶疏，有草叶清冷，有倦鸟归巢。今夜无昨夜的暴雨滂沱，但四下依旧透着股逼人的秋寒。

明莲枫追黑衣人去，虽空手而归，明仲道也无多责怪，只调动明家守卫加紧防备。而此时府中西角因地处偏僻，守卫少至，与别处相比，反倒静谧。

西角一座园林之后，假山星布，亭台林立，互为掩映。其深处，有小楼高阁。楼阁四周环围奇花异草，布局紧凑。清风过处，异香四溢，不知是何种奇花在此开放，令人闻之心魂皆醉。

小楼上，四盏银灯高悬而照，顿见流光飞彩，映着楼阁飞匾。飞匾以纯黑为底色，四周压金镶边，其上三个古篆字——醉棋楼。

楼阁之中，珠帘隔开内外室。内室隔着帘，瞧不清情景。外室有古琴、棋枰，于两侧摆放，榆木几案整齐搭配。案上玉盏空置，灯花照影。地上铺着布毯，摆放席垫。

一名男子白衣锦带，外罩秋色斜纹绫素纱罩衣，长身如玉。灯光照上男子面目，亮光反射。

原来这人面上戴着半面银质面具。面具遮盖额头到鼻翼处，又从鼻翼延伸至两耳下端。双眼处各开细缝，露出了一对眼。面具上方，有一朵黑色的梅花，花开八瓣，煞是诡异。

银面男子行来走去，整个人略见急色，似在等待。

月破云丛，一抹身影足点花尖，如一缕淡烟，飘然进了小楼。

身影所过处，花艳依旧，无一粒尘埃荡起，无一片花叶摇曳。此人轻功之高，足以令江湖众多武者望尘靡及。

楼阁中，银面男子浑然不觉声息，无意转身，才发现有人立在朱栏之侧，负手而望围阁一片花影。

那人身着黑色宽袖大袍，宽袍上有连帽罩首，宽袖迎风而动，身形挺拔，内蕴一番震慑众人的威严气质。

银面男子惊愕，心下一凛，乍然定住斯须，才急忙掠襟伏地叩拜，头未敢抬，道："属下不知二门主亲临，未及远迎，望二门主恕罪。"言语中略带惶恐。

黑袍人不回身，目光定在花丛一簇。花朵色泽红艳，如欲滴血，妖娆绽放，细蕾如丝妩媚舒展，暗香氤氲随风，散发空气之中。他未搭银面男子的话，喃喃自语了一句："这里的花不错！"

银面男子垂首缄口，未得他示意，亦不敢起身。灯光浅照处，见其银面具下露出的嘴唇紧紧抿起，紧张之色昭然而显。

黑袍人略微侧首，高悬灯光照着他的侧脸。惨白面具上暗梅一勾，并蒂双蕾，银光幽影下，平添几分鬼魅。他道："你将制'幻魂'中的一味药种在此地，便不怕有识物者发现端倪？"声音清寒、疏离，威严并慑。

银面男子心头带惊，紧张回道："主人放心，这花间杂在众花之中，常者难以发觉其异。即便有人细心察觉，一旦近身，除非他是万毒不侵之体，否则也难以走出这明家了。再者，这小楼主人远在他处，常年不归，便真有什么破绽，被人发现不妥，怕也只是怀疑与这小楼主人亲近诸人而已，怀疑不到属下身上。"其算计中的恶毒犹若冰山寒刃，令人透心一寒。

黑袍白面人转身，将跟前俯仰唯唯之徒仔细一阵打量。

银面男子膝语蛇行，不敢举首，直觉一道目光朝他罩笼，穿透他的血肉，看透他的心魂。这二门主的手段，门中谁不清楚？倒不是他杀人手法多残忍，而是，他杀伐决断、严执门规，容不得半分错处。门中犯错之人，必入警念楼，无一容情。这警念楼数百种刑罚，但凡入楼者，不死即残。被他目光这一阵打量，银面男子心头又惊又骇，宛如骤临毒蛇渊窟。

不知过了几多时刻，白面人才将目光移开。

暗梅门中，为何每个人都必须戴着面具？那是因为，你想在其中取得高位，就要学会看透别人层层遮掩的那颗心。

这世上，谁不是戴着面具存活于世？或诚心正意，或道貌岸然，或唯诺惶恐，或矜纠收缭，这一张张脸又何尝不是面具？

白面人缓缓开口："十二宫主心思如此缜密，无怪门主向来对你看重，本座区区一个副门主，如何敢当得十二宫主一个'主人'之称？"他的语气虽是不兴波澜，但字句中之森然，委实令人胆战。

暗梅门中，两名门主，按白面具上花蕾单双区分，但花蕾相靠极近，非门中高职不能分辨。

银面男子卑谄足恭，道：“尊主曾言，门中之主无正副之分，属下万不敢逾越。”

“有自知之明的人，多数是聪明人，可惜世上聪明人太多，而算计的却总是些无用的小聪明。你此刻虽是俯首帖耳，可若有朝一日实权在手，又岂会无逾越之心？”明明是震慑人心的语言，白面人却反而用温和语调讲来，转瞬将所有森然收敛，涓滴不滞。

银面男子闻言，僵跪在地，道：“主人明鉴，贱下惶恐，万万不敢心怀有异。”

白面人轻轻一笑，环视楼阁中各番物什，负手而行，安步闲言道：“你不必惊慌，本座无非随口说说。何况门中，向来不指望谁多忠心，忠心而愚，那又有何用？胸有本事，方能成事。本座虽不指望你们能对本座有多忠心，但不代表你们可以对本门不忠心。谁要是敢成了门中的刺，那便必倾力拔除不可。十二，本座给你个机会，不知你敢不敢接？”

虽是问句，语气里，却哪有商榷余地？

银面男子谨言道：“全听主人吩咐。”

“此次门里有刺，你来将它拔了。武林大会之期将近，助宁入平正到紧要，切防祸起萧墙，自乱阵脚。门中虽分二营，但暗营没有营主，乃十二宫各宫宫主分掌各事，由本座直接打理，不过……”他目光略垂，停在银面男子身上，“等到平国正式划入宁国域图，你，就是暗营营主。”

银面男子猛地抬头，这突如其来的惊喜让他呆愣片刻，旋即才叩首道：“多谢主人提拔！”

白面人在琴架边停下步子，伸手一撩琴弦，一阵连音铮然，清脆入耳。琴声响动间，白面人话音一转，却道：“你也莫高兴太早，这番担子甚是沉重。且不说这刺藏得深，不能轻易寻出，便是寻出后，如何利落解决，不牵扯全局，也不是件易事。”

银面男子道："多谢主人提醒。"

"武林大会在即，四图一旦到手，事情理毕，明家便不可再待。届时如何脱身，你须早做安排。另外大门主派了水木两位护首助你行事，他说必要时，可唤梅营相助。"白面人近他跟前，递给他一块乌金令牌。

令牌简洁之至，牌上无任何字迹，只有一朵墨色梅花赫然其上。

银面男子双手恭敬接过。令牌的丝丝凉意渗入肌肤，让他的手不禁有些颤抖，但这颤抖不是因惧怕，却是因激动。这枚令牌已是暗营营主的象征，就差功成之后的一个正名。

"叩谢主人。"银面男子再一次叩首，姿势有着极为恭顺的谦卑。

白面人向侧轻轻一掠宽袖，示意他起身，随即负手身后，淡淡道："今晚闯入明家的那黑衣人，可就是苏婠婠？"

银面男子立起身，摇头道："今夜这黑衣人想必只是来打探消息，是以一经发现便立即逃离。听见者言，此人轻功之快，动若残影，连明莲枫都在此人手上吃了亏。苏婠婠修为虽不低，却没有这么好的轻功，也尚非明莲枫对手。今晚黑衣人不是她，属下已联系了梅营在昭华的堂主，由她派人马追踪这黑衣人。"

白面人问道："看来你对苏婠婠倒了解不少，你已见过她了？"口吻平淡，仿佛茶余饭后闲来一念的言语。

银面男子却略一迟疑，心中已转过千思万绪，最后选择如实答道："不瞒主人，属下私见苏婠婠之事，是依尊主的吩咐，利用她试探图符所在。"

白面人起了兴致："哦？怎么个试探法？"

银面男子道："她若不出手伤几个人，让明仲道怀疑她的身份，以明仲道的行事作风，那般谨小慎微，不会轻易落入局中。"

投石问路！白面人转瞬明白，侧身看向阁楼之外。

冰轮明月，澈皎莹洁，仿佛要给阁楼外招展的异花笼上一抹轻纱。层层叠叠，一如罗网。动动荡荡，世人皆在这无形编织成的罗网中。

白面人自语般："所谓算谋之道，千章万句，不出乎'多方以误之'一句耳。谋贵用疑，一招虚张声势，好让明仲道产生狐疑之心，暴露图符真正所在之地。这一番来去，还真是煞费苦心。"他声音略略一顿，"四图、四符、兰心坠、阴阳谱，开启玄天策的必要之物，四图中有三图都在明家地牢之中，也难怪他费这么大心思。"

话语中，没有一丝情感的起伏，如若不细细分辨，根本无法听出其中一丝淡淡的嘲讽之味。

银面男子不敢接他的话，尊主如何行事，门中除二门主，何人敢轻易出言置喙？只在一旁垂首站立，静默不语。

悬月淡辉，灯荧流光。白面人背影幽然，虽是黑袍罩笼，仍显飘逸无尘，让人不禁想去探究，这面具之下，究竟是怎样的一张脸，怎样的一个人。

银面男子顿时思及一事，心头斟酌片刻，才躬身迟疑道："公子云息将至明府，届时是否该监视留意其动向，望主人提点。"

"以静制动。"白面人淡淡道，"公子云息，此人深不可测，不可妄意出手。"

银面男子不以为然："属下略有耳闻，云息虽广有善行，然而修为低微，之所以在江湖上能有几分虚名，无非全仗风白影，只怕还不足为患。此次他参加武林大会，想必也是不想拂了段之宏面子。"

白面人闻言转过身子，面具眼缝中，目光清寒，锁住银面男子，淡声道："十二，轻视你的对手往往有可能会死得不清不楚。且莫论修为高低，当年，大门主本想将白骨七煞网入门中，却被云息抢在前首，单凭一条肉舌，便说服白骨七煞为己所用，这份能耐便是常人不可抵及。云息未入昭华城之前，本座派过几个细作混入盗贼之中，前去试探，然而时至今日，莫说消息，派出的人踪迹全无。云息未及弱冠便盛名江湖，且素来形迹诡秘。此次会突然正面出现，定非是因为什么拂不拂段之宏面子。段之宏面子再大，都抵不过'白衣墨凡'四个字。这么多年，暗梅门与云影山庄素来无纠葛，云息若没出手，千万不可打草惊蛇，让他动心思来对付本门。此番他既要来到明府，必定有他的目的，但不论他目的如何，尔等行事切记小心，莫叫他盯上。现如今最主要的，是要确保平国之谋。有道是‘地势便利，以其下兵于诸侯，譬犹居高屋之上建瓴水也’，平国地处独特，这块兵家必争的肥肉，可不是那么好拿的。明白了吗？”

银面男子忖道：“梅营那边有一份生意是针对云息而去的。”

“梅营有它自己在江湖上的规矩，既然有人出得起钱，那梅营便出得了手。但它的出手并不全然代表暗梅门。更何况，云息的主意江湖上谁人不打？”白面人淡声回应，听不出年岁的语音中略带三分清漠，无波无澜，“将计就计，实而虚之，梅营的营主知道该怎么做。”

阁前风至，微风半牵衣袂，也牵动着四角高悬的银灯。

灯影沉浮，落在那白面人的面具上，光影飘摇，将那朵诡异的墨色梅花牵动得似幻似真。

银面人瞬目抬头，眼前已空无一人。

三／皮里阳秋

昭华城靠南是若耶山，层峦叠嶂；过昭运河偏西一脉是逶迤连绵的狼山，离开了狼山便能从侧道进昭华城。直过狼山是入昭华城最近的路，却因艰难，商人行者宁愿绕路远走，多费些钱粮，也不想让自己成为山狼的一顿大餐。

入昭华东城正街五十里，便是桐乡居。不管进昭华东城的人要往哪个方向走，桐乡居乃必经之地。

辰时三刻，街尽头出现了一辆黑漆大马车。

四马并驰，速度极快，所过处，人潮向两边分浪般开出道来。如此大一辆马车，四匹马，只得二人驾，足见驾车人驭马之术十分了得。虽车驰马骤，马车却是四平八稳，未见出现半分乱子。

街衢上行人车马来来往往，出入不停，不过像这种巨型马车却不常见，更不常见的是，那技术了得的赶车人竟只是两名总角少年。大伙儿一面退避躲闪，一面又不禁翘首顾望，多看几眼。

其实马车外通黑一片，除了大，并无甚夺目之处，诸人看的不过是俊俏瘦弱的两名少年。

赶车的两个总角少年，正是清风和清池。

车厢里，只有孤男寡女兼一兽。

墨生乖巧地蜷缩在角落，呼呼大睡，而身为女子、身为客人的慕容馥，却全无半分拘谨。只见她两腿相盘，轻微抖动着，一手支在黑漆朱绘凭几上撑着脸颊，一手取着黑檀弯脚方案上的糕点，意态悠闲地往嘴里送。

这马车厢比普通马车大上数倍。窗纱特别，布料用的是薄蝉纱，位于车内的人无须卷帘，便能清晰地看到马车外的情景。厢内各角边上，各悬置着一颗硕大的悬珠，厢内一景一物映照分明。

座间皆铺盖着貂皮缝制的精致软垫，貂皮柔软舒服，是上等的雪貂皮。一边是可供烹茶的羊蹄脚长形小茶几。小茶几所用木料质地润和，丝纹通达细腻，且有暗香幽浮，是金丝楠木。

黑檀弯脚方案上置了小巧的纹兽香炉，香炉样式古朴老旧，铜质，图文粗简。慕容馥错眼瞥到炉上一行标记字样，才知这不甚起眼的老旧香炉，竟是前朝大夏皇族用品，价值不菲。

案侧置着几样红绿茶铺垫，盛装糕点的碟子却是木质，涂了漆，慕容馥瞧不出是哪种木质。只见木碟子上，精巧地雕着几朵镂空素净花样，盘内各装着玫瑰软糕、梨汁珍果、芝麻香酥……诸类北地难见的精致小食。

一路上，慕容馥浑如饿鬼投胎般，满肚子不知塞了多少。出了狼山，本已是安全，但慕容馥一听说云息也要往桐乡居去，目的地相同，索性赖在人家车上不走。

云息涵养好，顺道载她一程，也没什么好推辞的。慕容馥一见他应了，更是肆无忌惮。入了车厢，左看看右玩玩，没有半分拘谨客气，反倒当成自家一般，一副反客为主的样子。云息一路翻着书看，也不去理睬她，倒是清风在外头一边驾车，一边同清池喋喋嘟囔着，说什么宠辱不惊的第一要素，果然就是不要脸。

慕容馥听了，竟拍着手说委实有理，忙探出脑袋问这话由来。

清风被她惊得骇了一下。他说得小声，是附在清池耳边低语的，不想她竟这般耳聪目明。毕竟背后道人之非不厚道，更非什么好行径，他心虚地颤了手，马车陡地轧到石子瓦砾。好在车轮上都绑了蒲草，清池也控制得好，不过是稍微颠了一下而已。

此刻将糕点细嚼吞下后，慕容馥眉开眼笑，满口啧啧赞道："真不敢相信，这些点心都是外头那小兄弟做的，小小年纪，不仅厨艺好，手也巧，色味俱全。"她随手又取了一块，一口咬入嘴里，蓦地想起一事，侧首看向云息，口齿不清问："我先前听得你说，来这昭华城是为了武林大会，武林大会是干什么的？好玩吗？是几时举行？"

云息书早已收起，此时手肘靠在凭几上，手指托着额，正闭着双眼。他的睫毛委实长，而且密，闭眼时，阴影都在眼下带出一大片来，更显得皮肤白净，有种与生俱来的俊雅。

云息本是想小憩一会儿的，但慕容馥闲也闲不住，一直零星地置弄出些声响来。他素来是浅眠的人，从小在警惕的环境里生存，一点声息就无法安心歇下，此刻便只能闭目养神。忽听她问话，这才徐徐睁开眼来。可惜入目便是"不堪入目"。

这些年他去过许多地方，走遍大小诸侯国，亦见过许多女人，要么柔心弱骨，要么娟好静秀，要么活泼灵艳，要么雍容端庄，甚或有跋扈刁泼的，可是眼前这个女人，他真是想不出一个词来概括。刚洗掉一脸污灰时，眉眼间一股恣睢无忌的英气，倒是有几分独特，但是——

唉，赞美止于但是。

慕容馥看他莫名地端详着自己，眼里有琢磨的意味。她心底是有些困惑的，她先前明知他想小憩一下，她偏偏故意弄出些声响来扰他。可他倒也奇了，不仅不生气，反倒一点反应也没有，一副任她去的样子。对着一个没有关系的陌生人，竟也这般容忍宽厚？

她瞧着他，那一双净澈的眸子，干净得同镜面儿似的，波澜不兴地映出她的影子来。她一时觉得气闷，仿佛没有搅弄点波澜起来，她倒浑身不自在了。她忽地支起身，眯着眼，带着坏坏的笑凑近他，道："怎么，是不是瞧中本女侠了？瞧中了就说出来，千万别憋在心里。"

她手点了点他的胸口，旋即纤细手指向上，顺着他脸部轮廓带过，整个一副登徒浪子模样，涎脸涎皮笑道："似云郎这般皮相，本女侠断然不会拒绝。"这时又换了一副正经姿态，拍了拍胸口，"暴殄天物之事，我慕容馥素来不屑为之……"一番言语，说得真是"正义凛然，义正词严"。

鉴于这种类似的调戏情况，自慕容馥上车以来，已经发生了不下数十次，而你千万不能认真，认真你就输了。

云息面上舒然，对她的言语置若罔闻，也不在乎她的举动，只是轻轻一侧脸，便略过去了，在指间把玩着一枚羊脂软玉，玉的质地温润，光影里都反射出亮泽来。他闲闲应她最先的问句，道："武林盟主段之宏号召天下武林英雄，聚首昭华西城明光府，十月初一举办武林大会，将推选下届盟主。"

"咦，段之宏？"慕容馥心底咯噔了下，坐回原处的身子便一顿，微不可察地。很快她便稳了心神，旋即已寻了个舒坦坐姿，目光专注于案上的茶垫子，一边挑着自己喜爱的口味，一边有意无意拿余光睨着云息，用漫不经心的腔调继续问："可是那帝都段家？"

云息安坐所在，目光含笑视她，却是鉴影度形，心怀审视，面上倒不做表露，只颔首应道："正是。"

慕容馥道："段之宏举办武林大会，怎的不在他的侠云山庄举办，反跑到这昭华城，岂不舍近求远？嘀，他倒有那个闲情。"说时，终于从数碟点心中挑选出自己喜欢的来，手捧木碟，整个人便往后垫一靠，一副偎慵堕懒模样。

云息只看着她，面对这个初识未久、不矜细行，且无丝毫身为客人自知的女人，他不生芥蒂，反意兴盎然，问道："你认得段家？"

慕容馥神舒意懒，颇不上心道："武林段家大名鼎鼎，就算是山野小儿都知晓其名，我又不是痴子，怎会不晓？"

"哦——"云息似有意拉长尾音，继续道，"武林大会虽说是段之宏邀请，不过主办方为如今天下两大世家之一的明家，明家之地位，也未必不如侠云山庄。"

他凝了斯须，又接着问道："慕容姑娘也要去吗？"

谈吐间笑意盈盈，这一问，却说得别有用心。慕容馥觉得怎么答都不妥当，做出一副若有所思模样，道："你说，武林大会好玩，还是你好玩？"

对方尾音未落，云息瞬间一愣——慕容馥前一瞬间还很平和地朝着他爽然一笑，后一瞬竟骤地靠近他，朝他脸上轻咬了一口。

饶是云息素来自持，也不禁被这突如其来的惊世骇俗行径惊了半晌。

慕容馥手上尚拿着咬了一口的糕点，见他被自己一吓，惊得目瞪神僵的模样，乍时扬眉，粲然肆笑起来，一手指着他道："一个男人长得你这番秀色可餐，比这手中糕点更叫人忍不住想咬一口。没办法，我向来自控力差，最经不得诱惑了。"

笑声肆无忌惮，满满是得逞与嚣张。这种大胆的背后有什么？或者，这样的嬉闹与笑容，是想掩饰什么？他一时起了兴致。笑容是最难琢磨的表情，开心时可以笑，难过时也可以笑，任何时候都可以，谁也无法轻易琢磨得透笑容背后真正的情绪。

云息鉴貌辨色，心事杂芜，非但不介意她的无礼举措，反趋前伸手，拂开她唇角的一簇糕点渣子。

她的唇色是浅浅的粉，映在略显苍白的脸上，好似那白茫茫的一片雪海中，巍颤颤绽开的一朵浅粉桃花，稍做错目便会幻灭消失，经不得多少雨打风吹。他此刻才惊觉，有种女子的艳，不在眉目，竟在细处。

云息垂眸，看着指尖抹下的那点糕点渣子，勾起唇角，朝她别有深意地一笑。在她的目光里，他将手指尖放往唇边去，伸舌舔了舔，暧昧地道了句："嗯，不错。"一对眸子肆无忌惮地盯着她瞧，似乎有种扳回一城的餍足。

慕容馥心一凛，他这神容态度，叫她莫名地毛骨悚然。四目相对里，似有波澜暗涌，仿佛不见刀刃的两两对峙。

纵然心底百转千回，慕容馥的面上倒也无异态，展颜笑开道："其实你说你一个大男人，长这么好看有什么用处？要是眉毛稀疏些，鼻子塌些，唇厚些，整体上长得丑些，那得多有人气，多有亲和力呀！"

云息长眸微挑，倒是惊讶于她的镇定，跳过她对自己容貌的一番"修整"言语，回答她之前的那句话："江湖英雄聚首，场面应当会很热闹。至于……"

慕容馥继续勾勒道："至于这双眼睛……"双眸直勾勾地盯着他打量，好像是在认真思考眼前男子这双眼睛，究竟该怎样变化才能丑些，语气便顿了顿。

云息不搭理，自顾自地道："至于好玩不好玩，但凭各人看法，慕容姑娘若寻不到其他胜景乐处，想来这武林大会也是颇有看头的。"说时，大约是承受不了这赤裸裸的目光，便侧了脸，从她的目光中抽离，牵袖斟了茶，端起案上白釉茶碗来，抿了一口。

"该怎么改才能不好看呢？这可难倒我了。"慕容馥坐回原处，手托着腮，一脸困惑的样子。忽地，她又直起身子来，是想到一桩前事，急忙道："哎，你知道吗？小时候，爹爹告诉我，透过眼睛，就可以看清楚人藏匿深处的那一颗心。"

本来睡觉中的墨生忽地撑起脑袋，抖着腮须，看着身边说话牛头不对马嘴的两个人，接着又不能理解地歪了歪头，耷拉着脑袋睡去。

两个人，一个说东，一个说西，竟自顾自地说得兴起。在前几番不成功的言语转移里，云息秉着坚持不懈的原则，继续道：“明家是——”

这一次，他未说完，见一只纤细的手伸往眼前来，便给慕容馥直接捂住嘴：“可是我怎么正看反看，都觉得你这眼神像——”明眼人都能看得出她笑容里的狡黠，“陪着我长大的大白耶！”

“大白？”云息搁下手中茶碗，拂开她的手，一时好奇，反而忘记了自己本来要说的话，望向她，眼底是询问之意。

这胡说八道扯了半会儿，也是口干舌燥，慕容馥随手提壶倒茶，捧起茶碗，仰脖喝了一大口，顺带用手背一抹嘴。见云息正等着她回答，眯起眼，煞有介事地“嘿嘿”一笑，解释道：“陪我长大的朋友中呢，有一个叫小九，有一个叫大白。小九是只九尾灵狐，而大白是只猴子。”

“猴子？”云息挑眉，从一旁取了布巾擦手。

方才慕容馥倒茶时，茶壶提得太高，他的手搭在案上，茶水都溅到他手背上去了。哪怕如此，他的面上，依旧没有半丝类似厌恶或者鄙夷的神情出来。

慕容馥杏眸中满是兴味，扬着下巴，神情骄傲道：“大白可跟寻常猴子不一样。狐狸够狡猾了吧，野狼够凶狠了吧，但它们要想从大白身上得好处，简直比登天还难。起先我刚遇到大白的时候，看着它的呆样，觉得它忒正经、忒老实、忒可亲了。当我吃了亏后才知道，别看它一副傻帽儿样，其实滑头着呢，心里头那算盘，可真是打得啪啪响。啧啧，像大白这样的猴子，普天之下只怕再也找不到第三只。”

这第二只，当然就是你啦！

她特地绕了一大圈，无非就是想说他表里不一。偏偏云息一副听不出她弦外之音的模样，反是煞有介事地一脸惋惜，道：“只可惜啊，能陪着你一起长大，这样‘青梅竹马’的福分，息是享不到了。”

她既说他表里不一，他就送一句“青梅竹马”，也就是在说她也实属同类。这人好厉害的口嘴。慕容馥心底兀自琢磨：自我上车以来，百般出格举动，无非是在试他的反应、他的修为，可他偏偏就在那里任我为所欲为。这人要么对我真无戒心，要么就是太会伪装，但不管是哪一种，我都要多个心眼，所谓大风起于青萍之末，防微杜渐总是好事。

慕容馥想及此处不由得展颐，涎脸饧眼，“嘿嘿”地笑着：“不急，不急，你我才相识，有些福分，来日方长嘛，看来这趟昭华城我来得很对。”

云息稍隐去唇边的笑意，低头整敛衣襟，闲闲问道：“你既不为武林大会而到这昭华城，原先却是因何故而来？”

慕容馥面色无波，自然应道：“我和我妹妹呢，不久前才从山里出来，中途我离开去买了些东西，两人约好在昭华城桐乡居相见。山中人不知繁华事，我也想趁此机会来见识见识这第一城的风华。”

云息闻言，一时嘘叹道：“虽说是宁国第一城，可如今的昭华城到底比不得九年前。闻说九年前，夏侯府被吞埋于烈火中，因时值中秋，各地夏侯家的族人皆在府中，阖门上下，全都葬身火海了。”他垂着眼，一副遗憾惋惜的模样，“之后，整个宁国便如缺了根顶梁柱一般。其实，要说繁华，那得九年前才算有些看头。”

“这样啊。”慕容馥口气无关痛痒的，脸上也不过蹙着眉，倒不见得有什么情绪，又道，“既然来都来了，多看看，见见世面，算是长些见闻吧。有个词好像是这么说的，不能孤什么闻嘛！”

云息道：“慕容姑娘想说的是‘孤陋寡闻’吗？”

慕容馥忙不迭地点头：“是是是，就是这‘孤陋寡闻’，其实我知道这个词的，就是一时间忘了，忘了，从前一直有人夸我学富五斗。”

车外清风闻声，哧地一笑，又忙伸手捂住嘴。清池横他一眼，却紧抿着唇，不叫笑容扩大，也是很勉强地在忍着笑。清风见了，冲清池无声地吐舌扮鬼脸。

“慕容姑娘的确是——学富五车。”云息嘴角弯过浅浅弧度，优雅得体。

慕容馥一脸正经地点头："是是是，都一样，都一样。"

云息蕴笑看她："慕容姑娘不仅仅是行为举止别树一帜，讲话也真是风趣得很。"

"咦，风趣？常常有人夸奖我，什么聪明绝顶啊，什么灵活机智啊，但是风趣这个倒是没人夸过。"慕容馥在心里暗暗鄙夷自己，却依旧说得摇头晃脑，笑得一脸傻气，拿起案上仅剩的一块糕点，一口吞下，又斜目朝他眏眏眼，笑眯眯道，"难得能在云公子眼里留这样一个好印象，我委实高兴。"

云息目光转投小案上，轻缓振袖，取过茶汤啜饮，眸色温润，淡淡笑道："是啊，在息看来，慕容姑娘洒脱自在，不拘小节，倒是性情中人。"

慕容馥挑眉道："真的？"

云息点点头，目光掠过已经空了的糕点盘子，温雅道："若喜欢这些小食，等到了桐乡居，我唤清风为你多做些。"

慕容馥眼睛一亮，两手一拍，直起身道："那就太棒了。"

说着，慕容馥笑盈盈地张开手，想要给他一个满怀抱。云息斜身避开，叫她抱了一个空，然后扬着眉朝车窗外看去，道："慕容姑娘，桐乡居到了。"

慕容馥讪讪笑应，遮掩住眼中一点深意。

一个动作肆无忌惮，行为举止粗俗难当，浑身上下找不到身为女人该有的矜持。

一个举止优雅，温润含笑如春风，言语之间待人更是亲和无间。

从见面那一刻起，他们就在互相防备，两人都在演戏，表情、态度、言语，虚情假意，你来我往，只看谁先入彀。

角铃叮叮作响，桐乡居已到。清池在车前置了一张矮凳，才打开直棂车厢门，卷起垂委绣帘，请云息下车。

墨生反应倒灵敏，不知几时又醒来，听了动静，急忙往云息怀中蹿。这小家伙极其认主，清风清池抱着它都不情不愿，更莫说这个才来不久的慕容馥。

一路上，慕容馥想逗弄它，然而它异常警惕，一旦慕容馥靠近，便须毛直竖，如临大敌，倒叫慕容馥有些意兴阑珊。更叫慕容馥觉得失败的是，一旦她靠得云息较近些，前一秒它明明是在熟睡中，后一秒已倏然歪起头，直勾勾盯着她，如同警告。

当然，这一路上，老是动手动脚的慕容馥被警告了很多次。

看着在云息怀中蹿上蹿下的墨生，慕容馥没好气地对它吐了吐舌头，后者毫不示弱地朝她龇了龇尖牙。

慕容馥泄气，随云息下车。

车甫停下时，桐乡居里的侍者早已迎上前来，对诸人俯身长揖。

桐乡居被称为“宁国第一居”，的确是整个昭华城中最附庸风雅的好所在，不仅立于昭华东城最为繁华的地段，且其中构建风格独异，与一般酒馆茶楼客店大相径庭。除了堂皇宽敞的主楼，后方皆是亭台楼阁、假山秀池，以宅第庭院布置来划分雅舍。

雅舍建筑特色亦各不相同，以方位划分类别，呼应雍国、卫国、宁国、穆国、靖国和襄国这六大强国，亦以六国格局风味的建筑特色来建造雅舍。客人不仅能在其中聚谈、休歇，并且不用去往别国，就能领略其国风味。

清池来前，早已派人安排好雅舍。

侍者伸手比了比，走在前，引他们往内行去，却时不时偷瞄身后抱着“黑猫”的乌衣公子。桐乡居客人往来繁多，或达官富商，或流派学士，或风流名士，或游侠浪子，甚至白龙鱼服的王族显贵，无一不有。因此桐乡居中，对侍者要求极高，不求学识高深，但需谈吐有度，进退有礼，不同于寻常客店引侍。

这位引路侍者在桐乡居已有多年，接应过的人物亦有不少，见身后这名乌衣公子手抱“黑猫”，高情逸态，休休有容，这等气度，这等容貌，他却是前所未见，便不自觉地总想多看几眼。不仅仅是他，一路上行人走过，也不禁回首顾望。但一路行间，乌衣公子只在刚入大门时对他亲切一笑，后便只顾逗弄怀中“黑猫”。

黑猫？侍者突然想起，居主似曾说过，东家养过一只很像猫儿的黑色小兽，曾经还咬死过一个人……想着想着，侍者打了一冷战，不禁搓了搓手臂。

忽地，肩膀被人一拍，侍者一骇，转首便见那与乌衣公子同行的女子。女子样貌不算绝色，肤色白虽白，却是偏于苍白，无甚血色；一张脸乍然一看，是泯然众人的感觉，但看细了，嘴是嘴，鼻是鼻，五官生得恰到好处，杏眼飞眉，有些潜移默夺的气势在。只见她满面笑容灿烂，对自己道：“我吓到你了？”

“不曾……”侍者避开眼，一揖问道，“女郎有何吩咐？”

慕容馥跟上他的脚步，问道：“跟小兄打听一个人。”

“女郎但言。”

“六日前，你们这里有一位穿蓝衣的女子入住吗？”慕容馥边说边比画着，“身量大概到我这里，”她横着手掌，比在眼下方，又道，“身形与我相仿。”

侍者思量道：“您可否指出一些特征来？这些日子，因武林大会的缘故，来来往往的客人非常多，您这样描述，无法分辨清楚……”

“特征？哦，那女子非常美貌，左眼睛下，有一点小伤疤，浅粉色，像蝶。”

侍者凝神思量了一会儿，摇摇头：“没有。”

“怎么可能？你再想想，她非常漂亮，任何人见过她一眼都不可能会忘记的。”

侍者迟疑一阵，道：“难道……”

“难道什么？”慕容馥眼又一亮。

“客官口中那女郎，是不是位武者？”

慕容馥忙不迭点头道：“是，是……”

侍者神容惊骇，直盯着慕容馥瞧，一时结巴道：“你……女郎与她有何关系？”

慕容馥半眯了眼迟疑，心想，他一定见过欢颜，否则怎会忽地这样问起？看他神情有异，难道出了什么事？一转念头道：“我寻她有事，你可曾见到她了？”

侍者舒了一口气，左顾右盼，压着声对慕容馥道：“女郎若无要紧事，还是别找她为好，可吓人了。”

侍者说得一副骇人听闻的腔调，慕容馥被他这样一说，心口怦怦乱跳，咬着牙根压住心头烦躁，还是好声好气问道：“究竟发生何事了？”

侍者煞有介事地道：“那蓝衣女武者头上戴着黑色轻纱帷帽，虽看不见容貌，但单看身形，就知道是个很美貌的女子。七日前，她在这里放了住五日的订金。第二日晚间，她到大堂吃茶。这时，隔桌三位贵门公子瞧她身形婀娜，便过去对她动手动脚，要摘掉她的帷帽，一睹芳容。那女武者虽不置一词，但显然恼怒，便同他们打起来了。你说一个那样纤瘦的女子，怎么打得过三个男人？小人一旁看着，也委实为她捏一把汗哪！”

慕容馥呼吸猛地一滞，心如擂鼓，紧张追问道：“那结果呢？她有没有出什么事？”

侍者一副惶骇的神情：“那妖，不，那女武者不知使的什么法术，三名精壮男子明明早占上风，但打着打着突然委顿在地。女武者原地驻足了片刻，便转身回房。她刚踏上楼梯，委顿在地的三人莫名抽搐了一阵，竟没气儿了。”

慕容馥心下思量：阿颜向来好置弄药毒，听侍者所言，那三人想来是中毒而死。能叫她这样下手，他们定是惹怒了她。慕容馥旋即又问道：“那她现在还住在这儿？”

侍者摇摇头：“没有。第三日晨起，她住的雅舍屋中便无人了。”

说话间，侍者已将他们带至一处雅舍门口，引入庭院中，指着几间房间道：“诸位看一看，没有不如意的话，小人且退，客有事摇铃，便有人应声前来。”

几间房室是其他房屋的三倍大，外室摆设格调清雅，内室阔朗干净。

清池仔细看过，才回身对侍者道：“好，小兄忙去。”

侍者俯身长揖，退了下去。

清风见云息手微斜，会意上前，抱过墨生。

慕容馥神色黯然，少了先前的光彩，显然是心情起伏。云息走近她，关切问道：“你没事吧？”

慕容馥琢磨着侍者的话，不免担忧，心想：我们约好在这儿见面，阿颜没见到我，断不会贸贸然离开。会不会是那些人死后，她怕有人来找麻烦，于是为了避祸才先走了？可她在这里举目无亲，如要先走，至少得留下书信相告去向，这不留言语，莫非……莫非是出了什么事故？

云息见慕容馥兀自神游天外，复又唤了她一声。

慕容馥一个激灵，才回过神来：“哦，没什么，只是行了一途，有些疲累了，我先去歇一歇。”不待云息回话，她径直推开室门，走了进去。

四／夜道截杀

夜探明光府，且与明莲枫竹林缠斗的黑衣少女正是欢颜。她与慕容馥两人久居深山，此番偕同下山，慕容馥途中先去打探张旭所在，遂与欢颜分道而行，二人约定于桐乡居会合。欢颜途中听人说得武林大会诸事，一时好奇，心思先暗往明光府为阿宓探寻些消息，再前去桐乡居也未迟，不料却被发现，才知自己到底是江湖经验不足。

幸好那夜侥幸，追上来的仅一人，欢颜才得以全身而退。回到客栈后，她收拾好包袱，往马市买了匹中等马，未免耽误，立即赶往昭华东城桐乡居。

正午时候，阳光虽说强烈，但气温不高。不久后，忽地风起，天际便零零星星地下起小雨。雨细微如毛，似有若无，方才明明正亮的天气，此刻便添了几分风雨如晦的意思来。

纵是如此，值此武林盛会将至之际，昭华城里有着一种异于其他城域的热闹。四通八达的街衢上茶楼酒馆林立，店铺商家各凭本事。各路武林人士、江湖豪客来来往往，一派熙熙攘攘。

欢颜驾马沿街而行，头上戴着一顶黑纱帷帽，黑纱遮住面容。

行间，一驾装饰清丽的金木马车自人群拥簇中畅行而来。车上有明家的族徽——火雀开屏图。图案虽然不大，但足以让人看见，更足以让看见的人都给这驾马车让开一道。

欢颜勒住马头，趋往一侧，下马牵绳步行，暗地侧眸瞥向马车。一双嫩白小手褰起窗帘，露出一张女孩的稚气小脸来。

女孩年纪约莫十岁，头梳着丱发，肤色白皙红嫩，面容寻常，人海里未必出挑，好在一双眼睛灵光流转，甚是聪敏；眉毛略密，眉尾稍挑，乍看之下倒像是个男孩儿。

一阵清洌暗香扑鼻而至。欢颜心头一奇，因这气息，是露花琼浆的味道。她当即反应过来，怕是竹林遇见的那名男子，也正在附近。

那夜欢颜给对方下的是凝功散，并非毒药，即便没有解药，只需过两个时辰，药效便会自动退了。既然骗了对方说是毒药，自然要拿出解药来，圆了这个谎。她后来给他的白玉色瓶子，里面所装的是她特酿的花露，名唤露花琼浆。

她酿制时，在里头加了松灵树根汁，是以此露浆对修武者身体颇有益处，同时对匿气丸、凝功散、逍遥一笑散等抑制内劲的药物有化解作用。

迎首而视，马车后方一侧，一名男子驾马随行。男子冠带束发，缓绫带紫棠衫，引辔缓行，一柄乌鞘宝剑斜挂腰侧，丰姿俊秀，举止疏朗亦带英气，果然是他。

见他无意间朝她所在方向扫视而过，欢颜心下微惊，忙低首将身子偏于一侧，倒忘了自己头上还罩着黑纱帷帽。

女孩自车窗探出头，不顾微雨拂面，连唤了几声“二兄”。

驾马男子正是明莲枫，他听得呼唤声，轻抖缰绳驾马，行至马车窗口之侧。

碎雨如沫子一样飞溅，偶尔入了目，女孩不禁眯了眼，笑着看他，兴冲冲道：“二兄，你何时带我去猎林园打猎？你上回在家书里头说，回来后就会带我去的！”她抬手抹了抹脸上的雨珠，风迎面吹，钻得她袖笼都鼓起来了，鬓发也凌乱了，虫子般在脸颊上纠缠。

明莲枫轻束马缰，按辔徐行，保持与马车同速，半俯身子才看到她的脸，轻斥道：“怎么一时问起这个？快把帘子放下去，这雨虽细，吹着也是一脸，仔细受了寒，回去再说！”

女孩没得个结果，怎么肯依：“不要！回去二兄又不见人影了，快告诉我啦！”

明莲枫每每见她这一副撒娇耍赖的模样便心软，不忍拂她，只推诿着道：“我看你连把长弓都举不起，更别说是拉弓射猎了。”

女孩一噘嘴，颇不服气道：“谁说的？二兄可别小看我，去年大兄回来时，给我带了把小弓，现下我已能射中丈二外的靶心了。而且，温言若师父的素心十八剑，我也练到十五式了哦。”

明仲道的嫡妻祁连妡，是雍国富商祁连家的嫡长女。除了“夏侯明，欧阳华”四大家族之间的子女不可联姻的规定外，为了巩固家族势力，这四家族与其他世家大族联姻的情况并不鲜见。明家与祁连家这般门当户对的一桩婚事，便是极为典型的一例。

祁连氏所出有二，明莲枫与明心兰。明心兰出生次年，祁连氏重病而逝，此后明仲道虽说纳妾无数，但这正夫人的位置却一直空悬。明仲道曾言，此生嫡妻只祁连妡一人。昭华城里谁不道明宗主重情重义？尽管他纳了许多妾侍。

却说这明心兰，因是家中嫡出幺女，明仲道是把她当了心肝肉来疼，从小娇惯着，可这女娃性情古怪，也是出了名的叫明仲道头疼。

心兰心兰，素心如兰，明仲道为其取名，是期盼她能成为一位端庄淑雅的世家女郎，可是偏偏这明心兰不是心如兰，而是心如男，不喜女红爱弓剑，整日攀墙爬树，性子野得跟一小猴儿似的。

明心兰最喜欢的，就是爬到高处，遥望昭运河的波水辽阔，收览昭华城里的人群熙攘，感受烈风呼啸身侧时的飒爽浩荡。她享受这种俯瞰山河的感觉，但被发现的结果是，两个月的闭门思过。

两个月的门锁刚解，次日，明心兰又爬到高树上去摘果子，险些自树上摔下，将明仲道气得半死，又将她锁起来反省。

在如此这般重复了无数次之后，明仲道终于奈她不得，与她约法三章，答应请师父教她修武，而她不得在没有陪同的情况下私自爬高。所以，莫瞧她长得瘦弱，身子却比同龄孩子强壮灵便得多。

明莲枫自然清楚这小妹性情，对于她的能力已达到什么程度，他更是了如指掌。此时，他偏显出一副很意外的样子，惊讶道："原来两年不见，阿兰竟进步得如此快！"

"那是当然。"明心兰下巴一翘，神气盎然，"所以二兄要说话算话。"

明莲枫耸耸肩，一副无奈的模样："可满十五岁才能进猎林园，你连十岁也不满，怕是我同意带你去，父亲也不会答应。"

"是，爹爹只会叫我做那无聊的女红。"明心兰做着鬼脸，"反正我不管，二兄既是答应过了，就要兑现承诺。君子一言，驷马难追！否则，二兄就不是君子，是小人。"

明莲枫面作无奈色，说道："我才刚回来，你也不让我消停几天，怎的不叫你三哥哥陪你去？"

明心兰面色一冷，哂笑道："那明络祎就是一个舞女生的，怎么有资格做我三兄？哼，我才不跟他去。"

明莲枫登时便沉了面色，呵斥道："明心兰，我是你兄长，他也是，你……你怎可这番厚此薄彼，长幼不尊？！"

"才不是！才不是！"明心兰冷哼一声，不屑道，"娘亲就是被他那舞女母亲逼死的，我讨厌死他了……"

"胡说！"明莲枫打断她，面目肃厉，"回去我叫人仔细盘查，是谁敢胡乱在你耳边妄口嚼舌？府里那么大，那些个蜚语流言，哪能当得真来？我这番回来听人说，你在家处处为难你三兄，原先还不信！你……你再如此，别说猎林园，往后只管在屋阁里思过就是，哪里都不带你去！"

明心兰眼圈一红，带着哭腔叫嚷道："我就讨厌他！讨厌死他了！"说着，撇过脸去，甩下车帘。

"你……"明莲枫欲言又止，拿她没办法，只摇摇头叹了口气。虽是责备，眼底却都是疼惜。

微雨渐无，地上只有隐隐的湿意。欢颜驾马行了一程，因马不是上等好马，如此一程已见疲惫。眼见天色近黄昏，欢颜就近入了一家茶楼休息打尖。

茶楼名唤"一味楼"，却并不仅仅只有一味，不仅有好茶，亦有好酒，往来者多如过江之鲫，看来也是颇有名头。欢颜刚进门时，楼中已多客在座。她挑了不起眼的一角空案坐下，侍者迎上来。

侍者面色黝黑，八字眉，一双小眼睛笑得成了缝。若是将其往人群中一放，准抓回一大把类似的来。来客并未摘下黑纱帷帽，侍者见怪不怪，看她身姿曼妙，周身幽香朦胧，早已叫人浮想联翩，面纱之下指不定得多美艳，然侍者一直目不斜视，客气询问，只管妥帖侍候。

虽非身在江湖，然见惯了江湖，多少也懂点江湖的规矩，他一对招子，还想留着看老婆。

欢颜叫了一壶茶与些许食物，只打算休息片刻后继续赶路。茶过三碗，一直喧闹的大厅突然一静。

欢颜端起粗陶茶碗的手顿了顿，额眉微蹙，闻得和风而来的一阵浅淡香味，心中微讶：颠风香?

她微微斜侧过脸。

门口处进来了一行人，行在前首的是一男子。

男子一身群青长衣，外罩月白大袖，腰束长带，式样纹路都很是素简。他的模样并不出众，看上去就一粉面哥儿，可偏偏那一身轩翥气度，叫那张不搭气质的平凡脸也添了三分味道来。

此人行步毫无声息，是位轻功高手。不仅如此，他衣裳间掩不住的香气，乃香品中之至精——颠风香[1]。所谓颠风香，乃香树交枝，曲干两相戛磨，积有岁月，树之渍液、菁英凝结成。伐而取之，节油透者为佳。润泽颇类蜜渍，倍宜熏衣，量少难得。且不说价仅逊于伽南香，可比黄金，而是这香木不同于其他香木多出于南地，反是西北地独有。这香乃木中菁华，除王公贵族，哪能享用?

欢颜心中思忖着，纱帘下眸光微起涟漪，却是回过头收神喝自己的茶。此人修为不凡，只怕地位也不简单，她可不想再惹了什么麻烦。

男子身侧随行一名女子，玉容清丽，笑意沾颐，脸颊间一抹红晕鲜艳欲滴，眼尾一点红痣不成缺陷，反在那清素的脸上添了一缕妖艳；一身白色单衣，搭配着浅黎色百褶长裙，外搭浅紫缠枝灵芝纹半臂，腰系血芽色腰带，衣衫清清朗朗，气度间骨秀神清。

女子身后是四名男子，身束软甲，背负长剑，清一色鸦青武士衣袍。

掌柜眼力不赖，知是来了贵人，忙俯背躬腰迎上前去。

女子出手阔绰，取出银笏[2]，递给掌柜，盈然一笑，问道："掌柜的，二楼雅间可还有？"

在此间，各诸侯国钱币皆不一，每一国中所铸钱币，仅能在国中

---

[1] 此处为借名之用，描写改写自明·周嘉胄《香乘》中，颠风香描写，作用、产地方面，莫代入。

[2] 铸金银为笏形，一枚为一笏，一笏约五十两。

流通。各国之间，除了金银通用，帝都铸就的京币原也能通用。

当年西秦壮盛时，帝都镐京乃天下人口最多、最为繁华之地，各国人流往来量大，钱币流通量也是最高。但这些年，皇权式微，帝都所铸就的钱币，流通能力也大不如从前了。在宁国、穆国这些大国，京币在许多地方并不能使用。但是金银，不管是哪一国熔铸，任何时候，去到任何一国，都能使用。可是寻常平民，莫说见着金子，辛劳一年，也未必能得到几块银饼、银笏。

掌柜双手捧过银笏，腰弯得越发恭顺，满脸堆笑，道："有有有，各位贵人这边请。"说罢，亲自引上二楼。

欢颜的座位，刚好在楼梯口一角落里。转角的时候，粉面哥儿不知有意还是无意，朝欢颜方向扫过一眼，继而步上梯阶。

一个头戴黑纱帷帽的人自然比不戴的人更加起眼一点，即便她是在不起眼的角落。

欢颜平静自若，喝自己的茶，饮尽后，起身赶路。

夜色渐起，欢颜驰行于去往桐乡居的小道上。说是小道，还能堪堪并行两驾平头马车。两侧均为树林，道路被林荫掩映，月光见缝插针，淡漠而冷静地窥伺着。

周遭很静，马蹄声清晰作响。

"叮——"

一阵怪声响过耳边，听声辨器，暗器分作数路，疾射而来。欢颜忙飞身跃起，抽出腰上的软剑，格挡暗器。

暗器打在马儿身上。马儿受疼，一声惨嘶，前蹄并扬，人立而起，旋即诡衔窃辔，驰奔离去。

快如风驰电掣，暗处七人翻出，刀光剑影，剑及履及，顷刻而至！

黑纱帷帽被劲风甩飞，女子衣袖翩然，轻盈而落，气质出尘，雪魄冰肌，冷艳孤傲，如那月宫仙女谪落人间。七人似不料这目标竟是如此绝色，瞬息间步伐有了些许迟疑。

欢颜修眉颦起，面上隐现霜冷，凤眸斜掠，打量所有来人。众人脸上皆戴铜质面具，额上绘五瓣梅花，红、橙、黄、绿、蓝、靛、紫，花，除了颜色之外，完全一致。

七色？

入夜荒径，他们出现，必是有意围攻。这七人一身神秘，额头上的梅花颇眼熟。究竟是谁？欢颜心下略惊，斟酌忖度：此时马儿奔远，自己又被近身包围，单凭轻功很难逃脱，我虽江湖经验不足，但也得拼力一搏，破开缺口，总不能束手就擒。

七人迟滞的瞬息，便叫欢颜抢了先机。只见银光骤闪，她足尖一点，软剑反袭，长发迎风肆然，袖袂翻飞。

红花铜面人使的是一柄锋锐长剑。

欢颜使出一招千丝缠刃，强横且凶狠，不留余地。她身迅体轻，姿态袅娜夭矫，软剑缠上了长剑，猛然夺之。对方长剑脱手斜飞，欢颜将手一翻，软剑直逼红花铜面人咽喉。

欢颜修为稍弱，但出手利落，临敌只有一个原则：只要出手便要狠，杀人便要斩草除根。所以她的剑向来一击必杀，剑引灵犀，没有多余的花招。

红花铜面人倒是训练有素，武器虽脱手，但眼明手快，自袖中拔出把锐芒小刀。银光一闪，身形翻动，小刀堪堪往咽喉一护，架开少女狠辣的剑势。

刀剑相击擦开火光！

欢颜锐猛一剑微斜，剑气擦破他前胸的衣裳，溢出淡淡腥味。她心下一沉：头击不中，锋势必弱。

其他六人一齐攻来。果然，欢颜左避右旋，显见狼狈。

趁此时机，橙花铜面人长鞭一抖，径直套向欢颜细长脖颈。欢颜惊骇，软剑反手间收入袖内，纤腰后折，转身移于橙花铜面人身侧。她的身法诡谲精妙，令人防不胜防，不待对手回神，收于袖内的软剑倏地滑出，卷住了他握长鞭之手。剑破肌肤，血肉模糊。

此番倏忽进退之间，收剑出剑，快如电闪，不给敌手留任何余地。若非身后几人齐身攻上，打乱了她的防守，橙花铜面人的手只怕就不能连在手臂上了。

橙花铜面人右手受伤，难以使鞭，七人仅剩六人对付欢颜。虽说如此，欢颜仍觉吃力。

七个人一一分开，武功并不能算得高手，但他们练得一套联手进击的阵法，配合无间，涓滴不漏，却是非同小可。六人紧紧将欢颜围在中间，齐身移步，速度越来越快。六个方位变换阵法，所有空隙一闪即逝，全盘弥补。各人武器集优去劣，互作扶持。

人影动处，残影幻生，殊形诡状！

这阵法太过潜形谲迹，不知不觉令人头晕目眩。六人变成无数人，又似乎只余一人。暗梅门的七色迷魂阵早就成名江湖。阵形一起，有摄魂诱魄之效，阵法漫出的气场相当于一个固原之巅的武者所发。只要他们一齐出手，向来少有败落的可能。

密集气场将欢颜包围于正中。

走石飞沙，落叶断枝，升腾翻涌，在阵形外飞绕。

惊人的肃杀！

欢颜倍感不妙，神色凝重，低声一喝，软剑若银绸，飞旋而绕，莹白流光护住全身。在六人的轮番攻势中，欢颜身形诡迅，忽进忽退，忽转忽折，虽是破不了阵，然他们要伤到她也不容易。

尽管如此，如此前仆后继的车轮战，亦足以让欢颜筋疲力尽，加之她初入江湖，实战经验少，应变力低。这些均是修武者之大忌。

六人要擒住她，只是时间的问题。

果然，六人步法一变，陡然一阵烟雾起，六人化作虚无。在欢颜惊愕之际，六人合一，至头顶击来，强大的杀气，罩她全身——

“阿颜，取人性命不仅仅只有武力一种方法，有时候，小小一点粉末也能置人于死地，比任何方法更为干脆利落。当你正面难敌时，走走偏锋也未尝不可。”正值危险当口，欢颜脑中响起一语。她眉目间掠过锋芒，袖底纤指扣动，丝袂盈香，倾腰后折，素手上推。白色粉末随袖而出，荡开暗香。

香味入鼻，当首铜面人如遭雷殛，猛地从阵法中摔了出去。

两眼流出乌血，抽搐在地，旋即气绝身亡。

一人缺，阵法乱！

破开阵法缺口，以她的轻功，摆脱他们不是大问题。

踢树借力，欢颜趁他们未恢复，飞身欲走，孰料人在半空，忽听得“叮叮”作响，反应未及，骤然受袭。

遁无所避，欢颜伸手划过数道银光，软剑挡下部分毒针。但因毒针数量极多，部分未及避开，数枚正中肩头。

又赶来十名铜面黑衣人，挡住欢颜去路。

欢颜冷笑，反手剑起。

十人大惊。

欢颜凤眸清肆飞挑，冷冷看住十人，眼神之中一刃暴戾沉浮：“区区毒针，焉能害我？”

言语霜寒，凛如冰刀。众人听了，周身如有冰霜顿袭。

十人面面相觑，落纱飞红，江湖中人人闻之丧胆，一旦毒侵入周身所有血脉，必死无疑。淬上这种毒的毒针，绝没有一个人敢说是区区毒针。可是，这女人竟然——

欢颜把握时机，飞身半空，动身时周身气劲凝聚，双脚分飞。瞬息间，一脚飞踢距离最近的铜面人手中之刀，另一脚回旋正中他的胸口。

夺身欲离！

其他铜面人立即回神，齐身攻上，杀意浓重，充斥整个空间！

欢颜拧紧眉头，去路被阻，只能拼死一搏。

但是，敌众我寡，怎么搏？

她反手一动，软剑束腰，听音辨位。纤指扣动，凝气在指，气场自双掌间突生，波诡云谲且霸道慑人。

瞬息之间，周遭氛围变换。少女周身淡银光芒暴涨，似雪旋冰涌，仿佛秋意未尽，便倏然转入寒雪隆冬。

有人惊呼：“通元……中段？”

凝气、御气、通元、固原、地武、天武，武者分阶层层而起，前一刻分明还是御气阶段的武者，骤然便晋升成了通元武者，任谁都会惊讶。

数人纷纷退开，向天空打出信号。连声砰然轰响，天空中陡然绽开两簇五彩缤纷的火花。火花色泽艳丽，在如此黑夜中煞是夺目，几十里外亦能有所察觉。

欢颜经验浅薄，不觉有异，只顾眼前十人。

只见她运转手法，中指曲于中节，往手心勾弯，其余横展，运使劲力，坚定指首，两手相背互叠成诡异形状于胸前，手背中间，银白的细小圆形气旋飞速转动，随着相贴手腕的转动，渐然扩大。

劲势已成，欢颜双手陡然一合，凌厉又骇人的气劲旋聚在手。

“咄！”

一声低喝，手印猛推，劲气荡开，夹带雷霆之势。

蓝裙飘旋，黑发飞扬！手印带出的劲气犹如万刃千剑，穿透所有人身体。

众人趋避难及，弹飞倒地，口涌鲜血，不能再起。

此招名为聚劲，意随指动，调动全身气脉，劲气汇聚凝结于手。劲气发出，有万象之变，遇强则强。此技法可将施者气劲提升数倍，并且，每一次使用都会比上一次更能积蓄力量，更为强大。但气劲叠加后，施者全身气力骤弱，一个时辰内，却是无力再抗。是以，此技法讲究一击必杀。

“小心！”身后有惊呼声传来，欢颜不及转身，后背已有痛感侵袭。

护体真气一掌被破，欢颜眼前晕眩，在意识尽失前，眼角余光晃过银亮面具。

黑幕里，褐影翩飞。

距离欢颜身后两三尺处，站着一名女子，身穿藕色长衣，下配褐色暗花褶裥裙，体态轻盈，腰束罗带，更显纤腰丰胸，袅袅婷婷。她的脸上戴银质面具，面具额心位置上，绘着一朵六瓣梅花，浅淡的粉色，似真似幻。两眼镂空处，露出一双水光潋滟的眼睛。

女子螓首微侧，仰望不远处密叶相遮的树间，红唇张合，声音曼柔："久闻苏竹溪小苏先生大名，今夜，小苏先生怎么会有这雅兴，陪微云共赏此静月好景？"

树上传来男子低笑声。

旋即入眼的是一袭藏青蕉袍，男子手执黑扇，跃身落下，俊颜秀目，意揽从容。周身衣着质朴，姿仪磊落，一如清风拂林叶，朗月起东山。

正是江湖四君子之一的苏竹溪。

闲闲步履，月投衣衫，衣料上光影如凝波，起伏轻泛。苏竹溪行至微云身前，目光往身前一带，触及地上人，道："久闻梅营五大香主之名，不知苏某小师妹是怎生得罪云香主，竟劳云香主亲自出手？"

"小师妹？"微云声音娇柔，略带质疑，"苏门神医苏介湖前辈四名入室弟子中，小苏先生排第三，第四位的确是名女子，名唤苏婠婠。只是，微云虽说独学寡闻，却也晓得苏门女弟子是从不离开蝴蝶谷的，怎的小苏先生又跑出个什么师妹？"

"怎么，你不信？苏门外门女弟子的确不能擅自离谷，但小师妹与其他女弟子不同，自然不必守此规矩。"苏竹溪朗眉横挑，目光扫过地上中毒毙命的杀手，"断魂散乃我苏门毒药，她若不是苏某师妹，又怎会有此毒？这岂是可以随意假得了的？"余音之末，已是冷凛迫人。

"苏门的毒药，自然独一无二，但是——"微云语调一转，稍带凌厉，"这个女子打杀了我门这么多名高手，微云自然要带她去见堂主，否则回去，微云又该如何交代！"当下言语之意，全然不当这名女子是苏竹溪的师妹。

"若非你们围攻在前，她又怎会被逼得出此狠手？"苏竹溪被她强词夺理说得恼怒，竭力控制住语气，不咸不淡道，"更何况，身为苏门弟子，小师妹若是被你带入暗梅门，传到江湖上，岂非叫人耻笑我苏门无人？”

微云盈盈而笑，倚姣作媚，道：“是小师妹吗？我看，是小苏先生在外私交的小情人吧？微云为小苏先生除掉杂念，苏门前辈届时只怕谢我还来不及！”

“你——”苏竹溪素来不擅与人辩，蹙眉道，“你若是不信，大可以与我回蝴蝶谷，问我师尊是与不是。”

微云悠然整袖，道：“小苏先生说什么玩笑话，这一去，微云还能出得来吗？”

苏竹溪冷冷瞧她：“你莫要逼我动手！”

微云冷然一哂，手抚银鞭，道：“哼，既然小苏先生硬要英雄救美，微云即便功夫低微，也只能领教领教小苏先生的高招了。”话音未落，蓦地银鞭连扫，先发制人，向苏竹溪卷过去。

苏竹溪不敢怠慢，旋身退避。

移步、挥袖、躲鞭……他的步伐快而精准，倏忽之间避开了微云一连串鞭挥，随即反守为攻，手中荧光一闪，黑扇子竟成了一把尺来长的短剑，斜挥过去。

苏竹溪闻名江湖，除了他的医术之外，还有他的一路技法，名唤流光飞舞。

所用武器名唤叠光扇，乃由十八叶细薄玄钢合叠而成，每叶皆是收尖剑形，控处在尾，可开可合，合则如短剑，开则流光盈动，犹如叠骨扇的扇形利刃，极为精巧。

此路技法，统共仅九招，每招有九种变数，总数便有八十一般变化，很是难测。

微云向来只是耳闻，现下亲见，心中惊骇，忙劲聚全身，身形一转，飞身后退，银凤鞭一甩向前，卷上了未开的叠光扇，想抢先夺他兵器。

苏竹溪剑扇一引，卸力消劲，轻描淡写地将对方的劲力化开。目力所不及之处，叠光扇回转，已离了鞭子。他摊开扇叶，手指转动，气劲凌厉夹扇而飞，一招回旋九转，向微云面门袭去。

扇子旋转如利刀，冷锋逼人，瞬息将近微云面门。

微云折腰向后，扇上劲风自面间带过，竟迎风削断她一缕头发。她心中微急，旋即翻身一侧，避开扇刃前逼，使出杀招，将长鞭打了一个圈圈，准头正朝苏竹溪颈项。

这一鞭法名为锁喉鞭。喉咙被锁，顶级武者也是惧它三分。

微云此锁喉鞭，更与常等鞭劲有异，乃劲力后蕴。江湖上，但凡遇上此鞭法的人，拆招一般多是后退而避，而这劲力后蕴，人一退，反而正中圈套。并且，她的长鞭名为银蛇鞭，鞭上暗藏玄机，一旦触人体肤，便会自生细针般小刺，刺上有毒，见血封喉，犹如蛇触肤咬人。

苏竹溪本是医者，长久研究江湖上各种武器伤口。对这江湖上出现过的每一款武器，自是了如指掌，一眼即知这鞭法的诡妙所在。

此鞭法空门在前不在后，他不退反进，电光石火间，身影一晃，闪避汹汹鞭影，欺身近微云身前，扇夹劲风，急点微云顶门百会穴。

百会穴乃人身重要命穴之一，微云着急收鞭，倒旋翻身避开。

苏竹溪这一招虽是狠手，但并非真怀此心，不过是一招假招，夺她长鞭而已。微云本是知晓苏竹溪不会下狠手，但她终究也不敢拿自已性命作赌。

微云避身收势，空门便露。苏竹溪挥扇刺去，却忽然变招，翻手夺鞭，旋即另一掌击开微云，趁机猱身近欢颜身侧，想带她离开。

微云强身而近，飞腿踢点向他下盘几处大穴。身后风疾，仿佛骏波虎浪，顷刻覆来。苏竹溪蓦感呼吸一窒，心道，微云虽受他一掌，反应却也快，到底是他前番下手太轻。

苏竹溪身子旋转，避开微云腿脚，反手挥扇。这一反手，已蕴气势，夹劲旋扇如飞刃，疾扫微云。

微云失了武器，不敢硬接，只得左趋右避，舞袖格挡。衣袖被利刃割断成碎片，委实狼狈。微云心头大恨。

苏竹溪反手收扇之时，气场中有金芒电闪，一把梅花针从苏竹溪身侧飞至。

苏竹溪大惊，暗道，这人暗器手法端是巧妙。两人正当对峙时刻，若微云暗器正面朝他射来，只要他轻翻扇子，暗器便反击于微云身上。但她这把梅花针却是击向一旁的大石之上，向他所在倒射过来。暗器来不及击落，正中地上女子。

涩味入鼻，苏竹溪面上蓦地变色：落纱飞红？

他是苏门苏介湖的弟子，江湖上出现过的毒药，有哪一种能躲过他的鼻子？

“你……竟在针上淬了落纱飞红？”苏竹溪怒斥，紧急封住了女子周身大穴。

“你要带走她，可以，那就只能带走她的尸体。”微云收袖而回，嫣然笑语，“小苏先生，告辞了。”

旋身之际，微云闻到一股香，清冽芬芳，她霍然回头，面上惊愕：“苏竹溪，你……”

江湖上众所周知，苏门的毒，最大特点不是无色无味，而是香。在施毒之时，毒药是无色无味的，而当毒药入了人体，它的香就会溢出。闻到香味，便代表已经中毒，愈香便是愈毒。但，这种似兰似麝的香味……

“这是……”微云大惊失色，“凝霞散？”

凝霞散，苏门奇毒之一，中毒者六十日难以运使内劲，犹如武功全失。倘若强行施劲导脉，则激发药力，劲损心脉，有致命之害。

失去武功乃武者大忌。对于武者而言，一身武力为凭，一朝作散，大势去矣。人在江湖，靠的便是一身修为与本事，倘若被人察觉修为尽失，若有仇敌来袭，岂非是任由宰割？

这样的代价，没有一个武者会愿意尝试。

苏竹溪将银鞭掷还给她，满面皆是肃冷：“解药！”

微云别过头。

苏竹溪道："阁下可知凝霞散毒性？我虽从未杀人，但对你，我很愿意破一回例。"

微云一咬牙，自袖中取出药瓶，递给他。

苏竹溪横眉冷对，道："六十日内，奉劝阁下好自为之。"

微云被他神情一慑，惊在原地。

苏竹溪自出江湖，人传其性情温良，名门医家出身。他的手上只救人，从不伤人。微云就是拿准他的性情，才敢一再逞凶，否则不过仅在通元的她几时是他的对手？

江湖四君子，除却一个不知底细的云息，另三个，武功修为哪一个是易与之辈？

月光透过苏竹溪清冷的余音，蹑手蹑脚洒落微云一身碎光。她看着苏竹溪渐行渐远，咬牙切齿，无能为力。

五／鬼府临险

是夜，凉风起。

窗外脉脉月色透窗牖，往案上倾洒，一席晦明变化，伴随秋夜阵阵疏风，搅动着鸡翅木香几上玉荷鹭纹炉中散出的袅袅伽南香。

云息着一身白色银纹软罗中单，坐在宽榻上，肘靠隐几，展卷观书。

榻中置一茶案，清池跽坐案前，正将碾好的茶末细筛。

云息耳闻汤瓶中沸声如松风漱玉华，目光不离卷书，提醒道："汤已三沸[1]。"清池应声，侧首提瓶炙盏令热透。待汤瓶中水沸已

[1] 南宋罗大经在《茶瓶汤候》中载煮水要领："近世瀹茶，鲜以鼎镬，用瓶煮水，难以候视，则当以声辨一沸二沸三沸之节。"

止，取金匙将茶末添入，注水研膏如融胶溅乳。他不慌不忙，提瓶沿盏壁注水，手持茶筅，随注随击。

手轻筅重，指绕腕旋，环回击拂，汤入盏约四分[1]，清池便止了动作。此时已见汤面色泽清润鲜白，如皎月映波，粲然生泽，茶汤浓稠粘碗底，乳雾层层，溢盏而起。

满室茶香。

有人推门走进，拂开云图垂帘，黑灰影掩映之间，传出淡淡言语声："公子。"

萧子岩走近，一身黛蓝长衣，劲装窄袖，微揖施礼。

清池奉茶。

茶盏盏壁稍厚，乃黑釉敞口油滴天目盏，口以下收敛，深底，小圈足。

云息牵袖接过，递与萧子岩，手顺着案侧一指，示意他坐，又道："你尝尝。"

萧子岩在云息所指位置屈膝跽坐，双手接过茶盏。盏中茶色偏白，乳花细匀，紧咬盏沿，久聚不散，幽香扑鼻。他随即品了一口。

清池取盏调膏点汤，复将茶盏奉递云息。云息含笑接过，亦是垂眸观色闻香，雾气随即将他笑容晕了开来。

云息徐徐小啜一口，眉睫往清池方向略抬，道："绕齿犹香，回味无穷，好茶要配上好艺，你进步倒是快。去年不过是随口一说，还真下功夫。"

清池笑中带有欣喜，双眼都亮起来，欢畅道："清池亦在此中得了乐趣。"

"无怪山庄中人万千，师尊独赞你玲珑。"云息莞尔一笑，放下茶盏，目光回转萧子岩身上，道，"算算行程，回来慢了。"

水雾早散去，夜明珠的晶莹光芒隔着一层薄帷，落在云息脸上，

---

[1] 部分引用自宋徽宗赵佶所著《大观茶论》，稍做改动。

线条轮廓分明的脸，生生笼上一层薄纱，探看不出情绪，那缕温润如玉的笑容，亦是显得扑朔迷离。

萧子岩放下茶盏，顺手交叠置放腿上，恭敬道："路上耽搁些小事，不过，还是及时赶到明家。明家在昨夜捉到一女刺客。"

云息好奇道："女刺客？"

萧子岩道："是，蓝衣，善毒，并且下手狠辣。"

"哦？蓝衣？善毒？"云息手旋着案上的茶盏，垂眸自思——

"那蓝衣女武者头上戴着黑色轻纱帷帽，虽看不见容貌，但单看身形，就知道是个很美貌的女子。七日前，她在那里放了住五日的订金。第二日晚间，她到大堂吃茶。这时，隔桌三位贵门公子瞧她身形婀娜，定是貌美惊人，便过去对她动手动脚，要摘掉她的帷帽，一睹芳容。那女武者虽不置一词，但显然恼怒，便同他们打起来了。你说一个那样纤瘦的女子，怎么打得过三个男人？小人一旁看着，也委实为她捏一把汗哪！"

"那结果呢？她有没有出什么事？"

"那妖，不，那女武者不知使的什么法术，三名精壮男子明明早占上风，但打着打着突然委顿在地。女武者原地驻足了片刻，便转身回房。她刚踏上楼梯，委顿在地的三人莫名抽搐了一阵，竟没气儿了。"

萧子岩继续道："明府捉拿刺客的家侍部分中毒身亡，死状极为可怖，抽搐倒地，七窍流血。据线报所知，暗梅门中神出鬼没的暗营人，十之有九都是用毒高手，至于梅营的毒药也大部分来源于暗营。"

云息眸光一偏，往萧子岩身上看去，道："你说到明家的刺客，又说到暗梅门的暗营，是想说这刺客与暗梅门有关联吗？"

萧子岩道："明仲道认为刺客出手狠辣，必定是暗梅门人。中毒者死于‘雪上一枝蒿’，是经秘方炼制而成的雪上一枝蒿，而且……”

“如何？”

“这女刺客不久前在这桐乡居杀了三个随宫宫人。”

云息手离开茶盏，支颐而笑，悠悠道：“那么，你认为呢？”

萧子岩眉目静定，说道：“暗梅门有专门研制毒药的高手。江湖上鲜有人知的暗营，其中第十二宫更是众毒之源，行动神秘诡异。子岩愚昧，觉得明仲道早知暗营存在，他的推断，并非全无依据。”

云息眼中转过思忖，刹那恢复，道：“且不论明仲道是否知道暗营，但单凭毒药便把刺客往暗梅门身上推，不免有些草率。太多时候，反而正中他人之怀。”说话时，唇边水波似的，晕开浅浅笑意，“这些年来，暗梅门风头大盛，多少死在暗梅手上的人，未必皆是为暗梅门所杀。”

萧子岩会意抬首，道：“公子认为这女人并非暗梅门人？”

云息无言立起，掀起隔帘，走至窗边。

沉甸甸黑幕之中的明月，显得格外鲜明。周边黑云如带，或深或浅，像一张被腐蚀了一半的旧帛。风一动，残云便飘忽起来，仿佛有一双手在背后搅弄，很是诡谲。

萧子岩略一思忖，继续道：“可是，明家在江湖上名声盛大，除了暗梅门，谁还敢如此堂而皇之地对明家出手，而且还是善于用毒？苏门又不可能，还有哪个门派呢？”

“子岩以什么肯定一份‘不可能’？”云息负手而立，眼眺远处，斑驳月光下，眼神深邃至极。

“这……苏门远离江湖，避开是非多年……”

“江湖事往往出人意表，并非不在江湖上行走之人，便不是是非人。一日江湖客，一世江湖人，何况‘雪上一枝蒿’并非易寻的毒药，更莫说炼制。据我所知，其如何提炼、如何萃取混合其他毒药，配制成瞬息致人死命的剧毒，是源于一本书。”

萧子岩斟酌道：“公子是指《苏氏毒经》？”他转念一惊，“难道公子怀疑……"

云息不待他说完，已打断道："似是而非，假假真真，未有确凿证据前，不可妄言；再者，不管是哪一方人，都与我们没有任何关系，不是吗？"他的唇角牵开优雅笑弧，"子岩，我们是去做客的。"

萧子岩恭敬应"是"，过了片刻，似想到一事，迟疑道："尚有一事——"

云息侧过头，表示在听。

"昨日戌时前后，我路经一味楼，无意见到颜回公子近身侍女纳兰如笙，与她同行的，除了护身侍卫，还有一名身着雪青长衣的男子。我暗下追踪少时，推测这男子极有可能是卫颜回所易容。"

"知道了。"云息语气很平静，没有丝毫动容，甚至连眼皮都不曾抬一下。

萧子岩问道："可要派人追踪下去？"

"你安排便是。只注意一点，对他，不可安排谍鸟。"

夜色中，云息侧靠窗际，脸映明月。远处，一只金翼鸟展翅而来，落在他修长指尖。

萧子岩走近云息身侧，敛袖侍立，目光却落在鸟儿身上，少顷，对云息点了点头。云息手轻轻一拂，金翼鸟展翅远去，遥遥消失在夜色中。

云息转身，言简意赅，问："结果呢？"

萧子岩道："没有关于她的任何资料。"

云息面色略沉。

萧子岩斟酌道："还查不查？"

"查。"云息似想到什么，目光突然有些锐利，"你从那日逼退顾琴之人下手，她的出现未必是偶然。"

一旁的清风盘弄着手指，半抬脸，有些困惑地问道："她难道是那个救走顾……"

云息轻轻一抬手，及时截住清风话头，道："我累了。"话中自有一股不容置疑的威严，显然对方才话题不想再叙。

慕容馥就在他们隔壁，要听到他们对话，显然易如反掌。清池会意，上前扯了扯清风。

云息合目，揉了揉眉心，挥手道："清池，去准备，三日后起程。"

次日晨光起，大地将醒。日色变转得令人目不暇接，一地秋光浸得地板上粼光滟滟，似波池碧水。桐乡居大堂上，只零零落落坐了几人。但那几人的目光，却都不约而同地落在一处。

慕容馥走下楼梯，顺着所有人的目光看去。

靠窗一案，有男子静坐，头发为白玉小冠高束，两鬓垂散些鬓发，半遮半掩了他小半张脸；一身茶白纱縠罩衣，宽袖旁垂，有晨风阵来，兀自飘摇。

日光穿窗，剪裁着他的侧脸轮廓。光色一掩，便在地上拉开长长的身影。秋光日影里，沉沉浮浮，风烟共色，灿烂生辉。

在场众人，心中无法不生感叹，究竟是怎样的鬼刻神劖，才能将这一脸素简线条勾勒得如此顾盼生辉，叫这副皮相随意一处便成人间好景？

慕容馥走到男子案侧，步履踩在他映地的影儿上。他手执软玉，闲闲支颐把玩，似浑然不觉她的到来。熹光日色下，羊脂软玉在那修长指节间，尚不如他五指肤理细润完美。她心里暗暗羡慕起这双手来。

行近席垫，慕容馥才将目光自他手间离开，冲侍立在他身后的清风、清池灿烂一笑，看到案上的红绿糕果，欢欣拍手："又有好吃的！"旋即目光才落在云息脸上，招呼了声"早"，便在席垫上趺坐下去。

"不早了。"云息这时头才微侧，一笑，眸光递过去，明明无波无澜，却滋味俱在。日光还锦上添花似的，把这笑镀上了金晕。

慕容馥一阵愣愣，浑觉头晕目眩，澄神离形。旧时曾在书中阅过一绝传秘技，名唤——摄心离魂。书中道，此技能于不动声色处，蛊惑人心。事实上，这种功夫，几时需要去苦心修炼？老天那么不公平，有的人单靠一张脸，简直已是天赋异禀。

慕容馥暗地嗟叹着，但念头一转，换作一副蔫头耷脑的模样，唉声叹气道："不公平，真是不公平！"

云息漫不经心地问："怎一个不公平？"

慕容馥眼睛往清风身上一瞄，手肘支在案上，托着腮，另一手往糕点盘子伸去，道："你能天天尝清风的手艺，而我却不能，这难道不是不公平？若是我每天皆有这等口福，怕是平生无怨了。"

这话说出来，怕是还有下文。云息挑眉，眼底落了忖度，却也不过闲闲应了："清风的厨艺的确很不错。"

"何止不错！"慕容馥吃下一块糕点，忽地拉住他的袖，一脸慎重道，"此番我心意已决，往后一段日子，便追随公子左右。公子昨日言，明光府江湖英雄聚首，场面应当会很热闹。如今我孤身一人，没什么可去的地方，这武林大会也有些看头，若能一去瞧瞧新鲜，也算是长了见识，碰巧云公子也要去明光府，又顺路。"

云息垂眸，看了看她的手，并无拨开，复抬眼，声音里带着笑意道："原来昨天在车上，我并非对着空气说话。"

他唇角笑意渲染出去，一直蔓延入了眸底，委实光风霁月好神容。这样的赏心悦目之余，慕容馥心里却惶惶不安。脸是霁月光风，心却并非胸无城府，他的口气叫她难以揣测。

"怎会呢？云公子说话，小女子自然是句句听在耳里，放在心里的。"慕容馥笑意盈盈，满脸皆是讨好，向往之色昭然，"我曾闻言，明家是当今江湖中赫赫有名的两大世家之一，其府园甚为富丽堂皇，堪比一些小国王宫，小女子浅薄无知，实在心驰神往。"

"在下乃受邀而去，若随行带着一个生人，如此贸然，似对主人不大礼貌。若中间生了事端，怕更是不好交代。"云息轩眉轻挑，施施然道，"昨日我答应你，将你带到这里，接下来，你我还是各归各途比较好。"说着，轻轻拨开慕容馥的手，划清界限。

慕容馥复拽上，手指绞着他的袖沿，一脸委屈道："可是……听说那里门禁森严，未有邀请之类，我怎生进得去呢？"

云息想扯回袖子，见她攥得紧，未能如愿，索性作罢，面上一副事不关己的神容，道：“这是慕容姑娘的问题，与我又有何干？”

“你不能这样呀！人道四海之内皆兄弟，”慕容馥鼓着两腮，佯作可怜，绞尽脑汁地想出些溢美之词来，“云公子是君子，必定品貌相符，表里如一，性情宽厚，不如成人之美。”

云息心底轻哂，倒是牙尖嘴利。他手抚下巴，别有深意地延着长腔道：“你一个女子，与我随行，若叫人误会了什么，对你名声怕是不妥……”

“江湖人不拘小节呀，你若介意的话，我……”慕容馥顿了顿，似想到一好法子，急切道，“我可以穿成男装，打扮成你的左右侍从。更何况，你身边女扮男装的也不止一个了，就是多一个我，也无关痛痒吧？”说着，目光掠过清风、清池。

清风、清池在他身侧日久，自来都是男儿装扮，起行举止，亦如男子一般教养，又兼年纪尚小，各方特征并不分明，眼瞧清秀，却很难看出是女子之身。她才与清风清池接触多久，眼睛竟这般尖锐？倒非等闲。桃花眸里，深意起伏，云息看她片刻，眼中锋锐隐遁，一切动静，收拾服帖。他温润含笑，坦然道：“我的确是不计较多一个还是少一个，怕只怕——”他故作神秘，余音一拖。

慕容馥听他似松了口，连忙追问道：“只怕什么？”

云息扬眉，慢条斯理道：“怕只怕，有些事你扮也扮不来。”

这话中有漏洞，慕容馥又惊又喜，脱口道：“所以，换句话说，我若扮得来，你……你就答应了？”

“自然。”云息斜她一眼，衣袖总算从她手中松了出来。他捋了捋被她绞得发皱的袖襟，含蓄一笑，“慕容姑娘一身修为，却愿意屈就，扮成区区在下一个侍从，息还有什么不允的呢？”

慕容馥时下欣然，神容也神采奕奕起来，问道：“那我们何时起程？”

云息舒展两袖，起身回室，应道：“后日晨起。”

金乌渐坠，已近日暮，光影瞬息作变，将天地远近混淆得光怪陆离。

桐乡居高墙瓦顶上，女子白衣素秀，乌发垂瓦，单腿支起，一手托腮，独自看着下方来来往往、川流不息的行人车马。

昭华城以通江桥为界，分东、西两城。

东城二十四条宽阔大道纵横相接，分六十四坊。两侧商家铺店、富家高宅连甍接栋，鳞次栉比，端是繁华气派。桐乡居所在街道，名为阜盛街，顾名思义，这是东城二十四道中最为繁华阜盛之地。

晚霞交接，满世界都是一层红光紫色。时有风来，把霞光魅影吹得耀耀乱动。此刻，整条阜盛街散发着别具一格的人间烟火气息。

慕容馥看着来来往往、摩肩接踵的人群，有些入神。往日她也时常在山顶高处眺望远方，但是，山高孤绝，哪能有这样的烟火气息、世俗熙攘？

常言道，高处不胜寒。彼时眼界虽远，却觉自身渺小孤寂，而此刻，光华耀目，喧嚣入耳，心里莫名有种道不出的熟悉滋味。

正愣神之际，忽听街上人声吵嚷，连桐乡居里的客人也陆续出来。慕容馥收息敛劲，细神听去，耳听下方有人道："看看去，看看去。"

居中些许侍者也跑出，拉着一行人问道："发生什么事了，这样乱？"

行人道："夏侯鬼府那儿出鬼火了。"

侍者忙问："什么？那夏侯府又起火了吗？"

行人道："不是，不是，那鬼火像烟火，一波一波地闪出来，大家伙都怕了，那鬼府素来无人，怎会有这样的烟光？准是里边的妖鬼放出来的。"

慕容馥往身后望去，只见桐乡居西边处，一地连绵高墙碧瓦的大府邸内，有光影不时冒起。那火焰光并非一股脑儿都出来，而是时起时无，不像烟火，倒有些像示意的信号。

观望的百姓众说纷纭。

有的说："那里面该不会是住了一头火怪吧？这么久没人进去送

死，它饿得慌，发怒喷火了。”

另一个人道：“不对，不对，那是妖怪的戏法，它将当年烧死的那几百条灵魂都收成它的小妖，日来没趣，叫它们变着火球玩。”

还有人道：“也许是它指使那些小妖出来府外，往人堆里抓人，这正是它们变身时的火芒。”

另者惊骇道：“对对对，指不定此时就在这大街上人堆里挑人了，还是赶紧回家。”

大约是神鬼传说听得多了，百姓天马行空的想象把一切渲染得有板有眼。这时不知哪一处人陡地高呼一句“妖怪来了”，四下惊得一阵慌乱，撒腿胡跑。

慕容馥心下好笑，人云亦云，一些无中生有的事，竟也被传得如此宛如在目。这时耳闻屋瓦下方有桐乡居的居客谈论。慕容馥细细听来，才知道这些谣传也并非真的无中生有。

原来九年前，夏侯府一场大火之后，夏侯满门三百多条人命皆被活活烧死其中。当时火势极大，府邸又占地极广，那一场大火直烧了两夜一日。夏侯家百年大府成了一片废墟灰烬。可是，一年后，不知从哪里来的一户姓柳的人家，叫人画了夏侯府原始建筑图，照着模样重建了起来。

这柳家人不近人情，将府邸近道尽数围起，不让百姓随意靠近。加之柳家子弟跋扈，在昭华城中极是不得人心。后来不知何人传出，说柳府里经常闹鬼。同年的短短四个月，柳家三位公子全莫名其妙地死了，还有一位夫人悬梁自尽。巧的是，死的个个都在每个月十五日。而当年夏侯府被烧，也正是八月十五中秋夜。

入住不到一年，柳家人疯的疯、死的死。那柳家家主请了许多道僧作法，都无甚作用。柳家人熬不过，最终搬走了。府宅里葬送过那么多条性命，人人皆以为不祥之地，无人敢接手买下。柳家人搬走后，有一段时间，也有很多人进过这府邸，或是偷盗，或是夜宿，但不久便有人在荒郊野外发现了他们干瘪瘪的尸体。

之后，昭华城中，人们把这府邸叫“夏侯鬼府”。这鬼府半夜总传出些诡异可怕的声音，昭华人将其与若耶山、幽冥谷等并入宁国十大恐地中。

慕容馥看着夏侯府的火焰光芒渐渐转无，有些出神。说是鬼怪，对于在幽冥谷活了七年的慕容馥而言，自然是不信。不过，蹊跷的是，府里若真空无一人，那这些火是从何而生？再者，为何之前入过府的人会都死了呢？

看着夏侯府方向，慕容馥眸光微微一锐，准备天暗下时，偷偷进去看个究竟。

梆子敲过二更，夜色笼罩天地。慕容馥避过云息眼目，偷偷从桐乡居溜出，绕胡同，过商坊，便见鳞次栉比的民居。因其繁华，此处街道廛肆，横纵错杂。倘若是初到此地，兼夜暗视昏，定是难辨方向，但慕容馥一出桐乡居便直往夏侯府所在，闪身而入，身形利索，对一切似乎极为熟悉。

这府邸占地极其宽广，但因年久失修，入目极其荒凉。原该高墙碧瓦，如今粉彩剥落，青苔间缝；原本斗檐钩心，如今檐断瓦裂，不成样子；原应高阔深进的楼阁建筑，如今是蔓藤芜枝，杂乱横生。四下蛛网繁密，衰败式微。

游走四顾，慕容馥面色清淡，看不出任何情绪。穿桥过廊，走入主厅，她取出身上火折子，轻点烛光用纱罩笼着。

蜡烛陈旧，不甚亮，火光闪闪，昏黄诡异。

慕容馥拿起纱灯。这府邸太宽广，走完所有地方，怕得一整夜，她只能将府里几处主房绕了一圈。灯光明灭，月色森然，除此之外，并无什么恐怖之处，没有鬼怪，也没有人息。

为什么？如果真的什么人都没有，那么，示火是从何而出？满心疑惑虽是不解，但天色不早，慕容馥灭了灯火，将灯放回原处，正欲离开。

才至中庭，倏然间，空气瞬息厚重压抑，刚透露头角，未及思量，杀气已至身侧。慕容馥眉梢微动，一片枯叶无声息自半空而落。

紧接着，几抹剑光如冰寒破空，朝她当头罩下。

趁人不备!

萧索满目，风沙飞腾，气场变换。

慕容馥神动心移，瞬间横避。

电光石火的当口，白影如烟涣散，四把利剑陡然落空。

突袭四人体瘦身小，面戴银具。面具上暗梅一朵，花绽五瓣。女子瞬间消失，他们四剑落空，猝然一愣。这时，上方蓦地传来一丝女子轻笑：“我当是什么，原来是四只小妖怪呀！”声音娇柔，旖旎滋味。

四人循声仰首一望，不料杀气铺天盖地，一团白影如巨石，登时压落。

他们反应倒也灵敏，就在慕容馥白绸要缠上他们剑身的刹那，四剑相合，联阵出击，剑势朝上，欲破白团，直刺对手。

剑绸相触的当口，月色陡暗——

利剑破不了白绸，反而被一股强大的柔劲反噬。剑唰唰几声当当响，从中折作两段。四人虎口大麻。

慕容馥无片刻迟滞，趋身前荡，白绸夹劲，后招随至，如石续压。四人不及出招，慌忙就地一滚，狼狈躲开。

就在慕容馥欲再次追击的瞬间，她感觉到空气中的一股异样——

静。

非常静。

慕容馥眼显震惊，只有内劲极为强大的武者，才能将空气中一丝一毫的气场化为己控，隐匿出招气息。

像空气中，已有气场铺展的无形的网，不露涓滴痕迹，正欲朝猎物罩笼而至。

好在慕容馥在幽冥谷久居多年，对危险的洞悉灵敏于常人。她立即放弃追击，身形一旋，疾速回避。

“砰”的一声，慕容馥原先立处所在，亭塔形小灯座陡地爆崩，当空破飞，平滑的青石板上，裂痕朝四面八方延展。

暗夜惊魂！

来者出手悄无声息，其劲道之可怕，令人触目惊心。慕容馥此先若缓一刹那，当即粉身碎骨，绝无生路。

空中沙粉未落，尘埃未定，迷迷蒙蒙之际，慕容馥与来者已连过三招。拳脚相对，绸掌相击。慕容馥修为在此人之下，哪里是对手，更莫说与之劲力相峙，当下旋身后避，亟欲逃走。

那人早料她意图，一早困住所有退路，掌势早已蕴发，直击慕容馥肩侧。

机会来了！

慕容馥嘴唇青紫，忍住周身剧痛，借着对方击中她肩头的掌劲，疾如电掣风驰，指东去西，弹身跃离。

尘埃落定。

慕容馥奔离时错目回望。

月影凄迷，那人头首拢在兜帽里，面上戴着一副白面具，眼睛处剜出两个洞，漆黑得仿佛无底的深渊。整个身子都掩在宽大黑袍中，宽袍在夜色里飘荡，戾劲阴森，仿佛周身有水波暗涌，陡生飘忽诡谲之感。猝然回首照面，倒像幽冥域中的行尸鬼影。

四个银面剑手飞身欲追，白面人横手制止：“五梅绝息散，她活不过半个时辰。”面具上两个黑漆漆的眼洞里，目光锐冷，笼罩慕容馥离去的身影，惊诡怵心。

慕容馥捂着肩头，一路疾奔至桐乡居，刚至房前长廊，感觉到脚步声息，极轻极轻，起伏有致。她侧过首，遥遥见得萧子岩自拐角处转出，双手捧着一叠衣物，朝她房间所在走来。

慕容馥皱眉，心道，这人来得不是时候，实在讨厌，遂忍住全身剧痛，整衫扬袖，笑颜一展，一副懒散模样，迎他而去。

萧子岩面无表情道：“这般时辰，我还担心慕容姑娘已经睡下。”

慕容馥掠鬓扬眉，笑眸盈盈宛若流波，道：“今夜月色大好，太早睡了岂非可惜？”旋即身子前趋，探了探他手上所捧，神色好奇，问道，“咦，这个是什么？”

萧子岩剑眉微压，茶眸氤氲淡漠之色，语气硬邦邦地道：“公子遣在下将这侍从衣物带给慕容姑娘，时间有变，明日起程，慕容姑娘今夜好生休息，莫要耽误公子行程。”

“哦——”慕容馥似不觉他语中的疏离冷淡，唇边依旧带着湛湛浅笑，“我知道了，有劳萧少侠了。”旋即接过衣物，转身入房。

萧子岩面色沉锐，目光在那拉合的木门上凝了片刻，方转身离去。

感觉到萧子岩渐行渐远的声息，慕容馥才松下口气，掌心已冷汗涔涔，周身力气松懈大半，面色苍白如纸。

窗口呼呼风入，慕容馥将衣物随手置于床上，趔趄几步上前，将窗关个紧实。

风息作罢，满室寂然。

她坐回床沿，宽衫解带，露出半个瘦削肩头。衣动时簌簌落了几点白粉，慕容馥被痛感煎熬，并无察觉，只侧垂眼帘，看着自己肩膀。

肌肤嫩滑如羊脂，偏偏有几道疤痕蜿蜒交叉，延续入臂，如一张好画，溅墨勾销，一文不值。疤痕显见时长，其中自有故事，只是慕容馥黑眸如潭，将一切掩入虚无。

而此际，疤痕之上还有个青紫掌印，不禁骇人。锁骨之下，更是肿痛不堪。那人的掌力有崩山裂地之功，若非这一掌，她根本没有机会逃离。好在她先前早有料想，劲气护身，又有衣物承护，否则这一掌及身，不是半死也是伤残，非此皮肉之碍。

慕容馥自袖中取出一冰纹小瓶，素白薄玉，玉上一枝玉兰素绽。欢颜特制的露花琼浆不仅仅有内效，亦有外用之功。涂抹肌肤，止痛消肿，效用极佳。慕容馥涂抹肌肤，肩上灼痛大减，换过萧子岩带来的侍从衣物，打坐调息一炷香工夫，方躺下身去，闭眼思考今夜发生诸事。

第四章 花明柳暗费思虑

彼时，他问他，你最大的心愿是什么？

他说，但愿此生，能见太平盛世，海晏河清，天下百姓衣食丰足。

一 / 更阑访故

夜色愈浓，深秋凉夜，风带着微淡的寒意，翻卷地上落叶、行人衣袂。而桐乡居后廊，一片死寂，风波不惊。

油腻黏污，地板脏灰，房屋破落，有老鼠爬过的窸窣声，时有苍蝇纵横。四下里有腐朽的恶心味儿，鼻息所有可闻空气，皆被其覆盖。阴暗、森冷、不洁，这里主要住着一些被桐乡居买来的下等奴仆。

这是整个桐乡居最为破落的地方。

沉寂中，有一个声音兀然响起："你不应该来。"嗓音分明低沉无力，却如同寒风冰雪，有冷锐之意。

几朵飘浮的团云被吸附在月亮上，浮云苦无出路，终究被月光穿透，洒下尘寰。

暗处小廊，一名年轻公子悠然走出，长发黑如墨缎，部分披散身后，部分以一条月白乘云绣缎带绑系，玉簪横插。行走之时，发与缎带摆动如澜。

月色浅浅，淡照他身，姿仪清贵，身形秀逸；足穿半月履，步履轻缓。随着那声音的响起，年轻公子的脚步稍微一停，唇边勾起笑痕，继续前行。

他身穿浅紫右衽宽袖长衣，内衬玉色绢里衣，下搭着素色缚裤，外罩乌色纱縠对襟罩衣，衣襐上有暗纹墨兰，缀以银丝为边。腰上莲纹玉扣暗蓝锦带，带上垂着一枚杜若形玉坠。衣衫质地柔软委垂，腰带一束，整个人便拉得颀长挺拔。甫一现身，这脏乱暗沉腥腻之地，骤然若清风扑进，唐棣花绽般瞬息雅致。

“很多年前，有人说过如此一句话，‘这天下间，只有我想不想去的地方，没有我该不该去的地方’，”年轻公子走至男人身后，语气款淡优雅，“时至今日，我记忆犹新。”

男人正蹲在地上，手拿布擦着地板，短衣长裤，下缠行縢；青色衣衫上百结悬鹑，弓腰佝背，散发杂垂，胡楂儿蓬乱，掩遮得容貌不清。手指甲缝中堆满尘垢，周身酒气令人作呕。

难以想象，这翩翩雍雅的年轻公子正与这男人说话。

男人道：“贸然来此，就不怕此地的浊泥污垢脏了你的华贵衣袍吗？云息公子。”最后四字，点明来人身份。他不停下手中工作，继续擦地，也不抬起头。倘若不是云息正站在他身旁，男人就像是在跟空气说话。

如今江湖上，会这样无视公子云息的人很少，能让云息公子亲自见的人也不多，可偏偏，这个擦着地板的邋遢男人竟是一个。

“想不到先生竟选了这么个藏身好所在，以效子夏悬鹑。”云息环视四周一圈，淡笑如水。

男人背对云息，手间擦地动作微顿，道：“是否藏身好所在，我不知道，我只知道，如若不是你的那些钻头觅缝、无孔不入的洁者，我只怕在这儿醉上一刻的机会也没有。”

云息淡然道：“以先生才智，要寻一处晏然醉酒的所在又有何难？”面上笑意若有若无。

秋风瑟瑟一吹，像是带着曲线，拐过云息，吹在那擦地人的身上，越发衬其背脊清瘦，青衫单薄。

“你花这么多心思，怕也是有所需……”男人的语调带着倦意，但这倦意掩盖不了言辞间的淡定通透，“不过，我可以明白告诉你，我什么都帮不了你，现在的我，不过是一个擦地板的低等下人，也许以后也是。”

枯枝树影招摇，投影至地，如一双大手。

也许是命运大手。

“先生何以认为息是有所求？”

那人抬起头来，道：“如若不然，阁下今夜是为何而来？之前十多次为某遮掩耳目，所因又为何？”面上须发虬结，虽是样貌不清，但言语一派夷然，倒与他身上污脏邋遢很是不符。

“其实只要先生避世，于息而言，便是大利。出手为先生掩护，只因息素来敬仰先生，别无他意。”云息突然挥袖作揖，执的是师礼，恭敬道，“息有一惑，今夜贸然拜访，望先生析疑。”

男人微微叹息，就地踞坐，并不开口。

静垂广袖随风微摆，云息整襟肃颜，道：“敢问先生，举世皆浊，吾可否独清？”

男人平淡应道：“心浊人浊，心清自清。”

云息又问道：“以先生之意，人之清浊与否，与所处之境无关，只与心有关？”

“是。”

云息淡淡反问道：“既然如此，先生避不避世，有何不同？有何用？”修眸如渊，尽收从容。

男人闻言一窒，静了半晌，才道：“心不由己。人最难过的是自己心里那一关。避开，原本是以为，身避了，心便也避了。”语气带有低微叹息。

“那先生觉得心避了吗？”

男人不答。

不知何处传来几声低鸣，声息凄凉，毛骨悚然，也许是一头受了伤的兽，但听清楚，不过是枝叶相擦的风声。

夜空云影辗转，月色渐显。

光辉凝脂，钟情地依恋中庭，溅得一地细细碎碎的月光，动动荡荡，波澜四起。人立其中，如置身舟船。倒影在地面，聚聚散散，摇摇晃晃。

云息含笑面容骤蒙薄薄月辉，冷声道："从前只道先生才智超群，盖非凡才浅识之辈，却不想，也做此自欺欺人之举！"他挥手振袖，一脸愤然，"所谓的心不由己，所谓的心中关卡，无非是心志不坚的借口。若心执不拔之志，又何惧露重风多？"

男人静默。

"先生才智高人一等，彼年息十二岁，偶读先生《治政论策》《辅战奇正论》，始慕先生。后幼齿流浪，记滥俗学，赁耳佣目，愈知其中之精妙，深觉先生才识，斐然为世之举首。但如今见先生这番状态，便如无瑕宝玉徒埋浊泥之中，何其可惜。"

男人冷笑道："依阁下方才之言，只要某不出现，便能遂阁下心意，此时又何必惺惺然，作此惜才之语？"

云息急敛怒色，一改客套，襟怀洒落，娓娓而道："今为乱世，先生比我更明白，西秦皇室式微，各国王霸之心大起，整个天下就是一潭深不及底的泥潭旋涡。先生本想避浊求清，可知道这战乱一起，先生能避到哪里去？身已置于乱世，海晏未清，乱世不平，焉有路可避？"

他唇角一挑，惑人无双的桃花眸，此时此刻尽显坦然："更何况，以先生与皇室的关联，本就身处这旋涡中央。先生不与事情揽上关系，事情也会与先生揽上关系，想要两手一拍，一身轻然，两袖清风，跳出这个泥潭，实是镌空妄实，不切实际矣……"

字字如石，掷地有声，敲打在心。男人垂眸静听，缄默不语。

云息继续道："先生想安贫乐贱，与世无营，百姓又何尝不想安常处顺？然而奎蹄曲隈，乳间股脚，又岂是安室利处之所在？先生想要改变，很好，但改变的不应该是先生自己，而是这世道。先生想重作择选，选择的却不应是退避。道难堪，则命靡常。先生当然比息更清楚，只有将这一潭浊泥变成活净之水，才能得到真正的平静，不是吗？"

男人轻轻道："世人道，云息公子一张口舌，堪比当世利器。今夕方晓，所言非虚。"

云息不变容色："就目前形势，息确实不愿意有先生如此对手，然则，就心底而言，息更不愿看到先生现在这副模样，苟活人世，白白浪费一身不世之才。息之所言，皆从肺腑，先生若只当息是摇唇鼓舌之辈，息也不敢置喙。"

半晌的沉寂。

霜寒露重。

片刻，男人开口，语带深邃，似洞悉一切。"你在当前局势中，本就势弱。他人皆有所凭依，独你只得靠自己。"声音稍稍顿了一顿，"其实你何必如此自苦，偏要我出来与你为敌，平添艰难？"

"艰难？"云息冷笑，一双桃花眸，此刻犹如碧泉寒潭，澄净中是无限幽深，"世人几个不觉世道艰难？乱世之中，亲情之取舍，仁义与杀戮之抉择，更是艰辛至极，每每至行，都觉步履蹒跚。息又何尝不是？旁人瞧息轻松自在，徒沾寡功而少享众誉，身无寸能而广得声名，可旁人焉知息心下仓皇，进退踧踖，曾流过满襟血泪？曾历过万般艰辛？这些年来，息又几时有舒坦过？"

"既知进退维亟，何苦搅入这潭浑水？依你能力，择一处安逸之地，何愁此生无悠闲自在的日子？"

云息眉间笑意清冷，眸底却有另一种滋味在腾涌。然而，他情绪依旧控制得极好，声音缓急有度，道："艰难又如何？舒坦又如何？要侈纵偷苟过尽余生，我又何必白白活到现在？玄熤[1]他又何必白白一死？这么多年使我坚持走下来的，不是私怨，不是权力在握的天下至尊，而是一份心愿，他的心愿——"

"心愿？"

"山河肃清，百姓和宁，这一直是他的心愿。"云息轻声一叹，"而各国上位者，或盲若瞽目，或心有旁骛，或虞诈争夺，他们不在乎倾轧之下百姓的生死颠沛，他们只在乎一份权力之争。"他的语调

[1] 傅山的字。

极是平缓，无一丝凌锐之气，亦无半分矫饰夸大，全然是确而不虚的实话。“其中的生死、血腥，先生亲眼看到过，又何须息来提醒？”

男人袖底下的手攥实了几分，不露痕迹，亦不言语。

“可百姓求的是什么？”云息慎重、清明地道，“百姓求风调雨顺，身体健康，暖衣饱饭。他们何其无辜，根本不知道上位者之间权力的来去、争夺的游戏，却早已被归入棋局，成为垫脚的基石。乱世最残酷的，不是国与国之间的盛衰，不是一朝帝国的气数，而是百姓的流离失所，颠沛命运。”

男人紧抿着唇，过了片刻，才哑着声道：“现今天下大乱，短期不会终结，我……从前有心，却也难为，更莫说……”他拊膺长叹，未说下去。

月轮穿云移转，清辉盈动。云息看着他的背影，一字一顿道：“知不可为而为之。”一身傲然之气，盈溢而出。

男人一阵沉默，似在思考，又似是对他之言充耳不闻。

夜风再起，柔柔拂着云息衣袂。衣袖的边角不可抗拒地逆摆，兰纹起伏如活，而他静然地站在原地，仿佛在等待着。

一切尽在不言。

良久，男人感慨：“你变了许多。”

云息静默。

男人道：“当年的你，隐忍负重，是个沉郁的少年。如今，你已是人们口中神秘的公子云息。”

语气少了隔离，听起来倒叫人感觉他们是阔别多年而重逢的友人。

“那时，我是见过你之后方晓得，若一个人百无一能，再如何隐忍、韬光养晦，这都毫无用处。韬光养晦的基础是要有足够强的能力。当年的你，一身神采飞扬之气，满腹经天纬地之才，那一日我初见你，不知你身份，只知道自己想成为与你一样的人……然而，后来我才明白，我学不了你，也无法成为你，每个人，都有每个人的路。你是，我也是。如今，我不知道走的这一条路有多远，需多久，但至少，我知道，我在走一条什么样的路。”

男人略带感慨，声音徐徐沉缓：“人，很多时候，需要一份支撑，才走得下去。但并不是每个人，都能找到足以支撑自己走下去的东西。古今成大事者，必有过人之坚韧。彼时我从你眼里，看到满腔的不甘与执怨，我知道，日后能挡你前路的人，并不多。这怕也是秦睿选择你的原因。”

“若不是玄熠代我一死，可能我永远看不清楚，自己该做的究竟是什么。这么多年，我走遍小大之地，才渐渐明白他之所愿究竟是因何而生。我才发现，令我一路走下来的，并不是怨。怨恨可支撑一时，但无法令人走得更远。若要走得更远，我首先得放下的，就是私怨，就是自己，否则我的眼界，永远只能狭隘地囿于一处。我虽不知道，你放着那个位置不要，避到这里，是何缘由。多一个敌人也好，多一份险阻也罢，我只希望，我曾敬羡的那个人，不会就此消失。这是我会来到这昭华城的原因，也是我今夜会站在这里的原因。望先生莫觉息此行冒昧。”

清风吹得他袍袖飞扬，衣上银线随月光起伏，一派鸾姿凤态，眇映云松。

“傅山……”此刻眼前的云息，竟莫名令男人想起很多年前，那个主动挑战自己的少年。

挟剑惊风，意气飞扬，推翘勇，矜豪纵。

彼时，他问他，你最大的心愿是什么？

他说，但愿此生，能见太平盛世，海晏河清，天下百姓衣食丰足。

忆当年，吴钩月下，万里风尘，一见如故。只可惜，回首万里，故人长绝。

男人道：“玄熠他……真的死了？”

云息面色淡淡：“是。”

“傅山死后三年，闻说卫国边境有位幽云将军，平戎狄，定蛮渠。你……都是为他吧？”

云息眼微垂，道：“平戎狄，定蛮渠，我不过是为他报仇，而他最大的愿望，我会倾尽一生所有，把它实现。傅山的心愿也是我的心愿。”

空气中一阵静默。

男人突兀道：“近十年历练，你的眼界已远。云息，你已比我强。与你为敌无益，与你为友无须，多一个我，少一个我，又有什么区别呢？”

云息唇微微一抿，目光幽幽，一双潋滟深眸不知透过男子看着何处。他静定道：“不管你与我日后为敌为友，我唯愿你能一改当前颓态。傅山他视你为长、为兄，他之所想，也是我之所想。”

男人许久不言，身子更是一动不动。

两人一站一坐，月转星移。良久后，云息改执平辈礼，朝他的背影振袖一揖，无声离开。

天边有白若鱼腹，翻转而出。

云霞与光影编编织织，喧嚣的世、劳碌的人，仿佛自黑暗里重回这罗网般的红尘道中。

二／茶言清心

日色若沙，从四面八方拼了命地挤入屋，奈何被窗棂格子给筛了一筛，在地上投递出零零碎碎、剪剪裁裁的影，像一盘残局。

慕容馥自床上霍然起身，张眼便瞧得这当窗日色，分明已将入午时。她心中暗忖：糟糕，他不会丢下我走了吧？

她匆匆忙忙，整襟靸履，忍着一身酸痛，直奔隔壁。

推门乍入，迎面几乎撞上正要出来的萧子岩。慕容馥急忙收势，仰面作笑，道：“不是说清晨起程吗？怎么快正午了，都还在啊？”说着，也不等萧子岩回答，径入里间。

踏足方入，触目只见男子衣解般礴，黑发披散，发丝微澜，像足方睡醒的模样。清池立在他身后，用盘莲犀角梳将发理顺。

日光透窗，泻在男子发上，乌发镀了一层光，亮绸似的泛着盈盈色泽，入目炫然。

此人素来甚修边幅，起居挑剔，衣着考究比女人更精细。慕容馥倒未见过他这般不拘形迹的姿态，一时难免惊讶。

其实，在许多人印象里，男人倘是披头散发，多沾疏狂，抑或放纵。可他偏不，粗服乱头，亦难掩其姿，一身清雅与潇洒，恰如其分地尽糅于一身。

云息拂开清池篦发的手，侧过身子，斜睨着慕容馥，笑意浅薄，慢悠悠道："你也晓得时近正午？"

慕容馥讪讪，嗫嚅道："我……我以为你们会叫醒我。"

云息立起身，走近她，慢腾腾地。

他的身上披了一件素带玉色中单，交襟左右，相叠粗掩，衣上料纹波光水影，一泻及地。阔大的袖笼波澜似的摇摆着，空荡荡，翩翩然。腰上素带半束，襟口松散，胸膛前的肌肤半合半露，没入衣褶深处。

满身气势莫名逼人。

他靠近她。

慕容馥不知缘由，一颗心乒乒乓乓胡乱闹撞，隐隐似有怯意，踉跄后退两步。不料身后是一块贴墙鸡翅木雕花屏，整个身子，一时靠上。

后无退路。

云息旋即已至，一手过她头侧，撑抵在屏上。他垂首，长眸眯起，似笑非笑地盯着她，嘴唇翕合，道："原来，主人是要反过来去唤侍从起身？"

"啊——"慕容馥错愕，顷刻不明所以。她尚未意识到身份在昨日已有了变转。

云息道："清风、清池寅时三刻便须起身打点一切，理毕妥帖后，服侍我起身更衣梳洗，你呢？你也晓得现在已近午时？"因靠得近，声音低迷，嗡嗡地，有种懒洋洋的味道。

气息交织，若蚕丝吐涌，纠缠不休。慕容馥眉心一蹙，对这样的趋近有一丝莫名的反感。她伸手将他一推，旋身已离他范围，没底气道：“我……我是扮作你侍从，又没有说要真当你侍从……”到底是强词夺理，声音一层一层变小，尾音已掩在喉咙里了。

云息侧首，眼中波澜俱在，状似了然道：“哦，原来你是吃着好处，却又不出本钱，是吗？”他语音清然，微微一拉，又道：“既然如此，我多一个你在身边，又有什么用处？不仅白白耽误行程不说，指不定还附带什么危险，我何必多操着这一份心……”说着，转身，也不再看慕容馥，径自走到插屏后、衣架前。

听他言语如此，慕容馥心惊他反悔，忙随身转到插屏后去。他那无波无澜的笑容唬得她一骇，忙不迭摆手解释道：“我不是那个意思，你——好啦，我明日也早些起身就是。你还想让我干什么，一股脑儿道来。不就是当……当个区区侍从嘛，那也容易得很。”

“哦？容易得很？”云息手指滑过架上衣服，闻言倾首，转眸睨她，懒懒道，“那同我说说，你会什么？清风九岁时，便拜西秦七大名厨为师；十一岁后，遍走西秦，与各国御厨长交过手。清池呢，识六国文字，晓十八种番夷之语，从琴棋书画到女红茶道，各国衣物饰样流行，无一不学，百科典籍，过目不忘。你呢，你有什么本事？也道来与我听听。”

“我……”慕容馥瞠目结舌。

难怪，那些糕点食物各国风味俱有。清风、清池，二人年岁不过十三四岁，竟都已这般厉害了得，而这样的她们也不过是他身边侍从。慕容馥脑海里一个个数过自己所会诸事，这么些年来，除了练功，她大概只会——

“啊，我懂酒。”慕容馥双掌一拍，扬眉亮目，两手环胸，一脸傲然道，“各国的酒，一百种摆在我面前，你喝一口水的工夫，我就能把它们一一道来，怎么样？”

清池一直叉手侍立插屏旁，闻言笑了一笑，解释道：“公子素来滴酒不沾。”

慕容馥面色一愣，旋即皱眉，嫌弃道："一个大男人滴酒不沾，算什么男人！"

清池道："慕容姑娘百酒皆识，难道能说慕容姑娘你……算个男人？更何况饮酒伤身，这些东西还是少沾为好。"

说着，清池走近榆木镂空雕梅衣架，自衣架上取下方才云息手指指过的暗纹白罗里衣，行近云息身侧，抬手正要褪下他身上中单换上。云息伸手阻她，道："把衣服给她，让她来。"

慕容馥接过清池递来的衣服，愣在原地。

清池侍立一侧，看着。

云息转过身来正对着她，道："你什么都不会，栉束冠衣，总该会了吧？"

慕容馥抿唇。她被打击得不轻，难得一副垂首蔫气："我……"

云息意外地挑了挑眉梢，道："怎么，你真连这都不会？"

"会！会！"慕容馥急忙咧嘴，僵硬扯开笑容，心下却是讪讪：再说不会，那也太没面子了，不就是穿衣服嘛，只是这束冠……

"那还杵在那儿做什么？"云息两手轻展，看着她的眼神里带着玩味。

"来了，来了——"慕容馥趋近他跟前，把抱着的衣物暂搁架上，先绕到他身后，褪下他一身玉色中衣。

这个人，一身宽袍大袖，细致而贵气，总令人觉得他清俊，衣衫下面应该是素骨瘦薄的模样。此际，衣袍褪下，袒开上身，却是一改观念。肩宽腰窄，肌肉紧实却不虬结，线条流畅，匀称有致，没有十几年的武技修炼，是绝无这种境界的。

令慕容馥讶异的是，他的身上还有零零落落的疤痕。看痕迹，倒算久远。他明明一介富贵公子，十指不沾阳春水，怎会有这么些伤疤呢？剑伤、刀伤、枪伤、鞭伤，不均匀的间隙，甚至还有两个寸长大小的方形烫烙，深浅不一。疤痕是一个人过往经历的残余，是记忆留下的无法抹去的痕迹。他是一个背负着故事的男人，看这一身伤痕累累就知道。

只是这样一身伤疤分明得触目惊心，在常人身上怕是不堪入目，于他，反而多了一种历练及男人的气概出来。文人之儒雅兼男性之刚毅于一身，有另一种相得益彰的况味。

云息此刻中衣一褪，周身上下只余了一条亵裤，慕容馥却一点儿女子该有的羞臊也无。多年来一心修武，慕容馥男女观念不清，不拘别念，心境反而坦荡，是以面对这样境地，照样毫无芥蒂。一身素白暗纹单薄里衣，旋即已为他穿整齐。

清池将衣服一一递过。

云息立身，手臂收展由人。

慕容馥为他穿上墨色宽袖长衣，绕身至他跟前，理整对襟。襟上织银兰草精巧细致，慕容馥微微一捋，手自他胸膛滑落，衣上便一丝起褶也无。

表面上看，粗鲁懒散，大大咧咧，可是动作细处有不经意流露的细心。云息看着正整理衣服的慕容馥，眉眼清澈深远，眸底却似乎有纹波微漪，倒像是意外。

清风递上织锦玉带，慕容馥接过，半屈膝，往他腰间一束，旋即披穿上乌纱外衫。宽袖广襟，暗纹盈动，寸缕寸金的云锦衣袍，一片帛光耀目，身前男子玉姿翩然即显。

慕容馥踮起脚，自前伸手将他衣领中的发撩出。踮脚伸手，无意的举动，叫旁人看去，倒像是双手揽在他的脖子上。

呼吸近在咫尺，两人骤然就这样地近。慕容馥目光随之一抬，正正对上他垂下的眸，不经意地。

风华桃眸，入鬓剑眉，再加上直鼻薄唇，单单这张脸，便精雕细琢得大夺造化之功。

这是一张完美无缺，却难以看透的脸。

慕容馥的脑海中，浮现一段对话——

“小机灵鬼，你看有时候萧桃娘的穿肠毒药也比不过李巧巧的一张脸，可晓得为什么？”

“为什么？”

“因为无形之毒要人的性命，那更是半点不含糊。”

“什么是无形之毒？”

“色相。人生在世，男男女女，大部分都逃不过色相二字。”

“你的意思是有小部分能逃过吗？”

“当然有，这就是我今天要教你的。看一个人，要用你的心去看，不要用眼睛。有的人，天生长着一张欺瞒众生的谎容。”

云息面上状态闲闲，桃花深眸无声一挑，看着她，手无声息地，搂住慕容馥的腰。

很瘦，腰纤纤，嬛嬛一袅，一手都握不盈。

男人总是爱细腰，有意无意，纤腰细细，一把掌控在手，无形的诱惑，心猿意马。

慕容馥反应灵敏，稍觉有异，整个人便旋身后避。

云息更快，欺身向前，猿臂轻伸，纤腰又在怀。

这一次，他收紧。

人动衣动，发丝微澜，拂入慕容馥脖领间。

之前的一路上，她百般试探也感觉不到他的修为。那劲息似有若无，浑如普通人，让她以为他的武功在她之下。可是，以她的身手，竟连他的一只手都逃不开？

此人暗藏实力，只怕修为深不可测。慕容馥目光警惕地扫过腰间的手，继而盯着他，眼神尖锐，道：“你想干什么？”

云息目光直逼而下，在她颈绳间滑出的白兰玉上一停，眼底忽而一片幽深，神色难辨。

慕容馥察觉他目光有异，心头一阵忐忑，未及反应，云息手以迅雷不及掩耳之势，取下她头上抹额。

泼墨长发，顺带一扬，秀逸神夺。

慕容馥本能地伸手去夺，奈何腰身被他一手紧环，挣脱难为，反而贴身更紧。她怒目而视，咬牙切齿。

云息开口："头发不束，你这也敢叫女扮男装？"

慕容馥蓦地错愕，低声道："我……我不会。"

云息眉梢轻微一挑，转出疑惑，故意问道："不会什么？"

慕容馥咬牙，含恨地睃他一眼，口气硬邦邦道："不会束发。"

一股笑意涌上眉梢，云息头略侧，笑语温文："原来如此，这没什么，我教你，小馥。"

"小……小馥？"慕容馥目瞪口呆。

云息仍在笑，笑时牵挑起唇角，很炫目："什么身份便有什么称呼，在你还是我的侍从期间，这样叫我不认为有问题。"

理所当然，不容置疑。

日光穿越树影，透过敞开的直棂窗，洒了满室一地鬼爪。

云息的手似乎也沾染上魔力，慕容馥及膝长发，在他五指间纠缠、盘旋，紧接着单手一握，便服帖地自成位置。毕了，他取过清池手间的木兰白玉素簪，横插在她发髻间。

一只手，掌控着她；一只手，掌控着她的发。他的双手，瞬息掌控所有。

在慕容馥愣神之际，额心忽地一凉，旋即，他的声音入耳："好深的一道伤疤，什么时候的事？"

"所以现在我连伤疤也要归你管？"慕容馥轻哂着道，一边抬头。咫尺距离，她同他呼吸纠缠，几乎结成茧。

慕容馥本能地想挣开身上那只手，可它太有力，并且紧紧地附着，似在她身上生了根。

云息自顾自地说着："看痕迹，应该是很久了。难怪你戴着抹额将它遮住，不然的话，的确太过醒目。"

他啧啧了两声，道“真丑”，又侧头往清风所在唤道：“把你的工具拿出来，弄一枚黑痣点上去。”

“什么？”慕容馥立马将额头遮住，皱眉道，“不要。”她肤色本就偏白，若在额心添上一枚黑痣，估计整张脸就只看到痣了。

“你这伤疤太醒目，要想不让人注意到它，最好的办法就是加一些更抢眼的。”说话时，他努力压着唇角，要做出一本正经的样子来，最后还是绷不住，“嗯，这样好多了。”在她脸上修补完毕，他的手才松开她的腰。

云息一直都是浅笑淡笑，难得这样一副轻薄嬉笑的样子，简直是奸诈得惊心动魄。慕容馥刚转首，台上的镜便将她照入其中。看着镜子里那张脸，她一瞬间几乎认不出自己。

眉还是那眉，眼还是那眼，但额心和唇角那两枚大黑痣，直接夺人眼球。乍眼看去，仿佛成了没有五官的人，一张脸就只看到痣了。慕容馥咬牙，报复，这绝对是报复，报复她先前在车上时对他眉眼的一番评头论足。她总算瞧明白了，这个人，一脸风轻云淡、胸怀坦荡，实则肯定蛮横挑剔、小肚鸡肠。

清池为云息束好冠，清风将这几晚代替烛灯的夜明珠收拾入锦盒，卷起自家带上的素锦被毯，收叠好同样自带的物件、茶具等。半个时辰后，一身跟清风、清池相似打扮的慕容馥，终于坐上云息的大马车。

马车行在前往昭华西城的林荫道上。萧子岩骑着照夜玉狮子，行于前首。清风在车厢外驾马。

车厢内清香环绕，隐有初夏雨后初霁的山滋树润，清朗爽逸。转眼打量，确有小巧猊兽鎏金炉置在案角，一缕轻烟缭绕，像一根弦。

清池在案侧煮汤水，将砂铫放在莲花托座风炉上。

水烧开，如鱼目连珠，茶盏烫热，始闻茶香。清池细心将茶过两道，第三道方斟入牙白划花莲茶盏中，奉至云息跟前案侧。

慕容馥观察过清风、清池二人。清风性动，清池性静。清池较于清风瘦小，剑法也逊色清风，身上时不时还流露几许书卷气，然而她的灵敏聪慧大大胜过清风。

很多女子，即便女扮男装，也无法掩盖掉无形间流露的女气，人的行为习惯很难改变。但这两人一丝不苟，很难叫人察觉破绽，可见，她们这样装扮，时日已久。

云息端过牙白划花莲茶盏，轻呷一口，眉心稍稍起了褶，淡淡道："清池，这顾渚紫笋已置多年，量不宜多，否则有失清润。"

清池恭敬有加，应道："清池记下了。"随后拿出一个剔犀云纹长木匣递与云息。

慕容馥嘟囔道："多几片和少几片也差不得多少，何必这番计较？"

云息浅浅一笑，眉色不动，也不接她话。

清池却难得插了话，细说道："书中道，敬小慎微，动不失时，百射重戒，祸乃不滋。[1]并非公子挑拣，而是公子在教导清池做人做事。"

"咦？"慕容馥倒奇了，笑道，"我替你抱不平，你倒是引经据典道出一番道理来，反像成了我的不是。"

清池从容抱起黑釉满油滴双耳罐，一边往砂铫加水再煮，一边道："清池不懂得什么大道理，言语无意，姐姐莫要误会。姐姐不知，这修武有武道，学医有医道，这沏茶喝茶亦有茶道之说，点点滴滴，都是半分马虎不得。茶道讲究静心、静气、静神，三静极益于修身养性，对修武之人更是有诸多好处。清池曾有个愿望，待这天下太平，寻一处静好所在，顾茶终老。"

慕容馥听了清池此番言语，不禁想起旧时在书上看到一词句："一生为墨客，几世作茶仙，以身许茶，终老山川。"句中境界，倒同清池所言相近。小小年纪，心境竟能如此沉稳，真是稀罕。

---

[1] 出自汉代刘安《淮南子·人间训》，形容对细微事物也需小心谨慎，才不容易导致祸患的滋生。

她心下起了兴趣，往清池方向一靠，俏皮笑道："原来不过小小几瓣茶叶，竟也有这多般学问，今儿我也算长见识了。"

清池抬眸，展颐一笑。

肌嫩肤白，眉目净澈悠远，好个清俊少年。这番气度谈吐，若是换身衣裳走出去，人只当是哪户高门小公子，怎可能是屈于人下的侍从？慕容馥心中一赞。

待砂铫中有松涛飕飕声，即是水初沸。清池把砂铫提起，以水烫过杯罐，又将砂铫置炉上，一边开罐，一边倾茶于素锦帛上；取长竹针分别粗细，取其最粗，填于罐底滴口；次用细末，填塞中层；另以稍粗之叶撒于最上。

慕容馥不知此为何解，凑首好奇问道："都是茶，一同放下去与这样从粗至细分着放，有什么两样？"

清池细细解释道："此谓纳茶。纳茶量之差别，则有神明之变化，便是公子方才所言之由，多则失润，薄则失意，此初步也。"

"嗯——"

趁热置茶。清池执铫提高倾注，朱泥小壶沿盏侧注水。首注之后，倾出茶汤，废弃不用。再度注水，茶芽起伏舒展，芽嫩叶翠，梗若紫褐延伸，见汤色隐变。

经淋罐、烫杯、倾水，清池才端过茶杯递与慕容馥，道："姐姐尝尝这顾渚紫笋，此茶乃公子所喜之一，素来有'青翠芳馨，嗅之醉人，啜之赏心'之誉。翛然一瓯在手，清平身心。"

"哦？那我倒得尝尝。"慕容馥莞尔开颜，接过茶盏。

茶盏亦是与云息一样的牙白划花莲茶盏，敞口，器壁斜高，底足浅而小；除开口沿一圈无釉，余均施透明釉，有镶银扣盏口一圈。碗内壁刻画莲花纹饰，碗内心一周微凹。胎骨匀轻，质细洁白，内外釉面有开片纹。

一股香气如蜜扑鼻，垂眸只见盏中汤色橙如黄玉，漂浮卷叶相抱，犹如笋尖，状似兰花，银毫明显，应着牙白茶盏，白黄颜色尤为好看。

云息爱洁如癖，无人能及。于盥栉食寝上，不是很讲究，是特别讲究。连他都称赞，这倒是让慕容馥好奇。她小心翼翼，以舌尖试探小啜，入口顿觉香孕兰蕙之清，极是甘醇鲜爽。回味间，似初夏时晨光未是尽亮，于山顶空廓处打坐吐纳后的舒坦。

她对茶道从不研究，住山里时，日日修武，也无闲情雅致烹茶来饮。仅仅觉得这茶回味之间，与以往她所喝过的茶水的确不同，能安定人心。

云息果然是顶顶懂得享受之人。一小盏茶饮尽，慕容馥心内自有一番疏朗清新的适然，只是无法将缘由道个分明。

其实，相比于茶，慕容馥倒更了解酒。

花剑雪是个实至名归的酒鬼，昔年地窖里珍藏的十瓶三百年紫金醇，是他从帝都皇宫盗出来的，一直当宝贝供着，后来被慕容馥一夜之间喝掉了两瓶，花剑雪简直要跟她拼命。

那是她第一次见花剑雪失态的样子，实在兴奋了她三天三夜。

“当前流行的饮茶主要有两式，一为点茶，二为煎茶。前者预将茶末调膏于盏中，后以滚水冲点，此乃时下好茶者所兴。所谓点茶，要点在于一‘点’字，且须诸美并具，茶品、水品、茶器、技巧，皆有讲究。后者则是清池方才所示，乃遵古法。前人有道，任道时新物，须依古法煎。茶质、水、火、茶具，皆一一讲究，茶之收功全在煎法。煎茶旨要，火候为先。炉火通红，茶瓢始上。茶多寡宜酌，茶重则味苦香沉，水胜则色清气寡。火之缓烈宜慎，缓则水性柔，水为茶降；烈则火性烈，茶为水制。分酾布饮，酾不宜早，饮不宜迟。早则茶神未发，迟则妙馥先消。茶之圣贤有陆羽，陆羽一生得《茶经》一书，乃不世之典籍，姐姐闲适时，亦可多瞧瞧。”[1]说着，清池捧起小瓮，道，“还有这个……”

慕容馥认出方才烹茶的水，正是从这小瓮里倒出的。

---

[1] 此处言语，部分引用张源《茶录》，未加引号，拾前人牙慧，此间注明。

清池道："姐姐莫小看这小瓮水。茶者水之神，水者茶之体，是故好茶皆选水，好水助茶性。这小瓮，有大功夫在里头呢。此水乃取大寒时之无根雪。"

慕容馥一听奇了，眉头微收，好奇问道："何谓无根雪？"

清池解释道："乃未曾落地的净雪。"

"哦。"慕容馥道，"我只听过无根水，却还未听过无根雪呢。"

"其实所谓无根，无非取其未沾尘地之意，不独指雪或者水。更何况，雪化之则为水，水凝寒则为雪，两者之间，自有共通之处，取雪乃为借其冰澈爽口。"

慕容馥目瞪口呆，咂嘴道："难怪这茶喝来如此清爽，只是还有一缕似有若无的香气，像是梅香，却是从何而来？"

清池眼稍亮，道："姐姐虽不懂茶，这口舌却也灵敏得很。这是三年前冬，我自庄内梅花枝头，挑取这些净雪，装入泥瓮里。泥瓮是昆山上泥坯做成，质地紧密而细润。贮此水瓮于老梅树洞之中，雪中本就沾了梅香，再存于老梅树洞中，可使香气不散。瓮口覆以纱帛，使承星露之气。所以这一小瓮水，便得花三年工夫。车厢之中还有春分之露、惊蛰之雨、霜降之霜，用来沏茶，各有不同风味。"

难怪云息说她从琴棋书画到女红茶道，各国衣物饰样流行，俱为通晓，百科典籍，过目不忘。说得倒也实诚，否则此番旁征博引，如何可能脱口即出？

不仅多般程序细细做来，还讲得井井有条，依经傍注，一丝不苟。慕容馥一路看来、听来，不由得咂舌，笑道："这般麻烦的工序，若真换作我，可是万万做不来。"

清池道："清池先前也做不来，慢慢地，便会了，这些都是清池本分所在。"

"你倘能听懂三分，也便不枉清池这番哓音瘏口了。"云息忽地插口，闲闲支颐，睨着慕容馥，"不过你不用学这些，省得糟蹋我的茶与水。"

“你——”慕容馥语塞，撇撇嘴，一脸不屑，“我就是想学，也不会为了置弄给你喝而去学，那简直是浪费我的聪明才智。”

云息意外地挑了挑眉：“你身上有聪明才智这种东西？”

慕容馥杏眸飞睨，与他目光交撞，扬眉道：“你没发现那是你眼拙。”

“哦——”云息煞有介事道，“一个连束发都不会的姑娘，我还挺眼拙的，居然收了做侍从。”

清池不知何时已退出车厢。

车厢里只剩下捶胸顿足的慕容馥和一语命中她要害的云息。

马车穿林过桥，一直行了两个时辰，进入西城内一片竹林间。

晚霞就要敛尽在世间布下的最后一点余光，如同撒下渔网的人正要准备收网。

天空一点一点被青白吞噬。

萧子岩轻束缰绳，按辔缓行，待与车厢窗口相齐，才开口道：“公子，过这林子后，便可稍歇片刻。”

车厢中声音传出：“出了这林子，最近的茶馆可是一味楼？”

萧子岩道：“是。”

车厢里的云息将手中画轴一收，神色静然，斜靠在貂毛软垫上，道：“让清风骑马先去，我们在一味楼歇脚。”

“是。”萧子岩旋即前行吩咐。

秋风渐来，夕阳照竹，满地千枝万节。

慕容馥接过云息手中画，卷好放回画匣中，看了看窗外光色，抬眼问道：“还得多久才能到明光府啊？一路上看着你喝茶赏画，实在是好无聊。”

“不远了。清池先前教你的礼仪，都记下了吗？”云息拿起身边另一个画匣，随手打开。

匣壁有囊，画卷安放于囊壁之间。他拿出匣中的画卷，双手缓缓舒卷。

“记下了。坐时收腹挺胸，腰背挺直，双手叉合，叠放膝腿间。站时叉手身前腰间，眉目要稍往下低垂，不得游移。人进人退，皆须躬身行揖……”慕容馥背得不耐烦，拧着眉毛，看到他又舒展一张画，一脸泄气，“你还要看？几张破画到底有什么好看的？”说着，无意倾身，斜目朝画卷打量过去——

画卷乃绢本设色，以古锦为褾，羊脂玉为签，两鱼清胆为轴，缂丝兰花为引首。[1]画中是一名男子，斜躺在一方白玉石榻上，手间玉壶滚地，面上薄有醉意，一双狭长丹凤，似合未合，潋滟辗转，慵懒俊丽。

琐兮尾兮，流离之子。

天上有云，人间有林，林中有雾。身侧是芙蓉花，艳艳而绽。

一身绯裳上零落跌了芙蓉花，交织着衣间银色蟒纹，幻化出道道耀眼光芒；长发乌黑如绸，闲闲披散，及至脚踝旁。

满身的惊艳，韶华盛极。

自题款在卷尾，芙蓉醉卧，钤徐晋方形印。

画中这个人好眼熟。慕容馥愣了愣。

云息余光过眼，将她神容收览，状似无意问道：“你识得此画中人？”

慕容馥不答反问：“他是何人？”

“穆国公子无双。”

公子无双。

倘若说西秦五公子中，行踪最神秘的是公子云息，那么，公子无双便是名号最响亮的。

所谓无双，那便是独一无二，独一无二的脸，独一无二的姿仪，

[1] 此句描写改写自宋徽宗《雪江归棹》卷上王世懋跋。原句：“朱太保绝重此卷，以古锦为褾，羊脂玉为签，两鱼清胆为轴，宋缂丝龙衮为引首……”

独一无二的地位。这样的独一无二，绝非平白无故、不根之谈。

四年前，无双公子成为穆国储君。其时，画中名手徐晋周游各国，恰好到了穆国，受邀入穆国王宫。彼时，徐晋意外参加了穆国世子的家宴，被宫中满园芙蓉所惊艳，在园中游走四顾，欲画下一张芙蓉图。

宴上，世子薄醉离席更衣，错入芙蓉园中，随意寻了一方长榻歇息。徐晋不识世子模样，只觉眼前人浅醉薄眠的样貌，实在绝世无双，便感念画下。

此画之后流出穆国王宫，引得无数丹青妙手竞相临摹，轰动一时，世称《无双图》。

《无双图》与三十多年前，西秦第一才子唐嵇先生画的《凤舞飞天图》，便是风武华着金羽凤凰衫起舞的画像，并称为“西秦二美图”。现下，且别说那幅徐晋真品的《无双图》，就是一些临摹绘制的仿图，也被竞价到万金之上。

究竟值钱的是画，还是画中的人？没有谁会真的去探究，却也没有谁不知道，如果这画中醉卧芙蓉花丛中的人是别人，那么，此画扬名天下，未必会如此快。

穆国为南域六族自立的诸侯国，西秦第九代天子秦喜帝为安其心，予以正式册封，迄今已二百余年历史。穆国附属国不多，然领地宽广，处地优越，物资丰饶，王君勤勉治国，为六大战国中，与宁国并列的最强国。这便从根本上确定了穆国世子无双得天独厚的独一无二。

云息将此画来龙去脉徐徐讲明。

慕容馥眼睛大亮，一把拿过画卷，啧啧道：“这真的是徐晋真品吗？假的都能值万金，这真的得值多少金啊？”

云息稍稍抬眸，半带玩笑问道：“你觉得是这画值钱，还是这画中人值钱？”

她倒是认真地思索起来。“如果这画中人能买到的话，那买回家，时时看着他醉卧芙蓉花下，可比看画更有味道多了，当然是画中人比较值钱。如此赏心悦目的美人，难得啊。”慕容馥注意力从画中移出，细细打量云息，掩口笑谑道，“我看君较之于他，尚逊色一分。”

云息浅浅一笑，道：“小馥，这可是你初次称赞我。”

“哦？”慕容馥听罢，颇感意外。

云息道：“公子无双，众所皆知，乃当今西秦第一美男子。天下人有一言说：倘若无双公子为女，必定是风武华在世。数十年前的风武华，可是倾世难寻的美人。小馥既然说我较他只是稍逊一分，那言下之意，岂非是称赞我堪称第二？”

“你倒很会歪解语意。”慕容馥知这是云息在挑她语隙，嘲讽道，“不过，像你这种男人，挑剔傲娇难伺候，正着看，反着看，也不会甘愿居于第二。”

云息卷起画卷，不缓不急道：“若他消失了，息岂非便是第一了？”

慕容馥嗤之以鼻：“难道为了这第一的虚名，你便要取他性命？他是穆国世子，谁能有本事杀得了他？”

“杀得了也罢，杀不了也罢，总之——”云息摊了摊双手，桃花眸一弯，无奈笑道，“息的双手，不染鲜血。”

“哦？”慕容馥眼睛半眯，不信。

云息道：“想必你听过一句话。”

慕容馥杏眸挑起微光，很是好奇：“什么话？”

“树大招风。人名气大了，是非总是多些。天底下想杀他的人，实在是太多了，就算要轮，只怕轮个十年八载也轮不到息。”说话间，云息眸光朝窗帘外一掠，眼底里有波澜微涌，随刻便已平稳。

慕容馥嗤笑不言。

便在此际，案上茶盏抖出声响。慕容馥目光未侧，深意在睫，看着云息道：“杀气？”

云息靠着凭几，手指撑在下颌，神闲气定：“是啊，杀气。”

慕容馥眸波往窗外一荡，口气轻换，懒懒道：“唉，这林道人烟稀少，马蹄声却密集一致，看来，杀气是冲你而来。”

云息似乎笑了一笑，无声无痕，神情悠悠只作无奈，道：“没办法，人在江湖上，根本不晓得自己是几时得罪了什么人。”

慕容馥目光环顾四周，旋即悠然自若地靠上凭几，合目道：“别说得罪人这话。有道是，山木自寇也，膏火自煎也，如今世道，就你这大马车，加上四匹骏马，再黑也招贼。”

“哦，”云息挑挑眉，“原先‘孤陋寡闻’都不知的小馥，现下，却知‘山木自寇也，膏火自煎也’了，看来，这进步是一日千里呀！”

慕容馥歪着脑袋，一脸谄媚：“所谓泮林革音，主人这么厉害，侍从沾了些才气也不足为怪呀。”

“这唇舌……”云息摇头笑笑，不再言语。

黄昏渐末，尘土轻扬。林道前后，马蹄声疾如旋风，奔腾而至。两队人马，将萧子岩和黑色马车围夹于其中。

正中首的是名女子，杏衣黄衫，紫带束腰，脸上戴着银面具，面具额上绘有一朵六瓣梅花。余者均戴木质面具，颜色或金或银，额上梅花瓣数或五或六。

领首杏衣女子，剑锋直指马车，冷声道：“云息的项上人头价值十万金，梅营要了，想活命的，便识相赶紧滚开。”

萧子岩眉峰锐扬，冷哼道：“好大的口气。”

杏衣女子娇然而笑，道：“口气大的人，本领通常也不会小。梅营想杀的人，很少有不成功的。”

“听上去好像是。”

“难道不对？”

“对与不对，我不知道，我只知道，口气越大，本领越小，这样的人，江湖中多得很。”

萧子岩习惯性的面无表情，此时此刻，配合他的语言，在对方看来，偏偏好像是在挑衅。

杏衣女子怒道：“看来阁下不把我们放在眼里？”

萧子岩目光一斜，道：“在公子面前用这种口气说话的人，都死了，而我，从来不将死人放在眼里。”

杏衣女子嗤鼻道：“没有风白影的云息，就凭你，还有你身后的乳臭未干的小子，你以为很有胜算？还是让云息乖乖出来的好。”

萧子岩淡淡道：“杀鸡焉用牛刀。”

面无表情，简明扼要，却摆明就是挑衅。

暗梅门的声名，江湖上谁不知道？但凡听到这三个字，早已闻风丧胆，这人却摆明了不将她放在眼里。杏衣女子果然怫然，跃身下马，放开气劲，喝声道：“不过通元中段的武者，竟也敢如此狂妄，待我先取了你的脑袋，再拿云息的人头。”

对方既能清楚说出他的修为阶段，表明内劲修为必定在自己之上，甚至已臻固原，实力的确不弱，无怪如此猖狂。萧子岩心中澄明，面上依旧毫无表情，道：“你的修为的确不弱，但你忘记了一点……”

“忘记了什么？”

萧子岩眉峰略扬，道：“内劲为体，以武技为用。内劲的高低，并不完全代表武功的高低。而且，作为一个杀手，你还犯了很大一个错误——”他翻身及地，振剑在手，长剑斜侧，与杏衣女子对峙而立，“你应该先动手，而不是先动口。”

彼此全神贯注于对方。

杏衣女子冷哼一声，剑锋一颤，剑尖折光，吐出莹莹寒芒。寒芒向萧子岩肩头刺至，流光迸射，去势劲猛、狠辣。

杀气覆面而来，萧子岩剑锋侧指，却是岿然不动。剑芒迫至眉睫，他才淡然振袖，倏然疾速左倾，避开这迅疾、狠辣的一剑。同时，电光石火的瞬间，萧子岩毫不迟疑，借身倾之势，逼近杏衣女子跟前，手中长剑顺势一引，剑势分明向右，手腕却是以不可思议的弧度一旋，硬生生在半空处转了个圆圈，朝杏衣女子左方反削。

这招声东击西，不仅折转自如，而且出神入化。杏衣女子始料不及，但反应也算迅速，利剑回守身斜，眼光一侧，借两剑相挡之力朝右斜退。

斜退之际，萧子岩的剑已守在她后方。用剑如用手，来去自如，灵动如蛇。出剑、收剑、动处、静处，行云流水，来去回旋，虽豪宕却不狂，虽纵横却不放。能把一把重剑，使得如此迅疾、灵诡，并且清雅，独萧子岩耳。

幽云起伏，两侧开锋。

这是萧子岩的剑。

无一丝空门，无一丝缝隙，完美之至。

剑，停在脖子上，杏衣女子的脖子上擦开一线红丝。

落霞映剑影，劲风牵引，萧子岩袖袂飞鼓飘扬，湛湛蓝衫动如狂风推海，既孤冷，又潇洒。

萧子岩开口："我说过，内劲修为并不代表武功高低。以内劲权衡输赢的话，是笑话。"

女子冷道："是吗？"

话音刚落，两侧劲风狂动，三名木金门使自三个角度同时疾攻萧子岩。其余人已攻向马车。

萧子岩目光一错，杏衣女子趁机敛劲护体，旋身飞起猛退。她冷笑道："你最大的错误，是你的剑只停在我脖颈上，而没有刺入。"

萧子岩淡定静冷，滑身向后，出手如电，剑气擦出光芒，在跟前划开。

攻来三人剑势反抵，不料齐刷刷咔嚓声响，三柄长剑被剑气击断，三人当胸一剑摔飞。这一切，不过瞬息之间。三人倒地的同时，萧子岩的剑，已再次架回在杏衣女子脖子上。她连退避的机会都没有。

"不愧是云影山庄琴棋书画剑中以剑闻名的高手。"杏衣女子看着他，银面倾覆，看不出她的神容与情绪。

萧子岩依旧面无表情，声音锐冷："在我面前用剑，哪怕你是固原武者，也还不够格。"

"既然如此，你已赢，为什么还不杀我？"

"因为你还有用。"萧子岩利剑反手一收，剑柄击中她的太阳穴。

杏衣女子头脑一昏，失去知觉。

车厢里，男子端茶抿呷，舒眉展眼。

慕容馥侧头，皱着眉道："外面剑拔弩张，别人为你拼死拼活，你倒是清闲无忧，在这儿享受太平安乐……"

云息闲逸地后靠，修眸略侧，若有所思地看住慕容馥，淡笑反问道："你既知道外面剑拔弩张，那为什么还坐在这里？"

慕容馥嗤笑一声，道："我是你的侍从，不是你的护卫。"

"哦，可若我死了，明光府可就去不成了。"云息敛睫垂眸，轻吹浮茶。

慕容馥瞥他一眼："他们连萧子岩都打不过，你担心会死？"

云息放下茶盏，闲闲道："小馥，这不过是个开始。"

这不过是个开始。云息话音方落，五个铜面黑衣人从林中翻出，以迅雷不及掩耳之势，直接攻击正在与使者缠斗的萧子岩，还有清池。

铜面额上是五瓣的梅花。

在他们眼里，只要解决掉这两人，车厢中的云息唾手可得。

慕容馥扬睫抬颔，目光炯然："看来，你是在等我出手？"

云息不语。但他的意思很明显，马车想继续走下去，就要除去这些碍脚的石头，而他，不会出手。慕容馥杏眸一掠，看向车窗外："在这种地方，不是应只谈风月，道典品茗？若是抡刀动剑就太煞风景了，这种煞风景的场景，我也是不愿意多看的。"

"哦？这一路行来，倒不知小馥性情中，还有喜好风雅的意趣在！不过，这不是愿意或者不愿意的问题，江湖上，哪有那么多由得自己愿意不愿意的？"云息面若止水，手指轻击案面，敲得笃笃作响，"一入了这个江湖，便等于把命系在刀口上。什么叫刀口舔血？小馥如此聪慧，难道需要我来替你解释？"

慕容馥笑意在唇畔微僵，心里被那笃笃声扰得心烦意乱。

云息忽地逼近她，手指捏住她的下巴，黑眸如潭，将她的表情一丝不漏地笼罩其中，开门见山："要想跟着我，可以，拿出一个理由来，让我留着这样一个身份不明的你。"

唇畔仍是雍容浅笑，如三月春风，语气里却是掩盖不掉的森寒、锐冷、质疑。这已不是先前任你嬉笑打趣的男人，他的眼底有种虎视眈眈的敌意。慕容馥用力甩过头，摆脱他的手，错身避开，与他拉开距离，毫不犹豫。

云息的手却比她快上一步，揽过她的腰。

他总是比她更快一步。贴身相近，收力不及，她的左肩微撞上他的右胸。肩上剧痛犹如刀割，她不得不强忍剧痛，强作淡定，抬首而对。

表面上看，他十分无害，又平易近人。但实际上，他是一个强大的男人。他的强大蕴蓄在一种无形的境地里，或许一个笑容，或许一个目光，或许一份蓄意深远的柔情。慕容馥在他的目光下无所适从，到底开口："你要我都杀了他们，难道不想知道是谁出的十万金？"

云息不语。

慕容馥已经嗅到一股诡异的味道。或许，他根本就是要这些人来杀他。又或许，这不过是一场试探她身份的游戏。慕容馥稳住心神，妙眸轻转，看着眼前男人的笑。

他的笑确实十分好看，赏心悦目。但在这赏心悦目之下，是阴险，是狡猾，是无情。或许对于他而言，所有事情都可以在虚情假意的笑中算计、掌控——滴水不漏。

在山里时，笑嘻嘻有句话说得极好：遇到狐狸，你就得比狐狸还狡猾，遇到老虎，你就得比老虎更凶残，否则，你就万劫不复了。

此时，慕容馥深以为然。

三／玄裳傅韫

“喂，这里！”便在众人缠斗正酣之际，一声陡响。

众人闻声回头，见一少年斜靠在驾车坐板上，抖晃着双腿，唇角浅笑慵懒，一副漫不经心的模样。“他”的额间、唇角有显眼的两枚黑痣。七个木面门使抽身，朝少年攻去。

少年轻身一翻，下车，迎兵刃而上，空手。这几人见少年竟如此大胆，出手凶狠，刀剑所至均是致命处，只想着一刀将他解决，便可径直拿下车内云息。但一刀下去，少年却已不见踪影。他们的刀都很快，但更快的，是少年的身法。

纤瘦身形十分鬼魅，几人刀剑所击之处，招招落空。

车内一道目光往战圈里打量——

慕容馥在几人中间倏然往来，如飞鸟翔游于苍穹，蝴蝶穿行于花丛。敌人一刀劈来，她却已闪至敌人身后，或轻拍一下肩，或猛敲一下头，或狠踩一下脚，或力踢一下后臀……身法轻盈曼妙，若行于无人之境，辗转间，众人皆被她戏耍一阵。

七人忍气，左右招呼，成圈包围，一拥而上。目光透过面具，杀机毕露，刀剑锐利攻出，却发现，自己所使出的一刀一剑，均被对方以奇异手法反挡拨转，刀剑不是刺到自身，便是劈中同伴。

云息眼里浮起探究之色，心中揣摩：轻轻巧巧便将对手发出的拳脚、刀剑反拨对手之身，这等技法控制主要在内息力道，不在招数抑或身形。江湖之上，独有练就醇厚的内功心法才能达到这种境地。只是，她的身法似乎还有些迟滞，出手时力道未能全足，倒不像是有意隐藏，是历练不够的缘故，还是有其他因素？

慕容馥？俞棋遣来的金翼鸟，没有带回关于她身份的半点消息，只有数日前，她在连况手中救下顾思娘及端木茜茜的孩子。是与月宫有关联，还是……与穆国？有趣。云息手指笃笃叩击着茶碗，左右思忖，唇角带出一个饶有兴致的笑弧来。

木银门使皆被刀剑击刺得遍体鳞伤，一时委顿于地，难以起身，心中均想：这人到底施展了什么妖术？事实上，慕容馥因肩上有伤，所有动作，皆已慢了大半。

没想到昨夜受伤，今日还能派上用场，云息有意试她身法，现下，因伤之故弱了不少，倒不用刻意隐藏。果然是凡事利弊两面。正想着，慕容馥目光一侧，雪亮的刀锋映着落霞的光，刺入她的眼。

又五人。

刀长四尺，迎首而来！

慕容馥将头避开。

这五人修为不弱，轻功亦不赖，并且已看清她身法灵捷的优势，迅速变招。所来位置，皆应方位，互相呼应，使她优势发挥不得。电光石火间，五把长刀就要劈中慕容馥的后背。

杀气笼罩，形势危急！

慕容馥眼风急掠众人，身体骤然扭转，手腕轻翻，速度快至巅峰。一点银光倏出，划破霞色。

锋锐利刀没有落上后背，而是砍中那道银光，却被一股柔力反噬。银面五人意料未及，受力踉跄数步，看定才知，对方手中是一把灵转随意的软剑。

五人互相对视，同喝一声：“五绝阵。”

虽刚出手，便受挫折，但五人反应极快，抢位奇准，五个方位轮流变转，此番举措，便犹如狡兔之脱，显是训练有素。

所谓“五绝阵”，就是阵法中的金、木、土、水、火五行俱隐，阴阳俱绝，陷入阵法中，一般很难找到破阵法门。

在所有阵法中，一入奇门五行变化，便增难度，更莫说，这五绝阵，乃其中精髓。聪明如笑嘻嘻，也曾经在这种阵法上吃过亏。后来在一次训练中，慕容馥遇到过，笑嘻嘻告诉她："五绝阵之所以叫五绝阵，最要紧的就是'绝'。所谓的绝，就是绝你的生路，让你无法找到破阵法门。事实上，其破阵要点便也在此。它既然无法门可破，那索性不要破。指南打北，去东反西，逆之而行，乱它阵心。任何阵法，阵心一乱，阵法必败。就像这世上的难题，你百思不得其解，倒不如逆转着来，换一种想法，便易如反掌了。"

笑嘻嘻研究过江湖上千奇百怪的各类阵法，这五绝阵只不过是千万种之一。与笑嘻嘻接触七年的慕容馥，对于阵法，从来不生疏。

慕容馥步走婆娑，软剑斗转刺出，忽东忽西，袭南又卷北，速度极快，未有定处。

五人阵法一施，便要求一心。一心为阵，才能凝聚阵力，却满眼被慕容馥身影剑光绕得眼花缭乱。她周身有气劲护身，身影又快，五人出手无路，心不能齐，阵难以聚，阵脚自乱。

阵法刚破的同时，以眼不能及的速度，慕容馥一连点中五人软穴。转身际，慕容馥脚步稍稍一滞，空气中有利鞭猛擦而过的声音。

一人瞅准时机，猛挥长鞭，朝她背后偷袭。

长鞭将至身背，慕容馥却无转身，杏眸冷冷一错，眼底一刃寒光似寒鸟掠水，稍纵即逝。

杀气？偷袭者陡然心惊。

慕容馥软剑反手往后一挥，恰恰缠住迅猛而至的利鞭，旋即猛拉，另一只手五指变爪，当即旋身，挡住了偷袭者就势而来的身体。

挥剑，缠鞭，伸手，动作快捷难当，瞬息来去！一把短刃，恰恰停在慕容馥转过身来的胸前——

半寸之距！

原来这偷袭者十分诡诈，长鞭偷袭，寻常人必定会措手不及，侧转避退，这时，短刃便在退路处，守株待兔，直中心脏。

偷袭者这招，在江湖上，屡试不爽。

可惜，这次遇到的是慕容馥。

——长鞭落地，短刃亦松落，直插入地。偷袭者不可置信地瞪大了眼，慢慢跪倒。

慕容馥的左手缓缓从偷袭者胸腔中抽出，一颗尚在怦怦跳动的心脏，握在她白皙的掌心之中。

纤纤五指竟硬生生穿过胸口！

“啪嗒”一声，心余有跳动，落在地上。

有人若想要你死，你就得要他死，这个道理，慕容馥十一岁时就懂了。

“我本不想杀人，但我平生最恨背后偷袭。”慕容馥脸色平静，目光冷凝，手中鲜血淋淋。刺鼻的血腥味如无形游蛇，敏锐地滑入鼻息，她毫不在意，镇定自若。

她已经不是当年刺了男人二十七刀，满身是血趴在尸体上呕吐的小女孩，更不是在父亲护佑下那天真烂漫、不谙人性的无知幼童。她的人生从九岁那年起，便开始染上一抹刺目而冶艳的红。

那红，是火，也是血！

慕容馥转身，返回车厢中。

太阳已完全没顶，云霞的余晖，无限奇诡，似变未变……

黑色马车抵达一味楼时，夜幕已倾覆天地，华灯渐起。四通八达的街衢，车流如织。一味楼虽不如桐乡居名声响亮，但位处西城长街最繁华的地界，生意的兴隆，在众茶楼中可排前五。

人如川流，满堂熙攘，一名乌衣男子闲闲步入大堂时，周围却瞬息静了静。

空气仿佛凝滞。

乌衣男子随着侍者领引，上了二楼垂帘雅间。满堂的热闹喧哗，旋即才恢复。

此际，已有人声起伏议论。

“方才那人，不知是哪国的王公贵族，如此姿仪气度，竟是见所未见。只怕名声赫赫的西秦五公子，也未能匹及吧？”

“古人赞美男子风姿，浑道什么‘岩岩若孤松之独立’‘傀俄若玉山之将崩’，从前只当是前人好为夸词，今日见此人，方知世有此姣容，言语不能述其万一。”

“咦，你说到西秦五公子，我倒想起了前些日子刚听说的事。”

“何事？”

“听说，过些时日明光府的武林大会，会聚各国英雄，神秘如公子云息，届时也会出现。”

“哦？可是真的？消息可确切？”

“江湖上都传得沸沸扬扬，你尚不知？闻说云息公子得力手下，都提前上明光府谒见明家宗主了，大可确信无疑。”

“方才那人该不会就是那云息公子吧？”

“我看也未必，听说有人同暗梅门出价十万金，取公子云息脑袋，如此时刻，他应该不会堂皇出现在这喧哗之地。”

“也对，总不能说天底下姿仪不凡的贵公子都是公子云息，哈哈，喝酒，喝酒。”

“不过此人姿仪不凡，即便不是公子云息，怕也不是什么寻常之辈。”

“所言极是，却不知是谁。”

……

这群人，倒把他夸得跟神仙似的——白白生了一副好皮囊，可惜却放了一副黑心肝！连续声息入耳，慕容馥嘟着嘴唇腹诽，跟着云息进入雅间。

一味楼的楼层设计得很独特，一层楼入，便是大堂，二层三层，皆有独立厢房雅间，珠帘垂布。坐在雅间内，不仅收览大堂于眼，楼外长街景致，亦可一览无余。雅室中的品物，皆已被清风重新扫置一番。明珠悬台，三角铜炉细烟盘旋，满室怡人香气。

侍者早在一旁候着，笑脸迎人，对云息俯身作揖道：“客欲饮何茶？”

云息敛襟，趺坐于案前席垫，掸了掸衣袖道：“晋南玉螺簪。”

晋南玉螺山茶，名唤晋南玉螺簪，自三年前被云影山庄下的商号所包后，此后市场上，很难再有这种茶。玉螺簪直供六国王室，黑市上涨到十两黄金一两茶，仍是难求。

侍者笑容一愕，道：“这……客既说得出此名，便应晓得，区区小店卖不起这味茶。”

云息闲闲一笑，道：“你们东家神通广大，这天底下有什么是她弄不到的？”

侍者眯眼一笑：“莫非客是东家的故人？”

“你们东家可在？告诉她，有故人在候，请她出来。”

“东家在各国周游一年有余，前日刚刚回来，此刻的确也在楼里，只不过——”侍者目光稍抬，声音延长。

云息挑眉看他：“只不过什么？”

“想请东家出来的故人很多，能请她出来的却很少。”

“哦？”云息笑道，“你是觉得我还没有资格请出你们东家？”

侍者目光错一错，道：“客姿仪固然不凡，但我们东家也不缺当夫婿的好儿郎。”

慕容馥听到这句，忍不住扑哧笑了。一路上看着对任何事情都游刃有余的他，竟是在这侍者身上吃了瘪，让她怎么忍得住不幸灾乐祸？

清池、清风去喂马，随云息入雅间的，除了慕容馥，还有萧子岩。

云息不显局促，反倒满面淡然，抬眼看向萧子岩，道：“你同这位小哥去请一请那位……不缺夫婿的东家。哦，顺便让她带上玉螺簪。”

萧子岩俯首领命，行至侍者跟前。

侍者虽有迟疑，但半抬眼时，觑了觑跟前男子神色，心底冷不丁一悸，只得依言，转身拉开木轴直棂门，引着他走去。

过了少顷，另两名侍者行进，双手端着漆盘，停在垂帘前，垂首俯身，托盘举齐眉，开口道：“东家遣小人，送上玉螺簪。”

云息声音款款，道："进来吧。"

两名侍者身形细弱瘦小，头低垂着，看不清目光。

两人近席，一个端盘，一个奉茶。

云息接过茶杯，将其置于鼻息间，合眸轻闻。茶香徐淡，回萦鼻端。就在此刻，一刃锐亮折光，锋利直逼云息额心。

出其不意，直取要害。两名侍者是训练有素的刺客。

慕容馥冷眼旁观，等着云息自己出手。正好，她也想看看他的修为。

利刃飞至，三尺、一尺……

云息唇边勾起了笑，垂眸轻拨杯盖，一派端然静定，仿佛利刃对的不是他的额心。

三寸、一寸……

云息仍旧顾也不顾，静定喝茶。

明明是他的命，她却还没他淡定。慕容馥终归忍不住，白绸猛出，挡在云息眼前，利刃刚好打在白绸上，受反劲回旋。

素纹帷幔倏地翩舞，垂帘摇摆，受飞刀劲气，从中断裂，飘拂委地。

这是一柄开四利刃的飞刀，用劲旋飞时，迅如旋风，刀锋动如刀盘，可以直斩目标头颅——四扇飞刃，收可为刀，展可为刃，是各国刺客最好用的法宝。

飞刀飞旋反去，刺客眼见一击不中，纵身扑起，接住四扇飞刃。用劲一旋，机关变动，竟变作一把短刀。两个刺客，一个缠住慕容馥，一个攻击云息。

短刀劈头将至，云息仍不回应。

案侧三角铜炉上袅袅而出的烟雾，早已被劲气惊扰得凌乱不堪。慕容馥霍地翻身，侧脚双分，飞踢刺客肩头，就势一滚，猱身而上，挡在云息身前。那把划向云息的短刀，正中慕容馥肩头。

没有意料中的鲜血飞溅。刺客猛地一愣，慕容馥迅疾出手拿腕，锐光一折入目，短刀反逼刺客脖颈。

将及之际，刺客反应更是迅猛绝伦，就着慕容馥的手凌空翻跃，脚往壁上轻点借力，劲道一转，直捅慕容馥腹部。

隐有刺痛，慕容馥微一呻吟，但刀，并没有刺入她的身体。

吹毛断发的利刃，面对眼前侍从，竟是全然失去锋刃一般？刀刃刺不入他的身躯，只怕此人身上有什么古怪法门。刺客心底澄明，不得不变换攻击部位，身轻如燕，右脚借力突起，短刃直劈慕容馥面目。

慕容馥回应难及，眼看利刃锋芒将抵面门。

瞬息当口，光影横空一闪，似有什么利刃破空而至，不偏不倚，正中那蓄势夺命的短刀。待看清，竟不过是一滴水滴。刀芒一错落空，慕容馥趁机夺刀，反手割开刺客喉咙。

鲜血喷涌，溅上慕容馥脸面，腥味入鼻。未及收手，一道利芒陡然速至，慕容馥倍感杀机，短刀在掌心一旋，翻手将刀凌空发出。

刺客刀势回收，架开飞来短刀。慕容馥反应更快，身疾如幻，幔帐轻纱，被身法所带，旖旎飞拂。她在幔帐飘拂的迷蒙间，错影而上，趁着刺客旧力未消、新力未生之际，夺刀入手，纵劲狠插，无一丝留情。

满面的鲜血四溅。这是她的狠劲，在一些微妙的时刻，不自觉地崭露头角。

云息搁下茶盏，眸光未移，垂着眼睫淡淡道："一开始的时候，你就应该更狠一点；对他们留有一丝余地，他们就有机会反过来取你性命。"

这一副无关痛痒的语气说得她心中恼怒。慕容馥目光瑟冷一转，形如幻影，飞速陡上。

案上茶盏，撞滚落地。慕容馥推倒云息，一手恶狠狠地摁在他的肩胛上，另一手握着染血的刀。刀停在他的脖子上，锋锐森寒的利刃光影自她眼底掠过。

"这样的投怀送抱，我可吃不消。女人嘛，还是矜持些比较好。你说是不是，小馥？"云息牵着唇角笑着，表情如罩云雾，扑朔迷离，说话时一边伸手，手指轻轻顺着她的眉眼拂过，动作温柔轻缓之至。

"少废话。"慕容馥头一错，避开他的手，蛮横地将刀势往下压，冷笑道，“我不喜欢杀人，但我擅长。不管你修为有多高深莫测，此刻我要杀你易如反掌。哪怕这周边四位匿形影卫再快，也未必有我手中的刀快，你信不信？”说话时，她细心地留意着他的神情。两人距离近，但凡他有半丝异样的动静，都逃不过她的感觉、她的眼。可惜，她什么也无发现。他对自己情绪的控制，委实是出神入化，胸口起伏有致有序，没有半分刀架脖子的惊惶，面上更是波澜不兴，仿佛不管面对什么，永远是这一副谈笑风生的做派。

云息笑意悠闲，看着她的眼，慢慢说道：“我信，但我知道你不会。”

慕容馥眼神狠辣，哼了一声，冷冷道：“我不想杀他们，你却让我杀人，我最讨厌的，就是有人逼我做我不想做的事。对于这种人，我从来不手软，不管他是谁。”

云息目光仿佛罩着一层淡淡轻纱，口气同目光一般迷离，压着嗓音，反问道：“是吗？”

空气里有种暗潮汹涌。

慕容馥道：“这一路上，你已多次试探我，究竟是为了什么？”

云息根本没将她手中的刀放在眼里，手无声伸出，揽紧她的腰。待慕容馥反应过来，他劲道一引，已迅速地携着她翻了身。呼吸在她耳边徘徊，他压着嗓子慢悠悠地打趣道：“那你觉得我是为了什么？”

慕容馥手上的刀虽依旧抵在他脖颈间，但被他压困在身下，根本不顺势。在气势上，她有一种败下阵来的感觉。她咬了咬牙，扬着下巴，一副桀骜不驯的神情，道：“你不说也没关系。但我告诉你，我这个人，一向是人不犯我，我不犯人，最痛恨的是背地跟我玩儿阴的。你先前在马车里也看到了，我本不想杀人，但是她偷袭我，我便绝不留情！”

“哦，”他延着长腔，若有所思道，“依你的意思，你杀她，是为了警示我？”

“无所谓警示不警示，我是个无拘无束的人，去明光府，仅仅是想去长长见识。你要是再叫我不痛快，我就是杀不了你，也叫你永远别想痛快。”说着，将手中的刀掷开一旁，想推开他起身。

云息扬起眉，竟是煞有介事地笑出声来，一手压在她肩头，止住她起身之势。

这番柔情笑意，使之面庞的轮廓越发分明。所谓的一笑倾众生，用在此人身上一点儿也不算奢侈。慕容馥拿眼刀睃他，是嗤之以鼻的神容。

云息手上劲道已松，两手支在慕容馥肩边的地席上，眼对着眼，狭长深眸幽光漾动，别有深意，道：“这样就放狠话了？小馥，河尚未过，你若想拆桥，怕是还早一些，至少嘛，要等到了明光府之后呀……”

“看来我来得不是时候。”声音蓦地在室中响起，散漫慵懒，满是调侃。

满室瞬息一寂。

慕容馥霍然往声音源头望去，只见一女子两手环胸，倚在帘栊边的落地罩屏上，身后，只剩半截的垂帘轻荡。她穿一身玄黑银纹轻罗长裙，外罩同色暗纹大袖银丝轻袿，宽袖曼曼。黑衣素纹上，倾了满室明珠光华。槛窗半开着，风一动衣，丝光如水影铺泻，荡起银白涟漪，满室矜贵风华。

这人是何时来的，自己竟浑然未觉，慕容馥心头暗凛。

云息见到来人，不紧不慢地撑立起身来，闲闲整襟，道：“是我来得不是时候吧？阿韫，三年了，你叫我一顿好找。”潋滟桃眸里，自有十里春风，笑意连延唇间，便是一派自在从容。

“找我做什么？”女子樱唇轻启，丝柔媚言，敛裙避开一地狼藉，莲花碎步，走近案前，全然不将这室中的变故放入眼底，连看室内旁人一眼也无。

这个旁人，当然便是指慕容馥。

云息近她身，趺坐茶案前，道：“三年未有你消息，我……甚是担心。”声音是无尽温柔和缓。

慕容馥讶异，虽同云息相识不久，但可以感觉到他对这个女子的态度，与对任何人都不同，有一种无尊卑隔阂的亲切。

慕容馥漠然立于一侧，觑眼暗下打量这女子。

樱桃樊素口，杨柳小蛮腰，容色俊俏，身姿窈窕。不是说她有多漂亮、有多美，但实在是气势上慑人，多一分太过，少一分不及，天然生色，风情似活。一举手，一迈步，恰到好处的赏心悦目。更特别的是，重重一身玄衣，纹路素淡，简约得无以言说，可被她穿起来，看似寻常静气不着力，事实上却是四两拨千斤，清风一拂便是浩荡长风无垠。

少有女子能把黑穿得这样波澜壮阔，却又声色未动，这是一种滋味俱在的幽玄之美，一抹简色里头，收揽了许多精华。寻常女子在这人跟前着黑，那简直就是自取其辱。

一个完美，一个无缺，不知这二人之间，是什么关系。

慕容馥颇好奇。

女子面若止水，眉目无澜，艳色渗肤，素手轻抬，整理案上茶具，悠悠道："哦，是呀，三年未有我消息，我刚回到昭华，你便晓得了，还把杀手招惹到我这楼中来，坏了我这一屋子精致。你的四位洁者，都吃闲饭去了？"语气暗含讥讽。

没有人敢对云息这样说话，她是慕容馥见到的第一个。而且，她的声音，实在悦耳，却又不是寻常的悦耳。慕容馥觉颇难形容，像魅，像仙。那樱唇吐露出的字句，皆是绵绵缠人心腔，一旦入了耳中，仿佛这语声，是自那蓬莱云端、瑶池仙界无意泄露出来，幽息空幻，是仙人之语。

什么话被她说来，都不觉冒犯，都像理所当然。

萧子岩随后进来，放下手中晋南玉螺簪，朝云息点了头，便同女子施礼一揖，态度同面对云息一样恭敬，旋即不等吩咐，已着人整理净满室纷乱。

云息笑意款款，对傅韫的回答毫不恼怒，道："阿韫，回来吧！三年了，还不肯消气吗？"说话时，语气三分宠溺，神态七分正色。

傅韫取过萧子岩带入的晋南玉螺簪，亲自烧水点茶，熁盏令热，动作流程比清池更熟练三分，末了却没把茶端给云息，径自低眉品饮。

云息看她，眼中只落一个她。

他在等她的回答，慕容馥冷眼旁观，对傅韫的身份越发好奇。她感觉到，这女子全身的气息，有一种无形的压迫。这是武者的气场，举步无痕，落地无声。

慕容馥知道，自己的修为，必在她之下。

丝缕茶香绕室，一炉静烟袅袅，散去方才血腥。

傅韫饮尽盏中茶，垂首放下茶盏，轻声道："茶还是那茶，人却已不是那人了。云郎，我并非生气，即便是当初真的心中有气，那也早随着这三年的岁月消散了。而是，这三年来，我发现自己一个人其实也挺好。其实阿兄死后，我在这世上，早就是一个人了。如今我也已习惯一个人，不想再回去。"

她抬首，雪肤娇媚，气息如兰，道："如今见也见了，茶也喝了，话已至此，我该走了。"说着，扶案起身。

她刚起身，云息动袖，一把握住她的手，神色如常，眉间却连他自己也不觉地蕴出细细的皱："我承诺过照顾你一生，阿韫，你离太远，我保护不了你。"

"江湖上能打得过我的，除你之外，尚有几个？江湖上能伤害我的，除你之外，又有几个？我不需要你保护，亦无须你照顾。"傅韫背对着他，没有回头，"我还是那句话，云郎，你知我要什么，你可愿给？"

她是如此偏执，满腔磊落，直直白白，连半分伪装都不肯要。可他该怎么挽留？不是他愿不愿给，而是他不能给。满室寂静，云息半晌不语。明珠亮辉，分明如昼，却照不明他眉间的忧喜，照不透他眸底的阴晴。

"我不想眼睁睁地看着你走一条孤寂的道路。我曾以为，我可以成为你的变数，但是——"力道渐渐从手上松开，傅韫羽睫微垂，静合双眸，一掩秋水入黑暗，落下眼底残花般的影，"是我高估了我自己。既然我无法改变，那么，我只能选择避得远远的，不去看见。”拂一拂袖，几步走离。在门边的时候，她手扶着门板，到底停下来，却依旧没有回头：“有时候，我也觉得很可笑，我想要的，世上只一人给得起，偏偏这个人，他不愿给。”

傅韫声音平淡，渐递入耳，却是十分的清冷，堆冰砌霜的清冷。她停下来，只为了给他机会，给自己机会，好期待从他口中道出一句“不，我愿意”，但他终究没有。

仿佛有一缕酸楚之意，散入空气里，几乎让人窒息。这一刻，所有人，所有物，包括慕容馥，也皆不过是他们之间的背景。

“至于说承诺……”傅韫言语无波，周身情绪早已敛尽，徐徐道，“有些话，人常常会不想清楚了就说，太轻易许下这一生的承诺。一生那么长，我怎能随便就当了真？凡事抽身趁早，至少博得晚景无忧，要不然，到了曲终人散时，徒留一腔伤心失落，届时一塌糊涂，便是遇着再好的另一人，也是于事无补。我心里明白得很，我不想叫自己落到这样一个境地。”

说完，玄衣上暗波一漾，身影顷刻即无，独留下一阵渐行渐远的足音，渐掩入走廊。

慕容馥回首看云息。他振袖斟茶，径自品茗，她无法从他眉眼间探查到任何情绪。整个人面如静水凝波，淡淡的，连一丝思索痕迹也无。

太平静了。

没有不舍，没有眷恋，只像是，默默忍受。

半晌，云息放下茶杯，往慕容馥的方向看去，道：“你一副欲言又止的样子，想问什么？”

“她很厉害，这轻功，这修为——”慕容馥凑近他身边，笑容像狡黠的狐，问道，“她是你什么人？”

云息瞥她一眼：“这与你似乎没有关系。”

慕容馥觍着脸笑道：“是没关系，我只是好奇，告诉我嘛！”

云息一脸笑意莫测，道：“你这样寻根问底，到底是对她好奇，还是对我好奇？”

慕容馥一下子便止住了嘴，忖了忖他这话里，有没有什么弦外之音，才道：“当然是……对她。”

云息哂笑道：“作为我的侍从，还有一道规则，该好奇的、不该好奇的事，都不可以好奇。犯了我的规则，我会……”

“你待如何？”

“我会不痛快，我若不痛快，你觉得我会让你痛快吗？”前头她威胁他的话，如今如数奉还，语中之意，心照不宣。

慕容馥笑意凝在唇畔，剜了他一眼，道：“有没有人告诉过你，你这个人实在很可恶？”

云息面展笑意如风，轻轻侧首窗外，道：“那有没有人告诉你，今夜的月色好亮？”

四／孤峰伏棋

蝴蝶谷第一神医苏介湖，是江湖上尽人皆知的一号人物。能被称为神医，顾名思义，自是岐黄妙手。苏介湖一生救人无数，凭借着精湛的医术，名望地位在江湖上首屈一指。然世传他医术极高，脾气却也极怪，但凡他不想治的人，即便是拿刀架他脖子上，他照样不会救治。

当然，三十年前，苏介湖的修为便被江湖人传，仅在白衣墨凡之下，是以江湖上不管是谁，要想把刀架在神医苏介湖的脖子上，绝对是件异想天开的荒谬事。即便是白衣墨凡重现江湖，要把刀架在他脖子上，那也得想一想。

但凡肉体凡胎，谁能没有个九痛三灾？更何况是混迹江湖，刀口舔血。谁都能得罪，最好别得罪医师，特别是脾气古怪、医术高明的医师。

江湖人讨论，大概历来神医都有这等坏脾气。不过想来也是，若是没有这点脾气，天下病痛者何其多，求医的人岂非要从蝴蝶谷排到帝都镐京去？他一个人，累死也医治不过来。

至于说到这苏门的创立渊源，要追溯至西秦开国之初。

苏家一脉祖辈苏恒，曾追随秦始帝，领军祭酒兼秦军行军医督。按其军中制，医督为众医之长，掌医之政令，聚毒药以共医事。苏恒与秦始帝有结拜之义，深受始帝所重，至后西秦帝国建立，秦始帝欲封其为王，恒辞不受，退居诸侯国中的华国境内。此后，苏家一脉在华国根基渐稳，后代成为华国最大的医药世家，与华国王室联姻子弟颇众，血脉相亲，密书传承。久而久之，华国亦被众诸侯国称为“药国”。

是以，华国领地虽不如穆国宽广，战骑不如宁国强盛，资源不如雍国丰富，然华国的医药，却是任何一大国都不可比拟的。只可惜外患易躲，家贼难防。华国吴姓、赵姓两大臣，势力坐大后，篡位夺权瓜分国土。秦虔（即秦怀帝）于华武侯三十九年末，才正式册封靖国、襄国为诸侯国。吴氏靖国、赵氏襄国迄今不过数十余载。

苏恒平生嗜医成狂，被后世之人称为“医王”。其隐居时，专心研著了两部奇书，一为《苏氏医经》，一为《苏氏毒经》。

所谓“有覆巢毁卵，而凤凰不翔，刳胎焚夭，而麒麟不至”，华国被二臣瓜分篡立后，苏家也跟着没落。苏恒所著的《苏氏毒经》，亦丢失于军事战乱之中。

三十年前，《苏氏毒经》重出江湖，曾引一番腥风血雨。苏氏后人苏介湖，在白衣墨凡相助下，方名正言顺地收回《苏氏毒经》。

此后，苏介湖成立苏门。

虽开山立派，苏介湖却开始淡出江湖，不理江湖事，隐居于雍、平、宁边界地带的蝴蝶谷，《苏氏毒经》也成了苏门门下的密经之一，概不外传。

苏门门下弟子人数虽不少，但多是外门弟子。苏介湖的入室弟子，闻说仅有四名。前两名内室弟子身份隐秘，鲜有人知。至于苏竹溪，乃苏介湖收养之子，在其入室弟子中排名为三，甚得苏介湖喜爱。

苏门弟子师成后虽不远走，但平日时常会出谷采药，兼为附近百姓免费治病。久而久之，苏门名号不仅在江湖上颇为响亮，在百姓之中更有美名。

蝴蝶谷的确切位置，乃位于宁国蕲州北部、平国杭城极东部、雍国下都西部，恰恰是三国三城交界处的一脉山谷。此谷不为各国所管辖，处于渺无人迹之地，却是人世难得的一处灵气所在。

欲至蝴蝶谷，从宁国昭华城出发，有两条路线：一条是穿过狼山，沿着平国中阳，到达杭城东部；另一条是入云郸，穿绕宁国四城到达蕲州北部，穿越平国杭城直达其最东部。

显而易见，第一条路是直达，而第二条路需要绕上大半圈才到达，行程几乎是第一条路的数倍。

少女伤势危急，苏竹溪买了驾马车，执鞭赶马，择近路，朝蝴蝶谷急赶。

满天星斗，夜近三更。一轮明月刚钻出了云层，风却不甘心，微使了劲，吹来团云将它遮住。月色起起伏伏，照在昭华城东面一座山峰上，山峰突耸，怪石嶙峋，暗影可怖。

在苏竹溪马车离开昭华城时，一个女子沿山径，攀上昭华城东面山峰。径道上虽荆棘杂生，丛莽密菁，但这女子身形灵巧，小小艰难对于她并非难题。

女子身腰纤纤，着褐色武士服，面覆银具，正是中了苏竹溪凝霞散之毒的梅营香主微云。

及至上山时，再不见密树繁枝，一派廓然开朗。月星之下，遥遥只见得一人静立于山头。

微云行至那人背后，单膝跪地，行礼道："禀左护首，七名阵法中人，不死即伤。本来已然得手，半路却来了个苏竹溪搅局，我……未能抓到那女子。"言语之中隐有恨意。

那人着暗沉青草色武士服，紧袖上莲瓣错纹，极为细致，看身形玲珑有致，亦是个女人。她缓缓转过身子，面上亦覆银制面具。面具额上八瓣梅花，昭显着她在门中的高等地位。

暗梅门中有极为明显的等级分别——

面戴木制面具者，名木级门使；面戴银制面具者，名银级使者；面戴金制面具者，名金级特使。木制面具分金、银、白三色，对应暗梅门高级、中级、初级门使。此三等门使，初级由中级看管，中级由高级看管，全部由银级使者直接掌管，而至于金级者，统领所有银级者。

银级使者等级亦有细分，面具上的梅花五瓣至八瓣不等，在银级分级中，五瓣最低，八瓣最高。暗营十二宫各大宫主、梅营左右护首，皆属于八瓣银面；暗营中的金、木、水、火、土五行护法、梅营堂主皆为七瓣银面；暗营十二宫各个副宫主、梅营香主皆为六瓣银面；暗营各地分舵掌事参谋、门主直属银级附使等、梅营分舵长皆为五瓣银面。

暗营一些特殊营使，所戴乃铜面。

金级中没有分层，只营主可佩戴。

左护首衣袂微翻，淡淡道："那女子的刺杀命令，乃暗营所下，梅营不过协助行事。我们损失那么多人手，也算是尽力配合了。我会与暗营交涉，你回去后，去刑处领罚，此事便揭过了，起来吧。"

"是。"微云立起身，稍作思量，问道，"属下听说营中竟派人刺杀云息，不知是真是假？"

左护首道："有一神秘人花十万金买云息人头。"

微云惊讶："之前，云息参加武林大会的消息不胫而走，一下子传得沸沸扬扬，此番又有人要杀他，这样的情况下下手，怕是于我们不利。"

左护首点头："的确不利。"

微云疑惑问："谁要杀他？"

"你忘了？梅营的客人有权不透露自己的身份。对于杀手而言，只认金钱，不认纠葛。"

"但我们非同一般杀手组织，为组织利益而言，每取一个人的人头，必须权衡利弊，更何况这个人是公子云息，暗营莫非未查？”

左护首摇摇头，却未说话。

微云不知她摇头之意是查不出，还是不曾查，但她知道，必定有些东西是不能说的，便按下不问，只道：“十万金虽说是大数目，可要杀云息，实非易事。江湖上要云息人头的人实在是不少，但能胜过风白影的，却是不多。”

“所言甚是。”左护首沉吟了一会儿，道，“据资料所知，云息年纪甚轻，几年前收服七绝杀，声名始鹊起于江湖，后来游历各国，善济于民，以行仁道而深得武林正派人士称道。但江湖上，真正见过他的人很少。一个人，一个天下闻名之人，如果见过他的人少，那么相关他的传闻势必是越来越多。现今江湖活着的人中，各番传言最多的，当数云息。其中真假混杂，但唯一不被质疑的，便是他的容貌。最广为人知的有‘姣容云中君’一言，指其相貌不凡，气质高雅，天下莫不知其姣也。”

微云坦言心中困惑：“一个从未正式露面江湖的人，有这样的传闻，却没有人去争论这个传闻真实与否，这本身就很奇怪。”

“这就说明，天下并不是无人见过云息公子，反而见过他的人很多。而无流露他的画像，许因见者中无绘师，或者，他有意压制。”

“他既行事低调，出入神秘，可为何还有那么多人想挑战他，想杀他？”

“一者，乃想探他底细；二者，是欲借他扬名。有好事者特意将之列为江湖四君子榜首，并且与帝都公子舒之、雍国公子修、穆国公子无双、卫国公子殊合称为西秦五公子，云息在江湖上，不可不谓名气滔天。刺杀他也好，挑战他也罢，只要能与他沾上点边角，就是闻名江湖的好机会，江湖中人，又有几个不想借他出名？”

微云接口道：“只是，风白影是名震江湖的武林前辈，别说云息身边护卫琴、棋、书、画、剑五大神秘高手，我等已招架不得，更何况风白影？恕微云说句大不敬的，即便是您亲自出手，也未必能毫发无损地功成身退，除非和右护首一同联手。可是，这到底也大耗我们梅营之力。这单生意分明是一个烫手山芋，不知营主有接否？”

夜里的山风总是特别猛，肆虐无度，吹过耳际时，传着“呼啦啦”的声响，在秋夜如霜月色下，满天地，皆是清冷入骨的凉。

左护首微微一抚衣襟，淡淡道：“的确是个烫手山芋，却是不得不接。”

“这又为何？”微云语带疑惑。

“云息的人头，莫说十万金，纵是再加一倍，也未必有把握。这一次，不在于能否完成任务，而在于我们若接，不仅不会成功，还会折损人手；可若不接……有人出十万金取云息人头，江湖上早已传开，道上人便会认为暗梅门忌惮云影山庄，如此已压了我门一筹，这对于我们来说，损失才是最大的。”

“护首所言极是。”

“明知不能去做的事，却偏偏还得去做。出这十万金的人，实在是好深的谋算。在这江湖上，谁敢主动去惹风白影？表面上，像是冲着云息，实际上，却是冲着我门来的。”

“护首怎知，我们必定会失败？没有风白影的云息，无非是空有名声之人，我们并非毫无胜算。”

左护首摇摇头，叹道：“此言差矣。西秦五公子这个名号是怎么来的？不是他们自己叫出来的，是世人公认，心悦诚服排出来的。这五人，一个雍国公子修，一个穆国公子无双，这二人各乃雍、穆二国下一任国君；公子殊是卫国王子之一。至于帝都公子舒之，早在其十二岁时便已才名满天下，更要紧一个，他是当今西秦帝国康帝之子，西秦帝国皇太子。虽说如今皇室已弱，但只要西秦一日尚在，百国太子的地位便在那里。一人之下，万人之上，任凭再强大的诸侯国国君，也照样向他俯首称臣，是以，这公子舒身份之尊贵，更在公子修、公子无双、公子殊之上。你想想，何以身为平民的云息，凭借个江湖四君子之首、云影山庄少庄主，便有资格与他们四人并称？”

微云听这一番说法，也颇是疑惑。

左护首接着道："在这各方雄霸的乱世天下间，一个平民能成为五公子之一，就表明他有非凡的本事。哪怕云息修为再不济，也绝非简单人物。营主虽接下这单生意，却不上心，只叫你们练堂主指派了些银级门使——练绸、练华、练容三人同去。练华、练容二人均为通元阶段，练绸更达固原初段。还有十五位六瓣木金、木银门使。这一来可应了那位客人，接下这单生意；二来，可借风白影不在，探探这神秘云息的实力如何……"

微云一听如此，也迫切想知晓此番结果，遂急问道："那……结果如何了？"

左护首冷静道："随后我们勘查了现场，所派出的十八人，十七人当场死亡，没有找到练绸的踪迹，生死不知。"

微云惊愕道："这……如此看来，云息修为岂不极为高深？"

左护首摇摇头，缓缓往前踏出一小步，道："若能探出他修为深浅，那便是折损些人手，对我们来说也是益事，可这云息始终未有出手，连踏出车厢一步都不曾。此番风白影虽不在他身边，但他身边有一位武功高强的侍从。"

"侍从？"

"据暗营里暗探说，这侍从修为，与风白影颇是相当。"

微云颇觉惊讶："风白影已臻地武末段，区区侍从，怎么可能也是武圣？是否夸大，抑或是另有身份？"

左护首摇摇头："不清楚，只知悉到云息身边未超五日，至于年纪，也知之不详，他们说，看样貌，是一名十多岁少年。"

"这江湖上的后起之辈中，二十岁前进武圣阶段的，虽说不是没有，但极其罕见。除非是天赋异禀者，否则哪那么容易便能修得武圣？会不会……和风白影一样，是服过不老药的？"微云语气中显然有疑。

江湖中人皆有所耳闻，风白衣、风白影姐弟曾误服一种毒药，以至于容颜停在一个阶段，不会老化，是以风白影如今已有四十多岁，容貌却如同十六七岁少年郎，故而才有了所谓的“风郎不老颜”之传。

左护首静思不语。

修武者皆知，武者内劲修为与气脉骨骼息息相关。二十岁内，正是人体骨骼长成之期，是修炼最好、收效至为明显的时段。大多数修武者，二十岁内若是连通元期都无法晋入，就代表其人资质寻常，此生修为要突破武圣，极其艰难。换句话说，几乎是件不可能的事。

当然，除非拥有《玄天九式》。

《玄天九式》乃武学修炼至宝，如今下落不明，一旦有风吹草动，将引发的就是一场场的腥风血雨。九年前，不过是传闻三大世家之一的夏侯家拥有《玄天九式》心诀，随后夏侯府便遭遇灭门之祸，由此可见一斑。

微云又问道：“不知暗探还有何说法？”

左护首回神道：“门里的暗探说，侍从杀练容的手法是五指穿透胸口，生生将心脏掏了出来。”

风掠过微云长发，露出她白皙如玉的纤细脖颈。凉意顺着脖子，渗入她薄衫中，微云瑟缩下身子：“这……这……人练的究竟是何等武功？”语气有细微的颤音。

左护首语气平淡无波：“你可了解三十多年前名震江湖的白衣墨凡？”

“风白衣、秦墨凡之名，但凡身在江湖，皆有耳闻，却说不上了解。”

左护首道：“人知道传奇，但并不代表了解传奇，是以江湖上知道白衣墨凡的人很多，但真正了解的，很少。昔年风白衣武技中，以手技夺出。五指尖利如刀，一段白绸、一把琴为武器，震慑天下。更兼其侠义之心，江湖男子无不宾服，是以曾将她传为四百多年前武林二圣中的白天素转生。虽说这等转生之说实属无稽之谈，却在某种意义上肯定了风白衣的能力与地位。白衣墨凡名扬天下数十年，其中也有这层原因。我一直在想，云息身边的这侍从，会不会是风白衣的传人？”

微云疑惑道：“二十多年前，江湖上传，风白衣跳崖自尽，这侍从不过十多岁，焉能是她的传人？”

左护首一笑道：“这江湖上，最不可相信的，就是传闻。人人都说，风白衣、秦墨凡是一对情人，可当年也还有人说，仅仅是秦墨凡一厢情愿。风白衣不过同他齐名，其实心中另有他人。”

“哦？”微云也倍感惊奇，“可是，听说风白衣自寻短见，不就是因秦墨凡娶了单薇为妻吗？”

左护首轻笑道：“自寻短见？尸体呢？谁见了？昔年风白衣虽说盛名江湖，但真正见过她样貌的人，却是少之又少。人人都说她已死，可死的究竟是不是她，是不是真的死了，又有谁能确定？为情所困便自杀，与世传风白衣狂狷性情大为不符。”

忽觉在此议论这些无益，她的声音顿了一顿，才继续道：“罢了，此番说与你听，只是要你心里有底，有关这侍从的身份尚待详查，暂莫多言。至于今晚，有两个任务给你，一者，与暗营那边联系，要协助十二宫主取到明家地牢的几份东西。至于这几份东西究竟是真的在地牢里，还是仅仅是明仲道的一个诱饵，需要宫言出手。宫言假借云落婵这个身份虽说不重，却是明仲道最宠爱的妾侍，你将消息传递给宫言，让她伺机探探明仲道的口风。我在桃李园那边，不便与她接触。二者，青黛、紫瑶会代表暗梅门同碧箫派、阴暝三圣、迷山三怪联合对付鬼面客。你给她们提醒下，尽力即可，不必拼命。五香主中，你同蔺羽匿气与轻身功夫最好，蔺羽不在昭华城，我思来想去，这两个消息你去传递，不要借手他人或者传递信件，落下痕迹。”

“属下领命……只是……”微云略微迟疑，“我……”

“何事？”

微云低声道：“属下身中苏竹溪的凝霞散，短时间内内劲尽无。”

“无怪我方才觉你脚步沉滞许多，真不是时候……”左护首沉吟少顷，目光大亮，似想到一计，反道，“既是如此，任务我另遣派他人。后日，明莲枫会带明心兰去猎林园，途经芙蕖楼隔街，你此刻内息暂失，届时……可演一场好戏，补一补我们在明莲枫处的内线。”

微云惊讶。

左护首趋近她身侧，面具上两个眼洞里露出的眼眸，是月波折光的盈亮，她看着微云细细道明。

微云眸心轻收，静了片刻，将左护首所言理出了头绪，才道："若是明莲枫不出手呢？"

左护首轻笑出声，胸有成竹道："不会。明莲枫自行江湖，以侠义为本。兰莲竹松四君子榜，他居二，榜上评价乃'烈胆侠骨，倜傥柔情'，这君子之名，绝非虚有。他若不出手，便不是明莲枫了……倒是要叫你辛苦了。"

微云恭敬道："微云不敢言辛苦二字。"

左护首颔首，嘱咐了几句，遂也离开。

山头只余微云一人独立。

左护首下山后，向昭华城西城方向去。行了一程，她陡地逆转方向，轻身提气，潜入一小户人家后院。在庭院中左右转悠一圈，察无匿气寻踪者，方从墙的另一侧翻出，穿街过衢，行了一程，竟到了一座占地极广的府邸附近，匿身入了条少有人往的小巷之中。

那重门深户中，楼阁高起，丹楹刻桷，足见峥嵘轩峻，不知是昭华西城中的哪户富贵人家。

左护首进了巷子，许久都不见现身，却是从巷子中走出一个粉衣丽人。暗夜之下，眼角一点泪痣隐约。粉衣丽人纵身一跃，翻进那金辉面貌的府园中，身轻如燕。

少顷，一名男子从暗处踱步行出。

男子身着竹青暗纹粗布秋袍，身形极是修长，一头光泽亮发黑如墨绸，以藏青丝带高束，简简单单的一支木簪横贯发中。但见他步履闲闲，青衫磊落，姿仪迥异，端是潇洒出尘的俊秀人物。

日月交替的光斑驳明暗，铺盖漫洒，几分灰白之色笼上面首，显露出男子的脸。令人惊讶的是，这张脸与男子身姿气度无半分合恰——脸色苍白无泽，三分如人，七分似鬼，在昏沉光影下分外可怖，然而这样呆板僵硬的面孔上，独独一双琥珀深眸清澈盈亮。

男子手持白玉长箫，随意把玩，眼瞧那名粉衣丽人消失所在，僵硬如死的脸上竟勾出一丝笑，带着冷淡的锋芒，唇齿翕合，喃喃自道：“桃李园。”

天色越发亮了，朝阳夺出。

万物镀上光亮，发出炫目的、深不见底的刺眼光芒。

五／谋无遗谞

马车抵达明光府时，日色正好。浸沐金光的明光府愈显堂皇气派。

百年盛名，世家大族，果然非比寻常。马车尚未至时，慕容馥便已望见大门左右两座栩栩如生的石狮，中间府门洞开，朱漆三间大门前两列府侍、家婢。

府侍武服凛凛，一派杏棕；家婢罗裙素素，容光娟美。诸人皆于日色秋风中迎客恭立。

马车方停，府内健步走出一位白衣郎来，发束金冠，腰系佩绶，脚蹬长靴；笑眸朗目，面如明光，显见俊秀风流好样貌。

清池早已下车置好脚凳，慕容馥垂眉敛目，打开车厢板门，率先出来，手探开垂帘。云息这才起身下马车来。

云息方立定，白衣公子已上前拱手施礼：“云公子。”

随着白衣公子近前，一阵清冽的花香味随风扑入鼻端。慕容馥心下微微一奇：好熟悉的味道，这分明是露花琼浆！

云息拢袖回礼一揖，道：“劳烦明家二郎相迎，息不胜荣幸。”

云息以云影山庄少庄主身份到访，明仲道则派二子明莲枫相迎，既不失大族礼数，亦不趋附，倒是合恰得很。

云息弱冠之年便成名江湖，迄今已近六年，却从不在任一公开场合出现，江湖上对于他的传闻纷纷纭纭，莫衷一是。明莲枫虽在外修行，但毕竟身在江湖，对他早有耳闻。

云息位列江湖四君子之首、西秦五公子之一。所谓的西秦五公子，主要以才华、声名、地位等这些无形元素来推举。云息背景神秘，常行仁善之事，声名极佳，又是商道遍走西秦大陆的云影山庄身后掌控人，推为其中之一，倒也无可厚非。但江湖四君子的推选主要是论其武技、内劲修为、人品三者合一。江湖四君子排行历来有之，每四年一变。六年前，帝都鹤鸣阁集江湖英雄呼声，云息初上四君子榜，位列第三。其时，榜上首位者乃海棠山庄楼少容。

两年前，鹤鸣阁更新四君子名单与排行，云息再次入选，且被推至首位。时至今日，江湖四君子榜单，即以兰者为首，乃云息；莲者次之，为明家二郎明莲枫；竹为第三，苏竹溪是也；列四为松，欧阳世家六郎欧阳愈。

江湖上传有一言“姣容云中君”，这云息想来也是一个样貌不凡的俊秀男儿、风流不羁的江湖侠少，今日明莲枫受父命接迎，乍然一见，却是大出意料——眼前男子玉面雕琢，浅笑如波，起落时意态闲雅，视瞻雍然。举止风韵，一如芳兰竟体。这哪里是什么江湖侠少，分明是王室贵族。

当今六国争霸，百姓流离艰苦，明莲枫修行之际，时常见得王公贵族子弟欺压百姓的事情。那些人，表面明明一派君子风度，骨子里却龌龊不堪。他素来对这一类人深恶痛绝，此时见着云息，只想到物推其类，莫名地好感大跌。

闻云息所言，明莲枫则故作一叹，客气道：“天下谁不知云息公子风采绝绝，可叹欲得一见，却堪比登行卫国岐道之艰。今云公子迢迢而来，莲枫凡夫俗子，竟能有此相迎之机，才是荣幸！”

这一番客套话说得极是好听，语中却全是刺儿，哪里是在说云息风采绝绝，分明讽刺其徒有其表，装腔作势。慕容馥心中暗笑，这明莲枫倒是一点儿也未变，喜怒上脸的性情与当年别无二致。

云息仿佛听不出对方话外之音，一派坦然自若，道："明二郎倘若是凡夫俗子，那息必是泥沙浊物了。类息这等游手偷闲、偎慵堕懒之辈，薄占了几分江湖虚名，已是惭愧不已，好在有几分自知之德，遂鲜于露面。想来明二郎也必不非谬采虚声之辈，不然此番一见大失所望，息便招笑话了。其实息早早该来昭华拜谒明宗主，亦是沾一沾明二郎之风华呀。"

明莲枫眼眸一亮，颇有兴致笑道："云公子不仅长了一副好姿仪，还生了一副好口才，这般利喙赡辞，莲枫已然望尘莫及。"

"哪里哪里，息身无所长，性又迂愚，何敢膏唇岐舌，以诓二郎？二郎莫要多心。"云息轻笑款款，神情自然舒暇，慢条斯理说道，"此番距武林大会尚有时日，息无处可去，想来要厚着脸皮在贵府叨扰段日子了。"

明莲枫笑道："固所愿也，不敢请耳，云公子切莫见外才好。"说罢，宽袖微牵，回身往内一比，请引入门。

明莲枫心下虽不喜，但毕竟是生于高门大户，修养甚好，熟谙待客之道，一路上言笑晏晏，引领着云息观行。

沿途明家家婢、府侍看这等架势，也晓来者是贵客，纷纷抬头探看——见一男子随行二郎主身侧，衬着日暮霞光缓步踏来，容貌背着光影，尚且不分明，但见一身衣物细致端雅，衣上对襟处绣兰草金边，精美金丝绣线曼妙勾出缠叶叠兰纹样，纹路在暮色之中耀出金辉，粼粼光影随着雍容有致的步伐，晦明交替。

明莲枫仪表风姿，休休有容，本已是极为出色的人物，倘若与别人同行，他的风采必定十分令人注目。可如今明莲枫走在这人身旁，竟似星芒遇皓月，反被衬得光华半暗，仿佛这人的本身，已是一道亮目风景，随意一处，炫然夺尽眼目。

众者不免侧眸，却依旧纷纷停行回避，按下心头惊色，并未如何交头接耳。府内规矩严明，当得起江湖大世家之名号。当然，如果不提隔日城中风传明光府中众婢女围堵听水阁，只为一睹公子云息风采之类闹剧的话，确实如此。

明莲枫等人已近大厅前，慕容馥暗地抬眸打量。

正厅偏长，亮砖地面铺盖红金相间的地毡，绣样花团锦簇，其上洁净无尘，一直覆延至主座。主座左右梁柱垂钩着落地灰色帷幔，一侧有成对的长颈飞鹤灯；后面是一面贴墙屏风，屏画是一幅望月图，乍一看，如同没有墙，朱栏上确乎有人凭栏望月，对影双人。

正中及左右两排客席长案，皆为紫檀香楠所制。案后矮凳坐垫皆绣有精致花样。左右陈设花架，摆着数盆萱草兰花。

富贵繁华，昭然显赫。

坐于首案的明仲道为东道之主，听下侍传报二郎主引云息公子至厅前，扶了案侧立身站起。见明莲枫提袍跨槛，走了进来，身侧并行着一人，身修八尺有余，穿墨黑色秋衣，腰缠乌色绫带，褒衣博带配着深色缚裤，足蹬云履；黑发以玉冠玉簪高束，乌发之下五官俊雅——桃眸修长且亮，似足曜石；眉梢斜吊入鬓，似利剑脱鞘；鼻梁挺拔而直，恰似山峦不倒；润洁薄唇轻抿，便是十里春光万千桃夭。

世人所传的“姣容云中君”，果非捕风捉影。明仲道心头数念辗转，笑声相迎：“久闻云息公子声名，如今一见，果然是凤骨龙姿，名不虚传。”

“明宗主谬赞，晚辈不胜惴惴。”云息笑应一句，整衣敛容，对迎上来的明仲道振袖一揖，执了个晚辈礼，气度雍容不迫，不卑不亢，“息沿途跌宕，比所定之期晚到，请明宗主见谅。”

事实上，云息虽是年纪不大，但他是秦墨凡的嫡传弟子，按辈分论，在江湖上实则与明仲道同辈。只是，秦墨凡三十多年前借死隐遁，江湖中人只道他已死，却不想卫国国师秦睿便是当年的秦墨凡。此事少有人知，更莫提云息是他弟子一事。是故云息行走江湖，凡遇年长者，皆谦恭以晚辈自居。

“请入座。上茶。”明仲道牵袖朝座上虚手一比，云息拱手回礼，二人分宾主而坐。侍婢上前屈膝添茶。待云息坐定，明仲道笑应道：“江湖中人不比官家、兵家，三两日之期何算延误？况且有劳萧少侠先来告知，明某人已知公子之心，公子自责过甚矣。”

云息谦和一笑道：“宗主如此胸襟，息感佩之至。”

明仲道吩咐下方，后晚设宴，为公子云息接风洗尘。云息与明仲道客套几番，便随明莲枫领引，去往明家为他配置的客室——听水阁。

一路长廊延绵，廊壁两侧皆有诗章字画，深嵌壁中。派别繁芜，参差不齐，颇有些附庸风雅的滋味。

数人转出挑檐染朱的折檐长廊，走在石卵子铺成的小径上。两边紫藤盘径，艳花染景。沿着石路往下走，有湖水一泓，在暮色下跃然入目。

湖上有九曲石栏板桥，桥的尽头又分道两支，一支是通往远处的碎石铺就小道，一支通往一水上小亭。小亭外围有栏槛钩窗，周边围着汉白玉荷花石雕栏，亭边栏柱为石雕镂狮荷花柱。

亭上飞匾刻有“听水垂卧”四字，置身在小亭处，可小歇亦可垂钓，尽览明光府湖水好景于眼，风景之秀非言语可道尽。

明莲枫转碎石小道走去，与云息前首并列而行，一边观赏周遭景色，一边闲言长语：“云公子看鄙府景致如何？”

云息轻抚指间的苍玉韘，含笑淡道：“书中有道，水无柳不韵，水无蓼不秋，水无鱼不欢，水无鸟不远，水无船不活，水无亭不凉，水无荷不雅，水无瀑不丽，贵庄一眼入目，便晓得是大家手笔，息岂敢置喙。”

闲聊间已至一处所在，明莲枫立定道：“莲枫常年在外，且又是江湖粗人一个，对于这种园林风雅之物一窍不通。这府中却独有听水阁，莲枫觉得颇具南地风味。此园阁环水而立，其得天独厚，便在此番好水，糅合入襄国地界的境味。云公子久处襄地，但请指点一番，不知在北地设此南园，可会画虎不成而反类犬？”

慕容馥听明莲枫所言，略微抬首环视。一院落凌立于水间，屋舍有度。日已是垂暮，天际半边余晖半边暗。府侍们在柱檐下，手提八角绢纱灯，取长杆子将灯往大抱柱上挂。一排排光影在日暮里相继亮起，煌煌映目。光下水面波澜粼影，尽入眼底，其瑰丽惊艳，非笔墨所能言尽。目不能暇接，语不可形容，取名“听水阁”，倒真是声色绝佳，相得益彰。

云息也笑，只赞道：“息浅薄之辈，不通其理，只见这好水好园，出类拔萃。”

明莲枫目光变幻，侧首言道：“莲枫思虑许久，独觉此阁方能配得公子落榻歇脚。鄙府简慢，倘有不足之处，尚祈云公子勿责才好。”

云息惶惶然道：“哪里哪里，如此妙阁佳景，劳明二郎费心。”

语罢，两人又彼此双双落礼，明莲枫遣了个管事负责事宜，才踅身离去。

慕容馥顶着侍从的身份，被云息派同清池一起随管事熟悉阁院中各处。

管事走后，清池在室中整理行李。慕容馥拉开直棂门，蹑手蹑足行进内室，挑起半边帘子探入脑袋，左右张望一下，“咦”了一声道：“小清池，只你一人吗？小清风呢？”

清池侧过头看她，应道：“她在小厨房里头呢！姐姐是要寻她吗？”

“没，没，瞧不见她，就随意问问。”慕容馥口气轻快，嬉皮涎脸地说。她放下垂帘，行近清池身侧，一边帮她整理一些物品，一边心怀鬼胎地同她套近乎。她心底对昨夜见到的傅韫好奇心不死，嗑牙料嘴，寻机探问道：“昨日一味楼那女老板，真是美人儿呀！不知她是何人？”

清池手下工作停也未停，神色淡定道：“清池不知。”

慕容馥不肯泄气，揽着人家的肩又问：“她同你……哦不，同咱们家公子看上去关系不浅哦，你知不知道，他们是什么关系？”

清池言简意赅，依旧只道："清池不明。"

连回答也不带拐弯抹角，一问三不知，防守牢靠得铜墙铁壁似的。慕容馥蹙了蹙眉，换了副口气道："不明？不知？好歹你我同为……同为侍从一场，别这么小气好不好？我什么都不知道，要是因这个开罪了你家……不，咱们公子，那我可就罪过大了。你难道忍心看我处处得罪公子吗？"说话时，简直云愁欲泣。

清池终于停下动作，侧首看着慕容馥，清朗眉目笑意盈盈，道："姐姐若是真想知道什么，亲自问公子岂非更清楚不过？清池只管本分所在，其他一概不知。"

"若问他有用，我还来问你做什么！"慕容馥一改泣涕神容，龇牙咧嘴，尽做鬼脸，还不忘嘟囔着，"嘴巴管得这么紧，真是一点儿也不可爱！"

清池笑笑，自顾自忙去了。

慕容馥觉得没趣，胡搅蛮缠了一阵，便偷懒溜走，去了小厨房清风所在。清风一手厨艺顶呱呱，却是个二愣子，没有清池那九拐八弯的肠子和七窍玲珑心肝，被慕容馥三言两语一诓，便将事一箩筐倒尽了。

果然凡事皆有个因果由头，且说这事，要追溯到十几年前——云息有个生死至交，名唤傅山。

傅山性耿介，好诙谐，文武双全，才华卓越，又兼一身侠肝义胆，令人注目。云息初见他时，一见如故，后结为异姓兄弟。

慕容馥心底便思量，云息此人，眼高于顶，能被他一见如故，并且还结为兄弟，这傅山怕也不是什么寻常之辈。旋即又急急朝清风追问此人，却不想，原来十一年前，云息遭祸，傅山为了救他，代其一死。

傅山父母早亡，当时只有一个十岁的妹妹，名傅韫。傅山死后，云息花了两年时间才找到傅韫，承诺照顾她一生一世，并将她领至云影山庄，悉心照料，无微不至。久而久之，两人感情深厚，不分彼此。

慕容馥懒散地倚靠在木梁柱边，嘴里啃着一只鸡腿，摇头晃脑道："两小无猜，青梅竹马，果然关系不一般啊！"

清风手上控制着火候，一边鬼头鬼脑地四下探看一番，一边把手掩在唇边，压着声神秘兮兮地道："在山庄众人眼里，皆把韫女郎当女主人看待，大家只觉得女郎同公子天造地设，成婚是早晚的事，只不过差一个仪式而已。三年前，却不知因何故，女郎同公子吵了一架，一怒之下，便离开了云影山庄，从此就没回来了。"

慕容馥兴致更浓了，想不到还有这渊源。她盘起腿，坐正了身子，拿出口中鸡骨头，换个方式试探道："气跑了？那么多年感情，不过吵嘴就跑了三年，准是你家公子干了什么对不起她的事。"

清风瞪大眼睛，盯着慕容馥，不服气道："公子才不会。"

慕容馥斜着眼睛，一副她才不信的样子，反问道："那她为什么离开？"

清风垂眼，没好气地道："这我怎么知道！"

慕容馥挑挑眉，笑意如狐，道："要我说，旧人哪能及得上新人？加上你家公子又生了那一副招蜂引蝶的皮相，本就不指望会是什么痴情种，铁定是有了新欢。傅女郎拈酸吃醋，看不下去，所以就跑了，换我我也跑。"

清风若有所思，旋即认真地摇摇头，道："公子待女郎是不同的，这是众所皆知的事。更何况，寻常女子，哪里配得上公子？再者，姐姐是不了解女郎，她那样的人物，会吃哪个女子的醋？在她面前，不自惭形秽已是万幸。"

不期然一句话，叫慕容馥倏地一怔。那个玄色身影恍然入目，像烙印又像魔影，那的确是叫人一眼不忘的女人。慕容馥尚不了解她，只一面之缘，也已觉得她特别。不说别的，单说那一身修为，傅韫同自己也就相若年纪，纵大也大不过三四岁，但她的修为已是高出自己不少。

"清风，烧焦味都出来了，聊什么聊得这样兴起？"一个声音兀然响起，慕容馥和清风霍地回过头去。

外头余晖早已去尽，暮色浓郁，廊庑下八角绢纱灯的光便显得亮堂起来。只见灯光影里，男子对掖着袖，翩立门口，褒衣被绫带一束，挺拔的身形委实磊磊——正是云息。

“公子——”清风愣了一瞬，才反应过来，犹如惊雷劈首般，惨叫一声，“啊，我的药膳！”

云息也不进门，眉梢一扬，眼底笑意深深，朝慕容馥勾了勾手：“小馥，出来。”

慕容馥扔开手里的鸡骨头，油腻腻的手随意往身上一揩，便往云息身边凑去，觍着脸嘿嘿笑：“不知公子有何吩咐？”

“你——”云息皱眉，连退开两步，淡淡道，“你且去把周身梳洗干净，换一套衣服，然后到我房里来。”

慕容馥趋身近了两步，摊着分明已油腻腻的衣服，一脸不解地道：“咦，很干净啊，而且这衣服是全新的哎，好端端的为何要换？”嘴上虽这样说，心里却已欢腾到九霄云外去，心想：这次还不让我捏住你的死穴？！

慕容馥两步还未全走近，云息又退了三步，悠悠瞥她一眼道：“我在房里等你，茶过一巡还没见到人，那你就可以收拾好东西，离开明光府了。”

“喂，你——”慕容馥修眉一竖，压着眉心，转念一想，又化成了笑容，懒懒扬唇，无赖道，“反正我已经进来了，出不出去就不是你说说能作数的了。”

“哦，看来小馥是想——过河拆桥？”云息恍然大悟。

慕容馥两手环胸，扬着下巴，下颌曲线流畅地展示着“骄矜”的意味，道：“是又怎样？不是又怎样？你想拿我怎样？你又能拿我怎么着？”

“我当然不会拿你怎样。”云息眉眼里倒起了滋味，像清波，起了细细的涟漪，唇角牵开弧度，似笑非笑，“最多只是同明仲道说，临时逢有要事，武林大会只怕无幸观瞻，随即起程离开，如此而已——”尾音故意一拖，“我若离开，某人怕也没什么借口留在府中吧？”

“云息，你厉害——”慕容馥被他说得无言以对，气焰蔫了大半。原先她怎么知道，这人方正齐楚的表貌下，那心眼比莲蓬还多，她有一种作茧自缚的懊恼。不过已到这一步了，捶胸顿足也没用，总不能半途而废吧。她暗地里用眼刀把他剜了千万遍，脸上却照样打点起笑容，何其明媚、温柔地道："小的这就去洗干净了，给公子您鞍前马后去！"

他颔首点头，两手负在身后，施施然踅过身，朝阶下行去了。

换过衣物去到云息房间时，云息让萧子岩将所需物品列了个条单，遣慕容馥去府外采购。慕容馥揣着单子愣在原地："这……我对昭华城又不熟，怎的却是叫我？"

云息坐在案侧，斜身倚着凭几，闲闲饮茶，听到慕容馥所言，微微抬起头，道："因为所有人中，就你最闲。初来乍到，我怎可烦劳明家中人？你最合适。而且听你的口音，你应该是昭华人，怎么会不熟呢？"

他一番话说得有板有眼，慕容馥被呛在原地。为了不让人听出口音，她在幽冥谷费心练了一口周正的官话，正常讲来，一般人是很难在官话里辨别口音的。他这样貌似无意地说起，不晓得是试探，还是他灵敏于常人，早已在微末细节里辨明了什么。

从他脸上，委实瞧不出玄机，慕容馥拿捏不定，倒不好刻意地去反驳，否则怎么听都是别有用心的狡辩。眼底辗转过幽暗莫测的神色，顷刻即无，她静定道："我是在昭华出生，但我一直住在大山里，近些时日才刚刚下山，哪里懂这些！"

云息置下茶杯，道："无碍，凡事都可从不懂到懂，里头东西都有指定商铺，打听打听就找到了，去吧。"

慕容馥无法，只得允下。刚至府外，想想觉得不对，细看单子上只是一些布料品物，以云息的挑剔性情，根本不会用上这些。转瞬她便明白了，他是为了调开她。

那他绕这么大一圈，却是为什么呢？

星河耿耿，一缕月色幽然如烟，缭绕听水阁间。满目水映物，物入水，浑然一体，天地如画。慕容馥一路借物匿形，悄然无声地潜行至云息住处附近。

虽不清楚云息修为底细究竟如何，但莫说他，就是萧子岩此人，亦耳力不俗。她小心翼翼，施展匿气之法，又将步子提至极致，不出半点声响。

慕容馥从暗处纵身跃起，轻点梁柱，身隐栋梁之后。门格槛窗上都粘着绡纱，她运了劲息隔空将窗纱一弹，上头便悄无声息破了一个小洞。

此时初更已过，天色正黑浓，偶尔有乌云飘遮，让月光忽明忽暗，却半丝影响不了室中一切。

云息此人生活上极为矜于细行，毛举细务，都甚为挑剔。比如他无论身处何地，均是明珠置室，不点火烛。此际紫铜灯架上各置一枚夜明珠，满室明光，亮如白昼。

慕容馥透过小洞，隔着轻薄幔帐看见，云息身披轻袍，闲逸斜倚四腿宽榻上。宽榻是金木所制，三面俱围小山屏，精雕花鸟浮图。宽榻上铺陈的细软茵褥，乃穆国所产的水云锦制成；又置了金木小炕几，几案上有个黑檀金银绘卧读展书架。

云息手靠浮雕青玉枕，眼睛看着卧读展书架上的古旧卷轴，听萧子岩禀报着各种事项。

都是些江湖琐事，慕容馥久听无聊，心想莫不是自己小人之心了？旋即正要悄悄离开，忽听萧子岩说道："几日前，明莲枫拿下那个女刺客后，交给明仲道处置。经暗卫所查，是被关押在明光府地牢。"

慕容馥顿悟。露花琼浆乃欢颜特制调配，普天之下绝无他人可有，其香味沾身十日不散。明莲枫身上有那股味道，就一直叫她疑惑不解，加之之前在桐乡居时，探听云息和萧子岩对话，说那个刺客蓝衣擅毒，如今想来，明莲枫拿下的女刺客，十之八九就是欢颜了。

云息一脸平淡，自书卷里抬起眸，道："这明光府也有地牢？是在何处？"

“地牢在明仲道的书楼中，即是尚文阁。”

“偌大书楼，倒是藏人的好所在。”云息目光回落，闲闲道，“还有其他事吗？”

萧子岩道：“慕容馥一直在打听傅韫女郎的身份，不知……”

云息懒懒一笑，笑眸舒雅，意味深长道：“打听就由她打听了，无伤大雅。倒是她这么一颗好奇心，吃亏的反而是她自己。”他手按了按眉心，颇有倦意，“我乏了，有什么事明日再说吧。”话音方落，又思及一事，眉目有些落寞，“你让俞棋去劝劝阿韫吧。”

傅韫素来了解云息性情，晓他必会再遣说客来劝，在一味楼只耽了一日便离开，为避他一避。只是，心里头没个着落，一时间却不知欲往何处去。

夜幕中，街衢灯火并月辉，斜映那净洁路面。傅韫见得周身路人往来，热闹不止，她孤身独立这重重如海人群之中，更感萧索，心中越发烦乱，遂掉转身影，轻一提气，跃至屋瓦之上，脱离这吵嚷之地，欲寻一处静谧所在。

顺着屋脊，越屋过舍，但行一程，她忽地止住脚步。

“夜皎皎兮中天，流光坠兮盈襟；星渺渺兮云上，表独立兮楼巅；望美人兮未来，孤徘徊兮茕茕；月华偏兮更漏沉，尘中人兮怅忘归……”前方鼓楼飞檐角上，一人抱膝啸歌。身后明月悬空，零散云团游走其间，遮掩不住的，是那清朗月辉。

一眼望去，亮月剪裁出那人身形。青衫融了月华，鼓风扬舞，岩岩若孤松之独立，傀俄若玉山之将崩。只因背面于月，面容幽暗不明，但一身萧朗清举、夺群之姿，已是超尘风流色。

那人面朝，正是傅韫所在。

傅韫凝步望他，眼底光色沉浮：“你在等我？”月波如澜，递转她曼柔声语。

那人轻轻一笑，足尖轻点，瞬息已立她身侧。风未起，发未动，移形换影，高妙的轻功。傅韫心中揣度。那人已道："今夕月色正佳，敝人冒昧，备有一处好所在，欲邀佳人，月下共赏，如何？"

容色正对月辉，见他眉目皎然，一眼含笑，风流蕴藉，不惊云澜。

傅韫身略侧，辉光坠睫，明明暗暗："奴不知何幸，今夕此夜，竟得遇王子相邀。"言语时，曳眸望他，步踏袅娜。衣上绣纹，起伏折光，一身玄裳波澜暗起，人在光影之中。

那人目光不动，眉梢闲抬："这'王子'一称，当从何说起？"

傅韫将他打量，道："雍国公子修，人如静玉，妙有姿容，好神情。如此男儿，当今天下有几？"

公子修并不掩饰："尔只一眼，便断吾身份，修好奇，是哪里泄露了端倪？"面走光影，如浸水波，眉梢笑意，点点粲辉。

傅韫曼声款道："若论类君如此奔逸绝尘之辈，唯当今天下五公子。奴虽寡识，却也略有耳闻。公子舒之，才望高雅，非常所及，百国太子，身且至尊，闻其神漠而颜不展，气敛而喜怒不现，山崩于前而眸睫不瞬。君眉目含笑，自非公子舒之。公子无双，琐兮尾兮，流离之子，丰姿冶丽，纤妍洁白，转侧绮靡，顾盼便妍，乃当世美人，见者靡不啧啧。而君风神秀异，却非冶丽绮靡，一身爽朗清举，肃肃如松下风，俣俣风流，自非公子无双。再有公子颜回，龙章凤姿，容华无俦，又一身跌宕风流，倒是与君神类，不过……"一语延绵，很是撩人。

屋脊之上，风吹衣动，幽香暗送。

色柔媚，神缥缈，潋滟一笑，夜华优昙，不及此女樱唇旖旎，眉目迷幻。

公子修眉峰耸动，飞转七分奇趣，接问："不过如何？"

傅韫引袖垂眸，眼下浅影如落花，一脸含羞，道："奴曾效南户窥郎，幸睹颜回公子风华，自然辨认得。"

公子修闻言纵笑，拊掌击节，赞道："人道江湖有三艳，一艳神，缥缈山间沈秋水；二艳质，阿瑶峰上傅玄裳；三艳容，海棠庄中楼小妹。今夕得见，女郎九转柔肠，玲珑心肝，公子云息有此等知己红颜，端是羡煞修矣！”

听得他言中一人，傅韫微是一愣，心怀警惕。她出于阿瑶云影，三年前已脱离山庄，人人只道她是风白影的义女，却无人晓得她与云息的关系。她修眉挑起，眼风轻扫，径直问：“公子今夜相邀，不知有何指教？”

公子修展颐轻笑，道：“女郎若肯赏光，不妨移步。”足轻点，身已轻，踏脊而离，转眼已是数丈之外。

傅韫神思稍敛，飘然随行而去。

迎面风起，落叶不沾衣。一路越屋过舍，二人不过几番起落，已远离了街衢，入了一处山岭之中。傅韫游历各国，虽是一味楼主人，却也是久久归来一次，是以对这昭华城内并不十分熟悉，见这山岭寻常，更不知是何处。

傅韫不惊亦不惧，神情淡淡，足尖点叶飘飞，一直只距他身后一步之遥。

穿过密林，沿着山岭间怪石而上。山岭中，正有风浩荡，正有雾漭漭。二人衣袂飘拂，竟上了一处断谷。公子修回头一笑，身一轻，竟往下方跃下。

傅韫及前，只见公子修半空时，足尖轻点石壁，衣袂一荡，竟不偏不倚、稳稳当当落在一叶轻舟之上。

原来，这断谷之下，却是一潭静湖。湖中心处，明月浸水，山色空蒙，水天一色，星云幽幽。月中有舟，舟上有案，案上有酒。

周遭十分静，只有细碎风动。湖面，縠波未起，平如玉璧。

公子修端坐案前，待佳人至。

傅韫居高而视，明明远离，可是铺天盖地的水光，早已染至她衣上来。

女子足轻踏，长发肆舞，轻飘飘落下。半空处，广袖挥击石壁，稍借反力，绰约已立轻舟之上。远处夜幕苍苍，黑云如带，近处湖中水月光影，起伏如洗，似重山，层层压来。她一人端立，在黑白相间之间，衣袂微微携风，玄裳银纹，一身幽玄之美。

公子修目含审视，手按舟板，内劲稍运，轻舟悠悠，水璧上滉荡而行。

夜已沉沉，舟上无灯火，所有光芒，不过是天上星云，水中月。

步履袅娜，在这满目水光中，傅韫轻敛衣襟，二人对坐栅足案前，跟前各置白玉杯。

公子修执壶倾酒。

傅韫微微闭目，轻一呼吸，问道："这是什么酒？似有一缕梨香。"

公子修抬眸，眼底一色水光，波澜幻影："梨酒。"

"哦？"傅韫微微诧异。

云息素来不沾酒，受他影响，云影山庄哪怕有世上佳酿万千，傅韫也甚少沾染。

傅韫举杯轻啜，樱唇昳媚。杯中玉色佳酿入口，竟是甘甜之中，萦绕一缕清冽梨子味，十分绵润，直透肺腑，先前满腔郁气，一驱如净。傅韫一时不禁，引袖仰首，连衣襟袖口亦沾梨香。

"如此湖波月色，有美相伴，倒是人生一乐。"公子修抬眸，淡淡道。

一口饮尽，傅韫置下酒杯，开门见山道："公子借云息邀阿韫至此，怕不是为了饮酒赏月这般简单吧？"不再是先前的虚与委蛇。

公子修道："女郎如此玲珑一人，修纵是想瞒，也瞒不过。"尾音未落，宽袖轻挥，三点玉色折光飞纵而出，直袭傅韫面门！

傅韫广袖轻动，皓腕微翻，素指纤纤在袖底微微一折，三枚尖头细长玉针便夹在她两指之间。

她的手分明不曾举起，可这袭向她面门的针，是如何落在她手中的？

公子修转眸轻笑，道："今日见识女郎的这一手云中折梅，果然叫修大开眼界。修闻，江湖之中，除有三艳，亦有三绝——七绝剑、折梅手、惊鸿步。此三绝，皆是江湖上顶顶极致的武功。杀手花剑雪，当年一路七绝七断剑法，剑下从未有生还者。柳清波的惊鸿步，如今已成绝响。昆山石翁前辈，独创云中折梅手，传与墨凡前辈，三十年前有幸一见者，莫不啧啧。听说女郎乃风白影前辈义女，风白影、秦墨凡二位前辈，又皆是同门，昔年白衣墨凡虽已成传说，然这一手武功，能为女郎传承下来，真是江湖中一大幸。”

傅韫闻言，深知此人对江湖之事极为了解，只是，义父并不会云中折梅手。她曾听义父讲，昔年祖师爷每一路武功，只传给一个人。云中折梅手传给了墨凡师叔，便无传授与其他弟子。云息是墨凡师叔唯一弟子，自然也学过云中折梅手。至于她这一身修为，皆是云息所教，包括这云中折梅手。

云中折梅手，只有三路指法、三路手法、三路掌法。所谓一生三，三生万物，这指、手、掌，每项虽仅有三路，却囊括了武学之精义。这三项九路，蕴藏诸般利刃妙招。天下任一武技招数，皆可化于其中。对手的武技多精妙，这云中折梅手所化出的反击招数，便更为精妙。施展者内修越高，所施展之力便越强大。后来，云息从此一手技中领悟，自创了灵犀拂云指。

眼前忽然泛起昔年他在庄里，如何一招一式，如何一点一滴，教她护身法技。旧景如藤蔓滋生，不舍参商。思及彼时相处光影，不见得是最为美好，于她而言，却总如人间四月，是这么多年，她最不忘的眷恋。

乃至于离庄后三年，她游走天下，但凡遇得一人，眉目清逸，总觉得那是他的眉、他的眼，每份照面，都有他痕迹蛰伏。可也无谁能比她更清楚，这世间无人可及得上他的典则俊雅。这世上有了一个他，惨教她再无法把旁人看入眼。

世人夸他姣容，未见他者，总以为此词太过，独她最知，那是不及。

他疼她，他惜她，但凡她所求，他无不实现。十四岁那年，她有意刁难，要他摘取天上月亮来玩赏。他只一笑而过，却在庄中至巅处，修了一座伴月楼，以为生辰之礼。栋梁墙瓦，皆以透玉砌琉璃筑，每至于楼中，琉璃透彻，如立身云端，周身星月相伴。

那时候她尚年轻，性轻率，凡事凭心意，好厌喜恶尚未成形，腔子中那一颗拳大之心，不沾愫与情。就是他的眷顾、他的疼惜，渡她魂与灵，教会她风情。是他塑造了今日的她，用了九年。

他什么都迁就她，唯独不愿放下争夺来爱她。她知道，他并非心中没有她，而是，他不愿让她成了他的弱点、他的缺陷。

他同她说："你哥哥未能走完的路，我来替他走完。"

他的心中执着这一份愿，那是哥哥的愿，那是他的愿。

为此愿，他能舍弃这世上任何一样东西，包括他自己的性命……

身前女子樱唇玉面，秀眉星眼，轮廓清澈，在这一面素净清冷之中，那无澜的漪，那无形的绪，却是因着何？公子修不再言语，目光里落了审度。

傅韫有所觉，急敛心绪，抬睫展颐，笑容妩且媚，接前话道："不想公子修有求于人时，竟也同天下俗人一般，只挑赏心话来讲。"光影里动袖抬手，侧首，五官浸了水色，洗玉般白凝如脂玉，长睫微颤，目光凝在指，看针。

三枚针，皆乃玉质。针身镂有花纹，剔透分明，轻光隐约，比枝木更脆，稍稍用力，一碰便会碎。针身纹路沾了血色，血色早已枯。这针上，必有一番陈年旧事。

若有人能用这针杀人，那么除了内劲必定在固原之上外，手法定然绝佳。而江湖上，手技最为传名的，乃白衣、墨凡二人，昔年"白衣长绸巧渡音，墨凡云中逸折梅"，无人不晓。

所有武技之中，手技一门最为难修，它讲究的不仅仅是苦练与天赋，还对所练之人的双手极有要求。若是手掌粗厚、五指胖短，别说要学风白衣的渡音神功、秦墨凡的云中折梅手，就是其他手技，也未必能学成。

当年江湖之上，人人都自想：若修手技，未必能望白衣、墨凡之项背，那还以什么扬名江湖？是以当时江湖上，据未完全的统计，修习手技的人极少。至于现在，白衣、墨凡消失于江湖之后，修手技之武者虽是渐渐多起来，但以此传名的也不算多。

最为人知晓的：傅韫的云中折梅手、苏门的柔里藏针渡穴法、神斧门白家的巧括千机术……其中，苏门手技乃从医道中来，其针多为银针、金针；白家的巧括千机术，不重修为，是以多使利刃，使不来易折之类，所以——

傅韫眼底有微微诧异，不露痕迹，将三枚针放在案上，垂眸。

“修不过实言，但凡武林前辈，修莫不敬仰；但凡江湖高手，修莫不称赞。”公子修斟酒，道，“女郎现下知晓修之来意了？”水月间，眼底波澜沉浮，情绪迷离，不能探。

傅韫引手举杯，长睫轻动，梨香萦鼻：“你凭什么觉得我会告诉你？一国王子的身份，抑或是天武修为？你我同为天武，我虽逊你一筹，但未必不能全身而退。”一杯饮尽，她展唇含笑，面上无畏亦无惧。

“女郎多虑。”公子修眼底无澜，只道，“女郎若不愿提点，那今夜，就只是泛湖品酒；若女郎愿指教一二，修自然是求之不得。至于说凭何来打动女郎，以武力相搏，势必乱了这一湖静璧，太可惜，更是唐突了佳人；以身份倾压，则落了俗尘之气。修所凭的，乃一滴沧海泪。”

傅韫长睫猛颤，眼底寸寸流光，光影缭乱，直直视他；眉上诧异色，半分不掩藏。

他一番话，说得舒缓有致，道得淡写轻描，却惊得她心口波澜四溢。傅韫眉心微锁，径直道：“公子此言何意？”

公子修目光落她姣容，语气不疾不徐，道：“五年前，宁王宫，明珠沧海泪被窃，阖宫上下万千兵卫，搜不到一个重伤在身的窃贼。

而当时，宁国大翁主[1]宫中，却多了一个负伤垂危的女娇客。”

这一个五年前，道得傅韫一颗心既恍惚，又萧索，只觉乏累。漫天月色水色，浸得她遍体生寒。

说是五年前，但若要道原委，她不晓得，事情应该从何时回忆起，怕是要追溯到那最初的相遇吧。

九年前，她十二岁，随齐世叔至昭华城。齐世叔名瀞，本是靖国的属国——越国名士，曾言论上获罪于越国权贵，后便避俗归隐。傅家是没落贵族，她父母在战火中去世。家中遗有薄资，虽只剩他们兄妹二人，日子过得倒不见落魄。

齐瀞昔年与她父亲乃结义兄弟，他一生又无娶妻，她父母去世之后，齐瀞便帮忙照顾他们兄妹二人。哥哥性聪慧，自幼受齐瀞教导，满腹才华，熟于经史，辩才无碍，早年又拜得一江湖前辈为师，因骨骼清奇，八岁始修武，十一岁已突破武学第一道坎——通元期，十三岁便行走江湖历练。

哥哥离开时，她才五岁，他将她托与齐世叔照顾，每三个月必有书信，每两年归来看她一次。然九岁那年一见，便是她见哥哥的最后一面。

她记得，后来的三年，起初一年，尚有书信往来，可之后两年，既未见哥哥归来，亦无书信，音问两绝。哥哥十三岁开始历练，十五岁时，江湖上已有声名。要寻到他的踪迹，说易不易，说艰难也并不算艰难。但他忽然在江湖上销声匿迹，不闻生音，也不得死讯，便令人觉得不对劲。齐世叔曾托人百般寻觅，均无果。她心间惴惴，寝食难安，时时噩梦。三年前见面时，曾听哥哥道，欲回往卫国去，便央

[1] 本文架空，不限制朝代。文中为了区别皇室、诸侯地位，皇室帝女，称为公主；诸侯之女，称为翁主；世家、高官、大族嫡出女儿，称为女郎；不辨身份或者身份未曾确定的，称为姑娘或娘子；艺馆歌楼女子，稍有名气的，称为小姐。以此统一称呼，辨别身份。

齐世叔携她同往卫国寻觅。

途中经昭华城，那时恰逢八月十五，昭华满城甚是热闹，火树银花不夜天。他们在此间歇脚，暂滞留一夜。闻说那夜夏侯府大火燃起，火势牵连甚大，莫说夏侯府中之人，便是周围宅邸，也是受尽池鱼之殃。她一夜待在客店之中，遥遥望见天上火光如昼，却只当是烟火之故。

当时途中，一直有人尾随他们踪迹，又一直不现身。齐世叔生怕是从前仇家，至昭华时，为了避开那些耳目，便改了衣装，却在十六日准备离去之时，她遇见了他。

便是时隔许久之后，思及那一日，她也不知道该如何形容那时的心绪。

那一日，她推开门，门口端端立着一少年。

彼时，东方才白，日刚崭露头角。亮晃晃的几射光，穿透门前零落枝丫，像是流动的金水。日色艳若桃李，铺满中庭，是这样蓄满声色地炫目。那一瞬，她忽觉自己身处梦境未醒。

少年一身玄色衣衫，对襟处，乘云银绣，衣袂在光影里飘荡，身上自有风光；一双眼好漂亮，眼底，无尽暗涌、无尽光芒。

彼其之子，年十有五，如日在东。夭夭桃李，灼灼有光。

少年开口，道："阿韫，我代你哥哥来，来接你回家。"

那年，她十二岁。

许多年后，她每每想起这一幕，总觉得恍惚是错觉。不是因着与他的初见，而是，她知道了哥哥的死讯。

她同他去了云影山庄，只因她想知道哥哥的死因。好端端一个人，为何会悄然无息，说没便没了？她不相信。

没有尸骨，没有痕迹，他在山庄中建了一个墓室，墓室里放着哥哥的缠丝枪。那是哥哥的衣冠冢。每年三月二十七、九月十三，他都会在墓室里待上整日。九月十三，她知道，那是哥哥的生辰。

他告诉她："三月二十七，那是你哥哥的忌日。"

她向他追问哥哥死因，可是，他从来不告诉，也从不解释，只同她讲："你长大了，就明白了。"

叔云子前辈亦闯庄逼问过他一次，他神容萧索，只道了声"抱歉"，不涉他言。那时，她才知道，原来哥哥是叔云子的弟子。

后来她的确明白了，谁也无法同谁解释一个人的死，这是件道不明白的事。但那时候，直觉总是欺骗她，只是因为，他对她实在太好，好到胜过这世上的任何一个人。哪怕哥哥在世，也未必如他待她一般好。

可那时她尚年幼，她不明白这好所因为何，她只能尖锐地迫问他："是不是你害死了我哥哥，心里愧疚，才对我这么好，是不是？"

每每此时，他只沉默，眉眼间所流露的，是至恸，面上的温柔松懈下来，是苍白的倦怠。他的神情，像是战火烽烟过后，满城的废墟。

就是这沉默与神情，带给她更多的遐想：

他和哥哥，曾经是好友，因为他知道哥哥那么多的事。

她的哥哥，也必定是被他害死，因为每每提及哥哥，他眼底的愧疚，掩也掩不住。

就是因为这一份愧疚，他才百般待她好，只因想从中获得救赎与心安。因为他曾对她讲："阿韫，我只想你快乐，倘若你过得不快乐，那我这一辈子也无法过得快乐了。"

后来她知道，她所有的猜想，全都是对的。但这"对"与"事实"之间，隔着一个心甘情愿。那是哥哥的心甘情愿。

不过这份"心甘情愿"，她知道得不晚，但也不早。

她同他到了云影山庄，便开始随着他修武。从十二岁到十六岁，四年，她连通元期也越不了。她十六岁，在御气末段，他十九岁，天武中段。天壤的差距，她满心焦急，只没日没夜地练。

他问她："修武最忌操之过急，倘若基础不曾打好，后面的修炼，每一步都极有可能走火入魔。只要我会的，我都会尽我所能教你。你这般心急是为什么？"

她眉目坚定道："我想打赢你。"

他笑："之后呢？"

"我……"

她不知道，当时她一心一意，只想超越他，她以为，只要她胜了他，就能知道哥哥的死因，容不得他不说。她从不想之后，只因为打赢他这个想法本身就是一件难以实现的事情，哪还有什么之后可想？他是天才，任何武功，他一碰就会。彼时的她，除了暗暗羡慕之外，她尚不知道，在这"一碰就会"之前，他有多艰辛。

她不相信，不甘心，以密术修炼强行突破通元期，周身气脉逆转，走火入魔，生死一线。当她躺在床上，受尽百般痛苦时，她隐约听到耳边的叹息。

当她醒转时，身上十二气脉畅通，她已是天武圣。十六岁的天武圣，她是当今江湖第一人，也是从古至今的第一人。可是，在她醒来之后，一百四十八天，她没有见到他一面，整个山庄上下，找不到他一点踪迹。她不知自己如何从通元直接突破天武，她不知他去了哪里，问庄里人，他们只说公子外出游历。

他那么疼爱她，却在她走火入魔之时，外出游历？她不信。她以死逼迫俞棋，终于，她看到地下静室里，沉睡不醒的他。

俞棋告诉她："你走火入魔，体内气脉涣散窜行，三日一过，必定血脉崩裂，必死无疑。他以自身内劲真气，为你归气导正，但无功。你偷练密术时日已久，哪怕他已是天武圣，也无法导控你体内气息。最后，只能以全身之力，强行打通你十二经脉的气行，十二气脉一通，窜行的气血便可自行流归十二脉。十二脉尽通的武者，就是天武圣。而他气疲力竭，眼识、耳识、鼻识、舌识、身识、意识，六识尽失。"

俞棋讲得平静，她听得亦平静。一一入耳时，那种平静，不是平静，是僵硬。

她看着面前安静无觉的人，心想，不久前，这个人为她修建了这世上最美的楼阁，还告诉她，他会照顾她一辈子。可今日，他躺在这里，像一具尸。

俞棋亦带了她去情报殿，给她看了哥哥的宗卷。她知道了，她一直想要知道的——哥哥的死因。

俞棋告诉她："他之所以不肯告诉你，是因为不想你背负着你哥哥的生死过余生，因为这个仇你无法报。另则，事实上，他比你更不能接受你哥哥的死。你无法明白，你哥哥对他而言，究竟代表着什么，你哥哥的死，于他而言，又是怎样一种打击。这些年来，他背负着两条命过活，一条是你哥哥的，另一条，才是他自己的。"

她不能承受，跌扶在墙，双手不停地颤抖。她蹲下，却连蹲也蹲不稳，蜷缩在地。她的心裂裂在痛，是碎了的玉，是破了的镜，是满腔的支离破碎。她原来不知，心腔之痛，原来可以到这样的境地。她不相信，她不原谅。

她不知道，她不相信的，究竟是眼前的事实，还是不堪负痛的自己。

她不知道，她不原谅的，究竟是平静沉睡的他，抑或是执迷不返的自己。

义父寻来苏介湖，替他医治，但哪怕是名满天下的第一神医，也未能完全有把握治好他，就是能醒来，也是天大的不易，更莫说要他恢复修为。

修为修为，每个人的修为，都是自己一步步踩出来、修出来的。人的身体，类天地，归阴阳，天下间谁会为了助别人突破修为，而使得自己力竭气尽？这是逆天犯顺之行，没有当场毙命，已是侥幸。

不过苏介湖到底是苏介湖。一个月后，他终于醒来，但这醒来，除了归功于苏介湖的医术，另一个，是他所修行玄天九式的奇特之处。只是，他睁开眼睛，却再瞧她不见。

那一双净美无俦的眸，看不入天下所有的物，包括她。

她偷偷去问苏介湖，这世间有没有药能治好他的眼。

苏介湖道："有。"

她追问："那为何不治？"

"其他药我都能备，却差了一味药引。"

“哪一味？”

“蓬莱瀛洲沧海底的明珠——沧海泪。”

她愣住，瀛洲沧海，已成传说。

苏介湖道：“瀛洲沧海虽已成桑田，但当世仍遗有沧海泪。一颗在卫国王宫，一颗在宁国王宫。”

她知道，卫国王室的东西，便是拿到了，他若知道，也不会用。她偷偷潜入情报殿，寻找宁国王宫的宫禁图，知道了沧海泪的位置。连夜离庄，快马加鞭赶到宁梁城，潜入王宫，成功盗得沧海泪，却被内廷校尉打成重伤。

初登天武者的她，没有根基，十二气脉尽通，她不过是得了个天武圣的壳，并无天武的实力，一个固原武者便能将她重伤。而她能活着赶回云影山庄，正是因为宁娋斓。

这便是事情的因，这也是前因的果。

船行镜湖之中，漫天一色水月，仿佛隔开了红尘浊世，隔不开的，却是每一颗甘愿沉堕于红尘之内的俗人之心。

收敛思绪，傅韫声音静冷：“没错，沧海泪是我取的，宁娋斓救的人也是我，公子忽然提及这番旧案，是想要替人讨恩来了？”她轻哼一声，“我傅韫从不愿欠人，宁娋斓的恩我却是欠了，至今不能还，也无法还。闻说四年前，宁国大翁主已病逝。”

公子修将三枚针回收在手，掌心数缕净透，玉色流转：“这便是杀死宁娋斓的凶器。三针直入眉心。”

傅韫斜目直看他眼底，冷笑：“你休要骗我，发此针的手技，名为玉魄追喉。此针，可在五丈外控发。内修越高，手法越巧，则可立得更远。夺人喉咙，仍精准不差。”

“针的确是夺喉而至。中她眉心，那是因为，她替人挡了针。”公子修眉间辗转过一丝异色，静水玉魄般的眸里，光影涌动的，是心间所带的情绪。

那神情，傅韫太熟悉。

是愧，是痛。

傅韫沉默一阵，道：“这手技，原是出于黎国缥缈山上逍遥阁。”

公子修静眸似渊，道：“我知道，我曾从这针的玉质上去查，查出了这是黎母山所出的白玉。黎母山就在襄国边境，我溯源查到了逍遥阁，见到逍遥阁阁主沈娉。她说，这针源于她师叔庄晓梦的秘技，只不过，庄晓梦死后，已然失传。”

“沈秋水并无骗你，这确实是庄晓梦的秘技，不过——”傅韫尾音稍滞，长睫轻抬，目光无波，映他神容，“她可曾告诉你，庄晓梦的母亲，是虞国王室之人？”

字句迂缓，清晰可辨。公子修面色骤变。

七年前，虞国为雍国所灭。王室中，男子被杀，女子归营为妓。

杀手可能是虞国王室中人，并且，是个女人。可是，知道这一点又能如何？茫茫人海，谁能查得出，庄晓梦把这一手秘技，传给了王室中何人？而此人，现下在哪儿？样貌如何？

庄晓梦在江湖上地位不低，她教的徒弟，必定是王室内身份高贵之人。傅韫道：“你或者可以从昔年虞国几位翁主中找寻，有机会，我也会适当帮你查一查，这是我所能尽的了，抱歉。”说话时，她眼底一闪而过的，怕是悲悯。不知是因他，还是因自己。

语落时，她目光遥遥望向天际，夜幕渐换，成了灰。

当这夜来的时候，人以为，这漫天漫天的黑暗倾覆，不会止歇。可这夜也有终了的一刻，再刻骨的感情，人一死了，也就成为过去。

看，东方鱼腹将白。

傅韫身姿娉婷，掠衣起身。

广袖轻扬，步踏凌波，消失在将白的东方。

逐鹿图

中

江湖卷

傅清欢 著

中国華僑出版社

CONTENTS

目录

CONTENTS

目录

第五章

世中双颜雾中花

也许，这人世间所有初相遇，大多都呈现着这样一副干净且纯粹的面貌，至于后来——无非应时而动，应运而生，各自领着各自的命数。

一 / 苏门蝶谷

风轻云淡，有一白雕掠云疾过，越杭城连绵祁山，飞入雍国晟邑西部一处苍茫大山中。白云四散翩飘，山脉起伏盘旋，云烟缭绕处，有秀峰沉浮迭起。偶有一径上天，险峻独立，几要刺破苍穹。水流如绸，环抱峻绝群山，全无人间烟火气息，如世外超逸之境，唯有长风掠过林海，苍繁离蔚，带出起伏林涛之声。

在这样苍木森森、群山逶迤的山谷之中，很难分清东西南北，若是在这样的山谷中，还加了机关阵法，没有人能安然走出这无垠山谷。

但见那白雕“吱”的一声锐啸，纵入莽苍山谷深处。染满落日红霞的天空，回荡着啸声余音。男子驾着马车，闻声抬头，看向掠过苍穹的白雕，嘴角牵出笑容。

随着马车深入，如有一只大手无形操控，有翠屏峡谷自两边分移，竟是道结合天然的机栝门户。遥看远山之上，隐隐露出一抹飞檐碧瓦，有青松拂檐。

驾车男子正是苏竹溪，此时已进入杭城东部外的赤化大山。蝴蝶谷便位于这莽莽山岭的腹地之中。山道七转八拐，将蝴蝶谷“萦绕”得十分隐秘。

江湖上，少有人知道蝴蝶谷究竟位于山中何处，个中机关重重，阵法应时自变，外人更是难得一入。苏竹溪自小于此长大，自然熟门熟路。

此时，他驾行马车，正过一条傍山小道。这是进蝴蝶谷唯一的道路。

已近深秋，山道两旁树木偶见落叶，但整体望去，仍渗翠绿。苏竹溪驾着马车越行越深入，狭壁已容不得马车过去。他弃车循路，抱起少女缓缓前行。

在山壁夹峙中，一线碧空时现时隐，大风掠过壁林的呼啸声，弥漫了整个天地，仿佛大地万籁，皆消融于这呼啸之中。

前头已无路。

狭壁两边，竟修筑有凸出石块，整面壁面间，凸石林布，约一尺距便有一石，似飞龙般蜿蜒而上，哪里是能举步可行的？若非轻功绝佳之辈，如何能沿壁而上？

苏竹溪将少女背负身后，足尖一点，踩着壁上间石，轻身而上，身姿轻捷，衣飘如风，步履从容，斯须已上壁顶。

顶上处，浩浩风至，人甫登山，宛若置身云端一般。两壁之间，竟半空架着一座座折转玄石桥，鬼斧神工般，将几座峭壁峰峦衔接到了一处。

非是前头无路，而是路在半空，当真匪夷所思！

苏竹溪复将少女抱在怀中，步落云桥之上，穿行云端。但行毕七折桥，云消雾散，眼前豁然开朗，已是半山平地。各式各样的花草绚烂开放，蝴蝶万千，怡然自舞。夕阳正挂于西边山尖，周身一片亮堂的橙红之色，俊彩斑斓，宛若化外仙境。

苏竹溪眺望夕照，继而看着树影投地的方向，步伐忽快忽慢，忽而绕左，忽而向右，迅捷伶俐地闯过了十八道机关，五处大阵。他越走越深，过了最后一道关卡，始见屋瓦绵延于山岩之间，一座山庄赫然耸立于眼前。

“蝴蝶山庄”金字斗书，龙飞凤舞，挂于其上。山庄虽比不得外界城镇的王庭府宅，但在这山野之中，修于半山之上，依山夹势，足见这蝴蝶山庄之雄伟、恢宏。

苏竹溪飞跃过地面上灰黑的地带，一路径直而入，行至正院。

“三师兄。”

廊庑下数名当值弟子上前行礼，虽奇怪苏竹溪怀中抱着一名少女，却目不斜视，可见这蝴蝶山庄里规令严明。

苏竹溪性子随和，朝他们点头一笑，便踏上方砖台基，沿着抄手长廊，往正室行去。几扇直棂门洞开，苏竹溪见无弟子守候外方，便也不经通报，跨过门槛步入。

迎面走来一中年男人，着窄袖素服，身披鹤氅，头戴逍遥巾，足蹑草屐。男人相貌清奇，两鬓有点点苍灰，灰黑长须，气度却是卓然，眉间流露孤傲。此人正是苏门之主苏介湖，虽已年近耳顺，但若非相识者，一见只觉他不过四十，举止沉敛，有一代宗师气度，油然生敬仰之意。

苏竹溪孤儿出身，后为苏介湖收养，多年来，得其悉心养育教导。苏竹溪视之如父。

苏竹溪将少女轻放在一侧席榻，转身至苏介湖跟前，头微低，敛襟泥首道："义父。"

苏介湖前趋，虚扶一把，道："不必多礼了，你师妹呢？"说着，目光扫到苏竹溪放在一边席榻上的少女脸上，猛地一惊，忙快步走近，拨开少女略遮面容的长发。尚未等苏竹溪开口回答，已然竖眉，呵斥："你怎擅将你师妹面纱摘下来？"

苏竹溪见义父无端发怒，心中不免惕惕然，暗忖：莫非义父认错人，把这少女当成了小师妹？

整个蝴蝶谷，几乎无人知道苏婠婠长相，除了苏介湖。苏婠婠出现在蝴蝶谷的第一日，便是面纱覆容，从不曾摘下。即便苏竹溪自小同苏婠婠感情要好，却也从未一睹她的真颜。后来才知，苏婠婠面中奇毒，面部肌肤中毒部位一旦直接触到光照，便会自行糜烂。而所中的这种毒，乃制毒者引血入药，除了制毒之人，至今世上尚无寻得其他解法。

苏竹溪清楚，救回的这名少女，绝对不会是小师妹苏婠婠，可师尊分明知晓小师妹样貌，为何还会错认呢？但见师尊神容气怒，苏竹溪未及多思，急忙屈膝跪下，细语谨言道："义父恕罪，孩儿尚未能找回小师妹。至于这名昏迷的少女，是在途中救下。"他一五一十地将这少女如何被暗梅门围攻、自己又如何把她救下的过程细述一遍。

苏介湖端详斜卧在雕花楠木榻上的少女，眼底有思忖。片刻后，他目转苏竹溪，眼神锋利，冷冷问道："那你带她回来做什么？"

苏竹溪面色恭谨，解释道："孩儿在昭华城寻了很多地方，皆不见师妹的行踪，正欲前往西城中途，便巧撞见这位女郎。她身受重伤，孩儿想性命攸关，便先将她带回来救治。”说着，他两手撑着地面，稽首请求，“恳请义父救她一命……”

苏介湖挥手道：“起来。”目光落在榻上少女身上，若有所思，少时，又似信似疑道，“如此说来，你并不清楚她的身份？”

苏竹溪低头道：“是。”

苏介湖提高声调，诘责道：“这样来历不明的人，你竟也往山庄里头带？下山不过数日，便将门规给忘得一干二净了吗？”

苏竹溪惕惕然连声道着“不敢”：“门规师言，孩儿自是时刻铭记于心，只是……人命攸关，我……我不忍见死不救。”

苏介湖冷然瞥他一眼，不怒反笑道：“听你此意，是在指责我见死不救了？”

“孩儿不敢。”苏竹溪头皮发麻，急辩解道，“孩儿只是想……”一缕日色斜在他身上，把他的无措映得昭然。

苏介湖打断他，摇头一叹道：“江湖上人心险恶，你性子敦厚老实，迟早吃亏。”

苏竹溪紧张道：“义父……”

“罢了——”他如此恭情恳恳，委实叫人气也无从气起，平息了怒气，苏介湖上前去把了少女手腕，细诊片刻，“你途中喂她吃下了五颗安神丸？”

苏竹溪点头，诺诺应道：“她被体内气劲折磨得很是痛苦，我实不忍见。”

苏介湖心中思量少顷，遂道：“将她带至石屋。”转身先前行。

苏竹溪将少女抱起随行，内心先是一喜，继而又是一忧。喜的是义父既将她带入石屋，便是有治她的打算，这少女的性命算是保住了；忧的却是这救治之法。

三人走过一条小径。小径由鹅卵石子铺成，两旁则是大片花圃。沿径深入，周围已是幽篁成林，修竹如海。微风轻掠竹叶，声息沙沙如落雨。一条小溪如绸缎，横穿整个竹林。小溪清净见底，澄朗恬淡之意尽显。四下阒然开阔，令人忽觉烦俗渐消。苏介湖为苏竹溪取名也正由于此。

竹林尽头处，是错落的几间石屋，上加层楼。一股清流，由砌下出来，顺着地势，自往方才小溪蜿蜒流去。小溪之上铺得翠石为桥，若要进门，须从石桥上行走。墙根之处尽是芳草缛苔，已入深秋，蔓藤依旧沉郁苍翠。门前一块石板，别致地刻出“观露听溪，独坐幽篁”八个大字。

庄中许多书籍皆敛藏于此间内室，苏介湖平日里也于此处清修。苏介湖推开屋门，直棂门在轨道上摩擦，咕噜噜地响了响，他掠袍走进去，苏竹溪紧跟其后。

室中设黄杨木胡床一，倚榻二，素屏二；左侧两面药柜，墙上一轴芦雁，一张漆琴。摆设几案牙板镂雕，甚是精巧。一线日照透窗，物境相合，皆是意境。

苏竹溪将少女轻放于胡床上。身受重伤，少女始终昏迷，秀丽眉目间不时流露痛苦之色。

苏介湖在药柜上取出一套金针，走近胡床一侧，缓缓道：“人身阴阳，相对平衡，则能升降如常，六脉冲和。此女自幼借万年玄玉增强、修炼内劲。万年玄玉出于极北至寒之地，这本是常人难遇的修炼辅助之物，可惜无人指导，体内的奇经八脉未曾打通，致使寒气长年累积于内。如果不过度使用气劲，倒无性命大碍，只是她滥用异法凝聚气劲，又兼背受一击，致使体内阴阳失和，气血冲劲凶猛乱窜。血不通，气窜进。血无气不行，气无血不附，乃导致阴阳乖违，气血相搏。”

苏竹溪思忖道：“脉有奇常，十二经是为常脉，奇经八脉则不拘于常，故谓之奇经，人之气血行于十二经脉，而奇经之中却可以调节它满溢或者不合于体的邪气。义父的意思是说，这女子的奇经各脉因修武之故寒气累积，故而如此？”

苏介湖点头道：“这长年累积的寒气，亦可归于邪气。”

苏竹溪心中一个“咯噔”，知其情况甚为严重，犹疑道：“如此便只有一个办法，以金丝拔穴，帮她打通奇经八脉，以驱体内积寒。”

苏介湖应道：“不错。”指示他往席垫上坐。

苏竹溪神情两难道："那义父……"

苏介湖摆手，打断他的话："你既迢迢将她带来，我若真见死不救，只怕你心里怨我是无情之辈。无非是多静修些时日，我长年隐居于此，山静日长，年与日，又有什么不同？"

苏竹溪心下愀然，正襟危坐。

金丝拔穴并非寻常针灸之法，乃以金针灌输以内劲，将真气以金针为引导，丝缕渗入经脉之中，渗入的真气便可自行调和体内阴阳升降。经脉通畅，则邪气自去。

此种医法，各个部位入针的技法、力度、真气，都需要极为恰当地把握，多一丝少一分，皆有夺命之险。同时，施法者的内劲须属于阴阳协和、刚柔适当一脉，不得过为刚阳，亦不得过为阴柔，否则真气入病体不适，反助邪气。

此套医治之法，乃当年苏恒所创，属苏门一脉独门秘技。苏竹溪虽说医术精湛，然自身武学修为尚有不足，纵在医道上颇有天赋，亦难以施展。同时，此法既是借施者内劲真气传导，施者自然会有所耗损，至少需要静心休养半年，方可恢复。

苏介湖抬手欲将窗口处的遮帘放下，苏竹溪见状，忙起身上前相帮。苏介湖手指周围数幕，示意他也放下，而后转身，近香案前，手执香匕，打开炉盖，拨了拨青釉瓷熏香炉中的残灰。

熏香炉乃双叠式，下为双耳鼓腹撇圈足之器，上则一具器盖，无器底的镂空瓷笼。[1]苏介湖平灰置火，烧令通红，用火箸拨弄，哔啵作响。少时探手试温，觉得适宜，才置上云母隔片，揭开一旁剔红桂花香盒。盒中香料偏紫赤色，是以苏合香为主所制成的长生香。

这长生香乃苏竹溪特意调制，奉于师尊用。以苏合香、黄丹四两，干蜀葵花二两烧灰，干茄根二两烧灰，枣肉半斤去核。前四为末，以枣肉研作膏，同和匀捻作饼，晒干置炉。此香气息清和，颇有宁心宽神之效。

---

[1] 此描述乃引用，出于扬之水《莲花香炉和宝子》一文中介绍的湖北鄂城三国墓出土的青瓷香炉。

施针时燃香，是苏介湖素年来的一个习惯。

苏介湖持鎏金铜香匙，酌量置香，方上盖。隔着云母片，炭火高温可将制香点燃，香味浓厚，无太大烟火气。自从南地的龙脑香、苏合香传入北地以来，此类式样香炉，倒颇受推崇。

因门帘紧闭，室中光度并不高，加上炉中香气袅袅萦绕，显得越发阒静。苏竹溪将少女扶坐起来，褪去她的外衫，取出一扎金针置于一侧。

苏介湖盘膝，坐于少女后方，凝神调息，旋即取出金针，过火消毒。

指尖金芒扰目，苏介湖已将气劲运于金针之上，刺上少女太渊、太溪、太冲、太陵、太白、鸠尾、气海等十二原穴。

肺之原穴太渊，肾之原穴太溪，肝之原穴太冲，心之原穴太陵，脾之原穴太白，以上五个原穴各有两个，共有十个穴位。再兼膏之原穴鸠尾，肓之原穴气海。穴位名为七个，穴位个数为十二个，故统称为十二原穴，也称为五脏十二原。

此番施针，是以此护住她脏腑气原。

刺后苏介湖继续运劲于两指，金针飞弹，朝少女身背大椎穴轻去，已开始转经脉穴路。因其周身之气，阴阳相搏，且阴气为盛，阳气为虚，故护脉之后，须先刺督脉。督脉行于背部正中，与手足六阳经交会于大椎，乃为“阳脉之海”，提周身阳经之气。

青釉瓷熏香炉中，有烟雾袅袅，为劲气所扰，忽左忽右地变了形，散入空气中。

苏介湖指尖金光涌溢，弹指间运出的气劲宛似连绵不绝的金丝。他左手发针，迅速由大椎而上，点刺哑门、风府、脑户、百会等穴；右手之针，则由大椎而下，点刺陶道、身柱、灵台、至阳等穴。

一上一下，同时施针。苏竹溪守立一旁，目注心凝，思考着义父每步落针手法的不同。金针拔穴，并不是寻常便能施治的疗法，这其中的每一步骤，即便只是旁观，对医者而言，亦是极为难得的经验。

不过一盏茶的工夫，苏介湖将督脉的二十八大穴拔刺完毕。少女头心一缕真气幽然散出，衣衫汗出如浆，面上色白如纸，眉额尽蹙，正在忍受着极大的痛苦。此际正是体内诸阳经气血逼行，身如万针刺骨，热火焚身烧灼，说明金针拔穴之功，已然起效。

静坐休息片刻，苏介湖飞身又起，移坐于少女身前。任脉为“阴脉之海”，循行于腹面正中线。此际阳脉已动，则阴脉须引，方可阴阳均衡。

苏介湖夹指间金丝气劲偕针朝向少女任脉的承浆、廉泉、天突、璇玑、华盖等二十四大穴陆续而下，速度极快。每番点刺拔穴，金针去收，均以不同手法、指法，行止动静，时有蜚瓦拔木之势。

满屋中，随着苏介湖的发针收针，光芒起伏，稍纵即逝。

香炉中轻烟渐渐消匿。苏竹溪转身，取鎏金铜香匙添置青釉瓷熏香炉中香料，待回过头时，苏介湖已然将任脉各穴点刺罢，行动间不仅快若闪电，且金针入穴无一偏倚。

进程于此，苏介湖脸色略见苍白，但仍不停动作，指尖光芒愈亮，金丝运动，径直点刺少女左右阳跷、阴跷脉。此二脉左右成对，分主一身左右阴阳，于任督二脉点刺毕后，通此脉，交通一身阴阳之气。

待罢，苏介湖飞身远离少女身侧丈余，数十枚丝芒金针牵芒飞去，刺阳维诸要穴，各穴同时及针。稍待须臾，又飞身欺近，刺阴维诸要穴。两脉拔刺后，金针连收，接着苏介湖立身于地，刺少女公孙穴，随后步转左右，金针始顺次入冲脉的气冲、横骨、大赫、气穴、四满等十四穴。

这一番来来去去，趋退而进，或起时伏，其中技法精妙，灵活多变，可谓出神入化。此时，少女面色肌肤尽笼着一层薄薄的浅粉色，眉蹙稍见舒展。

拔穴过程，至此已将近末尾。从一开始原穴护身后，先提阳脉之海督脉，后引阴脉之海任脉，紧接通阳跷、阴跷脉来交通周身阴阳之气，通阳维、阴维分别维络全身阳经、阴经，现下再以冲脉来通引十二经脉及五脏六腑之气血。这一步步做来，严谨有度，落针精准，江湖中能做到如此的，确然只得苏介湖一人而已。

苏竹溪自觉羞愧，锐挫气索，暗暗自责道：我的医术与手法，连义父的十分之一尚且不及，却还常常自以为已学有所成，怪不得义父平时待我严厉，全然是因我尚有不足之处，而我却暗怪义父性情古怪。他养我教我，望我成材，我……着实不智不孝。

这一番羞愧思量之间，苏介湖已点刺带脉之穴。带脉绕身一周，环行于腰腹部，与其他经脉上下循环交流。

约待一盏茶时间后，苏介湖已始收全针，顷刻间，少女身上金针尽收于手，眼看已然是大功告成。苏介湖早已汗浸鬓发衫襟，面色苍白，看之是累到极点。

苏竹溪忙上前扶持。

苏介湖摆了摆手，从案上取过两个约莫三寸长的碧玉药瓶，道："你在她两手食指桡侧端商阳穴处，用金针刺开一小口子，让血滴满这两个碧玉瓶。"

苏竹溪稍稍迟疑，这商阳穴所属经脉，与女子先天精血所引之血脉有直接交连，若是以内劲逼其血脉，岂非伤其精元?

苏介湖似是看出苏竹溪心头所惑，解释道："这个女子身体所异，不能以常理推论。她身上寒气之瘀，即便是通了经脉，也不会自行消散，所以我只能将其聚凝一处，用气劲逼行，将其排出体外。方才金针所下之时，已为她固本培元，排出这些寒血，不会损她精元，你放心便是。"

苏竹溪明白道："是。"

血刚取出，少女脸色苍白，唇已被咬得伤痕累累，必是尚在竭力忍住强烈的痛楚。苏竹溪担心道："她……"

苏介湖缓缓调了一口气，道："此时刚通经络，排寒血，其气血流动激烈，忍受此痛楚是必然的。你喂她吃安神丸，休息两日，喝几帖固本培元的汤药，便能动身。此次她也是因祸得福，方才我打通她经脉之时，发现体内多了道气劲，竟连跃两级，突破御气进入通元中段。此女子骨骼清奇，资质甚好，倒是个修武的材料。"

"通元期?原先她打斗时，孩儿觉她放出气劲已是通元了，怎么……"

"她先前修为仅在御气，打斗时能放出通元气劲，乃用异法凝聚内劲，仅有一时之效，现下才是真正突破气脉。"

苏竹溪惊叹道："生死间竟还能有所突破？真是个奇女子。"

苏介湖道："虽说如此，短期内也不要轻易使用内劲，好生休养为是，倘若反噬，便是前功尽弃，严重者还有可能走火入魔。"

“孩儿记下了。”苏竹溪点头道，转瞬又想到一事，“义父，我见到她使用过断魂散。这断魂散，不是《毒经》里的秘方吗？还有，先前她中过微云的剧毒落纱飞红，却无任何中毒迹象，着实奇怪。”

苏介湖低额沉思半晌，道：“你先带她去安置，待她醒了后，再带她到这里，为父要问她些话。另，过几日，你要起程去宁国昭华城，一则寻你师妹，二则我修书一封，由你代表为父参加十月初一的武林大会。”

“是，义父。”说罢，苏竹溪抱着少女退下。

屋门外。

竹影婆娑，在素月光影间缱绻徘徊，偶有夜风拂过之处，竹叶颤动，沙沙作响，声息轻柔，隐约是在诉说衷肠。苏竹溪曾听人说，夜半听竹，纵然很快乐的人也会觉得凄凉萧索。从前他心无旁骛，倒不曾注意，今宵听来，深以为然。

苏介湖一生不曾娶妻，居于这人迹罕至、僻壤深谷之中，萧然物外，江湖中人难以估摸，均传他乖僻邪谬，也确实是情理之中。

此番义父救了这位姑娘，大耗内息，怕是此后须精修苦练，悉心调养，才能将真气恢复过来。只恨自己学术未精，不然，义父也不必如此辛苦。苏竹溪扶着少女离室，内省自疚。

过桥时，他转身望了望身后屋里明灭的灯火，若有所思呆站少顷，方离去。

片片枯残的竹叶，随风而落，似枯黄色的蝶，衬得男子本就茕孑的背影，十分伶俜萧索。

二 / 武道之殊

醒来时，欢颜浑觉得香清被暖，但整个身子如万千针刺般疼痛，说不出的难受，动一动身，只觉四肢犹如一团棉絮般，骨软筋酥。她吃力地撑起身子，闻得清香中，有丝缕药气牵入鼻息，便迟疑张望四周。

房间布置古雅，一博古架上，有几件灵巧古物摆设，如瓶炉、攒盒等。匙箸瓶造型乃紫铜所制的仿古铜觚，里间银质香匙尾端制成一朵芙蓉花，尤为趣致风雅。两边挂着些许旧画卷，她虽不谙此道，却也瞧得出画得境，字得势，应是名家手笔。

四处一片阒然，紫玉博山香炉上轻烟卷绕而出，渺渺荡荡，似雾锁烟迷。闭目闻香分辨，欢颜心中有讶：苏合香膏？

《本经逢原》有道：苏合香，聚诸香之气而成，能透诸窍脏，辟一切不正之气，凡痰积气厥，必先以此开导，治痰以理气为本也。凡山岚瘴湿之气，袭于经络，拘急弛缓不均者，非此不能除。此香不仅气味上佳，且有药用，又是从外族传入，本已稀罕，所以即便寻常官家世族所用的苏合香亦未必纯粹，多是诸香汁调成，非自然一物。

欢颜懂药识香，辨知炉中所燃，乃浓而无滓的苏合香膏[1]，量稀价高，寻常人家哪能一用？

欢颜内心大为诧异，不禁思量：这是什么地方？我如何会在这里？与那些杀手战时，有人从背后偷袭了我一掌，之后，似乎听到一个男子的声音。

出招凶险，来式夺命。

欢颜一回想起诸人围攻之势，心中顿生后怕。但最让她恐惧的，并不是生死围攻，而是，她刚下山不久，怎么就会受人围截追杀？明家那男子手脚应当不会那么快，事先藏匿在路上，更不需要戴着面具遮遮掩掩。

面具？难道是被那人认出来了？时隔九年有余，那人竟然还能认出自己？

如此一念，欢颜后背不禁冷汗涔涔，霎时间，一颗心跌跌宕宕，无个凭依处，怅然若失，待稍刻惶惶才渐去。她回思再想，惊觉不对：当年白面人设计欺骗我，如今若出现，不怕我会与他寻仇？更何况，若是那白面人要杀我，又怎会在房中燃上这愈伤之香？

[1] 《香乘》曰：“树生膏可为香，以浓而无滓者为上。”

欢颜一手揉了揉眉心，撑起身下床，迟疑着步子走出。

此时大约已是亥时，月盘高挂。星光璀璨，仿佛是广袤夜幕上铺着点缀珠宝的绸缎，无边无垠，一直伸展入这纷扰红尘里来。

推开门时，旷怡气息扑鼻，令人顿觉神清气爽。不知何处传来风动竹声，沙沙作响，既似万蚕食桑，时起时伏，又似玉漏下沙，延绵不绝。

沿径行走，是石子墁成的小道，曲折迂回。石道两旁，培育了各式各样的花卉，偶有异草，牵藤引蔓，看得出主人用心。让欢颜惊奇的是，此间还有大部分花草竟是能用来制取丹药的植物，有些甚至稀奇难见。

这究竟是什么地方?

石桥闻香暖，曲径凭竹栏，欢颜一路前行。信步间，时有彩蝶轻舞而来，颜色不一，或红或白，或五彩，或斑斓，流连花间，甚是赏心。兴许此时是秋季，数菊花开得甚为繁盛，各类式样品种，黄粉紫白，仪态万千。三三两两的飞蝶未归，翩然绕舞。

星光闪闪，月光漫漫，照在朵朵嫩瓣上，那银辉流光，如同要在花叶上滑下来的模样，满眼尽现一派风物灼华。

稍微听得声响，欢颜拐过岔道，快步顺着石径走了去。花圃间枝叶颤动，有人在圃中摆弄草木。那人卷着袖，蹲在泥地里，一身藏青蕉衫仿佛与花叶相融一体。

月白风清，夜色一派濯污扬明，如此安逸。欢颜轻步缓近，驻足旁观。花圃中人抬头引袖拭汗，仰头视线恰好是她所站的方向。

素月分辉。辉在他脸上，轻笼一层薄纱，额上点点汗珠，折闪着头顶月色光芒。整张脸，携尘世温暖的烟火之气，笑意和宁，如同这圃中草木清香，是沁人心脾的舒适。

静月如斯，有男子如菊，炫目惊心。

也许，这人世间所有初相遇，大多都呈现着这样一副干净且纯粹的面貌，至于后来——无非应时而动，应运而生，各自领着各自的命数。

男子一眼看到她，眸底笑意跃上眉梢，欢喜道："咦，你醒了？"

欢颜有所警戒，问："你是何人？此乃何地？"

男子匆匆立起身，抖了抖衣袖，掸去周身泥土，自花圃中跃出，欣欣然拱手道："在下苏竹溪，这是蝴蝶山庄。"

"蝴蝶山庄？"欢颜四面打量。远有山峰屏障环围，近是遍地花圃，小径延绵。

苏竹溪解释道："山庄是建在山谷之中，与外界隔离，此山谷名为蝴蝶谷，师尊便索性把山庄唤作蝴蝶山庄了。"

欢颜叹道："真美！"

"什么？"

"庄名。"欢颜目光回转，落在苏竹溪脸上。

苏竹溪回以一笑，拍了拍手中脏污，道："你的伤刚好，应多休息，这山谷中夜里风凉，小心伤了身子。"说时，见径道侧的灯座有些暗了，躬身打开座口添灯油。

沿路每十来步，左右都置着这样的石灯座。打造亭子模样，四面的缺口都粘着绢纱，小半人高，里头置着油灯。夜里会有弟子定时来添灯油。

欢颜低眉垂眼，问道："是你救的我？"

苏竹溪直起身来转向她，摆手解释道："不是我，是我义父。你身受内伤，体内劲气紊乱，险些有性命之危，义父帮你打通经脉的瘀滞，才将你从鬼门关拉了回来，很是惊险！"

欢颜螓首轻低，敛衣微礼，道："尊长救命之恩，应当面道谢。"

"此时义父应是歇下了，明日我带你去石屋见他。"苏竹溪取过放在一旁支架上的鹤氅裘，近欢颜身侧，轻披其肩，柔声道，"山中夜风冰凉，你这衣裳单薄且又大病初愈，应须注意。"

他重复了两次，欢颜到底抬眸，认真道："谢谢。"

"总是你你的，倒是失礼了。"苏竹溪面色有些腼腆，手挠了挠后脑勺，问她，"还不知如何称呼？"

"我叫欢颜。"欢颜看着他，难得牵出一笑，虽淡，却是真心。

眼前女子笑容虽寡淡，却已牵出了一对梨窝，左眼下的蝴蝶疤印如同蝶儿袅袅依依，流连忘返于这张羞煞百花的颜貌上。这般笑靥容色，直叫花圃中那些斗色争妍的鲜花，霎时失了色彩。

苏竹溪神摇意夺，竟似步入桃李杏花、妩媚竞芳的时节。花的凋落与绽放，都尽在眼前佳人的一笑之间，身忽飘飘，如驾云雾，不能自已。

听得耳畔有声连唤，苏竹溪方回转神志，思及自己出神之由，竟是被容色所困，一时心脸燎热，钝口拙腮，道：“我……你……哦不，欢……欢颜二字，是欢喜的欢，开颜的颜吗？”

欢颜颔首。

苏竹溪輾然一笑，惊叹：“为欢此生，开颜作笑，为你起这名字之人，定是希望你能此生欢喜，一世欢颜。”

一世欢颜？只是为我起这名字的人，早已不在人世，而且……思及旧事，欢颜一时感念，若骨鲠在喉，说不出话来，心底那一番愧疚，若翻涌海啸，铺天盖地而来。

苏竹溪见她垂眸不语，细密墨睫低垂，神色戚然，不知是自己说错何处，忐忑低询道：“欢姑娘，你没事吧？”

你没事吧？耳边语音清和，宛若浩瀚大海中，现一叶扁舟，予这随海浪起伏无助的她一丝希望。欢颜神动意念，倏然抬眸，不期然地，恰恰对上他的眼。

瀚海人世，陌路相遇，这个人，她可是曾见？

映此轻盈月色，她眼底闪动那一片明明暗暗、起起落落的深处，都落了他的影。苏竹溪心神颤动，不敢直视，转开头道：“前方有处小亭，我们且到亭里头歇歇吧……”说着，将方才种植花卉的工具堆置一角，放下捋起的袖子，几分孩子气地抚了抚腰眼，伸了懒腰，往那石子路尽头的亭子走去。

月影移了移，月色伴随着两侧灯座发出的光，铺满了整条小径。苏竹溪边走边道：“欢姑娘此次因祸得福，不仅打通了奇经八脉，而且内劲修为连跃两阶，已臻通元中段。欢姑娘眼看才二八之龄，能有如此修为，当真可喜。”

欢颜听他说着，不禁疑惑：“通元中段？何意？”

苏竹溪诧异道：“欢姑娘是练武之人，怎会不晓得这武学内阶的分段？”

欢颜只摇摇头。她这一身修为，尽是与阿宓一起看书修炼，武学的分阶，因是入门基础，向来多师门口授，书上不曾细讲，她虽稍知一二，却不尽然清楚。

苏竹溪道：“通元期是武者修为的第一难关，可以说，是江湖中区别三流武者与中等武者的分水岭。”

谈话间，他们已走至凉亭里。

苏竹溪看欢颜敛衣倚栏坐了，方跟着坐下，解释道：“在江湖上，武者修为高低，除了看武技招式，更主要的是看内劲。修武之道，以内功为体，以武技为用，体用为一物二面，互为所用，缺一不可。武技多可靠勤练与临战经验锻炼出来，但内劲修为便要看此人的天分资质。一个武者，他的招式练得再精湛，临战经验再丰富，若是内劲修为不好，也未必能称得上是真正高手。遇上普通对手尚可，遇上真正的高手，便是束手无策了。”

苏竹溪慢慢解说，声音舒缓：“修武者一般从凝气开始修炼，以内劲气脉道数的突破而分，从一、二、四、八道气脉层层而起，为凝气、御气、通元、固原。每个阶段皆又分初、中、末三阶段，同段三阶的区别是气脉由细到粗。如能突破固原阶，便开始进入武圣阶……”

欢颜认真静听。

两人并肩坐着，苏竹溪的脸明明是向着前方，但目光难受控制似的，总忍不住在她脸上流连——细秀的鼻子，清冷的眉眼，细琢有致，仿佛一传世名帖，绝色倾城用在她身上都显得俗鄙浅薄。这样标致的相貌，人却太纤薄、太瘦弱了，大病初愈的脸色更显得苍白，像风吹雨打里摇摇欲坠的花骨朵儿，委实令人疼惜。

似是担心她听得不明，他说说停停，很是耐心：“武圣，则分地武、天武。地武是十道气脉贯彻而动，分为初段、中段、末段，内劲修为能达到这里的，就目前江湖高手中看，大概你我两双手可数得清。武圣，顾名思义，为武中之圣，已然算是绝顶高手。且这之后的天武，更是世上绝大多数修武者都梦寐以求能够达到的境界。”

“那天武，也有分段吗？”欢颜疑惑问道。

“所谓天武，是十二正经循环带出气劲，循环贯通，周游全身。天武也有段阶之分，初段、中段、末段，而且三个阶段气劲表现不同，比其他任一阶段的三段区别更明显。天武初者，气劲强霸有劲，如大海狂涛巨浪；中段则趋于沉稳，细柔绵长，恰似绵绵春雨；而武圣的最高修为境界，是返璞归真，举手投足，犹如无修为于身。对于世上每一个修武者而言，武圣是他们追求的最高境界。”

欢颜问道：“便是说，内修最厉害的是天武末段武者？”

“可以说是，也可以说不是。”

欢颜不解。

“其实武圣之后，还另有境界。我记得义父曾说过，是叫……宗武阶。这宗武武者，不再是寻常武者能够企及的境地……”

“天武者之上是宗武者？”

“是的。”

“两者间，仅有一阶之别，为何宗武是难以企及的？”

“虽然它与天武末段武者听上去只有一阶之分，本质却是天差地别。在江湖上，能达天武的修武者，能力都已极强，而宗武武者的境界，无招无式，亦无练功途径。所谓‘贯而通之，神而明之，存于一心，行若天驰，乃谓宗武’，任何武功在宗武武者面前，几无用武之地。”

欢颜沉吟斟酌：“‘贯而通之，神而明之，存于一心，行若天驰，乃谓宗武’，是指神我如一的境界了？”

苏竹溪惊她聪慧，神思敏捷，一点即通，道：“确有内外相感、天人合发之意蕴。所以，要突破武圣上宗武，义父说，需要的不是能力，而是机遇。三十年前，魔教教主柳清波，便是江湖上第一位，且是至今唯一的宗武武者。她其实也是举世难得的奇女子，只可惜误入歧途。自从被白衣、墨凡两位武林前辈打败后，柳清波不知踪迹，这么多年来，江湖上已再没出现过宗武武者。所以，在现今江湖上，天武末段武者，可以称得上是最厉害的修武者，但如果放在三十年前，就不是了。”

欢颜疑惑：“既然柳清波是唯一的宗武者，那就是说她武功是天下第一了？”

苏竹溪点头道是。

欢颜有些云里雾里的懵懂，既然是天下第一，怎么还会败？既然宗武已是近神的境地，为何还会输给弱于自己的对手？她坦言自己的疑惑。

苏竹溪也不明白，认真忖了忖，才道："这怕便是所谓的邪不胜正。"

欢颜轻一拧眉，淡淡道："原来如此。那现今江湖上，天武末段武者有多少？"

"要碰上天武圣，都是少见，至于末段的，我见识浅薄，所知也不算多，大概有三传奇老人中的空山无名前辈、峄山叔云子前辈，是否尚有隐而未为人知的，那便不晓了。"

"三位，那另一位呢？"

"另一位，闻说已仙逝多年了，是蓬莱石翁前辈，乃昔年风白衣、秦墨凡、风白影、柳清波等四人的师尊。"

欢颜心中微讶，原来这四人竟是同门。

苏竹溪言语里犹有叹息："曾听说，这柳清波是石翁门下大弟子，入门最早，也是其门下修武根骨最佳之人，却也不知后来为何会走上那等境地。"

"石翁既能教出一位宗武者，为何自己未能成为宗武者？"欢颜心底里的困惑确实很多。她多年居住山中，平日所接触的除了慕容馥，便是山中的动物，对于江湖事一片空白。到底是年少，无论曾经历过什么，总有少女心性的求知与好奇。

苏竹溪看着眼前佳人一双凤眸，她的眼底虽有困惑，但仍旧潋滟有光，很鲜活，很亮。两人不过两尺距离，她又长又密的睫毛在他看来丝缕都是分明的。这样的赏心悦目，本该叫人觉得舒服、亲切，但不是。她身上总有一股距离感，即便笑也去不掉的淡漠，哪怕这样并肩坐着聊，他也能感觉到她对人的疏离。她像是画上云端之外的仙姝，他们之间隔了一整个纷扰红尘。

纵然心绪繁芜，他也不好表露在脸上，只认真回答她的困惑："这便是武道的无尽与机缘了。其实，每一种厉害都是相对而言。这个江湖上，没有绝对的高手，因为武道的修炼是无止境的。就像武者中的圣贤先辈，他们起先也并不知道，武圣之后还有宗武这修阶，直到达到这个境界时，才发现的。所谓一山更比一山高，事实上，我们哪里能知悉宗武之后是否还有更高的武阶？人就是在不断的突破中，才发现更多新的境界。这不仅限于武道，天下大道中，任何技法修学都是如此。但不管修习任何武学技法，心中皆要存一个‘正’字，这才是修行的本意……”

他心地善良，一身正气，却到底太过天真。江湖中人修武，不是为了争夺高低，便是心有物执。人心唯危，只说她自己，若不是少遭变故，她又怎会有心思，受一堆常人不受的苦，去修武练技？心中纵有异议，欢颜也不好置喙，只点头称是，旋即又微一运气，方觉体内运气顺畅，吐纳间的确有四条气劲，气息流动间，感觉也比以前粗壮、顺畅了不少。却不想气运至中途，体中劲力回撞，胸腔一窒，心头十分绞痛，她不由得捂住胸口，眉尖微蹙。

苏竹溪见她唇色陡地僵白，晓得她必定是动了劲息，着急道：“切莫运劲！”说着自怀中取出翠玉小瓶，忙倒出一颗黑色药丸，递给欢颜。

欢颜接过药丸，略微一滞，才扬首吞下。

苏竹溪面沾关切，忙道：“你大病初愈，这十几日里应安养调息，尽可能少动用内劲，不然的话，内劲不受控制，乱窜体内，轻则修为尽失，走火入魔；重则会有性命之忧。”

欢颜深吸了一口气，胸口已觉舒坦许多，点头应是，旋即又想起方才话题，接着问道：“如此说来，通元在修武阶中也只算中等，方才缘何对我道喜？”

苏竹溪解释道：“若一个武者二十岁前没有突破通元，那么他此生即便怎么苦练，也很难成为天地武圣。这修阶越高，每跨一阶难度就越大，通元就是很明显的一道难关，有的人到了三四十岁，甚至穷其一生，都只在这位置了。欢姑娘不过十多岁，却已突破这修武第一难关，这难道不是可喜吗？”

苏竹溪又嘱咐道：“这几日切忌动使内劲，以免伤了这一身修为，又误了性命。”说时仍觉不放心，牵她的腕想替她诊脉。

欢颜并不知他的心思，她对与人的接触有排斥，见他忽地伸手来牵自己腕子，手便不自觉地扭了下，避开他的接触，口里虚应着：“我记下了。”

苏竹溪的手不上不下地僵在原地。他方才是关心则乱，哪还有心思顾念什么男女之防？伸手时想也不想，见她如此，这下才反应过来，讪讪收回了手，一脸尴尬地说着抱歉，又嗫嚅着解释道：“我是想替你诊诊脉息，你大病才好，我……我不放心，一时没想那么多，我……”

话说一半，一只细秀的手横伸到眼前，纤长手指脂玉一般。苏竹溪愣住了，钝钝地才意识过来，也不再多言，给她细诊了脉象，确定无异样，才放下心来。

旋即二人又稍聊了几句，已觉露重夜深，苏竹溪便送欢颜回房去了。

三 / 对剑击筑

明光府，抃风台。

此台毗连听水阁，引水而建，筑此高台，可观星月，可赏夜湖。今夜一弯弦月，虽是消瘦孤落，却是不减皎皎辉芒，将红尘内外，映照得清清白白。

台内宽广，设宴，可容宾客数十。台外两侧皆有雕石长桥可通行，汉白玉桥柱上，每十步置六棱云纹琉璃灯。娇婢侈童，柱下林立。千盏灯影映波，府中内外，如镶金砌玉，粼光水色。

果然是光摇朱户金铺地，月照琼窗玉作宫。

高台精美，景色殊绝。

抃风台内，雕窗大开，四下月色入户，长风追随。亮绸烫金，轻纱银纹，伴风扬舞，满台之内，金光如云，纱色如雾，一派仙幻堂皇之境。

耳听得檀板敲，弦琴款，琵琶声未歇，鼓瑟和鸣。珠帘绣帷之前，分置席案。精巧案上，琼浆满泛，琥珀流光，佳鬟美婢，斟酒添香。

中间，有姝女佳人，长袖旋舞，纤腰袅袅兮，流风回雪；衣袂盈盈兮，若飞若扬。置身其中，如入瑶台仙界。

今宵宴上，人不算多，事出仓促，虽无规模，倒也是声色融融。座上无虚席，除明仲道，与其二子明莲枫、明洛祎外，便是明家掌事，或宗室叔伯之辈。云息端坐上席，目光静落场中。萧子岩席案紧接云息身侧。

众舞女水袖飞旋，身姿柔媚。

明家宗室诸辈，素来亦对云息声名颇有耳闻，席间目光不落场中舞女，却只纷纷打量云息。鹤灯流光，委泻周身，衬得那轩眉款雅，眸如飞花，顾盼时，碎冰映辉溢彩流光，凝眸时，雪魄封凝引人眷思。单这眉眼风雅，便已非凡俗，心中只赞，江湖传闻，非张大之词。

一曲罢，舞女退。

因云息素不沾酒，是以席间皆以茶代酒，明仲道举杯，道："久闻公子云息精音律，物落其手，皆可为音，七步内能谱绝伦妙音。"说话时，抬手指挥侍婢，捧出一物来，"某家传此击弦之器，遍邀琴师却无一人能奏得，闻说乃上古器乐，今朝已失传，不知公子可识得？"

明仲道遣女婢将乐器捧至云息案前。云息含笑，淡抿清茶，闲闲抬眼看去，面上陡地掠过异色，似鸟羽掠波，转瞬即逝。眼前乐器，形如小瑟而细颈，器面平滑，十三根弦，弦下边有柱，器制造型十分古朴，那是岁月的痕迹。

云息置下茶盏，道："史书中有载，'状似琴而大，头安弦，以竹击之，故名曰筑'。祈夏时古乐器，闻说源于南地，筑奏之乐，声调悲亢激越。人道击筑之悲，便是此器。至夏末秦初，业经失传，当世只知其载，鲜见其形。"

明洛祎拊掌赞道："不过轻扫一眼，便识此物，天下琴师，皆不如公子矣。公子既能识得，不知可能奏得？江湖上所传，凡器物落公子之手，皆可为音，七步内能谱绝伦妙曲，小弟虽为鄙陋之辈，但亦有慕雅之心，盼听公子一曲，不知可有此幸？”

萧子岩面色骤变，攥指成拳。琴师舞女，在当世地位皆不高，明洛祎将云息与琴师相提并论，无论有意无意，已是羞辱。

在场众人微讶，明仲道面上笑意略僵，不曾料想季玚[1]竟会突发此言，当着众人之面给云息难堪，可他话已说出，若当场呵斥，便将此言落了有意之嫌。

明莲枫虽对云息无甚好感，然心中亦觉三弟言语刻薄，倘若云息真乃音律奇才，且愿演此器，那便自甘沦为琴师一流；若他推辞不奏，便是徒有虚名，传出江湖，必为笑柄。进退维谷。

云息神容无澜，浑似不觉这语中尖锐，眼眸映入周围灯辉，如星子璀璨。只见他笑意点眉梢，款款道：“三郎谬赞，息乃无才之辈，性好悠闲，镇日也只知附庸风雅，玩弄些怡情丧志之物。如此绝世良器，难得一遇，早已心痒难耐，跃跃欲试，恐污众耳。三郎既不嫌弃，息亦无妨献丑了。”

萧子岩眉峰冷压，启齿欲言。

云息秘音传道：“明洛祎使心用幸，有备而来，我顺他意又有何妨？不可冲动。”

众人听其言行款曲周至，心中纷纷暗赞这云息大有胸怀。明仲道扬声笑道：“甚好，甚好，能闻公子息一曲，真乃我等之幸。”旋即又呼道，“布奏席。”

云息振袖离座，步履从容，雍华款雅，往正中奏席而去。

萧子岩霍地立身便起，声音硬冷，故意道：“这击筑乃激亢之乐，若只独奏，岂不单调？闻说明家三郎一套子虚剑法甚是精妙，不如舞剑佐兴，如何？三郎可莫要拒绝才好。”

语中皆是锋芒。

明洛祎闻言，面色稍僵。

明洛祎不熟刀剑，修为低微，明家众人皆知，这萧子岩怕是也清楚得很，一句子虚剑法，摆明了要给他难堪。他要么舞剑助兴，要么

[1] 明洛祎的字。

别让云息奏演。可是，说出的话犹如泼出之水，此刻若是不让云息奏演，岂非落个出尔反尔，小人行径?

萧子岩看似冷漠寡言，这一还击，实在是扼亢拊背。

明仲道面色尴尬，若是季玚舞剑，必为笑柄；若是不舞，明家颜面尽失，这下左右两难，心中暗恼他方才不智言语，咬牙开口："季玚，你便……"

话音未止，有声音朗朗道："三弟手臂前些日子受了伤，舞剑怕是不便——"一道白影转至奏席之前，看定，却是明莲枫翩然离座。

一身白衣风姿绰约，绣纹折光，犹如揽辉于襟怀，姿态逸然，潇洒有度。

"莲枫身为兄长，便代其一舞，佐公子击筑妙音。"语罢，宽袖轻褶，袖口便束。身后侍从捧剑上前，明莲枫手腕一翻，一阵戛玉锵金声响，瞬息光影，犹如落霞之光，辗转其手间，剑侧指于地。

明莲枫长剑，名落霞，剑身颀长修颖，通体荧光，犹如夕下落霞，端是绮丽。此剑乃当世名剑，明莲枫虽非剑术为长，然一路落霞孤鹜剑法，轻捷潇洒，变化万端。闻道一言"画栋朱帘烟水中，落霞孤鹜渺无踪"，所赞便是此套剑法，但见者，无人不赞。

云息敛睫一笑，也不多言，振袖揽筑，左手按弦，右手执竹尺。竹尺轻击，此番起音便是，崇雅黜浮，气益雄浑激越!

众人胸怀，不禁一荡。

音含风云之气，曲融山河之势。明莲枫闻音挑眉，身子侧转，衣袂翻飞，一招层峦叠翠，霞芒剑影，往复回环，忽而是龙马骧腾之势态，忽而是烟雨楼台的优柔与流连。

云息边奏边吟，嗓音犹如金石相击、珠玉落盘，丝毫不为锵然剑鸣所掩，萦绕众人耳畔。"晞白日兮皎皎，弥远路兮迢迢。陟飞阁兮逍遥，览层峦兮峣峣。"

台外月色浸入。月，是幕中月；月，是水中月。台内，衣衫飞舞，剑影流光，弦震竹击，月色染襟。

云息音调一变，明莲枫当即应曲变招，乃一招飞阁流丹，旋身而起，衣袂飘盈，发丝飞舞，身姿逸尘。一时殿内寂然空阔，独有剑光流泻，霞色盈月。

“潦水尽兮沛沛，寒潭清兮沄沄。烟光凝兮落霞，孤鹜盘兮蜿蝉。”

奏席前，冷光溢溢，剑影在云息身侧旋绕。云息眉目不惊，色不沾尘，调音动弦，竹尺敲击。

明莲枫剑走锋芒，突变一招上出云霄，长剑破音而去，直逼云息眉心。忽然一抹黛蓝光影，如燕子穿帘，忽闪至身前。

一声长剑震鸣，萧子岩幽云剑与明莲枫落霞剑两相抵触，不过是电光石火的一瞬。

“独舞难免孤落，子岩与二郎对舞！”萧子岩剑势迅疾灵诡，明莲枫忽置险绝之境。只见他身形笔直陡起，落霞横空格挡，锵锵二声，险险隔开萧子岩重剑。明莲枫身形未落，却是半空一个盘旋，当即倒纵一丈外，身法端是美妙。

萧子岩眉峰稍挑，叠步已近身，出手若电闪，将那幽云一竖，只听当的一声，两剑又相击触，火花四溅。明莲枫腾身跃起，半空一招下临无地，风驰电掣，落霞剑凌空而下，飞攻萧子岩。

“出云霄兮瑶华，临无地兮陆离，影凌乱兮剑舞，月徘徊兮击筑。”

萧子岩轻喝一声“好”，幽云横于胸前护，身子轻侧，擦避开落霞剑。这招于双方而言，皆是凶险，然二人偏偏拿捏至巧妙，凶险之中，皆留有余地。

落霞如飞凤，幽云似游龙，彼来此往，场中众人观此双人对剑，已是惊心动魄，那击筑之音偏又高昂，牵动得身心跌宕，仿佛置身于二人剑光火花之中。

只见萧子岩将手腕逆转，疾霆不暇掩目，幽云直指明莲枫丹田要害。明莲枫猛地收腹，借腰力，半空轻翻跟斗，落霞剑同时点至萧子岩肩井穴。萧子岩将肩猛缩，剑亦已偏，两人又是堪堪交叉而过。

一蓝一白，衣张袖转，翩翩相绕，剑气横移，乱人眼目。明明是歌台暖香的楼台之中，竟如置身山峦之巅，退尽尘嚣。云翻雾动，携来助兴。

满目兮剑影，临风恍兮云之际！

山峦之上，青云是乐声，白霓是乐声，剑影也是乐声。二人双剑对舞，一人抱筑独坐，玄裳乌衣，流光及身，仿似裁云织玉，满目飞扬绝尘。

待剑舞已毕，一曲已终，众人尚恍恍然，不知置身于何处。萧子岩长剑铿锵回鞘，众人才犹如梦中惊醒，心中激荡之意，却是久久未能转复。

云息告离奏席。众人欲置加赞词，却纷纷自觉方才妙音绝曲，语难以述，言难以概，一时间，倒是满场静谧无声，虽是绣衣朱履，却无觥筹交错。

明莲枫收剑入鞘，女婢捧剑退下。行至萧子岩身前时，明莲枫展颜一笑，道："人道云影之中，琴棋书画剑，皆是当世才俊。萧少侠剑法精妙，侪辈之中，可谓举首，莲枫今宵大开眼界！"

萧子岩思及方才他直逼云息眉心的一剑，不知究竟是出于试探，抑或真怀杀意，眸底光影有波，却只简言道："不敢。"语落，转身入座。

云息告席更衣。

这时，一名府卫疾步入台，近明仲道身侧附耳低言。明仲道面色忽变，一扫席案之间，独云息不在其位，眉心微皱，旋即嘱人留意，便招呼明莲枫一起匆匆离台。

才行于雕石长桥时，正逢云息沿桥缓步归台。三人逢面，明仲道告歉道："忽逢要事，不能相陪，季玚代某尽谊，公子见谅。"

云息一笑，拱手道:"不敢，宗主请便。"便归台中去了。

台中宴未歇。

月到中天，已交三鼓。一袭白影在明光府游转，直往后山花园。

白影转过几条长廊、几座楼阁，及至一阁楼前。阁楼上挂匾，名为尚文阁。阁前守卫发现有异，但白影出手极快，守卫尚来不及跨出一步，瞬间皆已倒地。

"吱"的一声，白影轻拂开阁门，蹑足而入。方才踏入，几声叮响，破风声疾，一束暗器向白影人射去。紧接着，两侧门窗陡地洞开，暗器嘶风，犹如密雨激进，利箭当空射入，天罗地网般，纷纷朝白影人周身而去。

阁内重重帷幔，纷然旋舞。白影人身子瞬间横移，残留幻影。数丈有余的白绸随着臂动飞旋，左荡右挥，连扫带扎。白绸动间，有荧光沉浮如芒，却是指法已扣，虚实之间，气劲蕴含，将暗器利箭尽数席卷击落。

白影人借势飞跃出室外，正欲飞离，余光一扫，见守卫从四面八方如浪潮狂涌一般而至。

尚文阁门前，灯火皆亮，白影人已被团团围住。中途离宴的明仲道从包围圈后大步走出，立在前首，看着夜袭之人，冷然道："阁下夜探明某书房，有何指教？"

"救人！"声音不缓不急，也无起伏，仿佛此时不是被众高手围住，而是在与明仲道讪牙闲嗑。

白影人是名女子，身着一袭白裳轻罗，头上戴雪色轻纱帷帽，整个人气韵高脱，体态轻盈。帷帽上长垂轻纱随风扬起，轻纱帷帽之下竟还谨慎地蒙着一层面纱，只露眉眼。女子目如秋水，长眉入鬓，丝绸般的长发在帷帽下肆意垂散，及至膝下。

蒙面女子缓缓走向明仲道，微步凌波，如雪皓腕微一翻，白绸竟如活物一般飞绕腕臂之间，仪华出挑，身姿飘荡，长发迎风飞扬。因着一身白衣，此景此境，不沾鬼魅气，却是一副化外仙子，出尘风流意。惊得在场众人心中暗下揣度，此女子究竟何方神圣。

此时，室中暗潜的人已尽数出来，或挥刀以对，或拔剑而指，或弯弓引箭在弦，纷纷对向蒙面女。阁楼外也围了一大群人，看情形，只怕这女子是插翅也难飞了。

明仲道冷哼道："笑话，明某书阁又非囚牢，救人怎的救到明某书阁来了？"

白衣女子闲闲负手，风止人稳，帷帽轻纱已然顺顺垂下。女子眼波隔着轻纱，落在明仲道身上，潇洒一笑，气定神闲道："我听说，不久前，你们抓到一位女子，便是关在这书阁底下。明老头，你若把她交出来，我立刻就走，不打扰各位好梦。"这声音何其慵懒自在，丝毫没有刀剑环伺、遇围受困的自知。

明仲道讶异，冷笑道："立刻就走？阁下好大的口气，明某特候已久，能让你说走就走吗？"

"哦？"白衣女子微笑，手微扬，身后正欲偷袭的守卫被她手中劲力吸附向前，扼扣咽喉，"堂堂明家宗主，深更半夜等了我许久，还用这等……盛大的排场，啧啧，我可是受宠若惊呢，万万当不起。也罢，还是早走为妙……"

守卫在她手下，浑无反击之力。

明仲道目光斜掠四周，不在意她手上之人，道："四面包围，你觉得你还走得了？"

白衣女子亦无瞥一眼手中人，倒是口气无辜，惨兮兮道："我孤身一人，又是弱质女子，您堂堂明家宗主，竟出动这么多人打我，倒是狠心。"

明仲道宽袖一扬，负手身后，神情冷蔑，道："对于暗梅门的妖女，明某从来不会怜香惜玉。"

女子一笑，皓腕轻翻，那守卫一下被震出三丈开外，倒地吐血，当场毙命，其出手毒辣与之口中所谓的"弱质女子"全然不符。只见她步履轻动，缓缓走近明仲道，其身形袅袅，不胜轻盈。在场众人心想将有一场缠斗，纷纷引箭拉弓，蓄势待发。

"倒也是，明老头，你都年过半百了，再怎么怜香惜玉，也没人夸奖你的君子之风，因此，索性也不必讲什么君子不君子了，对吧？"白衣女子话音甫歇，身子陡然旋转，纤腰后折，双指齐扣，一招鹰隼捷击式，白绸如云出击，挟风携劲冲至明仲道处。

明仲道早有防备，一拳回击，去势如刀斧破风，劲道震开气场，在场众人无不发飞袍震。

"多谢了！"间不容发之际，白衣女子一个旋身，借明仲道回击之力，陡地轻跃，白绸宽袖贴身回旋，整个人恍如白色羽箭，向房顶疾去。

执弓箭者齐齐放箭，却无一射中其身。这女子速度迅疾，行动敏捷，顷刻影迹皆无，只余留她银铃笑声不绝于耳。众人不禁惊叹：这妖女轻功竟如此诡异！

明仲道、隋云天、明莲枫三人疾追而去。

竹林中、月辉漫照，疏影横斜，地如汤池波，皎皎夭夭，或清或白。

明仲道、隋云天、明莲枫三人将白衣女子围于中间。三人各立三角，冷冷对峙。一阵夜风刮过，携着一阵萧萧竹叶声，捧起满地的落叶。

几片起起落落的枯叶打着旋，周旋在白衣女子脚边。清淡的月光冷照着她，通身素白的衣上纹路宛如湖波水面，一派波澜暗影，后背上背着的一个黑色大包袱，在一色素白间，甚显突兀。

明仲道心想：这人所背包袱颇有几分眼熟，似乎在哪里见过，然一时半会儿，却浑然想不起半分蛛丝马迹来，眼见她包袱里的东西似乎颇为沉甸，此女背着它，行动还能如此敏捷，足见轻功修为之高。

隋云天也是暗自思量：莫非救走顾思娘的白衣女子，即是眼前人？她若是月宫的人，若是被抓到，透露太多事情，情况便不妙了，一会儿须趁机取了这女人的性命。

明莲枫只觉心头一震，此情此景竟是如此熟悉——难道是她？

三人各怀心事。

这女子不是别人，正是扮侍从混入明光府的慕容馥。那夜她偷听云息与萧子岩所言，心疑欢颜被关在明家地牢。今夜明仲道在抃风台宴请云息，她便打算趁夜劫牢，救出欢颜，不想反中了明仲道的埋伏。

慕容馥目光平静，在三人身上流连，脑海流转无数念头——

明仲道掌硬如铁，收紧如锤，拳法掌力必定高超；隋云天指节骨突，指尖锐长，爪功不凡；明莲枫手形修长，虎口、拇指与食指间有老茧，定擅枪棍一类，稍兼剑术。

看来，她是躲不掉了。

一番估量，慕容馥束紧了身后包袱，准备一场大战。

竹林风声沙沙，漫天落叶翩飞，三人围一，袍袂掀舞，气势迫人。

明仲道拧拳横眉，喝道："你倘若束手就擒，明某可以考虑不伤你性命。"

慕容馥扑哧一笑，掩唇道："这架还没打呢，便叫我束手就擒，明老头，你还没睡醒吧？是在说梦话吗？”

隋云天冷笑道：“一个固原期的武者，面对三个同阶武者，胜败分明，明宗主给了你活路，难道足下还看不清形势？”

“哦？”慕容馥道，“在你们看来，我是必败无疑了？”

明仲道冷冷道：“难道不是？”

慕容馥娇笑胡扯：“方才你还不让我走，偏偏呢，是你亲手送了我走；现下你又说我必败无疑，也有可能你是很想让我胜了呢？”

方才被她算计，明仲道在众人面前颜面扫地，这厢她还拿出来喋喋吵嚷，仿佛在他脸上打了响亮巴掌。明仲道已是震怒，不由分说，起前足，带后足，平飞而去，以马奔虎践之势，快步抢进，[1]同时右臂曲弯，呼地向慕容馥打出了一拳。这一拳当真如迅兔之脱，迅雷风烈。

明仲道少年时，曾拜于六合派门下；青年时，于六合拳法中，化变出一套五行拳。这么多年来，明仲道身为明家宗主，已罕出手，却仍以一套五行拳法称颂于江湖。

此套拳法有十二势，拳法阴阳，劲出五行，可进让，可追截，可击守，可柔刚，执简驭繁，万方变化，很是莫测。[2]且明仲道气劲修为日积月累，已至固原，出手沉稳有力，劲气雄浑，于拳法而言，已成一势高手。

先前慕容馥倒是略有轻视，此番一经出手，便知真章。这一出拳，拳力极猛，气场半圆包拳，势若雷霆，朝她猛击而至。一拳打来，已封死慕容馥所有退路。慕容馥不敢小觑，袖底指法扣起，看似随意挥绸，实则白绸轻去时，已是劲道在中，顺着白绸，推波助澜般，硬挡这气势雄浑的一拳。

拳绸相交，以柔克刚，拳劲在与白绸相抵时，尽化虚无，但空气中，却有劲力荡开，周遭竹动叶飞，有狂风劲扫落叶之势。

---

[1] 此处引用自《十法摘要·步法》：“与人交手，如距丈、八尺远，用快步。快步者，起前足，带后足，平飞而去，非跳跃而往。此为马奔虎践之意也，非艺成者不可轻用。”

[2] 此处五行分解、化用出于六合心意拳。

落叶万千，浮旋卷伏，飞沙撞面。

慕容馥顷刻化解开他的攻势，旋即又一个利落的后翻身，两人退开距离。

竹叶飘旋里，轻衣飘荡如风，女子悠然，反手收绸。白绸仍为气劲所控，灵蛇一般，在婀娜倩影间缭绕周旋，伴那光影如神妖，落声如玉敲。

慕容馥心知硬对他的拳必定不敌，故意扰人心神，胡搅蛮缠："你这老头可真不讲理，我话还没说完，竟然就开打。唉，大家可都是斯文人，就算打打杀杀，也得先吱一声，换我才不会突然出招偷袭，叫人措手不……"

明仲道出手前方位、力道计算奇准，想眼前这人听声辨形，应是年纪轻轻，一拳出手本志在必得，不料此人修为精湛到如此境地，一念不及，使出的一拳竟轻易就被挡了开去，传出去叫他脸面何存？当下明仲道哪里还听得进慕容馥的话，大怒喝断："妖女，废话少说！"他转个身法，五指收拢，八成力道强运其中，侧身右手击向慕容馥心胸。

慕容馥白绸一挥，攻至中途，已感到明仲道拳力袭体，刚想朝反方向倾避，心间灵犀一照，忽觉不对。此番他右手收劲击出，这劲道如此强悍，任是谁，都不会直面如此锋芒，必自动避退。这一拳势力虽猛，却并非躲避不开。如此放着后路给人，那他这蓄力一拳，岂非白出？似明仲道这等江湖前辈，出招老辣，又岂会如此？这怕是一个诱招，真正的杀招，正守在趋避后路处。

一念如此，慕容馥仍旧向反方向趋避。果不其然，明仲道右手的八成力道，却不过是个幌子，拗步反踏，左手突出的一拳迎来，拳劲沉实，意若山岳之重，无处不生锋芒，浑如重土般的力道，直直迫面而来。这正是五行拳中的土力。

慕容馥早有所料，在趋避之时，左手已然扣指，成蝶翅浮花势，一缕清光，在白绸间流转绕旋，白绸直抵他拳劲，竟透过他拳上气场，蔓绕上他腕间，却已是一招移宫换羽，借力化力，生生将他击来的力道返送了七分过去。她一边分他心神，一边佯作嗔怒："你这老头着实可恶，不仅老打断人的话，还乱叫别人名字，我可不叫妖女……"

白衣凌空，轻绸如蔓。

对手言语虽是嘻哈笑闹，但明仲道既惊且骇，深知不妙。他的拳式刚猛有力，拳上气劲骇人，一拳上去犹如凤翥鹏翔，势不可当，然而这女人不过纤腰一折，轻云白绸逆风如绕，这一拳，仿佛打在一团棉絮上，便在这样无质轻柔中被返送回来。

明仲道反力难控，后跌踉跄，脚形反向，才稳住下盘。但明仲道也不是简单人物，招数变幻迅捷，蓦地一个翻身，退开白绸纠缠，双拳齐出，全为攻势。

一招未收，另一招随至。五行拳法，除了拳应五力，步应十二势外，另有劈、崩、钻、炮、横五字诀，或拳打，或掌劈，或指戳，攻守相应。这番手脚相合，气劲大展，攻势有如潮涌，一拳才过，一拳又至，循次复进，雷厉风行。亏得慕容馥内劲精修，且身形飘如浮云，身手夭矫灵巧，方能于间不容发之际，闪过劲头，溜溜转身，避了开去。

虽说对这套拳法她自书中稍有所晓，但亲身对上，心中颇是赞叹：五行拳，主要是拳步相合。从前只觉平平无奇，却不想明仲道经验已足，又加以变通，区区五行拳法为他施展，拳法阴阳，劲出五行，炉火纯青，甚具威力，不仅五行浑一，步形相应，且与内劲相合，动时疾如狂风，出时猛如雷击，拳拳相接，如那滔滔海浪，有蜚瓦拔木之势，果然不可小觑。

两人绸拳相对相攻，瞬间交换了十来招。相交之时，周围气场横溢劲爆，带出狂风，激荡得各人衣袂如鼓。

在这种时刻，不管是哪个有稍许差错，都会被劲气震体而入，不死也残。可慕容馥竟不觉什么压力。一番相交中，她以招对招，见招化招，全当练身形。久对间不觉疲惫，反而觉得全身上下精神舒畅，全然不知体内脉气激荡，已经是十道气脉贯彻，气血涌流，悄无声息，便突破了地武初段。地武、天武的突破，对于武者而言，不啻经一场生死关劫，谁知她竟能这般悄然无息，轻而易举。

慕容馥全力应敌，明仲道又久攻不下，隋云天见此机甚妙，袍袖轻翻，一束暗器朝慕容馥射去。

“隋宫主，你……”明莲枫正要阻止，奈何已慢。

隋云天站在明仲道身后不远，一直作壁上观，慕容馥怎料到他竟会来这一阴险招数，双手后垂，腰身轻折，身躯疾速后弯，如拱桥形。“嗖嗖”几声，那暗器夹劲，恰恰擦着她面门疾飞而过。帷帽分裂翻飞，面上仅余面纱。慕容馥纤腰轻摆，贴地回旋而起，一头泼墨长发随着帷帽飞离盈动自舞。此番一动一起，乃婆娑步法中的月影横移。盈动之姿如月色轻拂，花影横移，果是美妙至极。

这一切发生仅在弹指间，慕容馥稳身际，眸光一瞥，暗器之上黯黑幽绿，显然淬了毒。她面色一冷，心道：明仲道攻势虽猛，却皆不是致命杀招，可此人竟如此阴险卑鄙，这一出手，就是想置我于死地！

隋云天首发不中，再次出击，手指动处，像是幻生千万指影，一手暗器飞出，去路不一，方向各异，或斜走，或直射，或相撞折回，乍然眼花缭乱，却是直奔慕容馥周身大穴。

表面凌乱，实际却是扼亢拊背，制敌要害，力度十分精准巧妙。这种暗器手法，叫慕容馥心下起了疑惑，这手法竟是——千手幻技？他怎么可能会？

慕容馥对这暗器手法了然于胸，知它来路，已有防备，身姿半空腾翻，忽上忽下，忽左忽右，形影飘闪，不仅将暗器凌厉劲道化解，且一一收入手中。她眼睨隋云天，横眉冷笑，素手轻挥，指法娴熟，空中响起叮叮声响，暗器反去，去势若冰雹乱飞，针雨迫人，亦是直奔要穴。

隋云天匆忙闪避，打飞暗器，因这手法心中越发肯定她与月宫有所牵连，更想置她于死地，当即随明仲道齐身同上。

明莲枫不屑隋云天这等卑鄙行径，只端站一方，并不助之。

隋云天五指如钩，明仲道拳劲惊人，都齐齐朝慕容馥袭去。两大一流武者联手，慕容馥稍见窘迫，却仍咬牙迎上。

这厢利爪抓来，那边拳劲迫近，慕容馥踝脚反踏，腰身后折，双掌触地，身势就着撑地两手倒旋而起。人至半空，两脚分飞，踢开两人，身法灵捷迅猛，一派行云流水。

大风吹掠，女子长发在半空中张扬招展，其目光若鹰觑鹄望，凌厉如寒冬冰雪，扫向隋云天与明仲道，一字一句，掷地有声：“对付我一人，两位前辈好‘精明’的手段，好‘厉害’的功夫！”

隋云天冷笑道："对付你这等妖女，自然需要非常手段。"

明仲道一心只想将她抓住，也无心思去计较隋云天阴毒手法，急向守在一旁的明莲枫喝道："枫儿，你还愣着作甚？"

"父亲，我……"父命不可违，明莲枫一咬牙，持剑进了内圈，截住了慕容馥对明仲道的攻势。

慕容馥修为未臻高端，又兼本就有伤在身，久缠之下，弱势已现，明仲道、隋云天在江湖上混迹多年，这等情形哪里看不出？隋云天趁慕容馥旧力已消、新力未生之际，倏地一转身，透骨钉"嗖"的一声，反手又向慕容馥的面门疾射，直逼慕容馥一对招子。

慕容馥折腰朝后，双脚稳立在地，身子却几乎贴地，避开几枚透骨钉，身形尚未恢复的同时，白绸轻扬，抵挡明仲道双拳。不料隋云天狡猾之至，透骨钉不过是幌子，真正的目标，是慕容馥避开透骨钉时，背下露出的空门。

隋云天五指如钩爪，朝慕容馥背下猛然袭去。慕容馥脚尖轻点，借助反力，就着他的手，迅速翻身跃起，应势避开，却不想明莲枫的剑早已在避路处等候。

人在半空，闪躲无路，慕容馥只能咬牙，硬吃下明莲枫这一剑。不料肩上受了一击，并没有所料剑气击来。

原来明莲枫见对方败局已定，眼前陡然浮起那夜女子的身影，心底一软，不欲伤她，反手以剑柄击之。

慕容馥肩侧被击，正是夏侯府那夜受掌之处，一下痛得咬牙，眼看就要摔下，却是腰身一紧——

有人半空处救了她。

四／即鹿无虞

"我一直好奇，你背上这个黑色包裹几不离身，里面装的究竟是什么？"

这一声低柔的问询，好似那寂寂淌过石缝间净澈的溪，杳杳拂照于松林间皎洁的月，温情有致，百转柔肠，就算是积寒千年的冰霜，也能为之悄然融化。

被风吹拂的黑发在身后飘摆，几丝纷飞划过鬓角，以纱覆面的慕容馥抬首望去，看着正拦腰抱着自己的人，迎目便见黑衣人缓缓伸手，理顺了她的发丝，眼底似有温润一笑，睫若翎羽，末梢飞翘，眼下带出的丝缕阴影，似是陌上春花拂落的痕，温柔得叫人心折。

看着这一双熟悉的桃花眸，慕容馥双眼微眯，心中警惕非但不松懈，反而更深一重。

月光下，女子双眼黑亮，幽深如狼。

“怎么是你？”

“嗯，除了我，你觉得还有旁人吗？”那人眼里笑意渐深，不过敛了三分月光，便寸寸绽了优昙，凝了甘棠。

“你不是——”慕容馥语一凝，不喜反忧，横眉冷语质问道，“你为何出现在这里？”

“救你呀！”那人笑意如丝，开眉展眼，“怎么，你不期待我来？”

慕容馥杏眸轻眯，眼底锐利锋芒：“事实上，我最不想的，就是你来救我。”

“哦？”那人似知她心底波澜，煞有介事，故作一叹，“你我初识时，你那么热情，现下却这样不领情，真让人心碎。”

明莲枫抬首望去，那人着一身半截式的玄色夜行衣，披肩以白玉扣袢相束，连身兜帽罩掩面首，背映月色，单足遥遥点立在最高处一片竹叶上。

月洁，衣黑，月光仿佛在他周身润开了一层轮廓，暗夜之中，成了悬殊的冲击之色。风动间，竹竿起伏轻摆，衣衫翩飞，而黑衣人身稳如磐石，如立平地。此人轻功之高绝，早在方才自他们三人合围中救出败局已定的白衣女子时，明莲枫便深有体味。

没人察觉黑衣人是何时出现，也不知道从何出现，仿佛就是弹指间，一团黑影在三人身侧一旋，白衣女子已不见踪迹，及抬首时，黑衣人已高高立在竹叶之巅。

明仲道怒眉紧锁，心中如坠石，惊讶此人修为，不知是何等来历，当即扬声问道："阁下何人？"

慕容馥见这人明显无回应打算，一笑，揽住他的脖子，转头居高临下，望着明仲道等人，替答道："明老头，你这不是废话吗？此情此景，他自然是救我的……"一个"人"字还没发出，黑衣人已抱着她转身速离竹林。

明仲道等人箭步追赶，显然要追将上来。黑衣人目光轻瞥，眼底带起笑意，密睫敛影，脚步一转，身后诸人已不见踪迹。

黑衣带风，飘飘曳曳，在他怀中，全然感受不到一丝奔走的荡摇、起伏，似稳立平地一般。此人穿越密林，宛似白羽飘浮，足不点地，仍能闲逸无碍。这样的轻功犹如御风，分明不借力，却已力在其中。慕容馥心中惊叹万分。她早就知他修为不低，却从未见过他出手，借刀杀人的他一直圭角不露。而且，深扃固钥如他，她一直无机会探知他修为的底细。此时此刻，如此绝妙机会，她在他的怀抱之中，他对她毫无防备……

慕容馥眉梢暗动，眸底带出几分深长意味，皓腕暗翻，纤指扣触，指尖竟生出三根素丝，轻轻绕在他寸口之上。

平稳醇和，延绵不断，犹若泉眼，慕容馥一时眩惑。哪怕在这样的境况下，她仍探识不了他的修为。任何武者，在运劲动息的状态下，都很难敛脉匿息，可他竟能在此刻依然对内息的控制游刃有余。她无法辨知他的修为底细，她只知道，若是现在两人敌对，那么她赢的机会，只怕是——零。

黑衣人抱着慕容馥，至一处房顶上。

银月高挂于空，夜色已深浓，月色愈显清明，映月下人。

入秋的夜风，总带着薄薄的凉意，像无形的刀锋，要伤人肉骨。慕容馥的心，也被这秋风所浸，很是冷。她身子一跃，灵巧地离了黑衣人的怀抱，左袖中指法暗自扣动，中指屈下，大拇指伏于中指之旁，劲运其中，落地同时，手中的白绸为劲道所动，绕上黑衣人脖颈。

收紧。

“你这是做什么？”男人悦耳声音响起。虽是问，语气却很平缓，无半分诧异，如同早已料到对方会如此。

慕容馥黑黢黢双眸中尽是讥嘲，声音沉冷：“你利用我。”

白绸在气劲之下，如一把利剑，此刻，“利剑”缠绕在他脖颈上，只要她稍微再用些劲，他立即身首异处。男人却并未介意，静静转侧过脸，手影轻翻，二人面纱翩飞，在月色中，缓缓匍匐在地。

二人容色，昭显无疑。

一张脸苍白素丽，双眸点漆，一清到底，神色间却是杀意四起。

一张脸俊美无俦，长眸深邃，似有火焰流动，亦似蕴藏着无尽的涡旋，但笑意依然。

那双夺人心魄的桃花眼，看飘飞坠地的轻纱，男人轻敲缓击，问道：“这当从何说起？”

清澈的深眸，和煦的笑容，温柔的语声，总是一派波澜不惊。慕容馥对他这番作态深感厌恶，横眉冷眼，道：“明仲道大宴公子云息，身为东道主的他，为何会出现在尚文阁？他就是要借你转移重心，好让人以为尚文阁防守不严，是个可乘之机。他如此费尽心思，设了诱饵，布了埋伏，为的就是等人来自投罗网。”

云息静然不语，双眸折染月下光，三分的静，三分的亮，三分的清，剩下的一分，仍是从不退尽的笑意。

“而你——”慕容馥心中怒不可遏，脸上竟温柔地笑了起来，唇际一勾，单手卷着手中白绸，目光停在他无惊、无波、无澜的脸上，“早已知道他的心思，故意和萧子岩演得一场好戏。你将计就计，拿我开路，引开了明仲道的埋伏，随后，再自己下手。我可有说错？”

“这些都是你的臆想，你有证据吗？”云息步履闲闲，跨出一步，走近她，长长叹了口气，“跟女人打交道真是件麻烦事，救了她，她却莫名其妙，反而要杀了你。”

明明是他骗她入陷阱，此时此刻竟满腹委屈地说她知恩不图报？

“莫名其妙？”慕容馥扬眉眴目，已是怒形于色，“你倒还真敢说出口！云息，是你投石指路，引我夜闯尚文阁，不然的话，我何至于被明仲道追杀？不被追杀，又何至于要你来救？今夜诸事，乃你造成，如今，难道你要我俯首帖耳，感谢于你不成？”

“我造成？”云息两手一摊，一副襟怀坦夷模样，“你大概是说反了吧？夜闯尚文阁，我可曾吩咐你去？可曾强迫你去？你身为我的侍从，行此妄为之举，我不拿你责怪，你倒反来生气，却又是何道理？”

“道理？”慕容馥冷视于他，两道目光，欲穿他心腹一般，“谁敢跟你公子息讲道理？摇唇鼓舌，谁能及得上你？”

云息不语，一身黑衣融了月色，波及眸底，眉目间，是无尽清净淡定。

慕容馥咬牙切齿：“我只是没想到，你竟这么不是东西，好歹，我也曾为你几回搏命，你竟设局骗我！你竟……你竟如此拿我来利用！”

云息挑唇转眸，笑道：“东西？我明明是人，如何会是东西？更何况，你既早猜到，那日我是有意调开你，你便不该折回来，偷听我和子岩说话。你说我骗你？”云息嗤笑道，“孤掌难鸣，不是你甘愿入局，我怎生骗得到你？你若是不偷听我与子岩说话，又怎会至此？可见有些墙角，还是莫要乱听的好。你今夜之事，便是有我缘故，也并非全然因我。”

慕容馥眼中浮出讥笑，嗤之以鼻：“你们主仆俩存心演戏给我看，即便我不去听，你们也总会有办法叫我知道的。”说话时手上不觉一用劲，牵动了肩。明莲枫所击力道虽不算极重，但她的肩上本就有旧伤，这时雪上加霜，脸色唰地惨白，吃痛趔趄。

云息手臂轻伸，及时揽住她的腰。他垂眸看她，低叹一声，目光深邃地落在她的肩胛上，软语温言：“方才我是慢了一步，明莲枫一剑虽改成剑柄，然力道不小，你的肩膀可能会落下瘀伤，莫生气了，我帮你调息。”

他总是这一副色善行违的模样，明明算计着人，却仿佛所有事情都不与他相干。这样假情假意的作态，难不成还要人对他感恩戴德，笑颜款款？慕容馥心底恼意更甚，忍着痛，双肩一振，用力从他手间挣开，怫然怒道：“够了，不必你来假好心！”

云息闻言一愣，双眸笑意骤冷，反唇相讥道：“我假好心？慕容馥，你可莫要忘了，是谁央求我带她进明家？是谁有意伪装欺瞒在先？你如一早坦然相对，我也未必会用这个方法。”

“是吗？”慕容馥哂笑道，“确实，我对什么武林大会一丁点兴趣也没有，我之所以要去明光府，就是为了救出我妹妹。可我为何得告诉你？这一切我即便是告诉你又怎么样？事实上，我说不说有什么区别？你之所以能利用我，不就是因为早早猜到我的目的了？哪怕是时至今日，你依然怀疑我同什么暗梅门是一伙的，不是吗？”

云息脱口反问：“那么你是吗？”

“不是。”慕容馥斩钉截铁。

“既然你襟怀坦荡，又何必怕我心有阙疑？”

“我……”慕容馥面色清冷，心中念头却转得车轱辘似的，口气稍缓道，“我不知这中间有什么误会，我妹妹为什么会被当成刺客抓入地牢，但是，我同那劳什子暗梅门是一点儿关系也没有。反正你信也罢，不信也罢，我——”

云息截住她的话：“我信。”两个字，他说得字正腔圆，面上双眸澄澈清明。突如其来的一番认真神情，倒叫慕容馥一时觉得不可置信，愣愣在原地。他凝视着她，道：“慕容馥，我信你不是。”

面容何其温雅，又浸了月色，一侧不染纤尘，一侧折入黑幕，那中间起承转合的光影，是那微凸的眉弓，是那纤长的睫梢，是那悬挺得恰到好处的鼻峰，是那启合有度的薄唇。这么好的皮相，装起模样来，委实道貌岸然，叫人难辨真假。

对方态度突然变转，慕容馥明白不该再计较于真情或者假意，再僵持下去，谁都没有台阶下。的确，本就是她蓄意在先，草率冒进，他洞察先机，将计就计，就算他不相信她，也是理所应当，无可厚非。她反手一抖，收了白绸，转身坐在房顶上，缄默不语，眉眼映月生辉，将她眼底一抹深邃掩入月光里。

云息行近她，道：“可是我信没有用，只要你打地牢那女子的心思，明家所有人都会认定你是暗梅门的人。”夜里风很大，步履动时，衣袂在风里头猎猎飞舞。

慕容馥眼睫微抬：“我并不介意别人当我是什么人，只要能救得出她。倒是你，抃风台宴会尚未结束，你忽然离开，就不怕明仲道怀疑你？”

云息目光不动，淡淡道：“我既挑今夜出手，自有我的安排，所以，最要紧的是你不能被抓住。”

慕容馥明白了。宴会没有结束，宴会上众目睽睽的“云息”也不曾离开。他借她吸引明仲道目标，然后亲身入尚文阁，同时，又将自己的嫌疑排除到最低。所以，只要她没被抓住，明仲道就永远查不出今夜真正潜入尚文阁的人是谁，尚文阁丢的东西是被谁所拿。

这云息好缜密的心思！琢磨少顷，慕容馥略踌躇了下，换了一副神态，低眸开口道：“我身世蹭蹬，曾餐宿街头，过着敝衣枵腹、温饱无继的日子，她虽同我无血缘牵连，却为了我做过太多不计生死的事。八年前，我们被人贩子卖到昭华城里的一家花楼……”

云息不接话，只瞧着她，静静听她讲诉。说话时，她的下巴伏在臂弯上，面上一点儿端倪不露。一番话，或真或假，谁也不知道。

“那年我十岁，她才九岁。我整日都在想办法逃出去，因为这番不安分，时遭鞭击，最后，是她故作顺从，取得他们信任，趁看守人失足，把他砸死，我们才得生机。我曾答应过她，要保护她，可是反过来……”

她顿住了话，静了半晌。云息看到她嘴角带起弧度，笑意里伴随一声轻哂，大约是自嘲。之前她的低眉顺目里，都带着一丝狡黠，现下却无。

兴许是心思随着言语陷在回忆里，又添了夜空里缥缈的月色，她的面容里难得有了一种温婉顺服的感觉，像与砚逐渐契合的墨，什么锋芒都化去了。云息有些诧异，因为从未在她锋芒毕露的面容上见到这样的娇柔。

大约是月下的错觉。

慕容馥继续道：“我本生于富贵人家，那时候，突遭家变，尚是脾性骄横、世情不谙的小孩。被抓了之后，一连逃跑与反抗，抓住我的人自然不叫我好受。我不顺服，他们就打，棍棒之下哪里有硬骨头？可偏偏我性子倔，众星捧月下长大的，哪晓得低眉与折腰？硬是不求饶，一口傲气换来满身斑斑伤痕血迹，无一处好肉。阿颜不忍，故作顺服，后被他们带走。”她掠了掠被风拂到脸上的发丝，顺带着往身后一拢。头发在瘦削的肩膀上披散着，丝缕分明，垂到砖檐脊上。在月光覆盖下，黑得发亮，风一动，便在白裙间纷扰不休。一丝丝黯黑缭绕，一波波粼粼光芒，如其中自有无数故事潜伏。可那苍白的面孔上，仍旧半分哀怒也无。

“阿颜整整一个月杳无音信，我不知道这期间她究竟遭遇了什么，我只知道，我是眼睁睁看着她被人带走；我只知道，我想阻止，却无能为力；我只知道，在那个月里，没人再饿我、鞭笞我；我只知道，势必有人为了我付出了什么。那些日子，阿颜的顺从欺瞒了很多人，一个夜里，她偷偷跑进关押我的黑屋子里，趁着看守不防备，取了他的性命。我们成功逃走了。”

欢颜左眼角下的疤，就是在那时候留下的，浅粉色，好像蝴蝶一样的伤疤。她知道，没有欢颜，她支撑不到今日。慕容馥轻轻呼了一口气，这一腔压抑的酸涩，便随着这一呼散去了。但她知道，永远散不开的，是脑海里的记忆与往昔的经历。

云息眉心微皱，以往挂在眼角眉梢的笑容有了片刻的收敛。她的言语如此平静，她的脸上无一丝哀色。所谓至痛无哀，大约便是如此。他明白这其中的承受，绝不像这三言两语里的轻描淡写，其中曾有过多大的艰辛，确实无力为外人道。且不管她忽然言及此事是别有用心，或是心绪来潮，这一刻，她的表情，必然是真实的。

少时，他才道：“你并未见到那女刺客的模样，仅凭描述，怎能肯定她是你妹妹？”

慕容馥抬眸，道：“明莲枫身上有一缕香味，普天之下，除了我妹妹之外，谁也调制不出那样的气味来，所以他一定见过她，而那女刺客又是明莲枫亲手捉拿，可想而知。”

“这也仅仅是你的推测而已，倘若不是呢？你岂非以身涉险？”

“倘若真的是呢？”慕容馥眼梢倏掠，深眸如潭，语气幽幽，“她为我付出过多少，旁人永远也不能想象，只要有一丝一毫的可能是她，我就不会放过。云息，你不会明白她对我的意义。我记得有一次，她在夜里对着睡着的我哭。她说，她情愿自己受苦，也不愿意让我受苦。其实，当时我并没有睡着，可我不敢让她知道，我怕她一时照见，会更加难过。我只是在心里默默告诉自己，这世上若有谁敢伤害她，我必定叫那人生不如死。”

云息听得心下一凛，唇角翕动，却终究无言。他手一抬，伸至慕容馥眼前，掌心多了一颗晶莹的药丸。

慕容馥垂眸，便瞧见他的手。

他的手白皙如玉，五指修长有致，指节清晰。她一直知道他的手很完美，但此刻掌心摊开在她眼前，却委实超乎她的意料，他的掌心竟半点茧子也无！这不该是一名武者的手。以往只要在三尺之距内，她都能够从武者的手看出对方所使用的武器，但是现下哪怕是如此近的距离，她也什么都判断不出。

月光婉转，慕容馥眼梢余光瞥见他袖腕上扣着一只护腕镯，有一寸宽，镯上镶有一枚玉，墨色的兰形玉与镯子相互嵌合，精致无双。她心底霍地起伏：单镯上嵌入的玉，竟是——

“一个女子看着男人的手看到愣神的地步，岂非太失礼了？”云息依旧伸着手，打趣她道。说话时，他扬起唇角，浮光掠影般浅浅一笑，笑容确实让人惊艳，像是在月下绽放一场荼蘼花事。

慕容馥回过神，掩盖心头的疑虑，无一丝迟疑地拈起药丸，放入口中，细细嚼完。

云息看她细嚼慢咽的样子，不免好笑：“第一次见人如此吃药的，你以为是糖葫芦？”

慕容馥心思微动，展颜道：“这么苦的冰糖葫芦，我可是第一次吃。”目光在他手腕间欲去还留。

“你不怕有毒？”云息垂眼，闲闲整了衣袖，似漫不经心地一问。

慕容馥回眸，睃了他一眼，轻轻勾起唇角，反问道：“你认为我应该怕？”说话时，屈膝搭臂，以手支额，很是不以为然。

云息根本没必要给她下毒，他若真要对她下杀手，老早就下了，何必等一颗毒药？太多时候，真正害人的，未必是毒药。慕容馥一直明白，这个人，用无形之力取人性命，远比有形之物更为干脆利落。

云息被她一问，一时噎住，抬眸正看到她歪着头看自己，神情慵懒，长密而飞翘的睫毛好似蝴蝶翅翼。一笑时，眼角眉梢，皆如同绽开花，十分妩媚狡黠，像一只狐。

这个女人，不怀好意，处心积虑，一开始他就对她没什么好印象，不过现下他却有了些改观。她同明仲道对峙时，他已在暗处看了许久。她身量高挑，头发长至膝下，宽袖衣衫，打斗时发飞衣舞，满身都是气势，是强大的，蕴蓄力量的，跟先前面对他时完全不一样。但当他将她抱在怀里时，却莫名觉得她脆弱与单薄。他有些不可置信，仿佛她的强大不过是一碰即碎的假象。

你的身上，究竟还藏了什么故事？云息不禁伸手，将她额前那纷乱的鬓发拂至耳后，似要就此将她看个一清二楚。

寥邈夜空，星辰轻漾，一丝暧昧缓起。月色轻柔，一波一波，漫到他们身上，缠绵，流连，眷恋。

云息双指并合，指尖荧光丝缕，点她眉心玄关，一缕柔暖真气，直走经脉，肩上伤痛处，已渐渐缓和。

慕容馥愣住。

他，竟在替她疗伤!

她看着他的手轻拂她的发丝，看着他凉凉的指尖触上她的额，他的脸却是一重光亮，一重暗色，若暗夜光影一般，蛊惑人心。而那双光华辗转的眸，好亮。眸底的笑意融入月色，俨如优昙静绽，竟搅得人心头意动神颤。

一个人到底是吃了什么，才能长成这般模样？她在心底啧啧惊叹。这张脸容，这副皮相，实在太具蛊惑力。不仅如此，甜言蜜语，柔情蜜意，作为一个男人该具备的优点，他巨细靡遗。慕容馥深吸一口气，夜风又来助阵作力，吹扬起他的夜行衣，暗送他身上气息，直扑鼻腔。

那是一种特制的衣香，她闻不出是什么，很淡，很好闻。她想屏息拒绝，却拒绝不了，无奈侧过脸去，霎时间千丝拂面，摆不脱，仍旧是那丝丝缕缕、难解难分的柔柔气息。

事实上，哪有女子能在他的柔情蜜意里把持住呢?

他步步测算，他有备而来，他只等她入彀。

慕容馥大梦初醒般起身，走开。

云息微一扬眉，问道：“你去哪里？”

慕容馥微昂着头，望向天际远处，略停下脚步，道：“不管哪里，只要没有你的地方就好。”

云息站起身。

明明是何其普通的夜行袍，穿在这人身上，遮了脸，只觉身形颀长，一露了脸，便是一番轩然霞举的赏心风光。月色盈盈，倾洒其身侧，男子剑眉淡拢，道：“那……你妹妹呢？”

“我会自己想办法。”

“他们知道你是冲地牢人去的，经过今夜，明仲道必定会加强防备，而且，他有可能会借她引你出来，所以这段日子，不是救人的好时机，不出手，对你妹妹而言，反倒安全。最好还是静一段时间，到武林大会前几日，明家慌手忙脚之际，也许会事半功倍。”

慕容馥转过身，隔着一丈之距看着他，目光炯然，问：“你为何要告诉我这些？”

云息对着广袤的夜空一叹，直白道：“很多年前，也有个人，我同他无血脉之亲，却有生死之谊。后来，他死了，我救不了他，心里头至今有一处无法填补的空缺，无法抹去的遗憾。”

慕容馥杏眸微眯：“傅山？”

“你都知道了？”云息面若止水，淡淡道，“我明白你同你妹妹的感情，慕容馥，如果你愿意，可以回来找我，我帮你救她。”

言止于此，云息轻摆了手，转身先于她离去。

起伏的身影，像一抹烟雾，消融于夜色中。

第六章

何处笙箫凭借意

她的胸中廓然无别物，独遗他，直直撞入心坎，
从此眼底心里，挥之不去。

一 / 栖霞邂逅

夜已深，慕容馥临高孤坐，思索着云息适才言语。正值思量，眼角余光瞥见忽有黑影飞晃，眼疾目快，发现那人脸上有光芒一闪，分明戴银质面具。

暗梅门?

慕容馥悄无声息，衔尾追随，不过一会儿，便随黑影上了一岭。

该岭名为栖霞岭。

栖霞岭上，曾有桃花万千，传言道，昔时山中，有一仙，独爱桃，遍山而植。续仙气，引灵泉，季开漫野，山色如蒸霞。闻者访，独遗花色，仙子不得。从没有人见过桃花仙子，传言真假亦无从考据，只知栖霞岭上桃花如血，花开花谢，年复一年。现已是深秋时分，桃花自当是不见，可水软山温，簇木成林，却也是天然如画的好所在。

慕容馥随黑衣人无声穿林过树，到了岭上一处山头。

花叶凋落，秋意肃杀，偶有旖旎在泥边的残花，在飒飒夜风中已难再舞弄身姿。幽月暗夜里，一派寒峻之色。夜色里，却有一身影令慕容馥熟悉。

男子手持白玉长箫，身修八尺有余，着竹青长衣，衣袍质地是麻葛裁制，衣裳飘拂，腰间丝绦无点缀任何玉璧，脚着厚底行山屐。因背面而立，看不见面容，以青带拢束的黑发，在风里纷纷扬扬，只觉那一身分明质朴无华，却是爽朗清举，风姿闲逸。

是他！慕容馥下意识反应过来，是在黑店里，她见到的那名面目古怪的男子。

十来人见黑衣人一到，其中一名中年男子底气愈足，喝道："鬼面客，我们人已到齐，这段日子以来，抢我派圣物，劫阴暝教之车，伤圣门护首，这几笔账，今日一起算了！"

持箫男子偏首，侧眸静视说话之人。

秋风，黑幕，凉月行云。男子回眸时，那一双眸子，竟是琥珀一般颜色，十分透彻，慑得众人陡地一静。

那青袍黑发，在夜风中逆飞，随着这侧眸的一瞬，哪怕是第二次见，慕容馥仍旧既惊又叹，惊的是此人一身豪放不驯之气，遗华反质，与云息全然迥异；叹的是这异容怪貌，似人似鬼，夜色下，着实可怖得很。

方才说话之人是碧箫派两长老之一碧成天，他与其兄弟碧成王在江湖中号称碧玉双雄。由他们右方顺下去三位是阴暝三圣——宋永良、范文轩、公孙奇；依旧顺下去三位是迷山三怪——桑来远、柳风声、迷无底。

这几人皆是邪教中的成名人物，多数身怀绝技，而那戴面具二人，身影纤纤，显然皆是女子。

暗梅门梅营在宁国昭华地域，皆由一名堂主所掌控，这名堂主座下有五大香主——微云、宫言、蔺羽、青黛、紫瑶。此两人正是五大香主中的紫瑶、青黛。

慕容馥方才便是随着那紫瑶无意到了这栖霞岭上来。

鬼面客神容清淡，眼神映月如覆霜，轻笑了几声，走到那名中年男子面前。

此人腿长身高，肩宽腰细，鹤势螂形，还没有走近，那气势已是逼人而来。慕容馥曾耳闻，早在八年前，江湖中有个成名人物，浪迹四海，行迹不定，却专门与各大邪教、杀手组织为敌。江湖中人不知此人身份、姓名，因其相貌奇丑，故而被称为鬼面客，看来就是此人了。

鬼面客轻扬手中白玉长箫，气定神闲道："碧成天，这玉箫，是十一年前你们在古昀山窃得，怎倒成了你教圣物？在你们手中当废物，还不如回到在下手中，也算物归——物尽其用，可当个称手的乐器。"

他的声音很柔和，从容自若里带着三分无关痛痒的懒散，听来却偏偏有种惠风和畅的舒适，与他的那一张殊异鬼面，实有天壤之较、冰炭之乖。

碧成天听罢怫然，正欲开口，他的兄弟碧成王抢先一步道："你夺我派至宝，竟还强词夺理？"语中杀气逼人。

"你说我强词夺理，那便强词夺理，在下无谓争辩。别再浪费时间，要箫？可以，打败我，诸位任取。"因样貌古怪，他说话时，眼角携带的笑容在斑驳月色下显得分外桀然诡异，只是举止间的那一分恣意狂肆，偏偏衬出他周身无法泯灭的潇洒气韵。

碧成王冷哼一声，手拧紧剑柄，随身佩剑铮然出鞘，剑芒盈绿。这一剑，乃蓄势而出，迅如风掣雷行，剑气森然，破空逼至鬼面男子。

江湖上有人说，鬼面客与人对招时，敌人不先出手，他绝不出手。如今一见，倒是不虚。凛冽杀意迫面而至，他仍不慌不忙，亦不反击，双手负背，不过是足尖轻点，衣飞潇洒，凌空后翻，反至碧成王身后。

沙飞石震，尘叶激扬飞卷，劲风震荡鬼面客宽袖长袍，袖袂猎猎飞扬，手间横握白玉长箫，更显青衫落落，姿仪狷傲。

苍劲古树被剑气生生劈作两半，轰然倒塌，足见碧成王内劲之猛，出手之狠辣。

慕容馥目光自鬼面男子身上移到那被劈成两半的大树，赫然一惊。那苍绿的枝、干、叶，以眼睛可见之速度枯萎，苍绿渐渐被枯黄吞噬殆尽，只余留一派衰败之象。

碧成王出剑时，慕容馥已觉他这佩剑古怪，剑尖折闪时，透着墨绿颜色。现下看来，竟是一把淬过毒的宝剑。

一棵苍劲老树，触之枯萎，剑上之毒，足见可怖！

碧成天应和碧成王，另一把毒剑自袖底倏地刺出，哧哧声响，挟带青绿芒，剑气催发，逼迫鬼面客眉睫。鬼面客仍不出手，脚微侧，不过疾身后移。月影晃荡，在剑尖将及眉心时，身骤地后折，也瞧不清如何身法，碧成天攻势落空，执剑之手陡地剧痛，身体一震，向后跌飞。

落地时，碧成王匆忙上前，将其扶住。二人剑法相合，联手攻击鬼面客。锐利长剑俨若两条毒蛇芯子，倏忽收入蹿出，择人而啮。

秋夜萧索，枯叶携风。漫天气劲与剑气，鬼面客全身穴道经脉，倏然均为两人剑势笼罩，只消利剑微微刺破肌肤，他便必死无疑。

慕容馥却不为这人担心。每每长剑眼看及身，他都有办法以诡异莫测的快速身形避移开去，脚步轻盈，青衫飞扬。这二人根本不是鬼面客的对手，但凡稍有自知，皆不会出手自讨苦吃，为何这二人敢如此大胆？

慕容馥正思量，错目竟见得碧成王朝碧成天暗使眼色。碧成天身形一晃，当即失了踪迹。旁观如她，也是错神诧异，不知碧成天究竟哪里去了。

与此同时，碧成王剑花一挽，万千剑光带出磅礴剑气，径取鬼面客面门。鬼面客滑身后撤。那不见踪迹的碧成天，竟悄然无声地伏伺鬼面客身后，毒剑以迎。这剑对的虽不是鬼面客的致命部位，但致命的是剑上之毒。看方才那棵中剑之树，可知剑上毒见血必死，无药可救。

慕容馥手猛地一攥。碧成天怕是用了什么匿形一类的诡秘功法，可瞬息障匿踪迹。她刚想出手提醒，忽听得“叮”的一声，碧成天的剑与鬼面客的玉箫相击，发出刺耳鸣响。

鬼面客玉箫盈然一带，如同后脑勺长了眼，头也不回，将碧成天的剑轻轻一引，带向碧成王迎来的剑——移花接木，借力打力，不慌不忙间，巧妙地把这两碧前后相应的剑势给解开，一改进退无途的局面。他以玉箫为无刃之剑，其剑法虽迟缓，但出手控制位置极为精准，毫厘不差。

慕容馥不免惊奇。但凡武功、剑法，皆以求速，快则占先机，可这人这剑法却有悖寻常。这一箫出手，很慢，只引势，而不聚势，亦不动势，竟颇像是心性所致，不劳思量，随意而出，却又见山见水，动形成劲，后发制人。且那步法身姿，萧疏之中有端然，清朗之中饶有飘逸。不在腾跃缥缈，而在毫无沾滞，十分特别的剑路。

叫鬼面客这番一引，碧成天惊栗，忙把内力一收，却是立足不稳，“哧”的一声，将碧成王肩头衣裳擦破。剑触皮肉，碧成王唇色当即泛黑。他们二人深知刀剑无眼，淬毒时早已先服解药，虽无生死之碍，但短期内已无法再战。

鬼面客并不紧逼追击。碧成天见此机，再顾不得取回箫，也不与众人招呼，携了中毒兄弟，抛下众人匆匆离去。

“走了两个，诸位可还继续？”鬼面客神容悠悠，目扫众人。

众人心想，单打独斗，皆非鬼面客对手，不敢废话，索性齐上，联手攻击鬼面客一人。鬼面客凝神应群攻，一飘一闪，执箫迎敌，转瞬闪移。紫瑶与青黛位居暗梅门香主，修为均在其他人之上，出手利落狠辣。青黛软剑倏地伸长，恰似一条白练，瞬息之间，自后方袭向鬼面客任、督、冲、带四脉奇经大穴。紫瑶细刀飞舞，刀芒自前方笼击鬼面客的阴维、阳维、阴跷、阳跷四脉。

左右两侧，亦是纷纷劲敌袭来！

鬼面客凌空跃身，玉箫夹劲轻扫。在此等四方受敌的危急时刻，他仍不慌不忙，进退有度，玉箫扭转娴熟，脱手朝青黛飞击而去，而那宽袖逆飞，对向的正是紫瑶。声东击西，双脚飞踢，一招同时破开众人猛攻之势。紫瑶受其袖劲最猛，霸道气劲正中心口，吐血飞跌。

远处，夜鸟惊飞；近处，枯叶绕旋。男子青衫，飘逸斐然。

随着肆然一笑，白玉长箫已飞落回其手中。身形甫变，形动影移，趁众人旧力消弭、新力未生之际，鬼面客只手一晃，凌空翻跃，却是立于一株高树之巅，轻足点叶，立箫于唇。

神如渊渟岳峙，姿态卓尔不凡，一人一箫端是潇洒。紧接着，有箫音清越渐起，其韵如幽兰静谧，若子夜花绽。声音时而近，时而远，似自四面八方而生，自四面八方而来。

云走月显，浸染一地光影零落，箫音荡溢周侧！

空虚缥缈，魂牵梦萦，叫人心舒神迷，极尽精妙之能事。石后慕容馥一震，忙暗下调息。

这箫音，听似悦耳，但音里有刀有刃有杀气。

缕缕箫音，皆是杀机。

众人恍然不觉，仍举手中器刃轻身一跃，向上攻击。鬼面客指下荧光微变，丝缕碧光自他周身护绕成圈，如水波一般向周遭荡开，碧光控制住四下猛击而来的气劲利刃。

众人刀剑落处无声，好似劈中空气一般，待眼看清，利刃竟是被交接气劲震得粉碎。

惊心动魄的肃杀之意颠覆铺盖，周围石颠沙滚，木折石碎，劲气弥空！那些被卷起的枯叶沙石，未落地面，已是粉身碎骨，皆在鬼面客两丈外纷纷扬扬散了一地。

众人刀剑已毁，劲道一空，反被箫中劲气震飞，捂胸喷血，跌地难起。只有青黛、紫瑶二人在半空连连后翻，趔趄跪地。

慕容馥所在范围虽与气劲圈尚有一段距离，可前面借以匿身的大石仍被箫音余劲震出一道裂痕。她眉头轻拧，盯着裂痕思量：这人劲中霸气外泄，然而霸中夹柔，按照她同清池闲聊时所知的修武分阶推测，这人莫非就是所谓天武初段武者？

鬼面客横箫在手，漫然转眸，目光清寒，扫过慕容馥所在的藏身大石。好在慕容馥早有准备，已匿形转移位置。

"把箫盒交来，我饶你们一命。"鬼面客轻身落地，手中玉箫缓击掌心，一起一落，十分漫不经心。古怪僵硬的面容，在月下显出无尽诡魅。

众人原以为以众敌寡，能占几分优势，却不想这鬼面客着实厉害，皆不敢拿命相抵，心中虽是不甘，也只能交出箫盒。

其中一人取出黑漆嵌玉长盒，手底运劲。长盒夹势，劲疾如雷，暗蕴杀气，过处摧叶震沙，猛掷鬼面客所在。鬼面客一手负背，一手稍抬，已稳稳当当将盒子扣在手中，双脚不偏不倚，身子不晃不摆。那人全力一击，对他毫无伤害，生怕他恼怒，忙踢石借力，匆匆离去。

鬼面客箫盒既已到手，也不追究，信守方才所言，转身即离。

青衣翩飘，几片落叶辗转随风，兀自飞舞。

众人皆身负重伤，此刻，鬼面客取诸人性命，不过翻掌之易，见他守诺离去，纷纷晓得已是侥幸得生，急忙两两搀扶，相继离去。

慕容馥避开尚未远去的邪派中人，向鬼面客离去方向悄然衔尾。不料他身影委实鬼魅，对周围环境也甚是熟悉，慕容馥才不过稍一失神，便失了他的踪迹。她探寻着走了一程，发现地上有许多足印，心想，此人修为高深，轻功怎会低弱，在这地上留下足迹？便从另一个方向寻去，碰碰运气。

行至栖霞岭上的另一小坡，只见得古柏甚多，株株端秀，树冠秀茂，苍劲峻拔，如巨伞蔽空。立身其中，放眼望去，郁郁葱葱，难见天日。

慕容馥纵身上树梢，极目迥望。

此时虽已入夜，景色情形却也能看得清。慕容馥见得沼道穿木，遥遥延伸，苍树深处，怪石参差，有一林舍兀自建于其间，结构两间，上加层楼，杳杳月雾迷绕四周。明月自明月，流云自流云。此屋舍孤立于这密林之中，伴木而成，划溪而分，神超形越，别有境味。

慕容馥细细打量了周围树形，并无阵法，只是那柏树茂密，又兼狭道七拐八转，已是天然成阵。慕容馥生活于山野丛林近七年有余，一眼便记下复杂狭道，身子轻纵深入，少顷已近木舍之前。

木舍中灯火大亮，舍门半开半合。慕容馥白绸带劲力轻送而去，悄然拂开舍门，轻步走入。屋中外室摆设清雅，床榻、案几大都由竹木搭成。虽说简陋，但极为齐整，在烛火映照下恍惚蒙上一层平淡光泽。

清幽绝俗，一尘不染，必是常有人住。

墙上正中挂着一轴行舟吹箫图，水上独行孤舟一叶，舟上一青衣客，背立吹箫，身影随风飘飘却分毫不见萧索，反而岩岩如古松轩朗。远眺光景，天色如霞璧，山峦层叠，笔墨多蕴蓄之致，背处岸边木树秀出，青藤蔓绕，富跌宕之趣。

画无落款，其旁题有一诗：秋水夕照里，风疏远行径，玉箫青袍客，孑然江湖行。

墨彩气韵酣足，收放自如，行中间草，点线跳跃，笔式连绵，潇洒灵宕，却又颓然天放，像是大家手笔。

有竹编垂帘分出内室。垂帘上，绘制有香草图纹。慕容馥拂开垂帘，浅步走于里间，左方开东窗，上置帘幛。此刻挂帘收起，月悬窗头，荧光漫入。

窗下有竹节长案横置，案左角处置长颈古铜胆瓶。瓶中有花供，三两折枝，莹白可爱，不知何花。窗所对处，贴墙放置一张三屏矮炕床，床乃松木所制，造型简洁素朴，层面光滑。

床上有一张松木竹节小炕几，慕容馥近前，几上除开笔墨简砚，一侧还随意叠放着几卷卷帙，慕容馥随手翻看，不过医相、乐谱、书法、弈棋、茶道之类。

慕容馥无意之中拿起其中一册帛，正欲展开细看，却看书下覆压着几张白麻纸，纸上有墨迹游走。她把压在上方的书帛尽数拨开，只见是些练字闲笔，或篆或隶，或草或章。她小心翻看，见有一帖完整草书，其上书：

伯玉是非，买臣富贵，到我全然莫晓。苴褐芒鞋，藜羹粝饭，落得一生温饱。凤叔鸾骖，碧城瑶岛，岂是沧州吾道。

数篇诗，乘壶之酒，亦可长生不老。镇日地，小小岩扉，萦萦石径，尽有松风来扫。

午睡瞢腾，余醒尚在，可奈落花啼鸟。十分春色，知消多少，何暇为他烦恼。且追随、流水行云，有个自然之妙。[1]

纸上皆乃前人旧句，可见是练字书帖，笔开新风，无拘畅达却不显狂浪。至尾端，笔势凌空，更是变幻莫测，龙飞草书，一气呵成，如风樯阵马，足见洒然。

看这笔法力度，慕容馥猜测应是男子，可如今并非安乐之世，凡大志者皆盼有所为，作此文辞的前辈大有离物脱境、叹时倦世的隐人之意，非心存大志之辈，年轻男子怕是难有此心。练字临帖，多挑契合心境一类，这屋中主人怕也是个仕途跌宕，遂一心避退，追求此境的中年男子吧？否则又怎会在这林中筑舍避居？

思量间，外方传来轻重不一脚步声。慕容馥目光一凝，眸中稍显诧异，细听之下，察觉前方步声轻微，可见颇具修为，后者脚步声更是微不可闻，可知修为高出前者不少。她脚步如猫，藏身于一木板

[1] 出处：沈周《苏武慢》。

后，稳息匿劲，凝目轻探，见得两名华衣中年男人先后进来。

前行男人身着一件石青长袍，宝蓝袖口处绣着细密的衮蟒图纹。此人长方脸，两鬓着霜色，身高体颀，顺目抬眸、举手投足间威仪显露。他朝四周环视一圈，继而在茶案一侧垫子上坐下，牵袖一比，示意身后人坐。

身后那人拱手一礼，才在另一侧落座。这人着淡灰银纹长袍，衣襟绣纹精致华丽，对青衣男人态度恭谨，面容寻常，倒是手背上一条疤痕触目惊心。

难道前方那人就是这林舍的主人？慕容馥心下猜想，只是这一身富贵气，怕又不似。

灰衣男人端壶倒水，又道：“莫相，看来公子得到消息，已提前离开。”

青色锦衣男人接过茶杯，沉思了一会儿，随后一口饮尽了茶，眉眼也不曾抬起，便道：“你尝尝，这茶尚有余温，此处又灯火皆亮，离开怕也未久，未必是已得到消息。更何况，他也不必要避开你我。”

“那要等等？”

“等。若他未回，我们再走吧，毕竟不能耽搁太久。”

细听二人言语，应是来这儿寻人，并非此屋主人。他们寻无所获，稍坐了一会儿，主人仍旧未归，便失意地离去。

许久之后，察无人往复动静，慕容馥方从木板后出来，若有所思。

夜风轻轻，风随有雾，从门口灌了进来，吹着慕容馥的衣袖，溯入体肤，很是带凉。月光仿佛随风而入，落在她身上，满身银华，像是凝了一层薄薄的冰。慕容馥突觉颇有倦意，打了个哈欠，随意趴在案上睡去。

静夜漫漫，曲径通幽，两旁苍柏披霜，阒静空寂。

不知过了多久，一个男子出现在门口，悄然无声息，影子宛如随着月光照了进来。

男子身上穿着一身青色葛麻长袍，身形修长。一时凉风渐起，风吹动了他的袍角，也扬起了门口的落叶细沙，彼此相伴着打着旋，好像是拼了劲力想跃进门来，却总缺了股力，始终被拦在门槛外。

月光打在男人的侧脸上，染着极轻的光。那轮廓诡异，面目狰狞，似人似鬼，与他身上那极其俊秀桀然的气质无半分和洽。

男人脚步闲闲，靠近了趴在案上睡去的女子。

女子似乎睡得沉，月光下脸颊白皙通透，有如美玉，卷翘的长睫羽在眼下落着淡淡的影，眉心微蹙。

夜光中的注视显得分外诡秘。

青衣男子伸出手，轻轻地触上了沉睡女子的眉心，仿佛要帮她抚平那些不协调的蹙。

他的手顺着她的眉心轻缓往下，指尖有芒，唇瓣一张一合，声音极其细微地道："你是谁？"

"侯……馥……馥……"女子眉蹙更深，口齿不清，终未道明。

二／抃风舞润

你是谁？

梦中，仿佛有只手抚过她的脸颊，轻缓小心。慕容馥心中一动，便睁开眼来。可是举目之间，哪里有什么人在？只觉头晕目眩，原来是梦。

醒时已然天色灰亮，黎明将至，慕容馥伸了个懒腰，漫步走出，沿路欣赏，饱餍风光之美。

时值深秋，但林木仍不失蓊蔚洇润，秋色颇美，橙红间绿，点缀苍柏远山，或有鹰啸长空，破苍穹去，或有莺鸟鸣乐，掠云波来。天际空廓爽朗，浮云鳞然，委实爽心且悦目。

忽听山坳后隐隐传来箫声一缕，清音入耳，如沸珠箔。在这阒无人迹的山林中听来，多了几分杳渺，扣动人心。慕容馥心中疑惑：这野林偏山之地，又是一大清早的，何人在此吹箫？莫非是昨夜那人？

慕容馥提步轻纵，循声而去。行得十余丈，遥见山坡，左侧山坡间古树参差，小径曲折，苍藓盈地；右侧，古松零落。苍翠大树之下，一名男子洒然倚身树旁，贴箫于唇。

初日莹白，清风拂枝乱影，交杂纷错，男子青衫湛湛，在影下了然入目。

静立山无事，苍松绕云生。

一任水自流，花自开，云自飘荡，一任世相沉浮，山静日长。

粗麻葛衣本是微贱，在此人穿来却半分不寒碜，长衣流风，反而高华清俊得无以复加，潇逸绝尘，兼晨雾又未尽，茕茕独立，浑似那神仙中人。

慕容馥再行前看，已觉其背影熟悉，果真是那青衣鬼面。

考槃在涧，硕人之宽。独寐寤言，永矢弗谖。

考槃在阿，硕人之薖。独寐寤歌，永矢弗过。

考槃在陆，硕人之轴。独寐寤宿，永矢弗告。

鬼面男子吹奏的是一曲《考槃》，调子舒畅杳渺，清逸自在，实不可言。

静山结庐，伴箫独居，往事无人问，岩花空自幽，是自享其乐，逸寻天地，安顿蹁跹的物外之心。

慕容馥思及昨夜所见几句——

午睡瞢腾，余酲尚在，可奈落花啼鸟。十分春色，知消多少，何暇为他烦恼。且追随、流水行云，有个自然之妙。

果然意境相合，颓然天放。

鬼面男子似已察觉有人靠近，顿然箫曲一变，另一首曲子便溢了出来。箫音兀地冷然诡异，似远犹近，仿如自八方传来，牵魂扰魄般森然入耳，令人心口不禁发闷。

音韶九章？慕容馥猛然现惊色。

不由思想，箫声贯耳，音中有一劲刃，无形擦断她半缕头发，发丝翩飞落地。慕容馥杏眸微眯，气劲护体挡音，身形迅捷一翻，随即解下身后包裹。

包布翻掀开来，竟是一个琴盒。琴盒中琴，淡黄琴身，纹样简朴，琴底细纹粗略，一缕隐约血色缠引其间，似觉影像叠叠，在构述什么。

这琴身上散发出一种别于凡品的古朴气韵，截然不同于往日所见。最为奇怪的是，这琴上竟然一根琴弦也无。然慕容馥修手一拨，一股起音便响彻四周。

风过，叶落，音徘徊。指尖荧光丝丝缕缕，伴随着凌厉的气劲，音波爆射，如刀剑破风，骇然而出。

无弦之琴，究竟是以什么发出音波琴声的?

素手迸芒，弦声转急，铮然高拔！一时间，慕容馥如置身浪涛中心，周遭波涛滚涌，精芒迸射，有刀剑之气。

鬼面男子衣衫劲舞，却仍稳立原地，箫声中气劲内蕴，是刀剑利刃，是律中杀机!

慕容馥翻手动指，无弦动音，与之相挡，缕缕音波，如水波夭矫漫溢，音中气劲，诡异万端。

两缕气劲猛然相撞间，光芒暴涨，周遭气场大变。所过处，草叶纷飞，转瞬成屑。二人衣发掀舞。这妙音佳曲之中，气场变幻，刀刃肆虐，凶险万分，指尖动处藏匿着招数，均是生死游斗。

二人愈战愈烈，四面八方树摇叶落，如被激浪冲荡，气波相击，光芒亮溢!

白光耀目，劲力不衰!

鬼面男子神容静定，却无一丝懈怠之意。箫音青芒，其势滔滔，气势往来毫不相逊，劲气激荡之下，宽袖衣袂猎猎飞荡，气势夺人。

慕容馥白衣长发迎风狂荡，指滚无形弦，不敢轻视。指下音波激出，宛如神鬼相助，铺盖天罗地网，猛然噬人而去。

鬼面男子的修为已突破天武，在当今江湖上，几无一二对手。凭借慕容馥现今修为，本难以与之匹敌，然而慕容馥所学的玄天九式，乃当今武学至宝，遇强则愈能激发体内潜能，一时半会儿倒能与他形成对峙之势，可倘若再硬拼下去，不仅会两败俱伤，她更有性命之虞。

他们之间无仇无恨，何必相争于此？彼此音境中似有感应，两人的气劲也慢慢收敛起来，曲声越来越和醇。

慕容馥生性放达，不拘小节，抱琴旋身一动，步履轻提，到了鬼面男子身旁，盘膝而坐。一袭白色轻缎水袖，在清风下荡出淡淡幽香。

此际朗日出云，光芒耀金，明晃晃照射二人，尽身如罩金纱。两人音曲不断，琴箫相和。琴声湛雅，箫音雪韵，如思高山流水，似忆花月春江。少顷，空中传来嘤嘤鸟鸣，起先不过零落数只，孰知随着那琴箫高潮，竟是越来越多。

音韶九章，有凤来仪。空中鸟雀啼鸣，振翼声起，二人四面八方，尽是百鸟欣然飞绕，毛羽在日光下光华斑斓，极其绚丽。

曲声渐低，一曲将罢，待至琴声止歇，众鸟翱翔一会儿，便渐渐散飞了去。两人相视，竟同时大笑。

一个不羁恣纵，一个自在悠闲。此时此刻，他们根本无须知道彼此是谁。

欢歌乐舞，暂度今夕。

慕容馥眉目含笑，垂首将琴收进琴盒。琴盒包回黑布，架在腿上，毫不拘谨，慵然倚树，侧眸看他，道："方才初见你时，你吹奏的乃一曲《考槃》，此曲意境静寂空远，只是我觉得，你曲中似有愁意深藏，不知所为何故？"没有寒暄，没有敬称，仿佛之间是相熟已久，今日难得重见的熟人。

鬼面客心底倒落了审度。眼前之人一身素净白衣，巴掌大的小脸上，无半点妆容修饰，日光太耀眼，照得她脸上小绒毛清晰可见；头发肆意披散，神容怠惰，有种朴质无华的洒脱。他伸手指着树上尚未飞走的雀鸟，道："我在想，究竟是金丝笼的鸟儿活得无忧惬意些，还是它们在这林间嬉游，自在逍遥好过些？"

这一言，说得慕容馥懵然。也许在她看来，他曲中那种类似挣扎一般的愁意，应是落于实质的，而并非挂虑这林中鸟快乐，还是笼中鸟无忧，这些都是无关痛痒、不值一提的困惑。

可转念，她却莫名想起幼时养在院子廊下的那一排鸟儿，有着缤纷华丽的毛羽，见到主人时雀跃地起伏。那时的她没有烦忧，看着它们的时候，自当它们和她一样快乐。不，她根本未去在意一只鸟儿是否快乐。人无忧无虑时，哪里有心思挂碍旁人的烦恼？更莫说一只鸟儿。没有触类旁通，没有切肤之痛，哪儿来的感慨与愁容？她洞若观火般察觉了他口中“鸟儿”的玄机，也许他说的并非鸟儿，而是他自己。

她顺着他的手朝树上望去，见那几只雀儿正在树中争着叼啄虫儿，眉心微拢，道：“考虑这两者之间何者幸运有何意义？一只鸟儿也有它自己的命运，但哪种命运无其好坏优劣？笼中鸟不愁于食，不受风吹雨打，但它有展翅的限制，可否取宠于主人的步步心惊。而这林间的鸟儿，哪怕它拥有自由广袤天空，可为了生计，为了这自然优胜劣汰的法则，它们所面对的又何尝不是残忍的争夺？取悦于人不容易，自由翱翔也非展翅就可以，没有谁比谁高贵，没有谁比谁快活，哪条路不管怎么走，都躲不过形势所逼。生比死更难。”

鬼面客先前心烦意乱，不过是听她问起，随意说出的一个感慨，却不想她竟如此敏锐，仿佛听到他言语后的抉择与犹疑。生比死更难？不是坎坷和跌宕过来的，谁能轻易讲出这样的话儿来？可再看着她，面无愁容，笑颜恣意，五官并非多夺目，恰到好处的大小，恰到好处的位置，因抬首看鸟儿，下巴微微仰起，便是满满昂然之姿。

这是一个骄傲的女子。也是，能在他箫音下过招而无半分劣势者，江湖上能有多少？年轻岁数的武者，是历了多少艰辛换来的，这一身修为就是骄傲的资本。

他一心的忖度与丈量，不意她倏地收了下巴垂了眼来。冷不丁，二人目光对在一处，贸贸然地。那目光里，你中有我，我中有你。她的目光清澈，如明镜一般，耀得人心头波澜四起。乱花渐欲迷人眼，仿佛那一瞬，他有了短暂的失明。

慕容馥也措手不及，无意地一垂眸，他的目光就全入了眼底。不过她倒也没什么窘迫之色，反而坦坦荡荡地端详起他来。说来也奇怪，这么丑陋的一张脸，独独一双眼，犹如两枚琥珀嵌在眼眶里，瞳孔里流转着一环金灿灿的圈儿，既净澈如水，又流光溢彩，仿佛能照亮人心。他的样子，就像是即将腐败的朽木上，镶嵌了两枚价值连城的宝石。被这双眼一衬，鬼气僵硬的脸，也显得不那么骇人了。

见她直愣愣地打量着自己，鬼面客不觉她冒昧，也不觉她大胆，只觉得有趣。这样一张脸，多少人见了，不是满心满目胆战惊骇？她倒好，瞧得兴致盎然似的，眼神儿仿佛刷子，从眉眼刷到下巴，又由下巴刷到眉眼，来来回回睃着，仔仔细细。不晓得的，还以为是在看一张传世名画。他牵唇笑了笑，不动声色地道："你第一回见人，都这样仔仔细细把人端详一番吗？可需我靠近些，你好瞧得更仔细？"

话音还未落，那一张僵硬如死的脸便凑至跟前来，脸孔之间不过三寸距离。慕容馥惶惶地"啊"了一声。起初一瞬确实是惊讶，毕竟趋得近，所有的丑陋都放大了，又是趁着她不意，但幽冥谷里，多稀奇古怪的样貌她都见过了，想当年，对着沈追魂那眼凸嘴凹、瘦骨嶙峋的样子，她都能道出个"俊俏"来。这样的脸，骇人是骇人，却也不过一瞬，看久了，倒莫名觉得亲切。

鬼面客追问了句："怎么样？"一张名画观赏之后，总要来几句点评，他的语气里不无促狭。

那声音就在耳际，低沉的，却敲玉一般延绵韵致，直揉心里去。怎么会有这样好听的嗓音？想起在黑店里，她不就是因为这种嗓音回头多看他一眼的？虽然当时被他的脸骇住，匆匆就离开了。慕容馥展颜，仰起唇角道："不怎么样，很丑，在夜里够吓人。"

语气既坦荡，又轻快，有干脆利落的性情在。

鬼面客往后仰，坐正了身："所以昨晚匿于大石块之后不肯出来，就是怕被这张脸吓到？"一边说，一边审视着她的神容。

"咦，原来，你彼时便已发现了？"慕容馥突吃一惊，直起身子道，"那为何不逼我出现？"她斜眉而视，俏皮一笑，接着道，"你不怀疑我就是邪教中人，此时是伺机来取你性命的？"

几片半青半黄的微卷树叶，自两人目光间徐徐飘落。

她倒问得够爽快，这样直截了当的性子，确实讨喜。鬼面客伸手轻夹，目光移到落叶上，挑唇而笑，以大树为背，悠闲靠上，神色慵懒地问道："那，姑娘是吗？"

"那你觉得呢？"慕容馥反问，亦懒懒倚着大树，稍侧脸，目光落在鬼面客脸上。这张脸丑是丑，但那一双眼，能装下光风霁月。

鬼面客清朗大笑，笑声环绕空寂山坡，翻指一弹，落叶飞离。

慕容馥追问道："你笑，是觉得我是，还是不是？"

鬼面客言语如风，坦然道："不管是与不是，即便姑娘真的是邪教中人，我也想交姑娘这个朋友。"

"哦？"慕容馥略微诧异，眼角眉梢落满疑惑，望着鬼面客道，"为什么？我若是坏人，又打不过你，只能假装亲近你，然后伺机谋害你，你不怕吗？"

鬼面客一脸洒脱，目光熠熠，道："我与姑娘是以音相交，以曲相悦，此心明洁，无关正邪。"

慕容馥一愣，旋即拊掌击节："好一句'此心明洁，无关正邪'！为此，当浮一大白。"纵声畅笑，笑里是遮掩不了的肆然快意。

喜怒颦笑，肆意如风，皆上眉梢，举手投足，又全然不拘小节，这样性情的人，同她说话，委实有一种酣畅淋漓的痛快。鬼面客扬眉，道："既然如此，可愿到寒舍一坐？"

慕容馥杏眸半眯，满脸笑色敛也敛不住，顺势扯了他的袖口，刚想开口，却微微诧异。他袖底有一丝凉意，垂下的袖口上有着露水未干的痕迹。显然，在她来之前，他已在这儿站了许久。他既早已知昨夜她藏匿在大石之后，那么未必猜不到她会寻着他来，他是有意在这里等她吗？那为何先前不出现？她心里思绪辗转，脸上却不露端倪，道："可有美酒佳肴？"说话间，那一股子俏皮劲儿和馋嘴样尽显。

鬼面客丑脸上都是笑容，眼里粲然生辉："佳肴嘛，山野林间，一时难以寻觅，倒是数年前，在下曾窖藏了两坛好酒，只不知，是否中姑娘胃口。"

慕容馥一听，欣然色喜，拊掌道："好好好，我这人爱好不多，最大一好，便是尝遍世上佳酿，快快走吧！"说话时，着急地扯着他的袖子催促。

鬼面客闻得一缕幽香悄然近鼻，熏人如陈酿。

慕容馥将他拉起身，道："还有啊，也莫右一姑娘、左一姑娘地叫，我姓慕容，单名一个馥字，你唤我阿馥便是。"随手勾了勾被风搅乱的鬓发，笑容虽是稍敛了，但那笑里的神光余韵依旧在。

鬼面客转手收起玉箫，对上眼前这双漆黑的眼眸，认真道："在下檀静玉。"唇角一勾，露出雪白的牙齿，正浸日色。

日光灿然且耀目，天地涂抹金色光辉，悄无声息地将一切遮挡、掩埋。

树上，几片黄卷的落叶，慢慢地跌落下来。

朝阳大盛。

两人施展轻功，穿梭于小径之间，并肩而行，衣袂翩飞，若轻云凌波。不一会儿，慕容馥随檀静玉行至昨夜到过的小岭林中。

慕容馥不免愣愣，手指着前方道："前面那林舍，便是你的屋子？"

檀静玉颔首。慕容馥一副"巧得很"的神情，道："昨夜，我去过那间林舍。"想了想，又觉得该解释一下，"我寻你而行，来到这小岭林中，见得一屋舍大亮，只当你是在里头，不请自入。发现里头无人时，本是想走的，不想……"她三言两语将昨夜在屋里见到两人之事说与檀静玉知悉。

言语间，檀静玉的唇渐渐抿起，琥珀般的清眸卷过一抹深邃阴霾，却如一滴水珠撞入浩瀚深海里，转瞬之间便了无踪迹，反倒令人以为不过是视线间的错觉。

慕容馥鉴貌辨色，继续道："后来估计是有些疲累，不知不觉竟睡去了。起身时，见这山林清晨风光绝佳，便顺道随意走走，直到听得箫声，方循音而去。"她秀眉轻挑，像无意想到什么，轻快道，"哎，山中人烟罕见，你既在这山中，我见到你时，早应猜到这应是你的房舍。檀静玉，你可真懂得享受。"

她说话时，唇角不自觉地扬起，弧度柔美，整个人在这一瞬看来，仿佛全然是无害的。檀静玉眉梢轻挑，笑意浅隽："此话怎解？"

慕容馥巧眸斜飞，想象道："此地位处偏静，树柏枝繁叶茂。若春日，门卷疏帘，茶烟袅袅；斜雨水光，绿透轩窗，花草盈径；平生此刻，清欢细嚼，抚琴长歌。若在夏时，草木高挺，花舒向日；参差树荫之下，可于舍前闲坐乘凉，罢扇风来；夜时巧见流萤，我醉眠去，大梦平生。倘及秋，此地林密柏茂，虬枝如铁，苔藓翠碧，但享秋之清爽，不见时节之枯落悲凉；午睡初足，旋汲净泉，拾捡松枝，烹煮苦茗；偶时吹箫怡情，莫不乐哉？而入冬，密树铺雪，可沽浊酒于书案之侧，流风回雪，对窗绘帛，红炉正旺。生命悠悠，能得如此细嚼慢咽，难道不是人生之大乐乎？”

她口中所言，确实曾是他期盼中的样子。不过期盼是期盼，人总归是因为没有才会期盼，哪怕是能有，形势所趋，最后也未必走得到期盼里的境地。

他曾听人说起一位功成名就的将军，大半辈子驰骋沙场，双手染血。将军征战疲累时，总是念叨，说渴望那小舟从此逝，江海寄余生的日子，想必很畅快。果然，将军老了之后归隐山林，但事实并没有如他所想的畅快，每日双手不管洗得多干净，覆脸时总能在手掌间闻到浓浓的铁锈味儿似的血腥气，还有睡梦中时，那些在他刀下死去之人惨绝的哀号。多少旁人羡慕他的一生，却不知他避居山林只是为了逃脱心魔的纠缠。可心魔就是心魔，只要横亘在那里，逃避到天涯海角都没有用处。

檀静玉一念及此，心里有些凄恻恻的，不过，思及她言语里的懂得，一时又觉得自己不孤落。

谁的生命里没点伤怀在呢？

思及此，眉目间的温柔，顿如清波涟漪，扩散开来。檀静玉瞬目笑道：“不想阿馥竟是如此妙人。”

慕容馥摇头道：“大妙应在你呀，‘数篇诗，乘壶之酒，亦可长生不老。镇日地，小小岩扉，萦萦石径，尽有松风来扫’，此境此处，世间能得几何？走，吃酒去！”

三／村郭何来

日色亮丽，秋风轻拂，落叶萧萧。时将正午。西城防守轮值换岗，城门人群熙攘往来，足见此城之热闹繁华。

两匹快马前后飞驰，众人不免有惊色，纷纷避出一条道来。二马更是如过无人之境，驰纵城外。马上二人，前者粗衣青衫，一身羁狂之气在飞驰间大绽光芒；后者白衣迎风旋舞，风姿翩然，一袭墨发放纵飘逸，在日色下流动出亮色荧光。

二人肆无忌惮，持缰纵马，奔逸绝尘，自昭华西城驰奔而出之时，后者已经赶超前者。马上白衣人提缰勒马，骏马疾驰收势，竟是说停便停，无一丝倾摇之感。

白衣人侧头后视，杏眸迎光笑道："我赢了！"

一时间长发随风掩脸，笑颜夺目。

"阿馥酒量无双，不想骑术也是如此了得。"后者青衣人亦已策马上前，与前者并辔而行，眼底倒映身旁人恣然笑颜，飞扬之姿耀然无双，瞬间笑意盘桓唇角，赞色跃上眉梢。

纵马飞驰，慕容馥心中极是痛快，对男子粲然笑道："檀静玉，我修为不如你，骑术可就不能落于你之后了。"

这马上二人，正是下了栖霞岭的檀静玉与慕容馥。两人一路上驾马奔驰，比试谁先出昭华西城。

"昨日你我若继续相持下去，阿馥也未必全无胜算。"檀静玉眼底笑意朗然，手中玉箫虚扬，唇角挂起漫不经心的弧度，"要不我们再试试，如何？"

慕容馥急忙摆手笑道："别，我这条小命，这点力气，还留着有别的用处呢，可不想在你手下残了。"说罢衣衫急遽掀扬，已是策马前驰。

檀静玉摇头一笑，甩鞭急赶而上。

二骑行不多时，至城郊外的一处山村。一溪一石一木一草，皆草野自然横生，经处偶有山壁斜阻，马已难行。二人弃马徒步，转过山，便显一宽广土道。道首一石，其上草草刻有"何来"二字。

慕容馥沿着土道而行，放眼遥望，远处隐隐一带土黄入目，全是黄泥矮墙。

墙头草茎掩护，密密起伏。数楹茅屋显眼，青篱顺道曲折，有谷麻桑竹之属，分畦列亩，桑地秧田，漫山遍野，黄金一般颜色。

农舍三五成群，清溪流水婉转其旁。路侧有乌桕树壮大高耸，树冠整齐，叶形秀丽。已是深秋，一入目便撞得满眼红，红得如染似火，美甚于枫叶。

鸟鸣山涧，日挂山头。金光淡洒之下，那红尽是另一番体态，把这山野人家，都衬出一场金红交接的热辣艳丽来。

道首一小童蹲在地上捡着柴枝，见有生人来，迎上前询问："客为何而来？"

檀静玉拥手淡笑，道："行途倦怠，左右不见客店，想入村讨处歇脚之地，不知小兄弟可否行个方便？"

童子乍见他样貌，不禁哇地一骇，猛地往慕容馥身后避去。

慕容馥倒诧异，正常幼童，乍见这鬼怪似的面目，不该是往回跑吗？这小童也算大胆了。她转过身去，见童子生得眉目清秀，两总角竖于头，年纪颇小，脸上两抹红彤彤的婴儿肥，叫人好生喜欢。

慕容馥半蹲下身子，抚着他颤个不休的肩，开眉笑眼安慰道："别怕，别怕，这大哥哥只是样貌长得奇特些，却是个好人。你瞧，他还会变戏法呢。"她忙朝檀静玉使了个眼色。

小童仰着脑袋，认真地看着他，问道："真的吗？"兴致被转移了，哪还有方才的害怕？

檀静玉抿着嘴，很是无奈。他哪里会变什么戏法？瞧到慕容馥背着小童对他挤眉弄眼的样子，那眼底的狡黠委实叫人好笑。他半俯下身子，没办法，只好骗骗这小童了，双手在小童面前摊了摊，表示什么都没有。

小童睁大眼睛，好奇地看着他的手。

檀静玉也不说话，一只手迅速地往小童耳后一晃，手在小童眼前再摊时，掌心已经多了个一寸来长的木雕小人儿。

小童瞪大了双眼，诧异地看着掌心凭空多出来的小木头人。

慕容馥也是诧异。武者手速快，要假装变个戏法骗过一个小孩并不难，她诧异的是他掌心的那个小木雕，倒有些熟悉。在若耶山的山洞里，有个小紫檀木盒，里头便收藏着许许多多差不多这般大小的小木雕。木雕上都是同一个女人，但姿态神情不一，或嗔或笑，或舞或立，雕得惟妙惟肖，栩栩如生。木雕上的女子，慕容馥看得出，全都是风白衣。

至于眼前这个倒不是，虽然也雕得栩栩如生，却是另一个女子，不过是大小相似而已。慕容馥心里笑自己，天下会雕小木人的多了去，檀静玉未必和风白衣有什么联系。

看小童对这个小木人很有兴趣，檀静玉将小木人递给他，连哄带骗道："你带我们入村，这小人儿便送与你，好吗？"那声音徐徐有致，低沉悠远，却委实动人心弦。

小童被他哄得一愣一愣的，本要伸手去拿小木人，忽地又一顿，仰着脑袋道："是想用这个小木人贿赂我吗？"

慕容馥扑哧一笑，见他摇头晃脑装作大人的样子，着实可爱。

檀静玉倒是很认真，道："是啊。小兄弟接不接受我们的贿赂呢？"

小童取过小木人，仰着下巴道："那我勉强收下。请随我来。"

一路闲闲说起话来，才知原来这童子是该村村长邻居之子。小童对小木人爱不释手，总觉得檀静玉会变戏法，一定会变出更多好玩的玩意儿，一路上缠着他喋喋不休。

"大哥哥，你会变小木人，会变小木狗吗？"

"不会。我只会变小木人。"

"那会变小木船吗？"

"不会。"

"那会变小月亮吗？"

"不会。"

"那会变小星星吗？"

"不会。"

"那你变个小木狗给我好吗？"

"……"

慕容馥一路笑得叉腰捂肚，见着檀静玉投过来的"你看你做的好事"的眼神，她摆出一副事不关己、袖手旁观的神容来。到了村长住处所在，檀静玉才松了口气，如释重负地抚了抚额头。

这样不怯生且缠人的小鬼倒也少见。

小童兴高采烈地喊了一声“阿伯，有客人来”，村长闻讯出来。慕容馥见他左腿有几分跛，行步时一起一落，仿佛肩上吊着一条看不见的绳子。虽说是腿脚不方便，行动却很利索。

檀静玉拱手，说了来因。慕容馥见村长看着他时一脸骇意，忙趋前解释。

大约是山村里头人心淳朴，虽见檀静玉样貌可怕，却也不以貌取人，只有乍见时的一骇，听了慕容馥解释，转瞬便也和颜悦色了。村中鲜有客来，村长十分欢喜，忙将人迎入小屋，烹茶待客。

不久便已日渐西沉，外头人声渐寂，只听得流水溪音，叶动风声。村长好客，留二人小住几日。盛意难却，檀静玉与慕容馥便应了下来。

这些日子村中正逢盛事，不过黄昏时稍静，入夜后，却比白日更加热闹。慕容馥好奇，问了缘故，原来是何来村今年谷物收成甚好，是以村民办了小庆谢天酬神。

月盘高悬，清辉银亮，夜色弥漫。黑幕下的何来村人来人往，热闹非凡。灯笼火把密密麻麻。一路鸣锣放铳，炮响充耳，如沸如撼，震得草房瓦屋皆动，带出热闹的意思来。

慕容馥挤在人群中看蟠龙。

锣声大震，双龙盘舞，龙长三四丈余，统共有八人擎引舞动，飘飘乎确有蜿蜒腾飞之势。待龙舞罢，戏台上大戏开场，原先拥挤在双龙边的人群开始分散开来。

有人家摆放着刚从城里采购的新鲜花样饰物，有人家卖着自家制作的零嘴杂食，还有离着大戏台较远演着皮影戏的人家……各有名目，倒比得城里赶集还热闹。慕容馥生平几曾见过这些？一连玩闹了数日，直到结束之后还意犹未尽。

节庆已过，夜一至，满村便岑寂起来。夜凉如水，月亮瘦瘦的一弯，在云中穿梭，扑窗入户。渐起露，一切声息悄寂下去，只有门外溪水响，伴着一地月波。

慕容馥被这满地月波扰得神思清明，躺在炕上辗转难眠。

这时，忽闻溪水声中，一缕箫声婉转入耳，一顿一停，极轻极柔，隐约起伏，像水中花影、海市蜃楼，迷离而不真实。

慕容馥披衣起身，循声步出。箫声渐清晰，缭绕得溪山月色、径石屋瓦都成了箫声。在这样空阒静谧的夜里，泓峥萧瑟，波动着人心底的情绪。她足尖轻点，无声飞掠，寻至后山坡间。

天边有细月，有幽星点点，远处是山影，是夜雾。有老松疏疏落落，苍枯自立，极见萧瑟。慕容馥放眼望去，几株苍枯老松不远处，兀自立着一座草亭。

草亭残木搭建，亭上茅草堆顶，很是简陋古旧，仿佛一阵狂风暴雨袭来，便会将它粉骨碎身。而那悠悠箫声，正是自草亭中传出。

古旧的亭柱边上，兀自倚着一人，独坐吹箫。

那人身着墨绿色麻质中衣，外边随意披着天青布袍，背对慕容馥所在倚坐；黝黑发亮的发不是纶巾束缚，而是用一根木簪子松松绾起，两鬓垂散着鬓发。就背影看，极是闲散不羁，萧疏轩举。

他随意执箫抬手，恣意吹奏，一曲音韵便撩动人心。如此洒脱意态，这世间，除了檀静玉，想必不做二人之选。

万壑松风清两耳，九天明月净初心。曲至中途，兀然而止。檀静玉随手拿起身边的一壶酒，仰面倾灌，神色疏狂。慕容馥只觉眼前如同一幅画，所有意境无须旁人冗言赘语，业已自成天地。

檀静玉心有应觉，轻轻侧过头。醉眼回顾，三分酒意点缀眉梢。

哪怕那容色明明极丑，慕容馥却不觉骇然，反如被蛊惑，陡地顿住了脚步，一动不动，立在原地。

多年之后，她每每看到冷月下寂然饮酒的陌生游侠，便会不由自主地想起这一夜。

这一夜，秋风瑟冷，夜色时而灰蒙迷离，时而清亮浸地。

有男子闲倚草亭木栏，在迷蒙淡洒的月色下，仰脖饮尽美酒。青衫磊落，风姿隽爽，地上月色婆娑。

人千年，月犹昔，赏心且对樽前客，愿得长逸如此时，不愁明月无今昔。

她的胸中廓然无别物，独遗他，直直撞入心坎间。从此眼底心里，挥之不去。

檀静玉见是她，微微一笑道："你来了。"语气里，也不带惊讶。言语间，那一股疏狂、静远、迷离，都渐渐离去，眉眼只余温和宁静，清澈明朗。

慕容馥回神，应道："听着曲子好听，便循着声出来。"步履闲闲，行至檀静玉身侧坐下。

两人倚栏并坐，浅黄月光垂地，拖开清浅双影，身影似亲密地并在一处。偶有夜风吹来，一时倒显得晃晃荡荡，不似真切。她瞧着地上双影，盈笑问道："你方才吹的曲子，叫什么？"

檀静玉轻抚着玉箫道："不知曲名，幼时跟随师尊，时常听他在夜里吹奏，久而久之，自己独处时，也习惯地吹起。"

慕容馥目光触及白玉长箫，自那日与他合奏，她便留意上这玉箫了，此时拿起，浑觉触手温润。

玉箫表面无任何花雕，素雅干净，看至细处，只见隐隐几丝碧色里渗着朱红，好似春柳浮水，有细藤花蔓，转动间盈盈缭绕，还淳反素里，另蕴别致。慕容馥细观赞道："古有名琴绿绮，今有玉箫遗碧，妙极，妙极。"

檀静玉目光沉浮，唇角弯弯，隐约是个笑容，道："此箫正名沧海遗绿。"

沧海遗绿。

慕容馥心头一念，顿觉四字念来辗转有味，笑道："这些丝绿，便如日照碧竹，疏疏斜阳疏疏竹，沉浮隐动皆似人世悠远，连这名字，也取得相得益彰。从玉箫质地细细看去，想必已颇有年岁，像是古玉所制。"

檀静玉眼睑微垂，言道："此玉箫为我师尊所赠，昔年意外遗失，此番才寻回。"

在提到他师父之时，他唇边的笑，似与往时有所不同。慕容馥心中清明：这玉箫质地非凡，稀罕少有，可见常人难得。他衣质看似粗糙，却非寻常粗麻，乃南地靖、襄二国特产的蕉麻所制。别说蕉麻价昂，且看这周身气质难掩，也绝非寻常江湖客。

慕容馥将玉箫递回，檀静玉伸手接过。

她细心注意上他的手。这是一双干净且有力的手，指甲修剪甚是整齐圆润，皮肤下筋络泛着淡淡的浅碧绿；手背上筋骨有力，他的掌法，势必优于剑术。他的手不若云息那般完美，亦不若萧子岩那样骨节匀称，但是这双手，却能奏出令人心动的箫音。

同他一处时，慕容馥总有一种无所顾虑的安定。这张脸明明人见人骇，可不知怎么，她却越看越入心。一双净澈的琥珀眸，生生把一张僵硬丑陋的脸，染出了霁月光风好神气。每每她对他有所猜疑时，一旦眼睛触及他的眸，那些猜疑便如狂风一卷而过，被扫荡得半丝不剩了。

慕容馥低声道："我初遇你时，觉得你该是恣纵无拘、潇洒去留的江湖客。可今夜，我突然觉得……好像并非如此。"说时，她侧过脸，看向身边人。

檀静玉诧异于她的聪慧。她的眼睛，仿佛能在那些丝丝缕缕的细节里头，洞悉全局。他究竟该不该对她怀有戒心？她会是五叔檀陵派来的吗？五叔先前派了倪楹来接近他，失败之后一直无动作，她会是第二个倪楹吗？他心底一堆缠丝般扯不出线头的困惑。她若真的是五叔派来的人，那为何一开始便不掩修为，以琴音与他对峙？她修为内息别于常人，是否同玄天九式有关联？若事实并非他所想，以她的聪慧，他的戒备与怀疑，她迟早会看出来，到时他会不会弄巧成拙？心底仿佛有另一个声音在叫嚣着，檀静玉的眉头蹙了起来，琥珀深眸中有一瞬的迷离。

他明明坐得很近，可偏偏让慕容馥觉得，他离得好远，仿若他与她之间，此刻正隔着滔滔银河。如果这是错觉，她不晓得这错觉为何这般真实？如果这是真实，那这真实又是因何而起？慕容馥望着他，双眸深暗，心底晦暗不清。

不知过了多久，檀静玉低沉的声音在她耳边响起，将往事，徐徐诉来："我幼时并非在父……亲身边长大，七岁时，被一名江湖前辈看中，拜他为师，随他习武。我留在师尊身边，整整五年。师尊于我而言，如师如父。师尊之博学，世间罕有。在那时候，我很欢喜，能拜这样一个人为师，是此生莫大荣幸，可后来我才知道，有些幸运到最后会成为不可推卸的重担……”

檀静玉目光逐渐平静，眸色转淡，顷刻间已再无半丝波澜情绪。他随手拍开酒坛口，仰脖饮了一口，复朝慕容馥摇了摇酒坛子，侧眸以询。

慕容馥接过酒坛，亦是恣意一灌，一股清爽凉意渗浸心肺。

“每个武者都知道，练武过程不容易，尤其是每一个武阶的突破……”檀静玉遥望远处，远处是暗沉夜空，叆叇层云，有种黑云压城城欲摧的困囿，“年少时，我不够沉稳，总想着寻求捷径，一蹴而就。师尊讲，永远没有一蹴而就的武学，你再聪明，再有天赋，学任何一样东西，都必须循序渐进。天赋的意思就是苦修苦练，但只苦练是没有效果的，还要在历练中寻求机遇。人的聪明与愚笨，决定不了能力的高低，只是决定了达到某种程度的速度。相反，一个人哪怕再愚笨，只要愿意尝试着、努力着去突破自己的局限，那么他照样能成为一代宗师。我不敢忘记师尊的话，十二岁学有所成，不敢懈怠，十五岁就开始游走各国，挑战江湖各大高手，寻找自己突破的极限……”

慕容馥六岁便开始随兄长学些粗浅武功，但只当是玩耍，十一岁那年入若耶山，方是真正接触武道。算上幼年时不认真所学的，修武至今也算十年有余，这其中艰辛，自是明白。以前父亲在时，她习武只是因为好奇，并未曾用心，但是之后在若耶山已经完全不同。你要活，就要跑得比任何野兽更快；你要触到更高处的东西，就要知道怎么让自己跳得更高；你要做常人所不可及的事，便要想办法，努力让自己变得更加强大。

她曾为了练好基本功，每日扎马步五个时辰，整整一年，直到花剑雪对她说了句“可以”；为了练好轻功，她在脚上绑着两块大石，不断在山间奔跑，迎着势如雷霆的急流，冲上山间大瀑布。记得一次，她自山间飞跌，砸伤了头，在山野间昏迷了两天两夜。如若不是欢颜天生有一种与百兽交流的本事，及时找到她，只怕她早已是野兽的腹中大餐。自那之后，她眉额间留了块拇指大小的伤疤，也算是她经历的一种印证。

为了练好武功，这其中她经历过多少苦楚与血泪，只怕没人能比她自己更清楚。要修得任何一种本领，从来没有一蹴而就的法子。慕容馥明白，对于武者而言，天才的意思，也逃不开苦修苦练。

“游历前，我一直困在通元末段，整整两年，难有进展。师尊问我，你找到限制你突破的原因了吗？我摇头。师尊说，去，找一处令你恐惧、害怕的环境，然后置身其中。后来，我独自去了狼山，引斗狼群。将近一百头山狼，我忘记与它们游斗了多久，只知道，当我醒来的第一眼，看见的是师尊，还有倒下的狼尸。那年，我十四岁——”

他的所言所语，就像是在讲述一件与他无关的事，目光静如止水，神情仿佛天上虚无缥缈的云。情到浓时情转淡，有些经历太过辛苦，说起来反而平淡如水。

檀静玉接着道：“十四岁，我终于突破固原初段，那是十二年前。”

在江湖上，修武者二十岁突破固原初段都属罕见，十四岁突破固原期，已堪称武学奇才。这世上，每个人都在羡慕着奇才，只是很多人都不知道，奇才的背后，有着比常人更多的艰辛。

“武技，师尊可以教我，但是武阶的突破只能靠自己，那一道道难关，谁也帮不了你。那时，我既高兴，又害怕。我头回意识到，原来人活着，离死亡并无那么远。每个人都怕死，我也不例外。经历一场生死关劫，有了随之而来的困惑，我开始在想，我拼死去突破，去强大，最终所为的，到底是什么？人若只是为了强大而去强大，那这样的强大，到最后有何意义？我想从师尊身上寻求解答，但次年，师尊重病在床，药石罔效。困惑来不及解答，师尊未能完成的事情，便得由我来完成它。”

他絮絮说着，那低沉的诉说声，是淡淡的调子，既非愁，亦非苦，反倒像是一壶清酒，醇意醉人。慕容馥转首看他，月色照着他的侧脸，那鬓角清晰分明，犹如刀裁落下的痕迹，面容纵然僵硬，眼神却蓄满风云。

这一张脸，怎么也难以同好看沾边，可此刻看来，她竟觉得是赏心悦目的。而他所说的话是那样悦耳，一字一句，说入她心坎里。慕容馥心底惘惘的，大约她也很困惑，不知心中突如其来的一些情绪因何而生。

“有些路，在你猝不及防间出现在你面前，你来不及选择便已茫茫然踏上它，所以，只能硬着头皮去走完它，由不得你愿不愿，由不得你选不选。我做过很多事，其中有一些，非我所喜；有一些，非我所愿。但路已走了一半，就算不是为了自己，也要将它走完。师尊说过，人这一生，容不得太多半途而废，那都是在自断后路，自掘坟墓。不是每一件事坚持不下去了，都可以找借口说，能够从头开始。生命本来，就无回头路走。”

他的讲诉里，道着她也曾有过的彷徨。她虽不知他因何而身不由己，但她明白那种无法自己掌控道路的感觉。她本来想说“我明白”，但话到嘴边，慕容馥却说不出口。

因为她也有自己必须走完的路，这路同样没有一丝一毫的预兆，同样猝不及防，同样不由自主，同样不是她想要，但她必须去走，不走就得死。她明白檀静玉所言，可她明白的只是此时此刻言语间这种感觉，而不是事情的本质、内里。宽慰言语讲再多，也起不了实质的用处，万语千言，此时此刻，不若静默。

空气里一时寂静。

檀静玉抬眸，深深地看了她一眼。初见时他同她讲，此心明洁，无关正邪，但这是初行江湖时才有的纯粹，时间一长，人人都会晓得江湖上所有无害的东西都是假象，哪还能有当时的初心？不过是心照不宣的谎言罢了。

他看不透她，一路上试探戒备少不了，方才的讲诉虽是真，但说出来起先并非没有目的，他本也有他的盘算，却不想说着说着，心里竟生了一吐为快的轻松。他也困惑了，不知缘由的困惑，到底要适时刹住脚，还是点到即止。他顺了顺衣袖，立起身来，问：“一起走走？”

夜风不知几时休了。这样的夜，虽说无风，亦带着凉。四下没有灯，天宇广袤，夜幕又黑，月便亮得透彻。慕容馥敛住心底一番波澜起伏，扬起下巴看他。

他周身沐浴在月色里，天青衣袍，宽袖垂委。因无风，一点动静也无，仿佛空气里有一股力，把一切都掌控住。他整个人看起来，宽肩窄腰，身姿磊磊，稳当且安定。她莞尔一笑，朝他点点头。

二人并着肩，漫无目的地走，眼梢低垂时，便能看到地上也并着的双影。在一个相识不久、了解未深的人身上，慕容馥却生出一种岁月静好的念头来，这委实令她诧异。她努力平稳着心绪，转过目光不去看地上扰乱人心的影。便在头微侧时，眼角有余光一晃，有身影一掠而过，速度快极。待她定睛看去时，树静风亦止，丝毫没有人经过的痕迹。

檀静玉已趋身追了上去，但行了一程，脚步便顿住了，大约也是察觉不到任何踪迹。

慕容馥行近他，目光深邃："你也看到了？"

檀静玉"嗯"了一声，眸色变幻，思虑道："那黑影掠过，速度甚快，要么轻功在你我之上，要么匿形之术委实精湛。"

"是很快，方才我险些当是错觉。"慕容馥眼有困惑，喃喃道，"这已经四更天，村民大多睡下，怎的还会有人出来，莫非有盗贼不成？"她想起那个抢她大饼、银钱、玉佩的白长君。

檀静玉指向不远前一条小径，建议道："我们过去看看。"

慕容馥道好。

二人追寻了一程，不见任何人踪迹，只见小山坡间，远远有一座小屋，夜色深幽，却依旧灯火亮堂。

慕容馥目光落在灯火间："夜深人静，这里位处偏僻，也少有村民住到此处来，黑衣人莫不是冲着那户人家去了？"

檀静玉听她所言有理，想去探个分明，转瞬思量，又迟疑道："这村中严于男女之防，这户中若是女子居住，你倒无碍，我贸贸然深夜敲门，委实不妥，而且……"

什么男女之防？大概是怕夜里敲门吓着人吧？这般殊形诡貌，也算别具一格了。慕容馥抿唇一笑，扬起脸来将他端详，接过话道："其实也没那么骇人，我看着就挺好的。不过你也想得周全，我一个人去。"她是干脆利落的性情，一言才落，转身即离。

檀静玉愣了斯须。他先前别有顾虑，一时倒无意识到脸，听她所言尚迷惑了一阵子——她说什么？也没那么骇人，看着就挺好？

他不禁一笑，回神时人早已去远了，凝目望去，远去的身影衣带翻飞，在夜色里，竟有种缥缈的空幻。

距小屋尚有十来步，灯火亮堂的屋内，霎时暗沉下来。慕容馥闭目嗅了嗅，空气中竟有血腥之气，十分诡异，隐隐约约，似有若无，一直萦系鼻间。

哪儿来的血腥气？

环顾四周，并无动静。慕容馥心中疑窦丛生，快步上前，敲门扉数下，等了半晌，无人回答，又耐心复敲数下，依旧悄无声息。

里头若无人，灯怎会无端暗下去？她敛息探查，听屋里并无人息。莫名的诡异。慕容馥不敢贸然闯入，转身欲往左右察看，就在转身际，柴门发出“吱吱”声响，自行转开。

慕容馥眉头一攒，心道这小屋委实古怪。她缓着步子，试探步入屋中。屋里头黑魆魆，伸手不见五指。她低呼了两声：“有人在吗？”却仍无人答应。寻摸走至窗边，想支开窗牖，透些月光入屋。手推时一阵坚硬，像是外头有什么硬物堵住窗口，慕容馥已觉不妙，急忙出屋。

刚及门边，原本半敞开的门霍地自行紧闭！就在这时，身后声息入耳。慕容馥匆忙转身，一双手已紧扣她双肩，黑影猛凑眼前。

距离太近，虽无光线，那人形容仍旧清晰入目。慕容馥陡地被吓，惊呼出声——眼前哪里是人？一副苍白的脸孔，且像一张腐败的皮直接包在骨头上似的瘦骨嶙峋；眼球混浊，竟无瞳仁，嘴角垂着暗红色的血，黏稠恶心；一身腐朽气味，闻起来仿佛死有时日的尸体。

可尸体怎么能动？未及慕容馥细作思量，那尸体竟大张着令人作呕的嘴，咧出一口牙朝她脖颈咬来。牙齿十分尖锐，一颗颗既长又尖，刀锋也似。

这一口下去怎生了得？慕容馥骇然，匆匆偏首避开，但那尸体双手死死紧扣她肩膀，力大无穷，任她怎么挣扎也摆脱不得。眼见它嘴中的带血尖牙就要往自己身上咬，她腿猛施劲，连同自己带着那尸体猛向前推。

尸体后背重重撞至壁上，若换作常人，力道必定因痛楚而松懈，慕容馥便能趁机摆脱它的钳制。不料尸体全然无反应，瘦骨嶙峋的手如同在她肩上生根，那嘴大张，依旧要咬下，凶猛模样，浑如饥饿已久的野兽。她想起在幽冥谷试炼时的饿狼猛兽。

慕容馥当机立断，手往腰间一抚，继而银光一闪，那尸体的双臂被一剑砍下。脱离了束缚，她到底呼了一口气，垂眸却见双臂断处没有鲜血涌溢，而是缓缓地流着浓稠的褐红色的血。紧接着，被她斩断双臂的尸体，一点迟疑也无，身子僵直，挥舞着没有手的断臂，朝慕容馥跌撞扑来。

这究竟是何等怪物？慕容馥满心惊怵，猛奔至门处，本欲一掌将门拍碎，怎料门一触即开。方才明明还闭得紧实，怎的此际门一推便开？她一个趔趄，险些跌倒，稳身却见夜色下黑压压、密麻麻，一大群屋子里一样的怪物正包围小屋，空气里血腥扑鼻。

一阵铃铛声音叮当响起，夜间传来，极是诡异。似察觉慕容馥开门动静，怪物纷纷转身，朝她扑来。

慕容馥不及思想，飞身入屋关门。

刚关上门，屋中的怪物已近身上前，慕容馥出剑刺入它的心脏，可怪物不死不倒，依旧朝她靠近。祸不单行，身后柴门“砰砰”响起，慕容馥透过缝隙看去，是门外怪物在撞击着门。

慕容馥猛地收剑，一脚踢飞房中怪物，整个人压在门板上，撞门声每响一次，她身后的门板便震动一次。她心头惊骇，一脊寒毛直竖。在这种时候，再好的修为也无用，因为它们杀不死，若是被这黑压压一大群怪物闯入，那她怕是尸骨也无存。

她心中慌乱，正思进退，却闻除铃铛声外，还遥遥传来一缕箫声。箫声由低至高，盖过了铃铛的声音。就在这时，门板后的撞击已无，慕容馥略觉古怪，伺了半晌，仍无。试探打开门，门口所有怪物神情迷惑，一个个迟滞原地。

慕容馥正欲趁机逃离，铃铛声复起。音律无形，周边有暗涌。怪物再一次扭动僵硬的身体，朝她扑来。

控制这些怪物的，不是别物，正是铃铛声。不及慕容馥退身入屋，最近的两只怪物已攥住她的手臂。

慕容馥单足猛踢于地，轻身跃起，借从左右抓住她手臂的两只怪物，腾空后翻。半空之中，她的臂力带劲从前方一合，将两只怪物身头猛带一撞。

脑袋迸裂，蛆虫飞溅，千百只白色蛆虫夹着褐红色的浓稠的血，从头颅间流出，滴滴透着诡异的暗红。腐朽的血腥气，如一条条嗜血的毒蛇，滑入鼻腔之中，仿佛要用它们长长的毒牙，在她身上钻出千百个血洞。慕容馥一阵恶心，极力克制住自己呕吐的冲动。

怪物在铃铛声控制下，不会退让，也不懂躲避，争先恐后扑上。慕容馥两脚分飞，腾身而起，最为靠近的三四只怪物被瞬间踢飞。

被铃铛声掩住的箫声复又势起。此起彼伏，箫音中夹入内劲，气劲以异样的音波在空气中撞开。周边，木折石裂。最靠近箫音源头的怪物在如刃音波下粉碎，肢解，窸窸窣窣落地。它们没有痛楚，所以也没有惨叫。

听着箫音，慕容馥心头莫名安稳，反手抖动，白绸挥舞，犹如腾龙，劲道撞飞身边怪物，开出一道，要上前去同檀静玉接应。

铃铛声与箫声相抗，未有止歇，仍旧规律响起。肃杀的风掠过耳畔，像是野兽低沉的喘息。

怪物数量众多，越集越密，咧着令人作呕的尖牙，挥舞着僵硬的肢体，汹涌扑至。空气中血腥味越来越浓。

推开一拨，另一拨又迅速压来，循环往复，慕容馥已觉力疲。耳边清脆的铃铛声，此时此刻，就像这世间最恐怖的声音。

一只怪物自身后击来，慕容馥疲惫之际，一脚踩到地上肢体，立身不稳，整个人被怪物扑飞在地，不觉危机，却是一愣。她跌倒时，恰恰在两只怪物身边，这俩怪物适才脑袋被她震碎，这时她才发现，其他的怪物打倒复起，唯独这两个没有。

难道，它们的死穴，就是在头部？

慕容馥手腕一翻，指尖凝气，白绸束缚身上怪物，手劲一施，断其头颅。一连又尝试两个，发现果然如此。

白芒暴起，凌厉刺眼，慕容馥白绸如剑似刀，飞旋破出，杀气十足，一连击中了十几只怪物的头，身姿夭矫，毫无拖沓，自密密麻麻的怪物间腾起前行。

远处怪物圈中，音刃如波，自檀静玉周围荡开。被音刃肢解的尸体在地上迅速堆积，血色暗浑浓稠，肆意吞噬掉原先干枯的地面，覆盖地表。

慕容馥来不及惊叹檀静玉的修为，猛听铃铛声刺耳一鸣，旋即屋顶紫影一闪。屋上人被玉箫劲气反击，飞跌落地。

铃铛声已无，全部怪物僵在原地，慕容馥未及回头，便被一人从身后制住，脖颈一凉，锋利匕首抵在她的颈间血脉上。

远处一抹青影盈动，瞬息近前，檀静玉收箫而视，面若凝霜，冷冷对着慕容馥身后人道："放开她。"

"放开她？我可不傻。"

声音自耳际传来，慕容馥侧首，欲看清身后人模样，未能如愿，那人已威胁道："你最好别动，否则，匕首只要轻轻擦开一道口子，这数百的活死人，就会不受控制地朝你咬来，到时，别说性命了，只怕连尸骨也无存。"

银铃响脆，燕语莺呼，都不如身后这人的嗓音动人，慕容馥闻声却是一愣："你是……何若施？"

慕容馥借居处的隔壁户，是一位独居的姑娘，其名唤何若施。住在村中的这些日子，进进出出，彼此打过照面，也偶有招呼，慕容馥辨得清她的声音。

"没错，是我。"何若施移身至慕容馥跟前。

月光淡洒，照出女子形容。

容长鹅蛋脸，眉黛似春山，眼波含秋水，又兼削肩细腰，一身袅婷之姿。没想到这个瘦弱温顺的弱质少女，竟是控制这些怪物的主人。

慕容馥心头虽大有疑惑，却仍面色静定，问道："你想干什么？"

何若施盈盈而笑，笑含讥诮："拿住你就等于拿住青衣鬼面，你说我想干什么？"说时，女子眸波轻转，往檀静玉所在看去，目光中自信满满。

檀静玉眸染阴霾，顾视间，带着封疆万里的冰寒。

何若施有恃无恐，细眉轻挑，目光扫过檀静玉手间玉箫，声音轻曼：“江湖中，能用箫音抵制我幽灵三铃[1]的人也许有那么几个，但江湖上使得动沧海遗绿的人，只有一个，那就是三十多年前闻名江湖的玉箫客。玉箫客消失江湖已久，而你，便是玉箫客的传人吧。鬼面客……”她念着这三个字，眼神在他面容上辗转，一声哂笑，“怎么，每日在脸上粘着一张假面，不会不舒服吧？不如，把面具摘下来，让我瞧瞧你的真面目如何？”

慕容馥一脸惑然，目光落在何若施身上，愣了一瞬，才又往檀静玉望去。

何若施察觉她神情之异，恍悟般道：“原来你竟不晓得，他那张脸是假的！不过也是，易容术嘛，若是轻易叫人看出来，又怎能算得上道行？你心里可是很困惑，他为何要易容？为何隐瞒于你？你可知道这鬼面客到底是何身份？”

慕容馥不理何若施。她第一次见檀静玉，他便是这个样貌，未必是有意隐瞒，只是，她连他的真实样貌都不知道，他们算得上朋友吗？

朋友？笑嘻嘻说，江湖中，最致命的敌人往往曾是朋友。他若连真面目都不敢示人，她可以信任他吗？她该信任他吗？她茫然地望着他。

触及她的目光，檀静玉心中陡地一悸，但现下并非解释的时候，敛住心绪，对何若施道：“你比我想象中聪明，知道的事也很多，只是，挑拨对我们来说，没用。”他徐徐负手，状如散步闲庭一般，走近她，目光却望着慕容馥，轻手一拂，扯开脸上一层薄薄的皮面，露出另一张全然不同的脸。

慕容馥显然一怔。

男子眉梢轻扬，下巴微抬，剑眉挑鬓，面容刚毅，纵然夜色迷离，他那双琥珀色清眸，仍旧眼波熠熠，整张脸，似那阳春白雪，含笑生辉。

何若施啧啧叹道：“我也没想到啊，江湖圣派中人谈之色变、大

---

[1] 书中控乐之术的一种。

名鼎鼎的鬼面客，竟是这般俣俣风流之姿。这江湖上什么四君子、五公子，怕也不过如此吧。”

鬼面客在江湖上，行踪飘忽不定，身份背景不明，自出江湖，便与邪教为敌，早是邪派中人的眼中钉、肉中刺。何若施想着，此刻自己占据上风，倒不如趁机摸清他的底细，回去正好立得一功。在暗梅门这几年，她一直在低位滚爬，任人呼来喝去，她憋屈够了。她内修虽不算上乘，但凭她的本事，控乐之术与易形大法，江湖上几人可以比肩？若不是要躲避师门仇人，怎需靠暗梅门庇护？虎落平阳被犬欺，此番正是翻身之机。

一腔弦外之音，是想伺机探明他的身份吗？未免不自量力。檀静玉冷哂，提袍迈步，跨过一具残骸。

天青的袍角扬起肆无忌惮的弧，优美俊逸，如同他的脸。不再是先前的狰狞骇人，玉雕斧凿的轮廓，远山近水般的眉目，一袭青衣飘袂，满身风流倜傥，这是即便置身茫茫人海，照样令人回首流连的面孔。

檀静玉看向何若施，施施然一笑：“可惜，你知道那么多，却不知道一点……”

见他无忌靠近，那迫人而来的气势委实骇人，何若施稍见惧色，趔趄退后几步，竭力平稳声息：“哪一点？”

檀静玉持续步前，漫不经心道：“我素来最讨厌的，便是挑拨离间之流。”落音清寒。

何若施心间一凛，将手中的刀压紧几分，斜目道：“你别过来，否则我这手一抖，怕是没个轻重。”

檀静玉眼底冷芒，一如刀剑，蕴含三分杀气。劲息已在运聚，四下枯叶无风自扬。然他尚未启齿，已闻声音：“喂，他刚说你聪明，怎么转瞬你就这样笨了？”

慕容馥继续道：“别说我不为你着想，你是什么修为？区区通元武者，能阻得了天武圣吗？我若不死，你尚有活的机会；我若是死了，你也就完了。”

何若施心里怔忪不已。为了不被看破修为，她已施匿气之术，怎么这人还能探得出她的修为底细？转瞬又眉眼一弯，温柔浅笑印在唇角，悠悠闲闲道：“没关系，大不了同归于尽。刚刚我给你下了毒，化功散自肌肤渗入，这一时半会儿，你一身修为，怕也没什么用处了。我听说鬼面客行走江湖向来只一人，今次他身边带着你，想来你对他而言非同一般，死时能拉你垫背，我并不算吃亏。”

“哈，是吗？”慕容馥似闻笑话，神态自若，不顾何若施，反而看着檀静玉，唇角轻挑，无所畏忌地问道，“你是要她死，还是要她活？”她问得随心随意，仿佛沐风赏月、拈花一笑般闲情逸致。

可这轻轻一言，却说得何若施心惊胆战，一时警惕，忙喝道：“闭嘴！”

檀静玉何尝将何若施放在眼里，道：“我本是想问她点东西的，不过，她既在你手上，你决定就是。”琥珀深眸如月清明，目光递在慕容馥身上，温言软语，无所避忌。

“既如此——”慕容馥长睫微垂，斑斓月色覆盖，眼下暗影清寒，犹波澜泛过，是思虑之色。斯须，她曼声一笑，徐徐扬睫：“那我便出手了。”

说话的同时，袖中修指暗扣，话音未落，何若施手腕忽然一阵刺痛。就是这一瞬，慕容馥目光微侧，以迅雷不及掩耳之势扣住何若施脉门，扭腰飞转，夺刀入手。

刀，抵的是何若施的脖颈。

何若施蓦地变色，惊呼：“你……你的修为——”刀抵在脖子上，然而，她的周身如被一股无形细网束缚住，劲气难施，不能进退。

“很奇怪我为何没有中毒？”慕容馥端详她，扬眉一笑，明眸皓齿，笑意里带着狡黠无赖，“我偏不告诉你。他说他最讨厌有人挑拨离间，而我呢，更讨厌的是有人拿我威胁别人。一遇到这种情况，我素来是不留情的。”

说话时，她将小刀贴上何若施的脸，意态悠然地拍了拍，啧啧道：“难怪先前小童说，我隔壁住着一位美人姐姐，确实赏心悦目的一张脸啊，我向来怜香惜玉，你若解答了我的疑惑，或许，我心一软，就留情了。一留情，你的命也就留住了。这笔买卖，你做还是不做？”

慕容馥将刀子在她脸上一来一去，只要稍微失手，刀破皮肤，见血，活死人就会一拥而上。她声音转厉：“说，是谁派你来的？”

何若施深知这些活死人的可怕，面现恐惧，哪还有先前的嚣张？目光游移，看顾左右，心想，怎么潜伏的人还不出来救她？

慕容馥一喝：“快说！”

何若施话音不畅，断断续续道：“是营中传来的指令，入村的客人，一律不留。”

慕容馥眉微颦：“营中？是暗梅门？”

檀静玉追问：“梅营中何人发的指令？”

白衣一晃，慕容馥身形突起，凭空逆转，指引凝光。五指之间，轻芒一掠，收入六枚细针，却终究还是漏掉了一根。

“是昭华啊——”惨叫声戛然而止，何若施没有再说下去，死人当然不会说话，漏掉的细针一根，刺入她额角。细针上泛着暗青色，是见血封喉的剧毒！

何若施已经死了。

檀静玉欲追踪去，但放眼左右，全无一人。

毒针是谁所发？是谁有这种能力，在两个武圣面前，肆无忌惮地杀死一个人？是谁的针，快过慕容馥的手？

慕容馥一脸慎重，亦寻望周边，分明一人也无。她垂眸细看何若施，凝眉道：“针上是——狼毒？”

衬着起伏月色看，地上女子雪肤花貌，映媚容颜。哪怕人已死，双颊仍笼着淡淡一抹如霞嫣红，秀美娇艳，不可方物。

檀静玉未答，眼底稍见迟疑，近身蹲下，手顺着何若施眉目往下，滑过她挺秀鼻梁，掠起她微乱鬓发，手指沿着她面部轮廓一一摸过。

慕容馥感觉他举止奇怪，正要询问，便见他中食两指一并，指运劲息，径点何若施眉心，那张脸如有波澜一泛。再细看何若施的面容，慕容馥不知是否能称之为一张脸。莫说是人，即便是鬼魅也找不出比这张脸更可怕的了。

眼前这张脸，坑坑洼洼，凹凸不平，如同被大火烧过；眼睛一大一小，虽说鼻子歪歪斜斜地扯向一边，但好在还是完整的，不像嘴巴，左边完好无损，右边却连着脸颊肉，像被什么咬掉，灰青白骨都露出来。同先前那张美若天仙的相貌相比，简直极端对立。且因为中毒缘故，面上青紫灰黑，更是可怖。

慕容馥脸色骤变，掩唇惊呼：“她……她竟是鬼女千面！”

檀静玉诧异抬眸：“鬼女千面？你认得她？”

“不算认得，但她让我想起一人。”慕容馥回眸看他，“你可听说过千面神女李巧巧？”

檀静玉眼底转过幽深，眉峰略压，思量道：“这个名号，有点耳熟，一时倒记不起在何处听过。”

慕容馥仔细打量着何若施，讲述道：“四十多年前，有一对姐妹，自幼父母早亡，被人收养，收养人后来成为她们的师父。姐姐曾做错事，被师父惩罚，推下虿池，后虽残存一命，却容颜尽毁。之后，姐妹两人皆因擅易容而昭名江湖，武林中人为区分这两人，毁容的姐姐被叫鬼女千面，而妹妹便被叫作千面神女。”

檀静玉道：“听你这样说，我倒是想起来了。千面神女，精变一道的高手，倒是不少人知晓她的声名。江湖上众口相传，昭华若耶山幽冥谷中有八大魔头，名幽冥八魔煞，这千面神女便是其中之一。这些人皆是数十年前成名江湖的魔头，后又销声匿迹太久，虽说是隐于幽冥谷中，但到底无人见过，多数人认为他们已经死了。在我们这一辈的人中，鲜有人知这些名号，不想你竟知道。”

慕容馥一顿：“我是先前……听过一个前辈讲的。”她换了口气，将眼波一转，落在他脸上，“你也懂易容术？”

檀静玉解释道：“略知一二。易容术有多种，一种是修炼易形术，能以内息变幻模样，但易形是骨骼曲变，需要承受剧痛。这是精变一道中，顶级的易容术，何若施的易容，便是这一种。另一种，是面具易容。像我原先的假面，是坯模雕琢之后制出来的。还有一种，是人皮易容。”

慕容馥眼转困惑：“人皮易容？”

“从活人脸上剥下皮面，这一种易容，会比坯模雕琢更为细致。”

慕容馥愣了愣，心绪茫茫地伸手，触了他的脸，忽觉突兀，又忙缩了回来，盯着他的眉目，喃喃道：“那这……是你的真实面容了？”

檀静玉点头，神容认真：“对不起，先前易容，是为了方便行走江湖，并非有意瞒你。我……”

慕容馥打断他：“你不必抱歉。”她垂着眼，“不管哪一张脸，你都是你，不是吗？我……我只是觉得易容术神奇，多问一句，你莫要介意。”纵然口是心非，她也不愿去要一份解释，有什么用处呢？倘若彼此信任，何必多此一举？若彼此阙疑，解释言辞有何可信？她扪心自问，自己都做不到全然信任于人，又何苦拿自己做不到之事去苛求旁人？

檀静玉眼转探寻，眼前女子羽睫轻颤，弯弯的末梢带出眼下阴影，不知掩住了什么。见她立起身，淡淡笑了笑，秋水明眸中一如静影沉璧，看不出任何情绪起伏。

檀静玉也随她立起身，没有再继续这个话题，看着僵硬立在原地的一大片活死人，道：“这些……”

慕容馥扫视周遭，道：“我们辛苦点，都解决了。这样的怪物，留着也是祸患。”

四 / 飞刀险阵

将活死人除尽后，两人离开山坡，返回住处。想是各怀心思，一路默默无言，气氛多少带着尴尬。仿佛连这天气也知晓人的心事，天边星月渐淡，隐约无痕，乌云团盖，十分应景。忽地，一阵疾风骤猛，带动落叶沙石飞卷，霹雳惊电忽显，撕裂天上暗晦云层。耀目刺光一闪即逝，不过瞬息，雨便零零落落地散了开来。

恰及慕容馥所居处瓦屋门口时，大雨已近滂沱，随着闷雷滚滚，倾盆而下，放眼可及的何来村，一时间昼夜难分。

慕容馥立身草檐之下，探了探天色，对檀静玉道：“这场雨下得真不是时候。”

檀静玉应声道：“是。”

这村子藏了这般多怪物，委实古怪，二人本打算回来收拾东西离开，却不想这不测风云来得这般急促。狂风骤雨，二人衣衫灌了风，猎猎飞舞招摇。慕容馥拭了拭脸上碎雨，侧头莞尔道："忽然便这般大雨，倒也少见。我们入屋歇歇，待雨停后再走吧。"

说话时，目光触及檀静玉的脸，相比先前的骇状殊形，现下这张面含山水的神容，反倒叫她陌生起来。她一心惘惘思虑，转身开门，身侧檀静玉蓦地惊呼一声"小心"。雷瞬之间，慕容馥未想这衔橛之变，心无戒备，怎么躲闪得及？

第一反应只觉此人匿形身法着实太妙。

一名黑衣人，如烟雾一般，在她开门的同时显现。周遭杀气顿时浓溢，刺人肤骨。莹莹剑光化作万重叠影，如一张巨网般，朝慕容馥当首迫来。在她侧首瞬息，汹汹剑势，已笼住她全身要害。

檀静玉闪身疾上，那剑尚未刺及慕容馥，已被檀静玉掌劲所震，从中截断。来人一声闷哼，被震得血气翻涌，连连退了七八步。

檀静玉大力拉住慕容馥，将其护在怀中。

便在这一拉的同时，左侧空门大开。另一名黑衣人，亦如黑烟一般，突然从左侧而出，出剑快如迅雷，直逼檀静玉咽喉。剑招狠辣且不拖沓，无一丝花哨。檀静玉生怕慕容馥受伤，匆匆一偏身，抬手侧挡，便听"嗞"的一声响，一股血腥气漫开。

黑衣人见一击便中，索性乘胜追击。檀静玉眼转锋锐，不顾伤口，反袖一挥，黑衣人飞撞出一丈开外。

另一黑衣人剑被毁，迅速从腰间抽出一把刀。刀很薄，两边开锋，刀背稍曲。黑衣人见檀静玉已受伤，出手十分迅疾，且带拼命之势。刀斩寒芒，锐夹劲道，震得周边门折墙裂。刀直劈檀静玉面首，攻势犹如黑云压城！

青衫飘荡，檀静玉一手环抱慕容馥，侧步逆转身子，徒以空手对刀。慕容馥诧异之际，黑衣人的刀已落在檀静玉手中，一招空手夺白刃使得何其巧妙。同时，黑衣人手腕被控，身子随刀前趋，檀静玉手肘反撞，击他胸口。

黑衣人喉间呛血，跌飞于地，见情势不利，以气劲击破了茅屋房顶。

黑衣二人急忙逃走。

檀静玉谦谦君子，不欲乘人之危。

慕容馥见黑衣人伤了檀静玉，哪里肯这般轻易放走他们？一咬牙，也顾不上满天大雨，挣开檀静玉，跃身奔出。

一飘一闪，慕容馥斜蹿几步，白绸轻挥，各自卷住了黑衣人的腰，两手猛力一扯。

两名黑衣人被劲道一引，险些摔跌。但凭着轻功高超，身子轻点树梢，半空一转，很快稳住身形，法印一扣，竟在半空烟遁。

慕容馥面含惊异：烟遁之法，这是极为高等的匿形术。她目光微眯，以耳辨迹，很快便判断出二人所在，扣指挥绸。一人与白绸擦身，急速逃离；一人肩胛被击，当空显形。

慕容馥白绸反动，缠他腰腹。

黑衣人当下腕力一转，断剑划了一圆弧。剑光在雨中闪烁，剑芒对准缠在腰间的白绸，正要斩断。孰料白绸质地奇异，夹劲的利剑不仅斩不断，反被一股柔力反弹。黑衣人心下大惊：这白绸诡异，竟是刀剑不伤！

到底久经训练，即便是心下惊讶，动作亦不见迟滞，当下履机乘变，借剑斩白绸的反弹之力，身子逆旋转动，倏忽旋脱白绸的束缚。

慕容馥怎能叫他轻易逃脱？反手一挥，右手扣指，一招风惊鹤舞势，劲动白绸扬舞若鞭，速如飞云掣电，抢先进招。

黑衣人断剑肆挥，护住周身要害，以免白绸侵入。不料对方手臂轻振，白绸收卷，竟是成了细棒状，击打他腕背阳池穴。执剑之手险些一松，幸他反应及时，半空几个轻翻，躲避白绸，剑依旧紧握在手。

慕容馥冷笑，手腕微抖，一招寒乌啄雪，白绸散开，飞驰追去。

黑衣人忽觉手背第一、二掌骨间处的合谷穴刺痛难忍，当的一响，剑已飞落。他凝神细看，才发现白绸上末端丝线在气劲下，竟坚直如鹰喙，啄刺处的穴位，溢出细密血珠。

先前不知这白绸厉害，才吃了它的亏，此时黑衣人知晓轻重，屈指为爪，聚精会神对准女子手中白绸。只要摆脱这段飞绕身侧、封锁去路的白绸，就有机会逃走。

慕容馥知他目的，岂会给他机会？身子斜掠，一招鹰隼捷击，白绸舞动，如厉鹰，挟着凌厉无匹气劲，直飙黑衣人的胸口。这利落一击，浑如剑应灵犀，白绸在劲气中，便等同一把利刃。

惊电当空劈下，照得慕容馥面色苍白，神色狷戾，几如罗刹。

黑衣人纵然应变灵敏，可气劲蕴蓄之下的白绸如同被赋予灵气，逼胸而至。黑衣人进不能，退无路，白绸似锋利刀刃，径刺左肋。

血雨四处激溅，黑衣人摔落地面！

这数招来去，黑衣人重伤落败，皆不过是电掣风驰之间。

天际雷声又一声闷响，雨水倾盆，似要灌满尘世。闪避周遭溅射血雨，慕容馥稳落地面，正欲上前扒开黑衣人蔽首面巾，身后檀静玉兀地急呼："小心！"

寒芒倏现，挟带的气劲像撒下一张天罗地网，铺天盖地，密密麻麻，朝她身后罩袭而来。但最可怕的，不是席卷周身的气劲，而是气劲之中的玄光一闪！

慕容馥要挡住这股气劲本不难，难的是气劲之中夹杂的七七四十九把飞刀。飞刀突如其来，且飞出的每把刀飞行角度都极其刁钻，在气劲圈内，刀刀诡异，自有变幻，就像是四十九名高手联手攻来，这足以让人大惊失色。

来势击电奔星，并各占方位。闪避已是不及，慕容馥忽地身子腾起，被一股力道推出包围圈外。回首一看，竟是檀静玉径直冲进两股气劲圈中，将她推离。

身处气场交接中心本就首当其冲，更何况，还要躲开这飙飞而来的诡异飞刀？倘若武者修为稍低，一举不慎，气脉重创，再好修为也从此而废。

慕容馥惊愣之际，心头如被针刺。她与他之间，不过萍水相逢，何以就值得他以命相护？倘若此刻身处险地的是他，她未必会如他这般，毫不犹豫，以身涉险。

檀静玉辗转腾挪，手落足起，身形诡变，瞬息将数十把飞刀打落。却有七把飞刀在落地时陡然逆转，刀身竟诡异地自动一分为二，且刀尾有反钩，刀刀相应间，借反钩之巧，旋飞而出。这种情况下，任是绝世武功，也是难避这意料之外。

险象迭生，檀静玉半身屈伏，弹跃滚翻，躲过飞刀的同时，听音辨器，心中却一寒：糟了！

那在刀尾翘钩上一旋的数把飞刀，正逆旋方位，直逼慕容馥后脑。檀静玉扑身前趋，长臂一伸，护住慕容馥。一把细薄飞刀在他翻身的同时，正中胸间！

与此同时，另外六把飞刀已接踵而来，对的正是他面首喉咙等致命要害。

慕容馥怔忪间回神，轻身一跃，两段白绸飞旋护至。飞刀打在白绸上，受劲反弹，冲向与飞刀同至的七名黑衣人。

黑衣人眼疾翻身，慕容馥舞动白绸，进招攻击！

风雨席卷，泥溅石飞，劲气无形，暴雨在白绸冲劲下，飞滚如针，暴射而去。

七个黑衣人翻身旋动，足踏阵形，合力挡下了慕容馥的白绸。这七人修为不过是中等，但合作默契甚是灵敏，攻守间互为弥补，一时竟难寻破绽。

太仪八卦阵？慕容馥长眸眯起，目光寒凛，如刀剑锋芒，刺人心魄，浑身上下蓄着一股狠戾之气。

那七人方位各异，将慕容馥围得滴水不漏，手中银针细如毫毛，杀意弥漫，朝她飙射而去。

慕容馥转眸带煞，倏地跃至半空，手腕底端一道光芒烈绽，如葱修指闪动，或屈，或直；或展，或收，变幻诡异荧光。紧接左右手指法霍地合扣，光印自她手中成形，两道白绸顺手印纵出。

霎时，气劲暴涨，白衣在狂风暴雨中翻涌舞动，指引万千无形劲息，皆化愤风惊浪，漫空针影被尽数打落。但七个黑衣人暗器造诣出神入化，一波才落，一波又至，细针暴雨一般，多方位朝慕容馥射至。同时，腰间薄细长刀，竟是蛇一般曲折，刀芒折闪，寻机而噬。

慕容馥被包围在阵中，黑衣人以众敌寡，且阵法严密，若持续这般胶着，她迟早劲衰力穷，怕无胜算。慕容馥蹙眉颦额，一边抵挡，一边思索：太仪八卦阵是八人阵法，七个人的阵法再有默契，也有填补不了的缺口。但问题是，缺口究竟在何处？

乾为天，坤为地，震为雷，巽为风，坎为水，艮为山，离为火，兑为泽，此阵应和八卦，中有八门，一旦找出缺口，就能相应寻到生门；但若是找不准确，一步错也照样是万劫不复。

思索间，慕容馥忽地想起，沈追魂曾经道：“将敌人掌握在手中的最好办法，就是让敌人以为他已将你掌握在手中。”

雨中女子侧身旋动，身形以快到难以目测的地步，忽而在左，忽焉在右，乍然而起，遽然而沉……起起落落、浮浮沉沉，皆在瞬息之间。众人瞧不出她在玩什么把戏，只见她周身的气场乍时变得乱七八糟，是变化不定的无规则形，仿佛是被逼到尽头，措手不及。

突然间的凌乱，乃对敌人的一种迷惑，外表上不堪一击，玄虚而惑人，实则是战术的变动。虚虚实实，实实虚虚，武学对战同样也需要计谋，让敌人就了你的虚，失了你的实，你便成功了一半。

白绸飞向的不是敌人，而是慕容馥自己。白绸就像蝶茧一样，护住了她全身上下，细针未到她身边，如同雨打芭蕉一般，密集叮咚，散落于地。以她为中心，方圆丈余内，便是一个强大且无形的气团。

“利刃不伤，难道是凤罗云丝？”看向雨中那白衣身影，檀静玉目光微微一利，“凤罗云丝，无弦之琴，她竟是——”

“咄！”慕容馥一声清喝，气劲自她手印破出，劲气鼓动暴雨，宛如蚕丝般凌空飙飞，光华暴涨，暗藏玄机。

一瞬间风雨猎猎，形成潮水般的声浪，所牵动的，皆是杀气喷薄的气机。慕容馥像一团白蛹，千丝万缕如作茧自缚，白绸飞速缠绕，身子却冲入阵法中的至强之处。

这种做法简直是在自找死路，但慕容馥不是个想要找死的人。

太仪八卦阵阵法之中，本当势力均匀，各施其位，才能让阵法缜密对峙，相生相克，周而复始。一旦阵形有所残缺，那么最大的可能性就是想方设法去补救。当很多力量对一个缺口进行补救，就会使得最弱之处变为均衡之中的最强之处。世间阴阳对峙，最强之处同样是至弱之处。

慕容馥找到他们的切入点、致命点，表面上看，是以身涉险，直冲入他们的阵法中，事实上，有白绸护身，蛇形刀皆不能伤她分毫。而阵中入异，无力呼应，阵法已破，七人只得立即撤阵撤身。气场阵法一旦被破，摆阵中人内伤难免。若是摆阵人不迅速撤阵，受劲息反噬，当场毙命亦不无可能。

白绸回收，光华晦明变化，渐越收敛。

“阿馥，莫要恋战！”慕容馥本欲再袭，不给七人留一丝余地，忽听得檀静玉的呼声，顿一失神。

七个黑衣人拿准时机，齐整翻身，踏过屋顶。他们虽是身负重伤，但为保性命，逃跑速度一点儿也不迟滞，动作迅疾，步伐敏捷。慕容馥回神时，众人早已成了雨幕中几枚黑点。

若非他一呼，她取他们性命，已在翻掌之间，只是……慕容馥晃了晃脑袋，却不愿再细想下去。他为她以身涉险，她怎可以小人之心揣度？

檀静玉含胸弓背，以手支撑，扶靠在一棵老树旁。暴雨如瀑，浸透他长发青衣，纵然面色苍白，稍退神采，满面雨水却是将那琥珀清眸濯洗得越发净透。慕容馥急步近他身侧，乍看地上一团血色，不免一窒。

身旁树枝，被风吹雨打，兀自招摆，檀静玉自水色光影里抬眸望她。

许是先天身体缘故，她本生容色，较常人已见苍白，而今耗力耗神，又淋了雨，脸孔更如水浸白玉，很是通透。因为瘦，一对锁骨潇潇洒洒，格外分明，仿佛多看两眼，就要戳出身体外；颈脖垂垂，来不及擦去的雨水顺着脸颊，蜿蜒流淌入脖颈，滞在锁骨间，曼影窈窕，恰到好处地，流转着一种娇弱媚态。

这种媚，完全是不自知，不经意，不能收敛。她年纪尚轻，修为却高，举手投足总有一股莽然自傲，而此刻杏眸微睁，眉额轻蹙，丹唇紧抿，这满含紧张神色，惶惶间于他看来，反而是另外一番柔情艳骨。

檀静玉心如细石投波，生怕不能掌控，只能将目光不露痕迹地转向别处，不意牵动伤口，身子趔趄。

慕容馥及时前趋，揽住他手臂，将他搀扶入屋。

好在距离不远，她将檀静玉扶至炕床上，自床边取出干布，擦去他脸上雨水，关切问道："你感觉如何？让我看看臂上伤口。"但手势稍下，整个人便顿住，手颤难抑。她原先只当他是身受内伤，根本未注意到方才他竟是为她挡了一刀。

檀静玉抬头，见她盯着半柄入胸的飞刀发呆，知她所虑为何，正想开口，道这伤看似凶险，但并不伤要害。

然未启齿，慕容馥已道："你可信我？"

"信。"檀静玉言语静定。

这一字的坚定，仿佛一把利刃劈开巨石，先前的尴尬与隔膜，霎时间分崩离析。慕容馥仔细端详他脸色，扶着他小心躺下。她提了小壶，烧开半壶热酒，继而取了小刀，点了烛火，剪裁出几块布，小心地将伤口四周衣服割裂。一系列动作虽生涩，但举止很利索。

整个伤口赫然在目，伤处的血随着起伏呼吸持续流出。慕容馥打量飞刀，飞刀上有锯齿状，刀若直接拔出，非带出一团血肉不可，届时失血过多，则必有性命之危。她虽无医者手段，但总归刀口里攀爬过来的，这点经验还是有的。

她将热酒倒点在小刀上，将它擦拭干净，一边置于烛火上烧，一边轻声对檀静玉道："这是我……第一回为人拔刀，记得上一回处理伤口，是替一只猴子。我没什么经验，可你信我，我一定会帮你安全拔出刀的。"

她模样认真坚定，反叫檀静玉一时不知该何言以对。

慕容馥将手压在伤口旁边，努力克制自己的手不抖，深吸了一口气，心中暗自鼓气：不就是拔一把刀嘛，慕容馥，这只是一把刀！

忽觉手背一凉，一只手触上了她拿着小刀的手，无力地握着。慕容馥抬起头，檀静玉正看着她，道："别害怕，心中把我想成那只猴子就是。"

他的手力气虽不大，却稳如磐石。慕容馥敛睫垂眸，看向他的伤口，语气似嗔似怨：“这刀，差一点便中心口，你还开得了玩笑。”

手中小刀已割开伤口旁肌肉，按着他胸口的手握上了飞刀，施力外提。随着一声闷哼，飞刀应手便出，紧跟着涌出鲜血，慕容馥匆匆用布捂住伤口，抬头看他。这拔刀的疼痛显而易见，然他除了面色稍见苍白外，没有痛色显现，那双琥珀色眼眸，仍是一贯的清澈温润。

慕容馥丢开手上的小刀，取出怀中的金疮药。药瓶翠绿，瓶上绘制银纹飞凤图样。檀静玉目光扫过瓶子时，顿了片刻，心中疑惑：这瓶，分明是西秦皇室物件。

慕容馥将药粉撒在伤口处，药效极好，血逐渐止住。她换了块干净布重新按压包扎，接着，才卷起他的袖口，包扎他手臂上的伤口。

看着他因自己两番受伤，那血肉淋漓摆在那里，慕容馥心中不免有所触动，修眉轻蹙，喃喃责备：“那样闯进气场中心，你是修武之人，难道不知……危险？”

没有他相救，她最多也只受些击伤，那些刀刃未必能使她致命。只是，这么多年，除了欢颜之外，他是第一个愿舍身救她的人。他不知她身份，不知她好坏，为何愿意为她以身挡刀呢？

这难道就是书上所言的，朋友之谊，生死之交吗？可是，笑嘻嘻不是说过，江湖上没有生死之谊，只有生死利益，谁都不可信吗？如果她相信笑嘻嘻所言是真，那这一刻，她的惶惑与动容，又是因何而起的呢？

喉咙口如泥沙密堵，干涩不已，慕容馥咬了咬唇，心起波澜，一时连说话也难以为继，低低垂下眼睛，千丝散下，挡开了他的目光。

幸好有发，慕容馥想。

谁想檀静玉却伸手，手指轻柔地滑过她的脸颊，撩开她垂落的、贴在额前的湿发。

女子额头光洁，宛如一枚浸了灵气的上品白玉，他轻轻地抚过，道：“当时千钧一发，我何尝想那许多？只觉得……只觉得不能让你受伤。”语气轻缓温柔。一股微妙的滋味，在空气间辗转流连。

慕容馥包扎着伤口的手轻轻一顿，片刻才叹息：“你我不过萍水相逢，或许明朝他日，便各自散了，你……何苦为我以身涉险？”

谁也不知这话中是否另有深意。

檀静玉笑着打趣：“女子嘛，那样境地，男人自然应出手保护。英雄救美的际遇，也不是时时都能碰得上的。”

慕容馥不理他戏言，沉吟道：“可我很怕欠人情，我怕还不了。”只要没有这一丝亏欠，任何时候她都可以做到理智对待，杀伐无情。

言语间，她已将他的伤口上药且包扎好，自己用内劲逼干一身雨水，继而细心地替他擦擦脸上的汗水，拿起身边一块干爽棉布，手势轻柔，为他拭干头发。

“你是这样想的？”檀静玉见她眉心凝蹙着，脸上有一种孤意的坚定，仿佛是一道无形的高墙。这样的隔离叫他心底莫名一空，不禁伸手，握住她为他拭发而起落于他肩侧的手，认真道，“哪怕相识未久，可是我以为，我们之间，不必计较亏欠与偿还。阿馥，不要把我当陌路偶遇的生人，不要把我当成明朝他日各自离散的过路人，因为我们不是。”字字句句，掷地有声。

慕容馥神情微僵。空气里，一缕青草清香，萦绕着血气，扑进她的鼻息之间。好好闻！她心有惊动，如鹿撞，胸口深处那道筑得坚实的高墙，像突然被撞裂开了一条缝，细细的缝。

这样的感觉，她从未有过，好像是紧张，又像是期待。脸颊隐隐发热，她不知道所因为何，心里兜兜转转了半天，竟连神思也无法凝聚，只匆匆忙忙抽出手来，起身收拾着周边的血迹和工具，一直没有抬起头，不言亦不语。

她不知道，这种感觉叫羞赧。这种感觉，有生以来，她从未有过。

檀静玉将她举动收入眼中，不觉失望，反而展颜。

她性情坦率，相识以来，举止间不曾有过男女之防，原以为是她行为大胆，不拘小节，原来，不是。

屋里静谧、安逸，连时光也走得不惊不觉。外伤包扎好，内伤也要调和。檀静玉坐起身，盘膝调息，取坎填离，行子午周天。苍白容色，神采稍复，周身痛楚，亦是缓和了不少，内息也在复原。

窗外狂风肆虐，暴雨密布如帘。慕容馥静立窗侧。窗间溅起碎雨珠，不时落上她的肤。

檀静玉周天行毕，看她纤瘦背影，问道："在看什么？"

"我方才就应一个不留，报你这一刀之恨。"慕容馥眸略垂，长睫遮住了眸光。这样杀伐之语，却被她用这样清淡的语气说出来，仿佛在说的是应该去吃饭、休息一样，不免让人心惊。

檀静玉眸色幽深，端详她半晌，方叹了口气，道："阿馥，你年少而身具修为，但杀戮之心太重，对你日后修行无益，方才我阻你，也是这个缘故。"

慕容馥转过身，避开他的眸光："对敌人，我从不留情。"她说得斩钉截铁，不知是在告诉他，还是在告诫自己。她也曾因一时怜悯，而放过一条性命，但那人反手，就在她身后捅了一刀，那种切肤之痛，如今仍无比清晰。她并非愿意残忍嗜血，不过劫后余生，从此心有余悸。但凡有转圜，谁想双手染血，在风刀霜剑里杀伐无情？她只想求生而已。

檀静玉摇头道："以你如今修为，再过些时日，江湖中已罕逢对手。旁人不能杀你，你又何必去杀人？你的手上，不该沾染鲜血。"

不该沾染鲜血？这些年来，每个人都在教她怎么杀人，每个人都在告诉她，只有杀了人，她才能够活下去。她早已满手鲜血，哪还有资格谈应该抑或不应该？

慕容馥走近门边，目光收拢，嘴角带起清冷弧度，是自嘲："身在江湖，人在江湖，过的就是刀口舐血、血腥缠引的生活，怎会有不沾鲜血的双手？"她随手一指，是屋外尸体，目光清凛，语气沉静，"我不杀他，他若有机会，还会来杀我，如此折腾，倒是麻烦，索性一刀两断，免除后患。"

檀静玉沉默。

慕容馥道："只是我没想到，他竟就是那个热情好客、待人和善的村长。"

"你是如何知道的？"檀静玉略感诧异。

慕容馥转身道："见到村长第一眼时，我注意到他的手。从他手上的剑茧看，执剑至少有十年，指节动作轻便，亦擅长暗器。我先时只想，怕是高手厌倦江湖，隐蔽在此，遂不挑破。方才，我雨中与黑衣人交手，便知是他。"

檀静玉凝神思索："暗器？那，何若施也是他杀的？"

慕容馥摇头："杀何若施的凶手，必定深谙匿形之术，否则难有能力在你我眼前杀人于无形。而这人能半空烟遁，确实也是匿形高手，但杀何若施的凶手，不是他，因为在发针杀何若施之时，凶手本有机会对我出手，大可不必跑来我屋中埋伏，而且，那名凶手的匿形修为应在他之上。"

这匿形之术与匿气之术本质上可归为同一类，均为有隐匿之效的内功心法。

匿气之术是可控制气脉间的气劲，借以藏匿自己的真实修为；而匿形之术乃修阴阳、借五行，凭借周围环境将身形藏匿，能不轻易被人发现，是极好的藏匿之道，但也并非说能完全隐身，有别于百年前江湖上的一种"先天无极"隐身密术。

檀静玉没有说话。

慕容馥神情严肃，她丝毫感觉不到周边有他人内息，可她一直觉得身边有只眼睛，在注视着他们的一举一动。

慕容馥左右思量，问道："你能走吗？我心里总有一股被窥探的不安，还是立刻离开这里为好。"

"嗯。"

"你的伤口不能再沾水，我去寻把伞，即刻离开！"

起身行不过两步，慕容馥登觉周身一松，原先平稳的地板上，倏然开了一个口子，整个人往下坠落。她忙调运内息，身子趁未坠之势陡然直起。

眼见慕容馥脚下破开一个方桌大小的口子，檀静玉不及多思，匆忙上前。刚靠近方口，黑影从窗口猛地纵入，一掌打向檀静玉。

檀静玉听风辨异，及时侧身，堪堪与那人对了一掌。劲气相击，向四周激荡而去，所过之处墙裂木折。虽是将对方击伤，然因自身有伤，对掌间的冲击力亦使他立身不稳，朝方口中跌落。恰逢慕容馥提气向上，一见如此情形，也顾不得能否上得去，白绸飞缠檀静玉腰间，两人相继坠下。

方口霍地合上，二人陷入无限的黑暗。

眼睛适应不了骤时的黑暗，且一睁眼，就被细石屑眯住了眼，哪怕是有夜视能力的武者，一时也看不清现下处境。

两人一直坠，一直坠。耳边风声呼呼，如此疾坠之下，哪怕下方不过平地，也有碎骨之危。

慕容馥惊骇，但必须保持清醒警惕，一旦松了一口气，就永远没有再吸入的可能。

正当她运气回转时，听见“哗啦啦”一串石子划空坠下的声响，继而一只手搂住她的腰，很有力道。

下坠之势稍稍减慢——

是檀静玉趁机踢上周边某一处石壁，借力过来，再加上运息调控，托缓下坠之势。

如此千钧一发之际，慕容馥调息运气，手臂抡圆，猛将白绸甩向一边。

“砰！”白绸蓄积劲气，锐利如剑，用劲一击，便嵌入石壁中，碎石壁屑纷纷散落。

黑暗中，檀静玉虽没看到慕容馥的动作，可是听到声响，他大概猜到她在做什么，心有灵犀，抱着慕容馥，协调着她的身体，单腿弯曲，一脚发力蹬在石壁上。

白绸虽破入岩壁中，但白绸毕竟是软物，是硬借她的气劲逼入墙壁，只能顿住两个呼吸间隙，待她体内气劲一换，白绸便滑溜溜落下。然而这间隙，足够让檀静玉蹬石借力，平稳落势。

有檀静玉为她平衡坠力，慕容馥空出两手，将白绸猛然一收，顺势抽出腰间软剑，运劲抡直，狠狠插入岩壁。剑减缓了坠落速度，在壁上破开一道长口。

碎石扑面下坠，击打在她裸露的手背和脖子中，尽是热辣疼痛。

“扑通！扑通！”几颗碎石没有阻力，比他们提前落下，零零碎碎几声落水声让二人心一松。

底下有水，是个潭子，否则数十丈跌下，不死也残废。思绪未毕，继而是激水冲起，水花飞溅。虽然有方才的缓力，下坠不是至猛，但坠力仍旧大得很。身体触水时，水的逆力推挤着身子，全身上下被水击打着、挤压着，身体疼痛犹如受巨石捶打。

强忍疼痛片刻，才缓和了冲击力，一改下沉之势，二人反涌而上，破开水面呼了一口浊气，清冷而湿腥的空气冲入鼻息。

慕容馥本来心下一松，想总算还活着，却忽觉檀静玉扣在她腰间的手，竟是霍地收紧。

不对，腥气！

这潭子里有什么东西？

武者的警惕性让慕容馥不安，然待她反应过来，檀静玉已猛然拥她调换位置，继而一掌劈出，不知打在什么身上，紧接着水波激荡，水花四溅。

檀静玉也借着那一掌之力，携着慕容馥向后方猛退。

慕容馥正想问发生何事，耳辨后方与左方击水声急。不是他们二人制造的声音！也就是说，这潭子里，竟还有其他会游动的生物！

慕容馥猛挥手中剑，以防止不明物靠近。忽地刺上了一物，触如石板般僵硬。一阵低沉的碰撞声响起，继而血腥弥漫，刺耳的惨嘶声不绝于耳，有物翻涌急退。

她正惊异是何怪物，檀静玉已道："你小心点，这是鳄鱼。"

他靠得她很近，声音低沉无力，却很慎重，说话时，气息尽喷在她脸上，脸颊一擦而过的温软，慕容馥未来得及多想是什么，已然惊骇道："什么？鳄鱼？"

这两个字叫她心中一凛。

幽冥谷最深处，有一个鳄鱼潭，有多少擅闯谷中禁地的高手，被送入这些畜生嘴里。慕容馥曾亲眼所见，一只大鳄鱼几乎可以将一个人活活生吞。此时自己身临此险，她当然心惊肉跳。

"这是个鳄鱼潭？"她问道。

"没错。"

“谁在这房子底下，养着这些吃人的怪物？”也不知这里头有多少，慕容馥一丝也不敢懈怠，顾不上周身疼痛，软剑发力朝周遭劈去，不时有温热的液体溅上她的脸。

“是我连累你了。”檀静玉抱歉道。

这个鳄鱼潭，刚刚好在慕容馥屋子下面。也就是说，从他们踏入这个村子起，就有人不想他们活着走出去。

是冲着他，还是冲着她，只怕还是未知。

潭中黑暗，无一丝光线，方才眼又被沙石屑眯住，此时此刻，他们处于潭子何处，这里到底有多少鳄鱼，一概不清。

这些鳄鱼皮甲粗厚，软剑刺在它们身上都只是皮肉伤，终究无法致命。但因他们打得发狠，鳄鱼也到底有所警惕，不敢盲目靠近。

不过少时，慕容馥听到耳边的喘息声越来越急，刺鼻的血腥味直冲口鼻，檀静玉紧揽住她腰的手越来越松。

也许是伤口崩裂，抑或是受了新伤，这周围黑漆漆的，无法知晓究竟发生了什么。

忽觉不对，慕容馥着急地问：“你怎么样了？”

檀静玉粗喘着气，声息奄奄：“你……不要……管我，我掩护你，趁机……游开。”说着，他的手已经完全松开了慕容馥的腰。

慕容馥反手速揽上他，咬牙道：“檀静玉，我打小跟野兽玩大的，能碰上这些畜生可是好玩刺激得紧，你别想抛下我。”

“呵……”檀静玉还想说什么，但是条件已不允许他说出来。

右边水声涌动，迅猛朝慕容馥扑来。慕容馥愤愤之下运劲在手，就那样一剑过去，运足气劲的软剑闪出一道白光，伴随着一阵嗷叫，热腥腥的鲜血便尽喷上她的脸面。

如果此时有光，那么她一定能看到自己的剑是如何将鳄鱼的上颚给削掉了一大块。

吼叫声持续响着，受伤鳄鱼在剧痛下猛烈翻身甩尾，腥臭味一阵阵扑面而至。慕容馥不放心，甩手又是一剑，却是落了个空，裸露的手腕也被下方某处锐利划伤，也许是它正张着嘴巴的牙齿。

收势不及的手撞上后面实物，疼得慕容馥手臂一阵发麻。可是这一撞却给她撞出一分希望来。她伸手一摸，发现竟是岩石。她抱着檀静玉逐渐沉重的身体，运足劲腾身，蹬足便往扑来的那只鳄鱼身上一踹，借力跃上方才手撞上的所在。

脚落实处，人已经离开了潭子。

待坐稳之后，惊魂稍定，檀静玉刚想开口，一口血腥直上喉咙口。他抿唇强压下去，身子却不能控制地酸软下来，全身几乎都倚在慕容馥身上。

刚才在潭子里，仅凭肉掌多少次击退了袭来的鳄鱼，保证了右方与右后侧位置的安全，每番内力的催动，都刺激着心胸伤口，又加上方才坠落时被石子所击，此时他全身上下刺痛乏力，连举个手的力量都没有。

慕容馥清楚他情况不妙，这岸上亦不见得比潭子里安全。她揉了揉眼，好在眼睛开始适应黑暗，已能有所视，环视周围，可见是一个地洞。

五／地洞迭险

檀静玉牵动伤势，压抑低咳。慕容馥扶他靠在石上坐定，伸手解他衣袍，检查胸部的伤口。入眼时，那一番血肉模糊直迫人心惊。原本已止血的伤口再度裂开，陆续出血。慕容馥搜出身上金疮药，却发现药瓶子在潭子中浸入了水，化了个干净。

“这……”慕容馥忧心忡忡，凝眉看他。

檀静玉眉目淡淡，垂睫侧首，瞥一眼伤口，没有在意，道：“小伤而已，我们尽快离开这里。”说着欲挣扎起身。

慕容馥忙拦住他的臂，道：“至少得先想办法止血！”

檀静玉略加思虑，问道：“你身上有燧石吗？”

慕容馥摸寻了一阵，取出燧石，奇怪问道：“用这做什么？”

檀静玉未回答，想从身上拿出小刀，但手才移动，便皱眉。

慕容馥知晓是牵动伤口，道："你别乱动，想拿什么，我帮你拿。"

檀静玉往怀里指了指道："这里，小刀。"

慕容馥自他所指，取出一把小刀，递给他，面沾阙疑。

檀静玉接过后，微微一划，割下一撮头发，放在地上，道："将这些头发烧成灰，帮我撒到这伤口上。"

慕容馥不大明白，只依言照做。不多会儿，便将发灰敷撒在伤口上，粗略帮他处理好伤口，果然不待少时，血稍止了。

慕容馥诧异："头发灰竟也能止血？"

檀静玉解释道："这发灰，另一个名字叫血余炭，以人发洗净焖煅成炭灰，可入汤药，亦能外用，止血生肌。我出生不足月，幼时体质弱，多病多患，后来拜一医者为师，略识些医药之理。"

"你自己懂医术，所以这些伤，旁人看着心惊，在你眼里，却不当回事。"她皱了皱眉，"医者不是应更爱惜自己身体吗？"

檀静玉笑了笑："我不算医者。学医，只是不想求人医。"

慕容馥望着他："眼看如今的你，谁能想到你幼时会是个体弱多病的孩童。"斜飞入鬓的秀眉下，稍有惊讶，继而不知想到何处，又掺了几丝担忧，"那现下这伤情，会不会……"

檀静玉曾改头换面，在宁国军营里待了三年。三年多的军旅生涯，为了不引起注意，必须敛匿修为，平日里金刃之伤亦无甚稀奇，他又积年习医，有些伤即便是自己一人也可处理缝治妥帖。先前见她那么紧张，不忍拂她，此时又怎好说出？

"我在江湖走了这么些年，若是这些小伤都受不过，如今哪还有命在？"檀静玉瞧着她，眼中温情俱在，依依笑言，"倒是你，若非随着我，你不会来到这里，不会跟那些黑衣人打起来，更不会落到这番境地，终是我拖累你了……"

慕容馥眉心一锁，凝眸静看了他半晌："你怎知他们是冲着你来，而非冲着我？"

檀静玉一时噎住："我……"

慕容馥又道："你因我受伤，为我挡刀，我也不知是谁拖累谁，只知倘若不是我，以你天武修为，又怎会落入这番境地？”

她这般说，檀静玉斟酌一阵，才道：“我来这里，并非没有目的。”

这山村隐秘，不是他有意指引，她也行不到此地，她知道他另有来意，只是，不知是何。慕容馥只看他，不置一词，等他下文。

檀静玉静默片刻，坦言道：“我来这儿，本是为了找线索，即便不在栖霞山中遇到你，我也是会来的。”

慕容馥看他神情坦荡，蹙眉微展，顺着他的话问道：“寻什么线索？”

“两个月前，何来村邻村，整村村民皆被毒死，尸体不过一夜之间，全消失不见。”

“所以，你很奇怪，这邻村发生这种事情，何来村怎么还能跟什么都没有发生一样？”

“是。狼山下也有个小村庄，全村的人，一夜之间都死光。死状可怖，一个个像是被抽干鲜血的干尸，而且，大多尸体死后失踪。但狼山附近的村庄不多，人也不多，一两个消失，没什么奇怪，狼山本身就是个危险的地方，但是……”

“但是，这里就不一样了，这地方离狼山太远，出现这样的事情，必定是人为。”

檀静玉面含歉意：“我应早告诉你的。”

“我若是知道了，更会执意跟来。”慕容馥笑了一笑。

“阿馥，是我累你陷入这样境地，无论如何，我都会带你离开这里的。”他语气坚定，哪怕现下他面色灰败，也让人不自觉地相信，他能说到做到。

慕容馥点头道：“好，我们一起来，一起走。”语落时眼微错，才看见他手臂朝一侧弯折，显然已错位，必是方才潭中所伤。

慕容馥扶着他的手，道：“我帮你把手臂扶正。”

檀静玉摇摇头，稍稍坐直了身子，一身衣衫虽是血迹斑斑，但丝毫不消减他的风华，反而更给他添上了另一种道不明、说不清的气韵。

慕容馥想帮一帮他，但眨眼间，他另一只手已抓住自己错骨的那只手臂，“咔嚓”一声脆响，将错位臂骨扶正，过程中连眉毛也不曾皱过。慕容馥眼底动容，到底是走惯江湖的人，哪有什么痛处不能忍？

地洞很宽，潭子靠后边不到三丈，是一整面岩壁。岩壁径直连接到上头方口，十来丈高，他们方才便是用剑刺着这面岩壁飞跌下来，壁面上留着一条长长的剑痕。

潭子前、左、右三个方位，均是打空的地道口，也不知道三道延伸出去有多长，又通向哪里。潭子里血染猩红一片，七八只受伤的鳄鱼被同伙围攻，半死不活，也难怪那些没受伤的鳄鱼尚未向他们二人袭来。如此倒好，趁此机会，赶紧寻出路要紧。

就在起身之时，慕容馥耳觉有异，有一阵拖滞的脚步声，正向他们靠近。

不，与其说是他们，不如说是鳄鱼潭。

脚步声缓慢，声音拖沓成一片，但数量很多。照声音方向分辨，每个地道里都有，正朝着鳄鱼潭逼近。

“这声音是——活死人！”慕容馥一下子便反应过来。

何若施控制的活死人，怕都是从这地洞下出去的。也就是说，这地洞就是藏匿活死人的所在。

没有铃铛控制的活死人，只受鲜血诱惑，这一潭子的血腥味，无疑是一种召唤。慕容馥忧形于色：“听声音，每条道中都有活死人，这地洞出路不明，这种情况，没有办法像在上面一样跟它们硬拼，它们数量到底有多少，亦难确定，最好能想办法避开。”

檀静玉神容凝重，摇头道：“我们一身血，不管躲到哪里，都会引来活死人。若不解决，出路皆被堵住。”

“所以，若想找到出口，就必须先踏过它们？”

檀静玉点点头。

慕容馥道：“只是，它们数量不少，而你又……”他身受重伤，一旦她与活死人打起来，便看顾他不及。

檀静玉取下腰间玉箫：“等它们出来，判断每条地道里数量多少，我们往数量最少的那条地道去，同时，我吹箫控制它们，你来扫清障碍。”

慕容馥迟疑道："它们一旦闻到鲜血，未必就会受到箫声的影响，即便你懂得控乐之术，此时身受重伤，也无法以内力控音，这……"她不会吹箫，琴又落在上头，否则此刻不必如此困扰。

檀静玉往四周扫视一眼，目光在三条地洞口徘徊，苍白唇角隐带笑痕："何若施既然能用铃铛声控制它们，那箫声为何不能？未必需要用内力。"

慕容馥若有所悟："你的意思是将她用铃铛摇出来的音律吹成曲子，控制活死人？"

檀静玉颔首道："是。我只记得一部分，零零碎碎，未必能同她一样自如，但只要能迷惑它们，哪怕不过是片刻的迟滞，也不至于被一拥而上，如此相对安全。"

何若施的铃铛声，除了控乐之术，铃铛的响动，本身也是带着规律的，先前她虽有察觉，但那时混战，未曾仔细去注意音律，没想到他竟如此细心。

正想着，身后忽传爬搔之声，细细密密。慕容馥转身，一头鳄鱼猛蹿上来，已将至她脚后，张嘴就要咬下。慕容馥手抚腰间，"哧"的一声轻响，软剑一抖，清澈剑光莹亮如泽，径直刺向鳄鱼眼睛。

一把小刀飞掠穿过，也在她刺入的同时，正中鳄鱼另一只眼睛。

是刚才刺入他身上的飞刀。

好快的出手！在内息受损的境况下，出手竟仍如此快与稳。慕容馥确实惊讶。

小刀利剑皆是锋锐无比，鳄鱼两眼均被破了窟窿，疼痛乱翻。慕容馥再用劲一甩，鳄鱼一个筋斗翻进潭中，挣扎了几下。潭边还有七八头鳄鱼缓缓爬上，本已距离他们不过半丈距离，但似闻到血腥，竟争先恐后地回头，啃食那头受伤鳄鱼，暂时没再上岸袭击。

利齿撕咬，血肉横飞，被刺瞎的鳄鱼霎时被撕咬成碎片，血腥气铺天盖地。就是十一岁便手刃野狼的慕容馥，此刻也不禁惊骇。方才她与檀静玉在这池中，稍有不慎，便会如这受伤鳄鱼般，尸骨无存，葬身鳄鱼腹中。

目睹此景，她心有余悸，背上更是冷汗涔涔。

“砍金断玉，这柄软剑真是宝物。”身后传来檀静玉赞声。

慕容馥回神，知他指的是自己的剑，偏首道：“这剑只算半柄，另外半柄在我妹妹手中。这里钩环一搭，两半柄剑合在一起，恰恰是一柄剑，长二尺九，宽一寸一，无鞘。”

“无鞘？”檀静玉不解问道，“何解？”

“剑之所以得有鞘，那是在于须藏，藏住锐气，藏住锋芒，藏住杀意。而这剑，无须藏，一旦现剑，必然锐气外露，是必杀之剑，即出手必杀，一剑毙命。”

檀静玉抚胸行近，接过她手中软剑，端详片刻，看着钩环近处两个古篆字，念道：“傲雪？”

“我这半把，名叫傲雪；我妹妹那半把，名唤凝霜。”

“这剑身的旋纹很少见。若我没记错，是先夏朝铸剑大师匡渊的揉剑法，只是匡渊死后，便失传了。如此宝物，难怪——”

“难怪什么？”

檀静玉依稀一笑，笑意极淡，含在嘴边，面色苍白，却更显一双琥珀眸子清亮无双：“难怪如此寒凛逼人。当今天下十大名剑，却不曾听过你这把，怕是不曾流传于世。然这剑砍金断玉，剑质特异，未必在十大名剑之下。方才看你挥剑，你的剑技独特，有古战遗风，自成一门。但你似乎不喜用剑，不到万不得已，我都未见你取出。”

“再好的剑，也需要人用才能活，所谓剑法即人法，所以用剑的人，心必须正，必须勇，遇到敌人时不得退缩，剑的尊严就是他的尊严……”慕容馥目光涟涟有漪，神容有缥缈之质，似陷旧忆，音怀叹息，“教我剑的前辈告诉我，当一个剑客与敌人狭路相逢，即便明知不敌，明知是个死，也必须亮剑出鞘，没有那种勇气，就别当剑客。对于剑客而言，败了、死了不丢脸，若是退缩了，人不死，剑先死了，而剑的生命就是剑客的生命。我没有这种勇气，我打不过敌人时，就会逃，我得留着自己的命。苟且偷生也好，委曲求全也罢，从小到大，我只知道，为了活，不忌惮任何手段。”

慕容馥长睫轻颤，敛了眸，又道：“我自认不是什么好人，不能糟蹋这样一把好剑，我知道自己不配……”声音暗然，哽在喉中，似有负痛，似有压抑。

她的笑容底下，时常有着不能道明的失落，宽和之中又有着杀伐决然的暴戾气……究竟是怎样的经历、怎样的过往，才使她身上怀着这般复杂的滋味？檀静玉心底如有旋涡般的复杂情愫，不住地搅动着，落目只见她脸上沾到了鳄鱼血，斑斑血迹染在白玉般的肌肤上，看久了，好像是几朵红花，正在无边雪境中绽放。

片刻，他才缓缓抬起手，为她擦掉眉眼间、鼻尖、唇角的血污，柔声道："每个人都有自己的迫不得已，世上有多少人，不是在苟且偷生？所谓生之意义，无非代价而已。事实上，好人与坏人，并无什么分明界限，一念即好，一念即坏，如同善恶，谁又能真正划分得清？"

慕容馥听他所言，微微诧异。

此刻，他冰凉凉的手，便落在她眼角边，一直到她的唇。

那缕凉意，凝集在唇角。

她与他离得太近，两人鼻息相应，慕容馥心中竟觉得慌乱，胸口乒乒乓乓，像有什么在跳窜，不可遏制地乱撞个不休；抬起眼睫时，落入眼底的是他温和的目光，叫她不能适应，身子蓦地便往后躲去。

檀静玉的手，陡然悬在半空，顿了顿，继而才放下。他将剑还与她，目光微朝左方一瞥，神情静淡，道："它们到了。"

那些活死人，此刻倒是恰如其分地化解了二人间的尴尬。

慕容馥将剑随手收入腰间罗带里，整理好衣袖，心头想到一个主意："我想到一个两全的法子。"

"哦？"檀静玉以目相询。

慕容馥眼波淡转，指着潭子道："我们绕到潭子后边靠岩壁之处，以这一潭子的鳄鱼血为饵，将它们引入鳄鱼潭中，它们跟鳄鱼撕咬，如此一来，也绝了这潭里的祸患，岂非两全？"

檀静玉随着她所指侧头："只是这么一来，你我岂非被困在那一处？"

慕容馥摇头道："不会，这潭子深，它们动作那般僵硬，势必不会游水，待差不多了，你再用曲子控制残留在岸上的，我们趁机破开一个口子，进入地道——那时候，地道里想必安全得多。"

檀静玉的手成拳圈在唇边，抑制着咳了几声："如此也好。"

"你还行吗？"慕容馥扶住他，"这样虽省力气，却相对危险，我担心你的伤。如非这些东西，我有办法帮你治内伤的。"

檀静玉笑了笑："你不必担心我。"

沿着潭边走过，因离潭子近，两只鳄鱼爬上来张嘴欲咬。慕容馥身子微侧，一个虚招送出，鳄鱼果然上当，就着她的左手就要扑来一咬，她腰间软剑一抽一动，右手疾晃，剑朝鳄鱼眼睛划去，随即一脚踹上它的下颚，这只数百斤的鳄鱼飞身翻起。

慕容馥剑法极快，剑光闪动间，便在它身上破开了数道大口子，只让它流血，不至于丧命。另外一只也如法炮制。用鳄鱼的血吸引活死人，两方相残，如果能尽数吸引出活死人，那么，他们就会安全得多。

出手利落，手段准狠！这一池鳄鱼，本就是以这些活死人为食饲养。这样一来，也就等于把这个地洞毁掉了一半。檀静玉心里隐觉不对，有人想借他们之手，毁掉这个地洞。究竟是谁？这人的目的，又是否仅仅于此？

每个人都以为自己是螳螂，觉得眼前的蝉便是唾手可得的食物，却总是忘记了，身后有虎视眈眈的黄雀。明枪易躲，暗箭难防。

檀静玉心下苦笑。

至潭子后方，地道里的活死人冲着鳄鱼潭涌来。活死人面色苍白，四肢僵硬，然而闻到这一潭子腥气时，却跟饥狼饿虎般，争先恐后地扑向潭子中。

它们没有意识，不会凫水，一旦入了潭子，便失去所有的灵动性，成了鳄鱼的果腹大餐。只是，活死人的数量太多，一个个下去，一个垫着一个，在最上面的开始跟鳄鱼撕咬起来。

鳄鱼受了伤，死命挣扎，一时间潭子里血腥漫溢，混了血的潭水四溅，周遭入目，遍是血色。

鳄鱼皮糙肉厚，可是在这些活死人锋锐的牙齿之下，连肠子内脏都翻出体外。腥味扑鼻，血肉模糊，活像屠宰场。慕容馥看得心惊胆战，几欲呕吐。

这种怪物，比之鳄鱼更是危险，一旦不受控制，入人群之中，常人哪能与之相抗？不过是束手被咬的份儿。到底是谁弄出这些东西来的？又是什么居心？

时间不容慕容馥多想，没有入潭子里的数十只活死人已发现他们，转了方向，奔至潭子后来。

慕容馥毕竟是个女人，见这一大堆怪物朝自己涌来，说不害怕，绝对是假话。然惊骇很快消失，它们虽可怕，但不会思考，再有檀静玉的箫声控制，解决不难。

依照方才所观察，活死人大多从中间地道涌出，从左右两边地道出来的数量均较少。如果说，三个地道中有一个是通向出口的话，想要这个地洞隐蔽，那么正常情况，接近出口的活死人应该就不会太多。

可是，现在有两个选择，左还是右？究竟该选哪一个？

正犹疑，身后的檀静玉建议道："走左边方向吧。"

慕容馥没有迟疑，只能赌一把了。软剑一抖，已备好迎战之势，朝的正是左方。

箫声清扬，活死人迟疑，缓缓变动脚步——它们迟疑，慕容馥却不敢迟疑，翻腕就是利落一剑，破开了身前两个活死人的脑袋。

她必须趁着它们未及反应，除掉突围处的障碍。

足踏，翻踢，剑刺！一连串动作一气呵成！

被檀静玉箫声所控制，活死人宛如木桩，慕容馥击倒它们不费吹灰之力，但凡二人所过之处，都横七竖八地叠躺着没有脑袋的躯体。此时若有光，场面应十分触目惊心！

慕容馥走在檀静玉前右方，一剑将身旁活死人分首异处，收势时侧头，却见檀静玉眉心紧紧蹙起，锁成一个"川"字，唇角干裂，紧攥住玉箫的指节发白。

什么用曲声控制住这些活死人？箫声中匿入气劲，他……他分明是使用控乐之术，用内力抑制它们！慕容馥先前只顾对付活死人，这一见，方才惊觉。

周围都是活死人，这样人至中途，一旦箫声中止，活死人就会扑上来，寡不敌众，他们的下场也许就跟潭中鳄鱼一样。他在耗费内力为她争取时间！他原本便有伤，此时强运内息，体内必定气劲冲逆，这种痛苦常人都不堪承受，更何况是身受重伤的他！

慕容馥急喝："这样下去，还没有被这些活死人咬死，你先重伤而亡，别再吹了！"说话时，她手中动作不停，连砍下了身边三个活死人的脑袋。

箫曲声依旧没有停，眼看已快接近左方地道口，慕容馥也顾不得许多，扫清身边还站着的活死人，一把夺过檀静玉手上的玉箫。

玉箫离手，檀静玉忍在喉头的一口血，便再也不能抑制，夺口喷出，整个人软倒下去。慕容馥及时揽住，连封住他身上几处护身大穴，眉额皆锁。

檀静玉强撑内劲，以箫声控制活死人，极其耗损内力，不过是拼着一股傲气支撑至此，现乍然玉箫脱手，心神大松，眼前霍地一番天昏地暗，待缓过劲来，才勉力站稳，笑意里带着故意的狂妄，道："如果身为一个天武圣，却那么容易就挂掉的话，江湖上也就没有人想追求武圣境界了。"

"你……"慕容馥无奈，知道他这话，不过是为了令她安心，嘴角虽是染笑，但掩盖不住眼底的忧心忡忡。

没有曲声控制，活死人反应过来，循血气追来，原先已被慕容馥除掉不少，剩下的数量虽不若先前多，但也不算少。

慕容馥咬牙，扶着檀静玉入了洞口。地道宽窄恰好，恰恰容下三四人，活死人因闻到鲜血，发狂般一拥而至，以至于一瞬间全堵在地道口。

慕容馥挥动手中的软剑，毫不费劲地截断了簇拥在地道口的活死人。它们一挤上来，她便砍下脑袋，如此反反复复，尸体堆积在洞口上，通道半被堵住。

不过活死人力道大于常人数倍，堆积的尸体可以阻挡一时半会儿，也未必长久，这一时之间，想不出其他什么办法，只能抓紧时间寻找出口。

两人相扶前行。

地道是顺着天然裂缝开挖，并不十分平整，长而曲折，并且时宽时窄。每个转角处石壁上都嵌着一盏铜灯，但没有亮。因常年见不到阳光，之前又存了一大堆活死人，道中潮湿黏稠，尸臭难闻。沿道两边全是人骨骷髅铺陈，在黑暗下令人惊怵。

慕容馥心里清楚，即便有出口，也未必安全，指不定还有什么怪物。可是即便真如所想，又能怎么办？又有什么办法？再不安全也好过在鳄鱼潭等死。

继续前行，曲曲折折走了二十来丈，慕容馥停下来。因为，地道已是尽头，尽头不是出口，而是无路可走。

便是此时，脚步声又传来了，像人循着食物香气一般，循着血气寻来。声音密集，摩擦到地面，在这极静窄小的空间内，沙沙作响。

前无出路，后有“追兵”。

忽地，檀静玉软身倒地，唇色紫黑，面色从苍白转向衰败，眼睛半睁难睁，整个人已经陷入半昏迷状态。

中毒？慕容馥下意识嗅了嗅，抬手见自己指甲上渐泛暗紫，后知后觉，心里暗叫：不好，这空气中有毒！

空气中，混入了无色无味的毒气。

慕容馥顾不得地道中越来越近的脚步声，诊断檀静玉脉象，旋即将食指割开一口子，挤血滴入檀静玉口中。

因为檀静玉胸上有伤口，毒气不仅通过鼻息，且直接通过伤口渗入皮肤腠理。哪怕有解药，若不助他及时调息养伤，药性一时不能行入脏腑，他同样必死。

情况危急，确定檀静玉已吸食入她的血，慕容馥在他身后盘膝坐下，提肘沉肩，双臂环拱，调息运气，归神结印，周身气息流通，为他护守疗伤。

耳边越来越近的脚步声，让慕容馥甚是心慌意乱，但没有选择，只能合目闭识，扣指运劲，调穴顺脉。

劲气入体，檀静玉紧蹙眉心渐渐散开，苍白脸色稍显回缓，唇上黑紫渐褪，呼吸趋于平和沉稳。

便是此刻，脸上猛风忽袭。

慕容馥蓦地睁开眼，四只活死人已扑身前来。她匆忙收劲，致使内息难调，血气逆行，一口鲜血猛地喷出。

来不及缓和，她匆匆抱住檀静玉，就地一滚，及时避开扑来的活死人。但腰间收力不及，撞上某处，剧痛传来。她强力忍住，接着单手撑地一旋，双脚分踢，两只活死人被踢飞，动作同时，银光一闪，软剑离腰擦过，两颗头颅哐当落地。

这一连串动作行云流水，然还未缓立过来，抬眼见地道里一大群的活死人已簇拥而来，她心中大骇，也只能咬牙对付，能斩一个是一个。

待她持剑上前时，忽听轰隆隆作响，一块巨石门从上而落，刚好截住活死人来路。石门落下的同时，还压住几只活死人，有的半身在里半身在外，有的脑浆迸裂，两只侥幸入得里来，也被慕容馥一剑斩杀。

危机方除，慕容馥心里安定不少，四下打量，奇怪为何石门会突然落下，这周围并没有什么开关。失望间，眼角掠过地面，脑子里一点灵转，她蹲下身子，查探地上几块骷髅头。

一大簇骷髅头积堆一处，色泽偏暗沉灰白，唯有偏左方最不起眼的一颗，虽呈死灰白，却显出几分光洁，十有八九便是开关。

方才她带着檀静玉一滚，不小心撞上硬物，想来就是转到这骷髅机关上了。

不管了，先为檀静玉疗伤，两个人养精蓄锐后再打开机关，到时必定能冲出这些活死人的包围，离开地道。慕容馥做此思量，旋即便又盘膝调气，为檀静玉治伤。约莫一盏茶工夫，檀静玉面色恢复如常，慕容馥诊他脉气，毒素已退，内伤渐愈，心中不禁欢喜，看着他醒来。

檀静玉睁开眼，调息，感觉胸中竟毫无瘀滞之意，略觉诧异。

慕容馥道："你调息下，看毒气是否尚有滞留？"

修武者不比寻常人，对内息畅和有极大要求，即气脉之间，容不下半分的毒素。武者虽有自疗之力，但若是清排不净，毒素在经脉脏腑间稍有滞留，随着劲气一动，气行周身，一丁点日积月累，便是致命之源。

檀静玉运气调息，周天行毕，全身上下无一丝毒气滞留，道：

“你的内息委实独特，在它的调和下，体内元气恢复比平时快上一倍不止。”抿了抿唇，他微觉口中犹有血腥气，目光落在她指上，见食指间竟裂了一个口子，裂口处所在，可凭以内息，调取体内精血。他惊疑地握住她的手，急问：“你这手指……”

慕容馥抽出手来，扬着手指一笑：“无碍，我只是给你喝了我的血。”

檀静玉面色微变，语气稍带不可思议：“你的血？”

慕容馥颔首，但转念一想，怕他嫌弃，忙道：“你莫要觉得恶心，我也是无其他办法了，要解你的毒，只能如此。”继而又解释道，“幼时，我曾因机缘巧合，吃过一种果子，名唤松灵心果……”

“松灵心果？”檀静玉显然惊讶，“我记得有一种松灵树，百年开花，百年结果，长出类似小心脏的果子。古籍上载，这种果子，有解百毒之功效。你说的，就是这种果子吗？”

慕容馥“嗯”了一声。

在若耶山，她与欢颜所居的石室洞口附近，生长着一棵怪树。那树极高极大，根生在山中怕有千年之久，样态长得十分独特，叶瘦，类芦箬，花色正红，若蔷薇，花心中显露一点鲜绿，略有香味。果子更是奇怪，大如拇指，形状锐似人心脏，剥开皮呈粉红色，味甚甘美。后来，慕容馥中了萧桃娘的毒，却不治而解，机缘巧合发现，正是那果子的特异，便与欢颜查翻各书，才晓得那棵相貌奇异的树，乃一棵世所罕见的奇树。

此树百年结果一次，其果名为松灵心果，服之一颗，有解百毒之功。

慕容馥与欢颜入若耶山那年，刚刚好是老树结果之际。两人原先不知其效，终日以其果饱腹，别说百毒不侵，对内力修为更是颇有进益，便是她们身上流着的血，现如今亦可以作为解百毒的良药。

檀静玉不知这其中际遇，疑惑道：“可即便能解百毒，也跟你的血没有关系，怎么你的血也能……”

慕容馥吞吞吐吐道：“我也不清楚原因，大约是我……不小心吃太多了。”

世间难得一遇的宝物，也能不小心吃太多？檀静玉诧异，旋即眉睫染笑，笑中含三分意趣："你的内息能不以药石调愈内伤，你的无弦琴能与你的气劲完全契合，你的血有解百毒的功效，你的身上还藏着多少令人不可思议的东西呢？"

慕容馥仿佛听得戏言，发出由衷一笑。谁能知道这背后，她以多大代价来换取？若是后来所得可换回来她前半生所失去，她情愿现下自己无半分修为。有人庇护，她何必去愁苦世上的雨打风吹？她没有，所以才得不遗余力、不择手段，来让自己变得更强大。

她呼了口气，盘膝坐着，两手肘却撑在膝盖上，托着两腮道："其实我幼时最大的梦想并非如何努力来成为一个修武者，而是想变成一只飞鹰，在广袤的天空，自由自在地翱翔。于是我总是问我爹，我长大后会变成什么样子，会变成老鹰吗？爹爹总笑话我，人怎么会变成老鹰呢？我为他这样的直白不高兴，犟嘴说，也许我就是老鹰变的，有朝一日，会变回老鹰飞走了。"

檀静玉笑："那你爹怎么说？"

慕容馥却静了片刻，才道："爹爹抱着我，拍了拍我的肩膀，道，'我的丫头若变成老鹰飞走了，那爹爹就保护不了你了'。"她面色暗了暗，像是笼罩了一层沾了灰的薄纱，眉梢眼角，是萧索凄清，"很多小孩在翅膀没长成的时候，总渴望飞翔，脱离父母的护佑，到长大了的时候，有了坚硬的翅膀，却偏偏希望能有父母永远的护佑与陪伴。"

"你爹爹，很疼爱你。"檀静玉仿佛看到她神情之后的无助，凝神谛视，眼中五味杂陈。

慕容馥不自觉，絮絮叨叨地讲着往事："许因自小失去娘亲，相比其他兄弟姐妹，父亲最是宠爱我，把我惯得野蛮跋扈，肆意妄为，又加之我天生有一个好记性，自认为聪明无双，从小便存着一肚子坏水，捣乱的招数更是层出不穷。那时，无论我闯下什么大祸，父亲从来不会责备我，他说他就喜欢我蛮不讲理、惹是生非的样子。他对于我更多的是溺爱，是纵容。除了有一点，不让我私下离开家门一步。"

檀静玉道："他只是想把你保护得更好，让你无须经风雨，不必受伤害，哪怕是不谙世事也无碍，只愿你一直做他庇护下的那个不懂事的小女孩。”

“彼时我不懂得，倒是常常因为这个与他闹脾气。”她的声音稍稍顿了顿，神情逐渐沉重，连笑容也添了苦涩，“直到有一天，我偷偷跑出了家，就——再也无家可归。一夜之间，所有亲人离我而去，除了父亲，其余人，我连最后一面也来不及一见。”

檀静玉闻言变色：“他们都……”他不忍说完。

慕容馥神色黯然地“嗯”了一声，垂着眸。檀静玉见她双手从脸颊摊开，伸指揉过了眼，再睁开时，眼睛很亮，有晶莹的光，像宝石，至于那惶惶然掠过的，便不晓得是伤痛抑或其他。

在这种危机四伏的地洞里，并非慨叹旧事的好境地，可是他仅仅是这样坐在身侧，她便有着一种仿佛幼年时，她在梦魇里尖叫惊醒，父亲陪在她身边的安全感与平静。

这不是面对云息时，那种别有用心的揣测与试探，而只是仅仅想把这么多年她心中的遗憾一吐为快。可是话说出来，她又后悔了。她在幽冥谷那群人手中训练多年，她知道，随意泄露、谈及心事，可能是一件致命的事。而且，说了又有什么用处呢？说得再多，心头的伤口依然存在。慕容馥呼了一口气，转了神容，化成了一句无关痛痒的叹息，道：“不知怎么，就是一时有些想念父亲了。你莫要见怪，他虽已离开我这么多年，而我却无一日不怀念他，在这世上，也许再也找不到一个人，像父亲那样疼我爱我了。”

檀静玉伸出手，食指轻轻抚过她那连笑着时也不由得蹙着的眉心，声音浅浅，道：“你怎知不会遇到？你的生命还那么长。”

“生命这么长……”慕容馥眉眼间笑意淡淡，如水中浮萍，风过杳然。

是啊，生命这么长，只是，再长又能怎样？有些决定做了，就回不了头，生命再长，她照样只能满手血腥，一路走到底。她甚至能够想象得到，她的后半生，无非也是在血腥之路上，跌跌撞撞，至死方休吧。这些年，她每每回思，到底庆幸。幸好，还有阿颜，在她疲惫时、伤心时、难以坚持时，给她一个不问缘由的拥抱。

慕容馥也不再多言，避开话题，转身指着那骷髅头，讲述了方才的惊险："这骷髅头想来就是这道石门的开关，你准备好了吗？若无大碍，我们便打开机关，硬冲出去。"

檀静玉不复多言，只颔首道"好"。

慕容馥往骷髅头上一推，但石门没有打开，她不死心，又左右掰动，石门依旧无动静。

檀静玉蹲身打量道："这怕是单控机关，只能关，不能开。"

慕容馥疑惑皱眉："我们岂非要困死在此地了？这后面明明无路，为何还要在这里设这样一道闭合机关？这不是多此一举吗？"

檀静玉却像是被她提醒，眉峰一动，起身顺着周围踱步，细细打量好一会儿，又沿着石壁周围敲敲打打，方抬起头，目光幽邃，指着明明毫无缝隙的墙壁道："这就是出口。"

六 / 室迩人遥

明光府中。

歇亭里，有半卷竹帘，有轻纱幔帐，有灯芒寂寂。玉魄悬空，月色迷离漫照，四下如浸雾霭里。不知是夜风，还是幽雾，携了几枚败落的枯叶，旖旎亭阶之间，缠绵缱绻。

明莲枫凭栏沉吟。他身着一袭月白纻丝长衣，外罩同色乘云绣纱衣，一身翩翩衣裾，落落清白，似融皎月之中，比那玉魄神魂，更清鉴摄人。见他手间流转荧光，却是把玩着一个白色薄玉冰纹小瓶，分外出神。

远处更鼓，敲了三更。明莲枫乍抬头，只见月移东墙，斗转星移，像是忽然思及何事，步动衣扬，穿过回廊，绕过假山，脚步匆匆行至尚文阁前。

自从神秘女子夜闯尚文阁，明光府丢了族卷图，便加大了尚文阁的防守，守的不是物，却是阁中地牢里关着的人。

行至尚文阁前，一名守卫闪身而出，拦阻明莲枫。守卫两手叉握额前，俯首躬身道："请郎主出示令牌。"

明莲枫眉峰耸动，显是不悦，将令牌递出，冷然道："宗主派我看管尚文阁，你们不会不知吧？"

守卫将令牌检查过后，恭敬递回，哈腰道："宗主吩咐，无论何人，进出尚文阁，皆须持令牌。卑职奉命行事，请郎主见谅。"

明莲枫听罢，冷笑一声，也不作答，自守卫手中取过一盏绫灯，大步踱入。

这囚牢原先是书阁中地下密室，有三层。这是三十多年前，明家请天下第一神机高手神斧门白家白阳徵设计建造的。因当年建造得十分隐蔽牢固，且又宽广，后索性将地下第二层设置为囚牢，关押明家一些叛事家奴。虽然入口是在尚文阁下，然延伸处却是整个明光府四分之一大小。

这地牢阴冷，壁面坚固，左右十步置一油灯。因壁面皆是玄石砌成，灯芒在此间也不显明亮。此刻明莲枫只身走入，行止带风，引动得灯火明灭。黑魆魆中几点明亮，更显阴气森森。

明莲枫行至最深处，立在一个玄铁门前，取出腰间玉牌，放入铁门中间凹陷口中。玉牌与凹陷图纹完全契合，"叮"的一声响动，玄铁门自行打开，却是一个宽一丈、长两丈、高两丈余的升降小室。他步入升降小室中，玄铁门自动闭合。

机关声响起，小室自动向下降落；机关声停止时，玄铁门已自动打开，入口，正是地牢第二层。明莲枫进入地牢第二层，一路用钥匙打开警戒门，用玉牌暂时闭合层层机关，在一间牢房前止住脚步。

白衣轩举，身姿逸然，他的身影，显然与这个阴森的地牢格格不入。另一个格格不入的，便是这牢中所关之人。

女子身穿浅黎色交襟上衣，配深蓝色水纹凌波百裥裙，外穿对襟窄袖素色绡纱长衣，腰束蓝靛绫带，脚穿鹿皮小靴。一身深浅蓝泽，绰约风姿，像是一抹海中灵魅，错入了这阴魆森然之地，十分不恰合。

牢壁，乃硬石所制成，刀斧不能劈；牢门，乃精炼玄铁熔铸，刀剑难以伤。且明仲道在她身上连下六道禁制，内劲大部分被封，已与普通人无异。再加上外方有多层机关把守，单凭她自己，绝无逃走机会。

明莲枫也很奇怪，这地牢之中，所有机关，全无被破坏的痕迹。打开地牢的玉牌和钥匙，也只有一套。在父亲让他看管地牢前，玉牌钥匙一直在父亲手中。那夜里闯入地牢的人，究竟是怎样通过升降玄铁门，到达最底端一层，且躲过各种致命机关，取得明家宝物的呢？

明莲枫确实百思不得其解，他开启牢门，步了进去。

女子双眼闭合，面覆面纱，盘膝静坐不语，仿佛此时此刻她并非陷身囚笼，而仅仅只是在这不见天日之地稍做休憩。

明莲枫站立在她跟前少时，女子明知他至，却眉睫不抬，未有所动。

明莲枫目光寸寸判研，开门见山道：“你究竟是何人？”

女子长睫轻颤，睁开眼睛。清眸辗转，犹如秋水，神容顾盼，凛若冰霜。她只轻瞥过明莲枫一眼，不语，又缓缓闭上双眸。

“你不说，我们未必会拿你如何，只是，却也必定不会放你出去。你年纪轻轻，莫不是想在这昏暗之地度此余生？”明莲枫神容无波，端详于她，语意绵延，“若是家君来，怕是无我这般好说话。至于明家的刑罚，我还是略知一二的。奉劝姑娘，还是莫要倔着，受那般皮肉苦楚。”

女子复抬眸，目光未有所惧，与他直视。她立起身来，声音清冷，却带嘲讽道：“我若说了，你肯放我？不计较我伤你家奴性命？”

明莲枫语凝。

女子嗤然一笑。

一双凤眼，显见清澈，只可惜下方容色，皆被掩于轻纱之间，难睹全容。不过，单单这细瘦窈窕的身形，与那半绾半散的青丝，便已流转出秀色婀娜。

明莲枫隐隐只觉眼熟，掌风一挥，牢中忽带起一阵猛风，毫无预兆，直袭击女子面门。

女子内劲虽是被禁，反应却甚敏捷，脚步后踏，带动身姿逆转。

风止劲歇，面纱仍牢牢覆盖面容之上，重重衣衫，逆旋飞舞，一裙纹路，如水色澜影。女子身形才立，旋即已斜眸瞪目，厉声怒斥：“你做什么？”

明莲枫不答，贴身欺近，出手迅疾，如雷霆势，已蕴蓄内劲。女子内息被禁，纵然靠着灵巧身形折腰躲避，却也未能挡住他的手速。

青丝旋舞未止，面纱盈盈，翩飞于地，显露出一张容揽山水、摄人心魂的绝色姿容来。明莲枫明显一震，一副不可置信的神情，愣愣原地。

虽是容颜姣绝，却满面如凝霜冰寒，眼下有伤痕一团，不知因何。而面纱飘落的同时，一双柔若无骨的手上，一枚银针细长，恰恰抵靠在明莲枫咽喉。

女子薄唇微启，冷笑道："你这么大胆，不惧我下毒吗？"

明莲枫未在意正抵要害的银针，反而恍惚失神，喃喃道："竟然……是你？"

女子迷惑不解。

明莲枫半晌方回神，掌心错影，已将银针反收在手。他目光澄明，直视她道："那夜你既已离去，为何还要再闯？你可知，一入了这里，要离开就难了！你……"不是怒意，言语间竟有几分苦恼。

尾音未落，甩袖已离。

独遗女子神容微愕，茫然莫名。

明莲枫离开地牢，转行几道抄手游廊，回返住处所在。与进地牢前水波不起的神容相比，此时的他面上多了几许黯然，几许恍惚。

刚穿海棠门，步入庭中，一名女子碎步连连，已迎身走来。

女子掖着袖，朝他一福身，声音轻婉细致，委言曼语道："郎主今日回得晚，可是疲惫？盈盈为郎主熬了汤，喝一些再歇息吧。"

明莲枫闻声抬首。在庭院中一汪幽浅月色的倾照下，入目是一道窈窕纤细的身影。因光色过浅，女子面目似笼轻纱，待他行近了些许，才渐渐清晰。

数日前，明莲枫带明心兰往猎林园，归来途中，见芙蕖楼众打手逐赶一名布衫脏破的女子。

原本女子所在与明莲枫归途尚隔着一街，照理未必碰得上，只因明心兰素喜热闹，眼见那街上人声喧哗，硬要过去瞧瞧。明莲枫拗她不过，只得转鞍过去，正撞见一女子跌撞疾跑，浑身上下伤痕累累、血迹斑斑，却也不敢停滞半分。

这一番动静，引得满街往来人众竞相观看。

人群拥挤，挨肩擦膀者不知其数。众口纷论，直道这女子可怜，却无一人伸以援手。

在这昭华城中，何人不晓得芙蕖楼声名？做的尽是高官世族子弟生意，人脉高广。这些观客，不是平头百姓，便是寻常商贩，无草可依、无木可附，怎么会有人愿意为了个陌生女子得罪芙蕖楼？

明心兰觉那女子可怜，忙想叫明莲枫救她，但未开口，身后的明莲枫已出手。

后明莲枫给女子些许钱财，叫她自行安顿。女子为答谢救命恩情，执意跟随在他身边。

这女子出来时机极巧，明莲枫心有疑虑，有意在扶她时扣住脉门试探，发现女子手虽有细茧，却无丝毫修为在身，是以疑心也减了大半，又兼明心兰觉她可怜，吵闹要把她收留，明莲枫奈何不得，遂把她一同带回明家。

而后，听这女子细说得知——她姓陆名盈，年十六，原是东南襄国沛乡人士，自小父母双亡，与姑母相依为命，半年前姑母重病过世。

姑母刺绣功夫极佳，原先陆盈与其姑母皆以此为生。陆盈自幼长于姑母身侧，终日习学，刺绣手法青出于蓝，平日里，完成的绣活便由姑母外售。陆盈因未出阁，极少出门。此番姑母过世，这些抛头露面之事再也避退不得。在送绣样给当地掾史府中时，恰为那位大人撞见，欲强收她为妾。那掾史年过半百，陆盈虽生于清贫小户，却也清白出身，怎肯相依？才想起姑母临终前取了信物，让她入宁国郸城寻从母之事。

襄、宁两地遥隔千里，陆盈本不愿离乡，她素来辛劳惯了，以为多揽些活，一个人也可支撑度日，此番生了变故，才连夜收拾细软逃出。

战乱世道，千里艰苦，陆盈一路打听，终至郸城，寻得从母所在，本想是苦尽甘来，怎料从母待她体贴，却是面善行诡，心怀鬼胎，见陆盈样貌姣好，用迷药将她迷倒，辗转卖入百里外的昭华芙蕖楼。

陆盈挣扎半月，终于逃出，才有了大街上明莲枫为她赎身救人诸事。

明莲枫当时见她虽是鹑衣鹄面，但眉目确是不多见的姣美，无怪会令人生出邪心。然他到底生在世族之家，怕别有用心之人诪张为幻，凡事自会多留心，遂派人暗查一番，发现的确有此人此事，包括把她卖给芙蕖楼的从母也查了仔细，与陆盈所言无一不符，又兼这女子踏实肯干，不管粗活细活，均做得甚是稳妥，的确是自小辛劳之人，是以渐渐地，明莲枫也消除疑心。

明莲枫看着已近身侧的女子。容长脸面，新月眉下秀目盈泽，身子骨虽说仍旧瘦弱，起落动处却也有了几分灵气，辗转顾盼间笑容点染三分妩媚。他稍见迟疑，才道："你身子尚未大好，不应熬这般晚。"说话间，拉开门室，手拂垂帘，人已进了室内。

"我……"陆盈微抬首，随步跟进，上前接住了明莲枫褪下的外衫，披在一侧彩绘漆木架上。

女子一双清眸情愫盈然，神容恳切，道："郎主未归，我……我也睡不下。"说着匆匆行近暖炉旁，挽着袖子揭开盅盖，舀了一碗，踅身近他跟前，举眉进递。

明莲枫趺坐席上，手靠凭几，抬睫扫过一眼，随手接过，置放案上，目光转而落在陆盈身上，神情淡淡，道："姑娘是我救回来的，算是明家客人，并非府中婢子，有些事吩咐下面人做就是，不必操这份心。"

陆盈嘴边本含着笑，听得明莲枫言语，笑容一时僵在原地。她的眼眶红红，牙咬丹唇，好似在竭力隐忍，以免落下泪来。然而到底禁不住，泪滑于颊。

女子膝行明莲枫身前，伏地稽首，音带哽咽，道："郎主……奴已是无家可归之人，蒙得郎主救命之恩，便是做牛做马，也难以报答这份恩德。奴无他求，只想留在郎主身边，您……别赶奴走……"

明莲枫虽是生于名门，但走惯江湖，本就少有什么主仆高低的观念，见这女子这般哀求，他眉额稍牵，颇有尴尬之色："我——"

"郎主……郎主若是嫌弃，奴自也不敢强求，惹郎主不快……"言语之末，陆盈唇瓣微颤，丹唇轻咬，满面已是泣涕涟涟，语不能续。

眼前这张脸，梨花带雨，低首处，几许灯光荧荧，落在眸间的泪珠儿上，折着清润泽亮，眼睫叠叠颤颤，入目尽是芭蕉雨露，无双楚楚，无双动人。

明莲枫低叹了一声，身子前倾，将她扶起，声音清和，道："我并非说让你离开……只因你非我明家婢奴，我怎好让你干此等琐事，委屈你……"

"不……"陆盈连连摇首，眸中清辉浮隐，哽咽道，"奴出身微贱，自小已习惯，做这些不算什么辛苦委屈……更何况，即便是辛苦，奴亦不惧，只要郎主不嫌弃，不驱赶奴……能留在郎主身边，无论做什么……奴亦皆是……心甘情愿的……"

陆盈已言语至此，明莲枫不好多言其他，心想，她与心兰也颇合得来，留在府中亦无不可。转眸停在案上，他顺手端起碗来，将汤一勺勺饮尽，侧首含笑看她，扬眉道："姑娘手艺如此绝妙，若是日日能尝到，也是我的福气。"

陆盈一听，破涕为笑，双颊浮霞，些许羞怯，道："郎主……真爱开玩笑。"

"我可不是开玩笑。"明莲枫摇摇头，把碗端给她，"好了，汤也喝了，你早些休息去吧。"

陆盈施礼道："是。"

明莲枫颔首，心中先前烦恼未散，便也未再看她。

陆盈收拾好汤碗，告声退下，及至门口时，脚步略顿，头微侧，往明莲枫方向掠了一眼，目光落在他手中的白色薄玉冰纹小瓶上，精芒瞬然闪过。

明莲枫似觉什么，稍稍抬首而去，只见一处布裙衣角，沾染几许飘盈月色，随着细碎步子声，消失在门口……

昭华西城除了明光府这座占地极广的大宅外，也有其他宁国高官公侯行府、富商之家在昭华的宅邸。

长街之上，飞檐重楼，鳞次栉比。

横越昭运河分流的护河通江另一边是主街，主街东北一侧，坐落一座大园子。园子雕栏玉砌，丹楹刻桷，风华桃李。

来到这昭华西城，在世家大族、高官子弟耳中，有两处地方声名至为响亮。

一处是芙蕖楼。芙蕖楼的小姐，最大的特征就是美，环肥燕瘦，各具千秋，人一旦进去，如满目春花绽放，争奇斗艳，各展姿态，美不胜收。这是昭华最有名的销金窟，不知多少富商豪客在这里面倾尽家财。

另一处是桃李园。桃李园中，有一女，名唤练春柔，擅琴弈歌舞、书画丝竹，色艺名闻昭华。城中有一传："闻柔女一音，三月不知肉味；赏柔女一舞，三年难辨光彩。"这话难免有夸大之意，但练春柔的歌舞才艺声名，有此一言，已可窥一斑。

这两处地方，虽说时常让人相提并论，但差别极大。在芙蕖楼，只要白花花的银币、赤灿灿的金笏拿得出手，就有资格进去寻欢作乐。而在桃李园，除非有明家主人相邀，否则任你是大国将军、高官王侯，也无资格坐进去听听曲儿、聊聊天。因芙蕖楼开门做生意，他们要的是赚钱，自然是广开门路，以笑纳财，客人越多越好。而桃李园是明家私属，并不对外开放。

一旦落夜，芙蕖楼所属街道，便是人声鼎沸、笑语喧天，一派纸醉金迷、人世浮浪之象；桃李园附近街道，却是月照青石，阒其无人，丝竹管弦寂然收声。

明月当空，斜照桃李园中玉砌雕栏，琼檐云阁，浮翠流丹。

明家若无举办会宴，这园中一入夜，人迹往来便是寥寥无几，更别说现下夜已过三更，园中自是阒然寂静。

一排排银灯悬廊，彻照满园。

此时，园中云阁巅檐，一名男子坐于其上。

男子一身蓝黑相间的窄袖轻服，凝了三分月光，衬得身影清寒，腰间墨黑鲨皮银色剑鞘空置斜挂，鞘中之剑斜躺于膝。

男子低眉垂眼，手上拿着一块皮革，皮革上沾有丁香油，正缓缓拭剑。剑上一片银光映月，清辉入目，端是凛人。

忽地，男子眸光映着剑芒，往左方一侧！

清风略急。

一名女子出现在男子左侧，步履无声。

皓月银光，淡照来人。

女子发绾堕马髻，面覆轻薄纱，脚着凤头履，身穿樱草色对襟宽袖上襦，里间橘黄抹胸，下搭玉色罗裙，牙色袜肚上束长丝带。

丝带曼垂，裙摆在清风中如波轻盈，泛了一裙月色涟漪，仅仅露出的那对罥眉清眸，在光色辗转间，潋滟生辉，既娇又媚。

这样一双潋滟生辉的眸子，看着的，是男子手中的剑。

剑上，有千锤百炼落下的纹路，在月光起伏间如云波叠绕，幽幽隐现。女子似陷回忆，声音别蕴温柔："银光嗜血，幽云起伏——幽云剑。八年前，公子一把幽云剑，平定狄戎十三部落中的七大部落，其后幽云剑所至之处，七大部落无不俯首。"

男子轻然而笑，抬起剑，凝视着道："平定七大部落的，不是这把剑，而是公子运筹帷幄的本事；令七大部落俯首的，亦不是这把剑，而是公子。"

"公子……"女子低声呢喃，似有情怀延绵。

男子目光收敛，头也不抬，依旧专注拭剑。四下除了夜风偶尔拂衣之声，委实安静。少顷，他动唇启齿，低声问道："暗梅门中左护首也在这儿，你约我至此处，难道不惧此地有她眼线，被她察觉端倪？"

女子衣袂迎风，一身从容恬静，悠悠说道："人总把眼光放得太远，从而忽略了最近的地方。她认为，这个桃李园在她掌控之内，已不必浪费人手在这里，反惹嫌疑。所以呀，任何地方，都未必比得上这里安全。"

男子收剑回鞘，抬起头来。

神情傲冷，茶眸氤氲，此人竟是云息身边的萧子岩。此时，他的面貌皆展露在光影下，光影勾勒他那深邃轮廓，更衬剑眉星目。

萧子岩问道："何来村之事，你大抵都清楚了？"

女子微微眯了眸，仿佛在笑，眼角一弯弧度极其清魅，斜映月光，连带眉梢也缀染旖旎妩媚之色。

萧子岩不待女子应答，继续道："公子决心要动暗梅门，即便不能除掉他们，也要他们两相争斗，不得安生。"

"我知道。"女子声音清冽，如山间流泉。

萧子岩侧眸掠向她，问道："你今晚约我，所为何事？"

女子曳曳迈步，走近他跟前，声音极轻极柔，道：“阿兄，我想回山庄。”

语气虽轻虽柔，却很坚定。

萧子岩面色淡淡，像是早知她此言，问：“为何？”

女子长睫颤颤略垂，眼下落影如花绽：“这一次，我暗自假左护首令调用鬼女千面，又发出太仪阵法八使的暗令，何来村据点被毁的消息很快便会传来，这迟早会查到我头上。梅营，我未必可久待。”

萧子岩眉梢轻挑，长身立起，直白道：“这个理由很好，但不是真正原因。”

“我……”

“以你的能力，即便是查到你身上，你也未必无脱身之能。”他的目光定定地对上眼前人，凝视她，“告诉我，原因。”

女子素手轻挑发鬓，一双盈盈清眸如秋水，回视萧子岩，坦然道：“是，我想回山庄，我想守在他身边。公子准备了这么多年，这一番出手，必定容不得半分差错。除掉暗梅门，是必经之路，目的达成后，我将成为弃子。阿兄，我不想做一颗弃子。”

萧子岩摇头道：“公子手上，没有弃子。对于公子而言，我们是棋子，却不仅仅只是一枚棋子，你懂得我的意思？”

女子愣了愣，道：“我知道。”

萧子岩道：“你在暗梅门中，这些年不容易，公子都知道。此次你能脱身，他会让你自由选择。阿妹，你可离开山庄，不用再陷入这样无尽的阴谋与争夺中，像沈如云一样，嫁人，生子，安稳度过余……”

“不！”女子猝然打断，“回山庄，这就是我的选择。我这十一年来付出那么多，就是为了陪他走到最后。你让我离开，我不甘心……”

月光晦昧，夜色沉蒙，云朵蹑手蹑脚，在半空中惹出隐约动静。

女子道：“嫁人，生子，有个人相伴一生，呵，我也希望。但这一辈子，我想陪伴的人，只有他一个。”字字铿锵，深思熟虑。

萧子岩抿唇不语，侧开目光，看向天际那一轮亘古犹在的幽暗的月。

人这一生，总会有一些转折，转得好的，人们把它叫际遇；转不好的，就是劫数。

很多年前，他和她遇上一个人，这一生，就开始翻天覆地地改变。这种改变，在开始的时候，他以为是幸运，而如今，谁也料不到，究竟是好，抑或是坏。

没有人比萧子岩更清楚，云息眉眼看似温情俱在，事实上，他的心，最孤寂、最冷清。谈笑风生、温雅雍容如他，不过是这些年找到的最好的面具。

远处暗云如带，森幽且晦暗的光色，如深海中的起伏暗涌，尽落他眼中。萧子岩道："阿妹，遇上他是福，是际遇，又何尝不是劫数？可是我不明白，你这么多年，不过是久久才能见他一面，何以心生了这样大的执念？当初……当初他派你近身明家三郎，我只当你会对他死心。"

女子不答。

"也是，许多决定，看似都是自己选的，可事实上，在宿命之前，人怎有选择的机会？有太多事，未必由得人控制。"萧子岩的目光遥落远方某处，声音低低，似慨似叹，"去吧，要怎么选择，自己去跟他说。"

女子面色一震，蓦地侧头看他，颤声道："他……公子知道我……我私下约你来……"

萧子岩情绪尽敛，已是眉目无绪、水波不兴，淡淡道："你觉得，有何事可以瞒得过他？他连你为何约我，都早已晓得。"

女子迟疑地退了几步，继而趆身离去。

萧子岩看着她离去的身影，眼底情绪，一如静波起漪，不知是遗憾，还是惋惜。

夜影起伏，万籁尽阒。

听水阁处折桥回转，高下曲折，四面贯通，其中灯辉荧荧，映在湖上，满目粼波闪闪，宛如缀满琳琅宝物。

云息负手栏边，茕然独立，黑发如练，一身素净茶白广袖罩衣，褒衣博带，错层交叠，顺着夜风，衣袖趆飞。

有绫灯二三，星星点点，洒落衣间。衫袖上银丝勾勒乘云纹路，折射光芒如许，如有袅袅清光缭绕，起伏缠绵，似天上云波盛景。

远处延桥尽头，女子看向云息所在方向，在原地凝立片刻。

女子面覆轻纱，着樱草色上衣，玉色裙，腰缠牙色袜肚，衣袂飘扬。月光悠悠款款，淡洒而下，如同在女子身上罩上了一件月白轻绡，绰约多姿，端似姑射神人。

云息目光，亦在她身上停驻斯须，便转过身，往室中走去。

女子穿桥而行。她步子盈动，十分缓慢，每一个踏出的动作，都分分明明，可是，她在桥上一折一转，每踏出一步，便似移形幻影，瞬间转移一般，不过三两步，已至云息室前。

若是此时有旁人在场，定然惊叹无比，这女子轻功固然卓越，更难得的是，她竟在轻功之中运用了匿形之术，是以身形隐现，残影晃动，忽有忽无，如似神魅。

“进来。”分明无声无息，室中人却早已知她到来，声音清朗，自一片静谧中传出。

女子轻轻应“是”，自行拉门步入。

徐徐夜风，随女子开门，漫入室中。

一室帷幔翩盈如烟，烫金纹路旖旎似水。墨生无声走过，来回玩弄着一团线球，明明是一头豹，却温驯得如一只猫。

清池跽坐案侧，铺开素帛，压上玉兔镇纸。清风蹙着眉头，精神懒懒，手肘靠着案侧，在一边雕云纹八角龙尾砚上，研着玉蝉墨，一手还捂着口打哈欠。云息闲坐在垂帘后，书案前。

左右有飞鹤衔芝灯，灯上不点烛火，不过置着两枚夜明珠，满室光辉堂皇。

女子拂开帷幔，莲步轻移，垂眸行至书案垂帘前，却也不敢靠得太近，正要躬身行礼，忽听云息含笑开口：“别动。”

女子愕然，迷茫抬头，目光穿越垂帘，对上里间人那一双浅笑从容的眼，一时间，女子心有惊动，如群鸟翩飞而过。

她盈袖轻垂，无声静立。

云息唇角淡挑，漫然道：“方才我便那样远远望你，水月之间，衣袂虚绕，月芒轻罩，顿觉那情景若不为画，委实可惜。”

女子瞧他面色和缓，听他声音轻柔，脸上一热，喃喃道：“公子……”

云息半垂眼帘，执笔揾墨，款语温言，道：“其他事不急着说，可愿入一入我的画中？”

女子急忙敛襟跪下，中心摇摇，道：“萧晴怎敢……”

“阿晴，”云息画笔一停，眼眸略抬，似责似备，声音却不无亲和，“别动！”

“我……”

他的声音，淡淡的，如同过溪清泉，潺湲流进她心间。萧晴不知应对何言，索性缄默。

云息也不再多言，提笔蘸墨，垂眸作画。

萧晴直立起身来，见云息时不时抬眸看她，目有凝视，旋即又垂眸动笔，一时间手脚不知如何安放，僵立原地；耳又听得窗外风声簌簌，铁马叮当，扰得她百念攒心，不得平静。

女子眼底神情，错综复杂，或忧或虑，或惊或讶，唯一可以肯定的，便是那羞怯夹带欢喜的情意。

是啊，深情在眸，是掩盖不了的。

清池望了望帘外人，彼人眷眷心思昭然若揭；又探了探案前人，此人笑意似月色轻悠，情愫不沾。

清池眉睫一敛，目光便落他手间。

男子修长手指握着笔。

笔是檀香木雕灵芝仙草管翠毫笔，明明是昂贵品物，在他指节间，也不见得有多稀罕，只觉他执笔的姿势很是好看，灯光落在手背上，珠玉一样散着光，是恰到好处，是赏心悦目。

若只论才情，当下名士，又有几个能及他？信手数笔勾勒，已是美人跃然纸上。

倘是他周身只得这些风雅才情，便也罢了，实则又何仅如此？伴他身侧已有年头，清池也算知晓他三分素性。若以世俗的眼光来看待，他的确是难得一见的完美。但究竟是怎样一种完美，如此些年，清池终究寻不得一词来概括分明，好似待怎样比拟都是不如。他身上有一种气息，总叫人觉得他做的每件事都是天经地义，他说的每句话都令人心悦诚服。

看似挑剔如他，待人却从不苛刻。纵然底下有人做错，也不见他有过雷霆声色，从来言语温和，不会喜怒无常，在他身上找不到一星半点的攻击性。然而他最危险的，恰恰就是这一点。看似亲近众人，实则又与众人皆隔着庐山云雾；看似谈笑风生，底下却不知碾过多少尸骨残骸，血肉模糊。

就是这一份恰到好处的进退有度，让谁都觉得他亲近，却也谁都无法走进他的心。

其实在他身边多年的人，谁不明白这一点呢？可留在他身边这么多年的人，谁不是心甘情愿呢？他纵然心如渊崖，可那渊崖之中，焉知未有另一番山河丘壑？

清池心中突生得一念，想这世上有“心甘情愿”一词，用在一些人事中，倒端是恰如其分。

少时，云息置笔于墨石笔架上，清风终于吐了一口气，甩了甩磨酸的手腕。

云息神容无奈，含笑睃她一眼。清风朝他俏皮地吐了吐舌头，做个鬼脸。

清池执扇对着画帛起落几扇，墨迹渐渐干定。

眼见画中女子裙带飞扬，立于水桥之间，遥遥凝望，堕马髻似垂未垂，娇媚堆鬓；眼角如妖，顾盼生情；素帛为底质，更衬其玉骨冰肌、霞姿月韵，别是一番清魅之意。

笔触细腻，行云流水，落白恰当，十分空阔。

清池不禁一赞道：“丰肌秀骨净娟，醉晕妆光总宜，萧大人果真是罕见美人。”

萧晴自是动容，虽是看着清池，却拿余光暗下窥觑云息神色，轻声道：“公子画工精湛，萧晴陋色浊颜，涓埃之微，恐污公子妙笔。”

云息眉梢略挑，看她姣好容色，唇角弯起悠然浅弧，笑意闲闲道：“你何必妄自菲薄？凭你的容色、风情，在这昭华城中，不能称一，也可数二。这画待我修整完毕，过些时日，再遣人与你送去。”

萧晴霁然，敛襟一礼，道：“谢公子。”

书案一侧的窗扉半开着，夜风顺了月色进来，室内垂帘幔帐招摇着。凉风里夹着几声扑棱扑棱的鸟翼振响，侧过眼看，槛窗外头贴着绡纱，一个黑色的小影在绡纱上起伏了几下，偏蹿入窗内来。是一只小鸟，停在书案边沿上，形如雀，色羽金黄。

清池将金鸟收拢于掌心，小心翼翼地取下它口中的小筒，双手递给云息。

云息接过小筒，云袖轻拂，挑帘行出，斜倚长形软榻之上，手肘靠着隐囊。他不急着看小筒里的内容，侧首对萧晴道："对于鬼面客出现在何来村，你可有什么想法？"

萧晴跽坐一侧，不敢妄下结论，细心斟酌，才道："回禀公子，出现在何来村的，可不仅鬼面客一人。"

云息看她，道："不妨说说，你对此事的看法。"声音端然清淡，黑漆的深眸之中沉烽静柝，不起波澜。

萧晴降心俯首，只道："萧晴不敢妄言。"

潜伏在梅营那么长时间，已经让萧晴养成了事不多言的习惯。这些年来，暗梅门铲除过多少细作，一场场惊涛骇浪去了来，来了又去，有人翻船，有人遭殃，大鱼吃掉小鱼，而她，任凭风浪起，稳坐钓鱼船，靠的，不就是一个"藏"字？

凡事不多言，凡事不出头，不仅要把心思藏到面具下，还要咽到肚子里。

对于这次何来村之事，身在其中的萧晴比谁都清楚。云息令她窃用梅营左护首令牌，发假命令调走何来村据点中所有据守门使，在回撤半路上，云息暗下埋伏，将所有门使全部击杀，同时，还在何来村暗营埋下的作为"眼睛"的暗探眼前，造成所有据守门使凭空消失的假象。

暗探急返分营报信，这一只"眼睛"，便也失去了作用。趁暗探使者回暗营报信时，云息调动东隅楼的洁者取代其他暗探位置，全面将何来村掌控在手中。

云息暗卫、各国潜伏的线报人，都统称为洁者。洁者是指一种经过长年精良训练、武技高端、擅长匿形的武者。这些人中，除了原先东隅楼未建前，云息招揽的旧人外，其余大多是各国战争中失去亲人，没有任何背景身份的平民孤儿。这些人被东隅楼收留之后，有一年适应期，他们能够自己选择去留。离开者，东隅楼可提供一笔费用，从此之后是富是贫，是善是恶，皆与东隅楼无任何关系；而自愿留下者，便择优编入洁者，从此之后，誓死效忠，对命令绝对服从。

东隅楼的七大楼主，乃当年江湖上七大顶尖杀手——七绝杀。由他们训练出来的密探武者，极为专业，所有人只信奉一条理念，便是绝对忠于主人命令。

暗探使者紧急回营，必然会引来暗营高层的侦察。萧晴猜想，云息的目的，或许便在于此——借暗营的手，除掉何来村据点，先削弱暗梅门。

只是，调动鬼女千面和密发太仪阵法八使的暗令，此二举动为何，她却多少有点想不明白。

云息道："'藏拙待时'，当年我指派你潜入暗梅门，便给了你这四字，这些年你确实做得很好。只是，你如今在我面前，还有藏拙的必要吗？萧晴，你连我都不信任了？"

萧晴猛一抬头，道："不。"目光灼灼，言语坚定。

云息勾了勾唇角，笑道："我想听听你对此番诸事看法。先说说暗营吧。"

萧晴沉吟片刻，整理思绪，井然有序道："暗营最大的祸患，在于不知根底。以云影山庄情报网之细密，都无法具体侦察出十二宫各宫主人、五护法及身后门主的真正身份。何来村是门中制造活死人的一个重要据点，一旦有所异动，定然会引出暗营里的高层探查。卑职猜想，公子想端掉何来村这个据点，但若是亲自出手，则太早暴露云影山庄，于是先将何来村掌控，制造假象，借他人之手毁掉。至于费这番周折，怕还有一个原因，是想借机引出暗营的高层吧？"

云息端详她片刻，垂眸，语中似有玩味，道："如果这个何来村能引出暗营高层，那为什么出来的是鬼面客？你觉得，鬼面客会是暗梅门人的吗？"

萧晴思忖道："自鬼面客出现在江湖以来，一直都是正面形象。虽说他行踪不定，但他与诸多邪教为敌，这是事实。暗营我不知道，但梅营有多次行动，都是栽在他手上。前些日子，几大邪教联手追杀鬼面客，我座下两名香主也参与其中。鬼面客颇有侠义声名，这在江湖上无人不晓。这样的一个人，若说是暗梅门的人，怕是谁也不相信。可是，鬼面客为何会出现在何来村？会不会他也在追查什么？也是冲着暗梅门去的？这何来村的据点，如今算是毁在他手中了。相比鬼面客，我倒是觉得，慕容馥更为可疑。”

“是啊，她确实更可疑。”云息叹了口气，想起那个人。

初见时她那模样，有些粗鄙，却又有些可爱；模样不夺人，更谈不上多好看，但脸盘儿小，眉扬眸亮，便无端令人感觉一脸昂然，神采飞扬。从没有女人靠近他时，敢那样对他动手动脚，说难听点儿，简直是不知羞耻了。可惜啊，是故意，是装模作样。聪明的女人。

她藏得太深了，她伪装之下的真正面孔，让他总有一探究竟的欲望。

萧晴不知他思绪飘得远，继续道：“不过好在何来村据点也算端掉了。慕容馥的身份，接下来可慢慢再查。”

云息摇头，道：“若仅仅为了除掉暗梅门区区一个据点，方法甚多，又何必用最费劲的办法？”

萧晴眉心淡锁，有些不明，道：“望请公子详解。”

室内刻花青瓷熏香炉里，燃着白龙涎香。此香乃以檀香、乳香，佐寒水石煅为细末，复用梨汁和成。

几缕轻烟自炉口溢出，缭绕周围，味道很舒坦，少了以往龙涎香的奢重，倒有了几分晨初露水沾上山川草木时的爽气。

云息手中把弄着小筒，唇角向上一牵，神容悠闲道：“我与你讲个故事……”

话音未落，清风精神一振，忙拍手叫好，眉开眼笑道：“好久不听公子讲故事了。记得在庄里，公子给小欧阳讲故事，我就在一边听，最后，小欧阳说故事是讲给他听的，硬要收我银钱，真是磨人的小坏蛋。”

清池瞥了清风一眼，从果盘中取出一个梨，径直塞到她嘴里，忍着笑道：“你闭嘴！打什么岔！”

清风伸手取出口中的梨，就势咬了一口，嬉皮笑脸道：“甜。”

云息无奈地摇摇头，虽也不理她们，但脸上神情是放松的，语气像春风一样，徐徐道："这是几年前，我在襄国时听过的小故事。有两名牧童偶入深山，不意入了狼窝，发现两只小狼崽，便想将狼崽抱回家中饲养，离开时，却遇上老狼归巢寻其子。两名牧童心中惧怕，知躲避不过，便各抱一只，分别爬上两株大树。两树相距数十步，一个牧童在树上掐小狼崽耳朵，弄得它惨嚎连天。老狼闻声奔至，气急败坏地在树下乱咬乱抓，另一个牧童也急忙拧了小狼崽的腿，这只小狼也是连声嚎叫不休，老狼又闻声赶至……如此周而复始，老狼奔波于两树之间，最终累得力疲身亡。两名牧童安然脱身，也如愿以偿得了幼狼。"

清风一边吃梨，一边又插嘴道："咦，这故事公子也跟小欧阳讲过呢！当时我就觉得那两个牧童真调皮，没事为何要去抓那两只小狼崽啊？人家虽然是狼，可也有父母的。还有那老狼太可怜了，眼睁睁地看着自己的孩子被牧童玩弄在手中，它却无可奈何。小欧阳却觉得那两名牧童机智，还说我笨。到现在，我都还想不明白，这怎么就是我笨了呢？"说着，她烦闷地嘟起嘴。

清池扭了扭眉毛，一副恨铁不成钢的神情，伸手敲了她的脑袋，却是不说话。

云息笑看清风一眼，道："小欧阳有小欧阳的聪明，你有你的怜悯之心，各有各的优点，你何必因此烦恼？"

清风听得一头雾水，但她这人直脑筋，凡事少个心，也无寻根究底的好奇欲，只"哦"了一声，支着手肘，托着腮，又继续吃梨去。

确实如此。小欧阳站在牧童的角度，所以说牧童机智。是啊，倘若牧童心软，放了两只幼狼，他们便没了凭依在手。他们面对的不是别的动物，而是狼。老狼可不会因为他们放了幼狼而感其恩德，反而会对他们夺它孩子而衔恨在心，这样一来，牧童便只有两种结局：要么，被老狼咬死；要么，被困死在树上。

而清风，向来被公子和清池保护得很好，她便如白纸一般，人性本善，又怎晓得狼心的险恶？自然会为老狼失子身亡的下场心生怜悯。

至于公子呢，作为讲述故事者，他跳脱于故事之外，那么他讲这个故事，所要表达的，又是什么？

月光入户，室有荧光，落在垂帘纱幔之间，斑斑驳驳，错落有致。炉上香烟袅袅，满室静好。

此情此景，竟叫萧晴莫名觉得安定。她暗地抬眸，觑了觑他的神色，恰巧他竟看过来，骇得她像穿窬小贼似的，心慌意乱。她匆匆收回视线，垂下眼来，不敢望他，只忙扯出些话来道："暗梅门，就像……故事中的老狼。要想它变得好对付，首先得掐住它的命脉，那么，接下来，它如何走向，便能很大程度上由我们掌控了。"

云息颔首，手指触上小筒上的小型机关。

筒中一卷麻笺吐了出来，他顺手展开，淡扫一眼，随即望向垂帘之后低眉思索的萧晴，唇角扬起来，明珠荧光在他眼底轻闪，那缕藏匿在笑容之中的傲气，为光芒所盖。

"而活死人，虽不是暗梅门的命脉，却是他们近几年行动的要点所在。"萧晴反复细嚼，顿时明白过来，觑他神色，缓缓言道，"何来村，公子掌控了他们的原蛊，便等于掌控了主动。书中有言，'逸能劳之'，是以公子的何来村之计，不仅仅只是拆散梅营、暗营之间自来一明一暗的紧密配合，更是在于劳敌。调动敌人，制造纷乱，让他们先失优势。不管暗营高层有没有出现，公子此番都是坐收其成。"

见云息面无异色，萧晴心中稍有了底气，唇边泛出湛湛笑痕，眉眼无意已挑三分自信，她继续道："环环紧扣。若是萧晴未猜错，公子怀卞庄子之心，以待二虎竞食吧？"

云息面色带过赞色，起身掀开垂帘，行至萧晴跟前，目光停在她眉目间，道："看来，你心里已有把握？"

他衣上气息如风，袭入鼻息间，萧晴登时粉面盈霞，心如鹿撞，忙呼了一口气，暗自平复心情，抬眸觑他，整思理绪，道："暗梅门在江湖上植根不浅，要真正削弱它，并非一两日可行之事。再者，暗梅门内部分职，犹如一国朝堂，章则分明有序，且行为隐匿，分散各处，不知底细。要将它从正面铲除，便是集中江湖所有门派也未必做得到。更甚者，乃暗营。它埋藏在深处，是眼睛看不到的东西。对于看不到的东西，要想除掉它，首先得让它露出痕迹。"

云息面露赞赏，扶案趺坐，示意她继续说下去。

萧晴两手交叠，置放双腿之上，身子端直，继续道：“可问题是，要如何让自来藏踪蹑迹的他们自露马脚？依方才公子故事所言，先控制要点，疲劳对手，以逸待劳，这是何来村之计的目的。但，不仅要劳敌，也要给他们点甜头，为的，就是让梅营、暗营之间二虎竞食，两相争夺。那要怎么让他们争夺？不可用太明显的手段，要一步步，将他们诱入圈套。

“如何诱？将欲取之，必先予之。他们不是要找奸细吗？那我们就给他们奸细，这奸细就是食物。梅营要找内部奸细，暗营要找梅营奸细，梅营自来独立，不会心甘情愿叫暗营横插一脚，这样，矛盾就出来了。这就是公子用了鬼女千面这一枚隐棋的原因，也是为什么要调动太仪阵法八使的原因。这一切，都是为了给他们一个奸细。”

云息颔首：“不错。”

萧晴明白了。引起这两方之争斗，乃自内部打击他们，使其两败俱伤，达到坐收渔利的目的。一个组织，就如同一个国家，出现内乱，无论是哪一方胜出，对于整个组织而言都是一种重挫。在遭受重挫之后，总会有些心有余而力不足。力一不足，就容易出破绽。一旦出破绽，那么，再隐秘的组织，想必也不会太隐秘了。

她知道，这才是公子接下来想做的。何来村，不过是个开始而已。

云息广袖轻动，将手中的密报递给萧晴，道：“你先看看这个。”

萧晴迟疑道：“这……这怎是卑职可以看的？”萧晴是外围密探，内圈资料，她是无资格查看的。这是要防止外围密探反水时，暴露太多消息。

云息挑了挑眉，凝眸看她，笑容很坦荡，反问道：“有何不可？”

眉目含笑，浑无忌惮，叫人觉得无限亲近。也未必是故意，怕是经历使然，哪怕现下高高在上，不改曾经也是荆棘堆里攀爬过来的，他又比谁容易多少？越是陌生的人，他越能带出人情味儿来，更别说萧晴待他有别的心思，这时心中，她怕是感动得一塌糊涂了。

清池冷眼旁观，在心里叹了叹，却也不知是因谁。

萧晴见他如此信任，确实一腔动容，不由得牵引出了心中旧事，目中一红，眼底已见晶莹。她匆匆垂眸，挪身稽首，道："公子，我……"

"其他不必多言。"云息身子前趋，将她扶起，言语温柔，又夹带回忆，"记得我第一次扶起你，便是初次见到你时。那时，你目光坚定，对我说，这一生将誓死效忠于我。萧晴，我知道，任何人都有可能误会我，甚至背叛我，唯有你，是不会的。"

他离她如此之近。

犹如那一日，她被人欺负，满身乌青伤痕，蓬头垢面，自肮脏的污浊泥堆里抬起头。他立在她身前，日光在他背侧，似尽数缭绕在他周身，是那样洁净的明光，神祇一般。

她心中敬畏，瑟缩身子，往后躲避。

他俯身靠近她，笑意清朗，声音轻柔地对她道："别怕，我是来帮你的。"

——别怕，我是来帮你的。

她生于钟鸣鼎食之家，除了她，尚有两名兄长，自幼侈衣美食，备受呵宠。六岁那年，却突发不测，外出游玩途中与家人走散，后被人贩子所诱，卖入雍国荥阳城大户人家中，当粗使幼奴。她的生命，就在这样猝不及防的不测里，被改了个方向。三年后，她失散的兄长萧暕，千回百转寻得她。

那一日，她便如此惶惑地抬起头，落目有阳光，有少年。阳光照拂着尘埃，起起伏伏。少年素裳轻袍，磊磊姿仪仿佛阳春白雪、晓风残月。

他的手掌笼住她满是血痕冻疮的冰凉的手，掌心是那样温暖。他的目光莹亮且耀目，在日头下荧荧闪动，是那样好看。

她失魂落魄，不敢直视，心中又喜又惧，惴惴不安。

可是陌上少年，前世曾见？

可是上天怜她历经苦楚，特意眷顾，让这世外谪仙，来此红尘俗世，将她救赎？

她无从查究。

那时候，她心中只得一念，哪怕这只是一场梦，也要牢牢地记住他，即便梦醒来的时候，也不要忘记。

是啊，她遇上一个人，想为他付出今生，想陪他度过今生。这念头的发生，不过是在初见的电光石火中，至今不灭。好似她置身于世，不过是为他而来；她生之喜乐，也不过为他而起。

一心欣喜，一腔执念。

十年转瞬如弹指。她练武，她学艺，可以为他做到的每件事，她一件件倾尽全力完成。她知道他想要什么，即便不能与他并肩，只要能远远看着他，已经是她莫大的幸。

她无悔。

萧晴在他灼灼目光里，收敛思绪，整衣坐正。

她伸手，接过他递来的密报，细细看过。看完密报内容，她双瞳陡地收缩，心头暗凛，诧异道："俞棋在密报里说，数日前，暗梅门里已经暗下总令，派暗营十二宫主暗查梅营中的奸细。这样直接令暗营插手梅营内务，这……这怎么可能？何来村之事不可能传得如此快，而且梅营这边，竟全无消息？"

云息轻一拂袖，萧晴手间密报化为齑粉。

萧晴看着他，似等他回应。

云息抿着唇，闲闲撑着下巴，轻描淡写道："何来村的消息的确未曾传出，暗营要对梅营下手细查，亦并非因为何来村之事。"

萧晴略一思忖，迟疑道："莫非……是因明家图符？"

檐下铁马在风口里叮咚作响，风似乎一直未曾歇过。

云息颔首，熠熠目光望向槛窗外，身子靠着三足弧形几，道："四图、四符、兰心坠、阴阳谱，四图中，有三张在明家密室，这个消息，并未曾传出江湖。十几年前，夏侯家与华家，弹指覆灭，明家却一直平风静浪、安享太平的原因有二：一者，暗梅门并不想明家跟夏侯家同等下场，仇视暗梅门的明仲道，远比九年前深不可测的夏侯杰好控制；二者，不仅仅梅营，暗营也在明家有眼线，并且此人对明家颇为了解，所以，明家一直在暗梅门掌控之内。可惜此人知道图符在明家，却一直不能确定具体位置。明仲道这个人，最擅长的大概就是藏东西了。明明知道东西在他手上，却偏偏不知道他放在哪里。"

萧晴思忖着，接口道："于是有人夜闯，杀人手法一针见血，用毒狠辣，且直冲尚文阁。如此一来，明仲道当然会警惕。他素性多疑，单单一个刺客，就可叫他浮想联翩，凭空猜测很多东西。他有意把刺客关在地牢，想玩虚虚实实的把戏，好令认为图符在尚文阁之人心生疑问，又想一石二鸟，借被捕刺客为饵，引出一直隐藏在明家，意图夺取图符的人，所以，才有了抃风台宴请公子。他借公子，将一切目光齐聚抃风台，叫人以为别处防备已松，故意给人出手时机，委实打了一手好算盘……"她思绪电转，来龙去脉逐渐澄明，说话时，语速偏快，字字句句，言辞利落。先前的柔媚早已不见，半遮轻纱的脸上，也泄露出寻常女子少有的精明与敏锐。

云息道："确实如此。"

"明仲道以为是在诱敌，其实，早已落入别人彀中。"萧晴语气略微停了一瞬，才继续道，"明家图符，暗营势在必得，方令梅营参与协助。左护首当年杀了真正的云落婵，令宫言化用云落婵身份，近身明仲道。在明仲道诸多妾侍之中，云落婵一直颇受宠爱，以她久经训练的催魂之术，要伺机在他口中得到信息，只要把握得当，并不难。所以，暗梅门早就知道，那夜尚文阁不过是一个擒纵陷阱，肯定不会出手。"

云息动了动衣袖，淡淡道："所以说，你们左护首是个聪明人。两年前她转入昭华，便直接紧盯明家，在明仲道、明三郎身边，放了一双又一双的眼睛。"

"明仲道千算万算，自以为算无遗漏，却忘了枕边人。暗梅门千谋万虑，却是自己放弃了时机。只要能将计就计，谁也防不胜防。"

云息道："确实，没有什么计策比将计就计更巧妙。"

萧晴深以为然。

是啊，抃风台夜宴，确实是难得的好时机。

一曲击筑之音，令众人惊叹，使得后半场哪怕已换了替身，众人也皆不觉。哪怕是明仲道会中途折返，吴画的易容术，谁也看不出破绽。

公子趁此出手，明仲道自然认为，图符是暗梅门所盗。暗梅门两手空空，还哑巴吞黄连，吃了个有口难言的莫名亏。也因为如此，暗梅门确定了梅营中细作的嫌疑范围，但凡知道门中图符计划的，且一直潜伏在明家的，每个人都有嫌疑。因此，夺取图符失败后，门中表面看来一派风平波息，却不是真的没有动静。

看来，她确实藏不了多久了。

不知他会怎么安排自己，萧晴有些惘然地看着他。

他坐在光影里，手肘慵懒地靠在凭几上，不加巾帽，亦不束冠，垂委长发，不过是随意以丝带绑系，一半被悬搭在凭几间，他稍有动作，那发便丝丝缕缕跌下去，一丝一缕，都落入她的视线里。

还有那罩衣上，茶白的缎子银线的纹，衣裾舒展，纹路便在光里起伏。这光芒，和洒在她自己身上的，分明是同一缕，却叫她横生出一种绵里藏针般的刺痛。

明明这样近，平行的视线，却总叫她觉得自己是在仰望。

高高在上，不可亵渎。

或许初见那一日，一切位置就定了吧？

萧晴一时惶惶，脸上方才的自信已不见，眉目微有落寞，垂睫低声道："那夜听闻公子抃风台上击筑，举座皆惊。萧晴只是惋惜，未能身临其境，亲耳聆听公子之音。"

云息笑，笑容有些扑朔迷离，谁也看不清。他纤长手指轻抵下巴，目光转落她的面容，似将她眉目情绪收入眼底。

萧晴不敢抬眸。

清风此刻插口，话语活泼，道："萧大人不必惋惜，公子好器乐，日后有的是时间听公子谱曲奏器。听闻萧大人幼从名师，擅琴弈歌舞、书画丝竹，指不定，还是公子知音呢。"

萧晴脸一热，掩唇莞尔，斜眸瞥她："就你多嘴！"

清风努嘴道："萧大人不是惋惜吗？不过，这几日似听公子时时同吴大人念叨那张筑。公子不是在庄里收藏了一张吗？又不是不曾见过，怎的那般稀罕？"

清池面无情绪地整理案上物，道："那张筑是有来历的。夏朝末年，越帝暴戾，其时有江湖豪侠义士，潜伏宫廷刺杀。其中，有当时的两位著名剑客，一位名度阳，一位名凝衣，后刺杀失败，为帝所诛。这两名剑客，有一知己好友，名庾圻，善击筑。闻越帝好击筑之音，遂伪琴师入宫，伺机刺杀，结果亦以失败告终。庾圻寻机欲再行刺，然越帝次年薨。庾圻无法为挚友手刃凶手，心遗憾念，从此罢筑不击。明仲道收藏的筑，便是庾圻之筑，古物啊！公子寻了许久，却不想，竟在明仲道手中。”

云息延着长腔叹息道：“所以说，明仲道这人，不论其他，论藏东西，他却是一流的。便是近他身侧多年的人，也不易探得圭角。否则，暗梅门要取图符，也不必等这么多年。看来最近的武林大会的确够他劳累的。”

萧晴牵唇道：“天下武者，皆聚昭华。江湖纷乱无序，武者是最难控制的力量，一时间云集于此，一不小心就会惹出大事，明光府更是目光凝聚之地，他焉能不劳心？”

云息眉梢微动，道：“是啊，武林大会，推选盟主，本是为了维护江湖秩序。可偏偏每届武林大会，总得发生数十条命案。这与大会初衷本就大相径庭，却从未有人阻止。表面冠冕堂皇，背地里，哪个不是为了自己的利益，各怀心思呢？就连我们，也是如此的。师尊说得对，江湖是浑水，天下是浑水，置身其中，谁也无法全身而退，只能用尽全力，做到不要溺毙其中而已。”

而能最后走上岸的，才是赢家。不到最后，谁也看不透结局。毕竟世事瞬息万变，他再怎么算无遗策，也有百密一疏的一天。满盘倾覆，差的也不过是一步棋，还是要小心翼翼。

萧晴凝眉望他，良久方问道：“公子是觉得疲累？”

云息闻言，亦回望于她，胸臆间掠过一阵排斥，静默不言。

萧晴已知逾越，只得寻思，岔开话道：“左护首在明莲枫身边，也成功伏了一人。”

云息延着长音“哦”了一声，目光一收，饶有兴致地道：“这位左护首手脚真是利落。明莲枫走惯江湖，眼界不同一般，她能在他身边埋下眼线，倒是将明莲枫性情摸得颇为通透。不过……”眸底掠过思忖之色，继续道，“如此一来，对你方才所言的二虎竞食之计，倒更有用处。”

所谓的二虎竞食，类似于卞庄刺虎之计。书上所言，有一老农，名卞庄子，路间遇二虎食牛。卞庄子欲将老虎刺死，有人阻止他道：“此二虎食牛，少时必为此相争不休，届时二虎相斗，两败俱伤，汝复出手刺之，岂非更为轻易？”

卞庄依言而行，果二虎皆得，收得大利。

兵鉴上便概言：“使两寇相弊，吾乘其后，此卞庄子之策也。”

眼下各方势力盘根错节，蠢蠢欲动，而暗梅门是当今江湖中强大而不知根底的组织，且与宁国王室有所牵连。但有所动，引发的将是各国之间的纷战。便如三十年前，卫国几遭灭国之险，便是魔教从中作梗，足可见江湖力量的重要。

而公子要削弱宁国势力，真正在六国中跨出第一步，暗梅门就不得不除。

不得不除，但究竟要怎么除？

江湖上各大门派间，各有自身利益，说能联合一体，简直无稽之言。而以一己之力对抗这不知根底的一门，实在是难上加难。是以要铲除暗梅门，正面之法断不可行，只能暗下功夫，从他们内部出击，扼襟控咽。一旦门中内部矛盾一起，暗营与梅营之间，最后无论哪一方胜出，损失最大的都是暗梅门自身。很显然，暗梅门的掌权者亦深知此理，因此才会密令，使暗营秘密除奸，避免在暗营与梅营间再现罅隙。

俞棋密报来得恰合时宜，公子下了那么大功夫，又岂会叫暗梅门顺心？这两方的火既然已经点燃了，何来村之事，将是又一把大火。前幕伏笔已然埋好，接下来所该做的，不过是如何推动这戏剧，按照设定好的轨迹走下去而已。

萧晴迟疑片刻，试探问道：“不知……公子有何打算？”

云息唇锋轻挑，睃她一眼，悠悠笑道：“以你的才智，一直让你潜伏在梅营里，委实可惜了。等这武林大会结束，你……”语气凝了一瞬，才道，“便可以回山庄了。”

萧晴闻言色喜：“真的？”

云息眼中转过思虑，复又淡笑道：“你阿兄想让你自己选择，你若不愿留在山庄，我不会强求。你离开，我会派人保护你，不会让你有一丝一毫危险。你为我所做的，本就够多了。”

“不，我……”萧晴垂首道，“我愿意留在山庄，我想留在……”她顿了一瞬，终究还是不敢说出那句“留在你身边”，只能道，“留在山庄。”

云息立起，负手踅身，缓步行入垂帘之内，声音徐徐传出：“你且回去，切莫露了身份。这几日，暗梅门里若是有高层聚集指令，你得想办法，不要让左护首知晓，或者，让她去不了。其余待我命令，我自会有法子让你全身而退。阿晴，接下来的事，成与不成，便要看你应变了。”

“是，萧晴明白。”说罢起身告退，来去无痕。

“咦，别转过头呀！怎么不理我了？美人姐姐走了，你就不理我了？”清风对着一只鸟自说自话，“是不是想你主人了？他不在，别乱转了，来，回过头来，到我怀里来，现在陪你的可是我！”拿着不知从哪儿折来的一根细长木枝，兴致盎然地与金翼鸟玩得愉快。

鸟儿在她手中“武器”的挥舞下，胡乱跳窜趋避。

清风歪着脑袋一笑，对着它道：“你要是不听话，我就把你的毛拔了，烤来吃。”

鸟儿似识人语，被一吓，瑟缩了身子，如临大敌，战战兢兢，不敢乱动。

“怕了吧？”清风满意地大笑。

清池看着小鸟，递出同情目光，对清风道：“你要把它吓坏了，看萧哥哥回来怎生整治你！”

云息肘靠凭几，手撑下颐，含笑看清风戏弄金翼鸟，脑海里却想起另一双眼睛。

她和鬼面客一同出现在何来村，会是意外吗？

云息目光一侧，转向清池，问道：“你昨日说，撤下追查慕容馥的密查令后，发现有两股人马在追查她，可分别查出来了吗？”

清池道：“回禀公子，其中一股，确实是暗梅门；至于另一股……”她尾音稍有凝滞。

云息挑眉问道：“另一股如何？”

清池思量片刻，才道：“不知道。”

“哦？”云息诧异，“那……追查八年前，昭华城各大青楼方面的呢？”

清池细细道：“八年前，芙蕖楼买进过数百个十岁以下的女童。这样岁数的女童，比不得成年女子，一旦入了楼，几无反击之力。芙蕖楼跟其他青楼艺馆不一样，楼中少女并非要等到十四岁才能定牌待客。有些富商或公族男子，口味特异，专喜十一二岁之下的童女。芙蕖楼每年都会在一批女童中，挑出一半以上训练，专供于此。这些女童一入楼中，要么熬不过自杀，要么认命。因人数甚多，本是很难每一个都打探，不过，当时发生一件事，倒是颇为突出。其中有两个，待留半年，楼中放松了警惕，她俩伺机打死了看守，跑了出去。当时，芙蕖楼五名武者去追，但皆一去无回。”

“一去无回？没有尸体？”

“五名武者一去不返，芙蕖楼派人追踪寻找，但没有尸体，连一丝线索痕迹也无，两名女童也是销声匿迹。芙蕖楼也算折腾了一阵，皆无果，遂也不了了之了。”

香炉上烟雾袅袅而起，稳定有序，垂帘幔帐，一派涟漪不兴。云息手指捋了捋袖口，若有所思，转瞬又道：“芙蕖楼最为普通的武者，至少，也是凝气期吧？”

“是。但在当时，他们派出的五个，却不是普通低等武者，而是五个御气中段武者。”

两个被折磨多时的女童，却要五个御气中段武者去追？还一去无回？芙蕖楼的背后，有暗梅门为凭依，不可能连一线痕迹也找不到。这里面有太多不合常理。

世间事，无一逃离因果，环环相应，凡事皆可由线索推出。

武者比普通人，拥有更为敏锐的追踪能力，这两个女童再怎么能跑，也很难躲过这五名武者。那使得他们失踪的原因是什么？难道就没有一个能幸存逃脱吗？或者，有人救了两名女童？

是了，若只是寻常逃脱，芙蕖楼怎么会出动五名御气中段武者？

这五人要么被困，要么被杀。若是被杀，凶手又何必毁尸灭迹？

清池道：“死不见尸，会不会与暗梅门化骨散有关？”

“不对。”云息半眯起眼，“芙蕖楼背后是暗梅门。如今世道，人命微贱，两名女童，却派了五个武者，这就表明了一点。”

“这两名女童，比其他女童相对重要？”

云息颔首，手指一直摩挲着袖口，看向清池道：“既然这两名女童重要，可为什么损失了人手，还肯善罢甘休，不继续查探下去？”

清池思忖道：“莫非，有什么令芙蕖楼畏惧？”

暗梅门的情报线很广，昭华城有什么地方是他们查不到，或者无法查的？

他好像忽略了一条线索，可到底是什么呢？

云息垂眸合目，一手轻按眉心，少顷，才睁开眼，突然道：“昭华城有哪几处地方令人不敢妄入？”

清池似被提醒，惊讶道：“夏侯鬼府？若耶山？幽冥谷？”

云息唇角牵开笑意，道：“七八年前，夏侯府尚未被传为夏侯鬼府。”

清池迟疑问道：“公子的意思是……若耶山？”

“也是一种推断。”云息心想，三十年前，师尊借幽冥谷消失于世人眼中，江湖中无人怀疑，师尊才能秘入卫国，助卫君粉碎五国分卫的联盟谋划。如果这些人都闯入了若耶山呢？若是真的入了若耶山，那么，是有人有意指引，还是他们无意进入？

“传信。”

清池收起画，重新置开一张麻笺，继而恭谨低头后退。

云息起身，行至案前。两侧明珠斜照其身，投射起伏荧光。男子面色沉定静暗，提笔润墨，白毫轻触纸面。

写罢，清池即又上前，拿起案角一把刷子，在荷叶蟠龙洗中轻蘸。浅玉黄色液体在麻笺上一刷，瞬息之间，字迹褪隐。清池仔细地将它卷好，收入小筒之中。

清风接过，将其置在金翼鸟口中，取哨轻呼，一袭黑影蓦然自窗口而入，转瞬即隐匿无踪，包括金翼鸟。

第七章

万千海棠离人醉

活在世上，其实都是有今生没来世的，今生都尚且把握不好，谁还能指望缥缈虚无的来世？

一 / 心中有剑

夕阳斜照，时黄昏。

昭华西城城郭外一处密林，林中一片薄雾金光。忽地，淡红火焰自林中射出，“嗖”地飞向空中，绽开斑斓的红。

少顷，林子东方数条黑影以快不可见的速度潜入密林，起落处，如一团忽上忽下的黑色烟雾。

又过片刻，西北方向连续马蹄声响彻而起，数匹快马奔驰。马上之人尽是黑衣劲装，挥鞭急抽马臀，衣衫翻飞，披风扬舞。

马蹄声没入密林之中，旋即听得此起彼伏的拉缰马嘶，继而消匿无声。

密林深处，一人黑袍长袖，负手静候，立在枯叶满地的密林之中，背影孤冷，然体态颀长，十分出挑。

从四面八方赶来的黑衣劲士，脸上银质面具遮掩大半面容。细数，统共七人，齐在黑袍人身后屈膝而跪，恭敬道：“二门主。”

黑袍人未回首，只问：“何来村据点，何人负责？”声音无波无澜，听不出老少，辨不清男女，是控声之术。

一名黑衣银面人膝行上前。

黑袍人袍影微荡，掌劲骤出，竟将这人猛击三丈开外！

四下树枝不动，落叶不惊。

地上划开长痕，那人吐血委地，却依旧吃力撑起身，爬近黑袍人脚侧，哀求道：“主上饶命！”

黑袍人语调无波：“何来据点被毁，现下只是小惩，回去之后，警念楼中领罚三日。”

众人倒吸一口气。

警念楼，乃门中刑罚所在。在楼中一日，便能去半条命，莫说三日。看来，此次何来村之事影响颇大。

受伤银面人不敢再求情，因为刑罚已下，求情只有更重，没有减轻。他只能认命。

众人银面下各怀心思。

黑袍人伸手一翻，东西落地。

“何人给本座解释解释？”

其中一银面人捡起东西，战战兢兢地。他拆开包裹所用青布，赫然入眼的，是几枚蝶蛹般的白色细卵。

一股怪味传出，诸人急忙屏息侧首。

银面人双手颤抖难抑，结结巴巴道：“这……这是……”

值此秋冬交接之际，密林枝叶渐渐枯萎，微风吹过，漫天落叶摇曳。黑袍人袍袂飞舞，在纷飞落叶里，缓缓转身。

淡雾金光之下，黑袍人面上惨白面具更显骇然。面具上，一枝墨色并蒂梅花，勾勒在面具额心位置，单调却刺目。白面人冷扫众人，沉声道：“这是本座意外所得，本门的毒蛊，是如何传出去的？”

众人心头暗凛，面面相觑，仗马寒蝉。

白面人道：“无人应声，是想连坐？同他一样，去警念楼小歇几日？”语气分明平波无澜，可这言语内容，却无不令听者骨寒毛竖。

众人俯首拜了下去，皆是诚惶诚恐：“卑职知罪！”

中有一人抬首，颤声道：“这与此次门中奸细必……必是脱不了干系。”

日光透过渐散烟雾，惨淡地罩在白面人身上。黑色外袍上的紫金梅花绣，在光线下隐隐起伏，加之此人卓然峻绝，分外给人一种巨山压顶、风雨欲来的错感。

“嗯，本以为只是一二奸细，除掉便是，如今看来，怕非寻常之辈。能够利用何来村蛊尸据点，给本座设下这么大一个局，能够给八位黑衣剑使发令，还能够接触到这些原蛊，若只是低位门使，焉能有这等本事、这等手段？”

话语在众人耳边响起，依稀竟带笑意。

众人神魂俱慑，未敢出半点儿声息，背心汗如雨下。

门中诸事，除了重大决定，极少由两位门主亲自处理。这一次，何来村虽只是小小据点，但尸蛊的厉害，在场中人谁不知道？一旦出了意外，后果谁也无法预料。若不因此，二门主也不可能会急发红焰召命。

“你——”白面人抬手指去，对的正是方才打开青布细卵的银面人，“起来。”

银面人心头遽颤，忙起身道：“听主上吩咐。”

“四宫主负责门中众人的调配与探查，可识得此人？”白面人将手中画卷在四宫主眼前展开。

画中之人是个女子，面目奇丑。四宫主端详片刻，道：“回主上，卑职识得。”

白面人道：“位级如何？本座怎从未见过？”

四宫主小心翼翼道：“银级之下未有面主资格。此人名鬼女千面，四年前才入门中。她遭人追杀，乃梅营左护首所救，而后收归于座下。卑职当时亦派人细查过她的身份，乃昔年千面老人的弟子，并无不妥之处。千面老人易容之术，乃天下之首，此人身为他的弟子，更是精擅此术。想我门中用人之际，遂答应梅营左护首，将此人留下，由梅营左护首亲自调教。后来，调入……”说话时，银面转向那被打伤的人身上，“九宫主的分营里。”

“梅营左护首？”

四宫主心中惴惴，道：“是。”

“梅营左护首，两年前请调宁国，本座如未记错，此番亦在这昭华城中？”

“回主上，正是。”

白面人黑袍轻泛，负手道：“红焰令可召命城中银级八瓣所有使者，若未能至，须遣密使传讯。这既不见人，又不见密使，这梅营护首，倒是大胆得很。”

众人面面相觑，不知如何作应。只听得耳边冷淡一笑，白面人不疾不徐道："好一个梅营护首，将本座之令视若无物，梅营如今行事，果然如江湖人所言，猖獗得很呀！距离武林大会尚有月余，这月余，用来挑刺儿，倒是绰绰有余了。十二宫主——"

"在！"偏后一人撣袖起身，行靠上前。

十二宫主尚未接近，耳边声音骤起，乃白面人传音入密，在他耳边吩咐："你暗中细查她未至之因，若果真是她，借机引出她身后主人，门中此次……"语声逐渐模糊。

听白面人说罢，十二宫主跪地领命。

白面人侧首，一拂长袖，淡淡道："去吧。"

黄昏光芒已破淡雾，斜斜穿林而进，色泽已稍显昏晦。尘光如萤，点点沉浮。白面人一身玄黑，更衬面具僵白，有如残阳余晖，渲染其上，鬼魅且深不可测。

十二宫主道："是。"余音未落，人已穿梭重林，踪迹全无。

最前首的银面人，看着同伴已去的方向，略加斟酌，才俯首道："主上，卑职尚有一事容禀。"

白面人颔首："大宫主但说。"

"前段时日，尊主发下指令，追查一个人的底细，现下稍有眉目，卑职本该上报尊主，只是近几日一直无法与尊主取得联系。"

白面人踅身看他，淡问："查的何人？"

大宫主不敢有误，谨慎斟酌道："最近出现在江湖上的一名女子，复姓慕容，名馥，年岁不详。此女修为高深，查探至今，身份背景虽未明，但是与数十年前的白衣墨凡中的风白衣疑有师承关系。"

白面人言简意赅，问："一个初入江湖的稚儿，为何如此费心？"

大宫主回道："她在查探夏侯府。"

"江湖上对夏侯家有兴趣之人甚多，她查夏侯府，这有何稀奇？"

"她曾夜入夏侯府，与尊主撞上，尊主与她对了一掌。江湖虽大，能接尊主一掌的却不多。而且，尊主掌中有毒，此毒合五五梅花之数，有二十五种衍变，无论武功多高，沾身一晬时内，必死无疑。此毒妙处，乃使死者如窒息而死，全无其他中毒痕迹。"

白面人袍角微澜，侧首道："五梅绝息散？"

大宫主离白面人站得近，直觉那白面具中，一道目光深邃，迎面笼罩而至，透人肺腑一般，叫人心底诸事一时无所遁形。

"慕容馥便是那名夜闯的女子？"白面人自语般道。

大宫主闻言觉疑，道："主上知道此人？"

白面人静了斯须，才道："夜闯之事略有耳闻。只是，一个夜闯女子，怎得要他亲自出手，还下如此重毒？她……对他来说，有何特别之处？"

"这……"大宫主斟酌道，"尊主的心思，卑职不敢妄自揣测。只是，身中五梅绝息散，若无解药，必死无疑，可她非但没有死，且分毫不损。是得到了解药吗？可解药，分明在尊主手中，她不可能有。那么，又是什么原因？此女修为高强，身份神秘，未知身后是否有其他势力，恐有变数。这……敢问主上，关于她，是不是还要继续查下去？"

白面人思忖道："既是大门主的命令，便继续查吧，有什么消息一并禀告本座。"

"是。"

"对了，你们是从何时开始，用普通百姓来养蛊的？"

"这……"几人面面相觑，无人敢应，最终还是由大宫主回答，"是……是半年前。"

"谁允许的？"言中的锐利，隐匿无形杀气。

"是……"大宫主吞吞吐吐，不敢言明。

空气困囿，叫人窒息，似有一股暗潮，悄无声息地，自一片死寂的水底汹涌、漫延、倾覆。

原先是吸取宁国中的死囚养蛊，他们未必敢私自扩散范围，残害百姓。除非……有人默许。在门中，除了他自己，只有另一个人有这种能力。白面人知道。

"罢了，即日起，若再以百姓种蛊，那你们，就是这些原蛊的下一任宿主。"

没有人比这些人更清楚尸蛊的可怕。

众人听罢此言，手心冷汗微渗，齐齐俯首："是！"

白面人道："狼山事成之后，除了各宫守卫处不变，其他所有散落在各个据点、分处的卵蛊，全部都要销毁，半点也不得遗留，届时本座一一核查。"

卵蛊一毁灭，由卵蛊所控制的那一脉活死人将自行化为残骸。

大宫主忙道："是！是！"

白面人又问道："关于冰海棠的事宜，可已准备得当？"

四宫主应道："已妥，只待主上令下。"

"好。"白面人颔首，少时静然，又道，"趁武林大会之期未到，派出探子追寻门主的下落。"

四宫主一惊，迟疑道："这……是指追查尊主吗？"

"查本座也好，查大门主也罢，外人又怎知门中是两个门主呢？你们只管派人查，不仅要追查，还得张扬地查，把暗梅门门主失踪的声势造出来。"白面人声音淡淡，"最近一连串的事，是有人在引我入局，是该礼尚往来了。"

天边的光一阵绚烂，便败了下去，像一场盛极而衰的花事。

秋天的日落，总在瞬忽之间。瞬忽之间，日色沉落，黑暗覆罩大地。

清月照庭阶。

慕容馥醒来时，最先感觉到的，是气息。

一缕混入鼻息的淡香，幽暗的、细腻的、谧谧深深，叫人心中一静。在这令人心静的气息里，她却警惕地睁眼，发现自己正置身一陌生室中。

她睡的是一张木雕曲竹式墨床，床前素色幔帐垂延，静止无澜。不远处左右楠木雕花隔断后，竖着一对仿古莲花铜灯，灯上烛光正亮。稍远一些，还有两个座灯。灯外头罩着玉兰色灯纱，灯火便成了玉白光，混着斜入楠木雕花槛窗的明辉，像满室都有了月的留恋。

窗明几净，暗香款款，房间格调素简又不失清雅。慕容馥坐起身，便见床榻左方，有一乌木长案，案上零落置放些烹茶器物。

案后白晃晃的墙上兀自挂了一轴画。画中绘着一株贴梗海棠——

仅仅一株，其他落白，眼看不显得孤落，倒把海棠衬得绝色。

一弯下弦月朝西挂在窗角，月色淡淡拂动着海棠，皎洁银光扰得那枝叶伸展栩栩如生，仿佛花要开到画外来。

其叶蓁蓁，其华灼灼。

慕容馥心有狐疑：这是何处？不知不觉，竟身处这陌生之地来。倘这期间有人要取她性命，怕早就死得不明不白了。

她记得，当时他们寻到地洞出口，接着，发生了何事？

闭目回想，那日，檀静玉寻得壁墙后有异，兴许便是出口，施劲劈开墙壁，却是一间极宽阔的石厅，中央一枚夜明珠高悬，在宽敞厅中却显得渺小。

里面没有人，但是诸物齐全，正中央孤孤单单挂了一幅画，画着许多房屋山石之类的。慕容馥率先被图吸引，行近，疑惑地端详一阵。此画画工并不精细，也无甚出奇之处，却为何独独挂在这正中间？左右细看，发现水纹就是鳄鱼潭，曲线就是地道，上面的红点是活死人，才知画中竟隐藏着整个何来村明暗各处路线的地图。

循着记号，果然找到了出路。地道外口，恰在山坡处小屋里。当时雨很大，返回去的时候，发现整个何来村一个人也没有，包括活死人的残骸，全数消失。

之后呢？

慕容馥想不起来。当时只觉得心口一阵闷痛，便晕了过去。

自己到底睡了多久？又怎么会来到这里？檀静玉呢？

慕容馥心起忧虑：莫非出了什么事？

她心下警惕，拂开垂帘，拧紧手中白绸，缓步靠近门边。

门方拉开，锐芒逼人，一阵衣襟夹风之声，伴随着一把利剑，正面袭来。慕容馥早有提防，剑气未及，纤腰后折，长剑堪堪自她面上擦过。

慕容馥衣袂轻扬，踏出飞身渡云身法，整个人顺着长剑翻身而起，足尖轻点剑尖，借力一跃，身子已轻盈地自来袭者头上越过，落在那人身后。

由背影看，来人身穿一件绛红绣云纹的缎面长衣，袖长宽大，头发以一支木簪束起高髻，戴小冠，看服饰装扮，应是一名男子。行动间身形纤然，足见风流之色。

慕容馥身甫稳立，男子身似水蛇游走，剑法轻灵迅捷，弧线优美，掠她风市、阴市、委阳数处麻穴。

慕容馥白绸如波，飞旋疾出，步踏婆娑身法，手动绸舞，闪避有致，见招拆招。慕容馥不知是敌是友，遂并未贸然出杀招，出手留有余地。

兔起鹘落，幔帐飞舞，两人来去已数招。此人剑法不仅迅捷得诡异，瞬息之间变招万千，而且剑势延绵，一如流水行云，几无破绽可言。

自下山以来，单以剑法而论，慕容馥首赞萧子岩。

萧子岩的剑法精湛、熟练，一出手，不仅仅是赏心悦目，且能于对战之中敏锐把握对方攻势中的异动。即便没有异动，他也给对方制造异动。因此，他用剑不拘于俗套，或者剑招的限囿——也就是出剑时，重于腾挪迂回。

幽云剑体形与寻常剑虽相去不远，实则十分重，乃深海玄铁所铸。能将一把重剑使得这般灵捷，他剑的特色，在劲，在变。

除了这番，他还具备用剑者该有的标准——出剑的自信，洞若观火的洞察力，更重要的一点是，挫而不乱的稳定与快速。

而眼前此人将萧子岩优势中最重要的一点——稳定与快，发挥得淋漓尽致。

是的，此人的剑，只能用一个字来形容——快。

前，后，左，右，方向的变动，均在电光石火之间。

慕容馥只要反应稍慢，那快剑必然入穴。

他握剑之手又极其稳，每一招、每一式并不是要取慕容馥性命，而是飞夺她周身穴位，以点、刺、击为主，穴位所对更是精准无误，但又不同于檀静玉玉箫剑法那种攻敌要穴的巧变技巧。因为他真的只是快——非常快，快到险些看不到出剑的方向。

最初十来招间，慕容馥完全空不出间隙反击。好在她身法灵矫，倒也半分不吃亏。渐渐地，慕容馥对他的“快”已有大概把握。

他的剑的确很快，剑招繁复亦是变化万端，但是花剑雪告诉过慕容馥——

天下剑法的确唯快难破，但真正高明的剑法是无招胜有招。

因为有招就有解，有解就有破绽。不管对方是快、是猛、是锐，起先也许会吃亏，但到中途，你反而可以借对方的快、猛、锐，给对方制造空隙，反客为主。

剑技的最高境界，就是无招；剑法的最高修为，便是无剑。

手中无招，心中有招；手中无剑，心中有剑，这更重于内练。也就是说，当剑法的内练有所成就之后，所有剑招对剑者而言，都是花招。剑在于灵，不在于法度、招数的约束。高等剑客剑应灵犀，一触即发，败敌于瞬息之际。

花剑雪说，这样无招无剑的剑客，天下无敌。

但花剑雪也说，放眼江湖，百年也未必有一个。

彼时慕容馥曾问过花剑雪："花叔叔，你算吗？"

花剑雪道："不算，我只能做到无招。无招无剑的境界，或许我此生都难以企及。"

慕容馥知道，剑道亦是武道，那种至高境界，跟修成宗武武者一样，需要机缘。

慕容馥白绸后卷，单脚反踏中宫，故意露出防御破绽。那人不觉，快剑飞来，正对破绽。慕容馥后卷的白绸以迅电流光般的速度半途折转，劲卷他执剑之手。

那人原想反手一绕，扯开白绸，奈何白绸生了根似的，紧紧束缚他手腕。那人一咬牙，左手宽袖一甩，银芒刺眼，另一把短剑自袖中倏然而出，厉声道："看剑！"

唰唰唰，左手连环三剑，剑尖连刺慕容馥上身悬枢、中陵、崇明三穴位。

"咦？"慕容馥一惊，步形飞踏，连连避开。

白绸仍然束着他的右手腕。

那人迅疾一剑刺出，中途竟是瞬间逆了剑势反手执剑一横，便要割断慕容馥的白绸。岂料锐利短剑刚碰上白绸，竟被一股软力反弹。他心中惊愕未歇，慕容馥已只手夺过他右手剑，迅速抵上他喉咙。

慕容馥知他心思。他原本是想借连续几招攻击，引开她注意，这样一来，他好反剑断开她的白绸。这借虚打实的确用得好，且他还会一套令人难以意料的左手剑法。本来任慕容馥再怎么机敏，也很难反挡得及。只是他也没料到，她的白绸却并非普通绸料。

就是这样一番“没料到”的变数与迟疑，慕容馥已夺了他的剑。倘若他达到剑应灵犀的境界，根本不会出现此般破绽，在她以剑抵上他的喉咙时，他依旧有机会反击。

剑抵在他喉咙上，慕容馥冷冷看他，道：“说，这是什么地方？”

那人眉清目秀，皮面白皙，不过清冽一笑，更衬红唇皓齿，是个俊美少年。

少年一脸无惧，对慕容馥答非所问：“你觉得这室中什么最夺目？”

声音悦耳清亮，慕容馥以为他是戏弄，杏眸飞睨，横眉冷语：“你想死？”

“阿馥，莫要伤他！”手劲正要加重，却听身后有熟悉的声音传来。慕容馥回首，透过廊外半束垂帘，往庭中看去。

檀静玉身穿朴质竹青绨衣，外罩深绿轻氅，手中执着一盏莹彩错银琉璃灯，立在月下中庭，身姿磊磊。

面上虽又戴起那张丑面具，然而轻纱般的月色与琉璃盏上莹色流光糅合一处，飞落他的身，将那身无丝毫绣纹的竹青细葛布衣，生生照出耀人眼目的唐棣光华来。

一枝垂丝海棠自他身后斜出，枝上小灯笼般垂着几点花蕊，正开得无双红艳。

慕容馥目光一凝，反手收剑，掷回少年手中，踅过身，往檀静玉走去。

倏然，前首垂帘微微一摇！慕容馥眼角余光稍错向后，迅速旋身，手法轻扣，身若兔起凫举，衣衫旋弧未落，瞬息夺剑压颈！

少年脖颈一凉，分明不见眼前人什么动作，那一把尚未触及她脖子的剑，已被放置在自己颈上。

“看来你是真的想找死。”慕容馥逼视他，唇齿翕动处，言语满带杀气。

她素性最恨背后偷袭。

少年却不觉危险，忽然转笑，满脸灿烂光艳，将目光越过慕容馥，看着檀静玉，笑嘻嘻道：“她果然跟檀哥哥所言一样厉害。”

檀静玉已走过来，葛屦粗衣，行却款款，看着少年的眼神中犹是无奈，唇边笑意却如拂过海棠的清风，虽淡，却很温和，道：“盈月，你总是这样胡闹！”

少年歪头一笑，冲檀静玉歪鼻吐舌。

慕容馥长睫若飞羽，一颤，显是诧异，将剑一收，迟疑道：“你们……认识？”

少年急忙抢话道：“当然啦！还有呀，你适才问，这是哪里，我明明已告之于你，你怎么还如此这般恃勇行凶？”说着，他另一只手轻浮地摸过慕容馥的下巴，拿一副风流浪荡的眼神瞧着她，涎脸饧眼道，“太凶的女人，可不讨男人喜欢噢！”

慕容馥以袖口拭过脸颊，杏眸微眯，冷笑睨他，眼底有戾气，道：“再有下次，我便把你的手剁了喂狗。”

少年扁嘴，哭丧着脸对檀静玉道：“檀哥哥，她好凶！”

檀静玉慢条斯理道：“谁叫你顽皮？”

少年扭着眉毛道：“哼，我算知道，古人道，重色轻友，并非无中生有。”

“你招惹完阿馥，这下想来招惹我了？”檀静玉面覆皮面，脸上看不出真正情绪，但眼睛里的笑意温柔漫溢，丝一样，“我去你阿爹跟前告你一状，关你小黑屋。”

少年一脸沮丧，抽了抽鼻子，可怜兮兮道：“阿爹不疼我，檀哥哥也不疼我了，你们都没人疼我。”

檀静玉一笑摇头，不理他，看向慕容馥，和缓道来：“我带你离开何来村，行至半途，遇到故交楼庄主，这里是楼庄主的海棠山庄。”

海棠山庄？慕容馥迁思回虑，忆及少年方才言语：你觉得这室中什么最夺目？

原来，话中正是指画上那一株海棠。

慕容馥指了指跟前穿绛红衣裳的少年，皱着眉头道："难道，他就是所谓的楼庄主？"

少年面上风云忽变，方才的阴云叆叇，忽转烈日晴天，扭着身子，踏出一步，便是谦恭有礼地抬手作揖。

绛红云缎，外裳摆上，碧色银绣缀染皎月清光，晕开层层叠叠霁月光芒，助波推縠，熠熠生辉。少年字正腔圆，化了那戏文里的唱词，道："在下楼盈月，楼庄主正是在下的爹，慕容女侠，小……生这厢有礼了！"他的声音别于其他男子，带着古怪的清脆，一抬手，一踏足，还有尾音的腔调，十分尖锐。

慕容馥揉了揉手臂，平复一臂的鸡皮疙瘩。

二／有山海棠

昭华西城郊外，有一处小山名胜，名唤海棠山。

山上不知是地质奇特，抑或有其他缘由，终年开着海棠花，娇色夺人，朵朵艳色飞入云霭之间。若在昭华西城里登高眺望，白日里，那满山海棠就像是天边的一道霞光，仙人们的一道错手胭脂。

听当地一些颇有年纪的老人讲，此山原本不叫海棠山，而唤锦云山。传说上古时代，这山中住了一只神兽，形似仙鹤，却有着凤凰般的绚丽毛羽，是以名唤凤凰鹤。

凤凰鹤盘旋飞舞此山中，每日毛羽一振，落下地面，便长出十几棵海棠树来。如此日复一日，年复一年，整个山上都长满海棠花树。

季节更迭，这棵花谢，那棵花开，是以不论什么时节，山上的海棠花都永远艳丽开绽，成了此山一个奇景。后来，人们见此山海棠花开灿烂，极是怡人眼目，索性便把它唤为海棠山。

传奇归传奇，源出附会，是真是假，倒也无可查考。因已无从考据，只能道此番美景，是天地造化之奇迹。

昭华城的繁华痕迹，在此渐渐淡退，露出这等闲山逸水来。海棠山下山色空奇，清溪秀地，昭运河的三条分支小溪流流灌分截，不仅将昭华西城城内与城郊以河分割开，且小溪还沿着海棠山环围。

不知是多久年前，或者，自住在城郊外的一些百姓有记忆以来，就知海棠山上居住着一户人家。

那户人家的主人姓楼。

楼家先祖，名唤楼灏元，疑是大夏末年时人。彼时末世烽烟，遍地狼藉，楼灏元是当时名士，不愿涉足争夺，沾手血腥，遂飒然远举，遁名匿迹。在这彼时尚是僻壤之地的海棠山上，依着山势建了一座海棠山庄，十分低调，唯恐有闻于人。

此后，楼家人便在这山上落地生根，世世代代，皆居在海棠山庄里，一脉相传，从无断绝。毕竟日久，兼之昭华城的繁盛，海棠山庄渐闻于世。

但楼家人素来不争，既不与人交恶，亦不介入任何江湖纷争，在官家与江湖上的关系，两相和谐，是以这么多年来，海棠山庄虽名声在外，行事却甚是低调，极少招惹是非，无人知清楼家根底，也弗敢招他们是非。

现今海棠山庄庄主楼晏，为人风雅好客，修为不知底细。因次子楼少容昔年曾在江湖上声名大噪，楼晏也便为人所知，是以海棠山庄虽少涉江湖事，却也时有客人往来。

海棠山下清溪曲折，过溪后靠山这边，还有处平旷地，放眼尽植苍松劲柏，掩覆路径。若非熟识水性或对海棠山熟悉之人，要寻到上山路径，并非容易之事。只因绕过这松柏林的路径很多，但能通向海棠山庄的路只有一条，十分隐秘，因而在松柏林间，一直有海棠山庄里的庄卫建着小石屋居住。但凡有客人来，庄卫们便撑小舟，迎客人溯溪而过，指引上山。

此时月上中天，已是子时左右。

经过方才楼盈月一番“突袭”，更兼近日休歇时久，慕容馥倦怠全消，随着檀静玉在青石径上信步闲行。

青石小径两边，是一片海棠林，密密丛丛，树姿婆娑，花蕾嫣红。虽说月色昏然，余光仍在花枝上铺展着轻纱般的光芒，一派灿烂柔和。

那些海棠花树，或花梗细长，下垂而绽；或迎风翘然，花姿明媚动人；或贴梗而生，似那浣妆佳人胭脂点点；植种多样，不拘独类，色彩或深或浅，目力所见，美不胜收。

步行间，清风徐至，风鸣细细。隐有海棠幽香入鼻，旷心涤神。地上或有风吹摇而落的海棠，其葩亦是一尘不缁。

慕容馥不忍踩踏，绕行而走。

时而有松鼠小兔流窜来去，见有行人，竟无惊色；或见三两白鹤剔翎摆翅，自得其乐。反倒是慕容馥少见多怪，一路啧啧。想此地风光绝胜，超尘出俗，真是个世间罕见的佳境美居。

檀静玉静静伴行，手中琉璃盏光色潋滟，映在青石板上，反射出荧荧光芒，浑似起伏波澜。

慕容馥自荧光里斜眉侧眼，目光略带深意，开口道："一路上来到这里，我竟丝毫感觉也没有。我是昏睡了多久？"

檀静玉道："你睡了三天。"

慕容馥惊疑道："三天？"心中无声咯噔。

"当时刚出地洞，你便晕过去了。我诊看你的脉象，查无大碍，大约是地洞之中耗费太多精力缘故。"他缓缓迈着步子，边走边道，"我原想入城寻个客店，让你好做休息，当时马车恰行至这西城外海棠山下，适逢海棠山庄庄主远游归来。楼庄主盛情邀请，我想这庄中环境甚好，比城中嘈杂客店更适合养息，便把你带到这山庄里。倘若你不喜，我们天亮就同楼庄主告辞离开。"

慕容馥听罢他所言，面展一笑，原先心底几分疑虑，也随着这清浅笑意化开。

"不用这样着急，这地方太美了，我可不舍得这么快便离开。"她脚步一旋，转了个圈，笑颜灿烂，心满意足地吸了一口气，"第一次看到这样多的海棠！不愁明月尽，自有暗香来！此处犹如仙境，你的朋友，可真会挑地方！"言语之末，还俏皮地朝檀静玉眨了一眼。

檀静玉凝眸看她，目光与她笑颜一触，眼底却有轻微波澜泛过，疑是黯然。他叹了叹道：“是啊，我这个朋友，是顶会享受的一个人，可惜后来……”

慕容馥靠近，认真询问道：“后来怎么了？”

“后来他……死了。”檀静玉思及往事，心中遗憾。

慕容馥诧异，对自己贸然提及很是抱歉，虽是疑惑，但不敢开口再问，只跳开话，道：“哎，你奇不奇怪，何来村那么多村民，那天怎么会突然都不见了？”

“有人撤离了他们。”檀静玉收回思绪，“何来村，可能是暗梅门一个秘密据点，建造在村庄之下。”

“哦？莫非那些村民，都是暗梅门中的门徒假扮的？”

慕容馥在村庄中住的几日，借住在何五婶家中一处偏屋，与何若施相邻居住。何若施深居简出，平日里，她们二人接触不多，她才未曾察觉何若施身怀修为。如今想来，是何若施有意躲避。只是她不解，村中许多村民，她都颇有接触，却并非身怀修为的高手，的确是很寻常的村民而已。

她受幽冥谷众人训教多年，一个人有无修为在身，她一眼便知，极少出错。

这便是第一眼见到云息，哪怕他周身气息只在凝气，她却早知他是高手的原因。

一个人，哪怕可用匿气之术隐蔽武阶，但武者的那一双手，是躲不掉的。而云息明明身上有凝气修为，可那一双手，却完美干净得不露痕迹，像是全无修为之人的手一般，这便是端倪了。

过度的掩饰，反而会泄露痕迹。当然，云息也决计想不到，她能以看手辨分武者，而她自然也不会说。

檀静玉摇头道：“不是。暗梅门是借这些村民来隐蔽，若是这些村民都是假扮的，那么这隐蔽哪里能持久？这些村民都是真正的村民，何来村早在暗梅门建立地下据点前就已存在。所以，暗梅门会在村民中插入一些真正的门徒，可做监视，以防有变。”

“哦，如同那村长。”慕容馥恍悟，旋即漫不经心地问，“你怎知道这么多？”说话时，她轻轻拂开延伸到小径间的花枝，十分闲散的样子，指尖带过暗香，周遭一派阒然。

檀静玉并不掩饰：“我一直在查。”话音才收，又补了一句，“但并不算十分了解。”

“我想起来了，江湖上传闻，鬼面客行止古怪，一直与许多邪教组织作对。”慕容馥抿唇噙笑，温柔看他，语气却不忘促狭，“鬼面客，这个名号可真有趣儿。人们怎么想也想不到吧，明明叫鬼面，却原来是这么俊俏的儿郎。”

檀静玉一笑，趄身折入海棠林中，调侃道：“那这皮相，可能得女郎青眼？”

琉璃灯辉折映他襟袖之间，落蕾流芳，流光熠熠。

慕容馥随其身后，闻言掩口葫芦：“若我说不，只怕违心，可若说入得，却有些轻薄，倒像我成了重颜色而不重质的人。当然，人人皆言什么以貌取人，显然世人重颜而少重质，我处尘世之中，自然也难逃此俗，谁不喜欢赏心悦目的人和物呢？”

檀静玉闻言，却是扬声一笑，道：“这也没什么不好。古人道，‘内马肝，外犀革，此谓妍皮不裹痴骨’[1]，又岂是妄语？”

他这般神采飞扬，倒是叫她心驰神荡。慕容馥纵声亦笑，抬眼看去——粗衣韦带，葛屦素袍，偏偏被他穿得翩翩悠然，一身姿仪超尘拔俗。

可这拔俗之姿下，又是怎样本质？跳动胸腔之内，怀的又是怎样一颗心？

她望着他，心中一时隐晦不清。不知为何，仿佛在遇见他之后，她忽然有了凭依。

可并肩，可放任，不惧生死。

究竟为何？

她随步而行，度量着他的步影，正值思叹，耳边声音已是浅浅响

[1] 引自清朝张岱《石皮妍铭》。

起："阿馥，我稍懂医术，素知以内息替人疗伤对自己精力耗损有多大，你昏迷数日，乃为我所累。若不是你，这一次，我……我怕是走不出何来村。"

他一言一句，道得轻缓，声音很是动人，似山间静月倾照的清泉，潺湲而出。

慕容馥抬了眼看，很是狡黠地瞬了瞬眼："哦，不知道先前是谁说，我们之间，不必计较亏欠与偿还？现在，你这样对我客气见外，是把我当陌路偶遇的生人吗？"

"不是，我并非这个意思——"被她这一反诘，檀静玉顿时哑口，言语难继。

慕容馥清眸灵动，撇撇嘴，环着胸审视他，无赖道："那你是什么意思？我听着呢！"

檀静玉摊手，表示无辜，道："我在你面前，怕只有笨嘴拙舌的份儿了。"

"方才才讲什么'妍皮不裹痴骨'，并非妄语的檀静玉，口齿伶俐得很嘛，这厢倒忽然就成了笨嘴拙舌了？我可不听这借口。"慕容馥咄咄不饶，定要将他戏弄到底，"还是你愿承认自己说错话了？"

"是，是。"檀静玉弃"械"认输。

慕容馥半眯起眼，手指抵触脸颊，思考般模样，道："既如此，那你说，我该怎么罚你？"

"怎么罚？"檀静玉唇角牵起了弧，眼帘稍垂，未执灯笼的手霍地便揽过慕容馥的腰，"以身相许，够不够？"他一瞬不瞬地看着她的眸，靠近她，气息吞吐，说话时，那眉不经意地扬了扬，便是一副神采飞扬之相。

慕容馥措手不及，目光一时坠入他的眼里，心跳如鼓。

男子目光柔和，似笑又似真："你救我性命，如今，又抓到我的错处，你瞧我，独这身皮囊业障，身无长物，怕是唯此路可走了，不知女郎意下如何？"

慕容馥忐忑，四下环顾，故意一脸不明所以的模样："你……你莫要胡说八道！"喉咙干涩，心底那一股奇怪的热辣辣，好像一直要蹿到脸上去，像是脱缰的野马。她用尽全力，才控制住自己："我……我……"

落花纷纷，四面皆是，用来蛊惑。

"你什么？"檀静玉嗓音虽是低沉、暧昧，语气却很认真，"你怎么知道我是胡说八道？或许我就是认真的呢！"

说话时，眸底里，月色与海棠落花交织的浅影中，融入了两个她。

声音煽动她的心绪——慌乱的心绪，跌宕的心绪，如火如荼，浑如澎湃浪涛，难以止歇。

满心摇摇如悬旌。连夜风也来助力，将他那青带束着的发丝，拂入了她的心，缕缕成网，丝丝缠绵。

慕容馥很是用力才稳住神思，轻手撕下他脸上皮面。

夜色倾照着男子面目。

他的眼是那样亮，像天际中盈亮的星辰；他的鼻是那样俊挺，像凸起的山峰；他的脸是那样温润，如折光照软玉。这是足够让世间少女都蓄起风情月思、杂芜心绪的脸。

慕容馥一扬手中皮面，却是展眉笑看于他，言语侃侃訚訚，道："可用我来教教你？若是要调戏一个姑娘，那么至少吧，得先将你这张丑面具撕下来，否则顶着这鬼神莫测的皮貌，对我这种只重貌而不重质的轻浮女子来说，怕是触动不得肝肠呢。"

尾音遗笑，满面戏谑姿态。

檀静玉松开揽在她腰间的手，接过她手中面具，笑颜风流："一个女儿家在方才那种情况下，一般不都是玉面染霞，紧张得说不出话来吗？"

慕容馥曳眉看他，取笑道："看来你用这招试过不少姑娘。"

檀静玉輾然失笑，道："不用试，在下行走江湖多年，这点阅历尚是有的。"

"哦……"慕容馥语气绵延，眸子里笑意融融，煞有介事道，"也是，似静玉这般风姿翩然，又兼武功高绝的男子，啧啧，青袍玉箫，浪荡江湖，得有多少佳人女子，心神向往，挂念得摧心断肠！"

男子轻笑，眼角稍弯，琥珀眸前长睫卷翘，清风拂过，睫丝轻动，像风扬的翅。

他的言语如目光一样温柔，低沉如磁，却又静定，道："她们是心神向往，还是摧心断肠，与我有什么相干？天下女子万千，我倒只想与你有所牵连。"

慕容馥扬眉，笑谑道："《诗经》中有曰，'巧舌如簧，颜之厚矣'[1]，檀静玉呀檀静玉，所谓的花言巧语，是否就是为了形容你而被造出来的？"

檀静玉轩眉轻扬，浑不在意她言语调侃，侧首已是重新戴上面具，顺手拂开面前花枝，道："即便是花言巧语，那也是只因对着你，才道得出口来。难道你不相信？"

"讲得这般动人，叫人差点儿当了真。"慕容馥抿唇作笑，"反正我看不见你的心，相不相信，又有什么关系？是真是假，任你说就是。"

被檀静玉轻拂过的花枝上，几片海棠花瓣迎面朝慕容馥飘去，她随意抬手，拂夹在指。

指尖嫣红，若无其事地，煌煌入目。

檀静玉不回首，只道："时间一长，总会看到的。若是日后你还看不到，我把它剥开给你看，也就是了。"

慕容馥莞尔，只当是戏言。怎想多年之后，竟是一语成谶。

沿树折转间，凉风再起，裹挟霜瑟。

檀静玉思及回首，关心道："这庄园是在山上，入夜冷得很，树枝间有时都会凝了霜，你怎么穿这么少？"

"我不冷。"慕容馥半扬下颌，笑了笑，胡乱整了整被风吹乱的鬓发。

檀静玉立住，回转身，将琉璃灯往树枝间一架，脱下氅衣，披在慕容馥身上，顺手轻轻往后，掠整她的发。

女子如瀑乌发，掠飞花枝，几朵花瓣顺着长发而滑，落下点点红殷。

---

[1] 出自《诗经·小雅·巧言》。

她凝了眸，看着他。

不言不语，偏偏两个人，都在意境里。

褪下轻氅，他身上只剩那件窄袖竹青绨衣。衣衫无丝缕绣纹，只有粗糙布料纹路，横横竖竖，起起伏伏。腰间，则由一条灰色布腰带束紧，束出他肩宽腰窄，挺拔身形。

似是动作触动到痛处，檀静玉撑扶花枝，面色倏作苍白，手握成圈，抵靠唇上，轻轻咳了两声。一枝花叶乱颤，泄露了他的压抑。

慕容馥近身，拉他手腕，欲诊他脉息。

檀静玉却摆手避开，抬眸看她，笑言道："不就是咳两声，也能得这般关怀？想来日后无事得多咳咳，可得阿馥日日嘘寒问暖，我也是心满意足了。"

他不让她诊断，把话绕开，有心叫她宽怀，她也不好坚持，杏眸圆瞪，故作一副恼怒模样，道："喂，檀静玉，你良心被鳄鱼潭里的鳄鱼吃了吗？我关心你，你倒来取笑我！"

瞧着她佯作哀怨恼怒，却是分明的灼灼笑意入眼。

恍惚间，他思及一故人。

女子拾起地上断截玉簪，面带怨恼之色，眼底却是笑谑："你把我的礼物摔坏了，拿什么赔我？"

他愣愣，抱歉道："我命玉匠依着模样，重新打造给翁主。"

女子偏过脸："重新打造，也不是这一支了，我可不要。"

他讪讪道："那……翁主要我如何赔？"

"这我可得……嗯……好好想想。"女子掩唇，眼底笑意肆横飞，两颊羞染胭脂红，半晌才道，"那就赔……陪我过生辰吧！"

那时，他若是不答应，后来的事，怕就不会发生了吧？

檀静玉一时滋味百呈，凝着目光，细看眼前人。

她立在一片红艳之间，一袭宽大外氅披在身上，随风飘举，竟把她衬得单薄纤瘦，巴掌小脸面色苍白，叫人自生爱怜之心。

他不禁伸手，掠开她鬓间的发，抚过她的脸。

他是真想抱一抱她，将她这纤瘦的躯，收揽在怀。

片刻，他却只低声道："你同我讲，人在江湖，就是刀口舐血的生活。你其实很厌恶这样的生活吧？我不知道，你笑的时候，这眼底的苦涩，因何而生；我不知道，你身上，究竟负担了怎样的遭遇，与不愉快的往事。但阿馥，如果你需要帮助，我在这里；如果你想好好地哭一场，我的肩膀也在这里……"

话题突兀一转，声音已没有了先前戏谑之意。宛如叹息的语调，听得慕容馥心头一跳，抬起眸来，见他正定定地瞧着自己。

她有些惶惑。

假面掩饰了他真实的神容，她看不到他的神情，落目看到的，是那琥珀般的眼眸，深海似的罩过来，眸底一片清波摇曳，亮可鉴人。还有的，是那条青色发带随风不休地扬动。他的身后，落英飘拂。

慕容馥满心起伏忐忑，千回百转，不知该如何作答。

常言道的心如蛇蝎，也未必单是指狠。有些时候，人心如蛇，坚定、冰冷、深深的自我防备，然，一旦被拿住七寸，一切戒备全然作废。

身前这个人，就是这样，悄无声息，化骨绵掌，仿佛随意一触，径直就到了她心底的七寸，叫她的心，起、落，起、落——半分也不能自主。

风吹她的衣，衣袂在动，心也在动。

笑嘻嘻说，心不可动，动则必伤；伤筋动骨，覆水难收。

彼时她不懂。

这一刻，她似懂非懂，一时只觉疲惫不堪，如患重疾初愈。

缄默了少顷，慕容馥不遗言语，踅身离去。

是啊，叫她能以何言相对呢?

难道要诉说这一腔的惶惶，还有这似是而非的动容?

其时，夜风轻起，风拂着花枝，带着微弱的簌簌声。花枝曳动，月色随海棠片片跌落，密密飞坠。像是一时播糠眯目，隐匿住女子转身离开的去路。

他看着她。旧人旧事，宛如黑影一般，倾覆而至，直迫心肠。

她不拘细行，言笑肆意；她端庄有度，知书达理。

明明两个人如此这般殊异，缘何眼前之人，会频频令他思及故人？缘何他从初见她时，就有一种连对那故人也不曾有的，一种无法言喻的柔软，在心里？

他想起第一次见到的她。

她居高，立在客店楼梯间，手扶着简陋的木扶栏，眼睛里有探寻的目光；通身上下，无首饰，无脂粉，头发那么长，一摇一曳，招惹着月光。

她并不美，也算不得惹目，可是哪怕当时他心神再恍惚，看漏了万物，也唯独漏不掉，这纤瘦单薄的一个她……

檀静玉已知自己的唐突，神魂荡漾间，伸手，接住她踅过身时，自她肩头跌落的一朵海棠。海棠带着浅浅的紫、浅浅的粉，在他指尖转动，映着荧荧灯火，被吸附入他那黯然的眼眸底端，艳得好像重新长出了生命。

四下花瓣零落飞垂，无声坠地，一如檀静玉的心。

许多年后，这一夜他同她之间，究竟说了什么，他已记不大清，唯一记得的是，生命中有这样的一瞬，渐行渐远的背影里，满目海棠，落红如雨，点点撞入心坎里头来。

他知道，他再也擦不去、抹不掉了。

次日，阳光起，金色倾倾，爽风袭袭。

海棠树千枝万叶，迎风作响。光影透过花枝，随着花枝的摆动，隐耀潜光一如春波般，摇曳于细碎脚步踏过的青石板上，晃动于奇形异状的假山怪石间，辗转于延绵不绝的曼回廊腰里，旖旎于树下行人的细理衣袍边，流转在偶有注目的秋水眼眸底。

一波波的浮色光锦，给这满庄的流光溢彩起了三分锦上添花的功效。

在这惠风徐徐、流云曼曼的金粉光影里，慕容馥翘首正望。远远只见云阁高台，有一人背光临立，一身苍色长衣，宽袖当风，翩飞如展翅；身影萧萧，俯瞰着满庄旖旎风光，倒像是跳脱地立于这五彩斑斓的红尘浊世之上。

斯须，侍仆便引着慕容馥与檀静玉，入了山庄会客厅堂，等待这山庄主人——楼晏。

海棠山庄无一处奢华，反而素简。院落屋室，鲜有摆设。必需的物件灯烛座椅，造型别具一格，亦放得恰到好处，是以不显得空落，反是别有意境。正厅也是如此。

活在这样世间难遇的海棠丛中，其他点缀都是画蛇添足。

慕容馥步入正厅，一切素朴干净，令人周身浑觉舒适。正面一枝西府海棠，迎面而来，好似带着香。但香是她的幻觉，这枝西府海棠长在画中。

一枝海棠，艳艳而展，其余恰到好处的落白，宛似其中大有故事潜伏。边角有篆体印，印上是“浔”字。

慕容馥看细了，见那印上字体方正，两头纤柔匀称，圆润温厚，末不出锋，有玉筋之形，正是玉箸篆。

意象在六合之表，荣落在四时之外。印与画相得益彰，不显突兀。画风与昨夜房中之画如出一辙，定是同一人所绘。

一身苍色衣袍的楼晏迎身行出，与檀静玉打过照面，一副姿态从容，两人倒见熟谙。他似毫不计较檀静玉未以真面目示人。

江湖之交，但在肺腑，不在眉目，也许对于楼晏而言，皮面没什么可计较。

“阿馥，阿馥！”

慕容馥目光沉淀在画中，一时失神，待檀静玉连唤她两声，方神思归位，抬首只见楼晏已站在自己跟前，含笑招呼。

“慕容姑娘住得可适意？山居鄙陋，比不得城中，若有简慢之处，尚祈姑娘担待。”楼晏已上年纪，面上皱纹横生，唇角两道腾蛇纹，更是被岁月深深地勾画出来；发间均是霜白，沾染着更多老气，然步履间颇是轻健，目光炯然有神，足见有修为在身。

比起方才独临高处的孤茕滋味，此刻反是添了几分亲和意。他为一庄之主，年纪足以当慕容馥的父亲，可这言语款款，分毫不抬高身份，以长者压人，更是意外令人觉得亲切。交谈之间，更觉他言谈举止不落套式，颇是风趣，可见年轻时也是个清朗逸尘的疏阔男儿。

慕容馥素来不拘细行，碰上这样一个亲和老者，自也是言笑晏晏，笑容动处，无一丝拘谨，皆是自然洒脱，道："置身于此，如在画中。若在这画中居住还有不适，那小女子两颗眼睛只怕不是长在脸上了。"

楼晏意会，拊掌而笑，直道："姑娘风趣。"

檀静玉含笑看她，目光自有余味，并不言语。

"咦，我很好奇，你的眼睛若不长在脸上，那会长在何地？"楼晏笑声甫歇，慕容馥便听身后倏然传出一个嬉笑声音。

声音很熟悉，昨晚慕容馥跟他打过一场——楼盈月。

他的步子很轻盈，几近无声。剑法能快到那种地步的人，毋庸置疑，步子必定轻盈。

身与剑必须相得益彰，剑法施展才能浑然天成。欢颜的剑法不赖，而欢颜的剑法是慕容馥所教，慕容馥对剑法所体悟，又尽数出自花剑雪。慕容馥对剑法，自然不会陌生。

数十年前在江湖上，凭剑法，飞花见血花剑雪，称剑神到底也不为过，然则……花剑雪是一名杀手，收钱取命，一剑落下，身首异处，剑不沾血，眼不瞬目。

花剑雪的剑固然厉害，但江湖上不会将一名杀人不眨眼的杀手尊为剑神。对于江湖人而言，剑是他，他是剑，他整个人就是没有七情六欲的杀人武器。

就如同当年魔教教主柳清波，内劲修为，乃江湖上第一位宗武者，武技之精湛，更是独步一时，无人可与之争锋，半个江湖掌控在她手中。如此内外兼修，气势滔天，但在江湖中，人们宁愿推崇仅次于她的白衣墨凡，也不愿承认她的武功天下第一。只因为，她是魔教教主，人人口中十恶不赦的女魔头。

此时，慕容馥尚未回答，楼盈月的手已环上慕容馥的腰。而在他的手堪堪触及她腰的那一刹那，慕容馥身子一旋，已撤离他一丈有余。

速度太快，举步动作都没看到，人已远离。电光石火。

楼盈月的手仍以环抱的姿势僵在原地，灵秀双眸横瞪，不可置信道："天啊！"本以为他是要惊叹她的轻功，没想到——

"天底下怎会有这么……细的腰？你的腰十岁之后就不长了吗？"

话音甫落，楼盈月脖子一紧！

白绸缠上楼盈月的脖子，慕容馥唇角略勾，笑意秀媚，道："楼公子，"她收着白绸，一点点，一步步，徐徐靠近他，慢条斯理，"第二次了，你不怕死吗？"说着，也学他昨夜样态，轻佻地扣住他的下巴，拇指顺道在他唇上一滑。

"有檀哥哥在，你就只能……嘻嘻，威胁威胁我而已。"楼盈月满脸是笑，有恃无恐，毫不在意，还顺手握住慕容馥的手，笑中狡黠，"而且，现时已换你轻薄我，又该怎么算？"

慕容馥没有挣开手，垂眸，眼前这只手——白皙，纤长，很完美，中、食二指及虎口处有薄薄的茧，这是执剑苦练所遗留的痕迹。

不对，白皙是白皙，但，纤细且小，肌肤质理，竟比女人还细腻，仿佛羊乳凝脂一般。慕容馥心中有疑，有意靠近，深吸了口气，一时恍悟，但面上也不露痕迹，道："你轻薄我，我呢，自然得轻薄回来，否则岂非吃亏？"

楼盈月道："照你这样说，现下，是你来轻薄于我，我也得轻薄回来，否则，我岂非也吃亏？"

"嗯，是吗？"慕容馥挑一挑眉梢，曳眸而视，"那得看你有无这能耐了。"

楼盈月笑，侧头掠过檀静玉一眼，目光再回到慕容馥身上，道："你倒是特别，修为不弱男子，一身洒然也不输须眉。从前印象里，檀哥哥万花丛中游刃有余，目光从无在任何一处久留，更别说身边随行过什么女人。那日见你，我深觉稀奇，现下看来，倒也无甚可奇了。"

楼盈月一番话，弦外之音，意味深长。

檀静玉面覆假面，神情无从探查，只有那眼底笑意，温润如泽，又似大海，浩瀚无边际，包揽所有，吞并一切。

手腕一转，白绸灵动回收。在慕容馥手中，白绸如一条听话的灵蛇，自有生命。她视线无意地扫过檀静玉，心下竟像揣着一只小鹿，胡闹跳撞不休。她暗呼了口气，匆匆忙忙，重新打点好心情。

知子莫若父，楼晏自是了解楼盈月的习性，对于他与慕容馥方才的一来二去，并无惊讶之色，嘴上只故作严厉，道："盈月，你若是再胡闹，我就……"怕是一时也想不到要如何惩罚，语气凝了一瞬，才道，"罚你一人收取整个山庄里的海棠清露。"

语气里有宠溺味儿，倒像对待小孩儿。

慕容馥想想，觉得也对，在父母眼中，无论孩子多大，都如小儿。

楼盈月吐了吐舌头，模样俏皮，道："那样我会累死的。别人不了解老头子你，我还不了解呀？我家老头子向来最会享受，可不会做这样自讨苦吃的事情。"

楼晏奇道："是我罚你，我有什么自讨苦吃？"

楼盈月像煞有介事道："我若累死了，你岂非伤心？伤心岂非自讨苦吃？"

楼晏无奈。

慕容馥扶额。

檀静玉面色不明，然一双琥珀眸，净澈见底，笑含春风。

各人絮絮闲聊几句，楼晏好客，领二人游庄。几人顺着抄手游廊走出，整个山庄放眼看去，尽是一片花海，万千殷红点缀，连亭台楼阁都被笼罩其中。因地势偏高，日色异常亮眼。

片片花朵，均染上几分金色。

与昨夜月魂萦绕下，那番阒然静美相比，这日色烂漫之下的海棠山庄，一反静态，热烈如火。随着清风湛湛，树枝摇曳如舞，但行间，落花飘盈，拂得众人满襟皆是。

衣袂沾香，满眼都是景致。

楼盈月一路随在慕容馥身侧，挨肩擦背，嘴里念念有词。比如——

时不时拉扯着慕容馥宽大的衣袖，说："你怎么能穿白色呢？你眉目这般飞扬，白色太素了，一点儿也不合你性情，你应该换一身红色的。红袂旋舞似火，肆逸江湖，更为恰合呀！”

时不时抚摸她的长发，又道：“咦，你的头发这么黑亮，真漂亮，怎么老垂着？应该绾个发髻！嗯，我想想，你的脸小，五官又这般分明，朝云近香髻最适合不过了。啧啧，再配上几根发饰，太好看了。”

他这一路动手动脚，慕容馥非但不恼不怒，反倒笑颜灿灿。听到这里，她手一扬，一把便揽住楼盈月的腰。触手处，果然纤细柔然，慕容馥眼底浑是了然，唇角笑痕勾起，道：“这些方面，我向来不懂的，不如……女郎教我？”

语音甫落，慕容馥手间已经多了一根发簪。

发簪质地莹润，折射着日色，光线流流盈动，似水一般欲滴。

再看楼盈月，已全然换了个人。

长发如流瀑，迎风垂坠而下。几点海棠花瓣，顺着青丝滑落。与身上那身红袍交相辉映，须臾间，脸如朝霞融色，肌若瑞雪凝光，晔兮如华，温乎如莹。那一副媚态自成，姣丽风姿夺尽海棠冶丽之色。有言说“倾城绝色”，怕也莫过于此了。

慕容馥纵是一早猜到楼盈月是女扮男儿身，可此刻望去，也叫她一时神夺。

从前她觉得，若论女子容貌，欢颜之修眉凤目、冷艳妍丽，侪辈怕无人能出其右；便是后来所见，也只傅韫能比拟三分；可如今一见楼盈月才知，纵与阿颜相比，楼盈月也未见逊色。

的确，与欢颜的眉目精细相比，楼盈月未必胜得过她，然而楼盈月身上那种娇俏柔媚，更显另一番女儿之姿、天真之态，相比欢颜那种拒人于千里之外的冷艳，她确实更为打动人心。

惊艳之余，慕容馥目光掠过檀静玉，却见他眼中含笑，举止自若，毫无惊异。回想昨夜至今日种种迹象，讶道：“你已晓得？”

檀静玉看向身侧楼盈月，伸手揉了揉她的发，笑道：“我和盈月的二兄，是结义兄弟。第一次来海棠山庄，是七年前。那是第一次见盈月，当时这小丫头也是打扮成小男孩的样子。”

楼晏无奈，致歉道：“小女向来胡闹，叫慕容姑娘见笑了。”

楼盈月鼓着腮，气闷道：“我到底是哪里露出破绽了？”

说话时，将长发拢齐，随手绾了簪。清风拂掠间，松散鬓发几丝纠缠唇际，更衬玉貌盈盈，剪瞳楚楚。

“你的剑法不在力道而在巧，你的身子轻柔如柳，且不说时不时流露出来的娇媚之态，更重要的是……”慕容馥狡黠一笑，身子微倾，靠近楼盈月身边，深吸了一口气，道，“你的身上，有一缕怎么也掩盖不掉的女儿香。”

“这你也闻得出来？”楼盈月面露诧异。

楼晏轻睃楼盈月一眼，肃容道：“既然打赌胜负已出，日后就莫再想离庄的事了。”

楼盈月听罢，也顾不上慕容馥，急匆匆上前，拉扯楼晏的手，一副撒娇卖俏模样：“她看得出来，可不见得别人也能，谁知道她鼻子这么好呢？”

“武者鼻息一向敏锐，你怎么知道别人闻不出来？”

楼盈月不服气：“什么香不香的！我去后山泥地捣鼓几天，下山时扮成乞丐……”

“乞丐？你还要折腾出什么事儿来？”楼晏不买账，摇头道，“不行，之前已说好，这次若再失败了，便不能提出山庄之事。自幼我教你什么？大丈夫立世，信义为本！”

楼盈月美目飞瞪慕容馥，一跺脚，咬牙气恼道：“我又不是大丈夫，我管什么信义不信义！”

楼晏冷哼道：“既如此，那你还扮什么男装，闯什么江湖？”

“你……”楼盈月被噎得词穷，“反正我不管，我不要，我不要！”

“蔺玠。”楼晏不理，对着空气唤了个名字。

无任何异样，只有清风徐徐吹，拂动枝叶，发出极其轻微的沙沙声。明明对着空气，实在没有办法断定是什么人听到，什么人会出现。但慕容馥的目光，微微往左方一瞥。

武者的气场，极其微弱。

一瞬间，只有一瞬间！

一个黑色身影，瞬息出现在楼晏身前。

感知气息，他体内有八道气脉，修为应在固原；看足，双脚落地轻盈无声，轻功中还隐匿了高妙的匿形术；看手，手掌宽长，指节有力，指间有茧，用剑高手！

慕容馥眸波轻转，才看人——身材健硕且修长，身形沉稳，轻冠高束，背负长剑；眉目间的皱痕，都透着一缕冷峻与果决之色。然目不斜视，从出现那一刻，他目光只垂视地面，仿佛周围不管有几多人，都与他无干。周身气息内敛，整个人如同一把入了鞘的宝剑，随意往一处一立，很容易便叫人忽略他的存在。

他身着的玄色武士服上，以银丝绣着一朵海棠，若非有光折闪，几乎难寻。

海棠是海棠山庄的标志，除开主人之外，山庄中的婢女、护卫，衣襟上都会绣有银丝海棠。这名唤蔺玠之人，正是海棠山庄的护首之一。

“你……蔺玠，你回山庄了？”楼盈月看到蔺玠的那一刻，面色倏然一凝，有喜，有惊，一双眼，炯炯有神。

蔺玠侧身，朝楼盈月俯首，行礼，面上无一丝多余表情，语言恭敬：“是。”

楼晏令道：“蔺玠，好好看着这丫头，她若踏出这山庄一步，我唯你是问。”

“是。”言语依旧恭敬，自始至终，蔺玠的头都是微微下垂，不曾正面抬起。

“怎么可以这样！”楼盈月眼中已见雾气，长睫颤抖，泪水凝眶，几乎要落下泪来。

楼晏道：“什么这样那样！既是打赌，你便得愿赌服输。”

看楼晏的表情沉硬似铁，已知无商量余地。楼盈月怒转过身，气哼一声，足尖一点，头也不回地离去。

黑影随在她身后，亦是转瞬离去。

楼晏遥看楼盈月离去的背影，叹息了一声，才对慕容馥道：“小女顽皮，昨夜如有得罪之处，慕容姑娘莫要怪罪才好。”

慕容馥表示不在意，如丝浅笑随挂唇际，道：“庄主言重，您年长于我，叫我阿馥便是。不过……”她言语一顿，目光转向檀静玉身上，眼波流转，讪讪道，“看方才情形，我不会坏了什么事吧？”

楼晏边行边道："阿馥莫多想，原本楼某也不打算让她离开山庄。即便无你揭穿，我也会用其他方法阻她。这丫头，自小就这般叫人不省心。几年前，随我出了一趟远门，都险些被人掳了去，亏蔺玠救得及时。平素里，也就多看了几本侠义话本，便一心一意，只觉江湖好。那不过是不涉江湖的文人骚客写来糊弄稚儿。人在江湖，自顾尚且不暇，哪里有那么多的打抱不平、善恶分明？偏偏是身于其外的，绞尽脑汁想踏进；身在其中的人，拼了命也想跳出来，唉……"尾音里，一阵长长的叹息。

她明白楼晏的担忧，亦懂楼盈月的烦恼。这不正是她幼年的经历吗？

慕容馥侧眸莞尔，道："楼庄主也不必过于忧心，若是能劝得住，那自是最好；若真劝不住，叫女郎偷偷出庄下山，凭楼家的能力，又怎会护不了她？有些东西，不自己来体验，自己来厌烦，任旁人说得天花乱坠，又怎肯相信呢？"

楼晏摇摇头道："江湖这般大，不怕一万，就怕万一。你小心翼翼呵护到底，却防不过一个措手不及。如今又正逢纷争乱世，作为一个父亲，不求她扬名天下，只求她能在这方寸之地无忧无虑，日后嫁人生子，一世安宁，如此，便是心满意足了。"

一世安宁。

四字犹如夏日响雷，正击慕容馥耳膜。

"爹爹曾对你母亲立誓，护你一生无忧苦，佑你一世常安宁，事到如今，却再也做不到了。"

彼时草庙之中，父亲临终前的话语，倏然在脑海中回荡。

焚烧的烈火，苍白却仍旧不失慈爱的脸，无家可归的彷徨……旧物旧事，如浮光叠影般起伏。慕容馥心下绞痛，像有久未处理的伤口被扯动，流出脓血来。

切肤之痛，痛入骨髓。

楼晏不知她过往，只随意道："阿馥年纪轻轻便行于江湖，纵然一身修为，到底是女儿之身，家中父母，怕也是担心的吧？"

檀静玉闻言变色，想到何来村那夜，她讲诉其幼时经历，看到楼盈月，她怕是早就心有所感，思及往事了，怎料楼晏竟无意说到这上头来，他忙看向慕容馥。

慕容馥面不改色，声音浅浅，道："晚辈幼失所恃，稍长失怙，怕是难有盈月的福分。"说话时，思及旧事，只觉那一腔凉冷，直从胸腔蔓延至四肢。

落脚处如踩棉絮，周身景致忽化迷蒙，犹如置身云雾之中，一切晦暗不清，只余脑中故人旧景。

面上无澜，面上无绪，谁知她此刻的五内如焚？

楼晏闻言，便知冒昧，也不拘长者身份，连声致歉。

"无碍，庄主不必介怀。"慕容馥面上只余一个表情，是浅淡的笑。

她太过平静，一种极为克制的平静。檀静玉看着她，忽觉胸腔之中仿佛一时被风吹进，揪得皱皱的，还有点凉，引得满心有一股不知何来的怅然，无法名状。

正逢尴尬，水磨青石的游园小径上，有山庄护卫疾步走来，及至楼晏跟前，匆忙收住脚步，道："庄主，二……"本要禀报，见得檀静玉，只得收了声，施了礼，才附在楼晏耳际，掩声细说。

楼晏一听，面色骤变，急忙侧身，对二人匆匆道："楼某临逢要事，请恕少陪了。"

宽袖轻动，檀静玉抬手作揖，道："庄主请便。"

楼晏粗粗拱手回礼，心怀歉意地看了慕容馥一眼，才趸身随护卫离去。

檀静玉凝眸看她，一时倒不知该做何语。

她很骄傲，在对他完全放下防备前，他的任何安慰都会适得其反，一如昨夜。遂左右思量，换了副轻松口气，轻着声音道："这海棠庄还很大，我陪你去别处走走看？"

慕容馥回神，展颐，声音轻如柳絮，道："好。"

说着举步前行，才踏出一步，却如有巨石击首，头痛将裂，心口闷痛，几欲窒息，脚下绵软无力，身子便踉跄往前跌。

檀静玉眼明手快，将她扶住："阿馥？阿馥？"

人已陷入昏迷。

他屈起她的小腿，就势将她横抱起，匆匆往房间去。

将她扶躺在床，他凝神诊断她的脉象。

奇怪，脉象平和，经脉脏腑，皆无任何差错，是何原因，疾令她如此？又细诊片刻，浑觉她内息似有端倪，与一般武者不同。两次昏迷，仅仅只是巧合意外，还是这内息缘故？

檀静玉本想取针，点刺她几处醒神穴位，好让她转醒，但转念便又作罢。

抱着她时，他很是意外。她身量比寻常女子高挑，修为又高深，出手时暴戾果决，临事强硬，绝不后退，完全不会给人脆弱的感觉。但是，当他将她完全抱在怀中时，他才知道，她骨骼纤细，弱小而无助，像是需要被保护的幼童。

日色亮光穿窗而入，照在女子脸上，打出了鲜明轮廓——面容清浅，并非绝色，但很端正。昏睡中的她，下巴线条比寻常时候少了点锋芒，很柔顺。

樱唇一点，颇显娇柔，偏偏那对长眉，浑似那书法之中有力的一撇，直入发鬓。一张脸上，刚柔并在，又极为和洽。

他觉得自己看不透她。她的凄哀，潜伏在那肆意无忌的嬉笑中；她的纤薄，掩盖在那宽荡飞扬的衣衫里。她像个谜一样，看似一览无余的表象中，潜伏着无数波澜起伏的故事，总让他想靠近，却又隐隐叫他觉得危险。

好奇，吸引，深入。他静静地看着她，因深皱着眉，故神色染上了深邃。

少顷，他莫名苦笑一声，低低的，似有无奈。

她呼吸均匀清长，没有反应，几缕鬓发拂在脸颊侧，碎碎的，像鸟翼的羽。他身子微前倾，将她微乱的鬓发抚整，又为她脱下鞋。

然而，当他看到她的双脚时，猛吸一口凉气，愣住了。

三／枪风云影

云淡风轻，日色璀璨。明家听水阁，拥水兀立。四下均是水韵流转，凝了一波清池碧水三千。

池水澄澈如镜，倒映奇花异草、高亭飞阁、假山奇石。

石上引水直落，流水飞溅，细碎如珠玉，在光色下折闪出金光，一如焰火流光，粼粼晃目。水色明净，带出汉白玉荷花石雕栏折桥，分支两路，一路尽头正是水间闲亭。

亭上流光错彩。

陆盈端着一盘鲜果，自飞檐染朱的九转长廊转出。

凉风迎面而至，鬓发拂面，陆盈不自觉一侧首，想借风将鬓发吹往脑后，目光无意，闲朝小亭处望去，倏然顿住脚步。

远处水心亭上，素白纱幔被风吹起，轻纱上银丝折光游走，如浮云生衣。

亭外是水，亭中有人。

白衣一人，倚栏自立。

便是这时，陆盈眼角余光纵起黑影，细看方知，竟是一只似猫类豹的小兽。毛皮黑如墨砚，不知于何处兀然蹿出。

白衣人单手斜侧，那只小兽顺着他的手，瞬间便往他身上一蹿。片刻，白衣人怀抱墨色小兽，转过身来。

日光此刻一闪耀目。

强光之下，陆盈错目眯眼。她前迈数步，避过日光，才看清亭中的男子。

远远望去，男子身形颀长轩昂，一袭轻白若雪凝，意态清贵优雅，纤翳不沾。那一身素色银纹宽袖长衣，在风里动，犹揽日月之辉。

亭纱侧掩如雾旋绕，好似那亭非亭，而是一座凌云高峰，高峰之上霞云飞绕，云中谪仙时隐时现。

绝岩有仙人，立处云生衣。

耀乎若白日初出照山峦，皎若明月舒其光。

明庄假山奇水，一时变幻虚空背景，褪去颜色，而男子所在闲亭，却在碧水曲绕中，成了一幅妙笔丹青。

青山作身，流云为姿，人们都说“姣容云中君”，原先只道是夸张，此番一看，果然是瑰姿玮态，不可胜赞！

陆盈目中滑过锋芒，如日光轻闪，转瞬即隐。

自从云息住进明光府以来，他的一言一行，俨然已为众人谈资。但每每讲起，不外是他举止如何雍容尔雅，样貌如何俊俏风流，衣食如何精细讲究，今日衣着，昨日冠履，诸如此类细碎小事，可众人依旧能讲述得兴致勃勃。

或有人谈起某日入听水阁中所见所闻，众人便更为欢欣艳羡，喋喋询问。口传来去，仿佛这个男人就是上天降下的一个奇迹，任何问题都难不倒他，不仅大方周到，口齿又异常叫人受用。男人所应具备的优点，他一概不缺。更兼情趣加风度，低地位的觉得他平易近人，高地位的觉得他风趣有礼，男人为他称赞，女人为他倾倒。

都说人无完人，可这个人身上，究竟有没有缺点？

陆盈无法回答，踅身正欲离去，便觉一道目光冷肆递来。

她心下微凛，小心抬眸，踏上栏桥处，一抹黛蓝，犹如深海里的凝光。

男子身着黛蓝武士服，背负银鞘长剑，侧身往她所在看来。

茶色清眸俊冷，倒映金沙日色，倾覆眸底寒意。感那男子周身气势逼人，陆盈冷静低首垂眸，朝男子屈身一福，从容离去。

萧子岩朝女子离去的方向多望了一眼，眼底霜冷尽掩，无情无绪，沿着栏桥，走往亭中。

眼见亭中人立身栏侧，怀间抱着墨色小兽，侧首朝自己看来。

目若静玉凝辉，淡风吹男子衣袂飒飒，白衣似水，一身俊雅飘逸，一如蒹葭玉树。

萧子岩挑起一侧垂帘与轻纱，步入，振袖作揖，恭敬唤道：

“公子。”

云息目光在他身上停了停，又转向长廊间方才陆盈所站的位置，唇角挑起弧度，似笑似讽。他的手轻轻抚摸怀中小兽光滑皮毛，喃喃自语般道：“这明家，到处都是蛛丝，稍不注意，就坠入编织好的蛛网中。墨生你看，世界上最聪明的动物，莫过于蜘蛛了，它看似老把自己陷在罗网中央，其实，正等着食物一步步送上门来呢。”

萧子岩目光落在小兽身上，在它颈间一凝，奇道：“俞棋竟能唤得动它来送信？”

云息笑意慵懒，道：“他哪里能唤得动它？是阿梵那小家伙，知道墨生要来寻我，也不知使了什么法子，硬把竹筒塞系在它脖间。”

“只怕是墨生摊上那小混世魔王，也无可奈何。”萧子岩唇边隐隐泄露笑意，许是他自来不苟笑，是以连笑痕都显得僵硬，“我听说，何来村，阿梵也去了。真的吗？”

云息点点头。

萧子岩道：“俞棋也放得下心？虽易容，但到底还只是个孩子。”

“阿梵聪明着呢。”忆及旧事，云息眉目起了三分意趣，笑道，“三年前那群绑匪，不也只当他是孩子？可绑了他不到三天，钱财未得手，却已恭恭敬敬把他送回。单那口舌本事，我也是甘拜下风的。”

“他那张嘴，半刻不得安生，也只公子你受得住。”

云息悠悠一笑，手松开墨生，小家伙一个轻蹬，便夭矫地蹿到他肩上去了。

云息将手中的竹筒递给萧子岩，道：“鬼面客与慕容馥，都去了海棠山庄。鬼面客，便是檀静玉。”

“冰海棠也在海棠山庄。前些日子，暗梅门一直在追查冰海棠下落。”萧子岩取出竹筒中素帛，将其正对日光，素帛上字迹显现。待看完素帛上讯报，他的眼神顿转锐利，“他们此时出现在海棠山庄，不会是巧合。”

云息道：“既然不是巧合，那你觉得是谁想要冰海棠？是檀静玉，还是慕容馥？”说话时，目光飘向亭外。

金沙般的日色，瓢泼般洒落在粼粼水面上，被水波一折，映入云息眸中。深沉双眸，蕴入别样水光。

萧子岩手心运劲，竹筒和素帛化为齑末，纷纷扬扬飘落水波湖面，一任縠波飘摇。他眉额皆有皱意，道："或许，不是檀静玉或慕容馥，而是檀静玉和慕容馥。"

云息摇摇头道："如若他们是属于同一阵营，那么，何来村只会去一个。"

萧子岩不解。

"他们两人都是上等高手。慕容馥不久前刚突破地武初段，而檀静玉是江湖上少有的几位天武之一。让两个武圣去做同一件事，不仅费而不惠，并且招摇显眼，难道不怕招惹各路探寻？暗梅门背后的主人，能建立起这样庞大的组织来，安能行此悬驼就石、讨不得好的事来？"云息侧过眼来看他，轮廓上显山露水，"要么，他们都跟暗梅门无关；要么，就是他们其中只有一个与暗梅门有关系。"

"他们先是去了何来村，旋即又去了海棠山庄，这两处地方，一处是暗梅门据点，一处是暗梅门目标，这……未免太凑巧，要说这两人与暗梅门全无关系，这怕是说不大通。"

云息欣欣然笑了笑："为何说不通？檀静玉与楼少容是什么关系？他去海棠山庄，这并不奇怪。"

"可是……"此言不无道理，只是，萧子岩直觉这其中颇有蹊跷，特别是这个慕容馥。

云息知他所思，只笑而不语。

萧子岩道："与其日后可能为敌，公子此番将何来村掌控在手，为何不趁机断了这祸患？一时心软，为虺弗摧。"

"并非我想贻患，只是，你真心认为，凭地洞那区区危机，就能困住他们两个？子岩，你还不了解武圣阶的力量。"

说着，他踅过身，走出亭子，沿着汉白玉荷花石雕栏折桥走出。日色随风，沾了他一身白衣，素色下摆牵出一连串波澜起伏的弧度，有银芒流转，像本身自带光。

萧子岩亦随行，眉心依旧微锁，显然在思量着云息方才言语。思忖少顷，他才问道："倘若，这两个人中，真的有个是暗梅门的人，那么，公子觉得谁的可能性大？”

“谁都有可能，谁也都不可能，便是此时此刻，你在我身边，也有可能。若不是我足够了解你，暗梅门想让你变为我所嫌疑，那你就是嫌疑。”言语间不是试探，而是论述，云息脚步不停，依旧闲闲而行，“暗梅门向来很喜欢放烟幕弹，真真假假，假假真真，我们要想看清楚他们，首先就要生一双能看透烟幕弹的眼睛。”

他的话模棱两可，听得萧子岩犹如云雾罩顶。

墨生不知几时又回到他怀中，已昏昏然睡去。云息习惯性地揉了揉它的脑袋，眼底笑意温柔，逐波掠影般流转，丝缕皆是静定。这般闲情逸致，谁知道他逗弄宠物的手指下，是怎样的翻弄云雨，操纵棋局？

萧子岩仍在琢磨，半晌，才忖度出些意思。

鬼面客自出江湖以来，一直与暗梅门为敌。慕容馥自出现以来，暗梅门一直有探子在追查。要看出这两人是不是同暗梅门有关联，那么就要看清楚，他们究竟是不是在故弄玄虚，或哪一个在故弄玄虚。

萧子岩明了三分，又问道：“公子心中有底了？”

云息侧过脸看他，道：“不，还要等一个消息。”因侧着脸，那俊朗轮廓一时逆了光，从额间到下巴，朗朗分明。

萧子岩双目微眯：“子岩尚有一惑，不知暗梅门究竟要冰海棠做什么。”

云息提醒道：“一样东西能用来做什么，在于它本身能有什么用。”

“万年冰海棠，有起死回生之效。暗梅门察探出冰海棠所在，如此费尽千辛万苦，想必是要救什么人的命。”

“所以，这就是一处突破口。”

二人已行下石桥，云息往陆盈方才所离开的方向转去。

一片落叶，自树上被风拂落。云息旋指轻弹，落叶飞旋，漂浮在水面之上。

萧子岩快行几步，距云息身后仅一步之遥，问道：“海棠山庄表浅实深，就如同一个不知深浅的沼泽，暗梅门虽查出冰海棠所在，可这得到的机会，公子觉得大否？”

怕是姿势有些不舒服，墨生在怀中摆弄了下脑袋。

云息的目光在它身上扫过，手指无意捋过了袖口，懒懒道：“那年，我若得到它，或许还能救傅山一命。现在，他们是否能得到它，对于我而言，又有什么关系呢？我虽是要对付暗梅门，只是，暗梅门这样大，每日任务又何其多，若是他们的每一项行动我都要一一劳心，那暗梅门还没倒，我就先死了，累死的。子岩，棋盘上的棋子，要一枚一枚走，人一旦一心多用，就会顾此失彼，谁都一样。不相干的，且先搁置一边吧。”说着，一缕薄薄的笑意自他唇际掠起，面上满带玩味神色，“自来到明家，尚未私下里见见明家二郎，是时候了……”

云高天阔，日渐偏西，一园秋意连波，风华甚丽，绵绵温柔。云息与萧子岩绕过满池秋水，沿着水磨青石小道闲行。

小道两边，植种三角梅。花开正盛，似经花匠们特意修剪，其形童童若车盖，其色灼灼如霞蔚，在袅袅秋风叶木中间，间或叠生，连径道也落了嫣红一地。

日光自枝干间穿梭投地，与嫣红相衬，几许幽韵，几许温软，好是妖丽。

小道尽头，两边皆是抄手游廊。往左方游廊行去，远处显一粉墙月门。

两人通往月门，一径前行。

前方某处，传利器破空之声。云息眼底有笑，笑若日色淡薄。他自拐角一转，向那声音所在走去，步履动间越行越近，空气中的气劲便愈是强烈。云息怀中的墨生似有感应，一时也颇是躁动。

云息揉了揉它的脑袋，墨生渐渐安生，又找了个舒服姿势，懒懒地趴在他怀中。

云息在月洞门前顿住脚步。

萧子岩亦停立其后，眼角余光，忽有银芒轻闪，他往园中望去。

园中花树围绕间，有一处空地，如一片自成的练武场。空地中心，有一道人影晃动起伏，衣衫鼓风，虎虎生威。手中白芒耀日，一柄四寸粗、九尺长的银枪，在主人手中收放自如，快如电掣。

萧子岩心中有赞：步法视势而变，如流水无定势，时而徐徐缓慢，乍退乍收；时而迅疾无双，矫若惊龙。其虚实变幻，招招落奇，却无一招花哨，气势磅礴。所谓枪法有三要——眼快、手捷、腰步相随，此人大得枪法之精妙！

周围花叶，抵不住凛冽枪锋锐气，在气劲之中飞散起伏，纵起漫天花影。

浅紫人影在花影中，一直背对云息、萧子岩所在，形影衬着漫天夕照，旋身起落，形如流水。

一人一枪足见利落潇洒，威势齐生！

一招一式极尽枪法之纵横开合，气魄骇人！

这时，银枪折光，正正照目。萧子岩但闻一声厉喝，周遭气劲暴涨，银枪化作雷霆之势，枪的周围花叶旋飞不休，锐锋疾射，竟朝云息所在破空而至。

锐利劲气，迫面将至！剑及履及，墨生突纵飞出，似要扑向那朝自己主人飞来的银枪。

始料未及，面对如此境地，云息却毫无惊慌之色，负手静立，一身白衣为劲风鼓动，飒飒生姿，仪盈万方。

近！

更近！！

气场猛锐！！！

云息眼底仍旧端定，唇角薄薄笑意无一丝消减，面上神情一派水波不兴，整个人渊渟岳峙。

萧子岩手已紧握剑柄，利剑正要出鞘，忽觉有物弹刺手背，心下即知，手已松开剑柄。便见花影之中，白影倏然轻闪，黑影骤无。随即听得“叮”的一声，银枪恰恰飞插直入云息方才所站之地，深深而入。

地砖迅猛裂开痕迹，残留力道震得枪杆摇晃不休。

云息抱着墨生，翩翩立在枪后一尺外。

前跃抱住迎上银枪的墨生，接着退后远离。这一进一退，都在弹指之间！没有人看得清他究竟如何做到。

肉眼看时，也不过是他轻轻抬腿，往后退了一步，墨生自行蹿回他怀中。

“我当是谁，不想竟会是云公子与萧少侠。莲枫失手脱枪，二位莫怪！”云息尚未启齿，一道声音清朗，已是脆然入耳。语中坦荡自在，毫无一丝险些伤人的自愧之意。

萧子岩眸光锐利，冷冷看去。

满天飞花如织，细密飘落。清风微拂间，方才场中舞枪之人踅身走来——明莲枫身着浅紫斜纹绮长衣，衣缘是藕色的桃华绣纹。这番脂粉色调穿在他身上，丝毫不显女气，反而被他俊朗姿仪衬出一身磊落飒爽。

但见他足蹬乌色旋纹革靴，光影之中，步履徐缓前行，衣袂随风而动。

飞花落叶在夕照浸染中，仿佛带了金属感，撞至明莲枫肩头，转继滑落。几片在他步履后起伏追赶了一阵，最后知是力所不及，终于罢休。

萧子岩转看云息一眼，收隐眼底锋锐，静立云息身侧，面色犹如石雕，已无带分毫情绪。

云息安抚了墨生，垂首在它耳边低语，墨生蹬腿一动，便缩入萧子岩怀中。

云息前迈一步，拔出地上雪缨银枪。他的目光落在枪头上，细细打量道：“此枪雪缨内有倒钩数枚，不仅得枪之优，亦得钩之优，再配上明二郎这一手精妙枪法，这江湖中能以枪法胜过明二郎的人，不多……”

说着，他的语气顿了顿，唇际浅笑，温雅如风，又意味深长地看了已近跟前的明莲枫一眼，轻描淡写道：“峄山叔云子前辈之武学，向来重实不重虚，重技而不重形，明二郎得之精髓，叔云子前辈必定深感欣慰。”

方才明莲枫一枪使出八成劲道，却连看都看不清云息是如何避过，他只知道自己枪落处，绝对不会有差错，但结果是枪落在云息身前一尺之距。这本已令他惊讶，此时，对方又一眼看穿他师从……

明莲枫接过银枪的手刹那一顿，目光里有明显的震惊之色。

明莲枫之师，名唤叔云子。

昔年江湖有三大传奇老人：一者，乃武林中白衣墨凡之师蓬莱石翁；二者，空山无名；这第三个，就是峄山叔云子。

现下江湖上，听过叔云子的，怕是已然不多了，至于他在江湖上是什么地位，知道的也是不多了。

三十年前，声震江湖的白衣墨凡、苏介湖之辈，若是见到叔云子，也得规规矩矩、恭恭敬敬地唤一声“前辈”。

叔云子至今年已过百，武功出神入化，但极少插足江湖事，是以，纵然是在当年名扬江湖时，江湖之人也只知其游戏江湖，逍遥人间，无从寻踪觅迹。

而事实上，江湖上见过叔云子的人很多。他时而化身樵夫，时而又做渔翁，时而又成了乞丐，时而又变成了一位老道……他变化之多样，万千身份辗转来去，纵然得一见，谁又能辨别得清？

得知明莲枫是叔云子的弟子，萧子岩心下亦有惊。

叔云子向来行踪不显，江湖上更无人知晓，他是否收有徒弟，据萧子岩知道的唯一一个，是傅山。当年叔云子直闯云影山庄，对云息逼问傅山之死的场景，如今依旧历历在目。

明莲枫神情很快恢复正常，对云息所言，既不承认也不否认，执枪之手回翻，袍袖旋飘，银枪骤然倒转，斜贴后腰背，侧身做出请云息入园的手势。

云息浅笑在眼，施施然行入。白衣款款翩然，举手投足，无懈可击。任怎么看，谁也不会觉得这是一个江湖人，而是那尊养王廷的王子贵人，否则怎能生得如此一身龙姿凤采？

明莲枫偏首看着云息，道：“那夜抃风台，有幸得萧兄指点几招，莲枫着实受益匪浅。只可惜，未能向云公子请教，不知今日莲枫这套飞云枪法，可否有资格同云公子讨教几招？”

众人传闻云息身无修为，他却不信。那夜抃风台上，他与萧子岩过招，剑气横溢，招招凶险。云息置身气场之内，神容镇定，便是他将长剑直指于他，也依旧是泰山崩于前而色不变，虽然他未露半分劲息，可若非修为不凡之辈，岂能如此？

云息淡然置笑，道：“耳闻明二郎对友方用枪，江湖人素不知，其实明家二郎枪法修为更高于剑法之修，某如能有此荣幸，令二郎以友相待，虽是才疏技浅，焉敢有拒绝之理？”

言下之意，已是接受明莲枫挑战。

的确，明莲枫所修武技中，枪法修为确实远远高于剑法。他有修武之才，巧妙地把枪法化入剑法之中，所使用的落霞孤鹜剑法，许多招式，便是源于枪法的化用。自离开峄山之后，修行江湖，他甚少用枪。因修行之路在于历练，一路上带着一柄长枪也极其不便，若偶遇敌手，多用随身剑，只有与几个好友晤面时，才会偶尔使枪切磋几招。

云息既出此言，足见他对明莲枫极为了解。

一眼看穿他的师承，足见此人眼力绝佳，能够对他如此了解，也不算奇。是以明莲枫也不觉有异，朗然笑道：“看来云公子也是痛快人，请！”

说着，三人已走至方才明莲枫练功的空地间。

此空地周边团花围绕，恰恰落出一片宽阔场地。

陆盈端茶水，碎步上前，朝三人娉婷福身。她身穿缃色窄袖交襟短襦，搭配着月白绣桃花长裙，袜肚收腰，一身体态尤为多姿，又兼云鬓横绾，步摇斜插，夕照斜映下，更显那靡颜腻理，娇丽夺人。

确实是美人。

眼看衣着佩饰，也不像是寻常婢奴。

云息两手对掖，广袖垂坠，含笑一眼，犹揽千言万语，叹道：“有美一人，清扬婉兮，明二郎好福气！”

陆盈听罢，桃腮飞红，一副小女儿态地别过脸，但双手还是将茶盘微托上前。

云息轻微摆手，表示不饮。

明莲枫端过茶水，仰首大饮一口，坦荡笑应道：“云公子误会了。”他素来不拘小节，也无谓于此多做解释，说着见云息周身无任何兵刃，问道，“不知云公子使的是何种武器？”

云息行近武器架，随手取了一把宽刃单刀，朝明莲枫扬眉一笑，道：“便用此刀吧。”

说着旋手轻动，袖褖银纹折光，刀身锻造镜面一般，刀面映霞晃闪。

云息面上淡笑如风，单刀的霸锐之气，竟丝毫不减他素来端然优雅的姿仪，被那一倾夕照正洒周身，映出地上斜影。影与落花，缠绵悱恻，反而使他更添一番幽兰静绽般的清逸。

枪乃兵器之神，刀乃刃中之王，他用刀对我的枪，自是合适不过，只是……明莲枫眸底锐利闪晃，心下暗想，剑多风流，刀则凶猛，这练单刀者，须刚毅勇猛，大刀使起来才快捷如风、干脆利索，原先倒看不出他竟是使刀之人。可云息此番握刀姿势模样，极为标准顺手，莫非是我之前以貌取人，小觑他了？不管如何，还是先试过再说。

此番心下思量，明莲枫不敢有丝毫轻视之意，左手轻扯锦带，旋身脱去罩衣。里面束腰窄袖，一身劲装。

陆盈上前接过明莲枫罩衣，退避一侧。

明莲枫反手银枪斜指。枪上气劲盈溢，引起地上落花重新旋飞而起。他单手负背，并未急着出手，但气势均匀，周身上下已无破绽可寻。

颀长身形，背衬橙红夕照，一派潇洒飘逸，虽在云息逼人姿仪之下，但未见丝毫局促。

“慢着！”静立旁侧的萧子岩兀然开口，目光落在明莲枫身上，“子岩有一言待讲。”

落花旋于面，明莲枫目光稍错，道：“萧兄直言无妨。”

萧子岩踏步上前，道：“此番公子与二郎只讨教武技招法，用上刀枪已算利器，不可再使用气劲，否则彼此相伤，不免败了兴致，失了和气。”

本就是一番切磋，刀剑已是无眼，若双方再以内劲相对，一旦谁一个用力不慎，落了重伤自是不好。萧子岩把话说得明白，叫人听来一番护主心切，倒也无不妥之处。

明莲枫原先有趁此机一试云息修为的念头，萧子岩既出此言，也只得作罢，遂朗声大笑道：“萧兄只管放心，莲枫与云公子乃切磋武技，破招拆招，不使气劲，亦会把握好力道。”说话时，他心中不免疑惑，难道这云息真如外界所说，修为十分寻常？否则，萧子岩为何如此担忧？觑看萧子岩神色，面冷无澜，瞧不出半分端倪。

萧子岩颔首退避一侧，目光似无意，自陆盈身上一扫而过，垂眸，掩去眼底一番夕照波澜。

云息握刀随意而立，知明莲枫有意让他率先出手，是以也不拖延退让，白衣翩然飞旋，步形轻踏，手腕转动，已是单刀起势朝对方微施一礼。

陆盈目光一直未离云息。自最开始，明莲枫飞枪出手突袭，至后来挑战，云息面色仍旧只有款款浅笑，没有其余情绪的波动，一张脸上，只是从容有致，没有喜怒哀乐，没有七情六欲。便是目光，也未曾泄露丝毫心中暗涌，仿佛是寺庙佛堂之上，受人供奉的菩萨，精细雕琢，高高在上。这初看，叫人觉得和煦亲近；看细了，却未免心生畏惧。

宽袖当风，乌发轻扬，于落花飞舞中，云息挥出第一刀。

陆盈修眉之下，美目微细，别无他路，似乎想从他的动作中，寻出什么痕迹来。

空气中，仿佛有瞬时的凝滞，紧接着，明莲枫飞云银枪划空震颤，迎向云息。

虽无用内力气劲，但银枪破空仍旧劲势逼人！

飞云银枪一招破开云息一刀劲势，银枪之锋去得恰到好处！

眼快、手捷、腰步相随！

明莲枫此番出手，便是认势而出，起手发枪际，无丝毫迟疑，夺气赢人！

云息清湛目光含笑，刚喝得一个“好”字，长身飞转而起，飞云银枪堪堪自他脚下飞掠而过，步法踏开，滔滔如滚；风姿翩翩，如云出尘。云息身形未落，手中刀光疾闪，兀然冷电惊芒，随步伐所发！

刀风飒然！

明莲枫四面八方，均是云息身影！好像有八个云息，自东、东南、南、西南、西、西北、北、东北八个方向同时而来。那一把锐利单刀各呈招式，亦复如是。

竟将一套刀法的八种招数，在同一时刻使出！

这样的轻功！明莲枫心下大惊。

明莲枫在上，气势压来。云息本只是圈走八部，因他身法快至巅峰，是以步形动间，形若幻灯，夭矫如龙，一掠即过，剩下残影晃留，如此一人犹如生成八人，而且一刀刀全无相似，看似松散无主，却是神气在中。

明莲枫平生除了师父之外，几曾遇到过轻功、刀技精湛至此的对手？时下神思皆聚，细心应付，后手紧贴身，臂以助腕，身以助臂，足以助身，合之为一，继而借用腰力划开弧线，使出风刮落花身法，绕步躲闪之中，亦是进招反攻。

飞云银枪倏然往下一沉，崩枪为用，斜刺而去，正向云息膝下双胫。此番动处，招中有招，式中有式，轮转如环，动作步伐，一气呵成，动人心魄！

云息身形斜缩，刀随身走，一招江河行地，刀芒横掠直过，击退银枪。

明莲枫已不及称赞，倏地将飞云银枪一个顺势反抽，再去，迅猛夺人！锐芒几抵云息背心！

云息看似躲无可躲，避无可避，却见他忽地翻身一刀抬起，恰恰架住了银枪来势。身法之夭矫与刀法之精妙，搭配得天衣无缝。

长枪直刺而来，单刀侧抬骤起！两人错身，刀枪击触相擦，铮然一声清鸣，火花溅目！

明莲枫银枪不及回守间，云息单刀已“呼”地自他颈间堪堪擦风而过。

若是此番两人是为敌对峙，那这刀只要稍微一偏，明莲枫已然身首异处！

明莲枫兀然大骇，知晓刚刚是云息有意错手。

云息此番一让，更加逼出明莲枫全身之能。当下明莲枫银枪一展，拦、拿、滑、扎、撩、挑、绞、砸等，飞云银枪迅疾，破空带芒，乍现乍隐。枪势极为灵敏，一如行云流水。

场中紫影衣袂飘飘，银枪翔动锐利，身子超然飘逸。

萧子岩只是静静观看，注意着明莲枫被云息一招招逼出的身法枪法。崩枪、点枪、扔枪、前摔枪、缠枪，每一枪的劲度、角度，极其精准，攻人无备，出人不意。这样的势牢纯熟，得心应手，无一丝一毫刻意或生涩，招招落实。单就这武技而言，在当今江湖年青一辈，可算是枪中第一人。明莲枫历练江湖多年，果非庸俗世家子弟，不愧为叔云子的弟子。

一时之间，场中二人已过二十来招，彼此间势成招，招成气，气成意，意凝成魂。

战圈中一白一紫，交织叠起，枪芒刀光，耀开光雨，幻成异彩，混合漫飞花叶，将白紫笼罩。

陆盈眉心却微微一蹙，落目圈中，渐渐只能隐约见得紫白两道身影左穿右插，如惊鸿游龙，忽东忽西，忽聚忽离，又兼漫天花叶碍目，根本看不清楚里边孰优孰劣。正看得云里雾里，忽听得其中一阵戛玉锵金之声，继而白紫两道身影倏然远离，速度快逾闪电！

二人相隔二丈余，分位各立。

一人双目微合，雪缨飞云银枪贴背斜指，身姿如山，衣袂逆风飘扬。渐变暗紫的夕照为之背影，衬其气度依旧，不胜飘逸，不胜潇洒。

一人单手执刀，只手倒负，宽袖发丝相随而舞，唇际噙笑，神容端然静定。暗紫日光照上他完美温润的眉目间，洁如雪，净如泉，几多优雅，几多风流。

两人终与始所站，位置一致。

漫天夕照渐淡，万千花叶飞舞。

落花落叶，抚过雪缨银枪，拂过锐利单刀，皆一分为二，坠地无声！

如此人，如此景，一时有种直击人心的震撼。

两人遥遥对立，少顷，明莲枫扬声纵笑，语气中满是酣畅淋漓："痛快，太痛快！"

说罢，长枪已正正飞掷武器架中。他大步往云息走去，朗声道：

“先前我落了狭隘，以为你云息也是那些沽名钓誉一类，此番看来，委实是我目光浅薄。”言语时，拱手作揖，致歉道，“莲枫现下心服口服，之前如有无礼或不当之处，恳请云兄见谅。”

坦然直言，无丝毫拘泥造作。恶便是恶，喜便是喜，无束缚，无忌惮，无狭隘，无诡谲，一如他的枪法，正气浩然，不失男儿本色。

云息深邃双眸为日落霞光映衬，流光溢彩，里间别有赞赏滋味。他将手中刀递给萧子岩，笑容入了眼底，道：“二郎言重了。”

陆盈几步上前，想为明莲枫穿上罩衣。明莲枫轻摆手，一把接过，自行穿上。

陆盈丹唇含笑，一副好奇神色，柔声问道：“郎主与云公子方才打得太快，奴好奇，此番究竟是谁胜谁负呢？”

云息笑意清朗，似是不经思索，脱口便道：“姑娘此言谬矣，息与你家二郎主乃彼此切磋，又非比武，岂有输赢之分？”

明莲枫闻言，扬眉纵笑，拍了拍他的肩膀，豪爽道：“相识恨晚，今日有幸心交，当贺之。”

云息道：“息亦有此意。”

“不知云兄是喜拼酒还是品酒？若喜拼酒，奎山之巅，你我同醉；若喜品酒，我有极佳之处，妙音佳酿，同赏如何？”

云息坦然道：“实不相瞒，息酒量太差，素来鲜少沾酒。不过，此番带来了晋南玉螺簪，望能赏脸同品。”

“晋南玉螺山特产的茶种？闻说乃王室直供，甚是难求！你哪里寻得这好物？”明莲枫神情兴奋，扬袖握住云息手臂，携同往外走去，“走，桃李园赏乐品茗！”

两人方走至月洞门处，便听得一个稚气声叫喊：“二兄，二兄！今日练靶子，我射中靶心了！温师父送了我一把真的小银弓呢！”

未及各人反应，一个小身影猛地蹿进，正正撞在云息身上。

小身影矮小，不过到了云息的腰。明莲枫无奈叹了口气，怕那小人儿跌倒，往前一步，自小身影身后扶住。

那小身影不是别人，正是明莲枫幼妹明心兰。

今日，明心兰穿着一身小劲装——翻领小袖上衣，松花色银纹对襟衫，下穿素底兰纹裤，腰间束着青碧腰带，长靴紧束，十分俏皮英气，手间还握着一把银色精巧小弓。

或许因跑得太急，她两腮透红，衬着一双灵气的大眼，虽不甚漂亮，却极是可爱。

明莲枫看着她，摇摇头，眼中却怀宠溺之色，道：“我这小妹自幼得家君溺爱，十分调皮，就好舞刀弄枪。”说着才看向云息，“让云兄见笑了。”

云息笑道：“哪里！令妹性情活泼，灵俏可爱，别于寻常闺中女郎才是。”

明心兰还没回过神，只听得有声音入耳，低沉，也温和，落在耳朵里，有种落花流水春去也的美感，叫人忍不住想听他继续说下去。但他没继续说话。

他一收了声，便叫人怅然若失。

明心兰站稳了身，抬首看去，垂委衣袖的流云银纹，一闪过眼，紧接着，便是那一双眼睛：目光夺人心魄，迎首罩来，巨网一般，令人不想逃，甘心在其中，甘心被捕获。

她从未见过这样一双眼，真好看！她尚年幼，言语匮乏，想不出什么好词来形容，只觉得赏心悦目，仿佛一时间，周围都淡了痕迹，只剩下眼前人，双手对掖，长袖垂委，一身白衣迎风而动。他静静地站着，如仙山飞云，纤尘不染，又贵雅无双。

炫然夕照，也不如他气华摄人。

一抬眼，便填满人的视线。

明莲枫见她半声不响，稍俯身，轻敲了一下她的后脑勺，笑道：“你这小丫头，可知得礼数？怎么这样直勾勾盯着人？”

明心兰想回转过身，视线却不舍得离开，喃喃道：“真……真好看。碧华讲故事，说世有仙人！大哥哥是仙人……”她语无伦次，一心只系在他仙人之姿、花容月貌上。

明莲枫本想笑，伸出手，无奈摸摸她的头，可当目光落到她的脸上，只见两道鼻血正缓缓流下，猛地大惊失色。

明心兰似有所觉，伸手擦了一擦，手背皆沾了猩红鲜血，心下又羞又惧，哇的一声，哭丧着脸道："二兄，流血了，我是不是要死了？碧华说得对，见到仙人就会死了。"说完，只觉头昏眼花，摇摆一阵，便往明莲枫身上栽倒。

情况来得突然，明莲枫连忙抱起她，匆匆往近处凉亭走去，急唤陆盈找大夫来。

云息上前为她号脉，片刻方道："仲华莫急，她在日下练得太久，外感表征，未休息又是一阵狂奔，热气赘余，不循经下行，反上逆伤其络脉而致鼻衄。多休息便无大碍，连针药亦无需。仲华若不放心，便多陪陪她。"

明莲枫脸色稍缓，叹息道："好，小妹如此，倒是无缘与云兄一聚，畅谈一番了。"

云息道："仲华说哪里话？息至少得大会之后方启回程，你我多的是时日相邀共聚。"

明莲枫颔首，左右想了想，取下腰间一令牌，道："桃李园有几支新曲、新舞，听说不错，云兄闲暇如有兴致，可至桃李园打发时间。"

这接下来的时日，明莲枫要为其父打点武林大会诸事，恐是难有多余时间，担心云息在府内会心生烦闷，是以建议他去桃李园散散心。

云息接过明莲枫手中令牌，回了礼数，道："那息便谢过仲华美意了。"明心兰如此，云息身为外客，也不便多留，旋即说了几句慰问之语，言讫，便告辞离去。

萧子岩朝明莲枫微一拱手，随后离开。

墨生尾随二人身后。

回行至听水阁。

云息抱回墨生，静立檐下。

垂帘细密，只放了一半，掩住半边廊檐，下方有雕砌的栏杆。帘子把人错落地遮掩着，又是黄昏了，光影都不进，横生了些似是而非的错觉。

风一起，垂帘又不住地起落，摇摇摆摆的。云息立在那处，一身广袖罩衣，抱着墨生时垂委的两袖，这时都装了风。

萧子岩随在他身侧，疑惑问道："公子为何会同明莲枫过招，还使了童天刀的八纲刀法？"

云息手抚墨生，语调有些慵懒，道："上回看了那一套刀法，一直没机会练练手，明莲枫师从叔云子前辈，修为不弱，武技精湛，正好。想到从前，我与玄熠过招，他的枪法也是极好……"

言语至此，他的语调却是蓦地一凝，眉目间薄有倦怠之意，缓了片刻，不续前言，只道："暗梅门暗营在明家有高位暗线，且是冲着四图去的。明家掌事诸人，多不知四图存在，因而我猜测，最有可能的，是明仲道几个儿子之一。明仲道有三子，大儿子远在漠北，应当控制不了这千里之外的事，只有这二子明莲枫和三子明洛祎二者之一。此番出手，亦是一探。"

垂帘时起时落，动荡出衣衫上一身错光落影，都是不平静。

萧子岩垂眸想了想，斟酌问道："那……公子觉得可是明莲枫？"

"明莲枫是君子，亦是侠客。"云息浅浅一笑，透帘的错影拂过他漆黑的眸底，起伏里更显孤落，眼神有种渐行渐远的味道。他想起那个人，曾经也是执枪如风、豪迈不群，顿时胸腔里不遗其他，只余留遗憾。

他继续道："从他出手可见端倪。人的性情，决定他的武学特色，对于明莲枫这类人而言，黑与白，善与恶，有着绝对的界限。"语中难得地带上几分欣赏之色，"任何人都有可能是暗梅门人，唯独他这类人不会，而且，暗梅门的人，见一个，他会杀一个。可惜了，生在这样的世家，总有一日，他会因其所累……"言语之末，有叹息，亦有惋惜。

萧子岩不解道："可是那夜抃风台，他分明是有意试探。"

云息意态淡淡，有种全盘在握的从容，道："他的确是试探，不过，他的试探并无杀气，只是好奇，好奇我究竟是否有修为在身。那只是作为一名武者所该有的好奇，就如同方才他挑战我，只是想知道我的修为与我的名气是否相衬。"

萧子岩思忖道："可总有些人，甚是精于伪装，善者未必善，恶者未必恶，人心总是难测。”

“确实如此。”云息静了片刻，忽地侧过脸，看着萧子岩，目中无丝毫起伏，忽问道，“你来之前去过桃李园？”

萧子岩眼皮一跳，倏然抬眸：“我……”一时无言应对，有种被当场捉获的窘迫。

云息收了目光，面目不沾情绪，睫毛又密又长，半垂眸，便有光影在眼下交织，虚虚实实，有种扑朔迷离的味道：“我之前提醒过你私下莫去桃李园，以免生了什么纰漏。虽说你行事谨慎，然很多事哪怕再小心，也难免会落下痕迹。”

说话时，他目光下转，落在萧子岩的鹿皮靴上：“你脚上的黄泥黏稠度大，说明泥中水分较高，并且沾有烂碎的桃花瓣。此时已是秋末，桃花已无，要论在这昭华西城中尚有桃花之地，只余少许几处，离得最近的便是桃李园。桃李园土质稍异，引建温泉之上，园内有大片桃林。这桃李园，若非有明家人许可，外人不得擅入。明家各路眼线那么多，若有人察觉你未得主人之邀，私入桃李园，他们会怎么想？真以为你怀着闲情逸致，贸然闯入，就是为了赏舞听曲吗？”

淡淡言语里，却有迫人心魂的洞察。

萧子岩一时心惊，便要跪身请罪，然未及屈下膝，已被一股暗力托起。

云息道：“我知你是为弄清楚陆盈身份而去，但现下萧晴的处境很微妙，一丝纰漏，一丝差错，都会前功尽弃。我想，这一点你比我更清楚。有些东西，我能看到，别人也能看到。”

萧子岩垂眸道：“我明白。”

“萧晴那边，你也不必担心，方才明莲枫已说了，闲暇可去桃李园。这话已等同于一张通行令。”

“是。”

他手指无意捋了捋袖口，隔了一会儿，才道：“子岩啊，你我相识多年，便如兄弟一般。我知你素来面冷，实则心热，比谁都关护别人，更莫说，阿晴是你唯一的亲人。我无法给你承诺，但我答应你，会尽力护她周全。”

云息淡淡回首，看向远处。

远处，夜已渐起，月照满波晶莹。

桃李园后庭中。

因夜色已深，故园中四下阒然。通院的甬道上，只有左右十步一盏的亭形座灯，各自亮着。练春柔翻身入了园中，已然收敛了气息，轻着脚步，顺着抄手游廊行回房间。

回廊之外，点点落叶拂阶。黄昏时，已有奴仆扫了一通，至时下，又是一地残叶。到底是深秋了。春去秋来，花开叶落，即便此园围温泉而建，花木枯荣变化，亦无有例外。

夜风一起，便招摇了这一地的枯卷斑驳，更添夜里悄怆幽邃之意。

练春柔轻轻拉开屋门，里间黢黑昏暗，无灯烛凭视。她走入室中，风随身而入，落地罩上，有垂顺珠帘、游荡纱幔摇摆撞击起来。满室有无尽幽寒。

她借着晦明夜色，不敢亮灯，怕惊扰左右，摸黑行入。

忽地，内室深处，灯烛骤亮。

“是谁？”练春柔轻喝。只见那插屏之后，灯火辉映下，有人影修长，影影绰绰，难辨分明，身形这般纤细，估摸是女子。她心中警惕，复行近两步，试探问道：“小苑，是你吗？”

她声音未落，插屏后，竟倏地射出两线银芒。

修指钢丝！

练春柔早有提防，柳眉剔竖，当即扬掌挥袖，折腰疾避。

灯烛摇曳，衣影一闪，银丝旋游，却已逼喉而来。

那银丝夹杂的气劲十分锋锐，室中四下幔帐珠帘，均为其劲道所迫，撞荡不休。练春柔手中无器刃在手，实落下风，拧腰疾转避退，脚步却不露痕迹地故意一滞，银丝绽芒，刀刃一般锋利，割破她臂膀衣纱，入肉三分！

练春柔忍住剧痛，一个后翻身，轻盈落于一丈开外，顺势俯身跪地，低呼道：“左护首！”

插屏之后，行出一名身形婀娜的丽人来。残烛晃影里，柔衣轻曼。丽人眼下一滴泪痣，本衬她神色寡静，此刻却因着眼底含着三分冷嘲之色，变转出七分冷媚来。

暗室惊魂。

女子启齿，声音如冰雪轻寒，隐蕴杀机，道：“这么晚了，堂主去了何处？”

“属下……”练春柔咬唇，长睫低垂。残光点染其上，眼底投下暗影，颤了一颤，隐约是惧意。

女子目光一沉，修指轻转，指尖蔓生出的银丝，已缠上练春柔双臂。

银丝收紧，利刃一样锋利，那臂上衣衫层层破裂，显然就要及肤。

“说——”

练春柔犹疑，不过一瞬，银丝所缠扣处，已溢出鲜血，只要女子再用力一分，这对纤细手臂，怕是要四分五裂了。

“明光府！”练春柔忍痛，吐出三字来，便晕了过去。

四 / 旧事天远

天光渐去，暗影压来。

内室里寂然无声，月色穿过槛窗，投到光洁地板上来，一叠银芒潋滟，倒像一摊水渍。室外有树枝摩擦，簌簌作响，风越动越大，带了些声势，也随月色越过了窗，入了室中来。

榻前悬挂的绡纱，一时鼓胀飞扬，满室都是冷。

檀静玉在慕容馥榻前守着，觉风越大，踅过身去关窗，又返回榻前，见她两手摊在被外，上前为她掖了掖被，目光忍不住又转落在她的脚上。纵使是光色暗淡，但那脚底的痕迹，依旧狰狞入目。

她脚面白皙，脚趾圆且小，浑如羊脂玉雕琢。但若不是他为她脱下鞋时无意一见，怎么也不能想象，脚底之下，这杂乱的伤痕，烫疤，针刺，刀割……伤疤叠着伤疤，疤痕遗留的嫩红，像血色藤蔓一样缠绕，触目惊心。

曾经流过多少血，经历多少伤，忍受多少疼，才能塑造成如今的形态？这上面血色缠绕的，是怎样残忍的不为人知的过往？

他的目光在她身上流连了一圈，他想知道这些痕迹的由来，却又晓得不该知道。有些人的伤痕，不想用来被怜悯心疼，只想不为人知，自己忍下去。

一想到这里，仿佛胸腔里伸入了一只利爪，猛地将他抓了一把，血肉淋漓。

伤痕明明不在他的肤，他却硬生生有了切肤之痛！

怎么会这样？二十六年来，他未曾有过这样的感觉。纵然是当年宁妱斓因他而死，他的心头，有的也是满满的亏欠与懊恼，并没有过这样的。

为什么？

大约是胸口的伤势所引吧！他给自己一个解释。

檀静玉拉着被子，将她的双脚掩覆其里，起身，返回自己房中。

本就思绪杂芜，睡意难起，又兼伤势反复，夜间脉络循心，伤口绞痛不已，檀静玉起身换药。辗转反复，已是难寐，他索性穿衣起身，往屋外走去。

听得山庄中更鼓已敲四更。守夜的侍从弓腰挑着灯，上前来为他引路。檀静玉摆摆手让他们退下去，道："我自己走走。"

侍从应声退下。

夜风清冷，长廊中的悬灯一盏连着一盏，发出淡黄的颜色。

天际月亮映在黑幕中，剪纸似的，周围蕴着一环淡淡的霜白。在廊外满目的海棠林里，有雾，给人浮生惊梦的错觉。

青衫迎风，宽荡垂坠的衣料，让本就高挑的人更显得身形颀长。檀静玉信步往回廊外转出，走进那无垠般细细密密的海棠林中。

海棠林占地极广，放目所及皆是。因年代也久了，一些垂丝海棠甚至高达数丈，花色异常鲜媚，堪称人间尤物。风拂林中，几许花瓣在空中翩然，蝶一样自舞。目之所及，满天满地，皆是落花有意，静谧无声。

落花拂衣而坠，暗香染襟。几个穿行间，林中有浅薄夜雾，朦胧渐起，萦绕四下。丝缕冷月芒光在雾里穿梭，但光太浅，雾太重，微弱的光仿佛被压制，难逃生天，越发显得静林幽阒。

不知行了多久，忽见前方竟有灯火荧荧，穿透浓雾而显。花木掩映间，竟是兀立一座薜萝绕墙的精舍。檀静玉几步行近，隐隐听得有人低声吟道："云在咫尺间，如隔千重山，悲哉两泪绝，从此终天别……"[1]

声音暗哑，带着似曾相识的熟悉，檀静玉掩下心中惊愕：难道……是他？

他径自举步，沿着小径前行。精舍门前，有许多精心栽培的山茶花。山茶花品种均是不一，玛瑙茶、杨妃茶、鹤顶红、蕉萼白宝珠、正宫粉、宝珠茶、石榴茶、一捻红、照殿红等。门前悬挂绢纱灯，灯芒跌落在花间，颜色错落，明辉增色，其瑰丽美艳，尽态极妍。

每一盆花叶，均经过精细修整，无杂无偏，恰到好处。看得出主人对它们关怀备至。

檀静玉同父异母的三姐，名檀婇，自小至为中意山茶花，曾特建一座花楼，种植各类山茶品种。是以对这山茶花，他并不陌生。

看着那数十盆花，他越发确定心中所想，却也更是悬紧了心。不知是近乡情怯，抑或是怕大失所望，他兀自在精舍门前徘徊半晌，方颤手推门步入。

入目只见屋中装饰极其素简——雕花落地罩顶上悬挂一幕冰晶珠帘，左右有幔帐，隔开内外两室。

外室很简洁，茶室壁龛书格架。落地贴墙的书格高大宽敞，每面均是四层格。层层格上皆错落摆着套书卷轴，外套上垂着编刻竹牌。

最大的书格架前，还有一张古式彩绘漆几，几上一角密密叠摆着竹帛卷册，有的在中间半摊开着。显然有人阅至中途未收。月色拂照，透过那镂雕围屏，山水帷幔，洒在几侧，一地斑驳暗影。

除此之外，只有两只博古架，一席大长茶案，几张锦绣坐墩而已。

---

[1] 句出《永乐大典》中《李芳树刺血诗》。

檀静玉目光自书格间扫过，踅过身，走近茶案边。

茶案是酸枝木所制，上了黑漆，样式素朴。案上披着扶风族特有的民间手织布。

上面摆放紫砂提梁壶，以眉子纹老坑歙砚为壶承；四个紫砂盏托，托承兔毫盏，盏中余茶少许，色泽间映衬极为相得益彰。

左角处有玉书煨[1]，置在红泥炭炉间，炭炉中龙眼木炭早已丝丝成灰。

碾碎未用尽的茶饼余置花梨木茶则上，茶芽叶呈白碧色，香气类兰，是白芽奇兰[2]。其旁一只茶针搁在茶则边。

案上另有一个紫铜六角盆，盆中生着一株山茶花，花叶向荣，花开八朵，各朵颜色相异。这等异色同株的山茶品种极是稀罕。

席上炭火早冷，茶已凉久，只有右角小桌上青铜五环五足熏香炉，一缕暗香兀自缭绕，延绵不休。

别说案上诸般什物，便是这香气，檀静玉也太过熟悉。昔年他初闻此香，还特地问询过这香饼制法，那人细细道来，如数家珍，声音犹在耳侧：

> “你这鼻子倒是灵，此香名唤七分玉茗，却是我研制了老长时间，才收了这玉茗花[3]七分意蕴。取檀香一两半，甲香、甘松、白芷、牡丹皮、藁本各半两，丁香皮一两，降真香二钱，玉茗一百枚。
>
> “檀香须先以白茶浸三日，置银器中炒，令色紫质碎，旋取之。甲香则须与浆水泥一块同浸三日，取出再用浆水一碗煮干，更以酒一碗煮干，于银器内炒令色黄。甘松、白芷、牡丹皮、藁本则切片入焰硝一钱，蜜、酒各一盏，煮干

[1] 玉书煨，即用来烧水之壶的别称。

[2] 白芽奇兰，福建乌龙茶中一品种，其芽叶呈白碧色，香气类兰，故而得名。文中借名之用。

[3] 山茶花亦有别称为玉茗花。

为度，炒令脆，不可置近铁器。

“以上各物做细末，先以甘草半两捶碎，沸汤一斤浸，候冷取出甘草不用。白蜜半斤煎，拨去浮蜡，与甘草汤同煮，放冷，先入香末，再将龙脑二钱、当门子二钱研细成末添入，及杉树油节炭二两和匀捻，做饼子贮瓷器内窨月余。爇如常法则可。一番功夫细细制来，经不得半点差错，否则不仅仅失了气味，连气韵也没了。”

彼时细述，如带人行于山阴道上，指顾凭眺，叫人见猎心喜。

窗外阵阵风来，一时收不住。外头花叶交击，沙沙作响，动静跌宕，徒惹往昔旧事。檀静玉一时惶惶不已，忽生眩眩然隔世之感。

十年前，帝都鹤鸣阁排江湖四君子榜，其榜首者，以“茶韵清寂，人如沐风”概之，其人名楼少容。

诗道：鹤鸣于九皋，声闻于野。自两百多年前，伏阳子荀逸建鹤鸣阁，榜单便是每四年更一次，有资格进入甄选者，均是江湖中二十岁上、三十五岁下的青年才俊。

六年前重更榜单，楼少容仍居榜首。两届蝉联首位，足见此人彼时声名之盛。五年前不知因何故，传其重病离世，才退出新届榜单排选，否则，前年榜单更排，云息与楼少容孰居首位，尚未可知。

传闻中的楼少容，不仅姿仪不凡，修为精湛，还喜茶道，好弄香。不过，关于楼少容，最出名的，怕还是他与雍国三翁主檀媃的一段往事。

说是往事，自然就是没有结果的故事。

一名王室翁主，一名江湖侠客，在雍国境内，百姓口中曾流传着许许多多似真似假的传闻，直到楼少容死，翁主嫁入晏谌侯府后，各方流传才被逐渐遏止。

表面听起来轰轰烈烈，其实楼少容和檀媃的故事很简单。

七年前春，檀静玉历练修行，与楼少容机缘相遇，两人言谈相合，遂为挚友，一路同行。次年秋，雍君患病，檀静玉返程回宫时，邀楼少容同行。

人与人之间缘分到了，不管是该见的面，还是不该见的面，总会见到。有些东西是命定，谁也控制不住。彼时楼少容在雍王宫住了四月有余，这期间发生了一桩意外——在雍王宫马场中，楼少容救下了险些失足落马的三翁主檀婇，此后二人情愫渐生。

且不说，彼时檀婇已是身有婚约之人，便是没有婚约，雍国王君也不会让堂堂翁主嫁给一个江湖人，不管这人声名有多盛，才气有多高。

然而，这位三翁主倒也异类。怎样算是异类？生养于深宫庭院之中，她却不为名利婚约束缚，毫不犹豫抛开身份地位，在雍王禁足她之前，便与楼少容远走高飞。

纵观各朝历来大小传说，私奔的事件很多，成功的却很少，这并不是要来验证那些地位不同的人有情却都不能终成眷属的悲情结果，而是，每个人生命里的羁绊太多，即便真愿意放弃所有，也不是说放下便能放下的。

雍君设了一个骗局，传出檀婇生母婷夫人身亡的消息，原本已经跑到千里之外的檀婇照样得乖乖回她的王宫去。

其实骗局并不可怕，可怕的是，心中明知是骗局，却不能不往里面跳。檀婇与楼少容都知道，那一番回去，再走便难了，可是偏偏不得不回去。

此后，事情果然顺着不可逆的轨迹发展。

三个月后，楼少容死；次年，檀婇嫁。

的确如此，再轰轰烈烈的故事，也能这样三两句话把它讲完。曾被雍国人、江湖人传得不亦乐乎的一场感情，便如此无果而终。

这中间有过多少承转迂回、起伏跌宕，鲜有人知。

终究所剩，不过是众人饭后谈资，闻者叹惋而已！

事实上，无非是两人之间原本就隶属不同的世界，中间隔着银河天堑，遥遥之距。一开始时就是差错，焉能有好结局？

原来他真的还在这世上？

早先那侍卫禀报楼晏时，纵然是压低声音，又怎能逃得过檀静玉的耳？檀静玉目光转向珠帘内，叹息道："当年，我便不相信你死……"

透过几许清光，可见珠帘后，一张四脚酸枝大围榻靠墙横放，榻上侧躺一人，面向墙内，身影单薄，着蓝灰色长衣。

浅影灯下，唯见背影寥落。

那人闻声诧异，兀然回首，瞬然惊住，又急忙转回头，冷冷道："你是何人？"嗓音喑哑得可怕。

光影斑驳错落，檀静玉未及看清榻上人的面容，几步走上前，拂开珠帘骤入。

榻上男子独自和衣侧卧，枕边楠木黑漆几上，一册书卷半展。长榻左端靠窗处，一只花梨木琴案横呈，瑟置其上；右侧长几上堆放着几卷画轴、几套竹简，还有棋枰等。

月影清光，随着夜色摇曳，穿越细雕竹节格窗，跳跃在一弦一柱间。

一弦一柱思华年。

弦上银光，折转对侧墙间。

墙上，有长画一轴，画中绘有花楼一座，楼名唤作曼佗楼。楼中有一女子，月下对花起舞，长袖随风盈盈，周身莹华浸染，自成风姿。

此际月光在画上一起一伏，画中仿佛有什么活了起来——

风有异动，月色有起伏，有人踏出舞步。她的头是扬起的，手起身落，双眉飞挑高扬。舞动的乌亮黑发，在她身后起伏，翩翩然，仿佛是一对翼。

在月光之下，女子拖着长长的、舞动的影子，影子落在色彩缤纷的茶花间，跳跃不休。整个人都是飞旋的。

摇曳旋踅，舞出璀璨夺目的身姿。

时间与画面，都在最美的一时凝固。

檀静玉记得楼少容曾问过他："相不相信这世间有一见钟情这回事？"

当时檀静玉只是笑，不置言辞，因为他未曾遇见过一个真的叫他一见钟情的女子。

楼少容的一见钟情，是在一个夜晚。

那夜月色清润，连风都吹得温馨醉人。楼少容自檀静玉的长信殿中离开。

宫廊四处，灯火重影，几列铁卫擐甲持戈，身如磐石，分布静立。两名宫人手执琉璃宫灯，沿着回转长廊，步履袅娜，引路前行，楼少容静默跟随。

行间，一阵清风越廊扑来，垂帘飘飘拂拂，有香气相伴，直入鼻息。

清香中带雅，净中带韵——是茶花。

楼少容不经意地侧目望去，一时刹住脚步。

他的目光，越过假山，落在那楼阁上。

明月当空，楼阁高立。

阁中一盆一盆精致山茶小巧狷介，妍丽而绽，带出清落的形影。

花影间，一女子身着碧水丝锦，低风袖，斜曳裾，身姿轻旋，仿佛兮若轻云之蔽月，飘飘兮若流风之回雪，一头黑发自身后盈盈波动，折着月痕，染尽霜亮之色。

“飘然转旋回雪轻，嫣然纵送游龙惊。”[1]有些句子哪怕再有滋味，总不如一见惊艳。这言语中的惊动，如何若蔓藤般滋生，只有此刻的亲眼所见，楼少容才深有体会。原来这世上，竟真的有如此恰如其分的场景，并非文人骚客言中夸词。

几许光色染上女子的脸颊，眉尖像开了半朵山茶，转眄流华，尽是滋味。目光不知落向楼中的哪一株山茶花上，似有欢喜色，她展颜一笑。

“烟蛾敛略不胜态，风袖低昂如有情。”[2]

瓠犀微露，面朝所在，恰恰是楼少容所立长廊。这笑容仿佛是察觉远处有观众驻足而观，特地将欢喜带着花香送至，让她整个人，似一抹突如其来的艳光，直入楼少容心怀。

既姽婳于幽静兮，又婆娑乎人间。她的舞步中有灼灼七情，自然

[1] 出自白居易的《霓裳羽衣舞歌》。

[2] 出自白居易的《霓裳羽衣舞歌》。

且随意，不落任何技巧痕迹。此后不论世事如何，每每想起，楼少容依旧惊艳如此夜。

楼少容心中沸然，如有鲸鱼翻滚，起落都是浪潮。他伸手遥指，不禁轻声向身侧宫人问询：“她……是哪一宫的娘娘吗？”尾音有些颤，是担心。

宫人恭敬作答：“回先生，乃景瑶翁主。”

“景瑶翁主？”楼少容松了口气，目光凝在那楼阁之上。檀静玉曾与他提过有十三个姐妹，三姐名嫀，已有封号——景瑶。

石之美者谓瑶，景瑶，景瑶！楼少容心中暗念，转眸不解又问道：“那楼阁是何处？夜色已深，怎么景瑶翁主会在那楼阁中？”

宫人道：“那楼名唤曼佗楼，景瑶翁主甚爱山茶花，是以王上特别为翁主建筑了这座花楼。”

“山茶花……”楼少容深深吸了口气，唇角映着清朗笑意，喃喃道，“道佳人之难遇兮，真一遇而难别。”

那一夜的月色好亮，将数人的影子拉得老长老长，脉脉分明，径直拖到了宫廊外，好似月下人心中那绵延不断的情愫。

宫人在身侧叮嘱夜色已晚，楼少容目光往曼佗楼流连地看了一眼，再看一眼，才随着宫人离去。

楼浔，字少容。彼时江湖上，楼少容之名，可说得上无人不知，无人不晓。江湖四君子之首，海棠山庄二少主，且不说琴棋书画各番精通，单单长的那副好模样，就叫天下万千少女芳心暗许，春心荡漾。

若说某家女郎对楼少容一见钟情，那还真不是什么稀奇事。有匪君子，如切如磋，如琢如磨，谁人不盼其一顾呢？可若说楼少容对哪一个姑娘一见钟情，只怕任人传得天花乱坠，也未必有人会信以为真。然而偏偏缘起缘灭，哪是可任人掌握的？楼少容的一见钟情，连他自己都相信，由不得旁人不信。

后来，楼少容对檀静玉说：“其实你姐姐一直不知道，我第一次见到她，不是在马场，而是在曼佗楼。那一夜回去之后，我心里只有一个念头，那就是再看她一眼，一眼就好。”

只是当时他尚不晓得，有些人第一眼是惊、是喜、是缘，第二眼，一切就会成了孽。

不相爱的，尚且是侥幸，不过是各人缘孽；一旦相爱了，那就是两个人的事。一个措手不及，从此万劫不复。

檀静玉不解道："原先我以为，能入你眼中的女子，必得很是优秀，完全想不到会是三姐。论才华，三姐好像只会种花；论样貌，只能算是中等；论性情，我不好说，但父亲老说三姐性子倔强，行为举止不像一国翁主。"

的确，檀婇与檀静玉乃同父异母，长得并不相像。她样貌清朗，只能算是中人之姿，但眉眼中隐有一股不屈他人的灵气。

仅仅因这股灵气，足以叫人注目难移。

楼少容真正看清楚檀婇的面容，是在雍王宫跑马场上——少女一身劲装夺目，秋日亮洁的日光，丝丝缕缕照在她飞扬展笑的脸上。白光令其整个轮廓更为明朗，日照之下，珠玉一般，紧紧牵动楼少容的眼。

楼少容耸耸肩，看住檀静玉道："一张脸再怎么美艳，你能保证看久了不会意兴阑珊？不过是皮相，至老时，也摆脱不了皱纹横纵，白发苍苍。可阿婇的艳，在骨不在皮，三分倔气、三分豪逸，余下自有端然之气。就是这一身风致，叫我移不开眼，舍不得移开眼。静玉，从遇见阿婇的那一刻，我才知道，她是我此生的最好。任这世间花红柳绿美艳三千，唯她是我最大的惊艳。"

檀静玉永远也忘不掉楼少容说出这番话时的表情，如同已得到这世间至为珍贵的宝物，甘愿搏命去呵护。

彼时，楼少容的手上正抱着一盆山茶花，一株上开着并蒂，一朵全红，一朵全白。花叶间几点水珠滑落，"噗"的一声，又"噗"的一声，震得檀静玉无法忘却。

檀静玉目光中波澜渐越消匿，他已经没有丝毫怀疑，门外花，门内画，只会出自一人手笔——楼少容。

檀静玉依旧看着画，眼神静如止水，淡淡道："我，你能不记得，那檀婇呢？"说着稍一瞬目，眸光已落榻上人身，像针。

榻上人身子浑如被刺一般，一震，缓缓坐起，身微颤抖，少顷，才平静下来。他面朝内坐着，不曾再转过脸来。

空气中出奇地憋闷，万物都在静候，唯独时间在空隙里溜走。

檀静玉不怕等，他有足够多的耐心，来等榻上人开口。

月色移转，不知过了多久。

“她……还好吗？”榻上人声音喑哑，如同经历过一番挣扎拉扯，已变得无力。

檀静玉道：“她很好，前年四月，诞下一双龙凤胎，取名丰琋与丰璟。孩子满月时，我去看过她一趟，她安静了许多，眉眼间均是淡静。”

榻上人喃喃：“昔景皆忘，换余生长安……”

檀静玉语气微凝，道：“在她身上，已看不到曾经骄纵跋扈的痕迹，许多本在她身上才能看见的东西，亦已缺失，我无法寻找。她看着孩子的时候，目光里有慈爱。她说，好在两个孩子眉目都不像她。我心中震惊，原先我不知道，一个人失去另一个人之后，改变会如此之大。”

榻上人语气平淡，只道：“人有所改变，未必仅仅因为失去，或者也是因为得到。她至少得到安宁。”

“是！她是得到了！但她得到的未必是安宁，而是认命，是死心！这些所谓的得到，太多是因你的离去！这辈子她即便儿孙环绕，也未必会真的快乐！”檀静玉不明他为何如此平静，语气一时添了几分尖锐，“楼少容，既然你还活着，为何不去寻她？”

楼少容笑出声，脸未曾转过来看檀静玉一眼，言语中依稀有叹，道：“彼时靠在你怀里，要同你抛舍一切、奔走天涯的少女，如今已为人妻人母。相见已无用，还要相寻做什么？”

“你若回去寻她，她此时又怎会是别人之妻？你叹惋她成了别人之妻，那在此之前，你可曾争取？在人人都说你死之时，独她不信，独她依旧死心塌地等待你。旁人道她寻死觅活，其实她何尝想死？她没有其他能力，没有其他办法，不过是靠着自损来拖延时日。后来，父王给了她一年时间，若你未至，便答应成婚。她在等你，她在等你回去寻她，可你自始至终都没有出现。她以为一年可以等来你，却不过是，等来了死心。”

他言语里的激动，竭力克制但无法克制，继续道：“大礼前一夜，我去看她。她身上穿着大红嫁衣，在曼佗楼里，一盆盆砸掉了曾经最心爱的山茶花。她手里抓着翠竹小屋那烧焦的尸体手中找到的玉玦，一直问我，为什么？为什么你不要她？少容，是你先辜负了她！你为什么要躲在这里？你为什么好好地躲在这里却一丝音讯也不给她？”檀静玉上前数步，抓住楼少容的衣领，逼迫他转过头来，“我不明——”

声音戛然而止。

楼少容抗耐不得，只能转过头。他的眼睛一瞬不瞬地看着檀静玉，静定地、没有丝毫波澜地道：“为什么？你看到的，就是答案。”

檀静玉面色一时发白，是目瞪心骇，是魂惊魄失。所有的话像突然被一刀斩断，终结，他舌结口钳，不知如何开口。

楼少容的右边脸，可以说已烂成一团，上面布满扭曲生长的坑洼疤痕。眼睛虽没有伤，然而眼下颧骨处隐约见骨，是被火烧伤后落下的痕迹。

何其狰狞！

这样的面容，在这般幽淡的光色下，分外可怖。

而左边脸上轩眉细密清俊，斜飞入那微有霜白的鬓，目光清然，鼻若悬胆……只有这半边脸，才依稀可见昔日丰神。

有谁能想象，一张脸上，竟是这样的判若天渊？而这样的天渊之别，出现在记忆中最完美的人身上，檀静玉始料未及，如何会不惊？

楼少容双手支力，才勉强坐起身。动时，檀静玉看到他右边裤管一半空空如也，只有左腿独自支撑，顷刻更是震撼。他不仅样貌尽毁，而且，还……还失去了行动之便？

“这……这是怎么回事？”檀静玉一时无力，松开抓住他襟口的双手，神不守舍，往后踉跄，扶住案角，才勉强立稳。他不可置信地摇头，喃喃道：“怎么……怎么会这样？你怎么……”声音难续。

楼少容冷静道：“那夜我收到阿嫊的信后，一直在那里等她。”

檀静玉问：“为什么会失火？小小一个翠竹小屋，即便是失火，以你当时地武初段的修为，怎么……怎么可能会出不来？”言语末端，是不可遏制的颤抖。

楼少容淡写轻描道：“传信的女婢背叛了阿婇，信上沾了摄息绝灵散，我一身修为尽废后，火才烧起来。”太平静了，仿佛在说旁人的故事。

摄息绝灵散，在当世十大毒药榜上排行第七，其毒性有三分如软骨散，中者神志清晰，百感皆存，却周身瘫软，无法动弹。但与软骨散不同的是，摄息绝灵散只对修武者有效。

摄息绝灵散中毒后，全身会如万千毒虫噬骨，利刃凌迟，剔骨挖肉，叫人遍尝诸般苦痛。因周身软瘫无力，却对痛觉倍感清晰，简直求生不得，求死不能。此中之毒辣惨绝，在于其折磨人处，非言语所能言及其万一。中毒者大多不是被毒死，而是承受不住，痛极而亡。即便能侥幸活下来的，也全身修为尽失，气脉皆损，毕生难以再得修为。

楼少容言简意赅，轻描淡写，却听得檀静玉满心震撼。

摄息绝灵散的毒性，檀静玉很清楚，一旦中了此毒，任你修为高超，也是想跑也跑不出来。可究竟是谁对楼少容有如此大的恨，叫他遍尝诸般苦痛也不解恨，还要把他活活烧死？

摄息绝灵散虽是毒辣，但制毒原药也极是稀罕。此毒配制，源于穆国以南的迷雾诡林中的神秘一族——玄夷族。六十年前，一个玄夷少女药师离开迷雾诡林，此毒便被意外传出。之后，有很多专于药毒之人想试着调配出来，以寻求它的解药，然难以取得原毒配方，或缺这或缺那，极难配出真正的摄息绝灵散，更别说解药了。

而真正秘方所有，只有——雍国王室。

那名少女，后来成了当时雍国王君的妃子，这件事因是王室秘闻，所知者甚少。

楼少容继续道：“我跟你说过，楼家不论男女，十四岁之后，身边会有匿身保护的隐卫。当时与我一起去的随从是阿左。阿左重伤，屋外又高手团围，隐卫现身救出我后，带着我匿形逃出，再去救阿左，已经分身乏术。被活活烧死在翠竹小屋里的人，是他。阿左……他是替我一死。”他的描述，依旧平淡静冷，脸上半分血色也无，轻光掩映下，狰狞、苍白。

檀静玉亦记得阿左，曾经履机乘变的灵秀少年。

阿左不仅仅是楼少容的随从，更是楼少容从小到大的玩伴。这么多年来，楼少容对自己的这一身变化可以释然，唯一难安的，是阿左的死。

楼少容与檀媃出逃后，又被迫回雍国时，檀静玉已不在雍国，之后他是听到楼少容死讯，才匆匆赶回。

这其中到底发生过什么，檀静玉也缠夹不清，此时一听，确实不可置信，如同他刚刚看到楼少容的脸一样。然而事实摆在眼前，他不信又能怎样？

当他看到楼少容眼中的云淡风轻，心中便觉一凉。与其说是云淡风轻，不如说是死心，是认命，因为掩盖不住的，是那眉眼间不合年纪的憔悴与苍老。

不能想象，这些年，楼少容究竟是怎样过来的。

半晌的岑寂，檀静玉迟疑道：“是……他吗？”

檀静玉知道，父王只是不想让三姐嫁给楼少容，并非真的想要楼少容的命，亦不至于会下如此折磨人的重手。他不是狠绝之人。

唯一有可能的只有一人，当初与三姐有婚约，之后因少容被三姐悔婚的人——晏谌侯府的小侯爷。

雍国一文一武两大重臣，文乃国相莫远禛，武便是晏谌侯丰昶。

晏谌侯府的小侯爷丰奕，素来便仰慕三翁主之名，在平定虞国动乱中大胜而归，雍君问他要何赏赐，丰奕直言心意，便请赐婚。当时三翁主檀媃未曾遇上楼少容，素不知情之所起为何，是以并未反对，任由雍君决定，订下婚约，两年后完婚。

晏谌侯在雍国位高权重，朝中百官，谁不忌惮三分？丰奕能文能武，风度翩翩，自小是在光芒里长大，又兼年少便领军作战，得过军功，深得雍君看重。在光环之下的丰奕，天之骄子，只有他不要的东西，哪里有他想要而得不到的？

檀媃悔婚，与区区一介江湖布衣私奔，世人皆知，对他而言，不仅是心上人的拒绝，更是一种羞辱。当年举国上下，何人不晓得此事？

独他，才会如此折磨楼少容。

檀静玉心中猜想，可能三姐对当年发生诸事亦非全然知晓，只以为翠竹小屋的失火是一桩意外，是冥冥之中有缘无分的定数，否则，以她刚烈的性情，知晓丰奕如此折磨少容，她便是死，也断不会嫁入晏谌侯府。

楼少容没有回答，反问道："他对她……可好？"声音像是垫了沙，又涩又哑。

到底是挂念的。

檀静玉缓过来，轻掠衣袍，在一侧敛襟趺跏，轻轻道："你问好不好，我也不知如何说，毕竟我并不长年在雍国，很多东西没办法看细。但除了三姐，丰奕身边没有其他女人，一个妾侍也没有，日常起居随侍皆是男侍。这些年来，丰奕在雍国声名极佳，在外更从未与其他女人有流言蜚语。国宴间，与三姐出双入对。外方皆传，他们是鹣鲽情深的典范。

"旧年我返雍国，正逢琋儿与阿璟满月宴，我顺道去看三姐。他对三姐照顾上的确无微不至，那眉眼间的情意装不来，并非故作姿态的表面功夫。三姐嫁入侯府后，性情大变，很少笑，他会变着法弄些小玩意儿讨她欢喜……"说着，他语一凝，终究不再言。

如今再讲这些，于少容听来，怕是苍凉难当。

丰奕成了举国儿郎爱妻的典范，茶余饭后有人谈起，每个少女都在羡慕景瑶翁主三生有幸，能有这样的郎君。纵是提及楼少容，所剩不过一声嘘叹而已。

世人只看表象。

他们二人相识日久，楼少容怎不知他心中的思虑？却不过是笑了笑，脸上烧疤牵动，如鬼影蛰伏。他道："去翠竹小屋前三日，有人明白告知，如我坚持娶阿婇为妻，那便娶她的尸体，他不在意失去一个女儿。我理解他，他是一个王，最在意的，自然永远是他的国家，也应该是他的国家。这是他的责任，他先是王君，其次才是父亲。丰昶在雍国地位举足轻重，丰奕是丰昶唯一的儿子。以他的位置，他的选择当然很明智。他要我自己去了结与阿婇的这段感情，我答应了。"

檀静玉瞳孔微微一缩：“可……”

楼少容摆手，截住他的话，眼睑略垂，半遮了目光，继续道：“我愿为她放弃一切，包括生命。阿婇待我，又何尝不是如此？可是太多东西，并非愿意、坚定，便可得善终。我实是不想争个两败俱伤，既然一开始我的出现就是个错误，那么，不如由我来斩断。

“我写信与阿婇，告知她我要走。三日后，她回信说要见我，约在翠竹小屋。信是阿婇亲手写，字迹我分辨得出，我也料得到她会如此要求。阿婇的性情我很了解，那时带她离开雍国，她曾说，倘若有朝一日我要离开她，那么亲口告诉她，然后彼此转身，各过各的余生，她绝不纠缠。

“阿婇并非拖泥带水之人，遇人遇事，谁都无她执拗，谁都无她决绝。正因为如此，她不甘心仅靠一封信，便斩断彼此之间的感情，斩断我们曾经的一切，她必定会来同我对质。但我了解她，有人也如我一般了解她。他掌握了先机，控制了阿婇身边最信任的侍女，把信淬上毒，然后再制造借口拖延住阿婇。”

他絮絮说了很多。他知道，即使自己不说，檀静玉也会问，索性告诉他。

檀静玉忽然想到，翠竹小屋失火那天，三姐因她母亲忽然病重咯血，才未去得及时，否则可能也被烧死在里面。如今听少容说来，所谓的“病重”，也只是有心人一场拖延之策，就如同当初假以“身亡”骗她回去。

檀静玉眉头细攒。当初他只看到了离离合合，怎想得到，这中间竟然这般多的潜流暗涌！

楼少容不急不缓，道：“我当时也发现了破绽，只是忘了去琢磨，因为我并不知道，有的人想我离开，有的人却要我永远消失。

“那夜，我烧伤了半边脸，被屋梁砸断右腿，因毒失了一身修为。彼时驱毒养伤，足足躺了十个月。等我可睁开眼睛的时候，整个雍国都城举城同庆，都在准备着景瑶翁主的婚礼，热闹喧天。

“她成亲那天，我便坐在角落里，看着她的花轿，风风光光地进了晏谌侯府。静玉，我亲眼看着自己心爱女人的花轿进了别人门户，我能做什么？”楼少容兀自笑了笑，旋即，又掩面一叹，那掌心的湿润不知是泪还是汗。

他道：“我知道，这一生我已经没有再见她的机会。从我伤愈后，睁开眼看到如此狰狞的自己那时起，我就知道，我已是废人一个，该如何站到她面前？相爱的人，之间隔着银河茫茫，我又能做什么？我还拿什么来护她佑她？丰奕的手段太好，愿意为她如此煞费苦心除掉我，我想他也会费尽心思待她好……”

檀静玉打断他，怒道：“你就是因为怕阿姐看到这样的你，怕她嫌弃这样的你，所以你才放弃，把她拱手让与别人？你知道吗？你这是胆怯，是懦弱！”

他言语刻薄，他是故意想逼楼少容生气，逼他激动，但他没有。

楼少容声音依旧平静，只轻轻道：“胆怯也好，懦弱也罢，我是知道，我已给不了她静好与安稳。”

檀静玉发现自己其实根本看不清楼少容面上到底有什么情绪，只是觉得他的声音好轻，好轻，轻得无足轻重，轻得虚无缥缈，怎么捕捉也捕捉不住。

窗外有风，轻轻地动着竹帘，唰啦唰啦，把帘子摆弄得连连作响。几瓣海棠碎瓣，跃在窗沿上，寂月皎皎地照着，那颜色红中带着委顿，有种劫后余生的触目惊心。

楼少容倚在软榻边，闭上眼，道：“那时候，我的离去，其实是最好的结果。像这样多年后的我之于阿婇，不过是一段年少轻狂。成亲之后，他有能力叫阿婇渐渐发现他的好，让阿婇渐渐忘掉不该记得的一切，让阿婇过上新的生活。”

檀静玉摇摇头，迫不及待道：“可如果你现在出现，三姐她未必会无动于……”

“衷”字未出口，楼少容打断他：“现下就算我出现，又能改变得了什么呢？故人与她的骨肉，我了解她，我知道她会怎么选择。既如此，又何苦出来，挖出旧时伤疤，给所有人平添苦痛呢？”

檀静玉无言反驳，缄默以对。他知道他说得对，从前她能舍弃身份，舍弃地位，但如今她不能舍弃自己的血肉，自己的儿女。

丰奕成功了，哪怕檀婇从未爱上他，但岁月、时光，都是很奇妙的东西，就像吐着丝的蚕，会让他们夫与妻彼此拉得更近，系得更紧。

并不是每一场相爱都能善终，也并不是无爱便无法做到双双执手，此生协同。

爱、恨、意念，当时觉得天崩地裂、不堪忍受的事情，过后就会渐渐变得鸿毛一样轻。一切都会成为往事，一切都会渐渐消逝。

最后所剩的，不过是在耄耋老矣的余生里，回首思及，原来也曾年少轻狂，也曾地老天荒，然后心中潮汐一般，偶尔起落，带上几分不平而已。

一步差错，竟分殊途，从此余生，各走前程。可返回头说起，他们无非相爱，又算得什么差错？因爱而生的快乐，屈指可数；因爱而受的苦楚，却是满腔满怀。难道，真的是命运弄人吗？

檀静玉只觉得悲哀，那种悲哀无止境地，在胸腔酝酿，扩散。未必是为了他们之间的坎坷波折而伤嗟，他只是忽然意识到了，一种命定里头，人手中掌控之力的单薄与无奈。

檀静玉喉咙咽了咽，到底还是道："可……阿姐她，有资格知道真相。"

楼少容神情仿佛云遮雾罩，很难叫人看得真切，道："真相很多时候不如你我所想那般重要。有时候，真相还不如自己脑海中所营造的那个假象。"他笑了笑，"何必执着于真相呢？无论真相也好，虚假也罢，时间都会将一切抹平，然后逐渐忘怀。这人世间，没有什么事，不是理所应当地过来。"

"时间未必真抹平了一切，至少，还没能够让你忘怀，"檀静玉看向那幅画，语气中带着多少惆怅，"否则，你又何必还挂着这幅画？"

楼少容轻声道："倘若时间未能令我忘怀，最起码，它能让事情成为黑白阴影，不再那么鲜明，那么尖锐，那么……痛不欲生。"

檀静玉看着他，问："你不想报复？他这样对你，只要你出现在三姐眼前，他也不能好过。"

"我给不了阿婇安宁，至少他给得。我不想再因为我的出现打扰了她的平静，我不想做一个斩断她一家安宁的刽子手。只要她余生过得安稳，是不是嫁给我，又有什么关系呢？”楼少容静静对上檀静玉的眼，眸中有凝视，“那些事情已经过去，你若真为你姐姐好，便不应让她知道，倒不如就让她一直以为，我已经死了，这，又未尝不是好结局。”

檀静玉静了片刻，道：“这便是这么多年，你躲着我的原因？你骗着她，索性也躲着我。你让所有人都以为你死了，你连我都瞒了！”

“我很抱歉。”

“这是你们之间的事，旁人本就无资格插手，我再把往事揭开，难道不是自讨没趣吗？你放心，我不会告诉她。”檀静玉淡淡自嘲，显然已从太多的震惊里恢复过来。

楼少容道：“静玉，起初，我是谁也不想见，仿佛三魂七魄，都被烧死在翠竹小屋里，胸腔里头的起伏，不过是苟延残喘；肢体的行动，不过是走肉行尸。这种改变，我自己都没跨过去，又怎么来面对你？后来，一切渐渐淡了，我便也想着，索性便如此了吧。活着的人远不如逝者好，追忆的东西，人总是记得好的多。”

窗外月亮隐入云里，一时月光被遮，四下里少了几许皎洁。

檀静玉黯然道：“少容，你于我而言，亦师亦友，这一直没有变过。当年与你下棋对弈，拼酒品茗，练武过招，恣意江湖的日子，这么多年来，我亦从未曾忘记。在知道那么多事之后，我心里的确有介意，介意的是，这些年来，我从未尽到作为一个朋友该给予的帮助……”语气稍顿，他才继续道，“这些年来，我都在想，如若我那时不邀你一同回去，你便不会遇上三姐，她守她的婚约，你逍遥你的江湖，你们之间，也许不会有这样的结局，你更不会落到这样……这样的地步……”

楼少容转眸，眼中的那一片深邃，是一种心甘情愿。他摇摇头，道：“不，我不后悔遇上阿嫊，带她离开雍国的六个月，我与她曾度过这生命中最好的一段时光。静玉，我感谢你。有些人找了一辈子，都无法找到自己心中的那个人。我楼少容，此生此世能遇上檀嫊，已无丝毫抱怨。至于结局，有缘便执手，无缘便擦肩，情爱之事，归根究底，无非此两番可能，没什么好遗憾，没有什么好怨。”

“如果不是我今夜贸然来到这里，看来我在你的记忆里，也是归成了过去。”檀静玉看着他。

楼少容缄默不语。

良久，屋子里静谧得如同与世隔绝。

檀静玉眼眸中带着温静笑意，仿佛很随意，言语中无一丝起伏，道：“不然这四五年，我来了山庄多少次，你也不会连个影也不现。楼少容，你也够决绝的啊！”

楼少容叹息道：“从前的楼少容，的确已经死了！”

檀静玉嘴唇翕动，似要说什么，却是倏地起身，轻喝道：“谁？”

分明没有什么动作，人却已近了窗边。

一团影子在窗外忽闪，飞掠而过。檀静玉跃窗奔出，朝那团影子追去。

五 / 微君之故

身影缥缈如烟雾，在海棠林中，一起一伏，斯须间便消匿得无影无踪。檀静玉立住脚步，环伺四周。

周围有雾，浓雾紧锁。林中夜雾太大了，远近之物，皆不甚清晰。檀静玉嘴唇轻抿，调息感知周围。只要潜伏有人，地武圣之下，不可能逃过他的感知。

云团转移后，露出几缕月光。月又细，光色自然也不怎么亮，又隔着夜雾，本就惨淡，透过海棠枝丫间落下，蒙了一层纱似的，零碎地错落，照拂在那张丑陋皮面上，很是鬼魅。

转瞬，几分惨淡月芒，又被云雾覆盖了。

檀静玉半分察觉不到林里有旁人气息。如此高的轻功，如此精妙的匿形之术，虽说人外有人，天外有天，但他在江湖上行走十余年，能这样不露痕迹地逃脱他追踪的人，的确不多。

心中纵有疑惑，但痕迹皆无，雾气又太重，已难以寻找下去，檀静玉踅身回去。

方行不过一程，檀静玉耳郭微动——林中，有衣衫迎风的簌簌声。

因雾气缘故，并不能看得踪影。他心中猜想，此刻夜已深，在这杳无人迹的海棠林里，除了方才那团神秘影子，想必也不会是旁人。

檀静玉袖底掌力暗运，翻身已朝东北处打出。

“嗖”的一声，似是一抹白影斜晃，衣衫擦过树枝。紧接着，一股柔力以柔克刚，将檀静玉的劲道返送。

周边花树为劲气震动，落花盈风，瞬息纷纷扬扬，又兼月色为轻云所遮，原本可视状态已然不佳的林中，只剩一片朦胧。

饶是修武者有夜视之力，可这样迷雾之中，檀静玉也未能看清对方身形面容。只能隐约见得一抹素雪般的影，轻灵转折，起落如凫跃凌波，远近若夭矫游龙，一股柔力飘忽莫测，几番欲纠缠他的双手。一种熟悉感萦绕心头，但原先的疑惑压住了这缕熟悉，他也未曾多想。

方才是随意闲走，不曾带箫，周身上下亦没有什么武器。来人攻势迅疾，他随手折了花枝，脚步交错，反击掠去。在天武圣手中，一滴水也可以是利器，莫说花枝。

浓雾之中，落花纷飞。

气劲绕枝，如风驰电掣般速度，攻击对手。

那人反应也快，手中武器倒旋一挡，像是一条鞭子，顺花枝反束而出，似意在用暗力折碎花枝。可这花枝在檀静玉手中，已有内力暗蕴其中，要折碎这花枝，首先得破开他的气劲。檀静玉修为已达天武，他的气劲岂是那么容易便破得了的?

目的难达，对方已知遇上高手，出手越发迅疾。

霎时间，周围青白双影交错，劲风回旋沉浮，花叶四下飞扬，虚虚实实，叫人目眩神迷。

对方攻势虽急，檀静玉以花枝为剑，一招一式却都去得恰到好处。

青衫磊磊，从容飘逸，极是潇洒，转瞬已对十余招。

对方疾攻不下，气场骤变，檀静玉忽觉周身风势乍猛，仿佛有暗器破空击来。他反袖一掠，打落暗器，几枚穿透宽袖而过，看细了，竟不过是花瓣!

此人修为必定在地武初段之上。

檀静玉倏忽侧身，花枝如剑如刃，飞点而下，已是直冲对方要害的攻击招数。花枝破开层层飞花落叶，直逼白影而去。

风吹云动，月痕转处，丝缕清光淡薄，幽幽照下。那被劲气破开的层层花叶间，雾气被驱，逐渐露出对手的面容。

檀静玉大吃一惊，凌空跃起，执花枝的手心劲力逆施。

力道一顺一逆间，花枝才抵触那人眉心，已兀自化作齑粉，纷纷扬扬自满空飞舞散落。

那人被檀静玉一收一放的气劲迫得踉跄欲跌。檀静玉倾身向前，及时一手回揽住那人纤纤细腰。

霍地抬眸，四目相对。

那人惊讶："咦，怎么是你？"

玄色刺绣细抹额将青丝皆拢于后，迷雾里瞧，依旧黑得亮，仿佛靛青色的长练一般，垂委至膝。

她动了动，交领微敞，颈间细绳上的白兰古玉滑出衣领外，隐约地泛着微弱光泽，仅仅照亮了她的面孔。檀静玉回想方才花枝飞去的一番惊险，他确实是动了杀意的，此际再看着她，竟莫名地心有余悸，愣愣地，斜揽的姿势仿佛定住了，手未从她腰上挪开。

不舍松手。

一片海棠花瓣飞旋而落，恰恰伏在她双唇间。

因近了身，又有了玉的映衬，纵是有雾，五官也都清晰了。女子发似玄鉴，鬓间有些凌乱，有种漫不经心的冶丽；巴掌大的脸蛋，往上仰着，眉目间绰约流媚，声色俱在。

唇上覆了花瓣，有些痒痒的，她正要伸手拂开，檀静玉已抬手，拈开那一瓣海棠。

唇间被他指腹轻擦而过，带着微微清凉。不知为何，她心头一热，两腮飞霞，想挣开身，却发现他的手扣得紧，像在她腰上生了根似的。

她有些错愕。

他手中还拈着那瓣花，视线流连在她唇上。唇色不是红，却是淡淡的粉，唇不丰满，有些薄，但唇锋分明，唇珠也翘翘的。大约是自己靠得太近了，只觉得眼前双唇摄人心魄，有种她根本不自知的勾引。

他越靠越近，见她的眼神木木的，不留神地，便扑入他心坎里——止不住地心猿意马，心荡神驰。

慕容馥眼瞧着他寸寸逼近，脑袋中像有个惊雷响过，震得人头晕目眩，什么反应都忘了。

就在双唇相距一指之距时，他刹住，手在她头上滑过，启齿道："这儿还有一瓣。"

见了他手中的花，慕容馥也算是三魂归位了，急忙挣开，腰离开他的手，站直身来。

檀静玉恍惚一笑，问道："你怎会在此？"语气正常，仿佛刚才的气息相近根本没有发生过。

方才那样情形，一般闺阁女子怕早就浮想联翩了，慕容馥毕竟不是生长于闺阁，刀光剑影里走过来，哪有那么多的旖旎情长？倒不是她有多坦荡，只是因为不懂得，是以在男女有别上，便不拘小节了起来。他靠近时，她确有紧张，一拉开距离，紧张便抛脑后了。

慕容馥看着他道："我夜中醒来，觉口干舌燥，便起身倒水，忽听得房顶砖瓦有细微声响，似有人踏过，心中惊讶，便悄声出了门，竟见得一团影飞掠，速度极快，我追着那团影，不知不觉到了这里来，却不见了踪迹。本来是想回去的，但途中又发现了动静，却没想竟是你。"

檀静玉道："我方才去见了一个久时不见的故人，也是发现有人在屋外，追出来，转瞬却没了对方痕迹。"

慕容馥嘟囔道："也不知道是哪个家伙，三更半夜装神弄鬼，害你我白打了一架。"说着，她忽地想到檀静玉身上的伤，那日伤口如何严重，她又不是不知。想到方才对打出手，自己进攻招数凌厉，生怕他有碍，连忙上前，大咧咧地一边翻开他衣领便要帮他查看，一边絮絮叨叨："你身上的伤没事吧？我方才不知道是你，出手没个轻重的，伤口可有裂开？让我看看，那天明明那么严重，你老说没事，可别蒙我。"

她眸光净澈，言辞关切，手指扣住衣领，纤纤皓腕便触他胸口上，叫他心头猛地一跳，伸手便握上她的手腕。他一时只想把她抱入怀中，只要那么轻轻一拉，就近了。

可他到底克制住。

慕容馥抬眸看他，怎知他心头的跌宕？见他神情有异，以为真的是碰到伤口了，担忧道："怎么脸色都变了？"

"我没事。"檀静玉徐徐换了口气，唇角一牵，笑意便出来了，轻柔如水，像足那破云凌月的清光。

慕容馥呆头呆脑，一脸狐疑道："真没事？"

檀静玉摇摇头表示无碍，道："真有事我还藏着掖着不成？不过小伤小痛，修武者嘛，养息两日就好了，这算什么呢？"旋即又笑道，"你无端晕厥，才刚醒来，怎么就……"垂眸时，见她双足竟忘了穿鞋，微微一愣，转开眼，"就这样胡乱追出来，又冒冒失失同人打起来，此刻不担心下自己，反来担心我？"

慕容馥随着他目光低首，看到自己双足赤裸，这时先前的大大咧咧都销声匿迹了，径直匆匆忙忙往衣裙后掩避。

她遮掩的倒不是脚的裸露，而是脚底的丑陋，不敢堂而皇之显于他眼前。旁人倒无所谓，但不知怎么，她却在乎他的看法。这是她的残缺，于她而言，脚底的伤疤，一身的伤痕，都是不为人知、不见天日的。

她是个骄傲的人，拼命练武，拼命要让自己强大，其实不过是为了掩饰这内心深处的自卑。那几年的流离，早把她的自尊跌撞得支离破碎，现下重新强大起来，掌握了主动，但那阴影还是在的。就算那通身伤疤不算什么，可成长的经历，是心底深处的烙印，没那么容易抹去。

自己那一关最难迈过。

这手一动，才知已被他握在掌中。她再抬首时，见他目光深邃，不禁脸热，像是被窥探到了什么，一时间心头惶惶，手脚竟无个安放处。

她索性挣开手，趄过身，边走边道："那……你自己留在这儿，我……我回去睡了！"言语中，微不可察地带着几分心慌意乱的滋味。檀静玉只当是羞赧，看着她的背影，无奈一笑。她话音还未落，整个人险些跌坐，急扶住树。

"咝——"是慌慌张张间，不曾注意踢到地上石头。

檀静玉快步上前，但慕容馥哪肯叫他看到自己正面红耳赤的一番窘态？她忙道："我……我没事，你不用过来了。"足尖轻点，忍着痛，逃也似的跑了。

直到慕容馥身影完全消失在海棠林里，檀静玉脸上的笑意才渐渐淡了下去。

在海棠树下，若有所思地靠了一会儿，他方踅身回去。

刚踏入精舍，檀静玉便感觉到一缕寒气，渗入腠理时，竟莫名要迫人打个冷战。

空气里气息泄露端倪。显然，在他离开之后，有人来过这里。

檀静玉往内室里看去。珠帘折光摇晃，帘后楼少容坐在窗前，手上捧着一个水碧清透玉盒，正把一个雪白色类似玉牌之物放入玉盒中。

檀静玉不掩声息，楼少容抬眸看他一眼，也不避讳，放好玉牌。

檀静玉拂开帘子走进，看清那玉牌——形状好似一朵千瓣雪莲，其色如冰雪光洁净润，其质如宝石晶莹剔透，上有丝缕轻烟淡雾萦绕盘旋。纵是檀静玉赏遍天下宝物万千，却也看不出这莲牌是何所制。但很显然，它是一个令牌。有人引开他，就是为了把这令牌送到楼少容手中。这样的高手——

檀静玉没有再想下去。

楼少容合上水碧玉盒。玉盒乍看不如何出色，但放入莲牌后，莲牌的图样自内部印上玉盒，顺着水碧玉盒纹路，竟像是有一朵千瓣莲自碧水间绽放，呈现一番栩栩如生的样态。

相得益彰，恰到好处，叫人不禁叹为观止。

楼少容拿起身侧拐杖，撑架在臂下，一瘸一拐地走向床榻。过程非常慢，身子微微向前佝偻，看得檀静玉心头五味杂陈。

记忆中的那个容止可观、望之俨然的身影，无论如何，也让他难以与眼前这个残破不堪的身影重叠起来。命运似乎将旧日的楼少容挫骨扬灰，决然、惨烈，而他的默默承受，连作为旁观者的檀静玉都觉得怅然、凄凉，不知当事人心中又该如何。

师尊曾说，这个世间有一种恩慈，它是在的，可惜它总藏匿在暗处。那么，楼少容的恩慈在哪里呢？

檀静玉眼神涣然，视线之间，似见着烟尘扰扰纷纷，叫他蓦然心悸，仿佛劫后余生的不是楼少容，而是他自己。

错觉真叫人心惊。

楼少容伸手在榻沿敲了敲，那“嗒嗒”的声响，将檀静玉带回神来。

榻上自动开了一个缺口，楼少容大大方方地将玉盒放入其中，兀自道：“这是庄主令牌，这令牌是北境昆仑丘冰寒永冬之地冰山深处的冰魄所制。我一直觉得，若是用它来雕制饰物，会比世间任何宝石更好看，它的剔透洁净，无物堪比。”语言很随意，就是好友间的闲聊。

海棠山庄楼家与四大家族一样，是江湖中数得上名号的老世族。甚至在夏朝时，便已有楼家声名，可谓是年代久远且古老的江湖世族。

改朝换代，楼家能延续至今，长盛不衰，最大的原因之一，就是楼家是潜静的。

楼家执掌家主一脉，全都不入官场，对于江湖上各方事务，亦都秉着只看不动的原则。要说它势力大，可大场合上，很少会看到楼家人出现，因为不会有人主动去邀请；要说它势力小，可在这弱肉强食的江湖间，甚至天下中，没有谁敢主动去招惹它，无形的力量往往最可怕。

江湖上对海棠山庄的真正了解，其实并不多。可以说，只知其名，不知其底。

楼少容这一句话，足以概括这块令牌具备的能力，要触及海棠山庄的真正核心，这块令牌就是钥匙。楼少容不介意让檀静玉知道这“钥匙”的所在，是一种心无芥蒂的放心，还是一种欲擒故纵的试探？

除了他自己，谁也不知道。

只是檀静玉很奇怪，盒中令牌上，图纹为何不是海棠，却是冰莲花？递交这样一块令牌，论他们之间的关系，楼少容可直接请他避退，为何需要靠引开的手段？

递交人的身份，怕是比楼少容更高。可海棠山庄之中，比楼少容身份更高的，便是楼晏了，可楼晏又何必如此遮遮掩掩？

哪怕满腹疑团，檀静玉也不想问。他已经很清楚，眼前的楼少容，不仅仅外形上与六年前不同，还有另一些东西，也不同了。

以六年前那个闻名江湖的楼少容，是没有资格执掌楼家家主之位的。而现在，江湖上的人已逐渐淡忘了楼少容这个名字，因为在世人眼中，他已经死了。

三年前，楼晏长子楼澈溘然离世，不久后，楼澈之妻柳氏亦亡，独遗两个孩子，一子年九，一子年方六。闻说，此两子同楼澈、楼浔年幼时一样，亦被送至别处习武去了，并不留在海棠山庄。稚子年幼，尚无能力撑起楼家继承人的担子，由楼家二公子楼少容继承楼家家主，这并不奇怪。奇怪的是，楼少容竟会选择接受。

楼少容说得对，从前的楼少容，的确已经死了。从前的他，不会喜欢这样的束缚。

“这样冰净洁澈，做成饰物的确美得很，只是，很少有人能承受得了这种寒气吧？”檀静玉随意地笑了笑，两手对掖在袖，“北境的冰魄，我曾在古书上了解过，里面说它是世上质地最坚硬的冰石；它的冰寒，可令触者冻僵，常人难近。你们倒是用了什么方法，控制住它的寒气不伤于人？不妨指点指点，好让我也去北境寻几块，雕制成花样送人。”

闲闲几句，便把不该触及的话题引开。

楼少容目光里笑意温和，斜了眸睨他，调侃道：“是送心上人？”

檀静玉靠在落地隔断旁，坦坦荡荡道：“你废话，不是心上人我何苦花这心思？”

“哦？不知哪家女郎如此倒霉，叫你看上了？”楼少容抬起头，明明调侃的话语，他偏要说得一本正经。

檀静玉扑哧一笑：“独独这一点，你倒是没变。今宵重逢故人，我心情大好，不介意你来打趣。”

两人相视而笑，宛如回到旧时光景。

屋外夜风拂动密林枝叶，起起落落，沙沙作响，像呜咽的悲歌。楼少容在这小屋之中，与世隔绝地避了这么多年，夜夜只有这呼啸的悲风做伴，仿佛有种晚景凄凉的境地。

檀静玉忽生叹息：“旧人曾道，世事一场大梦，人生几度秋凉。来来去去，时隔近七年，我不承想，你我还能有相见之日。回首思及，旧景匆匆，果似一场大梦。”

楼少容只是莞尔，脸上的伤疤，把表情都模糊得迷迷蒙蒙，有种愁云惨淡的错觉。可他的内心清明着。这么多年，他早已想明白很多。

六余年，足够让那些有形的、无形的伤口不再痛彻心扉。曾经的深爱、伤害、失去、别离，皆随时光转逝，无人可对岁月顽固。

是啊，旧景覆没，前尘往事，或许有朝一日，也会荡然无存。他想起年轻时的自己，以为凡事唾手可得，后来才知，生死其实不过一步之遥。在生死面前，在宿命面前，人什么都不是。他并非害怕、胆怯，只是感觉到了无力。所以说，何必执着于面相？何必执着于不得？倘若命定已是如此。

他从角落里搬出几坛酒，道："你我多年未一起喝酒了，今晚索性便喝个痛快吧！"

谁也不知道，下一次深宵纵酒是什么时候了。

二人你一碗我一碗，一气饮尽，你一句我一句，昏昏乱乱地睡去。

浮生如幻，一如周庄梦蝶。

孰真孰假，谁能辨别？谁能掌控？

有太多事，人都无能为力，但，无能为力并非代表弱、代表颓靡，只是因为人只是人，会遇见太多不能被控制的事，譬如爱，譬如缘，譬如际遇，譬如生死，譬如宿命。

有些人不甘心，或许是因为不懂得，或许是懂了却想装作不懂，不去相信，哪怕它超出预期，超出计算，哪怕它让结局面目全非。

而有一种却是不甘心之后的甘心，明明知道，所有的情事再也无从续起，一些承诺，一些期愿，譬如执子之手，譬如琴瑟在御，譬如白首同穴，皆戛然而止，也愿陪着一方静好花事，来抵挡住这荒荒世景，来镇住这后半生的苍凉心境。人道"同心而离居，忧伤以终老"[1]，大抵不过如此吧。

檀静玉看楼少容昏昏然入睡，心中万千感慨。

至曙，楼少容扶着额头醒来时，檀静玉已离精舍。

一地霞照，温柔地抚着那自长几上被风吹落在地的梅花玉版笺，

[1] 句出《古诗十九首》中《涉江采芙蓉》。

其上旧迹起伏——

相思似海深，旧事如天远。泪滴千千万万行，更使人，愁肠断。

要见无因见，拼了终难拼。若是前生未有缘，待重结，来生愿。

“待重结，来生愿……”楼少容撑起身来，颓靠榻沿，闭上眼，斑驳眼角，有一点晶莹折光。活在世上，其实都是有今生没来世的，今生都尚且把握不好，谁还能指望缥缈虚无的来世？

檀静玉沿小径行出海棠林时，已是东方渐白，晨曦亮目。

他一脚踏上回廊阶，回首望向身后林子。霞光万缕，将天际渲染得一片斑斓，身后有开有落的海棠林，美得如同化外仙境。

林中的精舍所在，已不能见得，只有满目的风吹瓣落，琼光匝地，疏落如碎玉错金。

过了许久，他闭目长长呼了一口气，仿佛这一呼，便能够一下子将心中的淤积驱散。他踅过身，沿着九曲长廊走去。

慕容馥踮脚推开房门，迎着照来的日光，眯起眼，舒服地伸了个懒腰，走出门去。

刚走不到几步，心中忽有所觉，以手为檐，挡着亮光斜首望去。不远处，海棠树下立着一个熟悉的身影。

素简青布衣随轻风微扬，日色如金水，垂过花枝，静静倾下，点点漫遍树下人衣襟。他微微侧着头，见着她，迈步朝她的方向走来。

头发上半部分仅用天青丝带束起，其余遗披于肩，很是清隽洒脱。行走时，发随步动，微风轻抚几许垂散的鬓角发丝，如漪涟涟。

日光把他的身影拉得老长，慕容馥抬首望去的时候，忽觉是一道光，照拂入她的心坎。

他也看着她，仍旧是那一身白色衣裙，背着日照站着，脸都看不清，只剪裁出修长轮廓来，高挑中有一种纤薄的美感。

他在她身前立定，眉眼间带出笑意。

方才他步步走来时的身姿款款，一点一滴都落入慕容馥眼里，身后海棠花瓣飞坠如雨，追随着他的脚步，有种一步一莲的况味。

即便戴着难以入目的皮面，也依旧掩盖不了他一身的卓尔不凡之气。质美则气美，再丑的皮相也阻挡不了的。

慕容馥触及他眼底的笑意，思及昨夜，他握着她的手，凝视她的目光，后知后觉地，一时竟觉眩然，像有什么东西，像絮绕的蚕丝一样，这种全新的感觉，在心口辗转缠绵，竟叫她惶然。

檀静玉气定神闲，打趣她道："昨夜胡乱打了一架，我以为今日你不会起得这样早。"

慕容馥瞬目即笑："以为我不会早起，那你怎么还过来？"

檀静玉愣了愣，道："不知不觉，便走到了这里。"

慕容馥闭眼，嗅了嗅，两手环胸审视他，道："看来是喝了不少酒啊！这一身的酒味儿，倒很香。"她抚着下巴想了想，"雍国的濯兰酿，大约有三十年了吧，啧啧，稀罕呀！"

檀静玉闻言，有些意外："你倒是行家！"

慕容馥眉眼含笑，不说话，一副"那当然了"的神容。

檀静玉略略感慨："有些时候真奇怪，明明想喝他一场大醉，这人哪，却止不住地清醒。"说着举步，往一侧小径走去。

"从前我听人讲，心如不醉，酒喝再多亦无用处；心若早早醉了，一杯清水，也可叫人不胜醉意。"慕容馥随行在他身侧，言语懒散，"深夜里对花纵酒，可是一件难得的风雅事。换作我，酒不醉人，花也醉人心了。你怎么无端端生此惆怅感慨？"

檀静玉侧脸，斜过眸来看她，疑惑道："对花纵酒？"

慕容馥眼波轻曳，道："你昨夜不是说，在海棠林里见一位许久不见的故人？难道不是陪同故人对花诉往事，深夜交心纵酒吗？"

檀静玉偏头端详她一瞬，琥珀眸子水一样，印着光线粼动，其中滋味莫测。她无意与他对了一眼，竟莫名地心慌意乱，仿佛他的目光有魔力，能勾乱人的神魂。

从前的镇定全不见了，是什么时候开始，对着他，她连心神都不定了？像是得了病似的。

檀静玉静默了一会儿，才道："也是。"

慕容馥感觉他异样，轻睃他一眼，问："聊了些往事，心里有些遗憾？"

檀静玉诧异："莫非你有窥心术？"

"窥心术？"慕容馥摸了摸鼻子，莞尔道，"这等诡玄术法，传说是南境迷雾诡林深处一个叫作玄夷族的秘术，从未真正在江湖上出现过。我若真的会，只怕早被人当成妖女绑起来了。我是顺着你昨夜所言联想而已，如若换作我，遇上个故人，大抵也是道着往事，如此痴醉一场。有道是，浮生只合尊前老，深夜里放歌纵酒，一斟一酌，本是痛快事，若不是有了遗憾，怎么会久饮而不能醉呢？"

慕容馥顿了一顿，将他打量，又道："就是不知，你这遇到的故人，是旧友呢，还是旧情人？"语气中，颇有几分调侃滋味。

檀静玉笑意轩朗，目光蕴在她脸上，道："阿馥这般聪慧，不妨一猜。"

慕容馥迎着落花，轻旋了身。转动间，她斜了他一眼："能让你醉也不愿醉，只怕是旧情人。"说话时，一脸随意闲适的意态。她表面不动声色，心里却是莫名地忐忑，竟有种窥探的意味在，生怕他下一句随口便应"是"。

她自己都觉得自己古怪。

檀静玉闻言，竟是止下步来，端详着她。

慕容馥察觉了他的目光，却有意无意地偏着脸，眼神四处游移。那一脸的镇定自若，全然都是假。一颗心像是被他的目光直戳要害似的，起落都在跌撞。

檀静玉抿唇笑了笑，曲指轻敲了她的额头，微侃道："你说，这庄中若有旧情人，我怎还敢领你来？"

"啊？"他说得模棱两可，慕容馥愣住，倒不能理解他语中何意。

檀静玉目光浑似画笔，自她身上临摹了片刻，眼底闪过的，竟是一种心满意足。

他也不解释，偏过身，继续朝前行去，细细从头诉道："七年前，我在修行途中，结交了一名志趣相投的好友，之后两人结伴同行。我们曾夜入卫王宫偷出酒，跑去渠阳山巅，两人纵情拼了十几坛。曾听说燕丘谷底有巨蛇食人，携同而去，以身诱蛇，斩蛇取胆，计划着把这蛇胆泡成酒喝。时至今日，那蛇胆依旧泡在方壶山雪林里的酒泉中。也曾闯入南境迷雾诡林，探寻诡林里究竟存不存在玄夷族。那一次最为凶险，只可惜后来因我受了重伤，我们并没有真正深入。

"我和他，做过太多不计生死、肆意放纵的事情。他让我知道，什么是肝胆相照，什么是兄弟知己，什么是生死相酬，欢喜时放声同笑！悲愤时纵酒高歌！那段日子，是有生以来，最痛快、最无所忌惮的一段时光。"

听他缓缓讲述旧事，心中先前的局促，一时也便散了，声音带了些叹息，她道："真好，生命中能有这样一个不计生死的同伴，此生倒也无憾了。"

小径两旁的海棠，有树枝欹伸到径上。她随手折下身侧一枝海棠，把玩在手心，脑海中只思及欢颜。

檀静玉两手掖袖，步履缓缓道："他自诡林救我出来后，我养了十几日的伤，后收到了父亲生病的消息，决定回家一趟，并邀了他同行。其实，时至今日，我亦不知当初的这个邀请，究竟是对是错。"他的言语里有些伤嗟怅然的味道，隐隐还有自责，"因我的邀请，他才会遇见了三姐。后来，他和三姐相见、相知、相爱，他带着三姐一起偷偷离开。"

径道渐走渐窄小，不过是半丈来宽，左右都是草木泥沙。本来若是前后走，那倒好行些。檀静玉絮絮讲述，神思随了记忆去，慕容馥又听得入神，不曾注意，两人越走越近，肩擦着肩。因为相触，那怅然也能传染，叫她一时惶惶然，侧了眸，追问："偷偷离开？他们是……私奔了？"

檀静玉颔首。

她疑惑："可为什么……要私奔？"

檀静玉道："三姐早在遇见他之前，便已身有婚约。别说男方不会悔婚，即便同意，父……父亲他也不可能会让三姐同他在一起。他们之间，可谓历尽艰辛。”

慕容馥有些急切地问道：“那最后终于在一起了吗？”

她不瞬眼地望着他，一脸孩童寻求解答时的天真。

檀静玉笑了笑，是为她。但笑容没有快意，倒像是风雨欲来时，远山峰峦聚拢起的叆叇云层，晦明莫测。他看她，怅惘道：“历尽艰辛能在一起，多是话本里的，事实上，这世间有太多感情，是历尽千辛万难也没办法在一起的。”

他这话说得平淡，听起来，却叫人觉得好生苦涩与无望。

慕容馥蹙起眉，问道：“那他们结果怎么样了？”

檀静玉不疾不缓地走，二人肩依旧并着肩：“他死了，一年后三姐成亲，嫁给了婚约里的那个人。”

慕容馥闻言一震，愣着两眼，不可置信道：“死了？怎……怎么死的？”

檀静玉忖了忖，简单道：“三姐当时书信与他，约定至一处所在晤面，当夜，那地方起了大火，他……是被烧死的。”

收到楼少容死讯时，他身在襄国王宫，连续赶死了三匹快马回去。他所看到的，却是已绝食多日的三姐，还有她手中握着的，他知道是属于楼少容的海棠浮雕玉玦。

那个执剑劲去，风姿华逸，助他怒取蛇胆的勇猛男儿；那个纵笑无忌，放荡不羁，陪他月下大醉的潇洒浪子；那个温茶焚香，人如沐风，听他谈吐心事的闲逸公子……就那样不清不楚，化作一捧灰烬？

他不相信。当时那种感觉，他至今都无法形容，满心自认为所知所见的一切，都不是真的。可时至今日，他却已不得不相信，那个与他恣意江湖的楼少容，早已随岁月长风而去。

今日的楼少容，已非昔时的楼少容。

慕容馥眼帘半合，抿唇思忖，心中只觉惘惘，有种无寄处的跌宕。大约是悲剧总会叫人触类旁通，哪怕自己根本未有过一样的切肤之痛。她叹息着道：“他因她殒命，她嫁给了别人，好像是，各得各的归所。可……到底太叫人觉得心酸。”

檀静玉徐徐呼了口气，换了个无关痛痒的神情，道："风扬过往，相思成灰，茫茫人世，有缘无分者多了去，不独他们二人。"

慕容馥目光轻转，朝他看去。日光映着他的脸，丑陋皮面，好似也映出白璧无瑕的味道。风将他的鬓发往一侧扬起，填满了她的眼。他的唇侧，隐约仍遗有淡笑的痕迹。只是那一双净澈得让人心静的琥珀眸中，寻不得丝缕笑意，反而添了几许清愁滋味。

想是察觉了她的目光，他偏过首来，慕容馥却匆匆地收了目光，垂下了眼。

二人步履徐缓，肩并着肩。

秋风徐徐，意外地带着些许刺骨的瑟索。

自入了这海棠山庄以来，满目的海棠花，一直给人一种置身于春季中的错觉，可土质特异的花开得再美，即便躲得开季节，也依旧抵挡不住它自身花期的变转。有的海棠花会照样盛开，同样也有生命将终的海棠花委顿凋谢。

有的生，有的死，这都是宿命，谁也无力违拗。

四下，仅剩轻盈微风声，显出几分空寂。一只金翼鸟飞扑穿过，震得树上卷曲、枯萎的黄叶舒缓坠落。

慕容馥微微合上眼，感受着身边细微的动静，还有他一起一伏的呼吸声。

若是真有天荒地老，这样的一刻，大抵也便是了。

心中的几许悸动，叫慕容馥一时怅然若失，不晓得究竟是被他口中的故事影响，还是被他影响。终于，慕容馥还是打破空气里的静寂，问道："那你三姐……她现在过得好吗？"

檀静玉道："相夫教子，生活无波无澜，也算是另一种安宁吧。"

说是安宁，不如说是死心，一个人，爱过、怨过、期待过，也拥有过，最后所有与之相关的，只剩下一份失去。若以一生来回忆，那真是一场永远也好不了的疾病；若以一生来忘记，那何尝不是一种剔肉挖心？

不如转身，不如死心。否则，怎么会愿意爱着一个人，又让另一个不爱的人介入自己的生命？那简直是种玷污。

"可见，一场婚姻里，无爱，也有无爱的好处。"慕容馥轻轻地道。她将花摊在掌心，纤长素洁的指掌，在光下隐约泛着珠玉之光。

无爱，是因为心死。没有什么比麻木不仁，更容易度过漫长而孤独的一生。

檀静玉闻言身形微微一滞，兀然停下脚步，看住她。两人靠得近，相距不过两尺，呼吸都有彼此气息，头上又顶着个日头，连她鬓角、额头上那一层细细的绒毛，都照得清晰可鉴。明明这样年轻、焕丽，口气竟这样悲凉。

是啊，江湖刀口滚爬过，没有那么多旖旎情思。那些生养在门庭之中的女郎，哪里真的见识过什么是生关死劫？眼里风花雪月，花团锦簇，稍不如意，便是凄哀悲伤，怎能了解真正的悲苦是什么滋味？

她不是三姐，她不是养在宫廷里的娇嫩鲜花，不会爱情大过天，不会为爱寻死觅活。于她而言，感情不是一切，不过是生命里的点缀，没了就没了，无爱也有无爱的好处。只有她能这样轻易道出。

他有些恍惚，心头酝酿辗转许久的话原本想说，忽然不知从何说起。他担心，她会像那夜一样，不遗一语，转身离开。他怕，怕自己冒昧，怕她尴尬。

他无从探究，在她心里，他是什么样的地位。什么都不清不楚，一旦戳破了这层窗户纸，到时适得其反，就什么也挽回不了了，彼此只剩了隔阂与尴尬。他们确实未到无话不谈的地步，她有她的闭口不言，他有他的不能提及，只能像如今这般点到即止地谈一谈往事，说一说旧人。他在心里叹了一声。

日辉淡照，几枝花欹伸入道，带得周围花影扶疏。慕容馥手中一直把玩着的那枝海棠失手跌落于地，混合在一地落花碎影里。

她看到他眸中暗潮汹涌，净澈的琥珀眸子里，倒映着的两个自己，连带她也被卷入涌动暗潮中。他的目光，他的神容，很迟疑，很挣扎，她不知道原因为何。但在这样的目光里，慕容馥突然觉得自己周身上下都无法自主，仿佛被点了穴道，下了禁制，倏然间被凝滞住了。

有一种不容抗拒的力量，无形地牵制着她。

檀静玉俯身，抬起袖子，轻拭她脸颊上不经意沾上的脏污。唇际无力地，牵出一个浅浅的笑弧，他低声问道："阿馥，如果是你，心中存了一个别人，还会嫁给你不爱的人吗？如果，要让你与丝毫没有感情的人同枕共眠、白首一生，你愿意吗？"

声音绵长，莫名叫人心酸。慕容馥愣了愣，什么话也说不出口。在从前，她对自己的安排里，从未思及嫁人，也从来没有想过，自己有可能会爱上另一个人。

她没有根，没有依靠，自顾尚且不暇，哪有时日来儿女情长，想那么多虚无缥缈的事情？她每日要想的，是如何变得更强，要想着怎么从他们给她安排的一场场决斗中存活下来。

她努力让自己活，就是为了杀死别人。

在她一步步踏过血腥，站在那个秘塔前时，有个人曾问过她这样一句话："如若有朝一日，你爱上一个人，哪怕人人都反对，你会不会也不顾所有，与他在一起？会不会为了他，拼尽全力，舍生忘死？"

无端端为另一个人舍生忘死？怎么可能？那不是傻吗？当时她只是诧异。

爱是什么东西？爱与不爱，又有什么不同？她幼年也看过几本话本子，再轰轰烈烈的爱情，也落不了实质。她嗤之以鼻，不过是锦上添花，若是有朝一日，花都腐烂了，甚至长了虫，指不定就咬烂了锦，那锦便不值一文了。好处只是表面，伤害却成了实质的，这样的爱有什么用？谁要呢？

她是怎么回答的？

她说："与其拼个玉碎，不如转身。"

是啊，那时候，她不怕寂寞，不怕孤苦，铆足了劲，一心只想练好武功。更何况，她有欢颜，她从来不觉寂寞，也从来不觉孤苦。

那么，现在呢？

现在连她自己，也看不清自己的心了。她的心，是什么时候开始，被一些连自己也道不明的东西牵绊住的呢？

檀静玉凝视她，像是在等待她的回答。

半晌的静默无言里，男子眸中的旋涡被枝叶晃动间的光影侵袭，渐渐化作一片明灭起伏，最终消散开去。

慕容馥默了良久，在他的目光里，心仿佛揪作一团。她不知该如何作答，反问道："世间情爱，都是这样费人心的吗？"

檀静玉转开了目光，很是自然地笑了笑，如同方才什么都没有发生过。他举步往前方走去，声音闲闲："傻阿馥，且不说情爱，世间有多少情感，是不费人心的呢？"

所有的波澜掩入心底，只遗留平稳在面上。一切归于表面。

两人一前一后，终于错开了。

听得此语，慕容馥垂下眸，睫羽细密，在眼底投下蝶翼般的痕，掩盖住她一时的心动神摇。她问道："那你……有没有爱过一个人，为了她，费尽苦心？"

檀静玉无声地走在她身前，没有回头。

时间，仿佛过了很久，久到慕容馥以为他不会回答的时候，檀静玉的尾音里，轻轻地滑出一个字："有。"

慕容馥心一跳，忆及何来村里，他送给小童的小木人，又迟疑问道："爱一个人，那……是怎样的一种感觉？"

檀静玉道："大概是，见不到她，会牵怀；见到她时，却又更加牵怀：仿佛自从遇见她，这一生，都将在牵怀中度过。"

慕容馥心里惶惶的，想着不知那女子是谁，能有这样的福气，喉咙有些哽住，吃力问道："那她，可知？"

她看着脚下的路，日照穿过了枝丫漏下来，投了一地斑斑驳驳，明明是朝晖正明，偏偏照出寥落凄然的味道。

檀静玉行在前头，不知身后波澜，摇首道："不知。"

慕容馥惊讶，莫名地满心苦涩，追问道："为什么？"

檀静玉直视前方，琥珀般清亮的眼眸中有柔波起伏。他轻轻道："在对一切都没有把握之前，就不要轻易承诺，以免日后因这无法完成的承诺，两个人抱憾终生。阿馥，我一直以为，最好的感情，不是承诺，而是让承诺也成为多余。"

第八章

轻狂一生与谁同

『人在江湖，要么成为罗刹，要么成为亡魂。
但最可怕的还不是死，是一步不慎，牵连身后家人。
你明白什么是生不如死的滋味吗？
就是爱你的所有人都因你而死，
独留你一个人丢盔弃甲，苟延残喘。』

一／山有木兮

二人且行且说，不知四下已是移步换景。听得耳际有水声，不止歇地叮咚作响，慕容馥才侧首看去。

不远处，一倾湖光，在日下粼光漾动。几点枯荷零星点缀，时有游鲤起落徘徊，带出涟漪不休。湖岸侧上，海棠盛绽，植种得错错落落，一簇簇花枝交替横纵，映得岸上、水中俱是红霞团笼，俱是错金碎碧。

此景此境，兼着这番縠波微漾的湖面，日爽风清，缤纷落英，不显秋日萧索，反觉生动有致。她心头那股无端的郁闷，一时也淡了。

湖畔的另一侧，延延伸展出一座飞桥。飞桥周边，俱是道道如幕水瀑，起起落落，涎玉沫珠，泻作冰雪，染得飞桥水色氤氲，将桥尾掩隐至无。如此光亮的日头下，溅水折金光，好似有仙人驻足水帘后，带出金芒萦绕。

因水瀑那边地势偏高，水瀑流水溅下，便倾引入碧湖之中。如此巧夺天工的设计，难怪这一波湖水会如此生动悦人。

慕容馥心下称赞，白绸轻挥直去，卷住湖畔树木，稍一借力，发衣皆扬，身子凌空横越，足不沾湖，轻纵而去，盈盈落于近十丈高的飞桥之上，回转过身，朝檀静玉招手。

横湖而过的身姿飘逸矫健，顺风而扬的乌发如铺长绸，因为立得高，一身白衣宽袖扬舞，白绸绕身，竟沾了些睥睨众生的味道。

檀静玉有些失神，随后才行，借力跃身，箭纵一般，飞落桥上。

两人站在桥上，时不时有水滴珠飞玉洒般溅落肌肤，引来阵阵寒凉，耳畔水声淋漓作响，仿佛满世界戛玉锵金。

沿着白玉飞桥，二人往水瀑深处走去。渐无水珠飞溅，反而是疏疏落落数十株海棠，一片延绵。海棠树杈间，绑着一条条花草编织成的长藤辫，形成一层层错落的垂帘。

又是一隔世美境。

两人踏下飞桥，拂开层层藤辫垂帘走出，眼前竟是一座数丈方圆的闲亭。

双层飞角，翼然生动。

亭子周侧花树疏落，每一株却很大，颇有年头。日光带劲，枝头千百海棠花连绵绽放，树杈欹伸，没有修剪，在日头下蔓延火势一般，烧得灿灿烂烂，直绵延到凉亭中。连亭中人红衣上的几朵绣花，仿佛也在热热烈烈地随之燃烧起来。

两人顺着碎石小径，行至亭前。日光斜穿花枝，疏落入里。绰绰疏影之中，岑静之间有清馨暗送，是一处极为舒坦的好所在。亭中那红衣人，背对他们，斜倚在花梨木贵妃低榻上。

慕容馥正要踏入亭中，忽地一个黑影闪出，挡在她身前。来人声音低沉，道："女郎正在休息，二位请回。"

慕容馥抬头，眼前人身着玄色武士服，手抱长剑，一身内敛肃沉之气，正是蔺玠。

作为客人，打扰了主人家女儿的休息，确有不妥，更何况，檀静玉还是个男子，也不怪蔺玠阻挠。慕容馥正要转身离去，便听亭中人慵然问道："是谁呀？"

慕容馥回首。

亭中女子懒散地伸了个腰，支起身，回转首来——素颜熙曜，目略微眄，几分酒意飞跃眉梢。看到了慕容馥与檀静玉二人，女子渺目一笑，咧出编贝皓齿，带出两边酒窝，小却深。

女子有些意外："是你们呀，来来来……"语气慵懒，半撑着身子，懒懒招手。

这万万千千的海棠花绽，远不及这一份笑靥来得惊摄心魂，连日光都仿佛为之倾倒，独独滞留在她的眉眼之间，将这样一张脸，这样一个人，映照得更加抢目。

简直白璧无瑕。

饶是身为女子，慕容馥也不禁为之神夺，杵了半晌，才大步走入闲亭中，叹息着道："楼盈月呀楼盈月，什么是'美人醉卧花影里'，今日我算是亲眼见识到了。"

"都是拜你所赐。"楼盈月回过头叹了口气，从榻上摇晃起身，软着脚，扶榻沿下了地，在榻前一张方形玉几前坐下。

慕容馥奇怪道："咦，这与我有什么相干？"她几步绕过长榻，坐在楼盈月对面。

檀静玉亦随在她身后走进，敛襟撩衣，在玉几左侧席垫上趺坐。

玉几上，倒着五六个长颈碧玉酒瓶，瓶中皆已空，有些杯盘狼藉的错落。

檀静玉目光掠过酒瓶，转到一脸醉态的楼盈月身上，略略皱了皱眉，对掖着手，倚在凭几上，问道："怎么了？一个人躲到这里喝闷酒？"

楼盈月摇摇头，指了指空气，嘟囔道："不是一个人。"

檀静玉知道，她指的是还有蔺玠。

慕容馥向四周环望，便见得蔺玠静静地立在一棵海棠树下，整个人陷入花枝树影里，仿佛潜伏的鬼影，如不仔细看，根本不容易发现。

匿形的高手！慕容馥心中不是没有惊讶。

檀静玉轻轻叹了口气，道："小孩子家喝这么多酒，回头被你阿爹晓得了，只怕你连房门都出不了。"

"出不了就出不了，有什么了不起！"楼盈月委屈地撇嘴，赌气道，"反正老头子就是要把我囚禁在山庄里，宽一点、窄一点也没什么不同的。"

慕容馥憬然笑了笑道："原来是因为这个，我还以为有什么严重的事。"

"难道这还不严重？你可以自由行走江湖，自然不晓得我心中的苦楚。"楼盈月斜了她一眼，"而且，如若不是你识破了我的身份，我怎会沦落到这等境地？横竖都是因为你，不是拜你所赐又是什么？"

慕容馥煞有介事地点了点头："嗯，这样讲倒也不无道理。那想来你心中必是恨死我了？"

“这倒没有，我这人，胸怀大得很。”楼盈月挥着手，整出一股力拔山兮不屑为之的气势，又道，“更何况，我家老头子的性子我还不了解？打从一开始，他就没真的打算给我机会出庄去。”

慕容馥只掩了唇笑。

楼盈月又扯了扯她的袖，道：“哎，你说，我又并非三岁稚儿，为何不能出门？男子岁数一到，便可在外修行，难道女子便注定日日闷在家中绣花绣草绣狗屁吗？”她越说越恼怒，一手将所有酒瓶自玉几上拂落。

眼看就要碰地，慕容馥白绸飞去，一把将所有酒瓶卷入，叮叮当当作响，紧接着，所有酒瓶皆稳稳当当摆在地上。

慕容馥伸手取过一个来细瞧，酒瓶上雕刻着几枝海棠花，精雕细琢，栩栩如生。她道：“何必把气发在这些酒瓶上？这些图样雕制得如此精湛，砸碎倒可惜。”

楼盈月道：“若摔碎了能缓解我的不痛快，那是它们的福气，有什么好可惜！”

慕容馥抬起眸，目光里展着笑，一脸怡然，问道：“还有酒吗？既然你不痛快，我陪你继续喝，多个人喝酒，总比一个人有滋味。就是不知你还能不能喝。”话里有些挑衅味道。

楼盈月扬声大笑，道：“我就是先喝了一百瓶，你也未必能比得过我！”

慕容馥挑眉笑应：“那无妨试试！”

“试便试！”楼盈月语音未落，竟变戏法一般，从玉几下捧出七八瓶，摆在玉几上。

檀静玉不及阻止，慕容馥已随手拿起一瓶，拔开木塞，仰首便灌。楼盈月自然不服输，亦是拿起一瓶，拔开木塞，一口气喝完。两人互相倒瓶亮底，均一滴不剩，挑衅地看向对方。

酒瓶有五寸长，细长收颈，有些像胆瓶，看着虽不如何大，但至少能装半升[1]酒。两人一口饮尽，这一番干脆利索，倒不逊于男子。

[1] 从汉代计量换算，现代计量约100毫升。

慕容馥将空瓶子放落在地，伸手又拿起一瓶，刚拔开木塞子，一只手便伸来挡住。她的目光循着手臂看去。

檀静玉对她摇了摇头，道："再喝就醉了。"

他怎知道她心里的苦闷？可连她自己也不知道这苦闷是因何而来。但凡心绪不宁，喝着喝着，怕也就缓解了，有什么不好？她酒量好得很，不怕醉，索性撇开他的手，道："你可不要小看我！"

楼盈月皱眉，瞟了他一眼，道："檀哥哥，你要么就陪我们喝，否则就别存心给我们找不痛快，今天我们要喝他个不醉无归！来，干！"说着，将酒瓶对着慕容馥扬了扬。

慕容馥笑着碰上。

酒瓶碰在一起，发出清脆的响声。

檀静玉无可奈何，只能叹了口气，道："大白日里这样喝酒，你阿爹会以为是我带坏你的。"

楼盈月皱着鼻子，嘟哝道："檀哥哥，你别扫兴！"

慕容馥闻言亦笑，仰首饮酒，眉微扬起，颇有些快哉之意。

一双杏眸半眯着，眸光涣散，不知落在何处，偏偏那眼底入了日色，潋滟摄人，衍生几多妩媚跃在眉梢。檀静玉无意转眸，便将这股妩媚收入眼底——好似一时间，有日光烈烈劈下，晃刺得他满心满目皆是眩然。

楼盈月虽喝着酒，却拿眼暗觑檀静玉，不过是余光瞥过去，便将他神容收落眼中，心中顿时了然。别的她不敢说，这眼神别蕴意味，却瞒她不过。

一个人心里存了一个人，最遮掩不住的，是眉梢眼角那无澜的泄露。

日渐转正午。

檀静玉不说话，以手支颐，静坐在一侧。总要有人清醒。

身侧两人越喝越痛快，一瓶接着一瓶，片刻不曾停歇。玉几上的酒没了，楼盈月又自玉几下捧出数瓶。

取着取着，酒没了。楼盈月双眼惺忪，招了招蔺玠去酒库里取。

那侧身举手，都是醉态可掬。

蔺玠迟疑，看她少时，楼盈月不耐烦，喊了声“快去呀”，他才趄身朝酒库方向去了。

等待的时候，慕容馥趴在桌上，下巴搁在左手臂间，右手将碧色酒瓶斜抵着玉几，顺着瓶底转过来，转回去。

瓶子上的海棠花被日光所映，随着她的动作，好似要伸出瓶外来。

看着酒瓶雕花，不宁心绪牵引出旧日心事。慕容馥道：“盈月，我从前认识一女孩，她同你一般，总埋怨爹爹为何要把她禁在家中。那时，她对外界的见识全然源于书中。天下多彩斑斓，江湖侠义风流，她心甚向往。故百费机巧，欲得一出，却未能得逞。又一日，年逢大节，阖家碌碌，看管者大意，叫她溜出家去。”她语气稍凝，抬眸转目，落在楼盈月身上，“那夜，女孩游玩甚愉，归家之前，她心中仍想，即便受责骂家法，她也绝不后悔，可是……”

胸臆间一窒，她的声音顿住。触及了旧日伤痕，疼痛连着四肢百骸，直引入心。

楼盈月抬起头，眼底有了好奇，问道：“可是什么？”

慕容馥暗下调匀气息，用无关痛痒的口气，缓缓言道：“她才至家前，却见大火焚天，全家上下，死于大火之中，独剩她一人，再也无家可归。”唇角如旧含笑，神容平静。哪怕心中旧事过往，历历在目。

楼盈月大惊失色，不禁掩嘴。

静了片刻，慕容馥才继续道：“女孩原以为，她只要离开家，那便是得了自由。可是如若在家中觉是囚笼，那这天地纵大，于她而言，又何尝不是囚笼？不过是大小之别。人之自由，在心，不在身。心有束缚，纵是去了天涯海角，也算不得是自由。可惜女孩明白得太晚，想回首时，已归途无路。”

楼盈月怅然失神。

像是真的不过讲诉旁人故事，慕容馥眼中无澜，语亦无波：“全家人惨死，她茕茕于世，才终于明白，昔日父亲对她的护佑。他不求她如何聪慧、如何美丽，不求她能博得多少名声，闯出多大天地，只求她能在他的保护之内，一世安好，终生无忧。”

一世安好，终生无忧。

“你不该怨你父亲，我不说什么他为你好之类的话。他为不为你好，你自己何尝不明白？只是，你在海棠山上久了，这里安宁得如同与世隔绝，焉知外面烽火滔天？有多少妻离子散，有多少家破人亡，都不过是顷刻之间。烽烟世道，没有那么多侠客传奇，哪个不是苟且偷生？谁有心有力管顾旁人死活？”

楼盈月闻言，忽觉心痛如绞，脑海中思及往事，如画图，流转曾经片段。

幼时，她给他捶背，他为她折纸船；她给他拔白头发，他为她做风筝。夏日时，他坐在花树下乘凉，她给他扇风……

有一次，他有意逗她玩，假寐于石榻上，浑身上下，动也不动。她一直叫着老头子，他未有回应，急得她号啕大哭，怕他也和母亲一样，无声无息便离开她了。那时她大声啼哭，他惊得转醒，安慰了她许久，还特地摘后山的山楂果子给她做糖葫芦吃。

是从何时开始，她老是跟他吵架，跟他拌嘴，跟他闹别扭的呢？

眼中清泪两行，不可抑制地自楼盈月净白脸颊滑了下去，滴落在酒瓶上，泪珠溅得破碎。慕容馥看着她，仿佛看到旧日自己。

楼盈月追问：“后来呢？那小女孩怎么样了？没有了家人，她可活下去了？”

“她活着，却迷路了，迷失在一片不知前景如何的血腥路里。”慕容馥目光转了开去，说话的语气不是伤嗟惆怅，倒是掷地有声的凛冽，“盈月，江湖多凶险，那可不是话本里的世界。刀口舐血，踏入江湖，就是半只脚踏入了鬼门关，很刺激，也很可怕。人在江湖，要么成为罗刹，要么成为亡魂。但最可怕的还不是死，是一步不慎，牵连身后家人。你明白什么是生不如死的滋味吗？就是爱你的所有人都因你而死，独留你一个人丢盔弃甲，苟延残喘。”

尾音之后，是长长的一阵缄默。

楼晏不敢说得太明白，怕伤了她对这个世界美好的憧憬，无碍，那便由她来说，未必是恫吓，不过是警醒。哪怕日后真叫她溜下山，那也会同莲蓬一样，多几个心眼儿。

有风吹过，地上花影动荡，斑斑驳驳的，似在演绎一段往事。

慕容馥转眸看去。亭子外尽是影影绰绰、开得好是妖丽的西府海棠。上面，有碎光分洒，欲盖弥彰般地想掩饰着什么。几只鸟雀在枝头间蹦来跳去，闹得她满眼酸涩。

金乌斜坠，玉兔东升。

楼盈月趴在玉几上，早已昏醉过去。一缕月光在亭间游走，流转在她眉眼间，美人醉卧，缭乱也是倾人姿态。

慕容馥一手执酒瓶，一手撑在额头，摇摇晃晃地站起身来，整个人早已昏了大半，却还不忘胜负，手指楼盈月，挑衅道："你不是不会醉吗？起来，再……再喝！"脚下踉跄，几欲跌倒，醉态可掬。

檀静玉急急起身，自她身后将她手臂扶住，伸手欲拿过她手中的酒瓶："阿馥，你醉了，听话，别喝了。"

慕容馥挣开，醉意染颊，笑意挂眉。

她仰首，一口饮尽瓶中酒，挥舞手臂道："你才醉，我没醉！花叔叔，我还可以舞剑给……给你看！"说着转了个身，整个人竟凌空跃起，摇摇晃晃，起落于海棠花枝头。

半空传来戛玉铿金一声脆响，她随手抽出腰间软剑。剑影流光，树上花瓣，皆为剑气所震，盈舞纷飞，半边天空似落了花雨。

花雨中，那一人——入鬓眉，流光眸，一袭青丝流潋，凌花姿容，一身白衣惊鸿，体若游龙，袖如素霓，缭绕凌空，仿佛抬首即见广寒宫。

慕容馥口中喃喃："七绝……七断……剑！"旋即身子一折，半空陡转，软剑抡直径出，便是如此昏昏沉沉的情况下，剑依旧穿透了七朵花心。

何其凌厉！

阴影中，正抬头仰视舞剑人的男子，眼中流转过惊色，惊讶道："花剑雪？"不由自主再往前几步，蔺玠欲细看女子动作时，却见人影一晃，飞掠至树梢之上。

檀静玉闻言，已觉不妥，中途忽起，近她身侧，一手触及其腰，一只手腕轻带一转，顺手势将她朝自己刺来的一剑回旋入她腰间，软剑瞬息消匿在怀。他顺势，女子身躯落入臂弯中。

慕容馥伏在他的肩头，手无力一松，酒瓶滑落，砰的一声响，碎了一地清光。声息在静夜里不住地回荡。

檀静玉轻身一跃，已回亭中。

蔺玠听得动静，几个起落，亦往亭中去。

檀静玉看着他，下巴往楼盈月扬去，道："她醉了，带她回去休息吧。"

蔺玠点头，目光颇有深意，像是审视，流转慕容馥身上，很快又收了回来。他一手揽起楼盈月的肩，一手架起她双腿，将她横抱在怀间，踅身离去。

慕容馥却是昏昏沉沉，推拒着腰间那只手的束缚，十分懊恼的语气，喃喃道："花叔叔，你……你是又生气了吗？我……我老学不会你的七绝剑，我知道……你肯定对我很失望。对不起，对不起……"她扯着他的襟口，反复道，"可是，你要我绝念……我做不到，我怎么可能做到？"

说话时，她已挣扎开他的手，身子摇摇晃晃，眼看就要摔下台阶。

檀静玉又急忙反手拉住她，低声在她耳边道："阿馥，你醉了，我扶你去休息！"

"我没醉，我清醒着呢！"她努力要睁开眼，半眯不眯的神容，杏眸中有着醉色的浮光，慵然伏在檀静玉手臂上，莫名地笑起来，"花叔叔，你说，七绝七断剑法，又名七绝剑，精髓在于——心绝、情绝、恩绝、仇绝、苦痛绝、生死绝、相思绝。所谓七断，乃心脉断、血脉断、筋脉断、肝肠断、肾水断、骨骼断、腕脉断。你看，这些我都一一记得，我才没醉……你还说，学此剑法者，当七绝于己，才能七断于人。可是这种剑法，谁能轻易学会呢？你说我怨执太大，要我摒弃旧念，但……如果不是旧人旧事的依撑，我又怎么能……能坚持到现在呢？"

檀静玉奈她不得，只得屈了身，手下一用力，强行把她横身抱起。并无离开闲亭。

怀中的身子那么瘦，那么轻，肩头那么单薄，几乎叫他错以为只要微用力，就会把肩胛捏碎。檀静玉小心翼翼，把她抱上花梨木长榻。

万籁俱静。只有她的声音，径自喃喃："你还记得我……我和你说过的欢颜？她是我妹妹……我的好妹妹。哪怕我们之间，没有血脉之亲，可是，她是我在这世上最后一个亲人，谁都不能伤害她！谁都不能！"她忽地怒吼起来，转瞬又沉下去，"我失去家……家人，无家可归后，那段日子里，颠沛……流离，四处游荡。"

"你不知道……那时候，我多没用……我什么都不懂，什么都不会，素来饭来张口、衣来伸手，一朝颠沛，竟连自理都不能！我觉得……觉得自己就像废人一样，只有她，只有阿颜，事事护在我身前。

"有人打……打我，她帮着我挡；有可以吃的，她自己饿着肚子，骗……骗着我先吃。记得那一年寒冬，我发烧生病……寒天雪地里，好冷啊！"喃喃自语时，她还忍不住瑟缩了身子，像身临其境一般。

"我到现在，都……都没能忘得了那种冷，全身上下，一时像火烤，一时又像冷水浇，还不住地咳。我们原……原本躲在一间破庙里，与乞丐同住。后来……后来他们见我病情甚重，竟说我是肺痨，将我们轰打出来。

"阿颜就跪在雪地里，一直求他们，她只图……图一角栖身遮雪之地。可大家都怕被我感染，一涉生死，谁愿意拿命作赌，来心生怜悯呢？阿颜无处可去，只能带着我躲到附近农家一个猪圈里。

"那时候，我……我是真的冷，身子一直抖……一直抖，全身上下好难受。我以为自己快要死了。空气里的恶臭，让我连呼吸也……也好艰难；整个人，昏昏沉沉。当时……我倒一点儿也不害怕，我不怕死，我只怕活着，一个人，举……举目无亲，孤苦无依地活着……

"连我都放弃自己的时候，是阿颜不肯放弃我，一直在我耳边说着话，说着我过去的顽皮事……一件件，一桩桩，我在浑浑噩噩里听着，快被逗笑了……可她一边说着，一边落泪……

"花叔叔，在此之前，我们一起经历的那些颠沛流离的日子里，遭人毒打时，被人辱骂时……我……我都未见过阿颜掉……掉一滴眼泪。那一夜，我病得奄奄一息，她却紧紧地抱着我，说着往事，失声痛哭……

“是她的声音、她的眼泪，将我带回这个世界的，否则……自那一夜，世上便怕已无我的存在了。这些年，若……若不是她的陪伴，我怎么可能……可能好好走至今日？你要我怎么忘掉？你要我怎么摒弃……”

她喃喃了几句，声音越来越小，已昏睡过去。

他不知道她梦到了什么，仿佛在梦境里，她遇到了难以抉择的境地。

江湖之中，有三绝——七绝剑、折梅手、惊鸿步。这七绝剑，是剑法中的极致。先前，他只知道，她剑术精湛，却不想竟有这等际遇。

花剑雪是什么人？纵然失踪江湖已久，却人人都记得，他是杀人不眨眼的杀手。

她与花剑雪，是师承关系吗？

不过，这些，他却不想知道了。此刻，她醉里糊涂，喃喃说着往事，语中言及旧时颠沛，动起他一心的怜惜。

他坐在榻侧，垂眸，端详着她，凝视着她。他试探伸出手，将拂在她脸上的几缕乱发轻轻拢向后。指尖触碰她的肌肤，丝缕热意入了指。他心间一动，手指顺着轮廓，临摹一般游走。

他一直知道，五官上而言，她不算精致，亦不算夺目，动人却在细节里。像这样闭着眼的时候，这一张脸，仿佛山林中的流水，房屋中的高雅瓷器，是潺湲的、静谧的。可一旦那眼睁开，看着你，那感觉却是动荡的、激越的，如同那一双眼中，蕴蓄着大海内部的能量，收揽着猎鹰的双翅，随时翻涌，随时翱翔。

若论美艳，她不是；若论绝色，她亦不是。可是缘何从初次见她，他的目光，便再难自她身上移开？

一阵夜风乍来，滚落了玉几上的空酒瓶。

檀静玉欲回身去接，起身却发现，她的手一直紧紧攥住他的衣袂。

似乎感觉到他要远离，那只手越发下意识地攥得更紧。因着无法离身，酒瓶“当啷”一声落地。檀静玉转身回坐在榻侧，却见她眉头无声地带起了蹙痕。一行清泪，自眼滑入了鬓。

半轮弦月，冷光清寒，一下子，铺排得四处皆是。像亭前的台阶，像石雕的亭柱，像四下的海棠，像树下的草尖，哪里都不放过，连着她眼角的一滴清泪，折闪起来，仿佛是星辰划落。

月光还在她脸上起落，明明暗暗间，疑有悲伤在疯长，疑有痛苦在盘桓。她的嘴翕动间，发出难以分辨的细弱声音。

他才瞬一瞬眼，她便已满脸皆是泪，无法自控地抖着身子。

若不是知她早已醉，若不是看她双眼紧闭，他会以为她是醒着的。

的确，他几曾料想，有人会在梦里哭得这般无声、悲切、真实、压抑……

清醒着的痛哭与沉睡着的痛哭，中间隔着的，大约是一份可面对与不可面对的情怀吧？

檀静玉褪下罩衣，覆盖其瘦弱身躯，俯下身，一手轻柔地为她拭去眼泪。

她明明已然昏醉，却仿佛能感觉身侧有人存在，下意识地伸出了手，想要抓住什么，却是盲目一拉，恰恰扯落了他的天青发带。

满头黑发如墨绸，倾散在她脸侧。

她径犹未觉，唇瓣翕动，口齿间，发出细弱而模糊的音："不……不要离开，不要死……阿爹……爹……惜儿……会听话……惜儿保证会乖乖待在家，惜儿保证……爹……"

惜儿？檀静玉轻抚着她的眉眼，有些意外，喃喃道："惜儿？这是你的小名吗？"

她意识不清，口齿呢喃："惜儿不是小名，惜儿是夏侯馥惜……"

夏侯馥惜？！檀静玉闻言一怔。

自相识以来，她所言及的碎片似的点滴，大火焚烧，无家可归，出身富贵，父亲疼爱……瞬息在他脑海中回转，一个叫他难以置信的事实，在脑海中露出圭角来。

竟然是她！她竟然是夏侯馥惜！

停在她眼角的手，倏忽僵凝住。

当年夏侯家的事，他怎么也脱不了干系，若她是为了寻仇而出现，当有朝一日她知道了一切，那会怎样？他本以为，他和她之间来日方长，只要他控制得好，感情这种事，大可以慢慢经营，只要让她心里一点点有了他，到时候，什么都是水到渠成。可这一刻，她的身份像一道大斧，斩断了他的来日。

没有转圜，没有来日方长了。

他的脑里一瞬间空白，仿佛从高崖之上跌下，坠入无底的深渊，连借力也无从攀附。是自己造下的孽。

亭外夜幕如墨泼，引风助阵，惹得那错落的花枝树影，不停漾动，好似有妖兽潜伏其中。亭上一直束着的白纱帷幕，亦抖动如鸟翼。

风，一寸寸，攻城略地般开疆辟土，带着寒凉，扑飞而至，搅动得檀静玉发丝扬舞，吹得他满腔都是空荡荡的悲凉。

此夜此月，夜幕好黑，月色好亮。

慕容馥头痛欲裂，在焦渴之中转醒。

醒来时，已至正午，日色璀璨如金水，漫延得一地都是。她奋力撑起眼皮，手一动，发现身上正盖着一件天青罩衫。慕容馥侧过头，在光里微微眯了眼。

一个人侧坐在榻旁地席上，头发只随意用发带拢束，收垂在身背，只有几缕不服帖的，松松垮垮潦倒在肩侧。他单腿曲起，偏着脑袋，手撑着额，手肘支在膝盖上，双目垂闭。

光逆着他的脸，看不清样貌，只清晰地映出那生动有致的轮廓来。一般从侧面看，男人的脖颈粗壮，总少些韵致，特别是修武者。可他不一样，颈部线条流畅，像水墨画里的起伏，有种穿云破雾的震撼。

日光暴烈，毫无避忌地照着他的衫，粗糙布料带着无规则的纹路，正迎光涌动。慕容馥觉得刺目，不禁要别过头去。

檀静玉却忽地睁开眼，侧过头来。

两人突如其来地，落入了彼此眼底，初遇般相视。

感情这回事，本就是不能落实的情绪，哪有什么确切的说法？真正触动心弦的一刻，无非就是这样凝眸相望的刹那吧？

慕容馥朦胧记得，昨夜似乎有一双手，轻柔地拂过她的脸，还有耳边若有若无、低低的叹息。想必不是梦吧？

若不是眉目间的柔情款款，人，又何至于会想入非非？

慕容馥动了动干裂的嘴唇："你……你一夜都在这里？"

檀静玉笑了笑，未答，起身，一手揽在她肩后，将她扶起，端过早上用小泥炉给她温着的醒酒茶，近了她唇边。

慕容馥愣愣地，就着他端茶的手，闭着眼，大口饮下。

她实在渴，好似身体里的水分刚被火灼过，涓滴不存，于是对水极度渴求。

宿醉醒来就是如此，真是难受。

喝下醒酒茶，干裂的嘴唇方恢复了几分润色。青丝略乱，被汗水濡湿，贴在颈项间，深入到衣领里。他抿了抿唇，侧过脸去。

瞒着，只要他不说破，一切根本无迹可寻，就算查到什么，他照样有推诿的余地。趁着她尚且什么都不知，只要瞒得过去，他未必全无机会。

他自我宽慰，心里千回百转，表面上不露端倪。

慕容馥环视周围，发现仍旧在亭子里，问道："盈月呢？"

檀静玉道："昨夜蔺玠便带她回去了。"

思及昨夜，慕容馥什么都是模糊的，似是而非，梦和真实都混在一处。她有些不好意思，弯起嘴，觍脸朝着他艾艾一笑，道："我昨晚……没有趁酒醉发疯吧？"

苍白的肤色被日光所倾盖，沾了色彩；眼有些眯，添了几多慵懒在眉眼间跳跃。檀静玉思及昨夜，黯然里带出笑意，打趣道："昨晚有人喊着要舞剑，我怕有人伤及无辜，只能冒着刀光剑影，上前把她擒住。"

慕容馥愣了愣，旋即笑起来，笑容迎着日光："从前一个教我剑的……前辈，嗯……他是个酒鬼，每次偏要在我喝得酩酊大醉时，才肯教我练剑，以至于后来，我时常一醉酒，就会不由自主地拿剑乱挥乱舞。回想那段日子，真要命，哈哈！"说到最后，大约是觉得有点不好意思了，自己发酒疯的样子，被人瞧见了，要是旁的人，那倒还没什么，反正她也不介意，可偏偏是他。她趋近他，觑着他的脸色，讪讪道："你不会……笑话我吧？"

听她这么说，他偏过首看她。她面容上有些窘迫，像小孩子做错事被大人拿住似的神情，一对眸子在日光里，润水一般，亮莹莹的，带着些可怜兮兮的味道，偏偏还趋着身，靠近往他身畔来，嗓音一直绵延到他耳朵里去。

他本来想拿她打趣几番，一时倒不舍得了。

“这算什么？”檀静玉扬眉道，“有次，我同一友饮酒，当时亦是醉了，拔剑便舞，次日醒来的时候，发现自己被吊在树上。”

“怎么吊在树上了？”慕容馥诧异。

檀静玉静了静，看着她眼中的自己，一脸无辜地笑道：“不吊到树上，要是有路过的佳人被我舞剑姿仪倾倒，那她岂非什么机会都没有了？”

那一缕骄傲，仿佛从眉眼一直蔓延到他发丝尾上去。

慕容馥意料之外地愣住，旋即辗然，抬手指着他，道：“檀静玉，你……你……”

檀静玉斜了眼，指着自己没戴面具的脸，扬着眉一本正经道：“我长成这样，哪个男人跟我同行，都难免要有所忌惮的。”他想博她一笑，故意说得正经些，那不由自主牵起的唇角，努力地压了下去，但越压越是忍不住，最后也笑了起来。

慕容馥听着这样自我抬举的话从他口中说出来，不觉可笑，偏偏有种莫名的可爱。

男人可以用“可爱”这个词吗？今天她算开了眼界。慕容馥简直捧腹：“檀静玉，你……敢情先前谦逊有礼、温文尔雅的样态，都是诓人来着，我算是看明白了。”

杏眸因笑，眸底似水波般盈动，不断有光。她的肌肤本就偏白，日下，更衬得眉是眉，眼是眼，仿佛在这一时之间，天地万物瞬然一暗，柔亮的只是她的笑脸。

他想起了昨夜，她初醉了的样态很是天真，言语混乱，神志未明。他并不觉得她失态，反而觉得憨态可掬。这下忍不住伸手，刮了刮她的鼻，眼底蓄着千言万语，笑起来连弧度也带着些旖旎，道：“你笑起来真好看。”

慕容馥蓦地愣住。

檀静玉未有察觉她的诧异，伸手轻轻抚上她的眼角，像是要把她的笑容拈下来，妥帖收藏。他若有所思，道："要是能一直令你笑得这般开心，该有多好！"

亭外繁花艳影，鼻息幽眇暗香。

花事静好，日色煌煌。

彼此视线，没有障隔，没有转折，他眸底那一缕脉脉温情，直抵她眼里。

是这一缕温情，在一点点抹除她的犹豫、猜忌、怀疑。

他大约是无意，她却忽然害怕。

李巧巧曾讲，任何一段感情，谁先起波澜，谁便先遭殃。可是，谁也控制不住，哪怕明知，未必能得善终。

说的，可是此时此刻如她？

好在这时候，来了一阵巧风。发丝因风浮动，有几丝招摇，肆无忌惮地便入了眼。

慕容馥眯起眼，不露痕迹地错开目光，顺手将那几丝发牵到耳后。她手揉着额角，垂首，咝咝两声，心慌意乱地道："怕是真的喝太多酒了，头还痛。"

檀静玉无奈道："若知醒来会痛，以后便不该喝酒。"

慕容馥却道："若是无酒，人生还有什么乐趣可言？"说话时，她伸个懒腰，立起身，"走吧，我们回去了。"

二 / 无踪剑法

一身酒味不堪忍受，回到屋里，慕容馥烧水沐浴、濯发。梳洗干净后，在房中枯坐无味，她便披了外衣，至中庭。

坐在石杌上，她倚靠在花树下的石桌边，双目轻合，任风自行吹干头发。

庄中入夜岑静。天边银月莹朗，风烟俱净。树下疏影清幽，暗香浮动。

几片落花拂落在她发间，流转正茂风华。

昏昏默默，竟打了个盹。不知睡了几多时，是耳边一缕箫声缥缈将她唤醒。箫音顺风和月而来，或起或伏，似有若无，不绝于耳。慕容馥揉了揉眼，闻音起身，任由一头半干半湿的头发披散身后，便循音走去。月下廊中，有步影婆娑，有衣袂婀娜。

只隔了一道回廊。绕过回廊，慕容馥探首遥看。

檀静玉背她方向，斜倚树旁。他显然也刚沐浴过，换了一身苍灰色布衣，如旧素简，发间松松坠坠地半束半缚，只别了根木簪。

风吹花落，一片斑斓里，身姿为月色所引，长影延绵于地。

赏心乐事，慕容馥驻足不言，静听箫音。

曲中感情，与她往常所听，皆有不同。听得入神了，忽觉曲意中，带着一缕极淡的思怀与黯然之意。她掩住心头思绪，轻着步子，绕行至他跟前，略略仰首。玉箫之上起伏的手指，指节清晰，在莹润玉质的辉映下，毫不逊色。

几许发丝已干，在夜风中飞舞，无意拂上檀静玉执玉箫的手。他停了下来，睁开眼，小指顺带为她将拂起的发丝别至耳后，道："方才吹箫时，我心中正思，你可会来？却不想睁开眼，你便立在我眼前。心中念着一人，她便出现了，这委实神妙。"

慕容馥眸微眯，笑意飞夺眉梢，嬉嗔道："恬言柔舌的骗子！十丈外，你便知我来了。"

檀静玉笑颜朗然。

因濯发才毕，头发只少许干，大部分仍带有湿意，因而她抹额未束。额心的伤疤，在月光下纤毫毕露，触目惊心。他垂眸正见，颇感意外，抬手，指尖触上她的额，低声道："这里，好深的一道伤痕。"

慕容馥眉心一蹙，黑眸潋滟，是沾染到了月辉的清澈。唇角微弯，她懒懒道："少时练轻功步法，自山间摔下，恰恰撞到石头。是不是很丑？"

檀静玉未答，手在她眉额间滞留。端详里，眸光似有流水清波，无声泛了过去，凝揉了丝缕疼惜。

他凝眉，问道："痛不痛？"

慕容馥稍有错愕，旋即又笑，面作轻松，道：“当时很痛，现在不痛了。”

“你戴着抹额，原来是为了遮住伤疤。”檀静玉手指从额端滑到她的鬓处，将那些不安分的碎发都拢到后方。丝丝的清凉入了指，一直辗转到他心坎上去。

轻柔里携了三分旖旎暧昧。他倒不是故意，只因是对着她，手指触上去，一切都不由自主起来，收了尾时，才察觉出了冒昧。

这样的轻柔，只要是女子，怕早就心猿意马了。可她竟没什么反应，连一丝窘迫也没有，仿佛他这个举动，最是正常不过的动作，那神容安安稳稳，不是克制也不是伪装。

这性情倒也确实古怪，有时细致得晰毛辨发，有时憨呆得仿佛痴傻。大约在别处用了太多心，感情上反而失了那一股细致入微。

慕容馥只随他倚树，懒懒笑应：“像盈月那般容貌，就是疤痕上脸，也仍是美。我有一个妹妹，名唤欢颜。她眼下有幼时擦伤，留下一小道疤，偏偏搭配着她的五官，一点儿也不突兀，反而更添姣妍。可我便不同了，这般拇指大的伤疤，不遮一遮，半夜撞到人，怕是人家会冲着我大喊妖怪！”说话时，两只手做爪，举到脸边，做出惊恐状，一脸表情惟妙惟肖，生动得很，说完，又泄气般地垂下手去，道，“那太失败了！”

“我听说，脸上留下的疤痕，都是前世印记。”檀静玉收回手，侧过头。未覆面具的脸沐了皎月之色，温润如玉。

“哦？”慕容馥讶然，说话时尾音有些延绵，挑挑眉毛表示好奇。

檀静玉道：“幼时，听一个相士言，人与人之间的缘分，乃因前世起，今世继，脸上留下的伤痕，是为了让前世不能在一起的情人，今生再续情缘。这伤痕，就是寻找的印记。所以，这伤疤，一定是要让你前世的情人，找到今世的你。”

“我倒不曾料想，江湖上声名赫赫的鬼面客，竟也信前世今生这样胡诌的戏话。”慕容馥掩着嘴笑，侧过身，手肘架在树横出的枝干上，手抵着腮，斜眼看檀静玉，颇有些判研审视的味道，“我倒是听说，男人向来重色相，特别是女人的容貌，一有瑕疵，即落下乘。”

眼前女子，以手撑腮，肤色玉白，两眸清亮，神色却又慵懒。他喜欢她这个样子，很松懈，天真里，偏还带着妩媚。他有时觉得她像一颗夜明珠，越黑暗，她越亮。她的明艳，金昭玉粹一般，让他惊叹，伤疤又有什么相干？檀静玉笑出声来。

慕容馥诧异，问道："你笑什么？"

"没有。"檀静玉抿唇，忍住，笑意还是流泻出来。

慕容馥恼了，秀眉一竖："没有你还笑！"

檀静玉一脸无辜道："我是连笑都不行了吗？你说的话不对，我又不好反驳你，那就只能笑了。"

慕容馥扬眉，下巴微微挑起，道："那你倒说说，我所言哪里不对？"

檀静玉右手握着玉箫，轻击左手掌心，自花影里掠过眸，道："没有谁能够长葆容颜，一个男人若真爱一个女人，不会嫌她颜败色衰。"他的声音轻缓有致，淡淡入耳，如水月色照在他脸上，分明的轮廓流转出柔情来，昭昭在目。

慕容馥眸中有惑，摇摇头道："每个男人都这样想吗？我倒不信。"

飘花入眼，花影斑驳，敛了静月一魄，顾盼照人。

檀静玉笑意轩朗，视线糅入她眼底，道："别人是否这样想，与我什么相干？至少我是，就行了。"

"歪理。"慕容馥掩唇一笑，又朝他扬手，"我回房去，实是忍不得你这般的胡诌乱道！"

"等等！"檀静玉忙伸手，扣住她的手腕。

"啊？"慕容馥诧异回首。

月照面容里，转过三分神秘，生怕她不听，他又嘱咐了一遍，道："你别离开，在这儿等我……"尾音未落，苍色衣衫在夜风里飘飞，人影已没入屋里。

慕容馥顺风一掠鬓角，将欲干未干的头发往后一捋，皆拢向身后，取出随身携带的抹额束起，靠倚树旁。她有点好奇，不时拿眼往屋舍方向觑了觑，察觉了声响，又忙回首，闭眼靠树，把满心好奇都掩盖到树荫里。

檀静玉走出，步转无声。玉箫垂挂腰间，两手皆收身后，已行至她身侧。

布衣从容，姿仪潇然，月亦倾。

慕容馥余光觑了一眼，没见着什么东西，索性侧了身，探首，欲往他身后看去。

檀静玉不过步法轻踏，便避开她一探。他笑意神秘，朝她眨了眨眼，道："可想知道我手中所拿是什么？"

他眨眼一笑的样子，直撞入她心里去，心一时怦怦乱跳，满目眼花缭乱。

论起考究精细，他仿佛全然不，葛布粗衣，布履上也是老旧的痕迹，头发未见他束起冠，甚至连一张赏心悦目的面容也要潜藏在丑陋的皮相之下，一身放诞不拘。但实则，他的精细潜藏在那微不可察的细节里，比如，鞋袜虽旧，却很干净；一身粗布衣衫，总带着一股草木清香；还有他的手指，指甲时时修剪，那指甲缝中，也从未藏污纳垢。

他虽不介意于外表衣装，却也不是个邋遢的男人，即便有意做个游荡江湖的浪子，那骨子里长期形成的修养，仍旧掩藏不住。

"故作神秘，我又不是神算子，不曾看到，又怎知是什么！"慕容馥嘟囔着，但话一说完，反是展眉，含笑盈盈，"不过，我若想拿到你手中的东西，你可未必避得开我。"

"哦？"檀静玉音带绵延，一脸戏谑，"是吗？"

慕容馥抿了抿唇，眸光稍转，眉梢便挑傲气："你不信？不妨试试！"话音未落，唇角已挑出一丝别有用心的坏笑，手底手法暗扣，手速已去。

一双修长、细瘦有致的手，顺风引势，便往檀静玉身后探去。

檀静玉脚步稍侧，人已移形换影，瞬息后撤。

他后撤，她前趋！

慕容馥步伐动处，随他身走，出手连连，衣随步动。一袭白衣融皓月之辉，动处翩飘如自有芒。

她来势虽疾，檀静玉却也游刃有余。见她兴趣不减，眼角笑意亦引三分意趣，颜展风流。

这两番一来一去，均未能得。

慕容馥眼底流转，转过狡黠，单足前踏，却是绊到檀静玉脚上。纤纤腰肢后折，险险便要跌倒。

风动，身移，檀静玉出手迅疾，只手便将慕容馥揽住。

慕容馥眼底精芒一露，身形逆转，便自他怀中脱离。

檀静玉暗道不妙，见她身姿曼妙，如惊鸿一动，稳身立定之际，已夺过他手中之物。

落花绕衣，影立风止。

“咦？糖墩儿！”落花影里，慕容馥一声惊呼，欣然道，“海棠山庄远离集市，你这哪儿来的？”

檀静玉略整衣袖，见她满面皆是欢畅，倒是始料未及，眉梢眼角也透愉悦笑意，细细道：“离亭归来途中，巧见半山径处，竟植几株山楂树。在何来村大庆的那夜，我见你一直徘徊在那卖糖葫芦的摊子前，心念思及，一时性起，便折回去，摘了些做了这个——”他说着顿了顿，自觉不好意思，“我第一次做，你……”说话时，不免闪烁其词。

慕容馥也不等他说完，径自咬了一口，细嚼慢咽，眼底却掠过一份莫名的笑色。

檀静玉眸如琥珀，映她素容，面容三分窘色，七分期待，问道：“味道……如何？”

慕容馥舔了舔唇，眼神左右睃了睃，只道：“我喜欢！”言语曼柔，不置好坏，旋即她又咬了一口。

檀静玉见她既喜，悬心稍放，这时，眼角余光往回廊处一瞥。

接着，有脚步声零碎传来。

风吹花影，几点花瓣飘洒。廊间灯影仿佛一晃，一袭绯衣凝色如火，径扫雕栏玄柱，顿时跃入两人眼中。

月魄凝光，正照来人容色——柳弯细眉，是青黛点眉眉细长；双眸净亮，是摘得月魂入眸汪；肤如凝脂，是鬓云欲度香腮雪。

这一脸艳质分明，正是楼盈月。

也不打招呼，楼盈月笑貌盈盈，几步轻跃，已入庭中。眼尖，瞧得慕容馥手中糖葫芦，她哇一声叫，拧着眉毛道："两人躲在这里吃好吃的，也不告诉我，可恶！"话音还没落，便就着慕容馥的手，飞快地咬了一颗。

见她此举，檀静玉眉眼展笑，犹有无奈之色。

楼盈月兴致盎然地嚼了几口，面上表情一僵，脸瞬时皱成一团，捂着牙道："哎呀我的牙，这又甜又酸的！"

檀静玉诧异，径直取过慕容馥手中一支，迟疑咬了一口，才一触舌尖，便皱起眉头吐了出来："这么酸，你怎么说——"他言语忽止，心想慕容馥方才应是怕拂他面子，才不好当面说，旋即便拿过她手中所有糖葫芦，扬手掷往远处废篓之中。

亏得慕容馥身法迅疾，半途便将所有截住，面上佯作嗔色："你做什么？你说给我做的，就已经是我的了，能不能扔，只有我能决定。"

檀静玉皱眉道："可……这也太酸……"

楼盈月惊讶，瞪大双眼哇了一声道："檀哥哥，这……这竟是你做的？你不是向来最不喜这些的吗？怎么——"忽地捂嘴，话也戛然而止。

檀静玉被直戳要害，脸上顿觉热辣辣的，煞是窘迫地别过头去。

慕容馥闻言诧异，转眸却又笑了，道："你以为我是怕拂你颜面，才故意说喜欢的吗？檀静玉啊檀静玉，你未免把我想得太为人着想了。我这个人，喜便是喜，恶便是恶，有什么好遮遮掩掩的？你怕是不知，我向来口味独特，偏偏喜欢吃酸的东西！"说着，轻手一拂，扫开石杌上的落花，屈膝坐下，很是欢喜地张嘴咬了一口。

"可……"

檀静玉未说完，慕容馥便将他打断："可什么可，难道你不信我说的？"说着，又咬了一颗，细细地吞嚼着，神情姿态，好像真的是在品尝世间最美味的东西。

她不知道，此时此刻，心中的万般滋味因何而生。她只知道，她嚼着口中之物，如同嚼着一叠一叠的悸动、欢喜，转入了口中，其实，都是甜的。

这些年来，除了欢颜，再无人待她这般好。他一路照拂她，关心她，甚至还亲手做小零嘴给她。君子远庖厨，他愿如此待她，已是不易。换作从前，这种好她不见得多在意。就是因为曾失去过太多，现下一点用心，她便觉得稀珍如宝。

在幽冥谷中，谁关心她喜欢什么？不喜欢什么？谁在意她是否快乐？谁心疼她苦不苦？痛不痛？难受与否？

其实，她哪里有那么多的无情，那么多的坚硬？骄傲不过是为了掩饰自卑，看似牢固城墙包围之下的腔子中，也不过是十七八岁少女一颗怦怦跳动的心而已，谁不喜欢被在意？

夜风招摇，鼓动着树枝，旋动起满地的落花。

一时间花影漫漫，月光透过枝影，映着她如绘般的容色，映着他琥珀般净澈而波澜蕴蓄的深眸，在地上剪裁出斑斑驳驳的滋味来。

楼盈月眉微凝蹙，打量着檀静玉，不解问道："檀哥哥，你不会先尝尝吗？你肯定是在那棵大山楂树上摘的，我告诉你，其实小的那一株果子才好吃。"

檀静玉神容尴尬。

慕容馥把他看入了心里，总觉得与他相关的都是好，忙为他辩解道："其实很好啊，我……"说到一半，却想不出什么辩解的词来，咕哝一阵，耍赖道，"反正我就是喜欢，就是觉得好。"

楼盈月连声啧啧，打趣道："是啊，就你喜欢酸！"又绕到慕容馥身侧，伸手抢过一串，"也分我一串。"

慕容馥斜睨着她，把手一避，哎哎地一长串连声又道："方才不知谁说，要把牙给酸下来了？还吃什么吃？一边儿去。"

楼盈月涎皮赖脸地贴过去，连连叫了几声"好姐姐"，道："此一时，彼一时，檀哥哥亲手做的糖墩儿哎！说出去谁相信啊！你知道有多稀罕呀！若不是我眼见为实，刀架我脖子上我也不相信这事。太稀罕了！再怎么酸我也吃。你可不知道，我当初才认识檀哥哥时，他连厨房长什么样儿都不知道呢！"

这回换慕容馥惊讶了，一副不可置信的神情，把目光往他身上一睃，笑谑道：“居然有这等事？倒是看不出来。”

檀静玉别过脸，缓缓把视线移到别处，仿佛在看天上月，手里玩弄着玉箫，一起一落地击着掌心，一副很悠然的样子，倒是那箫无序的起落，泄露了他的窘迫。

落在慕容馥眼里，满心都是动容，仿佛在一件完美的宝玉之上，无意发现了一丝缺陷，但那缺陷，非但不影响宝玉的完美，反而给它添了些近人的气息。

“所以啊，这叫酸得新鲜。”说着，楼盈月咬了一口，咂了咂嘴，继续道，“不过说起这做糖墩儿、做饭酿酒什么的，还是数我家老头子最棒。”

慕容馥回过头来看她，惊讶道：“楼庄主？”

楼盈月点头，眉睫弯弯，笑吟吟道：“听姥姥说，当年母亲初见阿爹时，他尚非海棠山庄庄主，修行中途，曾在一个小村庄住过一段日子。听说村庄里的人很会做好吃的，特别是糖墩儿，好吃得不得了，就是所谓的料好火佳口味儿足，糖渣掉皮袍上也不粘毛。我母亲和阿爹，便是在这村里相遇的，二人渐渐谙熟。年轻时的母亲，也和如今的我一样，喜欢一切好吃的零嘴。阿爹便跟随村中一位老婆婆学做糖墩儿。后来我也见过阿爹做，这东西看似容易，其实其中委实需要技巧的。”

慕容馥笑容愉悦，眨了眨眼，道：“看来你阿爹为了娶你娘，可是花了不少心思。”

“是啊！”楼盈月极是自豪，微微扬着脸，孩子般娇俏地笑着，“后来，母亲果然被老头子打动了，嫁给了老头子。你别看老头子现在总一副特别和蔼亲和的样子，那都是伪装，他有时候真的是很气人的，经常惹人不开心！”

檀静玉敲她脑袋：“背后论辩大人是非，小心你阿爹晓得，罚你跪祠堂。”

“我才不怕，老头子才舍不得。唉，檀哥哥，你别打断我，方才我说到哪里了？哦，老头子惹人不开心！真是的！”说到这里，她鼓着腮，一脸气闷模样，“每次他一惹我娘不开心，就做糖葫芦给我娘吃，连连道歉。我娘比我好糊弄，容易心软，就什么气也消了。那几棵山楂树，还是老头子特意为我娘栽种的呢。”

楼盈月讲得兴致盎然，慕容馥的心思却一时飘荡得有些远。

爹爹在世时，不知为何，对母亲的事缄口不言。她从不知自己的母亲喜欢什么，厌恶什么。她不知父亲与母亲之间的往事，甚至，她连母亲的一张画像都不曾见到过，更遑论对母亲的一丝半点记忆。每每她同阿爹问起，阿爹却总是避而不答。

慕容馥长睫半遮，零碎月色穿越丫杈间，跌宕睫上，眼下投递怅然的影。她轻轻地呼了一口气，牵动唇角，笑道：“你爹娘感情真好，你娘一定很幸福。”忽地思及，奇怪地“咦”了声，问道，“来庄中也算有些时日了，怎未见令慈？”

楼盈月面色有异，却是落寞：“我……我娘早已过世了。”

慕容馥惊讶抬眸，一脸歉然：“我……”

“没关系。”楼盈月摆手，朝她一展笑容，“这些旧事，都是姥姥同我讲的。姥姥说，一个男人对你的感情，不在于他许了多少山盟海誓，也不在于他如何为你水里来火里去，而是他肯为你放下身份，做些你心仪的小玩意儿，讨你心欢。姥姥还说，我母亲虽然走得早，但是她这一辈子，从未觉得遗憾。一个女人所想要的幸福，老头子都给了。”

说着，楼盈月抬头，看着半空中偶尔飞落的花瓣，眼底沉浮几许黯然，但这几许黯然只不过一瞬，便消失得无影无踪。

她咬着糖葫芦，眼波流媚，笑意盈盈，看着慕容馥：“虽然我四岁那年母亲就过世了，可我一点儿也不觉得她陌生。幼时，老头子时常抱着我看月亮，讲着他同母亲的往事。在老头子心里，母亲一直都活着，令我也觉得，母亲仍旧一直在我身边。老头子他……”她嘬了嘬嘴，故意道，“他什么都不好，可是，他这一生，只爱过我母亲一个人。”

“你娘确实很幸福。”慕容馥目光幽迷，如月下花影。她不清楚爱究竟是怎样的感觉，但谁都希望自己能被人宠着。

空气里，似有一瞬的停滞。气氛有些僵。

“哈，你看，一串糖葫芦引发的往事！”楼盈月打破这酝酿不休的伤感氛围，扬了扬手中只剩下一颗的糖葫芦，一口咬掉，语气快活，“当此花前月下，我再说这些，可真是煞风景了。不如阿馥，嗯……”她顿了顿，尾音绵延，手点腮边，转悠下眼珠，“我可以和檀哥哥一样，这般唤你吗？”

慕容馥笑颜微绽：“有何不可？”

“太棒了！”楼盈月拍手，笑眸如星子，“那不如阿馥舞一舞剑，应应此时花前月下的好气氛，如何？”

慕容馥扬眉看她，唇瓣微分，正要开口说话。

楼盈月不等她说，急忙拦下她的话头，单刀直入：“可别推脱，你的剑法可好得很！那夜我败在你手里，正想找机会看个仔细呢。”

慕容馥面色带奇，道：“那夜我并未使剑……”

“你会使剑！”楼盈月转了转眼，脸上尽是了然，“我是学剑之人，你瞒不了我的。”

慕容馥眼神斜向一侧，思忖了一阵子，想了个主意，道：“既然如此，倒不如你我合舞一场？”

楼盈月满脸娇俏，笑拍手掌：“好主意！”随即唤了婢子收拾干净石桌上的残遗，又吩咐侍从取两把剑来。

“等等……”慕容馥笑阻道，“舞剑罢了，真用剑，差错了力道，就破了锋芒了。”说着，眸光盈盈一转，看向了身侧一棵海棠树，步踏身动，近了树旁，随手折下两枝寸许粗、三尺长的花枝，才回过身道，“不如，就以这花枝为剑，如何？”

“好呀！”楼盈月几步趋近她身，接过她手中花枝，轻手掰折去花枝上旁枝，无意间刺了手，“咝”的一声，眉心蹙起。

慕容馥错目，眼看楼盈月食指开了个小口，是商阳穴处。皓肤溢了细细血痕，凝着红珠一般。她的眼底飞闪诧异，关心问道：“划伤手了？”

楼盈月将手指含入唇中，摇头道：“无碍，是旧伤。”

“旧伤？”慕容馥面露疑惑。

楼盈月并未放在心上，无所谓地道：“小伤而已，今日起身就有了，是昨日喝得太醉，不小心划伤了。”

不小心恰恰划伤了食指商阳穴处？

食指商阳穴处，可径取女子元精之血。慕容馥眉心一拢，压下心底波澜。一双秋水已转澄澈，她的脸上流露出无奈，道：“女子最宝贝的，便应该是自己的手了，练剑者尤为如是。一个人与剑有无缘分，还得看他的手。我所见过的那些剑术出神入化的剑者，多数都拥有一双叫人般羡的手。”

说着，她拿过楼盈月手中花枝，稍微运劲一转，震飞旁枝，才递给楼盈月，道：“若真喜练剑，就好好爱护你的手，以后莫要这般不小心了。”

“知道！知道！”楼盈月拉着慕容馥，嘟哝道，“眼看你跟我差不多岁数，怎的比我姥姥还啰唆！”

檀静玉听到此言，也随即笑出声。

慕容馥拂了拂袖，气急败坏地道：“好你个楼盈月，居然说我啰唆！”说话时，眸光轻动，盈盈月色下亮如曜石，里间尽是孩子气般的狡黠之意，紧接着，抖动着十指，袭向楼盈月。

手才刚刚触上腰，楼盈月便“呀”地跳起身来，急忙趋往檀静玉身后躲，大声喊道：“檀哥哥救我，阿馥她欺负我！”

檀静玉侧着身，做出一副置身事外的样子，道：“明明是你招惹她在先，倒是恶人先告状。我说过的，你招惹到她，我是不会帮你的。”

楼盈月紧紧攥住他的衣袖，一边顾着躲开慕容馥的“魔爪”，一边委屈地撇嘴道：“檀哥哥，人家至少喊了你声‘哥哥’，你也得站在妹妹这一边不是？怎么可以这样？”

檀静玉啼笑皆非，两人在他身侧转圈，确实闹得他眼花缭乱，索性伸手，握住慕容馥双腕，道：“打你第一回见她时，她就这副模样了，你又不是不知她的毛病，就饶她这次吧。”

楼盈月秀发飞垂，自檀静玉身后探出头来，耷拉着嘴角，一脸投降模样应和着，点着头。

本来就是开玩笑，眼见她一脸怪模怪样，委实俏皮，便放过她。慕容馥斜目瞅着，脸上笑意愉悦，踅过身行至中庭。

中庭一处水磨青石地颇宽广，如要舞剑，恰恰是个极佳的场地。

慕容馥遥遥睨她，道："你还不出来？我又不会把你吃了。"

楼盈月足尖轻点，霍地一踅，便已到慕容馥身侧。

慕容馥抚袖回身，举起右手中木枝，左手中食两指并合，余指紧扣，目光随着两手指，轻轻自木枝上拂过，墨发飘拂，白衣迎着夜风，宽袖缭乱自舞。

只见女子单手轻抖，一个简单起手式，木枝已朝楼盈月所在径直逼去。

楼盈月轻步后踏，双臂分横，整个人以向后倾斜姿势，急退丈许，发丝掠起前扬。

一地落花霍然飘旋纷起，自庭中二人周身飘涌不止。

一者趋近，一者避退。

慕容馥招数未变，木枝一直离楼盈月双眉间一寸之距。

身后一棵海棠树挡住退路，楼盈月挑眉，朝慕容馥盈盈而笑，脚下一顿，另一脚往后，飞踢树干，整个人飞跃起来，倒纵至慕容馥身后，并且，在那跃纵之时，木枝轻拂，竟是反刺慕容馥后背下盘命门！

慕容馥眼中流露赞赏之意，也不转身，单腿前滑，两腿前后一字分劈而下。她的身子顿然一矮，长发纷扬，楼盈月的木枝堪堪自她头上掠过。

慕容馥腿未收，整个人就着原先姿势，将腰后折。木枝自上首疾过，朝后方去，将要刺中楼盈月小腹。

这两招，皆是直截了当的进攻。剑的击出与身法的变转，结合得相得益彰！

楼盈月秀眉轻收，身子迅疾向右侧飘转，避开一刺，同时木枝一斜，朝慕容馥右方刺去。不料慕容馥本该刺向她小腹的木枝，竟是违背常规地来到她退步方向，等于说她的退避，反而正朝对方的"剑"送上去。

兀然这番变数，楼盈月也不见急躁，腰肢斜收，堪堪贴着慕容馥的木枝一旋。贴近对方之身，身法仍旧迅疾，素指轻去，将扣慕容馥执枝脉门。

右边是楼盈月的木枝，左边是楼盈月的手指。楼盈月会使左手剑法，可知她的左手跟右手一样准确与稳。

慕容馥早有防备，手腕微抬，好像是自行将脉门送上去给她扣住。

就在楼盈月指尖将触及她肌肤时，慕容馥却已经转腕旋动，反抓住楼盈月的胳膊肘，将她手臂轻托，继而旋身飞起，转避过楼盈月的木枝。

一连串动作，迅电流光，一气呵成！

翩然白衣自身侧展开弧度，引起落花飞起，盈舞如狂。

虽说是舞剑，却已形近切磋。两人这一连串的动作，你来我往，招招恰到好处。

楼盈月剑法身形，皆是以快为道。那蹑风步法，行如其名，辗转动处，若风驰电掣，何其迅疾，且瞬息变化万端，剑势延绵，鲜有破绽可寻，专拣对方罅隙入手，只要对方稍不注意，便是险地。

慕容馥的婆娑步法，自来以灵魅飘忽见长，举足而不见步影。她的剑法更是古怪，有招变无招，无招转有招，幻实相生，常常化客为主。

一个迅疾，一个飘忽。

一个红裳娇艳，一个白衣翩然。

此来彼往，衫袖飞扬，迅疾地带动着落花。

落入观者眼中，好似一片云霭中，有千百朵飞花拥簇着最妍丽的两朵，各自摇曳生姿，的确是一场极为精妙的双人剑舞。

淡风拂衣，飞花漫撒！月色照阶，美人双舞！

檀静玉目睹此景，沧海遗绿在手中打个转，抵唇吹奏。

箫声丝缕传出，音韵飘转，空灵明澈，音调好似混入了月光之中。月，是柔凉浮隐；隐，是缠绵辗转，迎合着她们身形的起落、身姿的疾缓，没有一丝一毫的偏颇。

耳侧箫声传来，慕容馥心中一动，转眸回望。不远处，男子执箫低奏，闲倚花树之下，衣角为风所动，极轻极轻地摇曳，一身苍色衣衫澹澹，沐风浴月。

几多闲逸，几多磊落，几多风流，几多潇洒。

似察觉她的目光，檀静玉抬眸亦看她，唇角蕴着浅笑，那笑意如流水潺潺，桃夭春绽，眼底山河俱在。

楼盈月花枝抵住了慕容馥心口，道："走神！如果这是真剑，你就死了。"

"是吗？"慕容馥眉眼斜来，流转清傲，"即便是屈繇手中的天下第一剑，也未必有刺破我心口的能耐。那夜，你的利剑，不就是吃亏在我的白绸上吗？"说着，陡然旋身，错开楼盈月的花枝。

楼盈月自方才出招拆招，与慕容馥已过了数十招，却不曾自她身上讨得一丝便宜。慕容馥的身法、剑法，都极其诡异，看似只有进攻，没有防守，时而是招又不是招，时而有招却又没有招，有时候一剑过去，好似泥牛沉大海；有时候一剑过去，却是力道返送过来。她那全身上下都是破绽，也都不是破绽，叫楼盈月真不知该从何处下手好。

楼盈月被慕容馥逼得无奈，一咬牙，手劲轻蕴，木枝一挽一松，左八剑，右八剑，上八剑，下八剑，一招四聚八方，脚踏蹑风步法，三十二剑周身一个盘旋，齐齐朝慕容馥迎头刺去。

慕容馥杏眸略细，丹唇轻勾，边还手边笑盈盈道："常言道，天下剑法唯快难破。你的剑是很快，然而少了一点幻，实是实，虚是虚。对付一般剑客，的确能吓住对方一时半会儿，但若遇上高等剑客，一眼就看穿你没有破绽的破绽，也就是，把握住你的快。"说着，她脚跟一旋，飞转之间，一眼自那木枝带出的剑光里寻到虚处，身形夭矫凌波，迎着剑光直穿而出，姿仪飘然，落在楼盈月身后——在慕容馥身子落地之前，木枝恰恰刺在楼盈月执木枝的手腕间。

楼盈月的手蓦然一软，险些便松了木枝。而慕容馥落地之际，又迅疾回身逆转，不叫楼盈月来得及反应，木枝已抵在楼盈月下盘肾水命门要穴上。

一连串动作，皆在瞬息之间！

慕容馥反手收木枝，表示舞剑已经结束，全身防守已卸，问道："知道你败在哪里了吗？"

楼盈月身子夭矫一转，木枝便要抵在慕容馥脖子上。

慕容馥目光稍错，转步侧身，拂袖轻挥。袖中两指，竟后发而先至，掌控这一出人不意的木枝，曲肘一转，两指夹着木枝反架楼盈月脖颈间。

楼盈月咋舌道："方才，你明明防御已松懈，我觉得时机并不差，出手未必比你慢，为什么我还是跟第一次一样失败了？"

慕容馥眼梢点笑，移开木枝，道："你注意到风了吗？"

"风？"楼盈月不解。

慕容馥道："你的出手是很快，但比你更快的，是空气中风的引动。它早在你聚势出手前，便已泄露了端倪，显现了圭角。这就是你两番偷袭总是失败的原因。你知道吗？这江湖上最厉害的刺客、杀手，出手之前，目标根本感觉不到他们存在。当目标感觉到他们存在的那一刻，便是死亡的一刻。"

楼盈月微有吃惊，转念又问道："那对舞时呢？为什么我的攻击总是突破不了你的防御？寻不到你出招间的缝隙？"

慕容馥声音舒缓，句句余音，为她解释道："你的身法很快，这是你的优点、你的长处。这表示你有一个好师父，还有对剑法极好的悟性。然而这其中，还有一个非常大的不足。"

"还有什么不足？"楼盈月双眸流转，微微圆睁，眉眼里泄露的均是亟欲详知的神色。

慕容馥不避言，道："就是你控制了虚，控制了实，却没控制一个'幻'字！"

"'幻'字？"楼盈月喃喃念道。眼见慕容馥有往下详说的意思，当即收起了木枝，神情端肃，已改了脸上俏笑之色，认真倾听。

"快剑者，心稳，手稳，眼亦准，能料到对手下一步……"慕容馥随着言语，手指虚指过楼盈月的心、手、眼，"料敌在先，可以做到这一点的，在江湖上单论剑术的排行上，已能进前百名。事实上，以你如今的剑技，只要你内修上多些进益，一入江湖，也能算得上剑中高手了。但盈月，你还可以有更好的突破。"

"请阿馥指点一二！"楼盈月两手一合，俯身长揖，已是行了江湖上晚辈请前辈指点的礼数。

慕容馥步子微动，身子转移，避开楼盈月一揖："不必如此，我修为虽小有所成，却也非经验老到之辈。更何况，你我是同辈切磋，这礼我便受不起了。我与你说说我的心得而已，是否能得益，还是要靠你自己的。”

楼盈月安眉顺目，没了往日嬉闹神色，认真地点了点头。

慕容馥问道：“方才你与我对了近百招，你有什么感觉？”

楼盈月细细斟酌方才来去，直白道：“有时候很乱，但有时候又直截了当。”

慕容馥挑眉浅笑，颔首道：“就是乱。我的剑道很简单，一个字——幻；四个字，便是乱而取之。与其去料对手下一招是什么，不如让对手永远也料不到你这一招要怎么打。不要与敌人周旋，而是要敌人无法与你周旋，摸不到你的剑路，无从下手，这就是所谓的幻。”

楼盈月眉心轻收，疑惑道：“幻与虚，不一样吗？”

慕容馥摇了摇头，道：“这两者相距之远，犹冠履之别。虚者，落了有意，你故意引敌人入你设的虚，这是有痕迹可循。但凡物一有痕迹可循，便也是有隙的、可破的。因虚的意思，就是你要耍很多花招，遇上普通剑客还好，遇上高手，他能看不破你的花招吗？而幻不同，幻是无章，是空无，是连你自己也不知道你的招在哪里。剑应灵犀，这样，别人又怎么去找呢？”

楼盈月讶异道：“连我自己也不知道我的招在哪里？那……那还怎么打？”

慕容馥笑道：“怎么打？乱打。”

楼盈月越发糊涂了：“乱打？”

“是。但这乱不是指完全不会的乱，而是乱中有神，剑意在中。你就是剑，剑就是你，人剑相应，感则遂通，这叫剑境的内练。想一想你我方才打的最后一招。你挥出三十二剑。这三十二剑，你当时分上、下、左、右四路。如果这三十二剑，用你的快，把它乱七八糟打出来，在我分不清你剑路时，你化乱为一，迎头刺来，我必输无疑。因为我无法拿住它们的节奏，也就把握不了它们，也就把握不了你，更加把握不了你这后招突如其来的简单直刺——”慕容馥长眉斜挑，唇角的笑弧，是一个自信的痕迹，“天下剑法，唯快难破，但难破，不是不能破。真正高明的剑法，其实是无招胜有招，因为有招就有解，有解就有破绽。快，有时候也可能是一种破绽。”

慕容馥顿了顿，又道：“数百年前，有位道家前辈自创了一套冲虚剑法，无敌于江湖。后来，这套剑法为一个少年所破。怎么破的？乱破。少年并不知道这剑法的破绽在哪里，也没有像别人一样，去细细推敲它的招数，因为这套剑法实在太快、太强，别人总是尽量去避开这剑法的最强一处，免受伤害。但少年不循常规，反其道而行，出手时，总是挑最不紧要之地下手，但到了最为紧要关头，他则心应灵犀，迎头一刺，去打它最强的一点。

“当时旁观者以为少年临战经验浅薄，打出的招数纷乱且花哨，不足为惧，定过不了那位道家前辈十招。然而当二人对峙到了三十招，少年忽然凝聚一剑，直迎对手最强之处，人人都以为少年是找死，可偏偏那一招，顷刻便破了那套剑法。因为这套剑法的最强之处，就是它最弱之处，最弱的那一处，偏偏就是它不算破绽的破绽。

“对打的时候，你越是拿捏别人的下一招，越是陷入他的强里，倒不如，不去想他怎么强、如何强，不去与对方周旋，这样对方就拿你没办法，疲于你的变幻、你的凌乱。当初我学剑学到小有所成时，教我剑的那位前辈跟我说了十六个字——手中无招，心中有招；手中无剑，心中有剑。”

楼盈月眼底思量，嘴唇翕动，自语般地重复着：“手中无招，心中有招；手中无剑，心中有剑。”她抬起眼，眼神迷离地望着慕容馥，“我好像有点懂，又好像没懂。”

慕容馥手中木枝猛锐而去，直插入不远处一棵海棠树中，一下震得落花如雨。她指了指漫天落花，道：“你每天试试与这漫天落花打，尽可能用剑刺入每一朵花瓣的中心，并且，不让任何一朵落花沾到你的身，大概你就能悟出来了。”

楼盈月满心讶异，语带狐疑，道：“跟落花打，且花不沾身？这……能做到吗？”

慕容馥挑眉一笑，移步凌波，身如幻影，近身木枝插入的海棠树旁，树震未止，花犹在落。她一脚周旋，扫起地上落花。

楼盈月只见那落花影里，一个身影起落旋辗，腾挪避闪。

从慕容馥靠近树旁，到树停颤动，地上没再多一瓣。所有的花瓣，都在她手上的木枝里，一瓣一瓣，序列刺入。

“三百八十一瓣。”说着，她将木枝抛给楼盈月，又伸了个懒腰，有些蒙袂辑屦的样态，行至石杌坐下。

独遗楼盈月瞠目结舌，在原地呆凝。

习习清风扑面，一树海棠落晚风，带着微醺的错觉。慕容馥闭目迎风。

垂坠的衣角，也被风搅动得摆弄起来，一波递着一波，窸窸窣窣，浑似夜色里、江面上，和风而动的起伏的浪。

“浪”上点染着月——这月，是檀静玉所吹的那一缕曲韵悠远的箫音。

一衣一裳里，一吸一呼里，那有形与有形之间，是一抹横烟江月上，是烟波澹荡摇空碧，是江影澹如照镜人，是有神无迹气淋漓。

水中月，梦中花，镜中人，他的箫音里，无确定意象，却似有无尽意象，浑浑在眼，有些似那禅家所谓的羚羊挂角，无迹可求。

淡淡的声息里，是浓浓的情，厚厚的绪，是似有间，是若无间，是那一波烟云的恍惚迷离，最是动人。

慕容馥坐于石杌上，身倚石桌沿，闭目倾听。他的箫音仿佛能渗人心肠。

楼盈月快步靠近，坐在慕容馥身侧，咋舌问道：“你从前练剑也……也是这样练的吗？”

在他的箫音里，慕容馥唇角勾笑，回应楼盈月道：“当年啊，教我剑法的前辈是个怪人，每每总喜在我醉了之后，才教我剑法。待我一觉醒来，那剑招早已忘了。可是忘归忘，你曾经做过什么，留下的那份感觉，还是隐隐潜伏在你脑海。开头的时候，我老是费劲去回想、去记忆，可是，最真切的剑招，我却想不起来，只剩下那一缕似是而非、似曾相识的感觉，痛苦得挠人。

“那时，我忍不住，便去问前辈，可他偏偏不告诉我，指着漫天飞花，叫我就着感觉跟花打。他说，只有似曾相识，朦胧模糊，才足以承担一切完美。那时我听来，真的是深奥莫测。可他性子又怪，我哪里敢跟他啰唆太多？只能就着那股子感觉，胡乱跟花打。怪的是，打着打着，竟还真打出道儿了。后来我越练越觉得，招式口诀都是死的，对手却是活的。你记住剑招、剑式、剑诀等一大堆乱七八糟的，越记便越落了局限。与其费力不讨好，倒不如天高海阔，开创一份新感觉。

“剑招很重要，但是剑意更重要。剑招是外练，剑意是内练。我这一路剑法，叫无踪剑法，大抵有些‘东风吹梦晓无踪，起来自觅惊鸿影’的意象在。虽然是自创，根源却是出自那位前辈。这一套剑法，全部只有三式，三字诀为变、幻、刺。当然，它只适合对剑道悟性较高的人。若不是，那还是老老实实去扎马步、练剑式、背口诀的好。我当初如没有遭……唉，我要是能有你这般好运气，好悟性，只怕我现在就是一名纵剑江湖的大剑客了。”

楼盈月泄气地皱着眉，抵靠在慕容馥肩头：“哎呀，你这一言，倒是说得我刺心。我一直自诩剑法还算不赖，眼界又小，一直以来，也只对一个人的剑法佩服。现下，我才知道我是井底之蛙。阿馥，你的剑法这么好，单就剑法而言，我都想不出还有谁能打得过你了。”

“他啊！”慕容馥不假思索，手往后面檀静玉的方位挥了挥。

楼盈月摇头道：“檀哥哥那套沧遗箫心剑法的确很厉害，但是檀哥哥内劲刚阳雄厚，这套剑法并不适合他。爹爹也说过，这一套剑法，在檀哥哥手中，无法发挥其最厉害的力量来，当然檀哥哥也使得极好，可在檀哥哥所长中，就未必是厉害的了。若不用内劲，说实话，剑术方面，檀哥哥是不如你的。就阿馥你这剑法，要纵横江湖已是易如反掌，怎么反倒不见你用剑呢？”

慕容馥睁开眼，自嘲中隐约有哀伤，一瞬目，便掩盖过去。她看着楼盈月，坚定道：“盈月，我还少告诉你一点，也是作为一名剑客最为重要的一点。”

“哪一点？”

慕容馥道：“剑客的人品，要高于他的剑术，否则，你就永远不要拿剑，那是对剑的一种亵渎。一位真正的剑客，会把自己心中的那把剑看得比自己的生命更重要。”

说话时，她的下颌微微扬起，睫羽轻抬，目光落在遥远的黑幕之上，神情深远得很，好似看到什么人。

也许此刻，远在幽冥谷的花剑雪，大概也是站在这样一片月光之下，如雪白衣飞扬，眉目无绪岑寂。

他也许有喝酒，也许没喝酒，立在他时常去的那处老地方，想着被他深埋在心底数十年的某一个人。

三／冰室海棠

慕容馥与檀静玉在海棠山庄一连耽了数日，一来，是方便檀静玉养伤；二来，慕容馥也趁着这段时间，央檀静玉教她吹箫。

是日晨起一大早，楼盈月跑去父亲的书楼中，翻腾了一阵，终于寻出了一本被搁置了很久的旧曲谱，朝慕容馥住处跑去，却见她的屋中只有几名侍女在打扫。

楼盈月询了询，众人皆言未见，她又转至檀静玉居所。

房间中，檀静玉坐在案边，半脱着左侧上衣，周边放着些许伤药，兀自清理着伤口。

男子身上，筋骨肌肉分明，线条勾勒亦是恰到好处，一起一伏，皆蕴蓄着力量。胸口上的伤痕约莫两寸，线已拆，呈半弯月形状。伤口愈合情况良好，周边已开始小部分结痂。

有晨曦自窗而入，斜照在他身上，伤口处添染几许金辉，已不若慕容馥拔刀时触目惊心。檀静玉处理伤口，脸色静定，目光无澜，光照处，轮廓分明有致，鬓角如刀裁，更为他添了一种刚毅之气。

曾有过三年多的军中生涯，刀剑之伤于他而言，已是习以为常，倒是那日慕容馥的一副紧张模样，无缘由地叫他起了心性，故意不说破。而慕容馥显然对伤口处理方面不是很应手，长近两寸的伤口拔了刀之后便直接上药，这说明她长期以来，并非独自一人走江湖，身边必定有照应之人。

当时，檀静玉不提醒她，只因这伤对他而言并无多大妨碍，不料之后会跌入洞中。伤口入了鳄鱼潭中的寒水，又兼强用内劲控音，是以才拖延到现下都尚未大好。

檀静玉换了药，刚整理好伤口，耳郭微动，察有步声橐橐，朝自己所在而来。他穿整衣服，起身推门走出，便见不远处长廊间，楼盈月兴冲冲奔来。

檀静玉朗声笑问："这一大清早的，你手里是拿着什么来给我呢？"

"我这才不是给你的！"楼盈月俏皮地掠他一眼，往四周探了探脑袋，面带探寻之色。

檀静玉微倾身看她，饶有兴致："你在找什么？"

楼盈月转过头，半眯起眼，抱胸审视："阿馥啊！她没来你这里吗？"

檀静玉奇怪："你找阿馥，要到她房里去找呀！一大清早，怎么寻我这儿来了？"

楼盈月笑笑道："檀哥哥不是在教阿馥吹箫吗？我方才去她房里寻不到，以为是在你这儿。既然不在，那我先走了。"转身离去，行了十来步，却侧过头来，目露狡黠，神秘兮兮道，"有些东西，她看不到，我可看得清清楚楚，别老把我看成是个孩子。"纤眉飞漾，眸光耀人，斯须间笑颜媚俏，丝缕长发飘转随风，瞬息便没了人影，只余笑声游荡耳侧。

檀静玉站在原地少顷，眼底一番笑意略带无奈。

楼盈月跑出园子外，思索了片刻，唇角便挑起笑，往后山园子走去。

秋日清晨霞光明媚，清风舒朗，呼吸间糅杂着草木晨露的气息。

她快步绕过曲廊连亭，穿越架水竹桥。前方一倾湖波粼粼如碎金，有日色温柔的余韵。后方飞瀑流水，汩汩泻出，泠泠作响，是珠落玉盘的有致。

楼盈月沿着湖畔走，转入一径小道。

在小道间远远望去，远处山上有亭翼然，其旁海棠艳绽，夹径自开，落红铺地，晨曦满空。

楼盈月循石径而上，一缕箫声缥缈传来。虽说只是几个音阶练习起落，却也舒缓有致，很是动人。

楼盈月看着手中古谱，眼眸转了转，往前行。

海棠花树上系着垂藤成列，枝上千百花开，在日下灿若云霞，肆无忌惮。反射的白光，是花海里的浪。她举步拂开垂藤，朝古亭走去。

正面亭前二丈远处，海棠树下，秋千架缠藤，缠藤上头开着小花，一个白色身影斜倚在秋千上，身姿逆日光，长发犹带湿意，色泽浓若泼墨，交织着日色淡金光芒，摊开在秋千后架上。

长发点点滴着水，地下晕开水渍。一地水影错落，折的是日色的余熙。

从楼盈月的角度看去，恰恰看到那身影的半边侧颜——线条起落流转柔滑，毫无凝滞，毫无角折，没有短促，没有斩截，是峰峦烟岚的缠绵依恋。

女子垂着首，眼睑半垂，手下指法起落，很认真地练习着箫曲。

零落几瓣海棠嫣红，或落衣裳，或落发间，或垂落肩臂。女子练得认真，倒无所觉，偏那衣裳本就莹白，在日光下，衣褶沿银丝绣纹更是浮光掠影般地起伏。

此番红白相间，各生霞艳。

楼盈月眉目间晕开笑意，隐带狡黠，轻手轻脚地绕到女子后方，正想给她一突袭，怎知手还没碰上秋千椅，箫音兀然一停，传来女子清透的声音，笑谑道："你是还对我怀恨在心，又想偷袭我吗？"

楼盈月知又落空，耸耸肩，问道："几时知晓我来的？"

慕容馥眼梢往她的方向一瞥，盈盈目光清透："你动静这么大，要让人不知，似乎很难。"

"我以为你正认真练箫，这回该不会注意到。"楼盈月泄气，绕行到她正面去，蹭了蹭她的身子，示意她坐过一点。

"武者行走江湖，若学不会耳听八方，眼观六路，那还要命不要？"慕容馥拂了拂肩上落花，侧眸看去。

楼盈月今日穿着一身月牙白龟背绫上襦，里间也是同色的双绉中衣，外搭血芽色交领半臂，襟口绣着丝缕藤绿，窄袖微收，银环束腕，下配着月白百褶纱裙，层层叠叠，抱腰上系着外束丝带，裙摆处月白渐转淡粉，其上细密地绣着许多海棠花样，一簇一簇的娇艳，步履动间，似置身花丛间漫行，煞是鲜活。

因已及笄，梳了垂鬟分肖髻，露出修颀脖颈，肤色皓白，发髻上斜戴了一支碧玉秀蝶簪子，蝶簪如随身而动，衬着耳上一对珊瑚珠坠，一摇一曳，两相辉映。

周身衣衫物饰，恰到好处，一脸清丽飘逸，生动灵转。不管是现下的她，还是初见时一身男装俏皮无赖的她，面容都是难掩的出众夺目。

慕容馥挪偏了身子，给她让出空，问："你是如何知我在此处的？"

楼盈月俏转了眸，笑嘻嘻道："心灵相通。"

慕容馥笑了笑，轻嗔道："谁要同你心灵相通？"

楼盈月吐了吐舌头，神情轻松，一番意料之中的神态道："这山庄里太大，你才来不久，所知道的无非也就几个地方。我看你又不是喜欢随意闲逛的人，想想便觉着你应该是在这里。"

外表看着粗枝大叶，喜怒随意，其实心思玲珑剔透，非寻常女子。慕容馥隐下心思，旋了手中竹箫，侧坐了身子来。日光淡映慕容馥的眉目，眸间光亮熠熠，她支颐凝眸，静看楼盈月说话。

楼盈月闭上眼睛，深深地一呼一吸，有些怀念道："这是整个山庄里，我最喜欢的地方了。开心的时候，不开心的时候，我都喜欢来这里。幼时，爹爹也常会带着我来此处玩耍，树上的藤条，就是我让爹爹叫人编起来绑上的。"

说着，她睁开眼，一双秋水沾染荧光，底色空蒙。她看向慕容馥，感慨道："还是小时候最好，什么烦恼也没有。阿馥，你说是不是？"

若不是心有烦恼，又怎生会有如此感慨？她已然如此美满，却犹有不足难平之意，诚如自己幼时一般。

人总是如此，身在福中，犹有不如意。

慕容馥思绪轻掩："你现在还能有什么烦恼……"她慵懒地倚上秋千藤，笑意中透着几许狡黠，"莫不是愁嫁了？"有些故意地拍了拍她的肩，煞有介事道，"放心吧，你爹爹那般疼你，必定会为你找个英俊潇洒、风度翩翩的好郎君。”

楼盈月愣了愣，才反应过来，作势掐上慕容馥的脸，耳红面赤，一脸羞恼道：“胡说八道，看我不撕烂你的嘴！”

慕容馥也不让，伸手便去挠她的胳肢窝。

楼盈月也不服输，也伸手呵她痒。一时两人手足乱蹬，笑扭作一团，滚下了秋千架。

慕容馥喘着气，摆摆手撑起身来，坐回秋千架上：“我不与你闹了，再同你滚下去，这头发只怕得重洗一次了。”说着，余光瞥过地上掉落的曲谱，索性捡起来，顺手翻了几页，“箫琴合奏谱？你一大清早的，拿着这玩意儿来做什么？”

楼盈月立起身来，拍了拍身子：“我想听这首曲子，但我不懂音律，想你既然在学，索性拿来让你吹给我听。”

慕容馥笑：“你还真是一点儿也不客气。”

“咱俩谁跟谁？”楼盈月扭着腰，懒懒道，“我有什么好客气的？”

慕容馥含笑瞟了她一眼，继续翻看曲谱。先看过琴谱部分，再看箫谱部分，少时，她便抬眸道：“这曲子有难度，我习箫未久，未必能吹得好。”

楼盈月道：“我虽不懂音律，却知有些东西得技易，明道难，不是所谓技术好就能吹奏得好的。”

“《皎月之思》？为什么选这曲？”慕容馥合上曲谱，别有深意地看着她，“皎月荧荧，亏盈中庭，耿耿不寐，如滞隐忧。孤月怀人曲，这寓意可不适合你呀！”

“记得年幼时，便是母亲去世后的那几年，我时常听父亲在夜里吹这曲子，当真觉得好听，但隐隐约约，听得人有种心空荡荡的感觉，后来我才知道，这感觉叫怅然。渐渐地，一年一年过去，也不知为什么，父亲很少再碰丝竹乐器。大兄楼满月，懂琴箫，只是娶了大嫂后，也不再碰琴箫了，一直到他去世。还有二兄，本来性子闲散，于音律一道更胜于父亲与大兄，他吹笛子可好听了，但自从……”楼盈月叹了口气，“从前他是多逍遥的一个人，可惜，却再也寻不到从前的二兄了。阿爹一生只娶了我母亲一人，母亲过世后，他并不续弦。母亲只生了两位阿兄和我三人，这海棠山庄虽大，但多数都是侍卫、侍女，平时也没什么人可以陪我玩。两位阿兄长大后，又各自有各自的事，渐渐地我也不愿意再去吵他们。有些时候，我就是想找个人说说话，也找不到。所以我很渴望外面的世界，这样我就能见到很多很多有趣的人，交很多很多的朋友……”

慕容馥迟疑一阵，问道：“你大兄，可是叫楼澈？”

楼盈月点点头：“大兄名澈，字满月。”

月满则亏，这字取得委实不祥。慕容馥转念问道：“他已去世？”

楼盈月面上掠过伤感，才颔首道：“嗯。”

“他是……”慕容馥神容中几许迷离，掩盖住眼中一抹幽深，犹疑道，“怎么去世的？”

楼盈月神色忧伤，回忆道：“大兄修为好，武功高强，是爹爹选定的下一任山庄主人。十八岁时，他便已突破固原阶；二十九岁，已是江湖上屈指可数的天武圣武者。武圣的巅峰啊！多少武者穷尽一生都无法企及的境界，大兄二十九岁便突破了。

“我的印象里，大兄一向无敌，比父亲还厉害，没有人能伤害得了他，可是万万没想到，他最后竟死在自己妻子手中。当年大兄喜欢她，不听老头子劝，执意要娶她为妻。一个人嫁给另一个人十年，心心念念，不过是为了取其性命。大哥当时未必不知她心怀杀意，也许……我想，也许阿兄只是想赌一赌与她之间的情分，只是结果太不尽如人意。”

慕容馥遗憾道：“很抱歉，又让你想起不开心的。”

楼盈月摇摇头：“不会。我只是觉得好不解，明明知道会输，却还要去博一次，为了博一场必输的赌局，赔上性命，究竟值不值得？为何人总会这般愚昧地做着些明知故犯的傻事……”

她说着，耳际一缕箫声，已然婉转而起——

皎月荧荧，亏盈中庭，耿耿不寐，如滞隐忧。

月下杕杜，其叶湑湑，俾有忧矣，曷维其已！

皎月明明，缠绵枝理，耿耿不寐，伫立以泣。

月下杕杜，其叶菁菁，俾有忧矣，曷维其亡！
皎月凄凄，游我丝裳，彼其之子，适我愿兮。
心匪鉴兮，不可以茹，今汝远矣，余行踽踽。
皎月落落，如匪澣衣，彼其之子，中心偕臧。
心匪石兮，不可以转，今汝隔矣，余行睘睘。
我心悠悠，靡日不思。奈何风月，远莫致之。
临水栏头，独照孤人，孤月成对，孤影成双。
微我无酒，以敖以游，借怀韵曲，以写我忧。
念子之语，念子之行，独寐寤言，永矢弗谖。

箫音虽不如何顺畅，却叫楼盈月觉得，此时虽是日正初升，反似置身孤月皎皎中——

眼前是临水碧波，清光淡淡。

时有夜风窃语，辗转掠袂，忧思满怀。

楼盈月静静倾听，立起身来，缓步走至慕容馥身后。她伸手，抚着慕容馥长长的发，触手时，有清凉的质感。然后自怀中取出一把犀角篦来，为她篦头，一起一落，从头到尾。

远处海棠树间，有人倚靠树干上，丝缕日光自繁密枝影间洒落，跌宕在他玄黑的武士服上。

温柔的日色，拂过他身后冷凝的墨鞘长剑，抹淡了他身上的肃敛，反生了三分“风雨潇潇，鸡鸣胶胶”的味道来。

男子望着两个女子所在方向，刚毅唇角微抿，眼神缥缈。

秋千架上，一个倚坐吹箫，长发轻扬；另一个亭亭立在她身后，柔裙飘袂，脸上笑意舒朗。晨风偶起，沾着秋日暖阳。暖阳触了触她的衣袖，蔓延落地，拉开一脉长长的影。

男子看着，眉眼间辗转的，是澜，是漪。谁也不知道，这个犹如一把收鞘之剑那样静冷、内敛、静如沉璧的男人，此时此刻，心中所念所想的究竟是什么。

一朵海棠自他跟前飞跌，伸手一捞，海棠跌撞在掌心。

男子凝视着手心海棠，自语似的低声道：“抱歉。”

片片落红，恍惚了他眉眼间的落寞，斑驳了日光打下的身影。

漏更长，秋夜渐寒。月光浓烈，稠密得如同鲜乳，溢了周遭。

飞瀑流水，泠泠有音，仿佛珠玉相击之致。风吹枝叶，沙沙作响，宛若素蚕食叶之声。

小山处，亭台花掩，月色旖旎拂罩。光影里，一个黑影倏然晃过，速度迅捷，避开径道中隐卫所在，转瞬入亭中。

亭中一张白玉矮几在月照间清光盈动。黑衣人将白玉矮几左右转了一圈后，朝东北方向推移。机栝开启声辘辘作响。玉几石板下，一个黑洞缓缓呈现。黑衣人吹亮手中的火折子，握紧背上长剑剑柄，小心翼翼地顺着阶梯步下。

黑衣人借着手中微弱的火光，踏下最后一阶玄石阶。

停驻脚步。

前方甬道黑漆漆，似无尽头。一切声息与光影，都被那无尽的幽暗吸附，透着异常的悄寂和诡异。黑衣人立了片刻，取出怀中一张皮质地图。

图上红点交织，正是这底下密室的机栝所在。据地图上标志所了解，甬道中起伏旋转着肉眼难见的剔骨银丝，十分锋利，触肉即削骨。

从来无人行至此处，也不知这剔骨银丝是真是假。黑衣人颇有犹疑，自衣带尾端割开一段布，朝前掷去。没有任何声息，衣带落地时，已是七零八落的碎布片。

黑衣人心中一凛。倘若这地图是真的，那么直接关闭机关，他便能成功拿到想要的东西；如果是假的，行差踏错一步，将是粉身碎骨。

走向那无可预知的地方，谁不是在拼一命作赌？

黑衣人按照地图指示，关闭机栝总闸，又割了一段衣服布条往前掷去，布条完整落地。即便如此，黑衣人仍旧不敢松懈，深吸了一口气，照着机关图谨慎踏出，身子变位灵捷，心中暗数，至六十步，一缕明光闪烁入目。黑衣人才将一直悬着的心一松，呼了口气。

黑衣人手举火光照之，那明光是一个直径有半尺余的圆台。圆台中心有方形凸起处，其上是一朵冰晶海棠花模型。

黑衣人自怀中取出一个寸余长白玉瓶，瓶中血色摇曳。他打开白瓶，将瓶中液体对准模型海棠花心处倒下。一缕血色漫延，那朵冰晶海棠缓缓变幻成殷红色，从花心至花瓣。

整朵海棠皆成血红色之后，有机枢声扭转，石门洞开。凛人的寒气与刺目的光亮，皆扑面袭来。

光亮刺目耀眼，黑衣人抬手挡目，待熟悉了这突如其来的光后，方往里间看去。

石门之后，如同置于极北冰寒之地。满室构造形象，却不是当下年代所有，颇像祈夏年代。一壁一砖，皆是冰霜所凝，坚冰所造，通体透明。冰墙壁面上有雕花纹兽图，各种上古传奇神兽眼睛，皆由宝石明珠所镶嵌，兀自散发着莹白光芒。顶处冰晶如细锥，满室长短凝垂。一派雪白冰凛中透着几许淡蓝微光，折闪着壁上一颗颗宝石明珠。

四下纵是寒雾漫盈，却是光亮如白昼。若是没有这一股叫人难以承受的彻骨之寒，这倒是一处极为精巧别致的居处。

黑衣人拂了拂已微凝冰霜的袖口，心中只想：此内室美则美矣，但即便是内功修为上了层次的高等武者，被困在这冰室之中，怕也得被活活冻死了。

黑衣人仔细看清了机关图，顺着其中方位所指，按照步数规律，绕行转身，抵达冰室最深一处冰石台前。

冰石台上两端，各立一只冰雕上古神兽，模样似白鹿，却有四角，乃夫诸[1]，其形其状，栩栩如生，守卫着冰石台正中央处一个缩小形状的八角亭塔。

亭塔高有一尺余，晶莹剔透，乃由冰魄所制，周身流动着清芒银光，显得清透悠远。整个塔间罩得紧实，没有丝毫隙漏可寻，却可看清楚塔中一切。

冰魄亭塔中，三株花相依而生。花形与海棠极其相似，然整株花

[1] 《山海经·中山经》中曰："敖岸之山……有兽焉，其状如白鹿而四角，名曰夫诸，见则其邑大水。"

是一种极为透彻的冰色。乍一看，只当是由冰魄雕制而成。但即便再叫人难以置信，这也的的确确是株活植物。

世上竟有如此颜色样态的植物！黑衣人乍看到时，也是颇为惊讶。

细细看去，其花瓣的根脉间，微带点冰蓝色，颜色晶莹，剔透干净，像是凝了雪山间所有精气、灵气而成，灵澈鲜动，不沾尘埃。

黑衣人又拿出怀中白玉瓶，将其中血色液体分别倒入两只冰雕夫诸口中。

两只冰雕夫诸沾血后，头首皆侧转往冰魄亭塔。黑衣人知道机关已闭，方安心抱起冰魄亭塔，踅身往来处返回，行动间依旧小心翼翼，不敢稍有差错，生怕功败垂成。

黑衣人安全步上玄石阶梯，出了洞口之后，将白玉矮几移回正位，用黑布包裹好冰魄亭塔，反系身后。

转身之际，忽觉脖颈上一冷。

黑衣人眼角余光所视，一泓银光锋锐凛冽，正是一把长剑。

起手不留痕，人未动时，剑已加身！长剑剑锋，紧贴在他脖颈肌肤上，十分锋利。肌肤已淡淡溢出一抹血痕，丝一样，像红线粘颈。

黑衣人反应倒也灵敏，脚微后踏，一个虚招手欲弹剑。对方惊异斜手，但黑衣人并未弹剑，反借腰间之力旋身，转瞬便离了脖子上的长剑。黑衣人无丝毫迟疑，反身同时已抽出背上长剑，气劲带起寒光，如风驰电掣，朝对手反击刺去！

杀气迫面之际，刺客移形换影，旋身错剑！

黑衣人剑气所至，尘土激扬，随带一道寒光。刺客闪开后，寒光飞向庭前一株海棠花树，只听“咔嚓”声响，劈落树上一杆粗壮树枝。

海棠树遽然受此猛击，树干震动，紫粉花瓣纷落如雨！

不待对手回身，黑衣人连刺十八剑！剑如银虹，剑芒笼住刺客全身死穴处。这几番兔起鹘落，端的是迅捷异常，然而这刺客好似早已料知他的剑路，退避之间均无破绽。

怎么可能？正在黑衣人心有惊疑之际，刺客身姿夭矫，挥剑如风，横劈斜刺，错落交叠而出，一招之内，已连取黑衣人八处大穴！

快剑取穴？

黑衣人急忙敛下心中惊讶，剑若白芒，连连相抵，推开刺客剑芒所在，反身曲臂回肘，勾拍剑去。几个擒拿身法，欲抢夺刺客长剑。

刺客剑走轻灵，飘闪有度，斜蹿数步，不仅避开他一连串的擒拿之势，而且退避之间皆有攻势。

攻势混乱，乍看之间，浑似全无章法，然而剑随心出，手如风，疾似电！

这一招却又陌生了。

陌生中犹有熟悉，这人是谁？再纠缠下去，只怕要惊动周围暗卫了。黑衣人心念乍现，手间内劲蕴施，剑芒夹劲陡亮，指东打西，指南打北。黑衣起伏，身如游龙夭矫迅捷，内劲暗涌流湍，随剑势而去。

面对内劲修为在自身之上的高手，剑锋风驰电掣般倏然而至，刺客却也分毫不惊，轻功卓绝，连连倒纵避开，勉力抵挡黑衣人的锋芒。

两剑相触时刻，一直发着刺耳锐响。剑芒抵抗间登时飞散，向左右荡去。如石落静潭，波泓荡月，激起芒光如雨。芒光所过处，枝碎木断！

剑气骇人！

刺客剑法修为虽与黑衣人相当，但内劲修为显弱，在这劲力相击间，被黑衣人劲力所压，不禁连连后退。不料刺客也甚是履机乘变，趁其变招前的间隙，虚晃一招，反欺身而近，冒险攻击黑衣人上盘三路要穴。

黑衣人本见刺客力势已弱，连招强攻，长剑夹芒，朝其喉间正去。忽见刺客剑势陡转，竟不顾自己长剑将夺其喉，快剑迅动，朝自己小腹俞气穴、胸前乳突穴、琵琶骨处肩井穴飞刺而来！

前两刺皆是虚招，用来掩护！此招若成，直迎一刺，便可刺穿对手琵琶骨！

这一招，没有人会比黑衣人更加熟悉，因为这一剑，正是他剑法中的第八招——三星侧掩！这一招，他只教过一个人！

心中念头乍起，黑衣人如遭雷殛，手微地一抖，正朝向刺客喉口的长剑陡地侧避。逆光之间，剑映刺客一双剪瞳秋水，正觑定了他。

“噗”的一声响，那是剑破血肉的声音！

长剑刺穿了黑衣人的琵琶骨。

血光飞溅！

黑衣人头面皆蒙黑纱，看不清面目。只余一双眼睛，无任何波澜起伏，也无丝毫痛苦之色。他只是安静地看着眼前跟自己一样，也用黑纱蒙住头面的人，淡淡启齿道："是你。"

刺客立即呆凝，眼看鲜血自黑衣人肩头流出，不可置信地摇着头，语言微颤，道："你……你为什么要撤开剑？你可以杀了我的！为什么不下手？"

此时两人虽皆蒙面，然而各自心底清清楚楚地知道，眼前人是谁。

黑衣人目光掠过刺穿自己肩头的剑，垂了眸，缓缓道了声："对不起！"

无端一句道歉，叫那刺客一时愣住。

黑衣人伸手缓缓拉出了入肉长剑。鲜血自肩头汩汩流下，沾染了半边上身，因他身穿玄黑色夜行衣，看着仅仅像错手间晕开的水渍，没有一丝触目惊心。

他连点了身上数处止血要穴，稍稍抑制住流血。

刺客已恢复过来，目光瞬也不瞬地看住他，冷静道："把东西放回去，我可以当什么都没有发生过。"

黑衣人不理只问："你怎会知我在这里？"

刺客伸手，现出食指上的割伤，道："你以为，我会相信这是那夜醉酒时无意割伤？"

黑衣人没有被揭穿的恐慌，语气镇定，道："所以你……早就已怀疑我？"

刺客不直接答，却道："你……可以不走吗？"声音无形中带着哀求。

夜色清凉若水，莹皎月光穿越薄云，落在亭阶前。风吹一地落花，撩起空气中的酸重。

眼前人，一身夜行黑衣把纤细身段包裹得更瘦小。风鼓其袂，整个人如枝头累果，摇摇欲坠；又像是立于一叶扁舟上的孤影，舟下是波浪涌动的江水，一身飘摇不定。

黑衣人心底不忍，却终究还是摇摇头。

仿佛有一股疼痛，水一样，却带着腐蚀意，一寸寸深入五脏，六腑，那疼痛便没了定处，周身皆是无力。刺客泪盈于睫，道："若我执意阻你，你待如何？杀我？"

"我不会杀你。"

黑衣人的眸光很静，无一丝波澜，无一丝情绪。他道："但今夜，除非我死了，否则我不可以再留下。"

剑锋耀光，一刃清寒，长剑偏黑衣人左胸侧挥去，正正抵在他的心口上！

刺客目光一凝，微露霜寒，言语冷邃，道："你真以为，我会因为你是我师父，便不忍杀你？"

黑衣人目光中掠过一丝波澜，流星闪晃般，转瞬便失了痕迹。他静静地看着眼前人，一语不言。

他知道，她不会下手。

"咦？什么情况？是分赃不遂还是怎的？"一个女子声音兀然出现，打破了空气中的僵凛气氛，"争成这样，究竟是什么宝物？借我瞧瞧如何？"

白影不知从何处晃出，形如鬼魅，素手纤纤，袭向黑衣人后背，目的正是他背上所系之物。

黑衣人未动。刺客一个移步换形，剑气森然，刃芒耀目，剑势突转，以雷霆之势刺向白衣女子右手！

白衣女子更是眼明手快，陡然缩手，宽袖如舞，斜刺里左肘反撞刺客。

刺客虽轻功迅疾，但白衣女子更胜一筹，其肩头为白衣女子撞中，踉跄退了两步。

白衣女子不急与刺客交手，身形一转，旋风般往受伤黑衣人攻去。

两人尚未交上一招，白衣女子忽觉身侧劲风飒然！

刺客快剑如风，一边朝她猛攻而至，一边对黑衣人急道："你快走！"

白衣女子移形换位，弹指间闪开刺客剑势所罩，手中竹箫夹劲反击。

刺客虽未被竹箫击中，然而那竹箫中所伴随的气劲，已叫刺客不堪重负，心口如受无形重物所压，险些透不过气来，连退了数步。

黑衣人犹豫，看了刺客片刻，到底转身离开。

白衣女子飞身欲逐，然而追不上一丈之距，周身要穴皆被剑势所罩！

白衣女子惊讶转眸，眼中大有出乎意料之色。

只见那刺客持剑挥舞，上下左右间皆带出剑圈。剑中有圈，圈中有剑，圈套着圈，剑缠着剑，重叠连绵，一如浪涛不休，縠波不歇。剑光带出银芒闪闪，没有规律可循，在一丈外便罩住白衣女子周身要穴。只要白衣女子稍有不慎，便是剑气入穴！

刺客显然不想伤害白衣女子，是以剑势所在穴位皆非生死要穴。

白衣女子杏眸飞挑，勾唇一笑，也不再去追那受伤黑衣人，衣袂飘转，纤腰如风疾旋，竟转瞬避开了剑势所至，到了刺客身侧，竹箫夹劲同去！

刺客的剑势本舞得密集连绵，分明泼水也难进，加之身形疾如旋踵，更助三分剑势。可白衣女子身形夭矫如游龙，不仅瞬息突破了刺客的笼罩之势，竹箫还自密密麻麻的剑气中直伸而入，以迅雷不及掩耳、疾霆不暇掩目之速刺中刺客腕间脉门！

“叮”一声响，刺客手中长剑脱手飞出！

刺客毫不迟疑，左手宽袖一甩，银芒刺眼，另一把利剑自袖中倏然而出。腕间微抖，剑尖连击白衣女子上身悬枢、中陵、崇明三穴位。

“怎么又是这招？”白衣女子心中一笑，身子却已斜跃四步，竹箫扬空一转，反手挥动。

身影动间飘忽奇诡，忽前后，忽左右，忽上下，极其莫测难定。如此虚招，目标正要连刺刺客右肋章门穴、大腿内侧下部约四寸位置的白海穴、胸部璇玑穴。然耳际风声忽地有异，察觉远处脚步声橐橐。白衣女子竹箫至中途，竟是陡然收势，反手间白绸盈动，往刺客肩头送去！

刺客只觉自己被一股柔力蓦然送出，转瞬已离了三丈远余，心下顿悟，白衣女子可能已知自己的身份，有意放她走，当下飞脚踏枝，跃身即离。

四／双子连搏

白衣女子白绸未收，四下里风声骤急，数柄利剑当首罩来！

女子眸光转厉，起落时，衣袂翩飞，旋身之际，指法已扣，未收白绸，反旋击出。

空中气劲霎时暴溢，白绸一连击飞数柄利剑！她身形轻晃，足尖缓缓落在亭顶之上，俯视左右。数不清的海棠山庄庄卫已自四面八方如潮而至，刀剑皆环伺亭子周侧！

亭上女子，一身素衣如雪，迎风而扬，白绸凌空，似缭绕的飞烟，乌发由玄色抹额束拢身后，长延至膝。她的脸既小且瘦，虽说不上倾国倾城容色，然眉如刀裁，锐利插鬓，目光清凛，浑身上下一股女子少见的英凛之气。遥遥高立，令人神为之夺！

这白衣女子，正是慕容馥。

在众侍卫包围住亭子的同时，两道利刃破空之声，自半空乍响！

慕容馥眼前银光大闪，一把玄铁重剑挽起剑芒，自她正面缓慢而至；一柄绕指软剑快至巅峰，卷刺走钻，变幻莫测，自她身侧丈外罩来。

双剑一重一轻，一快一慢，气场却化成天罗地网般的光影，朝慕容馥罩下！

慕容馥白绸纵出，尚未突破剑圈，便给这两人剑势封住。她心下矍然——两人这套剑法，快慢相顾，攻守相护，而且剑势中，招藏招，剑套剑，藏蕴着无数个后招。一旦对手伺机寻破，他们便立即变招换位。彼此配合得妙至毫巅，叫她攻也不是，守也不能。

海棠山庄中有四大护首，在江湖上虽未必有多大声名，但他们的武功修为，皆在固原之巅。其中有对双生护首，武功出神入化，名唤上官昊、上官堃。此二人乃一对样貌几无差异的双胞胎。虽是两人，却只占据一个护首位置，他们的武功相合相生，如同他们的名字，一天一地，密不可分。

玄铁重剑虽粗钝无锋，却是劲蕴其中。在空气中，其所激荡出的猛烈劲气，足以一剑断人首级！绕指软剑虽是力薄，却是在巧不在形，在劲不在力，临敌之际，极尽变幻！这两人相合，端的是天衣无缝！

慕容馥难退难攻，不敢急躁冒进，只得劲运周身，自成护身玄气，小心与他们周旋。多守少攻，以求寻机，破解这两人快慢相合的剑法。

几番气劲牵动抵触间，三人周围均爆开半圆护身光圈。夜空陡亮，各方劲道相交，势若狂潮！包围圈中侍卫众人，衣发皆扬。落叶飞花，纷乱满天。

而亭顶战圈之中，三人过招才对峙了不到半盏茶时间，慕容馥已觉力尽疲惫，险象环生。

乃因此兄弟二人，一方快来，慕容馥便得变幻身法，以静制动；可她招数才变，一方却又慢来。顾此失彼，技难并施！再加上这两人生得一模一样，速影快动间，恰如一个人同时使着两套天差地别的剑法，朝她快慢同来，好似天地相合，日月同天。

莫说寻他们破绽，就是连应接也是不暇。女子精力本就弱于男子，又同时应对如此二人，若非慕容馥内劲修为在这二人之上，轻功身法迅妙于寻常，只怕早已败落于这二人手中。

慕容馥大感负累，只想这时自己若能分身为二，便是再好不过了。这厢想着，忽地闪过一念：分身为二？！

各派各家武学秘诀，皆在慕容馥脑中，又加之长年经幽冥谷众人训练，她于武技扩展上，时颇有领悟。有道是“重剑无锋，大巧不工”，她深知这玄铁重剑之威力，使剑者招数虽慢、虽缓，亦平淡无奇，却是劲在其中。若要与之硬碰硬，只能是自讨苦吃；若是能用以柔克刚之法，卸力化劲，自是恰当不过。

另一人是百炼绕指软剑，破此剑法，对于慕容馥而言，并不算艰难。她本身便是擅白绸、软剑等柔型武器，其形、其技、其道，慕容馥不会在上官昊之下，破解他的软剑，只要用她教给楼盈月那套无踪剑法即可。

心念至此，慕容馥一悟了然：这重剑与软剑虽相合无敌，却也彼此为敌相克。世间万物定律，皆相生相克。既然如此，她何不左手使白绸，以白绸之软，弹力之强，对付一人之重剑？右手以竹箫为剑，对付一人之百炼绕指软剑？

可是，两手分使两路截然不同的武技，莫说要一心二用，连体内气脉的调承，都是霄壤之别。这应如何才能做到？

不管如何，先尝试再说！当下，慕容馥心神凝聚，身躯灵活一动，凌空倒转。

避开软剑的同时，她左手微抖，袖底白光一闪，猎猎生威。十分快！白绸贯以内劲，以雷霆之力，其直如矢地朝上官堃重剑点下！

海棠林间，八角亭上，剑绸相触，劲气流溢！激荡得高亭上女子素衣翩舞，墨发飞绕，片片落花枯叶于半空间萦绕其身侧，衬其步踏凌虚，姿仪若仙。

慕容馥这一身衣衫，包括白绸，皆是由上古宝物凤罗云丝织制，水火不伤，刀剑难侵。这白绸一蕴入内劲，堪比软剑，却比钢剑更软顺，更灵活，更应变自如。

白绸抵在上官堃击来的重剑上，游卷如龙，将重剑中的力道反送而出！

上官堃心下矍然，不想自己重剑击出，力劲竟被反推回来！

在上官堃重剑击来的同时，上官昊软剑锐芒闪动，飞速击来！慕容馥右手竹箫斜挥，光影错落，一招之内，竹箫分刺上官昊腕脉穴、将台穴、章门穴、委中穴等数大要穴。

手法之快，虚幻莫测。在上官昊措手不及时，竹箫直刺他心口！

上官昊是个武痴，虽说占了海棠山庄四大护首之座，大小事务却一直由他弟弟上官堃接管，心思多在练武之上，见慕容馥招数诡奇，不想她一左一右两手竟能同时使出两套极为迥异的武技，很是诧异。虽被她正击心口，但仍忍痛镇定心神。只见他足点亭瓦跃起，半空中一个旋龙绕步，软剑回守，退步转身，破开慕容馥竹箫再来的攻势，同时反手剑出，软剑轻灵翔动，登时连环八剑朝慕容馥反击攻去！

慕容馥身形瞬移，竹箫无定形，上下左右，箫影纵横，疾如飘风！

上官昊斜侧轻闪，步踏灵疾，软剑横截慕容馥半腰。慕容馥身法比他更快，侧腰避开的同时，竹箫偏斜，刺向他肩井穴。

上官昊一剑落空，又被她一箫击中，险些失足跌下亭顶。然而他身法不差，脚下反踢借力，便稳了身形，软剑也就着身形抖转攻出！

左方风声略重，慕容馥右手抵挡上官昊软剑的同时，左手白绸萦绕，飞转而迎，借力打力，轻描淡写化开左方上官堃的重剑劲力。

上官堃腕力强，一把玄铁重剑向来使得得心应手，然此时碰上慕容馥一段旋绕如风、劲蕴如剑的白绸，渐渐吃紧。起初几招来去尚未觉异，十几招过后，他越发觉得对方力道如涛浪，渐渐带高。数十招后，剑尖运控很是吃力，像陷入了沼泥地中，起落皆不可遂意。

左右两手各展技法，同时变动，慕容馥眼明手快，开始反守为攻，从起初生疏，渐转熟悉，一人同使两技，力自倍增。

上官昊与上官堃已落下风。两人不甘就此败落，眼风相错颔首，身法陡然一变！

二人距离缩小，轻重两剑锵然相交，兀然间，气场爆出光团。光芒之下剑气盈溢，直追慕容馥！

剑气光影，顷刻压来，直砭肌肤！慕容馥凌空翻退，收箫于腰，中指自内勾屈，两掌盘旋相合，指法合成手印，旋动带开椭圆气场。

一声清喝！衣袂肆荡，袖底白光飘纵，白绸朝凌厉剑气迎去！

双方劲抵，爆开烈光！方圆数丈内，如狂风暴雨将至前夕，隐夹风雷之势。

其间，上官堃立剑身前，上官昊脚尖踢其剑借力，疾挥软剑，径直飞来，慕容馥迅速抽箫抵挡，对方劲力太盛，剑锋极锐，竹箫难挡，从中一分为二。

虽是如此，慕容馥却不感危惧，弃箫，趁上官昊旧力渐消、新力未生之际，右手袖底白芒骤显，白绸毫无征兆地夹劲飞出，突然变招，直击上官昊左部将台穴！

上官昊始料未及，整个人被她白绸带劲震飞，飞撞在一棵粗壮海棠树干上。树干不堪重负，猛折落地！

上官昊捂胸跌地，唇际溢出鲜血，勉力撑身而起，欲上前再战。一只手无声压住上官昊肩头，连点他数道疗伤大穴，苍老声音十分平淡，道："你好好疗伤。"

上官昊点头，恭敬道："谢庄主！"

楼晏自包围圈后步出，运劲传声道："慕容姑娘，我念你乃檀公子至交，以客礼相待，孰料你竟如此不讲道义，窃我山庄至宝！"

慕容馥与上官堃重剑对开一招。此时上官昊已败，慕容馥对上官堃一人，已是轻松不少，转目扬眉，调息回声道："楼庄主，您误会了。我今夜到此地时，亭中已是这番样态，什么宝物不宝物，我未曾见过。庄主如是不信，可派人查探，我身上究竟有没有你们山庄的宝物。"

楼晏道："宝物纵然不在你身，但方才人人皆见，你里应外合，放纵窃贼离去，必定与他们脱不了干系。否则夜半三更，你何以在此，又恰巧碰上此番境地？"

"我……"慕容馥单足劲发，踢飞上官堃直来重剑。

上官堃重剑脱手，败局已定！

慕容馥正要与楼晏说明，心口蓦然一阵刺痛，如千万冰针毫无预兆地刺中心口。一股冰寒涩冷直递各大血脉，浑身上下似有好几股劲道在不停地与之冲撞。她顾不上回应，身子飞落亭瓦之上，摇晃间踉跄欲跌，内息调运，强压体内寒气，稳住身形。

楼晏遥观战圈，面微疑惑，侧首对身侧着暗灰武士服的男子道："裴南之，她明明有多番机会可以取上官他们的性命，为什么偏偏都留有余地？"

裴南之道："也许，她是不想连累檀静玉。"

楼晏道："如若不想连累檀静玉，又为何要借他入庄窃宝？"

裴南之皱眉道："这……"

"这少女年纪与盈月相若，修为却能到如此境地，倒是个罕见武学奇才。只是，为何这样的人，江湖之中却从未听过她的名声？这倒奇怪。可惜了，唉……"楼晏捋须轻叹，说罢环视四周，"何以不见蔺玠？"

裴南之道："您派了他看住女郎，许是有事，他不得脱身。"

楼晏眉峰间带过沉思意味，少顷才道："裴南之，布木藤阵。不可伤她，务必将她活捉。"

"是。"裴南之领命。

上官堃发现慕容馥神色有异，虽手失兵刃，却收掌为拳，形如狂狮，朝慕容馥劲扑而去。

拳如铁锤，破出半圆气场！

碎心拳虽不是如何特殊的拳法，但上官堃能把一柄百八十斤的玄铁重剑使得得心应手，除了精于内家功夫的修炼，力道强大，拳脚功夫必也不赖。是以简简单单的一套碎心拳，在上官堃使来，威势煞是惊人！拳形相接猛击，攻势凌厉，自寻常处显出威力来。

慕容馥细察观辨，樱唇轻咬，忍着心口绞痛，仗着捷巧身法，连连退避。拳劲猛风险险擦身而过。

上官堃心下冷汗涔涔。他的拳力猛锐，无论任何方位打去，均蕴有千钧之力。现下一拳打去，却如打入一团棉花中，力道一下子被消散得无踪。

慕容馥所施，仍旧是以柔克刚之道，袖底白绸或旋飞成圈，或起伏如波，皆是轻盈绵柔，看似只守不攻，却内蕴有借力化力的劲道。即是对方打来，反被自个力道相抵消。

她身子虽不适，却也不急。上官堃的拳势迅疾，力道刚猛，极是消耗内劲，必难久持，只消与他拖上些许时候，其破绽必自现。

慕容馥不缺耐心。

上官堃久攻不下，渐趋心急，面红耳赤，汗湿衫襟，力道越发难控。

恰时，慕容馥身形一转，指法变换，白绸挥半个圆弧，双手对指即合，周身气息调动，陡然间气劲暴涨，直逼上官堃拳势！

对手忽地变守转攻，上官堃不明其意，只好连忙拼足力道相抗。便在两相抵抗之时，慕容馥手下力道陡然一松！

上官堃大骇！

便如同原本伸手在推一块千百斤重的大石，赫然变作一团轻巧无力的棉花。整个人一阵空扑，又是立在亭角上，重心不稳，险要扑落。当下他步形反踏，足点边檐，正要立稳，却感面首劲气逼人，慕容馥一掌已朝自己肩头击来。

慕容馥方拂袖一掌，正朝上官堃腾空而去，身上忽有一股缠力将她后拉。

回头看去，海棠花树竟自行移动！

枝上原先缠系的藤条，仿佛被赋予灵气，自四面八方，天罗地网般朝她缠引而来。

藤疾蔓快，慕容馥当下顾不得上官堃，右手轻抚腰间，铮地抽出软剑，翻身迅砍缠在脚上的藤条。可这一方恰断，数方又来！

慕容馥软剑飞舞，剑光错落，连连砍断一根根藤条，身子周边尽是碎藤飞旋。她本借身法快捷，心下并未把这些藤条放心上，哪知一番下来才发现，她身形越快，那些藤条缠引便越发迅疾。

四下一时皆是藤蔓空旋而至！

慕容馥眉心微皱。这藤条，皆是木行阵法所引，便似忽然有了生命一般。藤条中有虚有实，意在累敌身疲，束之一缚。

楼晏不会伤她，只想抓住她。

慕容馥心下权衡。如果是要逃，方才与上官堃、上官昊二人缠斗时，她并非全无摆脱的门道。只是他们既然看见了她，逃与不逃都落了罪名，没什么两样。方才打斗，她并未真正下狠手，与如此高手过招的机会不多，不若打赢他们之后，主动跟楼晏说清楚便是。如今楼晏既已出了阵法拿她，她只有两条路可选：一是破阵而出，去找檀静玉；二是束手就擒。

正当迟疑，裴南之陡地跃上亭顶，双手气劲凝蓄，变掌为爪，直拿慕容馥。

慕容馥身子轻灵，侧身一避，却猛觉四下一股奇寒之气侵肌刺骨，身体内那股好不容易被硬压制下去的寒气又朝四肢涌溢。她浑身倏然一抖，霎时间，浑身既无力又冻寒，半分挣扎不得；胸口压着一阵又一阵的剧痛，如同有形击打，心口绞痛如刀割，牵引头目昏聩，天地打转，身子不能自控地后倾，跌坠亭下！

裴南之方才观战许久，深知慕容馥身形诡谲，反应不仅迅疾，更是狡诈，当下不知慕容馥又玩什么花招，指挥藤蔓缠引她身，将她紧束缓落，随即近身，伸手扣住她脉门探查。

手方扣上慕容馥脉门，触手时像被针刺一般，裴南之迅速撤开手。在与她肌肤相触时，竟有一阵阴沉寒气陡然反噬，是叫人毛骨悚然的寒气！

裴南之本身所练便是凝冰夺魄掌，其掌力之殊，乃将寒气凝于掌心，渗入对手体肤，以寒气控其血脉体魄，抑其脏腑，从而以伤。

因修炼此功，裴南之平时练功，一日在冰窖便得待上两三个时辰。他对于寒气的承受之力，自比常人高出不少，便是寒冬凛冽时节，也无须穿厚袄棉袍。

此际碰触此女脉门，区区寒气便叫他毛骨悚然，裴南之心下大感诡异。

眼见女子被蔓藤所缚，却是面色霜白，双目紧闭，已陷入昏迷之中。

楼晏几步走近，打量慕容馥，额间皱痕深了几许，对裴南之道：“你打伤了她？”

裴南之摇头，道：“卑职一掌尚未及她身，她已晕过去。”

楼晏眼看昏迷中的慕容馥，肌理间都散透着异于常人的苍白，道：“看她症状，极像是……受了寒毒。”他语间微凝，才道，“不管其他，先把她关入黑牢中。”说罢，负手身后，径直走向亭中，打量亭中痕迹。

据楼晏所知，冰室在飞瀑亭下，知道的人并不多；打开冰室之门的方法，知道的人也不多；知道冰海棠在海棠山庄冰室之中的人，更是少之又少。今夜如此缜密、无痕、顺利的盗取计划，没有时日，是计划不来的。

他当然知道不是慕容馥。唯一可能，就是庄内有细作，并且此人深得他的信任。

究竟是谁？他又如何才能取回冰海棠？

目前线索，都在慕容馥身上。

慕容馥，檀静玉……

裴南之指派数个修为较高的侍卫，将慕容馥带走，同时让人扶了上官兄弟回去休息，随后行近楼晏，道："可需让莫先生给她看看？"

楼晏稍侧目道："檀静玉是谁的弟子？整个海棠山庄的大夫，有谁能比檀静玉的医术？人是他带进来的，出了什么事，自然也得他先来。"说罢，踅身离开，苍衣飘摇。

皓月半掩，花木扶疏，一抹嫣红过亭绕廊，匆匆忙忙奔至一间屋室前。女子火急火燎地拍着门，紧张喊道："檀哥哥，檀哥哥，你开开门，快开开门！"

檐下铁马仿佛也受了惊，被女子呼唤声音扰出急风骤雨般的响动。一番山雨欲来风满楼的声势！

室中黑黢黢，一派幽暗，亦无声息，仿佛室中人已熟睡许久。

"檀哥哥，你快开门呀！"

红衣少女拍了少时，不见反应，也顾不得诸多男女之防，一手拉开室门，往黑咕隆咚的室中奔入。

推开了窗，几缕月色寻了进来，十分浅淡。红衣女子拂开垂帘，往内室床榻上看去，却发现上面连个人影都没有。

"这么晚了，檀哥哥不在房里，会去哪里呢？"红衣少女跺了下脚，急奔出门，左右想了想，"莫不是去寻二哥了？"转身便往海棠林跑去。

红衣少女才跑出几步，迎面与斜刺里出来的一人撞了个满怀。

对方看定，惊讶问道："盈月，这么晚了，你这样着急，出什么事了？"

男子声音淡淡，自上方传来，温润和缓，朗然如旧。

楼盈月抬首，见正是檀静玉，心间那根紧绷着的弦，一时松了下来，眼底泪珠晶莹，争夺而出，她霍地抱住檀静玉。

少女身子颤抖，嘤嘤抽泣起来，嘴里不停地哽咽着，断断续续道："檀哥哥……你去……哪里了……救救……阿馥……她……她被关……起来了……"

她边哭边说，尾音断断续续，又带着哭腔，檀静玉根本听不清。

他与她二兄深交时久，自来便当她如小妹一般，这样的接触并不觉不妥，伸手轻拍她的背心，温言安抚道："发生什么事了？别急，慢慢说，我就在这里。"

纵是急杵捣心，她仍努力平复情绪，抬起头，一手擦掉泪水，抽泣着道："我……我也不知道怎么说。总之，檀哥哥，你快去飞瀑亭救救阿馥，她……"

一听到慕容馥名字，又牵连到飞瀑亭，檀静玉如头上炸个响雷。他的手扣住她的肩，额眉皆皱作一团，急道："你……你在说什么？阿馥怎么了？"

楼盈月道："她从亭顶被一掌打下，我……我也不知道她是生是死，你快去救救她！"

"到底发生什么事了？"檀静玉轩眉紧蹙，面上犹翻鲸波骇浪，是少见的不平静。

楼盈月肩头一痛，也无在意，道："庄里失窃，爹爹以为是阿馥拿的。"

"不可能！"檀静玉松了手，眼底掠过思忖之色，无多言其他，反问，"他们还在飞瀑亭上？"

楼盈月摇摇头，吞吞吐吐道："我……我不知道……"

檀静玉踅过身，飞步走去，走出几步，复停了下来，转过头看着楼盈月问道："你爹爹说阿馥偷了什么？"

"冰——"楼盈月语音一收，转而道，"爹爹没说。肯定是庄里很重要的东西，爹爹才会如此，但……但我知道，一定跟阿馥没关系！"

檀静玉目光凝了凝，快步前行，一个黑色身影闪至跟前。

檀静玉皱眉，并未开口。

裴南之欠身行礼，道："檀公子，庄主请您走一趟。"

檀静玉道："我正要去找庄主，带路吧。"

裴南之拱手，道："请公子少待。"说着便往楼盈月走去，躬身一礼，恭敬道："庄主遣卑职让蔺玠同去。"

楼盈月目中有闪避之色，结巴道："蔺玠他……我今天让他去山下给我买……买些东西了。爹爹找他做……做什么呢？"

裴南之没有回答，只道："既然蔺玠不在庄里，那卑职先回去复命，卑职告退。"转身便同檀静玉离去。

楼盈月看着两人离去的背影，脸色渐转苍白，灵秀清眸之中，有泪珠闪烁。她五内翻腾不休，脚绵软无力，似踩在泥淖之中，起落艰难；手无力摸索身后，抵住了长廊柱，吃力地蹲下身子。

奔跑间掉脱了簪的长发，从肩膀上，一波接着一波跌垂下去，覆住少女整张脸。发丝掩盖里，传出似愧似泣的声音："对不起……阿馥……"

一直担心会发生的事——终究，还是发生了！

楼盈月将脸埋入膝盖间，呜呜痛哭起来。

月色照在女子身上。她蜷缩着，修长细瘦的背脊弯弯，如同一只受伤的幼兽，不堪重负，脆弱不安。

廊外错落的海棠林里，若无其事地，荡开旖旎轻雾。

五 / 锁心奇蛊

时过夜半，明光府中，听水阁。

一片如雪的月色琼光，似欲消融。如岚雾霭渐起，只有那桥廊间的八角灯，点点光亮，径自支撑，映照阁所院落起伏粼影。

直棂窗半开，零碎光影索然越窗，透了室内一地斑驳。室中阒寂无声，独那银纹绣图的精致幔帐肆无忌惮地随风衮叠，纹影蛰伏。

深秋的夜风，隐约已有冬意，冰冷在柔幔间婆娑盘旋。清池在外室觉凉，起来关窗，忽听内室中似有动静。清池回首顾望，见那重帘垂纱之内，公子不知何时披衣坐起。

清池匆匆闪身步入。见公子头发披散，眉心蹙皱，她冷不丁一骇。

云息一身中单，盘膝端坐，正调息运气。那周天未循尽，却陡地倾身，一手抚右胸，一手抵床。

清池趋身过去，欲上前扶持。云息一手拨开，又挣扎着坐稳，重新调息，但皆至中途，便抚胸抵床，脸上有痛楚之色，面色苍白。如此反复数次，几经调息，才稍有好转。他哑声开口道：“水。”

清池急忙端来，见云息饮了，眉额颦蹙稍舒，忧心问道：“难道是……是锁心蛊？”

云息点点头，以手抚胸。胸腔之中，那股突如其来的剧痛，怎么也难以完全抑制下去。

“公子，您脸色都白了。锁心蛊从未发作过，怎么会……会忽然至此？难道是蛰伏的蛊虫，被……催动成蚀心蛊了？”清池一脸不知所措。

锁心蛊，也称为阴阳连心蛊，一蛊双生，阳蛊只能种在男子身上，阴蛊只能种在女子身上。中了这一阴一阳锁心蛊的两人，因两蛊互为排斥，是这世上最不可能互动情愫的人。潜伏体内的锁心蛊对人身本无害，只有蛊虫宿主动心动情，这蛰伏于心包的锁心蛊才会被催动成蚀心蛊，蚀入心脏之中。

若中一阴一阳锁心蛊的两人彼此生情，因两蛊连心，肉骨则能互相感知，一者伤，二人皆痛。可若两人各自对他人动情，锁心蛊依旧会催动为蚀心蛊，但这中阴阳二蛊之人，相互之间，便不会有任何影响牵连。

传说世有三大奇蛊——续命蛊、锁心蛊、控神蛊。这锁心蛊，是最为稀罕的蛊虫之一，练蛊师耗费几十年也未必养得出一对。身上中锁心蛊，只有验蛊石才分辨得出。茫茫人海，阴蛊宿主在谁身上，都不容易寻到，更莫说对她动情。因为知晓概率小，且锁心蛊本身还有护养血脉之效，所以当年他才会毫不犹豫地受下师尊的锁心蛊，以表心志，请求师尊指导玄天九式的修炼。

云息手指抵触额头，神容疲惫道：“在我身上，锁心蛊是不可能被催动的。忽然出现这样大的感应，要么是阴蛊宿主把锁心蛊毒死了，或被取出了体内，要么是阴蛊宿主死了。这阴阳二蛊乃同生，未被催动而能彼此呼应，据我所知，大约只有这两种情况了。若是第一种，那么那位阴蛊的宿主倒是厉害，我都找不到办法取出的蛊，对方居然能除了。”

清池松了口气，庆幸道：“若是那阴蛊宿主死了，那真是最好，算是了却这心头一桩忧虑。”

"清池！"云息闻言轻喝。

清池鼓嘴，嘟哝道："这么多年，我和俞棋大人花费那么大心力寻找阴蛊宿主，就是为了有朝一日将她寻到，把她杀了，免除公子后患。"

"我不是已明令不可再寻了？"云息眉心紧蹙，"原来你和俞棋至今还没放弃？"

那言语虽然依旧平和，可语中的震慑叫人心惊。清池被他看着，不禁心虚垂下了首。只是那垂眉敛目的同时，流转而过的是几分委屈。

静了片刻，云息叹息一声，道："我们走这条路，一路踩过太多尸体，见过太多鲜血，有些杀戮不得已，可心不能麻木。我只想着，与阴蛊那人，永远无机缘相见，你们也不必担心，会横生什么变数。纵然有朝一日，寻得阴蛊主人，你我怎能贸然决定她的生死？她身受此蛊，你只想着，她有可能是来制衡我的武器，却又怎知对方不是无辜？"

说话时，他笑了一笑，影影绰绰的。苍白脸上，一脸霁月光风。

清池启齿，似欲再言。云息只挥手道："我知你是担心我，可锁心蛊在我身上是不会起作用的，你不必担忧。今夜之事，不可告诉任何人，你且去睡吧。"

他言至于此，清池纵一心忧虑，也只得依言退下。

夜露霜寒，月过西墙，夜黑得彻底，想来也将尽。

檀静玉随裴南之行了一阵，便远远瞧见前方雕栏之旁，静静地站着一人——鬓发霜白，老人模样。

楼晏年纪未到古稀，却已是鬓发霜白。长情之人，心有挂碍，终归比较显老。譬如楼少容，年纪不过大上檀静玉五岁，却已是两鬓苍霜。

清幽的月亮一时被叠云遮住，藏匿得不知所终，连几簇星点，也追随着消失在黑幕之间。

霜寒露重，秋将去了。独有寒风带着咄咄逼人的声势，扑击着诸人招摇衫袖，泄露一些心绪。

檀静玉匆匆几步，行近楼晏身侧，开口便道："阿馥她……"

楼晏拂手打断他，道："随我走走如何？"说罢，也不等檀静玉回答，顺着白玉雕栏，负手身后，安步当车，转入了海棠林小径间。

檀静玉不解，却也极力压制心下的如捣焦急，随楼晏走去。人在别人手中，再急也没用。他与楼少容的关系非比寻常，对楼晏，软硬难施。

夜间的风不遗余力，或疾或缓地吹，各动各的衣袂，各怀各的心事。

许久，楼晏才开口问道："庄中这海棠林，你觉风景如何？"他的目光有意无意地落在檀静玉脸上。可惜，戴着一张皮面，他无法准确地揣摩檀静玉此刻神情。

因海棠山庄建筑于山上，是以每每入夜来，整个海棠山庄都掩入一片轻烟淡雾之中，下可见花海烂漫，上可观星月璀璨，偶尔有风浮泛间，更是缥缈如仙如幻。

檀静玉抬眸，环视周围，旋即目光一定，才道："景人相类，瑰意琦行，超然独处。海棠山庄之戛戛独造，毋庸置疑。"

楼晏唇角腾蛇纹若隐若现，眼角沟壑一样斑驳的皱纹，叫人错觉不笑也在笑。他凝眸看了檀静玉少时，才低声叹息道："海棠山庄风景独好，然都徒长了花，人却凋零。想必，你也见过阿浔了，他的变化……其实这么多年来，我都不知道该说是好，抑或是坏。

"你明白，对于武者而言，且还是一名曾作为地武圣的修武者，武功俱废已是一种莫大耻辱，更莫说半身残疾，相貌皆毁。他自雍国回来，足足一年，未曾踏出精舍一步。从前有多风流得志，那时他便有多心低意沮。我虽为他之父，却不知从何劝起。很多事情，只能自己担当，谁也伸不了手。两个儿子，我向来不直接过问他们个人之事，因此，事事在目、在耳，我也只能假装不知。只是心中徒劳地担心，担心阿浔困陷在那样一个境地里，再也走不出来。直到阿澈走了——

"白发人送黑发人，那时，我哀痛欲绝，病重难起，阿浔主动接管起庄中一些事务。可见有时候，得失相依，一切皆有命数，谁也不好说。倘若阿浔仍然是先前的阿浔，那么楼家就此后继无主了。从前的他名声太盛，性格上，逍遥自娱，不适合也不愿意承这个担子。他后来的变化，于家族而言，我是庆幸；于父亲身份而言，我是伤心。"

楼晏此时此际的口吻，听上去，仅仅只是个普通的父亲，在跟旁人闲话自己的儿子，闲话自己这许多年来的痛心、忧怀。毕竟檀静玉是个很好的倾诉对象，因他是楼少容的朋友，他知道一些不必再提及的起因与经过。再者，他与楼少容这些巨大的变化，也有着藕断丝连的关系。

但山庄至宝被盗之后，在这样的时机里，对着一个与嫌疑者同行的人，说着这些无关紧要的事，是心血来潮，还是别有玄机？

楼晏是个聪明人，尽管他不确定慕容馥与冰海棠的失窃究竟有无关系，他也不确定，看似身在局外的檀静玉，是否真的与这一切毫无关系。他只知道，在事实未水落石出之前，每个人都值得怀疑。他更知道，出头鸟向来不会是重头戏。

故布疑阵，是这个江湖上永远也上演不完的把戏。他抓慕容馥，一者，是为了保护一个人；二者，是为了试探另一个人。

檀静玉不插言语，只是静听。尽管他心中有物，若藤蔓肆绕，好不难受。对于楼少容，他有愧，否则，他方才早已制住裴南之，直闯关慕容馥的地方。

也许，楼晏就是在把握他的愧。

檀静玉静默不语，防意如城。

楼晏也不再开口。

二人并行静走。月亮破云出来了，润朗月色把两人脚步照映得清晰无比。他们折折转转，行了一程，到一座院落前。

两道黑影犹如鬼魅，无声地自暗处晃出，是守卫。

楼晏带着他走过的这一路中，有八十一名暗守，过了九道秘密机关。

暗守，大多已处通元阶段；机关，除非极其了解机关破解图，否则，能入难出。因为机关活动性甚强，时时刻刻都在变转，应合奇门。

檀静玉突然意识到，楼晏带他到的是什么地方。他也突然意识到，他方才就是拿住裴南之，也未必能成功闯入山庄大牢，救出慕容馥。海棠山庄，表浅实深，不容小觑。

楼晏目光在檀静玉面上一转，对那黑衣守卫道：“打开牢门，让檀公子进去。”

“是。”

檀静玉目光轻闪，眼底俱是波澜起伏，静看守卫开门，心中有疑，却终是未发一言。

楼晏负手淡道："凭你的医术，为何没有发现她身体有异，或是说——怀病在身？"

"什么？"檀静玉闻言一震，霍然抬眸。

楼晏镇定道："你自己去看看吧，我让人在外面等你出来。"

劲风擦过楼晏衣袂，待他侧过眼，檀静玉移形换位，早已不在身侧。

不管如何，檀静玉的心急如焚假不了。楼晏是过来人，没有人比他明白这一点。

情感是人的弱点，每个活人。

摒除七情六欲的，是死人。

牢里通黑幽玄，连一盏油灯也无。黑衣守卫打开数道玄铁柱门，手上提着绫灯，引檀静玉朝慕容馥所在牢房而去。

此地显是少有人至，阴风惨惨，如遁入鬼道。绫灯中烛火隐约，时而起，时而伏，极尽幽晦难视。待黑衣守卫打开最后一道玄铁门，一阵寒气兀然扑面，叫人好似霍地跌入冰窟之内，是无法忍受的阴寒。

黑衣侍卫将绫灯递给檀静玉，随即退离。

檀静玉接过绫灯，快步走进。

幽细的烛火，对比于先前伸手难视的黢黑，倒也不显得如何暗了。

石榻上，女子似陷昏迷，白衣轻垂，颈上白玉似有若无地发出丝缕清光。檀静玉将绫灯移近她的脸，不禁失色！

一缕冰寒之气烟雾般萦绕着她全身上下，肌肤上，凝结着一层薄冰。她的手攥得极紧，青筋在苍白冰凝的肌肤下暴突而显。她蹙额颦眉，整个身体都在颤抖，唇齿咬得血溢，却没有发出丝毫声息。

周围的空气越发冷，透过皮肤腠理渗骨而入。若非檀静玉修为属于刚阳一脉，又兼有护身劲气，只怕也未必能承受这样的寒气。

从外表上看，慕容馥的症状，像是中了寒毒。但是即便再厉害的寒毒，也不可能会导致全身凝冰。更何况，慕容馥武功修为向来也属于阴柔一派，凭她地武初段的修为，外来的寒劲不会对她有如此大的伤噬。唯一的缘由，就是这些"寒"源于她身体内部，而且时日不短。

腔子内的心七上八下，不住跌宕，檀静玉战战兢兢地摸上她的脉，还有跳动，又急忙按住了，诊她脉象。

手指触到慕容馥肌肤，她的手倏地扩张如爪，反紧扣上檀静玉手腕。似乎寻到可以借力抵抗体内痛楚的依托，五指如尖刀，深深陷入檀静玉血肉中，血珠流溢。

见她这样痛苦，他的心像被揪住了，连手腕被她抓出了血也浑无感觉，只伸出另一只手，往她脉口触上——脉时而沉而微，时而紧促搏指。

慕容馥体中寒气流转，犹如血脉间气血动荡，乃随修武者体内劲气而运转，非属任何一种寒毒之征候。

这不是病，不是毒，这寒，竟是她体内自身气劲？

原先她多次昏迷，怕也是这气劲所致。她体内有一道寒气，源自万年玄冰。

万年玄冰，蕴积天地雪冰之华。武者内劲的修炼，皆与十二经脉间气息流动息息相关。而这种寒玉，只要修武者体脉间循环畅通，对武学内劲的突破大有裨益。

显然，她借着这等奇玉修武，因此能比寻常人更快地突破武阶。但她的十二经常脉、奇经八脉并未全然打通，强行以寒玉修炼，某些经络间必会有寒气滞留。因此而生的寒邪掺夹在她的内息里，原本只要她调运自身内劲，便会引发这股寒邪反噬。但他与她同行这么久，每每她施劲运劲，皆未出事。是她知道如何调控这股寒邪，还是在以药物维持？或者是，她所修炼的武功异于寻常？可是，哪怕她修炼的是玄天九式，也未必能完全压制掌控这样一股寒邪。

那这寒邪，究竟是被什么所克制？檀静玉百思不得其解。

其实真正的原因，不是慕容馥懂得调控这道寒邪，而是她的体内，还有另一道极为强霸的玄寒内劲，在将这寒邪压制住。

玄寒内劲自藏精气之所丹田处，向任脉别络（即督脉、冲脉之会）的会阴穴流注，循至尾闾穴分支而行，经足太阳、督脉过，抵手少阳、足少阳、足阳明与阳维脉之会的肩井穴，交肩而上后入大椎穴，直越百会穴，再前行入缺盆，布于膻中，散络心包，穿过膈肌，重合于丹田关元。如此成为慕容馥体内真气根源之一，也就是压制慕容馥体内寒邪之力。

但这种玄寒内劲，本不可能存于正常人体内。好比体内真元藏精处，突现了一座大冰山。冰山源源不断地向身体各部循环、扩散着这些彻骨之寒，一丝一缕地吸收着体内阳气，这叫经络何堪承受?

偏偏就是这股玄寒内劲，与她体内修炼时淤积的寒邪相互抵制。换作寻常人，必定致脉络之气错乱逆行，生不如死，可偏偏她体内有一股奇妙的柔劲，在包围、掌控、引导着这座“冰山”，海纳百川般，敛合玄寒，调控寒邪，兼合这两者。

这便是慕容馥修炼玄天心法的奥妙所在，而当慕容馥突破武学气脉、上升武学修阶时，这股包围、掌控的柔劲，要聚集力量去突破气脉，一时无法兼顾，玄寒内劲便会取代柔劲，占据真元位置。最严重的是，被玄寒内劲压制的寒邪还会趁机反噬。

玄寒内劲掌控真元，身体无法承受冰寒，有可能被活活冻死；寒邪反噬，必致脉息紊乱，神志昏然。不管是哪一种，这两者都是极为危险的。

檀静玉不了解慕容馥的修炼之途，无法查探她体内各种复杂的调控与牵制，但以他天武的内劲武阶，却能辨别得出，慕容馥此时正在突破地武初段。

地武初阶的十道气脉都在各自壮大，抵达地武中段。

是以，他不能运转体内阳气入她体内，以做暖护，否则她体内寒气与外来阳气激搏，她血脉被扩张爆裂，必死无疑。他亦不能将她体内寒气吸入自己体内，以他丹田内刚阳之气循周天化之，因为他发现，这寒气似乎也是她真气根源之一。

只剩下一个办法，就是以金针刺她大椎、关元、肩井等经脉间之

---

[1] 十二经脉对应体内脏腑，其中阴经属脏，阳经属腑。奇经八脉不拘于常，是以谓奇经。与正经相对而言，其分布不如正经规律，与五脏六腑亦无直接的属络联系，但当十二经脉气血不足时，奇经中所含蓄的气血则溢出给予补充，以保持十二经脉气血的相对恒定状态。

交会大穴，隔断她身上十二经常脉与奇经八脉的联系[1]，使寒气渗入气血间暂时不能相互为用，以此减少她的痛楚。

但是，因武阶气脉突破间最需要的，是正经、奇经间的出入为用。在此突破武阶的关键之际，这期间一旦正经、奇经隔绝，不仅她此生无法再突破得了武阶，稍有差错，还有可能修为尽去。因此，这个方法也不可行。

即便是此番生死之际，他也不能为她做主，更没有资格为她做主。每一位武者，都把武功尽废当成最大的耻辱。她以强为傲，对于她而言，失去武功不仅仅是耻辱与否的问题，还关乎生死。他不能为了减少她一点痛苦，而在另一番途径上“杀死”她。

各方途径皆不能用，他只能空等，等着她成功突破武阶，自己醒来；抑或是，在突破武阶之前，寒气完全渗入她四肢百骸，全身冻僵而死。

他不知道究竟该怎么做，学了多年医术，此刻却浑无用武之地，他只恨自己，俏生生一个人，如今凝成了一块冰。见她如此模样，那种心慌意乱怎么也定不住。

他紧紧握着她的手，无力地道了声“阿馥”，不料慕容馥身子顿然一震，眼睛陡张，松开掐扣住他手腕的手。

檀静玉一时惊喜，连连唤了她数声。慕容馥又双目闭合，浑无所觉，连那因痛楚而紧蹙的双眉，也随着她越来越浅的呼吸，渐渐散了开去。只有她苍白凝冰的手指尖那一抹艳红血色，在微薄的光影里跳跃。

檀静玉面色倏变，双手扣住她的双肩，厉声急道：“不可以……阿馥……阿馥……”

回应他的，是慕容馥渐无生气的脸，还有一串极淡极淡的脚步声。

牢门外，黑衣守卫道：“檀公子，您是时候该出去了。”

这牢中极其封闭，除了那一道道的漆黑色玄铁门，没有窗户，没有缺口，异常黢黑。整个空间里，只有身侧那盏绫灯，在拼尽全力地发出光来。

听到声响，檀静玉霍地转眸，盯住那守卫。目光在光影起伏中，如同烈兽口中喷出的一簇火焰，惊人心魄地焦焚而至！

黑衣守卫被他眼底煞气连连惊退了两步，噤若寒蝉，匆忙退离。

檀静玉陡然站起，身影一晃，径直已到牢外玄铁门口。

楼晏已不在。

四面八方不见一个人影，只有风吹树枝，发出一阵一阵的“沙沙”声，无端扰乱人心。檀静玉神容肃冷，对空气问了声：“楼庄主呢？”声若寒冰，是锋芒半露的刃。

乌升兔落，晨曦如火，照得那一片淡雾盘旋尚未尽退的海棠林宛如仙人化境。

金雾弥漫间，除了檀静玉一人，实在看不见还有谁，亦没有办法断定究竟能有什么人听到。然而他的声音才落不久，便鬼魅似的闪出一个侍卫来。

侍卫身穿黑色武士服，衣服上有海棠刺绣标志。

黑衣侍卫回声道：“楼庄主在试茶阁……”他话音未落，檀静玉已不见踪影。

檀静玉离开少顷，清风略动，枝抖影泛，一个身影自烟雾朦胧里，渐渐聚形，显现在铁牢门前。

是一名女子。

女子有着一头美丽的浅银长发，身穿浅紫宽袖长纱裙，腰束紫棠暗花绫带。衣随身动，衣摆上以银丝缀着云纹西番莲，一旦风舞，飘飘如举，便是一番缤纷入目，若蝶翼翩飞。

地牢前周围十多个黑衣侍卫兀然现身，皆是单膝触地，跪在女子跟前，齐声道：“见过赫连主使。”

赫连舒娆面目煞冷，转眸侧目好不凛然，浑如冰山寒玉，极不近人。一行人等跪地问候，她连目光扫也未扫，只冷冷道：“人呢？”

“主使请。”其中两人起身，打开牢门，执过两盏灯，引身走入黑暗之中。其余人无她之言，皆保持原先动作，跪不敢起。

牢中与外面的曦照相比，冰炭之较，天壤之别。如若没有两盏灯，可谓伸手不见五指。

黑衣侍卫引她至慕容馥所在牢房，打开玄铁门，一阵刺骨寒气扑面撞来。两个修为在通元中段的武者，竟浑身一凛。

赫连舒娆清眉一蹙，不置一言，走进牢中，举目看见石榻上躺着的，似乎已不能完全说是人，更像一尊冰雕。躺着的女子全身上下凝着一层薄冰，看上去毫无生机可言。

赫连舒娆斜目问道："死人？"

两位黑衣侍卫暗自运劲护身。其中一位道："庄主抓住她的时候，她已昏迷，之后便让我们直接送入这里，静待主使莅临。起初她只是全身发寒，紧接着便成这等模样了。"

赫连舒娆目光轻转道："告诉楼晏，人，本座带走了。"

两黑衣侍卫同道："是。"

赫连舒娆移形换位，鬼魅般至石榻前。她一手抓上女子领口，不料手刚及对方之身，登时如有寒针倏地刺来，直入手骨。

瞬然一阵僵冻和刺痛，赫连舒娆心下一震，这才收回手，细细打量石榻上躺着的女子。

女子一身白衣，黑色长发侧垂及地，发丝上凝结着点点碎冰，颈间戴着白兰古玉，古玉泛着丝缕浅薄白光。

赫连舒娆眉心一蹙，清冷眸中微不可察地带过丝缕疑惑与迟疑。她运劲护身，手缓缓伸向白衣女子额前，拂开抹额。

抹额下露出一团伤疤。诡异的是，这伤疤竟不同于寻常，疤痕上竟似顺着某种图纹，似雪莲，流转着白色夹杂极淡极淡的冰蓝的荧光。在这缕荧光的盈动下，女子皮肤呈现一种剔透如玉的颜色，甚至连青紫的血脉亦清晰可见，在这样的幽暗牢中，诡异可怖，鬼魅如妖。

赫连舒娆面色骤变，惊退两步，少时才回神，目光不知是惊是惧，在白衣女子脸上凝了片刻。垂眸思量间，她将女子抹额扶正，转身即离，并没有将人带走。

原说要带走，现在又空手而出，两名黑衣侍卫不解，但到底懂得规矩，不敢多加置喙，静随着赫连舒娆走出。

赫连舒娆走至最外层牢门口，脚步顿了顿，问道："她叫什么？"

黑衣侍卫道："禀主使，此女名唤慕容馥。"

赫连舒娆面如冰雪天地，没有一丝笑意，亦无其他表情，兼长年居高位，是以虽身形娇小，举手投足却凛冽生威，转眸顾盼震慑人心。

黑衣侍卫见她再不多问，遂也不敢多言其他。

赫连舒娆走出牢中后，同样未看一眼保持着原先姿势的黑衣侍卫，径自一跃，形如幻影，掠身即无踪迹。

牢门前的黑衣侍卫确定她离开后，才起身，各归各位。

晨光越发耀亮，林中迷雾渐渐散去，日下树影逐渐清晰可见。参差影下阒无一人，只有满树盛放的海棠花朵，千蕊万叶，绰约舞落。

试茶阁中琉璃灯上灯火未熄，仍透过轻纱幔罩，起伏着荧荧微光。日曦自门窗而入，两光混合，随着空气中起伏的暗香，落在青衣男子丑陋的皮面上，洒在他如绸黑发间。起伏金辉若流水，漫入层层银纹垂帘，滴落一袭落拓青衫，倾泻一席精致茶案。

从茶案上精致稀有、摆放得恰到好处的各种器皿来看，楼少容的茶道启蒙大抵来源于他父亲。

茶席上有一绿玉博山炉。楼晏垂首席前，细致弄香，忽闻步声橐橐訇然，抬眸见檀静玉疾步奔进，正立眼前。

楼晏仍心平气定，缓缓开口道："此香乃出于丹流眉的片沉。这片沉常以锡盒存，盒中格置香草香花诸物；下格置蜜酱，乃从果物中提取。隔板间穿孔数个，如龙眼大，可使气味缓缓递传。上则施盖。这番所养之香，百倍市肆中者。经多年放存，此丹流片沉熏出的滋味，可谓千回百转。果香、花韵，细细品味，皆在其中，而且头味、本味、尾味，各不相同。焚一博投许，氛翳弥室，翻之四面悉香，[1]可与黎国黎母山[2]之香相伯仲。人道伽南香乃香中至宝，香愈极致，

---

[1] 引用范成大《桂海虞衡志·志香》："气皆清淑，如莲花、梅英、鹅梨、蜜脾之类。焚一博投许，氛翳弥室，翻之四面悉香，至煤烬气不焦，此海南香之辨也。"

[2] 明·王圻《稗史汇编》载："环岛四郡以万安军所采为绝品……酝藉丰郁，四面悉香翻爇，烬余而气不焦，所产处价与银等。"——前文南地襄国琼山崖城等地，有属国黎国，国中有万安黎母山，乃借名之用，亦产诸香，文中黎母山之香，即出此黎国。

价与金同，我倒觉这久存的丹流片沉，倒不逊于伽南。旧时我听少容说，静玉也是个喜茶懂香之人，却一直不曾有机会闲下来，与静玉一同品香、瀹茶。今日有幸，何不一同坐下？”

“楼庄主雅人清致，能与庄主一同品香、瀹茶，乃修之幸。只是今日，修并非来与庄主品香、瀹茶的。”檀静玉神情依旧疏朗，然而语气里，有着轻微的焦急，不同于往日平和闲逸，“楼庄主，慕容馥身体不适，我不知道她究竟怎生得罪贵庄，但是，她现下情况，实在不宜继续待在黑牢中……”

楼晏清淡一笑，脸上纵横皱纹，霜白苍发，照样无法遮掩这个老人年轻时是如何潇洒清素、不拘平正。他目光无澜，神容平静地取过紫砂段泥虚扁壶，一边倒茶，一边道：“这是昔归古树沱，喝一杯，暖暖喉。”

檀静玉目光一凛，凝在楼晏面上，道：“慕容馥随修一同前来，与修一般，自也算上是贵庄的客人，不知楼庄主何以厚此薄彼，与修在此品茶，却将修的同伴关于地牢？”

楼晏言简意赅，道出三字：“冰海棠！”

他放下手中瀹茶壶，目光炯炯，对上檀静玉的双眼，像是要把握住他的反应。

檀静玉略微皱眉。

楼晏目光流转过几分探寻，解释道：“冰海棠是楼家世代相传的家族至宝，是海棠山庄镇庄宝物，但在昨夜，它被盗走了，而你的同行人慕容馥，恰恰出现在失窃之地。换作你是这山庄主人，你该如何为之？”

“不可能是她。”

楼晏道：“静玉何以肯定？若不是她，那么晚了，她又为何会在那里？”

檀静玉目光一凛，道：“我不知道。但不管如何，她现下病了，就是要逃，也逃不了。修只请求庄主，放她出来，她的身体状况……实在不能继续待在那阴暗潮湿之处。”

楼晏声音幽幽：“不行。”

檀静玉声音转冷："风影敷衍，无非一个女子，庄主何以至此？"

"无非一个女子，你檀修又何以至此？"楼晏轻嗤一声，冷笑道，"更何况，这个女子与冰海棠失窃有关，她已是敌人。对待敌人，谁会手软？静玉公子与其同行，楼某不愿怀疑到公子身上，因公子乃少容至交好友。公子当明哲保身才是，否则……"

檀静玉眼中锋芒逼人，像是已在弦上的箭，声音冷若寒冰："楼庄主的意思，是要把在下也关起来吗？"

楼晏面如止水，言语平静寡淡，又似隐有讽刺："没有证据指向公子，楼某自不会随意抓人。雍王毁了我的儿子，楼某却不会，也不想借故毁他的儿子……"

"我承认，是我父亲之故，方连累少容到如今这等地步，我欠少容太多，这是我与少容之间的恩怨，但——"檀静玉面色如霜，目光几似要洞穿他人肺腑，他一字一顿，冷声道，"一码归一码，我绝不会眼睁睁地看着任何人伤害到阿馥！"言语方罢，檀静玉也不多言，踅身便走。

楼晏站起身，呼道："你要做什么？"

檀静玉顿住脚步，语调肃冷："贵庄黑牢机关重重，晚辈甚为好奇。既然庄主不同意让阿馥离开黑牢，那么，晚辈虽只得微末之能，倒是很有兴趣挑战一下贵庄的机关与高手，带她离开。"

楼晏面上无澜，声音强硬，道："你如要把她从黑牢带走，只能踩过楼某尸体！"

檀静玉青衫一晃，瞬间至楼晏跟前，三指如爪，已扣在楼晏喉管之上。他的瞳孔猛缩，清朗的琥珀眸一时红丝蕴布，像是眼中燃烧着烈火，面色铁青，厉喝道："你是拿定我不敢取你性命？"

同此瞬间，门口陡地一声惊呼！一袭红衣倏地冲了进来，声音悲切道："檀哥哥，不要！他……是我爹啊！你怎么……"

楼晏却是无一丝惶急，镇定一笑，幽幽道："如若是雍国公子檀修，那么当然敢；但如果是鬼面玉箫客檀静玉，不是不敢，而是不会。此时此刻，你是谁？"他看着他，眼不瞬目，"但不管你是谁，人，我都不会放！冰海棠不仅有起死回生之效，对敝庄而言，更是非同小可。谁敢对它动歪心思，我楼晏宁可错杀，绝不放纵！除非檀公子可拿出证据，证明慕容馥对冰海棠并未动半点心思！”

楼晏，到底是楼晏！

檀静玉眼睛一闭，掩下眼中一抹痛色，松开手，唇角紧抿，身子转向门口，缓缓走出——脚步一起一落，明明无声，看上去却十分沉重。

日光照得他的脸太亮，无法看明白他情绪如何。楼盈月只看见，他垂落着的手收紧成拳，微微颤抖，手上筋骨，凹凸分明。

檀静玉声音低沉喑哑：“既如此，我便去陪她。”

楼盈月急急回转过头，心焦如焚道：“阿爹，檀哥哥只是请求您别把阿馥关在黑牢里而已，阿馥她病了。阿爹，你便答应檀哥哥吧，阿馥她是我朋友，她……”

楼晏厉声打断，呵斥道：“不要再说了！关她入黑牢，是山庄的规矩，不管什么人，进了我楼家海棠山庄，便要守山庄规矩，没有例外！”

楼盈月掩面哭泣，奔跑出门。

楼晏看着奔离的那抹红影，眉眼间的疲累，一泻而出。

逐鹿图

下

江湖卷

傅清欢 著

中國華僑出版社

CONTENTS

目录

CONTENTS

目录

第九章

梦里浮生叹断肠

她常常如此，暗地里望着一人转身离去，独留与她一片寥落背影。

那个背影，有着宽阔的双肩、有力的臂膀，还有如墨的玄衫，时而带入天光，时而融入夜色。

可是，现如今，她怕是再也看不到了。

一／错情铸就

海棠林间小径，忽有劲风掠树而过。

枝头花瓣纷飞飘落，缤纷如雨。劲风里，一道青影时显时无，转折林中机关所在。花木摇移兀转，无路之处门户洞开。

那袭青衫落落，直闯关着慕容馥的黑牢。

倏然之间，十八道黑影犹如鬼魅，迅捷而出，以那青衣男子为中心，团团包围。青衣男子倒不见惧退，身子挺拔，周身气势如一把即将脱鞘的宝剑。空气中，凛凛地，宛如蓄满雷霆，一触即发。

黑衣侍卫皆身穿武士服，衣角边缘有着一致的银线海棠花图纹标志，在日光下耀出刺目光芒。

每人皆长剑负背，行止合如符契。他们皆感觉到眼前人身上的强烈劲气，不约而同地心下一凛，站立间皆有防守姿势，双手下意识已握上剑柄。但尽管如此警戒，也没人真的拔出长剑。檀静玉不仅是海棠山庄的客人，也是二少庄主的至交兄弟，不到万不得已，他们不会轻易与檀静玉动手。

其中眼看是领首的一人，率先问道："檀公子此番到来，不知可有庄主命令？"

檀静玉目若寒星，眸光锐冷一转，不直接回答，反冷冷道："让开。"飞扬的发，是他心绪的泄露。

明眼人都能感觉得到他身上的那一股摄人的寒凛之意，心下除了被他的气势震慑到之外，更多的是惊讶。檀静玉与海棠山庄主人相识已是日久，每每至此，时常会小住几日，是以山庄里众人对他都颇有印象——此人性情潇洒，不拘于小节，待人亦极是平和，不管对上对下，皆是如此。

从未出现过此时这种境地。

众人虽是心中惊异，不知究竟发生了何事，但他们身负要责，奉命看守，也管不得其他许多，只道："檀公子若无庄主命令，不请自来，小人恕难从命。"

随着语音落下，侍卫们陡觉一股无形劲气逼摄而来，周遭压力一时大增，迎首便见檀静玉袖风一挥，一阵青芒带出劲气。正挡在玄铁牢门所在的两名黑衣侍卫抵挡不住，被逼退了数步。檀静玉身形一晃，连残影也未见得，人已迫近玄铁牢门。

众黑衣侍卫乃属山庄特别训练的隐卫，修为与反应均在常等侍卫之上，眼见檀静玉要强闯黑牢，身形倏然变转，阵法自出，长剑锵然脱鞘。

众侍卫身影变动，势若旋风!

时下，日渐转正，剑影折动日光，暴闪出锐冷锋芒。劲气呼啸，朝檀静玉后方当空罩下，并且封住檀静玉再一步靠近黑牢的前路。

檀静玉毫不回头，目光略微一侧，凌厉如霜。只见他倏然一晃，以不可思议的速度，身姿当风卓然，以退为进，众人长剑一时落空。

这些侍卫到底历经多番训练，乍一失手，丝毫不减缓他们的动作速度，反而动身之间迅疾如豹。长剑随着身形变动，锐猛再击，嗖嗖的利剑破空之声起伏响起。

檀静玉身形陡转再避，反掌一击，漫天花影霍然暴起，震飞迎面而来两名黑衣侍卫手中利剑。他出手并不下狠劲，不欲伤人，意在绕过他们直入黑牢。但这些黑衣侍卫显然比他想象中更为难缠，即便被打倒在地，也都是刹那间反身弹地而起，迅速加入阻挡战圈。

黑牢之外，日色暴烈如电，闪动一片忽起忽落、忽前忽后的芒芒剑影，而剑影中一袭青影瞬忽转移，在团团围截之中，飘逸穿行飞花之间，直朝玄铁牢门疾飞而去。

黑衣侍卫们视线交流，互为点头，随即剑走偏锋，“嗖”的一声，锐芒毕显。十来把剑同去，其中一把剑，最先划破层层落英飞花，直朝檀静玉后脑枕骨之下内凹之处脑海穴。

脑海穴，人身数大死穴之一。

檀静玉目光一闪，侧身踏步，身子突然回转，长剑直逼他咽喉而至，他面容鬼魅，唇角轻抿，不避，反是迎身向前，双手皆负身后，一身惊心动魄的波澜之势。

黑衣侍卫持剑之手顿然一僵，长剑停在半空之际，仿佛被空中一道沛然且无形的力量吸附住，进不能，退不能。

锐风逆转，沙石乱飞，击在脸上均是一阵刺痛。

檀静玉发丝向后飞扬，青衫衣角奋然翩扬，他一足猛然踏地，气旋如波，朝四下激荡开去。

飞花狂舞！

周围，是一股无可比拟的锐利之气！

这时，黑衣侍卫们察觉剑上被掌控的劲力一松，匆匆朝后翻身，以手撑剑，单膝跪地，盯住檀静玉，却觉手上顿然一矮，所有长剑从中断折。

方圆两丈内，堆积落花震扫而空，露出玄石板来。而两丈之外，落花堆积由薄到厚，一圈一圈，如水波荡纹一般扩开去。

四丈外的花树，皆在同一个高度，一折为二。

在场之人，皆是惊惧不已。

这就是……天武圣的力量？霸道！狂肆！势不可当！

江湖中，看到天武武者，比看到稀世美人的机会还少。能亲眼一睹天武力量，那便更为稀罕。

因踏入天武阶的武者，都不大喜欢动手。

黑衣侍卫们都知道，能在这样力量下得生，那不是侥幸，而是因为，出手者并不想杀人。

檀静玉冷扫一眼，转身，径直朝玄铁牢门走去。手上钥匙叮当作响，正是起先缠斗之时，自一名黑衣侍卫腰间夺下。

黑衣侍卫不顾生死，掷开断剑，变手为爪，直抓檀静玉背心——明明知道是蚍蜉撼树，他们却不能不阻止。

“住手！”

红影一闪，伴随一声厉喝，楼盈月陡然出现，挡在檀静玉背后。

手如利爪，在楼盈月咽喉半寸处生生停住！

她的出现，所救下的是黑衣侍卫的命，并非是檀静玉。

黑衣侍卫猝然收手，连退数步。众人皆微俯首，恭敬道：“女郎不该来此。”

楼盈月命令道：“让他进去！”

“未有庄主命令……”

声音未完，便被楼盈月打断，她双眸轻瞪，柳眉剔竖，怒道：“你们是想对我动手吗？谁借你们的狗胆？”

众人一时不知如何是好，面面相觑。

檀静玉已打开第一重玄铁大门，黑暗迎面罩至，他快步走了进去。

黑衣侍卫道：“请女郎让开，卑职若丢了人，这看牢的数十人都将陪葬，女郎不要为难。”

楼盈月稍收怒容，低眉扫视，道：“你们放心，他不会把人带走的。”说罢，也转身走进牢房。

楼盈月虽是海棠山庄的半个主人，却从来不曾靠近过黑牢。今日初次踏入，她忽然明白，檀静玉何以会这般失控。

一脚踏入其中，四面八方黑魆魆，只觉得满目郁黑昏惘。若无执灯，浑若失明。一旦静下来，仿佛连自己的存在都无法感受。没有什么比无尽的黑暗更叫人束手无策，没有什么比失去光明更加折磨人。究竟有过多少人，在这样的黑暗里挣扎求生？

楼盈月浑身一颤，陡觉周围寒气缭绕，锐冷渗骨，急忙停下脚步，呼道：“快取灯来！”

未几，一点光芒晃动，越晃越大，黑衣侍卫手执绫灯行来。

楼盈月接过灯，继续前行，穿过一道道已被檀静玉打开的玄铁大门，往最深处的牢房——慕容馥所在走去。

越往里去，便越发觉得阴寒，待楼盈月踏入最后一间牢房，空气中的锐冷一下子摄住她全身，好似在这鬼魅之地，潜伏着一只冰凝的巨兽。巨兽伸展着锐利冰冷的爪，摄住来人。这寒冷，比霜雪冰封的寒冬腊月更为冰冷刺骨。

楼盈月周身微一颤抖，手搓双臂，抬眼看去。

青衫男子身坐冰冷石榻上，后背斜靠着墙，双手紧紧抱着一名女子。女子被他揽抱在怀里，长发肆意垂散至地，露出的头面双手，乍看有些诡异。

他眉心紧蹙，唇色发白，双手攥住女子的手，不停地哈着暖气。

空气里寒意森冷，呼出气息均携白雾痕迹，但卧躺在男子怀中的女子却不见气息，全身上下，更是一动也不动。

楼盈月趋身近前，触目可见女子肌肤如冰般透明，眉目五官如浮托冰上，身体中的青紫血脉、经络、细小血管，均是纤毫分明。一眼看去，如妖似魔，极尽诡异之态。更严重的是，肌表之上，皆凝结着一层薄薄的冰霜，被抱着的身子僵直，整个人宛如冰雕所成。

楼盈月见此番情形，知慕容馥不仅仅是病了那般简单，不禁走上前握住慕容馥脉门，顿觉一阵锐冷如针，透骨刺来。楼盈月猛地弹手放开，劲气护身，才敢再握上去，却发现慕容馥竟是脉息全无。

楼盈月双眸圆瞪，不可置信地连退两步，言语断断续续，犹带哭腔，道："阿馥她……她死了……"

青衫男子陡然转眸，厉声暴喝："她没死！"原本如琥珀般净澈的眼眸中，此刻红丝遍布，眼神锐利如冰霜利刃，蕴着无穷的杀气与凛寒。

楼盈月被他一喝，惊得踉跄几步，手上的绫灯晃荡，牢中光色，一时摇曳。

摇曳的不只是灯，也是心绪。

她与他，相识已逾七年。无论是何时何地的他，从来都给她一种如沐春风般的温暖。他是那样潇洒风流、轶荡磊落的一个人，周身上下，全然不见一国王子的高傲，也不见身居高位的自骄之气。他亲切得如同亲哥哥一般，每次进庄来，都会给她带好玩的小礼物。

在庄中时，他有时给她讲一些江湖趣事，有时会跟她对练几招，有时听她发发牢骚……一直以来，他从未对她呼过一句重话。

在她的记忆里，他从来都是冷静的、自控的，书上讲的那些“猝然临之而不惊，无故加之而不怒”“泰山崩于前而色不变，麋鹿兴于左而目不瞬”，她总觉得，形容的不就是他？

最记得的是，二兄出事那一年，他亲自将“骨灰”带回海棠山庄。

那时，大兄悲愤欲绝。因二兄是被他父亲所害，大兄齐聚了山庄所有高手，在山下围杀他。这番境地，他本早已料到，可他依旧亲手将“骨灰”送来。如此险境，他身上不带一件武器，双手捧着骨灰坛，面对众人，一丝慌乱也无。就连动手，也不曾伤害到山庄里任何一人性命，只求进入庄中来。

强行入庄见到父亲时，他身上被砍了七道深口子，却面不改色，眉额不蹙，将骨灰盒亲自交到父亲手中。

可今日，她见到他失控愤怒得要杀了爹爹，他不顾一切地闯入黑牢，他对她的厉喝……楼盈月知道，这都不是他的本心。如果要深究，罪魁祸首不是别人，是她，是她楼盈月自己。

楼盈月猝不及防，满腹酸楚。可是空气太冷，将她的眼泪锁在眼眶中。

少顷，手间的灯光渐渐稳定，不再摇晃，她偏立一侧，低声道：“檀哥哥，对不起，都……都是我的错，我……我不知道事情会变成这样，阿馥她……”

灯芒淡淡，檀静玉双目垂敛，眉心蹙痕深深如印。忽地听楼盈月此言，他的手顿了顿，声线沉郁，道：“盈月，我……不是对你生气，我是对我自己生气……”

他看着她的生命在他手中流逝，枉他也习了那么多年的医，如今他依然这样眼睁睁，无能为力。

四年前是婼斓，如今是她，生命有一种故剧重演的悲怆，他怎么也掌控不住。

楼盈月看着他，那张脸上有一种生无可恋的萎靡，骇得她心惊。

“倘若并非因我，她不会受伤，不会无依无靠，不会孤苦伶仃，不会……若不是我，一切，本来都会更好，是我把她推入深渊……甚至现在，这些都是因我而起，而我，却救不了她！”他的语气里，有一丝难以辨别的情绪，仿佛水波中动荡的黑影，无法分清究竟是无奈，是自责，抑或是悔恨。

楼盈月心下五味杂陈，一时也未回味清他口中的另一番意味，以为他只是在谴责他自己的无能为力，不禁问道：“檀哥哥，阿馥她……她全身像是被冰封住，是受了内伤吗？何以脉息尽绝？难道连你……连你都没办法救她吗？”

檀静玉默了少时，才哑着声道：“并非脉息皆绝。打斗中，她被体内气劲反噬，寒劲控体，正气大虚，体内正邪相抗，气血被滞阻，故脉息呈伏而不现之象。我无法救她，乃因此时恰逢她突破武阶期段，若有外力强行进入，体内各道气劲再行相抗，她必死无疑。任何办法我都想过了，现在，只能期待在寒劲冻伤她肌体前，她能突破武阶，自行恢复过来，否则……”

他的心里头，既急且痛，又无能为力。愧与疚，就像那决堤的洪水，倾覆，摧毁，说来就来，无法压抑。

檀静玉双臂越发收紧，寒气冰冷，冻得他全身有微不可察的颤抖，连声音也带着颤音。他的口中，反复唤着“阿馥”，好似里面有一条微弱而无力的细绳，要将她牵引回来。明明这样近，但寒冷就仿佛是他们之间横亘的天堑。

楼盈月立在原处，凝神静视少时，一腔心绪波澜。她的双手紧握成拳，踅过身，便往黑牢外奔去。黑牢中不能置火盆，她遣侍女去往珍储阁，将十张新做的蚕丝锦被都搬入黑牢。

众人起初面面相觑，不敢行事，但素知楼盈月平时就不是个好惹的主儿，素来又骄纵惯了，若不照她所言，癫起性子来只怕除了庄主，谁都挡不住；如顺了她的意，又担心坏了规矩，遂一边应声道好，一边寻了人赶紧禀庄主去。

楼晏听人来报，沉了沉脸，表示只要慕容馥不离开黑牢，其他便随楼盈月去了。

眼见众人将东西都送齐进去，楼盈月在黑牢外站立少顷，才朝海棠林深处跑去。

日已西垂，一轮明月似显未显，半圆不缺，剪纸片一般，垂在海棠树梢上，衬着西山欲去还留的残霞。

晚霞连绵，透过千万树灿烂盛放的海棠花，碎金点点，弥望皆是绯红，整片的纷纷扬扬，好似整个海棠林都罩上一层霞红细纱，生生地带出些境味，不知该说是鬼魅还是凄艳。

细纱深处，一间精舍孤然自立。

精舍周围，盆盆山茶妍妍而绽，晚霞中，静寂渊默，像一幅意境深远的妙笔丹青。

火红身影贸然奔来，似一团火星落了画，焚烧摧毁，打破这一番似画的场景。

身影动间带起劲风，簇簇山茶茎叶摇曳，几只惊鸟急冲云霄，飞花缠绵追随，虽是有风助力，但到底少了翅膀，斯须已是往下飘坠。

红衣身影彻底隐入精舍之中。飞花落地无声。

“二兄！”楼盈月径闯急呼。

茶香氤氲扑鼻，房中摆设依旧清简单调，窗外隐约几声鸟啼。

晚霞绯红艳光，透过镂花窗棂格子，渗入房中，拂在茶案一角那枝垂丝海棠上。

海棠斜插在月白釉素纹胆瓶里，仿佛那粉紫颜色是自素白里横生出来，颤巍巍的，别有娇弱姿色。如同一个绝代佳人，空谷幽兰般，遗世独立。

这遗世独立的后侧方，席案前，闲闲坐着一名男子，一侧置放着两根拐杖。

衣衫是月白色，质地是靖国的水云缎，乍眼看去，没有任何图案，一旦有光，便如水云波纹一般流转，宽敞袖口与对襟处，皆是银线绣制的图纹。

光线一动，纹是朵朵山茶花。

男子手指修长，执着釉色如竹丝的白纹敞口瓷杯，纹理透过指缝露出，仿佛藤蔓纠缠到指间去。他低首，细细嗅品，起落动处，姿仪分外闲雅。晚霞将其侧影斜拉在地，明明雅致如他，却一身孤岑滋味，令人忽觉天涯跟前，寂静寡欢。

一杯茶尽，男子方置下茶杯，回转过首，看向楼盈月。

动处折光刺眼，男子半张右脸，皆被收在那银箔打造的面具中。半边银面具折映着晚霞，好像兀自开了朵朵海棠，荡起一片霓虹光影，衬着他另一边的剑眉修目，越发山水兼容，俊美无俦。

足以想象，若取下面具的右脸也如左脸这番，这该是一个多么丰神俊朗、姿貌端华的男人。只可惜，面具下掩住的半张脸，是那一夜檀静玉所见的触目惊心。

“水刚刚开了，小妹是来找我喝茶的吗？”楼少容淡淡开口，嗓音喑哑，涩如刮竹。

喉咙受损，生生将一把天籁之音毁成刮竹刀声，入耳惊心。窗外有风轻拂，沙沙抖动着花枝，声若蚕食，不显幽怖，反而比他的声音还悦耳几分。

楼盈月深吸一口气，近了楼少容身侧，伏在他身边，拉住他的手，道：“二兄，我求你帮我个忙！”

楼少容目光落在楼盈月脸上，眸色幽漆，深似古潭。

他在等她的下一句。

楼盈月道：“你帮我求求爹爹，让阿馥离开黑牢，好不好？”

她的语气着急，是他从未听过的恳求滋味，很深。楼少容若有所思，问：“阿馥是……檀修带入庄里的那位姑娘？”

楼盈月点头如捣蒜，急急道：“阿馥她……她身体不好，若是一直待在黑牢里，她……她会死的！二兄，你救救她好不好？”

楼少容静坐垂眸，一心澄澈，道：“檀修他找过父亲了。”语速徐徐，不是问询，而是肯定。

“找过了……”楼盈月一双皎如明月的眸子里带出蒙蒙雾色，“我原本也是去找老头子求情的，去的时候，见檀哥哥已经在阁里了，我便立在门口，想听老头子怎么说。可……可檀哥哥便似魔怔一般，对老头子动手，可……可老头子宁愿被他杀死，也不肯将阿馥转移出黑牢！”

楼盈月说着说着，声音哽咽，犹带哭腔：“二兄，为什么呢？阿馥她……她已经那样了，即便离开黑牢，也不可能逃得出海棠山庄。为什么……为什么老头子连这样小小的要求都不肯答应？他……他以前不是这样的，他是连路边见一乞儿都会心起怜悯的人，更何况这是一条人命啊！而且，阿馥她教我剑法，她是我的朋友。我从小到大，都没什么朋友，好不容易认识一个，老头子却把她关入牢里！他不是自小教导我们，人活于世，应该记得恩德情义，四字重如泰山，可堪撑起人之脊骨吗？可现在，我眼睁睁看着我的朋友命在旦夕，我……却什么也帮不到，什么也做不了！”

“小妹，父亲……也有他的苦衷。”楼少容取过拐杖，立起身来，走到窗边。人站在霞影中，月白衣裳像落在了染料里，带出斑斓涟漪。

楼盈月惊随立起，声音颤颤，反问道：“能有什么苦衷，比得上一条生命重要？”

楼少容语调依旧平静：“小妹知道山庄丢的是什么东西。”

他的声音太淡，以至于楼盈月听不出是问句，还是陈述。

“我……”楼盈月顿了顿，不知是因惶惑，抑或是因心虚，“丢了什么，都不会跟阿馥有关系，我可以性命担保。”

“担保？”楼少容陡地侧身，目光定定，将她看住。光芒在半副面具上倏地一凛。他的声音如同自深潭底处传来，冷道：“你有几条性命为她担保？你有多了解她？除了知道她叫慕容馥外，你还知道什么？”

“我……”楼盈月双唇颤抖，说不出来。

她与慕容馥相交，也不过这二十来日，能相投至此，靠的无非是眼缘。

楼少容继续道：“不过十八九岁的少女，修为已臻地武阶段，她岂能是常鳞凡介之辈？如此一个身份不明、修为高深的女子，半夜三更，为何会出现在飞瀑亭上？并且恰恰我们山庄至宝冰海棠被盗，你说，她能真的一点儿干系也没有吗？”

“是巧合……”楼盈月抖着双肩，泪珠自眼角滚落，连连摇头，“二兄，真的是巧合。山庄里阿馥她不熟，我曾与她在飞瀑亭上喝过酒，她才知道了那个地方。这些日子，她时常在飞瀑亭上练箫。昨夜她会出现，兴许……兴许只是睡不着，才会跑到亭上练箫，恰恰又碰上……碰上冰海棠被盗……”

楼少容轻哼一声，道：“这样的话，说出来，怕连你自己也不信。”

“真的……真的与她无关的！”楼盈月哭着道，胸息因抽泣一起一伏，锁骨也随着嶙嶙地显着，仿佛要戳出皮肤。

楼少容问：“与她无关？那与谁有关？这世上哪来那么多‘巧合’？”他的目光凝在她脸上。

楼盈月只觉得被他的目光刺得千疮百孔。

夕阳西下，人面渐暗。

“我……”她卸尽力气般捂住脸，身子颤抖，犹如临风的幼树，低喃道，“是我……害了她……”语气里凝着一股不堪重负的愧疚。

拐杖咚咚击地，楼少容靠近她，目光瞬也不瞬，问道：“小妹，你知道是谁拿走了冰海棠，是吗？”

“不……”楼盈月长睫一抖，垂眸，把目光敛入眼帘中，无措地摇着头，“我……我不知道。”语气早已泄露圭角。

“你知道，你知道是谁。我只是不明白，你为什么要为他找借口？”楼少容步步紧逼，“蔺玠不是为你去买东西，他是拿着冰海棠，离开海棠山庄了。”

楼盈月满面泪痕地抬起头，一张花容月貌的脸，唰地惨白。那白不是皎皎明月的白，那是未曾织茧便僵死的蚕虫的白，惨淡、僵硬。

她看着他，愣愣地，身躯犹带战栗。

楼少容道：“你很奇怪我为什么会知道？小妹，你只知道冰海棠是家族至宝，但你可知道，为什么父亲从来不走入冰室，甚至，从未靠近一步？”他看着她的脸，五官精致的脸上，早已无了往日狡黠机灵的劲头。

“因为打开冰室的正门，取出冰海棠，需要楼家嫡女的处子之血，也就是，你的元精之血……”

楼少容倏然拉住了楼盈月后缩的手，他将她的手抬起，看着那受伤的手指，道：“食指桡侧端商阳穴处，是可取女子元精之血最便捷的方法。你也修过几年武，难道不晓得？”

楼盈月拧眉头，凝着眼，看着自己的手。

双手颤抖。

那日她与阿馥喝醉，当夜睡得极沉，神志不清，次日起身，手上无端端多了一道伤口。她问蔺玠，他说是她喝醉了的时候无意划伤。直到舞剑那一晚，阿馥意外提起，她才起了疑心，手上的伤口未必是巧合。

可是，蔺玠为什么要骗她？就是因为心底这点疑惑，昨夜，她才会偷偷跟踪蔺玠，才会在飞瀑亭正撞上他盗取冰海棠。

楼少容道：“昨夜事情若无发生，连你也不知道放置冰海棠的冰室所在吧。冰室位置除了山庄掌管之人，外姓人中，只有山庄四大护首和负责在飞瀑亭附近的隐卫知道。同时，进入冰室里的机关，比黑牢外的机关更为复杂，没有机关图，根本无法靠近。能得到机关图，接近楼家女郎，取到打开冰室大门的唯一‘钥匙’，成功不惊动任何隐卫……这个人除了他，还有谁？小妹，他拿到冰海棠离开，本就不打算回山庄了，明明知道会被拆穿的谎言，你为何还要替他隐瞒？”

楼盈月那根绷住的弦乏力地一松，声音是飘忽的、委顿的。她问道：“他……永远都不会回来了，是吗？”

楼少容看着她，眼中牵动着一丝不忍，却到底还是狠狠心，道：“他拿走冰海棠，你觉得，可还会回来自寻死路？”

当然不会。她早知道结果的，可是她期望太多，压得太重，不敢去想。哪怕事实已经如此一清二白、了了分明，她也不愿去相信，因为想了就会清楚，相信了就要逼自己放下。

可她怎么……怎么能放得下？放下这么多年的眷恋，放下这么多年的期愿，怎么能够？怎么可以？

像有一只利爪，穿越皮肉，直伸入她的心里，抓撕拉扯，钻心刺骨。她好痛，双手捂着心口，整个人抵受不住地，软蹲在墙脚边，泪花乱转。

楼少容皱了皱眉。他在她的神情里，看到几分不寻常。

这种不寻常，他分外熟谙。

很多年前，他自己的脸上，也出现过这样的神情——求而不得，有力却不愿自拔。

楼少容叹了口气，扶她起来，道：“小妹，你回去吧，这件事，二兄帮不了你，你也不要去管。”

“你知道，是蔺玠拿走了冰海棠，所以你们早就知道，这一切确实与阿馥无关了？”楼盈月泪眼蒙眬间，顿悟般带起一簇冷笑，“是我放走蔺玠，是我害楼家丢了冰海棠，我就是共犯！可你们偏偏把阿馥关在黑牢，你们偏偏要把她逼死！为什么？”

这么多年来，蔺玠都在瞒着她，现在，连二兄也是，父亲也是。

一时间，好像被所有人隔离了，背叛了，好像每个人都瞒着她，瞒住所有与她有关的秘密，让她像一个傻子，茫然不知，兀自承受着，自责着，瑟瑟发抖，大寒索裘。

“为什么？明明是我的错，为何要旁人为我受过？”楼盈月陡然看住楼少容，双目通红，悲愤难抑，怒嘶道，“是让我痛苦之余，还担上一条人命吗？”

“小妹，你冷静点。”楼少容一手支着拐杖，一手握住她的肩，“你以为父亲愿意这样？你不知道，冰海棠不仅仅是楼家的至宝，事实上，我们楼家的存在，都只是为圣宫看守冰海棠。”

楼少容生怕手力太大，弄疼她，不敢收得太紧。楼盈月用力一拨，便挣开楼少容的手，咆哮道：“什么圣宫？什么冰海棠？我从来都没听过，我不懂！我只知道，你们都在骗我、瞒我，你们一个个都是这样！”

“骗你？冰海棠丢失，如果没有个交代，别说楼家，整个海棠山庄，谁也别指望活下去……归根结底，楼家只是负责看守冰海棠的奴仆。是，父亲他当夜就知道是谁拿走了冰海棠，但他必须拿住慕容馥，毫不犹豫，没有三思，你可知道为什么？”楼少容怒斥道，“因为他不可能把自己的女儿交上去！山庄里眼睛那么多，未必每一双眼睛都是属于父亲的，而慕容馥出现在那里，父亲只能选牺牲她而保护你。”

因生怕她想得太极端而生出其他事来，楼少容将缘由一气说完。见她神容惊愣，自悔语气重了，缓了缓，他叹息道：“小妹，父亲的心里何尝不油煎火燎？他何尝不想让慕容馥离开黑牢？他何尝想牵累他人性命？可是，慕容馥一离开黑牢，圣宫下来的人就会有所怀疑。父亲不是怕慕容馥逃跑，他是怕圣宫的人不相信，他是怕你受到伤害！海棠山庄外表风光，实际上，不过是圣宫支在角落看守宝物的一枚棋子。棋子看丢了东西，就失了它的作用，唯一的后果就是成为弃子，而所有的弃子都只有一条路，那就是死路。父亲不愿让你知道这些，是因为他心疼你，他只想你快快乐乐地活着，你明不明白？”

犹如一颗巨石砸中心口，毫无预料地。楼盈月踉跄倒退，原先因激动而通红的脸，转瞬又惨白如僵死的蚕。

楼少容心疼地别过脸去。

她是他唯一的妹妹，是他最心疼的小妹，他也不愿她承担这些，所以楼家最深的隐秘，她从来不晓得。但事情已经如此，有些东西，她若是不知道，谁也不晓得接下来她会惹出什么滔天祸端来。

楼盈月声音惨淡，道：“原来，阿馥她，真的是代我受过……”她身子颤抖如被雨打风吹的残蝶，“原来，真是我害了她！”

她抬眸看他，眼神却空洞，问道：“她若此番真有三长两短，二兄叫我余生如何心安？”

她眉目间的惶惑叫他心疼。楼少容摇着头，道：“冰海棠有起死回生之效，江湖上多少人在打着它的主意。此时此刻，难道你还以为慕容馥的出现，仅仅只是巧合？也许是她找借口在飞瀑亭滞留，目的就是打探冰海棠的入口呢？或者，连她与你一道喝酒、教你练剑，博你信任，都是有备而至呢？小妹，你怎么不清醒清醒？”

楼盈月不反驳，因为，她无法证明慕容馥绝无觊觎海棠之心，她只知道，即便有，她最终也放弃了。

在打斗时，慕容馥早知道对手是她。

"二兄，我知道你的怀疑不无道理，但你可知道，那夜，本来被当场抓住的应该是我，是阿馥她……推我离开。如果她的目的是冰海棠，那她应该追向拿着冰海棠的人而去，她根本没有必要帮我。若她不帮我，今时今日，关在黑牢里的，也不会是她。"楼盈月看着楼少容，声音喑涩，"二兄，如果真的没有办法，我愿意跟她换出来，我……"

楼少容打断她，声音霜冷："我方才说那么多，你还不明白？换出来？你是要用整个楼家跟她换？"

楼盈月精致好看的眉目，如覆上一层僵冷，人偶似的，不见情绪："我自己做下的事，该我一力承担，跟楼家无关。"

"无关？只要你身上流淌的是楼家的血，便不能没有关系。你要做什么之前，想想父亲为楼家、为你我付出多少！他已年迈，小妹，没有什么比亲人更珍贵，更值得珍惜。情爱，也不例外……"楼少容说得慢条斯理，一言一句，如疽附骨，分分明明。

有些执着会让人陷入死境，需要旁人当头一棒，醍醐灌顶。他知道她在眷恋什么，有些东西，总要挥刀斩断的，因为留下只会有无穷遗患，她不敢用力，他来帮她。

楼盈月呆凝原地。

外头，鸟也归了巢，不再吵闹。风也不知是否止了，一分声息也无。

楼少容心下叹息，一瘸一拐地转身，燃了窗边一盏灯。室内荡漾起一波明光。

迟迟疑疑，招招摇摇。

楼盈月心口淤着一块硬泥，上不来，下不去，一腔痛苦堵在胸臆，苦不堪言。她知道，二兄向来聪智，方才三言两语，蛛丝踪迹，他必已有所察觉。他怕她胡闹，他担心她闯祸，所以才会把一切分明地告诉她。

她不明白，为什么楼家人在感情上都不得善终，一如诅咒，大兄如是，二兄如是，她亦如是。

从前，她以为，她所要求的很微薄，很简单，她所渴望的很普通，很容易——不过是她爱的人也爱她，不过是与所爱的人安度余生。这哪里有什么难？话本子里的都是如此。

经此役，她方才晓得，原来她所认为最普通的，其实是这世上最奢靡的事，也是最不能自控的事。

她放走他，原以为不是多大过错，却不想连累到阿馥，不想事情会发展到这个地步。可倘若她早知，她一早就知结果会是如此，那，她还会放他走吗？

扪心自问，她还是会的，即便良心一如油煎火燎，就像父亲，明明知道是错的，但他选择的依旧是自己的女儿。

没有谁对谁错，没有谁是谁非，都是万般不得已。

楼盈月怆然转身，走出精舍。

“小妹！”楼盈月走至门口处，楼少容陡然叫住她。

此刻夜色已重重压了下来，外林的暗沉与屋内的灯光，自成两重天地。偶有月光穿越枝缝，鉴人眉目，窥探着各人心事。

楼盈月立在门口处，立在明与暗的交界里。

夜风又起了，肆无忌惮地扬起她的衣裳、她的发，红裙不合时宜地摇曳得欢快，像是展翅欲飞的蝶，而那侧过脸的眸中，目光虽流散无焦点，却不掩悲戚。

记忆里，他的小妹即便哭着，眼底也没有苦意，无非是撒撒娇，耍耍小性子，她从未如此。

楼少容缓了缓，宽慰道：“圣宫今晨已有人来，可至现在，慕容馥尚未被带走，我虽不知缘由，但事情并非没有转机，也许，不是你我想象中那么糟。你……你莫要轻举妄动，檀修那边，也不可多言……”

“事情已经很糟了，阿馥能不能熬得过去，尚未可知。连檀哥哥都说，只能听天命，二兄觉得，这样真的还不够糟吗？”楼盈月回过头走出两步，又顿住脚步，“二兄，什么该说，什么不该说，我都知道，我已经不是小孩子。”

那一袭红衣渐渐远离，只余天际探出的一缕月辉，惨淡地委顿门前，无尽孤清……

二／覆鹿寻蕉

黑牢里，除了那一盏不甚明亮的绫灯，隔绝了外界所有的光。

侍卫送来被物，见檀静玉神情可怖，皆仗马寒蝉，退出牢中。

檀静玉知不能运转体内阳气入她体内，以做暖护，但他可以调息运气，提升自己身体温度，用体温来为她保留一息温暖，这样便不会影响她体内脉络间气劲的循行。

先前两人之间阻隔衣物，温热的传递未有大效，檀静玉犹豫一下，便灭了牢中唯一一盏灯。视线皆在黑暗中，修武者暗视力虽佳，但此处光线不透，层层暗影困囿，纵能得见，也不过少许轮廓。他褪下外衫，又缓缓帮慕容馥脱下凝着薄冰的衣物，触手她的体肤，比隔着衣物时，更是冷上数倍。她的身子，冰寒如昆山之巅的千年积雪。

檀静玉调息运气，伸展双臂把她抱在自己怀中。那冰冷，便如同在寒冬里，身浸于冰水中，在相触时，也叫他颤抖。但他紧紧搂住，身子无痕隙地紧贴着她的。周围裹盖着棉被，温热随着体肤相触，丝缕地传递，温软她浑身的僵硬与冰寒。

开始，慕容馥觉得很冷，非常冷，四肢百骸很痛，非常痛，仿佛回到在若耶山的时候，她刚开始修习玄天九式，须靠青寒玉床增强内力，敛聚内息，不管练功时，抑或睡觉时，都待在那青寒玉床上。

青寒玉床乃万年寒玉所制，是世间少有的宝物。无论身上穿多少衣物，一旦触碰，寒气依旧能透过衣服，见缝插针，渗入腠理，锥心刺骨地直戳心窝去。那时，每每至半夜，她全身都被冻得僵硬，动弹艰难，但久而久之，随着内劲的提升，真气护体，冷着冷着，僵着僵着，倒也无所觉了。到如今，便是寒冬腊月里，哪怕只着一件单薄夏衫，她和欢颜都不觉冷。

慕容馥已许久未曾体味到这种刺骨的阴寒了，可就在裴南之一掌打来，尚未触及她身体的时候，她已觉得冷与痛。

彻骨的冰寒与灼烧般的疼痛取代了一切，生不能，死不能，拒也不能，抗也不能。然而时过不久，她又开始变缓、变钝，意识好似被一点点地压缩、抑制、驱逐，直到完全脱离了躯体。

她记得那个人说过："一般人若承受不了这股力量，就会反被吞噬。那种冰冷，游走周身血脉，除死无他。"

慕容馥无力地昏迷过去。

此时此刻，死亡的气息如此之近。天地间陷入一场无声、无觉、无感之中。

静，好静，那么静！

静到呼吸未曾发出声息；静到身体忘记它曾可活动；静到像颓了的山，枯了的河，没有来时，没有过往；静到如同天地空洞幽谧，是未分阴阳的混沌之界。

世无熙攘，人无担负。

她在一片寂静里，好似游魂一般飘浮。

不久之后，她终于看到一点光亮，像门。门被打开，她看到了火。

铺天盖地，缤纷斑斓的火。

慕容馥僵硬地，脱离地，站在门外，仿佛站在尘世之外，看着那无声的烟火绽放，将夜空染成日霞西落的霓虹。

烟火之下，是一大富之家，画梁雕栋巍巍，碧瓦朱甍臻臻，琼楼玉宇闪闪，红遮翠拥绰绰。[1]

不知何处，星火坠落，忽兴大火。

火光冲天，微风感触火的热烈，登时和威助势，交缠着烈火，狂

[1] 化用《刘晨阮肇误入桃源》第二折中："光闪闪贝阙珠宫，齐臻臻碧瓦朱甍。宽绰绰罗帏绣栊，郁巍巍画梁雕栋。"

虐而起，如同发疯的火龙。偌大府邸，顿时被红光所覆盖。火舌迅速席卷四处，栋折榱崩，屋瓦碎裂。

大火狂涌，诸物尽焚，府前混乱，众人忙着泼水救火。

两个八九岁女童，一个着红裳，一个着蓝裳，飞快地朝那一片红光奔去。

一切一切，清晰真实。可慕容馥听不见一丝一毫的声音，只有场景，真实的场景，在她眼前重现。

画面中，红衣女童脚步慌急，不顾性命，欲扑进大火之内。奔跑时，瘦削身子摇晃趔趄，小小细嫩的双拳紧攥，青筋尽显，好似那通天的大火，早已蔓延焚烧到她的胸腔之中。

如此扑入火中，岂非送死？

慕容馥急跨过门，匆匆奔上前，挡在红衣女童前面。女童却生生穿越过她的身体，朝火海直奔而去。却见红衣女童将入火海时，身形遽然顿住。

慕容馥吃惊回首。

身后不远处，一名黑衣男子，隔空弹指，点中女童的穴道。红衣女童身边的蓝衣女童同慕容馥一样，吃惊回望。

男子身姿挺拔，一身玄黑衣衫上绣有精致银纹，华贵之中隐带着沉稳。

光色太亮，男子面背亮光，神容难辨。

熊熊烈火焦焚一切，吞噬万物。熏烟浓烈，团团腾起，宛如白龙，狂怒盘旋，直抵苍穹。红衣女童身不能动，清秀小脸因痛苦而扭曲，双手紧攥，指甲刺入了皮肤，鲜血晕开在她指缝之间，满掌鲜红。

慕容馥心有感触，走到红衣女童跟前。女童目光冷锐，盯着慕容馥——不，是透过她，看到了什么——满眼的激愤、暴戾、杀戮之气！

不久，鲜血自红衣女童那方寸眼眶溢出，将女童面目覆盖，五官渐渐变转，明明还是小女孩的身体，却变幻出一张十七八岁的脸孔来。

沾满鲜血的面孔！

胸口如被千钧巨石狠狠锤砸，慕容馥在心里惊呼：“我的脸，那是我的脸……”

那个跟她的脸一模一样的红衣少女满脸鲜血，满手鲜血，嘴角挂着冷笑，朝她招手。可是身形越来越模糊，渐渐地，朦胧不清。

身后的火龙倏地张嘴，盘旋而出，将模糊的红衣少女吞噬于虚无之中。

慕容馥心惊肉跳——

这个场景又回来了，带着焚烧的痛感，涨潮般将她湮没！这么多年，她以为终于可以不再困扰在幼时梦魇中，她以为自己已经足够强大，拾掇起旧日里的残勇，继续面对来日的暑雨祁寒。

可是，它又回来了！

就这样，直直冲入了她的脑海，打破了所有的静。

痛觉开始恢复。所有触感，一拥而上。

她感觉到，全身被一股温暖包围。在冰寒里，在疼痛里，有一只手，紧紧地，一寸一寸，将她拢住。那人将她越抱越紧，仿佛要将她整个人，揉入胸腔里。

她不觉得难受，不觉得闷，只觉得好温暖。

很久很久，没有过这样安逸的感觉。

黑暗中，她在怀抱里，闻到了草木的清香。

她不知道为何，年岁越长，往昔的记忆，有些却越来越深。

她最记得，时常有这样的夜——月光幽浮，穿越庭中树杈，春波秋水般，洒在空阶上。还有和畅的夜风，动摇枝干，打落那枝上桃花，便如一场红雨，驾着徐徐清风，翻飞满地。

如此霁风朗月，惬意地拂在庭中人身上。父亲抱着她，赏观这云破月来花弄影的风情。她在父亲的怀中睡去，温暖与安逸，呼吸间，是满亭花草的清香。

那不是迷烟幻影，它们曾那样真实地存在于她的生命里，确切不虚。而后，有的崩坏，有的颓败，她像是在旧记忆里，死过一次，又活过来。

触及那些记忆，仿佛是前世岁月的残存。

原来，不是梦魇不放过她，不是记忆不放过她，而是她松不开，放不下，忘不掉，心甘情愿困在往昔里，不肯同旧日道一声别，是她始终过不了自己这一关。

旧时光阴梦里度，皆是生死两茫茫。

渐渐地，意识在恢复，知觉也是。

她想睁开眼，但眼皮很重；她想伸出手，却无法感觉手的存在；她想开口，但言语似乎远离她。

她听到耳际有人在喃喃细语，嗓音低沉且沙哑，听来却如风拂海棠花枝般轻柔："你一定以为，你我是一曲结缘吧……其实不是……那一夜，我是因看到了你，才走入客栈之中。后来，栖霞山上，再次一见。两次遇见，我以为，你是跟踪我的暗人。我暗中对你施了催魂术。你侧着头，趴在案上睡去，仿佛没有任何警惕。月色鲜乳般洒在你的脸上，我缓缓走近你。本来，我是想弄清你的身份，可即便你中了催魂术，我也无法从你口中问出任何事。我便知道，你的修为不同寻常，你的意志尤为坚定。我在静夜里看着你，当我看到你眉间深深蹙着的痕，抹额偏移时露出那狰狞的疤，竟不禁地伸手，想去为你抚一抚……

"心里竟不由自主地，想问一问你，这样深的伤口，曾经有多痛；想问一问你，究竟是怎样的苦楚，叫你连睡着也皱着这般深的眉额……

"当时，连我自己也倍感意外，明明只是初次相见，却从未如此迫切地想去靠近一个不辨敌友的陌生人……

"此后我与你同行。虽然，你时时刻刻看起来，都是一副花明柳媚的模样，可偏偏，我却看到了你笑意之后的萧瑟清冷。你的眼里，有一种决不罢休的毅力。你在坚持着什么呢？这些年，你是怎么过来的？你会不会怨恨我呢？阿馥……如果有一天……"他没有再继续说下去，像是他的喉口被什么东西给噎住了，只能低低地唤着她的名，尾音里，是深长的叹息。

阿馥，阿馥……

嗓音喑沉而沙哑，让慕容馥心口莫名地揪起，不能释怀。

接下来，是大片大片的寂静。

慕容馥像又陷入无感无觉中，叫她错觉之前所听见的一切，都只是梦中梦的一场荒谬错觉。然而不知过了多久，又响起了声音，是之前那个声音，这一次显得越发无力。

“五天了，身上的寒气都已退去，你什么时候能醒过来？我知道你一定会醒过来的，你的箫还没学好。你是这样骄傲的人，一件事情，一旦决定开始，就不会轻易放弃。这样一直睡着偷懒，可不像你……你快点醒过来吧……”声音颤颤的，带着些乞求。

“你一定待腻了房里吧？我带你出去看月亮……

“你看到了吗？已将近月末了，月亮渐渐要缺成弓，那光却越发浓烈，越发稠密，照着这纷纷如落雨坠地似的海棠花瓣，一片起落不定。俯视海棠山庄，夜色里，就像起伏的花海，月色的照耀，就是那海动时的涟漪、细浪。你一定会喜欢这样的景色，睁开眼来，你就可以看到了。阿馥，睁开眼看看……

“我知道你喜欢花，喜欢草，喜欢那些脆弱而幼小的动物，你有时会看着它们走神。虽然，我不知道你看着它们的时候，想到什么，多希望，是能令你感到快乐的记忆……”

其实声音一直若有若无，慕容馥并不能听得太清，只能一小段、一小段地听到一点，并不能辨别他说的究竟是什么。只有尾音里那轻轻的颤，她能深刻地感觉到，揪得她的心好痛。

声音的主人，是一个多么温柔的人。她能感觉得到，他抱起她的动作，是那么轻缓，那么细柔，仿佛她是一件珍贵的，又极其易碎的宝物。

她已经好多年，没有感觉到这种如获至宝般的小心翼翼。

记得年幼时，她总在庭院中玩耍，夜起了，仍拖延着，不肯入屋去睡，疲累了，便靠在竹藤椅上睡去。阿爹睡前都会来看一看她，每每见得如此，便轻手轻脚地把她抱起来，将她整个人收拢在怀里，抱她入内室。彼时她虽睡着，却睡不太沉，耳际能听到爹爹带着宠溺的责怪：“好好的床不睡，偏偏躺在院里受风，连睡个觉也不让人安心……”

他身上发出那般祥和温馨的气息，令她动容，令她无法自已。

一如此时此刻。

这时，额上有什么东西顿了顿，气息吞吐，带着温热，小心翼翼，像是怕惊动着什么。这样的温柔动人，让她以为是梦。

她忽然希望自己再也不要醒过来，永远陷入这样梦境的虚幻里，也没什么不好。

虚幻如此动人。

人何以辨认，生之感觉，生之存在，究竟何虚何幻？

夜色渐深。

楼盈月端着食盒，折转过长廊，走入庭院中，遥遥望见远处男子。男子身子颀长，青衫轻薄，其上缀染着斑斑点点的星光。

他动作轻缓，小心翼翼，横抱起昏睡中的女子。他低首，嘴唇轻轻触在女子额上，片刻，趋身走进屋中。

青衫随风，荡开涟漪，惊动身后一地落花，逆风旋飞，满目温柔。

楼盈月碎步走过去，身影掩入屋中。

屋中已无两日前的闷热与炭味儿，只有珠帘玉屏后的温泉池，传递着阵阵湿热。

铜漏水滴，四下里连点了七盏琉璃灯。灯泽好亮，一如白昼。墙上那幅海棠，鲜活地，在光中舒展着艳丽的姿态。

楼盈月脱鞋，换了软履，将食盒置在画下案侧，朝床前走去。

檀静玉坐在床前踏板上，未戴面具，是他最真实的样貌。头发松松拢在身背，发尾一条青帛带随意地系着。

他本是晓风白莲一般的人，举手投足自有风华，从前哪怕身负七刀，行入庄中时，整个人依然如玉山般温润而泽。可如今他面色苍白，嘴唇干裂，唇边冒着一圈胡楂，神容是她从未见过的憔悴黯然。

灯芒浸他琥珀般的眸，竟也带动不出丝毫的光，只有视线停在慕容馥脸上时，才出现几分楼盈月见惯的柔暖。

楼盈月无声轻叹，道：“檀哥哥，案上是我叫人给你熬的粥，你吃些吧。”

檀静玉点了点头，却没有起身，伸出苍白而修长的手，轻轻地拂齐慕容馥两鬓间的碎发，另一手拿着犀角莲花梳，将她一头青丝梳得齐齐顺顺。若不是楼盈月亲眼所见，她也不敢相信，从前风流不羁、韵事缠身的檀哥哥，会如此细心地把一个人照顾得这样好。

那日，她跑去精舍求二兄放了阿馥，可二兄不答应。然而隔日黄昏，二兄亲自去了黑牢，劝檀哥哥出来，又命人把阿馥放出，同时还让阿馥住入山庄里依温泉而建的长平苑中。

彼时阿馥全身上下浑如冰雕，早已无一丝活人气息。唯有檀哥哥坚信着她未死，日日夜夜房中围床置着十二盆银炭炉，本来已经温暖如春夏的房间里，火热如置身火炉中。檀哥哥抱着如冰的阿馥，围着厚厚的蚕丝被，用尽他所能用的方法，去化解阿馥身上的冰霜。

三日三夜，他不眠不休，一切境况，糟糕得不能再糟糕。

那时候，楼盈月看着他那样子，眼眶涩痛，却丝毫流不出泪来。满室的火热蒸干了她的泪水，却蒸不去她心底的感动与羡慕。

她原以为，他与阿馥之间，必定是相识已久，否则，怎会有着如此奋不顾身？如果不是深爱与怜惜，又何以能到这等境地？然而，他说他们之间，实则相识不过百日。楼盈月这才明白，有些事，若是用时间来衡量其深浅，实在是太过于浅薄。

譬如感情。

人间事，躲不过一个情之所至。情之所至，方寸皆失。

也许坏到了最坏，坏到不能再坏，一切便会渐渐好起来。那一日，如奇迹一般，没有了生机的慕容馥全身寒气开始退去，肌肤的冰质渐渐消失，连带着皮肤上透着的青紫相交的诡怖质感，也逐渐化无。

面上虽说苍白，但到底看出点生气，脉息已是指触可寻。

那是第四日的黄昏，橙绯夕照的光影透着窗棂格子润进屋中，没有重量，浮浮泛泛，搅和着满屋热气，沸腾似的动起来。

当夜，慕容馥的全身开始滚烫，楼盈月见檀静玉反而安心，诊断脉象，开了药方子，亲自熬来给她喂下，次日烧便退了。这几日，人虽还在昏迷之中，但瞧神色，楼盈月知道，醒来也是这一两日了——总算叫胸膛内那颗悬着的心，松下一半。

眼见案上的粥又快凉了，楼盈月踅过身，正想提醒，檀静玉却忽地抬起头来，声音喑哑，对她道："如若她醒来了，不要告诉她，这些时日……是我在她身边……"

楼盈月精致眉额在光影下蹙出了痕，不明缘由，诧异问道："为什么？"

"这些日子，我与她……"檀静玉目光轻转，落在慕容馥脸上，唇角牵起，山水般眉目，便荡开温柔的痕迹，"我与她只隔了身薄衣，同榻而处。阿馥再如何不拘小节，再怎么没有男女之防，到底是女儿身，我不想她日后见我会……会生隔阂，抑或尴尬，再者……本就是我连累她，如果不是我带她来这里……"他止住话，轻嘘口气，不再说下去。

檀静玉立起身来，青衫上的光影动了动，灯下泛着碧波般的涟漪，孰知却是踉跄几步，立身难稳。

楼盈月急急上前，将他搀扶住，触手间一片火辣滚烫，忙踮脚伸手。手尚未贴近他的额，已被他呼吸的热惊住，手背触了额，这下惊呼道："竟烫成这样！檀哥哥，你……你连命也不要了吗？我叫人送你回去休息！"

"不必了，我无大碍，不过是寻常伤寒，返去吃帖药，休息一宿便好了。"檀静玉眼前一片晃晃荡荡，眩眩昏昏，借着楼盈月的手，扶在床架横木扶手上，强自地稳了稳神。他看了床上双目紧闭、呼吸平和的慕容馥一眼，一口喝下楼盈月带来的粥，走出房间。

楼盈月侧身望去。

窗外夜风稍大，落花错目。

那身形有微不可察的摇晃，她欲上前，将他扶持，却不过踏出两步，便收住了脚。

眼见那一袭青衫清拓寥落，渐行渐远，步履动处，衣衫如波晃动，一叠一叠地，泛出年华似水的光影。偶有飞花轻拂，添了花红柳绿般滋味，越发衬得男子身姿磊磊俊逸。

楼盈月一时思绪万千。

她常常如此，暗地里望着一人转身离去，独留与她一片寥落背影。那个背影，有着宽阔的双肩、有力的臂膀，还有如墨的玄衫，时而带入天光，时而融入夜色。可是，现如今，她怕是再也看不到了。

那个人总是转身离开，无一丝犹豫，无半分迟疑，无片刻留恋，大抵也未注意到，身后有这样一双挽留的眼睛。

自始至终，无非乃她自欺欺人一场，即便已是图穷而匕现，都不肯承认。

或者她是该死心。然而她可以躲避，可以视而不见，唯独做不到的，就是死心。

她记起十四岁那场意外，她回山庄后，偷偷跑去他的所在，给他送伤药。

他的伤在背，一个人够不着，却只是避忌着不言。她蛮横地掰过他的肩。背上血肉分离，那刀伤便那样清晰地劈中她的眼。那些血肉淋漓，仿佛是在她心头。

她给他上药，轻轻地，好了，才侧过头来，问他痛不痛。

他看着她，轻轻一展颜，道："女郎这里，沾了血。"说话时，手指点上他自己的眼角。

她一时愣住，为他难得的笑容。

事实上，他也算不得如何俊俏的男人，但她突然地，就是为他这无意一笑中的温柔而心折。

他见她无所觉，便伸手，触及她的脸，轻轻把血污拭去，问道："怎么把血弄到脸上了？"

他不知道，她是替他上药时，看着那狰狞的伤，偷偷落了泪，又生怕被发现，便悄悄用袖角拭去，却不想落了痕迹。

她不回答，只是定定地看着他。他被她看得不自在，发现手指竟还停落在她脸上，急收回手，不落痕迹地与她拉开距离来，道了一句："卑职该死！"

只一言，拉开分明泾渭。

回思至此，楼盈月怀着一腔酸楚，却不敢落下泪，眼睫因无力而下垂，浓浓密密，在眼下投了一团影。

只见落花在地上与月影纠缠，回风扫卷，铺了满地仓皇，复抬首，青衣身影已消失在重重落花、回转长廊之间……

次日清晨，慕容馥醒过来，明明浑身酸痛，却反觉精气充沛。她兀自调息顺气间，发现体内十道气脉竟又粗壮了不少。这下才明白已是地武中段了。

她侧坐起身，回转过首，见楼盈月趴在床沿，正沉沉睡着。

回神一想，那夜一股寒劲摄体，而后她昏了过去，时而无所觉，时而浑身冷痛，又断断续续做着一些梦。她睡了多久？这些时日，都是盈月在照顾她吗？

慕容馥眉眼弯了弯，眼角笑意温暖，轻手轻脚地将楼盈月扶上床，为她盖好了被子，随后自己盘膝端坐，以玉机心法运行周天。

估摸过了一盏茶工夫，慕容馥倍觉神清气爽，全身酸痛皆退，连面色上的憔悴也消失了七八成。她回望四下，日色已越发亮堂。室内七盏明灯尚未灭，随即起身，一盏盏熄灭。

慕容馥心下疑惑：那夜，楼晏出动那么大阵仗抓她，照常理而言，她应是在牢里才是，怎么会在这暖室中？

"阿馥，你……你终于醒了！"身后一声惊呼。

慕容馥回首，见床榻上女子长发皆垂，秀眉轩起，喜形于色；难挑瑕疵的一张脸，明明都是疲倦憔悴，却偏偏还让人觉得有一种近乎炫目的美艳。

"终于？"慕容馥抿唇，注视间目光柔和，笑道，"看来我是睡了好多天呢。”

楼盈月脱口道：“是啊，昏睡了整整六天！”

这阵昏迷慕容馥知道是什么缘故，往年要到寒冬时才会出现，从前都是阿颜陪在她身边，时间一过，自然就好了。这一次不仅提前了，时日也缩短，倒与往次不同，还有昏迷前心口处的绞痛，却是因着什么？上一回无缘由地有这种痛感，是五年前了。这痛，撕心裂肺一样，仿佛有千万条虫子撕咬着，钻入她心脏的血肉里去。她有些不明白，想了想，猜测是最近武阶突破得较快的缘由。

楼盈月坐起身来，慕容馥近了床，屈膝坐下，笑道：“这几日，辛苦你了。不过……我记得我是被楼庄主抓住了，那夜听他言语，说是我偷了你家宝贝。按理说，对付我这样一个贼，应该是被关在牢里吧？”她环顾了四周，目光里流动着问询意，“怎么会在这里？”

楼盈月愣了愣，道：“我家老头子他，的确是把你关在黑牢里的，后来……”

慕容馥追问道：“后来怎么了？”

楼盈月微微转眸，心下稍有思量，才道：“后来，檀哥哥去黑牢看你，见你昏迷不醒，请求老头子放了你，老头子不让。那时候，檀哥哥好生气，几乎……几乎要对老头子出手。”

慕容馥神色间似有所动，眉目里一转而过的，不知是触动还是担忧，道：“难道是他……强闯进牢里带我出来的？”

楼盈月摇摇头，道：“他是想这样做，但老头子说，除非檀哥哥把他杀了，否则没有他同意，谁也不能把你带走。檀哥哥没有办法，只能自己也进牢里去陪……去随你坐牢，但……”说话时，那眼眸底里流转过复杂情愫，生怕泄露什么，她稍稍垂了首，“檀哥哥，他到底是雍国的王子，老头子关了你两天，只能把你放出来了。”

楼盈月说话忐忑，内容前后有所矛盾，容不得推敲，眼睛又不敢直视于她，显然是有所隐瞒。慕容馥轻轻掠过一眼，并不细究，只问道：“檀修他，是雍国王子？”

楼盈月点点头，道：“雍国公子檀修，字静玉，西秦五公子之一。人们只是不知道，江湖上的鬼面客，竟会跟堂堂一国王子是同一个人。我二兄楼浔与檀哥哥相交日久，关系极好，檀哥哥许多事情，我都是知道的。”

出身于宫门，他有着他不得已而须为之的尴尬。难怪何来村时，一同闲谈，他会发出那样的感叹。难怪他的曲声之中，总有一股无可奈何的萧索之意……慕容馥掩下思绪，目光无澜，片刻才道：“他现下在何处？”

楼盈月道：“房间里。檀哥哥他……他生病了。”

晨风顺着窗棂而入，吹动着慕容馥未绾而垂至膝下的长发。她不多言，站起身，静默沉思，立了片刻，道：“我去看看他，你好好休息下。”转身便往屋外走去。

那一波随风飘摇的墨发，如静夜海波，摇着楼盈月的目光，动荡出她心底浪花般的涟漪。

阿馥她，究竟知不知道，檀哥哥对她的心意呢?

慕容馥推门进入时，几抹阳光照进，空气中的尘埃点点可见，在光影里沉浮。

室中静悄悄。漆木案几边角上，一盏铜制飞鹤灯孤立。

灯未灭，火光在阳光里摇曳，忽明忽暗，在晨光下犹自挣扎。慕容馥眉心微蹙，走近床榻边，却不见一人。

慕容馥灭了灯火，支起窗。有风轻拂，屋里浸入清新空气。光线处，细碎尘埃仍在飞舞。

她见人既不在，正欲离去，忽听门外几声轻咳，接着身后步履声响。慕容馥回首转身，迎面见檀静玉推门进来。

日色落在他身上，裁剪似的在地上映出影儿来。

衣衫动处，飘飘荡荡。

他未戴面具，面色稍显苍白。平时里，他的眼眸如琥珀般净澈，此刻竟少有地带着几分血丝，眼下有一抹淡淡乌影，唇上冒出细细的胡楂来，面容极显憔悴疲惫，像是多日未歇。慕容馥颇是意外。

见她俏生生地立在眼前，几以为幻觉，檀静玉一时失神，随即恢复正常，唇角带开笑意，温柔道："你醒了？感觉如何？"

慕容馥轻巧转个身，笑盈盈道："好得很，一点儿疲惫也无，反而精力充沛，倒是你……"她几步上前，眼梢轻抬，端端然将他看住。

檀静玉手忽地一动，她已经扣上他脉口。

他早料到她要干什么，是以先行避开，但慕容馥已突破地武中段，夹了内劲的手速有多少人能避得开？他又经多日未曾休歇，此时此刻，动作已见缓，躲不过她的手速。

慕容馥凝神一感脉息，眉间蹙集，面上恼怒渐起，盯着他道："发着烧，至少已有三日，竟还劳累过度！你身上还有旧伤，有何事比得性命重要？"

檀静玉眉眼间笑意轻柔，只绕开话题，打趣道："能问罪别人了，看来真的恢复得挺好。一进门就急忙牵住我的手，如此激进，小生有幸，能得女郎芳心一顾。"

慕容馥恼，松开他的手，却分毫不见被打趣的羞怯，反而大胆地一把抓住他的衣领，迅疾地一旋身，将他往床上推去。

檀静玉瞬间错愕，目光落处，是她得逞的笑容，笑眸亮晶晶的，像宝石，蓄满光色，叫人有点眩惑。

她总是这般大胆。他倏然转笑，唇角牵起的弧度有些狡黠，一手反握住她即将松开他衣襟的手，道："阿馥，这样主动的事，还是男人做来合适些。"

气息太近，迫人心腔不住地怦怦作响。慕容馥轻轻一推，便摆脱他的手，哼了一声，道："总是言语上讨便宜，看来是我识人不明。"说着，硬拉住被子替他盖上，语音一转，恶狠狠盯着他，"你好好躺着，我找庄里莫先生来与你瞧瞧。"

转身便走。

"不用了。"檀静玉拉住她，"我已喝过……"

慕容馥未待他语音落，便已出手点上他的睡穴，道："你就好好地睡上一觉。"

转身出门，招了不远处的女婢，托她请山庄内医士莫东先生过来。

不一会儿，一名年近五十的老者提着药箱，随女婢匆匆赶来。老者颏下三寸灰须，目光清明，身形瘦长，一眼看去，颇有几分医者风范。

慕容馥将莫东领进屋，唤了一名叫小翠的女婢在旁随侍，转身便离开。

估摸两个时辰后，慕容馥回来，莫东早已离去。守在门前的小翠点头施礼，道："慕容姑娘。"

慕容馥进门时，略微侧首，问道："莫先生开药方了吗？"

明明门外暖阳正照，小翠亦不知是否错觉，慕容馥行将近身那一刻，周身仿佛有一股阴寒倏然袭过，叫人不由自主地打了个寒战。

慕容馥见小翠一时呆呆看住自己，还当是檀静玉出了什么事，两步作一匆匆进内室，瞧床上檀静玉双目紧闭，呼吸有致，正沉沉睡着，这下才安下心来。

小翠回过神，已快步走入，低声同慕容馥道："莫先生没有给檀公子开药方。"

慕容馥侧脸抬眸看她，眉头微皱，问："为何？"

小翠回道："莫先生说，这伤寒虽拖了时日，但檀公子已喝对了药，再者他身子强健，稍作休息便可痊愈，并无大碍，不必再开药方。倒是他这几日劳累过度，胸口上原先将要愈合的伤口裂开，加之他多日未曾换药，有感染现象，是以莫先生方才给檀公子喂下了麻沸散，将伤口周围的腐肉割除，重新为檀公子清理了伤口，现下已无大碍，不过药效作用，最快也要晚间方能醒来。"

慕容馥面有忧色，点头道："辛苦你了，你先下去吧。"

小翠应声退下。

窗外光线从明朗至昏暗，仿佛只是一瞬息的事。深秋的黄昏与夜变转得太快，没有半点起承转合。

小翠手拂开垂帘进了内室，将内室的飞鹤铜灯上的灯烛一一点燃，又应慕容馥所唤，端了温水来。

檀静玉因服过药，发了一通汗，脉息已趋平稳。慕容馥洗净布巾，为他擦净脸上的汗水。落在他眼角时，她的手顿了顿。那夜，他褪下面具，朝她一笑的场景，恍然上目。

他一双眼眸，很是打动人。虽不如云息那般耀目，但胜在净透，如琥珀一般，对视时如照镜面。

不过是记忆，瞬然却只觉目眩神恍，心中有鸟翼振翅扑飞，惶惶急促。她的手心不禁沁出了汗意，最终，手指颤抖地，触落在他的眉间。

眼为情苗，心为欲种。他对她有吸引，是以觉得他处处好，叫她忘了，有些事情一旦开始，便无法遏制。

或许，她早就无法遏制了——那像蚕丝一样蔓延的情愫，那像惠风一般沐人的动容，从他为救她而奋不顾身挡刀的那一刻起，从他取下鬼面朝她粲然一笑起，抑或是早在客栈那夜的不经意一见，她便已在心中落了念。

这念，是暴雨忽至。不期然地，迅疾、突兀，并势不可当——令她措手不及，心间惶惶！

就在慕容馥一阵恍惚之际，檀静玉忽地伸手扣住她的手腕。

她蓦然惊住。原以为是他醒来，却听耳边嗓音低沉，三分盼望，七分惆怅，恍惚地道："是我的错……我的错……你原谅我……好不好……好不好……"

他并未醒来，闭目间，双眉紧蹙，像笼着一团乌云，手扣住她的腕，收得很紧，口中仍旧反复道："原谅我……原谅我……"

慕容馥闻声一震，看着仍陷昏睡中的他。

"那你……有没有爱过一个人？为了她，费尽苦心？"

"有。"

"爱一个人，那……是怎样的一种感觉？"

"大概是，见不到她，会牵怀；见到她时，却又更加牵怀，仿佛自从遇见她，这一生，都将在牵怀中度过。"

那日的言语，无意飘入脑海，慕容馥醍醐灌顶。

穿越槛窗的皓月如霜，白光惨淡，一如她此刻面色。她的心中，五味杂陈，空落不能遏制。

“不要忘记你是谁，不要忘记你亲手取到的每一条性命，否则有朝一日，他们就会反过来吞噬你。要用温情伪装自己，用理智武装自己，那就不会让人有机会伤害你。”笑嘻嘻的话在她耳际响彻着，此时此刻，犹如嘲笑，犹如讽刺。

她怎敢忘记自己是谁？

她怎能忘得掉这一路来的血腥？

她怎能抹得掉这一身风刀霜剑相逼及肤落下的痕迹？

可是当她望着他的眉眼，刻雾裁风般落得的一脸好风光，思及他静眸如珀，柔情温然，叫人似堕云里雾中一般，她便惶惶然，难抑这一腔波澜，难招架这一心丰盈期盼。

便是此刻，最令她伤怀落寞苦痛的，不是这明知自己中心摇摇所将招致的后患，而是心仪男子心有他寄的嫉妒与萧然。

她抿紧嘴唇，巧劲一挣，已避开了檀静玉的手，失神地为他掖好被角，奔出了房间！

仓皇如逃！

却终究在庭中驻足，侧身回望着室内摇曳的亮光。

到底是眷恋。

明月如雪，庭中若积水空明。女子一身素净白裙，裙上是月沾银线绣纹带出的影。一团一团，一簇一簇，密密匝匝，像烟火盛放后残留的灰烬。

一头泼墨长发，在一裙的灰烬中，纠缠牵引。

才知是有风。

夜风带起庭中落花。满目缤纷里，是月芒拉出的她的影，长长的，孤落的，随着坠地的败花，依附在她的脚下。

三／堕甑不顾

三日后，檀静玉已恢复七七八八，独自去往海棠林，同楼少容道谢，顺带也辞行。

精舍之中，淡淡几束日光如柱，越过槛窗而入，搅动得一屋子金辉。楼少容闲闲靠坐在茶案边。

红泥炉上炭火正旺，玉书煨中开水正沸。案席上并无燃香，只有紫铜长颈瓶中斜插着一枝十里香茶鲜叶，外形条索劲秀，分外绿润夺色。

檀静玉推门步入，扑鼻幽香暗泛，似兰如蜜。他施施然立在门处，略一闭目，手中转旋玉箫，淡淡道："茶香如蜜似兰，其韵，若清云出岫，幽兰在谷。我没猜错的话，是炒制过的十里香茶！"

楼少容嗓音沉涩，但能听出欢怡之意，打趣道："你这狗鼻子，倒比先前灵敏多了。"

檀静玉抬眸带笑，动身之际已入座茶案之侧。

看着楼少容手执段泥紫砂壶，将茶冲瀹入紫陶高足盏中，他笑意淡淡，道："心情不赖，鼻息自然也灵通。来与你讨杯茶喝，舍不舍得？"

楼少容眼也不抬，缓缓斟茶："这会儿来与我讨茶喝？我倒是听人说，海棠山庄堂堂楼庄主请檀公子品茶，檀公子却大怒，几欲抬手将其打死。唉，问世间情为何物，直叫人丧尽天良……"

说着，他侧眸睃了一眼檀静玉，轻手执起紫陶高足盏，自顾自地饮了起来。

"是是是，我是丧尽天良，你是一腔良知。我心虚，怎敢与楼公子辩驳？"檀静玉将玉箫随意放在案上，自己取过高足盏，自行斟茶，"想来也只能自己动手了。"

楼少容笑看他，眉眼间有探寻意在，道："怎么，今日不是闲着来与我喝茶的吧？"

檀静玉放下茶盏，佯装认真道："本来是来与你致谢的……"

楼少容笑，目光未离，应道：“空手致谢，只怕并不诚心。”

檀静玉拂袖一笑，道：“但后时想来，你我关系，致谢倒见外了。”

楼少容无奈摇头：“你倒会自圆其说。”

檀静玉缓了缓，洗净茶盏，动手沏茶，斟了两杯，手执一杯递到楼少容跟前。

高足盏与案席面一碰，发出极轻的响声。檀静玉面收笑谑，认真道：“我是来辞行的。”

楼少容并不意外，执起茶盏，细品饮尽，方淡淡问：“何时起程？”

檀静玉也执盏品饮，道：“我已与阿馥商量，今晚收拾，明日清早与楼庄主辞行。”他静了斯须，又道，“往日，不知你……你在，现下知道了，离开前，也该告一声辞。”

金辉拉出两人身影，中间隔着一案之距。屋中有滚水声响，偶尔伴随着茶器轻微碰撞，动静有常，空气中暗香弥漫，与外界截然两番天地。

楼少容突兀道：“将近五年未见，你仿佛仍如当年，但的确，有许多事已然不同了。其实，这些年来，我过得并不好。但是，静玉，我看得出来，你也不大好……”

檀静玉唇微抿，一抹淡笑便带了出来，眼底是烟波柳岸的似幻似真。他淡淡叹道：“这些年，能一眼看穿我的，到底只有你楼浔一人。”

“不，我已经看不大清了……”楼少容摇头，半是认真半是打趣，“你身上的担子越来越重。从前你只想简单，但人一旦承受太多，就简单不起来了。是小妹昨日无意间说起，慕容馥连你是雍国公子都不知。她还说，你不让慕容馥知道，这些时日是你在照顾她。你看你，现如今，连心仪一人都不敢坦承心意。彼时潇洒不羁，美人群中游刃有余的檀静玉，现今看来，不过徒具表象罢了。”

檀静玉淡淡垂眸：“从前是我不懂真心，如今我懂了，却不知这一颗真心，会不会又害了一条命。少容，这满心忧虑，我不知是从何而始。现如今，我只想令她快乐，却又怕自己不能够，进退维谷，左右徘徊……”他没有再说下去。

日色如瀑，落他面目，却照不亮他眸底的黯淡。

“感情这回事，最讳犹豫不决，拖泥带水。静玉，要么看清自己，有多少能力，能给她什么；要么早早了断，在她未爱上你之前，果断遏制。”楼少容摇了摇手中的茶杯，继续道，“否则，再好的茶，一旦凉了，都会苦涩呛口。”

檀静玉苦笑。楼少容所言有理，他不知如何以应。

楼少容问：“你是在担心，跟她会同我与你三姐一样吗？还是，你心里始终放不下？”

檀静玉诧异，转瞬即明他语中所指，眼睫半垂，神容影影绰绰，难辨情愫。他与慕容馥之间，最大的障碍，是他最不能言及的隐秘。

楼少容道：“四年前宁国长翁主被刺杀的消息，我还是略有耳闻的。我了解你，我知你心觉对她有愧欠。倘若是因你尚过不了心中这关，那我无话可说。”

“不不！”檀静玉道，“从前是我心性不定，尚未看清自己的真心，却已害她因我而丧命。亏欠是有的，愧疚也是有的，可对于媢斓，我并非像你对三姐的那种感情。”

“倘若是因为前一个，静玉，那又如何值得你忧虑？你的情况与我不同。你姐姐不过是诸位翁主之一，雍国王室的声名比一个翁主重要。十三位翁主，纵是少了一个，不碍国体，你父王不会计较一个翁主的死活。而你，是雍国储君，少了你，雍国前途堪忧，所以，你拒绝与宁国九翁主联姻，私下离开，这么久，你父王不是什么都没做。”楼少容口气说得漫不经心，可是言语之中，那不落痕迹的深意，不知是因着劝慰，还是为了探寻。

檀静玉抬眸，眼神有些深：“我记得，从前你最讨厌这些，只崇尚今朝有酒今朝醉，人如沐风，逍遥来去，繁杂俗事一概不上心。”

“你也道是从前。”楼少容侧首而笑，目光往窗外移去，半边银面浸在日辉中，泛光粼粼，他叹息一声，“现今我身上，挑了楼家的担子。人肩上一旦落了东西，便承着一份担当。从前逍遥来去、不拘别念的日子，怕再也难有了。”

“说到这里……”檀静玉像忽地想到什么，问道，“你能放了阿馥，是因为冰海棠寻到了？”

楼少容目光落在檀静玉身上，寸寸隐有丈量意，摇头道：“并未。”

“哦？那为何……”檀静玉困惑。

楼少容似无避忌，笑了笑，道：“因为我知道一件事。”

檀静玉执杯垂眸饮茶，闲闲问道：“一件事？”

“放置冰海棠的冰晶八角亭上，有个机关锁。这机关锁，并非任谁都能打开。误触其上机关，抑或强行拆解，都会启动毒气。毒气无形无色，中者无觉，晬时毙命。至于冰晶八角亭，乃取雪魄中最为精华部分所制，刀枪斧锤难以破坏。也便是说，要真正取到冰海棠，唯有打开机关锁一条途径。”

檀静玉放下茶杯，转眸思量：“这么厉害的机关，听起来，倒像是出自神斧门白家之手。”

“不知，祖先们留下的东西，楼家子弟只管守护，其余还真是不晓得太多。”楼少容抬手抿了口茶，继续道，“冰海棠确有起死回生之效，只可惜，取不出来，就什么效也发挥不上。”他语气有些黯然，“不然的话，我娘与大兄，也不会死了。作为楼家人，都无法开启冰海棠，对于盗取的人，你说还有什么用处？我不怕冰海棠丢失，拿回来不过是时间的问题。故而，不管冰海棠失窃是否与慕容馥有关，都没什么大碍，不如放了她，好叫你欠我个人情。”

“算盘打得这样响……”檀静玉取过玉箫，随手转了转，漫不经心地笑道，“若你我是敌人，那你可真是个棘手的对手。”

楼少容也笑，笑容中滋味莫名，深深地看着他，有着一种洞若观火的了然，道：“还好不是对手，否则，自己跟自己作对，感觉可真不好受。”

两人饮茶谈笑，日色将昏之际，檀静玉方离开精舍。刚步出海棠林，恰一阵风来，宽袖青衫翩翩欲飞，扬舞翼然。

这一阵巧风，将他的思绪吹至十年前的初遇。

芦花两岸漫漫雪，闻笛始觉江心人！

最初时候，他不过是为一声长笛所引，循音而往，驻足汀渚之畔。

彼时正是芦花两岸雪，江水一天秋的时节。

暮色已深，山绵绵，水悠悠，烟雾朦胧。烟渚沙汀之间，独棹孤篷舟艇，兀自横江。一人布衫素素，倚于舟上，手中一支铁笛。前无风，后无澜，舟艇悠悠晃荡，不寻归途，无意靠岸。

远有江鸥两三，或相与戏，或与芦苇戏，或与舟中吹笛人戏，偶一声啼，纵入水云之间。

吹笛人似觉岸上有人驻足，舟滞中心，不前不退。

水澹澹兮山嵯峨，
林壑无声兮微风过。
沙渚旷兮水曾波，
大谷寥廓兮云阴多——
目眇眇兮愁奈何！

他于汀畔边上，身倚苍松，抱膝而坐，忍不住为之击节而歌。听笛过三曲，声息渐收，月盘渐明，方起身，背舟离去。

身后，水寒江静，满目青山。舟人收笛，载得满舟明月，缓缓归。

那一场无问无言的初遇，至今谁也未能忘记。若不是当时的音曲神交，又怎么会有三年后一见如故的生死情谊？

可不管是十年前，还是七年前，彼时心神相交的净澈之心，今后却再也不轻易有了。

头顶一轮红日将垂，光芒缠绵地流连在云雾间，反射出霞光异彩，搭配一林花树摇曳、海棠纷飞，像是一道无形的屏障，隔开的是旧日岁月，荡涤的是纷乱尘埃。

他心中叹息，倘若得一安稳，幽居于此，琴答清风，心存太古，于少容而言，倒也不失为一处好归路。

可惜江湖乱世，何来全无纷争的归处呢？檀静玉眉心略蹙，闭目仰首，花瓣擦过脸面。他静静立了片刻，迎着风走了出去。

月掠浮云，光泽满庭，更阑人静。

庭中几株垂丝海棠，秀逸林立，影子被月光映射在空阶之间，剪裁出满地碎影。四下阒然宁静。

猛然间红影一闪，犹如飞梭般掠向屋脊，扰得花枝颤颤，影也颠乱。

慕容馥正收拾包袱，耳郭轻动，乍听一阵衣袂夹风声过，紧接着，头顶几声砖瓦声响，似有人在上方走动。

慕容馥略有犹疑，却还是放下手中物，轻着步推门而出。

刚出房间，风倏忽带劲，有物不知何，当头砸来！

慕容馥侧首，却只一笑，将身一纵，飞跃而起，顺手抄中投来之物，足尖往廊柱一点，纵身如飞鸟，已落屋脊间。

房顶是悬山顶，青瓦粼粼的正脊上，只一人独坐。

左手搭膝，右手执酒壶，仰头便灌。

半绾的长发自后扬荡，一身绛红宽袖长裙，缠绵随风，展动盈舞。清辉流泻，纵是明暗交接，依然清晰可见——那胜雪肌肤，那桃夭柳媚，那妍姿艳质。

皓月在其身侧，都甘为背景。单是此番看看，已叫旁者惊为天人。

慕容馥不禁想，绝代佳人这个词虽是俗，却也不见得是寻常美貌女子便可用。前人道“一枝红艳露凝香”[1]，也只有亲眼见到了，才知那般得天独厚、羡煞旁人的风姿冶丽并非虚夸。

她此刻忽然明白，为什么楼晏不让她离开海棠山庄一步。顶着这样一张脸，到哪儿都引人注目，自保能力又不足，身为父母，怎能放得下心，让她孤身一人闯江湖？

如此满目艳绝，此时此刻，却是遮不住、掩不掉、抹不去那一身孤落萧索。慕容馥轻步靠近，在她身侧轻轻坐下。

红衣女子已开口道：“幸亏你来了，否则这世上最落寞的事，莫

---

[1] 引自李白《清平调·其二》：“一枝红艳露凝香，云雨巫山枉断肠。借问汉宫谁得似，可怜飞燕倚新妆。”

过于如此孤身一人，独取月光下酒。”

“取月光下酒？”慕容馥扬眉一笑，拍了拍她的肩，杏眸递波，道，“妙喻，当浮一大白。”语音未落，已是拍开方才半空揽住的酒壶的泥封，仰首便饮。

入口酸甜，甜中带涩，到了喉咙口，已微有辣意。回味之间，却又是一缕萦之不去的幽幽浅香，神似海棠。

慕容馥一气饮尽大半，才停下，一拭唇角，惊讶问道：“这酒味道独特，是何酒？”

红衣女子亦饮了一口，斜眉轻笑：“海棠山庄，自然是海棠酒。”

“海棠山庄海棠酒？好一个海棠山庄海棠酒！奇哉！妙哉！”慕容馥微有疑惑，“只是，从未听说海棠花亦可酿酒。”

红衣女子道：“并非海棠花，而是海棠果。”

慕容馥不解道：“我吃过海棠果，酸苦涩口，并不如何美味，怎酿出来的酒竟能如此甘美？”

“刚摘下的果子并不美味，但若把它放置在冰窖中数日，取出之时其上凝结薄霜，其时味道甜酸合宜，口感爽脆极佳，更胜杏梅。”红衣女子为她解疑释惑，细细讲道，“幼时曾听祖母说，因满山庄海棠，海棠果触处皆然。祖父甚喜其味，时常取大瓮储藏，以缶盖泥封其口，待想吃时可随取。原本一直装置稳妥，存放在冰窖里。偶次下人遗漏了一瓮，不知时过多久，路经所在，闻得酒香熏然醉人，寻求其香味之源，发现这一瓮中海棠果皆化为水，试饮时觉甘美稀有。此后依法制取之，技法渐佳，越发甘美，此便是这海棠酒的由来。”

慕容馥听罢，眉目尽染惊奇，拊掌一笑，大赞妙哉。

“这酒乃我出生之年，爹爹用旧年里冰封藏存的海棠果所酿。酿后一直埋于地中，他说要待我出嫁时再将其取出，与他的女婿一尝。我知你明日要走，也不知何时能再见，特地去偷挖出两坛，也叫你尝尝鲜。我晓得，你是懂酒之人。”

红衣女子侧首看她，眼角弯出一抹笑痕，但这笑只是浮于表面，眸底却如沉碧静影，半分涟漪也不起。

慕容馥见过她的娇俏她的舒朗，她的柔美她的调皮，她的梨花带雨，她的畅笑开怀，都自有一番跳脱欢喜，却从未见过这样一个楼盈月——满目孤寂落寞，连笑纹都沾染上了脆弱。

本想调侃她两句，但终究忍住，只道："酒嘛，是被一位前辈影响，便是教我练剑那前辈。古人言，'记从来、人生行乐，休更问、日饮亡何'[1]。他曾叹息说，一生若是能成日如此，莫管其他，这茫茫岁月，倒是不难消受。彼时我听得懵懵懂懂，后时想来，虽是颓靡，倒也颇有些道理在。要知道，人嘛，不是每次遇见难事，都能找得到理由宽慰自己，此刻，就显出酒的好处来了。"慕容馥笑问道，"可你倒是怎知我好酒，莫非只因前些日子飞瀑亭中的拼酒？"

楼盈月摇摇头，面上浮泛皓月柔光，带点神秘，一笑道："其实我也不知道。"

慕容馥展颐。

有些时候，"不知道"偏偏是最巧妙的，且最妥帖的回答。

"我就是觉得，要找一个人来陪我喝酒。此时此刻，没有谁比你更合适。"楼盈月转眸看她，"阿馥，你身上，有着一股男子都少有能及的肆纵飞扬。你虽非倾世佳人，却也非庸脂俗物，不独端秀素净，更有放歌纵酒的豪情，性情之中，不羁与静好俱在。在我看来，世间女子纵几多绝色，也未必及你半分。"

"哦？"慕容馥眸波轻动，扬声笑起，道，"说我行径粗鲁、蛮横无赖的人居多，这样的赞美，倒还真是少听。怎么，你是想从我身上套什么话，特地说这番好话来迷惑我？"

楼盈月忽然问道："你是不是喜欢檀哥哥？"言语之末挑眉即笑，眼角笑意如丝，笑中滋味莫名。

慕容馥顿住，一颗心七上八下，一时不知如何以对，侧头饮了口酒。

楼盈月一手夺过她酒壶。

---

[1] 引自辛弃疾《玉蝴蝶·叔高书来戒酒用韵》一词。

清酒溅洒，二人衣襟袖袂，均沾染上了酒香。

楼盈月定定将她看住，目光丈量她神色，追问道：“到底是不是？”

慕容馥不答“是”，也不答“不是”，只道：“我没有。”

“你没有？”楼盈月将酒壶往屋脊上一放，也斜着眼看她，笑谑道，“急于否认，眼神躲避！哈哈，你敢对着月亮发誓吗？”

慕容馥抬头望向当空明月，神容颇有些漫不经心，笑道：“我为何要对着月亮发誓？”

楼盈月眼神意味深长，盯着她道：“你不敢。”

慕容馥杏眸轻眯，偏首看向楼盈月。风带起鬓角发丝覆面，她顺手将发丝勾顺，言语傲然道：“敢又如何？不敢又如何？”

楼盈月仰首饮了一口酒，才慢悠悠道：“不敢……就表示你喜欢他……”绵延尾音里，犹有调侃意。

慕容馥佯作一番嗔怒模样：“你再胡说八道，我可……我可……”一时倒想不出要怎么收拾她。

“你可怎么？你可被我戳中心事，恼羞成怒？”楼盈月不禁抿着嘴，手指着她，“你装，你还装！”到底忍不住，将手扶靠她的肩，捧腹笑个七荤八素。

“你啊……”慕容馥再装不下去，也不禁笑起来，露出牙齿素洁白净，如珍珠似的，一颗颗也染上一斛笑意。

两个人眼看年纪相近，几番言笑下来，倒越发亲昵。纵然心事被戳破，也不显得尴尬。

少时，楼盈月才收敛神容，忽作感慨道：“你心中明明有他，又何苦避迹违心？阿馥，你若真喜欢一个人，千万不要藏在心里，记得要让他知道。如他爱你，能相濡以沫、白头到老自然是最好，即便他……他不爱你，即便最后不能在一起，至少……日后回想起，你也不是一个人在唱独角戏。”

她的声音倏然间沉甸甸的。慕容馥听得这番言语，一时诧异，未想楼盈月竟说出这样的话来，不禁偏过首，深深打量着她。

眼前这张欺花胜雪的面孔上，颇有嘲色，不见感慨。

楼盈月已接着道："我知道，那天晚上，你知道与你对打的黑衣人是我，你是故意放我离开。否则，以你的修为，他未必逃得了，我也是。"

她的眸光略暗，眼底不知是懊恼，或是遗憾，极为挣扎。

慕容馥看着她，伸手正了正楼盈月鬓间散发。她的神思间有忆色，想起与她初次相见，轻声道："记得头一回见你时，你明明是个女娇娥，却扮作男儿郎，将一柄利剑，使得英姿凛凛，而且那步法辗转，灵矫迅疾，少有人及，令我一眼难忘。那一夜，你虽蒙着面，我与你对上手，便已知是你。"

楼盈月额心蹙聚，惶惑问道："为何帮我？"

慕容馥呵地一笑，压着声道："如若楼家女郎夜半蒙面，助贼人盗取家中宝物，传出去，可对你名声不好。"

说话间，她屈膝而起，以手托颊，打量着楼盈月，神态随意，仿佛她帮的这个忙，无非是举手间的小事，不足挂齿，而不是曾将她自己牵系在生死之间。

楼盈月嗓音哽涩，心间酸楚，问道："我的名声而已，你何苦拿自己性命去搏？"

"拿命去搏？"慕容馥面上反显奇怪，"我不过早知晓，你爹就算拿住我，也不会杀我。"

楼盈月道："丢失的是家族至宝冰海棠，阿爹认为是你所盗，怎会不杀你？"

慕容馥摇头，把情况都做了解析，道："你爹如若认定是我拿了宝物，未在我身上找到之前，我便还有活着的用处，他不能杀我；你爹若觉得不是我拿，那么，他又以什么理由杀我？来来去去，无非此两番可能，我早已料到。"

"他……"楼盈月面上尴尬，她自然不能与她明说那日见二兄时所言，缓了缓，道，"他若是严刑拷打，逼问于你呢？他若把你……把你一辈子关在山庄的黑牢里呢？"

慕容馥牵动唇角，一展而出的是懒懒笑意，避开要点道："若是把我一辈子关在黑牢，此刻，我怎会坐在这儿与你喝酒？”

“可……”楼盈月顿了顿，语气中带了愧疚，“可我爹他，他让裴南之伤了你。你昏迷了六日，脉息全无，我几番以为你会……”话到末端，觉得“死”字不祥，终究不肯道出口，改了话道，“不再醒来。”

“我这不是好好的？”慕容馥拍了拍她的肩，忖了下又道，“并非你爹让人伤我，是我自己身体本身出的状况。庄里如有医士，便可探知，那样的脉息全无，非属脉绝。不过，当时的确颇凶险，我体内有旧时练武落下的祸根，若是压不下去，指不定真的就一命呜呼了。说起来要谢谢你，那几日，我浑身痛苦不堪，昏昏沉沉之际，却觉有一缕微薄温暖包围身侧，醒来才知，是你在身边照顾。”

楼盈月脸上表情怪异，欲言又止，最后，还是讪讪地垂了眸。

慕容馥鉴貌辨色，心中隐隐有些明白，按下不语，只道：“我所认识的楼盈月，可以倚仗着家人宠爱，肆无忌惮地闯祸，七情上脸，喜怒由心……我喜欢这样子的楼盈月，自看到你，我便不想你失去这份干净……”

因为，这是她再也求不回来的东西。

楼盈月目光落她眉目：“你救我，仅仅因为如此？”

慕容馥笑应：“如此已是足够。”

楼盈月心中一沉，如坠重铅般，几乎无法呼吸。她哑着声坦白道：“阿馥，其实若不是我，冰海棠未必会丢失。”

慕容馥一双杏眸清透，目光仿佛足以看穿对方心中隐秘。语调浅浅，她叹息着道：“那夜我看见你与黑衣人过招，因他的剑路与你很相近，我便猜你与他之间有关联。冰海棠是你们山庄至宝，楼家人世代以守护冰海棠为任，你的确不该……不该纵他离去。”

楼盈月惊疑道：“你……都知道？”

慕容馥垂睫浅笑，声音徐缓：“我那夜会出现在那里，也并不是巧合。”她沉吟了一会儿，还是嘱咐她，“盈月，日后若遇到任何巧合，你都要想一想，其实这个世上没有那么多巧合。所谓巧合，不过是人们为‘有意为之’寻来的借口。”

楼盈月一时愣住，思忖间，到底明白了什么，便又兀然转笑，声音低低道："我若早早晓得这个道理，或许便不会如今日般，陷得这样深。"

"人生在世，谁没有些过错呢？"慕容馥转眸看她，轻声宽慰，"你也不必太介怀，这并非什么不可挽回的过错。"

楼盈月却摇着头，一双妙目，成了天地未开时的混沌。她道："阿馥，我并非有意放他离开，我只是……只是不愿意他被爹爹抓住！因为我知道，一旦被抓住，他活着会比死更难受。爹爹对待觊觎冰海棠的人，从来不会心慈手软、手下留情。从前也有许多来山庄盗取冰海棠的人，没有一个活着走出去过。我不舍得他受苦，不愿让他死在爹爹手上，我……"尾音颤巍巍的，那酸涩的痛意，连个着落处也无，上上下下到处乱窜，扰得她连话都险些难以为继。

远处，月色照入縠波净湖，搅动一池碎影清光。

清光遥折各人眉目，剔透光芒，时有时无。

慕容馥察觉她语气里的异样，心头微动，不禁道："你……"

她话还未说全，楼盈月已打断道："阿馥，你莫说话，听我给你讲一个故事。"

楼盈月秀丽眉目一派寂然，悲喜不见。可谁也猜不出，这不见波澜的底下，蓄着多少情愫，尽惹暗潮汹涌。

高高屋脊上二人对坐，那一红一白的长裙迎风自摆。夜风送香，香中沾染了酒意，呼吸间丝缕入鼻。

楼盈月静静述道："那年我十四岁，他二十一……"

那一年冬，楼盈月随父往东南入靖国，拜访一个多年未见的故友。归途中歇脚时，她为一只毛茸茸小兔所吸引，追着它玩耍。那只小兔一直跑，她便也一直追着它跑。

越跑越快，越跑越远。

积雪地面滑湿，因神思全放在小兔上，她被积雪间掩盖的残枝绊得踉跄，身子失了重心，整个人跌趴在雪地上。那小兔子转了一圈，已不见踪迹。

她拍拍雪站起身，才发现身畔一人也无，竟身处一片枯树荒立的林子中。

时值黄昏，积雪沉甸甸压下，隐没枯苍枝丫。举目而望，只见日色稀薄如瘀血般深紫，染尽大地。

四下阒无人声。大雪不知何时又落了，七零八落，全无章法，像颓了的旧屋里剥落的粉屑，簌簌坠入无边无际的寒林中。

寒风萧萧，她心中始惶恐，忙循着雪地上残留的脚印回去。但雪越下越大，人还未出林子，大雪已将她来时脚印掩盖，痕迹难寻。

她游回磨转，一通乱走。雪覆盖之下，有许多石块、填满落叶的小坑，还有潜伏的树根盘枝，她一路走得跌跌碰碰，一身雪泥污。林子太大，天色昏暗，不知出路何处。广阔而森郁的雪林里，只有枯枝在她眼前横竖纵交，上面叠积白雪，铺层入目。

耳际有风，风带寒。寒风如同地狱鬼卒驱赶鬼魂的鞭，肆虐张狂，有着无尽的怨气。因风而动的枝丫鬼爪一般，彼此抓搔。枝上的残雪吹卷进她的脖子里，透骨涩凉渗入皮肤，叫她全身上下打了一个激灵。她走得太累了，惶惶然束紧了身上的白色貂裘，蜷缩得像一个白团，蹲坐在一棵老树边。

黄昏已渐末，她却只能眼睁睁看着天际的暗青隐匿入夜幕里。夜寂寂无声地来。一抹残月无力地斜在树梢，月光既浅淡，又疲倦地穿过树丫缝隙，躺在她身前。风一吹，更显得树影狰狞如鬼爪挠人。

平时出入皆有人跟随保护，连山庄都不曾独自踏出，何时面对过这样孤立无援的境地？她又饿又怕，一直喊着阿爹。可除了偶尔的鸟兽鸣吼，只余留她自己无力的呼喊声回荡四下，更添一种莫可名状的恐怖。

恐惧感一点点刺入她心里，像寒冷一样遍布周身。

这时，风略有阻，耳际传来紧密脚步声。几道阴影不知自何处冒出，围挡在她的身前。她以为是父亲派人来寻，惊喜地抬起头，却发现竟是一群戴着面具的黑衣人。

黑衣人身上没有海棠绣图。她心下清明，这些人不是山庄的人，但显然，他们是冲着自己来的。

她一丝也不敢迟疑，撒腿就跑。

楼盈月该年才开始修武，不过刚学会几套花拳绣腿，聊以强身，轻功根本未曾练过，跑不出几步，便已落入黑衣人手中。

老鹰捕鸡，轻而易举。

其中一人单手掐住她的手，对于一个毫无修为的小女孩，他们连绑也不屑绑。恐惧与绝望，沿着那双掐住自己的手，蔓延至她的四肢百骸。

风停了，雪依旧在落，依旧寒冷彻骨。她绝望地闭上眼睛。

就在此时，抓住她的那只黑手霍地收紧。众人脚步一滞，她睁开眼。

有一人，孤身挡在所有人去路前。昏沉夜色勾勒出那人矫健的身形，腰腿细实，背插长剑，身着玄色武士服，几缕浅光折闪——是海棠花。

她看见了那人身上银丝绣成的海棠，倏地挣扎高呼："我在这儿，救我！"

话音未落，眼前已是银光骤闪！"铮"的一声，利剑出鞘！掐住她手的黑衣人拉扯着她后退，其余黑衣人迅如雷霆，猱身皆上。

刀气剑气登时横纵！劲气如寒雪，砭人体肤。冷冷月光在剑上起伏滑动，游蛇一般。刀剑相击，厉声划破空寂，回荡在雪林！

楼盈月修为太差，只见眼前起伏黑影一片，还有起落时溅起的碎雪，武者身形步法都看不大清。她心下为他担忧，以一敌多，只怕武者救出她的机会渺茫。

思量方罢，霍地一声剑啸！眼前剑芒大闪，照得半空武者身姿卓然。她恰时抬首，剑眉星目赫然入她眼中。

是一刻的惊动！

无数剑影如雨罩下！剑光暗下之际，数声刀刃落地连响，武者已逼近抓住她的黑衣人跟前。风雪掀动着武者衣袍，整个人风舞张扬，周身劲气给人一种极大的压迫感。

武者目的在于救她，并不与那群黑衣人纠缠，倏忽之间已利落近身。身手如此快捷，剑及屦及！抓着她的黑衣人始料未及，愣愣之际，武者已一剑斜挑，刺中黑衣人的手。

她忽觉腕上掐力一松，武者伸臂一引，已将她带入怀中。

便是此时，刀光一闪！身后数名黑衣人不攻击武者，反而举刀往她身上劈来。

雪亮亮的长刀。刀芒霍霍！惊心动魄！杀气喷薄！

她害怕，一声尖叫！

钢刀利刃何其迅捷，已将及楼盈月之身。在她以为自己即将血溅当场之际，武者步形飞踏，抱着楼盈月飞身一旋。

“刺啦！”她听到一声利刃破血肉的声音！

未及反应，武者已飞身纵起。半空中双腿飞踢来袭之人，借势飞踏枯枝，弹跃奔离。

不等黑衣人反应，身形轻闪，两人已不见踪迹。

楼盈月就这样被他抱在怀里，他温热的鼻息在她脖颈间吞吐，是冰天雪地里的一点暖。因行动速度飞快，寒风拂掠，他身上冰雪的气息掺着湿重的血腥气，也渗入了她的鼻息。

思及方才惊险，她浑身哆嗦，后怕地抱紧他。

“是不是觉得冷？再忍忍，甩开他们就安全了。”察觉她的惊恐，男人抱着她的臂力收紧，奔行间声音微喘，落入她耳里却是分外地安心。

楼盈月抬头，借着浅淡的光，看到他棱角分明的侧脸，还有下巴上细细的胡楂。她迟疑道：“你……你是山庄里的护卫吗？”

男人点点头，没再回答她，但驰行速度显然缓慢了许多。

她抱住他后背的手忽感一阵湿热，迟疑地收手一看，一片猩红赫然入目。是方才他护她避退的那一刀！鲜血仿佛红艳藤蔓缠萦，叫她心生动容。她闭目深吸口气，靠在他胸口，听着他的心跳声，重重地响，此起彼伏。

恐惧感退去，她感到安全。

一时间，她的心渐渐地平静下来。

暗夜之中，男人抱着楼盈月，速度迅捷如豹，穿行在重重雪林中。

倏然，楼盈月觉身子一沉。他的步法微滞，似被什么勒了一下，收势未及，整个人护抱着她跌滚下去。他一直搂护住她的身体，所以摔跌的时候，楼盈月只觉得一阵天旋地转，周身倒不觉如何痛，反而是停住之时，他连撑着剑都已起不了身。

他方才为她挡了一刀，又飞驰数里，已是身疲力竭。她看见适才他抱着她滚过的地方，染尽艳红。她游回磨转不知所措，忙扶他靠在树旁，害怕地问道："你……你的伤口，怎么办？"

男人指着一处方向，咬牙忍痛对她道："女郎沿着这方向出去，庄主已经派人四处寻您，沿着这方向去，就会遇上的……"呼吸与空气，交织成白色的雾气。

"不……"楼盈月急急摇头，眼里有着孩子气的倔强，"我……我不会丢下你不管的，你救我，我也救你。"

那群黑衣人已经被他们摆脱，并没有追上来。楼盈月吃力地想扶起他，但他身体太重，怎么也扶不起。

月照白雪，周围空寂，只剩下喘息声。

男人轻轻道："女郎是金枝玉叶，小人贱命一条，生死无妨……"言语之末，他似动到伤处，肩膀微向后弯，眉心皱拢，"呲"的一声，咬了咬唇。

楼盈月往他身背看去，衣衫裂开，一道三寸长伤口赫然入目。因他身着黑衣，血晕衣衫并不清晰，只是看起来黏黏的。可所坐之地滴落的斑斑血迹，纷乱如红梅坠地，红白相间，足够触目惊心！

血滴积雪中，被雪重重吸入，仿佛里头潜伏着一只嗜血怪兽，贪婪吞噬着鲜血。

楼盈月碰上他的伤口，小心翼翼地。他瑟缩了下，大约是因为痛。她的声音隐有哭腔，道："你是不是会死？"

母亲在她四岁时因病辞世，彼时她年纪尚小，至亲之人的离去并未给她带来多深刻的记忆，只是隐约觉得，生命里少了什么。后来，她有疼爱她的姥姥、父亲，还有两位阿兄，时间一过，渐渐便淡了。她从未真正接触过死亡，亦未触及血腥。

今夜，她终于害怕。

此生所遇的第一场惊险意外，此生所看的第一回刀剑相拼，此生所见的第一次血肉淋漓。

男人道："从这里跑出去，就能遇上庄主，女郎便安全了，不必顾虑小人。"

楼盈月往他所指望了望，一阵犹疑。她当然不想继续待在这森寒的荒林里，她想回去，她想阿爹。但是，他是因为她才受伤，如果不是他，她早已经被黑衣人抓去。不论他是什么身份，他都是救她的人。每个人的性命都是命，哪有什么高低贵贱?

自幼阿爹教导她，人活于世，应记得"恩德情义"四字，四字重如泰山，可堪撑起人之脊骨，更何况他……

楼盈月咬牙看着他，下定决心一般，重复肯定道："你救我，我也会救你。更何况，你是我海棠山庄的侍卫，我才不会让你死在这里的。"

男人无力道："小人是保护女郎的隐卫，看丢了女郎，即便回山庄，也未必保得了一命。女郎赶紧回去，回到庄主身边，小人的任务即是完成。至于命，当初若不是庄主收留，也留不到今日。能为女郎而死，小人……也算死得其所。"

"什么死得其所？你莫要乱说。我的命是命，你的命难道就不是命？"楼盈月深觉无措，"你要活着跟我回去，我告诉阿爹是你救我，他一定不会怪罪于你的，我让阿爹升你为山庄护首……"

月光照过男人苍白面孔，他已晕了过去。

楼盈月忽然想起，山庄里的每一位护卫，似乎都有随身携带庄里的刀尖药。这些刀尖药药效甚好，乃父亲请来的杏林妙手——莫大先生莫东独方所制。

她心下一定，果真在他身上翻找出小瓶药，还有火镰、燧石等物，与一把小匕首。她堆起枯枝，燃了火，用小匕首割开他伤口处的衣服。她不懂药理，但回想到平时山庄里的护卫练习时失手被刀剑所伤，就吐了几口唾液和着这刀尖药调敷伤口处。

她依样做来，大半瓶可以用上十几人的刀尖药全被她给倒在伤口上，又撕了衣布，胡乱给他绑系。果然，时过不久，药渐渐生效，伤口没有再流血。

她悬着的心才放下来。

因治理伤口，后背衣物大部分被割开，男子健壮后背分明裸露，肌理清晰，背脊微凸，如矫健猎豹，充满力度。想起刚才给他敷药，肌肤相触，楼盈月猛地思及男女有别，仿佛有一团烈火自脸颊烧至耳根。她匆匆忙忙捂住脸，视线却依旧透过指缝，不由自主地落在他的脸上。

男子剑眉浓密，飞挑入鬓，轮廓如鬼工雷斧琢削所成，下巴处冒着短短的胡楂，整张脸分明刚毅。因受伤昏迷之故，小麦色肌肤显现苍白，沾及脸的血污便更触目清晰。明明也算不得俊俏，更不是她想象中意中人的样子，然而不知为何，这一刻，她却心怀小鹿，撞个不休。

楼盈月撕下衣上小块布，在火堆边融化了的白雪上沾湿，轻轻地擦干净他的脸、他的手，心中的柔软，浑如暖阳照拂。

在此之前，她从未照顾过任何人，当后来她想起，不知自己原来竟能如此细心。

男子昏迷，手中却还不忘紧握锋锐长剑，十分警惕。剑尖沾染了几许艳红，是那群黑衣人身上的血。

剑染着血，在月光下泛着血色的芒。

楼盈月慢慢抽出他手中剑，想把剑插回剑鞘。剑刚离开他的手，他似下意识有了反应，想一把握回剑，但握住的是她的手腕。

他的手凉凉的，却是硬净且有力。他就这样扣住了她的手，叫楼盈月心底一丝悸动，牵一发而动全身。

时间便如此过去。有他在身边，她竟也不觉丝毫害怕。

多年后，她每每思及此，却已成了覆鹿寻蕉，恍然梦中。

不知时转多久，雪渐小了，一片片凋落下来，闪过眼时，乍看像光。楼盈月惊觉抬首，才看到浅淡的日色已渐出，黑幕被光翻了过来。

她与他，就如此相靠了一夜。

四野茫茫，风来了去，去了来，激荡着白雪，竟带着些温暖。

温暖的不是风，也许，是楼盈月的心。

男人缓缓转醒，睁眼看到楼盈月时，似乎有惊。接着，他发现自己的手竟然扣在她的手腕上，倏然放开，告罪道歉。

楼盈月不介意，展颜一笑，笑容天真，道："我说过，我不会让你死在这里的，自然说话算话。"

男人撑着额头，脸上虽无笑容，但言语轻柔如晨曦，道："谢谢。"

楼盈月歪头，笑脸盈人，道："你救我，我救你，何以有言谢之理？"

"小人为女郎的隐卫，未尽看护之职，竟令女郎险些遇险，原已该死……"

楼盈月打断他："你莫要满口小人小人的！是我自己贪玩，与你有甚干系？"她想了一想，好奇道，"你说你是隐卫，何谓隐卫？你既是我的隐卫，我怎从未在山庄里见过你？"

"隐卫便是不能现身的护卫，不会打扰到主子的日常生活。"

"哦？"楼盈月恍然大悟般点点头，笑问道，"那你唤何名？"

"小人蔺玠。"

四／言照相思

楼盈月又饮了一口酒，眉目迷离，似已沾染上醉意。

其实，这海棠酒里有果香的甜腻，酒并不烈，酒量再差的人，即便喝上一大坛也未必醉得了。

人太多时候醉，未必真因为酒。有时，醉人的不是酒，是那一颗怀醉之心。

"那伤看似猛，但不及要害，亦未中筋骨。隔日清晨，他便已能起身。我们一路相携而行，不久，便找到父亲所在。父亲见我无事，竟是老泪纵横。我知道，失踪这么久，叫他担了一夜心。

“回山庄后，父亲欲惩责蔺玠，我为他求情，如果不是他，我根本不能活着回来。我告诉父亲，他武功高强，一人对敌近十人，我求阿爹让他当山庄护首。父亲笑着说我懂什么，只叹息着跟我说以后莫要再乱跑了。父亲到底也惜才，最后仅稍加惩戒，并无真正怪罪于他，当然也没给他护首之位。山庄护首何其重要，哪是我一言所能决定的事？

“父亲说，山庄有山庄的规矩，每个人到达什么位置都需要途径，要靠自己赚取，蔺玠如有能力战胜其他护首，日后自有资格取代。不过，父亲也因此而留意上他，蔺玠的确比许多人都出色。一年后，蔺玠经过庄中考验，成为山庄四大护首之一，并且，成了我的师父。

“彼时我一心只觉得，这就是缘分。如果不是那一场意外，我不会注意到山庄里的任何一个护卫究竟如何。他是胖是瘦，是高或矮，是俊俏或丑陋，武功是高强抑或否，他能不能成为护首，与我无一点儿干系。”

楼盈月双眼望月，神容疲累，扬起的下巴线条如旧流畅秀美。

有长风自暗夜深处而来，风吹她红衣飘荡，吹她青丝招展，丝丝缕缕，起伏缠结，如同她淡淡的叙语，伴随着檐下摇曳铁马那阵细碎长音，延绵入耳。

慕容馥眼睑低垂，并未答话。

听了这么多，作为一个局外者，她知道，这不是巧合，这是一个圈套，漏洞在隐匿处，稍微细心，便可惊觉。有人花了大心血，借一场好戏，埋了棋子，用时间获取信任，目的就是冰室里的那一株冰海棠。

楼晏未察觉，是因为他关心则乱，以为旁人是要抓楼盈月以换取冰海棠。

至于楼盈月，或许是因她深陷其中，当局者迷；或许她早已知晓，只是不愿意揭发。究竟如何，只有她自己内心最清楚。

一念至此，慕容馥放下酒，回过头看她。

楼盈月迎风婉转一笑，一双秋水如玉潋，在清辉里作闪。

她是罕见美人，笑起来更是倾城。可谁晓得这样的美人，那眉眼间，此刻竟也有着无法抹去的寂寥之痕。

楼盈月轻轻道："阿馥，我的剑法都是他教的。"

"他的剑法自成一门。"从那夜她们二人的对舞，慕容馥就很明白这一点，"江湖中，一些组织里的细作密探，多数修为精湛，只可惜身份之故，难以得名江湖。否则单凭他的剑法而论，江湖剑术榜确可上前二十。"

就像花剑雪，单论其剑法，当世无几人可望其项背。

"是啊，他的剑法很好，教得也好……"楼盈月徐徐道，"他告诉我，剑握在手上，要稳，就像剑与自己手腕连在一处。你的手腕不会掉，你的剑也就不会掉。运用剑，如同运用自己的手，方能更加快与准。"

回忆里的她，言语轻柔，嘴角无知觉地溢出一缕浅淡笑意，一扫方才惆怅。那仰首望月的目光，仿佛穿透重重月色，穿越时间的绝峰浓雾，看到岁月里的某一处。

那是属于他们的往昔。

"阿馥，当时我见着他已是心生欢喜，哪里还有什么心思去学剑？学剑必须心神皆聚，我心生别意，是以剑老握不稳，被他的木枝轻击便掉，他却无一丝不耐烦，就那样牵着我的手，握起剑。剑在我手里，我的手在他手里，那时刻我听不到他到底在我耳边说什么，我只知道，我的心一直跳得剧烈，好似要跳到喉口。"

"然后——"楼盈月笑意里，是如轻羽般的浅淡柔情，"我便知道自己爱上了他……"

"那种强烈的感觉，仿佛就是突如其来、始料不及地发生在顷刻间。但我知道，其实那颗种子早就埋在我内心深处。"楼盈月语有唏嘘，淡淡合目。

"那年，我已十六岁，有些感情，如生根发芽一般，就这样长出来，收也收不住了……"

天际飞团云，很密集，一波波过去，像深海里迁徙的鲸，像红尘里熙熙攘攘的人群，忽地便落下雨。

这突如其来的雨，像是一场蓄谋已久的叵测。是否从那风清月明的时候，就开始酝酿？至此时，至此刻，存心迎合各人心绪而落？

雨下得极其细，细如绵，落在肌肤上，几乎无察觉。

庄中不知何处传来几声细微而绵长的猫叫，幽幽凄凄，若孩童低泣。月光折落在碧瓦间的细雨珠上，映出一派清寂之光，叫人恍恍目眩，惚惚神迷。

“之后的日复一日里，我如同踏入一个泥潭，越陷越深。渐渐地，起初的欢喜被惶恐取代，我开始害怕，因为这份感情本身就不该存在，一者，他是我师父；二者，父亲不会赞同我爱上一个护卫。就这样，我觉得自己成了一个贼，揣着不为人知的心事，暗暗地探看着与他有关的一切——

“他值勤的时候，他练武的时候，他休息的时候……可偏偏他的面上从来没有任何喜怒哀乐，不管是遇见何事，都是敛着一张脸。他也没有什么喜好，日日行动都在规则之内，就像是一具被操控的木偶。只是偶尔在黄昏的时候，他看着一株垂丝海棠，目光会渐渐地变得温柔。他那一刻的温柔，是因何而生，我无从得知，但只有这样的一时一刻，才能让我觉得，他也是个有感情的人。”

深情在睫，孤意在眉，楼盈月唇角的笑意渐转无。错落的细雨拂在她脸上，带起叠光与阴影，时而亮丽，时而晦暗。

“那时候我只想着，他是山庄的护卫，他一辈子都会在山庄里，他不知道我喜欢他也没关系，只要我能一直这样看着他……”楼盈月道，“我想，大抵也只能如此了，不然还能怎么样呢？只可惜——”

“只可惜，事情远远超乎你的料想。”她确实为她觉得酸楚，谁能知道花簇锦攒之下，怀的是这样求而不得的心，慕容馥语中有叹息，“你对他的这份心思，足够你细心地发现什么。”

“是。在数月前一个夜晚，我无意中看到他去见了一个人。”楼盈月清冷一笑，继续道，“那人穿着一身黑色大袍，面上戴着诡异的白面具。而他，恭顺地跪在白面人跟前。我剑法虽还不算差，内劲修为却上不了台面。我不敢靠得太近，隐隐约约，只听到海棠二字，虽然我不知道他究竟为何而来山庄，但我已经知道，他是别人派入山庄的细作……”

“但你不忍心揭发他，甚至假装什么都没发生，什么都不知道。”慕容馥轻轻一笑，笑中无波无澜，无人能听出其中究竟有何等意味，“你若早揭发他，那夜的事情就不会发生，冰海棠也不会失窃，他也不可能跑得了。”

楼盈月一脸凄然，声音说出口，都有些惨淡了：“是，他是跑不了，因为，他一定会死在父亲手里。揭发他，便等于杀死他，要我亲手杀死他，我做不到！”

慕容馥眯起眼，困惑道：“即便知道他会对你们山庄有所不利？”

楼盈月道：“是。”言语里，有果决成分在。

慕容馥目光落在楼盈月脸上，眸底飞掠一丝惋惜，转瞬即逝。

事情已再清楚不过，花了这么大心血偷冰海棠的，就是暗梅门。

这五年来，蔺玠在海棠山庄目的只有一个——冰海棠。外界没有人知道冰海棠存于庄中何地，所以暗梅门只能派人潜伏进来。

楼盈月当年那场意外是一个局，一场赢得注意、获取信任的局。

作为一个细作，他不可能仅仅只做一名小小护卫，否则他无法获得重要信息，所以他需要找机会引起楼晏的注意、欣赏、提拔，获得高位。备受楼晏疼爱的楼盈月，无疑是最好的选择。

五年的时间，蔺玠弄清楚了冰海棠的所在，连机关地形亦探查得一清二楚。这当中，包括开启冰室的“钥匙”，那就是楼盈月的血。

那一夜，慕容馥与楼盈月舞剑，发现楼盈月手上受的伤，便猜测有人在暗中计划对冰海棠下手。所以，之后那几夜，她都在飞瀑亭。其实她一直知道楼家与冰海棠之间的关系，她只是不晓得，原来楼家所在的山庄，便取名海棠山庄，更没料到，竟是误打误撞，让檀静玉带到这里。

“所以说，细作是这个世界上最聪明的一群骗子，他们拥有绝技，擅长伪装，知道如何精妙地掌控住一个人。”慕容馥眸底静如止水，言语淡淡，“他只是一个没有感情的细作，他潜入山庄前，必定经过严密的训练，你为他做再多，他照样不会爱你，甚至必要时，还会亲手杀了你。细作跟杀手一样，不，他们比杀手更狡猾，他们踏入这条路开始，就必先断情绝欲。”

慕容馥垂眸叹息：“那一夜他出手，足够你看清楚他是什么人，要的究竟是什么，自始至终，他怀的是怎样的一颗心，可你偏偏还愿意出手救他……不过是一场骗局，你明明早有所觉，却还任由自己陷得这般深。盈月，你真傻！”

楼盈月摇摇头：“这怎么能说是骗局呢？他曾是那么真实，那么触手可及，亲手教我一招一式，悉心照看我的一起一行。他如此分明地存在，怎么能说是假的呢？”声音越说越低，似乎这些话，连她自己也说服不了。那一张故作坚强的面具，再也支撑不下去，她双手捂住脸，乏力地垂下头去。

彼时她情窦初开，心上人触手可及，朝夕陪伴身侧。即便是日日思君君不知，但此番体肤相触，共执青锋三尺剑，已可叫她觉得快活。

是啊，朝夕相处，感情总会滋生，更何况这个人曾为她搏命！年少无知的小女子，总会恋上保卫过自己的英雄。

谁不是呢？

慕容馥即便未曾身临其境，也知道二人执手练剑的那一段时光，对于楼盈月而言，无疑是最美好的。而今这血肉淋漓的真相，更会促使这番美好变得清晰，丝缕分明地刻入脑海里，叫她永远不会忘记，亦无法忘记。

情思成蚕，作茧自缚。

至于他呢？楼盈月于他而言，不过就是，起先一枚可利用的棋子；不过就是，现在转手一掷，再无利用价值的弃子罢了。一切行径，皆不过是为了达到目的而为之。倘若他真对她有一丝一毫一瞬的动容，想来不会走得那番干脆利索。

情缘至此，不是至恸，而是至哀。是啊，哪里还有比自作多情更可悲的事呢？慕容馥一时惘然若失。

纵目海棠无好意，赢得满衫清泪。所谓爱情，不过是锦上添花的累赘。可偏偏世人不爱删华就素，独爱花团锦簇。

“值得吗？”慕容馥以为她在哭，轻轻拍触她的肩。

楼盈月抬起头，眼角干涸，并无眼泪：“值不值得呢？很多时候，我也总在问自己，这世上男人那么多，为何偏偏我只看中了他？他和别的人有什么不同呢？不过也是两条眉毛，一双眼睛，嘴巴也恰恰长在鼻子下，为什么偏偏就是他呢？后来我才知道，一旦心里放入了一个人，他的存在就是不同。别的东西都开始变得无足轻重，只要是他就好了……”

“可偏偏这些，我却没能让他知道。”楼盈月语气里有抑制，手攥成拳，轻捶着心口，道，“阿馥，我好恨，我好恨自己的懦弱。这些日子以来，我老是在想，如果我早把心事告诉他，或许，这结果会有什么不同。”

微微细雨若有若无，敲击花瓣，落花随雨，浅淡洒下。

落花影里，慕容馥脑海里兀然浮出一个身影，自语般呢喃道：“可如果，他不爱你，你告诉他，也没有用处，不是吗？”

“可，倘若我告诉他，至少，在这份感情里，我便不是独自一个人。”楼盈月闭上眼睛，那一点泪水和着细雨，终于自眼角滑落，“时至今日，我才知后悔，可是事情已经无可挽回……”她侧过首，悄悄地用手指拭去那滴泪。

慕容馥垂了眸，不知道该如何劝慰。

她连她自己的心都劝解不了，如何还有能力去宽慰别人的哀愁？

两人彼此都默了一会儿。

无声落雨，一时寂静。

凝思少时，慕容馥才道：“也许，你还有机会再见到他的。”

毕竟，要取回冰海棠，楼盈月无疑是最适合的人。

楼盈月摇摇头：“不，阿爹虽不明言，但我知，那夜之事，阿爹知道是我。就算他猜不到我对蔺玠怀的是什么心思，二兄也猜得出来。阿爹若知道了，他……怎么可能会让我离庄去找他？而他，他连我的心意都不知道，更不可能回来见我。在他眼里，我算什么呢？我是什么呢？也许什么都不是，也许什么都不算。”她深吸口气，自嘲般轻笑，“阿馥，这四年来，一切一切，不过是我做的一场梦。如今梦碎了，我却还沉醉其中不愿醒。很可笑是不是？”

慕容馥听得心头酸软。

楼盈月仰首饮酒，却发现壶中酒已尽。慕容馥将手中酒壶递过去：“不是可笑，只是若是我，大抵会觉得不甘心。”

“是呀，回头一想，确实不甘心。付出了那么多感情，什么都换不回来，还把冰海棠赔上去。可是，除了不甘心外，我根本什么都做不了，”楼盈月接过酒，“要放手做不到，要忘记又舍不得，什么都由不得自己控制……”

慕容馥叹了口气：“感情之事，真的有那么不能自已吗？”

“这世间不能自已的事太多了，不独感情。”楼盈月饮了口酒，把目光斜向她，收揽了思绪，缓缓道，“不过今夜我来找你，不是为了找你饮酒，找你诉苦谈心，也不只是为了答谢。”

慕容馥转眸看她，表示在听。

楼盈月道：“我看你这两日，对檀哥哥怪怪的，仿佛有些疏离，为什么呢？”

“我……”慕容馥不知道怎么回答，难道是告诉她，因为他早已心有所属而难过吗？

楼盈月也不寻根究底，道：“在我印象中，檀哥哥漂泊江湖，性情恣纵，遇到什么危急，从来都是和缓从容。可那夜你被阿爹拿住，见到你昏迷不醒，檀哥哥像疯魔了似的，甚至……甚至要出手伤我阿爹。我同檀哥哥相识也算多年了，却从未见过他那样失去理智的样子。”

她是他带入山庄的，出了事，他自然会担心。朋友之谊，如此并不为怪。慕容馥眉睫颤了颤，徐徐一扬，问道：“所以呢？”

“可见对于他而言，你是不同的。”

慕容馥呆凝斯须，敛眉垂眸，道："我们是曾同历生死的朋友，对彼此有所不同，也不足为奇。"

楼盈月摇头："不，你的不同，是因为你足够强。哪怕我身处山庄之中，见识浅薄，但我也知道，世上美人可以万千，但像你这样年轻便已修得武圣阶的女武者，却难得一见。"

慕容馥侧过脸去，道："那又如何？"

"如何？"楼盈月放下酒壶，审视着她，"阿馥，你看他时的目光别人看不出，却瞒不过我，你眼里有他，你心里也有他。你对檀哥哥是有情意的。"

楼盈月一语中的，慕容馥却一丝女儿态亦无，依稀笑了笑。那笑容仿如浮光掠影，一转即逝。她声音缓缓，挑起眉，一脸无所眷恋，道："有意又如何？有的人没有资格放纵自己的情感，去喜欢一个人。盈月，我不是你，你有一个好父亲，你有疼你的家人，他们一直保护你，护佑你安稳妥当，即便你爱上一个不应爱的男人，你照样可以转过身去，渐渐淡忘他，可是我不能……

"我曾也生活在一个幸福的家庭，直到有一天，一团大火焚烧了我的所有。那时我才九岁，我的家被烧毁，家人在火海中丧命，一切化作灰烬，并且我知道，那场大火并不是一个意外。我亲眼看着自己的父亲在跟前死去。我虽侥幸逃生，可此后，我经历着连畜生都不如的屈辱，被人买卖，身负烙印，遭受鞭打，流离失所，受制于人……

"我从狼牙里夺命，从虎口里逃生，在一次次你死我活的残杀中走出。在我手中结束的人命，多得连我自己都数不清。"

第一次对旁人这样直言不讳地提及自己这些年的遭遇、经历，慕容馥眉目平静，曾经的生关死劫，于今而言，成了无关痛痒的字句。

"盈月，我告诉过你，我不是好人。我满手血腥，辛辛苦苦走到这一日，容不得半分行差踏错。"因为她若走错一步，和楼盈月不同，她搭上的是一条命，而不仅仅是一颗心。

楼盈月满心震撼，愣愣了半晌，也未能全然从她的话里走出来。原来，那天阿馥口中的小女孩，真的是她自己。楼盈月不禁想象着，若真的和她有一样的遭遇，失去所有至亲，孤身一人，那自己会变成什么样子？

不，楼盈月打了一个冷战，她知道自己根本活不下去，她根本没有勇气活下去。同这些比起来，那些求而不得的感情，显得那么微不足道。或者这两者之间，不应该拿来相提并论。

并不是同一回事。

楼盈月花费了很大力气才平复了心情，经过深思熟虑，认真道：“你是好人也好，坏人也罢，甚至不管你有什么样的身份，都不重要。对于我而言，你只是慕容馥，那个会生气、会欢喜，陪我纵酒大醉，同我月下舞剑的阿馥，如此而已。”

慕容馥闻言诧异，心头突突地跳了几下，迟疑了一阵，目光在她脸上一转，一时只觉喉咙干涩，无语凝噎。

楼盈月继续道：“不管你曾经历过什么，那都不应该成为你欺骗自己的借口。喜欢了就是喜欢了，感觉就在那里，不是你给自己找了借口，它就可以抹去。

“我无法真正体会你一路走来的艰苦，没有同样的切肤之痛，谁也不能说感同身受。我只知道的是，违背自己的心意有多辛苦、多难受。这四年，我就是在难受、辛苦里过来的。阿馥，我不希望你也这样，我不希望你跟我一样。我告诉你，檀哥哥若知道，他也会很心疼的。

“而且，我不明白，你既已辛苦走至今日，为何还要在来日里把自己推向辛苦？以前的事，或许由不得自己选择，因为不够强大。可现在，现在你多厉害呀！阿馥，你不晓得我究竟有多羡慕你，你修为这么高，武功这么精湛，要走什么路，难道没有自己掌控的能力？你有什么样的过去，这跟你是否接受一段感情并没有如何大的冲突呀。”

她说羡慕自己，可自己又何尝不羡慕着她？有很多事情，其实楼盈月并不明白，人身上的经历是烙印，它使人畏缩，使人胆怯。慕容馥知道的，不管往后她修炼成多厉害的武者，它依然伴随在她的来日里，如疽附骨，如影随形。

更何况，怎么会没有冲突呢？情感是弱点，它会成为羁绊，令人变弱，令人迷茫，令人彷徨。难道她要学着楼盈月，去喜欢一个不喜欢自己或者心怀他人的男人，白白赔上一颗心，到头来却一场空，只换回一腔支离破碎的难过与脆弱？

慕容馥笑，不合时宜的笑容刺目。

她开口道：“我满身血腥，如此不洁，不过是撑着一副残破的身躯，以期来日达成夙愿。谁愿意接受这样的我？更何况，他心中早已有人，我又何必……何必还去自讨苦吃？”她的声音低弱，声音中微带颤抖，但她尽力在让自己的声音听起来平静些、正常些。

“早已有人？”楼盈月拖着长声，一副顿悟模样，反倒像是忽地松了一口气，“这才是真正的原因吧？”她未多想，脱口便道，“你何必因一个已故的人而畏首畏尾？”

慕容馥不解：“已故的人？”

楼盈月以为慕容馥是知道宁妱斓的，才会说出檀静玉心中有别人的话，不觉有他，絮絮叨叨道：“宁妱斓早在四年前就去世了，檀哥哥纵是对她有情，怕也是愧疚多一点。两人曾经相系的，只不过是宁、雍二国联姻的一纸婚约，那大翁主去了，自然便也作不得数了。如今檀哥哥他遇到你，怕也慢慢就放下了。你不知道，那天他看到你昏迷时候的样子，简直发了疯似的。在黑牢里，他抱着你，嘴里一直喃喃地说着胡话，说是他害你，是他把你推向深渊，不然你不会受伤，诸如此类的。这哪里是寻常朋友能有的情意？你那么厉害，打架的时候，简直无往不胜的样子，可怎么在感情上反而如此妄自菲薄呢？”

慕容馥惘惘的，在这个消息里回不过来神，喃喃道：“他真的是……这样说的？”

楼盈月急急点着头，又忙道：“你若心里也有他，就别让自己去推开他，索性说出来，至少图个痛快不是？看，我自己做不到的事，却一径劝说别人去做，很没有说服力吧？但很多事情就是这样，说时轻而易举，做时千难万难。可我知道，阿馥，你跟我不一样，我一直活在父亲的庇佑里，表面毫无避忌，无所畏惧，事实上胆小、懦弱、不堪一击，遇事只懂得退缩与逃避。而你呢？你是刀光剑影里走过来的，生死都不怕，还有什么好畏惧？更何况，我们最最大的不同，是我喜欢的人他不喜欢我，而你，相信我，檀哥哥他是喜欢你的，他心里有你。”

慕容馥心中一动，不禁合上双眼。

他的心中，真的有她吗？

这一夜，听着窗外海棠花簌簌作响，慕容馥彻夜辗转难眠。

五 / 情之所起

次日清晨，檀静玉、慕容馥二人与楼晏辞行。楼晏派人送至山下，乘渡小舟离开。

两人驾马驰行，方向正往昭华西城。

但他们未能入城。

慕容馥睁开眼的时候，整个人都是眩晕的。她抬起头，想看清楚周围的情况。这个动作十分寻常，但此刻做来，于她而言却是艰难。

周围阴冷，潮湿，但很干净。四壁玄石坚硬，极为宽敞，看起来是一间大囚室。四面是各式各样的刑具，没有门。

很黑暗，没有灯。

她没办法动，双肩抽痛异常，肩骨似脱臼；手被束缚在腰后，脚被绑捆，整个人倒悬，吊在半空。抓她的人清楚她的修为，悬在半空，她便无法借力。

当然，那人并不放心，外面还加了个笼。

笼是精炼玄铁制成。她在想，傲雪剑能否将它斩断。但是，捆绑她的绳是犀皮鞣制，极柔软，韧性却也极强。从前训练的时候，她遇见过。沈追魂说，哪怕武圣，也很难把它挣断。这是专门用来绑缚修武者的韧绳。

没办法挣开绳子，傲雪能斩断笼子也没用。

自己是怎么被抓到这里来的？慕容馥回想。

离开海棠山庄后，他们一路向昭华西城行进，途中停下来歇脚，慕容馥喂马吃草，水袋中的水没了，檀静玉去找水，她在原地等他。

檀静玉回来得很快，他的手上没水袋。慕容馥奇怪，问："这么快，水呢？"

檀静玉走近她，言语平静，道："水袋掉河中去了，这里离西城不远，黄昏前赶进城，寻家客栈住下更好，我们走吧。"

慕容馥点点头，转身向马走去。但是——

在她刚迈出一步的同时，整个人陡然旋身一个后飞踢。脚踢中檀静玉手腕，毫无预兆。檀静玉的应变极快，在慕容馥脚踢中他手腕同时，手突变成利爪，翻转，抓住她的脚踝。

他很迅速，她也不慢！

慕容馥另一只脚猛踢他的手，腰在半空施力，整个人凌空翻旋。这一动，剑及屦及，迅捷无比。摆脱控制的双腿连踢，最后一腿内劲猛施，踢在他的肩胛上。

檀静玉脚步趔趄，慕容馥毫不迟疑，迅速落地，手已摸上他的咽喉，狠狠掐住他的喉骨。

檀静玉眼微斜，轻轻一笑，道："你怎么认真了？我刚刚是开玩笑，试试你的反应。"

慕容馥挑眉："哦，开玩笑？"脸上笑颜忽转阴冷，如柄脱鞘的利剑，已呈七分杀机，"但我杀人的时候，从不开玩笑。"她手上劲道收紧，厉声道，"说，你是谁？"

那人冷笑，犹有嘲讽："看来你对他也并非完全放下戒备，否则怎会这么快便察觉有异！"

她之前帮檀静玉治伤时，曾给他的伤口抹过露花琼浆。量很少，这些时日以来，气味已散得差不多，但近身时还是能闻到的。可是在此人靠近她时，那是全然陌生的气息。

慕容馥神容冷漠，字句如刃，道："少废话，你到底是谁？为什么要假扮他靠近我？说！”

话音才落，慕容馥后颈忽地剧痛。

他们有两个人，她却只察觉到一个人的气息。身后此人的匿气修为，实在出神入化。她吃力地转过头，想看清是何人，但视线开始涣散，难以控制的昏眩侵袭了她。

醒来的时候，她已被倒吊在这石牢里。

这时，有光传进，一道石门被打开。光里面有个人影，在门打开的一瞬，人影已站立她跟前。准确说，是关闭她的铁笼前。

没有比被倒吊着看人更不舒服的事情了。

她的眼睛适应了光亮，看清了眼前人。

眼前人是一个和尚，一身白袈裟，宽宽松松，无半分佛者圣洁气，反沾红尘潇洒意；五官也很夺目——目如曜石，鼻若悬胆，狭长眼角下，有一点妖异泪痣。

以女人的角度来看，这是一个穿袈裟的俊俏和尚，哪怕他阴鸷的目光让他整个人跟和尚这个身份差得很远。

但慕容馥第一眼注意到的，却不是他的脸，而是他的手。

他的手瘦长，干枯，指节分明。在昏暗光线之中，这双手就是玄铁炼铸一般。慕容馥的判断很快，他的指法绝佳，点穴功夫非比寻常。

他就是她晕倒之前，站在她身后的人。

他在她察觉他存在之前，迅速从身后点中她的穴道。

慕容馥开口，声如霜雪：“我不知道你是谁，但如果你足够了解我，就该知道，这里困不住我。”

白衣和尚掸了掸袖上的尘，施施然笑了笑，眉峰耸动，徐徐道：“我知道，你放心，我并不想困住你。”话音才落，他就消失了。

消失的意思是，他一瞬间就在慕容馥面前不见了，浑如水滴蒸发，无影无踪。

“先天无极？”

正在她惊疑时，石门关闭，玄铁笼自行打开。慕容馥深觉莫名，他费尽心思来抓住她，为何现在又好像有意放了她？

虽然困惑，但她并不想再作停留。将大拇指往里一折，一只手吃力地从绳子中缩出，另一只手的捆缚自然也松懈——她根本无须挣开绳子。脱绳技法，这是她在沈追魂身上学到的第二项技能。

慕容馥借腰力倒转身子，同时迅速抽出软剑，斩断脚上绑缚，一手抓住绳子轻巧落地，将脱臼的手扶正，寻找石门开关。

耳郭微动，她灵敏察觉有人靠近，迅速靠在石门旁石壁背面。石门开启时，翻腕出剑，剑光一闪，剑刺来人！但一缕熟悉气息随之而来，让她出手的速度不自觉缓了三分。

那人反应极快，侧脚扭身，剑从胸前擦过，整个人偏移至她身侧，正要擒住她手腕时，却是忽然停住，惊喜道："阿馥！"

慕容馥微微一愣，看清来人，青衫落落，眉目清俊，正是檀静玉。

檀静玉满面失而复得的喜悦，猛地一手将她揽在怀中："你……"

他返回去的时候，她的所有东西都遗在原处，包括她的琴，他就知道，她不是不告而别，而是出了意外。

他噎住了其他的话，越发抱紧她："我真怕……真怕你出了什么事。"整个举措，是强有力的，不容反抗。

这下，慕容馥僵住了。

他背脊挺拔，胸膛坚实，他的手臂紧紧收在她背后。她和他靠得这样近，整个人全然陷入他的怀抱里，脸贴在他胸膛，她甚至听得到他急促的心跳。

当她迟疑于他的忧虑时，他却松开她，迅速牵住她的手，神容匆匆道："走，我们尽快离开这里。"

石牢外，是一座无人居的房屋。屋在西城中。

她被他牵着离开石牢时，尚未回过神来，只觉得一颗心起起落落跌撞得快，但心口猛地一阵剧痛，万针戳心般的痛。她呼吸一窒，手抚胸口，险些痛晕过去。

檀静玉诊断她的脉息，面色陡地僵硬起来。

慕容馥面色苍白，抬首望着他，疑惑问道："怎么了？"

檀静玉神色慎重，道："你试试调运内息。"

慕容馥虽是疑惑，却依言凝聚神思，气聚丹田。正要运行各脉，发现体内气劲未分散开去，已被迅速反压至丹田。她的内息，根本无法调运至各脉。这就表明，她的内力全然不能使用。

她蓦地变色："这是？"

檀静玉问道："你的双肩，是否有如脱臼般的痛感？"

慕容馥诧异，点头。

"锁筋蛊。"檀静玉深深吸了口气，袖中手指骨节拧得发白，"两条蛊虫锁住你的琵琶骨与周围经脉，你即便是武圣，也无法运行内力。"

"什么？"慕容馥神情肃冷，白衣和尚费了那么大功夫抓住她，却又放了她，就是为了对她下蛊吗？他究竟是什么人？他的目的又是什么？

檀静玉叹了口气，抚顺她的鬓发，道："不用担心，我知道怎么取出蛊虫。"

慕容馥好奇道："你能不能告诉我，有什么是你不会的？"

夏朝时，巫学被禁，所有相关书籍被尽数焚毁，专攻巫学的巫医、巫师被击杀，此后，巫学没落。尽管没落，却不代表消失，许多与巫学相关的术法被暗地承继下来。不过直到西秦帝国时代，年代已久，懂得巫学一门的人，已然是极少。

檀静玉牵唇，将有意隐匿的担忧潜伏入眸底深处，面色平和，对她笑道："上古时，巫医尚未分家，而蛊类，不过是巫学中的一门。我稍懂医术，如何取蛊，也是晓得的，并不难。"

虽说如此，但慕容馥心中的不安一点儿也无法消散。关于这件事，从一开始，就处处透着诡异古怪，她抓不住根源。

"他们假扮成你的样子，趁你离开时袭击我，其中有一个，是穿白袍的和尚。"

白衣和尚？难道是生死境的无影和尚？檀静玉忖了忖，绕开话道："幸好你给我留下了痕迹，我才找到你。没事了阿馥，我们寻一间客栈歇息，我帮你取蛊。"

慕容馥猛一抬眸，诧异道："痕迹？我……并没有给你留下痕迹啊！"她恍悟，"莫非他们，是有意引你来救我？"

看来，生死境是冲着他来的。檀静玉面色微僵，眼中转过忧虑，然而很快，他便已恢复寻常，道："不要想太多，我会查清楚的。不过，客栈人来往太多，到底太过显眼，取蛊需要在不被打扰、不能中断的状态下方可进行，你可知这附近，有什么所在是鲜有人至的？"

"昭华繁华，天下皆知，要在这繁华地寻找一处不被打扰的所在，确实不易。"慕容馥知道他说的不被打扰是什么意思。既然这些人已经落了子，便有下一步，在取蛊过程中，他们未必不会突然袭击。这里的每一处地方，都未必安全。她稍做思索，斯须长睫轻抬，眼微微眯起，露出神秘笑容来，"我倒知道有一处，绝对很安静。"

"哪里？"

"若耶山。"

檀静玉与慕容馥共乘一马，履尘疾驰，近若耶山脚时，夜色已起。

二人下马步行。皓月中天，山趺下方，丛林密布。

月光便是穿梭过云层，也照不入这重重密林里。错节盘根的狰狞枝叶，粗卷苍绿的绕树古藤，连夜风也无法将之轻易动摇。这山趺丛林，已是如此死寂压抑，莫说这山中是如何光景。

林中虽无阵法，但是这树木生得杂乱无章，浑无路径可寻。这样的丛林，本身便是天然的迷阵。这里曾让多少江湖武者、侠客高手有来无回。檀静玉起初听慕容馥提议此处，也是惊讶于她的大胆，但此刻，他见慕容馥转行间熟门熟路，颇感意外。

慕容馥脚步在一棵老树前停下。老树树干有十几人环抱大小，周围垂散着繁密树藤，她伸手拨开树藤，竟是一个树洞。

树洞里空间大小，浑如一间小室，可同时容纳五六人。外方又有密藤遮掩，十分隐秘的所在。

慕容馥回首，瞧见檀静玉一脸困惑容色，解释道：“你不必惊讶，我幼年丧亲，无家可归，姐妹二人遭贼人买卖。后来逃跑被发现，一群人追来，我们……闯入了这山脚林中，意外发现此处。”她率先入了树洞中，“那时我们虽是年幼，已听过这山中凶险。但比起这里面尚未眼见为实的凶险，外方的险恶我们已经深有领教，要么被抓，要么面对这山中的未知，我们选择了后者，躲过一劫。”

她言语款淡，说得如此平易，眉梢眼角被时光镀上不在意的笑。

踩过荆棘，受过刀剐，来路几多艰辛，哪怕时过境迁，余留的刀疤仍如昔日渗血时触目惊心。檀静玉想起在海棠山庄，他无意看到她脚底狰狞的疤，脱下她衣物时，身上纵横的伤。他看着她的脸，不知该如何是好，只觉一腔疼惜不尽，伸手想抱一抱她，又怕她排斥。他这样患得患失，连自己也未曾想到，在她面前，他整个人都糊涂了。

随她入了洞中，他转言道：“既然这里安全，我帮你取蛊。”

“好。”慕容馥点头道。

檀静玉在她身前盘膝静坐，解释道：“取蛊时，要宿主在无意识的情况下，蛊虫才能被诱导出来。我点你睡穴，同时，你要放下对外界的警戒，在取蛊过程之中，不能够调运一丝一毫的内劲，明白吗？”

慕容馥犹豫一瞬，才“嗯”了一声，闭上眼。

檀静玉抬手，劲运指尖，点她睡穴，旋即双掌相叠于丹田前，调息运气，真气凝聚在指，点触慕容馥眉心玄关——内息转动，探查得锁筋蛊犹如藤蔓，缠绕住她琵琶骨周围经脉。他将内劲导入她体中，循走她周身经脉。纠缠在她经脉中的两条蛊虫被真气诱引，追寻着他的真气探来。

檀静玉内息调动时，微弱护身气场自生，充斥着这静谧狭小的空间。

洞中树须为之激荡，纠缠摆动。

此时他内息调控，耳目清明，周围十丈内的气息声响，皆躲不过他的耳，纵是匿形的武者，心肺开合，心脏跳动，一起一伏，亦犹在身侧。

这洞外，似有一人，声息极浅，忽有忽无。便是此刻，檀静玉牵动周身气脉，调动气息，也才模糊感觉对方的存在。但是隐约间，仿佛又像是风动草木的声息。莫非是自己草木皆兵？

他心中疑惑，如果无人，那是最好；如果有，那么，在这之前，此人到了多久？如此高深修为，不知是敌是友。

这稍一分神，慕容馥体内被他劲气所控的锁筋蛊，便狡猾地摆脱了控制，又重新回转原位。檀静玉再顾不得其他，敛息闭目，聚集神思，再次调导劲气，转动慕容馥身体，双手并合成掌，抵触她后背。

掌间青白光芒涌动，劲气传行。二人周身，皆被护身气场所发光芒罩笼，体内蛊虫受到真气的诱导牵引，慢慢往真气最为密集的所在游走。

檀静玉额心稍压，忽觉掌心一刺，即刻将传导入慕容馥体内真气往自身回收。那锁筋蛊被他引入自身，顺着他手上经脉，迅速游走深入。所过处，皮肤下两条银色蛊虫，形如银丝，清晰可见，流窜至他琵琶骨处，消匿无形。

周围光芒骤失，檀静玉体内真气八成被压回丹田，上下真气不顺，喉咙处一口血腥几乎要夺口而出。他盘膝稳坐，体内真气流转，重新运行周天，才勉强压制下来。

锁筋蛊在真气诱导循行入他体内时，被他的真气所伤，损了两成的效力。所以，檀静玉虽被锁筋蛊锁住气脉，但不似它在慕容馥体内一般，将气脉全然锁住。他仍能保留两成功力。

这已是万幸。

从宿主身体上吸附蛊虫，这是气脉逆行，本身就是极为凶险之事。

檀静玉调息运气，勉强将面色恢复如常，才将慕容馥扶靠在手肘间。正想解开她的睡穴，垂眸却见怀中人呼吸均匀清长，睡容娇憨，双唇闭合时，唇角有微微的翘。这样的唇形，总给人错觉，像笑。

几缕鬓发拂在她脸颊侧，碎碎的，像鸟翼的羽。他垂首，轻轻抚顺她的鬓发。她呼吸的气息，均匀地柔柔地传递而至。他后知后觉地想起她病中时，他抱着她的情形，当时心焦意乱，哪里有旁的念头，一心只期盼她快点醒来，现下回头一念，心里怦怦乱跳，简直要魂飞魄散。

虽然他告诉楼盈月不要让她知道，那时一直是他在她身边，可自从她醒来之后，对他总有一种若即若离的生分，他猜疑着，兴许是她察觉了什么。他抑制住心头渴望，可越克制越是波澜四起。他头一低，又一低，带着一种不顾一切的愚勇与战战兢兢，贴上她柔软双唇。

她唇齿间带着一种舒爽的清香，软软的，柔柔的，仿佛是甜，是蜜，势不可当地，叫他心迷意乱，浑如入魔一般，不能自控。

也不过是偷香窃玉，可战场上千军万马，骸骨嶙峋，江湖上刀光剑影，血腥杀伐，都不如这一刻叫他心神动荡。

人要沦陷，有时就是太快，是因高估自己，总以为理智可掌控情感，总以为可收放自如。当意识到不能自拔的时候，才知措手不及，哪里有什么挽回方法？早已是覆水难收了。

他舍不得离开。

慕容馥迷糊转醒，却觉唇上一阵温软，谙熟气息扑鼻，呼吸纠缠。

长睫抖动，迟疑睁开眼睛，不设防地，乍见这近在咫尺的眉眼，她似被惊住，眼瞳猛地收缩。

锁筋蛊解除，体内真气循行各脉，劲气激荡，以她的修为，自行冲破穴道醒来并不奇怪，方才他意乱情迷，竟不曾想到这点。檀静玉也是猛地被惊住，呆愣斯须，这才抬起头来，一时踌躇，不知如何启齿，往日里的镇定自若，都成了浮云，心中惶惶的，不知她会怎样。女子一般遇到这种境地，接下来怕是一掌掴过来吧？

遇到这种情况，慕容馥在感情上再怎么一窍不通，也压抑不了心神荡漾，更何况，她心里早就对他有了眷恋。楼盈月的话本来叫她半信半疑，现下有了印证，就成了确而不虚。慕容馥也不是那种忸怩羞怯的小女子，牵唇染笑，眸微微眯起，眼底笑意狡黠，忽地拉住他的领襟，趁他错愕的当口，就在他唇角置上一吻。

远离时，她双手紧紧捂住胸口，心如触电，但呼吸难得畅快，就像这些时日一直压在心口的泥沙，瞬然泻了开去。

她本就出他不意，双唇便触上他的唇角。心如同被火烫触，檀静玉在这突如其来中错愕了许久，谁能料想她竟这样大胆，待回过神时，已听得她声音清脆，认真道："这两天呢，我被绑在牢里，想明白一个道理。"她盈亮眼眸中，满是坦荡。

慕容馥也不等他说话，若有所思，修长手指有意无意地落在唇角，道："如果喜欢上一个人呢，就去亲一亲他，要是他也喜欢我，那么我就知道了；要是不喜欢……"她迟疑了一下，"没关系，反正已经亲了，至少吧，我不会落个糊里糊涂，你说是不是？"

明明是嬉皮耍赖的话，她却好意思带着正儿八经的神容，声音如波，将一番道白说得人心中波澜四起。

她语中尾音凝了凝，又问道："其实，你心里也是有我的，对吗？"口气试探着，比起先头的大胆，落了些小心翼翼的畏缩。

不明不白时，一切还有转圜的余地，现在，什么都大白于天下，他倒不知道该怎么应对了。

要说不，对着这个早已落了心坎的人儿，这么违心，他怎么能够说出口？要说是，一旦有朝一日，她知道真相，那该如何是好？檀静玉不敢想，一颗心，进退维谷地挣扎，望着她明亮可鉴的双眸，僵愣原地，不知该作何言。

彼此竟莫名静了少顷。

慕容馥见他神情闪避，似一脸尴尬模样，心中犹若沉石般凝重，四肢百骸凉了一凉。她嘴唇微颤，道："难道……你……你对我一点儿感觉也没有？"

檀静玉哽了哽，迟疑道："我……"

实在想把事情说出来。她若早早知道，当下彼此之间便做个了断，是生是死，他都无怨。可想到一切事情一说出口，他们之间也就没有往后了。

他忽然觉得自己无法面对、无力面对这样的后果。怀着一心忧虑，独独面对她，他做不到干脆利索。

他太自私了，早知没有好结局的事，他还孤意地抱着一线生机，他还一味地期盼着来日。

“既然你……”慕容馥怎知晓他心中顾虑为何？怎知他内心的交战？仿佛已在他犹豫神容上、闪烁其词间得到答案。

她有些恼恨，又有些难过，追问道：“既然你待我只是寻常情谊，那方才为何……为何……”话到这里，怎么也说不下去。一念方才两唇相接，又看到了檀静玉的神情，忽然想到，刚刚之事，也许只是误会。或许那是取蛊过程不得已须为之事，而她却心生臆念，胡思乱想。

一时间，什么都说得通了。慕容馥只觉得分外尴尬：“怕是……是我自作多情了……”

她蓦地念及自己的身世，又思及他的身份。

楼少容那样风华绝尘的俊秀儿郎，怎么就配不得一国翁主了？可与他三姐，却没能得个善终，不过就隔了一个出身。

她呢？她算是什么？楼少容至少还有父亲，有兄妹，有个家。她什么都没有，没有家，没有依附，没有地位，现如今所凭以为傲的，不过是这一身苦练而来的修为。

可再好的修为，也不过是一介江湖草莽之辈！哪怕他真的如楼盈月所言，有一丁半点喜欢自己，可悬殊的身份之别撂在那里，真的能得善果吗？或者他的犹豫，也是因此吧？

心念至此，慕容馥从未有过这一刻：感觉到自己是如此卑微、无力。她面色颓疲，轻笑了一声，喃喃道：“其实……其实我早就该有自知之明的……”一边说话，一边立起转身，欲朝外走去，再无力与他对视，“我算什么呢？不过一介流落江湖的落魄孤女，甚至，连个安身立命之所都没有，怎还敢妄奢其他呢？抱歉，我若给你带来困扰，请你不……”

她嘴上径自喋喋不休，不知是自嘲还是讽刺，一心失魂落魄。怎料手腕忽然被拉住，一扯，霍地落入一个怀抱中。

“不，不是这样的！”檀静玉侧身，猛地便把她紧抱怀里！

她语中句句切心，话里声声绝望，说得他心里钻心刺骨地痛。为什么他要顾虑那么多？像什么都不知道之前那样，多好！往后会发生什么，那是往后的事，至少此刻还留得住！

是啊！哪怕下一刻洪水滔天要来了，可只要这一刻在一起，那还有什么好遗憾？

“不是你想象中那样！你不要胡思乱想！”檀静玉的语气里，有抑制不住的激动，“一直都是我心有忌惮，不敢言明心意，怎么会是你自作多情？自从遇到你，我便感觉有什么不同了，仿佛心里曾漏掉的一块，被完整地弥补起来……”

他将她瘦削的身躯收揽在怀里，一心的柔软便再也止不住。此刻才知，原来有一种喜欢竟不是爱恨情仇，单是像这样简单地把她拥抱在怀中。

“阿馥，我心里有你！是因为你，我才感觉到了完整！这些话，我多次想说出口来，想告诉你，可到最后，都选择了避而不语，因为我怕啊……”他紧紧地抱着她，试图以此缓解掉得知她身世之后，那阴魂不散的顾虑、畏惧，“我不知，不知该如何来护你、佑你！我怕得到过你，有朝一日又会失去！我更怕有朝一日，我给你带来的伤害多于保护……”

本来万语千言犹待讲，最终却只化为一声低低的叹息：“傻阿馥，我最怕的是，日后你会后悔！”

他太清楚与她之间横隔着什么，可他情不自禁，一颗心仿佛沉了、溺了，却甘愿沉溺其中，不愿攀爬起来。

他贪恋，贪恋这一刻的苟且偷安。

“你……”慕容馥口鼻仿佛被捂住了，呼吸猛地一窒，脑海里乱蓬蓬的，被搅成了一团糨糊，颤着唇道，“你说什么？”

檀静玉一字字道：“我说，我心里有你，阿馥，我心悦你。”他停了一下，又道，“可是，我怕这感情，最后会变成伤害，对你的伤害。我说过，在对一切没有把握之前，我不愿轻易承诺。可你，你让我不知如何是好，因为你，什么原则、什么意志，统统都没用了。从前我以为，人的改变往往是潜移默化的，但是现下我才知，很多时候，改变不过是一瞬间而已。”

他的话，已说得这样明白清晰，确切无疑。慕容馥终于回过神来，她不知道，原来，他的顾虑，竟比她还多。

心里一阵酸涩便不可抑制，直逼迫眼睛去了，慕容馥竭力抑制住，抬首看他，认真道：“静玉，我不需要被保护，我也不怕伤害！什么我都受过了，还有什么受不来？从前，男女之情于我而言，不过是无关痛痒，无所谓眷恋。可因为你，我一心起伏颠簸，渐渐不知从何而起。我彷徨过，也退避过，我甚至打算离开海棠山庄之后，就不要再见你。心里劝自己，不过一个男人而已，只要见不到你，什么感觉都会淡化过去。可是盈月的话，当头一棒敲醒了我……

“白衣和尚抓了我后，我一个人被困在那里，想了好久。世人万万千千，能够遇到一个心仪之人多么不容易，我为何要给自己找借口放弃？反正喜不喜欢不过一句话而已，我为何要退避三舍苦了自己？所以我才将一切摊个明白清晰。可我不清楚，你的顾虑是因了什么，或者说，你这样瞻前顾后，是因为心中还放不下那个大翁主？没关系的，谁能够轻易就抹得了过去呢？”

她在想，这位大翁主对他而言，怕是很重要吧？否则不会去世了这么多年，他依旧在梦里念叨与牵挂。

哪怕心里分明在意，慕容馥却仍故作坦然道：“我没见过她，也不了解她，更不知她是多好的一个女子。我晓得，或许我可能永远也取代不了她在你心里的位置，可，檀静玉，我可以等你放下。”

檀静玉吃惊，他未想她竟知道了娋斓的事情，心念一转，即知大抵是盈月无意说到，生怕再生误会，他忙辩解道：“不，不关别人的事！我们之间隔着的不是她，是……”他的话猛地顿住——险些就说出来了。

慕容馥困惑地问：“是什么？”

“是你。”

慕容馥不理解。

“你忘记了吗？海棠林那夜，我说过的，我的肩膀在这里，我的心也在这里。但是，后面那一句，我未来得及说出口，你已转身离去。后来，你与盈月拼酒的那日，去往飞瀑亭之前，你问过我，有没有爱过一个人，我说有。只是，你那句‘无爱也有无爱的好处’，叫我心生怯意。你可知，彼时我多想告诉你，那个人，那个我始一见，便牵绵于怀的人，是你。”

他看着她的脸，目光、神容，留恋不已：“我多怕自己的冒昧，会令你再一次转身离去。我怕有些话一旦说出来，会令你心生反感与厌恶，最后彼此间，只剩了尴尬与隔阂。”

慕容馥愣愣原地，心绪像被轻拢慢捻的弦，无法停止震动。

他垂睫叹了一叹，道：“阿馥，你顾虑着我心里有别人的时候，可知道，我也在忧心，我也在害怕。这一腔忧怯，都只因你，因你而生，因你而起。遇见你之后，再没有比失去你更令我畏惧的事了。”

听他这一番叹息，她的泪竟生生自眼眶里挣脱。慕容馥不知是酸是喜，只觉得一腔的缠绵悱恻，怎么也收不住。

她望着他，问：“这不再是戏言吗？”

她的手抚上他轮廓分明的脸，上面，是重峦叠巘的眉眼，是细致柔情的唇齿，是斧凿生动的容颜。

哪怕一身青衫素淡寡然，这个男人，她心中眷恋不已的男人，依旧是一身阳春白雪、磊落之姿。

檀静玉伸手，轻轻拭去她的泪，目光触及她眸底的惶惑，再也忍不住。什么恩仇怨恨，什么过往旧事，都不要念，都不要想了。

他双手捧起她的脸，俯首吻她。心中所有的顾虑与挣扎，全都凝于这吻中。

慕容馥诧异得微张了唇，他的舌尖顺势伸入，与她相触，她陡地瞪大双眼。

那一瞬间，她的脑海仿佛炸开了，耳边竟嗡嗡作响，听不入半分声息！只感觉到自己的胸口，扑通扑通，一清二楚地跳动。

这……这与先前嘴唇贴着嘴唇的温软相触，全然不同！

这是强势的，火一般燃烧，纠缠，倾覆，蔓延。

铺天盖地。

她连呼吸也不敢，就那样呆杵，险些透不过气，口齿里缠夹不清地唤了他的名字："静、静玉……"

他意犹未尽地抬起首来，见她满脸因憋气而通红，双眸定定地瞧着他，眨也不眨。他失笑道："你屏住呼吸做什么？"

她想问，刚刚在我嘴里的，是……是你的舌头吗？但一回想到那种触感，整个人像打了个激灵一样，颤了一下。她咬了咬唇，喉咙咽了咽，却什么都说不出来："我……"

"你？你怎么？"檀静玉轻挑眉梢，口吻里有种打趣的意味，"你不喜欢吗？"

什么喜不喜欢？他是说他的人，还是他刚刚的……亲吻？慕容馥脑子空白，什么也无法思考清楚，说话断断续续："喜……喜欢……"

后面的"什么"两个字还没来得及说出来，檀静玉已垂首，深深地吻了一下，然后抬起头，故作正经地问她："是喜欢这样吗？"

慕容馥完全迟钝了，口齿不清地道："不，我……我……"

我是想问喜欢什么。

檀静玉当然没等她说完，一脸顿悟地道："哦，不是这样的呀。"又低头吻下去，舌头撬开她的唇齿，去寻找她的舌尖。感觉到慕容馥身子颤抖了下，他才抬起头来，一本正经的神情，问道："那是这样的？"

慕容馥根本想不到措辞，愣愣看着他，神容都僵住了，如同被点了要穴。

檀静玉忍住笑，只觉得往日她没有一刻似现在这样娇憨可爱，满心的阴霾都散去了，一脸宠溺地揉了揉她的脸："好啦，不戏弄你了。"

可胸臆间的缠绵之意，收也收不住，复垂首，亲吻她的额心，接着是她的眉、她的眼睫、她的鼻，一路寻到她柔软的唇。

都是甜的，一开始就收不住，两颗心终于云开月明。他小心翼翼地抑制了那么久，生怕一旦分明了，她一个转身，他们连相处的机会都没了。谁知道，竟是这样甜。

他吻一下，停一下，自说自话似的喃喃道："阿馥，怎么办？怎么办？我像是中了你的蛊，身体怎么也由不得自己控制住。阿馥，阿馥……"他将她推到壁上，唇齿相依的间隙里，温柔地呢喃着她的名字。

这一回，是温和的，轻抵，轻触，像清泉石上流那样潺湲。

她的鼻息间，全充斥了他的气息。那是隐隐的草木清香。

他一起一伏的呼吸，频频引动着她的心跳。彼此间再没了阻隔，连他的心跳，她也清晰无比。

慕容馥一心惊讶与意外。

她从来未有过与人这样亲密的接触，就是她最亲的阿颜，也没有呀！这样的唇舌纠缠，若是换作别人，单是想想，都令人作呕，可对着他，她却全然不会。

她只觉一身的松软，仿佛周身抽掉了力气，失了扶持，只能凭靠着他，依偎着他。整个世界，只落了一个他。

不知过了多久，檀静玉才停下来，胸膛起伏不定，像在竭力调整自己的气息。

慕容馥惶惶抬首，目光对上他的眼。

檀静玉手抵在她脑后，五指如梳，理顺着她的发，继而又移至她的颊，轻抚着，越看越嵌入心坎里。他想到她方才提及宁嫋斓，总觉得有些话，须趁此说清。他们的感情才冒了嫩芽，他不能叫过去的人、事把它扼杀。

他双目凝视着她，认真道："阿馥，你听着。我一颗心系了你，就不会再牵系别人。至于嫋斓，她是我师兄心仪的人，可是后来她因我而死，我心里很愧疚。一直以来，我只想寻到凶手为她报仇，也算是了了我对她的亏欠。但你们之间是不同的，不能比，也无法比，更不是什么替代或取代。从前我对她的感情，其实并非男女之情。我确实对她曾心怀仰慕，但那不过是轻狂少年对美的仪慕之心罢了。"

"可你们，曾有婚约。像你的三姐，一纸婚约羁绊在身，一世无法与自己所爱之人共白头。"一说到这里，慕容馥心生无力，却不再靠在他怀里，退了一步，倚在身后壁上。

檀静玉闻言，有一瞬息的恍惚，旋即才摇摇头，缓缓道："不，她终究是如愿了，与所爱之人共白首。纵然只能天各一方，可只要他们心中尚惦念着彼此，感情就没有烟消云散的那一日。我总算明白了，为何三姐给她的孩子取名悕和憬。也许，她早就知道少容没有死。之前我一直以为，他们这段感情中，最悲惨的是少容。可是，如今我才知道，最可怜的是丰弈，千方百计得到了人，又有什么用呢？这一辈子，最爱的女人心里记挂的，只是别人。没有比同床异梦更可悲的事情。"

他看着她，眉眼坚定："但无论如何，不要将我们与他们对比。当年娋斓若没有死，我与她也不会真的成亲。她是我师兄的心上人，我与她之间，便绝无可能。至于一纸婚约，对我没有用处，从前是，现在也依然是，日后更是。阿馥，它不是我的羁绊，你才是。不管我和谁有婚约，只要那个人不是你，我都不会娶。"

他很清楚，无论日后会发生什么，经历什么，能够隔断他们之间的，不是他，也不是婚约，不是其他任何事，只是她而已。

这些，他却无法说出来，他也不敢要求有朝一日，她知道真相，可以放下仇恨来和他在一起。他知道这将是日后他们之间最大的坎，这也是他最无力把握的事情。

慕容馥却忽然问道："可若是……若是你以后遇上另一个人，也许她很美，也许她很温柔，也许她武功很好，也许她修为很高，甚至，她过往比我……比我更干净，届时，也许你会像如今喜欢我一样，喜欢她，那……"

"不，不……"檀静玉忽地笑了一声，"你怎么会这样想？美？温柔？修为高？你怎么……"

他的话顿住，身子趋近，一手抵在她头侧壁上，一手勾起她的下颌，凝视着她："哪儿来那么多也许？莫非我在你心里，是个朝秦暮楚、三心二意的男人？我何处令你生得这般错觉？你说，我改。"

"不是，我……"慕容馥忐忑地看着他，想解释，檀静玉已伸手掩住她的唇。

“当年有人要杀我，婼斓为我挡了针，针中了眉心，她当场便……婼斓死后，有阵子我很迷茫，很堕落，萎靡不振。心中的愧疚，每日如钝刀磨心。孤身一人的时候，这种感觉更强烈。所以在那时候，我遇到过很多女人，也……”檀静玉顿了顿，稍稍侧过头，不大敢面对她的眼睛，“也有过许多女人。可是当我每日醒来，看到身边躺着的身体，沉睡的脸孔，是那么陌生，明明知道她们是谁，却像是根本就素不相识，从未有过牵连一样。心情未能有所缓解，反而比之前，更寂寞，更空落。”

当年，檀静玉为了麻木自己，不去想婼斓的死和对他师兄的愧疚，做过太多可笑且无趣的事。后来，他易容混入宁国的军营里，封住了一身修为，去当一名小卒，整整待了三年。

慕容馥听得不明白，有过许多女人，是指从前他对那些人，也像如今他对她这样吗？醒来便看到她们，是指住在一处吗？她犹豫了一下，还是问道：“那你对她们，也和对我一样吗？”

檀静玉诧异道：“自然不一样。那些不过是……”他搜肠刮肚，才找了个词来勉强形容，“不过是露水之情。”

露水之情，便像露水一样，轻而易举便没了，散了，无疾而终。慕容馥不禁在想，他若对别人是如此，那对她呢？有朝一日，是否也会？

檀静玉见她眼神一黯，有些着急，生怕她误解，手扶上她瘦削的肩，认真道：“我清楚爱与不爱的感觉，我清楚你对我有多重要。虽说你我相识未久，可看着你，我却感觉和你已经相识了一生那么长。阿馥，我的情长给了你，那就是一辈子的事。”

他停了下，打量着她的神情：“我知道，太多事，并非岁月转逝便可忘怀。你的往日，我无法改变，也无法令你忘记，但是，我绝不再让你的来日孤单无依。不管日后遇到什么，我，都不会中途撂手。”

心悦君兮，君亦悦汝。

人世间最美好之事，大抵莫过于此了。

九年来，慕容馥从未觉得，有一刻如此刻一般快活。

他的琥珀双眸潋滟，似来自黑暗遥远夜空里的星，一瞬不瞬地看着她，照亮她；又好像一张网，无边无际地覆盖下来，笼罩她，包围她。

他神容专注，比任何时候，更叫她动容。

慕容馥看着他落在她肩上的手，伸手覆在他手背上，回应他道：“我也不会的。”

檀静玉顺势将手一转，对上她的五指，扣住。

此地毕竟不是久留之所，而且取蛊之后，慕容馥也需要寻个地方休养，檀静玉替她整平了衣衫的褶皱，柔声道：“我们先离开这里。”

慕容馥点头道“好”。

树洞外，夜行人靠在树蔓间，看着树洞中的一切，手抚心口。见他们二人欲出，黑衣身影起起落落，悄无声息地离开。

檀静玉走出去，牵马过来，嘴里念念叨叨：“等回到城里，寻个客栈，你好好歇息。”

慕容馥“嗯”一声，刚要认镫上马，檀静玉却伸过手来把她抱住，轻轻放在马上，像抱着小孩一般小心翼翼。

慕容馥忽然想起病中那个梦，被人抱在怀中的梦，忽然困惑，那，真的只是梦吗？

檀静玉随后才跃上马，坐在她身后，两手拉着缰绳，把她整个人环抱在怀里。他驾着马，忽地却颇为忧心地感叹道：“奇怪，我见你平时挺能吃呀，可怎么抱起来却那么轻，抱在怀里像一阵风似的。”他停了一下，才道，“肯定是练功的缘故。行走江湖，练好武功很重要，可……莫要不顾念身体。这一路来，你可知自己无端昏厥过多少次了？”

慕容馥笑了笑，故意转移开话题，打趣道：“咦，先前没发现，你竟这样唠叨，像我阿爹。”

本来是嬉笑之言，却叫檀静玉一时凝住，一丝悲凉在胸腔蔓延。他哽了哽，才波澜不起地道：“他老人家没能陪着你，今后，你有我。”

慕容馥一时很感动，他的这句话叫她心安，仿佛她曾经失去的一切，如今都回来了。整个人都被他拥在怀里，全都是安全感。

这时，慕容馥才意识到，她坐在他的身前，她的整个后背，几乎都贴上了他的胸膛。他们之间如此地靠近、亲密。先前什么都没点破，共乘一骑她未曾觉得有异样。这下却不一样了，心里怦怦地跳，锣鼓喧天似的，她却是欢喜的。

但是此刻，欢喜里，心口陡地一阵疼，不合时宜地疼，像针刺，痛得她一口气险些喘不过来。

慕容馥不知缘由，微惊，但又怕他发现，怕他忧心，急忙暗调内息，转瞬才平复了下去。

檀静玉并未察觉她的异样，想到了身上这两条蛊虫，生死境是冲着他来的，就这么留着也是祸患，还是要解决掉之后再说，否则会连累她。他思忖了一阵，才道："到了昭华城之后，我可能会离开一阵子，处理一些琐碎事。我记得你说过，你准备去明光府，参加武林大会。"

"嗯。"那疼痛虽缓解，慕容馥却觉整个人一阵虚乏，无意细询他离开之由，只应了声。

檀静玉沉吟片刻，方道："这一届武林大会，确实热闹，去瞧一瞧也不错。你只管去，届时我去找你。"

"你会离开多久？"慕容馥是为了欢颜才去的明光府，若是救出了欢颜，自然不会再逗留，便道，"我怕你去时，我已经离开。"

"没关系，你离开了，倘若方便，便往桐乡居去。"他吻了吻她的头发，瓮声又道，"不必忧心，人海虽茫茫，但只要你不存心避开我，无论去哪里，我都会去找你，我都能找到你。"

海棠山庄她昏迷六日，那回实在惊险，檀静玉对她的身体并未全然放心，复又叮嘱道："对了，这次武林大会，热闹是热闹，却是个是非之地，鱼龙混杂。你修为虽好，然则江湖上高手者众，武林大会上，更是聚集各方翘楚，可莫要轻易与人动手，若是……若是遇着纠纷，能避则避，千万不要以身涉险。"

他其实知道，以她的修为，又如何用得着他忧心呢？即便遇上什么危险，她未必没办法全身而退。可是，这样的她，也越发令他不安与心疼，她本来可以像楼盈月那样，明珠也似，娇养在父母掌心的。不是家破人亡，何苦得在刀尖上历练？

还有她的身份，一旦被人发现，身边只怕更有重重危险。

慕容馥哪有他那么多顾虑，只点点头，笑着道："好，我记下了。"倒是心中一直有个困惑想问，但她话在舌尖囫囵地打了个滚，却又溜进喉中。

偏过头偷偷瞥他一眼，目光一起一落。

檀静玉都发现她的古怪了，笑问："怎么了？"

慕容馥惊了一下，垂眸忙道："没……没什么！"可话一出口，后悔了。她斟酌了好久，才小心翼翼地唤他："静玉。"声音轻缓，像山间的雾。

"嗯？"檀静玉驾着马，轻轻应声。

她绞着手指，蹙起眉头忧虑问："你说，我会不会怀了宝宝？"

"什么？"轻飘飘的，猝不及防的一句话，叫他陡地骇住，勒住马缰，惊魂未定地看住她。

慕容馥见他反应这样大，猜想自己心中担忧莫非是真？忙侧过脸，仰着脑袋看他，紧张道："幼年时，我长姐怀了宝宝，我问阿爹，宝宝是怎么来的，阿爹说，是你长姐和你姐夫嘴唇对着嘴唇，舌头缠着舌头，就怀上宝宝了。阿爹还说，得遇上那个你决心要嫁的郎君，才能让他这样对你。我先想，反正我心仪于你……亲一亲也是无妨的，可你刚刚那样……那样对我，我要是也怀上宝宝，那……"一脸忧愁形于色。

檀静玉不禁失笑出声。她素性聪慧，又有精湛修为，谁能料想，于男女之事上，她竟还停留在"幼年时"。

不对，那方才，他同她摊明白，讲之前的"旧事"，她到底能听懂几分？难道只以为，他对过去的女人，也只是牵牵手，亲亲嘴吗？他惊住，忽然问："你方才……方才问我'那你对她们，也和对我一样吗'，是指……"他飞快地亲了她的唇，"指这个吗？"

慕容馥在他目光里，尴尬地点点头。

檀静玉有一种正被雷劈中的错愕。

慕容馥见他神情有异，只当是有了什么误会，轻咬了下唇，困惑道："难道你不知我所问指的是什么？那……你以为我在问的是什么？"

檀静玉见她稍仰着脸，神情有困惑，有诧异。那被他吻过的双唇，从前只是樱花一样淡淡的，现下却红得像开得正艳的牡丹。

檀静玉总算从错愕里整理好心绪，也不多做解释了，只对她说道："我以为……我以为你问的是，我对他们的心，是否同对你的一样。"他垂首，手指轻轻触摸她的唇。原来，她以为，唇舌纠缠，就是交付了一切。

"所以，我告诉你，不一样。"

慕容馥好奇地追问道："那你，也那样……亲过她们吗？你的舌头碰过我的舌头，我……会怀宝宝吗？"

檀静玉索性避开第一个问题，只笼统地摇摇头，继续驾马往前，回答她第二个问题，道："怀宝宝比这难多了。"

"哦？"她一脸困惑，"很难吗？有多难？"那表情，便如同修武过程遇到不解，是求知的态度与神容。

从初见时起，她给他的印象，是强势，是爽然，是不拘小节。遇事有世事洞明的老成，就连脆弱，也强忍在坚强的面具下，甚少有少女的懵懂与撒娇。可他怎么可能想得到，竟会像哄着小孩似的，与她说起这些。

檀静玉被她问得尴尬，又不好说得太明白，她连根基都不扎实，叫他从何处说起呢？他嘴角一抽，呃了两声，眼神游移，搪塞着道："那要天时地利人和，我……我日后，再慢慢与你讲。"

语落又想起什么，指腹抵在她的唇上，正色叮嘱道，"但你要记着，这里，除了我，可谁也不能碰。就算……就算不会怀了宝宝，也一样很危险。"

檀静玉心中只想着，她在男女之事上不开窍，日后他不在，若叫旁人占了便宜怎么办，脑海里又浮现她命悬一线时的情形，更是忧心不已。一时间关心则乱，哪还记得慕容馥已然是江湖少有的地武圣？

十八岁修成地武中阶，照这样下去，江湖上有几个人能是她的对手？

她虽是女人，杀人时却比男人还狠，寻常人要占她的便宜，那也得掂量掂量要不要脑袋。

慕容馥忙避开他的目光，垂下脸，不自在道："你当我傻吗？我若不懂，这……"她碰了碰嘴唇，"这意味什么，方才，我又怎么会……"

"哦？你懂呀？"檀静玉佯作一脸不明白地道，"可我方才仿佛听到你说你阿爹曾嘱咐过你，得遇上那个你决心要嫁的郎君，才能让他那样对你。"他斜过脑袋，看着她一径避开的脸孔，忍着笑道，"原来啊，我的阿馥，是决心要嫁给我了呢！"

慕容馥这下才深觉不自在起来，不敢看他，咕哝道："你……你敢取笑我！"那不自在，后知后觉地化成了热烈，飞蹿上脸，直令两腮烧红。

此时此刻，她似乎才意味到什么是羞臊，忙双眼紧闭，两手把脸捂住。

这副模样，落在檀静玉眼中，简直是憨态可掬。他还真没见过像她这样的女人，一时精明老道，犹如历经世事；一时又天真懵懂，似稚儿一般。真不晓得，究竟这九年，是经历了什么，才养成这样一个她。

过了许久，慕容馥才低声，缓缓道："我从小性子倔，认定了的，永远都不会改。"旋即，又轻轻将脸靠在他身上。

檀静玉带慕容馥投了一家客店。慕容馥才入屋中，只觉通身疲乏，倒在床上，昏头便睡。

也不知睡了多少时辰，她自一阵嘈杂里转醒，遥遥听得屋外拍门声起伏，侍者扬声道："客官！小店被官家盘用，请客官搬去别家，房钱原数退还！事出突然，还望客官海涵。"

住客们唠叨几句不满，侍者连连讲着好话，不敢得罪。众人也知这官家征用，抗奈不得，遂着手搬离。

侍者来敲慕容馥的房间，她听得动静，早已整装完毕，开了房门，道："我听到了，这就走。"

侍者抱歉道："这委实对不住。"说着将她仔细端详，随即取出一个漆木长盒，递给她，"这是与您同来的那位郎君留下的，托小人交付于您。"

慕容馥一看盒子，即认出是栖霞山时，檀静玉所夺回的箫盒。她打开盒子，见里面裹有绢布，绢布纹理细腻，经纬呈米字交叉，卷折覆盖，很是妥帖。翻开看，竟是沧海遗绿。她一见，稍有惊讶，忙问道："他人呢？"

侍者道："不知，郎君匆匆离开，只嘱托务必把此物转交。"说时俯身，道，"无其他事情，小人退下了。"

"走了？"慕容馥取出沧海遗绿，握在手中仔细端详，想起他昨夜说的要离开一阵，却没想他竟是连夜就走了。

虽然他早有言及，但她仍旧有些怅然若失。走出客店，听到身后马蹄声嘚嘚，人马喧嚣，客店众人皆出门迎接。身边多人翘首回看，慕容馥看着一张张回头的面孔，全然是素昧平生的脸，心中益发烦闷，一味远离。

一辆马车迎面而来，慕容馥与车相错之际，与她所在相反一面的车帘掀动，一只素白纤手轻轻一挑——车厢中一双凤目潋滟，正朝车窗外看去。

马车已过慕容馥，却是忽地停在她身后，一男子从马车上匆匆下来。

慕容馥听身后脚步有异，侧身回首——是一名二十多岁的年轻男子，身着藏青布衣，腰束深黎色布带，脚踏轻履，快步行至她跟前，神清骨秀，温然有礼，拱手道："恕在下唐突，姑娘可知，此附近，有其他客店吗？"

慕容馥正欲回答，一缕熟悉香气直扑鼻息，心中惊愕：这气味，是欢颜的露花琼浆，怎会出现在这里？

她转眸望去，眼见另一男子正朝马车所在走来。男子身着素白纻丝质秋衫，外罩月白色竹节暗纹纱衣，腰系素丝碧玉绦，簪冠高束，器宇轩昂，丰神俊秀，竟是明莲枫。

慕容馥与明莲枫可算是旧识了。年幼时，曾有过往来，见过几回面。虽说九余年来，她的样貌上颇有变化，明莲枫未必能认得出她来，但无论如何，还是应谨慎为宜。

不想被他认出，并非不信任，而是她了解明莲枫。他为人风趣，又有侠义之心，表里如一，并非那类色仁行违、道貌岸然之辈。这却也是他的缺点，对事对物，不善于伪装。若他现如今知晓她存在，明仲道怕亦会晓得，有些事情，就变得复杂多了。欢颜还在地牢，她要借云息的手救出欢颜，势必还得回去打扮成侍从，若是此时正面与他撞见，反而不利于行事。

遂不及回答问路男子，只急急避开。

见路人漠然离去，苏竹溪心中纳闷，转身欲上马车，忽听身后有人试探一唤："小苏？"

苏竹溪闻声，立身回望，竟是明莲枫。他喜形于色，几步迎上前，惊讶道："仲华，你……怎在此？"

"我远远只见眼熟，不想果真是你。"明莲枫笑颜欢畅，解他疑惑，"雍、宁两国国相皆遣使来，分别作为二相代表参加武林大会，亦表示雍、宁两国对这场武林大会的支持，父亲与昭华城齐使君一同来迎。"

苏竹溪恍悟道："无怪方才店老板说为官家征用，不收外客。"

"苏大哥，出了何事？"

车厢中传出女子问询声音，余音落处，冷冽清脆，婉转动人。

苏竹溪柔声应道："恰逢旧友，无事。"

明莲枫不知是否错觉，听这声音有些熟悉，恍惚似一人，想了想又觉自己怎么魔怔了，那人不正被父亲关押在地牢里吗？遂疑惑问道："车中这位是……"

苏竹溪一顿，眼转犹疑，有些紧张地抚了抚掌心，方道："这……这是小师妹。"

"苏婠婠？"明莲枫颇感意外，忽地直盯着苏竹溪瞧，目光犹带判究之色，"难得啊，苏前辈竟舍得把她放出蝴蝶谷？"

苏竹溪心虚，眼神飘移，脸上掠过一丝不自在。因所言不实，看着明莲枫时，心中也失了几分底气，忐忑道：“你……你又想打什么主意？”

明莲枫听罢，眼眸微眯，目露笑谑，调侃道：“我当你背着苏前辈暗藏娇人，心里头还琢磨着，咦，这小子几时如此开窍了？哈哈哈！”

“你……”苏竹溪被他看得心虚，“我……是家师让……让师妹随我来昭华城，说是也让她看看谷外的人事风貌。”

“早便应如此了。”明莲枫轩眉轻挑，飞掠好奇之色，眼角余光往车帘方向瞟了瞟，压着声音近了苏竹溪耳际道，“江湖女子中，除了久有声名的三艳，亦传过苏前辈唯一的女弟子苏婠婠，也是当世美人，可惜啊，从未有人见得苏婠婠容色，无从分辨。可若非绝色，苏前辈何至于总藏着匿着不舍得她见人？怎么，这次出来，可是让我大饱眼福？”

苏竹溪面带惊色，一时有些吞吐道：“这个……师妹刚……刚到这里，应是水土不服，这……这两日又受了些风寒，于车厢中休养，不……不宜见人。”

明莲枫脸色一变，笑容即敛，一脸正色道：“我说苏竹溪，你少唬我！别人不知道你，我还不知道？”

仿佛一时被人拿住把柄，苏竹溪心头一突，面色僵硬。

明莲枫却又神秘兮兮地凑近脸来，眼风扫了扫左右，语中了然道：“苏前辈一定是给你师妹下了什么不得露面的命令吧？其实你也不用这样怕你师尊，他人远在蝴蝶谷，眼睛还能长到这昭华城吗？”

“我……”苏竹溪松了口气，却仍不敢开口。

明莲枫眉目飞扬，知他素来尊师重道，也不过是与他开开玩笑，道：“苏竹溪啊苏竹溪，你这人有两个特点，一个是不会说谎，一说谎，必定神情恍惚，而且还会咬舌头；另一个呢，就是师命最大。你师尊说往东，你一定顺着大道正东走；你师尊说往西，你若是会走西北，我都能把脑袋砍下来给你玩蹴鞠……”

苏竹溪被他言语逗笑，揶揄道：“你若是舍得你的脑袋，那我走一走西北也是无妨的。”

明莲枫脸上故作正色，眼底却笑意融融，道："你若让我一睹令师妹芳容，我立马送你。"

苏竹溪哭笑不得："这唇舌轻薄的性子又来了，若有这花花肠子，往别的贵门女郎身上使，莫要打到欢……婠婠身上，我们江湖草莽，不吃这套。"

"哎哟！哎哟！"明莲枫拿着古怪神色觑他，口中一连串地啧啧作响，"我不过一句戏言，怎么你这话里头酸味倒这么重？"他一手捂着鼻子，一手扶着苏竹溪的肩，笑得别有深意。

车厢中欢颜细听他们一番言语，为配合苏竹溪，压着嗓音，应和道："师命难违，婠婠不能下车与公子见礼，无礼之处，望祈公子海涵。"

车帘里面女子身影隐约，不甚清晰。明莲枫疑惑已去，无意探究，笑颜明朗，只道："小苏姑娘哪里话，以我与你师兄交情，如此一说倒显见外了。"随即拍拍苏竹溪的肩膀，"你们想必还没有找到落脚处？"

苏竹溪道："客店被官家征用，无法入住。这昭华城，我不常来，也不熟悉，不知哪里还有客店。"

"你不熟悉，也不想着来找我？"明莲枫挑眉看他，心思澄明，"若无猜错，你此次出谷目的，怕也是武林大会吧？"

苏竹溪颔首道："正是奉师命而来。"

明莲枫面上欣喜："既是如此，便往府中住下，更是方便。"他剑眉一挑，揽过苏竹溪的肩，一身熟谙豪爽气，道，"我多时未见你，着实想念得紧！趁此机会，咱们兄弟俩可得好好叙旧一番。"

"如……"苏竹溪与明莲枫许久未聚，听他此言，不由得便想道"如此甚好"，但目光转至车厢，顿时生生把话截下，面上犹疑，"不日将武林大会，你修行期已结束，明世伯一定重托于你。这几天你要接应各路英雄，繁忙不迭，我怎可叨扰？"

明莲枫一拳轻推在他肩胛上，眼睨对方，剑眉微蹙，道："你这话我可不爱听了，咱哥儿俩谁跟谁，说什么叨扰的话！当然啦，明光府自不如蝴蝶山庄韵致清静，你如嫌弃，我也是没办法的。"话音一落，当即转身，佯怒欲走。

“不不不……”苏竹溪急急转至他身前，拱手赔罪道，“小弟并非此意！”

明莲枫道：“那你来与我计较，岂不生分？别推托了。”蓦地思及一事，“哦，公子云息，当下亦在府中。”

苏竹溪道：“看来江湖上的传闻不假。”

明莲枫点了点头，道：“这人是个妙人，届时我为你引见，你不会后悔认识。”

自从先前明莲枫与云息一番切磋后，明莲枫便对他有种相知恨晚之感，时邀云息游桃李园，赏玩古物，谈古论今，相交极为融洽，对云息的评价，更是大改昔日观念。

苏竹溪怎晓得这个中缘由，困惑道：“怎么我记得上一回见你，言语提及公子云息时，你对他不甚认同，怎么现下态度大转了？”

明莲枫拧了拧眉毛：“你揭我短？先前我对他何止是‘不甚认同’？简直是嗤之以鼻了。可如今与他接触，才知此人果然非常鳞凡介之辈。你是不知道啊，那日……”明莲枫顿住，摆摆手道，“总之此事说来话多，干脆别说……好了，我叫人给你空出一处好所在，便这样决定。”

苏竹溪看了看马车，又转向明莲枫，忐忑道：“这……”他若只是独身一人，自然不计较，此时身边还有欢颜，不知道她是否愿意，方才踌躇。

明莲枫皱眉，语气故作鄙夷，道：“才多久没见你，你倒生出了这个娘们儿性情，扭捏得叫我恨不得赏你俩耳刮子。”语落却又思及一念，顿悟道，“莫非，你是担心你师妹住在府中不方便？”

苏竹溪点头，道：“不瞒你说，我师妹她……”

话还没说完，明莲枫一脸了然打断道：“我明白了！”转身对车厢内道，“小苏姑娘，你们师兄妹二人既未寻得落脚处，不妨至敝居落脚。方才听你师兄言及，小苏姑娘身体欠佳，府中宽敞，我必为小苏姑娘寻个安静所在，也好养病，如何？”

“既是公子热情相邀，小妹不敢拒绝，一切听从师兄与公子安排便是。”车厢中女子语声传了出来，声音一改先前清冽，甚是娇柔动人。

苏竹溪心下大石一落，对明莲枫笑道：“好，那小弟便恭敬不如从命了。”

明莲枫点点头道：“家君请了各位武林同道，明晚于桃李园观赏练春柔小姐新曲新舞，届时你们二位也要同至呀！”

谈话间，一小厮慌慌忙忙跑来，对明莲枫道：“郎主，宗主唤您前去。”

明莲枫叹道：“我本应亲领你同回，只烦这些琐事纠缠，不能抽身。就让明生引路，顺便安置好你们住处。”

苏竹溪道：“极好。”

明莲枫嘱托身旁的小厮，领引苏竹溪前往明光府。

有了小厮驾车，苏竹溪坐进车厢内。

车厢中欢颜支颐斜靠，凤眸轻合，闭目养神。察觉苏竹溪进来，她抬眸看他，顺手为他倒杯茶，并不开口。

相识以来，他已稍了解她的性子，话少喜静。在庄中时，她甚至可以镇日独处屋中。

苏竹溪道：“这几日你可以静心休养。”

欢颜点点头，转念又问道：“方才那位公子，是明家的哪位公子？”

苏竹溪道：“明家二郎明莲枫。五年前我修行至玉行山，机缘巧合与他相识，彼此意气相投，倒也算得熟谙。”

明莲枫？欢颜心觉诧异，难怪她方才竟闻到露花琼浆的味道。那夜与她交手之人，果真就是明莲枫。

空气中安静片刻。

欢颜无意间抬眸，却见苏竹溪一番欲言又止的模样，不禁问道：“苏大哥是有事想与我说吗？”

苏竹溪琢磨一会儿，迟疑道：“不知你身上的香，是以何物调配制成的？”

他对药毒的敏锐，皆不在她之下。竹林对战那夜，欢颜给了明莲枫露花琼浆假当解药，那香味极为浓郁，沾身可三四日不散。因她长久喜欢配制这些，久而久之，身上多多少少沾了这气味。

难道他察觉出什么？欢颜心中惊愕，狐疑试探："苏大哥何以如此一问？"

苏竹溪见她似有误会，慌忙解释道："你莫误会，我……听义父言及，你也是通晓药理之人。你知道，似我们习医之人，对一些特殊气味都很是敏感。据我所知，仲华他素来不喜熏香，这次我竟是闻得他衣物沾香，且气息尤为别致，与你身上暗香有相似之处，我……我……便冒昧一问。"

"哧——"欢颜眼瞧苏竹溪一番靡知所措的样貌，登时为他逗笑。

苏竹溪霍地回神，不知是气是恼，咕哝着道："原来你竟是看我笑话！"转眸时，见眼前女子笑颜浅浅，凤眸飞扬，面上原有的忧愁之色渐退，眼下的蝴蝶顿时活了起来，丽色倾城，不可方物。

他望她良久，恍恍失神，喃喃道："若能时时见你一笑，我纵然多做愚事，闹出笑话，又有何妨？"

说话时，他白皙肤色上染了一抹淡红，好似窗外余光的错手。转眸间，欢颜与那双清俊眼眸无意一触，不期然地，跌入这注视中。

他干净清澈的眸光里，仿佛藏匿着千言万语。这些日子相处，心思细腻如她，怎会不知他对她的心意?

欢颜掩手咳嗽，避开他的目光，心中转了几多念头，才细细解释："小妹从前住处所在近山，山后有一处百花丛。因喜它的僻静，是以每日晨曦，皆于林中花丛打坐修炼，久而久之，身上不知不觉，亦沾了些气味。苏大哥鼻息敏锐于常人，才有所觉，旁人闻来，怕是无感。那明二公子身上的香味，想来也是行经花林，无意沾染上的吧。就好比蝴蝶山庄里多种花草，我也时常觉得，苏大哥身上，带着一股很好闻的草木清香。可是，也许是太多花草香气混合，又无法细细说来。"

说到此处，她也不免疑虑，露花琼浆即便沾身及肤，三五日便会渐渐淡去，时隔这么多日子，明莲枫身上的味道为何还在？

其实，那日欢颜把一瓶都给了明莲枫，原以为他用过即扔，怎料到明莲枫会时时将瓶子带在身上。

“小苏先生，苏姑娘，已经到了。”二人谈话之际，前方传来明生恭敬提醒。

慕容馥避开明莲枫，沿街漫行许久，过一园，听得墙内歌声婉转，顿时驱散了心头的繁芜。她心下一动，翻身上墙。

放眼便见园中小舞台上，有一女子，身段曼妙，一袭雪色间翠绿的水袖舞裙，衬她姿态婀娜，犹如龙趋凤回，行云流水。

悲莫悲兮生别离
乐莫乐兮新相知
桃之夭夭兮初容光
但为君故兮动情肠

女子倾眸、转身、甩袖，长袖飞舞，姿态翩然，速如乱花，渐迷人眼，妆容清媚秀艳，樱唇翕动，唱腔绵延，字字句句如绕梁檀烟，动人心肝。

未见君子兮思如狂
既见君子兮泪沾裳
遥隔两地兮心悲伤
中心藏之兮何日忘
……

曲声，由低吟转入高歌，由平缓转入情长。慕容馥倚靠在树干间，闭目静听，只觉心怀被这曲声牵动得缠绵不已，满心满目，只浮出一人眉目来，脸颊一热。

不晓时间流转几何，直到台上女子下场，慕容馥方如梦初醒。她撑起身来，往内一瞧，这才发现园中小看台下只有一名观众。

那人身着素白银纹罩衣，手倚三足凭几，宽袖风流，乌发并未高簪，仅用丝带半束于后，发丝随风飘扬。

身侧黑漆飞檐翘几上，一个紫铜错金博山炉香雾缭绕。风清和地吹拂，带动得烟雾也摇曳出雅致的姿仪来。

案上茶具齐全，左右立有两位奉茶的青衣少年。

看着那背影，慕容馥突觉几分熟悉，一个名字猛地撞上心头，心惊，身形不禁一晃，带动枝叶颤动。

那人十指修长如玉雕琢，端过几上银兔毫，垂首闭目闻了闻，继而优雅地噙了一口，才放下茶杯，缓缓转过头——黑眸深邃夺人，鼻梁挺拔出色，挑眉含笑间，流露出令人窒息的俊雅风华。

一袭素净白衣，风度翩然。

阳光照在男子素衫上，才看清那一身银线纹样却是荼蘼，密密团团。这人讲究，连衣衫花纹也仿佛俱应着时节。开到荼蘼花事了，衣衫纹路，在阳光下折射出道道光芒，明媚灼目。

举止间一如旧往的雍容贵雅，顾盼间神清气爽，不是云息那厮，又是何人？慕容馥心中不由得一叹，这人无论黑衣白衣，穿在他身上，真的是世无人及。

六 / 棋布错峙

至明家，明生引着苏竹溪和欢颜住进揽月苑。他们二人方进苑不久，明莲枫随后匆匆赶来，偕同苏竹溪叙旧去了。

欢颜久居山中，不多与人接触，此番伪装，忧心在明莲枫面前露出马脚，不敢与他多有交谈，便留在房中。

起先欢颜与苏竹溪刚进昭华，便赶往桐乡居，同侍者打听后，知慕容馥的确到过，但停留不过两日便离开了。

欢颜同慕容馥自下若耶山，便分道而行。慕容馥去打听张旭所在，而欢颜直接往桐乡居，待她前来会合。但那时欢颜心想：与其在客栈空等几日，不如先去明光府打探些江湖上的消息，然后再赶回桐乡居就是，怎料想中间竟发生了这么多变故。

欢颜心中忧虑，外面比不得若耶山中，若是彼此走散，人海茫茫，要寻可非易事。小九……小九要是在就好了。

后来，欢颜想到慕容馥素喜热闹，是以随同苏竹溪参加武林大会，权当碰碰运气。

这一番思来想去，欢颜心中烦闷，随意披了件衣服，覆了面纱，走出房中。

幽阁曲径连绵，水榭亭台林立，玉柱朱栏错落，更兼素梅蕉影、桂苑菊圃，种种景象，皆独具匠心，好一处俊秀园林。

分花拂柳，欢颜沿着青石小路前行。

左右花圃格局雅致，别有盎然生机。她随意行走，顺朱栏，过曲径，转水榭，忽见前方花丛之中隐约闪现出一个熟悉的背影。

欢颜惊讶，沿桥过溪，快步上前，恍然听得有言语声，更是走近，正欲细听，周遭倏地气场突变，猛风荡起她两侧鬓发，几片花瓣倏然袭来！

花瓣划破空间，猎猎直前，其中内劲深含，骇人无比！

摘花成刃，好厉害的内劲！欢颜霍地回身，步法轻便，巧借腰力，纤腰盈然一扭，身形回转急闪，险险避开几瓣。

然而花瓣夹杂的气劲极其诡异，又迅疾无比，不仅锋利异常，且准头绝佳。欢颜尽管避得快，却还是被一瓣划破了手臂间衣纱。待她回神细看，哪里还有什么熟悉背影？

只觉这手法似曾一见，欢颜不知惧怕，匆匆复前行数步。一蓝衫男子持剑倏出，银鞘长剑挡在她身前，声音清寒：“站住！”

眉目轮廓坚毅，神情冷峻，衣衫齐整，步履无声，手中之剑尚未脱鞘，剑气便已逼人眉睫，此人无疑是剑中高手。

欢颜看他一眼，倾身稍探，问道：“方才只你一人在此？”

蓝衫男子心有提防，冷冷道：“无可奉告。”手中长剑出鞘三分，挡住了欢颜前进趋势。

忽听得一声音响起：“子岩，这是明府，莫要误伤了他人。”

男子冷目将剑合鞘，后退一步。欢颜不与他多言，绕过他继续走近，见花丛深处豁然开朗，竟是一方小隔园。

空地上铺了坐席，摆着棋枰，一名男子手执黑子，趺坐于棋案前，素净广袖罩衣上，有缠花银线绣纹，衣裾舒展地摊开着，延铺在坐席上。折光时，银纹带出隐约纹路，荼蘼盛放，极为秀雅。衣袍底是靖国月白滑锦为衬，更显得清俊无双。

他整个人便端端坐在花圃之间，叫欢颜觉得这潋滟秋光，斗放百菊，竟都不如这白衣男子耀眼。

一阵清风淡来，拂过男子周身。花香之中，萦绕着一股素兰芬芳。天地间该是蓄了多少精华，才养得出眼前人这身芝兰玉树般的风骨来？

白衣男子觉她走近，将手中棋子放回紫黑檀木棋篋中，衣袍袖口宽大，只露出一半的手指，在日下浑如玉琢一般。他掸了掸衣袖，旋即才转眸看她。

欢颜目光与他相触。

初一眼陷入，直叫人觉得白水鉴心、丘壑分明。可继续看着，又觉深沉如渊、诡秘莫测，仿佛眼前从净透清朗的月照松岗，到烟雨朦胧的越地秀水，到冰封万里的昆仑雪丘，到苍冷萧瑟的狂沙大漠，各式风景以疾速运转变幻。待定睛端详时，却又凝聚为一幅逸态横生的山水画，无波无痕，淡然无比，褪去各种凡尘浊味，意境自成。

的确，也只有这样一双眼睛，才能衬得起这人这一张灼灼夺目的无双脸容，还有这周身的卓绝气质。

从前竟不想，“风华”这个词用在男人身上，也可以是恰如其分的。

“姑娘步声隐秘，寻行至此，未知有何指教？”白衣男子淡淡开口，声音若珠落玉盘，幽谷泉拍流石，打破了欢颜一瞬的惊愕。

欢颜抬颔，凤眸飞冷，语波无澜道："阁下这样好的修为，随意撒花，就不怕误伤路人？"

蓝衫男子插言轻斥："你鬼鬼祟祟，怎的反来怪责？"

"哦？"欢颜挑唇讽刺，"这园子二位来得，我便来不得？这香花满园，你们赏得，我便赏不得？"

白衣公子唇峰勾起，目光落在欢颜的面纱上："是云某与子岩叨扰了姑娘雅兴。姑娘欲赏花，不妨移步到此间一坐。大好风光，多人共赏，方不至于枉费。"语调温雅轻柔，言谈进退有度，彬彬有礼。

欢颜不应反问："方才……真的只有你们二人于此？"

白衣公子微笑，轻声答道："确实只云某与子岩二人，在此对弈。"

欢颜眸波一扬，扫过案上黑白交错的棋局，却是不信，迟疑道："可是我刚才明明看到还有别人。"

白衣公子淡淡道："方才是我的近身侍从，姑娘寻她，未知何事？"

难道是我思虑过多，看错了？欢颜思潮未定，见那白衣公子立起身，掠袖整襟，行近她几步，问道："姑娘可是明家客人？为何不以真面目示人？"

欢颜淡淡道："我是来做客，又不是来见人。"

她这样直白，也没有一点儿礼数在，白衣公子闻言，却不恼不怒，不过施施然一笑。

这时，领欢颜来明家的小厮明生匆匆跑来，乍一见云息，弯腰施礼道："见过云公子、萧少侠。"

欢颜看他，询问何事，明生旋即转向欢颜，道："回苏姑娘，小苏先生已回苑中，见姑娘不在，托小人来寻。"

欢颜微一颔首，不置言语，转身离开，浅色衣裳迎风摇曳，在日下晃出轨迹。

明生也躬身告退，随之离去。

"小苏先生？"云息看着女子离去的背影，口中轻念，若有所思，少时，才缓缓转过身，见一黑衣侍从趺坐棋案前，抛了抛手中的白棋子。

云息看她一身衣服，唇际似弯未弯，温然道："我想女人换衣服至少得有些时候，你手脚倒是利索得很。"

慕容馥拿鄙夷的目光瞥了他一眼，道："我一向动作都很快。生命如此短暂，我可不舍得浪费。不比有些大男人，穿衣束发一磨蹭就好几个时辰。"

云息知她语中所指，半分不介意，浅浅一笑，敛襟拱手长揖，徐徐道："慕容兄有大丈夫之气，云息佩服。"

"你这人……"慕容馥扭了扭眉毛，一副心怀宽广的神容，一挥手，道，"算了，不跟你逞口舌之快。方才那人是谁？该不是明仲道起了什么疑心，派来监视你的吧？"

云息摇摇头："不是。"

慕容馥眯眼，颇有怀疑。

萧子岩却忽然开口，道："慕容姑娘方才一招鸣蜩过枝使得好，不仅内劲修为卓越，手技练得也甚灵巧，且看姑娘出手之势，剑法上，想来颇有造诣，有空之时，子岩很想讨教一二。"

慕容馥立起身，三脚两步走到萧子岩身边，龇牙咧嘴做奸诈笑容，道："那日一见萧兄弟的精妙剑法，我至今不忘，也一直很想与你试上一二。只可惜，有些人自己藏着匿着也就算了，偏生还不让旁人尽兴。"说着，眼角余光掠了下云息方向。

云息撩衣在席垫上坐下，垂眸整着衣袖，缓缓道："子岩，在江湖上，千万不要随便跟不是敌人的女人练招。让着她吧，她说我们看不起她；不让着她吧，她说我们不怜香惜玉，总之里外都不是人。何况，有些女人出手彪悍，一如母老虎，那就更难做了。她们一出手，也都没个轻重，方才那姑娘，不就莫名吃了一亏吗？"

言语时，他的眼睛瞥向一边的几盆菊花。本该缀满花朵的枝头，此时却全变得光秃秃。云息唇边笑容玩味，摇着首，为这一地残花惋惜："我看她练的不是鸣蜩过枝，而是摧花辣手，你看看！啧啧，简直片朵不留！"

慕容馥眉梢轻微一挑，抱着胸审视他："唔，我摧花辣手的功夫再厉害，摧的毕竟只是花，怎比得上你呀？摧兰折玉，摧的是活姿活现、玲珑剔透的美人花。那位姑娘是谁？必定又是美人无疑吧？"

萧子岩显已看惯听惯，笑笑不语，叉手趺坐于云息身后一侧。

云息悠然地端起茶来，轻啜一口，眼角却斜睨她，风情都在眉梢上："我身边的女人，除了你之外，的确都是美人，最重要的一点是，既温柔又优雅的美人。"说话时，身子闲闲地往三足弧形几上倚靠。

如此从容举止，雍容姿仪，又兼日色金碧辉煌的映衬，既似足了世外脱尘谪仙，又带着王侯公孙指点江山的气魄。

也是古怪，明明两种气质，在他身上，倒是难得的水乳交融。

慕容馥眉头一皱，走到他对面坐下，目光带着鄙夷，摇着首啧啧道："瞧你一副祸害样。老天让你这种人出现在这个世上，怎么就不考虑考虑贻害无穷这件事？"

云息随手将茶盏搁在一侧，手指摁在案上，身微前倾，逼近慕容馥："这回回来，嘴倒是越发甜了，这样'夸'我，真是叫我受宠若惊。"他那薄唇一张一翕，温清气息好似漫波的湖水，渐渐向她袭来，几乎要将人溺毙，"说吧，你对我仰慕已久是不是？你从第一眼见到我，就为我倾倒了是不是？只是碍着脸面，不敢吐露真言是不是？"

他坐回了身，好整以暇地掠衣整袖，一本正经道："不过想来也是，否则当初也不会第一回见我，便赖在我身边舍不得走了。"

慕容馥哧地一笑，双手抱着胸，眼神在他身上睃来看去，模仿着他的口气道："你还没睡醒是不是？你还在梦游是不是？你昨个儿吃饭被清风添错了药是不是？要不怎么满口痴人说梦话？"他要同她玩，她是怕这一招的人吗？刚认识的时候，被她用这招弄得张口结舌的人是他。

云息长长地"哦"了一声，施施然一笑，绕回来道："那既然如此，我祸害别人与你有什么关系？反正不会祸害到你，你刚刚紧张什么？"

耳际声音延绵，意味深长。慕容馥偏过首道："谁紧张？别给自己长脸了！”垂眸看向棋盘，准备继续那一局未下完的棋，“我是在为别人叹息，你成日这般‘妖颜惑众’，总有些姑娘眼神儿不好，为你这皮相所惑，悲哉！哀哉！惜哉！”

说到这里，她思及一事，抬眸睃他一眼，道：“哎，我说云息，什么时候你才敢放开你的气劲，和我打一场？”

云息扭起眉毛，瞥她一眼，忧心忡忡地摇头道：“拳脚无眼，你武功高强，又力大如牛，在下委实怕得很。要是败在一个女人手里，传到江湖上，我再好的名声，也不够混了。”

慕容馥伸手指了指他的胸腹，鄙夷道：“啧啧，你这肚子还真够大的，引来整条昭运河水，也未必填得满。”

云息怎不知她语中意？却只笑意浅浅，顺着她的话道：“若没有装得下昭运河水的肚量，我怕是不能忍受得了你的。”

“什么肚量？我是说你比麻袋还能装！”慕容馥鼓了鼓嘴，目光落在棋盘上，指上棋子一落，已继续刚才下了开头的棋局。

云息闻言輾然：“是吗？恐班门弄斧，自讨没趣啊！”

笑谑间，盘中黑白棋子又互为厮杀起来。

云息所持的是黑子，白子正是慕容馥所持。一子子下来，明路可见，暗机难寻。

黑子避开要害，在外行棋，尽攻无伤大雅之处，正是犯了弈棋的禁忌。别说略有所成，便是刚刚习棋的少年，也知道此乃大败之相。

慕容馥一手食指点颐，一手闲闲，执子落盘，困惑道：“你不是存心要输给我吧？”她心中粗算，吃掉他右边黑子，就围出了八十多目，如此优势，简直稳操胜券。

云息目视棋盘，淡淡应她：“你只管下你的棋便是。”对她攻势视而不见，补角固地，围形守势。

慕容馥伸手执子，连下几式，乘胜追击，气势磅礴。

云息看着她，执黑而笑。

依着此前的形势，黑子只不过破了白子好几个简易之处，于白子而言，简直无关痛痒。棋下得如此随意，都尽量在避免缠斗，他要么棋艺不精，要么存心相让。慕容馥见此，也不再多言，自知胜局在握，想索性终了此局，白子入侵，欲将黑子斩尽杀绝。

却不想，云息沉风一转，伏子突起，此子惊人，竟气势汹汹吃她数子，截她后路，白子反成瓮中之鳖。他道："如果我赢了，能得什么？"

慕容馥一观棋势，顿时领悟，原来自己一步步都被他引入险境之中。

她心中虽急，却也应变敏锐，巧设连环，逼其中宫，聚力给其致命一击。却不料正中他意，对方十面埋伏全然出动，白子中腹模样已然土崩瓦解。

花剑雪曾说："你莫以为当杀手很容易，杀人是件很高深的学问。有些人，你一剑杀不死他，就可能死在对方手中。所以，在这一剑出来之前，你要稳，要藏，稳住手，稳住心，藏住杀气，蓄积力量，避免纠缠，但求一击即中。"

这弈棋，又何尝不是同等道理？

云息隐藏实力的本事，确实少有人能及。慕容馥心底暗暗叹了口气，抬眸睃他一眼，又垂眸思量全局，道："你什么都有，还想要什么？"

云息闲闲道："你可知，任何朝代，任何帝国，无论强弱盛衰，为何都会有贪婪豪夺之辈？而且，往往那些最为贪得无厌的，多数是饱读圣人书之辈，一朝上了位，权力在握，便是'并为奸利，扰乱州郡，货赂于市，侵渔百姓'。"

慕容馥也是疑惑，随口问道："为什么？"

云息修长手指伸入棋篋，捻起一子，唇角勾着冷蔑的弧度，目光定在她脸上，别有深意道："只因肚腹易饱，欲壑难填，只要这世间有人，就会有高低，就会有永远的不餍足。就是因为如此，'得陇望蜀'这个词，才能流传到今日。再多的礼义廉耻，也控制不住，这是人性。性本贪婪，刚落地的婴儿，什么都不懂，但最先学会的，也是索取，要奶喝。"

"我能不能理解为，你是想告诉我，你还有很多不知足？"慕容馥抬眸，目含讽刺地扫了他一眼，继而垂眸注视棋局，寸寸探寻。

白子皆被压制，龟缩于边角，黑子却应中元而取大势，犹如高屋建瓴，占据全盘优胜地位，将白子诸路击破。白子四面疲于应对，显是不支。

格局已定。

云息淡淡一笑："你不必拐着弯儿来骂我，你若觉得我也是，那我不否认，毕竟，人多是如此，不管想要的是什么，一旦到手，就会想要更多。"言语间，闲闲又落一子。

狂澜难挽，白子节节败退，终不敌。黑子取胜。这前后的差别，不过中盘黑子的一着妙手，便颠覆所有，先前的看似不利，全是后着连连。此人落子别具一格，棋艺之精，她输得心服口服。

慕容馥也不拖延，掷棋一笑道："你赢了。起手中元气势足，落子只着眼大处，哪怕起先势弱，满局也在你掌控之中，胜败任由。都说弈局之中，自见心中丘壑。这盘棋若就是你，看来你后招连连啊。"语气里，不知是赞赏、讥嘲抑或试探，总之，意味深长。

云息道："你白子咄咄，振摆奔腾，一开始便霸气横生，我也险些招架不住。可见，小馥也是此中强手。"

"强手？"慕容馥嗤笑道，"我嘛，看似强势，后力却不及，无所凭依，败局无疑。"

"棋是败局，人却未必。"云息眼神深邃，打量着她，"每下一子，你的目的不在于棋。不知你是在下棋，还是在看我？倘若每一步都是为我而下，这真是息的荣幸。"言语之中，洞悉一切。

慕容馥叹道："我看你？我何尝看得清你？这世上有一种人，别人只能看到他想被人看到的一面。"

对于他，慕容馥有太大的戒心与警惕。他偏偏不介意她的试探，以退为进，以守代攻。她一直看不清他修为的深浅，哪怕如今已臻地武的她，依旧无法分辨。

莫说杀他，这江湖上真的能有本事与他过上几招的人，一只手就能数完。

这不是一种高估，有些人，对他连高估也是一种低估。

“你觉得，我是这种人？”云息目不转瞬地看着她，眼眸幽深，喜怒难辨。

慕容馥漫不经心道：“我不知道你是不是这种人，但说实在的，我挺怕你，每次跟你处一块儿，我就得提起十二分精神。”

云息眉头轻轻拢了拢，奇怪道：“别人总是急不可待地想要接近我，偏偏你接近了我，却老是防着我，为什么？”

慕容馥直白道：“因为你是狼。”

“哦？”云息牵动着眉梢，眼角被带出弧度，像一朵艳绽的桃花。

慕容馥盯着他看，目光毫不避讳，细细道：“你看你的笑，狡猾、阴险、虚情假意。当然……”她的语气缓了缓，“这是你的本事，谈笑用兵，玩弄众人，即便……”

云息轻睃她一眼，款款淡淡道：“即便如何？”

慕容馥含笑顾视，眼中不显波澜，也不落端倪，道：“即便是如我这般，指着你的鼻子直接骂你，你也只会一笑置之。云息，我有时很好奇，到底是要怎样的人，或怎么样的事，才会将你激怒。”

云息听罢，恣意地大笑起来，黑魆魆深不见底的眼瞳中，有光倾入，陡地熠芒锋亮：“真不知道，这该当成是在骂我，还是在夸我。”

“你当然可以当成——喃，我是在欣赏你！”慕容馥引袖弄棋子，闲闲道，“作为一个男人，你似乎有着让很多男人都羡慕的能力，哦，还有皮相。不过，如果作为一个朋友，你不是一个值得完全信任的朋友。”

“我只做对自己有益的事，其实这种人更值得相信。”云息的笑渐渐散了开去，目光灼灼地锁住她，“反而是你，你既然觉得我不值得信任，那又为何还要处心积虑地接近我？除了救人，你到底……还想从我身上得到什么？”

“骗吃骗喝呀！我好不容易摊上你这么个有钱人，不图你的色，当然就是图你的财啦。”慕容馥避开他的目光，双眸轻合，伸了一个懒腰，咂嘴舔唇道，“好饿耶，子岩，快快找清风做好吃的来！”

萧子岩眼风扫过棋盘边原先六碟点心，早已被她风卷残云地吃得一干二净。

云息收起了棋子，鄙夷道："食色之性，过则为恶癖也，汝二者兼有之，将来谁摊上你这女人，万贯家财指不定也给你吃穷了。"

慕容馥撇撇嘴，做出一副吊儿郎当的扮相来："你少操这份闲心，打死我也不做你的女人。"

云息笑眸细长，道："你若真是我的女人，那我可是遭殃了。"

慕容馥冷哼一声："那你大可以烧香拜佛感谢玉皇大帝元始天尊周天神明大放一百个心，此生，怕是没有这个机会的！"

云息一脸叹惋："可我现在已经在遭殃了。"将她的话，反过来一绕。

"你……"慕容馥伸手怒指，瞬间又不再说下去。跟这个人说话，再厉害的口舌也很难讨到嘴皮子上的便宜，闭嘴最好。

云息笑了笑，转移话题："明晚桃李园你去否？有练小姐的新曲。"

"是今天唱曲跳舞的那位练美人？"慕容馥眼睛大亮，变脸比翻书还快，一副色眯眯的模样真叫人怀疑她的性别。

"练春柔，练春柔，连名字唤起来都这般让人心波荡漾。她那身段，简直柳枝一般柔软。弱体纤身，百媚千娇，这样的女子，我见了都动心。啧啧，刚刚在园里，我看她瞧着你的目光，整个一神魂颠倒。"她长长睫毛轻巧一眨，一脸叹惋，"唉，这好端端一美人儿，要才有才，要貌有貌，怎么就那么有眼无珠呢？而且，你不是还有个傅……"

"子岩……"云息截了她的话头，也不转眼看她，偏过首对萧子岩道，"拿着清池备的礼，为练小姐送去。"

两人对视一眼，萧子岩领命道"是"，起身便退下了。

看萧子岩渐行渐远的背影，慕容馥转了转眼珠，神秘兮兮道："你可知道，我这些日子去了何处？"她的手里握着一把棋子，微微松着，让它们一颗颗"嗒嗒嗒"地落下，然后抓起，落下，抓起……

云息垂眸敛目，将一切掩蔽，道："不知。"

慕容馥停下手中动作，端详着他，眼睛炯炯发亮："这世间有没有一种毒，能让人变成活死人？"

“哦？”云息闻言，抬眸，看着她饶有兴致道，“为何会突然问起这个？”

慕容馥满脸神秘道：“因为我见过——”她一脸僵硬，模仿活死人模样，道，“这样子的，活死人。”

云息稍作思忖。瞳中日光衬映，掩盖其中清利，他问道：“你觉得活死人是活人还是死人？”

慕容馥把玩手中一枚白子，思虑道：“他们眼珠混浊，没有瞳子，身有尸臭，有些身体甚至已然腐烂。看他们样子，委实有些像神鬼故事里的——僵尸。想来，是死人吧？可是，这世上怎么可能真的会有这种东西？我疑惑，他们许是中了什么毒，或是吃了什么药，才变成那副样子的。”

云息手肘支在弧形几上，手指抚着下巴，忆道：“我曾听人说过，三十年前，魔教中除了教主柳清波外，还有一个人令人谈之色变，甚是可怕。”

“能跟魔教教主相提并论？”慕容馥将棋子随手一掷，困惑道，“不会也是什么宗武阶高手吧？”

云息目光在她身上一转，停在那颗被她掷落棋盘，转滚未停的白子上。他两指夹起，把它放入篋中，悠悠道：“他叫云司觚，昔年魔教土坛坛主。不过，他并非修武者，更不会一丝一毫的武功。听说这人是巫族祭师传人，善毒善蛊。当年他利用活人身体种蛊，研究出了一种新蛊。这种新蛊有毒，中了蛊毒的人就会变成活死人。”

“又是蛊？”慕容馥好奇地问道，“那是什么蛊？”

云息凝视着她，神容狡黠，道：“看来，你还不知道江湖上的一个道理。”

“什么道理？”

“知道得越多，死得就越快。”

慕容馥眯了眯眼：“是吗？”

“人太好奇总归不是好事，特别是女人。你确定……你想知道？”

慕容馥扭着眉毛，一脸不在意道：“照你的说法，你一定死得比我早，你都还没死，我又有何惧怕？”

“那种蛊，名为活尸蛊，可令死尸复活。此蛊以活人躯体喂食饲养。”云息漫不经心地说着，“闻说，养蛊过程极为烦琐，想听听细节吗？”

慕容馥眯眸以询。

云息安然与她对视，一字一顿道：“让活人服下原蛊，这服下原蛊的活人，成日以毒物为食。那原蛊会在人体内，长成万千的子蛊虫。渐渐地，子蛊虫游走五脏六腑，繁殖生长越来越多。人体中的血肉内脏变为子蛊虫的养料，待蛊虫长成，便会由内到外，啃噬人体的血骨。之后体中的子蛊虫长得太多，人体已经不足以为之提供养料，这些子蛊虫就会啃食自己的同类，直到最后的一条，就是这些子蛊虫中最强壮的一条。而恰恰，它的毒也是最厉害的，人只消被它咬上一口，就能完蛋……”

慕容馥脸色渐变。

“我还听说，被咬伤的人开始没有任何异常，但三日后就会突然死亡，再三日复活，成为活死人。他们会很饥渴，像子蛊虫一样，啃食同类肉、吸人血。被他们啃食或哪怕是被咬了一口的人，身体也会被传了毒，被毒蛊寄生，死后一样会成为活死人。他们没有思维、知觉，只奔着食物去。而鲜活的人肉人血，恰恰便是他们最爱的食物。”

慕容馥听着云息的描述，想起那天晚上的场景，那些从活死人脑颅中爬出来的白色蛆虫，怕就是这种蛊吧？忽地一股恶心感不住上涌，几欲作呕。待平复了胸口恶心感，她又问道：“他们……是不是能受到乐曲的控制？”

云息点头。

慕容馥追问道：“控制他们的曲子，有什么特色吗？”

云息摇头：“我不知道。”

慕容馥眼睛微微眯起，显然不信：“连你也不知道？”

“是。”

“那这种蛊毒能解吗？”

“除了研究出这蛊毒的人之外，或许苏门掌门苏介湖也能解。”

“为什么他能解？”

云息好笑道：“你以为西秦第一神医之名，是随意叫着好听的？”

慕容馥皱眉道：“难道没有其他人了？”

“或许他的门下也能解，不过……”

慕容馥追问道：“不过什么？”

“不管是谁能解，有谁会帮一群死人解蛊？中了这种蛊的活人，除了身体虚弱，神色萎靡，衣食住行仍与常人无二致，只有死后才会异变。况且，你以为解蛊那么容易？就算是寻常虫蛊，一旦入体，也会迅速潜伏入宿主经脉血肉之中。若无养蛊人的解蛊药，要杀死它，只有两种办法。一种是服用剧毒，毒死蛊虫。毒一入体，蛊虫必定吸收，但是服用剧毒，这蛊被毒死，这人，怕也活不成了。”

慕容馥愣神斯须，惊问道：“那……第二种呢？”

“第二是噬蛊珠。如果有噬蛊珠，这入体虫蛊的精魄就会被噬蛊珠吸噬，蛊自然便解了。”

慕容馥听得惊心，将心中的紧张竭力压制，不露痕迹道：“没有第三种方法吗？”

“没有。”云息鉴貌辨色，目光斟酌她脸上未动的声色，又道，“不过，确实有一种不算解法的解法。有另一个人，愿以真气通脉，诱导虫蛊，将这蛊引到自己身上。不过，气脉逆行，十分危险，而且这种手法，也并非寻常武者便会的。”

慕容馥闻言，恍然有所悟。原来，那白衣和尚的真正目标，不是她，而是檀静玉。所以那日，他们将她带走，却故意留下痕迹，好叫他寻到她。他不告而别，怕是早已猜到此中缘由，不想将她连累。

慕容馥心口紧揪，浑觉满腔酸楚难言，道：“而这引入自己身上的蛊，蛊虫的作用后果，依旧生效？”

“当然。”

第十章

谁施翻云覆雨手

美人如画。

修眉飞挑是山，明眸含情如水，眉间戴着红玉抹额，

如血刺目，仿佛衔在山头的艳阳。

纵使情系方寸，可归根结底，人有动容，

泰半缘因色相，谁说不是？

一／计中美人

昭运河支流通江，千里清阔。

江上大桥宏伟，石墩厚重宽大，横跨两侧，犹如飞虹横架一般，气势非凡。架桥两岸，通阛带阓，连甍接栋，百肆陈杂，往来行人如织，香车宝马，川流不息，非凡繁华。

桥上亦是喧嚣，金乌将坠，人马往来间，渐欲铺展落霞之色。

这时，桥上陡地惊起一声惨叫。

在一个头颅随着血色飞起，高坠江中时，桥上一抹青影忽地跃起，身影迅疾，如飞鸟一般弹跃前奔，身后六道身影起落追击。

打斗是在桥上突发而起的，六人袭击一青衣男子时，行人往来正络绎。其中，有薄刀脱鞘，刀芒便已使一无辜行人身首异处。

在人流密集处搏杀，必定伤及无辜。知追杀人手段狠辣，青衣男子心知无法借人群隐蔽，遂纵身飞跃，以求远离人群。他提气疾驰，入了一破落府宅之中。

六人追入，却已不见青衣男子身影。

庭中四下荒芜，枯草丛生。其中五人欲入内搜寻，为首白衣和尚挥手制止道："别进去！"旋即手指墙角断石，断石上有图纹。

图纹很小，是一朵黑色梅花。这个记号，表明是他们不可贸然闯入的地界。他道："这是暗梅门一个据点。"

白衣和尚盯着断石上图纹，神容迷离，黄昏掩映之下，看不真切。

忽地，五人陡地跃身暴起！

五把刀，在半空同时脱鞘。四下里劲风逆转，枯叶漫飞，杀气弥漫。

“住手！”白衣和尚出声的同时，五把刀，刀芒犀利锋寒，疾如惊电，已触及来者——一刀在喉咙，一刀在心口，一刀在腰上命门，两刀左右架在其脖颈。

来人黑衣黑袍，袍上，是金线绣梅花图纹；脸上，戴白色面具，面具额心部位，一枝黑色梅花，花开并蒂。

白面人开口，声音不辨男女，亦十分平静，全然不惧五把刀所对的皆是身上要害位置，悠悠道：“生死境古煌五刀，果然名不虚传！”

生死境五刀者，乃江湖中人谈之色变的五名杀手，手中所执之刀，乃夏朝古煌五刀，五人以刀为名。

史载有一言，古煌铸刀，引鬼神之魄。据载，古煌死前，以十八名少男少女，祠煌城之鬼神，以人血肉之躯并金，投入铸池，以成五刀。

一名曜日，二名离魂，三名破海，四名断云，五名却命。

白衣和尚心中一跳，哪怕现时被刀架在脖子上的，分明是白面人，但见到白面人出现在此，也止不住心中忐忑。

生死境与暗梅门，同为杀手组织。与暗梅门的广泛分布不同，生死境势力范围多在南地，且是极为纯粹的杀人买卖。

两方行事，向来是井水不犯河水，且都要卖对方几分薄面，否则一方行动时，另一方存心阻挠，谁也得不到好处。所以，生死境与暗梅门，曾在南北地交接的七曜山定下三不原则——行事互不阻挠，临事互不动手，生意互不抢夺。任一方严重违反，便要将势力撤出另一方所在范围内。

且不说这暗梅门头目修为如何，哪怕生死境现在很有机会将这白面人杀了，生死境与暗梅门的梁子也必定结下。这对两方来说，都无益处。

白衣和尚细细琢磨，继而才迈出一步向前，笑意款款，道：“无影奉命追一目标，无意闯入贵门据地中来。此番巧遇暗梅门主，倒是大幸。无影冒昧，意欲求请门主相帮呢！”一身白色袈裟折转落霞，倒衬了一身风流蕴藉。

白面人轻哼一笑，语中讥诮，道："哦？生死境这请人相帮的手段，倒是好生别致。"

只有那五把刀，架在白面人身上，无影和尚才有说话的凭恃，因而明知白面人所指，却不命令古煌五刀收刀。他眉峰轻扬，眼下泪痣绰约，笑色盈眸，道："古煌五刀素闻门主修为高深，久怀切磋之心，今日有幸一见，自然跃跃欲试。江湖中，比武切磋乃常事，门主不会怪罪吧？"

前一番言语，把擅闯变成了求助；此一言，又把率先动手的责任脱开。

白面人辗然一笑，笑声扬起的同时，黑袍陡展。

古煌五刀面色骤变，不过眨睫斯须，白面人已离他们三丈外，立在无影和尚跟前。

被五把刀同时架在身上，竟还能在同时趋避五把刀，瞬息远离？

古煌五刀是什么样的力量？

江湖上的武圣很少，步入地武圣，便可上江湖排名前二十，这其中包括一只手数得完的天武圣。

江湖上前二十有多厉害？

江湖武者万万千，而能在这万万千中进前一百，都已是高手中的高手，更别说是前二十。而自古煌五刀出现在生死境中，死在古煌五刀中的武圣便有四名。其中还有一位是天武圣——海棠山庄少庄主楼澈。

且不深究这其中是否还有其他因素。江湖上没有任何武者，会愿意对上联手的古煌五刀。而白面人，竟能一招在古煌五刀刀下脱离，暂不说他修为如何，这身法本身就足以令人惊讶。

白面人稳稳当当，立在无影和尚跟前，道："杀手之间，只有生死，没有切磋。你身处杀手组织，难道不曾听过？生死境是想同暗梅门拼个生死吗？"

无影和尚心下一凛，后退一步，拱手为礼道："无影不敢。"

白面人目光轻掠，语气幽深，道："至于说请本座相助，嗬，那这单生意的好处，生死境和暗梅门要如何算？你做得了主吗？”

无影和尚眉目不动，道：“人入了这府中，若是门主能出手相帮，这单生意所获，无影皆双手奉上。”

“是吗？”白面人冷笑道，“可你算什么？也配请本座出手？哼！”说罢，黑袍轻翻，断石上图纹弹指即毁。白面人转身离去，只余声音遥遥传至，“这据点，暗梅门已撤离多日，今日本座卖贵主一个人情！记住了！”

看着白面人远离的身影，无影和尚面色一冷，随古煌五刀入内搜寻，不获。无影和尚凝眉沉思，嘴唇轻抿，片刻才问：“方才，这位暗梅门门主是如何脱离五把刀的？”

破海开口道：“我的刀，在他命门。他出掌，打的是前面刀指咽喉的离魂，但掌风落时，却是我的所在。”

“移形掌？”无影和尚喃喃道，“他出掌时，离魂已有察觉。要么离魂刀刺入他咽喉，要么我们避退。以暗梅门与生死境的关系，他拿定了离魂不会再动手，只能趋避。但尽管打乱了离魂、破海之后，他依然无法逃脱。此刻移形掌打前向后，破海的刀便偏了位置。两处的空隙，足以令他逃离了。”

无影和尚心中暗恨。好不容易设局让檀静玉中了锁筋蛊，现下他修为被禁，大可一举将他拿下，却如此被这暗梅门主一搅和，败于垂成。

檀静玉闯入这里，真的是无意，还是暗梅门有意一助？

无影和尚忽地思及一念，道：“他那一掌，大约用了几成力道？”

破海道：“两成左右。”

两成力道，便躲开了古煌五刀，难怪敢狂成那样！左右思忖，无影咽下这口气，命令道：“必须在檀静玉取得噬蛊珠前拿住他。吩咐下去，取寻踪蛊找出檀静玉下落。”

“是。”

日已沉坠，徒留一道红紫霞光射入河中，似要截断那一道壮阔波澜，孰料能力难及，反被那波浪牵引，粼粼而动，荡漾不休。

这红光粼粼的江河东岸，是昭华西城长街广衢。

街衢上鳞次栉比的楼阁房屋，成了斜阳余晖里阴暗的剪影。

主街东北侧，是通江的一条支流小河道。河道正对面，正是轩美繁华的桃李园。另两面，皆是丈长芦苇，是以此河被唤作芦沟河。此时正是芦花时节，但有风过，芦丛上面仿佛下了雪。鹅毛似的芦花绒，飞舞得满河皆是，纷纷扬扬，煞是好看。

芦沟河岸边，泊着一只船，船舷虽简陋陈旧，却甚坚固，耐得住雨打风吹。铁链叮当作响，正下着锚。片刻后，船舱里一个白发胖老头弯腰出来。

老头鹤发童颜，虽是年岁已高，但一双眼睛极为有神，炯炯地流转着；一把雪白胡子由两边耳根至下巴下面一帘，密密摊在胸前；头上却光溜溜的，一丝头发也无。

老头身形不高，微胖，脚穿不借[1]，走起路来非但没有一丝老态龙钟，反而是精神抖擞；一身残旧蓝白布衫，横腰束着一条黑布腰带，腰带上用草编绳系着一个破旧却被摩挲得光滑的酒葫芦。

船老板在船舱里整理东西，不曾出来。只听得他高声询问道：“老伯，你不是要去宁梁城？怎的就在这儿停下了？”

那老头习惯性摸了摸腰上的酒葫芦，扬着手，呵呵笑道：“行到这里没酒了，自然得上岸讨点酒去。”

船老板问道：“那何时归来？这天气眼看转风了，好东风啊，今晚可趁着风势走。”

眼见岸上一地夕照斜晖甚是亮堂，老头站在船头，一身蓝白粗布衫也映得光亮亮的。只见他不过一个寻常踏步动作，人却已轻盈落岸，侧头应声道：“不回了，看这昭华也挺热闹，却是多年没来了。”

船老板又问：“上了岸，可是要去寻亲人呀？不是说昭华城里没

---

[1] 不借者，小屦也，以麻为之，其贱易得，人各自有，不须假借，因为名也。

亲人？”

“没有亲人，还有徒儿嘛！”老头摆了摆手，也不再多话，头也不回地走向长街，微胖身子，转瞬淹没在来来往往的人海中。

方才不过是夕阳刚斜，转瞬暮霭涌上，未几，便已举目昏暗。

深秋的夜，来得悄无声息。

桃李园，位于昭华西城主街东北一侧。入夜之后，灯火如昼，车轿涌动。江湖各大名门均受邀于明仲道。是夜桃李园座无虚席，甚是热闹。

桃李园是明家的别院，虽说只是个园子，却比普通富贵人家的家宅大上数倍。重要的一点是，它里面拥有昭华西城最为宽大的观台。这一点，是连芙蕖楼也不敢比的。

此刻园子内外，灯火已起，很是亮堂。往来人影幢幢，细密如蝼蚁，难辨五官。

一园艳花栽剪精致，于微风轻过时，摇枝曼舞，斯须满园暗香浮动，又伴了这姣好月色，确是满目潋滟，应接不暇。

月色横空，花影满地，后园老树枝干盘枝错杂。树干上，一人高高倚坐，侍从打扮，正是女扮男装的慕容馥。她双腿伸直交叉叠架，一副慵懒姿态，正若有所思地把玩手间一把玉箫。

玉箫映着月色，流光在手中轻轻地转动。上等白玉被映得莹莹，光润美好，里质中几勾绿丝蔓延缭绕，甚是鲜活。

彼汾沮洳，言采其莫。
彼其之子，美无度。
美无度，殊异乎公路。
彼汾一方，言采其桑。
彼其之子，美如英。
美如英，殊异乎公行。
彼汾一曲，言采其藚。

彼其之子，美如玉。

美如玉，殊异乎公族。

……[1]

睹物思人，慕容馥手指触上唇瓣，心里的波澜，怎么也止不住，一时脸颊酡红。

他明知取蛊虫的后果，却什么也不说，毫不犹豫便为她引蛊。锁筋蛊能封锁武者内息，那些人如此费心设局，怕是为了取他的性命。那白衣和尚，究竟是哪一方人？

慕容馥虽担心檀静玉，但实在无法贸然离开。

一来，欢颜一日未能救出，她便一日未能安心；二来，她也不知他现下去了哪里，况且，即便找到他，也未必对他有所帮助。若不是因为她，他怎么可能会中锁筋蛊？不过她也知道，他的修为虽被禁，武技却还是在的，那些人未必真有可乘之机。

檀静玉是少有的天武圣，纵然身受锁筋蛊，也依旧有自救的本事。毕竟身在江湖，多年历练，可欢颜不一样。她的当务之急，是救出阿颜。

恍惚抬头，原来天色已暗，慕容馥这才觉肚饿，想起晚饭尚未下肚。遥望园中东北角落，有烟雾起，大抵厨房所在。

遂翻入厨房，顺了些酒食。慕容馥在园中东走西转，绕了一圈，竟回到原地。环视打量，周围树木假山，却是暗合方位。

奇怪，区区一个园子，竟要设置阵法？

走出阵法不困难。慕容馥闭目回思，步踏九宫，转方位，轻轻松松便走出阵中，抬眼却是转到西面的一桃园之中。

花开烂漫，月色下，整个桃园仿佛霞云烧枝，沉粉如血。慕容馥心头疑惑：明明是秋季，怎么会有开得这般繁盛的桃花？

走了几步，发现脚下有温湿意，莫非这林子下面是暖的？

---

[1] 出自《诗经·魏风·汾沮洳》。

虽说心中有异，慕容馥也未想太多，觉得此处景色甚佳——花开艳丽，月色正好，倒是个饮酒赏月的好所在，遂拂枝深入，随意寻了一处，盘腿闲坐。

她吃着怀中点心，又撕了烤羊腿上的肉，喃喃道：“点心呢，中看不中吃；这烤羊腿火候未到，空有油腻而不香脆。不好了，这阵子被清风的手艺养得口味都刁了。”

大概是慕容馥心情不畅快，是以吃什么都不是滋味，正嘟囔间，远处似有动静。

不是风吹声！

慕容馥面色骤变，身形陡起，隐于树梢密叶之后，微微探首，便见一人影闪入桃林。

那人身量颇高，月光倾洒，远远看得一袭茶白衣衫，缎面如水。转身时，他的脸恰恰迎着月光，身形模样皆与明莲枫有三分相似，但风采便逊色了许多。

这人是谁？

见他往桃林东面去，身法轻飘，在桃林一起一伏，轻功不错，却不算上佳。慕容馥与之保持一段距离，衔尾追随。

尚不知他底细，哪怕看这人身法并无多少出奇处，慕容馥尾随时仍很是小心，随行了一阵，远处忽现一座精致小苑，白衣男人推门自入，瞬息便没了踪影。

慕容馥不走正面，自墙边翻身进入。见白衣男人沿着回廊折转，愈走愈深。

廊间席帘垂垂，上有桃花图纹。四面空阒寂静，越是深入，越觉来风拂面煦暖。正觉古怪，白衣男人在一室前停住脚步，左右探视，确定无人，方轻轻推门步入，随即合门。

他形容鬼祟，更令慕容馥好奇，抬脚运劲蹬足，轻身一跃，顺着梁柱往上蹿，闪入梁角暗影处。动作行云流水，悄无声息。她手底运劲，指尖一弹，无声刺破窗纸，透着小洞朝内探看。

室内摆设清雅，垂帘幔帐，图纹秀丽，一面偌大玉屏风后暖雾泛动。慕容馥才知这座小苑竟是一处温泉浴池，难怪桃花围苑而植，在这秋霜之际也开得如斯繁艳。

白衣男人甫入室中，一名女子自烟罗掀飞的玉屏风后转出。雾气颇重，慕容馥无法看清女子的样貌，见她周身似乎只披着一件浅玉色轻纱薄衣。若隐若现的薄衣之下，更加衬出她身材的玲珑有致，凹凸诱人。

是个美人，身材标致的美人。

白衣男人一手将美人环住，尚未走近床边，美人已是衣衫半褪，肌肤素白，朦胧的轻雾更添妖曼。接着，声息响起。

慕容馥好奇，探了一探，里间水雾朦胧，只依稀见到两个身影纠缠一处。她心下懵懂，又听得美人娇喘连连，嗔道："要见三郎一面，真是不易。"

男人道："近些时日，老二在家，周围人又盯得紧，常来你这儿，会被他们落了话柄。你晓得，我处境也不佳。我这心里，也是想你的。"

"三郎自来闲散惯了，竟也有缚手缚脚的时候？"美人媚然娇笑，腰肢如风柳，纤纤摆动，双手半推半就，似拒还迎。

男人将美人拦腰抱起，将她抛上床榻，上下其手。美人薄衣已褪，细嫩如白玉的身背裸露分明。

这两人，怕是一对私会的情人。只是，这两相纠缠是在做什么？莫非，是在练功？

慕容馥微觉诧异。

在幽冥谷没有什么大避讳，唯一的一个，就是不能偷窥别人修武。慕容馥倒无窥探他人修炼的兴致，正轻步要走，陡地听得"啪"的声响！美人将男人的手打落，又一把将身上的男人推开，轻哼一声："三郎莫急，今儿有件事，晴儿想同三郎要句准话。"

这声音十分悦耳动人，颇为耳熟。这女子，她怕是识得的。慕容馥思忖，到底是谁呢？

床上的雾气不若后方浓密，慕容馥想探头看清，可惜美人背对，只闻其声，不见其貌。

男人微愣，自床上撑起身来，道："何事如此慎重？"

美人声音顿了顿，道："三郎待我，到底只是逢场作戏，还是真心？"

"好端端的，为何问起这个？"男人猿臂微伸，环上美人嫩白削肩。

美人将他推开，只道："你莫问为何，我只想要一句明白话。"

男人朗声笑了笑，道："你练春柔才名美貌，昭华城首屈一指，那日千佛寺与你初遇，晴儿，我早对你一见钟情。"

白衣男人是明家三郎明洛祎，而这个女子，果然是桃李园中，她见过的练春柔，可是，为什么他叫她"晴儿"？

美人柳腰微折，面容恰恰半对微弱光芒。锦绣花屏前，她眉心微蹙，鹅蛋形脸上容色娇柔秀美，眸光如宝石剔透，顾盼间光彩射人；乌发斜绾，锁骨扣肩，衬得那冰肌雪肤更是艳色夺尘，正是练春柔无疑。

练春柔整了整单薄纤衣，迟疑片刻，神容似有伤怀意，低低问道："三郎说的，都是真心？"

明洛祎搂住她，深情款款道："你若信我，哪怕不能娶你为正妻，有朝一日，我也会为你求得一名分，正正经经同你厮守一生。我发誓。"

练春柔伸手按上他的嘴唇，柔声道："三郎不必言誓，我自然是信你的。"秀眸明波，姿然柔媚娇艾，嗓音凝噎迟疑，又道，"晴儿命苦，自小与亲人骨肉分隔，沦入风尘。一介舞女，本也不敢奢求什么名分，能得三郎这番真心，是死也甘愿了。"说着，慢慢偎入明洛祎怀中。

"好端端的，谈什么死活？"明洛祎娇人在抱，肤如凝香，入鼻渗深，失神喃喃道，"别胡思乱想，我不会辜负你的。"

说着，两人便又纠缠一处。

怎么还有一边谈情说爱，一边练功的？也是古怪。

慕容馥颇觉无趣，跳下横梁，转身即离。

钩月轻移，月上中天，光芒浅淡，温柔地照拂桃林间，更衬得桃色夭夭，其华灼目。桃花影里，黑衣侍从身形瘦长纤细，步形轻稳，几个起落翻出小苑，远离桃林。

夜风轻拂，泥地间，只有飞叶飘花无声坠落，不遗半分脚印痕迹。

红罗绡帐，莹芒流光，温室里一派雾气迷蒙。就在慕容馥离开不久，与美人纠缠的男人陡地晕了过去。

男人乃明家三公子明洛祎，虽不如明莲枫丰神俊朗，但到底是兄弟，眉目间颇有相似之处，也算得上是个醒目的男子。

此时，他身躺床榻之上，室内光线浅淡，使其面部轮廓瞬时柔和了不少。床侧美人乌发散乱流肩，目光端详昏迷之中的明洛祎，缓缓撑坐起身，雪肩半露。那身段玲珑有致，不可方物。

美人面含柔情，轻轻地抚摸男人眉目，手顺着轮廓一点一点下来。忽地，一滴清泪滴落在男人唇际，缓缓地开辟轨迹，滑了下去。

美人压低声音，轻轻道："三郎，不要忘记我。"

说罢，眼角处锋芒锐闪，纤纤素手自床底下抽出一把短刃，便要往自己脖颈抹去，竟是要自尽！

就在利刃将触及肌肤刹那，昏迷中的明洛祎陡然睁目！弹指间扣腕、扭手、甩刃！"叮"的一声，短刃飞插地板，兀自铮鸣摇曳！

美人意外之余，身子受力不稳，整个人侧倒在他怀中，一双秀眸惊愕圆睁，看着这前一刻还在昏迷中的男人，失声道："你……你不是……"

明洛祎神容静定道："你是指迷药吗？"

美人满是错愕，惊道："我……我下的药量，足够让人睡上两个时辰……你……"

男人没有回答她，轻手抚上她素白脖颈间那一抹嫣红血色，凉唇夹着温湿的呼吸，轻轻地吻舔上去。眼帘遮住深邃双眼，明洛祎嗓音沙哑，道："为什么呢？萧晴，我若不醒来，你就没命了。"

萧晴神情一软，娇躯颤颤，兀然掩面，失声痛哭起来。

明洛祎登时愣住。

她方才对他用了迷药，他便将计就计，故作昏迷，看她究竟想做什么。如果是要杀他，那么他自有办法将她拿住，逼问消息。对敌人，他从不手软。可是，她却依恋地抚摸着他的脸，声音哀凄，叫他不要忘记她，将那一把利刃，刺向她自己。他不知自己为何会阻止她。本来，这个女人不过就是别人放在他身边的眼线，他对她，一直以为只是逢场作戏，偏生在那一刻，他竟不舍得她死。

为什么呢？因为她的花容月貌，还是因为她的柔情相待？

明洛祎将她揽住，问："你今日究竟怎么了？自进了门中，便觉得你不对劲。"

萧晴自他身侧坐直起身，泪眼蒙眬，言语哽咽，道："我……我……有人要我取你性命！"

明洛祎挑了挑眉，目光一时清冷，盯着她瞧："我在明家无甚地位，人也庸碌无为，说白了，就是无关紧要之辈，也会有人想杀我？"

萧晴顿了顿，稍敛情绪，缓缓道："三郎身份再如何，到底也是明家血脉。当年四大家族势力，遍布西秦大陆。昔年夏侯家即便一夜被毁，但几百年的家族基业，不会一朝散尽。且不说夏侯家表面上的产业，夏侯家至少有十分之一的暗线，被明家掌控在手……以现如今明家的能力，振臂一呼，聚集的流民游侠至少也有能力组织出一支小型武装队伍。这个家族的重要性，不言而喻。至于三郎，您的父亲明仲道子嗣不多，但只要他仍承宗主之位，那么，只有三个儿子的他，三郎也是最不可忽略的一部分。会被人盯上，自是不足为奇……"

明洛祎皱了皱眉，盯着她问道："那你为何不杀我？"

"我也想杀你，我恨不得自己可以杀了你！"萧晴咬牙，看着他，双眸盈泪，像是强忍着，不愿让它继续落下。她神容恼恨，声音哽咽如沉沙："可是……可是我下不了手！"

明洛祎唇角微抿，牵动刚毅面容。

"我不能让你死，不舍得让你死，便只能让自己死了。"萧晴面色苍凉，声色凄楚，"但我又怕。倘若我默默消失了，三郎终有一日，便会将我忘记，我不甘心。可如果我死在三郎身边，至少日后，三郎即便忘怀，想来也不至于太过彻底……我……我只是想让你记住我，哪怕只有一星半点，我也不会死得没有任何意义……”尾音之中，已是泣不成声。

面对如此柔情，他明洛祎的心又不是铁石所铸，怎会无动于衷？

明洛祎忽地想起，初次见她的时候。

那是两年前。

西城高竹山上，有座大寺庙，远近闻名，名唤千佛寺。佛殿钟楼，金身罗汉，庄严肃穆。因往来香客众多，高竹山上，常年檀香缭绕，极显佛家出尘之味。

每年三月初九，是明洛祎母亲的忌日。姬妾牌位，不能入家族祠堂，他便在这千佛寺中，给母亲点了长明灯，逢年今日，他都会独自上山。

那日黄昏之际，下山归返。

苍松翠柏，绿荫菩提，夹青石山梯，明洛祎顺阶而下，忽地耳际叮咚一响，低首侧看，脚边正落着一支飞蝶步摇。

明洛祎俯身拾起，回首望去，只见一人手执八十四骨油纸伞，缓缓步阶而上。

伞是紫竹柄，月白缠莲花边图样。因伞所遮，无法看尽那人全身，顺阶而上时，徒留一袭浅绿束腰薄纱裙，摇摇曳曳。裙上飞云细纹，浮浮沉沉，尽显女子身姿纤细秀美。

明洛祎眼底衔笑，呼唤道：“姑娘，请留步！”

女子闻声，迟疑回过首来。伞下，乌亮长发绾起堕马髻，衬出修长如玉的脖颈，发髻上斜插着一支飞蝶步摇，与他手中的恰成一对。

一瞬间，明洛祎眼底有火花跳跃，阅尽无数美女的他，也不由得惊艳——美人如画。修眉飞挑是山，明眸含情如水，眉间戴着红玉抹额，如血刺目，仿佛衔在山头的艳阳。

纵使情系方寸，可归根结底，人有动容，泰半缘因色相，谁说不是？

女子长睫微盈，眸中流光，衬着平西霞色辗转，唇角带起笑意浅然，轻声道："郎君所唤，可是奴家？"

明洛祎剑眉轻扬，饶有兴致，上前数步，行至女子跟前，伸出手中飞蝶步摇，道："这可是姑娘之物？"

女子抚了抚髻上步摇，修长素指节节分明，宛如白玉雕琢，垂眸接过他手中飞蝶步摇，恭谦道谢，含笑离去。

那姣容无端蛊惑，叫明洛祎恍惚了神思，片刻，才冲着那渐行渐远的浅绿身影呼声道："请问姑娘芳名？"

女子身影停了一停，却未转回首来。

明洛祎面含犹疑，就在以为她不会回答的时候，一抹清冽声音，如流水潺潺，动听传来："桃李园，练春柔。"

次日，从未踏入桃李园的明洛祎，第一次走入这个属于明家的园子……

明洛祎目光在她泪眼间停一停，伸手为她轻柔地抹去泪水，神情专注，道："若非初见的动容，后来，我又怎会寻至桃李园中？晴儿，你……你并非是轻易便会让人忘得了的。"

萧晴面色一软，泪水已无力抑制，连连落下："你不该阻我的，不该……"女子声音哀愁，语中情意绵绵，闻之叫人潸然泪落，"我情愿死了，也不愿让你知道，起先我接近你，竟是处心积虑，别有用心，我不想你怨我、恨我……"

明洛祎揽她在怀，道："我不恨你，其实……当初在千佛寺遇见你，我就知道你身份不简单。"

萧晴忽地抬眸，惊讶地看他。

明洛祎继续道："以我的地位，桃李园中的第一人——练春柔，怎么会主动接近我呢？这如何不令我起疑？"

萧晴低泣道："你既然晓得，为何不揭发我？难道……难道你不怕……我会害你吗？三郎，告诉我，为什么？"

"揭发你又有什么用呢？如你所言，他们既要安插细作，没了你，也有下一个，那我情愿是你。晴儿，究竟发生了何事？”

萧晴神色悲戚，稍作迟疑，才道：“我与三郎讲过，我原是出身于富商之家，除开自己，尚有两名兄长，自幼父母宠爱，兄长娇惯。可惜好景不长，有一年，我们一家外出游玩，途中，我与家人走散，为人贩子所捉，卖入青楼。我被卖入青楼是真，但是那个青楼非普通青楼，后来机缘巧合，我便入了一个隐秘组织。”

明洛祎挑了挑眉，道：“组织？”

萧晴点点头：“此后我一直在组织里接受各种训练。因能吃苦，够努力，终于坐上堂主的位置，掌领组织中整个昭华区域的暗线。直到去年，组织里的左护首忽然到来，指派我来接近你……

“本来，我升至堂主位置，已不必再执行此类任务。但这个组织里，最基本的一道守则，便是对上级命令的绝对服从。护首位阶比堂主高，我必须听命于她。这，便是我接近三郎的原因。

“我原以为，一切都可以在掌控之中。可是，我唯独没想到，我会对三郎动了真心。终于，我才知，原来这世上，什么都能挽回，唯独这沉坠的心，怎么也拾掇不起了。作为一个细作，最基本的要素，就是不可以动感情。但我又能有什么办法？因为任务，我不能离开，不能逃避，只是眼睁睁看着自己日复一日沉溺。但这本来是在心底里的事，只要不被发现，我就不会成为弃子。我本就是一名细作，欺瞒伪装，一贯小心翼翼，却不想终究百密一疏，我与三郎之事，被二郎主身边新来的陆姑娘察觉。

“我先前对她无防备，以为她只是一名普通侍女，待人也亲和，被她几番试探之下，竟没了警戒，把埋藏已久的心事给说了出来。一直以来，我都在想着两全的办法，怎样不背叛他们，也不离开你。毕竟，若非这个组织，我活不到如今。我不曾泄露一丝他们的秘密，也从未利用你做过什么。”

明洛祎心底清明。她的确没有泄露过秘密，甚至到此刻，她都没有说她的组织是暗梅门。

“当夜，我便被左护首带去问罪处置。那时我才知道，陆盈竟是我座下五大香主之一。可她接近二郎主，我居然分毫不知。她明明是我的下属，却直接听命于左护首。即便是护首高我一级，但昭华一脉，皆为我主掌，按照规定，她要给我的下属下达命令，须通过我，或知会于我，可这件事，自始至终我都不知情。甚至，她让人控制住我的行踪。

“我才知道在昭华的权力，已被她蚕食，逐渐架空。所谓留在你身边当眼线，不过是个堂皇借口。我不知道她还有多少命令背着我。原本我在昭华这么多年，不是她要取代便取代得了的，但她下达的字面上命令，表面上看，都是以我的名义。一丝不苟，竟丝毫不令人看得出我已经被架空的痕迹。其实，我不明白，她身为一个护首，可以直接控制西秦各地域的堂主，为何却独独针对我？我流连于感情之中，连最起码的警惕都不见了……”

她不是针对你，她是针对你所掌控的地盘。护首地位虽比堂主高，在门中可掌控护首位阶以下诸人，然论及对某一地界的精密控制，却远不如一介堂主来得有效。她架空你，使你成为她的傀儡，行不可行之事，自然容易得多。即便有朝一日东窗事发，也好有个替死鬼。明洛祎心中了然，却不道出。凝了凝眉，似想起什么，他道：“那前些日子，一连数日，我传信于你，你借病不来，便是因此吗？”说着，手触摸着她的手臂，道，“还有这上面的伤，也不是无意划到的吧？”

他一早就看出来了，那是修指钢丝的伤痕。

萧晴颔首，却不多言，只道：“原本，我所犯的错，是应被处死的，但左护首却不杀我。”

明洛祎神情幽远，低低道：“代价呢？”没有谁比他更清楚门中规矩。

萧晴轻咬着下唇，不开口。

室中燃烧的玉蕊香，轻轻萦绕着暖帐周侧，盘旋眷恋。

“她要你杀了我，可是……”明洛祎低低叹息了一声，伸出双臂，将她环入怀里。这个身体，他过分熟悉，可是，此时却觉得她如此单薄，并且无力。

萧晴睫毛轻颤，双眸含雾，梨花带雨，叫人心生怜惜。她道："她要我……要我趁今夜桃李园客人众多，将你引到我的房中，下毒杀你……"

明洛祎倒是疑惑："引到你房中，那岂非等于告诉所有人，人是你杀的？要杀人，怎会选在自己的地方？总该避嫌才是。"

萧晴摇头道："左护首认为，兵行险招，旁人也不会相信，有人主动引火上身，届时，只要我有不在场之证，谁也查不到端倪。"说着，她取出两瓶拇指大小的小竹瓶，"这两种毒，不管沾上哪种，必死无疑。她要我，两毒连下。"

明洛祎淡淡扫过一眼，已知是落纱飞红与七巧七虫丹，心中思量：好一招实而虚之，找来找去，不想这奸细，真的是左护首！

图符的错失，何来村的失利，由此便能解释了。想来，她必定是顺藤摸瓜，察觉我的身份了，否则，她不会一定要置我于死地。要证萧晴的清白，可不是这么个证法。她此番，一来，借萧晴之手将我除掉；二来，事后可将所有事情推责于萧晴身上，趁机铲除后患。如此一来，她倒落了清白干净，不沾尘埃。果然是个聪明人，只一招，一箭双雕，难怪竟可以隐藏那么久。

萧晴的手紧紧地环上他的腰，害怕道："我猜想，她是在试探我对组织的忠心。可是，我杀不了你，我下不了手，我只能……你说，除了如此，我还能如何？不背叛组织，又不害你，我还能怎么办？"她将手收得更紧，语尾的颤音，透露着她的无可奈何。

明洛祎轻抚她的肩，眼里挑起一道锋锐的光，嘴角一勾，道："也许，她不是在试探你对组织的忠诚，而是，她才是背叛你们组织的人。"

萧晴一惊，撑起身来看他，脱口道："不可能。"

明洛祎看着她，神情添上了一种琢磨的神色，道："你何以肯定？"

"我……"萧晴无凭否决他，担忧道，"她身为护首，是组织里的老人了，又身居高位，还有什么竟能够诱使她背叛？"

“资历长久又如何？”明洛祎笑了笑，“或许呢，不能算背叛，极有可能，她是别人一早安排在你们组织里的细作呢？不过是一直以来，隐藏手段高明罢了！”

萧晴一时惊住。

这惊，是源于他对其中的洞察，还是源于对左护首是细作的惊讶，谁也不知道。

“若……若真是如此，那么近两年来，我被她步步算计其中，无非……无非是充当她的傀儡而已！”萧晴恍然大悟，陡然立起身来，疾步离开。

明洛祎一把将她拉住，急问道：“你干什么去？”

萧晴转首道：“如若她是奸细，我必须立刻上报，拿下她。否则，以她的地位，不知有多少重要消息会被泄露出去。”

明洛祎扬眉道：“你的权力被她架空，也许消息还未送出去，你便已经死在她手中。”

萧晴挣脱开他的手，眼神坚定地看着他，冷静道：“就算死了，我也必须揭开她的面目，否则，组织早晚会毁在她的手中。三郎不知道，在组织中，护首有多高的地位！高阶人物的背叛，对组织许多方面的行动，往往是致命的！我不允许这样的事情发生！三郎不必担心我，即便我在她眼中只是个傀儡，但我在这昭华城毕竟比她久些，送出这个消息，未必会有多难。”

明洛祎摇摇头，分析道：“你的证据呢？你有证据吗？倘若她反咬一口，届时，你待如何辩解？她地位比你高，他们是相信你，还是相信她？她比你聪明得多，她把一切都算准了，她利用你，即便事情败露，组织就是查，所有痕迹也都在你身上。”

“什么？”萧晴腿微软，步子趔趄，勉力扶在墙壁上，才稳住身子。

明洛祎立起身来，扶住她，缓缓道：“晴儿，我可以帮你。”

萧晴摇摇头，坚决道：“不，我不可以把你牵连其中。再者，我若联合组织外的人来对付她，那么日后查起来，我便真的成为奸细了。他们会说，我因与你的关系，背叛组织，为了脱身而陷害左护首。不！三郎，我不可以这样做，我也不想连累你！这件事，你让我自己去解决。”

她说完，急忙整理衣服，朝门口走去。刚到门口，步子却又顿了一顿，凝住，她转过头看向明洛祎，目含柔情道：“三郎自己小心，她若知我今晚未照命令杀你，她会不会自己下手呢？我……你，好好保重……”说完，伸手触上门板，便要开门走出。

这时，一阵劲风陡然带过，掠起萧晴几缕发丝！

萧晴开门的同时，明洛祎已挡在她身前。

细密睫毛骤扬，萧晴神容惊讶，看着他，不可置信道：“你的轻功……”

在明家众人眼中，明洛祎修为寻常，不过是凝气末段武者，资质又平庸，哪里能有这样行若鬼魅的轻功？

这也便是，那夜抃风台上，萧子岩挑战他，明莲枫替他出手的原因。

明洛祎温柔低笑，自袖口取出一块乌金令牌。其上简洁之至，只有一朵墨色梅花赫然在目。

“营……营主！令……令牌！”

男子声音款款，双手扶住萧晴颤抖的双肩，道：“我说过，我可以帮你的……”

萧晴一把推开他，目光里满是惊愕与慌乱，后退数步，素手纤纤虚指，不可置信道：“你……你竟是……暗营的……”

明洛祎靠近她，伸出手臂，就要环上她的肩膀。

女子大力挥开，白皙双颊，因为激动而笼上一抹潮红，双眸圆瞪，怒道：“原来……原来，一直以来，你都在骗我！你早就知道我的身份了，你一直在看我笑话！你心中从来没有过我，对不对？对不对？我总算……总算是明白了，为什么不过是证明我的清白，左护首却要我杀了你？她本大可杀了我，重新安插细作就是！原来如此！原来如此！她……她是要借我手杀你！可叹我时时愧疚忧心，你是为我所连累！”说着，她尾音颤抖软了下来。

她整个身子无力地扶靠在墙边，勉力站着，满脸的失魂落魄，嘴里喃喃道："你哪里……哪里需要我来保护呢？"

萧晴的表情，浑然不似发现他的身份而惊讶、害怕，反而是因为他对她隐瞒而生气，而伤心，那样子，就像……就像一个陷入感情中不可自拔的普通女子。

明洛祎心下一动。她眼睛里的深情与此刻的恼怒，原来都是因为心系于他。自小到大，他因母亲出生卑贱，在明家，谁看得起他？又有谁真心相待于他？

"晴儿，你比我更明白，门里的身份，都是不可轻易泄露的。我并非有意瞒你，更不是怀疑你……"明洛祎走近她。

"你滚！"萧晴挥舞着手，摇摇晃晃立起身，怒斥。

明洛祎欲伸手扶她，她猛力一推，只想奔开。

"你听我说！"明洛祎攥住她的手，一把将她扯入怀中，任她挣扎，片刻，总算静下来。他方垂首，双目凝视着她的眼。

那深深的一双眸，含着真情。他指着自己的心口，道："我这里……是有你的，否则，我此时此刻，可以任你去送死，怎么会告诉你呢？晴儿，你信我。"

"这两年，我自问不曾骗过你，你却不过虚与委蛇……"萧晴哭着道，双手捶打着他的胸口，也渐渐弱了下来，"你要我信你，我怎么信你……怎么信你……"身后贴着墙，借以依撑单薄的躯。

明洛祎握住她的双手，叹息道："对不起！"

"我……"女子无力言语，垂下眸去，两手环肩，蹲靠墙边。

明洛祎亦蹲下身子，轻轻环住她，将下巴靠在她发间，低声唤道："晴儿……相信我，让我帮你……好不好？"

萧晴紧绷的身子一松，将头轻轻地靠在他的胸膛上，微微侧过脸。眼眸里，有柔光盈盈一折，竟也泛出亮色的芒，恍惚是泪珠，恍惚又不是。

在明洛祎看不见的角落里，美人嘴角勾着一抹意味莫名的笑弧，语气却是迟疑一阵，才轻轻道："好！"

二 / 步步为营

马车驶往桃李园的路上。道路两旁，皆是十步设一绡纱灯笼，一整排。车马过处，灯火光焰，倾照无尽。

车厢中，栅足小案边，放置一玲珑小巧的青白釉博山香炉。香炉中，白烟摇曳，散发着阵阵沁人心脾的草木清香。

苏竹溪见多识广，一路讲些修行时所见趣事，言谈说笑间，叫人如饮甘醴、如沐春风，油然而生亲近之意。欢颜本是心意灰淡，但在他三言两语间也时有莞尔。

此间一话才罢，欢颜托腮靠案，无意打量起案上香炉来。圆筒形炉身，下面三个小巧花形足，炉盖顶端镂空，制成叠耸的山峦。山峰重重间，均开小孔出烟，胎质细薄，釉色晶莹。[1] 见这制釉细壤极为别致，犹如凝脂，若含玉之妙，遂问道："苏大哥，这制釉瓷土，是出于何地？"

苏竹溪细瞧了瞧，道："这是出自靖国以西——建阳城鄱阳镇瓷土。近两年，此地瓷土烧出的青白瓷釉，由于质地细薄，色泽晶莹，尤为受欢迎。"

"靖国以西，建阳城。"欢颜闻言动容，将地名喃喃在口。

苏竹溪不觉有异，随口便道："是啊，你去过靖国？"

"不曾去过。"欢颜不敢泄露情绪，扶窗远望，便见星月熠熠有芒，街上灯火如萤，遍照似水流光。这么多年了，往事，对于往事，她何尝有一日忘怀呢？

---

[1] 扬之水《香识》62页。借用《安徽全椒西石北宋墓》中张之纥墓出土的青白釉博山炉描述，稍作改动。原文："炉盖为叠耸的山峦，顶端和重重山峰间各有出烟孔，炉口做出大宽边的花式折沿，炉身贴塑四个浮雕兽面，炉座装饰莲瓣纹，下边是花式圈足，胎质细薄，釉色晶莹。"

苏竹溪眉眼含笑，道：“我十来岁时，倒随义父在建阳住过一段日子。靖、襄二国以船为车，以楫为马，山水秀韵，不同于北地宁、雍诸国。那里的小桥流水，粉墙黛瓦，水乡船家，独揽清透韵致。便是女儿家，也与北地颇为不同，初时见你，身量纤瘦，体态娇弱，眉目含山水，确实有几分南地女子气韵，我还错以为你是南地人。”

欢颜眉目不动，道：“我是孤儿，自小在北地长大，若是要说出生何处，哪里人士，却是连自己也不知晓。”

她面色无悲喜，苏竹溪却被这话语击得酸涩，心想：她与她的异姓姐姐相依为命，两个女孩，走至成人，这途中是如何艰难？后又思及自身，想到自己虽也是孤儿出身，却有幸被义父收养。浮萍残身，好歹便有了寄处，可她们呢？

一时不敢再继续此话题，生怕勾起她伤心处，便有意无意绕开话题，道：“你性喜静，今夜听你说想去桃李园瞧瞧热闹，却是叫我很是意外。”

欢颜道：“现下我是苏大哥师妹，应做好这身份的本分，出入总要多多相随些好，莫叫外人以为，我们师兄妹有了隔阂，不够亲近，让旁人传苏前辈的笑话。”

她性情虽冷淡，这心地却是善良，否则怎会这样一心为他人打算？听及她语中的“我们”“旁人”，忽觉自己与她不再是隔着无法跨越的心事沟渠，彼此是亲近的，苏竹溪心中甚觉欢喜，道：“后日便是武林大会，你确定你阿姐会到？”

欢颜神色黯然道：“不确定，但她素来喜欢热闹，希望能找到吧。”

“听说今晚到场诸人，大部分是这次参加武林大会的，或许我能帮你打听打听。”

欢颜闻言心喜，详细描述道：“那便劳烦苏大哥了。阿姐她常穿白衣裳，下山的时候，背着一个黑色包裹。她身量比我高，头发颇长，因总学不好束发，我每不在她身边，她长长及膝头发，便只束抹额，任由垂坠。”

苏竹溪听罢，恍惚忆及一张陌生面孔来，琢磨道：“听你这么说，我倒像是见过这名女子。”

“真的？”欢颜一急，不自觉地抓住他的手。

苏竹溪点点头，道：“我今日遇到仲华之前，同一名女子问路。那女子一身白衣裳，背负黑色包裹，身量纤瘦却甚是高挑，与你所言，颇有几分吻合。”

欢颜力道收紧，面露紧张道：“那……你还能记得清楚她的样貌吗？”

苏竹溪头微偏，看向她越发抓紧的手。

欢颜垂眸一看，才意识到，他皮肤上已被她抓出了指甲痕，隐隐渗着血丝。她急忙放开，歉然道：“对不起。”

苏竹溪毫不介意地笑道：“你我之间，不必如此见外。我知道你心急你姐姐，一会儿我将那女子样貌画与你看，若真的是，我再帮你在明家负责接迎来客的管事们中细细打听。”

“嗯，好。”

桃李园门口，马车缓缓停下。苏竹溪先行下车，有小厮见到，急忙入内通报。明莲枫快步走出，笑声朗朗道：“你总算来了。”

苏竹溪拱手道：“仲华。”转身挑开车帘，扶着一女子下马车。

女子轻纱遮面。如此深秋冷夜，她却衣衫单薄，上穿着水蓝交领罗襦，下搭及踝的同衣色留仙褶裙，外罩茶白乘云纹的宽袖绉纱长衣，直垂至足，腰间用碧蓝绫带系束。行走时，影影绰绰露出一双聚云履，身形婀娜，曼妙生姿。

纵是看不清面容，然当此月下灯间，也是叫人惊叹。明莲枫心赞，所谓“西方有佳人，皎若白日光”，用在她身上，倒也是恰如其分。

欢颜轻盈侧身，压了压声音，言语带笑施礼道：“见过明二公子。”

明莲枫彬彬有礼，回以一笑，道：“苏姑娘不必见外，请！”投足举止，极是轶荡潇洒。

小厮径直将三人引至二楼。

女子步履轻缓，行动之间衣袂夹风，幽香暗送。路经众人频频回视，皆不禁猜想：如此身形曼妙如醉，这面纱之下应是如何一番映丽容色？

欢颜沿着楼梯步上，入眼是台前三面环楼，两旁各有长梯，穿廊外侧扶手雕栏，竹篾帘子半卷错落，每层皆是一格格小间。

甫入小间，迎面清香暗送，沁人心脾，缘是三足兽形铜鼎中燃着的一炉金丝香。一边摆设碧玉小几，小几上还有一只长颈胆瓶，瓶中折着一枝桃花，本已是秋，竟难得添了一分春色，倍添雅致。

这小间设置拉门，此刻门皆洞开，只垂着幕绣花软纱帘。这软帘设得颇奇，一旦放下，与外方吵闹相隔；一旦置起，尽收舞台于眼中。

厢中左右摆设精致，中间是一大块席垫。三人跽坐席垫上，苏竹溪知欢颜心有旁系，于是唤外方候侍小厮，取来笔墨纸砚，绘出那白衣女子图样。虽然画得不甚细致，但因文墨颇通，精擅工笔，笔致勾描间已出三分神韵。欢颜一瞧便认出确是慕容馥。

苏竹溪将画递给明莲枫，托他帮忙寻找画中女子。

明莲枫看过图样，只觉这画中人装扮眼熟，稍作思量，略有惊觉，像极了那夜闯尚文阁的蒙面女子。明莲枫对苏竹溪素来信任，不疑有他，直接问道："你们找这女子，所为何事？"

欢颜刚想借口说是朋友，却想到现下自己身份是苏竹溪的师妹，苏婠婠甚少踏出蝴蝶谷，哪里能有机会交上什么江湖朋友？于是便道："是这样的，小妹和师兄刚来到这昭华城时，便遭了贼，小妹身上一份重要东西，大约就是被这女……贼窃了去，所以——"

"原来如此。"明莲枫道，"看这衣着，这女贼我似也见过，与夜闯我明家禁地的那女子很是相像。曾与家君联手拿她，但是此女武功高强，便叫她给逃脱了。"

欢颜一听至此，心中惶急，一时却也想不到慕容馥为何会夜闯明家禁地，便追问道："公子确定无疑？"

明莲枫听她声调稍提，口气紧张，有些意外，只当她是急于寻回丢失之物，并无任何怀疑。他摇摇头，也是一脸不确定，道："当时这女子头戴帷帽，面罩轻纱，样貌看不真正清楚，我并不确定。不过她的打扮的确与这画中人很是相似。我与她对过招，她的身形折转灵快，诡异如蛇，五指尖利。最特别的，是她护身的兵器，竟是收束在腰间的一段近四五丈长的白绸，可是你见到的那个女贼吗？”

果真是阿宓！欢颜又惊又喜，担心被明莲枫听出什么，极力抑制住心头的紧张，控制声音平稳，问道：“那……那她之后可还有再出现？”

明莲枫面色沉郁，道：“我倒是想她出现，好取回明家丢失之物。”他气闷一捶案面，叹道，“只可惜，那夜之后，便无了此女踪迹。”

苏竹溪面色有异，看了欢颜一眼。欢颜只摇摇头，也无再说其他，心中却想：苏大哥早上尚见过，如此看来，阿宓虽不在明家，但依旧在这昭华城中。想来她既与明家有这一番纠葛，武林大会只怕是不会来了。只是，那日与明莲枫打斗之时，他尚能觉得我有几分眼熟，为何反倒认不出阿宓来？哦，也是，他方才说阿宓是头戴帷帽，且还面罩轻纱，样貌看不真正清楚。只是，她又为何要盗取明家之物？

欢颜左右思忖，听得明莲枫正叫她，猛一回神，道：“怎么了？”

明莲枫道：“我们欲往云息公子小间，苏姑娘同去否？”

欢颜摇头道：“小妹不喜生人，公子与师兄自去就是。”

明莲枫同苏竹溪两人来至云息所在小间。小厮掀开软帘，厢内有两名小侍从，正是清风和清池。清风拿着一柄拂尘拂扫周围，置上方褥垫。

明莲枫探首笑问：“这第一支舞曲都中场了，怎的独你家公子未到？”

清风转身，见是明莲枫，也不说其他，只施礼恭敬道：“两位公子请稍坐，我家公子随后便到。”

清池偏过身，俯首施礼后，便又继续专注烧茶。

莲花托座上承风炉，砂铫煮水，一边四足小矮茶床上，放置茶碾、茶匙、茶盏等诸多器皿，还有炭斗、摇扇等需用诸物。

清风请苏竹溪和明莲枫两人各落座于席。

苏竹溪方才坐定，闭目一闻，疑道：“这烧茶的炭，用的是南地的乌榄核炭吧？”

清池惊疑抬首，心生佩服，叹道："公子一闻则辨，真是厉害！"

明莲枫笑道："小清池，竹溪可是苏门高徒，鼻子当然是厉害了。"

清池确实出乎意料，侧身一礼道："原来是小苏先生！先生高名，清池仰慕已久！"

苏竹溪笑道："不敢。"

明莲枫起身行近打量，见炭斗所装木炭，果非他平时见到的兽炭，夹起一枚，问道："这就是乌榄核炭吗？有何别致处？"

清池解释道："乌榄核炭，是橄榄核炭中最佳，乃乌榄剥肉，去仁取核，入窑窒烧而成。以之烧水，焰火偏蓝，火匀有致，无杂烟与呛鼻气，反有清香。"

苏竹溪道："南地人用此烹茶，会有榄香溶于水中，单是所烧之水便有暗香，口味醇厚绕舌。只是五斤橄榄核所烧得，也不过一斤，颇为珍贵。"

清池道："先生所言甚是。"

明莲枫掷下核炭，拍净手起身，返回席垫上，撩衣跽坐，笑对苏竹溪道："这小清池年纪虽小，可灵心慧性，论博识多通，确是许多人也望尘靡及的。"

清池忙道："公子过誉，清池不敏，不敢承言。"

说罢，也不便再多言，执羽扇扇炉，扇法轻重徐疾，均匀有度。见活火已佳，才将水钵中的水以瓷瓯舀出，缓倾砂铫中，盖好，将砂铫放在泥炉上。

苏竹溪旁观打量，只见他这流程做来，细处用心，亦浑无生涩处。不过十三四岁，竟能做到这般境地，心中赞叹不已，越发期待他的主人是怎样一妙人，竟能调教出这般小童。

少时，水滚开，清池即把砂铫提起。茶器早已备妥。洗器、淋杯烫热，复将砂铫置放在炉，俟其火候，同时取出茶叶分挑细拣，置入茶壶中。

茶壶色泽间银闪，是柚皮砂，款型如六角，式样精巧玲珑，饶有趣致。

清池将茶叶纳入壶中后，淋罐、烫杯、倾水，经数道程序，更三呼吸，洒茶入杯。

杯是荷叶形白玉杯，质薄如纸，色洁如净透冰雪。清池将茶分递二人，方道："请吃茶。"

明莲枫端杯细看，又问道："这些茶具等，都是你们自己带来的？"

清池边整理茶具，边有礼道："回二公子，是。"

苏竹溪道："你家主人倒是妙人。"随即托起茶托，迎鼻轻闻，茶香馥郁鼻端，继而才唇触杯缘，啜了一口，只觉唇舌生津，芳香盈溢，一缕甘泽直沁心肺，叹息道，"无怪古人道，日铸开千古茶饮之宗。"他闭眼一闻，"仲华，你闻这兰香清雅，滋味鲜醇，且汤色清澈明亮，世传'囊中日铸传天下'，倒非妄言。"

清池浅笑抬头，道："先生也是茶中高手，入口即知这是日铸雪芽[1]。"

苏竹溪笑笑。明莲枫却已扬眉道："《神农本草》中道，'神农尝百草，日遇七十二毒，得茶而解之'，可见茶亦是解毒良药，竹溪是医中妙手，焉有不识之理？"

"不过知得一二，不能道识，仲华莫要夸大了。"

明莲枫忆道："多年前，江湖第一公子楼少容，也是位深谙茶道的高手。你们二人若能得一见，彼此必定引为知己呀，只可惜了……"

毕竟身涉江湖，对于当年海棠山庄二少庄主楼浔的故事，也是薄有所闻。话至此间，各人只能唏嘘一叹。

便是此时，丝竹声间，隐隐传来对话声："这里也是你能随意乱闯的吗？说了一道来，你倒好，转个身人就不见了！"

声音缓缓传来，如那环佩相扣，珠落玉盘，清越爽耳，语气里虽有一股无奈，却仍旧是舒缓有致，不见喝责之意。

话音才落，苏竹溪抬首，便见厢前出现了一名年轻公子。

发束白玉小冠，横插固冠白玉簪；身着翻领右衽墨黑色秋衣，

---

[1] 此处茶名乃借用之名。

外罩浅乌色轻衫，襟口广袖皆绣兰草银边；绫布腰带上，束了精巧带钩；足蹬的鹿皮皂靴上，亦有精致团云纹绣。

也不过是普通衣履寻常打扮，可被他眉目一衬，端是令人惊艳。

苏竹溪心里赞叹：难怪会取代楼少容，排四君子榜上首位。也只有这等好姿仪，方称得起呀！江湖人擅听风是雨，对这云息公子美容色的传闻，倒是未尝夸大。

云息公子身后，跟着一名瘦小的黑衣侍从，衣物式样与清风、清池相类，低着头，看不清模样，想来方才云息轻责的对象便是他了。

沉吟之际，恰逢黑衣侍从自他身边走过。苏竹溪眉头一皱，侧眸细细打量他一眼。

但凡精于毒药之人，对气味多是敏感。苏竹溪只是觉得，这侍从身上的味道很是熟悉，好像与欢颜、明莲枫身上的气味都极为相近，但转念又想起欢颜昨日所言，心想可能只是巧合，遂也不再多心。

这黑衣侍者，便是慕容馥了。她本能察觉到一道审视的目光，抬眼稍望，一愣：这人不是那问路男子吗？莫不是被他认出来了？

惊愕之余，面上依旧不露声色，从容行至云息身侧，垂首蹲身，伺候他更换软履。

云息见得两人，抬手掖领，率先同明莲枫敛衣见礼，看着苏竹溪道："仲华兄，这位是？"

明莲枫含笑还礼，介绍道："这位是苏门苏前辈的入室弟子，苏竹溪小苏先生。"

慕容馥倒是诧异，思及明莲枫与云息初见时的态度，与现下对比，心中也疑惑：这明莲枫，几时变得与云息这番和睦了？

云息轻轻一笑，拱手道："小苏先生！早听苏门医术天下无双，竹溪公子盛名，息更是久仰于心，奈何一直缘悭一面，今日得见，息幸甚矣！"

慕容馥若是听到先前清池言语，必定会腹诽这主仆二人一个德行。

苏竹溪还礼道："苏某无才无能，云公子莫取笑了。"

云息摇头道："小苏先生何必过谦？苏门医术独步天下，苏前辈门下弟子个个卓越不凡，非等闲之辈。早年苏前辈对息也有救命之恩，这些年时常想着入谷拜访苏前辈，只可惜左右杂事缠身，才一再耽搁了，心甚憾矣。今日有幸一见苏前辈高徒，也是息沾了仲华兄福气。"

明莲枫爽朗而笑："哪里哪里！"

苏门？苏介湖？慕容馥心中不是不震惊的。石洞之中的《苏氏毒经》上，最末就是写着"后人苏介湖手抄"。

她稍抬首，暗地里目光徘徊在苏竹溪身上，思量道：原来这苏竹溪是苏介湖的弟子，从前阿颜对《苏氏毒经》阅不释手。她的医术、炼药、制毒，许多皆因此书而精进，若是细论起来，从医道修学一脉言，这二人也算同源一门了。

云息身边的侍从忽地稍抬起首，苏竹溪错目时恰好一见。这侍从皮肤白皙，本当清俊秀丽方是，却有两颗大黑痣突兀生在额间与鼻边，简直像是一段上等的素缎不小心溅上墨水，霎时难以入目。

因了这两枚大黑痣，并女扮男装，苏竹溪才没将慕容馥给认出来。

各人见了礼，分宾主坐。

苏竹溪抿了口茶，叹息道："久闻江湖上有三难，一是寻得《玄天九式》全篇；二是突破宗武入武道圣阶；这第三，就是见一见那几位名闻天下的五大公子一面。我倒认为，这第三难中，最属艰难的，应该就是见一见这五大公子中以神秘著称的公子云息了。"

云息摆了摆手，看上去一脸无奈，叹息道："小苏先生有所不知，息自少命途多舛，多次无端遭人刺杀。并非息故作神秘，只是修为未精，不想自己尚未看够这红尘繁华，便枉死旁人刀下罢了，因此，才不敢太过张扬露面，好避些无妄之灾呀！"

明莲枫扬眉朗笑，调侃道："想不到云兄还是怕死之人。"

云息一脸坦荡："人这命嘛，只有一条，不昧良心的贪生怕死，也是人之常情。不过，若有如小苏先生这等医中圣手时伴身侧，纵是历劫江湖，谁还会有生死之忧呢？"

这句话，既顺了明莲枫的话，又间接地称赞了苏门医术无双。长袖善舞，回转随意。他的确是个极富情趣的男人，又兼好容貌、好才智，可惜却是一腹机心械肠，叫人防不胜防。慕容馥站在角落里，表面上垂眸顺目，却是对云息满肚子诽议。

几人各怀心思喝茶，目光也转向舞台。

舞台建筑颇是精细。台上壁柱、梁枋及其他细小构件上的雕镂彩绘、幔帘缀饰，都极为合恰。贴金洒银，色泽鲜艳。

舞台上，以半圆摆围九面鼓。第二场，正是水袖击鼓为舞。舞的是《九歌》中一节，舞者是一身雪樱色霓裳的练春柔。

她自高处徐徐而落，舞袖出场。长长水袖挥舞出霓云灿灿，犹如曜日出东方而照于槛，叫满座宁静，屏息欣赏她这炫目荣光。

暾将出兮东方，照吾槛兮扶桑
抚余马兮安驱，夜皎皎兮既明
驾龙辀兮乘雷，载云旗兮委蛇
长太息兮将上，心低回兮顾怀
羌声色兮娱人，观者憺兮忘归
緪瑟兮交鼓，萧钟兮瑶簴
鸣篪兮吹竽，思灵保兮贤姱
翾飞兮翠曾，展诗兮会舞
……

台上女子甩袖扬腕，水袖飞扬，随着脚步虚实相应，辗转似低回顾盼。身姿缥缈柔美，款款带动出水袖波澜。

便是这满场瞩目的寂静里，忽地，不知何处传来一阵女声的凄厉尖叫。后台廊间，几人仓皇奔出。歌舞正兴，却被这诡异叫喊中断！

明仲道自一大间里怒容而出，呵斥道：“何故这般大声喧嚷？”

几个女侍身躯颤抖，慌张道：“死……死人了，死人了，练小姐的置衣室里有……死人！”

明仲道闻言变色：“什么？”

这厢听得小厮来报动静，明莲枫眉头一皱，同苏竹溪道：“我去看看！”

苏竹溪当即起身：“我随你同去。”

眼见他们已前后出门，慕容馥本是伏跪后方，当即膝行向前，近云息案旁。

云息却整襟立身，两手拢在袖中。

他身形颀长，一身墨色宽袖长衣，立在亮堂堂的明珠光芒之中，佩兰芳草，绣纹流转，衬他一身俊雅光芒。合着这一身自生的贵气，便是满容的言笑晏晏，他也不该是个令人亲近的人，应像那寺庙里可远观不可近身的神明像。可偏偏他一举一动，不是故作矜贵，分分寸寸，皆是自然意，倒硬把这一身贵气变得可亲起来。没有谁，比他更会把握分寸了。

慕容馥若有所思，将他打量。

注意到她的目光，云息不以为意，踱着步子，缓缓近了窗。

槛窗开着，夜风拂鬓，他身子闲闲，扶依窗沿，面色悠然地往外看去，轻叹道：“今晚月色真好！”

慕容馥哑舌：“月色正好，也正是杀人放火、阴谋诡计的好时机。聪明的人想来不会放过这样的机会。”

云息姿势未变，只是偏侧过脸，眸光潋滟，径直照人。

窗外夜空黑幕如带，这侧厢中明珠光影。一边是明光落脸，一边是脸陷暗沉。光影交叠，两相对峙，却将其轮廓辗转得分明生动，犹如峰峦起伏一般韵致。

纵是入画，亦不为过。

男子唇瓣翕动，道：“我随便感叹个天气真好，你就能引出个时机，看来你倒是极为深谙此道。”

“是吗？”慕容馥觉得好笑，也立起身来，行至他身侧，“可为何偏偏有你在的地方，发生的总不是好事？”

“不是好事？”云息挑眉看她，顺手整了整衣衫的褶皱，“那对你而言，什么叫好事？”

慕容馥慢条斯理道：“我不知道什么是好事，只知道，死人这种事，就必定不是件好事。”说时，眼神转锋锐，目光里已带探寻，“你又在玩什么？”

这番回来，她说话倒比先前直白了。云息虽是脸上不介意，却回身坐在案边，避开她的探寻。

清池取了炉上玉书煨，只顾管茶水，将茶杯斟满，递至云息跟前。清风靠在一旁，是一副百无聊赖的模样，在玩弄自己的手指。

这一室的悠闲，同外头的“热闹”大相径庭。

云息端起茶杯，好整以暇地抿了一口，这才稍作抬眸，目光如水，言语悠悠款款，道：“我哪里有玩什么？不过会友、品茗、赏舞，如此而已。”

“如此而已？”慕容馥睃他一眼，也不再多言，便要走出小厢。

“你去哪里？”云息置放下杯，问道。

慕容馥道：“看戏呀！”侧过身，幽深眼神里颇有趣致。她看着他，面上笑盈盈，却不过是装饰，语中有意感慨：“这么好一出戏，才登台，若不能博些看客，那费心排戏的人，想必会失望得很呢。”语罢，转身便走。

云息无奈，低叹了口气，嘱咐清风、清池二人收拾，也随后走出小厢。

厢间前雕木栏杆，围转成长长回廊，廊庑间竹篾垂帘，为不影响观台视线，都收着大半。欢颜听得外头吵闹，掀开软帘，探身走出，不想迎首撞上正路过厢前的男子。

男子一身墨色秋衣，长身如玉，姿仪卓然，转眸看来时，一双深眸烁动光芒，如桃花静绽，直迫人心。

欢颜微微愣神，竟是园中所见到的男子。

厢帘前女子轻纱覆面，冰姿婉秀，周身暗香流媚。云息留神打量，已看出是园中撞见的那位苏姑娘。一身水蓝束腰长裙，仿佛千里冰原上映了蔚蓝长空的冰晶，流光徘徊。虽不见面目，周身冷艳气质已夺浊尘俗物而出。

女子微微一礼，表示歉意。

云息亦欠身以礼，眼中笑意清朗，表示不必挂怀，转身便离去。

宽袖飘然，其上细纹流光百转，错身之际，盈盈入目。欢颜侧首，无意间往他离去的方向看去，只见男子身侧不知几时，出现了一名黑衣侍从。

黑衣侍从所穿，不过是普通的侍从服饰。因为背对远离，只能瞧见他身形瘦弱。可偏偏这个身影，却叫欢颜陡然浮出一丝莫名的熟悉感。再待她快步往前，想要探明心中所疑，黑衣侍从已消失在回廊间。

欢颜揉了揉额头，敛去那不切实际的想法，心想，真是迷糊了，怎么会是阿宓呢？

三 / 作壁上观

慕容馥随同云息行了一程，轻身一纵，上了练春柔置衣室前梁上，纵观“全局”。里面传出明仲道命令：“将练春柔带来。”便见两个小厮和几人步履亟亟奔出。

几人身着统一的紫黑相间武士服，手持佩刀，面目端然严肃。慕容馥压低声音，向云息问道：“他们是何人？明家侍卫吗？似乎明家侍卫多穿杏白夹棕黑一式衣衫。”

云息摇首道：“他们是江湖巡捕房的人。”

慕容馥心念一动，思及先前一景。

“你不晓得吗？巡捕房那块乌金令牌可稀罕呢！是由金子、纯银、黄铜熔成，买下整个饼摊都绰绰有余。”

她旋即侧首，疑惑问道："江湖巡捕房？那是什么？"

云息缓言解释。

江湖巡捕房至今已有数百年。乃西秦建国之初，秋意玄、白天素引江湖中一些无意官途的破案高手组合成立，专门打理江湖案件，以求维护江湖中的公平。

江湖巡捕房成立不久，便破解了江湖上多起离奇案件——幽窗碧影死人事件、空中无头尸、嫁衣女鬼……在江湖上声名大噪。加上有秋意玄、白天素二人支持，那时，江湖巡捕房在江湖上的声势远强于官家巡捕房，毕竟江湖事，只有江湖中人方好处置。

由那时起，江湖上的案件不能私下处理，而是要上报江湖巡捕房，有规有度。凡有违反者，可视情况发江湖通缉令。

巡捕房八大捕首侦查案件，查清真相之后，宗卷还要由望、闻、问、切位上四长老审视复审，以免出现冤假错案，十分严谨。

四长老之上有二巡护，主理各大事务；二巡护之上，便是巡捕房的大统领。自成立后，除非大统领位上之人自行退位，或者离世，否则鲜有更换。

自江湖巡捕房成立以来，大统领位上坐的是谁，极少公之于世。其首领行动神秘，连巡捕房内部的人也未必见过其真容。是以，世人也多不知巡捕房大统领更换人选凭依为何，只知大概多是师传制。

在世人眼中，主管巡捕房的，乃二巡护。二巡护的推选，与武林盟主相同，由江湖中人推选而出。在外人看来，大统领位置，在巡捕房中犹如摆设。可实际，整个巡捕房的实权，皆在大统领手中。

在那时，但凡能进巡捕房当个小卒，都在江湖上说得上名号来。这江湖巡捕房的管辖之广，更是遍布渗透西秦大陆每一寸土地。时至今日，关于江湖巡捕房的一些老规矩，早已是江湖中顺理成章的程序。

数百载之后，因为大统领身份过于隐秘，巡捕房中挟势弄权，加之江湖上新兴门派声势迭起，如此衬托下来，声势倒是有些一日不如一日。

十二年前，巡捕房经一场声势浩大的肃清，各地分司涤故更新，大换鲜血。巡捕房重新制定用人制度，裁除冗员。在众人皆以为巡捕房要重振于江湖时，它却越发潜静。这些年来，只为实事，不揽虚名。

即便不及百年前鼎盛，可在如今江湖各门各派各自争雄之下，如遇案件，谁敢妄自越过巡捕房，擅行处置？巡捕房中的巡护、长老、捕首，哪一个是寻常之辈？

慕容馥探首看去，见得室中尸体，乃面趴于地，两臂分伸，双掌紧握。尸体上微微闪着一些金色光泽，还有碎了的花瓶瓷片。

明仲道神容古怪，似悲似愤。身前一名男子行来走去，正在视察。

那男子头戴黑纱冠，方脸高鼻，面目平凡，但神色刚毅，双眼有芒，亦是一身紫黑相间武士服，只是左臂衣袖上绣着一个金线圆形勋章。

现今江湖巡捕房里，有闻名江湖的八大捕首——东、南、西、北，风、云、霜、雷，即是：庆东、徐南、颜西、古北，公孙如风、司徒无云、端木雷、盖霜。

庆东和颜西二人原是代表巡捕房受邀而来，听见发生命案，也甚是意外。

明仲道神情急切，见男子回转过身，立即问道：“东捕首，有何结果了？”

“尸体上的毒未细验，毒发症色有些诡异，须等仵作来检测，看致命毒共有几种。现场已细致检查，大致了解一些……”庆东解开手中接触尸体时戴上的布套，将已了解的大概说出，“凶手是女子，身量高挑，六尺八寸到七尺一寸范围内，身怀武技，样貌秀美，是桃李园中人。”

他结论如此明确，众人皆不解。明仲道问道：“可否细解？”

庆东手里拿起一块花瓶碎片，沉吟道：“死者死前跟凶手有过搏斗，但这些花瓶碎片，却是死者已倒地之后才碎的。”

“何以见得？”明仲道皱眉追问，“而且，这与东捕首方才所言又有何关联？”

“碎的花瓶就是线索。”庆东解释道，“这些花瓶碎片散布在死者周围与身上，死者身下并没有。可见，花瓶是死者倒地后才落身上。造成这种现象，有两种可能，第一是凶手离开时很匆忙，失手打落；第二是凶手有意制造她匆忙离开的假象……但明宗主再看……”

庆东侧了身，指着尸体脚跟旁边的一个高脚楠木几，自尸体身上拾起一个碎了一半的花瓶底，放置几上的一个圆圈水渍上，道：“这花瓶恰恰与这圆圈配对，显然，这楠木几原先便是用来摆放这个碎了的花瓶……”

庆东模拟动作，一边比对着，一边道：“您看，这楠木几在尸体脚侧，尸体本身也没有被移动的痕迹。也就是说，如果我这样匆忙走过，绊倒花瓶，那么花瓶的碎裂密集点应该在尸体下半身，但现下，花瓶碎片聚集在尸体腰脊肩周围，就只有一种可能。”

明仲道问：“哪种可能？”

庆东摸了摸鼻子，道：“花瓶是被人有意震碎，扔在尸体身上的。”

“缘故呢？”

庆东道：“就是刚才说的第二——凶手为了制造匆忙离开的假象。由以上所讲，我们已经可以推断，凶手会武功，并且是个女人。”

他言语跨越太快，周围几人面面相觑，皆不明他所言何解。

慕容馥回想了庆东方才所言，要点是：死者身前有打斗迹象、花瓶、碎片，这几样大概就是一组线。

果然，庆东解释道：“我最先已说，死者生前有打斗。你看这案上的席布，铺案两侧有褶皱，不甚均匀。案足有移动痕迹。这边，衣柜上有劲气所迫的裂痕。再看看死者脚与手的筋骨，死者显然会武功。如若凶手并无修为在身，怎么在与有武功的死者打斗的情况下，未曾弄碎这室中摆放得如此多的易碎物，且不在这室中留下脚印？此为一。第二，这些花瓶，破碎的裂口十分均衡，这并非落地碰碎，而是直接以内力震碎。落地碎会造成足以惊动人的声响，如此一来，凶手隐藏不了案发时间。第三，死者孤身来一个女人的室中，目的必定是为了找一个女人，或者见一个女人。如果在这样一个女人的室中，出现另外一个男人，不管是否熟悉，死者都会心生警惕。那么，凶手又如何近身下毒？”

明仲道问道："那身高范围呢？是如何判断？"

庆东转身，走向墙处，伸手向墙壁纸上一指，道："是它所告诉的。"

墙壁上，有浅浅金色两指印，还有小截碎指甲屑。浅浅金色，是毒；指甲想来是凶手被刚中毒的死者猛力推开后，撞到墙，指甲屑折在墙中。非细心之人，根本无法发现。

"我们撞上某处位置，如果手比身体先抵靠墙，那么手伸的高度，差不多是胸口位置。这样子，凶手胸口的位置在这里，身高虽不能精准确定，但范围便由此可见了。这样一来，嫌疑凶手已可在这范围里找。"

明仲道问："那倘若这墙上的印记，是凶手有意留下的呢？"

庆东笑，却是摇摇头，道："有意留下，位置便不应该在这里。而且，故意留下印记，便是有错意指引的目的，那么它所引向的目标，便会相对精确。而凶手的这个指引，太模糊，并无法真正确定什么。既然如此，又何苦大费周章来'有意留下'呢？"

明莲枫刚入室中，见尸体衣物眼熟，匆匆上前将趴地尸体翻过来。

庆东尚且来不及阻止，随后走入室中的苏竹溪已惊呼道："不要碰尸体！尸体上的毒会……"话尚未说完，明莲枫十指发黑，唇色顷刻发紫，只觉头晕目眩。

明仲道面色骤变，急欲上前，却被苏竹溪拉住。

明莲枫身子软瘫，已然晕倒在地。明仲道惊道："苏世侄，这……"

"尸体上闪着金色的光泽，是一种中毒致死的表征，这是……"苏竹溪一脸担忧，"是暗梅门的七巧七虫丹。毒本身便是金色，中了这种毒而死的人，尸体也会出现金鳞片色。靠近者若与死者直接体肤接触，毒便会自腠理毛窍而入，导致毒发。"

明仲道三个儿子中的两个，一个成了一具冰冷的尸体，一个中毒昏迷。他面色凝重，如黑云团布。

慕容馥神情迷惑，向云息悄声问道："死的那人是谁？"

云息道："明家三郎，明洛祎。"

明洛祎？慕容馥沉思不语，容色颇有疑虑。

庆东走向苏竹溪，先是拱手，方问道："这毒可能解？"

济师齐为他们引见："这是苏门的小苏先生，这是巡捕房八大捕首之一庆东。"

两人互相拱手示意，苏竹溪道："这毒能以体肤毛窍相传，接触时有所格挡，便不会中毒。至于解法，制毒所引入的毒虫，在相合之中，有七七四十九种变数。不知道其中变化，哪怕解药只制错一步，服下都会加快中毒者毒发。因是体肤所传，毒性减弱不少，不会立即毙命。依仲华修为，估可撑上三日。此类毒因制法独特，其中有两味毒虫甚是稀罕少见，是以七巧七虫丹很难得。哪怕是暗梅门里，也不是随便就能接触、得到这种毒药的。我先前对这毒稍有研究，但是要研制出解药，至少仍需要十天时间，只怕……"

明仲道面容焦虑，追问道："只怕什么？"

苏竹溪面色沉重，道："只怕仲华撑不到那时刻。"

明仲道握住苏竹溪的双手，道："你与二郎素来要好，可要想想办法啊！"

苏竹溪拱手道："竹溪必当尽力，先将这百草丹给仲华服下，莫使毒性侵害其脏腑。至于解药，我会尽力研制，但……"他面有忧虑色，"当务之急，还是要想办法从暗梅门手上讨解药。"

庆东道："这……"他方要说话，去带练春柔的其中一人快步冲进置衣室，面色惶急地对庆东道，"大人，练春柔她……她也死了！"

明洛祎死在练春柔的房间里，她本是最大嫌疑，如今她也死了，那么嫌疑人还会有谁?

庆东将现场一扫而过，细细思量。死人？已死?

只怕是一招脱身计策！

庆东眼中光芒一亮，似乎已胸有成竹，拦住正要走出去的明仲道："明宗主，我已……"他的声音戛然而止，整个人愣在原地。

明仲道回首，正要听庆东说下文，却见他莫名愣在原地，疑虑道："怎么了？"

庆东回过神来，神情寻不得半分端倪，顺口道："我在想，当前最重要的，是要想想办法取得解药，解二公子的毒。”

“向暗梅门要解药，怕是比找出凶手还困难。凶手手中必定有解药，劳捕首尽快找出凶手。”明仲道留了几人守在置衣室，其他人改道去了休息阁。

庆东刚才的表情很奇怪，本来想说什么，但好像有人在暗中阻止他说出来。

传音入密？

慕容馥看着众人离去的身影，又暗觑了云息神色，也随去了休息阁。

阁中内室。

练春柔死得十分古怪，也十分可怕。她明明还整整齐齐地穿着那身雪樱色舞服，端然坐于铜镜前，但她的头颅不见了。

艳红的鲜血浸透了大半件舞服，像绽开的血花。梳妆台上，摆放着胭脂水粉，有部分掉在地上，几滴鲜血溅洒在上面。铜镜前映出无头血尸，一眼看去，委实毛骨悚然。

慕容馥往里探看，尸体上穿的衣服，与练春柔穿于戏台上的那件一模一样。

只是，练春柔不是在台上吗？怎么来了这里？

众人来此之前，另一名捕首颜西已做全面检查。练春柔除了脑袋不见，身上并无其他致命伤痕，也不曾中毒。

庆东特意看了无头尸体的手，手指修长，指间有擦伤痕迹，但指甲完好。他面带困惑，转向一脸沉思的颜西，压低声暗问道：“这到底是怎么回事？”

颜西目光有异，转了一转，密音道：“回去再与你细说，谨慎言语。”抬首便对众人扬声分析道，“先前去了台前带练春柔，见不在，便寻至此处。进来时，鲜血尚在不停地涌出，显然是取首不久。不管死者是在这房间里被人砍下了头，还是被人砍下头再搬进来，允许事情发生的时间很短暂，并且，凶手动作干脆利落，不留痕迹。”

庆东沉默片刻，眼底神色复杂，犹有挣扎的意思。凝了少时，他才看向四周，接话道：“前一宗命案被发现时，舞场便终止。猜想死者刚回来，凶手便趁此时下手。倘若是被人砍下了头，再搬进来，会有动静。当时那边命案发现未久，我们就立即派人来此，时间很急迫，因此第二种可能性很小。按照周遭血迹来看，取首地点是这个房间里。只是……”

庆东踅过身，目光扫过梳妆台，忽地问道：“第一个看到现场的是谁？”

颜西指着身后一个明家侍者，还有身边一个随从，道：“他们两个与我同时进来，来时门闩是插着的。敲门时，里间无应，我们才硬闯进来。”

“门闩是插着的？”庆东顾看周围，手摸了摸鼻尖，思虑着道，“可这房间小，并没有窗，凶手是怎么离开房间的？”

慕容馥坐在横梁上，仔仔细细地打量着，又看了看那尸体，若有所思。身旁的云息很安静，不置一词。

他们二人隐匿在此，这下方多少高手，竟无一人察觉。

庆东摸着鼻子，细细思虑，才同身边一个明家侍卫道：“事发时，练小姐正在台上，她为什么会来这里？”他略沉吟，又问道，“练小姐今日随身女侍是哪位？”

侍卫点头道：“是小苑姑娘。”

“请将她带来。”

“是。”

很快，侍卫带着一小奴进入。小奴眉清目秀，梳垂挂髻，身高不过六尺，年十四，正是练春柔的侍妆女——小苑。她甫一入内，便瞧见梳妆台前境况，惊恐地尖叫了一声，又急忙捂住嘴。

庆东故意让她看到这一幕，便是为了观察她的反应。初步排除她的嫌疑后，侧身挡住她的视线，直入主题，问道：“你跟了练小姐几年了？”

小苑眼眶通红，道：“奴随小姐前后将近三年。”

“可是近侍？”

小苑捻绢拭泪，道："是的，大人。"

"你们三郎主尸体被发现的时候，你在何处？"

"奴一直待在台后，等候……等候小姐。"

"后台有何人？"

"侍妆的侍女们皆在，另有两位候场的小姐。"

"这期间你可离开过？"

"不曾。小姐上台，婢奴们必须候于后台，不可随意离开。"

庆东忽地换了个问题："你可知我身后梳妆台前，是何人尸体？"

小苑哽噎道："奴瞧到了，那……那是小姐。她离开的时候，穿的这一套舞服，是上个月刚请城中有名的师傅裁制，衣衫布料是流光锦，没有……没有第二件了……"

"我记得，方才三郎主案发现场被发现时，正是练小姐的舞场？"

小苑点头道："是。"

"那她应是留在台上，如何会回到这里？可是为了更妆？发生命案，众人惊慌，她怎还有心思顾虑妆容？"

"小姐说回休息阁找人。"

"寻谁？你既是她近身女侍，她离开，你为何不相随？"

"小姐令奴留在后台。"

"这期间你不曾离开？"

"方才大人唤奴来前，奴不曾离开后台半步，后台中所有人皆可为证。小姐只说她要回休息阁找人，至于是谁，小姐不曾讲。不过当时看她的神色，既悲愤，又焦急。"

"这休息阁，是人人都能来的？"

"这虽名休息阁，却是为薛小姐与练小姐独建的，特意用来更衣换装之地。平时，除两位小姐，只有奴和薛小姐的侍妆婢女小容能来。"

"小容年纪、身高比你如何？"

"小容与奴同岁，身量较奴稍矮些。"

"薛小姐在何处？"

"薛小姐是第一场，下场之后，奴便不曾见了。"

“我话已问毕，小苑姑娘可以下去了。”

小苑俯腰点首，退了两步，又顿了下来，眼觑着庆东，一副欲言又止之态。

庆东道：“小苑姑娘尚有话说？”

小苑眼眸低垂，脸上有说与不说的挣扎之色，迟疑了一阵，还是选择说道：“奴听人言，三郎主在小姐室中出事，众人皆疑是小姐所为。可奴知，此事必与小姐无关。”

“哦？”庆东眉峰无声一压，“此言何凭？”

小苑咬着下唇，犹豫道：“小姐她……她心仪三郎主，此事旁人不晓，奴却清楚。平素里，与三郎主信物传递，小姐皆是托奴转交。以小姐对郎主情意，怎会行此凶狠之事来？”

庆东挑了挑眉，对她之言不置辩驳，只问道：“他们之事，独你一人知？”

“明家家规甚严，与三郎主之事，若为……”小苑偷偷觑了明仲道神色，怯怯道，“为宗主知晓，她便不能留在桃李园了。三郎主送与小姐的所有物品信件，小姐皆十分珍视，时常对物垂泪，叹息自己身世，恨与三郎主有缘无分。后庭小姐房间床头，有个玉枕，玉枕中空，一切东西，包括往来信笺，皆在枕中。”

庆东立马遣人取物。

捕卫将玉枕锦盒取来，证明小苑所言不假。

庆东看着锦盒，凝眉忖度诸条线索，惊呼：“糟了！快回置衣室！”

距置衣室不过数十步距离，便已遥遥听得嘈杂声响。

近前，见两个巡捕房捕卫以缰绳将一黑衣女子捆缚，其周身已被禁制，覆面黑纱已被扯开——鬓发微乱，眉若远山，红唇如焰，好一张标致容颜！

只看她一双美目潋滟，却是冰冷射人，眼角一滴泪痣，似留欲去，浑添寡冷。

练春柔与薛情，并称桃园双姝。这眼前之人，正是薛情。

明仲道惊讶道：“难道……她就是凶手？”

庆东不置可否，分析道："我们先说一说练春柔。第一场的时候，明三公子与颜西在同一小厢，第一场落时，三公子便因故离开。当我们发现三公子出事时，正值第二场。第二场，练春柔在台上，众目睽睽，这可作为不在场证明。若说是她杀人，那么时间只能在上台之前，就是第一场与第二场的闲场时段里。这个时间很短暂，人流来往也比较多，如若是她下毒杀死明三公子，出入必定匆忙。这样一说，矛盾与疑点便出来了。方才我们在明三公子的案发地点看，凶手有意制造匆匆离开的假象，为什么？再加上，凶手有意将明三公子引到练春柔房中，又是为什么？"

明仲道道："嫁祸练春柔？"

庆东眸光稍错，神情微微有异，终还是点点头。

明仲道道："既然凶手是有意要嫁祸练春柔，那么，又何必再杀了她，自暴身份？"

颜西接着庆东的推论道："凶手并不是真想嫁祸，凶手只是想把疑点都推到练春柔身上。当练春柔被证明有不在场证据时，那么，这宗案件就成了悬案。让这桩案件成为悬案，这才是凶手的目的。

"然而练春柔很聪明，她猜到了凶手是谁，并且还掌握了凶手的证据。这就是在所有人惊慌的时候，她仍旧要回去休息阁的缘故。这迫使凶手不得不改主意，将她杀死。方才小苑所言，练春柔离开时神色既愤又急，并且说是要去找人。也就是说，练春柔出现在休息阁，有可能就是要找在阁中的人。"

明仲道顺着他的思路想了想，道："休息阁是练春柔与薛情专属，那么，练春柔要找的，极有可能就是薛情了。可是，这也并不能断定薛情就是凶手。"

颜西颔首应"是"，继续道："让我确定的，的确是另一点……"

"哪一点？"

"方才到了休息阁，房间是内闩的……"

明仲道皱了皱眉，道："这……也有关系？"

"门是内闩的，房间没有窗，练春柔只剩下无头尸体。在这宗密室杀人案里，凶手到底是怎么离开房间的？江湖上武功密术有很多种，唯一没有的，就是穿墙术。”

“所以？”

“要么凶手会先天无极，要么休息阁里有密道，直接通向练春柔的房间。先天无极是什么武功？隐身术，江湖上失传已久的奇功。假若它真的仍有传人，一旦练到出神入化，隐于无迹，那又何必如此大费周章，弄得身首异处这般血腥？宗主可派人去看，无首尸体前，梳妆台下，那是休息阁与此地相通的一条暗道。”

薛情闻言，霍地抬头。

“惊讶我如何知道？”颜西一笑，“若非房门内闩，小东提及梳妆台古怪，我倒不尝思及此点。暗梅门这叵测之心，怕是蓄谋已久了吧？”

明仲道霍然色变：“她……她竟是暗梅门的细作？”

薛情以眼尾带过一瞥，闭口不语。

庆东到底回过神来，缓缓道：“古怪的倒不全是梳妆台，而是在梳妆台前的尸体。她既能令尸体整整齐齐端坐梳妆台前，如此一丝不苟，又怎会任胭脂盒跌落在地？是匆忙不知，还是故意为之？若是后者，这一举动，不单没有用处，反而打破了现场的整洁。所以只能是胭脂盒的跌落，她并不知觉。可胭脂盒便在尸体身侧，如此显眼位置，怎会轻易让人看不见呢？我当时便猜疑，这怕是凶手离开后，胭脂盒方才跌落。房中摆设并不多，唯独尸体之前的梳妆台最为显眼，同时，也最容易令人忽略。这才令我想到梳妆台下有端倪。适才，她趁我们注意力皆为练春柔所引，趁此空当，顺梳妆台下密道返回此地，以求脱身。明宗主留下的几个看守侍卫，在这样一位固原阶高手看来，显然不值一提。只是她不曾料想，此间区区仵作，竟有固原末段的修为。”

颜西虽年长几岁，性情却素来没有庆东端肃，唇角扯笑，正对薛情，道：“薛小姐，今夜来的，可并不是普通仵作，他乃我们巡捕房切位长老，樊龙平樊长老。”

蹲在明洛祎身边的中年男子侧过头，指点着尸体分析道：“从尸体瘀色上看，并无移动的痕迹，这里就是案发现场。观死者面上、肚皮、两肋、胸前等肉色变化，可判断死亡时间并不久，是在第二场舞开场前后。”

方才拿住薛情的，正是这说话的中年男子——樊龙平。

樊龙平抬头，与庆东交流了目光，继续道：“死者体肤无伤，但遍体水肿，肤色青黑泛金，且双眼凸出，乃暗梅门毒药七巧七虫丹的毒发症状；嘴唇破裂，肚腹膨胀，颊腮腐烂，十指青黑，却是落纱飞红毒症。这两种毒毒性都极为可怕，两毒齐下，中毒者无生还可能。”

颜西看向薛情道：“据我所知，这两种毒，都是暗梅门中特有的毒药吧？”

薛情目光狠毒，冷哼一声，别过头去。

庆东目光扫过满面怒容的明仲道，眼底掠过一丝犹豫，转瞬即逝。他看着薛情，道：“之前我看了练春柔的尸体，很奇怪为何凶手要选择如此残忍的手法，死了也不给她留个全尸。”

“你是想隐藏她的死因吧？”庆东指着她的右手道，“在看到你的时候，我发现你的手很纤细，没有茧子，但拇指与食指指尖有明显勒痕。痕迹很久远，并非这一两日所导致。我猜想，你的武器应该是一种锋利并且韧性极强、极为细长的东西，比如说——修指钢丝。听说这种修指钢丝的锋利程度，在江湖武器排行榜中排名十八。被这种钢丝一束，修武者气劲凝运，可断人首级于瞬息。身首异处时，鲜血都还来不及涌出来。暗梅门，修炼修指钢丝最为出神入化的高手，就是梅营左护首了。薛护首，你说，在下可有猜错？”

薛情纵笑，却不作辩解。

当然，在场之中，人人皆注意她的右手，也无暇观察她的左手了。

庆东叹了一口气，道：“你是都承认了？”

薛情幽眸斜睨，寒意流展，道：“不愧在巡捕房捕首中排名第一。东捕首，你很让人意外。”

“并非我让人意外，你的作案方式看似很完美，事实上，天底下的每一宗案件都充满着漏洞。最接近真相的谎言漏洞最少，但，最少不代表没有。”

薛情不语。

庆东忽然道：“有时候，真相也是一种漏洞。”语中意味莫辨，目光却是扫过颜西。

颜西道：“把她带到巡捕房去。”

明仲道正要开口，樊龙平知他忧虑为何，道：“明宗主，请放心。”

回廊角落处，黑衣侍童静看发生在眼前的一幕幕。

庆东说得对，有时候，真相也是一种漏洞。有些东西光看真的不够，只看着，觉得枝节蔓延、繁复无章，可沉下心去一想，却都是畅通的。到了最后会发现，就像棋盘上的棋路，跟河流似的，分分叉叉可真多，寻根究底，都在落子人手中。

天际零落几枚星子，偶有闪烁。本来高悬盈亮的月，忽地被掩入云层底里，独遗零落几枚星子，便撑不起多大声势了。

夜色沉沉。

江湖巡捕房昭华分司不远处一小林子里。林深树密，人踪稀少，飞鸟无迹。

此时林中一小湖塘边，站有两人。其中一名，是年纪四五十岁的中年男人，正是桃李园中的验尸人樊龙平。

樊龙平身前站着一人，掩在树荫之中。

光影漆黑，幽暗一片，只能隐约见得一男人身着蓝色武者劲装，姿仪挺拔修长。湖风过面，衣袂飞旋，男人身上带出一抹冷凛锋锐之感。

男子缓缓开口，嗓音硬冷：“主公遣我来问，两具尸体的验尸结果。”依照声音分辨，年纪应当不大。

樊龙平两手掖袖，略俯首，恭敬道：“回大人，那具男性尸体虽因中毒面目不便确认，但从轮廓、四肢、衣物，还有臂上的家族符图等判断，所指都是明洛祎。而事实上，这只是一招巧妙的脱身计。”

风动枝移，月亮恰巧钻出云层，光浸到了地面，拉开了人影。

光影里的清光四射，却鉴不清男子的眉发容颜。他眉峰稍压，语音无澜，问道：“休息阁的无头女人呢？她真正的死因不是断首，而是金簪直插百会穴，自尽而亡。”

樊龙平恍然大悟道：“原来是这样。”

男子轻扫过一眼，随后看向平静湖塘，道：“如何？”

樊龙平道：“卑职查检死者身体，若所料不差，在她死之前，应中过一种毒。此毒名为幻魂。卑职先前研究昔日魔教毒药时，对魔教的毒有大体上的了解。这幻魂是当年魔教中独有的一种毒。这种毒最大的好处之一是，毒性发挥作用之后，不会残留在身体内，却会在手腕上留下红色的环痕。

“现如今暗梅门里，暗营第十二宫——大吕宫，是以研制毒药为主。这毒想必是出于这大吕宫。我曾特地查找了古籍，这种毒的毒性，有乱人心智的魔力。其毒发症状，极其类似于一种摄魂术。中毒者神志不受自己控制，而受施毒者控制，使中毒者产生各种幻觉，或诱使中毒者做出一些不受意识控制的举动，或者在自己制造的幻境里自杀或杀人。”

男子不避疑虑口气，道：“樊长老，你的意思是——死者不是被杀，而是被自杀，而下毒的人，是暗梅门暗营十二宫之人？”

樊龙平点头。

好一招代罪羔羊、金蝉脱壳！男子沉思不语。

樊龙平不由得疑惑起来，喃喃道：“除了主公之外，还有人要薛情死，而且那个人还是暗梅门中人？薛情位居梅营左护首，换句话说，这暗梅门是自己人在杀自己人？”

男子不置言辞。

樊龙平眼神闪烁，看着眼前似乎陷入深思的人，犹豫片刻，方缓缓道：“大人请提醒主公，巡捕房中，可能也混入了暗梅门细作。”

男子略讶：“是暗营的还是梅营的？”

樊龙平摇摇头，“尚不能分辨。”

“几个？”

“尚不好确定，但……”樊龙平语言稍有犹疑，打探道，“不知主公何时回巡捕房，许久不归，怕是——"

"主公心思，岂是旁人所能揣度？"男子当即打断，语调微沉。

樊龙平略带尴尬，脸上挂笑称"是"，一会儿才继续道："传言说暗梅门大门主近来不知所终，暗梅门中派了许多探子探寻，不知是虚张声势还是真有其事。主公的安危，劳烦大人费心了。"

男子"嗯"了一声，道："这是我职责所在。长老回去吧，今晚，看管的牢门大可以松一松。也可趁此机设局，把巡捕房中的细作揪出来。不过，不要杀，不要打草惊蛇，只要留在把握中，隐而不发，日后主公可用。"他静了静，又道，"还有，东捕首若是发现了什么，长老便与他直说吧。"

"是。"樊龙平躬身应道。

男子转身，不过几个起落，身形在夜色中成了一小点，最后消失。

四／金蝉脱壳

黑幕重重压下，月暗星疏。梆子打过三更。

芦沟河前，一片如雪芦花，有风助力，肆无忌惮地飞满水面。河水潺潺而流，带动波浪，轻轻拍击着石岸，伴着蛙声蛩鸣，发出如玉相叩般悦耳的脆响。

河岸边上，立着一女子，静看一片芦花。

女子满头青丝不饰簪钗，肆意铺泻，长至脚踝；身着一袭广袖玄黑长裙。风动际，裙袍纹路轻飞。对襟处，乘云金绣，收拢在那绣蝶银丝绛红腰带间。长衣幽芒，罗裙轻曳，剪裁有致的衣裳勾勒纤纤细腰，一身姣姣。周身幽幽暗香，随风扩散。

风声有异，隐带衣袍携风之声，一名男子转瞬间出现在女子身后，长身玉立，神色漠冷，不苟一笑，背负银鞘长剑，正是萧子岩。

玄衣女子知有人至，并未回头，只低低唤了声："阿兄。"

萧子岩开口道："此处距离桃李园不过数里，人人知道你先前在里面死去，此时出现，不怕被人发现端倪吗？"

玄衣女子目光幽然，声音含媚，艳艳红唇略微翕动，徐徐开口："最危险的地方，最安全。他们若是现在能腾出心思来注意这里，我才觉得稀奇。"

萧子岩忽然问："阿妹，你开心吗？"

玄衣女子诧异，稍一思忖，道："当我踏出巡捕房监牢的那一刻，心底是前所未有的畅快。"

萧子岩嗓音低沉，如风拂桑："你应该明白公子要做什么。日后的道路，会比你待在暗梅门更为艰险。"

玄衣女子声音媚软："只要能待在他身边，再艰险，对我而言，都无足畏惧。"语调中隐有欢喜，还有犹如三月暖风般的温柔。

如今脱离暗梅门，也不用再待在明洛祎身侧，只要她愿意罢手，就能脱离这潭浑水，一身干净利落地离去，可她偏偏不愿。萧子岩将一声叹息隐入喉间，淡淡道："只要你高兴就好。"

"我高兴，我当然高兴……"玄衣女子转首而视，鬓发飞跃唇际，斑驳光色映她亮澈明眸，盈盈剪瞳，如远山般的黛眉，"阿兄，这么多年了，多少生死关头，就是因为他，我才咬牙坚持下来。那一日，他笑颜柔暖，温厚的手掌心拢住我污脏且冰凉的手。那一刻，他的目光是如何雪亮，如何叫人不敢直视，如何令人心生欢喜，我穷尽一生也无法忘怀。"女子眉目里有回忆之色，柔唇启合，"他在我最绝望的时候给了我希望。从那年我见到他的第一眼起，此生我最大的愿望，就是追随他一生……"语音绵延未断。

追随一生？

可一生太长了，谁也不知道这中间会有什么变数。萧子岩看着她，眼底有惋惜。

女子继续道："而现下，我终于朝着心中所愿迈进一步，我焉能不喜？"

一番似水容颜，因为眉眼间的温柔，染点妩媚，成了这灰寂天地里的一抹亮色。幽幽艳质，勾魂夺魄。这女子，正是桃李园中刚被“杀死”的练春柔，也是萧子岩唯一的妹妹——萧晴。

萧子岩静言沉思，少顷才开口道：“来时途中，我心中反复思量，你究竟是如何令明洛祎相信你的？他为人谨慎，他的防守，简直天衣无缝。”

“他能走到暗营一宫之主的位置，甚至掌握暗营营主的令牌，我于暗梅门这些年，可知这绝非容易之事。由此可见，他确实不容小觑。不过，每个人都有弱点，他只是把他的弱点掩饰得非常好，但未必如他想象中那么好。”萧晴转眸轻笑，芦花似飞雪，点点入眸，一脸慵然姿态，“我不过是令他相信了，有种女人会为感情付出一切，性命也不例外。”

萧子岩挑眉，眼角眉梢所挂的，是恍惑不解，道：“他生母地位卑微，又幼失所恃，世人拜高踩低，在明家，他备受轻视。像他这种人，最不易动感情，理智会控制他的每一步举止。”

萧晴摇摇头，眉眼间皆是笃定，道：“阿兄，你错了。他是一个暗人，整日在杀手与细作身侧打转，深深知道，如若随随便便就被感动，到头来无非坑害自己。这种人无情，只是为了自保，但他们心里有一处难能触及的缝隙，当他知道，有人因为爱他，为他付出所有，甚至性命，这点缝隙，这点触动，便会越扩越大，一点点将他的无情蚕食。越难动感情之人，一旦动了心，那才真的叫覆水难收。因为素来的自制、压抑，会使他们对感情无力收放自如。”

萧子岩看定她，稍压的眉心透露惑然，问道：“所以，你让他帮你？”

“不……”萧晴悠然曼笑，一脸之上，万种风情，“那岂非是告诉他，我是在利用他？我怎会愚蠢至此？”

萧子岩狐疑道：“那，难道是……他主动帮你？”

萧晴敛睫垂眸，把玩腕间玉环，唇角笑意如蚕丝一般，化而不散。她缓缓道：“公子曾讲过，没有任何谋算比将计就计更绝妙。攻方所用之谋略，被己方所洞悉，局势就会有大逆转，是以谋者，不仅仅要学会用计，还要识计。公子知道暗营在查奸细，追查的人，隐藏在明家。至于是谁，我起先也不晓得，后来公子告诉我，暗梅门中秘查奸细的人，就是明洛祎。”

萧子岩低眉，思及那日公子与明莲枫的一场切磋。

仅仅这一场切磋，便排除他人，确定了明洛祎与暗梅门的关系。这一份思虑，寻常人如何能及？他不是不曾见识过公子一语搅海翻江的手段，然而此间回思，仍是不免为此惊服。

“薛情让微云易名陆盈，待在明莲枫身边当眼线，她并没有让我知道。而在暗梅门里，我依公子所言，自来以明哲保身行事。在薛情来到昭华城的时候，我便表示她可以不通过我直接行事，以此博得她的信任。只是，我在昭华城这么多年，她能做出什么决策，是我不晓得的？同时，我私下跟她自请接近明洛祎，一者，我想让薛情认为我是有点事做的，不会去插手她任何事；二者，公子说，性情隐忍、善于伪装如明洛祎，远比明仲道其他儿子更深不可测。我待在他那里，起先，也仅是公子的一颗闲棋……”

萧晴眼中淡笑如刃，继续道：“直到发现明洛祎身份，我圈了个局，假装无意间让陆盈知道我对明洛祎有意，她必定暗中告诉薛情。自从何来村之事发生，薛情也一直在怀疑她身边有奸细，只是一时半刻并未怀疑到我身上。当我跟明洛祎之事让她知道，她必定会将怀疑的目光转向我。其时，我在她面前表示会杀了明洛祎，以示清白，她当然同意。”

远处，残秋枯叶，夜枭扑飞，带动起阵阵声息，黑魆夜空死寂得令人心惊，那起先的蛙声蛩鸣，却不知何时消匿无音了。

风拂动萧子岩衣袂，衣裳有意无意，起伏旋飞。男子仍旧一脸锋锐沉隐，道：“而你在面对明洛祎时，把一切反着说了？”

萧晴侧首瞧他，眼底笑意如暗夜波澜，搅得眸波里不断有明暗起伏，却不过是河中水影折芒而已。

她道：“自两年前在千佛寺，我接近他那时起，明洛祎就已经知道，我是有意接近他。一直以来，他对我，也不过是将计就计而已。

那日知道他的身份之后，我便明白，他对我的一些事，必定会细查。而我说的一切，表面上，也都与他查的恰恰吻合。早在很久之前，我便已坦然地将自己的身世告诉他，虽然，话里做了一点点变动……你看，我不仅告诉他我的事，还把清白付与他，最后，还能为他赴死。一环一环下来，他怎会不信我？他认为我成了薛情的傀儡。”

萧子岩道：“鬼女千面虽不是公子的人，但她会被薛情所救，原本就是公子下的一个圈套。那日你暗自取左护首令调用鬼女千面，并发出太仪阵法八使的暗令，事发之后，不管薛情怎么辩解，暗梅门高层中，必定会有人对薛情持以怀疑。

“责任大多在她身上，她不想吃哑巴亏，是以薛情本身也急于寻出奸细。谋成于密，败于急。不是薛情把你当傀儡，而是薛情成了你的替死鬼……左护首地位已算是暗梅门梅营高层，她如果是奸细，暗梅门必定从此削弱梅营的掌控力。梅营虽为非作歹，作奸犯科，却是暗梅门的财富来源。暗梅门的门主任由它坐大，也是这个缘故。但此番，为了不要暴露他们背后的国家，也不得不两害相权而取其轻了。公子他，实在一击数得。”

“而且，借薛情的死，我便可成功脱身暗梅门。”萧晴摊开掌心，看着手指间浅浅的勒痕，“我终于明白，两年前，公子叫我多练琵琶所为何故了。”说着，她素长修指轻轻一掠，被夜风俏皮地带往腮边的细碎发丝，便熨帖地被勾到耳后。手却一顿，旋即眉一挑，她似忽而想到什么：“不过我有点奇怪，明洛袆修为与薛情旗鼓相当，他究竟用了什么办法，竟能使得薛情自杀？”

萧子岩淡淡道：“幻魂。”

萧晴闻言，不禁骇然，失声道：“传言中，可以控制住人神志的毒药？”

萧子岩颔首。

萧晴恍然大悟，收敛心神，道：“难怪……难怪明洛袆让我照着薛情的计划，将‘他’引入我的房中，对‘他’下毒。照明洛袆的发展，‘他’自己被杀时，我有不在场证据，即便是在我房间被杀，也没有嫌疑了。而与此同时，薛情却自杀，便可将案情引导为情杀案。明仲道为了维护明家颜面，必定不会让巡捕房插手大肆详查。如此一来，暗梅门的门户清理干净，其他也不会影响太大。原来，早在知道一切之前，他便已谋划好了脱身之策……可惜被我如此一搅。”她不禁有些感叹，喃喃道，“这人能力的确不容小觑。只是，好端端的，他为什么也要脱身离开明家？”

萧子岩静冷道：“明洛祎给暗梅门除去奸细，暗营力量一旦被他所掌控，他的地位在暗梅门中就会大幅度提升。一旦对平国诸谋大成，便可在暗梅门中博取尊位，日后自有大好前程，何苦在明家郁郁不得志？相反，届时明家三郎这个身份，一行动起来，反而是障碍了。故而，他必定要去掉明家三郎这个身份，而死亡，就是改变身份最好的办法。很多事，人经常不会怀疑到死人身上。他的计划很完美，只是不知道，落了别人的计中计而已。”

萧晴低眉轻笑，道：“到底是公子思虑周全。”

萧子岩忽然道：“一旦明洛祎落入公子手中，他恐怕再无脱身之机，生死莫测，你真的一点儿……也不在意？”

“我有什么可在意？阿兄也不想想，此时，若是败下阵来的是我，他又可会在乎我是生是死？”萧晴斜眉睨他。转眸间，媚色转盼，微挑起的唇角，将她的神色染上一层一层蛊惑人心的温柔。可偏偏这样的一点温柔，竟叫人觉得萧索寒心。

“所以，他是死是活，又与我有什么相干？我对他，最大的感谢，就是他这一盘局，可让我完完全全地摆脱掉练春柔这个身份，离开暗梅门，让我可以有机会守在公子身边，其他的……哼！”尾音里一声冷笑。

她是个准备随时为主人牺牲的人，自然未把自己的性命当回事。

连自己的性命都不当回事的人，怎么可能把别人性命当回事？

更何况，她对他从无真心。她不惊慌，她不措然，她没有丝毫感觉，不过一场游戏，大家各自都下了赌本而已。

萧子岩道：“你不觉得，他的身世与公子颇为相似吗？自幼丧母，为父亲轻视，独自另辟蹊径……”

萧晴面色陡然转冷，瞪他一眼，道：“公子身份尊贵，明洛祎算什么，可堪与公子相提并论？”

萧子岩略微垂首，淡淡道：“阿妹，你太聪明，公子他……未必不会防你。”

萧晴身子倏然一动，瞬息逼近萧子岩，道：“我永远不会背叛他，哪怕死，也不会，他也一定会相信我的！”

她的目光何其冷凛，洞穿肺腑；她的声音何其坚定，犹如磐石。然而，这一番话，甫一出口，却不知是在告诉萧子岩，还是告诉她自己。

长久以来，她仿佛是被悬崖上一朵花吸引。这朵花，盛开得璀璨、美丽。她层层攀岩接近它，举步维艰，时时刻刻必须小心翼翼。因为她知道，一旦踏空，脚下迎接她的，必定是万丈深渊，不仅先前众多努力皆付诸东流，最后还得落个碎身粉骨的下场。

是啊，这一番过程何其险阻，非亲尝者不能知晓，但是她一味朝前，懵懂不觉一般。她只知道那朵花很美，一心一意想要接近它，其他的，她都可以不理、不管，冷眼旁观，是对自己一路的艰难，冷眼旁观。

温热呼吸近在咫尺，难以掩盖的是她视线之中的一刃冰冷。萧子岩将她眉眼变化的细微情绪，收入眼底。

面无波澜，神色不动，他道：“明洛祎也相信你，所以他将付出代价……你认为，公子会作何感想？阿妹，你看这江湖上，每一处都暗藏着杀机。相信，或者不相信，都关乎生死存亡。这一点，没有人会比公子更清楚。公子常讲，‘蔓，难图也’，任何一点有可能的危险，他都不会放任的。你是不会背叛他，可你焉知他心中永远也不怀疑？”

萧晴面色陡地苍白。他的话，不啻迎头一棒，血肉淋漓的一瞬惊心。

心怀牵系，必入执着，若有执着，必陷软弱。这些年来，她所执的，不过是一个他而已。她一心只系念于他，可如若有朝一日，他真的不信任于她，她将何去何从？她又该如何自处？这么多年来，她何尝顾虑这些？

萧子岩道："他身边，为他不计生死的女人太多，多你不多，少你也不少。你看，聪慧如傅韫，她一早便料到，是以早早脱身，不来自寻烦恼。阿妹，你的起点，已经站错位置，你若执意想要站在公子身边，会失去他的信任的。"

萧晴心神俱有震动，失神落魄地喃喃道："不管他怎么想，我不会离开他，更不会背叛他，这一生都不会。"

只要真的心甘情愿，又何必心生顾虑？时日长久，公子总会看到她的用心。

萧子岩皱眉道："阿妹，我说这些，只是希望你能想明白，要么冷静，当好一个下属，要么趁现下有机会，早早远离。他是一个对自己都可以无情的人，他连傅韫都能放手，你怎么能奢望他会陪你共度白头？不是我有意让你不开心，我们家族，只剩你我兄妹，我不想你……"

"别说了！"萧晴一声怒喝，捂着耳朵，不断摇首，"别说了……"步伐踉跄，转身离去。

长袖翩然如风，带动地上沙石旋绕，牵引了芦花飞卷。

夜透风寒。玄黑身影逐渐与远处黑幕融为一体，静如渊底。

萧子岩看着消失的身影，呢喃道："日后道路更为凶险，不到最后，谁也料不到生死何从。阿妹，一个人深陷，已经足够了，我最大的期望，也不过是你能够离开，安稳度过此生。"

月光穿纵入窗，编编织织。慕容馥躺在榻上，两手相叠置在额间，衣衫覆盖了脸。她静思今夜诸事，却像蛛丝一样凌乱。入户月光，些许在地，些许映在她身，错觉自己也像被织入这张大网中，很是压抑烦闷。她推门走出。

入目是水，亭台重檐。檐下铁马叮当，一声声，伴着月色縠波，存心乱人心绪。

沿着长廊一径走，前方明光亮堂处，便是他的所在。

站在云息室前的慕容馥，穿着一身白衣，广袖在身侧飘垂，袖中白绸在手。但凡有个凭依，与他相对，不管如何，总归不至于无所依恃，太落下风。

感知室中有人，慕容馥索性不敲门，径直拉门行入。

室中分内外，两壁楠木镂空雕花地罩隔断，后方细纱幔帐，山水垂帘，半收半垂。清风、清池正在里间，一人榻前铺置软被，一人展衣于熏笼上熏衣。

满室暗香幽浮。

云息人却在外，斜躺在檀木描金软榻上，榻后有六曲山水插屏，人在前面，有一种山河咫尺的况味。他身靠着隐囊，支肘以手撑着后脑。一个素白净瓷杯被他执于指间，左右转动，面上神情平和，眉眼之中，却是掩不住的优雅与适然。

他的身上已换上了一件缎面中衣，是干净素洁的茶白色，下身穿着同色的缚裤。室中明灯，光芒交相辉映，衣上绣线折射出暗纹，道道耀目。衣衫的面料又轻又柔软，因斜躺着，并未完全穿束整齐的襟口处便垂坠得半合半开，锁骨清晰横亘在前，白皙肌肤泛出净润色泽。没有半分自矜，却偏偏不生放浪滋味。

眼见有人乍然闯进，男子放下素白净瓷杯，姿态悠悠，下了榻，趿上踩板上的软履，立起身来。

甫一站起，那腰上虚束的巾带，一坠，便牵出了中衣下挺拔的身形。因头上的发冠早已取下，乌亮的长发散到膝盖下，宽袖又垂委于地，更带出了男子飘逸绝伦的风韵。

云息面上浅笑湛湛，一双桃花眼眸，本来就似月照縠波般流光溢彩，这笑意一带起，更宛若蓄满山水。

眸光正对来人。

慕容馥避开眼，心中却转过念头万千，最后过滤掉的念头凝在嘴边，只道："这个时辰，我心想你是睡着了。"

云息前迈几步，也不整好衣冠，随意撩衣，趺坐案侧，手倚弧形三足几。身侧另设一栅足案，供着茶壶与盏。

原以为他这般注重形象的人，应会招清风她们先穿戴好衣物，再来与她说话。可眼见他就这样随意地坐在案边，任由松松垮垮的衣服露出半个胸膛，存心要叫人不敢正视。

云息牵了广袖，手往对面坐席上一指，示意她坐，目色静淡，不带情愫，只是随口道："心想我睡了，你却还这般闯进来，怀的倒是什么居心？"

慕容馥被他一语反噎，才知方才想来想去脱口的，竟是句蠢话。心里暗骂自己，才道："我怀的什么居心——"眼波转处，轻描淡写地笑了笑，像无事人一般，樱唇翕动，闲闲道，"你不是一清二楚吗？"人靠案边趺坐。案上茶垫子上有些时令瓜果，她的目光一扫而过，手肘支在案上，两手捧着下颌端详他。

清风、清池拢袖躬身一礼，退出室外。

云息微垂眼帘，浅品着杯中茶水。衣袖宽大，只露出执杯的指尖。

他手中的素白瓷杯，与带去桃李园中的茶具显然非同一套——白瓷杯质薄如纸，色洁如玉。连慕容馥这外行人，也看得出这杯质地极佳。

他用物精细，她素来便知。只是分明这样养尊处优般的闲贵品性，却究竟是怎么会有周身那一通狰狞疤痕的？

无人告解她心中疑虑，只有那杯中红浓明亮汤色之中，偶见茶叶旋瀹旋啜，浮沉不迭，犹如往事历历流转一般。最后，只留存了汤劲茗香，不散气味，氤氲满室。

云息持素杯，手腕稍伸，朝慕容馥略略一晃，道："品茶用瓯，白瓷为良，用佳器，品好茶，是极好的享受。你可也要尝尝？"

慕容馥轻收眉心，却是含笑摆手，一语双关："不必，我怕被你毒死。"

云息将茶杯放下，抬眼瞧她，一副饶有兴致的神容，道："你深更夜半闯入一个男人内室都不怕，还怕会被我毒死？"

慕容馥眉额蹙聚，不解道："这两者怎么可比？"

云息淡淡扬眉，道："倘是我周身未着缕衣，你这一进来……"他敛了眼睫，手执茶壶添茶水，言语轻缓，"男女有别，这难道不严重？"

慕容馥坦然正色："原来如此，可都说江湖儿女不拘小节，你又何至如此芥蒂？我都不怕污了我的眼睛，你倒先担心了。既担心，先前又让我为你置衣更衣？你衣衫不整的模样，我又并非不曾见过，就你这副皮相，最多也不过骗骗一些大门不出、二门不迈的深闺女郎，我嘛……呵呵！”她一声哂笑，接着又不正经道，“惊艳自然是惊艳过，但，再好看的容颜，看多了也腻味。我，现下是连调戏你的兴致也没有，放心。”

云息正端起茶杯，听到她这番言论，手轻微一顿。这是一个女子能说的话吗？他抬起眼来，叹一口气，无可奈何道：“你这女人，真是不知什么叫非礼勿言。”

慕容馥接口便道：“我向来无礼，你今日才知？”她眉眼含笑，一副对一切澄明了然的样子，说道，“算了吧，你此刻这番扯东绕西，是有意不让我问今夜诸事？”

“我若不想你问，你便不问？”云息不急不缓地转着茶杯，手指被那白瓷衬着，竟比白瓷更赏心悦目。

慕容馥斜眉道：“你若不想我问，我便不问，那我何苦特地拐这么个弯，深夜来你这里？”说时便伸手倒茶，却是利利落落，仰脖子大口喝下。

“这会儿不怕被毒死了？”云息皱眉惋惜，当然，是替茶，“哀梨蒸食，牛嚼牡丹！”

慕容馥瞧他一脸无奈，心中一时如云开月明一样好心情，捻起案上果子，咬了一口，直截了当问道：“你不打算与我讲讲？”

她这样开门见山，倒是出乎意料。云息忖了忖道：“明洛祎、练春柔被杀，案情水落石出，凶手为暗梅门的细作薛情。一切条理清晰、证据确凿，有什么好讲？”

“一场戏，看到精彩处，不知真正的结局，心里就留了疙瘩。”

云息目光挪向别处，淡淡道：“我一直同你一处，你不知道的结局，我怎会知道？”

他说他不知道，她会信？这人消息网遍布，心思又细腻，纵然与他无关的，他想知道，都能查出端倪来，更别说这与他有所牵连的。慕容馥侧首，鉴貌辨色欲寻端倪，讽刺笑道：“所有人中，谁能比你更清楚今夜事情的来龙去脉？”

“哦？”云息挑眉轻笑，“你这般看得起我，倒是令我受宠若惊。”

“受宠若惊”四个字，他说得字正腔圆。慕容馥凝眸，看着他，道：“我这人最恶中途退场，更不喜矮人看场，人云亦云。有些事既看到了，便要索性弄个明白。你带我去看你排的戏，一路将好戏上了大半，偏偏不告诉我结局。啧，我可没那么好糊弄！别再绕弄唇舌了，你若真心想让我什么都不知道，就不该带我去桃李园。”

“我不带你去，你就真的会不去？”

“不会。”

云息一声轻笑：“既如此，我带不带上你，结局又有什么不同？”

这样一来二去磨下去，什么时候才开始正题？慕容馥索性单刀直入道：“我可还记得，来明光府的路上，和萧子岩对战的杏衣刺客。那么多人，个个一剑毙命，你唯独留了她一个活口，我当时便觉奇怪。明洛祎是你杀的吧？”

云息兀自斟茶，闲闲举杯，轻啜一口，不答。

她又道：“你拿了她身上的七巧七虫丹，派人毒死明洛祎，是想把他的死引到暗梅门上。”

云息不说“对”，也不说“不对”，只是斟茶饮茶，唇角轻动，笑意悠然。

慕容馥目光微凝。这人也太会装了，总是这样一副事不关己高高挂起的模样，轻易就想糊弄过她吗？她面色肃然，已浑无嬉笑神色，道：“你究竟要做什么？”

云息把玩茶杯，不急不缓：“究竟是为何，你总这般不信任我？我分明自始至终同你一处，你却为何要将事事沾扯上我身？”语气仿佛有点委屈。

“那是因为事事都的确有你沾身。怎么，我说得不对？”慕容馥斜目冷笑，掰着手指，慢条斯理道，“提前去桃李园时，我看到了明洛祎。”

“哦？”云息长眸微眯，仿佛突然起了兴致。

慕容馥接着道："他私见一女子，两人倒是关系不浅，听言语，大约是对情人，又一起练功。那女子，是练春柔。"

"慢着……"云息打断她，见她神容认真，倒不似说笑，"你说他们在干什么？练功？"

慕容馥看他面带狐疑，不免也觉奇怪，道："是啊。"

云息难免有疑，她并非痴傻懵懂之辈，一腔子的鬼心眼儿，有几个人能及？从她口中，说出这般天真的话来，自然叫人难以置信，但看神容，却不像是伪装，旋即便问道："你为何会觉得他们是在练功？"

"这……"慕容馥稍一迟疑。他莫名这般细问，自然令她谨慎。她仔细回想了在桃园中所见，两人一时讲话，一时纠缠，确实是在练武。

从前在幽冥谷中，她也曾碰见这等情形，心中好奇，便向笑嘻嘻询问。见他脸上竟少有地笑意一凝，正色肃容吩咐她谷中避忌，讲这是男女合练武功，类似江湖中暗衍之术一类，旋即一顿武理分析，什么负阴抱阳，冲气为和；然后又谨慎嘱咐，日后若见此情景，切记退避三丈之外；又讲江湖武者最避讳旁人窥探练武，防忌偷学等。

那时她困惑，又问："若是执行任务遇上呢？"

笑嘻嘻严肃道："闭目杀了！江湖中，窥人练武是大忌，大忌！"

慕容馥自然依言。

她修武上颇有天赋，素性又骄傲，怎屑窥探他人武学？每每无意撞见这番场景，自然急急退避，此后言辞上，亦不再问及。

回思觉得自己并无错处，慕容馥道："当时水雾虽重，看不清动作，但见他们纠缠一处，不是修武还能是干什么？这种修炼，大……"

她话尚未说完，云息险些失笑，好在及时压制住，连咳了几声掩饰过去，正色道："你……是谁告诉你，男女纠缠在一起，是在练功？"

见他神情古怪，但只一瞬，慕容馥心中狐疑，但又想不清端倪，便坦然道："是从前一位前辈告诉，讲类似于暗衍之术。大约就是两两相合，可在武学修炼上双赢，然后共同突破武阶。"说着，心中也有了疑虑，试探问道，"不是吗？"

本来以为，她言谈肆无忌惮，举止动作轻薄无礼，是因为深谙风月之道，不拘泥于此，却不想，她于男女之事上单纯懵懂，根本意识不清自己举止所言在旁人心中代表着什么。

修武的奇才，聪明的脑袋，却未想，竟不过是未谙人事的女孩而已。

她一副身心坦荡模样，云息反生尴尬，正思忖何言以对。

慕容馥见他神色迟疑，略微忐忑。她也算聪慧，当即猜得这其中怕有什么蹊跷，口气一转，道：“当然，可能他们所练与暗衍之术也未必相类。这暗衍之术可收敛气劲，还可助突破修为，练时须阴阳媾和，却只女子可练，因女子可借男体内息精气，助得内练的突破。这种修炼之途，对男子身体甚为伤损，倒是阴毒。不能说得上是共同修炼，跟我讲的前辈，怕是举错了例子。”

云息听她说完，好笑之外，却是惊讶。

暗衍之术是匿气术法的一种，却不等同常理的匿气之术。武者之间，内息调控得当，与同阶，或对低阶，气脉可感知得出分阶。高阶武者感知低阶武者，更能分辨清楚对方具体修为阶段。所以，低阶武者为了不被对手感知气脉，须修炼匿气之术，这便显出它的好处来。

匿气之术，可将气劲藏匿，让旁人无法窥探自己修为深浅。自然，这门武功，也不是人人都能有机会练得。便是练得，修习途径也不一。江湖上的门派众多，各有各的内修法门，对气劲的收敛，自然各有各的掌控。但类似这种收敛气劲的，可皆统称匿气术法。

《玄天九式》外篇中的匿散篇，开篇便做出解释：经脉者，行血气，通阴阳，如环无端，转相灌溉；修武者，正经犹如沟渠，奇经犹如湖泽。脉经之中，气以劲行，劲满溢则气外泄，以匿散调于气劲，匿外溢之气，散其于血脉之和，感知等闲。这便是《玄天九式》里对于匿气法的释讲。

而暗衍之术，虽说也有匿气之效，但不能归于匿气法一路，是因此间原理大相径庭。暗衍之术，源于玄天匿气心法的一种逆练。但这在江湖上，所知道的人并不多。

柳清波当年，指点手下郗妠修炼，独创此暗衍之术，乃凭依她对《玄天九式》的熟悉。如今江湖上，莫说了解，便是听过暗衍之术的人亦在少数。慕容馥能将此原理随口道出，必对《玄天九式》所知不浅。

暗衍之术虽出于《玄天九式》，却可脱离《玄天九式》各类基础篇法自练，亦分有九层。阶层越高，气劲便越能随意控制，敛收于体内，且助于突破武学分阶。

暗衍之术还有一个效用，非常类似于幻影夺魂之类蛊惑人心的媚术。但与媚术不同之处，主要是修炼过程不堪。换作其他女子，早就禁言不语，怎敢这样堂而皇之说出口？慕容馥却是坦然而道，全无丝毫忸怩作态。

云息见她如此，倒觉多言突兀，便只挑壶斟茶，转移话题道：“你看到他们在……嗯，在练功，然后呢？”

“然后？他们都在练功了，我还看什么然后！我是那种喜欢偷窥旁人练功的人吗？然后自然是离开了啊。”慕容馥又道，“至于会困惑，是因这不久之前，我才看到的两个人，随后竟接连死了，这案情又了结得太过于理所当然。”

云息悠悠道：“太过顺利反而生疑，这倒是奇谈。你是在怀疑巡捕房的能力？”

“不。”慕容馥摇摇头，“我是觉得，这一切理所当然像是有人精心设置的一个局……”

云息轻轻一拂袖，抬手取了茶盏啜饮，以听故事般姿态，道：“有点意思，继续。”

“而这个局，不过是为了——”慕容馥举目看他，说话时语气带着揣摩，“有些人的……金蝉脱壳，对不对？”

云息挑眉，饶有兴致，指尖抚着瓷杯上的纹理，道：“听起来倒像一出戏。”

慕容馥闻言一哂，道：“这应该本就是一出戏吧……庆东后来为练春柔脱罪的，无非是靠着三个条件，第一，人要杀人，不会在自己房间里；第二，她杀人，时间很短；第三，她已经死了。”突然，她语气一转，似有感叹，“很多时候，越不可能的人往往越有可能。事实上，庆东早在听到练春柔死讯时，他就知道，杀明洛祎的是练春柔，杀‘练春柔’的，也是练春柔。”

“可是，最后庆东推论出来的凶手，是薛情。”云息神色未动。

慕容馥似笑非笑，道：“那是因为有人传音入密，阻止了他。”

云息偏过首，挑了挑眉梢，好整以暇，等她说下去。

“所以，他后来说的许多话，表面上看丝丝紧扣，其实呢，有很多错漏可寻，并不如先前严谨。比如说他为练春柔脱罪的三点——”慕容馥立起身来，一边随意走动，一边细细讲道，“庆东认为，人要杀人，不会选在自己的地方，因为避嫌之故。但退一步想，有个手法叫兵行险着，实而虚之，用假象隐瞒实质。当所有表面要点都指向她时，她却有不在场证据，这比任何方法都更能反衬清白。可只要局设得巧，所谓的‘不在场’有时恰恰是混淆真相最好的方法。因而这第一点的依据，并不算牢固。接着，是时间很短。除了颜西，还有谁能证明，第一场的时候，明洛祎还活着？如果颜西所言是假的呢？你说江湖中，无人敢质疑巡捕房的捕首。但我不了解巡捕房，也不了解颜西，我只相信我看到的。尸体情况只是表明，明洛祎在第二场前后被杀，那么第一场时，练春柔没有戏份，她其实是有时间来杀，并且制造局面的。”

她把话都说到这里，他依然波澜不起，取壶自斟，不减的是眼角笑意。明珠有芒，一室净亮。周围垂帘轻摆，幔帐柔荡，上面绣纹缀光色，起伏深影如澜，越发衬得他一身从容。慕容馥脚步一顿，继续道：“最让我起疑的事不是杀人，而是砍头。一个人的头可以泄露很多秘密，不管是活的时候，还是死的时候。比如说砍了头，人们就会主观地由死者的衣服或者其他特征来判断死者身份。但这些东西，都是很容易被置换、被伪造的。那个没有头的尸体，只是穿着和练春柔所穿的恰好是一样的衣服。”语落时，她的手轻整了衣袖。

云息饮了茶，才缓缓道：“依你所言，没有头的尸体，身份很容易被置换。如果不是练春柔的，那尸体是谁的？”唇角勾痕，渐添三分深意。

慕容馥两手掖在袖中，轻轻扬眉，道：“起先我也不知，直到薛情被抓，承认杀人，我才怀疑，也许死的那个人才是真正的薛情。”她人高挑，夜明珠的光芒把她的身形投映在地上，轮廓拉伸。

云息眼角余光往地上的落影里转了转，又收回来，面色如常。

“所以说，不是薛情想嫁祸给练春柔，而是练春柔嫁祸给薛情，巧妙地使了一招——金蝉脱壳，完美脱身。”说完，慕容馥已立定在他身侧，俯首看着云息，似笑非笑。

就算不抬眼看，也能感觉到她的目光，分分丈量，寸寸探寻。云息眉目带笑，神态自若，不见分毫局促，道：“即便你所言近实，那凶手是练春柔，也与我没什么相干。”

“没什么相干？”他把她当傻子？桃李园里，练春柔一看到他，目光便很亮，最初她以为，练春柔的眼神是惊艳，毕竟这么长时间以来，她见到太多女子用这种眼神看着他了，可后来看细了，才察觉出了端倪，那分明是眷恋。若是在遇见檀静玉之前，这种眼神她绝对是看不出来的。

慕容馥眼底一丝黯然，如疾鸟掠波，转瞬即无。这点瞬息的黯然，甚至连她自己也未曾感觉出。她声音平淡，哂笑道：“你让萧子岩给练春柔送去的礼物，是一幅画。那画我看了，画得可真用心，若非关系匪浅，何至于此？”

“所以——”云息抬手喝茶，眼帘半遮，眉间温雅之气分毫不减，“你是很介意，还是在拈酸？”声音里有一种似笑非笑的腔调。

一句话来得莫名，呛得她措手不及，有这样的自信，也算得上本事。慕容馥见他一副好整以暇之态，实在来气，一把夺过他手中杯盏，重置于案。她半俯下身子，冷眼盯他，道：“我拈什么酸，介什么意？”

云息身子轻倚凭几，手指轻轻抵触下巴，抬眸对她双眼，言语款款，一脸风流神色，道：“练春柔是一个美人，息愿为任何一个美人作画，这有什么稀奇？你既不介意，又不是拈酸，那又与你有什么相干？”

“你和练春柔关系不浅，这的确没有什么稀奇，也和我没什么相干。可是，你若是和练春柔关系匪浅，那么，你跟这件案子就有莫大牵连了。”慕容馥敛眉，避开他的目光，“我听说，明家三郎一直无甚作为，资质平庸，在家族中地位也不高，能有什么突出到值得你留意？但当时我问你死的是谁之时，你直接就告诉我是明洛祎。”

她的话里有直迫人心的锋芒：“那时死者中毒趴地，面目不清，没有近他身本应难以判断他的身份。可是我问你时，你却能直接就告诉我他的身份。这只有两种可能，第一是事发之后有人告诉你；第二是你早就知道他会死。但显然，第一种不可能，因为事发之后，我一直在你身边。两个选择排除掉可以排除的，剩下的也就是了。”

云息瞧着她，手指依旧摩挲着袖椽，眸底的笑有点冷，晦明不定，仿佛染了阴霾，但她方说完，他的手指便在袖椽一顿，面上又拈来春风笑意，道：“你这样说，也太过牵强了。我判断他的身份，是从明仲道的神情。很显然，明仲道当时的神情，既悲愤，又伤痛。他又不是什么悲天悯人的善类，谁能轻易令他如此？除了至亲，也无其他了吧？纵然明洛祎母亲出身再如何卑微，那明洛祎也照样是他亲骨肉。再看到倒地死者衣物，那可是浮光锦裁制成，明洛祎在明家，纵然不被看重，他也依然是个主子，衣着自然要符合地位。这两点，就足以让我判断死者身份了。当然，第三，是明洛祎身上那套衣服，抃风台夜宴，我见他穿过。”

“纵然你百般狡辩，我的判断依旧不会变。”慕容馥在他身后立着，手负于身后，道，“事情的经过就是，无头尸体是真正的薛情，练春柔用暗梅门的毒药，在自己房间里杀了明洛祎，又用一招金蝉脱壳，将薛情的尸体穿上她自己的衣服，之后假扮薛情被抓。这样天衣无缝，还有谁会怀疑？她若是会易容术，假扮薛情这并不难，再加上手指上所谓的勒痕，足以糊弄众人了。而练春柔，是受你蛊惑，被你指使。当然，我仅仅只是推测，但我相信我的推测。可是，我想不明白，你下了这么大功夫，到底是为了什么？”

语音才落，云息脖颈上，已多了一把软剑。

室中映影错杂，幔帐无澜。

傲雪出剑无声，剑气冷凝，细薄的剑锋，便贴在云息的脖颈。那锋芒之中，竟隐隐夹带她衣间气息，幽幽入鼻。

须臾静默，云息唇角清冷掠起，眼眸却很是柔和。他拉长语调，淡笑道："你很敏锐，也算聪明。不过，所谓情深不寿，慧极必伤。聪明的人一般都活得不长，特别是——聪明的女人。"嗓音微压，低沉而绵长，停在耳中，丝丝纠缠，浑如蛊惑一般。

慕容馥目光迎着他，神容无惊无惧，冷哂道："你可看清楚，现在架上剑锋的，可不是我的脖子，而是你的。我若活不长，你以为，你就能全身而退，毫发无伤？"语中锋芒毕露，但她手心腻腻，却不自觉地泛起冷汗。

云息不是善与之辈，他的修为深不可测，她并非有全然把握。只是，她摸不清他究竟在盘算什么，她不得不这么做。她向来喜欢先出手，先别说实力，至少占了先机。

"你有意把明洛祎的死与暗梅门牵连。你这般处心积虑，让明仲道更加怨恨暗梅门。难道你不记得，我妹妹还在他手上？要是他恼怒之下，我妹妹有什么三长两短，我必定将你碎尸万段！"她咬牙切齿。

云息眼神一顿，陡然便笑出了声。这双眼，此刻因笑而半眯，眼底熠光潋滟，如同万千桃花瞬间绽开，光色掩映，又如五里雾中，谁也探查不清，他眼里究竟有什么，更莫说心里。

就像她第一次在月色下见他，跳动的灯火，迷离的月光，让他既清晰又朦胧，仿佛罩着一层厚厚的壳。这个人，看似一片透明，其实不过都是假象。

云息笑声止，开口嗟叹道："你若在乎一个人，千万不能让别人知道，否则，他就是你的死穴。这个道理，难道还要我来教？"

慕容馥冷哼。

云息却站起来，偏过首，一点点靠近她，逼近她，浑不在意脖颈上的利剑。

她先前是站立着，微俯首，气势上便占了上风，此刻他一立起，身量高出她许多，她便不得不抬头，有一种被反压一筹的感觉。

黑亮的乌发，流散盘桓，茶白色的衣衫，素如端云；腰带软束，衣襟松散，衣缘处银线起伏，兰草绣纹似隐若现。衣襟贴着他修长身躯，襟怀半敞，显露出脂玉般的肤与肌。

身若瑶树，风姿峻峭，光彩夺目，耀得看者心惊。

明明是她威胁他，他却仍能以绝佳的姿态，步步紧逼！她莫名有一种无能为力的挫败感。

他启齿，又道："小馥，你心中，既如此恼我、怨我，那此刻剑已加颈，为何尚不下手？"看她的时候垂着眼，无形中带着居高临下的睥睨。

她剑锋稍斜，在他颈间，已擦出细细的血丝："你以为我不敢？"字字咬牙而出，掷地有声。话虽如此，她的身子却不由自主地趔趄、后退，但他周身的气息依旧阻挡不住，幽幽袭来——呼吸十分压抑，便如同喉咙口被一双无形大手掐住。

从前，他有意隐藏实力，所以才处处任她玩闹、任她试探，现下，他渐渐对她卸下隐藏，透露真相，这反而让她觉得危险。她望着他，心中一时晦暗不明。她再后退，后背冷硬，才知已至墙角，退无可退。

"你当然敢。"他伸出手，轻拭了一下脖颈，一点血色，便跳跃在指尖，与白皙的肤色相衬，显得触目惊心。

他把嗓音压得低，起落在她耳边，嗡嗡地，蛊惑一般的声线："这不就是了吗？可你的心为什么怯？你的手为什么不稳？你为什么怕？"他就势将手掌抵在墙上，宽大袖子随着手的抬起滑了下去，露出有力的、线条分明的臂。他缓缓趋近她，呼出的气息是那样滚烫，如燃烧着的火焰。

她为什么怯？为什么怕？

那是因为，他的赏心悦目里，有一种无法形容的吸附力，不容反抗，甚至让人无力反抗。

一个人，特别是一个女人，再好的定力，或多或少，也会被这张完美无缺的脸所削弱，被这永不消弭的笑容所蛊惑。更何况，他的魅力，不单单只在这一张脸。

他真正危险的，不仅是这温润如玉的外表，不仅是这行止翩翩、宛如谪仙的气质，而是，他处事时，有着比来自九幽地狱的罗刹更绝情的冷漠心性。

她摸不清眼前这个人，谁也不知道他腔子内的心肠绕了多少个弯。她一直眼看他用谋于无声，杀人于无形，且还万事不沾身。这是一个道貌岸然的刽子手，她怎么会不怕？怎么会不怯？

她心中之骇，牵连到一脊寒毛都竖起来了。

男子的眉梢却轻轻一扬，眼底的讽刺如电光一闪。他半俯下腰，眼睛与她平视，玩味般看着她的眼，问："你到底在怕什么？怕我吗？你不是总想和我打一架吗？"

明明嗓音那样低柔而迷离，仿佛细语呢喃，可是字里行间，在她听来，都是压迫感。

语音落时，他的两指轻弹，也看不清是什么手法，仿佛就有那么一根无形丝线一引，傲雪自行回到她的腰间。而她的手，被他握在手心。

云息看着她，眸光深深，温情满满，道："可我不想和你打，我怕伤了你。你说我处心积虑，我这般处心积虑，却也不过是——为了你呀！"

面上气息袭来，烧过慕容馥的额际，她的心猛地一跳，简直要蹿出腔子外。

他好整以暇，冷眼旁观着她神情的起伏。

在他面前，真正做到不动声色不容易，慕容馥深吸口气，垂下头去，不说话。窗边的月光游了进来，漫上二人之身，纠缠、酝酿。

他总来这一套，一手暧昧玩得高超，又生了这蛊惑人心的样貌，若不是她心中存了一个人，别的人再放不入，怎能轻易与他周旋？

她以牙还牙，扬起脸，无声地笑起来，笑时，半边唇角动了动，笑意不落眼底，道："为了我？真好听。"

被他握住的手稍稍向前，抵触上他的胸口，止住他前倾的身子。相触间，是掌心的灼热相传。

他的心就在里面，只要她一用力，他的性命，她触手可及。

可是她知道，看上去再如何触手可及，她也没有可及的机会。

温柔是他的刀，微笑是他的面具，谁也看不清，在这一重重伪装之下，真实的云息……

五／防意如城

“这样悦耳的话，从你口中说出来，别种风情，实在是让人想不当真都难。”

云息听到耳边一丝轻笑，清柔妩媚的嗓音，徐徐传入他的耳中，语气平静且傲慢。而那一只轻柔纤细的手，正搭在他的心口，另一只手，已揽上他的脖子。

女子正抬着头，眼角含笑，笑如丝。其中，有极浅极浅的嘲讽，辗转，似又化作点滴温柔，十分媚。

她总是说他谈笑杀人，事实上，她自己又何尝不是呢？

内间的菱花镜隔着轻薄的纱帷，恰巧迷离地照入了二人的影。彼此是这般亲近——肌肤相触，鼻息相及，甚至两个人的心跳都清清楚楚。这样的亲密无间，如同一对热恋中的情人，相抵着，互诉衷肠。

事实上，没有谁比云息更明白，慕容馥的手，就是一把至为尖锐的利器，比她方才的软剑更甚。固原之巅的她，单手便自一个活人身体内挖出心脏，更不用说，半月不见，已经突破地武的她，这只手，又会是怎样的危险。

而她这危险的手，此刻恰恰放在他的心口。

本来是杀机四溢，隔着纱帷，在昏黄的镜面里倒成了深情款款。云息心里泛起一阵讽刺。

他立直了身，视线落于她的发顶。长发轻柔，有绸的质感，倾至膝下，不知是风动，抑或身动，恰有一绺绕拂至他的腕。发肤相触。

他的手指一圈，将那绺绕拂腕间的长发，反绕撩起，拈在指尖慢慢摩挲，似把玩一件器物。她身上的幽香，同月光一样淡，幽幽地入了他的鼻息。

她仰首，正望着自己。

两双眼睛对望，四下里静到极致。

他看到她一双杏眸很是平静，既无波澜，亦无暗涌。恍惚间，他想起很多年前，他似乎见过这双眼睛。

很熟悉！在哪里？

哦，他想起来了，九年前，也是在这昭华城里。那个女孩，一身红裙如火，纵然在夜里，笑容也如熹日一样明媚，眼睛那样亮。

那时候，她腿上擦破皮流着血，他蹲下身帮她清理了伤口，抬起头问她痛不痛，却不知她正俯首看着伤口，柔软的嘴唇恰好擦过了他的鼻。他像被火灼了一下似的，愣在了原地，她却没事人一样，灿烂的笑脸趋向前，又往他脸上亲了一口。

那时，他心里想，怎么这世上有这种女孩子，他们才第一次见面，对着一个陌生人，一点儿警惕都没有。搅弄得他脸上的红仿佛星星之火一样，成燎原之势，一直无可救药地蔓延到耳根后。罪魁祸首还拍着手取笑他。

他忘不了那种感觉，虽然也很窘迫，却不是幼时被人欺凌、嘲笑时的窘迫，莫名地反而有一种无以名状的小欢喜。心腾腾腾地，仿佛断线风筝一样，驾风乘云上了云端……

云息自控地把记忆收了回来，在心里自嘲了下自己。眼前这个女人，怎么可能会是她？后来，他曾想象过她长大后的样子，那也该是热情如火、七情上脸、眼底不沾阴霾的姑娘，怎么会是眼前这个虚情伪装、心思深沉的女人？真可笑，更何况，一个早已死了多年的人，怎么可能会这样站在他面前？

云息眼底有火焰，亮起又熄灭，道："你信也好，不信也罢，我做这些，尽是为你，你要救人，我便帮你救人；你要杀人，小馥，我也愿意为你双手沾血。"

言语温柔，如水磨刀。看着他的眼睛，仿佛“深情款款”这个词就是为他而造的。但她很清楚，这个人太厉害了，如何把握别人情绪、如何煽动别人心弦、如何掌控别人弱点，为己所用，他样样都玩得如鱼得水、游刃有余。什么叫口蜜腹剑？什么叫谈笑杀人？这些事，没有谁能比他更擅长的了。

慕容馥心中尽是讽刺，面上却是冷意渐收，丹唇轻挑，道：“你想不想知道，在我眼里，你是怎样的？”

云息挑眉以询。

慕容馥目不转瞬，眼角渲出浅笑，笑不沾情。她有意放慢了语速，道：“贵介公子，风度濯濯，款款温雅，亦潇洒风趣，最紧要的是，你明明无情却懂得弄情。举手投足，都泄露十分情意，存心令人痴迷。倘若不是我晓得你是怎样一个人，那么此时此刻，我简直会沦陷在你这滔滔柔情蜜意里。”

云息窒了下，双目将她神容尽收眼底，眸光深深，片刻后才换出一副无动于衷的神容。他道：“你又为何不愿相信我所言是真心实意呢？”

真心实意？慕容馥嗤之以鼻：“因为，我未必有多聪明，但我还不至于愚蠢。你这个人，城府极深，表面上与人无害，满口温言笑语，实则，你这温言笑语之下，隐藏的，是致命的刀锋。我怕死，怕得哪怕满手血腥也要活着，所以，你觉得我会相信你所谓的真心实意？”

说话间，被撩起的那绺青丝，自云息手中溜走，多情地拂过他的脸颊，滑落她的身，徒留一缕暗香浮动。

云息叹息：“你如此妙赞，倒是听得我心寒。”

慕容馥脚步侧动，形影一转，已立在云息身后。就算在场有旁人，也绝对看不到，方才她的手腕摆脱他的手，两人已是悄无声息地连对了三招。

她知道，若不是她向来手速练得用心，此际绝不能在他手底下讨得了好。

慕容馥道：“我这心里清楚，你是一个只图好处、绝不吃亏的人。救人有很多种方法，何苦大费周章，选择杀人来救人？你不会这么为自己找麻烦。说吧，你杀明洛祎，可是与明家有仇？”

云息徐徐转身，摇头道：“我和明家没有仇，而是他自己想死。”

“好端端的，他怎会想死？”

云息道：“你既猜想得出练春柔是借死脱身，那么，这一招别人为什么也不能用呢？”眼底，是莫测的深邃。

慕容馥闻言稍愣，一个念头忽起，心如雀鸟掠枝疾飞，莫名一惊。

她想得狭隘了，把目光全放在练春柔身上，却忘了，今晚命案真正的主角——明洛祎。

云息是那种走每步棋都要起作用的人，所以，每做一件事，他都目标明确。那他的目标是什么？

——竹林道上的半路刺杀、暗梅门的七巧七虫丹、桃李园的练春柔、被毒死的明洛祎……这里面有一根线把它们牵引着，这根线，是暗梅门。

未必是云息要把明洛祎与暗梅门挂上牵连，而是明洛祎本身便与暗梅门脱不开干系。可是，明仲道以君子自居，对邪教一直都是嗤之以鼻，他的儿子，怎么会跟暗梅门有关？

暗梅门，暗梅门！明家把阿颜误当成暗梅门的刺客，云息要救她出来，怎么救？今晚的事情，还没有结束，怎么救的重点便是薛情，被他们抓去的假薛情！而那假薛情是练春柔易容，所以……

思虑电转，慕容馥遽地抬眸，紧盯着云息，道：“不，我应该问，练春柔到底是什么人？”

云息似笑非笑地道：“薛情、练春柔都是暗梅门的人。”

“可，练春柔难道不是你的人吗？”慕容馥愣住。

“她是我的人，不能同时也是暗梅门的人吗？”

慕容馥明白了。

练春柔是云息派入暗梅门的细作，而暗梅门将练春柔派入明家。因此，暗梅门不管对明家有什么动作，都在云息的指掌之中。

先前云息拿到尚文阁的东西，并不全然是利用她，而是，哪怕没有她，他也是志在必得。不过是她的出现，刚好助了他一臂之力。慕容馥却故意一问："那你呢？你和暗梅门又是什么关系？"

"没有任何关系。"他轩眉微挑，靠近她的耳边，字字清晰，"即使有，也只会是敌对关系。"

慕容馥疑惑道："既然有练春柔在暗梅门，那为何你还要取杏衣女子身上的七巧七虫丹？直接找练春柔要便是了。"

"暗梅门是一个规则有序、处事严谨的组织。每一项行动，都需要密档在案。他们行动时用的毒、损失的人手，一项一项，都要分分明明。更何况，七巧七虫丹是毒药，药不仅是救命的贵，有时候，杀人的毒药也很贵。而配制七巧七虫丹的药物，更是毒药中的极致，所以更加珍贵，并非寻常行动中想用便可用。若由练春柔去取，不管她用在哪里，一旦入了案，就是有迹可循。所有的有迹可循，都可能暴露身份。先前，取杏衣杀手身上毒药，是为了保护练春柔。"言至于此，云息却不过只把真意道了三分。他轻拢衣襟，转身，几步行近矮榻旁，斜倚榻上，手随意抽了一根丝帛，轻轻捂住脖颈上的血。

血似乎沾染上了手，他用丝帛揩了揩，却去不掉那一股血腥味。他皱了皱眉，趿着软履起身，拂开垂帘，行到内室里的盆架子上盥手。语调慵然地传出来，却是坦然道："练春柔是我的细作，怎么让这个细作安全脱身暗梅门，这就是我的目的。而死是最好的脱身方法，干净利落。我舍不得她死，就必须有人替她一死。"

慕容馥目光随着他看到内室去，不过隔着垂帘，仿佛隔着天堑："看来，我先前直觉，你与她关系匪浅，这并没有错。"

云息拿胰子搓了搓手，洗干净了，在架上取了布巾细细地擦手，半偏着首调侃道："可你那样子，真像是在吃味。"他置下了布巾，取了一根银色丝绦随意束拢了发，松松垮垮地，又整了整交领，行了出来。

袖口阔大，衣衫料子又垂坠，行走时委延在地，一翩一转，袖襟上的纹路都是起伏。素衣翩翩，身姿颀长飘逸，全然没有江湖人的痕迹，倒像个归隐山林的文人名士。衣着行止，漫不经心里也带着讲究。她没有见过比他更精细、更挑剔的男人了。

慕容馥瞧着他施施然走出来，抚抚下巴琢磨着道："像你这种男人呢，如果用来共度一生的话，太没有安全感了。第一，我会嫉妒你长得比我好看；第二，你时时刻刻都在招蜂引蝶，女人看上你，怕是得日日忧心，那实在是作践自己。你说，我怎么可能会为你拈酸吃味？"

云息好整以暇，在榻上坐定，手随意地搭在榻围，道："怎么听你口气，我倒成了一无是处？"

"那你说你有什么好处？"慕容馥几步近前，反问道，"脸吗？确实很赏心悦目，可再好看，对久了也会腻；性情吗？谁不知道云息公子平时薄物细故，悉为用心？好听点，叫矜于细行，实则嘛，就是小肚鸡肠；人吗？你举棋翻云，落子覆雨，谈笑之间，杀人于无形。这委实叫我胆战心惊，生怕一个不小心，便在你手中死得不明不白。但凡长眼的女人，会自掘坟墓看上你——"

"吗"字还未出口，云息手速暗动，风驰电掣般，已攥住慕容馥的手，另一手扣上她的腰，身子矫健一翻，轻巧地将她压在身下。

不过弹指！

他的双眸温然深情，动人心魄；他的声音迷离，撩人心魂。他道："至少嘛，我可以让你抱着取暖。"气息吞吐在她脸上，竟幽幽地沾着一缕清和的梅香。

慕容馥周身一动，手肘微屈，击他胸口，然后身子暴起，想摆脱他的控制，跃过身来。

不料他竟将气场微放！她欲起的身子反被震住，手腕被他攥着，压在了头上两侧，全身气脉一时均在他控制之中。

身体贴得太近，空气中气氛突变，周围幔帐飞拂。

且不说修为上的差别，单单男女之间的力量，慕容馥已相对处于弱势。云息自来虽给人清俊的感觉，但他的身材一点儿也不瘦削，不是武夫的虬结肌肉，而是像一头矫健的猎豹，肌肉均匀，线条滑畅，每一寸都充满力度。

跟他那张脸一样，那身段灾难性漂亮、完美。

她不甘心，扭动着手腕，要脱离他的钳制，暗地运劲反击，怎想力道竟如同泥牛入海，瞬间转无。

竟是天武？那一瞬息气劲的对峙，慕容馥心中惶骇。

一直以来，她口口声声叫他放开气劲，可此时此刻，他稍稍放开，她便无力对付。

心生怯弱？怎么可以！心底泛起一丝被掣肘的恼怒，但转瞬便柔和了下来，慕容馥笑意染颊，丹唇轻启，轻讽道："抱着取暖？云息，你暖得了我吗？"

言语方落，一阵寒意突如其来，云息身子一僵，如同身下压着的，不是个活生生的人，而是极北之地的刺骨冰魄。

仿佛整个室内都被寒气所凝滞。

幔帐不动无澜！

他明明已经控制住她周身的气脉，为何她依然能运出这股寒劲？这，怕不仅仅是玄天九式了。

"一个连自己都暖不了的人，还妄谈暖护他人？"慕容馥全身上下如凝霜雾，脸上红紫血脉清晰可见，皮肤如冰晶一样透明，面容如妖魔一样诡异。

不忍卒睹！

她趁着他错愕失神的一瞬，迅捷翻身离榻。

瞬息远离，整衣掠发，退去周身清寒，不落痕迹地掩下心口一阵反涌的闷气。女子身姿袅娜，闲闲坐于案侧。

周围幔帐垂帘，无风而动！起落掩映明灯，时明时晦，光坠满地。

她的心里装了一个人，至于眼前人，他蓄意暧昧也好，无意柔情也罢，他的完美，对于她而言，难沾情愫。慕容馥侧首轻绕发丝，声音柔柔，语气里有些睥睨的味道："云息，并不是每个人都在你的掌控之内无可奈何。"

一头长发，皆偏于一侧。女子转眸顾盼间，斜飞入鬓的修眉英气乍然尽显。这叫他想起一种动物——没有被驯服前的鹰隼。

从震惊中恢复，云息自榻上撑坐起身，随手钩起垂在胸前的头发掠往身后，无谓道："没关系，我自来喜欢更有挑战性的东西……人，也是。"

慕容馥冷哂不语。

云息手指轻轻自袖口抚过，指腹顺着绣纹轮廓流连，好整以暇，继续道："就是冰山，也会有化成柔水的一日。慕容馥——"他的手定住，忽唤她的名，脸上是静定，眼底意味莫名，"我不担心你强，我只担心……你不够强。"

慕容馥漫不经心道："我要足够强，第一个想杀的人，肯定是你。"

云息隐约笑了笑，对她的话不以为然，道："当你足够强，你要杀的第一个人，就不会是我了。"

慕容馥长长地"哦"了一声，道："你倒是自信。"旋即也不再纠缠这个话题，垂着眼睫，手指纤纤，在案上划来划去，眼梢往他所在瞥了瞥，犹似无意道，"你难道不怕我把事情说出去？今晚的事。"

"你说过，你不是我的威胁，既是如此，我又何必把你当敌人？更何况，说出来对你也无好处，如果……"云息声音稍延，"你还想救人。"

慕容馥心思微动，眨了眨眼，陡地银铃般笑起来，笑意狡黠，道："老实说，即便你不把我当敌人，我也还是要防着你，避免哪一天被你卖了，我还帮你数钱。"

云息瞬目而笑："我这个人，什么都觉得缺，唯独不觉得缺的，就是钱。只要你想数，息的云影山庄，有的是钱财给你数。"

"如此看来，等寻着了阿颜之后，不用你请，我也要去你的云影山庄逛逛。"慕容馥呼了口气，神色慵懒，以手支颐，"金银珠宝是一谈，最重要的是，不要跟明老头那般吝啬，尽弄些掺水的酒糊弄人。"

"无怪萧晴那日见你之后，问你从哪里来。"云息离榻，拂开扬起的幔帐，近她跟前，"的确，我都不知道什么地方能养出你这种——好吃、好酒、见了美人比男人眼睛还亮的女人。"

慕容馥听罢，心底冷笑一声，面色却甚是潜静，自然道："天地生养、石头长成，日后练美人再有问起，你如此替我回答便是。不过话说到这里，她被巡捕房抓了，你怎生救她？”

“此时此刻，她怕是已经出来了。”云息悠悠垂眸，轻整袖口道。

“哦？”慕容馥惊讶。

“你问过，为什么路上的刺客我只留了一个人。”云息端起茶壶，触手碰了碰底端，已凉了，索性放下，弃置一旁。

他悠闲抬眸看着慕容馥，手屈了指节，却是在素色茶杯边缘弹敲了几下。

案上两个茶杯，在他刚刚一敲，早已变换了位置。若非她心下留意，根本看不出哪个是他的，哪个是她的。

“你是想用她——”慕容馥思忖了一下，当即了然，“当练春柔的替死鬼？”

云息并未避忌，道：“是。”说着，他随意立起身，行至窗侧。槛窗半开，他将窗前垂帘半收。一缕夜风，正拂面目。

兵书上曾有言：人不自害，受害必真。假真真假，间以得行。他用计惑敌，用违背人们所能分析判断问题的习惯来行事，真中有假，假却如真，别人自然难以看透其本意。

是啊，他行事之前，先设迷障，后退居幕后，任旁人怎么想，也想不到他身上来。

慕容馥道：“我当时还奇怪，他们要来伏杀这样一个你，必定严谨而周密，可你是如何事先知道？有练春柔，就丝毫不出奇了。用她替代练春柔一死，暗梅门人中该有的特征，那杏衣刺客身上必定也有。如此计划，天衣无缝，只要尸体一处理了，谁也不知端倪了。不过……”心中一点疑虑起，她眉微蹙，思量了半会儿，问道，“你这么做的目的，不仅仅是让练春柔脱身。无首尸体，足以让练春柔全身而退了。你如此大费周章，让练春柔给他们抓到，又换了那替身进去，岂非多此一举？到底还有什么原因？”

云息振袖，负手，稍偏过头，凝眸看她，悠悠道：“因为你呀。”

他的表象太容易将人迷惑。有时候，你明明知道他在撒谎，但是看着他的眼睛，却会觉得他说话的语气、举手投足、一颦一笑，分明都是满满的真情实意。

谁能猜测得到，表面上如此无害的人，其实是眉目含笑、满腹机诡？

慕容馥避开眼。

云息牵唇，言语清和道："他们一直认为地牢里的女子——你的妹妹，是暗梅门的人。如果被他们抓住的这个暗梅门人，证明了你的妹妹不是暗梅门人呢？如此一来，明仲道还有什么理由私自关押你妹妹？"

慕容馥困惑道："可……可她毕竟杀了明家的人，潜入明府，明仲道图符未曾寻回，怎么甘心就此罢手？"

云息道："那这就该由巡捕房来查了，这是规矩。明家势力再大，也不过是旁助。"语落时，双眼望向窗外。

小窗之外，长廊之间，几盏八角灯流转浅淡光芒，落在廊间高低错落的竹篾帘子上，时而作闪，似窥视的眼睛。

听他所言，慕容馥心中却是琢磨起来。

他让练春柔进去，又能安全出来，这样地来去自如，巡捕房中，必然有一股力量在他可控制的范围内。而他，费尽心思在暗梅门之中插了棋子，而且这枚棋子，在暗梅门中地位不低。他既让这枚棋子脱离，必定要让这棋子发挥到最大的作用。

是的，这枚棋子，取了明家的宝贝，倒了一个明洛祎，废了一个薛情，搅得明光府中鸡犬不宁。

迷惑众人、混淆视听、倒行逆施……这些，都是他惯用的手法。云息，他用他的无为形象诓骗所有人，掌控棋盘，一步步搭建起棋子。而这些棋子，最终所指向的，怕不仅仅只是一个暗梅门。那究竟还有什么？

慕容馥心下惶惑，却不得不佩服。她最初便对他深怀戒心，处处警惕，原本想只作壁上观，关键时刻插手一二便是，却不想，还是被他绕进这棋局之中。

这时，檐下铁马忽然急促地"咚咚"作响，窗外，风明明不大，怎么会有这种动静？隐约间透着几许诡异。

慕容馥见得云息少有地一皱眉，她一愣，正欲出门查看，他拉住了她，扬声道："哪位前辈？不如入室一叙。"

清风、清池一直守在门口，如有人来，她们不可能不进来禀报。而且，能这么近还让他感觉不到气息的，来人修为非同小可。有这等修为的，同辈之中，不外那几个，此刻却都不可能出现在这里，所以只能是前辈。而会现身此地的，只有……

云息眼底深邃莫名。

门外无声息，慕容馥疑惑道："只怕是走了。"

云息拉开门，见清风、清池皆晕倒在地，遂上前将她们二人搀扶起来，解了她们身上禁制。

二人缓缓睁眼，看着云息，愧疚道："公子。"

"是谁？"

清池道："我只是见到眼前人影一晃，便晕了过去。"

清风眼睛半抬不抬，嘴唇翕动，道："是……是叔云子前辈。"清风虽无清池聪慧，人有时也糊涂些，但修为比清池高，那一晃而过的人影，还有耳边的声音，她还是辨别得清的。

"哦。"云息长眸轻掠远处，心道，果然。

清风又道："前辈问了我明家二郎住处。"

云息颔首："你们下去休息吧，不必守着了。"

清风、清池两人相互看了一眼，行礼应是，躬身退下。

远处见得一人，遥遥行来，配剑蓝衣，神容肃冷，正是萧子岩。

三人同进室中。

慕容馥踅过身时，眼角余光一瞥，吊栊上轻纱飞舞，隐约里有几道暗影晃动。心中警醒，知是云息暗卫。这里的每一堵墙，都布满看不见的眼睛。

"该说的，可都说了？"云息双手掖于袖中，靠着凭几，问道。

萧子岩轻瞥慕容馥一眼，云息知他顾忌，便道："无妨。"

萧子岩道："阿晴出来了，一切妥当。不过阿晴讲，休息阁里的薛情，并不是她所杀。她入阁之时，薛情已死，死于幻魂。"

云息只淡淡"嗯"了一声。萧子岩继续道："我依公子所言，用扮成薛情的练春柔将阿晴从巡捕房昭华分司地牢里调换出来，果真不久之后，有人让练春柔在牢里‘自杀’了。那人身手不凡，隐匿功夫也算做得很足。”

“甚好。”云息薄唇含笑，眼中流光溢彩，悠悠道，“接下来，好戏才算真正开场了。”

慕容馥一脸困惑不解，问道：“地牢里的练春柔就是那时的杏衣刺客吗？什么叫‘有人让她自杀’了？她是谁所杀？”

云息目光遥遥看向门外，淡淡道：“千丈之堤，以蝼蚁之穴溃。百尺之室，以突隙之烟焚。令律分明如何？根基稳固又如何？一旦里面有白蚁啃噬，你说还能撑多久？”

慕容馥眯眼，稍忖了下，明白他所指，道：“自杀是假象，练春柔在巡捕房被杀死，是暗梅门人所杀？”

云息道：“是。”

薛情本身是暗梅门中人，但杀了她的，也是暗梅门中人。那什么情况下，会让自己人杀了自己人？原因只有一个，就是甲自己人，发现乙自己人，并非是真正的自己人。他们要除掉细作。

那么，他们本该杀的，应该是练春柔，为什么却杀了薛情？因为云息从中作梗，把这个细作身份推给了薛情。所以，薛情被杀。然而，这个已被杀的薛情，却被“活着”抓入巡捕房。杀薛情的人，必定出手，再杀一次。

而云息的真正目的，尚不仅仅是引出暗梅门里指派杀薛情的人，而是为了使得暗梅门以为，他们门中的奸细已除。

他要他们放松警惕。

练春柔假扮薛情，被抓入巡捕房，除了可以帮阿颜证明身份，还可以从前到后圆了云息布下的这场局。只要巡捕房牢中的薛情一死，前前后后没有遗漏，暗梅门就会以为除奸计划成功，那么，云息便可执行他对付暗梅门的下一步棋了。

慕容馥沉吟道：“所以，从头到尾，练春柔杀的，只是——”

云息淡勾唇角，道：“明洛祎，而且是个假的明洛祎。”

慕容馥诧异道："假的明洛袆？"

练春柔借死脱身，明洛袆自然也可以。或者说，是明洛袆先起了借死脱身之局，练春柔不过将计就计！而杀薛情的那位暗梅门人，就是真的明洛袆！

前后关节想了再想，慕容馥心中难掩惶然。

好一个局中谋局，好一招计中设计！眼前这个男人，委实可怕。从头到尾，他不必动手，不必出面，谁也没有注意到他。哪怕此局已画上句号，他仍旧未在人前露出圭角。

他洞悉先机，他壁上旁观，他坐享其成。从她见到他时至如今，这么多宗事件，他事事插手，却又事事跳脱，明明置身事外，却满载而归。

此间所用的，不过是一个练春柔。用一个练春柔，他便搅弄得明家上下不得宁处，暗梅门中内乱重重。

这个人擅长的，是智杀，看似声色不动，却是每一步都给人下了套子。任何不利的东西，在他手上都能转变成他自己的棋子，挽狂澜于既倒。

他说过，他的双手不沾鲜血。

借刀杀人，自然手不染血。

淡淡的话语，浅浅的微笑，转瞬之间，却将所有人的命拧在手心。看似温雅如仙，然而这一番心机手段，是如何令人心惊胆战！

一念至此，慕容馥恍悟之中，竟渗了一脊涔涔冷汗。

他骗了那么多人，为什么却不骗她？他让她知道这么多，难道仅仅因为她不是他的威胁吗？

不可能！意识到这一点，叫慕容馥有一种山雨欲来的压迫感。那么，他的下一步，是什么？到底是什么？

算了，不管是因为什么，都不能再与他纠缠，否则，事情会渐渐不可收拾。毕竟，眼前这个人，并非她所能掌控得了的。慕容馥压下心头烦冗的疑虑，不想多问，面色静冷，只感叹道："算了，这件事，我也不想知道了。反正我问一问，本来也只是因着好奇，还有担忧阿颜会受到牵连。既然不会影响到阿颜的安危，别人的生死，与我有什么关系？只不过，很多时候，你让我觉得太不真实了。”

虽然这件事与她没有关系，他也没有利用她做什么，只是，他毫不忌惮地把这么多事告诉她，只怕还另有目的。可是有什么目的呢？慕容馥一时琢磨不出来，只是觉得，今夜这样直截了当地便来问，确实很冒失。她有些后悔了。也许他本来就是要她来问，所以，去桃李园才会特意带着她，还陪她去看现场。这仿佛是他惯用的手法，让别人以为自己占据主动，实则一直在他掌控之中。

云息微抿唇，只斜睁看着她，言语温然，道：“你又何尝不是令我迷惑且难懂？你是谁？你来自哪里？你为何而出现？小馥，自见到你以来，我对你的猜忌，一如你对我的防备。可时至今日，我忽觉得，一些事情，有时候模糊点也好过太过清楚。凡事太过清楚，便一点滋味也无了。”

他的声音如微风拂桑，缓缓入耳。而他的眼，那么幽深，那么绵长，即便不沾笑，也照样沾染七情，摄人心魄。

慕容馥暗自吸了口气，不落痕迹地移开了目光，道：“彼此怀疑，彼此猜忌，亦彼此利用。你我相识以来，各求所得，各取所需。我不怪你，你也不要怪我有所隐瞒。等救出阿颜后，大家也可各走各路，各归各途。”

这里，他的身边，慕容馥忽然觉得自己一刻也不想待。他是一个深渊，她一旦失了足，万劫不复。

说罢，她起身欲离，却觉手腕一紧。她惊疑回首，云息已松开手，面上水波不兴，淡淡道：“方才忘了说，后日，明仲道会将地牢中的女……哦，你妹妹，移转至巡捕房牢狱。”

慕容馥面露诧异：“怎么忽然转移所在？”

云息深意在眸，道：“我说过，明家势力再大，也不得私禁武林中人。江湖上，除巡捕房，各家不可私禁武林中人，这是自巡捕房建立数百年来的铁律。但这武林中人里，不包括邪教门派。”

慕容馥追问道：“所以，只要证明了我妹妹不是暗梅门的人，那么，明仲道不管丢了什么，都没有资格私自拘禁她，他必须把人交至巡捕房，由巡捕房追查？”

云息颔首：“是。”

慕容馥皱眉道：“她一旦入了巡捕房牢狱中，我要救她岂非更难？”

云息神情淡淡，肘弯支在凭几上，手指抵着下颌，睃她一眼：“你不会在他们交接的时候，把人救走吗？”

“你知交接地点？”

云息道：“我答应帮你救人，就算不知地点，也得用尽全力帮你找出来吧？”说时闲闲低首，整了整宽袖。

“好，那我等你的消息。”慕容馥不再多留，踅身即离。

更鼓敲过四更。

静夜星芒，流光披露。明光府的听水阁其实不是一座阁楼，而是一带亭台楼阁的总称。

此带楼台、屋舍，修建精巧，前衬后搭，浑然一体。且建筑间水波环绕，似浮水而建，景色别致，清阔有度。

男子踱步而出，黑发未束冠，仅用白丝带松松束着，凭风轻动。他悠悠负手身后，安步当车，六尺长袖延垂。如此白衣缓带，长身玉立，随意清闲，贵气之中，又有逸尘意，是别具一格的俊雅。

月光漫洒，皎耀如霜。月下的白衣人，衣影随光色融融，仿佛已融入湖光月色之中。

水波中，有光影一闪，搅动湖水中的白衣倒影。接着，一个身穿灰黑夜行服的男子斜靠在雕栏上，两手环胸，一身懒散。

白衣人眉风不动，眉下桃花眸平静如水，不起波澜，望着满湖水光，道：“不是让你去劝傅韫回山庄去吗？怎么还在这里？”

黑衣男人耸了耸肩，可怜兮兮道：“公子，你就放过我吧！你都说不动，我怎么说得动她？”

“她一贯同你很说得来，凭你这喙长三尺，舌灿莲花，怎会说不动她？还是……”云息侧首，看着他静了一会儿，才道，“俞棋，你仍在为萧晴的事怨我。”

俞棋愣了愣，旋即笑意渐淡、涣散，他从栏上跃立于地，整肃形容，两手相交于额前，躬身垂首道：“俞棋不敢。那天我到一味楼时，她不在楼中了。”

云息按下他的手，叹息道：“罢了，今后道路凶险万端，她若真在我身边，我也未必有把握护她周全。到底比不得从前了。所幸她如今修为，谁也无法轻易伤得了她。我给不了她安稳，至少她能自己去寻。”

俞棋意态萧索，道：“阿韫聪明，选择离开。阿晴却傻，她明明有的选，却还是要回山庄。”

云息放目远望，道：“两年前，我派她去了明洛祎身边，你气得掴了我一掌。到如今，你还怨我吗？”

清白月色，将远处起伏檐角映照得分明。几片黑云薄薄的，簇拥在月亮附近，为风所动时，倒像是美人盈舞的身影。

俞棋轻置一笑，道：“我是怨你，可我有什么资格怨你？那是她自己的选择。我只是心痛，看着她……”他收住了声，轻捶心口，“我这里如刀绞一般。”

云息收回目光，转向于他：“我明白。”

俞棋摇摇头道：“不，你不明白。你未曾身受，哪有什么切肤之痛？”他亦回望他，目光深远，“有时我多希望，有朝一日，可以出现那么一个人，让你无法触及，也无法放下。那时刻，你才会知道我的痛苦。可如果真有那时刻，你会变成什么样？我便不敢想了，因为一想我也心惊，一时对你连怨也没有了，只期盼你还是这样就好。”

云息神容斯须一黯，如错影一般。他牵动唇角，笑了一笑，半分情绪不染：“你是在可怜我？”

俞棋反笑，看着他认真道：“你怎需要旁人来可怜？”

云息垂眸，将负在身后的手收向前，对掖在袖中，平静道：“心中有一人可牵怀，其实是件幸运的事。而阿俞，你知道，我连这一点牵怀都是不能有的，也不该有。”

俞棋怅然叹息，道：“却是可怜了阿韫。她若知这其中缘故，怕三年前便不会那么怨你，也不会孤身远离而去。”

“这或许也是好事。”云息不欲再言此，转而道，“明洛祎潜入巡捕房杀练春柔之后，返回明光府，匿身在这府中。暗令下去，务必要把他找出来，否则一旦他归门，要再揪出他来，便要花一番功夫了，还会打草惊蛇。”

俞棋揖手道是，旋即又问道，“今夜诸事，想来明洛祎与暗营果然有极大关联。”

云息颔首，道：“他是暗梅门此次除内奸的执行者。为了脱身明家，一早他便暗地安排了一个身形相似度极高的假明洛祎在身边，在必要的时候杀了，成脱身之计。”

俞棋道：“要找替身，要防众人，要寻待时机，啧，这明洛祎心思缜密，行事滴水不漏，我也很佩服。”

云息笑了笑，道：“在明家子弟中，他素来安静。太安静，在某些时候，就是一种不甘平静。所以，他身边必须有一个人替我留意他。俞棋，萧晴是最适合的人。”

明洛祎以为所有事情都在他计划之中，直到练春柔死在休息阁里时，才让他出乎意料，使他猜疑：薛情也许并没有真正中了他的幻魂，她可能发现自己已经暴露了细作的身份，并且杀掉练春柔。所以，当知道薛情被带入巡捕房，明洛祎就一定会去对她再次下手。云息设局，从来滴水不漏。因为他从不为情感所困，永远能把握好里头的分寸与得失。

俞棋垂眸看着水面的倒影，前后思忖着，静默不语。片刻，他才启齿，道：“我知道。”说话时，唇边带一抹笑，不是讽刺，是自嘲，在月照湖波的映衬间，隐约起伏，似有若无。

世间事，敌不过一个心甘情愿。如果当初阿晴自己不愿意去，云息又何至于会勉强？他从来不会强迫别人做任何事。他说过，但凡做一件事，不是心甘情愿，这件事就不能完成到最好。这一点，俞棋心里又何尝不明白？

确实也是，暗地的争夺，比战场上的刀光剑影更凶险，一旦涉足其中，谁不是如履薄冰？一旦没有了坚定的心志还有忠诚，临局时一个反咬，那就是败于垂成了。

世人总为功败于垂成而惋惜，事实上，又岂止是惋惜？任何局势里，败于前最幸运，败于中是实力不足，败于尾才最致命。那就意味着前面心力交瘁的谋局，都是在为别人作嫁衣。

俞棋了解云息，他是多么谨慎而又细致的人，怎么会容忍不定因素的差错？想了想，俞棋仰首松眉，又道："你不必有愧于我，本来也不是你的错，谁也没有错。那一巴掌，我也算是赚的。"

云息笑道："这可是你说的，下次你若再因为她出手，我可是会讨回来的。这一次，事情能如此顺利，也是多亏萧晴。不过，明洛祎是个聪明人，但凡他沉下心思一想，此番谋局，未必全无端倪。我们要先下手，以防万一。"

俞棋不说其他，只问道："在明洛祎潜入巡捕房的时候，本有机会抓住他，为什么反而放他一马？"

"要杀他，并不急在一时半会儿。要查出他到底是哪一宫的，宫中主地在哪儿。在如今世道，杀一个人并不难。但是，杀了他，暗梅门发现，就会派另一个人来取代他。这对于我们而言，有什么好处？人是该杀，可问题是该怎么杀。阿晴说，他手上有暗营营主令牌，但暗梅门暗营向来归他们门主掌管，没有暗营营主。此番令牌会在他手中，必是有人许了他营主之位。诸事一旦成，明洛祎便有升位之机。阿俞，这是一枚好棋。"

云息凝眸，静看月色下盈动水光。潋滟水波暗泛縠纹，投影入静沉如渊的桃花眸中，乍现而泯，余下无尽深邃："在巡捕房若抓住他，我们得到的东西就少。而在明家抓住他，那就是不同情形了。找出他匿身在明家哪里，把他留给顾琴，让顾琴试清楚他的武功路数，日后，我们若埋棋子，便不会轻易泄露破绽。"

"但他一日不死，萧晴就会很危险。"俞棋微皱眉头。

云息眼梢余光往他的方向一掠，笑道："你是怀疑萧晴的能力吗？阿俞，她聪明得很，这一点，你不必为她担心。"

“我……”这一局，萧晴完成得太完美，谁都不能质疑她的能力。可是……

俞棋欲言又止，走至与云息并肩，转了口气道：“那慕容馥呢？若耶山亲身一行，你可有所获？”

水面上笼着一层薄绡，月亮倒映其上，漾动在水间，的确很像一个大玉弓。它便那样孤落落地，在水面上漂浮、荡漾，照得人心一亮。

但是有谁去给它光亮？

人世间只得此一月，世人只知它高高在上，又可知它究竟有多孤单？

此时的月光，在他眼里，忽然有了种弄巧成拙的滋味。

云息沉默不语。良久，他才开口，眸中温冷，言语淡淡，反问道：“你觉得她如何？”声音在一片银光四泻的月色里，让人觉得幽深，散不尽的深雾那样幽深。

俞棋迟疑片刻，才恢复一贯懒散，笑道：“面不着粉，行为不拘，性情狂狷，虽长得实在不怎么样，但深得我心。”

云息身子微侧，抬眸看他，道：“你的说法，同子岩截然相反。”

俞棋挑眉，好奇地“哦”了一声，道：“萧子岩他怎讲？”

“女子贪嘴，容易失节。”

云息面容温雅，意态正经地道出的八个字，直叫俞棋捧腹。他扶着云息肩头，道：“那家伙平时喜怒不形于色，这次倒是不掩心思，对慕容馥很有成见呀。不会是第一次见面时，他在她手上吃了暗亏，此后怀恨在心吧？”

“我没对她怀恨在心，我是对你怀恨在心！怎么，你好不容易来一趟，是想同我练几手吗？”一个声音幽幽冷冷地在俞棋背后响起。

俞棋被惊得眼皮一跳，才僵硬着脑袋转过身——只见后方一人身着黛蓝武士服，背负银鞘长剑，冷面如霜，正是那个萧面瘫。这是私下里他和影师叔给萧子岩偷偷起的绰号。

“别，别……”俞棋跳开两步，打着哈哈，一副眼笑眉飞的模样，“那个，我是就着公子的话回答而已。你看今晚诸事，她单凭推想便猜出了一半，这个女人很特别不是？而且，当今江湖，能二十岁前成为武圣的女武者实在不多，除了傅韫，据我所知，也无旁人了。”

月明晃晃，流光粼粼，映得月下人的面容明一面、暗一面。萧子岩素来就一脸肃穆，在月色下更添三分。他冷着声道：“你觉得她很厉害？”

俞棋摊手，一脸无辜：“你这个问题，倒不如问问公子。”

“你也察觉了？”云息回转目光，看着波光粼动的水面，将一切夜色尽览眼底，徐徐道，“平常武功，练法可以不同，归纳起来大抵只有一门路子。唯独玄天九式偏偏不同。玄天九式的修炼有九层，能各于两路入手——一阳、一阴。修炼起来，相生相克，十分迥异。当年师尊与另一女子均练玄天九式，师尊走的是刚阳之道，那女子走的是阴柔一道。可惜师尊九式占七，不全，无法得知这两路之后能归于何处。后来听师尊说，那女子已然故去，所以她那一套路法亦许是失传了。自我出江湖也的确未曾遇到过，但是慕容馥……”

俞棋插口道：“但是慕容馥身上的气劲之异，是源于玄天九式。”

萧子岩横眉冷对：“听起来，倒像你很了解她。”

俞棋扬了扬下巴，道声“那是”，两手环胸，一脸骄傲地偏过脸：“虽不曾正面同她接触，但以我掌管的情报线索，至少比你了解多些。”

世人皆知明家、段家眼线遍布江湖，殊不知低调的云影山庄最厉害的不是武功，也不是财富，而是无孔不入的东隅楼情报网。而掌管情报网的负责人，正是俞棋。

“我还知道，”俞棋拖着长腔，趋身凑到他跟前，神秘兮兮地道，“公子想把她揽为己用。”

萧子岩诧异：“你怎知道？”

俞棋整个人懒懒地倚在凭栏上，用一本正经的口气道：“我怎么不知道！今晚她来追问公子桃李园诸事，你以为是公子意料之外？即便她不来问，公子也会寻思着，旁敲侧击地同她讲，因为公子还要在她身上寻觅一些东西。”

萧子岩略一皱眉，看向云息，只见他面上仍是带着一如既往的笑颜，并不像是在否定俞棋的说法。他心中一紧，急道："公子不可……"

云息侧颜一笑，道："有何不可？你莫瞧她平时行事作风随意，言谈有说有笑，仿佛大大咧咧，但她心细如发。子岩，面热心冷用在她身上恰好不过。这个世界上本来就有种女人，像猫，平时看起来好像很无害，可是只要有一点不对，她就会露出她的利爪来，即便是把你抓得皮破血流，她也不会瞬一瞬眼。"

萧子岩道："可她，也许不仅仅是一只猫，如果她能有门路习得玄天九式，那么，她就有可能是只猛虎。"

"不是猛虎，又怎配公子豢养？不过……"俞棋轩眉高扬，一把揽过萧子岩肩膀，看向云息道，"这一次我倒赞同他的说法。慕容馥不好用，最好不要用。"

云息斜目睨他，道："有话便道来，别卖关子。"

"公子在桐乡居见秦先生的那一夜，慕容馥夜探了夏侯府。"

"这一点我知。"

"她同暗梅门里的人动了手。回来的时候，身上被下了一种致命的毒，但是她没死。这就是后来不断有暗梅门人追查她的原因……"

云息眉峰一皱："讲重点。"

"重点是，追查她的，不仅仅有暗梅门。暗梅门追查她的缘由，我们可以理解，那另一个呢？另一个在秘密追查着她的组织，并不属于现今江湖上的任何一股力量。她的身世、底细，一直未能全然查明，她的身后又是否干净？"俞棋笑笑，说话时特地卖了个关子，眼有深意，"公子既然已心中有数，设了谋局，又何必还要我来赘言？不过，我还是忍不住想提醒公子，查了之后，若身后干净，用倒无妨。可如若不干净，那么她对公子你，便是有备而至，那可要提前做准备了。"说完，转身离开，几个起落，消失在夜幕之中。

远处，叶影闪动，流过一层玄黑纱影。云息缓步，转身回房。

第十一章 斗角钩心各逞谋

往日里他清逸洒脱，无拘无束，哪生这等羁绊？

谁料到他今下过的是这样的日子，念着一个她，想着一个她。

一个人，惝恍无主，吐丝自缚。

一 / 星夜波澜

夜色已深，万籁俱寂。明光府彻夜灯火，亮照堂皇。武林大会之期将近，山庄中守卫增强三倍。

府卫五人一队，各处来回巡逻，秩序森然。

时将近月朔。一弯弦月，孤挂天幕，吊形吊影，连棱角都显出了锋锐气，隐隐迫人不安。

慕容馥穿着一身夜行衣，蒙首蔽面，一路匿气潜行，避开巡侍，潜入了明仲道书房——尚文阁。

尚文阁内极为宽敞，两面皆是红木雕花窗，除开四面书简架之外，细密珠帘隔开内堂。外堂四壁角落皆是黄杨木细脚灯架，架上是绢纱灯。灯上烛光闪烁，满室光辉。往里两端，有柚木花鸟镂空隔断，后面竹帘密垂。左方一排多宝格，右方也有槛窗，正中间是一案。

长案之后，一人端坐圈椅上，霜鬓长须，两腮瘦陷，正是明仲道。

慕容馥知明仲道修为已在固原，耳力超卓，不得不防。她敛息匿气，不露声响。

今日她收到云息消息，得知明仲道将地牢女子交明莲枫处理，于明晚初更时分，在桃李园与巡捕房来人交接。但她私下得到的消息，时间是明日正午，地点同在桃李园。

她并不相信云息，为此，才趁夜潜入尚文阁，打探这两个消息的真假。

忽地，慕容馥目光往门外一凝，旋即纵身跃起，悄无声息地上了梁柱，身隐栋梁之后。

外方守卫恭敬道：“二郎主。”

明莲枫击门轻呼：“父亲。”

“进来！”

门被拉开，身影随即便显。

明仲道放下手中书卷，抬首道：“身体完全恢复了？”

“巡捕房连夜送来解药，服下后已无大碍。”明莲枫掀开垂帘，近身长案前，施礼。乌靴、紫袍，静洁玄石地面拉着他颀长身影。

明仲道点点头道：“那便好，明日正午诸事可准备妥当了？”

明莲枫道：“桃李园守卫方面，我已安排，暗中增加三倍。明日午时在桃李园交接之事，已着人暗传出去。”

“很好。”明仲道颔首，眼底颇有阴霾，“上次那贼党假借救人，却来个调虎离山，盗取了三张族图。虽说这次转移是必定的，人去了巡捕房，很多事就由不得我们了。在此之前，我们要再用一用这人。交接时间，是巡捕房定下的，无法更改，但是假时间我们总放得出去。这时间一流出去，明日，便可来个瓮中捉鳖。”

明莲枫微微牵了牵眉，眼底情绪不露痕迹地一转而逝，问道：“父亲如何肯定会有人来救她？那夜两个人是冲着族图而来，那么，同地牢的姑……女刺客未必会是一伙，否则，贼人有能力避开机关、盗取族图的时候，要顺手救走地牢女刺客，也不过是举手之劳。”

举手之劳？慕容馥听到这里，手攥着木梁，竟深深按出数个指印来。她唇齿动了动，看嘴形，像是咬牙切齿说着“云息”二字。

明仲道道：“他不救，也许说明同女刺客非一伙人，但未必说明那女刺客没有同伙。我虽不知道女刺客究竟属于哪一方面，但我知道，她的出现，必定也是为了打探族图而来。而在这之前，他们究竟是怎么知道三大族图在我府中的？家里必有他们的细作，我原想最好趁机把这条线牵出来，不然的话，我们明家将再无宁日。可惜，我的计划并没有成功，反而丢失了族图。唉，你看这些日子，发生太多事了。”他低低叹息了一声，掩盖不住的，是眼底的疲倦。

明莲枫轻声道："父亲考虑甚是。那……请示父亲，三弟的丧事应……"

明仲道揉了揉额角，道："低调处理就好吧，明日便是武林大会启幕，十天的武林大会，不能再出什么差错了。"

明莲枫抿了抿唇。这幼弟虽向来不愿与他亲近，但彼此终究是亲兄弟，他的死，明莲枫心中难过。父亲纵然是面上不在意，可心里，大概也是不好受的吧。生怕再惹父亲烦忧，他咽下一肚子话，终究只是道："是。"

明仲道抬头道："你身上毒性方解，还是先回去休息吧。"

明莲枫看着父亲，满脸欲言又止。

"枫儿，还有何事？"

明莲枫忐忑道："师……师尊他……"

他还未说完，慕容馥已经感觉出一股强大、磅礴的气劲！

接着风声倏紧，门窗被震开，轰的一声巨响，砸落在地上。有人高声纵笑，声震屋宇。

同时有声音传入："我的乖徒儿，有梁上君子窥伺已久，你竟毫无发觉，是不是太不给为师争气了？"

慕容馥早觉不妙，正想趁机夺门而出，忽闻得空气中酒香浓郁，迎面扑来，随即便见眼前哗哗白浪般的无形练道，直泼她周身。

酒水扑来，饶是慕容馥闪避得快，也到底被沾了几滴。夜行衣上竟被酒水穿开数孔！

接着，一道劲气直冲而入。明明劲道未至，已是梁断木折，碎木纷飞！周围的劲气如同泰山压顶，迫人窒息！

慕容馥急忙聚劲而抗，以全身之力想避开劲道，凌空腾身，黑衣鼓风！

那人却笑哈哈道："身法倒不赖，但后背露了空门。"

对打之中，岂能同对方指明空门所在？那不是提醒对方防备吗？

慕容馥当下背心一护，用上了玄天心法中推波反浪的劲法。一旦他打她后背，必定会被她的借力还力反施于身。不料中途被另一股突至力道一甩，慕容馥避身难及，整个人撞上梁柱，背心剧痛，猛喷一口鲜血。

他不打她后背，只用袖劲翻甩。已晋升地武中段的武圣，竟被人一袖甩飞？连慕容馥自己也不敢相信。

已是如此，慕容馥不想被当场抓获，更加不敢懈怠，步法一踏，借撞柱反弹之力，身若幻影，步如婆娑，已夺门而出！

对方见转目便不见黑衣人踪影，咦了一声，赞道：“这一路轻身功夫委实妙极！”旋即追击出门。

慕容馥未至中庭，便已被对方紧紧缠住。

慕容馥根本没有出手的机会，仅能靠身法闪避。她的身法滑溜如狐，腾飞躲闪，残影追身，可对方闲闲踏步，已是随身阻路。慕容馥身形再变，转东而折西，踏北而飞南。对方悠悠，不过转身便及。

不管慕容馥步法多快，避身速度多么迅疾，始终逃离不开对方的控制范围——身子欲起，便被他扯下；身子向前，便被他拖往后。在这个人面前，她感觉到自己全身的力气被凝固、压缩，浑身上下劲道仿佛自动藏匿，想发挥也难以尽数发挥出来！

彼此追逐，像极了一场猫捕老鼠的游戏。

不敢想象的是，处在老鼠位置的，是慕容馥。

身处弱势，逃离不得，但是，慕容馥同时也感觉得到，对方出手留有余地。

这时候，慕容馥已借着月光，看清了对方的形容。将她打得躲避狼狈、大汗淋漓、筋疲力尽的，竟是一位眼看年近古稀的老者。

鹤发童颜，双目炯然，长髯飘胸；矮胖的身子，站着都矮慕容馥一个头；黑布腰带上，系着葫芦，出手之际，尚能空出手来，取葫芦闲饮一口酒。

慕容馥简直大受打击，近十年苦修苦练，竟是这样不堪一击！

老头儿嘿嘿笑道：“女娃儿不错，小小年纪，这婆娑步法已练至精粹。风白衣是你什么人？”

所谓的婆娑步法，概其精要，不过十字字诀——身如风，行如电，影如婆娑。数十年前，风白衣自创这套婆娑步法，轻功身法独步江湖。自她消失后，这套步法，江湖上再无人施展过。

当年，慕容馥在若耶山石洞中，发现一间密室。密室里墙壁上，皆刻着风白衣毕生武学精粹，而这婆娑步法，便在其中。

后来，慕容馥依照石壁上婆娑步法修炼，又兼积年累月于山中奔走，再加上幽冥谷中诸人的指点，轻功与身法皆非等闲。但现在，她在这老头儿面前，不管哪一方面，皆是弱势毕现。

不知这老头儿是何人，她明明蒙首掩脸，他却是如何分辨出她是女的？

慕容馥念头一转，一边闪身动作不停，一边嬉皮涎脸讨好道："老前辈眼力绝佳，一言道中我师承，想来同我师尊甚是熟谙。老前辈不如看在家师面上，放晚辈一条生路。晚辈归去，必定同师尊细述前辈恩德。"

老头儿哈哈大笑，笑声如雷，道："就算风白衣见了小老儿，也得恭恭敬敬同小老儿问候一声。风白衣在江湖上面子是很大，名号也很响亮，但在小老儿叔云子跟前，她也是不该张狂的。更何况，小女娃儿胡诌乱道，骗得了别人，却骗不了小老儿。看你一身修为，的确同风白衣有点关系，不过，你却绝非风丫头的徒弟。风白衣修为的妙处与精髓，不在乎法度严整，反有独特的活意，不可言，难以学。你没有。我虽不知你如何学到这套步法，但我肯定，你的修为，绝非她亲身所授。"

的确，这些年她研究过风白衣的武学路数，确然独有灵活之意。就拿渡音神功这套练绸武技而言——在指法上，两手就各有十招，每招均有变数——动如落叶飘零，似落不落，有恍惚幽微缥缈之致；又如寒鸦栖林，惊恐而逡巡，似栖不栖，得流光逸影之妙。

这人果然深知风白衣武功路数，念及他方才言语，慕容馥心下惊了复惊：叔云子？

江湖中的三大传奇老人，素来神龙见首不见尾，若是能碰上一面，对每一位武者而言，都是天大的幸事。可惜，偏偏是在这样的当口，那就是天大的不幸了！

慕容馥心里暗道倒霉，眼看逃脱机会渺茫，也顾不上什么，只道："前辈辈分大晚辈太多，区分的又岂止是长幼？贸然出手已是晚辈不是，但现下晚辈形势紧迫，又不能束手就擒，请前辈恕晚辈不敬之罪了。"

说话时，慕容馥毫不迟疑，轻手一摸腰间。银光一耀，猎猎生风，软剑一荡，却不是完全朝叔云子打去，而是剑花一挽，软剑伸缩，似守似攻，似放似收，倒像是在以静制动，却若静非静，若动非动。

慕容馥剑法精湛，这剑出得也古怪，但她知道，凭这点古怪要打败叔云子，那是完全不可能。她此番目的，不过是想借虚实相应，隐匿出手方向，迷惑叔云子，引发敌招，好让他露出空门，寻机逃走。

叔云子当下惊讶，"咦"地叫了一声，慕容馥心中窃喜。岂料叔云子面上虽带惊讶，却依然只是简简单单地袖风一挥，慕容馥的软剑便险些脱手。

叔云子这招，看上去虽只是平常地一挥袖，却暗含一套精妙掌法在其中。早年，叔云子有套流云盈袖掌法。这套掌法，名字甚雅，听着也没什么气势，实际上却如暗流汹涌，力可翻船。时至今日，这套掌法被他一变再变，删繁就简，简单一个挥袖动作，无声无势，却有滔天力量。

慕容馥急忙一个收腹倒纵，步走轻灵！

虽说收势及时，然而被劲气所迫，体内气血翻涌，鼓动得周身疼痛不堪。慕容馥咬牙忍耐，当下调运内息，意守丹田，运气三转，周身痛楚减了不少。

叔云子很是敏锐，感应到慕容馥内息之变，面上笑意骤然退去，脱口道："玉机？"

慕容馥察觉叔云子迟疑，抓住机会，斜身上前。

明明从正面而至，长剑一转，刺的却是叔云子后方。此一剑不落套数，实中生变，幻中生实，与步法结合得淋漓尽致，委实精妙！

叔云子侧身一避，脚步歪斜，乍看像是立身不稳，整个人却忽地一旋，已立在慕容馥后方，如先前便站在那里一般，顺势拿住慕容馥脉门。

脉门被控，慕容馥已无还击之力，一时委顿，不料手腕力量微松，一个柔和力道将她后背一推，慕容馥整个人被往高处一送。

慕容馥诧异回首。

叔云子仰首灌了一口酒，一手摸着光洁脑门，朝慕容馥方向展出一笑。

府里的府卫成圈围来。慕容馥不多迟疑，几个起落，便突破围圈，消失在夜幕之中。

一只金翼小鸟，在慕容馥消失的方向，嗖地飞掠而过。

叔云子有意放黑衣人一马，只要是在场的明眼人都看得出来。

明莲枫一见师尊，急忙上前行礼。

明仲道却脸色不佳，气他放走贼人。但叔云子是江湖前辈，明仲道少年时师从鹤异人，当年鹤异人遇见叔云子，也自称了一句“后生”。就辈分而论，叔云子和明仲道的师祖同辈分，但偏偏又是儿子的师父，也不知如何细论了。

自从叔云子收了明莲枫为弟子，明仲道与他却是面也未曾见过，所以也未去细想当如何讲究辈分。

此时初见，碍于礼数，明仲道左右思量之下，到底上前，拱手作揖问候，道：“前辈纡尊降贵，莅临鄙舍，怎么不提前通知一声？晚辈当扫榻以待，亲身迎接才是。”

叔云子也不废话，开门见山，大咧咧道：“少跟小老儿来这套文绉绉的虚情伪意，小老儿是来带徒儿走的。”说着，拉起明莲枫，转身就要离开。

明仲道一愣，很快便反应过来，急追上前：“慢着，前辈此言何意？”

叔云子一掀眉毛，踅过身来，盯着明仲道瞧，道：“怎么，我是他师父，要来带走自己的徒儿，难道需要理由？”

明仲道冷笑一声，咬字清晰道：“这么多年，枫儿劳累前辈教诲，仲道心怀敬谢之意。哪怕今夜前辈故意将贼人放走，晚辈尊前辈为长，也是万万不敢置喙。但是，明某是枫儿的父亲，有人要在明某家中带走我的亲生儿子，难道不需要给个理由？就是江湖前辈，想来也不该例外吧？”

叔云子面色骤沉，道：“小老儿今夜就是要带走徒儿，管你是不是他老子！仲华，走！”

明仲道道：“前辈武功天下无双，晚辈无力阻止。只是要走要留，前辈可曾问过我儿意愿？若是强行带走……如此蛮横，传出江湖，只怕对前辈声名有损。”

叔云子横眉冷对：“叔云子蛮横江湖数十年，竖子今日才知？莫说小老儿是半只脚踏进棺材里的人，就是年轻几十岁，那些腌臜虚名，对小老儿而言，也不值一哂！今夜愿意同你小子说话，也是看在你是仲华的老子，否则，凭你资格，连见小老儿一面也是不配的。”

“你……”明仲道咬牙切齿，冷袖一拂，看向明莲枫，“枫儿！”

叔云子哼一声，继续道：“况且，我的徒儿，他自然是自愿跟我走的，是吗，仲华？”

明莲枫道：“是……”

明仲道面色一变，急急道：“枫儿，你三弟才没了，你大兄又远在漠北，为父年岁已大，你真的忍心让为父独撑明家？”

其实，明莲枫性情爽朗，为人耿直，更喜欢仗剑江湖、不涉家族纷争的侠客之路，只是，明仲道向来寄希望于他，言语之间常有提醒，要他承继下一任明家宗主。百善孝为先，父亲意愿，他又不好违拗，且现下明家又涉多事之秋，昨夜幼弟之事，父亲虽然无表态，眉眼间却骤有苍老倦怠之色。眼见老父疲惫，他纵是有心离此旋涡，却也心生不忍。

师恩父孝难两全，明莲枫陷入两难，咬牙道：“我……”唇瓣翕动，终究没有说下去，愁眉锁眼，大有苦色。

男儿傲然脊骨，此时仿如担压重逾千斤的巨石，无法抬举，无力抉择。

看到明莲枫面色艰难，叔云子心底明了。白玉陷泥，秀木为材，人家老子都不可惜，我这小老儿来稀罕什么劲？他终究叹了一声，道："仲华，陷入那些纷争里，你会后悔的。"说罢，也不再多言，一抚腰间酒葫芦，仰首畅饮，引觞高吟，"休道江湖岁月老，笑饮琼浆揽蟠桃，醉则天地为床被，平生烟雨任逍遥。"

歌动四下，余音犹在，抬首已不见叔云子踪迹。

水光映月，月泽盈窗。室内珠帘折光水色，萦绕在帘后一幅屏风上。

屏风乃花梨木制，螺钿嵌边，上方两角飞出云雾雕样，惟妙惟肖，又兼屏风上本就是叠峦山水，被那水色一添，像有雾气洇开，变得极淡极轻，让人如置身缥缈烟岚之间——观峰峦之峻远，赏秀水之温柔。

屏风前置有一宽大檀木翘头案，案上置一张瑟。瑟侧又一小矮桌，桌上兰形玉盘中，置着小巧梅子青鬲式炉。炉中燃的乃鹧鸪沉，气犹清婉似莲。瑟上是一双手，手指修长，骨节清晰，调弦更张，抹挑勾剔。

音如流水，调子欢快，随着一缕细烟袅袅，在室中流连辗转。夜深人静，明月当窗，香爇水沉，曲弹古调。

一只金翼小鸟，似被这辗转的曲声牵引，不知自何处飞来，停在窗沿木上，叽叽喳喳，伴奏一般，发出细碎的声音。大约是想展示它的嗓音，来应和这绝妙韵律。

这时，有人推门而入，无声一揖。

案后男人手停，曲歇，目光一侧，转落在窗边的金翼鸟身上。

室中振翼声响，窗边的金翼鸟飞入内间来，停在了刚进来的萧子岩手指间。

室中独响起鸟儿叽喳声响。片刻之后，萧子岩平时冷硬的面孔上，转过一丝微不可察的、细碎的温柔。旋即，他将手一送，金翼鸟在他指尖跳蹿几下，便振翅飞出窗外，顷刻没了踪影。

萧子岩拢袖一礼，对案后男人道："慕容馥今晚潜入尚文阁，遇上了去找明莲枫的叔云子前辈，两人打了起来，结果，叔云子前辈放走了慕容馥。”

云息敛睫垂眸，手轻轻擦拭弦丝，对斜靠黑檀榻上假寐的俞棋道：“你怎么看？”

俞棋没姿没态地伸了个懒腰，简明扼要，道：“还怎么看？自然是她不信公子你……”

云息抬首，眉宇间笑意清逸：“我知她不相信我，这无须你告诉。除此之外，你还看出了什么？”

俞棋腿一伸，便跃身盘坐了起来，两手在榻上撑直，耸着肩道：“除了我们之外，她还有消息来源。”

云息闲闲道：“说来听听。”

俞棋道：“地牢女子的交接，是由巡捕房定下的时间地点，之后再通知明仲道。而明仲道却故意让明莲枫故布迷障。本来嘛，若慕容馥除公子之外，再无其他消息来源，那么，就算她不相信公子你，也只能选择相信。因为，她得到的只有一个消息。但现在很明显，有人告诉了她另一个消息。两个消息，不知哪个真，哪个假，必然要去刺探一下。否则，她不久前才在尚文阁遭了一回埋伏，吃了公子埋下的闷亏，这一回，她才不会无端端跑去尚文阁再招惹麻烦。”

“什么叫我埋下的？她自己要去，也能怪我？”云息一本正经。

“好好好，不怪你……不怪你怪谁？”后面那句，俞棋压着声，将两手对拢袖中，手肘往隐囊一靠，漫不经心地看着云息擦拭琴弦，脸上带着狡黠神气，“你从一开始告诉慕容馥时间地点时，就想借此试她吧？否则你大可以告诉她，明仲道必定会造出假消息以作引诱。偏偏啊，你知而不言。你设了这么个局，今夜她这样打草惊蛇，明天，她还真能救得到人？还好，这一切她并不知道，否则，你说，她会不会找你拼命？哈哈哈……”

俞棋表面上幸灾乐祸，心里却十分清楚。不管云息给慕容馥设下多少个圈套，绕了多少条弯路，只要他答应过的事情，便必然会做到。他答应帮慕容馥救人，那么这个人，必定出得来。

云息扬扬眉，眼底有洞悉，别具深意道：“有时候你就是把一切看得太清晰。”

“谁叫我阿父阿娘给我生了这么个好脑袋呢？”俞棋一脸没有办法的样子，装模作样叹息道，“唉，天生的，没办法。我亦时时为此深觉苦闷。”

萧子岩看着俞棋，风马牛不相及地开口道：“阿晴回山庄了，你还留在这儿做什么？”

俞棋一愣，旋即撑起身，行至萧子岩跟前，道：“敢情我是真碍你眼！”说着，一手扶在萧子岩左肩，一腔无可奈何的调子，“唉，你不知道啊，我当然是归心似箭的！可问题是公子他舍不得我，不让我走。”说话时，下巴朝云息处扬了扬。

萧子岩面无表情，左肩部一沉，绕开了俞棋搭在肩头的手。

俞棋一个重心前倾，就往云息的瑟上扑去，挥舞着双手，满脸慌慌张张地嚷嚷道：“啊啊啊，撞上啦！撞上啦！”

眼看就要人案相撞，云息却仍旧一脸悠然，手持素绢擦拭。

俞棋深觉无趣，脚步反踏，整个身子一旋，人就稳稳当当地往案侧坐下了。

萧子岩在一侧嗤之以鼻：“你丢不丢脸？”

云息这才笑笑，看着俞棋道：“你是不知该以何种方式面对她，不敢回去，倒拿我当借口了。既如此，我成全你，山庄那边就先不要回去了。”旋即起身，拿下架上一方黑面锦盒，递给俞棋。

俞棋稍见狐疑，一边觑着云息神色，一边打开锦盒，见盒内正中置着三卷绣图。

绣图古旧，呈黄白色，显然是年头悠久的古物。

俞棋随手翻了翻，问道：“怎把这三张族卷绣图给我？”眉峰隐锁，方才嬉笑玩闹的神容，已介入三分凝重。

“加上欧阳家的，四张图合起来，给你二十天，派人把四符位置寻来。”云息敛襟，在先前俞棋休息的黑檀榻上倚坐下，说话时，唇角牵开笑意浅浅，深眸中，情绪难辨。

俞棋合上锦盒，手顿在锦盒上方，牵着眉头问道：“这四张绣图合起来，真能找到四符？”

“四张绣图合起来，就是地图，你带给吴画看看，地图只有他画得出。”云息牵了牵袖，便半躺在榻上闭了眼。

萧子岩知云息是想歇了，用目光招呼俞棋，两人退了出去。

守在门外的清池见二人出来，方轻着步子入内，换掉梅子青鬲式炉，点置壁龛画障下白玉镂雕牡丹炉里的安息香，撤下四周亮目大明珠，只在案头留下一盏绛红茜纱置珠灯，才悄悄退了出去。

“清池。”

刚放下纱帘，到了外室，却听里间低低声音呼唤。

清池应声而入，问道：“吵到公子了？”

榻上人靠着锦绣隐囊，支颐而寐。

光色晦明，瞧不清神情面容，只觉得浮光掠影之间，轮廓打着阴影，重岩叠嶂，似高山远景，分外轩然。

他的喜怒哀乐，自来都匿在这份重岩叠嶂、轩然远景里。眼看点滴在目，其实却是难识的庐山面目。

半晌不听回声，清池险以为方才是自己听错。这时榻上人又开了口：“九年前，夏侯家的资料，你拣些要紧的重新与我说说。”

清池拂开垂帘，行近了跟前，借着光看到云息正闭目养神。

清池垂了眸，稍做思量。昔年夏侯家族为四大家族之首，人物牵系繁多，当初他拿到资料，整整有数十卷。此时公子忽地问起，究竟想要知道是哪一方面的？

清池在心底斟酌了一会儿，才道：“夏侯一族，原在雍国巨鹿。其祖辈夏侯玄那一代，只生了一子，名文。夏侯文是当时夏侯家的独苗，又乃当时一代风流名士，游历宁国时，为宁惠公招揽，成了宁国第八代国君的左丞相，有功于社稷。夏侯家，乃四大家族中唯一入过政途的。宁惠公薨后，新帝宁平公即位，夏侯文便避政从商。宁平公为夏侯文建了一座豪华的府邸，赏赐黄金珠宝，良田美人，数不胜数。从此，夏侯家的家族总部，便根落宁国昭华。

“人道宁国之富，富在昭华，昭华之富，夏侯一家。夏侯家以善名为天下所闻，取财有道，富而善济，时为天下人啧啧称道，又兼是西秦四大古老家族之首，彼时声名之显赫，确然是首屈一指。九年前，夏侯家的家主名唤夏侯杰。夏侯杰掌事二十多年中，夏侯家成为同雍国祁连氏、舒氏，穆国云氏，襄国沈氏，卫国纳兰氏齐名的六大巨商。夏侯杰宅心仁厚，时常接济平民百姓，在昭华城民望极好，尤胜当地官吏……”

云息抬眸：“子女方面呢？”

清池这时心里才澄明起来，道：“夏侯杰有四子四女。长子夏侯连，其年二十；二子夏侯逖，其年十七；三子夏侯迁，其年十四；四子夏侯遗，其年十。长女夏侯绮月，其年十八，薛氏所出，康帝十七年，嫁与武林盟主段之宏之子段少商；二女夏侯绮若，其年十二，亦薛氏所出；三女夏侯馥惜，其年九；四女夏侯绮姝，其年五。这些资料，都止于康帝二十年，也就是九年前。据说，夏侯家主直系血脉的所有人，都死于当年那场大火。百年豪府化作灰烬，有无幸存、隐踪匿迹的，便无从得知了。”

清池低眉，眼角余光正见一抹素白中衣掀动。衣角边缘的银线兰草纹路，在纱灯光影里生姿。

云息坐起身来，口中呢喃了一个名字：“夏侯馥惜？夏侯馥惜！”

清池紧接着道：“夏侯馥惜为夏侯杰原配慕容夕生。慕容夕早逝，之后薛氏扶正。说到夏侯馥惜，这个名字，彼时在昭华城，和她的父亲一样响，城中传有一俗言，昭华夏侯，有童岁六，天资高妙，过目成诵，人称昭华小神童，说的便是这位夏侯馥惜……”

云息立起身来，趿了素履，慢踱数步，走近了窗口。

听水阁前，水映玉扶栏，琼阶流光。山庄里，千百绡纱灯笼高悬，在九曲回廊间泛波相连，琳琅星点，直嵌入雕梁画栋里头。

满目的灯火明光耀目，反倒衬了夜空杳杳，云翳浅薄，黑幕深远无际。云息一身丝绫中衣素清，临窗凝立，许久不言。

二／双生华女

烈日之光耀目。此时可算深秋，少有这般热烈的秋阳。

光线的天罗地网里，无风。

今朝十月朔。海棠山庄附近一个白须光头胖老人坐在河边，料理鱼钩，望了望天，叹气道：“如此艳阳，怕是有灾啊！”

昭华西城，武林大会。

此刻昭华西城，明光府范属之地，万头攒动，观者如云。但凡江湖上数得上名号、稍有地位的，多聚集于此，参与这难得的盛事。

府前长道几大排高树，繁盛葱绿。郁郁葱葱的枝叶，在烈光的照射下投出羽状暗影。府门前至内，摆满各式菊花，如几团金黄锦缎，一波一荡，直铺到比武高台上去。

花开摄人，一片金黄热烈的燎原之色。

竞场金碧辉煌，排场隆重，来者交口赞誉，又有人和声叹道：“明家不愧为江湖世家之首。”

早年，“夏侯明，欧阳华”四大世族，夏侯家居首，后华家、夏侯家相继遭遇不测，所谓四大世族，当今仅仅剩下欧阳家与明家。欧阳家素来不事张扬，声名不如明家煊赫，所以在江湖上，人们观念之中，总觉现余这两大家族里，是明家为首，这也不足为奇。

有些东西，有人说，很多人说，说着说着，无论是或不是，最后也都成了是。

竞场上人很多，人多的地方自然静不了，更何况高台上还有人比武。大伙看到热烈处，时时高声叫好，一阵阵，也不计较上面之人是敌是友。

时将近午，经过多场比武，台上武者能力已逐渐走高。日色渐渐火热，台上的人打得更火热，台下之人当然也看得火热。

武林大会，各门各派，群雄聚集，这是最好的比较实力的机会。

台上武者都使出全身能力，不求真能博得盟主之位，多求提升应对技能。所以这上台的武者，自然多是小有名气的高手。若真无一二拿得出手的本事，谁愿意上台丢人现眼，有碍观瞻?

当然，每届武林大会，也有一些籍籍无名之辈，经此役而鹊起江湖。总而言之，无论能否得盟主之位，对许多人而言，这都是一番成名的际遇。而交手之间，招数应变，都是台下人吸取武技经验的最好机会。这便是每一届武林大会，都有如此盛况的最大缘由。

比赛采取淘汰制，七个场地同时进行。万千武者齐聚，每个武者都有参与的资格。连赢三场，便可晋级留名，而每个赛区胜利者，就是打到没人敢挑战他为止。按照大会进程，前三日，都是在淘汰相对比较弱的武者。

段之宏因途中有所耽搁，并未出现在大会的启幕礼上。此时主桌上空出了数个缺位，比较引人注目的另一位是——公子云息。

明仲道今儿一大早起，便听下人报说云息公子身边的萧少侠请见。据萧子岩所说，昨夜凉风骤起，云息夜里受了风寒，今朝起不了身，无缘瞻仰武林大会启幕大礼，待身子好些，再行前往。

这事一传开，消息便四处纷纷扬扬起来。说个大概，无非是道公子云息声名赫赫，却不过是空占虚名，竟如此体弱多病。纵是参加了大会，单凭那响亮名声，这武林盟主之位，怕还是难同众多高手争个一二。

不利谣言纷纷，然则自大会伊始，人们对公子云息的期待，比之大会前，不降反升。

在武林大会礼炮响起的同时，慕容馥正要从府中小偏门离开。

束发紧衣，一身灰色紧身窄袖袄，暗玄色束口长裤，正是侍童衣饰打扮。这身打扮，为的是出入桃李园时，可借用云息随侍身份之便。

却在这时，不远处一阵骚乱起。

府内警戒部署严密，各庭园楼阁门前皆有府卫站岗，五步一人。除开这些固定点，还有五人一组的巡逻卫。但这忽然的骚动一起，这些站岗巡逻卫纷纷往庄内一个方向而去。

接着叠叠响起惨叫声，此起彼伏，不晓得发生何事。慕容馥不想多管闲事，心想还是去桃李园要紧。

就在这时，眼角余光一闪，某物自慕容馥身后闪电而至。

慕容馥惊讶转身，一排银针在日头下耀目，正对她咽喉刺来。慕容馥应变迅疾，身子霍地后折，身段软如风中垂柳，避开银针。毫离之差免却夺喉之害。

银针“叮”的一声入墙，慕容馥回首看那排银针，竟是深深没入墙中；再看墙周围，却无半丝裂痕，可见袭击之人手劲之巧。

旋即，一个浅蓝身影在慕容馥身侧疾闪而过！

那人身段纤瘦婀娜，步伐轻盈，是名女子，正要往小偏门方向去。离开时，那女子似乎是惊讶于这瘦小侍童避针时的绝妙身法，好奇地回首一看！

慕容馥也恰恰抬头望去，蓦地大惊。

那女子容色苍白，眼下一道伤疤像是新伤，显有几分狰狞，但即便如此，一双横波凤眸意带清寒，足以让慕容馥一眼认出她来。

“阿颜！”慕容馥又欢又喜，脱口欲呼，却见欢颜往偏门的方向处，数十府卫正如潮涌入，后方亦有靴声橐橐，紧逼而至。

慕容馥一个错神，回首已不见欢颜踪迹。她心中惊急，不免惶惑，心道：阿颜是如何逃出地牢的？她方才分明已见到我，又怎的一脸不识，像没认出我来？

耳闻府卫将近，慕容馥忙往树后隐蔽，藏形匿影，头却稍稍往外一探。正见明莲枫领着数十人从后方赶至，两队人马会合。

明莲枫面色清肃，道：“好端端的，她被下了禁制，全身气脉被控，不可能凭一己之力从地道逃出。到底发生何事，谁替她解了禁制？”

一人战战兢兢回道：“卑职也……也不知。我们奉宗主命令，避开耳目，将那女子带入通往桃李园地道。队长见她气脉被禁，修为尽无，料想也不会发生什么变故。又为了不引起动静，是以只遣派了八人押送。孰知才入地道不久，那女子便撒出一把白粉，慌乱之际，我们覆目一避，待看清时，已不见踪影。以她的身法看，根本没有丝毫气脉被禁的迹象，怕是禁制已解。”

明莲枫眉峰稍蹙，心想：莫非她是自己突破了父亲所下的禁制？不可能，先前同她过招，她的修为不过是在通元阶，怎么可能突破得了固原武者所下的禁制？即便她有密法可强解，但刚突破高阶武者禁制初始，必定全身乏力才是，绝不可能有如此灵便的身法。

究竟发生何事？

这女子一旦逃脱，巡捕房那边必不好交代，以为是明光府不愿交人。且眼下外头武林大会正在进行，出现这等事端，追击、探查等都无余力展开，委实不妙。

明莲枫稳下心神，吩咐道：“禁闭府内后方各大出入点，派人低调分散追寻，尽量避免惊了前方，知道了吗？”

“是！”

声息远去，慕容馥才自藏匿处出来。

眼看欢颜既然在明光府中，桃李园那边也不必去了。只是这明光府这么大，欢颜究竟去了哪里呢？她低眉敛目稍作思索，接着几个起落，便消失了踪影。

搜寻越发紧密，府内警戒重重。蓝衣女子心知出府门路尚不可行，中途方向一改，避开一批府卫，身法灵便，往府中西角一带而去。

一队搜寻府卫的领首忽觉眼角一闪，待他回首时，却不见任何踪迹。但这领首生性警惕，心下一疑，便指挥府卫往西处所在寻去。

蓝衣女子闻得脚步橐橐，人声嘈杂，不敢往前再行，唯恐惹出太大动静，匆匆蔽身于回廊后，晃身进了附近一处院落。

院落中，亭台楼阁，花叶交错。特意栽种的几棵枫树，润了阳光，红红火火地舒展着枝叶。院落朗阔，鲤鱼池上金光粼粼，縠波动处，耀人眼目。

碧水花木，平分秋色，相得益彰。

蓝衣女子举目一扫。

此院落风景别致，但周围暗岗零落，想来不是正院，只是用来待客的寻常客院。此时，外头武林大会正在进行，住在明家的客人必定都去了前方，此处倒是个暂避眼目的好所在。

听得外面脚步声频频响起，越来越清晰，估摸是进了院中来。穿堂两侧围屏帷幔，十分精致。蓝衣女子无心细看，飞速转位，随手拉开了一间室门，闪身便进了室中。

此时，外头脚步声已停，显然是围在中庭。

其中一个府卫道："头儿，是否要进去搜一下？"

"不，方才我只是怀疑有人冲这边来，并未真的见到。此处是苏门苏竹溪师妹住处所在，听说这位苏姑娘性喜清净，又身子微恙，二郎主吩咐过，不许擅自打扰。还是……撤退吧，我们往别处搜寻。"

苏门苏竹溪师妹住处所在？蓝衣女子脸色突变，几步连退，不意身后有案。碰撞间，案上杯盏相击，碰出声响来。

"谁？"内室有声音冷喝。

蓝衣女子慌乱间，想夺门逃出，才至门前，便又听得脚步声响。方才那些府卫去而复返，想是听见动静。无可奈何，她只得往内室闯入，心想，先拿住这内室中人，取得先机，再思索退路不迟。

说时迟，那时快，蓝衣女子闪身骤入，一股凌厉的掌风朝内室人瞬间而至！

虽是猝不及防下，室内人仍反应迅疾，霍地后退！

蓝衣女子身子游移，忽至室内人身后，一把擒住对方手腕，身法极快，动手正是别肘擒拿的路数，想一举制住这室内人。

不料室内人也是个高手，脱腕动作才送，接着便是一个缠腕，反擒拿手法甚是高明，出手又极快，蓝衣女子显然不敌。

蓝衣女子却也不惧，借着室内人左手缠住她的手腕，她右手袖口中银芒一闪，锐气迫人。不过一退一趋，一枚银针已抵在室内人修长脖颈上！

蓝衣女子声音霜冷，道："针上是十步夺命散，你要是还想留住一命，就别动。"

室内人果真听话没动。

这时，外方已有人问道："苏姑娘，你没事吧？"

室内人扬声道："没什么，适才起身倒水喝，手绊倒了茶壶。"

"外头大会，不免人多事杂，怕有人误闯这后方，扰了苏姑娘清净。无事便好，小人打扰了。"

听得脚步声逐渐远去，室内人淡淡开口道："他们走了，你可以放手了。"声音平静舒缓，丝毫没有被人擒制在手的慌乱与愤怒。

蓝衣女子慢慢放开手，室内人并无转身回头看看这个无端闯入房间、用毒威胁自己的人，径直朝外室走去，只道："你自便吧。"

这室内之人是名女子，身材与蓝衣女子相仿，一身牙色绉纱长裙，衣上配着的是一件茶白襦衣，外搭对襟窄袖撮晕缬秋衫，腰束玉色绫带，身后背着个小包袱，想来是正要离开。

不知为何，蓝衣女子总觉得这人身影颇是眼熟，加之方才那些人对她称呼的疑惑，脱口问道："你是苏竹溪什么人？"

女子推门的手一顿，踅过身来，还未覆上轻纱的眉目正入人眼。

蓝衣女子双眸圆瞪，浑身蓦然一震，脑子里嗡嗡作响，如惊雷一劈。

羽玉长眉，秋波凤目，琼鼻绛唇，仿佛眼前有一面长镜，正映着自己的影子，恍惚里如出一辙。

是的，自己的眼睛！自己的眉睫！九分的相似！

除了一分。

她的眼下，是粉嫩的蝴蝶状小疤；而自己，是不堪入目的丑陋伤痕。

女子才转身，便看到方才挟持自己的人。饶是她素性自持，此刻也不免惊愣，但稍刻便恢复了平静。天下之大，无奇不有，单是容颜相似，又有什么好稀奇的？

女子思绪电转，忽然明白了什么，反问蓝衣女子道："你，是苏竹溪的小师妹苏婠婠？"

苏婠婠并未应答，显是尚未在震惊中恢复过来。

女子凤眸微侧，目光轻扫她手间银针。手劲灵巧，毒不离身，看来是没错了。女子不等苏婠婠开口，又道："你师兄寻你许久，我不知你为何被他们搜捕，也不想知道。你既来此，如此倒是好事。我叫欢颜，请你代我同你师兄道一声谢吧，告辞！”

言语里，隐隐有几分歉意。说完，便转身离开，并未犹豫。

欢颜知慕容馥曾夜闯明光府，明家山庄正在寻其下落，只怕不会再出现在武林大会上，遂对武林大会也没了兴致，心下斟酌着，与其盲目寻找，不如打探下张旭住处。

昨日欢颜同苏竹溪打听了此人，才知这张旭，正是平国聚贤山庄庄主。至于今日趁着武林大会偷偷离开，是因她不知如何同苏竹溪道别。

欢颜自室中出来，看着院中几棵枫树。招摇的枫叶，红亮似火，却又刺目如血。她缓缓展开掌心，纹线清晰的掌心，淡粉凝滞。

那不是粉，那是血。

他在她危难之际救她一命，一路行来，帮助她、照顾她，以心眷顾，一时情动。他对她的心意，她都知道。不管他是因为她长得同苏婠婠相像而喜欢她，还是单单只为她，她都不能继续留在他身边。

她没有资格。

她欠了一个人三百多条性命，在没有还清之前，她没有资格纵容自己。更何况，便是有朝一日还清了，她也未必能与他走到一起。她一身不洁，罪孽深重，而苏竹溪，一如修修翠竹，俗世凌立，磊磊高洁。

他们并非一类人，怕是难以殊途同归。欢颜心里波澜起伏，暗暗叹了口气。

秋风剪剪，起伏掀动着女子裙摆。她身形轻逸，犹如掠燕翩飞，几个起落，便消失在院落里。

苏婠婠从震惊中恢复过来，心想，不知这女子同师兄是何关系，怎会以她的名义留在明光府里？还有那张脸，竟……竟同她一模一样！是易容术，还是她本来便如此样貌？这女子，到底是谁？她满腹疑惑地追出去，却已不见对方踪影。

苏婠婠迟疑思虑，从室中取出面纱遮面，施展轻功提纵之术，往府里追寻而去。

行至一处，苏婠婠身形陡地一晃，似是脚被什么绊住，身向前倾。周遭劲风忽疾，一只手不知何处冒出，冲她拦腰便扫！

陡见浅蓝身影腾空一跃，苏婠婠反脚飞踹对方心窝。原来是苏婠婠早察觉有人潜伏，特地卖了破绽，引对方轻进。

对方却也不是个简单人物，身子便捷，吸腹倒卷转来，不仅避开苏婠婠一脚，反一手缠住她的手腕，动作变化，十分灵活。

苏婠婠连连几个反擒拿脱腕动作，却总是手一脱离，复又被他缠上。

对方不下狠手，偏偏这样一来二去，好似存心戏弄。苏婠婠心下恼怒，反指一挥，一缕细若游丝的银光在指尖一亮！

对方似一早知觉，一手托住她往后的胳膊肘。对方力气又大，苏婠婠这厢还摆脱不得，那边被缠住的手腕叫他一拉，旋即整个人便失了重心，往对方怀中跌去。

对方制住她，手指掐在她的脉门上，也不开口。苏婠婠觉得身子一轻，被人抱起，几个轻纵，便往园子深处而去。

这人轻功卓越，对明家熟门熟路，悄无声息，便入了一座精致楼阁里头。

对方手一松，苏婠婠手腕即动，银针在手，往身后疾刺。瞬息之间，连进八处，处处皆是身体要穴！

对方近身功夫却是好生了得！手势一挡一格，身子灵转如风，门户严密。瞬息之间，不仅仅趋避开她的银针，且擒住她握针的右手，脚微踢苏婠婠小腿，将她整个人斜揽在臂弯中。

苏婠婠目光一斜。眼前人面上戴半面银制面具，面具沿着鼻沿至耳侧，开始向上遮掩，遮盖了额头到鼻翼的地方，双眼处各开眼洞。面具上额描了一枝黑色八瓣梅花。

暗梅门?

银面具仅露出了嘴，这人唇角勾出了一丝弧度，似笑非笑。一身暗银色衣衫在日下折光，令人目眩。

苏婠婠眼一眯，只觉得这人身上有一种熟悉的感觉，目光审视眼前银面人，问道："你是谁？"说话时，暗暗将右手银针一松，银针悄无声息滑落，没有被银面人拿住的左手一接。

苏婠婠目光微利！

杀气！银面人倏觉不对！

说时迟，那时快，苏婠婠左手银针突袭银面人！

银面人推开她的手，力道往她腰间一送，将她推离，顺道也远离那攻势如潮的银针。

这下正中苏婠婠心怀。她自知修为在他之下，不愿同他久缠，借此机会转身就要走。

那银面人看出她去意，身形飘飘，又一把擒住苏婠婠的手，再次用力一带，苏婠婠整个身子一旋，又是不受控制地往他身上跌去。

银面人拉着的还是她的右手。但这一次，苏婠婠的银针，却是在左手。倏忽之间，银针针尖，已将至银面人咽喉！

银面人眼明手快，扣住那银针刺来的手腕。力道胶着间，银针恰恰在他咽喉前——半指之距停住。

只要再稍稍一用力，银针便直入咽喉中！

奈何，手被控制，苏婠婠已无力可用。

银面人唇角一弯，带着轻描淡写的笑意道："才多久不见，苏门女郎便不记得在下了吗？"

一听声音，便觉耳熟，苏婠婠脑海晃出一个场景。

此时才知跟前是何人，苏婠婠一脸惊讶，犹如白日遇鬼："是……是你？他们……不是说你已经死了？"

那人一哂道："只要不是亲眼所见，旁人口中听来的生死，皆不足以信。"

苏婠婠皱眉，诧异道："你是……假死？"

那人道："死嘛，倒是真死，不过，是有人代我死。"

此时此刻，他分明戴着面具，面具覆盖了半张脸的面容，但苏婠婠仍在他身上感觉出一股阴森之意。

苏婠婠暗暗深吸口气，盯着他道："我不知发生何事，你这般行径又是因何缘故，我也不想知，但是，在桐乡居，阁下讲明光府地牢里，有揭开我身世之疑的东西，将我骗到明家来。我被明仲道困在暗无天日之地这么长一段时间，可不好受得很，你还敢来见我？明三郎，明公子，你不怕我翻算旧账，揭发你假死之事吗？”

银面人一笑，挥手揭下脸上银面具。

阁楼日色斑驳间，露出一张脸。

这张脸，眉目与明莲枫有三分相似，气度上却是相差天壤，特别是一双眼睛。明莲枫眼神净澈，还带着三分江湖人的不羁爽朗。可他，目光阴沉，眼底薄笑流转，甚是森然。

苏婠婠第一次见到他时，也是这种感觉。

那日离开蝴蝶谷，苏婠婠驾马一直往西走，踏上宁国地界，径直到了昭华城。

十多年来久居蝴蝶谷，纵是平日里领门中弟子离庄采药，也不曾远离蝴蝶谷周边范围。此番初次远离，踏入宁国境地，听得地方言语，看到衣饰举止，对苏婠婠而言，处处新颖。

许是往日里，苏婠婠自思自己孤儿出身，心有挂碍，成日又伴着师长左右，潜心学艺，久而久之，性僻寡言，少有少女初见新鲜的新奇劲，且反因人生地不熟，一路所行很是费劲。好在苏介湖所教，与谷中弟子交流，均是使用纯正官话。各国皆有各国地方语言，而所谓官话，即是以西秦都城言语为准，可通行各国。苏婠婠一口官言流利，至少言语上不成障碍。

到了桐乡居时，已是日暮时分。西下的日头拖了一丝残红，像是与远处倾轧而至的黑暗抵抗，苟延残喘，不甘不愿。

一路跋涉至此，饶是苏婠婠自幼习武，亦是不堪疲惫，任由侍者引至房间，倒身便歇。直到凌晨五鼓，她才起了身来，只觉周身疼痛，骨似散架，必是长时驾马，初次颠簸远行之故。

苏婠婠盘膝在床榻上，气运周天，调息少顷，才稍觉舒服，便离开桐乡居，对着手中买来的昭华城道图，随处走走，熟悉下各处街道。

苏婠婠与苏竹溪一样，皆是自幼被苏介湖收养的孤儿。苏婠婠始有记忆起，便认知一点——她是孤儿，没有父母，只有师父。

苏介湖教她医术，教她学武，悉心照顾。没有父母，苏婠婠照样活着，照样成长，照样在攘攘人世占据一份属于她的位置——苏门苏介湖的第四名入室弟子。但她忘不了，自始至终，自己仍旧是被人遗弃的一部分。这么多年来，苏婠婠最大的心愿，不是医道多精，修为多高，而是查明身世，寻得亲生父母。未必说是要同他们相认，不过是想落个明白出处。

偶有一日，苏婠婠在整理苏介湖书房之时，意外见一宗卷宗："南方有国名华，以虎为尊，医药固本。凡宗室者，背文虎图，之代崇位。"

卷宗上的这一言，让她毫无头绪的身世，有了蛛丝马迹。

苏婠婠左肩背上有一只拳头大小的虎形文身，虎有双翼，线条分明有神。入肉三分的纹路，苏婠婠知道这不是天生的胎记，而是人为文上。细致入微的手法，绝不是出于普通绘皮师之手。更何况，谁会无缘无故在当时还是小女婴的她身后文上一只虎？而卷宗上所言的华国，数十年前分裂为靖国、襄国二国，早已不存在于这西秦诸侯版图之中。

而后，苏婠婠几次旁敲侧击，在苏介湖借故搪塞中，她终于明白，师尊并非不知她的身世，而是有意瞒她。

为什么？

越是隐瞒，她越想知道。不能向师尊询问，她趁着苏介湖闭关之机，收拾行装，悄悄离开蝴蝶谷，在打听中，到了江湖人会聚较多之地——昭华城。

作为各国往来贸易的枢纽之地，昭华城被称为宁国第一城，宁国又是大国，自然也汇聚各方门路消息。

一路上，苏婠婠面覆水云丝，头戴黑纱帷帽。盖覆头脸，一是为了避免师尊派人寻查到她的下落，二是因她的脸不得见光。

苏婠婠在襁褓时期，左脸曾被利刃刺伤过，利刃刀口上附有鲛毒。

鲛毒毒性诡异，虽不致人死命，但中毒之人，受伤部位一旦被烈日照射，或者置身于任何光线强烈之地，皮肤便会自行糜烂。见光时间越久，腐烂范围越大，直至扩散到全身。须以仙鹤草萃汁敷抹，晬时方能恢复，但也只是缓和毒性，并非解毒之法。

苏婠婠须用浸泡过药水的水云丝遮面，抑制毒性，才能出入方便。蝴蝶谷中，除了苏介湖，自小到大，从未有人见过苏婠婠的样貌，即便与苏婠婠一同长大的苏竹溪，也不例外。

回到桐乡居时，已是晚间，苏婠婠在大堂吃饭，才坐下身，凭武者灵敏感觉，便知周围各式窥探目光。察觉其中一道目光有异，略带审视意味，苏婠婠转眸看去。

男子着一身广袖绉纱衣，独坐饮酒，目光侧睨苏婠婠所在，似笑非笑。像是察觉黑纱之下的目光，正在他身上停留，男子对苏婠婠扬了扬手中杯。

这时，苏婠婠听得跟前吵闹，隔桌三名锦衣青年借着酒意围上来。言语出入，皆是一些不干不净的腌臜话。苏婠婠心头恼怒，可思及独身在外，不愿招惹是非，便不计较，起身回房。

其中一个两步并作一步，来到苏婠婠身边，涎着脸道："取下帷帽来，给爷瞧瞧。"手一动，就要摘下她的黑纱帷帽。

苏婠婠随手拈起一根竹筷，暗运内劲，倏然点出，正中青年曲池穴。青年色迷心窍，哪料这纤纤瘦瘦的女人竟有此等手法，尚未触到黑纱的手登时酸麻，软了下去。

左右两名同伴见此变故，便知是苏婠婠动的手脚，急呼了两声"大兄"，叫骂几声，便拔刀朝向苏婠婠动起手来。

苏婠婠左避右挡，招架了十来招。这两名青年皆不过是凝气武者，岂能是她的对手？

未几，那被她点中曲池穴的青年双臂箕张，一跃而前，加入打斗圈中。

苏婠婠先前也只想小做惩戒，不过出三成力道。那青年颇有些修为，估计是通元阶段，恢复得快并不奇怪。

苏婠婠空手无刃，正挡侧击。她修为不久前才突破通元，身形灵妙夭矫，招数固然亦精妙，只可惜久居山谷，对敌游斗火候未到。这时间一长，怎抵得了三个硕猛青年的联手进攻？

那个被叫“大兄”的青年，显然是二人的头头，先前被这小女子一击即中，在兄弟面前拂了颜面，此时自是有怨在心，出手狠辣，尽是拣致命之处劈刺。

就在苏婠婠略感压力之际，三个已占上风的青年忽地手抠咽喉，眼瞳骤扩骤缩，抽搐委顿在地。

苏婠婠看了一眼远处独自酌饮的男子，目光微凝，复又收至三名青年身上。裙角微动，脚步似踏非踏，她迟疑一瞬，咬咬牙，像是落了决心，转身上楼回房。不多时，地上三名青年一动不动，双目圆瞪，眼瞳涣散，早已没了气息。

落木萧瑟，秋月在窗，桂落闲庭。

人道大俗即是大雅，桐乡居假饰真景，相间搭配，雅俗并赏，恰如其分，当得起“第一居”的声名。

雅室清居，青帘半卷，槛窗半开。明月银光铺泻窗棂，几缕折转调皮越上炕榻，皎皎可爱。上头女子轻纱覆面，凤眸轻合，盘膝独坐。

忽地，女子长睫微颤，美目侧转，看向窗外。

女子启齿，声音清冷：“既是有意前来，何不入屋少坐？”

语音才落，便听一阵男子笑声，接着一袭身影穿窗而入，闲闲趺坐低案后。来人身着交领天水色绉纱衣，外披对襟广袖，腰束绸带，上织银绣暗纹，正是方才在大堂握杯独饮的男子。

女子凤眸微冷，凝眉直视道：“阁下深夜至此，不知有何指教？”

男子眉梢一扬，笑意深深，道：“姑娘何必明知故问？”

女子嗤之以鼻，冷笑道：“阁下杀人于悄然无形之间，手段之狠辣，小女子可不敢贸然揣度阁下心思。”

男子脸上意味流转，道：“三人性命转瞬失于姑娘之手，若论狠辣，在下可不敢与姑娘匹敌。”

女子霍然色变，落下地来，冷视他道：“明明是你，是你趁人不备，以沾毒细针弹入他们穴道，才致人丧命，当我瞧不出来吗？”

“是吗？”男子亦起身，信步近女子跟前，目光带着玩味，徐徐道，“那以苏门弟子的身份，苏姑娘想来不会看不出他们所中何毒。”

苏婠婠修眉轻颦，道：“那是特制过的雪上一枝蒿，虽是量微，但毒随针入穴道，游行血脉，足以取人性命。”

“苏姑娘既然知道是特制的雪上一枝蒿，毒性虽烈，却并非无药可救。更何况，苏门医术高妙盛名江湖，解这区区毒药，对苏门弟子而言，不过是举手之劳吧？”

这毒因中穴道，解药倒在其次，要紧的是，服下解药之后，须以本门内功心法调运内息，助药性运行至心脉。因此解毒说难不难，说容易，却还是得花费些内力的。她若愿救，刚中毒时抢救，那三人确实仍有活命的机会。本门医术，苏婠婠自来引以为傲，眼波一横，傲然道：“这是自然。”

“既然是举手之劳的事情，苏姑娘却作壁上观，袖手不救。”男子耸耸肩，一副意态慵懒，指鹿为马道，“那他们究竟是丧于姑娘之手，还是丧于在下之手呢？”

“你……”苏婠婠怒目而视，哑然无言。

此人心如渊囿，言语诡辩，说话之间，不明不白地便叫他给盘了进去。苏婠婠平复心境，拧额以思，问道：“看阁下这身打扮，也不是寻常江湖客，你到底是谁？”

男子道：“在下明洛祎，来给姑娘指一条出路。”

明洛祎？苏婠婠从头到脚，将他打量了一遍，瞧他的打扮与行止，想必是明光府的哪位人物。她心底细细斟酌了一下，道：“我不明白你的意思。”

明洛祎笑了笑，道：“苏姑娘在众目睽睽之下，连取三人性命，觉得这桐乡居还是久留之地吗？”

“你……”

原来这是他的圈套，不晓得接下来又要要何等诡计。苏婠婠心下一恼，已欺身骤进，左手一晃，右手骤出！细芒银光，手势飘忽，似左反右，连进四招，招招都是要穴所在！

明洛祎双手负背，垂垂宽袖延地。他仅仅靠着步形，擦肩侧身，尖针银芒所在，总是难触及他身，拿捏之处，妙到毫巅，一边还闲闲道："苏姑娘不愧是江湖武学大家苏介湖前辈的入室弟子，这一套手法，翔动如游龙，精妙漂亮得无以复加啊！"

明洛祎此语倒是出自真心——女子动处疾如劲风，势如骇电，落处柔如花拂，声息全无，端有其精妙所在。若不是他身法动处尚混入内劲护体，他吃不了半分好处的。

苏婠婠招招直冲他要穴，却难能得手，此时听得明洛祎言语，不觉赞意，反倒刺耳，心下越发恼怒，本来一手直去，被避开之际，顺势反手，疾如雷奔电击，刺他耳后，咄咄逼人！

明洛祎这时才觉得不对，左掌一拍，身子横移，闪至苏婠婠身后，一个小擒拿，扣住她的手，嘴唇暧昧，隔着面纱贴近她耳际，道："你不想知道自己的身世吗？"

苏婠婠猛偏过头，但听他言，心下不禁骇异，暗道：他怎么会知道自己出谷的目的？嘴上却仍道："我不知道你在说什么。"身法回旋，后肘击出，一个反擒拿身法，便摆脱控制。

"我可以帮你。你在这里，人生地不熟，没有帮助，你查一年，也未必查得到你想知道的。"

苏婠婠停手，与他拉开三尺之距，道："我凭什么相信你？"

明洛祎道："凭我知道你想知道什么。"

苏婠婠将信将疑。

月色入窗，将明洛祎身影拉在地上、灯台上。

残烛跳跃晃目，摇摇曳曳地剪裁着二人的身影，忽明忽暗地摁在墙上。一阵风忽来，那残烛转瞬便熄了，只余了满室幽玄。

明洛祎的面容半明半暗，唇角一缕薄笑，极尽诡谲之色。他字句清晰地道："你出谷之后，直奔昭华，途中各处问询江湖上贩卖消息的小道，我知道你势必在查些什么。你自幼长于蝴蝶谷，身为苏介湖入室弟子，在蝴蝶山庄地位并不低。能促使你偷背师尊，暗中离谷，必定是与你孤儿身份有关。明家情报遍布西秦，你想要知道什么，我都能帮你。”

苏婠婠冷睨于他：“条件呢？”

明洛袆眼底划过一丝阴鸷，走近苏婠婠，在她耳侧几声细语。

窗外，夜色如墨，漫无边际。

此刻，苏婠婠思绪回转，只见明洛袆冲她漫不经心一笑，道：“你不会。”

苏婠婠讽刺地笑了一声，道：“你怎知我不会？你让我夜袭明光府，要我故意被擒，本是说，只待三日，你自会来救。可我被囚禁在那暗无天日之处，明三公子可算过时日？这个账，我会不算吗？”

明洛袆摇摇头，道：“你既能冲破禁制，那么在地牢里，你当然不会只乖乖地待在牢中。我也一早便告诉你，明家的禁地，就在那地牢之下的密室。”

苏婠婠冷哼一声道：“我一非神机高手，二非妙手神偷，地牢下机关重重，我知道密室所在又有何用？有些地方，进去容易出来难，倘若我出不来，怕是被明仲道杀了也没人知道！除了你之外，还有谁知道被囚禁在明家地牢的是我呢？”她讽刺一笑，“倒也省得你费功夫灭口了。”

“哦？”明洛袆却道，“可我倒听说，有人为了苏姑娘夜闯地牢，还把地牢通往密室的机关都给毁了。放着这么好的机会，苏姑娘一不趁机逃跑，二不进入密室看看究竟，莫不是在地牢中住得太舒坦了？我早就说过，密室里有样东西，同姑娘的身世有着极大的联系。”

苏婠婠听得如堕云雾，目光一收，冷冷盯着他，问道：“什么意思？”

明洛袆倒不回答了，试探问道：“黑衣人夜袭地牢那夜，里面究竟发生了什么？”

苏婠婠默然不答。

明洛祎靠近苏婠婠，幽幽一笑：“根据我的线报所传，明家的地宫里有当年‘夏侯明，欧阳华’中，除欧阳家之外的三大家族族图。”

苏婠婠本就对他不悦，看到他笑容阴冷，更是觉得厌恶，冷冷别过脸道：“这与我无关。”

“是吗？”明洛祎笑容鬼魅，拂起衣袖，露出手臂——臂上有一枚火雀开屏纹样。那雀细瞧了，好似孔雀，颜色却是血红，栩栩如生，展开的丽屏，更像一团燃烧的火焰。

细腻的纹路，精致的勾勒，足以让苏婠婠联想到什么。

明洛祎审视着她的神情，旁敲侧击：“不知姑娘身上，可也有什么特殊图样？”

苏婠婠抬眸看他，只觉他神情复杂，一时难辨深浅。说与不说，叫她有些拿捏不定。她模棱两可地问道：“你究竟想说什么？”

明洛祎道：“自来四大家族子女中，身上都会有纹图。夏侯家原先是四大家族之首，便同其他家族有些许不同，男子后背上文的乃飞凰图，女子文的便是游凤图；明家是臂上开屏雀图，而华家……”他有意将语气拖一拖，为的，就是掌控住她的情绪。

果不其然，苏婠婠不够冷静，异样的呼吸出卖了她的情绪。明洛祎并未猜错，她果然去过密室。

明洛祎继续道：“华家是虎图，欧阳家是盘蛇图。族图上家族印记的图样和文在身上的图样，除了大小，其他都是一模一样的。如果你还是选择什么都不说的话，那我也只能什么都不说了。”

苏婠婠眉睫一抬，冷瞥他一眼，犹豫了下，才开始讲道：“那夜我听得吵闹，之后有一个黑衣人闯入地牢。我根本不知他是如何进来的，只不过是一眨眼的工夫，他便出现在我眼前，抬手便解了明仲道在我身上下的禁制。”

“哦？”明洛祎眸光掠过一丝薄刃，心中思虑道：一个人被下的禁制，除非自己冲破，否则只有武学修为比下禁制之人深厚，方能解开。父亲修为已在固原阶，那么，那人修为必定在地武圣，或者是地武圣之上。

他原先还以为，她之所以能冲开父亲所下的禁制，乃因苏门里的什么秘术，不料还有这一层。这黑衣人为她解开禁制，莫非与她有什么关系？

但苏婠婠接下来的话，又出乎他的意料。

“我原以为他是你派来的人，便什么都没问。那人解开我身上的禁制之后，跟我说了一句话。”

明洛祎问道：“什么话？”

“他说，‘外方防守仍旧严密，你先不必离开，此刻禁制已解，你在这儿待些时日，调复内息，日后自有脱身之机’。”

明洛祎微愕，心中浮出一丝莫名的感觉，好像被什么套住了，却又想不清楚，看不明白。像有什么东西，早已远远脱离了控制，但他还不知道。

到底是哪里出了错漏？

他原先未能肯定图符是否在地牢，便依尊主之令，诱骗苏婠婠夜闯尚文阁，为的是引起父亲多疑之心，让父亲错以为是暗梅门指使。苏婠婠并非暗梅门中人，父亲无法从她口中得到什么。而她要他帮助寻找身世，必定不会将他道出。苏婠婠久居蝴蝶谷，不知江湖险恶，更不懂得与人虚与委蛇，似她这样的人，只要拿捏住她的弱点，极易掌控。这样一来，日后还有机会，借苏婠婠把苏门也拉下水。

父亲性情多疑，人又自负，必然以为暗梅门有意冲四图去，自会采取相应措施，这样，反而泄露了四图位置。

但究竟是谁在这其中横插一手？这人对暗梅门了解不浅，而且对门中窃取图符计划知之甚详，与此番门中奸细必为同伙。那么，此人与苏婠婠可是相识？既然入了牢中，解了苏婠婠禁制，又为何不索性救她，反而把苏婠婠留在牢中？且说出那样的话，对方怎么料定日后她能有脱身之机？

难道此人还打算再劫牢一次？

不可能，第一次没成，父亲把机关全部更换，任这人千万神通，短时间内，也难能得手了，苏婠婠更难有逃离地牢的机会。

那如果苏婠婠不在地牢呢？

明洛祎恍然大悟：只要父亲把苏婠婠带离地牢，如今日，禁制已解的苏婠婠，还怕走不了吗？原来这便是所谓的脱身之机。

而要让父亲把苏婠婠带离地牢，有多少种可能？

对了！父亲关押苏婠婠，是以为她是暗梅门人，但如果有人证明了苏婠婠不是，巡捕房一旦插手，苏婠婠便不能任由明家关押。

昨晚薛情入狱，她的口中就有可能泄露消息。

可是，薛情入狱不久，他很快便把她除了，巡捕房根本未能来得及审问。那他们是如何知道苏婠婠并非暗梅门人的？一个念头在明洛祎脑中浮现：或者，他们根本不必审问！

是了！巡捕房根本不必审，他们自一开始便知道苏婠婠与暗梅门没有任何关系！他们早就设好了局，等着他去杀薛情，只要薛情一死，暗梅门中真正的细作是谁，那便无从证实了。

明洛祎面色刷白，满心惊骇。

他是怎么确定薛情的细作身份的？为什么所有的线索都是在指向薛情？是有人在有意引导！

练春柔！

如果薛情并非奸细，如果一开始不是薛情想除掉练春柔，而是练春柔想嫁祸薛情呢？那所有的一切，依然说得通。

可若练春柔就是奸细，那么她为什么还会死？或者应该说，练春柔真的死了吗？薛情的修指钢丝的确厉害，但根本不必用那样的手法来杀人。那具尸体身首异处，那尸体的头在哪里？无头，最大的好处是什么？看不见脸，隐藏身份，隐藏死因！

他中计了！

细作是最擅逢场作戏之人，他竟把练春柔所言当了真！他怎么可以当真？他太愚蠢了！他可以借死脱身，练春柔为何不可以？她怕早已脱身离去，他却还无知无觉地迷障其中，为她之“死”而伤怀！

他自以为算无遗漏，其实从一开始，便在别人的棋盘之中！

心思念转至此，明洛祎胸口一阵闷痛，一步趔趄，手扶紫檀隔断上，才稳住身形。

苏婠婠见他面色青白交转，凝眉困惑。

有人设了这么大一个局，来叫他往里跳，他竟一直都未曾发现端倪。可巡捕房暗中派人潜伏暗梅门，这尚可理解，却为何要派人来明家接近他？难道他的身份，在两年前便露了端倪吗？

不可能！

太多的困惑毫无头绪。明洛祎竭力稳定心神，察觉苏婠婠已有探寻神色，他深吸一口气，控制心神，以免情绪泄露，随口便问道："然后呢？"

苏婠婠道："他离开后，我便用银针解开了地牢的锁，去了密室。那里的玄丝机关都已被那黑衣人破坏，我进去不费吹灰之力。进去后，我看到正堂大案上，三个紫檀木莲花形小器作，上面各斜插着一卷锦卷，我拿了其中一卷。"

苏婠婠抽出袖中的一卷锦卷。

触目可知锦卷颇有年岁，色泽蜡黄。明洛祎接过锦卷，一手拉开，宽一尺三分，长三尺四分。他细细摸看少顷，心底怒咒了一声。果然，绣图已被人撕去了。抬头见苏婠婠正打量着自己，他平复心头情绪，道："这就是族卷图，昔年华家的族卷图。"

他眼睛看着锦卷，佯作随意一问，试探道："那为你解禁制的黑衣人，你不认识？会不会是你师兄？"

苏婠婠不假思索道："虽说对方掩首遮脸，看不清面孔，但我可以十分肯定，我和此人素昧平生，他绝非我师兄。我还错以为是你派来的人。原来，竟不是。"

苏婠婠一脸狐疑，明洛祎心知不能再多言，指着左上角一个图案，道："这个虎图，是华家的族徽。既然你拿的是华家的锦卷，想来不用我明说，你已猜到与华家之间的联系。不过……"他声音凝了斯须，"你除了想知道身世外，更想知道的，应该是成为孤儿的原因。"

苏婠婠面色一震："你还知道什么？"

明洛祎一收锦卷，道："我可以告诉你，只是……"

此人一早就知道了她与华家的关系，却还故意骗她至明家，现在又要以此来要挟。苏婠婠手中银针忽袭，银针抵在他喉咙上，冷冷道："别再和我卖关子！"

明洛祎并不回击，也不惶急，只淡淡道："我不过想同苏姑娘请教一件事。"说话时，伸出一指，悠悠移开苏婠婠抵触在自己喉咙的银针，"若苏姑娘肯为在下解开疑惑，那么在下自然也乐意为苏姑娘排忧解难。你来我往，公平交换，不必如此亮武器。"

苏婠婠冷哼一声，反手收针："你想问什么？"

明洛祎这回倒是开门见山："苏姑娘可听说过冰海棠？"

苏婠婠虽是奇怪他忽然问起此物，但也不绕弯子，直接道："据古籍记载，冰海棠是可以起死回生的圣物。死者只要肉身尚在，有冰海棠，哪怕时隔十年，仍有复生可能。在祈夏二朝时，曾有过涉及于此的医案。你问这个做什么？冰海棠已绝迹四百余年，当世要寻到一株冰海棠，未必会比起死回生容易。"

"那苏姑娘可知，冰海棠究竟是如何令人起死回生的？"

"与其说是起死回生，不如说是以命换命。至于具体是如何使用冰海棠，我所知并不详细，但我记得师尊讲过一点，冰海棠在上古时期，并非被称为圣物，而是被归为魔物。即便是利用冰海棠以命换命来救人，被救之人复活后，也未必是从前那个人，精神、性情、神志，都有可能与从前大相径庭。"

明洛祎目光微垂，似在思考苏婠婠所言。

苏婠婠凝眉看他，目光深深，面带鄙夷地反问道："你堂堂明家三郎，为什么要假死脱身，甘心为暗梅门的走狗？"

明洛祎丝毫不介意她的称呼，笑笑道："一个不被重视的儿子，空有虚名，却无地位，注定要被忽视。生与死，其实没什么区别。脱离身份，我反而能不被缚手缚脚。世道便是这般不公平，我差明莲枫哪里了？但他一出生便在明家备受瞩目，我却受人凌辱，不过是隔着一个出身。当然，我也不怨谁，只是怪自己出身摆在那里。”话讲出口，脑中忆及前尘影事。

这么多年，明莲枫确实是真心相待，只是那又算什么？他对路旁一乞子都呵护关怀。至于父亲，怕是眼中只有明莲枫和那个远在漠北的明端成而已。

一念至此，心中恍惚只觉这偌大明光府中，浑无一人可留恋。凝了半晌，明洛祎回过神来，唇角一牵，笑道：“可是你就不同了。明明一母同胞，出生之际，一个成为备受宠爱的掌上明珠，另一个却要被遗弃山野之中……”

后面几句，一字一顿，分明清晰，道得苏婠婠心惊肉跳。她眼转冷锐，忽地扯过他的襟口，怒问道：“什么一母同胞？”

明洛祎道：“四大家族中，视双生子为不吉之象，是以四大家族中有一条古老规矩——‘双生凶相，母儿火祭以消血祸’。当年，华家家主华璩夫妇伉俪情深，众所周知。现在看来，是华夫人一胎生了两个女儿，华璩为救妻子，就必须隐瞒事实，遗弃二女中的一个，否则母女都得死。苏姑娘，在下言语至此，还需要说得再清楚些吗？”说着，他目光下滑，看着她攥住自己衣襟的手。

苏婠婠失神地松开手，步子趔趄，险些绊跌在地。她手扶身侧画屏，面带哀戚之色，喃喃自语道：“双生凶相，母儿火祭以消血祸！双生凶相，母儿火祭以消血祸……”

明洛祎淡冷一笑，整了整衣襟，一脸故作宽慰，道：“其实，身份这种东西，与生俱来，没必要多在意，因为在意了也无用处，又不能改变什么。更何况，华家已被灭门多年，就是你的那个姐妹，怕早就成了孤魂一抹了。即便她能侥幸存活下来，这些年来的际遇，也未必会比你好……”

“等等——”苏婠婠兀然打断他，“你方才说什么？华家被灭门多年？你的意思是……是说，我的父母……所有人都死了？”她双唇颤抖，问道，“是……是何时发生的事？”

明洛祎佯作一脸惊讶，“咦”了一声，道：“十一年前的事了，怎么，你竟不晓得？哦，我想起来了，你自小居于与世隔绝的蝴蝶谷中，你师尊若是存心隐瞒，那你能知道多少江湖事呢？”

十一年前的事？而她，却是尚在襁褓便遭遗弃，迄今，已整整十六年。不，或者并非遗弃，倘若是遗弃，南地与蝴蝶谷有数千里之遥，当年尚在襁褓的她，怎么可能那么巧，被师尊收养，还能被收为内室弟子？想来师尊一直都是知晓她的身世，却故意隐瞒她而已。

苏娟娟心间苦涩，道：“他们……他们是谁杀的？”

明洛祎笑道：“这可难倒在下了，也许是仇家，也许是……有人看华家不过眼。江湖嘛，打打杀杀，寻常事。不过……”

“不过什么？”

“既然他们抛弃了你，那么他们是怎么死的，又何苦你来忧心呢？”

他以为她会怨恨他们，可她毕竟不是他。听到这等消息，苏娟娟比不知道更难过。她总算晓得，他们并非是无情之辈，并非有意要将她放弃。多了一个她，母女三人都得死。没有她，至少保住了两条命。那是命运，谁都无力掌控。可两个孩子，他们当时在割舍之时，心中何尝是好受的？她安安稳稳活至今日，又何尝不是不幸中的大幸？

苏娟娟眉额颦蹙，心中痛苦难当，不过她竭力地忍住泪水流出。

“对了，”明洛祎忽然道，“有一件事，我倒觉得奇怪。苏姑娘这段时间一直被关在地牢，那么，你师兄苏竹溪带来的所谓的师妹，又是何人？”

苏娟娟心下突地一跳，想起方才在房间里见到的女子。她垂首反复思量，应不应该让他知道，那女子长得同自己一模一样？

双生血祸？那女子容貌，与她这般相似，怕是，怕是……

不行，绝对不能让他知道！

明洛祎凝视着她，眼前女子眼睑低垂，细密睫毛在眼下投影如扇，似锁非锁的眉心间，隐有思量滋味。明洛祎心怀阙疑，试探道：“莫非，你知是何人？”

苏娟娟仰起脸，面带嘲讽，道：“你方才亦言，我一直被关在地牢，我如何知道？怎么，我师兄竟也在这府中？”

明洛祎点点头，随意一笑，道："也对。但是我就奇怪了，你师兄带着一个女子，假扮成你，帮她混进了明光府，是想干什么呢？"他原想查查那女子，只是先前时间紧迫，怕露痕迹，便先放置一边。现下有人一直在盯着他，他以已死之身匿于明光府中，一旦出手，更易暴露。

苏婠婠挑眉看他，眼里意外衔着笑，笑意却是极冷的："你想让我帮你查她的身份？"

明洛祎无所谓地笑了笑，道："难道苏姑娘不好奇吗？你师兄身边带了位女子，用了你的名字，那个人却不是你。"

"你不必挑拨我与师兄之间的关系。"苏婠婠踅过身，背对着明洛祎，看向窗外日色粼光。

日色如水漫延一般，透窗而入，被槛窗切割成道道方方，在平滑地砖之上，浑如水影波澜。

"怎敢？你们师兄妹感情深厚，又怎是我区区三言两语挑拨得了的？只是我听说，苏竹溪对那女子十分关心体贴，可说无微不至。"明洛祎走到苏婠婠跟前，挡住整幕的亮烈日头。日光拖着他修长的身影，将人覆盖其中，整个人如披金泽一般。

他眼睑低垂，双手一捏女子小巧下巴，勾起那眉目俱绝的脸，面对自己，款款道："其实呢，换作是我，每日见到苏姑娘这张昳丽无双的面容，哪还有其他女子能看得入眼？"说着，手指轻抚过她的鬓角，想取下她的面纱。

苏婠婠怒别过头，甩开他的手，长睫轻扬而起，眼神冰冷，一脸恶心嫌厌之色分毫不掩："你怎么利用我，我暂且不计较，但是，你若敢打我师兄主意，我绝不放过你！"

明洛祎却不气恼，继续道："不必这样生气，我本来还想帮你一把呢！你帮我查清楚那女子的身份，我帮你除掉她，如何？这交易可是互惠互利得很。"

苏婠婠嗤笑。交易？不过是弄诡者见妙棋，杀人者遇利器，利诱威胁而已。这个江湖，她才踏出一步，所见不过尔虞我诈，都是算计。纵然不甘心，但苏婠婠不得不承认，愚昧如她，从一开始就被他捏在手里。

苏婠婠心底惶惶，唇角浮现的却是嘲笑，道："我似记得你曾说，明光府的情报无往不利。"

"此言不假。"明洛祎淡淡轻笑，"可而今我之于明光府，不过一死人耳。"

苏婠婠讥讽道："暗梅门的情报网，未必逊色于明光府。你有本事，便自己去查。我还是那句话，你伤别人，与我没关系，但若是伤我师兄，我必定杀了你。"

"谁？"

便在此时，一个极其细微的倒吸气声入耳。

明洛祎心中一惊。方才注意力皆放在苏婠婠和卷图上，竟一直没发现，这房间里面还有第三人。他缓缓前行，走到了一架屏风前，旋即，伸手往屏风后一拉。

躲在屏风后的，是一个小女孩。女孩儿年纪约莫十岁，眉毛浓密，尾端稍挑，稚嫩之中，兼带几分男孩气。许因恐惧，她的脸色惨白，连离她有一丈之距的苏婠婠都看得出她浑身颤抖。

女孩儿惧怕地看着明洛祎，牙齿打战，声音结巴："三……三兄，你……你还活……活着……真……真好……"

显然，早在苏婠婠与明洛祎到这阁楼前，她已在此地了。其间他们所有言语，必定已入此女孩儿耳中。

这个女孩儿，是明家女郎——明心兰。

明洛祎半弯腰，伸出手，轻轻摸了摸她的头发。他的表情温柔，却掩饰不住眼底阴狠之色："好阿妹，从前只听你喂、喂地叫，倒是难得唤我三兄，只是……阿兰不是说，我没资格当你兄长吗？"

明心兰面如土色，唇咬欲裂，道："以前……以前是……阿兰不懂事……阿兰给……三兄……道歉……"

"阿妹的道歉，愚兄可担当不起！"明洛祎语气温和，但苏婠婠看到他的嘴角勾出一抹冷笑，笑中杀意一闪即逝。他的手随即拂过明心兰的脸，立直起身。

苏婠婠惊呼：“你……你竟对她用毒？”

明洛祎偏首看她，神情阴鸷，淡淡道：“我只是让她更听话。”

接着，他牵着明心兰走到窗边，推开窗，款款含笑道：“阿兰，你是想爬上阁楼来玩，但是不小心从窗口摔下去了。”字句分明，声音一如蛊惑。

明心兰先前的恐惧色已无，却是目光呆滞，如同线控人偶。她木讷地转过身，爬上窗口，嘴里不停地重复道：“我想爬上阁楼玩，不小心就跌了下去……我想爬上阁楼玩，不小心就跌了下去……”

幻魂？这竟然是失传多年的幻魂！

苏婠婠登时反应过来，步形虚迈间已至窗口，一把拉住明心兰。

此时明心兰身子大部分悬空在外，就在苏婠婠将要把她拉回来时，身后却传来男子阴冷如霜的声音：“跳下去！”

声音如魔咒一般。

明心兰如人偶般的面目间，露出呆涩而诡异的笑，她的手用力挣开苏婠婠！

苏婠婠手上一轻，眼看着明心兰如同一只折了翅膀的飞鸟，飞跌落下。她不可置信，猛转其首，怒喝道：“这么高下去，她即便不死……也……”

“也是残废！”下方传来“轰”的一声响动，明洛祎接过她的话，嘴角挂着残忍的笑弧，冷冷道，“我就是要她残废。她见到了我，我不杀她，已然是顾念了，你还要我如何？”

“她是你亲妹妹！”

“亲妹妹？我也曾当她亲妹妹疼爱，可她何曾把我当亲哥哥？不过是一个舞女生出来的，又怎么有资格当她的哥哥？这可是她亲口对我说的。”

“可……可她不过是一个孩子，童言无忌！你……你简直丧心病狂！”

明洛祎却冷笑着，笑中，尽是无情与霜寒："我是丧心病狂！我是心狠手辣！那也不过是因为，在这样的世道里，我只能凭我自己，我只能靠我自己，让那些看不起我、侮辱我的人，付出十倍、百倍的代价！"

苏婠婠手撑窗沿，满胸翻涌起伏，几欲呕吐。

明洛祎将面具重覆于面："有人来了，你再不走，就走不了了。"语气何其平淡，仿佛方才落下的，无非一片落叶。

语音一落，身影如电，瞬息难寻，徒留左右幔帐飞扬。

阁楼外，萧萧落叶，不可挽回地，被风吹落在地，沾上一抹鲜红。

三／击搏挽裂

慕容馥随着府卫搜寻的脚步，四下寻找，却仍不见欢颜踪迹，正犹豫着是否去往听水阁。

云息未去竞场，她是知道的，而明光府楼阁连绵，不计其数，要在这么多建筑群落之中，凭一己之力寻得一人，谈何容易。只是，要让他再帮自己……

正当思量，身畔枝蔓叶落，簌簌作响，垂首见脚上不小心缠上根藤蔓。慕容馥未曾上心，只随意抬脚，想把藤蔓绕开，孰料脚方一动，周边有两株树竟是自行移转。

慕容馥心生诧异。

她轻抬脚步，往刚刚后方的茂密树木枝蔓打量了一会儿。

这树木虽说是生得杂乱无章，却并非自然而成，枝节旁生处，自分方位。以乱木设奇门？

这样一个看似被废弃的园林中，却隐藏了阵法，难道这后面还另有玄机？

慕容馥面带疑色，抽出腰间软剑割开缠叠枝蔓，一脚踏了进去。

才刚一踏入，但见泥土松动，周围树木竟是自行逆转，布成休、生、伤、杜、死、景、惊、开八阵奇门。这八阵图与古法所传下来的稍有异样，不仅各树八门互相呼应，且中腹一带多出一个镇守中枢。人若迈步向东，西面就钻出暗器袭击；若迈步向西，东边南边，自会生陷阱等候。换作不识此阵之妙的武者，饶是修为高湛，也难入得了中枢破阵法门处，还会惊动府卫。

任何人只要想进入这阵法中，便是主动踏入死地。

这阵法甚是精妙，慕容馥曾在幽冥谷中破解过类似阵形，是以现下破阵并非问题。此间已然明辨八阵门户，就在数十道箭将要朝她方位飞至之时，她身子一旋，飞身跃起！

五数为中，戴九履一，右七左三，二四为上，六八为下。只要辨清各门所对应方位，每一门按步数走，此阵自然迎刃而解。她左右环视，毫不费力地从死门跃入惊门，自惊门跳入伤门，再转入杜门，跳过休门，直接闯向生门，步子踏处分毫不差。

阵法无声大破，慕容馥衣摆飘摇，旋即一垂而落，立在一堵灰墙之前。她回头，只见身后树木自动移形，回到她原先未入阵前的面貌。

树木回位之后，灰墙呼隆隆地从中间自动分开。慕容馥借物匿形深入，发现这灰墙之后竟是一座精致别苑。

远远望去，但见亭台深处，独立一小楼，四方秀花包环，妙草围绕。

慕容馥沿小径而行，淡风轻拂间，尽是花香四溢。香味入鼻，她面露异色，目光一侧，留意到花丛一簇。只见那花色红艳，如血欲滴，妖娆绽放，细蕾如丝，幽然舒展，足见形色艳丽。

慕容馥轻身跃入花丛，靠近打量。香味越发浓烈，喷涌入鼻，令人浑身酥软，欲罢不能。她蹙眉，掩鼻起身，不料花影仿佛映入眼中，双目所视皆有叠影，目幻神迷。

慕容馥顿然警觉，暗自调息，意随气行，气行周天，方恢复了正常。虽说如此，周身上下仍旧残存几丝疲怠，恍如大病初愈。此时心中不由得称奇：不仅花香，连这花的形样都有乱人心志、摄魂夺魄之功效，莫非便是《江湖奇物录》中所言的漪香魔花？

其中记载，世有奇花百类，第十样便是漪香魔花。

据文中所载——“其花色红若血，花丝若血脉伸出，红夹青色。掌状复叶互生，有叶柄，两枚托叶演变成钩刺，花序顶生，总形类凤蝶草。然花厚多于叶，相绮丽，见者定力不慎，心惑神迷；其花香无毒，但根子入药俱有惑人心之效，气香味甘，有大毒。”[1]

原文记载三言两语，注解却更令人心骇。注中所言，此花有一种乱人心志的魔力，能使得见者惝恍迷离，犹入幻境。此幻境，可诱使人自残。且，它不仅是在实上（如气味、根、种、汁等）惑人，亦在意态上引人入境，目迷于色。漪香魔花最为可怕之处便在于此。只要它的形态尚存于脑海，一定时间、一定范围内，便有将人操纵迷惑的功效。

慕容馥手覆白绸，轻轻折下几朵，放在随身一个锦囊之中，仔细收好，才回小径继续往下走。转转拐拐，行了一大程后，慕容馥才到了那环花小楼前。生怕楼中有人，她依旧借物匿形，并没有真正暴露。

小楼之上四盏银灯高悬，此时正值白日，灯自是不亮。日光熠熠照着楼阁飞匾上三个古篆字——醉棋楼。

慕容馥正奇怪，一个小小棋室，为何要建得如此隐秘？忽听得东面风声有异。修武者耳觉比常人灵敏许多，慕容馥侧耳细听。“嗖嗖”几声连接，是衣衫夹风之声。声音细微，离她所在之地还有稍许距离，难怪举目四望不见人影。

偌大一个别苑，花丛密绕，假山湖石更是千奇百怪，显出别样幽谧之意。慕容馥小心翼翼，蛇行兔伏，循声而行，耳听动静越来越清晰，可见人数不少。慕容馥匿身假山石后，便听得一个声音冷然道：“你们这么多人，能潜入到这里，本事不小。”声音颇为耳熟，似曾耳闻。

慕容馥从石间隙缝中窥望，只见数十名身穿紧身武士服的黑衣劲士将一人围在正中间。被围的那人银白衣袍，青带束腰，身形颀长挺拔。此时他背对她所在，看不清究竟是何相貌。

---

[1] “漪香魔花”描述状貌仿改于“醉蝶花”，原文：“有叶柄，两枚托叶演变成钩刺，总状花序顶生。”

“杀。”声音沉凝，不沾丝毫感情。周遭草木猛烈摇摆。

有风，杀气带起的风。风吹叶，叶在半空！

劲气狂溢！

余音未罢，围着白衣人的数十人如随风、叶而起，已齐齐攻上，只余一人静静立身树边观战。藤蔓遮挡，他整个人陷入阴影，慕容馥看不清他面目，但可见刚才那命令便是这人所下。

慕容馥觉得这情景很是熟悉，也没多想。眼看这白衣人被数十名高手围攻，怕是插翅也难飞。

攻上去的黑衣劲士手中不带任何长形武器，拳脚功夫个个厉害得惊人。

对于武器，有言是“一寸长，一寸强”，但在如此草丛树藤茂密之地，刀剑武器皆难以施展得开，连暗器也无法用得上。因为那些藤蔓坚韧，有时会将武器阻隔反击。所以在这种情况下的打斗，只能近身肉搏、短兵相接，比的便是手法力道与身体的灵活度。

生活在若耶山的慕容馥，对这种情形，最熟悉不过。

慕容馥看着场中银袍白衣人背影，无端端觉得几分眼熟，心想，此人局势颇危，自己是否应该插这一手，上前救他？正想着，白衣人倏然转身，面上有折光，刺目一闪。慕容馥才惊觉，这人脸上戴着半面银面具。

他居然是暗梅门中人！

当下即打定主意不救，且看这银面人如何抵挡。

众黑衣劲士虽说攻势甚疾，可那银面人身形诡变，全然避过。

前侧两黑衣劲士，掌风呼呼，朝银面人疾攻而至。但银面人左手向右划了半个弧形，右掌侧扬，便已连攻带守，将二人同时破开。

又数名黑衣劲士爪攻叠叠，从上、中、下多方位擒抓。银面人身形却是极快，动如鬼魅。只瞧他脚跟半旋，变掌为爪，瞬间擒住近身的黑衣劲士左手。内劲暗使，竟是将那敌人的手臂硬生生连衣带肉给扯断了下来，往同来几人掷去。

黑衣劲士飞身跌退，撞上同伴。断臂之痛，剧痛冲心，却不出半分声响。

同伴迅速补位，猛击！

银面人步踏如猿猴矫健，拳出若虎豹生威，时而变拳成掌，时而变掌为爪。按、劈、戳、抓，变幻莫测，招招相连，狠辣非常。顷刻间，数十名黑衣劲士或重或轻，均被他伤过。

慕容馥心底惊叹，在如此劣势之下，反应还能如此迅捷，暗梅门中有这等好手，也不算江湖中人虚夸了它的厉害。

银面人见围攻之势渐弱，身形急侧飞跃，看样子是准备往一方向突围。

树边的黑衣人却是半分不急，一手持强弓，一手往后一伸，自箭箙中取箭，弯弓瞄准，朝着银面人，手松。

在这藤丛密集间，焉能使箭？慕容馥心中诧异。

不想那箭竟是诡异地折转树藤，破空而去。

竟然是他！

慕容馥已然想起。救顾思娘时，她与他对过手。此人箭术之精湛，已到了出神入化之境。更为诡异的是，他竟能以内劲运用弦波，控制箭的射行弧度走向。

银面人见利箭迫面而至，不得不急忙防守护身，伸手抓箭，堪堪在箭将入胸口前抓住。但是箭的劲力之强出乎他的意料，身体随箭的劲力飞旋跌地，猛地吐出一口瘀在喉口的鲜血。

血溅上他的银面具，在日照下泛起红光。

那些受伤的黑衣劲士勉力站起，趁机包围住银面人，却没有攻上去。

树边持弓的黑衣人信步缓缓，走上前去。

日色若金沙漫洒，流泻一地，也流转在那渐渐走出阴影的黑衣人脸上。上回他整个头面黑布包得紧密，只露出一双眼睛，这一次倒是让慕容馥看清楚他的面目。

这人年近三十，像常年于日下历练，肤色偏古铜。然而剑眉高挑，双目炯亮，面部线条粗犷，浑身上下带着一种分明且强烈的杀伐之气。单单这气质，便足以让人自生顺服之意。

他走到银面人跟前，声音沉冷，徐徐道："我收到的命令是，无论如何，今日必须取你性命。不过……"他的声音微微一拖，继续道，"你能从我训练出来的这十几名近搏高手中突围，可见还算是个人物。我给你一个机会，你我二人单独打，你若赢了我，我便放你一条生路。"

"哼！"银面人冷笑一声，跃身而起，他掷开手中的箭，伸手拭去唇角残余鲜血，冷然道，"你们盯着我也绝非一日两日，前番计设连环，到底是我疏忽，该有此劫。不过阁下这番高明的箭术技法，在江湖上可不多见，可否告知是哪一国的将军，好让在下也死个明白。"

将军？慕容馥一愣。

"你若能赢了我，你的疑惑我便回答；你若赢不了我，我回答了也不过废话。"黑衣人解卸箭箙，将箭箙与弓掷给一边的黑衣劲士，面色平静自定，在下首一站，道，"请吧。"

那银面人见如此，也不说话，抢招进攻。

此二人修为相若，慕容馥凭武者之间的感测，估摸他们均是处于固原阶段。虽说方才黑衣劲士们耗费了银面人不少力气，但任何一场双人对战，率先出招便是占据优势与主动。这样看来，黑衣人也算斗得光明磊落。

银面人掌风烈烈，招数相连，厉攻迭迭，绵绵无断绝，眨眼之间便是连攻五招。

黑衣人不慌也不急，见招拆招，见式拆式，动止间颇有自负之意，好整以暇，仿佛胜券稳操。

银面人见黑衣人防守坚硬，招数越发狠辣，化掌为爪，撕、拿、抓、扑，爪形利落，形如鬼手，疾如电掣，瞬间寒劲逼人。他既知是生死之战，是以带着拼命的劲头，一出招便痛下狠手，绝不心慈手软，并且很少以守卫方式寻求自保，招招出手均攻黑衣人致命处，都要与他同归于尽。

黑衣人此时自然处于弱势，可是他仍旧只防守拆招，并不出击。

慕容馥心头奇怪，根本不理解这黑衣人究竟是什么意图。

凝视斟酌间，却见那银面人出击愈猛，招式越发狠辣，黑衣人双目迥然发光，越是兴奋。慕容馥一时之间才恍悟过来，这个黑衣人竟是在拿着银面人喂招。

在任何一场决战对峙里，一个人在生死之际所激发出的求生本能，足以让他的杀伤力比平日提高数倍不止。对于当年从幽冥谷地室中一场场生死搏杀里走出的慕容馥而言，最是明白不过了。

此时此刻，因周围环境限制，刀剑之利不可用，对的就是武技的灵活！

一名武者修为再高，内息再精粹，应变不够灵活迅猛，照样可以被比他弱数十倍不止的敌人打败。

黑衣人是借此机会来练自己的应变能力？怕是不仅如此。

但要看出其他端倪，又无从寻起。

可是，他就不怕被那银面人胜了？如此一想，慕容馥便凝神仔细再瞧。

银面人见对方只守不攻，自己又厉攻不下，下手越发猛烈，拳、掌、爪兼施，身子夭娇，或凌空，或卷地，飞扑擒拿之中还糅以变化。

这可完全不同于江湖上寻常的过招较量。

但觉周围劲风寒猛！慕容馥眼中转过一抹暗色。银面人十指乌黑，如同毒刃，手势起落，竟带着乌腥之气，显然是指尖有毒。一旦利指稍稍擦破黑衣人皮肤，那也足以致命。

原来这人竟也是个用毒高手。

慕容馥虽惊，却也心带兴奋。这样一场比武，可比前头会场比赛精彩多了。她倒不担心两人孰胜孰败，只觉得这下更是有趣，且看那黑衣人如何应对。

黑衣人惊觉有异，开始反攻，手脚起落，残影带风，尽是一派攫戾执猛之势。

看高手过招无比畅快精彩，没有多余动作，几乎是招招及要害。不像比武竞台上，还必须留有余地。因为你若将人打伤，倒还没什么，但是要是将人打残，或者打死了，哪怕是赢了也算输。

慕容馥目睹了一场极高水平的缠斗。

两人来去又对上四五十招，银面人招数毒辣且阴险，但隐隐已见力疲。

这亦不怪，他招招猛攻，对方又静定以待。他想迅速将对方拿下，但对方功夫又与他不相上下，岂能如意？时间一久，自然会逐渐力衰。

但银面人到底也是江湖老手，虽渐弱也不见馁。只见他一手五指掌爪变幻，如戳如扫，疾攻黑衣人面门。慕容馥心头正想：这招除了攻势狠辣迅疾些，倒也没什么亮点在。不料银面人却是狡猾地设个诡计——这一手攻去，去势未收，另一手竟蓦地一转，直刺黑衣人胸膛璇玑大穴。变动之迅疾，真是令人防不胜防！

此一招，当真是险之又险，可黑衣人又岂是简单人物？他既不闪躲，亦不出击，身影平稳若山。就在银面人手指将沾衣时，他左足回收，含胸吸腹，身子竟极其灵敏地一侧！手往前探，一掌即出，快逾电闪！

银面人手指落空，堪堪侧过。便是此时，黑衣人以逸待劳，右掌正中银面人心口。慕容馥尚且来不及惊叹，黑衣人的下一个动作更绝，旋身反掌，趁银面人去势未满，往他后脊再下手刀力劈。

来去之间行云流水，就像只用了一个动作，闪电接连！

银面人鲜血喷飞，跌晕于地。

这一场精彩利落的搏斗终于终场。

就在慕容馥要悄然退身时，声音闯入了她耳朵里："既然来了，又何必急着走呢？"

慕容馥心里蓦然一凛，趸过身往他的方向稍稍一探，却见他目光幽深，正朝她所处位置看来。

明明用了匿形之术，竟还能被他发现？慕容馥也不再避，纵身轻跃，翩翩然便落在他面前。

黑衣人目光在她身上一扫，眼底略带一丝波澜，转瞬折光即泯。

慕容馥笑意盈盈道："能再次与阁下晤面，吾心甚是欢喜呢。"

黑衣人声音淡定清冷："你见过我？"

"你这一手箭技可是少有，怎可能叫人过目即忘？而且呀，你也莫要一脸从未见过我的神情。"慕容馥一脸骄傲，"能接你手中箭的人，江湖上可不大多，我自问还是能给你留点印象的！"

黑衣人目光锐利，冷冷看她："既然你说得如此明白，那我也不废话，阁下来此，又想和我抢人吗？"

"不不。"慕容馥忙不迭地摆手，把脸上骄傲一收，无辜道，"我什么都不想抢，什么目的都没有！"

黑衣人声音森冷，毫无起伏："那你为何出现在此？"

"我说这是个意外，你信吗？"

黑衣人仍旧冷冷瞧她，手指着昏迷于地的银面人，道："此处隐秘，若非是他的同伴，怎么会知道这个地方？"

慕容馥挑眉反诘："哦，不是他同伴，就不知道这个地方？那这样说来，你也是他同伴？"

黑衣人冷哼道："我要杀他，自然查得清楚他在哪里。莫非你也是要杀他？"

慕容馥摇摇头："这倒不是。"

黑衣人道："那就是他同伴了。"

慕容馥反问道："你看我像暗梅门的人？"

黑衣人冷然轻哼，当即手劲一扫，掀开银面人的面具，随之掌风变爪，竟是以内劲将银面人身上的一块玉佩吸入手中，抛给慕容馥。

玉佩来势迅疾，又夹着内劲，如此短距离之内，极具杀伤力！

感觉劲气扑面而至，慕容馥不偏不倚，仍稳身原地，单手轻扬，便稳稳当当接过他劲力抛来的玉佩。不过是玉佩落手时，风激起几丝墨发飞舞。但周围枝蔓的断折，可见气势之凌厉。

玉佩是上等和田玉，长二寸许，宽一寸有余不及二寸。其上梅花图案，云纹潜伏，正中央是凸出的古篆体五字——十二大吕宫。

慕容馥垂眸打量，接着身体往前轻侧，看向那被揭开面具后的人，心下赫然一惊。

这个银面人，居然是明家“死去”的明三郎——明洛袆。这个，怕才是真正的明洛袆！

黑衣人眼睛盯着慕容馥，目有探寻，道：“你看这人若取下面具，平日里看到，也不像暗梅门之人，更不会有人想到，他竟是暗营十二宫的宫主。”

慕容馥眼睫一抬，心下惊异已是平复，将玉佩抛还给黑衣人，悠然道：“我跟他没有一丝关系，你不信我也没办法。你若是也想拿我喂招，那我便只好奉陪了。”

黑衣人警觉。他是在将给明洛袆最后一击时，才发现藏身在石后的她，可是听她此时话语，只怕她已藏身石后许久。

黑衣人仔细思量，且不说她功夫如何，他刚与明洛袆缠斗许久，大耗精力，而她在大石之后又看了许久，对他出手招式，早已有三分了解，此际二人若是真打起来，他必败无疑。

黑衣人尚未开口，慕容馥抢先道：“其实你心里很清楚，我和他并非同伙。”

听此言，黑衣人倒是心觉有趣，剑眉稍挑，道：“此话怎讲？”

“怎讲？”慕容馥目光落在明洛袆身上，反问道，“我若与他一伙，他怎会是这个境地？方才你们缠斗之时，我可有的是机会出手。”

“话虽如此。”黑衣人眼底锋芒稍浅，面部线条刚毅，此时也略是柔和下来，“只是同行者转身倒戈相向的，也不在少数，更何况是袖手旁观？”

“袖手旁观？倒戈相向？”慕容馥笑了一声，“暗梅门里若有这么多的临局反水，那它在江湖上也造不出这么大的声势来。你无非是想试探我到底是谁而已，何必绕这么大的弯？”

“那你是谁？”

慕容馥款款移步，眼中笑意如漪，容色俏皮，道：“你的记性可真差，头回见面，我不就告诉你了吗？我叫慕容馥。今天呢，你权当没见过我，我也当什么都没见到。我们互不耽搁，青山绿水，就此别过，不要再见了。”声音甫落，人已经消失在众人面前。

黑衣人无意追上去，看着慕容馥消失的方向，少顷，吩咐黑衣劲士带上昏迷的明洛祎，随即也不见了踪迹。只余留几片被劲风掀起的枯叶，旋然落地。

亮日熙辉，秋风送爽。

苏婠婠临窗扶立，金光半倾跟前。窗外枫叶橙红入目，风才动，招摇了一地斑驳树影。接着，远处靴声橐橐，人声嘈杂鼎沸，皆往一处所在奔去。

明家幼女自高处跌落，一经发现，明光府自是一下子炸开了锅。出了这等事故，明仲道必定会请苏竹溪医治，因而即便是会场比赛未曾结束，苏竹溪也有可能回来。

先头苏婠婠特地暗中引人发现明心兰，好及时救治，几番周折，回到室中，整个人实觉疲惫，头晕身重，又兼方知身世，一腔波澜未定，心神惶惶，仿佛一身全无个凭依处，浮萍一般。

苏婠婠闭目深吸口气，强忍着精神，往内室走去。

室内摆设清雅，几排多宝格，上边摆件精致。一边有围屏矮榻，可供休憩所用。幔帐垂帘，雕花插屏隔开内外室。这是欢颜先前所住屋室，现下人去屋空。内室床上整整齐齐地叠着衣物配饰。衣服是苏婠婠在蝴蝶谷的旧衣，想来欢颜去过蝴蝶谷。

苏婠婠拿起最上首一件，却是飘飘荡荡，坠了一纸笺出来。她俯身拾起，展信览阅：

萍水初识，逢君相救，恩深义重，何以克堪？非可笔尽，颜念于心。

同路携行，君之情意，我心昭昭。与苏君一见如故，回首念兹，憬然有悟。古曾一言：“白首如新，倾盖如故。”诚不我欺。

本应与君，共倾杯酒，赏观风月。奈心挂碍，晤面难诉，故不辞而别。心下怃然，唯愿，君安平乐，勿怀勿念。

字迹疏密有致，行笔婉转遒媚，一丝不苟。虽是江湖儿女，却也看得出，她在写字上下过功夫。

内文起首无敬称，尾无落款，读起来，倒像是独白。

苏婠婠思绪万千，只想这女子同师兄相识寥寥时日，关系却似非同一般。恍惚间，苏婠婠伸手轻触自己面纱下的脸，眼底波澜起伏，微显悲戚滋味。浑觉这岁月荒荒，世景凄凄，她活得无依无偎，一塌糊涂。

兀自伤怀一阵，苏婠婠取下面纱，对镜脱簪梳发。

她们容貌虽似，发式却不一。

欢颜是秀发长垂，全然梳拢后背，发无珠饰，仅以丝带绑系。苏婠婠是银簪横插，青丝半绾，前头落了些鬓发碎散。是以两人一旦纱巾覆面，不看双眸，倒不觉有多相似。

苏婠婠既要掩人耳目，自然得装扮成欢颜的发样。端坐镜前，换衣梳发，面覆罩纱。苏婠婠眼看镜中人，觉得与那人容颜虽有形似，却不尽然神似。

转眸回想了想，苏婠婠拿起妆台上的螺子黛，轻绘眉尾，稍稍往上一提。复瞧时，只见镜中女子，青丝散落如瀑，羽玉长眉斜飞入鬓，肤似雪，眸似星，不晓得她是她，抑或她是她？

苏婠婠心中惊觉，活了这十六七年，还不知这世上有这样相像的另一个自己存在。她们顶着同一张面目，过着不一样的人生。

这时，外头一阵零碎且急促的脚步声传来，紧接着，苏婠婠听到“咚咚”的敲门声，一时未反应过来敲的是自己室门。

外头人不闻动静，复又连敲几下，焦急问道：“阿颜，你在吗？”

苏婠婠才自恍惚里回神，压声道：“门没关，请进来。”

她走出外室，只见男子快步奔入，藏青衣袍随举止飘荡，袍袖翻飞，及至苏婠婠跟前时，衣袂袖摆纷纷扬扬地摇曳一阵，才收下势来。

男子手提药箱，剑眉紧蹙，神情略沾急色，道：“仲华的小妹自阁楼摔落，我得去看看，今晚可能回不来，我……”

“师兄。”他还没说完，苏婠婠已出声唤他。

她走了，总归是要叫他知道的。苏婠婠不想瞒着他，他们之间，从未有过欺瞒。

苏竹溪乍听这个称呼，愣了愣，一时没反应过来，道：“阿颜，你怎么……”

一丝苦涩回转唇边，苏婠婠眼睫徐徐垂落，掩住眼底黯然，掩住心头空落，她道：“师兄，是我。”

苏竹溪这时才惊住，神魂震荡，目不转睛地盯住眼前女子，道：“你……婠婠？”

苏婠婠一目了然，道：“她走得不算久，明家女郎受伤，山庄的封禁一定会有所松动，她趁机离开并不难。师兄，她……是谁？”

苏竹溪又看了看苏婠婠，心中顿时百味杂糅，不晓得该欢喜师妹的出现，抑或该伤心于欢颜的不辞而别，莫名地一阵失魂落魄，并无听到苏婠婠句末的疑问，嘴里喃喃道：“回来就好，回来就好……”说着，却是几步趔趄，趺转转身，往门外走去。

日下，衣摆纷飞，衣衫织就的暗理浅纹在光下一闪，又一闪，像是一地的破碎琉璃，映得人眼缭乱。

铜壶更漏，铁马摇曳，半空清月寂照，霜华千里。

早在黄昏时分，天昏近墨，光色浑浑难辨。轰雷掣电，急风暴雨，像是蓄谋已久，又像是突如其来，天地尽蓄满声势。及至晚间，雨才渐停，还给这大地平静与安然。

积雨垂落，淅淅沥沥，点点滴滴，檐前如帘。亥时二刻，苏竹溪提着药箱，疲惫归来。走进苑中时，在庭中枫树下驻足。

布带束腰，上佩美玉香草，藏青色右衽袍襦上织就的草蔓浅纹，在夜风里扬卷，呼之欲出。

夜色这样静，连月光的银辉都不敢稍作惊动。独他一身落寞，任由风击，给这无尽长夜牵出动静。

不晓得有多少的时夜里，他孤身依树，望着那东处的灯，直到灯火阑珊渐灭，才转身回屋。

有时候她会很晚歇，似辗转不得眠。窗纸上忽而大、忽而小地裁剪出她的身影。也许是一会儿她离窗近些，一会儿她又离窗远些。

明明隔着一扇窗，一庭距，那时间，他的眼中倒没有其他了，仿佛她便是俏生生立在自己跟前。他的一颗心，起起落落，上下蹿动，却无处可逃。

这一心惶惶，对着她，不知自己究竟该靠近，还是远离。因着她，一切思想，全然不能自已。

而每一回她真的在自己身前，他又觉得拘谨。明明期待多说些话，却又不知从何说起，生怕一丝差错，惹来千般厌倦。

是啊，往日里他清清洒洒，无拘无束，哪生这等羁绊？谁料到他今下过的是这样的日子，念着一个她，想着一个她，一个人，惝恍无主，吐丝自缚，彼时，她明明就在身边。

苏竹溪呆望着东角的屋子，恍然出神。树上积雨偶尔溅襟，径自不觉。

似此星辰非昨夜，为谁风露立中宵。

那屋中灯犹未灭，光影摇曳。

忽地一阵疾风，穿窗入户。屋子里的摇曳光影，顿时暗灭。苏竹溪欲踏出脚步，忽见屋中那光影又亮了，一个纤瘦人影在窗，他急忙转身想要离去。

屋中人近户关窗，见外头月下，人影一晃，急唤出声："师兄，是你吗？"

苏竹溪紧了脚步，只匆匆往自己房里走。

今夕他着实疲累，明心兰虽是救回了一条命，但双腿俱残，半身瘫痪，此生再不能立行于地。

小小一个幼童，时年才十岁，他自觉有愧于仲华。而欢颜的不辞而别，师妹的忽然出现，太多的突如其来在脑海里转悠，他不知该向苏婠婠从何问起，索性避避作罢。

深秋夜寒，凉意袭人。苏婠婠探看那身影渐远，粗粗地披了一件轻袍，往外庭中急奔。袍角在夜风里飞荡，好慌张。

“师兄！”她急声唤他。

“你还未歇？”苏竹溪收住脚步，转过身。风轻扬他的鬓角，脸上是一如既往含笑的容色，笑意很淡。这是一个没有情绪、浮于表面的笑容。

苏婠婠单刀直入：“师兄，你没什么要问我吗？”

周围一派寂然。一只金翼小鸟不知从何处翩飞而来，立在枝上。

枝上几片枯叶，纷飞散乱，摇曳树影挡住了斜照的月辉，地上像落了一层薄薄的灰。

一瞬的静默，持续了好久。

“我……我想你歇息了，不欲扰你。”半晌，苏竹溪才道。

苏婠婠取出袖中的信，凤眸黑瞳，里面像郁积的浓墨，看着他，道：“这是，那位姑娘，留下的。”

苏竹溪身形似微僵，伸手接过，一气读罢。

既然是“君之情意，我心昭昭”，那又为何说“勿怀勿念”？苏竹溪是看得明白的，她通篇百来字，其实不过一个含义——山远水长，你我就此别过。

苏竹溪极低地笑了一声。

那笑，却如这漫漫长夜，乌云密布，幽晦浓重。

苏婠婠看着他，心口有物，不晓得如何言说，嘴唇干涩，试探般问道：“师兄？”

苏竹溪将信收入袖底，叹了一口气，道：“你出谷之后，师尊好忧心你，连忙让我出来寻你。我找不着你，心里很着急，但我知道，师尊他必定比我更着急，他素来疼你的。师妹，你从未一个人离开过山谷。”

苏婠婠咬着唇，羽睫颤抖着，目光低低往下垂，泪珠开疆辟土，顺着轮廓下滑。

苏竹溪眉峰微微一收，轻声问道：“为何私下出谷？”

苏婠婠觉得头晕目眩，不知该怎么说。有一种悲哀竟不仅仅是悲哀，一旦被所在意的人提来，是心神俱乱，是肝肠寸断。她不知如何自控，踅身就要回屋。

苏竹溪适才觉得她不对劲，快走两步，伸手掣住她的肘臂，追问道：“师妹，究竟……发生了何事？”

苏婠婠立在原地，却不转身。

前方明月照阶，庭下如积水空明，此刻隔着一层泪雾，落入眼底，尽是朦胧晦明。

苏竹溪绕身，走至她前头。只见清辉光下，她眉目间些许苍白，青丝飞散，招摇风姿。他有些恍惚，想起在山庄那夜，花圃前，闲亭侧，他同另一个女子。

彼时他便看得出来，她怀有不得开解的心事，但不愿意讲给不相干的人听。他看着她，与她闲说着话，心底里却是想——我该如何做，才能令她欢欣？我该怎样做，才能走入她的心底？

现下他才真的意识到，她已经走了，眼前的人，是小师妹，不是欢颜。

可为何眉眼间的重叠，如此恰合？难道他是魔怔了吗？

苏竹溪扶着额头，只觉得跟前人影重重叠叠，却都只是同一个人。

太像了！

“师兄总算看出来了，是吗？”苏婠婠声音喑哑，抬起眸来，深深地看着他，湿润的眼底，怀着浓浓的酸楚。

她一把扯开脸上的面纱。

轻纱飘旋落地，陪着一堆没了生命的枯叶。

苏竹溪急忙侧眸转首。

蝴蝶谷上下，看到苏婠婠面纱之下的脸，皆会以触犯门规处理。

“师兄其实已经猜到了。”苏婠婠绕转至他眼前。

月下女子，凤眸凝泪，眉斜入鬓。直鼻细挺，丹唇柔艳。这分明……分明就是她！就算是闭上眼，他都能清晰地勾勒出她的眉眼，可她，偏偏不是。

她不是她！

看着眼前人，苏竹溪身子趔趄，眉心拧成“川”字，眼底滋味错综复杂。

苏婠婠解释道："我想知道自己究竟是谁，可是师尊不愿告诉我，我只能自己出来找。"

"然后呢？"苏竹溪半扶住树干，不忍直视，沉声问，"你找到了吗？"

苏婠婠稍作犹豫，才垂眸道："我找到了。我知道武林大会，师尊必会派师兄来，便偷偷潜入明光府。不小心惹来府卫，意外躲入这揽月苑中。当时她背着包裹正要离去，而我恰巧进来。她穿着一件牙色长裙，面覆轻纱，但我认得出她，因为那几乎是我自己。"她言简意赅，略掉许多重点。与明家相关的其他事，她不想让他知道。

苏竹溪走前一步，抬手，抚上她的脸，动作轻柔。

眉是山，目是水，一脸山河俱在。她们之间，竟有这样相似的眉目，相近的容颜。唯一不同，是眼下。师妹没有她那一点蝴蝶疤痕，而是血肉模糊的一处伤口。

难怪初次见到欢颜，他对她有一种莫名的眼熟，但他从未见过苏婠婠全貌，只当那种眼熟，不过是一闪即逝的错觉而已。

欢颜是清丽冷媚，全身上下，皆是一种空谷生幽兰、生人勿近的气息。而苏婠婠与他青梅竹马，他了解她，性情虽显孤僻，却是面冷心热。这样的差别，打一开始，苏竹溪就从未将她们二人想在一处，却怎知，竟是这样相似的二人。

是的，除了那一处蝴蝶伤疤。

眼看苏婠婠脸上的血肉模糊，苏竹溪心疼地问道："什么时候受伤的？"

苏婠婠摇摇头："不是受伤，是鲛毒。"

"什么？"苏竹溪一时震愕。

他通晓医理，知鲛毒毒性之诡异，使人之肌肤经不得任何光线，严重者犹如鱼脱鳞片，伤口腐烂，触目惊心。并且这种毒，除施毒人引血入药，再无其他彻底解毒之法。

苏婠婠欲伸手触脸，及至中途，却放下手，偏侧过脸道："这就是我自幼都得戴着水云纱的原因。”

这么多年来，他与她青梅竹马，情如亲生兄妹，却浑然不知她身上有着这样的遭际。

苏竹溪攥紧手，饶是他性情温软，此刻亦愤然道：“是谁下的毒？”

这一刻他问及，连年来因这毒所忍的委屈，犹如海沸波翻，一股脑竞相涌上，迫得她喉间酸涩，竭力忍住，才摇摇头道：“不知道。”

“你一直戴着水云纱，怎么肌肤会腐烂到这般？莫不是恶化了？”苏竹溪神容紧张关切，急忙拾起地上纱巾。触手却发现，这不是浸泡过药水的那种轻柔得如无触感的水云纱，只是普通的鲛纱而已。

苏竹溪惊疑道：“你的水云纱呢？”

“我……我弄丢了。”苏婠婠随手拿过他手中轻纱，覆戴上脸，遮掩着神情里的慌乱。

苏竹溪神情微微一凝，似在思索，片刻道：“你先回房去吧，我传信给二师兄。”说着，提起药箱，转身便走。

苏婠婠微急，忙道：“传信给二师兄做什么？”

“找冰凝草。幸好我听说二师兄现下在昭华城。武林大会结束后，你得随我回去向师尊请罪。”

四 / 西窗夜话

银月如钩，无声移转，已入夜半时分。

静水岩上流淌，水珠拍打石沿，随着水流潺湲，发出清脆的击打声。清华如素练，漫延长廊，空气中薄而无形的凉意，嵌入了廊壁垂帘里。天地间一派炫炫光华，水月光影。

有长案近窗，窗边凉意浸入。男子独坐长案之旁，提笔蘸墨。

广袖微敛，素白中衣边角上，有银线暗纹织就清雅兰草纹。交领松松地半敞开，颈间下一对锁骨清晰入眼，腰上玉带虚虚一束，便是俊秀挺拔身形。兼之长发披散，风韵彰显，又何止是飘逸绝伦？

三分月色闲滞于窗，七分留恋于长案角边。边角处置青玉鸭形香炉，张口处一缕幽香缈缈弥散，缭绕长案，轻轻覆盖他的衣襟，却掩盖不了男子周身的一缕孤寂之意。

孤寂，也许是因为秋夜，也许不是。

无风树动。

男子置笑启声，道："你就这般欢喜深夜见人？"虽说话，但未抬头，素帛丝锦之上墨色晕染，手腕动间，不慢不紧，舒缓有致。

慕容馥身子一跃，不走正门，反从槛窗入。

她步履轻盈，行至他身前，半俯低了身子，凝眸而视。案上有古旧的墨石笔架，两面各如一幅工笔山水。峰峦带处，是波水粼粼，群峰夹峙处，有扁舟一叶。单是笔架便有这番意境，漫说案上其他物品。笔架左下方铺展玉版宣，其上墨书数行：

> 心乎爱矣，遐不谓矣？中心藏之，何日忘之！

眼前之字，用笔圆转流动，勾转间刚柔相济，骨力内蕴；点画间分白有度。笔迹虽沉凝深敛，但笔势互相映带，颇具神采。

他的字，与檀静玉的字截然不同。云息用笔内抑，端庄雍容且有法度；而静玉外拓而开阔，逸气纵横，散懒多姿。论风格讲，各有千秋；若论高低，却难评断，只能看出皆习书多年，受教于妙书圣手。

素来有人讲，书法作品，可从笔中见力道，可从笔中见山水。檀静玉笔中运力，倒与他修为相符。至于眼前这人，总是如此不偏不倚，恰到好处，不露圭角。

再看这几个字的内容，慕容馥乍看时暗有心惊，只觉得折转间，似有端倪，但凝神再一细看，又觉得自己多想。

他的字里，没有任何情绪，不过是无意间闲笔妙来，字是字，他是他，没有任何关系。

慕容馥又见他唇微微抿起，想起平素里，这人骗她戏她的样态，一阵不快哗然即出。她心里气恼，眼露嘲讽，故意道："这窗前月下，如此好景，竟然也有人能让云息公子这番挂念？中心藏之，何日忘之？倒是颇想知道，你心中藏着的是怎样的美人？"

云息抬眸瞧她，一笑，不过斯须，却又垂下眼帘去。嘴角笑意欲去还留，却是静默不语。

慕容馥扬着下巴整了整袖，随意在案前趺坐，道："你瞧我作甚？你莫说是我，我可不会相信。"

云息头也未抬，好笑道："听过厚颜无耻，可如你这般厚得天经地义的，倒也算是举世无双了。"

"有这么说人的？"慕容馥皱眉，也斜着眼道，"你这人，七十二行不学，专学讨人嫌。"

云息闻言心里一讽，淡淡反击："有一个檀静玉讨你喜，自然其他万千男人便都讨你嫌了，不必你特来告诉。"落笔折转，仍继续书写下去。

慕容馥一脸错愕："你……你派人去过若耶山？"若不是那夜之事他有所知，又怎会知晓她与檀静玉的关系？

一念于此，心中不是羞不是恼，倒是惊叹此人眼线无孔不入，竟连若耶山也敢入。

云息窒了下，这才晓得自己说漏了话，执笔之手顿了顿，一滴墨汁落纸中，晕散扩开。一幅字迹顷刻即毁，他随手将纸揉团，扔往书箧中。

慕容馥早就知晓他在查她探她，此时虽表现意外，也不过做做样子。眼看纸上之字，她故意叹息道："可惜，可惜。"

"你又可惜什么？"云息置下笔，抬眸睨她。

也不知道是否月色之故，他原本便黑亮的眼，更深更亮了几分。那眸底深处，不再是平日她所见那般深不可测，反而有种难得的净澈凝敛。

这叫她有些陌生。

不知缘何。

慕容馥顿一顿，暗敛神思，拿眼梢余光觑着案上字，道："这一手好字，却奈何字出非人，怪可惜哉。"

云息淡淡道："你这夜半三更，偷偷摸摸进一个男人的房间，为的就是说一句'字出非人'？我原以为，你是来答谢我的。"说着，目光扫向她的脸，微微一停，唇角带着显而易见的嘲讽。却不知为何，他没有再说下去，重新垂下眼帘，及时掩住眼底波卷澜起。

慕容馥当即反诘："我来得光明正大，几时偷偷摸摸了？"

"光明正大，又何必从窗入？"云息重置空白丝帛，写了个"平"字，笔罢抬眸之时，眼底已是静若平湖落雪，清若月照松台。

一个"平"字，其实饱含万千。安常处顺、泛舟清湖是一种平；驰骋沙场、澄清天下是一种平；红尘看尽、心如止水又是另一种平。

一个人心思万变，一个字岂非也能释意万千？

而云息的"平"，平的究竟是什么？

"你既在窗下，我何苦舍近求远？"慕容馥抬眸看他，反问道，"你怎说我是来答谢？你且说说，你有什么好让我答谢的？"

云息"哦"了一声，道："既说不是答谢，难不成是来同我告别？"语气清冽，恍如寒湖冰水。

慕容馥面露讶色，目光一掠，其中大有波澜涌动，道："你知我要走。"这是肯定句，不是疑问句。

云息眸色略转，侧过脸道："你已无留下的理由。"

明莲枫的人手搜遍上下，他暗派的人手也秘密找寻，却也寻阿颜不得。之后，明家女郎坠楼，诸般慌乱，阿颜必是趁机离开了。阿颜不在府中，有些目的也已达到，她确实已无须再于明家滞留。

慕容馥眼微眯，盈盈笑道："今日你虽帮我寻人，但我不会谢你。"

云息置下笔，身子倚靠圈椅后方，不过随手掖了掖微敞的襟口。那骨节清晰、修长匀称的五指，在月色淡芒里，是如羊脂白玉精细雕琢一般质感。他唇边勾勒出一弯弧度："你向来如此，我并不意外。至于寻而未得，你阿妹怕是趁着明家女郎那场慌乱离开了。她既已不在府中，你必不会多留，我原只当你夜未起时便会走。"

慕容馥步履轻盈，纤纤身段自透窗月光而过，已近云息身侧。长袖盈动，她自袖中取出一支白玉簪，递至他眼前。

簪约三寸长，簪顶是兰花头錾团兰草纹，兰草纹一直连延簪脚。簪首与簪身相接处，拱起小弯，十分别致。白玉簪映着月色流转，光润美好，似无一丝瑕疵。

慕容馥道："既然如此，我也不废话。这根玉簪子不同于常，我自是要还的。否则欠着你的，日后怕还要再见，我可不愿。"

云息接下，未语。

水声微响，水面之上，浅浅折射光影带着微波涟漪，透过窗棂，折映在慕容馥脸颊间。光影起起伏伏，隐隐约约，交织出斑驳潜影。

一袭白衣，腰束绫带，织线辗转光芒，极尽清冷。女子眼睫微垂，抚袖转身。

云息将玉簪拿在手中，扶案起身，立于窗前细看。

槛窗之旁，男子举止淡雅，是耿介拔俗之标，是蒹葭玉树之质，是潇洒出尘之姿。

白玉簪在其修长指尖转动，晶莹剔透的玉质与他一双修頎完美的手竟是交相辉映，相得益彰，在月下辗转出莹莹光芒。玉质折光入他眸中，遮盖住所有的情绪波澜。

"夏、侯、馥、惜。"男子薄唇翕动，缓缓吐出四字，一字一顿，分外清晰。

声音很小，但足以让还在屋里的人听见。

云息目光随着声音的道出，略略转侧。

女子不置一词，不发一音。

因为一言而戛然凝滞的脚步，复又继续往前迈出。

云息将玉簪把弄在指间，目光却落在那继续前行的身影上。他饶有兴致地道："你无兴趣听一听我如何知道？"

慕容馥讽刺地轻笑一声，并未回头，道："这话我倒不明白，什么夏侯馥惜？又是什么东西？同我又有什么关系？我为何要感兴趣？"

"哦。"云息一挑嘴角，拖了个长腔，道，"一个傅韫你便千般打听，现下这个你倒不感兴趣了？却是叫我意外得很。”

慕容馥驻足不语。

云息道：“九年前，夏侯府不知何故，被一把火烧得一干二净。听说，当时夏侯府里三百多条人命，尽埋葬火海之中。夏侯世家的命案，成为江湖上九年来悬案之一。”

眼看慕容馥的背影异常平静，一抹情绪在他墨色深瞳中流转，不知是疼惜，抑或是探究，瞬息即逝。他继续道：“所有人都觉得夏侯府中，无一人活命，但我不信。夏侯家族当年为四大家族之首，掌管这么大一家族的夏侯杰，当然也不会是简单人物。”

他一边说，一边从窗侧自案前漫步一绕，拂开镂雕落地罩旁半束着的细纹纱帷，走至慕容馥身前。却见她面容平淡，无波无绪，面色却如麻纸一般。

虽是时隔多年，但每每闻此讯，哪怕面上已能克制，她心中依然如被寒水一泼，凉了再凉。当年，她看着自己家中大火冲天，但总归不曾见到里间惨状。若只是限于如此，时隔多年之后，怕也是渐渐看淡。就是父亲惨死她身前，那一口喷将至脸的鲜血，力透纸背般留下惨重一笔，才叫她多年梦魇，永生难忘。

云息整个人就这样挡在她面前，状极悠闲，既不催，亦不说话。幽幽微光在男子漆黑如夜的眼底漾动，一脸情绪尽敛，徒遗眉梢一缕残余笑意渐约深邃。似是等待，或者说，期待着什么。

她这一番心绪波澜，又怎能在他面前泄露？慕容馥垂睫，掩尽眼底不禁自生的酸楚，侧转过头，淡淡道：“听起来倒是惨烈，只是这夏侯家之事与你有甚关联？你又为何要说与我这不相干的人听？莫非是要博一闻者唏嘘？”浅淡的嘲弄之意衔系唇际。

这一番言语，真是把她自己撇得一干二净，倒像是成了与他有莫大牵连似的。云息目光清锐，似要直透她的心里。他不与她饶舌，故意直白道：“我本并未曾将你与夏侯家联想一处，直到那夜，你夜探重建的夏侯府。那时候，你肯定不知道你脸上是什么表情。”

他的眼眸微眯，剑眉轻挑，似含笑，继续道：“其实跟你现在，一模一样。”他忽地直呼她的名，“夏侯馥惜，你难道不知道，有些时候，面无表情，就是最大的表情吗？”

“你从那时候，就已派人跟踪我？”慕容馥遽然抬眸，含恨地看着眼前看似无害、淡笑如春风的男人。

“我——”云息幽幽带笑，拖长语音，“是骗你的。我知你那夜出去，但我并不知你去哪里，因为那夜，我并没有派人跟踪你。”

慕容馥眼微微眯起，道：“那你刚刚——”她的话中途停止，已明白是中他之计。

她咬牙切齿，心中委实气恼。明明是她有备而来，却总是被这个人抢占先机。心下神思变转，想起那夜那名诡异的白面人，索性故意试探道：“原来那个白面人是你！”

云息摇首否认：“不是。”

慕容馥脸上分明挂着一副“我不相信”的表情，又道：“你既说那夜未派人跟踪我，那么，你又是如何知道的——我的行踪？”

云息毫无芥蒂，道：“因为那夜我派人所追踪的，是另一个人。”

“谁？”

“暗梅门首尊。”云息眼梢轻挑，“而我，却是不日前，才知你与他交过手。”

原来那个人便是暗梅门门主。慕容馥心中震惊毫无流露，只道：“那什么夏侯馥惜，又是从何而来？我夜探夏侯鬼府，还落个重伤而归，跟夏侯馥惜，又有什么关系？”慕容馥面如冷霜，声音清冷，说得事不关己。

“那当然有关系。”云息眸中笑意如旧，口气仍是不疾不徐，眼底更是不露情绪，言道，“夏侯杰有一早逝的结发妻子，乃昔年南地大族——慕容世家的女郎。慕容氏素来身体孱弱，又因产时寤生，落下病根，生养下一女后，身体不堪病负，不到一年便去世了。那个女儿，在夏侯家众女郎中，排行第三，名唤馥惜，小名阿宓。”

慕容馥讽刺道：“那又怎么了？仅凭我姓慕容，名字里又有一个馥字，你便将我与她带上牵连？这世上同名同姓者多了去，又遑论这区区几个意外巧合字眼？云息，你凭借这来肯定一个人的身份，未免也太可笑了！”

云息道：“我不想肯定，我也不想相信。”

他不想相信，她……竟真的是夏侯馥惜。他一直认为死了的人，居然就这样活生生站在这里，站在自己面前。他怎么相信？

慕容馥没有察觉他的异色，道：“那你语气之中又为何那般肯定？”

“不肯定，又怎能以试探来确定？你刚才的反应已经告诉了我，你就是。”云息唇角微笑却始终没有丢弃，但若仔细端详，那笑容里分明有些苦意，“所以，这已经由不得我信或不信了，因为它已经是事实。”

慕容馥神情僵凝：“你……”

云息凝视着她，玉簪被他拢在手底，指尖摩挲着簪头雕琢的纹路，脸上挂着波澜不惊的笑，道：“有些事情并非你缄口不言，便能不被人晓得。所谓秘密，有时不过是自欺欺人的借口。”

“自欺欺人？呵，”慕容馥一声哂笑，“像你这种人，若无八九分把握，未必会出口试探。如果说，我夜探夏侯府只是叫你起了点疑心，那么一定还有什么其他原因，来巩固你这点疑心。”

事情已到此境地，慕容馥知道再瞒下去也是欲盖弥彰，索性坦然处之，以不变应万变，她挑眉问道，“你倒说说，还因为什么？”

“对你有兴趣的人太多了。”云息言语不温不火，“若不是后来知道有人从夏侯家入手查探你的消息，说实在的，我真不愿把你往‘夏侯’上想去。”

“为什么？”慕容馥追问。

“对夏侯家感兴趣的实在太多，它牵扯的也太多。别人太关注的东西，有些时候我不想去关注，因为这既容易引人注目，又没有好处。”

慕容馥凝眸看他。

云息目光之中微有动容之时，手总会不由自主地捋着袖沿，唇畔也总会挑起一抹半弯不弯的弧度，笑意交织，掩盖所有。便如此刻，他垂首捋袖，不露痕迹，徐徐浅笑。

这是这些日子，她所观察出来的一个细节。只是，在说到夏侯家时，他眼底的动容，所为的是什么？莫非，当年之事，他也有所牵连？可是，她查了这么久，他与暗梅门确实没有任何关系。但即便没有关系，怕也未必对当年夏侯家的事情毫不知情，他对付暗梅门的真正原因是什么？若是能从他身上探寻到蛛丝马迹，未必……不，不，她忙遏制住自己这个念头，他明知她要离开，却在此刻忽然点破她的身份，只怕未必是纯粹的揭露，极有可能，就是为了引导她这样想。这是他惯用的手法。

云息掖着手，继续道："如果我是你，这个身份就要用尽一切去密封，把与它相关的所有全然抛弃，直到仇家死亡的那一刻，他还不知道自己究竟是为什么而死，那才痛快。"

慕容馥说得无关痛痒："这不失为一个好方法，可惜我不是你，竟未曾想到这一点。"

云息眼角带笑意，却不说话。

他知道，她并非未曾想到这一点，而是她根本未曾确定仇人究竟是谁。若全然隐藏了身份，要查到当年真相，引出仇人，就不会太容易。若不隐藏身份，那么未查到真相之前，就会被暗算，或者被利用。所以，她比他想象中更聪明，选择这样或真或假，迷惑众人。

慕容馥垂眸，闲闲地整了整衣摆，道："我这样被你三言两语，便在你面前承认了身份，你会不会觉得很奇怪？"

云息摇摇头："不会，因为你根本就不介意暴露，否则你不会明明知道我查你，还在我面前讲起幼年经历。"他笑了笑，那夜在屋顶，她与他怅然地聊到旧日经历，若非对着毫无戒心的人，这样的事根本不可能会轻易提及。而她明明对他一心防备，怎么可能会对他放下戒心？他们二人，还没有到那种随意谈心的地步，所以那一番讲述，就是别有用心了。

银华霜色，穿窗而进，透过缠莲花细纹纱帷，照在地面上。缠绕的花纹，一勾一旋，仿佛自有生命。云息踩过花纹，在月光里缓缓踱步，花纹错综复杂地落了他的身："你故意引我去查了芙蕖楼，因为你知道，芙蕖楼跟暗梅门有关系，你想借我的手搅弄暗梅门。你也不怕我知道，你们当年逃入了若耶山，因为你知道，我在若耶山根本查不出什么，甚至，我未必能入得了若耶山。"

"哦？"慕容馥袖底的手微攥，心下思虑电转，面上却是沉静如水，好整以暇道，"听起来，倒像你我之间不是偶遇，我一切都是有备而来。"

"难道不是？"云息目光凝了凝，素白里衣一动。兰草衣纹光芒折转，云息瞬息横移，整个人陡地靠近慕容馥。

先发制人！

云息的手还没扣上，慕容馥已倏然急退，身侧幔帐被身形带动得飞舞，地上光影错乱。

云息目光锐利，分明不见动作，修指见芒，已朝慕容馥脖颈而去！

慕容馥冷眉一挑，身子角度折叠诡异，迅捷自后一仰，膝盖前屈。

云息急速收手，腹部猛收，身子微躬，同时双臂分错向前，扣其双腕。

慕容馥前屈膝盖陡然回收，顺势弯折，脚尖自后跃顶，猛踢男子双肩，趁机扭开被扣住的双腕，旋身轻翻，人已在云息身后！

女子身子柔软，像是自身后抱住云息。云息却动也未动，因为，他的咽喉上，抵着一只纤纤素手。那手，从他腋下探向前，三指成爪，刀尖一样锋利，扼在他的喉咙上。

他们方才一连串猛锐快攻，对的仅仅只是身形与反应，彼此均没用上丝毫内劲。慕容馥没用，是因为：第一，她修为在云息之下，用了没好处；第二，一动气劲，必定惊动外面周边隐卫，她不想惊动他的隐卫。

至于云息为何没用，也许是他未曾反应过来，也许是其他缘由。慕容馥不明白，但她也不想去明白。这个男人心思太快，不想就是最好的应对。

云息不续前言，只问道："夏侯馥惜，你的目的究竟是什么？报仇吗？"

"嗬，报仇？"慕容馥挑着唇角，眼神柔媚，呼吸自云息身后起伏在他耳侧，笑盈盈道，"真是个好听的字眼。只可惜，我不做这样冠冕堂皇的事。"温柔的语气里，是幽邃的冰寒。

云息身子虽没动，但神情极其放松，一点儿也没有被制住的紧迫，他勾了勾唇角，淡淡道："你总是说我虚伪，事实上，是你夏侯馥惜棋高一着才是。我一直以为我摸清了你的修为，是内修高于武技，是个没有实战经验的稚手，却不想……嗬，这么俊俏的身手，江湖上有几人能及？你却能隐藏得那么好，这些日子，我实在是走眼了。"说着，步履轻跨，不见动作便已是身子旋后，侧过慕容馥利爪，一手揽住她的细腰。白衣翩然，轻轻拂起，落座在黑檀榻上。

乍眼而看，女子娇躯柔若无骨，软卧在男子臂弯间，左手环在男子脖颈上，右手轻轻抚在他的胸口。而男子的一只手，紧紧地环着女子不盈一握的纤腰，另一只手，握着她抵在自己胸口的手腕。

两个人，此时此刻，不可不谓亲密无间。

慕容馥眸底映入他的面容，眼中那深深浅浅起伏的光影里，透着一股邪气。她略略挑唇，柔柔启齿："云息到底是云息，即便是寻你一时不备，我怕也讨不得好处。"说话间微带喘息，一时叫她少了平素的肆纵爽朗，反显得冶媚惑人。

她喘息，是因为云息的手指，抵在她背后命门。他的另一只手，已经扣住她右手脉门。

先前的一番缠斗，看上去，是她先制住他，事实上，要穴在他指下，全身气脉为之所控，她已处下风。

云息道："不是你没讨得好处，而是，你出手没有杀气。"

慕容馥在心里冷笑了一声，她没有杀气，是因为她知道自己杀不了他，尽最大的力，到最后也不过是玉石俱焚，那这有什么意义？

第二次了。

他们之间，两次交手，她从没占过上风。其实自从上次她知道他是天武圣，她就知道，目前自己没办法从他手中占得便宜。方才她想先动手，可惜他早有所觉，抢先一步，若她还手时有一丝的杀机，那此刻她一身修为，只怕就被他废了。

谁能知道这起落里，暗藏了这么多玄机？

“现下，你我不是敌人。其实……”云息目光绵延，眼里似有别样情绪，他换了个口气，意味深长地道，“小馥，不管你蓄意做什么，我只想告诉你，报仇不是件好事，相信我。何必让自己双手，沾上那么多血腥？”

月色残余的光，透过垂帘，在他脸上映出有致的横影。五官太漂亮，隐晦光色也掩不住。半抿的唇角，明明不带感情，却仿佛总蕴着三分情愫，因此便总叫人误生出亲和的错觉来。

可他背地里掌控全局，手指间翻云覆雨，手段未必放得上台面，但一番话讲出来，正义凛然，永远落在他这边。

这就是本事了。

慕容馥冷笑：“什么是好事？什么是坏事？”一脸平淡，不见真情，杏眸递波，左右顾盼，她淡淡道，“你看，这空气里每一处都透露着尔虞我诈的算计。相信，就是陷入杀机；不相信，或许还能留得一命。我若真信了你，只怕，才是大大的坏事。”

云息面色少有地寡淡，一丝笑意全无：“这么长久以来，你在我身侧，没有一丝一毫的信任？”

“你来同我讲信任？”慕容馥略带嘲讽，“信任，你又何必查我身份？信任，你昨夜又何必设一局来试探我？信任，你我此时此刻，又怎会如此？你我之间，讲‘信任’二字，岂非可笑？”

云息不言。

“早在我夜探尚文阁那夜，你潜入地牢窃取明家要物时，就已有机会救出阿颜，但你没有，为什么？哼——”慕容馥一声冷笑，盯着他道，“因为你知道，只要她还在明家地牢，我就必定还会再去，你可多了一枚棋子，同时又有牵制我的机会。你不仅不怕我这样一个不知底细的陌生人在你身边，相反，你更愿意让我为你所用，让我成为你手中一把利器。云息，你到底想得到什么？若只是要毁了一个暗梅门，无仇无怨，不会让你愿意花那么多心思。”

云息赞赏于她思虑的敏捷，心底却为她痛惜。满门血案，举目无亲，于她而言，怕是云端到地狱。他从小是在地狱里攀爬惯了的，哪怕后来脱离了，周身那股血腥气与阴暗，也是抹不去了。可她不同，她本来不该是这样的。

哪怕心底波澜四起，他面上却仍旧一派井然，道：“问题不在于我想要什么，而是你想要什么。如果你单单只是为了暗梅门，为了报仇，没关系，我可以帮你。只是，你最初那般处心积虑接近我，为的，怕不单单只是要借我的手动暗梅门吧？夏侯馥惜，你在找什么？你想要什么？告诉我。”

“我想要什么？”慕容馥不介意腰间那只手，环着他脖颈的手微微借力，身子前倾，下巴轻抬。她靠近那张靡颜腻理，几无丝毫缺陷的脸，已再无从前的装疯卖傻，拿腔作势。

两人气息相接，她轻轻道：“不管我要什么，哪怕我们目标一致，你也休想我会受你牵制，为你所用。云息，我知道，你的游戏还在继续，但很抱歉，举杯奉陪，我可做不来。这些日子，多少云谲波诡？多少居心叵测？你的心思太深，我怕最后好处讨不得，落得辗转沟渠的份儿。所以，你既无损失，我也无获益，那便别管我起初为何接近你。现下你只需要知道，我只想远离你。趁着你我没有冲突时，各自两清，否则，后果是谁也不想看见的。”

她这一番话，是之前未有过的直白。

云息没说话，眼睛反朝窗外瞥了一眼。一身素白中衣如水中净月，略略有波动，整个人如离弦之箭，离开了那张长榻与慕容馥，立在落地罩前。

慕容馥取代云息位置，闲靠隐囊，意态慵然，以手托腮，也看向窗外。

忽然之间，周围气场突变！

风乍起，室外树叶，却不曾动。有风之势——狂肆、强劲，却无风之形、风之声。强劲的压迫力越来越近，从窗口灌入。

云息长身玉立，侧目敛眸，低声叹道："为什么明明有门，却都喜欢从窗入呢？"

风中迎来一个声音："因为你打开的只有窗。"声音悠扬闲逸，随着风月色，漫入室中两人之耳，"从门入还要伸手开门，多烦！"

话音刚落，一股白雾自入，在长案后渐渐成形。

来人身着白色丝质右衽长衣，外罩对襟窄袖外衫袍，衣摆随风而动，如燕飞舞，潇洒自如；头发并未结髻，很肆意地半束半垂，鬓角也有碎发垂延，很是闲散飘逸。

慕容馥侧过头，见男子懒散地靠着案前凭几，正拿起案上一张玉版宣，上下转动着。

五官精致，轮廓起伏，侧映月色之下的侧颜，确实是赏心悦目好容色，便是云息立在身侧与他对比，这人也不见得逊色云息多少。就他的坐姿行止上看，性情倒是疏朗洒脱得很，只是有一种高拓的贵气长在血骨里，掩饰不掉的。这人是谁？慕容馥莫名觉得，这眉目之间，竟隐约还带着一股熟悉，她是一定见过的。

云息轻轻一笑，薄唇扬起弧度，拱手作揖悠悠道："恭喜影师叔修为又上一层。"

此刻房中，三人皆是素色白衫。

云息的白，是雪色白，雍雅出尘；慕容馥的白，是梨花白，蹁跹自在；而此人的白，是皎月白，潇洒自如，随风如影。

山庄白影风，心上自在云。

这人正是风白影。

"这一招一式，"风白影身子一翻，架起脚来，手肘托在膝盖上，微微皱眉道，"藏得倒是越发深了，我都看不出来了。"说话时，眼梢横过来，看向云息所在，余光扫到慕容馥之时，面色一震——意外、惊讶、慌张、欣喜全都涌上眼眸。

"阿姐？"风白影急呼。

阿姐？云息闻言惊动。但这惊动，宛如月下水波无声浅晃，还未浮至脸上，瞬息间便销匿，不留半丝痕迹。

风白影扶案一立，瞬息到了慕容馥身前。

慕容馥迅疾离榻退避，绕到风白影身后。不见行动，只有衣袂在空中掀出痕迹，缓缓而落。

风白影转身、接近!

两人身形，进趋退避，只余白色残影。

那是慕容馥的影。

如果说，慕容馥身法可以称得上是出神入化，那么，这风白影的身形之快，已到了一种诡异莫测的地步。因为他的快，连残影都未能见。

透过槛窗的朦胧月色，被遮帘和云息的身影挡掉一半，使得女子容颜一半蒙上月色，一半沉坠阴影。素白长裙似曳轻烟，随风微动，飘然似仙。

风白影双手攥住慕容馥双肩，面目激动道："阿姐，你怎么会——"

"你认错人了。"慕容馥显然意外，打断他，同时挣开他的双手，后退几步，整理弄乱的衣袖。她眼角瞥过云息，才看向眼前人。

距离变近，她知道为何一开始，她会觉得眼前男子有几分熟悉感了。第一次见到李巧巧时，她易容出的风武华容颜，与眼前这个男子竟有七分神似。

"影师叔，她是夏侯杰的女儿，夏侯馥惜。"分明是对风白影说话，但云息目光落处，却是慕容馥的身上，眼底有洞幽察微的揣摩。

"夏侯杰的女儿？"风白影愣住，转瞬却笑了。

他的笑中有痛。

"是啊，二十八年了，整整二十八年了。"阿姐都失踪二十八年了，他怎么还能有所期盼呢？风白影眉目黯然，"月色朦胧，是我认错了……"

风白影再走前一步，端详着慕容馥。除了脸形眸眼，其他再无一处相似，他刚才为何会看错呢？

此番细看，眼前这女子的容貌并不出色，连阿姐的十分之一都不及，他究竟为何会看错？

泼墨长发轻柔飘拂，梨花白罗裙无风若舞，银纹缠枝花绫带拢束腰间，广袂翩荡凌空飞绕，袖底隐约闪着金色的丝芒。是这一身的白衣，衬出了她周身洒脱灵动。

白衣？白衣！凤罗云丝。

风白影目光扫过她衣衫袖口，眼底闪过清亮如刃的锋芒。他也不避讳，身子前趋，伸手径直便翻扯慕容馥交领领口。

云息原是静定的容色，一见此景，竟似滑过一丝阴霾，怕只是月下的错觉。

“你干什么？”慕容馥横手一格，灵巧躲开，喝道。

但风白影不达目的怎会罢休？

慕容馥顿觉周围气场暗变，一股强霸的气场包围周身。未等她做出反击，风白影伸出一只手，以快得无法目测的速度翻开了她的外衫右衽领口。一只金丝缝制的精致展翅巨凤现于三人眼前。

云息侧首，微微挑眸，眸底浮出三分意趣来。那原先半是伸出的手，已暗自收拢至宽袖中。他看到风白影敛住了眸中的怀疑之色，遂两手对掖于身前，冷眼旁观。

再看慕容馥，面露惊讶，尚未回过神来，领口微露，锁骨横悬，肤如净白轻雪，身姿盈然瘦弱，竟是错生一缕娇怜之色。

慕容馥神思已复，不怒反笑，拂袖整襟，闲闲一迈，走近风白影。

女子下巴高扬，樱唇翕动，缓缓道：“不想云息公子君子风度，身边竟有这样的登徒浪子，首次见面，便扯人衣裳。”

风白影已恢复了常色，笑意从容，丝毫不介意她语中冷嘲热讽，垂了眉眼，手圈在唇上，掩饰性地咳了两声，悠悠道：“你的衣服太精致，在下情不自禁，情不自禁！”

“情不自禁？”照入窗中的如波月色折进女子眼底，眉目起伏间皆是讥诮。慕容馥周身戾气倏然浓重，玉面生寒，“好一个情不自禁！三年前，也有个人在我面前情不自禁，结果，他少了一对招子、一双手。按照清池告诉我的修武分阶，三年前，那人是个刚进入地武的武者，而我，一个月前，还停留在固原期。”

语中意思很明显，三年前，连固原期还未进入的她，就能取一个地武圣的一对招子、一双手。

风白影却不愠不怒，只当听不见她弦外之音。他在世上活了四十多年，怎么可能跟一个后辈小丫头斤斤计较？

风白影手抚了抚下巴，侧首瞥她一眼，很是自在地道：“这衣衫轻若烟纱，滑如水缎，你这丫头穿起来还算好看，能被我瞧得上是你的福气。你不知道吗，江湖中有多少女郎想让我瞧上一瞧，我都……”

慕容馥打断他，面色更冷：“我不管是地武武者，还是天武武者，我夏侯馥惜要杀一个人，就是不敌，也会让他死在我之前。”全然一副玉石俱焚的口气。

风白影转过脸，浑然一副听不出重点的意思，长长地“哦”了一声，道：“夏侯馥惜？九年前被一把火烧得干净的夏侯家？能活下来，倒是不简单，难怪这么狂傲。”他的手指着慕容馥上下挥了挥，眼神却是对着云息，一脸评判意思，“啧啧，你瞧这身段，你瞧这凶狠劲！不想夏侯杰那小子看着和和气气的，倒生了个这么凶悍的女儿！不错啊，就是……就是这脸蛋儿稍微逊色了些……”也确实，慕容馥的相貌绝对不和什么“绝色”“倾城”之类的字眼擦边，但她五官都生得恰到好处，本就别有一番韵味，且身形又高挑，加之身世遭遇，多年历练，气质上更添了一缕别于他人的况味来。然而这些人，本身就都是极致的人物，平时所见的女子，多是万里挑一的美人，慕容馥被她们一衬，乍看时自然就显得乏善可陈了。

他话音未罢，慕容馥忽觉脸上一滑，原来是风白影顺手就在她脸上一摸。“你……”她咬牙切齿，身子一动，白衣晃出弧度，手底三指成爪，就要朝前袭去，却不料跟前光色微暗，云息已挡阻在她身前。

慕容馥怒道：“怎么，你也要出手吗？”

打从第一次见面，她就老这样调戏别人，今宵被人调戏，她却恼怒得脖子上青筋都冒出来了，这个只许州官放火，不许百姓点灯的性情，倒也是蛮横霸道得很。云息笑了笑，却是宽慰一般，低低柔声道：“你莫同我师叔置气，他年纪大了，眼睛有些不大好，这里也有点不正常……”说话时，他半屈了手指，指了指脑袋，又道，“咱们晚辈嘛，自是应让一让他的好。”

身后的人立即恼了：“小浑蛋，你讲我什么坏话，我可都听着呢！”

云息牵唇，半回首，笑着道：“没，我是说师叔你是长辈，我们晚辈应当尊敬与理解。师叔风华盖世，断不会与我们这些晚辈计较的。”

风白影煞有介事地点点头，拂袖坐在圈椅中，道：“这是自然。”

年纪大了？慕容馥看着云息，又歪过头看着风白影。后者看起来，那一副十六七岁的少年样貌，显然比前者还年轻些。慕容馥心觉诧异，但又想起风白影方才说的话，听他语气，像是和她父亲曾相识。

云息又道：“别生气了，令尊当年与我白影师叔也算颇有些交情的，论理，你尚应该叫他世叔的。”

风白影？风白影！哦，她怎么倒忘了，不老金鞭风白影，风白衣的亲弟弟！素来都只听说过他不老，未想竟年轻成这番，一眼看上去不过是十六七岁的少年郎。

只是，风白衣的弟弟，怎么长得与风武华有几分相像？这三人又同姓风，莫非，他们之间也有什么联系？

尽管思绪电转，慕容馥面上亦不见任何波澜，只睃了云息一眼，旋即朝风白影展颜一笑，变脸比翻书还快。她微微抬颌，做出一副原来如此的惊异神容，面从腹诽，声音无限娇柔，道：“哦，原来是风前辈，早就听说了，风前辈风华绝代，是男人之中难得一见的美人。小女子这等陋质浊颜，能得前辈青眼，说出去，委实长脸了。”

风白影神情一僵。虽然容颜不甚相近，可是这副神态气韵，还有这无赖也似的口气，简直像阿姐活脱脱站在自己面前。

偏过首，咽下先头的怒气，慕容馥看向云息，划清界限，道：“东西我也还了，早就该走了，你叔侄相叙，我一个旁人也不便打扰，告辞。”说着，倒是难得有礼数地朝风白影一礼，转身就走。

云息也不知为何，竟踏出一步，伸手拉住她的手肘。

慕容馥诧异，偏过首来，正撞上他抬眸深深看她的一眼——有些突兀，但这一眼里面的感觉很是强烈，仿佛目光之中，有一股吸纳力，要将她吸进心里头去。

这个眼神很熟悉，好像她在很久很久前曾见到过，或是在她记忆里出现过。

孤落，清傲，微微的几许……遥不可及。

她突然就这样看着他，面容上是少有的木然，神情凝了片刻，直到云息开口："你——"

他想问，你真的不记得我了？但此念头在脑海里一转，忽觉得愚蠢，她记得又如何？不记得又如何？对于时过境迁的旧事，有什么好提及呢？也不过是阴差阳错的一面之缘。这些年来，他也不曾挂怀，怎么刚刚倒似魇昧一般？心口莫名一窒，一时间，倒不知该以何言为继。

慕容馥神情恢复如常，款款迈前一步，两人对肩交错。她倾斜着身子趋近他，学着他先前样子，故意调侃道："怎么，你不舍得我走？"正面窗口，月洒衣襟，轻袂飘风。

云息平复了心绪，偏首转眸，顺势附在她耳边道："当然，我帮了你那么多，却眼见你这般利落地走了，焉能舍得？"声音轻柔甜腻，像极了亲密情人间呢喃诉说的情话。然而脸上那温柔的笑，却慢慢地沉下去，渐转阴寒。

闻弦歌而知雅意，他的话道得很明白——他的身边，不是想要接近就能接近，想要离开便能离开。

慕容馥笑，漫不经心道："你这个人，从来不吃亏，做事干净利落，招招都是辣手。这些日子以来，我看得够多了。你的不舍得，委实令我心惊胆战。你放心，我离开，只是不想与你为伍而已，并非想与你为敌。关于你的事情，我一个字都不会说。"

"你既然一直觉得我是个绝不吃亏的人，那放你走了，我岂不就是真正的吃亏？"

慕容馥冷讽道："吃亏？云息，不要忘记，四图你是怎么得到的。你真以为，从一开始，我不晓得你来明光府的目的？我当时要阻止，就不会为你引开明仲道。我先前被你利用，是因为我不介意。因为你要对付暗梅门，那你就不是我的敌人，但我们也不是朋友。你说得对，先前你我之间，各取所需，这一点，一直以来，你比我还明白。可从这一刻开始，一切停止了。我的事情不用你相帮，我也不想与人合作。当然，你现下有的是能力把我留下，但你可想清楚了，我不可能会听你安排，为你所用，只要你还不想杀我，留下我有什么好处？奉劝一句，倘若你还想舒舒坦坦得到你想要的，最好不要在我身上花太多心思，以免到最后弄巧成拙……”说着，目光落在扣住她手臂的那只手上。

云息缓缓松开。

慕容馥擦肩离去。

在擦肩的一刹那，一句话缓缓递入了她的耳：“夏侯馥惜，这个名字，或许已不仅仅我晓得。你要是个聪明人，就应该远离檀静玉。”

慕容馥一阵迟疑，却还是轻身往来处一跃，声音遥遥自窗外传入：“云息，你这般讲，我会以为你在吃他的醋，哈哈哈。”

声音刚落，人影已无踪迹。

云息看向窗外，似是看那一钩月痕，看它无情洒照，看它勾乱人心。

五／萍踪箫迹

风白影目光在云息脸上转动，细细研判着他的神色，少顷，却是垂眸，淡淡一笑，轻声道：“写字，靠月光哪里能写得清楚？至于看人，没有比月亮更多变的了，靠着月光自然也是看不清楚的。”

他随手取下灯上的水晶灯罩，抬手一弹，烛芯上便起了火光。光透着散碎清芒，影影绰绰，渐渐摇曳起。风白影执了铜剔子挑了挑灯芯，黑魆魆的眸子中，映出了一抹跳蹿不休的红。

云息眸一瞥过，面上浮出阴霾，伸手揉了揉额角，闭目道：“师叔把火灭了吧，晃眼。”

“唉，这么多年了，不喜欢的东西，你依旧是不喜欢。”风白影手轻挥，火便立即灭了。他从案上一个檀木盒子里取出一颗鸽子蛋大小的夜明珠，搁置在高处一个灯架上，房里登时莹亮如昼。

明明那么小的一颗珠子，却发出如此明皎的光芒，足见是夜明珠中的上品。

“有些东西的确很容易改变，可有些东西，或许一生都不可能变。师叔知道，我素来谨慎，怕玩火自焚。”云息看着他，淡然道，“不过师叔就不同了，息与师叔不过相别数日，师叔便突破了至为难突破的天武初段。”

风白影合上紫檀木盒，侧身信步，走到云息身边，笑道：“与你师父对了一掌，便晋阶了。这一阶可艰难得很，足足用了我八年时间，想来我风白影此生也就这番境地了。方才那位夏侯馥惜，修为也不浅。我若没辨错，已是地武中段了吧？这番年纪，这等修为——”他的声音故意一顿，调侃道，“还加上这等性情，你要小心。”

云息神色漫淡，不沾情愫，两手对掖在袖底，手指摩挲着袖椽纹路，只道：“师叔所料不错，十八岁的地武圣，确实少见。另有一点，师叔也许会更惊讶。”

“哦？”风白影疑惑看他。

“她的武学，遇弱则柔，遇强则刚。”

“遇弱则柔，遇强则刚？”风白影赫然惊觉，“难道她也是……修习玄天九式的玄天武者？”

云息点点头，心道：而且，她所修炼的，尚不单单只是玄天九式。

“好好好！”风白影拍手击赞，眼中熠光耀耀，“倒是真少见。这么多年，除了你，据我所知，她可是第二位修习玄天九式的玄天武者。虽说她的样貌同阿姐比，嗯，那当然是不能比，简直差太多了，只是这修为堪比阿姐当年啊！阿姐昔年突破地武初段，仅仅十六岁……对了，还有那件衣服，你莫同我说你没发现什么，凤罗云丝所制的衣服看似与普通衣服无异，但遇火不毁，遇水不浸，遇刃不伤，你可知道是怎么来的？”

云息踱步近了槛窗旁，手闲闲扶在窗缘上，目光落得远，道：“听闻，上古拓神海以东，有个凤罗海，海中有鲛人。这些鲛人，遗有上古神力，可凝海中天地精华，聚丝织成鲛绸，色泽素洁如云，便唤凤罗云丝。”

“那都是上古传说，谁知是真是假，不过，这衣服确然是难寻的宝贝。据我所知，江湖上仅有两套，一套在柳清波手上，一套当年就在阿姐手上。随着阿姐当年的失踪，她的好些衣与物也都不知去向。这女子衣服从何处得来，你可是查明白了？”

“她这件衣服质地奇特，我的确有发觉，却不知竟会和白衣师叔有所牵涉，毕竟天下之大，也未必真的只有两件。”

风白影一时忆及，忙提醒他道：“反正你别忘了，阿姐有的，柳清波也有。还有，这世上知道怎么修炼玄天九式的，不仅仅是白衣墨凡，柳清波也会。这女娃，也有可能是魔教余孽。”

有很多事情，师叔可能都不知道。但是，师尊说过，当年同柳清波一战后，白衣师叔身受重伤，在若耶山住过很长一段日子。

慕容馥修得玄天九式，身穿凤罗云丝，还有她身背的那张琴……她在若耶山居住多年，可能是找到了当时白衣师叔的住处所在。

只是，她身上藏匿太多秘密，怕是不仅于此。

白影师叔性情闲散，毕竟当年江湖中的起落，他见得多了，人经历多了，就很多东西都不放在心上了，说话做事，随心所好。他心中唯有的执念，怕就是他的这个亲姐姐。没弄清楚一切之前，还是莫要与他提及这点为好。

云息不答。

风白影脸上的逍遥神色都不见了，沉默自思。

云息不想再继续谈论她，岔开道：“师叔，你此番来，可是查清了？”

风白影思绪微敛，自袖中取出两个圆竹筒。

云息接过，拂指扣动，触上圆竹筒上机关处。竹筒中一卷素色细帛吐了出来，轻轻展开，但见其上一片空白，并无一字。云息摊开细帛，将其放在夜明珠上，字粒密集，在先前空无一字的素帛上，毫无遗漏地显示出来。

风白影往圈椅中坐下，恢复了先前的懒散，慢慢讲道："雍国王子，单讳修，小字静玉，西秦五公子之一。这位王子满月时，雍王请先生为他起卦推算，卦中言其十五岁前命格与王宫不合，不宜长于宫中，否则亲者去，近者离，且有性命之忧。

"雍王原是不信，养于宫中六年，不想果真应和了卦数。这公子修不仅身体羸弱，且多病多患。六岁冬末，意外从马上摔下，险些便残了身子。雍王再是不舍不愿，亦不敢继续将他留在宫中。七岁时离开雍王宫，拜一神秘客为师，十二岁又秘入蝴蝶谷，拜苏介湖为师，乃苏介湖座下第二弟子。他学的多是苏介湖的医术，不涉武功。十七岁方回燕宫。

"因多年从师生涯，不惯宫廷生活，及冠后便时常游历江湖。成名江湖至今，已七年有余，广有声誉侠名。行走江湖时喜戴一张怪皮面，人称鬼面客。见过鬼面客的人不少，但江湖上几乎无人晓得，鬼面客与公子檀修乃同一个人，除了海棠山庄楼家诸人。另，雍国时下国君檀庄，虽育有三子、十三女，但另有的两子，皆夭折，只剩得檀修这一子，是以国君檀庄对他甚为重视。檀修几番出走，最后都被檀庄给寻了回去。旧年里，雍、宁联姻之事，檀修似是不愿接受，离开雍王宫，至今未归。雍国朝堂虽不知檀修离国出走，但对其拒绝联姻一事，已略有微词。"

云息眼有诧异，手指摆弄着白玉簪，琢磨了片刻，突然道："神秘客是何人？"

"楼中有查，可惜多方力量阻挠，这股力量不在东隅楼之下。"风白影摇头，停了一会儿才道，"就这点资料，也费了好大功夫。"

云息反身踱步，停在书案前，思忖了下，问道："这江湖中，似乎也鲜有人知檀静玉还是苏介湖的弟子？"

风白影道："他们的确瞒得很好。"

云息趺坐书案前，眉心轻锁，微微闭目。蝴蝶谷不算神秘，苏门声名天下皆知，但自从魔教被灭，白衣墨凡匿迹江湖之后，苏介湖也鲜少出现在世人眼前了。其实这其中，本就没有什么好奇怪，可他莫名就觉得蹊跷。

苏门的医术天下皆知，生死人肉白骨在苏门手中出现，也算不得稀奇。医与药相辅相成，便如武学的内修与武技一样，一体一用。天下药毒之宗，大多出自苏门。当年魔教大名鼎鼎的云司虮，虽是巫族之人，却也曾拜在苏家门下，与苏介湖虽不是同一师父，却也算得同宗师兄弟。

云司虮极有天赋，将蛊毒与药毒两两结合，研制出千奇百怪的毒类，被后人誉为毒王。当今天下十大毒，榜上有四种便是出于他之手。暗梅门自出江湖，他们的毒便为江湖人谈之色变，却没有一种同苏门能扯上牵连，要么是新研制的毒药，要么是当年魔教里已有的。这样完全的跳脱，本来就是一种古怪，好像是有意要与苏门撇清牵连。

要研制新毒，就必须精通药毒之理。就算暗梅门的毒源于当年魔教，是从魔教诸毒中改制而来，可……当年魔教的毒，同苏门也是牵连颇深。苏介湖收回的《苏氏毒经》，不就是从云司虮手中拿回来的吗？这个在暗梅门中研制毒药的人，要么和苏门有关系，要么他手上有《苏氏毒经》。但不管是哪一种，以苏介湖性情，怎么可能这么长时间以来置之不理？要么，他早知道是谁，只是不想管；要么，就和他有所关联。

苏介湖的二弟子是檀静玉，三弟子是苏竹溪，四弟子是苏婠婠，那……大弟子呢？听说已去世多年了，真的去世了？

细思片刻，云息睁开眼睛，漆黑眸底一派淡冷："看来，也要查查苏门前辈几位高徒了。"

风白影在圈椅里闲闲掖襟，道："自师兄、阿姐与柳清波一战后，我与苏介湖倒已鲜有往来。唯一的一次，是当年你费尽修为救阿韫，重伤昏迷时，请他至山庄，你痊愈之后，他便离开，至今，确是多年未见了。不过我记得，当年苏介湖来山庄时，闲谈间，曾提及其大弟子，名唤苏溱，已然去世。随他同行至山庄的是三弟子苏竹溪。

我见过他，这小娃待人接物，倒都是一派赤诚。至于这檀静玉，”他沉吟斯须，问道，“你觉得他身手如何？”

云息凝思道：“我从未与他正面交锋过。”倒是栖霞山上，他见过檀静玉出手。当时慕容馥匿身在大石后，而他就在她身后不远处。

风白影睃他，道：“那也不代表你不知道。”

云息思及端倪，道：“我见过他与人缠斗，用玉箫使出一套剑法，剑招精微奥妙，以攻敌穴道为主，不拘剑式，极凝剑意。且不同于别类剑术的追求速度，但落手精准，甚是绝伦。跟师尊曾经与我讲到过的一套沧遗箫心剑，很是相似。”

风白影面上凝住了，忽而又大惊，不禁喃喃道：“难道与他有关？”

“谁？”云息眼底一亮。

风白影手指滑过圈椅上的浮雕，沉吟片刻，才道：“白衣墨凡江湖影，清波叠玉箫传音，这句话你可听过？又可知何意？”

云息笑了笑，道：“师叔，清池就在外面。”

风白影没好气道：“我知道，清池那小丫头过目不忘，楼中资料她无一不知，可你就不能让我显摆一次？”

云息扬眉，爽朗一笑：“刚刚从窗子进来前，未见人，先觉势，师叔觉得还不够？”

风白影故意皱着眉头，感叹道：“真拿你没办法……”

云息无奈扶额：“师叔，这句话该我来说吧？”

风白影敲了下云息的额头，似对幼时的他一般，佯作一本正经道：“闭嘴！”接着才回忆道，“三十五年前，白衣墨凡刚盛名江湖的同时，江湖上还有两大新生高手与他们并称，一个是柳清波，一个是玉箫客。”

“白衣墨凡江湖影，清波叠玉箫传音”，里面就囊括了当时江湖上五大高手——风白衣、秦墨凡、风白影、柳清波、玉箫客。

云息并未插话，舒袖端坐静听。

风白影继续道：“当时柳清波尚未入魔，她与阿姐、秦大哥，当然还有我，都是同门。后来发生的事，你也许知道，但起初的一些，秦大哥应该从未跟你说过。”

云息颔首，但他对于前人旧事也不想知道太多。为了阻止风白影解释离题，云息问道：“那么玉箫客又是何人？”

风白影特地卖了一个关子，道：“当年江湖上，没有人知道他是谁，也没有人知道他来自哪里，师从何派。人们只知道，有位年轻的武者，精擅音律，手上一把玉箫，名沧海遗绿，为不世至宝。还有一套最具盛名的剑法，叫沧遗箫心剑。是以他盛名江湖起，便被称为玉箫客。然而，这位玉箫客与人交手，从未有过胜绩。”

“也从未有过败绩吧？”云息道。

“咦！”风白影惊讶，“你怎么知道？”

云息抿唇笑道：“与人交手，从未有过胜绩，却能与白衣墨凡、柳清波，还有师叔你这等高手齐名，那这江湖排名，岂非乱了套？如果一场对峙打斗之中，连胜败程度都能由自己控制，那此人的修为必定精深，否则怎能在对敌时稳妥掌控全局？”

“不错。当时江湖上都传，单就武技论，能与玉箫客这套沧遗箫心剑齐名的剑法，只有杀手飞花见血花剑雪的七绝七断剑法，也就是七绝剑。虽然他们从来没有比试过，但当年剑技排行榜上，七绝剑与沧遗箫心剑的确并列为首，一剑为必杀，一剑为不杀。”

“那师叔说的意思就是，檀静玉与这个玉箫客有关系了？”云息直入主题。

风白影倒是摇摇头道：“不可能。”

云息疑惑地“哦”了一声，问道：“为何？”

“这玉箫客只在江湖上出现了几年，当年新帝登基后，他便销声匿迹，是以江湖上就更少有人知他的身份了。可别人不知道，我却清楚得很。”

云息眼底浮过一丝了然，道：“我想我已经猜出玉箫客是谁了。”

风白影看着他一笑。

云息道：“他是当今西秦天子秦旻，师尊同父异母的兄弟。”

“所以我才说不可能与檀静玉有关。”风白影继续道，“秦旻是当朝天子，即便是当下西秦皇室式微，他也不可能离开皇宫，去教这分封国的一名王子吧？更何况，据说他已缠绵病榻多年。”

檀静玉的身后，代表着雍国。

雍国在各国之中，实力强大，并且同宁国素有联合之意。倘若这名当朝天子与檀静玉有关，他借病重之名，迷惑众人，暗中行事，一方面掌控着江湖势力，一方面掌控着这云谲波诡的各国暗涌，时机一到，引发变动，这不是不可能。

西秦帝国败落，是民心的败落，是它根本统制的败落，是不可逆转的趋势。所以，西秦帝国现已是油尽灯枯，绝无回光返照的翻身之机。秦旻若是要以雍国为借力，来重新建立一个新皇朝，这不是不可能。

借雍国一统这分崩离析、各自强大的诸侯国，重新建立一个大一统的帝国皇朝，这虽不易，却远远比弥补这皇权四散、民心背弃、百病缠身的西秦帝国更来得利落干脆，那样所开启的，必然是另一种新局面。

如果他真有此心，以帝国所剩的实力，再加上雍国实力，自他登基至今日，将近三十年，这天下早该有另一番格局才是，为何依然是纷乱争霸、动荡流离的乱局？

如果他明明拥有实力，却坐看如此局势，任由百姓流离颠沛，更甚者，是有意挑动这诸国争霸的局势，那么，他才是最危险、最需要警惕的那个人。

云息眉峰锁川，面露凝重，眸色深沉如渊，忽问道：“师叔，你此番回去，师尊他，已经晓得我见过无名前辈了？”

风白影应是，又问：“怎么了？”

云息心底骤闪一念，问道：“师尊可有何言？”

风白影诧异，问道：“你指什么？”

“师尊不曾问及我与无名前辈所谈何事？”

风白影面上恍惑，摇头道：“并不曾。”

云息眸光稍转，想起了那日无名前辈的提醒，顾望窗前月，久久不语。

夜已深，江中一轮清月，在河中铺展出银灰色，两头接天。几点璀璨而稀疏的星芒，在江心漂荡，像是天界遗落人间的晶石，于浪花影里，起落跌宕。

江岸两侧，皆是重重芦苇。枯苇沙溆，一片黄赭。

时起北风，萧瑟尽起，浪引拍岸，一声甫歇，一声又起。萧萧一叶扁舟，放棹随波，显于芦花深浅处。

入溆浦余儃徊兮，迷不知吾所如。[1]

澄然秋江，一舟芦月，自生茫茫之致。恰有琴声随波，荡于江舟之侧。却是舟上有人，单身孤影，徒倚舟中。揽琴在膝，逸兴遄飞，扣弦独啸。翩翩如神仙之质，皎皎有珠玉之姿，翛翛自得。

赫连舒娆闻声寻至，只觉这琴音之中，浑无杀戮之气，神闲气静，蔼然醉心。她于岸侧，见得舟中雪衣身影，单膝跪地。

啸止弦定，舟上人儃儃启齿，声音清冷，不沾情绪："查出来了？"

"回君上，噬蛊珠乃宁国王室至宝，此番查探，卑职才知，此珠乃宁国翁主与雍国王子订姻宝物之一。"

"哦——"舟上人侧过首来，不辨容色，净眸如冰，显露于冰莲面具之间，如朱丹唇，启合有度，"宁、雍联姻？"

赫连舒娆道："宁、雍二国有联姻之传，乃自两年前。雍国王子修与宁国九翁主，闻说有青梅竹马的情分。这联姻虽拖延至今未成，不过，凭此二人关系，檀修欲借噬蛊珠消蛊，并不困难。且宁国翁主，现下亦在昭华城，锁筋蛊限制不了檀修多久。追杀檀修的，是生死境的杀手——无影和尚。

"先前无影和尚追踪至檀修，却因误闯了暗梅门的据点，手下古煌五刀错与暗梅门主交起手来，檀修趁机得离。无影和尚怕也是深知，檀修一旦得到噬蛊珠，再追杀他便是不易，所以不减脚步，循着

[1] 出处：《楚辞·涉江》。

寻踪蛊迅速找到檀修所在。可惜，与无影和尚同时找到檀修的，还有雍国国相之子莫怀瑱、宁国九翁主宁娉纤。生死境败于垂成。”

舟上人广袖轻摆，凝睫轻抚袖沿，徐徐道：“生死境，南地的杀手组织，这势力，怎渗透到北地来了？谁出的本钱？”

赫连舒娆目光低垂，道：“雍国陵王，檀陵。”

“萧墙内的争夺。”舟上人轻轻一笑，言语随波，动袖立身，雪色衣衫，倒映江面，犹如天山一抹错影。赫连舒娆静思又道：“只是，雍国位处北地，北地最大的杀手组织乃暗梅门。檀陵为何舍近求远，选了南地生死境的杀手？”

因为暗梅门与雍国王室怕是关系匪浅，否则早在无影和尚追到檀修时，暗梅门主怎会出现得那般巧合？赫连舒娆正启齿欲言，忽觉劲风突起。

风波起浪，雪衣人袖袂轻挥。不过凭风踏步，却是残影幻形，自舟上江面抵达赫连舒娆身后密树暗林之中。不过斯须！

“啊——”

林中蓦地传来一声惊呼，树后藏身的，竟是个小乞丐，一身衣衫灰黑，东一个补丁，西一个小洞，破衣褴褛，百结悬鹑。

小乞丐惊呼一声的同时，匆匆抽剑抵挡。衣衫虽颇破，剑却盈亮。但利剑尚未挥成，人便被那雪色衣袖挥出所带气劲震飞一丈外。小乞丐胸口疼痛欲裂，同时虎口抽痛，剑脱离手，稳稳当当落入来人手中。

小乞丐不服气，左手利落抽出一把小短剑，左手剑法使得精妙，正要弹身舞出。但来人抢夺过去的剑，已抵在他出剑手腕间。

左手短剑若再前进一分，便是断手之祸。

雪衣人居高临下。

这时，小乞丐才清清楚楚地看到，这个夺他剑，震飞他，将他瞬息制住的人——

来人一头银发，着一身宽袖长裙，数尺长袖，雪色银纹，步履之间婀娜多姿，不见双足，飘浮一般，形迹婆娑，面上神容，像有冰雪聚凝，成了一张冰晶面具，隐隐散着丝缕寒气，莲形模样，面具覆盖处，只露双眼，眸波微转；未遮展笑绛唇，清弧眩人。

只见雪衣人手抚长剑，微微俯身逼近。

小乞丐惊惧未定，便闻耳边轻语动人，如剑刺心："原来，是你！"

外篇

人生只似风前絮

她是谁？她能是谁？

覆巢之下，焉有完卵？

连华家都已化作灰烬，她不过是一条漏网之鱼，过往的姓名，于今后的她而言，就是枭首刀、致命剑，不能牵连。

冬。

西秦康帝十八年，靖国以西，建阳城，落了三年来的第一场雪。

建阳城东，一座门楣显赫的山庄前人声鼎沸。遥有远客，生张熟魏，此刻仍陆续而至。白花花的大雪下得欢欣，给这纷纭红尘添了三分意趣。大山庄的正门牌匾上，书着字迹端秀的四个金字——瑶华山庄。

其时，“夏侯明，欧阳华”，正是西秦天下妇孺皆知的六字。其中涵盖了自西秦建朝以来，江湖中四个古老世族——雍国巨鹿夏侯家、宁国昭华明家、穆国颍城欧阳家和靖国建阳华家。“瑶华山庄”的主人，正是其中华家宗主华璩。

这日，是华璩幼女华婳生辰。

形形色色的远亲近客自各方而来，像天际乱飞的雪絮，一直延续到黄昏才渐渐止歇。山庄披上了一层素装，大地也是。夕阳疲惫倾斜，光色如血，映着一地积雪，红白交织。

忽然，山庄大门轰一声响，紧紧关个牢实。

门是黑漆，黑中有金。金是金色兽首门环。厚重结实的门，托在高高的门槛上，一旦关闭，没有人晓得里面发生过何事。

四下阒然无声，庄外阒其无人。

只有庄前的枯木，仿佛是肃穆而立的侍卫。被雪凝成了银条的枝干，亮晃晃，一如侍卫手中的兵器。刀枪剑戟，已显狰狞。围墙上结着的霜，歪歪曲曲，有种断井颓垣的败象。

白茫茫中，死寂铺天盖地困囿着，几乎要迫人窒息。

华婳被管家福叔藏入柜子里，不晓缘由，不清不楚，匆匆忙忙。

匆匆忙忙地，她迎来了另一场命运。

郁闭的矮足髹彤柜间，有条细小的缝隙。这条缝隙，是一处“戏台”，无情地上演着血腥的杀伐。

戏台上，一个个人，一张张闭目能识的面孔，此际面色衰败，身子瘫软，被绳藤绑得结实。黑粗绳子散发出令人作呕的刺鼻味，在每个人身上一圈圈捆绑。一只只五彩斑斓的毒物，皆不知自何处而出，顺着绳藤，爬遍众人全身。

啃噬，撕咬！

所有人的嘴被捂住，声息皆无。

躲在缝隙后的华婳，目睹眼前一切，紧咬嘴唇。绝望和恐惧，不动声色，遍布全身。她浑身上下不得动弹，眼睁睁地，看着所有至亲在毒物折磨中忍受乱箭攒心的痛苦；眼睁睁地，看着他们双眼里的生机，一点点流逝。

绝望、无力，眼眶中红丝溢满，一张白皙小脸，此刻因挣扎悲愤而扭曲。她想喊，她想哭，但仿佛有石堵在喉咙口，连最简单的叫喊也不能够。

不知持续了多久，领首的蒙面黑衣人点燃那根粗黑的绳子。嗖的一下，嗞嗞微响。火焰如蛇，染红了一切，覆盖了一切。这火红，好似黄昏里无法躲避的云霞，径直闯入华婳的眼。

所有生命，瞬即成灰，一个家族，云散泯灭。

夜色降临，像毫无前兆，但其实蓄谋已久。黑压压，静幽幽，铺天盖地。雪，成了夜色里的异类，白茫茫与黑魆魆的夜幕纠缠。黑白间的辉映，谁都不甘心败下阵来。

山庄外苍茫的雪夜里，遥遥地传来几声寒鸦凄啼，零星地，招摇地，透着几分诡异。

解决了事情，厅堂中的那些黑衣人正欲撤离，这时，又一名黑衣人自门外快步走入，与厅堂中领首的黑衣人贴首耳语。他们清点人数，发现猎物之中有漏网之鱼。

存心灭门，自然要斩草除根，以绝后顾之忧。可，漏掉的鱼，究竟在何处？

所有黑衣人满庄掘地三尺，独独遗漏正厅。最危险的地方，有时往往最安全。

柜里，华婳身上被福叔点中的穴道，时效已过，渐渐恢复。血气的瘀滞，令她全身酸软不堪，到底还是挣扎出了木柜。

黑衣人去了别处寻找，此时的正厅，除了她，无一活人。

不，这不是她所熟悉的地方，这是人间最残酷、最无情的修罗场。华婳将一个焦黑的躯体抱起，触手是热辣的嶙峋焦骨。不久前，他们温暖且鲜活，欢喜地为她置办生辰宴。六兄还说，要送她一个亲手做的生辰礼物。此刻，他们面目全非，成了焦黑的尸。而她目睹全程，眼睁睁，无计可施，无能为力。

簌簌的黑块落下，是那些撕咬的毒物。完成了任务，终究也是被付之一炬。华婳抱着亲人的尸身，已流不出眼泪。面容僵白，如冻死的蚕，没有表情。木偶般地，在一地尸骨残骸间立起身。

娇小瘦弱，孑然一身，整个华家，只余她一人。她必须活着，她不能被他们找到。

她死是不足惜，但她一死，从此华家在这世上再无痕迹，那这一门的血债，谁来找人偿？谁来找人还？一门血债系于她一身。血债必须血来偿。

华婳在黑夜里寻找逃离山庄的路。没有以往亮照通宵的灯火，也没了仆婢成群，一眼望去尽是空落落，乌荡荡，认不清方向。只有那孤悬的月，拖着疲惫的光，无力地，照在嶙峋的地面。

前无出路，后有追兵。

橐橐靴声，火光渐亮。华婳心颤，蓬头垢面，不敢稍作停留，往黑魆魆的草丛藤蔓深处躲匿。她蜷缩着身子，敛声屏息，把自己当作一具尸体。枝影在眼前纵横，像局。脚步声不时惊险地自她身侧来回，寻不得踪迹，几句低声咒骂，便往别处寻去。

直待声息杳然，她呼了一口气。

总算躲过去！

毫无预料，身后有细碎声响。她猝然回首，撞见一双黑幽幽的眼，隐约有光，除此之外，是惨淡的白。那人面覆诡异的白面具，在黑幕般的夜色里，撞入眼中，叫她全身毛窍猛一收，背脊寒毛直竖。都是惊，冷汗涔涔。

这样硬生生地面对生死，她很怕，一颗心简直要跳蹿到喉咙口，全身都在颤抖。白面人的目光，仿佛无形刀刃，架在她的脖子上，稍不注意，身首异处。

她趔趄着，身子无声后避，却不想，腾空一轻。

白面人抱起她，用黑袍掩护这个小小的身躯，起落间，悄无声息地离开山庄。意料之外的，是他给她一份生机。

黑夜里，山坡上，华婳回望瑶华山庄方向。琼楼金阙里，一缕红光升起，蔓延、肆虐，点缀夜色。他们在纵火烧庄。

火是最无情的东西，燃烧所有，不给活物一点生路，摧残幻灭，殆无孑遗。

熊熊烈烈，肆虐冲天。

焰光映入她眼，一如穿心的乱箭。

那本来是她的生辰宴，瞬息之间，却成灾难，杯盘浴血，措手不及，从此孤臣孽子，浮萍无依。华婳已无家。

白面人将她放下。华婳望着寒风里的光火硝烟，一张毫无血色的面孔，像初生的月，只遗一脉清白霜冷。不过六岁的小孩，倒像一夜间长大。苍白的脸上，万分倔强，牙齿咬得咯咯作响，却硬是不肯哭。

眉梢眼角，容仪暗换。

白面人转身，正巧看到女孩抬起头——一对瞳子，黑沉沉，候在那里，望着他，目光里有研判，有审视。满目的血丝，犹如桃夭，灼灼刺目。

模样虽然稚气，但姿容间的艳，已微露头角。

眼前人不晓得是敌是友，华婳颤着唇瓣，率先开口，问道："你是谁？"

白面人不开口。

她抬头，迟疑中带着畏惧，凝望，继续问："你为何出现？为何救我？"

白面人仍不言语。

华婳双手紧攥，直截了当："你可知道那群人是谁？是谁灭我全家？"

白面人转身便走。黑黑的长袍，在夜幕里延绵成诡异的影。

华婳追上去，大声叫喊："你别走！你回答我！"

白面人顿住脚步，袍在风里招摇。他并不回头，开口道："终有一日，我会告诉你，你的仇人是谁，但首先，你得有本事让自己活下去，等到收养你的人出现。否则，你纵使知晓真相，也是枉然。"声音平凡得不能再平凡，听不出老少，听不出身份。

身影转瞬远离。

素昧平生的救命恩人，顺着风来，顺着风走。黑漆漆的大袍，让他像个黑夜里的鬼。

弯月纤细，疲乏地显露在云层叆叇的黑幕中，如同被利刃错手划开的伤疤，仿佛一时间，整个天地都是伤痕累累。周围鸟兽也受不住，起伏跳踔，发出诡谲叫声，无比瘆人。

黑衣人离开，天地独遗她一人，华婳骤失依附，如一条萎乏的藤，整个人在树脚蜷缩起来。

他说：你得有本事让自己活下去。

可如何活？孤茕一身，该如何苟延残喘？

她不知道。

雪又在下了，满目飞雪零落。建阳城的冬天，鲜少落雪。记忆里，这是她经历过的第二个有雪的冬天。

南地的雪终究比不上北方，一下就能轰轰烈烈。它不仅不常有，即便有，也只是抽丝一样地下着，延绵不休。雪也不尽然是雪，雪中夹杂着霜，夹杂着雨，冷得叫人绝望。

她好冷。

倘若继续蜷缩在这里，不用多久，她就会被冻死，成了僵硬的尸体。在这偏僻之地，无人装殓，尸体也会被野兽啃食殆尽。

她知道。

她不能疲，不能累，不能滞留，她没有选择的余地，只能吃力起身，朝着茫无端绪的前路，浮皮潦草地走去。

这一年的华婳，只是刚过六岁生辰的孩童而已。

昼夜交替。建阳城的晨光，渐渐来了。起初是瘀滞的红紫，然后渐渐地，转成了亮丽的金橙之色。光映在未化的雪上，雪后的清晨，漂亮得令人目不暇接。

目不暇接的漂亮里，传开华家满门被灭的消息。平日里，受过华家好处的，不免唏嘘叹惋；有过过节的，幸灾乐祸，硬说是老天惩罚；没有交集的，凭空推测因果。

一时，满城风雨，人心惶惶，各具滋味。但再怎么唏嘘，那也是旁人的生死。早市一开，大大小小的商铺摊位，卖菜的、卖烧饼的、推车的、挑担的、跑江湖的、杂耍的……熙熙攘攘，各就各位。

该卖的还得卖，该笑的还得笑，各司其职，各取所需。乱世杀伐，生死一瞬，那又怎的？时间照转不是？

两只磨破了鞋头的脏黑绣花鞋，在人群里穿梭，停住。一个衣衫褴褛、满面黑垢的小女孩，瑟缩着身子站在饼摊前。

她捂着肚子，声音又怯又无力，对摊贩道：“叔叔，能……能给个饼吗？我……我很饿。”

摊贩打量了她一身乌脏，冷眼道：“有币钱吗？”

小女孩摇摇头。

摊贩道："那可有值钱物什？"

小女孩摇摇头。

摊贩闻言，当即不耐地驱赶："走走走，什么都没有吃什么饼，别碍老子做生意！"

小女孩委实饥饿，不死心，又走近了几步，小手拉着他的衣角，道："我……我只要一块饼，一小块就好。叔叔，我真的很饿，求求你了……"她苦苦哀求。

"半块也没有，老子这可不是开善堂的，去去去！"摊贩使劲拽回衣服，一把将小女孩推开。

这样的世道，孤茕无依、颠沛流离的乞儿太多了，倒未必是心狠，只是，今日施一个，明日便来一群，他无多钱善贾的本事，自家老小都险顾不及，何以去心软旁人的遭遇？

小女孩饥饿无力，身步踉跄，摔倒在路中。

便在此际，一骑黑马由远及近，碎冰扬雪，驰骋而至。小女孩刚刚立起身，马已将至眼前，迅雷不及掩耳之势。她惊骇，登时间呆愣在原地！

路人惊呼！摊贩骇住！

马上人急急一手拉缰，一手扯住鬃毛，双腿立夹马肚。御马技术极佳，一声厉嘶，马扬蹄人立，及时止住一场血肉模糊。马上人心有余悸，低首一望，奇怪那小女孩竟瞬忽间不见踪影。

就在那发引千钧的当口，一名少年疾如旋踵，揽抱着女孩就地滚开，身手灵活矫健。

少年十来岁，面容清秀，俊眉朗目，笑容里尽是朝气，身上有一股草木的清香。他放开小女孩，一身雪污泥垢也不在意，粗喘着气问道："你没事吧？"

小女孩静静看他，一手捂在手肘上。手肘被擦破了皮，热辣辣地疼着。她只摇头，一语不发，转身离开。

少年瞧着小女孩，虽是一身脏污，但那双浸水似的灵眸委实漂亮，睫毛又老长，黑密黑密，稍稍一抖，影子落在眼下，就像两把小扇子。见小女孩未置一词，转身就走，少年尴尬地挠了挠头。他目光一错，看到地上一条精编的颈绳。

颈绳上系着一把老旧的钥匙。钥匙质地浑黑，不知是何所制。钥匙柄上，有繁复纹路，像一只虎，长翅的虎。少年迟疑捡起，喊住她道："小姑娘，这个钥匙是你的吗？"说话时，一板一眼，满眼都是笑意。

小女孩探手摸了摸脖颈，顿住脚步，惊回首。

颈绳上的钥匙在日头下折了点光，竟十分亮。黑马上的人见无人受伤，本欲离开，但钥匙的一点光折入眼角时，他顿一顿，脑中念头闪过：华家？

小女孩看到钥匙，急趋上前，一手夺过。

华婳满心惶急，险些丢失了。这是福叔将她藏入柜子前，教她定要收好的东西。这，也是如今她与华家唯一的一点牵连了。她贴身收好，才抬头，吃力地对少年挤出一个笑，道："谢谢小哥哥。"

区区一笑，便是目不暇接的光艳。少年目眩，面颊顷刻红起来，火烧红云般，一直蔓延到耳根去，硬是退不下。他结结巴巴道："不……不用谢。你叫……叫什么名字？"

"我……"华婳顿住。

说？不能说！一切含混不清，口塞巨石，身犹重负。她道："我……没有名字！"说完，撒腿便跑，避难一般。转身时，泪水在眼眶里打转，不由自主地，满目闪亮，凝了一眶晶莹。

凄哀的晶莹，茕落的晶莹。这泪，未必只因伤心，那是一种身前无路，身后无倚，浮萍无寄的悲戚。

她是谁？她能是谁？覆巢之下，焉有完卵？连华家都已化作灰烬，她不过是一条漏网之鱼，过往的姓名，于今后的她而言，就是枭首刀、致命剑，不能牵连。

身后传来少年的呼声："我姓苏，叫……"

左右的嘈杂，打乱了少年的尾音。华婳没有回头，也没有去探究，只一味地跑，奋力地跑。知道个名字又如何？不过萍水相逢，在这云谲波诡的乱世里，一旦错开身，哪还有相见的来日呢？

……

—江湖卷 · 终—

图书在版编目（CIP）数据

逐鹿图 / 傅清欢著. — 北京：中国华侨出版社，2016.7

ISBN 978-7-5113-6195-0

Ⅰ. ①逐… Ⅱ. ①傅… Ⅲ. ①长篇小说－中国－当代 Ⅳ. ①I247.5

中国版本图书馆CIP数据核字（2016）第184062号

逐鹿图

著　　者：傅清欢
出 版 人：方　鸣
责任编辑：附　离
封面设计：鱼京山鸟
排版制作：刘珍珍
经　　销：新华书店
开　　本：635mm × 965mm　1/16　印张：57　字数：776千字
印　　刷：北京玺诚印务有限公司
版　　次：2017年7月第1版　2017年7月第1次印刷
书　　号：ISBN 978-7-5113-6195-0
定　　价：86.00元（全三册）

中国华侨出版社 北京市朝阳区静安里 26 号通成达大厦 3 层　邮编：100028
法律顾问：陈鹰律师事务所
发 行 部：（010）82068999 传真：（010）82069000
网址：www.oveaschin.com
E-mail：oveaschin@sina.com

如发现图书质量问题，可联系调换。质量投诉电话：010-82069336